Ernst Wichert

Heinrich von Plauen

e g v

Ernst Wichert

Heinrich von Plauen

1. Auflage 2011 | ISBN: 978-3-86382-100-5

Erscheinungsjahr: 2011

Erscheinungsort: Paderborn, Deutschland

Erster Band

Erstes Kapitel

Die »Die Maria von Danzig«

Es war im Frühling des Jahres 1410, nicht lange vor Pfingsten. Über die Ostsee, die man auch das Baltische Meer nannte, strich ein scharfer Nordwest und legte sich breit und voll in die Segel der »Maria von Danzig«, die ihren Kurs auf die Landspitze von Hela nahm, von der sie nur wenige Meilen entfernt sein konnte.

Die »Maria von Danzig« – der Name stand mit deutlichen Buchstaben am Vordersteven unter der Figur von Holz, die des Deutschordenslandes Schutzpatronin, die Jungfrau Maria mit der Strahlenkrone darstellte – war ein Holzschiff von mittlerer Größe, als Zweimaster getakelt und vor einigen Jahren, als sie zum Seekrieg als »Friedenskogge« ausgerüstet wurde, mit einem Vorderkastell zur Aufnahme von Bombarden versehen. Jetzt stand dort nur eine eiserne Blide, mit Stricken an die Ringe festgebunden; der Kapitän hatte das Geschütz an Bord genommen, weil er in Lübeck erfuhr, dass die See wieder von den Vitalienbrüdern beunruhigt werde, obgleich die Danziger erst im vorigen Jahre, da sie's zu unverschämt trieben und selbst in die Weichsel einzulaufen wagten, einige Schiffe gegen sie ausgeschickt hätten.

Kapitän Johann Halewat hatte längere Zeit Reisen zwischen Frankreich und England gemacht, auch die schottischen Häfen besucht, und war nun kürzlich von den Danziger Reedern zurückgerufen, um Abrechnung zu halten. Er hatte in Lübeck eine Ladung von flandrischen Tuchen, wismarischem Bier, Öl, Wein, Früchten und Gewürzen, die von Gent nach Ypern auf dem Landwege dorthin gelangt waren, eingenommen und führte sie nun nach seiner Vaterstadt Danzig. Da dem Ordenslande ein Krieg mit Polen und Litauen drohte, in den leicht auch die pommerschen Herzöge verwickelt werden konnten, durch deren Land die Straße führte, hatten sich die dortigen Häuser noch zeitig über See mit Waren versehen wollen.

Der Zufall fügte es, dass sich in Lübeck, gerade als das Schiff segelfertig lag, eine kleine Gesellschaft von jüngeren und älteren Männern zusammengefunden hatte, die in sehr verschiedenen Geschäften und Absichten nach Preußen zu gelangen wünschten und sich nun die Gelegenheit einer raschen und bequemen Reise nicht entgehen lassen wollten. Zwar auf den Danziger Ratsherrn Bartholomäus Groß, des Bürgermeisters Schwiegersohn, der auf der hanseatischen Faktorei zu Brügge persönlich wegen der Ausfuhr von hundert Lasten Getreide verhandelt hatte, war der Kapitän durch Briefe aus der Heimat angewiesen zu warten. Die anderen Passagiere aber hatten erst auf dessen Empfehlung Erlaubnis erhalten, an Bord zu kommen, wenn sie ihre Verpflegung selbst übernehmen wollten. Es waren drei Brüder des Deutschen Ordens aus dem westfälischen Konvent mit ihren Knechten, die nach Marienburg berufen waren, um im bevorstehenden Kriege Dienste zu tun, und zwei junge Leute von wenig verschiedenem Alter, die sich einem Warenzuge zugesellt gehabt und bald miteinander gute Freundschaft geschlossen hatten.

Der eine derselben war der Junker Hans von der Buche, ein langgewachsener Mensch von drei- oder vierundzwanzig Jahren, mit einem Kopf, dem man's gleich anmerkte, dass er schon über mancherlei nachgedacht hatte, was sonst dieser grünen Jugend fernzuliegen pflegt. Sein Großvater Andreas war vor nun fast fünfzig Jahren mit einem deutschen Fürsten nach Preußen gekommen, um sich zu Ehren Gottes und der Heiligen Jungfrau bei einer Kriegsreise gegen die heidnischen Litauer zu beteiligen, hatte in Samaiten tapfer gekämpft und war im Lande geblieben, da ihm der Orden zur Belohnung für seine Dienste zwanzig Hufen im Gebiete der Komturei Rheden zur Gründung eines deutschen Dorfes zu kulmischen Rechten mit dem Freischulzenamt verlieh. Er nannte es nach der Heimat Buchwalde. Der Sohn, Arnold von der Buche, oder auch von Buchwalde genannt, focht unter dem Hochmeister Konrad von Wallenrod und wurde von demselben zum Ritter geschlagen. Er erwarb neuen Landbesitz in den Nachbardörfern Okonin und Kressau, auch Wald und Wiesen am Melno-See, sodass man ihn zu den Großgrundbesitzern des Bezirks zählte. Der Enkel endlich, unser Hans von der Buche, gewann als Knabe die Neigung eines Priesterbruders des Rhedener Konvents, der seinem Vater befreundet war. Dieser bestimmte den wackeren Landesritter, seinen Sohn aufs Schloss zu geben, damit er ihn in den Anfängen der Wissenschaft unterrichte, in der er selbst vielerfahren war. Hans zeigte gute Anlagen und war bald im Lateinischen so weit, dass er mit Erfolg die gelehrte Schule in der Stadt Kulm besuchen konnte, wo er in dem Hause des Bürgermeisters bereitwillige Aufnahme fand. So tüchtig vorbereitet, wusste er seinen Vater zu bestimmen, ihn zu weiteren Studien ins Reich hinauszuschicken. Galten doch damals gelehrte und weit gewanderte Männer im Hochschlosse der Marienburg schon viel! So brachte er zwei Jahre auf der Universität Prag zu, wo damals Johann Huß und Hieronymus lehrten, und ein drittes jenseits der Alpen, in Bologna, um

sich in allen freien Künsten auszubilden, auch ein wenig von der Rechts-
gelehrsamkeit zu profitieren, die dort in hohem Ansehen stand. Nun hatte der Vater seine Rückkehr gewünscht, damit er sich als der einzige
Sohn der Gutswirtschaft annehme, zugleich aber auch ihm aufgetragen,
die Verwandten in Thüringen und Sachsen zu besuchen, dass man einander nicht ganz vergäße und sich auch ferner zusammengehörig
wüsste. Von dort kam er jetzt.

Sein Gefährte, vielleicht nur ein oder zwei Jahre jünger als er, nannte
sich Heinz von Waldstein. Er war in seiner äußeren Erscheinung ganz
das Gegenstück von ihm, mittelgroß, breitschultrig, kräftig, fast ein wenig gedrungen; der Ledergurt schien ihm zu eng zu sein, die Brust kaum
Platz zu haben unter dem Wams. Dichtes, krauses Haar von blonder
Farbe bedeckte den Kopf und quoll an Stirn und Nacken unter der Kappe vor. Das runde, von der Sonne gebräunte Gesicht glühte gleich hoch-
rot, wenn das Herz rascher zu schlagen anfing, und ein Paar blaue Blitzaugen schauten daraus munter in die Weite, als ob ihnen die ganze Welt
gehören müsste. Der muskulöse Arm und die kräftige Hand zeigten an,
dass er im Waffenhandwerk wohlgeübt war, und am liebsten sprach er
auch von Ritterspiel und Jagd. Gerade sein frisches, naturwüchsiges Wesen hatte Hans von der Buche gefallen, und Heinz wieder fühlte sich
seltsam angeregt durch dessen gelehrtes Wissen, das doch gar nicht mit
sich prunken wollte, und durch die Mitteilungen aus fernen Ländern,
von denen er bisher nicht viel mehr gekannt hatte als die Namen. Wenn
er so aufmerksam zuhörte und sich mühte, den klugen Reden zu folgen,
die Augenbrauen aufzog und den Blick forschend auf den Sprechenden
richtete, konnten seine Gesichtszüge einen recht beschaulichen Ausdruck annehmen, und eine Viertelstunde später wieder, wenn irgendein
unbedeutender Anlass seine Heiterkeit heraustrieb, konnte er mit seinem
herzlichen Lachen auch den ernsten Gesellen anstecken und zu ausge-
lassenen Späßen ermuntern. So waren sie gute Freunde geworden, indem sie treulich gegeneinander austauschten, was jeder seinen besten
Besitz nannte.

Hans hatte bald alles erfahren, was Heinz selbst von seinen kleinen Le-
bensschicksalen wusste. Er hatte früh Vater und Mutter verloren, erinnerte sich nicht einmal, sie je gesehen zu haben. Er war erzogen und aufgewachsen am Hofe des kaiserlichen Vogts zu Plauen, Heinrichs mit
dem Beinamen »der Reuße«, weil der Ältervater dieser Linie eine reußi-
sche Prinzessin geheiratet hatte. Er durfte ihn Oheim nennen, wusste
aber die Verwandtschaft nicht näher anzugeben und meinte, der edle
Herr sei eigentlich nur sein Pate gewesen und habe sich seiner von frü-

hester Jugend väterlich angenommen. Fast wie ein Kind des Hauses war er gehalten, und es hatte ihm an nichts gefehlt, solange er denken konnte. Er war in allen ritterlichen Künsten geübt worden und nun, reichlich mit Geld versehen, nach Preußen geschickt zu des Vogts Vetter, der gleichfalls Heinrich hieß, aber der Linie der »Böhmen« angehörte und zurzeit Komtur von Schwetz war, nachdem er früh schon in den Orden getreten. Vielleicht, dass er seine junge Kraft brauchen könne in dem Kampfe, der im Reiche schon für unvermeidlich galt, und zu dem auch Heinrich Reuß einige Fähnlein Söldner zu stellen gedachte. Er wollte sie sogar selbst dem Hochmeister zuführen und hatte Heinz Briefe mitgegeben an diesen und an seinen Vetter in Schwetz, die ihn melden sollten. Du hast nicht Land und Leute, hatte er ihm beim Abschied gesagt; sieh zu, wie du sie dir gewinnst. In Preußen hat mancher schon mit starkem Arm und tapferem Herzen sein Glück gemacht, und gefällt dir's, in den Orden einzutreten, so kann dir mein Vetter wohl dazu behilflich sein. Land und Leute zu gewinnen, das schien freilich dem Blondkopf eine lockendere Aussicht, als den weißen Ordensmantel mit dem schwarzen Kreuz zu nehmen. Er ließ sich recht umständlich erzählen, wie Andreas von der Buche nur sein Schwert nach Preußen gebracht hatte und unter dem viel gefeierten Meister Winrich von Kniprode Gerichtsherr von Buchwalde geworden war.

Nun hatte die gemeinsame Seefahrt sie noch inniger vereint und noch fester aneinander geschlossen. Gab's doch nach außen tagelang nichts zu schauen als das graue Wasser mit seinen rollenden Wogen, und war doch der Schiffsraum so eng, dass man einander auf Schritt und Tritt begegnen musste. Sie saßen gern zusammen auf dem hohen Vorderkastell, wo das Ankertau zu einem breiten Stapel aufgerollt war, und plauderten vergnüglich von Vergangenheit und Zukunft, oder sahen dem Zuge der weiß geflügelten Möwen nach, die überall das nicht ferne Ufer verrieten. Mitunter gesellte sich Herr Barthel Groß zu ihnen, hörte eine Weile, sich mit den Ellenbogen auf das Kastell stützend, zu und warf ein kurzes Wort ein; meist aber ging er, geschickt die Schwankungen des Schiffes parierend, rasch das Overlop auf und ab, die Hände in den Taschen wie ein Mann, dem Seereisen eine gewohnte Sache sind und der sich selbst als einen halben Seemann fühlt. Er war sicher wenig über dreißig Jahre alt, zeigte aber die ernste Stirn eines Vierzigers.

Es war während der Fahrt nichts passiert. Diesen Morgen erst hatte es den beiden Freunden geschienen, als ob die zahlreiche Bemannung des Schiffes ungewöhnlich in Bewegung gesetzt sei. Der Steuermann blieb selbst am Steuer, neue Segel wurden aufgehisst, die Matrosen kletterten auf den Masten herum, alle Stricke und Leinen wurden untersucht und straffer angezogen. Kapitän Halewat stand nicht weit vom Steuermann am Rudergat und blickte durch einen Tubus ohne Glas nach Norden auf die See hinaus, wo sich ein fernes Segel bemerkbar machte. Nicht ein Stellchen von Hellergröße auf diesem verwetterten Gesicht war ohne Furchen und Falten, und jetzt zog die gespannte Aufmerksamkeit alle Maschen des Liniennetzes auf der Stirn nach dichter zusammen.

Die Freunde bemerkten, dass der Ratsherr ihn ansprach, aber kurz abgefertigt wurde. Als er sich nun wieder der vorderen Spitze des Schiffes näherte, erkundigten sie sich, was es gäbe. Wahrscheinlich nichts Gutes, antwortete Groß. Das Segel dort – es nähert sich uns sehr verdächtig aus der Richtung von Gotland her. Der Alte hat für so etwas scharfe Augen.

Er meint –?

Pah! Er meint gar nichts; er sagt: Es ist so. Vitalienbrüder sind unterwegs. Die Barke dort ist nicht umsonst unter Segeln bis zu den Mastspitzen hinauf. Sie sucht uns von Norden her das Fahrwasser um Hela herum abzuschneiden, und mir dürfen uns nicht näher ans Land heranwagen der Sandbänke wegen. Erreichen wir aber auch ungefährdet die Danziger Bucht, so sind mir doch noch weit vom Ziel und können, wenn sie's unverschämt treiben, leicht noch auf der Reede eingeholt werden.

Mögen sie nur kommen! Rief Heinz, indem er aufsprang und den rechten Arm vorstreckte; sie sollen sehen, dass wir uns unserer Haut zu wehren wissen.

Lieber Herr, antwortete der Kaufmann bedächtig, um unsere Haut ist's ihnen wenig zu tun, obgleich sie auch da keinen Spaß verstehen, wenn man sich ihnen zur Wehr setzt. Aber die Güter locken sie, mit denen der Raum gefüllt ist. Die Beute wäre sehr ansehnlich; allein die flandrischen Laken rechnen nach Tausenden von Mark. Es könnte leicht mancher Danziger ein armer Mann werden, wenn das Schiff genommen wird. So wollen wir denn lieber alle Segel beisetzen und in der Flucht unser Heil suchen, die uns in diesem Falle gar nicht gegen die Ehre geht.

Heinz setzte sich wieder auf den Taustapel und drückte den Kopf in die Schultern. Ich habe in meiner Heimat viel von dem frechen Seeräubervolk erzählen gehört, sagte er. Sang man's doch auf allen Straßen, wie vor nun sieben oder acht Jahren die Hamburger den Nikolaus Störtebeker, den Gödeke Michael und alle ihre Gesellen fingen und ihrer hundertundfünfzig hinrichteten vor den Augen des Magisters Wigbold, der einer der blutgierigsten Anführer gewesen sein soll und sie nun alle vor sich sterben sehen musste bis auf den letzten Mann. Aber warum sie recht eigentlich Vitalienbrüder heißen, das hat niemand zu erklären gewusst. Möcht's aber wohl wissen, ehe ich sie von Angesicht kennenlerne. Der Ratsherr warf lachend den Kopf zurück. Das hat einen gar unschuldigen Grund, entgegnete er. Es gab eine Zeit, wo die Raubgesellen den Hanseaten gute Freunde waren, weil sie ihnen im Dänischen Kriege halfen. Ihr wisst, dass vor nun mehr als zwanzig Jahren König Olav starb, erst siebzehnjährig, und seine Mutter Margarethe nun Königin von Dänemark und Norwegen wurde. Da aber Olav der letzte männliche Spross des uralten schwedischen Königsgeschlechts der Folkunger gewesen war, meinte sie nun auch Anspruch auf die schwedische Krone zu haben. Schwedens Thron war aber besetzt. Der darauf sah, war der Mecklenburger Albrecht, Sohn der Schwester des Königs Magnus Erichsson. Der behauptete nun wieder sein Recht auf Dänemark und Norwegen, und so kam es zum Kriege, in dem ihm die Hanseaten Beistand leisteten, denn ihr Handel wurde durch Margarethe schwer gefährdet, und sie durften sie nicht übermächtig werden lassen. Das Glück entschied gegen Albrecht; sein eigener Adel verließ ihn, und in der Schlacht bei Falköping fiel er mit seinem Sohne Erich in die Gefangenschaft der Königin. Sieben Jahre lang saß er gefangen auf Schloss Lindholm in Schonen, fast ganz Schweden unterwarf sich der Königin, nur die Hauptstadt Stockholm blieb in den Händen der Deutschen. Da riefen nun die Städte Wismar und Rostock mit Johann von Mecklenburg die Seeräuber zu Hilfe, nahmen sie in Sold und schickten sie mit Lebensmitteln nach Stockholm, den Belagerten Mut zu machen. Von der Vitalje nun, die sie unter großen Gefahren einschmuggelten, hießen sie Vitalienbrüder, und den Namen behielten sie bei, als man ihnen später wieder das Handwerk legen wollte. Denn man brauchte die ›Gleichteiler‹ nicht mehr, als es zum Frieden kam und Albrecht mit seinem Sohn auf drei Jahre freigelassen wurde, und sieben von den Hansestädten, darunter auch Danzig, Elbing und Thorn, Stockholm in Pfand nahmen, dass er sich mit sechzigtausend Mark lösen werde, und der Danziger Ratmann von Halle Hauptmann war in Stockholm. Seitdem nannten sie sich wieder ›Gottes Freunde und aller Welt Feinde‹. Nun – aller Welt Feinde sind sie; aber ob unser Herrgott sie wird als Freunde gelten lassen, weil ihre Hauptleute von geraubtem Gute in einer Kirche Stockholms eine ewige Messe stifteten, das mag dahingestellt sein.

Indes tauchten rechts die Sanddünen von Hela auf, links aber im Norden wurde das ferne Segel immer deutlicher. Die beiden jungen Leute beobachteten es nun auch selbst mit immer gespannterer Aufmerksamkeit. Dann folgten sie Groß, der wieder an den Kapitän herangetreten war.

Die kecken Burschen haben mehr Leinwand als wir, knurrte der Alte, und der Bauch ihrer Barse ist nicht gefüllt mit Kisten und Tonnen wie meine Holk. Sollen wir auswerfen, Herr Barthel Groß?

Der Ratsherr zog bedenklich den Mund. Es wäre das äußerste Mittel – und ich zweifle noch sehr, dass es hilft, sagte er.

Ganz meine Meinung, rief der Kapitän. Um die Spitze kommen wir vielleicht herum, aber dann haben sie uns doch. Kenne mein Schiff wie mich selbst und hab' schon einmal in solcher Fährlichkeit gesteckt. Anno vier war's, da führte ich die ›Maria‹ mit einer Danziger Ladung nach Lissabon. Habt ihr einmal etwas von dem Seeräuber Henry Pay gehört? Nun, der war mit englischen Söldnern aus Plymouth und Dartmouth unterwegs und hielt mich an der spanischen Küste an. Es war an einem fünfzehnten August, mein Lebtag vergess ich das Datum nicht. In Lissabon verkauften die Schurken die Ladung, das Schiff aber brachten sie nach Dartmouth, und es war viel Geschreibe deshalb, bis sie es auf Befehl des guten Königs Heinrich IV. loslassen mussten. Er ist dem Orden gut gesinnt, weil er selbst einmal, noch als Herzog von Lancaster, eine Kriegsreise gegen die Litauer gemacht und von daher viel Ruhm heimgebracht hat.

Gehört Euch das Schiff? Fragte Hans von der Buche.

Der Alte schüttelte den Kopf. Nur zwei Parten, antwortete er; und es sind zwölf im ganzen. Vier davon hält Tidemann Huxer, einer der reichsten Danziger Reeder und seit Jahren im Rat. Die andern verteilen sich. Aber es verliert niemand gern das Seinige.

Gebt Ihr die »Maria von Danzig« schon für verloren? Mischte sich der Blondkopf sich ein. Ich denke, wir sind Manns genug, sie zu verteidigen, wenn's soweit kommt. Dabei blitzten ihm die Augen.

Der Kapitän zuckte die Achseln. Man kann nicht wissen, wie viel Burschen da an Bord sind. Zu weniger als dreißig oder vierzig pflegen sie sich nicht auf die hohe See zu wagen, und sie sind bewaffnet bis an die Zähne. Man hat mir auch in Lübeck erzählt, dass sie einen Hauptmann mit Namen Marquard Stenebreeker haben, der unter ihnen gute Mannszucht hält. Sprecht Ihr, Herr Barthel Groß! Ihr seid hier gleichsam der Vertreter der Danziger Kaufherren. Sollen wir uns gutwillig ergeben, wenn sie uns doch anlaufen? Oder setzen wir uns zur Gegenwehr auf die Gefahr hin, dass hinterher von einem Vergleich nicht mehr die Rede ist?

Groß bedachte sich. Es schien ihm eine beschwerliche Sache, hier den Ausschlag geben zu sollen. Ihr führt das Schiff, Kapitän, meinte er dann ausweichend, und habt hier allein zu befehlen. Aber bedenkt Euch wohl, dass Ihr nichts anfangt, das Ihr nicht auch zum Ende führen könnt. Wir wollen sie herankommen lassen und erst zusehen, wie viel ihrer ungefähr sind. Lohnt's dann zu fechten, so hab' ich auch mein Schwert nicht umsonst allezeit bei der Hand.

Der Alte kniff das linke Auge zu. Sie werden uns schwerlich Zeit lassen zur Musterung, sagte er mit einem grinsenden Lachen. Ich denke, wir wollen, oder wir wollen nicht.

Wir wollen! Rief Heinz. Und rüsten müssen wir uns doch auf alle Fälle, wenn sie uns nicht überrumpeln sollen. Die Burschen glauben Euch mit der Mannschaft allein auf dem Schiff, da sind sie so keck. Nun trifft sich's, dass Ihr noch mehr als ein Dutzend Arme darüber hinaus zur Verfügung habt. Und darunter recht kräftige Arme! – Er blickte zu den drei Rittern hinüber, die sich gern in vornehmer Entfernung hielten und jetzt in der Nähe des Fockmastes aufs Deck gestreckt hatten.

Pah! Was bekümmert Schiff und Ladung die Passagiere? Wandte der Kaufmann ein. Sie werden ihr Leben nicht an ein Abenteuer wagen.

Sie werden's! Antwortete der Blondkopf mit aller Entschiedenheit. Lasst mich die Herren befragen.

Er schritt sogleich auf die Gruppe zu und stellte die Sache eindringlich vor. Die Ritter mochten bedenken, dass es ihnen in der Gefangenschaft der Räuber bis zur Lösung auch nicht wohl sein würde, und stimmten für den Kampf. Ihre Knechte sollten auch dabei sein, und an Waffen fehlte es ihnen nicht.

Nun ließ der Kapitän seine Pfeife ertönen. Auf dieses Zeichen sammelten sich sämtliche Schiffskinder um ihn und den Steuermann zur Beratung, der Reffsteuermann, der Zimmermann, der Hauptbootsmann, sechs Bootsleute und einige Knechte und Putken, Jungen von vierzehn oder fünfzehn Jahren, die auf der Reise erst ihren Dienst anfingen. Achtzehn Köpfe zählte das Schiffsvolk im ganzen; dazu kamen die Fremden: drei Ritter mit drei Knechten, der Kaufherr, Heinz von Waldstern und sein Geselle Hans von der Buche, ein ganz ansehnliches Häuflein.

Die Schiffsleute zeigten guten Mut, da sie sich so kräftig unterstützt sahen. Die Steuerleute, der Zimmermann, der Hauptbootsmann und zwei von den Matrosen hatten ihrer bei der Heuer übernommenen Pflicht gemäß Harnische in ihren Kojen. Die Ritter waren gut mit Waffen versehen, und die anderen Passagiere hatten wenigstens ein Schwert und eine

Haube in ihrer Lade. Der Kapitän erinnerte sich nun auch, dass er eine große Kiste mit stählernen Platten für den Komtur von Danzig mitbekommen habe, auch eine andere mit einigen Feuerstöcken für die Marienburg. Man machte sich kein Gewissen daraus, sie in der Not zu erbrechen und die Waffen in Gebrauch zu nehmen. Keine halbe Stunde dauerte es, und aus allen Schiffsluken stiegen die Gewaffneten; selbst der jüngste von den Putken hatte eine Eisenschiene umgeschnallt und die Axt des Zimmermanns in bei Hand. Heinz kannte die Bedienung der Feuerstöcke und instruierte die Leute. Der eine musste das Gewehr halten, und der andere feuerte es mit einer Lunte ab. Auch die Blide auf dem Vorderkastell wurde instand gesetzt und geladen.

Dann wurde Kriegsrat gehalten. Wir müssen's schlau anfangen, sagte der Kapitän Halewat, damit wir sie vor allen Dingen teilen, denn es sind ihrer jedenfalls mehr als wir. Deshalb dürfen wir unsere Mannschaft nicht gleich sehen lassen, sondern müssen den besten Teil hinter den Luken verstecken, bis sie uns ganz sicher zu haben glauben. Ich und acht oder zehn von unsern Leuten ziehen den Ölrock wieder über den Panzer und setzen den Südwester über den Eisenhut. Sie bilden sich dann ein, dass wir uns friedlich ergeben wollen, und springen in Scharen über, sich des Schiffes zu bemächtigen. Dann brechen die übrigen vor, und der Kampf kann beginnen. Werden wir mit diesen fertig, so dürfen uns die andern wenig Sorge machen; sie werden ihre Barse zu retten suchen und sich eiligst auf die Flucht begeben, zumal, wenn mir mit den Feuerstöcken ihnen eins aufbrennen. Hier an Bord nimmt jeder seinen Mann. Und somit Gott befohlen, Kinder! Den Herren mag ich nichts vorschreiben.

Er machte ein Kreuz über Brust und Stirn, warf seine Ölkleidung über, nahm dem Steuermann die Pinne aus der Hand, damit er sich gleichfalls rüsten könne, und hielt das Schiff scharf auf die Helaer Spitze. Er führte es so knapp an derselben vorbei, dass der Kiel einen Augenblick den Sand streifte, und gewann dadurch einen kleinen Vorsprung. Der wackere Mann wollte bis zuletzt seine Pflicht tun, den Räubern zu entkommen. Aber die Hoffnung schwand bald völlig; die feindliche Barse war ein guter Segler. Schon erkannte er auf dem Verdeck derselben die bewaffneten Männer, schon konnte er die Köpfe überzählen – mehr als dreißig. Vorn im Bug standen einige handfeste Leute und hielten lange Enterhaken bereit.

Auf der Holk war's ganz still, als wüssten die Matrosen von keiner Gefahr.

Zweites Kapitel

Die Vitalienbrüder

Nun brauste das Schiff heran. Auf zwei- oder dreihundert Schritte fiel ein Kanonenschuss, der dem Kauffahrteifahrer Halt gebieten sollte. Die Kugel strich seitwärts vorbei und schlug eine Strecke weiter aufs Wasser auf. Es folgte wenige Minuten darauf ein zweiter Schuss. Diesmal traf die Kugel das Holz neben dem Steuer dicht über dem Wasser. Nun wird's Zeit! Rief der Kapitän seinen Leuten zu. Er gab ein Zeichen mit der Pfeife: Die großen Segel wurden sofort gerefft und die Flagge – rot mit zwei weißen Kreuzen übereinander – von der Spitze des Fockmastes herabgelassen.

Das Holkschiff, das so dem Winde keinen Widerstand mehr bot, verlangsamte sofort seinen Lauf. Der Führer der Barse hatte wahrscheinlich auf so schnellen Gehorsam nicht gerechnet und schoss links mit vollen Segeln dicht vorüber. Zwar warfen einige seiner Leute ihre Enterhaken über das Schanzkleid, mussten sie aber fahren lassen, um nicht bei der schnellen Vorwärtsbewegung über Bord gerissen zu werden. Einer fiel wirklich ins Wasser und ertrank. Die Haken blieben im Holz stecken und legten sich an die Seitenwand des Schiffes. Nun ließ auch die Barse das Großsegel fallen; zugleich machte sie eine Wendung nach rechts, um den Kauffahrer aufzunehmen, konnte aber vor dem Winde nicht schnell genug ausweichen und musste, da Kapitän Halewat geschickt die Gelegenheit ausnutzte, einen kräftigen Stoß von dem Vordersteven gegen ihre Flanke erleiden, dass die Rippen krachten. Zugleich fuhr das Bugspriet der Holke durch ihre Wanten und verwickelte sich darin, sodass nun ein Teil der Mannschaft vollauf mit dem eigenen Schiffe zu tun hatte. Indes legte doch die Barse herum, sodass Bug gegen Bug stand und der Übergang keine Schwierigkeiten weiter bot. Es sprangen denn auch sofort mehr als zwanzig von den verwegenen Gesellen, voran der Hauptmann, mit wildem Geschrei über das Schanzkleid oder kletterten am Bugspriet entlang auf das Vorderkastell, schwangen Schwerter und Streitkolben durch die Luft und drangen auf die Matrosen ein, die sich auf einen Wink des Kapitäns zurückzogen und auf dem Steuerdeck sammelten.

Ergebt euch! Rief der Anführer, ein Mann von wohl sechs Fuß Höhe mit fuchsrotem Bart. Ihr seht, dass jeder Widerstand vergeblich ist. Ergebt euch, wenn euch das Leben lieb ist!

Darüber ließe sich verhandeln, sagte der Kapitän. Das Leben ist jedem lieb. Wer seid Ihr?

Das kümmert Euch nicht, antwortete der Rotbart, näher tretend. Nach Eurer Flagge gehört das Schiff nach Danzig. Wir liegen in Fehde mit den Danzigern um wichtiger Ursachen, die Euch nichts angehen, und nehmen ihr Gut, wo wir's finden. Sagt also, ob ihr uns gutwillig folgen wollt nach Gotland?

Der Kapitän nickte. Wenn Ihr uns eine Verschreibung an unsere Herren in Danzig zu geben versprecht, dass Ihr uns mit Gewalt gezwungen habt –

Der Hauptmann lachte. Die sollt Ihr haben. Also folgt uns auf unser Schiff, wir besetzen die Holke mit unseren Leuten. Vorwärts!

Indessen war die Räuberbande, lauter stämmige Burschen von verwildertem Aussehen, dem Hauptmann nachgerückt und umstand den Raum vor dem erhöhten Steuerdeck. Auf manchem Gesicht spiegelte sich der Verdruss, dass es zu keinem Kampfe kommen sollte. Keiner von ihnen merkte, dass sich in ihrem Rücken die Luke zum Schiffsraum öffnete und zwei Feuerstöcke die eisernen Läufe herausstreckten. Im nächsten Augenblick blitzte das Pulver auf, krachten die Schüsse und fielen zwei von den Räubern getroffen zu Boden. Die Matrosen, die gefeuert hatten, sprangen aus der Luke, kehrten die Gewehre um und drangen damit auf die Bande ein. Ihre Genossen folgten, die Ritter und Junker brachen aus ihren Verstecken vor, und der Kapitän mit seinen Leuten warf sich von vorn den Räubern entgegen.

Verrat! Verrat! Schrie der Hauptmann. Hierher, Brüder! Festgeschlossen! Nieder mit der Brut! Werft sie über Bord ins Wasser! Nicht einer bleibt am Leben!

Es entstand nun ein wildes Handgemenge. Die Schwerter blitzten und klirrten, die Eisenpanzer rasselten, dicht fielen die Hiebe auf die Sturmhüte und Blechhauben. Als die Seeräuber der Ritter ansichtig wurden, stutzten sie, aber der Rückzug war unmöglich, und so musste auch mit ihnen der Kampf aufgenommen werden. Freilich mit ungleichen Waffen. Denn die langen Schwerter derselben waren vom besten Stahl und ihre Rüstung undurchdringlich. Aber von der Barse her eilte noch ein Dutzend Gesellen zu Hilfe, und so wurde diese Ungunst für sie wieder ausgeglichen. Unter den wuchtigen Streichen der Ritter waren schon einige von den Räubern neben den erschossenen zu Boden gesunken, und ihr Blut färbte die Planken des Overlops, aber noch immer griffen zwei und drei zugleich an. Barthel Groß stand mit dem Rücken gegen den Mast gelehnt und verteidigte sich mehr, als er angriff. Die beiden Junker waren hier und dort, wo einer der Matrosen zu hart bedrängt wurde, und zogen immer neue Feinde auf sich. Die Schiffsknechte, wenig geübt im Waffendienst, suchten die Kämpfenden von hinten zu fassen und zu Buden zu ringen oder aufzuheben und über Bord zu werfen. Dem einen und andern gelang's.

Der Hauptmann, der alle an Länge überragte und bereits den Reffssteuermann und einen Bootsmann niedergestreckt hatte, schien nun einzusehen, dass doch die Hauptgefahr von den Rittern drohe. Er warf sich auf den, der in der vordersten Reihe kämpfte, unterlief sein Schwert, umfasste mit den Armen seinen Leib und suchte ihn hintenüber zu stürzen. Der Ritter wollte seine Waffe, die ihm doch wenig mehr nützte, nicht fallen lassen und wurde dadurch behindert, den rechten Arm zu gebrauchen. Dennoch hätte er vielleicht Widerstand geleistet, wenn er nicht in eine Blutlache getreten und ausgeglitten wäre. Blitzschnell warf sich der Rotbart auf ihn und stieß ihm den langen Dolch zwischen Halsberge und Plate in die Brust.

Die Seeräuber erhoben ein Freudengeschrei und erneuerten mit frischem Mut ihren Angriff. Aber der Jubel dauerte nicht lange. Heinz von Waldstein nahm den Kampf mit dem Hauptmann auf. Fast einen Kopf kleiner als er, meinte er sich doch an Stärke mit ihm messen zu können. Mit einem Streitkolben, den er einem Gefallenen abgenommen hatte, ging er ihm zu Leibe, als er sich eben vom Boden erheben wollte, und traf seinen Eisenhut so sicher, dass der Bügel desselben zersprang und der gewaltige Mann betäubt zurücktaumelte. Aber seine Kraft war nicht gebrochen. Den Schwertangriff parierte er eine Weile geschickt mit dem langen Dolch und brachte auch seinem immer wütender anstürmenden Gegner einige wohlgezielte Stöße bei, die freilich seinem Ringpanzer nur geringen Schaden taten. Endlich aus mehreren Wunden blutend, schlug er mit der Armschiene das Schwert zur Seite und packte Heinz bei der Kehle, mit ihm zu ringen. Bald drängten die Kämpfer einander Brust an Brust gegen das Schanzkleid des Schiffes hin, jeder bemüht, den anderen mit dem Rücken gegen dasselbe zu zwingen und ins Wasser hinabzustürzen. Dabei kam dem Räuber seine Körperlänge zustatten, indem er den kleineren Gegner von Zeit zu Zeit aufzuheben und eine Sekunde lang schwebend zu halten vermochte. Doch verlor er gleich wieder den Vorteil, sobald der Junker im Rücken einen Halt fand. Endlich gelang es dem letzteren doch, ihn mit einer unvorhergesehenen raschen Schwenkung zu Boden zu schleudern. Sie rollten über das Verdeck hin, bis Heinz gegen den Mast festen Fuß fasste, sich mit dem Aufgebot aller

Kräfte aufrang und das Knie auf die Brust des keuchenden Feindes setzte. Ergib dich! Schrie er ihm zu, indem er mit beiden Händen seinen Hals fasste.

Zwei von den Raubgesellen, die ihren Hauptmann in ernstlicher Gefahr sahen, eilten nun aber zu seiner Hilfe herbei. Einer derselben holte schon mit dem Schwerte aus, Heinz einen Hieb über den Kopf zu versetzen, der leicht hätte tödlich werden können, als Hans von der Buche zusprang und ihn abfing. Der Angreifer musste sich nun gegen ihn wenden, und Heinz hatte es nur noch mit einem Gegner zu tun. Den Hauptmann durfte er dabei nicht wieder vom Boden aufkommen lassen. Er schnürte deshalb dessen Hals so fest zusammen, dass er blutrot im Gesicht wurde und das Bewusstsein verlor. Sobald Heinz merkte, dass er für die nächsten Minuten zu jedem Widerstande unfähig war, entriss er ihm den Dolch und nahm den Kampf mit frischer Kraft auf. Es wurde ihm nicht schwer, hier Sieger zu bleiben.

Als die Seeräuber ihren Anführer anscheinend tot auf dem Deck liegen sahen, ergriffen sie, so viele ihrer noch aufrecht standen, die Flucht und suchten nach der Barse zu entkommen. Die dort Zurückgebliebenen hatten längst die Gefahr erkannt und inzwischen alle Anstrengungen gemacht, das Bugspriet der Holke aus den Tauen frei zu ziehen, in dem es sich beim Anprall verwickelt hatte. Nun suchten sie, um rascher loszukommen, den Baum mit Beilen zu kappen.

Kapitän Halewat, der sich mit den Räubern tapfer herumgeschlagen hatte, richtete zunächst sein Augenmerk darauf, zu sichern, was man errungen hatte. Er rief den Schiffsknechten und Putken zu, Stricke aus dem Raum heraufzubringen. Damit wurden dann dem Hauptmann und seinen Gesellen, die entweder verwundet am Boden lagen oder von ihren Siegern an der Flucht gehindert wurden, die Hände auf den Rücken gebunden. Vier von den Räubern waren getötet, zwölf andere wurden auf diese Weise dingfest gemacht, einige hatten in der See ihren Tod gefunden. Ich denke, wir können zufrieden sein, sagte der Alte.

Noch nicht ganz, rief Heinz, der aus einer leichten Stirnwunde blutete. Das Gesindel darf uns nicht entkommen. Nun wollen wir ihnen einen Besuch abstatten. Wer folgt mir?

Lasst's genug sein, meinte der Kapitän, unsere Leute sind erschöpft. Die Barse kommt auch schon frei, und wenn sie erst wieder den Wind in den Segeln hat –

In diesem Augenblick krachte das Bugspriet und fiel ins Wasser hinab. Die Matrosen auf dem Räuberschiff stießen sofort ab und gewannen freie

Fahrt. Heinz stampfte vor Ärger mit dem Fuß auf. Der Sieg ist nur halb! Rief er. Gibt's denn kein Mittel? Er sah mit blitzenden Augen der Barse nach, die schon hundert Schritte weit abgetrieben war. Plötzlich kam ihm ein Gedanke. Die Lunte her! Er riss sie einem der Schiffsjungen aus der Hand und eilte damit auf das Vorderkastell. Dort richtete er die Blide, die ganz vergessen war, und feuerte sie ab. Das Glück war ihm günstig; die Kugel traf den Vordermast und brach ihn mitten durch. Der obere Teil mit den Stangen und Segeln fiel über Bord und blieb in den Tauen hängen. Das Schiff gehorchte dem Steuer nicht mehr und drehte sich um sich selbst, während die Mannschaft bemüht war, die Taue zu kappen.

Nun gab der Kapitän sein Kommando. Die Bootsleute machten die Segel klar; in wenigen Minuten war man hinter dem Feinde her. Barthel Groß gab den guten Rat, die Enterhaken, die noch im Schanzkleide steckten, herauszuziehen und zu benutzen. Bald steckten die spitzen Eisen im Holz der Barse. Ehe die Räuber sie mit den Beilen fortschlagen konnten, lag schon Schiff an Schiff. Die beiden Ritter sprangen über und trieben das schon mutlose Gesindel vor sich her. Nach kurzer Gegenwehr ergab sich die Mannschaft und ließ sich binden.

So war denn ein glänzender Sieg erfochten, freilich aber auch mancher Verlust zu beklagen. Der Hauptbootsmann, zwei von den Knechten und ein Matrose lagen neben dem Ritter tot auf der Kampfstätte; fast keiner der Lebenden war ohne schwere oder leichtere Wunden davongekommen. Doch war man des schönen Erfolges froh.

Der alte Kapitän entblößte das Haupt und sprach ein kurzes Gebet für die Toten. Dann sonderte man sie – auch im Tode noch Freund und Feind –, legte die Zusammengehörigen nahe beieinander und bedeckte sie mit Segeltüchern. Im Raum der Barse waren einige Fässchen Bier gefunden; die wurden als gute Beute betrachtet und ausgestochen. Darauf ging's wieder an die Arbeit. Die Putken ließen an Stricken kleine Tönnchen an der Schiffswand hinab, zogen sie mit Wasser gefüllt hinauf und reinigten den Overlop von dem reichlich vergossenen Blute. Die Schiffsknechte sammelten die Waffen, die den Seeräubern abgenommen waren, und brachten sie in Sicherheit. Einige von den Bootsleuten, noch im Harnisch, wurden auf die Barse geschickt, die gefangenen Matrosen dort in Dienst zu nehmen. Der zerschossene Mast wurde an Bord gezogen, das Räuberschiff mit einem langen Tau am hinteren Greifen der Holke festgelegt und von dieser unter vollen Segeln mitgeschleppt. Der Esping, die größte Schaluppe des Kauffahrers, war flottgemacht und ins Wasser hinabgelassen, damit man im Notfalle zwischen den beiden Schiffen leicht eine Verbindung herstellen könnte. So wurde die Fahrt fortgesetzt.

Ich hoffe, unseren Gefangenen sind die Hände so fest auf den Rücken geschnürt, sagte Halewat lachend, indem er seine Wunden wusch, dass sie an das Rebellieren nicht denken. Sonst gäb's wohl noch ein Mittel – ha, ha, ha! Wisst ihr, wie's die Stralsunder einmal machten, als eins ihrer Schiffe einen solchen Fang getan hatte? Freilich noch einen besseren! Denn als sie ihre Gefangenen zählten, waren's über hundert, und sie hatten nicht so viel Ketten, Stöcke und Behältnisse, sie alle zu schließen. Da war guter Rat teuer, denn es stand zu befürchten, dass das Gesindel in der Nacht rebellierte. Zum Glück fiel's ihnen ein, dass sie eine große Zahl leerer Tonnen an Bord hatten, denn sie wollten nach Schonen, die Heringe abzuholen. Was taten sie also? Sie schnitten runde Löcher in die Deckel, spundeten die Räuber ein, sodass nur die Köpfe aus den Löchern heraustaken, und stapelten die Tonnen wieder fein säuberlich im Raume auf. So brachten sie die Beute wohlbehalten nach Stralsund, wo der Henker Arbeit bekam. Ha, ha, ha, so unbequem sollen's diese Burschen nicht haben! – Die Geschichte wurde von dem rohen Schiffsvolke weidlich belacht.

Als man so eine Stunde gefahren war, immer die flache Küste im Auge, merkte der Kapitän, dass sein Schiff ein Leck haben musste. Es fand sich Wasser im Raume. Die Untersuchung ergab, dass die zweite Kugel hinten durchgeschlagen hatte und die Wellen durch die Öffnung spülten. Es war keine sonderliche Gefahr dabei, aber der Zimmermann wurde doch hinabgeschickt, das Loch mit Tüchern zu verstopfen und ein paar Säcke mit Grütze gefüllt vorzulegen, die von der Schiffskost übrig waren und das nachsickernde Wasser einziehen konnten. Dann wurden die Pumpen in Bewegung gesetzt, damit die geladenen Güter nicht Schaden nähmen.

Nachmittags langte man am Ausfluss des Weichselstromes an. – Auf der Landspitze links war vom Ordensschloss aus kürzlich ein festes Blockhaus zum Schutze der Einfahrt gegen die Seeräuber errichtet. Einer von den Brüdern hatte dort mit mehreren bewaffneten Knechten sein Quartier als Mündemeister. Um das Haus war im Viereck ein Wall aufgeworfen, über den nach der Wasserseite hin die Köpfe zweier Bombarden schauten. Das Schiff musste hier anlegen, um dem Mündemeister Rede zu stehen, der zugleich den Pfundzoll erhob, die Abgabe von den eingehenden Gütern, um die fortwährend Streit war zwischen dem Orden und den Städten, und die man dann gemeinsam zu erheben und zu teilen übereingekommen war. Es fand sich auch der von der Rechtstadt angestellte Pfahlknecht mit seinen Leuten und der Hafenwärter ein, den sonderlichen Fang zu besichtigen. Sie waren städtische Beamte und hatten das Bollwerk bei der Einfahrt instand zu halten und die Hafenanlagen zu beaufsichtigen. Das Pfahlgeld zur Unterhaltung des Hafens zahlten die Schiffer aber nicht an sie, sondern legten es erst in der Stadt in der Pfahlkammer nieder, die sich im unteren Raume des Rathauses befand. Kapitän Halewat wusste auch ohne ihre Weisung Bescheid.

Dann nach der Zollabfertigung ging's weiter mit gutem Winde den mächtigen Weichselstrom hinauf. Die beiden Freunde standen auf dem Vorderkastell und schauten neugierig nach rechts und links um, was sich ihren Augen in der Nähe der großen Handelsstadt Neues bieten möchte. Auf beiden Seiten des Flusses breiteten sich anfangs weite Wiesenflächen aus, auf denen hier und dort Pferde und Vieh weideten. Dann wurden rechter Hand Schneidemühlen und kleine Häuser von Holz am Ufer sichtbar. Herr Barthel Groß trat heran und erklärte ihnen, dass sich die Jungstadt Danzig bis hierher hinausziehe. Der Orden hat sie erst vor dreißig Jahren angelegt, sagte er, und tut, was er kann, ihren Handel in Schwung zu bringen, von dem er selbst Vorteil hat. Er übertrug dem Lange Klaus und dem Peter Sandowin die Besetzung, gab ihnen auch vier Freihöfe und den dritten Teil aller Gerichtsbußen. Es wollte mit der neuen Ansiedlung doch nicht ganz nach Wunsch vorwärts, und noch immer sind viele Stellen unbebaut, obgleich die Herrschaft der Stadt zwei Dörfer geschenkt und ihr geholfen hat, das Rathaus und die Kaufhäuser zu bauen. Uns Rechtstädtern ist die Jungstadt kein gefährlicher Nachbar. Sie wird sich niemals ganz frei machen vom Orden, ob sie schon wie wir kulmisch Recht und selbstständiges Gericht, auch volle Marktgerechtigkeit hat. Überall reden ihr die Herren in die Verwaltung drein, und jeder Hausbesitzer muss für sich seinen Zins aufs Schloss tragen, während wir aufs Stadthaus zinsen und den Orden durch unseren Kämmerer in runder Summe befriedigen. Das ist ein gar merklicher Unterschied, ob er euch gleich kaum des Redens wert scheinen mag. Denn ein anderes ist's, ob der Bürger sich der Stadt verpflichtet fühlt und nur durch den Rat dem Orden, oder ob die Herrschaft die Hand auf jedes einzelnen Säckel legt.

Die Häuser traten nun dichter zusammen, freilich von Zeit zu Zeit noch immer durch Holzgärten und Weideplätze getrennt. An den zu zwei und drei eingerammten Pfählen lagen Schiffe und dicht am Ufer Holzflöße. Es war da viel reges Leben bemerkbar. Hier beginnt die Straße auf dem Bollwerk, erklärte der Ratsherr, indem er sich hinter die Junker stellte und die Hand mit dem großen Siegelringe zwischen ihren Schultern vorstreckte. Dort weiter hinein ragt das Rathaus über die Häuser des Ringes hinaus. Ein ganz stattlicher Bau, wie auch das Kaufhaus dort. Aber es gehört ihnen doch nur die Hälfte davon, und sie müssen jährlich alle Einnahmen aus den Kaufstellen mit dem Orden teilen, weil er die Hälfte der Kosten getragen hat. Pah! Wer fremden Beistand anruft, muss auch fremden Rat annehmen. Ich lobe mir's, auf eigenen Füßen zu stehen.

Ist die Stadt ganz offen? Fragte Hans von der Buche, der sonst überall im Lande auch den kleinsten Ort befestigt kannte.

Barthel Groß stieß den Atem durch die Nase. Die Jungstädter haben die Mauern so gut in ihrem Verschreibungsbrief als wir, antwortete er, aber sie warten, bis der Orden ihnen die Steine anfahren lassen wird. Er wird ihnen dann aber auch die Torwächter stellen – ha, ha, ha!

Nun wurde der mächtige Backsteinbau des Ordensschlosses sichtbar, ein Viereck von Gebäuden, durch Ecktürme überragt und von Mauern mit Zinnen ringsum eingeschlossen. Das Schloss war gerade an der Stelle angelegt, wo rechter Hand die Mottlau in die Weichsel einmündete; es zog sich mit seinen starken Vorwerken bis an die beiden Flüsse heran. Die dritte Seite vorbei floss der Mühlgraben, der damals oberhalb der Mottlau ebenfalls in die Weichsel seinen Abfluss hatte, und ein Teil des Wassers war in den Burggraben geleitet. Nur von wenigen kleinen Fenstern waren die gewaltigen Außenmauern des Burgbaues durchbrochen, der dadurch ein recht düsteres Aussehen gewann.

Die »Maria von Danzig« steuerte in die Mottlau ein und zog die Barse nach sich. Bald glitt sie über eine schwere eiserne Kette hin, die am jenseitigen Ufer angepfählt war und sich rechts über eine große Rolle in die Mauer hineinzog; sie hing schlaff und zu zwei Dritteln unter dem Wasserspiegel.

Was bedeutet das? Erkundete Junker Heinz.

Das Gesicht des Ratsherrn verfinsterte sich. Wir können's vorläufig nicht hindern, sagte er, dass die Herren hier eine Kette durch den Fluss legen und sie aufziehen, wann sie wollen. Sie haben hier die Macht, also auch das Recht. Es hat einen gar glimpflichen Namen: Der Fluss soll gesperrt werden können im Notfall gegen feindliche Schiffe, etwa gegen die Seeräuber oder gegen die dänischen Orlogs, die der Stadt einen unliebsamen Besuch machen möchten. Nun ja, eine Art von Schutz ist's schon, aber gebeten haben wir nicht darum. Und ich denke, im Stillen ist auch noch eine andere Absicht dabei: Die Kette kann auf einmal uns Rechtstädtern zum Schimpf aufgezogen werden, unsere Schiffe nicht hinauszulassen. Das Ding ist uns sehr beschwerlich.

Steht ihr so schlecht mit der Herrschaft? Fragte Hans. Das war früher nicht so.

Nicht schlecht und nicht gut, antwortete Groß, das Kinn aufwerfend. Wir wachsen zu kräftig, das macht dem Orden Sorge. Er möchte gern wie eine Henne alle seine Küchlein unter den Flügeln haben, und es sind darunter doch einige, die schon gern auf eigene Faust ihr Futter suchen. Thorn, Elbing, Danzig – die kleineren nicht zu nennen –, wir gehören zur Hansa und tagen mit zu Lübeck, innerhalb Landes aber untereinander zu Marienburg, und was unsern Handel angeht, darüber leiden wir nicht gern Einsprache. Das gefällt dem Orden immer wenig, ob er's gleich anfangs ohne Widerspruch gelitten hat. Er möchte auch alljährlich gern dreinreden bei der Ratswahl, um stets seine Freunde im Stadtregiment zu wissen, und seine Freunde sind nicht immer der Stadt gute Männer. So gibt's denn allerhand kleine Häkeleien mit dem Komtur – es wäre zu weitläufig, das des näheren zu erklären. An das Schloss lehnte sich die Vorburg mit großen Speichern nach der Wasserseite. Sie fuhren dicht daran vorüber. Da speichert der Orden sein Korn, fuhr der Ratsherr fort, und er hat noch mehr Magazine weiter am Fluss hinauf. Seht ihr, das ist auch so ein Punkt, über den wir schwerlich jemals einig werden. Der Orden hat überall im Lande großen Besitz und kann das Korn, das er baut und das ihm von den Bauern gezinst wird, nicht verzehren; dass er's verkauft, ist ganz in der Ordnung; aber dass er nun selbst damit Handel ins Ausland treibt und sich allerhand Privilegien beimisst, die den Kaufmann in der Stadt drücken (er blickte nach den beiden Rittern um, die am Mast standen und den Mauerwächtern zuwinkten), das macht viel böses Blut. Es sollte alles durch die Hand des Kaufmanns gehen.

Rechts folgte nun eine Strecke sumpfiges Ufer. In einiger Entfernung landeinwärts dicht unter dem Schloss lag ein Häuflein kleiner und niedriger Häuser um ein größeres herum, das sie mit dem Dach überragte. Das ist das Hakelwerk, erklärte Groß, da wohnen die Fluss- und Seefischer zusammen in einer besonderen Gemeinde. Das Haus in der Mitte ist der Krug und Kramladen. Die Schiffskinder haben durstige Kehlen. Dort aber, an den letzten Häusern, geht's durchs Haustor in die Rechtstadt. Gottlob, ich bin zu Hause!

Die Mauern der Stadt, von Strecke zu Strecke mit vortretenden Türmen bewehrt, zogen sich gegenüber der Insel links bis an das Flussufer heran und dann demselben entlang, von vielen niedrigen Toren durchbrochen. Dach an Dach ragte über dieselben hervor, so weit das Auge blicken konnte, und über alle erhob sich die breite Masse der Marienkirche und der schlank aufstrebende Turm des Rathauses, hinter dem eben die Sonne unterging. Hunderte von metallenen Kreuzen, Kugeln und Fähnchen blitzten und leuchteten auf den hohen Giebeln der Häuser und Türme. Ein prächtiger Anblick!

Schon vom Schlosse ab hatte eine Schar von größeren und kleineren Booten die Schiffe begleitet. Es musste auffallen, dass die »Maria von Danzig« eine Barse im Schlepptau hatte, der ein Mast heruntergebrochen war. Es wurde hinaufgefragt und von den Schiffsleuten Antwort gegeben. Bald lief das Gerede von Boot zu Boot, dass ein Räuberschiff nach heftigem Kampfe genommen sei, dass es Tote und Gefangene an Bord gebe. Die Nachricht wurde blitzschnell ans Ufer weiterverbreitet. Links an der Speicherinsel lag Schiff an Schiff, Getreide einzunehmen. Die Sackträger hatten eben Feierabend gemacht und standen nun mit den Matrosen auf den Bohlensteigen oder auf den Hinterdecken, das Schauspiel zu betrachten. Dann flatterte eine Flagge zum Top des Mastes hinauf. Das war unverabredet das Zeichen für alle übrigen Schiffe, ihre Flaggentücher zu Ehren der »Maria« zu entfalten. Kapitän Halewat hatte die Blide noch einmal laden lassen und gab nun einen kräftigen Freudenschuss. Gleich darauf legte das Schiff dicht beim Koggentor an.

Vom Fischmarkt an war ihm schon eine sich immer vermehrende Menschenmenge am Bollwerk entlang gefolgt. Nun, durch den Schutz erschreckt und gleichsam herangerufen, strömte sie auch von der Breiten Gasse her durchs Wassertor und aus der Brauergasse durchs Ankerschmiedetor und vom Langen Markt durchs Koggentor und durch alle die anderen kleinen Tore an den Fluss hinaus, sodass bald der Raum unter der Mauer dicht gefüllt war. Ein Seeräuberschiff genommen! Lief die Kunde von Mund zu Mund. Wer ist der Kapitän – wem gehört das Schiff – gibt's Tote – wie viele Räuber sind gefangen? Fragte einer den andern. Und dann, von Zeit zu Zeit: Hurra – hurra – hurra!

Drittes Kapitel

Schloss und Stadt

Kapitän Halewat hatte indessen auf Ansuchen der Ritter einen Bootsmann mit ihrem Knecht auf der Jolle nach dem Schloss zurückgeschickt, um am Wassertor desselben ihre Ankunft zu melden und zugleich anzuzeigen, was ihnen begegnet war. Sie ließen den Komtur, Johann von Schönfels, bitten, sie nach dem Schloss einzuholen und zugleich für die Fortschaffung der Leiche des gefallenen Bruders zu sorgen. Von den Schiffsleuten ließ der Alte vorläufig niemand an Land; sie plauderten aber über den Bord hin mit den Neugierigen, rühmten ihre Taten und zeigten ihre Wunden. Nur die Nächsten konnten bei dem allgemeinen Lärm etwas verstehen.

Nun zeigte sich unter dem Koggentor eine rückstauende Bewegung. Die Menge wich rechts und links zur Seite aus und ließ mit ehrerbietiger Rücksicht einige Personen bis ans Schiff durch. Die Herren vom Rat – lief das Gemurmel um –, die Herren Bürgermeister – Platz, Platz da für die Herren Bürgermeister!

Voran schritt ein langer, hagerer Mann mit grauem, kurz gestutztem Bart, in braunem Mantel mit Pelzverbrämung und schlichter Samtkappe. Er führte am Arm eine junge Frau, gleich ihm hochgewachsen und schlank. Es war der Bürgermeister Konrad Letzkau und seine Tochter Anna, des Ratsherrn Bartholomäus Groß Ehefrau. Ihm zur Seite ging Arnold Hecht, zweiter Bürgermeister, ein kleiner, untersetzter Mann. Ihnen folgten auf dem Fuße einige vom Rat, darunter Tidemann Huxer, Johann Krukemann, Peter Vorrat und Johann vom Stein. Auch die Schöppen Gerd von der Beke, Wilm von Ummen und Albert Dodorp hatten sich angeschlossen. Die Bürgerwache geleitete sie und hielt den Platz rund um sie her frei.

Nun erst wurde ein Brett vom Schiff aufs Bollwerk hinabgelassen. Barthel Groß betrat dasselbe und schritt hochaufgerichtet – nicht zu rasch, seiner Amtswürde vor der Menge nicht zu schaden – auf seine Frau zu und umarmte sie. Habe ich dich wieder? Sagte sie leise, sich an seine Brust schmiegend. Bist du mir gesund und heil? Ach, du blutest im Gesicht –

Ein paar Schrammen, die bald unter deiner Pflege vernarben werden, tröstete er. Wie steht's zu Hause? Sind unsere kleinen Fräulein wohlauf?

Sie bejahte es und trocknete mit ihrem Tuch die Blutstropfen von seinem Kinn. Er reichte nun seinem Schwiegervater die Hand zum Gruß, dann dessen Kumpan Arnold Hecht und dann den Herren vom Rat und von der Schöppenbank der Reihe nach. Sie schlossen um ihn einen Kreis, und er berichtete kurz, was geschehen war und welchen Fang sie gemacht hätten, unterließ auch nicht, die Namen der edlen Schiffsgäste zu nennen, deren hochherziger Tapferkeit man den Sieg verdankte.

Konrad Letzkau stieg nun aufs Schiff und schüttelte dem braven Kapitän Halewat die Hand, der ihn barhaupt an der Spitze seiner Leute empfing. Er sagte ihm einige freundliche Worte, die dem alten Manne wohl zu gefallen schienen, und wandte sich dann an die Ritter. Euch, hochwürdige Herren, sprach er sie an, kann ich heute nur für meine Person und im Namen derer vom Rat, die sich zufällig zusammenfanden, für eure treue Hilfe danken. Morgen sollt ihr von unserm Rathause aus besseren Dank erfahren. Ich höre, dass einer eurer Brüder im Kampf gefallen ist – uns allen ein schmerzlicher Verlust. Habt ihr doch aber euer Leben Gott gelobt zu guten Werken und mannhafter Tat; hoffen wir also, dass er's am Jüngsten Tage diesem edlen Ritter zu seinen Gunsten anrechnen wird, zum Schutz der Bürger sein Blut willig vergossen zu haben. Ich bitt euch, gebt mir eure Hand.

Nun begrüßte er die beiden Junker, nicht so feierlich, aber mit herzlichen Worten. Euren Vater, Herrn Arnd von der Buche, den wackeren Eidechsenritter, kenne ich gar wohl, sagte er zu Hans, und sein Sohn wäre auch ohnedies meinem Hause allezeit willkommen gewesen. Aber es freut mich, dass ihr euch so noch ein besonderes Recht auf unsere Liebe erworben habt. Und Ihr, Junker, wandte er sich zu Heinz, habt an diesem frohen Siege nicht den kleinsten Teil, wie ich vernehme. Das soll Euch unvergessen sein, solange ich lebe. Ich hoffe, wir werden uns in nächster Zeit noch besser kennenlernen. Folgt mir jetzt in eure Quartiere.

Darauf sprach er mit lauterer Stimme, dass es auf dem ganzen Schiff und auch unten auf dem Bollwerk hörbar war: Die Schiffskinder, die in diesem ehrenhaften Kampf ihr Leben gelassen haben, sollen auf Stadtkosten feierlich zur Erde bestattet werden. Die Leiber der gefallenen Räuber sind dem Nachrichter zu übergeben, dass er sie an der Richtstätte in die Grube werfe. Die Gefangenen werden wir morgen dem Rat vorführen lassen zum ersten Verhör; für diese Nacht sind sie in Ketten zu legen und im Turme aufzubewahren. Sie sind niedergeworfen auf einem Danziger Schiff, das ist also auf Danziger Grund und Boden: Die Stadt Danzig hat deshalb das Gericht über sie, und sie sollen ihrer Strafe nicht entgehen.

Damit verließ er das Schiff, während die Menge in ein jubelndes Hoch ausbrach, in das drüben die Schiffsleute und Speicherarbeiter einstimmten.

Die beiden Freunde folgten, nachdem sie sich vom Kapitän verabschiedet hatten. Barthel Groß, Frau Anna am Arm führend, trat sogleich auf sie zu und sagte: Ihr dürft mir's nicht abschlagen, werte Herren, meine Gäste zu sein, solange es euch gefällt, in unserer Stadt zu verweilen. Meine Hausfrau will's nicht leiden, dass ihr fremde Herberge nehmt.

Das bestätigte Frau Anna und fügte auch ihrerseits noch eine freundliche Bitte hinzu. Hans von der Buche ließ sich gern bereden, Heinz aber bat höflich, ihn zu entschuldigen. Er sei von seinem edlen Herrn, dem Vogt zu Plauen, an die Brüder vom Deutschen Orden gewiesen und

müsse sich zu ihren Schlössern halten. Morgen in der Frühe aber gedenke er nach der Stadt zu kommen und werde an seines Freundes Herberge nicht vorübergehen. Das musste man wohl gelten lassen.

Es war inzwischen ganz dunkel geworden. Eben, als man aufbrechen
wollte, bewegte sich durch das Koggentor ein feierlicher Zug heran.
Sechs Knechte vom Ordenshause trugen eine schwarze Bahre; sechs andere, Fackeln tragend, folgten nach, voran aber schritt der Hauskomtur
mit vier Priesterbrüdern in langen, weißen Gewändern. Zu ihnen gesellten sich die beiden Ritter, die Leiche des dritten wurde vom Schiff her-
abgetragen, auf die Bahre gelegt und mit einem weißen, schwarz bekreuzten Mantel zugedeckt. Der Hauskomtur nahm Schwert und Helm
in Empfang. Dann leuchteten die Fackelträger voran in die Stadt hinein.
Heinz wechselte einige Worte mit dem Hauskomtur und schloss sich auf
sein Geheiß dem Zuge an.

Unter dem Läuten eines Glöckchens, das einer der Priesterbrüder trug,
bewegte er sich in langsamem Schritt über den Langen Markt, am Rathause und dann, rechts in enge Gässchen einbiegend, an der Marienkirche vorbei, dem Damme zu, der geradeaus nach dem Haustor führte.
Dieser war durch das Sumpfland geschüttet worden, um eine Verbindung mit dem Schlosse zu haben, jetzt aber längst auf beiden Seiten mit
stattlichen Häusern besetzt, aus deren kleinen Fensteröffnungen nun
überall Neugierige hinausschauten. Das Haustor in der Stadtmauer
wurde vom Wächter geöffnet und gleich wieder geschlossen. Über den
Graben hin gelangte man in die zur Altstadt Danzig gehörige Burgstra-
ße, passierte eine Palisadenbefestigung, die sich weiterhin der Mauer der
Rechtstadt anschloss, durchschritt das Hakelwerk mit seinen niedrigen
Fischerhäuschen und machte vor dem Haupttor der Burg halt. Hier kamen über die Brücke die Konventsbrüder, den Komtur Johann von
Schönfels an der Spitze, ihnen entgegen und geleiteten die Leiche über
den von Fackeln erhellten, viereckigen Burghof nach der Kapelle. Dort
wurde die Leiche, während die Glocken läuteten, am Altar niedergesetzt.
Die Priesterbrüder stimmten einen getragenen Gesang an, und jeder
sprach kniend ein Gebet.

Der Hauskomtur übergab Heinz einem von den älteren Brüdern. Derselbe führte ihn in eine Schlafzelle hinauf, in der zwei Betten standen,
und sagte ihm, dass er für die Nacht sein Gast sei. Er wolle sich beim
Kellermeister auch noch um eine Kanne Wein bemühen, aber der Junker
versicherte, nur der Ruhe bedürftig zu sein. Seine zum Glück nur leichten Wunden kühlte er selbst mit Wasser. Dann warf er sich auf den

Strohsack in der Bettstelle, deckte sich mit dem wollenen Mantel zu, der darübergebreitet war, und schlief bald fest ein.

Er wachte erst auf, als die Sonne schon über die hohen Dächer schien. Auf dem Tische in der Fensternische stand für ihn ein Krug Bier und eine zinnerne Schüssel mit Brot, Butter, Käse und Rauchfleisch. Er ließ sich's gut schmecken. Bald kam auch sein Wirt, der zur Tertie um neun Uhr in der Kirche gewesen war, wie es die Ordensregel vorschrieb. Es geht nicht allzu streng bei uns zu, versicherte er, sich bei dem Mahl beteiligend. Wir wechseln in den Gezeiten ab, und ein alter Mann wie ich mag die Prime um sechs Uhr früh allenfalls verschlafen. Man hat mir auch, wie Ihr sehet, ein weiches Federbett über dem Strohsack gestattet, und mittags, wenn Ihr bei uns zu Gast bleiben wollt, werdet Ihr an der Firmarietafel manchen sitzen finden, der nicht gerade krank ist. Der Komtur hält selbst nicht viel von klösterlicher Zucht und lässt seinem Leibe nichts abgeben. Da darf er's dann auch nicht zu genau nehmen, wenn die Brüder ein wenig von der Regel abweichen. Das Leben hier im Hause ist doch schon kümmerlich genug, und mit den Jahren trägt sich die Last des Gelübdes immer schwerer. Dafür freilich sind wir die Herren im Lande, ob der Einzelne schon kein Eigengut haben soll. Auch das ist allerdings nicht gerade wörtlich zu nehmen, setzte er lächelnd hinzu. Er öffnete einen kleinen Wandschrank und zeigte einige silberne Becher und sonstiges Silberzeug vor. Das habe ich zum Geschenk erhalten, als ich Pfleger in Lauenburg war, und im Marstall steht mein eigen Pferd, das ich von dort mitgebracht habe. Der Futtermeister gibt ihm den Hafer wie den anderen.

Da der alte Herr so redselig war, durfte Heinz sich wohl erlauben, ihn ein wenig über seine jetzige Umgebung auszufragen.

Wir haben hier im Hause zu Danzig drei Konvente, teilte der Alte mit, jeden zu acht Ritter- und vier Priesterbrüdern. Vollzählig sind sie selten, und zurzeit hat der Herr Hochmeister einen Teil nach der Marienburg einberufen, bei den Kriegsrüstungen zu helfen. Auch sonst wohnen nicht alle im Hause selbst: der eine ist Pfleger zu Lauenburg, der andere Pfleger zu Mirchau; ein Waldmeister hat sein Quartier zu Zulmin, von wo wir auch unsern Honig beziehen, und ein Fischmeister zu Putzig, der sorgt dafür, dass wir in den Fasten wenigstens stets frische Fische zur Kost haben. Viel Vieh, und Ackerwirtschaft gibt's bei diesem Hause auf den Vorwerken nicht zu beaufsichtigen, wenn ich den Hof zu Zippelow ausnehme, der vor einigen Jahren an die Stelle des alten Danziger Viehhofs getreten ist. Doch mögen wohl außer den Konventspferden vierzig oder fünfzig Hauspferde auf den schönen Wiesen an der Weichsel ihre reichliche Nahrung finden. Wichtig ist des Mündemeisters Amt, und wer von den Brüdern sonst zur Aufsicht über Schifffahrt und Handel gesetzt ist, mag sich über zu wenig Arbeit nicht zu beschweren haben. Denn die Danziger – ich meine die von der Rechtstadt – haben krause Köpfe, und es geschieht ihnen selten etwas zu Dank. Am liebsten möchten sie wohl selbst die Herren sein.

Heinz bat, ihn zu rechter Zeit zum Komtur zu führen, damit er ihm nach Gebühr aufwarte. Es sei gerade die günstige Stunde, meinte der Alte, da man bald zum gemeinsamen Essen nach dem Konventsremter gehe. Er führte ihn sogleich die nach dem Burghofe hin offene Galerie entlang bis zu des Komturs Gemach. Der Hauskomtur übernahm es dort, ihn zu melden. Er fand Johann von Schönfels in einem Zimmer, dessen Wände mit bunten Teppichen behängt waren, die ihm ein recht wohnliches Ansehen gaben. Er saß in einem Lehnstuhl mit hoher, zierlich geschnitzter Lehne von braunem Eichenholz, über die ein leichtes Lederkissen für den Rücken befestigt war. Er trug einen Schlafrock von weicher Wolle und warme Halbstiefel an den Füßen, die auf einer kleinen Bank bequem ruhten. Die Finger der schmalen Hand waren mit Ringen besteckt, und er ließ sie langsam durch den schön gelockten Bart gleiten, während er mit dem Ellenbogen das Buch zurückschob, in dem er eben gelesen hatte, und dem Gaste vornehm zuwinkte. Es war nicht das Bild, das Heinz sich in der Ferne von einem Deutschordensritter im Preußenlande gemacht hatte.

Der Komtur erkundigte sich freundlich nach dem edlen Vogt von Plauen, einem entfernten Verwandten, lobte ihn wegen seiner tapferen und erfolgreichen Beteiligung beim Kampfe gegen die Seeräuber, fragte nach einzelnen Umständen desselben und ließ sich namentlich genau beschreiben, wie der Ordensbruder den Tod gefunden hatte. Dieses Blut will gesühnt sein, wandte er sich in demselben, etwas schläfrigen Tone, mit dem er seine Fragen gestellt hatte, an den Hauskomtur, der hinter seinem Stuhle stehen geblieben war. Ich hoffe, der Danziger Rat wird nicht vergessen, dass der Kampf ein gemeinsamer gewesen ist, und dass bei dem Gericht über die Besiegten auch wir mitzusitzen haben. Sie maßen sich in letzter Zeit auch da gern sonderliche Rechte an.

Dann entließ er den Junker mit der gnädigen Versicherung, dass es ihm lieb sein werde, wenn er sich im Hause recht lange von der weiten Reise erhole. Übrigens wolle er ihn, wenn er sich in der Stadt zu vergnügen gedenke, an die Mahlzeiten nicht binden, auch dem Torwächter Weisung geben, dass er ihn nach Sonnenuntergang einlasse. Nur bleibt mir nicht über das Nachtamt hinaus fort, schloss er, indem er lächelnd mit dem Finger drohte, damit wir nicht in üblen Ruf kommen.

An der Tür draußen empfing ihn wieder der alte Ritter, dem es augenscheinlich lieb war, sich in der Gesellschaft des jungen Menschen seiner eintönigen Beschäftigungsweise für ein paar Stunden entziehen zu können. Er führte ihn in den Kapitelsaal neben der Kirche, in das Speisezimmer, in die Rüstkammer, stellte ihn den zufällig begegnenden Brüdern vor, begleitete ihn dann in den Burghof hinab, durch das Tor nach der Vorburg, einem weiten, von Mauern eingefassten Raume, der die Wirtschaftsgebäude, Ställe und Werkstätten des Ordenshauses in sich aufnahm. Der Marstall mit seinen kräftigen Pferden wurde besichtigt, der Schnitzmeister besucht, der eben mit Anfertigung von Armbrüsten beschäftigt war, die nach der Marienburg abgehen sollten. Eben war ein Boot mit Seefischen, Dorschen und Flundern, angelangt, die der Fischmeister von Putzig zu des Tisches Notdurft vom jüngsten Fange schickte. Sie wurden in Körben vom Flusse nach dem Hofe getragen und dort verteilt; die besten Stücke wählten die Köche für die Rittertafel aus, ein Teil wurde zum Dörren und Räuchern bestimmt. Am großen Speicher hielten mehrere Wagen, jeder mit vier Arbeitspferden bespannt. An der Winde wurden Säcke mit Getreide herabgelassen. Sie fahren zur Mühle, sagte der Führer, und bringen Mehl zurück. Schon seit Wochen ist man geschäftig, große Vorräte anzusammeln und die Weichsel hinaufzubefördern. Der Herr Hochmeister braucht viel zum Unterhalt der Söldner, die zum Kriege gegen Polen geworben sind, dazu müssen alle Häuser steuern. Wenn es Euch Vergnügen macht, zeige ich Euch die großen Mühlenwerke. Wartet eine Weile, ich hole mir den Dispens, den Schlossgraben überschreiten zu dürfen.

Der Alte kam bald wieder und führte seinen jungen Freund durch eine schmale Pforte nach dem Mühlgraben hinaus und auf dem Damm desselben entlang der Stadt zu. Rechts traten die Häuserreihen der offenen Jungstadt ziemlich nahe heran, boten aber nichts Sehenswertes. Auf einer Insel im Mühlgraben – der Alte nannte sie »das Schild« – trockneten die Fischer vom Hakelwerk ihre Netze an hohen Stangen. Sie schritten auf das St.-Brigitten-Kloster zu, das mit seinen verschiedenen Baulichkeiten einen breiten Raum einnahm. »Marienborn« nannte es der Alte und erzählte, dass es aus einem Reuerinnenhospital entstanden sei und dass ihm vor wenigen Jahren erst auch ein Bruderkloster angeschlossen wurde. Es sind noch nicht zwanzig Jahre, sagte er, dass die Stifterin des Ordens kanonisiert wurde. Seitdem ist der Brigittenorden sehr beliebt geworden, und von Watstena, dem Mutterkloster, aus sorgt man für immer neue Gründungen. Es ist einmal etwas Neues, dass Mönche und Nonnen zusammen hausen. Geht's dabei ehrbar zu, so ist's Gott um so wohlgefälliger. Viel Freude hat schwerlich der Herr Hochmeister an diesen kirchlichen Pflanzstätten, die der Weisung fremder Oberen folgen. Wir Deutschordensritter sind selbst halb geistlich und mögen uns gern ohne Rom behelfen, soviel es immer geht. Zuviel Besitz in der Toten Hand tut auch dem Lande nicht gut, und an Kirchen, in denen die Gläubigen beten können, fehlt's ja nicht. Seht dort, fast nur über die Straße hin, St. Katharinen, die Pfarrkirche der Altstadt, ein schöner alter Bau, vielleicht noch aus der Zeit, als die pommerellischen Herzöge hier regierten. Dahinter auf der Insel steht unsere Mühle.

Das Klappern der Räder verriet sie schon in einiger Entfernung. Ein so großes Werk hatte der Junker noch nicht gesehen. Viele Menschen waren dabei beschäftigt, und der Mühlenmeister hielt auf gute Ordnung. Auch sonst gab es in den engen Gassen rundumher, die auf den Mühlengraben ausliefen, viel reges gewerbliches Leben. Gerber, Tuchscherer und Färber wohnten dort, das Wasser zu nützen; auch war hier und dort ein Treibrad angebracht, das dem Inhaber die Kraft eines Pferdes ersetzen mochte. An Reinlichkeit und an frischer Luft ließ aber dieser Stadtteil viel zu wünschen; Heinz, der an Wald und Feld gewöhnt war, fühlte sich recht beklommen darin. Wie kann man nur hier tagaus, tagein leben? Fragte er. Erst weiter hinauf trafen sie auf die breitere Pfefferstraße, die zum Heiligenleichnamshospital führte. Sie bogen aber links ab in die Schmiedestraße und näherten sich so dem Graben und der Mauer der Rechtstadt. Am Breiten Tor verabschiedete sich der Ritter. Er möge nur den Mauergang entlang gehen, riet er, am Glockentor vorbei bis zum Langgassentor, von dort sei leicht der Lange Markt zu finden, und dann werde jedes Kind ihm das Haus des Ratsherrn Bartholomäus Groß zeigen können.

Ein Blick seitwärts, bevor er ins Tor eintrat, überzeugte Heinz, dass die Stadt an dieser Stelle eine doppelte Befestigung hatte. Die Danziger haben sich gut vorgesehen, dachte er bei sich.

Die geräumige und mit Sprengsteinen gut gepflasterte Langgasse zeigte auf beiden Seiten ohne Unterbrechung eine Reihe von hochgiebeligen Bürgerhäusern, die meisten bis oben hin von Ziegelsteinen aufgeführt, manche darunter nicht ohne zierlichen Schmuck von schwarz, grün oder blau glasierten Gesimsen und leistenartigen Verzierungen der roten Mauer, mit Erkern und kleinen Türmchen versehen. Eine Türeinfassung von grauem Sandstein mit mancherlei wunderlichen Figuren und Zeichen fehlte den stattlicheren nicht. Fast jedes Haus hatte neben der Tür nach der Straße hinaus einen Windfang, einen Vorbau nämlich, in dem sich der Handwerkerladen oder die kaufmännische Schreibstube befand. Die Fensteröffnungen waren überall sehr klein, nur im ersten Stock etwas geräumiger, nach dem Giebel hin bloße Luftluken für die Vorratsböden. Selbst jetzt, wo die Sonne am blauen Himmel schien und die Straße hell beleuchtete, machten die massiven Mauern keinen freundlichen Eindruck. Der Blick stieg gern an dem schlanken Rathausturm hinauf, der über das Gewirr der Straßen und Gassen und über alle höchsten Spitzdächer hinweg hoch in die freie Luft aufstieg.

An der Ecke, die das Rathaus mit seinem prächtig verzierten Giebel einnahm und hinter der sich die Langgasse zum Markt erweiterte, gab's gerade einen großen Menschenauflauf. Die Menge drängte sich nach der hohen Treppe hin, auf der die Herren vom Rate standen, sämtlich in Feiertagskleidern, das Schwert an der Seite und mit goldenen Ketten behängt. Den Stufen zunächst stand der Bürgermeister Konrad Letzkau, hoch aufgerichtet in würdiger Haltung, neben ihm sein Kumpan Arnold Hecht, gleichfalls bemüht, die Würde des Amtes äußerlich herauszustellen, aber trotz seiner Körperfülle beweglicher als er. Heinz fragte, was es da gebe. Die Herren haben zu Rat gesessen, hieß es, und lassen sich nun die gefangenen Seeräuber vorführen. Nun reckten sich auch alle Hälse, denn die Trompeter und Pfeifer auf dem Podest des nahen Artushofes stimmten ein kriegerisches Stück an, Stadtknechte in Harnisch und mit langen Piken bahnten eine Gasse, und die Seeräuber, sämtlich in schweren Ketten, folgten paarweise, nur ihr Hauptmann ging mitten im Zuge allein. Die Bürgerwache gab ihnen das Geleit. Als der Zug unter der Rathaustreppe hielt, ertönte ein tausendstimmiges Hurra der schaulustigen Menge.

Heinz hatte sich mit seinen breiten kräftigen Schultern einen Weg bis nahe an die Treppe gebahnt, wo er Hans von der Buche stehen sah, dem wahrscheinlich sein Gastfreund gleich anfangs einen guten Platz verschafft hatte. Der Junker winkte ihm, und so ließ man ihn bis zu ihm durch. Er konnte von hier aus deutlich jede Person erkennen und auch hören, was gesprochen wurde. Er glaubte zu bemerken, dass Letzkau zusammenzuckte, als er des Hauptmanns der Bande ansichtig wurde, der mit einem frechen Blick zu ihm aufschaute. Auch wurde er bleich im Gesicht und führte die Finger der rechten Hand nach der Stirn, als hätte er über etwas nachzusinnen. Er fasste sich aber gleich wieder, trat zwei Stufen hinab und sagte mit lauter Stimme: Ihr seid Marquard Stenebreeker, ich kenne Euch!

Der Name schien einen ganz eigenen Klang zu haben, denn sowohl unter den Magistratspersonen auf der Treppe als unter den Zuschauern entstand eine lebhafte Bewegung, und auf allen Gesichtern war freudige Überraschung zu lesen. Ich hoffe, Ihr habt mich noch nicht vergessen, Herr Konrad Letzkau, antwortete der Rotbart mit grinsendem Lachen. Es ist noch nicht so gar lange her, seit Ihr mir an der Turmpforte des Schlosses Warberg die Hand drücktet und einen Dienst versprachet. Es könnte leicht die Zeit gekommen sein, das Pfand zu lösen.

Der Bürgermeister blickte zur Erde und antwortete nicht darauf. Arnold Hecht nahm aber für ihn das Wort. Das ist ein Fang, ihr Herren, wandte er sich an die hinter ihm Stehenden, dessen wir nicht vermutet waren. Marquard Stenebreeker, der gefürchtete Hauptmann der Vitalienbrüder, ist in unserer Hand. Nun werden wir wohl Ruhe haben zur See für lange Zeit.

Wieder erscholl ein Jubelruf, der kein Ende nehmen wollte.

Letzkau gebot mit der Hand Schweigen. Er wandte sich an einen der Ratsherren, dessen langer weißer Bart bis fast zum goldgestickten Gürtel hinabhing. Herr Johann von Xanten, redete er ihn an, Schulze dieser Rechtstadt Danzig, ich übergebe Euch und Euren Genossen von der Schöppenbank diese Missetäter. Sitzt über sie zu Gericht und verfügt, was rechtens ist. – Dann schritt er durch die Reihen der Magistratspersonen und entzog sich unter der Tür des Rathauses den Blicken der Menge. Der Richter aber trat vor und befahl den Bütteln, die Gefangenen in gerichtlichen Gewahrsam zu bringen. Auf einen Wink Hechts stießen die Bläser wieder in ihre Trompeten, und der Zug setzte sich nach dem Langen Tor in Bewegung, über dem sich die Gefängnisse befanden. Xanten besprach in der Halle mit den anwesenden Schöppen, wann sie das Beiding über die Seeräuber hegen wollten, und gab dem Gerichtsboten Auftrag, die Abwesenden auf Montag in die Gerichtslaube zu verbotten.

Die Menge verlief sich nun. Herr Barthel Groß, den sein Amt nicht weiter band, begrüßte Heinz von Waldstein und lud ihn zum Mittagessen in seines Schwiegervaters Haus ein, wo zu Ehren des wackeren Kapitäns Halewat und seiner tapferen Schiffsgäste die Tafel gedeckt sei. Vorher aber, fügte er hinzu, sprecht bei mir an, dass ich Euch meiner lieben Hausfrau zuführe. Ich hoffe, Herr Hans von der Buche wird ihr das Zeugnis geben, dass sie ihre Pflicht kennt.

Der Junker bestätigte mit reichlichen Lobspenden, dass er in seinem väterlichen Hause nicht sorglicher hätte aufgenommen werden können. Die drei Männer hatten nur wenige Schritte über den Markt zu gehen. In dem weiten, mit Steinfliesen ausgelegten Hausflur, in dem Ballen und Kisten lagerten, fing der Schreiber den Kaufmann ab und bat ihn, auf einige Schreiben sein Siegel zu drücken, die mit den Waren zu Kahn in einer Stunde nach Thorn abgehen müssten. Groß öffnete eine Tasche in seinem breiten Gürtel, holte einen Siegelring vor, in den seine Hausmarke, zwei ineinandergreifende Dreiecke, eingraviert war, und drückte sie in das Papier unter der Schrift. Dasselbe Zeichen war auf einige der Warenballen und Kisten mit schwarzer Farbe aufgemalt.

Das Geschäft hielt sie nur kurze Zeit auf. Eine Treppe hoch in der großen Stube mit schwerer Balkendecke und getäfeltem Fußboden empfing sie Frau Anna Groß mit ihren beiden Töchterchen. Sie hatte sich schon geputzt, da sie auch zur Tafel geladen war, und sah recht schön und vornehm aus in ihrem langen stahlgrauen Kleide mit breiter Goldborte auf der linken Seite herunter und mit der hohen, einem spitzen Fürstenhut ähnlichen Haube von rotem Samt und Goldstoff auf dem braunen Haar. Sie begrüßte Heinz, indem sie ihm die Hand reichte, und sagte zu den kleinen Mädchen, die sich scheu hinter sie zurückzogen: Sehet nur, das ist der Junker Heinz, der den Hauptmann der Seeräuber niedergeworfen hat. Ists denn wahr, dass es der Marquard Stenebreeker ist? Wandte sie sich an ihren Mann und setzte auf seine bejahende Antwort ein kräftiges »Gottlob!«

Dann gingen sie gesamt nach dem Hause des Bürgermeisters hinüber.

Viertes Kapitel

An der Bürgermeistertafel

Das Haus des Bürgermeisters zeichnete sich nicht vor den anderen großen Kaufmannshäusern aus, wenn schon es mit seinem hohen Spitzdach die Handwerkerhäuser und Krambuden in den Seitengassen überragte. Gehörte doch auch Konrad Letzkau dem Kaufmannsstande an, aus dem sich der Rat ergänzte, und hing es doch wieder von dessen Wohl ab, wer aus seiner Mitte für das laufende Jahr mit Ämtern betraut sein und überhaupt im sogenannten »sitzenden« Rat die Verwaltung der städtischen Angelegenheiten führen sollte. So hatte denn auch dieses Haus im unteren Geschoss sein »Kontor«, in dem die Handelsknechte und Schreiber arbeiteten, und einen tiefen Warenraum, der allerhand Proben von Asche, Wachs, Pelzwerk, Häuten, Hanf und Garn aufbewahrte. Letzkau war besonders stark beteiligt bei dem Handel nach Litauen. Seit Herzog Witowd vor nun zwölf Jahren im Vertrage zu Salinwerder an der Memel den preußischen Kaufleuten freien Handel in seinen weiten Ländern

gewährt, auch zu Kauen (Kowno) eine Stadt nach deutschem Muster anzulegen begonnen und die Handelsniederlassung der preußischen Hansestädte mit großen Privilegien ausgestattet hatte, war Letzkau bemüht
gewesen, für Danzig dort festen Fuß zu fassen. Er war das Haupt der
Handelsgenossenschaft, die in Kauen ihre Faktorei besaß, und seine Lie-
ger daselbst galten als die angesehensten. Vor acht Tagen erst waren die
Salzschiffe, die er im letzten Sommer und Herbst befrachtet und die
Weichsel hinab über das Frische Haff, den Pregel, die Deime, das gefürchtete Kurische Haff und die Memel nach Kauen geschickt hatte, zu
einer kleinen Flotte vereinigt mit den Einkäufen des dortigen Kontors
zurückgekehrt. Sie sollten nun wieder mit Salz beladen und abgesandt
werden, bevor etwa der Krieg den Verkehr auf den Wasserstraßen stören
möchte, und so gab es alle Hände voll zu tun. Übrigens hatte Herr Konrad Letzkau durch seine verstorbene Frau, die einem edlen Geschlecht
angehörte, auch Landbesitz, der durch Hofleute verwaltet wurde, und
Renten von Bürgerhäusern, zu deren Bau er Geld vorgeschossen hatte.
Gehörte er nicht zu dem alten Stadtadel, der ursprünglich die St.-
Georgen-Brüderschaft des Artushofes bildete, so nahm er doch als einer
der reichsten Danziger Kaufherren an allen Ehren desselben Teil, seit er
in verhältnismäßig jungen Jahren schon in den Rat erkoren wurde.

Heute war das Kontor schon am Vormittage geschlossen. In dem großen Zimmer oben, dessen zweites Fenster im Erker lag, wirtschafteten
die beiden noch unverheirateten Töchter Margarete und Katharina mit
den Hausmägden, die Tafel aus starken Kreuzbändern und weiß ge-
scheuerten Holzplatten aufzustellen, so lang die Zahl der erwarteten
Gäste sie forderte, die Leinentücher aufzudecken, deren Ecken mit einem
Rautenkranz, dem Geschlechtswappen der Mutter, geziert waren, die
Borten und Fransen glatt auszustreichen, die blanken Schüsseln und Teller von Zinn auf dem Tische zu ordnen, die Krüge zu Bier oder Met dahinter aufzusetzen und die bunten Kannen mit dem Wein zu füllen, der
für die Schenkbecher und die zierlichen Setzegläser bestimmt war. Auf
dem großen Herde in der Küche brannte lustig das Feuer an drei Stellen
zugleich, und vom Spieße her duftete ein mächtiger Wildbraten bis in
den Flur hinaus.

Nun war alles bereit, und die jungen Fräulein begaben sich in ihre
Kammern eine Treppe höher, um die letzte Hand an ihren Ausputz zu
legen. Sie wählten diesmal, wie es den Töchtern vom Hause geziemte,
aus dem Schmuckkästchen von poliertem Eichenholz mit Elfenbeinver-
zierungen nicht das glänzendste Geschmeide, sondern nur einige Schnü-
re von weißen Perlen für Haar und Hals. Ein weit gereister Handels-

freund des Vaters hatte sie aus dem Süden mitgebracht. Sie hatten nicht lange Zeit, denn schon war der Hausherr vom Rathause zurückgekehrt und ließ sie durch die Stubenmagd mahnen, dass die Gäste jeden Augenblick zu erwarten seien. Er liebte, wie sie wussten, in allem das pünktliche Wesen, und sie zögerten daher nicht.

Bald füllte sich das Stübchen neben dem Esszimmer. Der Schwiegersohn Barthel Groß erschien mit seiner Frau und den beiden Junkern, die nach Gebühr vorgestellt wurden; dann der Ratsherr Gerd von der Beke und sein Bruder Heinrich, der Margarete Letzkau sogleich ins Gespräch zog und ihr dann nicht mehr von der Seite wich. Sie seien einander bestimmt, hieß es. Arnold Hecht kam mit seiner Frau, der Schwester des Barthel Groß und gleich ihm von stattlicher Länge, sodass sie ihren Mann überragte, was er denn freilich in anderer Richtung durch seine Korpulenz einbrachte. Auch Günter Tidemann fand sich ein, Pfarrherr von St. Marien und ein naher Verwandter der Bekes. Er hatte in Prag studiert und stand bei den Dominikanern in Verdacht, ein Wiklefite und Anhänger von Huß zu sein, so vorsichtig er sich auch in seinen Predigten äußerte, die allen Leuten von Bildung wohlgefielen. Er erfuhr, dass Hans von der Buche die Universität Prag besucht habe, und wusste nun viel zu fragen und zu erkunden, worauf der Junker Antwort geben konnte. Endlich führte Tidemann Huxer, der Ratsherr und Schiffsreeder, seinen braven Kapitän Halewat ein und dem Hausherrn zu. Das hübsche junge Mädchen mit den schelmischen Augen und den langen braunen Zöpfen aber, das an seinem Arm eingetreten war, nahm sogleich Katharina Letzkau in Beschlag. Es war Maria Huxer, ihre beste Freundin, wie sie erst sechzehn Jahre alt.

Junker Heinz von Waldstein erfuhr's von Frau Anna Groß, die er heimlich deshalb ausfragte. Sie sei ihres Vaters einzige Tochter, und an Bewerbern aus den besten Familien werde es ihr nicht fehlen. Das freundliche Gesicht mit dem zierlichen Näschen und kirschroten Lippen gefiel Heinz auf den ersten Blick ausnehmend, und bald ließ er kein Auge mehr davon. Groß musste ihn mit Huxer bekannt machen, der schon durch Halewat genug von seinen tapferen Taten erfahren hatte und ihm nun für die Rettung des Schiffes dankte. Sobald Maria seinen Namen hörte, war sie nur noch mit halber Aufmerksamkeit bei der Freundin. Huxer winkte sie zu sich heran. Das ist der Junker von Waldstein, Kind, sagte er und klopfte mit der rauen Hand ihre Wange, der den Marquard Stenebreeker auf den Rücken gelegt hat. Lass dir's von ihm selbst erzählen.

So durfte Heinz nun die jungen Fräulein unterhalten, und das war ganz nach seinem Wunsch. Sie hatten viel zu fragen, besonders die muntere Maria, aber er blieb keine Antwort schuldig und wusste das Gespräch in so lustigem Tone fortzuspinnen, dass es fortwährend zu lachen gab. Als dann der Hausherr bat, an der Tafel Platz zu nehmen, reichte er mit einer höfischen Verbeugung Maria die Hand, sie zu Tisch zu führen, und sah sie dabei mit so freundlichen Augen an, dass ihr das Blut in die Wangen schoss. Setzen wir Jungen und Jüngsten uns hier ganz unten an den Tisch zusammen, sagte er, sich zu Katharina zurückwendend, die mit Hans von der Buche folgte, so wird man unsere Bescheidenheit loben und uns gern den Gewinn lassen. Er setzte sich den Fenstern gegenüber an die schmale Seite der Tafel; zu beiden Seiten nahmen die jungen Fräulein Platz. Neben Maria reihten sich Heinrich von der Beke und Margareta Letzkau ein, neben Junker Hans aber Frau Anna Groß und ihr Ehemann. Letzkau hatte die Frau seines Kumpans zu Tisch geführt, Kapitän Halewat am andern Ende der Tafel gerade unter den Fenstern den Ehrenplatz zwischen den beiden Bürgermeistern erhalten; die übrigen Gäste füllten die Lücken auf den Langseiten der Tafel.

Schüssel nach Schüssel wurde aufgetragen, und die Frauen mussten die Kunst des Koches rühmen; er hatte die Gewürze nicht gespart. Aber auch zu trinken gab's nach Herzenslust. Da wurde geprobt, ob das Wismarer Bier wirklich besser schmecke als das Danziger und seinen höheren Preis und den heftigen Widerspruch der Danziger Brauer gegen seine Einfuhr verdiene. In kleinen gläsernen Schenkbechern wurde Met herumgereicht; in den hohen venezianischen Gläsern perlte elsässischer Rheinwein, die Damen aber zogen den süßen ungarischen Wein vor und meinten ihn vorsichtig genug zu trinken, dass er ihnen nicht zu Kopf steige.

Indessen wurden auch mancherlei ernste Gespräche geführt. Der Pfarrherr von St. Marien ließ sich über den bösen Kirchenstreit aus und beklagte es, dass sich nun gar drei Päpste um den Stuhl Petri zankten und einander in den Bann täten mit argen Vorwürfen, sehr zum Schaden der Christenheit. Das sei so übel nicht, meinte Arnold Hecht lachend; wenn sie miteinander zu tun hätten, würden sie weniger Zeit haben, sich in die weltlichen Händel zu mischen, und der Kaiser könne einmal aufatmen. Nun – uns hier in Preußen kümmert's nicht sonderlich, fuhr er fort, wir danken es dem Orden, dass er uns die römischen Pfaffen vom Leibe hält, wovon er selbst freilich den besten Nutzen zieht. Er hat's geschickt genug angefangen, dass er die Landesbischöfe mit ihren Kapiteln in sich aufnahm, sodass es nun keinen Widerstreit zwischen weltlicher und kirchlicher Macht geben kann, sondern beide vereint ihr Herrscher-recht üben. So heißt es denn überall in den Briefen ganz einträchtiglich: der Herr Hochmeister mit seinen Gebietigern und Prälaten! Wir Bürger aber haben in Landessachen nicht mitzusprechen, ob wir nun im Or-densgebiet oder unter dem Krummstab wohnen.

Das Werk ist doch nur halb gelungen, bemerkte Herr Günter Tide-mann, den ermländischen Bischof haben die Kreuzritter leider nicht ge-zwungen. Er hat's durchgesetzt, sich von der erzbischöflichen Jurisdikti-on zu befreien und direkt unter den Papst zu stellen. Deshalb will Herr Heinrich Vogelsang in Heilsberg auch ein ganz anderer Landesherr sein als die übrigen, und nach seinem Kopf wirtschaften, und da er für sich allein zu schwach ist gegen den Orden, hält er's heimlich mit den Polen, unsern schlimmsten Feinden. Gebt acht, was uns von daher kommt! Und hat er nicht einen Genossen, der leicht noch gefährlicher werden kann? Den Bischof von Kujawien meine ich, der in Leslau residiert und seinen Sprengel zugleich in Polen und Preußen hat, seit Pommerellen dem Or-den gehört. Der freut sich des weltlichen Haders und schürt das Feuer an hüben und drüben, denn beim allgemeinen Brande hofft er sich nehmen zu können, was ihm gefällt. Weh uns, wenn die beiden übermächtig werden im Lande!

Barthel Groß gab ihm recht und meinte, es sei ein trauriges Zeichen der Zeit, dass die geistlichen Herren überall nur darauf bedacht seien, ihre Güter zu mehren und ihre Macht zu stärken, statt für Frömmigkeit und gute Zucht zu sorgen und in Frieden ihre Schäflein zu weiden. – Deshalb könne auch nur eine Reformation der Kirche an Haupt und Gliedern nützen, mischte sich Hans von der Buche ein; überall verlange man nach einem allgemeinen Konzil, und die Verwirrung sei schon so groß, dass kaum noch lange gezögert werden dürfe, wenn nicht im Reiche alles zu-grunde gehen solle.

Das ist unsere Hoffnung, bestätigte der würdige Pfarrherr. Ich weiß nicht, ob die Christenheit auf die Dauer *einen* unfehlbaren Papst ertragen könnte – denn wenn der eine unfehlbar ist, so gibt es für die ganze übri-gen Menschheit keinen Fortschritt in der Gotteserkenntnis –, aber das weiß ich, dass drei Unfehlbare, die einander gegenseitig verketzern, ein Unding sind, das in sich selbst zusammenbrechen muss. Freilich tut's not, dass Klerus und Laien nicht im Irrtum bleiben über die Lehre der Kirche; aber nur die Gesamtheit der Bischöfe ist durch den Heiligen Geist berufen und erleuchtet, zu entscheiden, was der rechte Glaube sei. Bis dahin mag's keinem verwehrt sein, selbst die alten Schriften zu prü-fen und sein Gewissen zu beraten. Es ist traurig genug, dass man heut jeden verdächtigt, im Glauben schwach zu sein, der auch nur gegen die Missbräuche der Kirchengewalt eifert, die doch zum Himmel schreien.

Aber auch ein Konzil wird diese Schäden nicht von Grund aus bessern, hochwürdiger Herr, rief Hans von der Buche lebhaft, wenn man dort nicht auf Männer wie Johann Huß und Hieronymus von Prag hört! Sie meinen es ehrlich mit der Kirche, sie wollen nichts für sich, sie wenden sich an das Volk, das des Heils bedürftig ist, sie dringen vor allem auf gute Sitte und gottgefälligen Wandel. Den gelehrten Herren von der Sorbonne traue ich wenig; es ist ihnen doch nur um ihre Lehrmeinung zu tun, und sie zanken untereinander, so weit ich's verstehe, um des Kaisers Bart. Wer Huß predigen gehört hat, der muss ein besserer Mensch geworden sein!

Der Pfarrherr lächelte bedächtig in sein Schenkglas hinein.

Auch ich bin sein Schüler gewesen, sagte er, und gedenke gern der Zeit, da ich zu seinen Füßen gesessen. Aber es ist nicht ungefährlich, sich seinen Anhänger zu nennen, seit der Erzbischof von Prag im vorigen Jahre seine Schriften als ketzerisch hat verbrennen lassen. Wir sind hier lauter gute Freunde bei Tisch, da mag ein offenes Wort an der Stelle sein; aber lasst Euch raten, lieber Junker, nicht auf den Straßen solche Meinung laut zu verfechten – die Graumönche passen auf und haben für dergleichen feine Ohren. Ihr könntet leicht Ungelegenheit haben. Denn sowenig sie auch begreifen, um was es sich handelt, so ist ihnen doch schon der Name Huß verhasst, und wer ihn im Munde führt, der gilt ihnen als der schlimmste Bösewicht und Judas. Die weltliche Obrigkeit aber scheut sich, es mit ihnen zu verderben, da sie im gemeinen Volke großen Anhang haben.

Das sei Gott geklagt, trat Huxer ihm mit einem kräftigen Seufzer bei. Ging's nach ihrem Willen, so wäre bald das ganze Stadtregiment ein anderes. Sie sprechen dem gemeinen Mann zu Munde, dass er auch Anteil haben müsste an der Ratswahl, damit sie ihre Kreaturen hineinbringen und den Beichtstuhl über den Ratssessel stellen. In Danzig ergänzt sich der Rat selbst aus den Ständen der Kaufleute und Seeschiffer, und so schickt sich's für eine große Handelsstadt, die auf den Tagfahrten der Hanseaten eine gewichtige Stimme haben will. Die Kutten aber wiegeln die Krämer, Brauer und Handwerker gegen uns auf und arbeiten damit dem Komtur in die Hände, der auch gern den Rat geschwächt sähe aus anderen Gründen. Es ist seit Kurzem ein unzufriedener Geist in der Gemeinde: Seht zu, ihr Herren Bürgermeister, dass er nicht die Herrschaft gewinne.

Arnold Hecht wollte nicht streiten, dass die »Ämter« – er bezeichnete damit die verschiedenen Handwerkergenossenschaften nach ihrem allgemeingebräuchlichen Gesamtnamen – hinaufstrebten und Anteil am Regiment begehrten; aber hier in Danzig seien sie doch noch weit vom Ziele. Es geht bei uns Preußen noch nicht alles Drunter und Drüber, wie draußen im Reich, setzte er hinzu.

Das muss ein jeder sogleich empfinden, der von dort kommt, sagte Hans von der Buche zustimmend. Wenn man hier im Lande geboren und erzogen ist, und hat stets rund um sich her Friede und gute Ordnung gesehen, eine mächtige und wohlmeinende Herrschaft und fügsame Untertanen, die doch keinen Druck leiden mögen, reiche Städte mit löblicher Verwaltung, Gutsherren und Schulzen, die Gerechtigkeit üben auf dem Lande, freie Bauern, fleißige Handwerker, Wohlhabenheit überall, Handel und Wandel, sichere Landstraßen – man denkt, es könnte nirgends anders sein. Aber nun kommt hinaus ins Reich und hört auf allen Wegen von Gewalttaten der Burgherren gegen die Bürger, von Raub und Mord, von der Not des armen Landvolkes, von der Ohnmacht der kaiserlichen Vögte, von der Lahmheit der richterlichen Gewalt – wahrlich, einem ehrlichen Manne muss das Herz wehtun bei solchen Klagen. In der Fremde erfährt man, was die Heimat wert ist, und liebt sie dann um so mehr.

Der Junker hat recht, rief Barthel Groß und hielt ihm sein Glas zum Anstoßen hin, gegen die draußen im Reiche leben wir hier im ewigen Frieden. Was will's bedeuten, wenn die Litauer einmal über die Grenze vorbrechen und aus den offenen Gehöften das Vieh fortführen, das ihnen vom nächsten Komtur doch bald wieder abgejagt wird, oder wenn die Seeräuber uns nötigen, Friedenskoggen gegen sie auszurüsten, sobald sie's unverschämt treiben? Im Lande selbst ist Ruhe und Frieden seit Menschengedenken, und auf Flüssen und Landstraßen reisen unsere Kaufmannsgüter ungefährdet von Ort zu Ort. Dort aber ist ein ewiger Kriegszustand, und der Kaiser vermag nichts selbst gegen die kleinsten Wichte. Ich hab's wieder erfahren auf dem Wege nach Brügge. Da haust ein Junker von Diepholz in der Gegend von Wildeshausen an der Hunte und überfällt mit seinen Gesellen den Kaufmann, der seine Waren nach der Heimat führt. Die teuer genug erkauften Geleitbriefe des Erzbischofs von Bremen und des Junkers von Delmenhorst nützen dagegen wenig. Auf Cloppenburg nicht ausgeraubt zu werden, hab' ich mich vom Vogt des Bischofs von Münster gegen ein Leitgeld bis Utrecht mit Schutz versehen lassen müssen, und kam doch nur knapp mit heiler Haut durch.

Und so ist's überall am Rhein und an der Weser. Stoßt an, ihr Herren, unser Preußen soll leben!

Gerd von der Beke ließ sein Glas laut erklingen. Recht so, stimmte er zu, das hör' ich gern. Wem aber verdanken wir Frieden und Wohlstand? Doch nur dem Deutschen Orden, der mit kräftiger Hand die Feinde abwehrt und gute Ordnung im Lande aufrecht hält, dass niemand sich überhebe und jeder seines Lebens und seiner Habe froh werde. Darum wollen wir hoffen, dass er auch jetzt siegreich sein und Polen und Tataren von unseren gesegneten Gauen mit dem Schwerte fernhalten werde. Darauf trinke ich dieses Glas!

Herr Arnold Hecht nippte nur ein wenig von dem seinen und stellte es dann zur Seite. Nun, nun – sagte er lächelnd, Ihr seid zu eifrig im Lobe unserer Herren. Was sie uns Gutes tun, ist doch ihnen selbst am meisten nütze, und unsere Privilegien wären bald wenig wert, wenn wir über ihnen nicht eifersüchtig wachten. Wir haben einen Herrn, der hat zwar viele Hundert mit dem Schwerte bewehrte Arme, aber auch viele Hundert Köpfe, und sie sind nicht immer einig. Es verlautet von großem Zank und Hader aus den Ordenshäusern, seit die Herren nicht mehr gegen die Heiden zu kämpfen haben. Ich will mich nicht versündigen; aber wenn der Krieg gegen Polen, wie ich zu Gott hoffe, einen guten Ausgang nimmt, so mag ich's nicht beklagen, dass die Herren Beschäftigung gehabt und unseren Beistand gebraucht haben. Was ist Eure Meinung davon, Herr Konrad Letzkau?

Der so Angeredete blickte wie erschreckt auf. Er hatte bisher still und in sich gekehrt da gesessen, das Gespräch den Gästen überlassend. Nun schien er sich besinnen zu müssen, wovon die Rede sei. Ich bin dem Orden für meine Person vielen Dank schuldig, sagte er dann bedächtig, und ich will ihm das nicht vergessen. Mein Vater war vom Grafen von Holland getötet, meine Mutter aus dem Lande vertrieben. Sie floh mit mir nach Preußen zu dem Ordensvogt von Grebin, der ihr befreundet war, und er wies uns gütig in seinem Dorfe Wohnung und Unterhalt an. Seitdem nenne ich mich nach meiner neuen Heimat. Der Vogt hat wie ein Vater an mir gehandelt. Er empfahl mich dem Komtur, als ich heranwuchs; der nahm mich ins Ordenshaus auf und ließ mich unterrichten, wie man die Knaben unterrichtet, die dem geistlichen Stande bestimmt sind. Meine Neigung ging aber nicht dahin, und es fehlte mir auch die Gabe des Gesanges. Da man nun sah, dass ich gern den Ordensleuten zur Hand ging, die des Ordens Einkünfte verwalteten, Speicher und Vorratskammern beaufsichtigten und mancherlei Handelschaft trieben, gab man mich dem Großschäffer von Königsberg in Dienst, dass ich lerne kaufen und verkaufen, Schiffe befrachten und Rechnungen führen. Darauf nahmen die Herren mich nach Marienburg zu gleichem Dienst bei dem dortigen Großschäffer, und es gefiel ihnen, dass ich mich geschickt erwies in allen Geschäften und für Mehrung der Güter sorgte. Viele von den Würdenträgern lernte ich persönlich kennen, und auch dem Hochmeister blieb ich nicht fremd. Da sagte er eines Tages zu mir: Konrad, ich will zusehen, ob ich dein väterliches Erbe zurückgewinne, dass ich dir danke für deine Treue. Und er schrieb Briefe nach Holland meinetwegen, bat und drohte, und so gab der Graf wenigstens einen Teil heraus, dass ich nun mein eigener Herr sein und mich in dieser Stadt Danzig niederlassen und Bürgerrecht erwerben konnte. Auch dann blieben die Herren mir wohlgeneigt und förderten gern meine Unternehmungen und haben mir gutes Vertrauen bewiesen bei mancherlei Sendungen in des Ordens Auftrag. Dafür weiß ich mich zu Dank verpflichtet, und so schmerzt es mich, dass in letzter Zeit viel Uneinigkeit entstanden ist zwischen dem Orden und den Städten, und dass die Herren sich oftmals überheben und ihren rechten Vorteil verkennen. Wer im Rate der Stadt sitzt und seinen Mitbürgern geschworen hat, der muss freilich die Dinge anders anschauen als die in den Schlössern: Aber die Meinung, dass eine Schwächung des Ordens uns Gewinn brächte, kann ich doch nicht gut nennen. Er soll uns bei unseren Rechten lassen; dafür aber wollen wir ihm mit Freudigkeit dienen, dass er stark und mächtig bleibe und gefürchtet sei von seinen Feinden. Denn wir sind deutschen Blutes wie die Brüder, und gemeinsam muss auch ferner unsere Arbeit sein, wenn auf diesem schwer erkämpften Boden deutsches Recht und deutsche Sitte gedeihen soll. Dafür wollen wir einstehen, liebe Herren!

Gerd von der Beke, der gute Freundschaft im Orden hatte, gab eifrig Beifall zu erkennen, und die anderen wagten nicht zu widersprechen, ob sie schon nicht in allem einverstanden sein mochten. Man weiß ja doch, dass Ihr der Stadt nicht um Fingerbreit etwas vergeben würdet, knurrte Hecht, wenn's einmal hart auf hart käme, und so können wir der Dinge Verlauf ruhig abwarten. Dann räusperte er sich, stieß mit Halewat an, der in feierlicher Haltung oben an der Tafel saß, und rief: Vergessen wir nicht, was uns heute hier zusammenführt! Unser braver Kapitän soll leben und jeder Danziger Seemann mit ihm, der seinem Beispiel folgt! Wer's gut mit ihm meint, der setzt den Becher nicht ab, bis er ihm auf den Grund sieht.

Das gefiel der ganzen Tafelrunde, und wer nun etwas zu erzählen wusste von dem Seekampf, der gab es zum Besten, und es war eine Freude, anzuhören, wie jeder des andern tapfere Tat hervorhob und sein eigenes Verdienst verkleinerte. Der Bürgermeister war wieder schweigsam geworden wie vorher, und von seiner Stirn schien die finstere Wolke nicht weichen zu können. Frau Anna Groß bemerkte es mit Besorgnis. Du bist heut nicht froh, Vater, sagte sie; was bekümmert dich?

Letzkau wollte es nicht wahrhaben, aber Barthel Groß stimmte ihr zu und meinte, es müsse bei der Vorführung der Gefangenen etwas versehen sein, da er seitdem ein finsteres Gesicht zeige. Ja, ja, bestätigte auch Hecht, ich hab's wohl gesehen, dass Ihr Euch verändertet, als der Hauptmann Euch ansprach. Es ist auch anderen aufgefallen, die in der Nähe standen. Huxer aber traf noch näher ans Ziel, indem er geradeheraus fragte: Wie wusstet Ihr, dass Marquard Stenebreeker vor Euch stehe? Ihr nanntet ihn beim Namen.

Letzkau schien nur ungern darauf zu antworten; aber er merkte wohl, dass er nicht würde ausweichen können, und so begann er nach einigem Bedenken: Ich kannte den Mann, und mir wär's lieber gewesen, ich hätte ihn unter den gefangenen Räubern nicht sehen dürfen, die dem Recht der Stadt verfallen waren. Denn er hat mir einmal eine große Wohltat erwiesen aus gutem Herzen und sich den Lohn dafür vorbehalten. Hört denn, wie das geschehen ist. Ihr wisst, dass vor zwölf Jahren die Städte Friedensschiffe ausrüsteten gegen die Vitalienbrüder, und dass ich zum Seehauptmann eingesetzt wurde. Auch der Orden hatte eine Flotte bemannt, und so gelang es uns gemeinsam, die Insel Gotland zu erobern und die Herzöge Barnim und Wratislaw von Stettin zu zwingen, der Verbindung mit dem Räubervolk zu entsagen. Aber der Besitz ward uns bald wieder bestritten. Die Königin Margarethe forderte die Insel für sich zurück und verweigerte jede Entschädigung. Die preußischen Städte suchten diesen Streit zu vermitteln, und so reiste ich als Unterhändler in ihrem Auftrage und auch auf des Herrn Hochmeisters Geheiß zu öfteren Malen nach Schweden. So kam's denn auch, dass ich einmal zusammen mit dem Herrn Johann von Putte, der von Thorn geschickt war, zu Lübeck zu verhandeln hatte und von dort nach Gotland übersetzen musste. Ein lieber Gastfreund aus Wismar, Lambert Junge, bot uns dazu sein Schiff an, und wir fanden sein freundliches Anerbieten sehr erwünscht. Unterwegs aber fielen wir in die Hände dänischer Piraten und wurden nun gefangen nach Schloss Warberg gebracht. Das Schiff nahmen sie als gute Beute und beraubten uns aller unserer Güter. Mich aber meinten sie für alle Zeit unschädlich machen zu können, da sie mich erkannten und wohl wussten, wie eifrig ich für den Orden und die Städte eingetreten war gegen die Königin. Deshalb ließ mich des Schlosses Hauptmann, Abraham Broderson hieß er, in den Turm werfen und hielt

mich dort bei schlechter Kost in einem finstern Gemach sechsundzwan-
zig Wochen lang, obgleich die Ordenshauptleute auf Gotland sich eif-
rigst für mich verwandten, und ich glaubte, es wäre mein Ende. Das alles
ist sicher einigen von euch noch frisch im Gedächtnis, auch dass ich
dann noch glücklich entkam und an dem Dänen Peter Knalle im feindlichen Lande einen mitleidigen Freund fand, der den von allen Mitteln
Entblößten gütig aufnahm, mit allem Notwendigen an Kleidung und
Speise versah und ihn selbst mit großer Gefahr nach Gotland brachte,
wofür ihn dann der Herr Hochmeister mit großer Gunst beehrte. Das
aber ist nicht ebenso bekannt geworden, wie ich aus Schloss Warberg die
Freiheit erlangte, da es doch ohne Zweifel auf mein Leben abgesehen
war. Und daran ward ich nun heut gemahnt. Denn ihr müsst wissen,
dass unter den Leuten des Hauptmanns, die den Turm zu bewachen hatten, auch dieser Marquard Stenebreeker war, und dass er mir täglich
einmal das kärgliche Essen brachte, weil man ihm am meisten vertraute.
Er war schon oft zur See gewesen mit den Vitalienbrüdern, aber sein
Herz war noch nicht so verhärtet, dass ihn mein Elend nicht rührte, da
ich krank war und kaum noch Nahrung einzunehmen vermochte. Er
wusste mir auch Dank, da ich doch einmal meinen Schiffsleuten gewehrt
hatte, eine Anzahl Gefangener über Bord zu werfen, worunter sein Bruder war, der demnächst entfloh, und der jämmerliche Dienst als Turm-
hüter gefiel ihm wenig. So brachte er mir denn auf meine Bitte ein Stück
Papier, auf das ich mit meinem Blute schrieb, dass ich gefangen sei und
wo man mich hielte, und beförderte den Brief heimlich durch jenen Peter
Knalle nach Gotland. Eines Tages, als wir wieder allein waren, bestürmte
ich ihn mit Bitten, dass er mich entweichen lassen möchte. Er lachte dazu, überlegte sich's aber doch. Bald darauf brachte er mir eine Feile und
einen Strick, den er unter dem Wams um seinen Leib gewickelt hatte,
und sagte zu mir: Ich bin ein armer Mann und treibe ein Handwerk, neben dem allezeit der Galgen steht. Ihr aber seid im Rate der Stadt Danzig
und reich begütert und habt viele Freunde unter den Ordensgebietigern,
und ich denke, ein Dienst ist des andern wert. Es könnte wohl kommen,
dass ich einmal eines mächtigen Fürsprechers bedürfte, und dann will
ich mich an Euch wenden und Euren Beistand anrufen. Brauche ich Euch
aber nicht, so ist's immer geraten, beim Himmel ein gutes Werk voraus-
zuhaben. Feilt also das Schloss der Tür durch in nächster Nacht und
steigt die schmale Steintreppe hinauf nach dem oberen Gemach. Es hat
ein kleines Fensterloch, durch das sich zur Not ein Mann zwängen kann,
dem die Haut lose über den Knochen hängt, zieht den Strick durch den
Ring, der als Fackelhalter in der Mauer befestigt ist, nehmt ihn so doppelt und lasst Euch getrost hinab; Ihr trefft auf eine Sandscholle am Was-

ser und habt nur eine kurze Strecke zu schwimmen, dann seid Ihr in Sicherheit. Vergesst aber nicht den Strick nachzuziehen, damit die Spur Eurer Flucht verwischt wird und auch mir keine Ungelegenheit entsteht. Und so geschah es, und ich kam durch seine Hilfe frei. Dann hörte ich oft genug seinen Namen nennen; er ward ein gefürchteter Hauptmann der Vitalienbrüder und entkam glücklich allen Nachstellungen. Jetzt hat ihn doch das Schicksal ereilt, ich erkannte ihn sogleich wieder, und meine traurige Pflicht ist's nun, als Bürgermeister dieser Stadt, ihn dem Richter übergeben zu müssen mit seinen Gefährten. Der Spruch der Schöffen ist nicht zweifelhaft, und ich – werde ihm nicht vergelten könne. Das tut meinem Herzen wehe!

Er trank den Rest seines Weines in einem hastigen Zuge aus und setzte den Becher umgekehrt auf den Tisch zum Zeichen, dass er ihn nicht wieder gefüllt wünsche. Auch die Gäste waren ernst gestimmt; sie fühlten mit dem würdigen Manne, wie nahe ihm diese unerwartete Begegnung mit seinem Wohltäter gehen musste. Ich wüsste wohl, was ich an seiner Stelle täte, flüsterte Maria Huxer dem Junker Heinz zu, der über dieser Erzählung selbst die schönen Augen seiner Nachbarin vergessen hatte, in die er sich bis dahin nicht eifrig genug hatte vertiefen können. Eine Feile und einen Strick schickte ich ihm ins Gefängnis, und damit war ich meines Dankes quitt.

Frau Anna hatte ihre Worte aufgefangen. Du sprichst wie ein gutherziges Mädchen, verwies sie. Mein Vater ist seinem Amte Rücksicht schuldig: Das eben beschwert ihn.

Ich wollte, er hätte lieber das Geheimnis gehütet, sagte Heinz leise, nun hat er sich selbst die Hände gebunden.

Das Tischgespräch wollte nicht mehr recht in Fluss kommen. Es wurden allerhand Leckerbissen zur Nachkost aufgetragen: Koriander- und Kaneelkonfekt, Pariskörner und Rosinen, dazu der Gewürzkuchen, den man »Krude« nannte und den der Apotheker bereitete. Auch Mandeln in der Schale fehlten nicht, und Heinz war so glücklich, darunter eine mit einem Doppelkern zu finden. Er zeigte sie Maria und sagte: Wenn wir teilen, was so in eins zusammengefügt war, so hat's die Vorbedeutung, dass wir einander noch oft im Leben begegnen und gute Freunde sein werden. Könnt Euch das lieb sein wie mir? Er hielt ihr die Hand mit dem Mandelpaar hin und sah sie recht treuherzig an, sodass sie nicht widerstehen konnte. Verschämt lächelnd senkte sie die Augen und errötete merklich, nahm doch aber mit den spitzen Fingerchen die eine Frucht von seiner Hand und schob sie zwischen die Lippen. Es hat aber gar nichts zu bedeuten, Junker, entgegnete sie, da sie sich von Katharina beobachtet sah.

Der Wirt hob die Tafel auf. Die Gäste traten ins zweite Zimmer oder in den Erker und plauderten noch eine Weile miteinander. Dann verabschiedete sich Hecht mit seiner Ehefrau, für die splendide Aufnahme dankend. Andere folgten, und auch Huxer winkte seinem Töchterchen. Ich gedenke noch einen Gang nach meinen Holzgärten zu machen, sagte er; nach einem solchen Mahl kann etwas Bewegung nicht schaden.

Du hast mir versprochen, dein neues Schiff zu zeigen, ehe es vom Stapel läuft, erinnerte das Mädchen. Willst du mich heut mitnehmen? Gleich darauf wandte sie sich an ihren früheren Tischnachbar: Ihr habt wohl noch niemals ein großes Schiff auf dem Stapel gesehen, Junker?

In Lübeck, aus weiter Entfernung, antwortete er, die Zimmerleute ließen niemand auf den Platz. Ich kann mir's kaum vorstellen, wie ein solches Gebäude haltbar gegen Wellen und Sturm zusammengefügt wird, dass man's vom Lande ins Wasser hinablassen kann.

Huxer lachte. Nun, Junker, sagte er, ich denke, Ihr werdet unsere Handwerksgeheimnisse nicht verraten. Erlaubt's Eure Zeit, so kommt mit uns. Vielleicht gefällt es auch Eurem Freunde, sich eine Danziger Schiffswerft anzusehen. Dann aber mache ich den Vorschlag, wir steigen in ein Boot und fahren zu Wasser bis zur Lastadie. Was meint Ihr, Kapitän Halewat, könnt Ihr Euren Esping in einer halben Stunde flottmachen?

Der Kapitän war sogleich bereit und versprach selbst das Boot zu steuern. Das ist prächtig! Rief Maria. Und, nicht wahr, wir brauchen ja auch nicht auf dem kürzesten Wege dahin fahren? Katharina kommt mit. Nein, nein, du darfst nicht widersprechen. Ich kann doch nicht das einzige weibliche Wesen auf dem Boote sein. Tu mir's zuliebe!

Bald kam einer von den Putken der »Danziger Maria«, zu melden, dass das Boot klar sei. Die kleine Gesellschaft ging den Langen Markt hinab vor das Koggentor und dann eine kurze Strecke seitwärts bis zu dem Einschnitt im Bollwerk, in dem eine Treppe zum Wasser hinabführte. Die vier Matrosen im Boot richteten auf ein Zeichen des Kapitäns zum feierlichen Willkommen die Ruder hochauf. Heinz reichte Maria Huxer, Hans Käthchen Letzkau beim Übersteigen die Hand, und so nahmen sie auch einander gegenüber auf den hinteren Bänken Platz. Und dann ging's bei dem herrlichsten Frühlingssonnenschein auf den spiegelglatten Fluss hinaus.

Huxer überließ seinem munteren Töchterchen das Kommando, und der Kapitän steuerte ganz nach ihren Winken und Wünschen. So fuhren sie denn erst kreuz und quer durch die Schiffsstraßen, bald auf der Stadtseite, bald entlang der Speicherinsel, dann um dieselbe herum an der Schäferei und dem großen Scharpauschen Speicher vorbei bis zu den Mattenbuden und Reeperbahnen, wo überall ein lebhaftes Gewerbstreiben zu bemerken war, endlich durch einen Kanal wieder zur Stadt zurück und nun an der Lastadie hin, die außerhalb der Mauer der Rechtstadt in der Vorstadt lag. Sie war in lange »Dielenfelder« eingeteilt, schmale Streifen Landes, die sämtlich auf die Mottlau ausliefen. Die Junker hatten hier viel zu schauen. Da war ein besonderes »Mastenfeld«, auf dem die mächtigen Stämme gelagert und zugerichtet wurden, die in Masowien gewachsen und die Weichsel hinabgebracht waren, um zu Masten, Rahen und Stengen verarbeitet zu werden. Auf einem Felde wurden nur Vordinge, Leichterfahrzeuge mit flachen Böden, auf einem anderen nur Weichselschiffe, lange, flach gebaute Kähne mit ganz weit vortretendem Schnabel, gebaut oder repariert. Die anderen Felder zeigten große Stapel von Schiffsbauholz und dicht am Wasser schrägab auf den Kiel gestellte Seeschiffe, teils nur Rippenwerk, teils schon mit Planken bekleidet. Huxer erklärte, dass diese Felder von der Stadt an die einzelnen Schiffsbauer ausgeteilt seien. Die Lastadie steht unter zwei Ratmannen, sagte er, und kein Schiff darf ins Wasser hinab, sie hätten es denn vorerst besichtigt und für gut befunden. Das Boot fuhr nun in einen Wassergarten ein, der statt des Zaunes von schwimmenden, mit eisernen Ketten an Pfählen befestigten Balken abgegrenzt wurde. Darin schwamm das Holz, das noch nicht aufs Land gebracht war, die Bootsleute mussten es mit den Rudern fortschieben, um eine Gasse freizumachen. Das ist meines Vaters Dielenfeld, sagte Maria, indem sie nach dem Lande wies, und das ist unser neues Schiff. Sie stiegen aus, und Heinz ließ sich's wieder nicht nehmen, dem Fräulein zum Sprunge aufs Trockene die Hand zu reichen und sie beim Klettern über die Balkenstapel zu unterstützen, wofür sie ihm lachend dankte, indem sie hinzufügte, sie sei übrigens gar nicht so ungeschickt, wie er wohl glaube, und habe oft genug hier den Weg auch allein gefunden, ohne zu fallen.

Nahe dem Wasser erhob sich ein mächtiger Schiffsrumpf, nur durch Stangen auf beiden Seiten gestützt. Wenn man daruntertrat und in die Höhe sah, hatte man leicht ein Gefühl von Schwindel, als müsste der Holzkoloss mit seinem überhangenden Bauche zur Seite umfallen. Auf den Gerüstbrettern oben saßen Arbeiter und klopften Werg in die Fugen, dass man vor dem Lärm der Hämmer kaum sein eigen Wort verstehen konnte. Sobald Huxer bemerkt wurde, kamen aus den Holzbuden die Aufseher heran und begrüßten ihn. Wollt ihr auch hinauf? Fragte er die Junker, die natürlich sogleich bereit waren. Es wurden nun festere Leitern angesetzt. Kaum waren die Männer auf Deck angelangt, als auch Maria ihnen nachkletterte, während Katharina unten Wache hielt. Du bist noch immer der alte Wildfang, schalt Huxer schmunzelnd, und vergisst deine sechzehn Jahre. – Ich will schon geschickt wieder hinabkommen, meinte sie und zog das Band an dem einen der braunen Zöpfe fester, der an der Spitze aufgegangen war.

Vom Deck der Holke hatte man eine freie und ziemlich weite Aussicht über die Vorstadt bis zum Hagelsberge und nach der anderen Seite hin die Mottlau hinauf, wo sich rechts und links die Holzwiesen ausbreiteten. Auf der einen wurde der eichene »Wagenschoss« gebrakt, das kostbarste Material zum Schiffsbau und zur Ausfuhr über See, auf der anderen das dünnere »Klappholz«, auf einer dritten das »Bogen- und Bottichholz«, das die Handwerker brauchten. Im Wasser lagen Flöße und lange flache Wittinnen, die aus Polen Getreide gebracht hatten und nun zerschlagen wurden. Es war ringsum ein reich belebtes Bild.

Nach der Besichtigung des Schiffes wurde wieder das Boot bestiegen und auf den Fluss hinausgesteuert. Wie gefällt's Euch in unserem Danzig? Fragte Maria, der Antwort gewiss. Heinz versicherte, dass ihm der Abschied schwer werden müsste, der in wenigen Tagen bevorstehe. Ah, das können wir nicht gelten lassen, Junker! Rief sie. Ihr müsst die Pfingsten hier verleben, die ja so nahe sind. Hat man's Euch denn noch nicht gesagt, dass der Artushof am zweiten Feiertage ein großes Fest veranstaltet? Da sollt Ihr einmal den Mairitt sehen, und wenn Ihr Euch an den Nachspielen beteiligen wollt, steht gewiss nichts im Wege. Abends aber gibt's im Hofe einen lustigen Tanz. Ihr tanzt doch gern, Junker? Das konnte er nun nicht in Abrede stellen. Hans redete zu; sein lieber Wirt habe ihm auch schon gesagt, dass er ihn nicht fortlasse, und Heinz werde es ja nicht so eilig haben, dass er um eine Woche markten müsse. Huxer bat die beiden Junker, morgen Abend im Artushof seine Gäste zu sein, damit er sie bei den Alderleuten einführe. Heinz ließ sich gern bestimmen; Marias muntere Augen hatten es ihm angetan.

Sie kreuzten noch eine Weile den Fluss vor der Stadt. Dann, als die Sonne sich schon neigte, stiegen sie wieder am Koggentor aus. Maria brachte ihre Freundin Katharina nach Hause, und die jungen Herren gaben das Geleite. Erst an Huxers Tür trennten sie sich.

Fünftes Kapitel

Der Waldmeister vom Melno-See

Der nächste Tag war ein Samstag und Markttag. Heinz kam schon früh vom Schloss nach der Stadt, um das bunte Leben und Treiben zu betrachten, auf das er durch seinen Schlafgenossen aufmerksam gemacht war. Heute hatte jeder volle Freiheit zu kaufen und zu verkaufen. Auf dem Langen Markt waren die Läden der Fleischer, Bäcker und Krämer aufgebaut; auf dem Fischmarkt hielten die Fischer vom Hakelwerk in Bütten, Flechtkörben und Wasserkufen ihre Ware feil. Durch das Tor fuhren die Wagen der Landleute ein, die frische Gemüse, Hühner, Butter, Flachs, Honig und Wachs zur Stadt brachten oder ihre Einkäufe zu machen kamen. In langen Reihen standen sie aufgefahren, und die kleinen Pferde futterten, während Mann und Frau ihre Geschäfte besorgten. Die kleine Stadtwaage am Rathause war dicht umdrängt, aber auch an der großen unten am Koggentor gab's alle Hände voll zu tun, denn der Rat hielt darauf, dass jeder Käufer sein richtiges Gewicht erhalten musste, wenn die Ware einen halben Stein und mehr wog, und hatte deshalb zwei geschworene Wäger mit einigen Gehilfen angestellt.

Heinz ließ sich nach der Badestube in der Heiligengeistgasse weisen, die dem Bader Wolter Grelle gehörte, einem kleinen, sehr gesprächigen Männchen, das alle Stadtneuigkeiten wusste und den Junker über das Leben im Schlosse auszufragen bemüht war. Die Zeiten sind besorglich, plauderte Grelle, sehr besorglich. Ich habe meine Badestube eine Reihe von Jahren vermietet gehabt und meinte, mich zur Ruhe setzen zu können. Aber wer weiß, was für Unruhen noch über uns kommen; da ist's besser, selbst sein Geschäft in der Hand zu haben. König Jagello ist ein gar mächtiger Herr geworden, seit er sich mit seinem Vetter, dem Herzog Witowd von Litauen verglichen hat, und unser gnädigster Herr Hochmeister Ulrich von Jungingen ... Er verschluckte sich, hustete und schnitt Grimassen. Gott schenke ihm den Sieg, fuhr er leiser fort, aber ich fürchte, es steht in den Häusern nicht ganz so gut, als er's sich wünschen mag. Es ist nicht ohne Gefahr, davon zu reden, und ich schweige lieber. Man muss zu vielem schweigen, was nicht in der Ordnung ist, da man's doch nicht ändern kann. Hier, in der Stadt ... Er hüstelte wieder. Es ist viel Unzufriedenheit in der Bürgerschaft und bricht's einmal los, so weiß man nicht, was alles geschieht. Nach unsern alten Briefen soll jeder in der Gemeinde gleiches Recht haben. Der Rat aber schließt sich ab und ergänzt sich nur aus den Werken, das ist: aus den Großhändlern und Seeschiffern; die Ämter stellen auch Männer, die sich der Ehre wert erachten und wohlhabend genug sind, der Stadt dienen zu können. Besonders die Brauer stecken viel die Köpfe zusammen und haben dem Herrn Komtur schon so manches schöne Fass Märzbier zum Geschenk aufs Schloss geschickt, ihn für ihre Sache zu gewinnen. Fragt nur den Kellermeister. Ei – ei – ei! Das gibt nichts Gutes.

Durch das Bad erfrischt, suchte nun Heinz seinen Freund Hans von der Buche bei Barthel Groß auf und fand ihn bei der Frühstücksbiersuppe. Es wurde gleich wieder wegen des Pfingstfestes beraten, zu dem Vorbereitungen nötig waren. Soll ich mit stechen und tanzen, sagte Heinz, so will ich auch ein neues Wams haben für mein abgetragenes, das nun noch beim Kampf auf der See einige Schlitze an der unrechten Stelle bekommen hat. Ich fürchte nur, der Krämer übervorteilt mich, weil ich fremd bin, und der Schneider schafft das Werk nicht mehr zum bestimmten Tage fertig, wenn er's auch verspricht.

Dazu kann Euch mein Mann helfen, Junker, antwortete Frau Anna. Ich rate Euch, das Tuch nicht beim Krämer nach der Elle abschneiden zu lassen, sondern lieber gleich ein halbes Laken zu kaufen und auch die Borten im ganzen Stück. Was Euch dann übrig bleibt, könnt Ihr allemal brauchen, und Ihr habt's besser und billiger. Auch kann Euch Barthel zu seinem Schneider führen, der dann wohl Wort halten wird, um sich die Kundschaft nicht zu verderben.

Groß erklärte sich gern bereit, ihn zu begleiten, wenn er sich eine Stunde gedulden wolle, die er noch auf seinem Kontor zubringen müsse; am Markttage sei immer mehr zu tun als gewöhnlich, auch für den Getreidehändler, und die Hofleute von seinen Liegenschaften bei der Stadt seien zur Abrechnung hereingekommen. Die beiden Junker gingen deshalb vorläufig allein fort und versprachen, sich wieder zu melden. Frau Anna bat, sich rechtzeitig beim Mittagstisch einzufinden.

Im Marktgewühl kamen sie unversehens auseinander. Heinz ließ sich der Stadtwaage zudrängen, arbeitete sich mit den Ellenbogen durch und stand bald nicht weit von dem großen Gestell. Ein alter Mann mit langem, weißem Haar und zottigem Bart, bekleidet mit einem knappen Lederwams, über dem eine Weidmannstasche hing, und mit einem breitkrempigen Hut, der das verwitterte Gesicht beschattete, ließ mehrere Tonnen Honig und Fastagen mit großen Stücken Wachs verwiegen, die zwei Leute in der Tracht der preußischen Bauern auf einer Trage herangebracht hatten. Gegenüber an der Waagschale stand der Kaufmann, der die Ware behandelt hatte. Heinz bemerkte, dass er dem Gehilfen des Wägers, der die eisernen Gewichte aufsetzte, mit einem heimlichen Wink etwas in die Hand steckte. Der beeilte das Geschäft nun sehr auffällig, drückte mit der Hand die Schale nieder und wollte sogleich wieder abräumen. Das geht nicht ganz mit rechten Dingen zu, dachte Heinz bei sich.

Auch der Alte musste wohl Unrat gemerkt haben. So gilt's nicht, rief er zutretend und die Kette der Waagschale erfassend. Die grauen Augen blickten zornig aus den tiefen Höhlen.

Wie gilt's nicht? Fragte der Knecht zurück, ohne sich im Abräumen stören zu lassen.

Mein Wachs wiegt mehr, antwortete der Alte, Ihr habt die Schale mit der Hand bedrückt.

Wollt Ihr mich wiegen lehren? Fuhr der Knecht auf. Sechs Stein und acht Pfund.

Sieben Stein, rief der Alte, nicht ein Pfund weniger! Stellt noch einmal die Gewichte auf!

Habe mehr zu tun, wies ihn der andere ab. Macht, dass Ihr fortkommt, alter Polacke!

Dem Alten schwollen die Adern auf der Stirn. Wer ist ein Polacke? Schrie er. Ihr aber seid ein Betrüger, das will ich Euch beweisen!

Ihr habt's gehört, wandte der Knecht sich an die Umstehenden, das Wort soll er mir teuer bezahlen! Wo ist die Marktwache?

Der Mann im Lederwams ließ die Kette nicht los. Ich will mein ehrliches Gewicht! Glaubt Ihr's mit einem dummen Kassuben zu tun zu haben? Zahle ich meinen Wiegepfennig, so muss ich nach dem Rechten bedient werden. Nochmals die Gewichte auf die Schale!

Der Wäger wollte ihn nun gewaltsam mit dem Arm fortschieben. Kaum aber hatte er seine Brust berührt, als der Alte, rot vor Zorn, ein langes Messer zog und sich auf ihn stürzte. Brauchst du Gewalt, du Hund? Schrie er. Warte, ich will dich klug machen!

Er hätte ihn sicher verwundet, wenn nicht Heinz vorgesprungen wäre. Ruhig Blut, Alter! Rief er ihm zu und drückte mit der Hand seinen Arm nieder.

Der Alte schaute zornig um, gab aber sogleich den Versuch auf, sich zu befreien. Was er sah, schien ihn zu erschrecken, denn der Kopf zuckte zurück, und der Blick wurde unsicher. Wer – seid Ihr – Herr, fragte er, dass Ihr's wagt –

Mein Name kümmert Euch wenig, antwortete der Junker, aber dem Richter will ich ihn nennen, wenn ich für Euch zeuge.

Ihr wollt –?

Ich will für Euch zeugen. Der Schalknecht hat die Schale niedergehalten, auf der die Gewichte standen. Ich hab's mit meinen Augen gesehen.

Was habt Ihr gesehen? Wandte sich nun der grobe Mensch gegen ihn. Wollt Ihr mich Lügen strafen? Was habt Ihr hier überhaupt müßig zu stehen und zu gaffen? Schert Euch Eurer Wege! Der Handel ist richtig!

Ho, ho! Rief Heinz. So schafft Ihr mich nicht fort! Wenn Ihr's denn wissen wollt: Ich habe noch mehr gesehen. Hat Euch nicht der Kaufmann etwas in die Hand gesteckt? Das war doch nicht der Wiegepfennig.

Nun wurde der Lärm erst recht groß. Der Schalknecht wollte den lästigen Vermittler fassen und der Marktwache übergeben; der Alte aber wehrte ihn ab, und der geschworene Wäger trat nun hinzu, für seinen Gesellen Partei nehmend. Was gewogen ist, das ist gewogen, entschied er, und wer meinen Knecht des Truges beschuldigt, der beschuldigt auch mich, dass ich untreue Genossen halte. Ich leide es nicht!

Und ich nehme meine Ware zurück! Schrie der Alte. Schande über eure Stadt, wenn der fremde Mann nicht Recht finden kann gegen den Bürger! Der Handel ist aufgehoben!

Der Handel gilt, behauptete der Kaufmann; wir sind einig geworden über den Preis!

Aber nicht über das Gewicht, wandte der Verkäufer ein und stieß ihn von den Tonnen zurück. Seine Begleiter machten sich daran, wieder aufzuladen; die Beamten wollten sie hindern; wieder blitzte das Jagdmesser in des Alten Hand.

Da rief von hinten her eine Stimme über die Köpfe der Umstehenden hinweg: Gundrat – was gibt's da? Ruhe und Frieden!

Heinz erkannte sie sogleich als die seines Freundes Hans von der Buche. Aber auch dem Alten musste sie bekannt klingen. Er steckte eilig das Messer fort und griff an den Hut. Seid Ihr's, Junker? Fragte er hinüber. Wahrhaftig, Ihr seid's! Und Ihr kommt gerade zur rechten Zeit, um Eure eigene Sache zu führen, denn auch Eures Herrn Vaters Gut ist dabei.

Hans schüttelte dem alten Manne die Hand. Muss ich dich gleich wieder in Streit und Hader finden? Ermahnte er freundlich. Immer noch der alte Brausekopf, der gleich mit der Faust dazwischenfährt, wenn's nicht nach seinem Sinne geht. Ruhig, ruhig!

Gundrat sah finster zur Erde. Soll ich Unrecht leiden, Junker? Der ist kein Mann, der nicht für seine gerechte Sache eintritt, was auch draus folge!

Unser alter Waldmeister, wandte Hans von der Buche sich an seinen Freund. Er haust in den Wäldern meines Vaters am Melno-See und sieht manchmal wochenlang keinen Menschen. Da muss man ihm sein raues Wesen nicht übel nehmen. Warum bringst du denn deinen Honig und Wachs bis Danzig hinauf, Gundrat? Konntest du ihn nicht in Graudenz loswerden?

Er preist dort schlecht, antwortete der Alte, und wir brauchen Geld zur Rüstung in diesen schweren Zeiten. Es ging gerade ein Weichselkahn stromhinab; da meint' ich, die Reise wohl einbringen zu können. Aber lieber nehm ich meinen Jahresertrag wieder zurück und verschenke ihn an die Armen, als dass ich mich von dem Buben hier –

Still, still, fiel der Junker ein. Beginnt den Zank nicht von Neuem. Lass deine Leute bei den Tonnen und Bodemen zurück und folge mir aufs Rathaus; ich will dort deine Sache führen.

Ich brauche den Richter nicht, wenn ich mir selbst helfen kann, knurrte der Waldmeister, ging aber doch mit. Auch Heinz schloss sich an, und der Wäger, da er Ernst sah, musste wohl als verklagter Teil dabei sein.

In einem Zimmer des Erdgeschosses, dessen Türen weit offenstanden, sah einer von den Ratmannen mit zwei Schöffen, die Markthändel sofort zu schlichten. Er kannte die beiden Junker und empfing sie freundlich. Hans von der Buche trug die Sache vor, und Heinz legte sein Zeugnis ab. Nun wurde der Schalkknecht sehr kleinlaut, sprach von Irrtum und kam immer wieder auf seine Klage zurück, dass der Alte ihn mit dem Messer bedroht hätte, um von dem Hauptpunkt abzulenken. Aber der Marktherr ließ sich nicht irremachen. Er begleitete die Streitenden zur Stadtwaage und verlangte, dass in seiner Gegenwart nachgewogen werde. Nun gab der Schalkknecht dem Kaufmann einen Wink, dass er durch einen Vergleich zuvorkommen solle. Der ging auch darauf ein, aber Gundrat bestand auf seinem Recht. So wurden denn die Tonnen wieder aufgelegt und die Gewichte eingestellt; die Ware wog reichlich sieben Stein. Wollt Ihr sie zu diesem Gewicht annehmen? Fragte der Marktherr den Krämer. Der bejahte verdrießlich. So gehört sie Euch gegen Zahlung des Preises nach dem Gewicht, denn darauf war der Handel abgeschlossen. Ihr aber, untreuer Mann, verlasset die Stadtwaage und sollt nicht wieder zurück ins Amt, das ihr gewissenlos verwaltet habt. Und Euch, dem geschworenen Wäger, will ich ernstlich raten, dass Ihr Euch künftig besser vorsehet in der Wahl Eurer Gesellen, damit Euch der Rat nicht kündige. Euch endlich, Waldmeister, lege ich eine Buße von drei Pfennigen auf, weil Ihr das Messer auf dem Markt gezogen habt; sie ist so gering bemessen, weil Ihr in der Sache selbst im Recht gewesen und zum Zorn gereizt worden seid. Straffrei darf ich Euch nicht lassen, ob Ihr schon gute Fürsprecher habt.

Junker Hans griff sogleich in die Tasche und erlegte die Buße für den Alten. So waren die Händel geschlichtet, freilich nicht ganz nach dem Sinne des Waldmeisters, der nicht mitschuldig zu sein meinte. Die Junker nahmen ihn zwischen sich und führten ihn fort. Sie traten mit ihm in ein Brauhaus ein, an dessen Türpfosten eine Kanne hing, durch deren Henkel ein Birkenreis gesteckt war, zum Zeichen, dass hier junges Gebräu ausgeschenkt werde. Im Flur standen ein paar Tische von weißem Holz und Bänke auf beiden Seiten, nur für den Tagesgebrauch hingestellt, denn das Ausschenken im Hause ging nach der Ordnung reihum bei den Brauern. Der Hausherr selbst zapfte es den Gästen, lobte die reine Farbe und die Klarheit des Gebräues und setzte sich selbst mit einem Kruge zu ihnen. Hans von der Buche ließ sich von seiner Heimat berichten, wie es dem Vater gehe und der Schwester. Der Ritter war wohlauf, da ich ihn zuletzt sah, versicherte der Waldmeister, und Eure Schwester werdet Ihr kaum wiedererkennen nach diesen drei Jahren, die Ihr in der Fremde verlebtet, Junker, so groß und schön ist sie geworden. Gott wolle ihr bald einen braven Mann zuführen, wie sie's verdient. Schönheit ist ein zweifelhaftes Geschenk, den einen lässt's erwerben, den andern verderben. Nie zu früh mag der Mann sein Glück preisen, der eine schöne Tochter hat, denn keine Stunde ist er seines Gutes sicher. Nun – ich hoffe, der Ritter hat nichts zu besorgen.

Du sprichst, Alter, als hättest du selbst traurige Erfahrungen gemacht, bemerkte Hans lachend. Ich weiß ja aber besser, dass du nicht Weib, nicht Kind hast, sondern einsam, wie eine Eule in deinem Waldnest hausest.

Lasst das, Junker, lasst das, knurrte der Waldmeister, die Stirn in tiefe Falten ziehend. Es lebt selten einer, wie er mag, sondern wie's ihm vorbestimmt ist. Wir müssen's hinnehmen!

Herbergst du noch die Waidelotten in dem alten, waldbewachsenen Burgwall an dem Melno-See? Fragte Hans abbrechend. Abkömmlinge von heidnischen Preußen, deren Christentum verdächtig genug ist. Die alte Kräuterfrau, die Gudawe, lebt doch noch, die mich einmal in schwerer Krankheit vom Tode gerettet hat? Du besinnst dich, dass wir sie an einem Herbstabend besuchten, als uns auf der Jagd das Wetter überfiel. Es standen noch mehr Hütten in der Umwallung, und das Volk, das darin hauste, sah danach aus, als ob es sich zu verstecken Grund hätte. Wie es dann blitzte und donnerte, dass man an Weltuntergang hätte glauben mögen, standen ihrer einige unter dem mächtigen Eichbaum und sprachen Gebete, und das Bildwerk oben unter den Laubzweigen schien mir nicht der gekreuzigte Heiland zu sein.

Es ist nicht gut, davon zu sprechen, Junker, sagte der Alte kopfschüttelnd. Ich wünschte, Ihr hättet das vergessen. Die Leute leben friedlich und tun niemand Schaden. Sie wissen, wo die Waldbienen ihren Honig speichern, und sind von ihnen gekannt. Im Herbst kommen sie zu mir ins Waldhaus und tauschen ein, was sie für den Winter bedürfen. Ob sie zu dem rechten Gott beten, weiß ich nicht; sie geben ihm mancherlei Namen, von denen wohl die Kirche nichts wissen mag. Es wäre mir leid, wenn man sie störte, denn sie sind mir gute Gesellen in meiner Einsamkeit. Ihr wisst, es ist eine Verordnung gegeben gegen die Waidelotten und Pilwaiten im Lande, die man für heidnisch hält, und wenn der Kulmer Bischof erfährt –

Sei ohne Sorge, Alter, fiel der Junker ein, ich verrate deine Schützlinge nicht, und meinetwegen mögen sie sich's wohl sein lassen in ihrem Versteck und im Schatten ihrer Eiche. Wann gedenkst du zurückzukehren, Gundrat?

Morgen mit dem frühesten, Junker, da ich mein Geschäft beendet habe. Ein Schiffer, der Heringe nach Thorn bringt, nimmt mich mit. Es gefällt mir auch nicht in der großen Stadt, wo die Menschen einander überlaufen und die Häuser das Sonnenlicht absperren. Da ist's besser im stillen Walde. So grüße mir den Vater und die Schwester herzlich, Alter, und sage ihnen, dass ich einem Freunde zur Gesellschaft hier noch die Pfingstfeiertage zu verleben gewillt bin, dann aber zu ihnen eile. Es wäre mir lieb, wenn in Graudenz für mich ein Pferd eingestellt würde, dass ich keinen Aufenthalt hätte.

Dafür will ich sorgen, erwiderte der Waldmeister, den Hut auf das lange weiße Haar drückend. Er musterte Heinz wieder mit forschenden Blicken und fragte nach einer Weile: Ist der Euer Freund, Junker?

Hans bestätigte es, und Heinz erkundigte sich nun, ob ihm etwas an seiner Person auffällig sei, dass er ihn so prüfend betrachte.

Ich denke, Ihr waret schon einmal in Preußen, Herr? Sagte Gundrat zögernd.

Wahrhaftig nicht! Rief Heinz. Meine Heimat ist Thüringen, und ich verließ sie nicht bis zu dieser Reise.

Der Alte wiegte den Kopf. Ich hätte schwören mögen, Euch schon einmal gesehen zu haben, aber wenn Ihr versichert – gewiss, es muss ein Irrtum sein. In Thüringen bin ich auch zu Hause, aber als ich von dort auswanderte, mochtet Ihr erst wenige Jahre zählen. Meine Augen werden unsicher – es ist ein Irrtum.

Er verabschiedete sich und ging dem Wassertor zu.

Ein wunderlicher Alter, meinte Heinz. Sein finsterer Blick und sein jähzorniges Wesen gefallen mir nicht, und doch ist in seiner Art wieder etwas Kräftiges, Verlässliches, das man lieb gewinnen muss.

Hans erzählte, dass man gar nicht wisse, wie lange er schon im Lande sei. Heute erfahre er zum ersten Male, dass er aus Thüringen einwanderte. Sein Vater habe ihn vor siebzehn oder achtzehn Jahren in seinem Walde am Melno-See gefunden, wo er sich wie ein Einsiedler eingerichtet hatte. Da sich ergab, dass er des Forstwesens und der Jagd kundig, habe er ihn, um ihn nicht vertreiben zu müssen, als Waldmeister angestellt. Ich habe als Knabe lange Zeit Scheu vor ihm gehabt, setzte er hinzu, und er war früher auch noch finsterer und bissiger. Ich meinte immer, er müsste irgendetwas Schweres auf dem Gewissen haben, dass er in den Wald geflohen sei und sich ungern vor den Menschen blicken lasse. Aber ihn danach zu fragen, wagte ich nie. Wie er sich bei uns geführt hat, kann man ihm nichts Schlimmes nachsagen.

Heinz forderte keine weitere Auskunft. Er hatte seinen Freund unter den Arm gefasst und führte ihn durch einige Straßen, die sich hätten abschneiden lassen, wenn er geradeaus zu Barthel Groß wollte. An einem Hause grüßte er freundlich nickend hinauf; in den Sandstein über der Tür war ein Schiff mit vollen Segeln eingemeißelt. Wohnt hier nicht Huxer? Fragte Hans.

Freilich, antwortete Heinz, und Maria war oben am Erkerfenster. Ich bin heut schon dreimal vorübergegangen und habe sie endlich doch erhascht. Wie gefällt dir das Fräulein?

Oh – sie hat schöne, muntere Augen!

Und ein prächtiges braunes Haar, und ein Paar Grübchen in den Backen, wenn sie lacht –

Sie lacht zu viel.

Durchaus nicht. Wie kann ein so junges Ding zu viel lachen?

Ei, ei! Nimm deine Augen in acht.

Warum aber? Es ist die reizendste Kurzweil, sie anzusehen. Weißt du, dass ich diese Nacht von ihr geträumt habe? Ich bat sie um einen Kuss, und sie hätte mir ihn vielleicht auch gegeben, wenn nicht der alte Ordensbruder, mein Schlafgenosse, mich mit seinem Schnarchen aufgeweckt hätte. Ich hätte ihn prügeln mögen.

Hans lachte dazu. Lass dir's vergehen, Bester. Da ist sicher schon ein Patriziersohn zum Bräutigam vorausbestimmt. In den Handelsstädten gehören auch die Heiraten zum Geschäft. Wenn du aber noch das Tuch einkaufen willst –

Das will ich, rief Heinz, und lenkte wieder nach der Langgasse ein, und ein Wams muss ich haben, das den Weibern in die Augen sticht; koste es, was es koste!

Barthel Groß wartete schon auf sie. Er führte sie zu einem Gewandschneider in der Heiligengeistgasse, der in der Windlage seines Hauses einen Laden hatte. Auf den Gestellen an der Wand lagen in Rollen und Packen die Laken zur Auswahl für den Käufer. Jedes Stück war in eine wollene Decke eingeschlagen und mit einer bleiernen »Loye« versehen. Der Kaufmann zeigte englische, flandrische und holländische Tuche vor, da die geringeren preußischen gleich ausgeschlossen wurden, erbot sich auch, sie zum Rathause zu begleiten, wo er die neueste Ware lagern habe, die dort noch vermessen werden solle. Heinz wählte ein Brügger Tuch von grüner Farbe, das freilich das Doppelte von dem Amsterdamer kostete, das auch schon recht sein und glatt erschien; dazu leichten Arras zum Futter und gestickte Borten zum Besatz. Sein Geldbeutel war sehr erleichtert, als sie den Laden verließen, aber die Ausgabe reute ihn nicht.

Als sie, gefolgt von dem Lehrling, der ihnen die gekaufte Ware nachtrug, in die Dammstraße einbogen, wo der Schroter (Schneider) wohnte, begegnete ihnen vom Schlosse her der Hauskomtur mit einem kleinen Gefolge. Er ging der Marienkirche zu und hatte vielleicht auf dem Rathause etwas zu verhandeln. Sie grüßten und ließen ihn vorüber.

Der Schroter nahm sorgfältig das Maß, rühmte des Junkers hohe Brust und kräftige Schultern, riet ihm, den Gurt ein wenig fester zusammenzuziehen, damit die Brust freier vortrete, und versprach, alle andere Arbeit liegen zu lassen und das Wams pünktlich zum bestimmten Tage abzuliefern. Dass er dem Ratsherrn beim Abschied an der Haustür mit vielen Bücklingen für die neue Kundschaft dankte, versteht sich von selbst.

Und nun zu Mittag! Mahnte Barthel Groß, damit Frau Anna nicht die gute Laune verliert, wenn wir verspäten. –

Der Hauskomtur trat durch die Pforte nach der Heiligengeistgasse in die Marienkirche ein, verrichtete am Hauptaltar ein stilles Gebet und setzte seinen Weg durch die Ausgangstür nach der Frauengasse weiter fort, indem er dann seitab bog und die Richtung nach dem Rathaus nahm. Dort ließ er seine Begleiter in der Halle und trug dem Ratsboten auf, die beiden Prokonsuln zu berufen, da er mit ihnen zu verhandeln habe. Der Bote öffnete ihm ehrerbietig eines der Zimmer, das zum Empfang hoher Gäste bestimmt und mit kostbaren Tapeten von Wollenstoff mit eingewirkten Mustern sowie mit Teppichen von gleicher Art geschmückt war.

Eine Viertelstunde darauf erschienen Konrad Letzkau und Arnold Hecht, die Bürgermeister, in ihrer Amtstracht. Nach freundlicher Begrüßung nahmen die drei Männer auf hochlehnigen Sesseln um einen Tisch mit zierlichen Füßen Platz.

Ich komme im Auftrage des Herrn Komturs, begann der Ritter, und bitte für das, was ich zu melden habe, um williges Gehör.

Wir sind alle Zeit des Herrn Komturs dienstergebene Beamte dieser Stadt, über die er von dem Herrn Hochmeister gesetzt ist, antwortete Letzkau, sich verbeugend. Es ist unsere Pflicht, zu hören, was der hohe Herr uns zu melden hat, und je nach den Umständen selbst zu antworten oder dem Rat die Antwort vorzubehalten.

So ist es, bestätigte Hecht.

Die Sache sollte wohl so klar sein, fuhr der Hauskomtur fort, dass es langer Erwägung nicht bedürfte. Es handelt sich um das Gericht über die gefangenen Seeräuber.

Hecht zog die Augenbrauen auf und warf einen Seitenblick auf seinen Amtsgenossen. Letzkau verzog jedoch keine Miene, sondern antwortete in ruhigem Tone: Ich meine, die Sache ist klar, hochedler Herr.

Der Hauskomtur nickte. Und doch hat es fast den Anschein, als ob wir verschiedener Ansicht wären, in welcher Weise sie klar ist. Wir hören im Schlosse, dass euer Schultheiß die Schöffen zu einem Beiding auf nächsten Montag verbottet hat, über Marquard Stenebreeker und seine Genossen zu richten. Ist dem so?

Dem ist so, entgegnete Letzkau.

Und ich denke, wir sind dazu wohl berechtigt, fuhr Hecht lebhaft auf. Letzkau gab ihm mit der Hand einen Wink, sich ruhig zu halten.

Der Hauskomtur wandte sich nun aber an ihn. Wohl berechtigt, sagt Ihr? Wir im Schlosse sind anderer Meinung und haben bisher die Auslieferung der Räuber erwartet.

Hecht schnellte von seinem Stuhle auf. Mit welchem Recht –

Letzkau legte die Hand auf seine Schulter und drückte ihn sanft in den Sessel zurück. Es wird sich ja finden, lieber Kumpan, sagte er, lächelnd über seinen Eifer, hören wir doch den Herrn Hauskomtur bis zu Ende; er hat gewiss seine guten Gründe.

Ohne Zweifel, bestätigte derselbe, denn sonst wäre ich nicht hier. Ihr Danziger der Rechten Stadt habt nach euren Privilegien die Gerichte Groß und Klein innerhalb der Stadtgrenzen, so jedoch, dass Bluturteile nicht vollstreckt werden dürfen ohne des Komturs Wissen und Genehmigung. Steht es so geschrieben?

Es wird so von alters gehalten im Lande. Aber darüber ist, denke ich, zurzeit kein Streit. Das Gericht hat über die Räuber noch nicht gesprochen, und es liegt kein Bluturteil zur Vollstreckung vor.

Ganz recht. Es ist aber auch von alters im Lande so gehalten, dass der Komtur selbst oder sein Hauskomtur nach ihrem Belieben jedem Gericht der Stadt vorsitzen dürfen, wenn es ihnen angemessen scheint wegen des absonderlichen Falles oder zur Betätigung der obersten Macht des Ordens, von der alle Gerichtsbarkeit im Lande ausgeht.

Das bestreiten die großen Städte, rief Hecht, ihre Gerichte sind frei und bedürfen keiner Beaufsichtigung, solange sie ihre Rechte nicht missbrauchen. Unsere gescholtenen Urteile gehen an den Rat der Stadt Kulm nach der Kulmer Handfeste, auf die unser Privilegium gründet, nicht an den Komtur.

Von gescholtenen Urteilen ist hier die Rede nicht, antwortete der Ritter. Im Übrigen wüsste ich nicht, dass die großen Städte vor den kleinen etwas voraushätten nach den Landesordnungen, ob sie schon gern sich über sie setzen und auch der Herrschaft gegenüber als befreit von mancherlei Verpflichtungen gelten möchten. Besonders die Rechtstadt Danzig –

Herr Ritter, unterbrach Letzkau ohne sichtliche Erregtheit, wir kommen da unversehens auf einen Gegenstand, der wohl besser im Hochschloss der Marienburg verhandelt wird, als hier auf dem Danziger Rathause. Was nützen solche Vorwürfe? Verstehe ich Euch recht, so seid Ihr gekommen, um diesmal den Vorsitz in unserem Gericht zu fordern. Ist dem so, so wollen wir Antwort geben, sobald der sitzende Rat einig geworden ist.

Der Hauskomtur blickte finster auf den einen und den andern. Wir fordern mehr, sagte er, und erwarten willigen Gehorsam. Ihr habt die Gerichte in der Stadt über eure Bürger und über Fremde, die in der Stadt ergriffen werden oder euren Schutz anrufen. Die Straßengerichte, wisst ihr, hat der Orden überall sich vorbehalten.

Hecht sah ihn ganz verdutzt an; er begriff offenbar nicht, worauf das hinaus sollte. Der erste Bürgermeister aber entgegnete: Wem kann es in den Sinn kommen, das zu bestreiten? Ich hoffe, der Orden hat keine Klage über uns, dass wir in seine Straßengerichtsbarkeit eingegriffen haben.

Ihr seid aber eben auf dem Wege, bemerkte der Komtur. Es gibt Landstraßen und Wasserstraßen; Straßen aber sind die einen so gut wie die anderen, und was darauf geschieht wider Gesetz und Recht, das kommt vor des Ordens Vogt.

Letzkau richtete sich im Stuhle auf. Es gibt Landstraßen, und es gibt Wasserstraßen im Lande, antwortete er; wir aber haben auf offener See ein Räuberschiff genommen und richten unsere Gefangenen.

So wollt Ihr in Abrede stellen, dass auch die See eine Wasserstraße ist?

Aber eine Wasserstraße zum freien Verkehr aller Völker und außerhalb des Deutschen Ordens Gebiet.

Was wir mit unserer Macht ergreifen, dass ist unser Gebiet.

So macht euch doch erst zu Herren des Meeres. Schlimm genug, dass der friedliche Kaufmann sich zur Wehr setzen muss gegen die Vitalienbrüder, um sein Gut sicher in des Landes Häfen einzubringen.

Und war's nicht ein Danziger Schiff, hielt Hecht sich nicht länger zurück, und geschieht nicht auf Danziger Grund und Boden, was auf Deck eines Danziger Schiffes geschieht? Antwortet uns darauf.

Ihr legt's so zu euren Gunsten aus, widersprach der Ritter, aber der Orden stimmt nicht zu.

So sind wir eben uneins über eine Frage des Rechts, die noch unentschieden ist, sagte Letzkau, die Hand auf den Tisch stützend, und da wir im Besitze sind, können wir abwarten, bis ein anderer ein besseres Recht nachweist.

Wie? Ihr wollt uns die Gefangenen weigern? Fuhr der Komtur auf.

Wir wollen unser Recht wahren, entgegnete der Bürgermeister.

Bedenkt noch eins! Rief der Ritter. Es waren nicht nur Danziger Schiffskinder, die das Räubervolk überwältigt und eingebracht haben. Mithilfe unserer Brüder haben sie gesiegt, und unsere Brüder haben das Beste beim Kampfe geleistet; der Orden hat einen Toten zu beklagen.

Ei was – das Beste! Knurrte Hecht.

Wir unterschätzen diesen Beistand nicht, antwortete Letzkau mit aller Höflichkeit. Aber die Ritter waren Schiffsgäste und haben für ihre eigene Freiheit gekämpft; daraus folgt nichts gegen unser Gericht. So gut könnte sonst der edle Vogt von Plauen Gericht und Beute für sich fordern, weil einer seiner Verwandten mitgefochten hat.

Der Hauskomtur erhob sich. Steht euch der Vogt von Plauen auf gleicher Staffel mit eurer Herrschaft? Es ist weit gekommen.

Wir sind unserer Herrschaft gehorsam in allen rechten Dingen, versicherte Letzkau, aber sie soll uns nicht schelten, wenn wir unsere Gerechtsame wahren.

Ist das eure Antwort an den Herrn Komtur?

Das ist unsere Antwort, lieber Herr.

Der Ritter grüßte eilig und ging nach der Tür. Dort aber wandte er sich noch einmal zurück. Ich will euch einen Vergleich bieten auf eigene Hand, sagte er. Die Frage mag unentschieden bleiben, bis der Herr Hochmeister und sein Kapitel darüber befinden. Halten wir indes für diesmal das Gericht gemeinsam auf dem Rathause der Jungstadt.

Nie und nimmer, rief Hecht, nie und nimmer!

Letzkau aber schob ihn zurück und erwiderte gelassener: Ihr bietet einen Vergleich, lieber Herr; darüber wollen wir nicht absprechen, ohne die Unsrigen befragt zu haben. Wir werden in so wichtiger Sache den Gemeinen Rat berufen – zu morgen Sonntag nach der Messe, damit nichts übereilt werde. Was der Gemeine Rat beschließt, das ist uns Gebot, und ich will's dem Hause melden lassen durch unseren Schreiber.

Damit reichte er dem Ritter die Hand, in die dieser, wenn auch zögernd, einschlug. Ich behalte ebenso meinem Herrn alle seine Befehle vor, sagte er und verließ das Gemach.

Die beiden Bürgermeister berieten noch eine Weile miteinander, was zu tun sei. Darüber waren sie ganz einig, dass der anberaumte Richttag nicht hinauszuschieben sei.

Draußen vor der Treppe hatte sich viel neugieriges Volk versammelt. Es geschah nur selten, dass einer der Ordensbeamten aufs Rathaus kam, und gewöhnlich war dann irgendetwas Bedenkliches vorgefallen. Aber die beiden Bürgermeister sprachen niemand an, sondern gingen still und ernst über die Straße, und auch die Ratsboten, die ihnen bald nachfolgten, wussten nur, dass der Gemeine Rat morgen nach der Messe berufen sei. Der Gemeine Rat! Das musste etwas zu bedeuten haben.

Sechstes Kapitel

Im Artushof und im Schöppenstuhl

Als gegen Abend nach dem Vesper vom Dache des Artushofes her, wie an allen anderen Tagen, das Zeichen mit der »Bierglocke« gegeben wurde und die Türen des stattlichen Baues am Langen Markt sich öffneten, zeigte sich der Zudrang ungewöhnlich groß. Allerhand Gerüchte hatten sich durch die Stadt verbreitet, und wer berechtigt war, im Artushof zu erscheinen, glaubte diesmal nicht fehlen zu dürfen, da sich vielleicht beim Kruge Bier etwas Näheres erfahren ließ.

Berechtigt, in die große, hochgewölbte Halle einzutreten, war aber nicht jeder Bürger der Stadt. Ausgeschlossen waren schon damals, obgleich erst einige Jahre später des Hofes Ordnung urkundlich festgestellt wurde, die Handwerker, Kleinkrämer, die »zu Pfennigswert« verkauften, die kleinen Schenkwirte, auch alle, die binnen Jahresfrist im Dienste anderer um Lohn gearbeitet hatten. Dass Leute von unsittlichem Lebenswandel nicht eingelassen wurden, konnte sich von selbst verstehen. Mitglieder des Hofes waren danach nur die Großhändler, Gewandschneider, Krämer, Seeschiffer und die Brauer, die sich nicht zu den Handwerkern rechneten, wennschon sie zünftige Genossenschaften bildeten und vom Rate ferngehalten wurden. Zutritt zum Hofe hatten auch die in Danzig zu Handelsgeschäften weilenden Holländer, und sie besaßen sogar eine eigene Bank, während man die Engländer nicht leiden mochte, weil sie den Einheimischen den Markt verdarben, weshalb denn auch wiederholt Verbote ergingen, dass niemand ihnen Keller und Läden zur Lagerung ihrer Waren vermieten sollte. Auch die Seeschiffer hatten ihre besondere Bank und hielten auch sonst zusammen, wie sie denn schon vor Jahren in der Dominikanerkirche ihre Vikarie gestiftet hatten. Ebenso setzten sich die Mitglieder anderer Genossenschaften zueinander. An diesem Abend waren bald sämtliche Bänke dicht besetzt, und der Kellermeister mit seinen Knechten hatte alle Hände voll zu tun, die Bierkrüge aus den großen Kannen zu füllen. Von den vier gewählten Alderleuten waren heut drei anwesend und hielten auf gute Ordnung. Der Torwächter aber, der die Gäste einließ, sorgte zugleich dafür, dass der Gang in der Mitte frei blieb, damit die Herren vom Rat ungefährdet Durchgang nach dem »kleinen Hof« hätten.

Es gab nämlich neben dem großen noch einen kleinen Hof, ein anstoßendes Gemach, dessen Fenster nach der Krämergasse hinausgingen. Das hatte sich die St.-Georgen-Brüderschaft zu ihren Zusammenkünften vorbehalten. Zu dieser Brüderschaft aber gehörten die Junker und die Schöppen. Anfangs mochten sie wohl gar nur die ritterbürtigen Geschlechter umfasst haben, die sich in der Stadt niedergelassen hatten und Handelschaft betrieben. Dann aber hatte sie auch nach und nach die Familien aufgenommen, aus deren Mitte Ratmannen und Schöppen hervorgegangen waren, und so vereinte nun der kleine Hof auf seinen beiden Bänken, der Junkerbank und der Schöppenbank, alles, was zum Rat gehörte. Auch hier standen vier Alderleute an der Spitze, deren einer zugleich den zugehörigen Junkergarten beaufsichtigte. Ein Junkerknecht und ein Schöppenknecht bedienten die beiden Bänke und hielten sich deshalb für ausgezeichnet vor ihren Genossen im großen Hof. Jedenfalls flossen ihnen die Trinkgelder am reichlichsten.

Hierher in den kleinen Hof nun führte Tidemann Huxer seine Gäste, die beiden Junker Heinz von Waldstein und Hans von der Buche. Bartholomäus Groß begleitete sie mit freundlichem Urlaub seiner Hausfrau. Der Ordnung gemäß wurden sie den anwesenden Alderleuten vorgestellt und von denselben mit ihrem Namen in ein Buch eingeschrieben. Denn nicht jeder Fremde durfte von den Georgsbrüdern hier zu Gast geladen werden; man hielt darauf, dass der Gast »bei Schildesamt geboren oder dazu erwählet« war. Das hatte nun bei den beiden Junkern kein Bedenken, und so wurden ihnen denn sogleich ihre Plätze, dem einen auf der St.-Georgen-, dem andern auf der Schöppenbank angewiesen. Huxer und Groß machten sie mit ihren Nachbarn bekannt, soweit dies noch nötig war, und die Knechte füllten ihnen den Krug voll schäumenden Bieres mit der Mahnung, sich's gut schmecken zu lassen und im Trinken nicht säumig zu sein.

Arnold Hecht saß schon unter den Georgsbrüdern und hatte seinen Krug mehrmals geleert. Sein rundes Bäuchlein vertrug eine gute Ladung, und heute meinte er nach des Tages Last und Hitze vollauf berechtigt zu sein, sich zu stärken. Es gab in dieser Frühjahrszeit überall in den Kontoren viel zu tun, und er war als ein rühriger Kaufmann bekannt, der über seinem Ehrenamt nicht sein Geschäft vernachlässigte. So hatte er nun in der Eile noch einige Weichselkähne mit Holz und Heringen beladen in der Hoffnung, sie noch schnell genug nach Polen einzubringen, bevor der Krieg losbräche. Es war ihm nicht lieb gewesen, als er gegen Mittag abberufen wurde, auf dem Rathause zu verhandeln, und die Verhandlung selbst hatte ihn so aufgeregt, dass ihm dann das kalt gewordene Essen nicht schmecken konnte und der gewohnte Nachmittagsschlaf versagte. So war er denn jetzt in der Stimmung, sich's für all diese Unbill des Tages recht wohl sein zu lassen. Das runde Gesicht glühte ihm, und die Zunge war redselig. Natürlich wussten bald beide Bänke, was der Hauskomtur auf dem Rathause gewollt hatte, und es begann nun ein Meinungsaustausch darüber, der so laut wurde, dass auch die Artusbrüder im großen Hof bald wussten, um was es sich handelte, zumal der Kellermeister ab und zu ging und wichtige Nachrichten vermittelte. Man hatte nun einmal die gewünschte Gelegenheit, sich frei von der Leber weg gegen die Schlossherren auszusprechen, und brauchte hier in der Wahl der Worte nicht vorsichtig zu sein. All der alte Groll darüber, dass der Orden durch seine Schäffer selbst Kaufmannschaft treibe und auf die Verbindung der großen Städte mit der Hansa scheel sehe, da er sie in früherer Zeit doch zu seinem eigenen Vorteil begünstigte, kam wieder zutage, und jeder hatte ein Klagelied zu singen, in das dann der Chor vollstimmig einsetzte.

Der Orden ist undankbar, rief Hecht, das ist eine alte Erfahrung. Kommt es ihm darauf an, die mächtige Hansa auf seine Seite zu ziehen, um in fremden Ländern Vorteile zu gewinnen und günstige Verträge abzuschließen, so weiß man uns allemal zu finden. Dann sind wir des Herrn Hochmeisters liebe Getreue! Und wir lassen uns auch die Ehre etwas kosten. Wann ist Konrad Letzkau nach Lübeck gegangen oder nach Kauen, ohne vom Herrn Hochmeister Briefe mitzunehmen und Aufträge als dessen Bevollmächtigter? Wem dankt der Orden den freundlichen Abschluss des Streites mit der Königin Margarethe wegen Gotland, als ihm? Und wenn wir mit Herzog Witowd jahrelang ganz leidlich gestanden haben und die Grenzburgen von den Szamaiten und Litauern wenig belästigt sind, ist nicht dass auch hauptsächlich auf sein Konto zu schreiben? Und ich selbst, ihr Herren – bin ich nicht dem gnädigen Herrn aufgesprungen jederzeit? Wie es bösen Streit gab mit den Westländern, mit Burgund, Holland und England, habe ich da nicht weite Reisen gemacht und für den Orden das Wort geführt wie für die preußischen Städte? Noch vor drei Jahren, als England uns alle seine Häfen schloss und der Herr Hochmeister mich mit dem Protonotar Crolow beorderte, mit den englischen Sendboten über einen Ausgleich zu verhandeln, habe ich da gezögert? Und ist's nicht hinterher belobt worden, dass ich alles gut ausgerichtet und vorbereitet habe, als später wirklich ein günstiger Handelsvertrag zustande kam? Das aber ist bald vergessen. Und wenn sich nun ein Fall ereignet, bei dem nicht alles so klipp und klar ist, dass man mit dem Finger auf die alten Schriftrollen weisen und sein Recht dartun kann, so wird gezwackt und gepresst, uns den Vorteil zu entwinden. Immer sollen wir's fühlen, dass wir einen mächtigen Herrn über uns haben, von dessen Gnade wir leben. Beim heiligen Georg, das ist auf die Länge nicht zu leiden!

Die Rede war ganz nach dem Geschmack der Zechgenossen und wurde mit lautem Beifall belohnt. Im Eifer hatte man nicht bemerkt, dass Konrad Letzkau eingetreten und nahe der Tür stehen geblieben war, seinem Kumpan zuzuhören. Da er sich nun den Tischen näherte, rückte man die Stühle zusammen, und viele standen auf, ihn ehrerbietig zu begrüßen. Er aber sah mit ernstem Blick über die Menge hin und sagte: Ein freimütiges Wort beim Kruge Bier höre ich gewiss gern. Was aber hier gegen unsere Herrschaft gesprochen wird, sollte von den Alderleuten des Hofes füglich nicht gebilligt werden. Lieber Kumpan, Ihr vergesset, dass Eure Rede nicht nur eines Mannes Rede ist, sondern dass Ihr der Stadt Oberhaupt seid und mit Eurer Stimme weit hinaus tönt, und dass man Euch am Ende auch hören wird, wo man noch immer die Macht hat, es die Stadt entgelten zu lassen, was man gegen ihre gewählten Vertreter einzuwenden hat. Ich bitt' euch freundlich, liebe Brüder, haltet Maß!

Hecht rückte unruhig auf seinem Platz hin und her. Sollen wir hier unsere Zunge hüten müssen, wo wir unter guten Freunden sitzen? Warf er ein. Ich hoffe, es ist kein Verräter unter uns!

Ein Gemurmel der Zustimmung lief über die Bänke hin. Letzkau aber ließ sich dadurch nicht irremachen. Auf die Art ist's doch nicht abgetan, antwortete er, dem Knecht einen Krug abnehmend und ihn vor sich hinstellend. Ich wäre nicht hier, wenn ich meinte, es könnte in dieser Brüderschaft ein Verräter sein, das will sagen, ein Mensch, der absichtlich den Schlossherren hinterbringt, was hier Feindliches gegen den Orden gesprochen ist. Aber wer hält sich für verpflichtet, ein Geheimnis aus dem zu machen, was beim Kruge Bier von Mund zu Mund geht? Und wer hört da mit ganz sicherem Ohr, und wer schmückt nicht unversehens beim Weitererzählen aus? Später aber mag's schwer sein, zu beweisen, dass kein Schimpf beabsichtigt war, wenn einmal das Misstrauen gesät ist. Viele von uns werden morgen zu Rat sitzen, auf des Komturs Antrag zu beschließen; da ist es wohl nicht gut, wenn wir heute beim Bier gleichsam unsere Meinung in Fesseln legen. Denn andere Rücksicht hat der Mann, der in der Ratstube seine Stimme abgibt. Für oder wider nach seinem geschworenen Eide, als der Mann, der im Hofe mit seinen

Genossen die Angelegenheiten der Stadt bespricht, und doch stecken oft beide in demselben Kleide. Dann heißt's hinterher: Wie stimmst du im Rat? Hast du dich doch kürzlich ganz anders ausgelassen im Hofe! Das wollen wir klüglich vermeiden.

Das hörten viele von den Anwesenden nicht gern; da es aber wohlgemeint und verständig war, schien's nicht geraten, dagegen Einspruch zu erheben, und der Bürgermeister sah auch nicht danach aus, als ob er darauf wartete. So waren denn die Krüge viel in Bewegung vom Tisch zum Munde und vom Munde zum Tisch, denn man meinte sich am wenigsten zu vergeben, wenn man des Trinkens wegen schwiege. Barthel Groß aber, der's Hecht vom Gesicht abmerkte, dass er sich verletzt fühle durch die Mahnung seines Amtsbruders und alle Not hatte, an sich zu halten, glaubte vermitteln zu müssen, nahm deshalb das Wort und sagte: Lieber Schwieger, Arnd Hecht hat wohl ein wenig laut und hastig gesprochen, wie es so eines alten Seemanns Art ist, aber dafür wollt' ich selbst mich verbürgen, dass er nur frei herausgesagt hat, was uns allen die Brust bedrückte. Es hat daher diesmal sicher keine Gefahr. Ihr selbst, wissen wir ja, denkt über die Sache gerade wie er.

Letzkau reichte Hecht die Hand zu über den breiten Tisch hinüber. Nehmt's nicht für ungut, Vetter, bat er in herzlichem Tone. Wir beide kennen einander. Dann, da der dicke Herr besänftigt schmunzelte, wandte er sich an seinen Schwiegersohn. Ganz einverstanden sind wir doch schwerlich. Wir wollen's uns nicht zu hoch anrechnen, was wir für den Orden getan haben und jederzeit noch jetzt tun würden, Arnd Hecht, ich und viele andere. Denn wir haben's getan in der Zuversicht, dass den Städten des Ordens Macht anwachse, wenn er durch einen der Unseren verhandeln ließe, und was wir ihm gewonnen haben, das haben wir zugleich uns gewonnen. Der Sperling in der Hand ist besser als die Taube auf dem Dach! Für uns allein hätten wir meist auch nicht den Sperling gegriffen. Und nun, wenn's euch beliebt, von etwas anderem. Wie steht's mit den Vorbereitungen zu unserm Pfingstfest? Es wird doch diesmal nach der Tafelrunde geritten? Ich selbst setze zu Ehren unserer jungen Gäste einen silbernen Becher mit drei alten Goldmünzen am Rande zum Preis für den besten Stecher und bitte euch, Herr Tidemann Huxer, zu erlauben, dass euer Töchterchen ihn dem Sieger reichen dürfe.

Darüber gab sich nun allgemeine Freude kund, und die Krüge setzten noch kräftiger mit dem Boden auf den Tisch auf als nach Hechts aufreizender Rede. Zwei von den Schöppen stellten noch andere Geschenke von Wert in Aussicht; das Gespräch kam bald wieder in lebhaften Gang, ohne sich auf politische Seitenwege zu verirren. Die beiden Junker mussten so oft Bescheid tun, dass die Hofknechte nur immer hinter ihnen stehen und aus der Kanne in den Krug hätten füllen können, und das Bier schmeckte mit jedem Zuge besser. Übrigens gab's auch Brot und Heringe zum »Verbeißen«, sonst aber keine Speisen. Nach des Hofes Ordnung durfte bei den gewöhnlichen Zusammenkünften nicht getafelt werden.

Nach einer Weile trat der Torwächter hinter den Stuhl des Bürgermeisters und sagte ihm leise ins Ohr, dass die Frau des Gefangenenwärters vom Langgassentor draußen stehe und ihn sprechen wolle. Letzkau hieß sie warten. Bald darauf stand er auf und entfernte sich aus dem Zimmer.

Auf der Treppe vor dem Artushof stand die Frau. Was begehrt Ihr von mir? Fragte er gütig.

Verzeiht, hochwürdigster Herr Bürgermeister, antwortete sie, den Ärmel seines Rockes küssend, wenn ich zu so später Stunde störe. Mein Mann hat schlimme Gefangene in seinem Turm und wollte sie nicht verlassen, um es selbst auszurichten, wie es sonst wohl seine Sache gewesen wäre.

Bringt nur Euer Anliegen geradeaus an, liebe Frau, mahnte Letzkau. Ists etwas, das den Bürgermeister angeht, so bin ich stets, auch selbst zur Nachtzeit, bereit.

Ich weiß nicht, ob es der Art ist, meinte sie. Unter den Gefangenen auf dem Langgassentor ist auch ein Marquard Stenebreeker –

Ah! Stenebreeker, der Hauptmann – ganz recht.

Und da er der Gefährlichste ist, hat ihm mein Mann eine Zelle ganz für sich allein gegeben, dicht über der Torwölbung, damit es gleich bemerkt wird, wenn er versuchen sollte, auszubrechen, denn er ist sehr stark.

Und er ist doch ausgebrochen? Fragte Letzkau, einen Schritt vortretend und ihren Arm fassend.

Heilige Maria! Ihr erschreckt mich! Rief die Frau. Nein, er ist nicht ausgebrochen, und er soll's wohl bleiben lassen.

Letzkau stieß einen Ton aus, der wie ein unterdrückter Seufzer klang. Und weiter also?

Dieser Marquard Stenebreeker hat meinem Manne gesagt, dass er den Herrn Bürgermeister Letzkau sprechen müsse noch heute vor Nacht; er habe ihm wichtige Mitteilungen zu machen. Und da mein Mann ihm nicht glauben wollte und ihm antwortete, er mache sich nichts zu schaffen mit dergleichen Bestellungen, hat er ihm einen Ring gegeben und gesagt, den solle er nur vorzeigen, so werde der Herr Bürgermeister sogleich seine Bitte erfüllen. Da hat mein Mann sich denn nicht anders zu helfen gewusst, als dass er mich schickte; und da ich Euch zu Hause nicht antraf, bin ich hierher gegangen.

Sie wickelte aus dem Zipfel ihres Halstüchleins einen Ring und reichte ihn Letzkau hin. Der erkannte ihn sogleich als denselben, den er einst seinem Befreier geschenkt hatte. Geht nur voraus, sagte er nach einigem Bedenken, ich folge Euch bald nach.

Er ließ durch den Türsteher seinen Mantel hinausbringen, um nicht sein Fortgehen bei den Georgsbrüdern entschuldigen zu müssen, hüllte sich in denselben fest ein und schritt um die Ecke des Rathauses die Langgasse hinauf dem Tore zu, langsam, und den Kopf auf die Brust gesenkt haltend.

Der Torwächter öffnete rasselnd die schwere mit Eisen beschlagene Tür der gewölbten Zelle und ließ ihn ein. Er stellte ein Licht auf den Tisch und verließ auf einen Wink des Bürgermeisters das Gemach. Auf einer Holzbank unter dem vergitterten kleinen Fenster saß Stenebreeker, das Kinn mit dem langen roten Bart in die Hand gestützt, um deren Gelenk eine Eisenspange mit Kette fest schloss. Auch die Füße waren gekettet.

Ich wusste, dass Ihr zu mir kommen würdet, Konrad Letzkau, redete der Seeräuber ihn an, ohne den Kopf aufzurichten. Ich habe nicht umsonst Euren Ring bewahrt.

Und weshalb rieft Ihr mich, Marquard? Fragte der Bürgermeister. Was habt Ihr mir Wichtiges mitzuteilen?

Stenebreeker lachte kurz auf. Solltet Ihr wirklich nicht gemerkt haben, Ihr kluger Mann, dass ich einen Vorwand brauchte? Ich wollte Euch mahnen, dass ich hier gefangen sitze. Ihr scheint es vergessen zu haben.

Ich hatte es nicht vergessen.

Und doch kümmert Ihr Euch wenig um mich. Ist es wahr, dass der Danziger Rat uns förmlich den Prozess machen will?

Es ist so.

Was soll das? Wir Vitalienbrüder stehen nicht unter Danziger Gerichtsbarkeit. Was geschehen ist, ist geschehen auf freier See. Die See gehört niemand als dem, der sie bändigt mit Segel und Ruder. Wir haben uns nicht vergangen gegen eure Stadt oder einen ihrer Bürger nach ihrem Gesetz. Wir erkennen das Danziger Gesetz nicht über uns an. Als offene Feinde in ehrlicher Fehde sind wir euch da begegnet, wo allein das Recht des Stärkeren gilt. Wir sind besiegt worden und müssen leiden, dass man uns als Besiegte behandelt. Errichtet einen Galgen und knüpft uns auf, wenn ihr den Leuten ein Schauspiel geben wollt; aber treibt nicht euer Spiel mit uns vor Richter und Schöppen; man tötet seine Feinde, aber man richtet sie nicht!

Letzkau schüttelte den Kopf. Ihr kommt damit nicht weit. Die preußischen Städte haben die Vitalienbrüder nie als eine Seemacht anerkannt, die Krieg zu führen berechtigt wäre. Seeräuber seid ihr, seitdem ihr in keines Herrn Dienst und Pflicht steht, und als Räuber richten wir euch nach unserem Gesetz, wenn wir euch fangen.

Und übermorgen soll der Gerichtstag sein?

So ist's beschlossen.

Dann haben wir wenig Zeit. Nennt Euer Gericht wie Ihr wollt, sein Spruch ist im Voraus gewiss, und Euer Henker wird nicht säumen, ihn zu vollführen. So oder so, aber – mich gelüstet nicht nach dem kalten Eisen oder dem Strange an meinem Halse, und ich hoffe wohl auch noch einen Freund in der Not zu haben, der mir darüber hinaushilft. Darum rief ich Euch, Konrad Letzkau.

Der Bürgermeister presste die schmalen Lippen zusammen und blickte finster vor sich hin. Nach einer Weile sagte er dumpf: Ich kann Euch nicht helfen, Marquard – bei Gott, ich kann Euch nicht helfen.

Stenebreeker richtete sich auf seiner Bank auf, dass die Ketten laut rasselten. Ihr könnt mir nicht helfen? Rief er. So *wollt* Ihr's nicht. Habt Ihr nicht auf Schloss Warberg in einem festeren Turm gesessen, und hab' ich Euch nicht die Freiheit verschafft durch ein Stück gereiftes Eisen und einen hanfenen Strick? Ist dergleichen in Danzig nicht zu haben? Und habt Ihr mir's nicht zugesagt, dass Ihr mir's vergelten wollet, was ich Gutes an Euch getan?

Eine Feile und ein Strick können Euch hier nichts nutzen, Marquard, antwortete Letzkau. Wenn Ihr auch auf die Straße hinabgelangt, was schwerlich unbemerkt bleiben kann, da Eure Zelle über dem Tordurchgang liegt, Ihr könntet nicht zur Stadt hinaus. Mauern schließen sie rundum ein, und zur Nachtzeit sind alle Tore geschlossen.

Das lasst meine Sorge sein. Wenn's aber hier so große Gefahr hat, lasst mich in ein anderes Gefängnis überführen. Ihr habt deren genug über den Wassertoren. Gewinne ich den Fluss, so denke ich wohl zu entkommen.

Es geht nicht an, Marquard.

Warum geht es nicht an? Seid Ihr nicht Bürgermeister dieser Stadt und habt zu befehlen?

Letzkau streckte die Hand mit dem Zeigefinger unter dem Mantel vor. Seht Ihr – deshalb geht es nicht an, Marquard, antwortete er aus beklommener Brust, *weil* ich der Bürgermeister dieser Stadt bin, deshalb geht es nicht an.

Stenebreeker warf den Kopf auf. Ah, dahinter verschanzt Ihr Euch?

Nicht so, Marquard. Bei Gott, ich suche nicht Vorwand, mich der Pflicht der Dankbarkeit zu entziehen, und es beschwert mein Herz, dass ich Euch nicht Dank beweisen kann, wie ich wohl möchte. Aber hier ist's nicht der Konrad Letzkau, an den Ihr Euch wendet: Der Bürgermeister von Danzig steht vor Euch, und der hat seinen Mitbürgern geschworen, der Stadt Rechte zu wahren. Ihr seid ein Gefangener der Stadt Danzig, und wenn der Bürgermeister von Danzig Euch zur Flucht hilft, so ist er ein Nichtswürdiger, der Eid und Amt nicht achtet und untreu waltet aus Eigennutz. Ich kann's nicht, so wahr ich ein ehrlicher Mann bleiben will.

Der Seeräuber kämmte mit den Fingern seinen langen Bart drei-, viermal. Ihr macht da einen gar feinen Unterschied, sagte er dann, aber Euer zartes Gewissen wird ihn nicht gelten lassen. Wenn ich gedacht hätte wie Ihr, wo wäret Ihr dann heut? Auch ich hatte damals einen Herrn, und Abraham Broderson war mir, was Euch die Stadt Danzig ist. Dennoch half ich Euch, und Ihr habt nicht danach gefragt, ob ich Eurem Peiniger die Treue brach.

Letzkau trat näher und legte die Hand auf die Schulter des geketteten Mannes. Es steht doch nicht gleich, Marquard, sagte er. Ihr hattet nicht viel Ehre und guten Namen zu verlieren, und das wenige habt Ihr nicht einmal verloren meinetwegen, denn die Tat war heimlich, und niemand konnte Euch anklagen. Was ich aber für Euch täte, das könnte nicht heimlich bleiben. Der Rat, der mich gewählt hat, würde mir die goldene Kette abreißen und mein Haupt auf den Block legen. Schimpf und Schande würde ich auf Kinder und Kindeskinder bringen. Und ich kann's auch nicht nach meinem Gewissen! Legt mir eine Buße auf, so hoch Ihr mögt, ich will sie zahlen, zu Eurem Seelenheil an Kirche oder Kloster oder an einen, der Eurem Herzen nahesteht. Aber Euch aus diesem Gefängnis zu entlassen – vermag ich nicht, das müsst Ihr mir glauben.

Stenebreeker schüttelte seine Hand von der Schulter ab und sah ihn verächtlich von unten her an. Was nützt mir Eure Buße, rief er, wenn ich unterm Galgen begraben bin wie ein Hund! Hätt' ich Euch doch im Turm vermodern lassen! Hilf großen Herren aus der Not und warte auf Lohn! Geht – geht! Ihr seid ein Undankbarer!

Marquard! Wenn sonst etwas, das in meiner Macht –

Geht, sage ich, dass ich nicht mit der Kette nach Euch schlage. Er spie aus. Pfui, es ist eine Sünde, so gewissenhaft zu sein! Aber hört, was ich Euch sage, Konrad Letzkau: Noch sitzt mein Kopf fest auf dem Rumpf, und Gottes Wege sind oft wunderbar. Es könnte doch sein, dass ich diese Fährlichkeit überstehe – niemand soll auf den nächsten Tag schwören. Betrachtet mich von dieser Stunde ab als Euren Feind und hütet Euch vor mir: Ich will mich selbst bezahlt machen!

Der Bürgermeister wich keinen Schritt zurück trotz der drohenden Nähe des Wütenden. Ihr habt keine Hoffnung, sagte er mild, söhnt Euch mit dem Himmel aus, wenn Ihr könnt. Ich bitt' Euch, Marquard, reicht mir die Hand zum Abschied.

Meinem Henker lieber! Rief Stenebreeker und knirschte mit den Zähnen. Letzkau wandte sich traurig der Tür zu. Aber noch eins: Gebt mir den Ring zurück, den ich Euch schickte. Er gehört mir ja doch und ist redlich verdient. Ich will ihn als ein Andenken an Euch am Finger tragen, wenn ich die Leiter besteige.

Letzkau reichte ihm den Ring und entfernte sich schweigend; er wusste nun, dass der Mann nicht zu versöhnen war, und konnte ihm nicht zürnen. Das lastet auf mir bis ans Ende meiner Tage, murmelte er, als er die enge Steintreppe hinabstieg.

Er kehrte nicht mehr nach dem Artushof zurück, sondern begab sich sogleich nach seinem Hause. Auf Schlaf für diese Nacht rechnete er nicht.

Die Junkerbank leerte sich aber an diesem Abend erst, als um zehn Uhr der Torwächter ansagen kam, dass er nach des Hofes Ordnung schließen müsse.

Barthel Groß und Hans von der Buche geleiteten Heinz bis zum Haustor, und da der Wächter versprach, es ihnen offenzuhalten, noch eine Strecke durch das stille Hakelwerk, denn er ging nicht ganz sicher auf seinen Füßen. –

Am nächsten Vormittag nach der Messe versammelte sich der Rat. Wie zu erwarten stand, beschloss er, dass die Stadt das Gericht hege ohne des Ordens Beistand. Das wurde brieflich aufs Schloss gemeldet.

Am Montag in der Frühe kamen die Schöppen zur Morgensprache bei ihrem Schöppenmeister zusammen und gingen dann gesammelt zum Rathause nach der Gerichtsstube, an deren Tür die Fronboten sie einließen. Der Schultheiß empfing sie und wies ihnen ihre Plätze an auf der Gerichtsbank zu seinen Seiten.

Die Schöppen entblößten das Haupt und zogen die Handschuhe ab, weil sie als Ritter vor Gottes Angesicht treten und ihn zum Zeugen anrufen sollten. Dann setzten sie sich, ohne zu sprechen.

Die beiden Jüngsten öffneten die Lade und nahmen das Kruzifix und die Bücher heraus, legten sie auch auf den Tisch vor den Schulzen. Dann setzten sie sich gleichfalls auf die beiden Eckplätze der Bank. Der Schreiber saß an einem kleinen Tisch seitwärts, das Urteil in ein großes Buch einzutragen, das ihm der Schulze zureichte.

Dann stand derselbe auf, mahnte die Schöppen an ihren Eid, dass sie geschworen hätten, rechtes Urteil zu sprechen, dem Armen wie dem Reichen, den Feinden wie den Freunden, und davon nicht zu lassen weder durch Liebe noch durch Leid, noch irgendeiner Gabe wegen, unangesehen Trotz oder Drohung. Darauf winkte er den Fronboten, die Kläger einzulassen.

Es erschienen Kapitän Halewat und zwei seiner Schiffsleute, barhäuptig und im Feiertagskleide. Sie wurden gefragt, ob sie es bestätigen wollten, dass sie klagen wollten gegen die Vitalienbrüder, und dass sie deshalb gebeten hätten, ein Beiding zu berufen. Kapitän Halewat antwortete: So ist es, hochedle Herren. Ich und meine Genossen hier, wir klagen aber nicht für unsere Person, weil wir beinschärtige Wunden oder Schandmale von den Räubern erhalten haben im Kampfe, was ihnen unsererseits christlich verziehen sei, sondern im Namen dieser Rechten Stadt Danzig auf des Hohen Rates Geheiß, weil die Vitalienbrüder ein Danziger Schiff überfallen haben und mit Macht überwunden und gefangen sind als Räuber. Unsere Zeugen wollen wir nennen, wenn sie's leugnen.

Darauf wandte der Schulze sich an den Schöppenmeister. Ich frage Euch, Herr Schöppenmeister, dieweil mündige Leute vor Gericht stehen und begehren ein gehegtes Beiding, ob man das Ding hegen möge, von Rechts wegen?

Der Gefragte antwortete: Herr Richter, weil mündige Leute vor Gericht stehen, so hegt das Ding von Gottes wegen und von Rechts wegen.

Der Schulze sprach: Ich tue, wie mir der Schöppe gefunden, und hege ein Ding von Gottes wegen. Und weiter frage ich Euch, Herr Schöppenmeister, ob es an der Zeit ist, dass ich dieser Rechten Stadt Danzig hohes peinliches Halsgericht hegen möge, einem jeden zu seinem Recht.

Darauf die Antwort: Herr Richter, dieweil Euch die Gerichte befohlen und Leute da sind, die peinlich Halsgericht von Recht begehren, so ist es an der Zeit, dass Ihr dieser Rechten Stadt Danzig hohes peinliches Halsgericht hegen möget.

Ich frage, wie ich das hohe peinliche Halsgericht hegen soll?

Darauf die Antwort: Herr Richter, gebietet Recht und verbietet Unrecht und des Dinges Verlust, und dass niemand sein selbst oder des andern Wort vor Gericht rede, er tue es denn mit Urlaub des Richters.

Darauf sprach der Richter feierlich: Ich hege dieser Rechten Stadt Danzig peinlich Halsgericht zum ersten Mal. Ich hege es zum andern Mal. Ich hege es zum dritten Mal mit Urteil und mit Recht. Er wiederholte dann die Worte des Schöppenmeisters und fragte ihn, ob er nun das Gericht genugsam geheget habe. Der bestätigte es feierlich, und der Schulze bezeugte es: »mit der Bank zu Urteil und Recht«.

So waren nun nach alter Gewohnheit alle Förmlichkeiten erfüllt, und das eigentliche Verfahren konnte beginnen. Der Kläger erhielt das Wort, trug den Fall umständlich vor, wie er sich begeben hatte, und bat um Recht.

Der Richter befragte die Schöppen, ob die gefangenen Übeltäter vorgeführt werden sollten. Sie bejahten es.

Weil sie aber wegen ihrer Übeltat nach dem Recht ihr Leben verwirkt hätten, ging die Frage weiter, wer sie vorführen solle.

Die Entscheidung lautete: Der Fronbote und zwei Personen des Gerichts.

Diese entfernten sich nun und holten die Gefangenen unter Begleitung der Stadtwache ein.

Marquard Stenebreeker schritt voran ins Zimmer, hochaufgerichtet und dem Schultheiß einen höhnischen Blick zuwerfend. Der ermahnte sie, die Wahrheit zu sagen, und fragte dann, ob sie eingestehen wollten, auf hoher See die »Maria von Danzig« überfallen und das Schiff nebst Mannschaft und Gütern in ihre Gewalt zu bringen versucht zu haben.

Das wollen wir eingestehen ohne Zwang, entgegnete der Hauptmann trotzig, aber euer Gericht erkennen wir nicht an über uns. Denn wir sind freie Leute und eurer Stadt nicht untertänig. Wir sind in rechter Fehde begriffen gewesen und im Kampfe unterlegen. Ihr selbst aber seid des Deutschen Ordens Untertanen und habt keine Vollmacht über Gefangene. Deshalb rufen wir den Herrn Hochmeister an wider euch!

So antworteten auch die anderen, da sie wohl merkten, dass die Schöppen verlegen einander ansahen. Der Schulze aber stand auf und sagte: Ruft ihr den Herrn Hochmeister an, das mag nachdem geschehen. Die Frage ist schon vorweg erwogen im Rat, und er hat beschlossen, euch vor Gericht zu stellen. So frage ich euch denn von Rechts wegen nochmals, ob ihr bei eurem Geständnis bleibt oder verlangt, dass wir die Zeugen hören.

Was wir gesagt haben, das haben wir gesagt, antwortete Stenebreeker, und der Zeugen bedarf es nicht.

Der Schulze wandte sich wieder an die Beisitzer. So frage ich Euch, Herr Schöppenmeister, nachdem es bewusst ist, wie sich gegenwärtige Täter zur Tat bekennen, was sie für eine Strafe leiden sollen?

Die Schöppen berieten leise miteinander und gaben ihre Stimme vom jüngsten zum ältesten. Das Urteil lautete dahin, dass die Seeräuber vom Leben zum Tode gebracht werden sollten.

Der Richter sprach: Ich frage, ob dies begangene Urteil soll kräftig sein von Rechts wegen.

Die Schöppen antworteten gesamt: Es soll kräftig sein von Rechts wegen.

Ich frage euch, wer das ergangene Urteil vollziehen soll von Rechts wegen?

Der Scharfrichter von Rechts wegen.

Der Richter bedeckte sein Haupt, die Gefangenen wurden abgeführt, das gehegte Ding war geschlossen.

Siebentes Kapitel

Danziger Pfingsten

Aber zur Vollstreckung des Urteils kam es fürs Erste nicht. Der Rat machte zwar dem Herrn Komtur pflichtschuldigst Anzeige, dass es ergangen sei, bat aber nicht, wie sonst üblich, um die Genehmigung, sondern teilte nur mit, dass man »unverzüglich« zur Exekution schreiten werde, da es sich um fremdes, heimatloses Gesindel handele, das »über die äußerste Not aufzubewahren« gefährlich sei. Diese Wendung aber hatte der Komtur nach dem Bericht seines Kumpans und nach dem Ratsbeschluss am Sonntag schon vorausgesehen, eiligst aus dem Marstall eine Briefschweike herausziehen und satteln lassen und dem Boten Auftrag gegeben, mit Wechsel des Pferdes im Hause zu Dirschau nach der Marienburg zu reiten und dem Hochmeister ein den ganzen Vorfall meldendes Schreiben zu überbringen. Er trug darin vor, dass es für den Orden sehr wünschenswert sei, »allezeit mehrere von den Vitalienbrü- dern zur Auswechslung gegen Ordensangehörige« auf den Schlössern zu haben, dass auch den Danzigern der Rechten Stadt durch den glückli- chen Ausgang dieses Kampfes zur See »gar sehr der Kamm geschwol- len« sei, und dass sich hier wieder recht merklich der Geist der Wider- setzlichkeit zeige, der schon oft habe beklagt werden müssen, »also sie sich für etwas Besonderes im Lande dünken und sich allerhand Vorrech- te zuschreiben möchten, von denen ihre Briefe nichts wissen«. Er bat deshalb um ein schleuniges Inhibitorium, schloss aber respektvoll: »Was Ew. Gnaden darin zu Sinne ist, zu Ew. Gnaden ich es setze, und gebietet an mich als Ew. Gnaden willigen gehorsamen – Johann von Schönfels.«

Der Hochmeister stimmte ihm in allem bei und fertigte andern Tages mit demselben Boten einen belobenden Brief an den Komtur ab, einen zweiten, sehr streng gehaltenen, aber an den Rat der Rechten Stadt Dan- zig mit dem Befehl, bei seiner höchsten Ungnade in das Gericht über die Vitalienbrüder den Hauskomtur mit anderen vom Orden, die man be- stimmen werde, aufzunehmen, oder, wenn wider Erwarten das Urteil schon gesprochen sein sollte, von der Vollstreckung Abstand zu nehmen und die Gefangenen mindestens zur Hälfte auf das Schloss abzuliefern, auch sonst in der Sache nichts weiter zu tun bis zu seiner endlichen Ent- scheidung. Der Brief wurde auf dem Rathause übergeben.

Nun stritten da sehr verschiedene Meinungen. Arnd Hecht in seiner zufahrenden Weise hielt es für das Sicherste, in dieser Angelegenheit, wo das Recht so unzweifelhaft aufseiten der Stadt, das Schreiben des Hoch- meisters nicht anders zu beachten als durch einen feierlichen Protest, in- zwischen aber zu hängen und zu köpfen. Die Kreuzherren würden sehr böse darüber werden, sehe er voraus, und großen Lärm schlagen, aber was geschehen sei, sei dann doch nicht zu ändern, und wenn schlimms- tenfalls der Stadt eine Geldbuße auferlegt werde wegen Ungehorsams, das sei immer noch lange nicht so schlimm, als wenn man so willfährig der Stadt Rechte vergebe. Dagegen sprach mit aller Entschiedenheit Gerd von der Beke und sein adeliger Anhang, der es mit dem Orden nicht verderben wollte. Das sei offenbare Auflehnung gegen die Herr- schaft, hieß es hier, und man könne es vor der Gemeinde nicht verant- worten, sie in solche Gefahr zu bringen. Der Streit im Rat, mit gegensei- tigen Vorwürfen aller Art, wurde so heftig, dass Konrad Letzkau ernst- lich Ruhe gebieten musste. Man dürfe nichts gegen Eid und Pflicht tun, sagte er, und es stehe ihnen nicht zu, des Hochmeisters Willen zu verwerfen, wenn man seinen Entscheid auch für unrichtig halte. Er schlug vor, die Verurteilten in festem Gewahrsam zu halten, beim Herrn Hochmeister aber sofort vorstellig zu werden. Das wurde mit geringer Mehrheit der Stimmen angenommen.

Der Bote ging noch denselben Tag ab, brachte aber einen noch gemesseneren Befehl zurück, in allem dem Inhalt des ersten Briefes zu gehorsamen. Es folge wieder eine stürmische Beratung. Einer der jüngeren Ratmannen meinte, weil der Herr Hochmeister doch »die Hälfte« der Gefangenen verlangt habe, so solle man ihm doch die Hälfte geben: nach des Komturs Wahl Kopf oder Rumpf. Der Bürgermeister verwies ihm den Scherz als ungeziemend, aber jener hatte doch die Lacher auf seiner Seite. Endlich ward beschlossen, dem Komtur mit allem Protest anzuzeigen, dass er seinen Teil der Gefangenen auf dem Langgassentor in Empfang nehmen könne; über die Auswahl solle er sich mit den Bürgermeistern vergleichen.

Letzteres hatte keine sonderliche Schwierigkeit, außer dass über den Hauptmann Hader entstand. Der Komtur verlangte Marquard Stenebreeker für sich, Hecht für die Stadt. Letzkau meinte nun, ohne seine Pflicht zu verletzen, für seinen Retter etwas Freundliches tun zu dürfen, und sprach Hecht gütlich zu, nachzugeben. Er hielt es nicht für wahrscheinlich, dass man den Räubern auf dem Schloss ans Leben gehen werde, während sie von der Stadt das Schlimmste zu erwarten hätten. Seine Meinung gab den Ausschlag, und so wurde Stenebreeker ins Schlossgefängnis übergeführt. Ihr tut wahrlich nicht gut, schalt Hecht auf dem Heimwege, dem Orden so willigen Gehorsam zu zeigen. Er wird bald übermütig werden in seinen Forderungen, und wir verderben uns unseren Anhang im Rat und in der Gemeinde, wenn wir im Schlosse gut angesehen sind.

Sorgt darum nicht, lieber Kumpan, antwortete der Bürgermeister, und schaut's von der rechten Seite an. Ihr seid lange Jahre zur See gefahren und wisst, dass man ein Schiff nicht geradeaus gegen den Wind steuern kann; man muss lavieren und kommt doch ans Ziel. Der Orden ist uns zu mächtig, und er kann leicht aus dem Kampf mit Polen noch mächtiger hervorgehen. Warten wir auf günstigere Gelegenheit.

Die Aufregung in der Stadt war groß. Es traf sich unter solchen Umständen wahrlich günstig, dass die Vorbereitungen zum Pfingstfeste schon im Gange waren und die Gedanken der Bürger auf friedliche Dinge ableiteten. In jedem Hause fast wurde darüber gesprochen, wie man sich beteiligen wolle. Die jungen Gesellen übten sich im Reiten und Tanzen, die Fräulein sorgten für ihren Putz, und die Hausväter und die Hausmütter ließen sich gern zurate ziehen, wie es vor Jahren gewesen sei und nun wieder sein solle.

So gab's denn auch nicht viel Gerede über die von einigen Brauseköpfen aufgeworfene Frage, ob man diesmal, wie sonst, den Herrn Komtur und die anderen Herren Ritter einladen oder sie lieber übergehen solle wegen des letzten Streites. Hier war auch Hecht der Meinung, dass man nicht unhöflich scheinen dürfe. Das Pfingstfest habe nichts gemein mit diesen öffentlichen Händeln, und sie seien ja auch vorläufig verglichen. So erging denn die übliche Einladung aufs Schloss und wurde mit einem freundlichen Dank erwidert. Man wolle verzeihen, wenn die Ritter nicht in voller Zahl erschienen, da einige der Dienst im Schlosse und in den Vorwerken, andere Krankheit abhielte, aber der Komtur bäte, ihm und mehreren Begleitern Platz zu halten. Man wollte auch dort geflissentlich zeigen, dass man den jüngsten Vorfall nicht nachtrage und ohne Groll sei.

Junker Heinz war indessen im Großschen Hause täglicher Gast. Dort gingen auch die Schwestern der Hausfrau oft aus und ein, und Katharina brachte mitunter ihre Freundin Maria Huxer mit. Heinz begleitete sie dann gern nach Hause, stellte sich wohl auch ohne solche Gelegenheit dort ein und fand immer freundliche Aufnahme selbst bei dem knurrigen Alten. Der Ritter, mit dem er die Schlafkammer teilte, hatte ihm sein Pferd zum Stechspiel zu leihen versprochen, da der Komtur aus dem Konventsstalle zu solchen Zweck keins herzugeben befugt war, und so durfte er hoffen, gut zu bestehen. Hans von der Buche erhielt sein Pferd von Barthel Groß, der auf seinem Gute vor der Stadt eine ganz ansehnliche Stuterei unterhielt und schöne englische Pferde für dieselbe hatte kommen lassen, aus denen ihm nun die Auswahl freistand. Er hatte zwar kein sonderliches Vergnügen an ritterlichen Künsten, meinte aber doch, diesmal nicht fehlen zu dürfen, und brachte nun halbe Tage auf dem Gutshofe zu, um sich eine sichere Hand im Stechen vom Pferde herab zu verschaffen, was er seit Jahren nicht geübt hatte. Verlangte sein Ehrgeiz auch nicht nach einem Preise, so wollte er doch mindestens nicht ausgelacht sein.

Endlich kam der ersehnte Tag und brachte blauen Himmel und hellen Sonnenschein von früh an. Die Luft war weich und warm, und der Mai, sonst durchaus nicht der Wonnemonat in diesen nordischen Küstenländern, schien eine rechte Freude daran zu haben, das Fest zu begünstigen. Die Schiffe und Kähne auf dem Flusse hatten geflaggt, die Türen der Häuser waren mit grünen Birkenreisern umsteckt, auf den Geländern der Vortreppen und aus den Fenstern hinaus hingen bunte Teppiche, und weiterhin auf die Straße waren überall gehackte Kalmusblätter und gelbe Blumen gestreut. Die ganze Stadt hatte ein Festgewand angelegt, und selbst von den finsteren Türmen der Mauern herab wehten Fahnen mit dem Stadtwappen. Sobald die Glocken läuteten, zogen die Bewohner der Stadt in ihren besten Festtagskleidern scharenweise nach der Marienkirche, deren weiter Raum sie kaum zu fassen vermochte. Nach der Messe wurde durch die Stadt spaziert, um deren Festschmuck in Augenschein zu nehmen, durch den sich namentlich die Langgasse, die Brauerund die Bäckergasse auszeichneten, überall, wo die Ämter ihre Vereinslokale hatten, da waren vor den Türen ganze Bäume aufgepflanzt und mit bunten Bändern und Goldflittern verziert. Die Trompeter und Pfeifer des Artushofes aber zogen durch die Stadt, hielten vor den Häusern der Bürgermeister und Ratmannen und luden durch ein lustiges Stückchen zum Feste ein, gefolgt von der Danziger Stadtjugend.

Die Tore waren geöffnet, damit die Nachbarn aus der Altstadt und Jungstadt freien Durchgang hätten. Auch die Fischer vom Hakelwerk fanden sich ein, und die Seeleute der fremden Schiffe durchzogen in kleinen Trupps die Straßen. In allen Brauhäusern war heute der Ausschank frei, und allerorts gab's Leben und Bewegung.

Zeitig wurde zu Mittag gegessen, und eine Stunde darauf begannen die eigentlichen Festlichkeiten mit dem Mairitt. Die jungen Kaufgesellen, meist Patriziersöhne, sämtlich im blanken Waffenschmuck und mit grünen Kränzen auf den Hüten, eröffneten den Zug zu Pferde; dann waren die Trompeter und Pfeifer eingereiht, und ihnen folgten die Jungmeister und Gesellen der zünftigen Gewerke, die Brauer und Fleischer, gleichfalls beritten, die übrigen wenigstens von Berittenen im Harnisch der Gewerkschaft angeführt, sämtlich mit grünen Maien geschmückt. Vor den Zimmerleuten und Maurern gingen Fahnenschwenker her, die ihre erstaunliche Kunstfertigkeit bewiesen, im Gehen mit ihrer Fahne an kurzem Stock allerhand Bewegungen auszuführen, sie hoch in die Luft zu werfen und bald mit dem rechten, bald mit dem linken Arm aufzufangen. Der Zug bewegte sich vom Rathause, wo die Bürgermeister und Ratsgenossen auf der Freitreppe standen und zuschauten, durch alle Hauptstraßen der Stadt und machte dreimal die Runde, aus allen Fenstern beugten sich die Zuschauer und namentlich die schönen Zuschauerinnen mit ihrem glänzenden Kopfputz vor, und selbst in den Luken der spitzen Giebel wurden die neugierigen Gesichter der Hausmägde sichtbar, von denen so manche ihren Schatz unter den Handwerksknechten erkannte. Nach dem feierlichen Umzuge hielt man wieder vor dem Rathause, der vorderste Reiter sprang vom Pferde und überreichte dem Bürgermeister einen Kranz »für die schöne junge Dame, die auserkoren, den Sieger im Stechspiel zu belohnen«, und bat zugleich um des Hohen Rats Erlaubnis, dass jede Gewerkschaft in ihr Quartier oder in den Gemeindegarten ziehen und sich dort vergnügen dürfe. Der Bürgermeister dankte mit freundlichen Worten und erteilte die Erlaubnis gern, in Erwartung, dass es überall ehrbar zugehen und im Trinken maßgehalten werde.

Eben wurde vom Haustor das Zeichen gegeben, dass der Komtur einreite. Die Kaufgesellen auf ihren schmucken Pferden sprengten sofort die Dammstraße hinab, ihn festlich einzuholen, während die Gewerke sich in zwei Reihen ordneten, ihn nach dem Rathause durchzulassen. Aller Streit und Hader war jetzt vergessen; es galt jetzt nur, dem gnädigen Herrn einen recht stattlichen Empfang zu bereiten, der Rechten Stadt Danzig würdig. Und wie er nun im weißen Mantel auf seinem Rappen heranritt, gefolgt von einigen Rittern seines Konvents, und freundlich nach rechts und links und zu den Fenstern hinauf grüßte, brach die Menge unwillkürlich in lauten Jubelruf aus. Die Bürgermeister aber gingen ihm mit entblößtem Haupt die Treppe hinab entgegen und verbeugten sich tief, als er ihnen die Hand bot.

Während dann der Komtur mit seinen Begleitern nach dem kleinen Hofe geführt und auf der St.-Georgs-Bank festlich mit Wein und würziger Krude bewirtet wurde, begaben sich die Gewerke nach ihren Herbergen, die Fahnen und Zeichen an die Ladenmeister abzugeben. Die Kaufgesellen aber zogen mit den Musikanten vor den Artushof. Hier in der weiten Marktecke zwischen Rathaus und Hof waren auf zwei Seiten hölzerne Tribünen für die Frauen und Fräulein der Großhändler, Seeschiffer, Krämer und Brauer und dahinter noch höhere Tribünen für die älteren Männer erbaut, und jede Genossenschaft hatte ihren besonderen Platz hierzu angewiesen erhalten, dass jeder wüsste, wohin er nach des Hofes Ordnung gehöre und keiner sich überhebe. Die Seite nach dem Markte hin war offen gelassen für das gaffende Volk und nur durch eine starke Leine abgegrenzt. In dem eingehegten Raume tummelten sich die jüngeren Artusbrüder und die Gäste des Hofes. Junker Heinz hatte auf sein neues grünes Wams nicht warten dürfen und lenkte wegen seiner kräftigen Gestalt und wegen seines prächtigen Kraushaares alle weiblichen Blicke auf sich. Er selbst stand am liebsten unter der Tribüne, auf der in einer der ersten Reihen Maria Huxer saß. Sie trug ein Mieder von hellblauem Atlas mit Goldlitzen über der Brust; die runden Schultern umschloss ein faltiges Untertuch von feinster Leinwand, und um den zierlichen Hals lief eine Spitzenkrause, vorn zusammengehalten durch eine Nadel mit großem blitzendem Stein. In die langen braunen Zöpfe waren Goldschnüre eingeflochten, und über dem Scheitel erhob sich ein Netzwerk von Goldfäden mit aufgenähten Perlen an den Kreuzpunkten. Heller aber als Gold, Perlen und Edelsteine blitzten die munteren Augen in den Kreis hinab; sie schienen sagen zu wollen: Das alles ist für mich.

Nun stießen die Trompeter dreimal mit vollen Backen in ihre langen Zinken, und die Festordner machten in der Mitte den Raum frei. Es erschienen Gaukler, Luftspringer und Seiltänzer, sie breiteten einen Teppich aus und bauten aus Kreuzhölzern schnell ein Gerüst auf, über das ein Tau gespannt wurde. Die Pfeifer stimmten eine lustige Weise an, und es begann das Spiel mit Kugeln von verschiedener Größe, das Balancieren von spitzen Schwertern, Stühlen und Leitern, das Gliederverrenken und Seiltanzen. Zwischen jedem Stück trieben zwei Lustigmacher in bunten Jacken und mit schnurrig bemalten Gesichtern ihre neckischen Späße zur größten Belustigung von Jung und Alt, jagten sich mit ihren Pritschen im Kreise umher, fielen auf die Nase und sprangen wohl auch gelegentlich über die Leine unter das dicht gedrängte Publikum, dort zum allgemeinen Gelächter Verwirrung anrichtend.

Nachdem sich die Schaulust an diesen Kunststücken genügend gesättigt hatte, wurde der Platz von den Gauklern geräumt und eine Pause angekündigt. Während man sich auf den Tribünen und unterhalb derselben munter über das Gesehene unterhielt, besorgten die Knechte des Artushofes, sämtlich in roten Wämsern, die Vorbereitung zum Stechspiel. Sie trugen einen langen, an den Ecken abgerundeten Tisch auf die Vortreppe und bedeckten ihn mit einem weißen Tafeltuch. Kannen mit Wein und Schenkbecher wurden aufgetragen. In die Mitte, gegen den Eingang zum Hofe hin, stellten sie einen thronartigen Sessel, auf dem ein Kissen mit Goldstickerei lag; zu beiden Seiten rund um den Tisch noch zwölf andere, niedrigere Stühle. Dort sollte König Artus mit seinen Rittern Platz nehmen. Dann steckten sie vor dem Hause in weitem Kreise laubumwundene Stangen in die Erde, setzten darauf Mohrenköpfe mit Krallen, weißen Augen und roten, gewulsteten Lippen lose auf und hingen an die nach innen zu vorstehenden Pflöcke kleine eiserne Ringe. Die Bahn an diesen Stangen entlang wurde mit weißem Sande bestreut. Dann meldeten sie dem ältesten von den vier Hofherren, die zum Rat gehörten und noch über den acht Alderleuten des großen und kleinen Hofes standen, dass alles bereit sei.

Nun trat derselbe an den Komtur heran, verbeugte sich tief und bat ihn in wohlgesetzter Rede, zu Ehren des Hofes selbst die Stelle des Königs

Artus zu übernehmen und an der Tafelrunde zu präsidieren. Johann von Schönfels erklärte sich lächelnd bereit, erhob sich und ließ sich von dem schmucken Gefolge der Patriziersöhne unter dem Klange der Trompeten und Pfeifen nach dem Thronsessel auf dem Treppenvorsprung führen, wo er nun allem Volke sichtbar war. Die zwölf auserwählten Ritter der Tafelrunde, darunter Heinz von Waldstein und Hans von der Buche, traten vor, verneigten sich, wurden durch den Hofherrn vorgestellt und nahmen nach der Reihe Platz. Die Knechte füllten ihnen die Schenkbecher, und sie leerten sie auf das Wohl des Königs Artus. Dann bat der Hofherr für sie um die Erlaubnis, ein Stechspiel aufführen zu dürfen. Der Komtur nickte echt königlich die Gewährung.

Nun wurden die zwölf prächtig aufgeschirrten Rosse am Zügel von Knechten in Heroldsrücken und mit langen Kugelstäben eingeführt. Es war ein Vergnügen, die mutigen Tiere zu sehen, die unruhig nach der Musik die Ohren spitzten, zur Seite sprangen oder zierlich über den Sand hintanzten. Dreimal wurden die Pferde im Kreise herumgeführt und dann vor der Treppe aufgestellt.

Die zwölf Ehrenritter, sämtlich einen langen Degen am Gurt, stiegen auf, nachdem sie sich vom Könige beurlaubt hatten, und ritten in den Kreis. Schon bei diesem Einreiten nahmen sie die Gelegenheit wahr, ihre Geschicklichkeit zu beweisen. Nachdem sie die Tiere beruhigt und sich in einer Linie aufgestellt hatten, brach auf ein gegebenes Zeichen der erste ab in die Bahn; die anderen folgen in kleinen Abständen, und es begann nun ein wildes Reiten, bald zu zweien, bald zu dreien und vieren, in großen oder in mehreren engeren Kreisen, bald geordnet, bald jeder für sich, bemüht, den andern zu überholen und im Vorbeijagen anzuschlagen. Das war aber nur das Vorspiel. Nach einer Weile sammelten sie sich wieder in der Mitte und zogen sich in langer Reihe gegen die Treppe zurück. Die Herolde reichten ihnen Lanzen mit stumpfen Spitzen über den kleinen Fähnchen, und das eigentliche Reiten nach der Tafelrunde nahm seinen Anfang.

Jeder Ritter umkreiste erst einmal im Galopp mit gesenkter Lanze die Sandbahn innerhalb der Stangen, dann hob er rasch den Schaft und versuchte den nächsten Mohrenkopf herabzustechen. Das gelang nicht immer; oft ging die Spitze ganz fehl, oft streifte sie nur, dass der Kopf wackelte, aber nicht fiel, mitunter scheute das Pferd und musste erst wieder in die Bahn zurückgespornt werden. Dreimal durfte ein jeder auf diese Weise umreiten, dann wurden die abgeworfenen Köpfe gezählt. Die meisten waren von Anfang zu hitzig, stießen zu stark oder konnten, wenn sie glücklich getroffen hatten, die Lanze nicht schnell genug in die ruhige Lage bringen, sodass sie dann an einer Reihe von Stangen vorüber mussten, ohne auch nur das Stechen zu versuchen. Doch hatte keiner weniger als drei Köpfe abgeworfen, und einige brachten es auf eine weit höhere Zahl, Hans von der Buche sogar auf sieben, Heinrich von der Beke nach ihm freilich auf acht von zwölfen. Die beiden folgenden Ritter blieben dahinter weit zurück, man betrachtete ihn schon als den Sieger.

Zuletzt ritt Heinz von Waldstein in die Bahn. Er spornte sein feuriges Roß zur schnellsten Gangart und hielt es dabei so fest zwischen den Schenkeln und im Zügel, dass es keinen Zoll breit ausweichen konnte. Wie spielend hob und senkte er die Lanze, und jedes Mal, wenn er sie hob, rollte ein Mohrenkopf in den Sand. Schon nach dem zweiten Umritt hatte er sie sämtlich abgeworfen bis auf den einen, der gegenüber der Tribüne stand, auf der Maria saß. Beim dritten warf er ihn ab, indem er die Lanze, statt sie mit dem Arm zu stützen, frei in der Hand hielt. Dann parierte er sein Pferd mit einem schnellen Ruck in den Zügel und verneigte sich vor der Königin des Festes.

Von den Tribünen und aus der Menge wurde lauter Beifall geklatscht und gerufen. Aber dieser erste Sieg entschied noch nicht. Die schwierigere Aufgabe stand noch aus: mit spitzem Degen die Eisenringe von den Pflöcken abzuheben. Nach kurzer Pause wurde das Reiten nach der Tafelrunde fortgesetzt. Diesmal waren die Herren vorsichtiger und zielten gut. Einer nur hatte keinen Ring gelöst und wurde ausgelacht. Als am Ende gezählt wurde, hatten Heinz von Waldstein und Rambold von Xanten, des Schultheißen Sohn, gleich viel Ringe gestochen.

König Artus verkündete, dass der Sieg beim Ringstechen unentschieden geblieben sei, aber dass Junker Heinz von Waldstein die meisten Mohreköpfe geworfen und also den Vorzug habe. Heinz aber wollte das nicht gelten lassen. Erlaubt, Herr König, sagte er, dass wir beide noch einmal um die Ehre des Tages reiten. Dass wir Eisenringe stechen können, haben wir wohl zur Genüge bewiesen. Gefalle es Eurer Gnaden, zu befehlen, dass ein goldener Fingerreif an einem Faden an einen der Pflöcke gehängt werde. Dreimal darf jeder von uns beiden daran vorüberreiten; wer dann den Ring auf seinem Degen zu Euch bringt, der soll Sieger sein.

Ists Euch so genehm? Fragte der Komtur Rambold. Der ärgerte sich über seines Gegners Keckheit, konnte doch aber die kühne Wette nicht ausschlagen. So erbittet Euch von einer der Damen den Ring, fuhr Johann von Schönfels fort und erhob sich dabei von seinem Sitz, wie ich hiermit kraft meines Königsamtes die edlen Frauen und Fräulein gesamt bitte, ihm zu willfahren, an wen er sich auch wende. Wahrlich, ich habe nach einem goldenen Fingerreif noch niemals stechen sehen und würde mich nicht wundern, wenn er am Pflock hängen bliebe.

Heinz ging ohne Besinnen auf die Ratstribüne zu und verneigte sich vor Maria. Das junge Fräulein errötete bis zur Stirn hinauf, senkte die Augen und schien einen Augenblick unschlüssig. Dann zog sie langsam den Handschuh ab, streifte einen kleinen Ring mit vier blauen Steinen, die wie ein Vergissmeinnicht zusammengefügt waren – nicht den kostbarsten an ihrer Hand – vom Goldfinger und reichte ihn ihm mit verschämtem Lächeln hinüber. Er selbst band ihn an den Pflock und strich den Faden aus, bis er sich nicht mehr drehte. Und nun losen wir um den Vorritt, Herr Rambold von Xanten, wandte er sich an denselben.

Rambold ritt vergebens, aber einmal hatte sich der Ring merklich bewegt, und auch das galt schon als ein rühmlicher Erfolg. Nun war die gespannteste Aufmerksamkeit auf Heinz gerichtet. Das erste Mal ritt er an dem Ringe mit gesenktem Degen vorbei, das zweite Mal fehlte er ihn, das dritte Mal stach er ihn glücklich ab und brachte ihn zu König Artus auf der Degenspitze.

Ihr seid der Sieger, sagte derselbe, Junker Heinz von Waldstein ist der Sieger.

Die Trompeter bliesen, die Pfeifer trillerierten, das Volk rief ein Hoch über das andere, die Freunde kamen. Glück zu wünschen, und niemand neidete ihm den so errungenen Sieg. König Artus aber forderte seine Ritter auf, ihm zu folgen, und brachte den Kranz und die Ehrenbecher, die er aus des Bürgermeisters Hand empfing, zu der schönen Maria Huxer, indem er sie bat, die Gaben nach Gebühr zu verteilen.

Maria winkte Heinz von Waldstein zu sich heran, setzte ihm, als er sich vor ihr auf ein Knie niedergelassen hatte, den Kranz auf das krause Haar und reichte ihm den Becher mit den drei Goldmünzen am Rande zu, den Letzkau für den ersten Sieger im Stechspiel ausgesetzt hatte. Er aber weigerte sich, ihn anzunehmen, und sagte: Ich habe neben diesem Kranz schon reichlich meinen Lohn, wenn Ihr mir gütig gestattet, den kleinen Ring zu behalten, den ich mir gewonnen habe. Darf ich ihn zum Andenken an diesen Tag bewahren?

Sie errötete wieder, noch stärker als vorhin, und warf einen fragenden Blick nach ihrem Vater hinüber, der seitwärts neben Letzkau stand. Der Ring ist wenig wert, antwortete sie, nehmt lieber den Becher.

Er schüttelte den Kopf. Den Becher ließe ich gern meinem wackeren Genossen, Herrn Rambold von Xanten, der ihn wohl verdient hat, sagte er; gönnt mir die Gunst, ihn gegen das Ringlein austauschen zu dürfen. Ich möchte gern, dass man freundlich von mir in dieser Stadt dächte; nähme ich zu viel Ehren mit hinaus, so könnte man sie mir leicht neiden.

Den Ring hat er sich ehrlich verdient, bemerkte Huxer, und da du ihn einmal preisgegeben hast, mag ihn der Sieger wohl behalten, wenn er ihm ansteht und du ihn nicht ungern missen magst. Den Becher aber hat Herr Konrad Letzkau ausgesetzt, und ihm gebührt, darüber zu verfügen. Mag er denn sprechen.

Der Bürgermeister lächelte freundlich. Ich meine, sagte er, wenn der Sieger ein Andenken von so schöner Hand erhält und selbst so hohen Wert darauf legt, so hat er wirklich seinen Lohn dahin und mag den Becher seinem Kampfgenossen lassen. Ich will seine Bescheidenheit loben, dass er ihn ausschlägt. Die Ehre des Tages gibt der Kranz.

Der Ring gehört Euch, Junker, entschied Maria; ich gab ihn Euch nicht, Ihr nahmt ihn Euch, und so darf ich ihn verschenken. Er küsste ihre Hand und trat zurück. Darauf wurden die übrigen Geschenke nach der Ordnung verteilt; auch Hans von der Buche ging nicht ganz leer aus.

Wieder folgte eine längere Pause. Die Musikanten gingen in den ausgeräumten, rundum mit grünen Maien geschmückten Hof, um dort in einer Ecke zum Tanz aufzuspielen. Die Tribünen leerten sich langsam, die Kaufherren führten ihre Frauen und Töchter in den Saal und wiesen ihnen auf den Bänken an den Wänden entlang ihre Plätze an. Heute forderte die St.-Georgs-Bruderschaft bei der allgemeinen Lustbarkeit kein Vorrecht für sich, und den Patriziersöhnen waren auch die schönen Brauertöchter zum Tanz recht. Der erste Reigen wurde bei den Klängen der rauschenden Musik von Heinz und Maria aufgeführt. Sie musste es nun wohl leiden, dass er ihr die kleine Hand drückte und bei den zierlichen Wendungen ihre Schulter streifte oder seinen Arm einen Augenblick an ihrem schlanken Leibe ruhen ließ. Sie sagte ihm auch nicht ab, als er sie später noch wiederholt aufforderte. Den Ring mit dem blauen Vergissmeinnicht hatte er an den kleinen Finger gesteckt; er ließ sich aber nur wenig über das zweite Glied schieben.

Spät erst endete die Lustbarkeit und doch den jungen Leuten noch viel zu früh. Das war ein Pfingstfest, an das mancher noch lange denken sollte. –

Am nächsten Vormittag trat der Junker von Waldstein in die offene Schmiede des angesehenen Goldschmieds Heinrich Kempfer ein, der dort mit zwei Gesellen und zwei Lehrlingen – der höchsten zulässigen Zahl – vor aller Leute Augen arbeitete. Er erkundete bei ihm, ob er irgendein hübsches Geschmeide vorrätig habe, das er ihm verkaufen könne. Der Meister kannte ihn schon und erriet, was er im Sinn hätte. Ob es denn ein Ring sein dürfte, fragte er.

Kein Ring, antwortete Heinz ihm, auf seine Hand hinabblickend, sondern ein anderes hübsches Geschmeide – eine Kette am liebsten.

Der Goldschmied nahm dem einen der beiden Gesellen die Arbeit ab und hielt sie dem Junker vor Augen. Das tut mir leid, sagte er. Mein Geselle da hat eben sein erstes Meisterstück fertiggebracht, einen Edelstein nämlich in ein güldenes Fingerlein gefasst. Mich dünkt, die Arbeit ist wohlgeraten und darf ihm Mut machen zu den beiden anderen Stücken. Nun – später braucht Ihr vielleicht auch dergleichen, dann geht mir nicht vorbei. Den Kelch dort und das Sakramentshäuschen hat ein polnischer Prälat bestellt; man lässt mir wenig Zeit, auf Vorrat zu arbeiten; wenn Ihr Euch aber in meinen Laden bemühen wollt, hoffe ich doch etwas zu finden, das Euch gefallen mag. Folgt mir.

Er ging die kleine Treppe hinauf voran und führte den Junker in ein enges Gemach, dessen Fenster sich mit Eisenstäben gut verwahrt zeigten. In einem flachen Kasten auf dem Tische lagen Ketten, Ohrgehänge, Schnallen und Ringe. Der Junker wählte ein Kettchen von dichtem Maschenwerk, das der Meister venezianisch nannte, mit einem zierlichen Kreuz, in das ein roter Stein eingelassen war. Das Schloss bildeten zwei Hände, die ineinandergriffen. Ihr habt einen feinen Geschmack, Junker, sagte der Meister, und seid Eures Dankes im Voraus sicher. Wisst Ihr, dass der Schmuck schon einer jungen schönen Dame sehr in die Augen geblitzt hat? Kürzlich war Herr Huxer mit seiner Tochter Maria hier, eine Gürtelschnalle auszusuchen; da fehlte nicht gar viel, so hätte er auch die Kette mitgenommen.

Ihr macht mir meine Wahl durch diese Mitteilung noch erfreulicher, antwortete Heinz, indem er so viel Goldgulden auf den Tisch zählte, als Meister Kempfer gefordert hatte, und dabei das Gesicht tief hinabbeugte.

Heinz begab sich von da zu Huxer und fragte sogleich nach dem Fräulein. Man wies ihn in das Erkerstübchen, und dort fand er Maria mit dem Fortpacken ihres gestrigen Putzes beschäftigt, wobei eine ältliche Magd, ihre Amme, half. Sie schrak sichtlich zusammen, als er eintrat, warf die Sachen eiligst in die offene Lade und schloss den Deckel. Meiner Treu, da kommt der Junker wie gerufen! Sagte die Magd. Maria aber gab ihr einen Wink und zischelte ihr leise zu: Schweig, Barbara!

War ich erwartet? Fragte Heinz, näher tretend.

Barbara hüstelte verlegen, da Maria schwieg. Erwartet – ich meine gewiss nicht, antwortete sie dann für jene. Aber gesprochen ist eben von Euch, Junker; und wie man sozusagen pflegt: Wenn man vom Wolf spricht –

Barbara! Rief das Fräulein.

Ei, wahrhaftig, das passt schlecht, gab die Magd zu, und es kam mir auch nur so in den Mund. Aber zu verwundern ist's doch nicht, dass man nach dem gestrigen Tage von Euch ein wenig plauderte. Ich wollte zu gern erfahren, wo Ihr das Stechen und das Tanzen so gut gelernt hättet, und das junge Fräulein –

Wusste darüber gar nichts zu sagen, fiel Maria ein. Man muss nicht so neugierig sein.

Ihr seid also auch mit meinem Tanz wohl zufrieden gewesen? Fragte Heinz. Das freut mich nicht wenig; denn für einen feinen Tänzer galt ich am Hofe der Plauen gerade nicht. Es mag wohl auch ein Unterschied sein, mit welcher Tänzerin man in den Reigen eintritt.

Ich habe auch gar nicht behauptet, dass Ihr fein tanztet, bemerkte Maria verschämt; Barbara hat sich's so eingeredet.

Der Junker lächelte verschmitzt. Dafür muss ich ihr danken, sagte er, ihr mit den Augen zublinzelnd. Übrigens würde ich wohl meinen, die edle Kunst bald aus dem Grunde zu lernen, wenn es mir vergönnt wäre, sie noch weiter mit Euch zu üben. Leider ... sein Gesicht wurde plötzlich ernst und nahm einen fast traurigen Zug an. Ich komme, Euch Lebewohl zu sagen, schloss er.

Maria wurde bleich und sah mit einem fragenden Blick zu ihm auf. So müsst Ihr wirklich schon fort?

Ich sollte schon vor einer Woche gereist sein, und ich weiß kaum, wie ich mein Zögern vor dem Komtur von Schwetz, meinem gnädigen Herrn Oheim, verantworten soll. Aber mein Bleiben gereut mich doch nicht, und am liebsten ging ich gar nicht von hier. Es wird mir auch schwer genug, von Euch zu scheiden, Fräulein, und nur weil's sein muss. –

Barbara wollte sich leise entfernen, aber Maria winkte sie ängstlich zurück.

Seid außer Sorge, fuhr er fort, dass ich Euch etwas verrate, was mein Herz beschwert. Ist auch keinem Menschen gewiss, was in der nächsten Stunde sein wird, so ist doch mir mehr als manchem andern die Zukunft dunkel. Weiß ich doch nicht einmal über meine vergangene Lebenszeit volle Auskunft zu geben. Gewiss ist nur, dass ich nach Preußen gesandt bin, um an dem Kampfe teilzunehmen, der gegen Polen bevorsteht. Vielleicht, dass ich mir darin etwas erstreite, was des Besitzes wert ist, und dann nach Jahr und Tag vor Euch trete und nicht im Zweifel bin, was ich Euch zu fragen komme. Es kann aber auch ebenso gut sein, dass ich nach einigen Monden kalt und starr auf dem Kampfplatz liege mit vielen andern –

Ihre Augen wurden feucht, und eine Träne tropfte herab auf ihr Busentuch. Rasch wandte sie sich zur Seite.

Er schwieg eine Weile. Auch ihm wurde recht weh zumute, obschon er nun die Gewissheit hatte, dass er Maria nicht gleichgültig sei. Das steht in Gottes Hand, sagte er dann, wir müssen's dahingestellt sein lassen. Aber ich nehme ein Andenken von Euch mit mir, das mir als Talisman gilt, und ich hoffe zuversichtlich, er wird mich schützen und aus der schwersten Not befreien.

Maria antwortete nicht; sie wischte mit der Hand die Tränen fort, ohne zu ihm umzublicken. So musste er nun wohl gleich sein Anliegen anschließen. Er zog die Kette unter dem Wams vor, wo er sie verwahrt hatte, und fuhr schüchtern fort: Es wäre mir lieb, Maria, wenn Ihr Euch einen kleinen Dank gefallen lassen wolltet und meine Gabe nicht verschmähtet wegen ihres geringen Wertes. Ich darf nicht wagen, Euch ein Geschenk anzubieten – aber wenn auch Ihr gern dieser Maitage gedenkt und auf ein frohes Wiedersehen hofft, tragt dieses von mir als ein Erinnerungszeichen.

Er wollte ihr das Kettlein auf die Hand streifen, aber sie zog sie scheu zurück. Dabei ließ sie doch die Augen darüber hingleiten, und blitzartig zuckte die Freude darin auf. Ich darf nichts von Euch annehmen, antwortete sie so unsicher und zögernd, dass Barbara gleich meinte, sich einmischen zu müssen, um ihre Bedenken zu beseitigen.

Heilige Brigitta, rief sie, sehe ich recht? Das ist ja nun das Kreuz, von dem Ihr letzte Nacht geträumt hattet. Freilich war's ein böser Traum, denn das Kreuz legte sich Euch schwer auf die Brust, dass Ihr vor Beängstigung weinen musstet. Aber sagte ich Euch nicht gleich, dass man Träume nicht geradeaus nach ihrem Inhalt auslegen dürfe? Muss denn ein Kreuz gleich ein Leiden bedeuten? Und war's Euch nicht auch geschienen, als ob das Kreuz an allen vier Enden einen Lichtschein ausströmte und in der Mitte, wie eine rote Kohle flammte? Da ist nun das gefürchtete Kreuz, Närrchen. Golden glänzt es an allen vier Armen, und in der Mitte liegt der rote Stein. Nun – beschweren wird es Euch die

Brust wahrlich nicht. Sie nahm dem Junker die Kette ab, öffnete das Schloss und wollte sie ihr um den Hals hängen. Prüft einmal, es hat wenig Gewicht.

Maria aber wehrte ihre Hand ab. Der Vater erlaubt's nicht, sagte sie.

Ei, dem wollen wir's schon nach der Wahrheit berichten, beschwichtigte Barbara, ihre Schulter streichelnd, und er soll dann selbst zugeben, dass es eine Versündigung wäre, sich gegen einen solchen Traum zu stellen. Will er nicht seines einzigen Kindes Wohlergehen? Und soll sich's etwa erfüllen, dass ihm ein schweres Kreuz aufbewahrt ist und die feurige Kohle einen gefährlichen Brand herbeiführte, während dieses güldene Kreuzchen mit dem roten Stein alle Befürchtungen ableitet, da es ja nun den Traum schon bestätigt? Nein, Kind, er ist ein verständiger Mann und sieht so etwas ein, wenn man's ihm gehörig klarmacht. Und dazu soll mir die Zunge nicht umsonst in den Mund gewachsen sein.

Das reizende Gesichtchen wurde wieder ganz hell, die spitzen Finger flochten emsig an dem Zopf, der beim Neigen des Kopfes über die Schulter vorgefallen war. Sie hatte an der Bandschleife gezupft, ohne es zu wissen, und dadurch die braunen Flechten gelöst. Wenn's denn wirklich solche Gefahr hat – sagte sie und nickte der Amme zu. Aber wenn's der Vater nicht einsieht, tragen wir's gleich ins Brigittinerkloster zu den Schwestern. Sie wandte sich an den Junker. Das müsst Ihr erlauben.

Ich kann's nicht hindern, antwortete er, aber ich zweifle nicht, dass Herr Huxer mir diese kleine Gabe nicht verargen wird, da er doch freundlich gestattete, dass ich Euer Ringlein behalten durfte. Das deute ich mir gut.

Das Blut stieg ihr wieder in die Wangen, aber sie sagte nichts darauf und litt, dass Barbara ihr die Kette um den Hals hing und das Kreuzchen über der Brust zurechtzupfte. Sie reichte Heinz die Hand und drückte sie ein wenig. Mag es Euch wohlergehen, sagte sie, ich will viel für Euch beten.

So werdet Ihr mich nicht vergessen können, entgegnete er, ihr tief in die Augen blickend. Nehmt meinen Dank, dass Ihr mich so entlasst. Lebt wohl und – auf Wiedersehen, Maria!

Er hielt noch eine Sekunde lang ihre Hand, bis auch sie leise sagte: Auf Wiedersehen – und dann kehrte er sich rasch ab und ging.

Barbara begleitete ihn zur Treppe. Er wollte ihr einen Goldgulden zustecken, aber sie weigerte sich ganz ernstlich, ihn anzunehmen. Ihr sollt nicht denken, Junker, fügte sie hinzu, dass ich Euch nur so etwas zum

Munde geredet habe. Aber ich liebe das Kind, als wär's mein eigenes, und wenn's sein Glück sein sollte ... Nun, geht nur, geht – ich sage nichts mehr. Gott befohlen!

Er sprach unten noch im Kontor an und verabschiedete sich von Huxer. Dann sagte er auch Letzkau und seinen Töchtern Lebewohl und beredete mit Hans von der Buche bei Barthel Groß alles Erforderliche zur Abreise. Sie wollten mit einem Weichselkahne den Fluss aufwärtsfahren, Hans bis Graudenz, Heinz noch ein paar Meilen weiter bis Schwetz. Mit dem Nordwestwinde hofften sie rasch vorwärtszukommen, wennschon es gegen den Strom ging. Groß versorgte sie mit wollenen Decken einheimischen Fabrikats zum Schutz in den kalten Nächten, die sie wohl würden unter freiem Himmel auf Deck oder am Feuer unter den Uferweiden verschlafen müssen. Auch ließ Frau Anna für sie einen Korb mit ungarischem Wein, geräuchertem Schinken, getrocknetem Rindfleisch in langen Streifen, Würsten und englischem Käse aus ihrer Vorratskammer für die Reise einpacken. Ihr bleibt auf dem Schiffe unsere Gäste, sagte sie, als sie sich weigerten, das Gebotene anzunehmen.

Dann speiste Heinz zum letzten Mal zur Vesper im Refektorium des Ordenshauses, bat den Komtur um Urlaub, erhielt Briefe von demselben an Heinrich von Plauen in Schwetz und zur Weiterbeförderung nach Thorn, wo er feines Pelzwerk zu seinem Bedarf bestellte, und bestieg gegen Abend mit Junker Hans das Schiff.

Bald waren die Mauern und Türme von Danzig ihren Blicken entschwunden.

Achtes Kapitel

Schloss und Stadt Schwetz

Wo das Schwarzwasser von dem pommerellischen Hügellande her in die Weichsel einfließt und gegen den mächtigen Fluss hin eine scharfe Landspitze abgrenzt, lag und liegt noch heute – auf einer wahrscheinlich von Menschenhand aufgeschütteten Erderhöhung von kaum dreißig Fuß über dem Wasserspiegel – die alte Burg Schwetz.

Sie hatte schon den pommerellischen Fürsten gedient, als sie noch dieses Land beherrschten, und war ein Jahrhundert vor Beginn dieser Geschichte tapfer von den kujawischen Herzögen Casimir und Przimislaus gegen den anstürmenden Deutschorden siebzig Tage lang verteidigt worden, bis der Verräter Gendowiz die Stricke und Sehnen an den Kriegsmaschinen zerschnitt, dass nun das Ordensheer sich bedrohlich nähern konnte. Nun schloss die Besatzung einen Vergleich, dass sie die Burg übergeben wolle, wenn nicht binnen Monatsfrist Entsatz von Polen käme. Er kam nicht, und so fiel die Burg dem Orden zu.

Dann hatte etwa in der Mitte des Jahrhunderts der Hochmeister Dietrich von Altenburg sie fast vom Grund auf ausgebaut und stark befestigt. Bis zu den niedrigen Flussufern hin reichten die mächtigen Futtermauern, aus rohen Granitblöcken aufgeschichtet. Sie gewährten Schutz gegen den ersten Anprall des Feindes. In ihrem Viereck erhob sich das eigentliche Schloss, äußerlich anzuschauen wie ein gewaltiger Würfel von rotem Ziegelstein, an den vier Ecken von rund ausgebauten Türmen überragt, von denen drei mit Spitzdächern versehen waren, der nordwestliche aber als Hauptturm oder Bergfried die andern überragte und mit einem ausspringenden Zinnenkranz gekrönt war. Dem aufmerksamen Beschauer konnte es nicht entgehen, dass sich nur an zwei Seiten zwischen den Türmen Dächer abhoben, die beiden anderen Seiten aber zum Abschluss des Burgraumes aus starken und hohen Mauern mit mehreren Reihen schmaler Lichtöffnungen bestanden. Trat man von der mit Palisaden befestigten Vorburg hier über die Zugbrücke durch das Tor in der einen dieser beiden Mauern auf den Burghof, so fand man denselben von Hallen in zwei Stockwerken umgeben; starke Pfeiler waren mit Bogen verbunden und der Raum zwischen ihnen und der Wand mit Balkendecken überdacht. Von diesen Korridoren führten Türen zu den verschiedenen Gemächern der beiden Stockwerke, zu den Wehrgängen und Türmen. In dem Flügel links vom Eingang nahmen die Kirche und der Kapitelsaal, schon äußerlich erkennbar durch je drei hohe Bogenfenster, den ganzen Raum ein. In dem Flügel geradeaus befanden sich das Refektorium, die Küche, die Rüstkammer und mancherlei Gelasse zu Vorräten, auch die Zimmer der Komturs und das in jedem Ordensschloss zu Besuchen des Hochmeisters eingerichtete, sonst nicht benutzte Gemach. Rechts war an die innere Mauerseite ein Gebäude von Fachwerk angebaut, in dem die Ritter ihre Schlafkammern hatten und ihre Harnische aufbewahrten; man nannte es das Schlafhaus. Von der Kirche mussten die Ritter dorthin über den offenen Hof und am Brunnen mitten auf demselben vorbeigehen. Das ganze Gebäude hatte ein düsteres und schweres Aussehen; die darin wohnten, mussten raue Kriegsleute sein, denen der Verzicht auf alle Annehmlichkeiten des Lebens Pflicht war und die sich stets zum Kampfe gerüstet hielten.

In dem Schlosse Schwetz befand sich regelmäßig nur ein Konvent von acht Ritter- und vier Priesterbrüdern. Auch jetzt war ihre Zahl nicht vermehrt, aber viel anderes Kriegsvolk hatte in den Räumen des Haupthauses, in den Wirtschaftsgebäuden der Vorburg und weiterhin auf den Domänenvorwerken einquartiert werden müssen. Denn hier, wenige Meilen von der polnischen Grenze, sammelte sich ein Teil der in Deutschland geworbenen Söldner, die der Komtur zu mustern und zu verpflegen, wohl auch aus seinen Beständen besser zu bewaffnen hatte. In dem gegen die Weichsel und das Schwarzwasser hin mit langen Mauern geschützten Raume zwischen Schloss und Stadt Schwetz waren Zelte aufgeschlagen, in denen sie in der jetzigen guten Jahreszeit unter freiem Himmel lagerten, soweit sie in den Häusern nicht Platz fanden. Heute war nun noch der kürzlich vom Hochmeister zum Vogt der Neumark ernannte Bruder Michael Küchmeister von Sternberg, auf der Reise dorthin begriffen, mit ziemlichem Gefolge eingetroffen und im Schlosse aufgenommen, sodass nun alle Räume gefüllt waren und die Beamten vollauf Beschäftigung hatten. Auch so aber ließ sich in dem düstern Hause kein munteres Treiben oder gar Lärmen vernehmen. Kaum ein lautes Gespräch wurde in dem Burghof oder in den Hallen gehört, und in der Kapelle setzten die Brüder ihre vorgeschriebenen Andachten fort. Der Geist der Strenge und der Ordnung schien über allem zu walten und jede Ausschreitung unmöglich zu machen.

Auf dem Parchan, dem erhöhten Außenraume zwischen Futtermauer und Schloss, der sich in mäßiger Breite am Flusse entlang zog und die freie Aussicht über die Niederung und die dahinter aufsteigenden Berge, über die Strominseln, Weidenkämpen und Sandhaken gewährte, gingen zwei Männer in lebhaftem Gespräche auf und ab. Sie schenkten dem breiten Strom und der sonnigen Landschaft kaum einen Blick und schienen diesen Ort nur gewählt zu haben, um recht ungestört miteinander verkehren zu können. Der eine, ein Mann nicht viel über Mittelgröße, aber kräftig gebaut, mit breiten Schultern, völligem Nacken und einem Kopf, der fast zu groß schien für den gedrungenen Körper, und dessen mächtige Stirn sich über den tief liegenden Augen vorwölbte, trug ein knappes Lederwams, eine Hose von grobem Tuch und eine geschlitzte Kappe ohne jeden Schmuck. Es war der Komtur der Burg, Heinrich von Plauen. Sein Gast, der Vogt der Neumark, war höher gewachsen und zierlicher in seiner Erscheinung und Kleidung. Das lange, schmale Gesicht mit der fein geformten Stirn, der scharf geschnittenen Nase, den dünnen Lippen und dem spitzen bartlosen Kinn schien mehr einem vornehmen Staatsmann als einem Krieger anzugehören. Er hatte den weißen Mantel gleichfalls abgelegt, trug aber einen bequemen Hausrock mit feinem Pelzwerk verbrämt und von einem kostbaren Gürtel mit getriebenen Spangen lose zusammengehalten, dazu eine weiche gesteppte

Kappe mit hutartigem Rande und Feder. Man erkannte in Haltung, Gang und Sprache sofort den Mann von hohem Adel.

Heinrich von Plauen und Michael Küchmeister von Sternberg, beide aus edlen deutschen Geschlechtern stammend, hatten sich schon als Jünglinge befreundet. Ungefähr zu gleicher Zeit waren sie in den Deutschen Orden eingetreten, beide, weil sie als jüngere Söhne auf Land und Leute nicht Anspruch hatten, Sternberg aber getrieben von dem ehrgeizigen Gedanken, durch die Verbindungen seiner Familie in der Bruderschaft bald eine hervorragende Stellung einzunehmen und vielleicht selbst einmal deren fürstliches Haupt zu werden, Plauen infolge trüber Lebenserfahrungen und unter dem Druck einer Stimmung, die nach völliger Abkehr von der Welt verlangte. Sie hatten dann teils in Preußen, teils in den deutschen Besitzungen des Ordens mancherlei Ämter bekleidet und immer nur vorübergehend Gelegenheit gehabt, freundschaftlich miteinander zu verkehren. So war es ihnen wenig bemerklich geworden, wie sehr sie in Sinnesweise, Anschauungen und Gewohnheiten voneinander abwichen. Auch jetzt konnte es den Anschein haben, als ob nur ein zufälliger Umstand sie miteinander in Verkehr brachte, in Wirklichkeit aber hatte Sternberg mit guter Absicht seinen Weg über Schwetz genommen und die Reise so eingerichtet, dass er hier einen Rasttag halten konnte; er kam von der Marienburg, und es war ihm darum zu tun, sich mit Plauen über manches, was die Zukunft anging, zu verständigen.

Es ist, wie ich es Euch künde, sagte er, während des Gehens das Kinn in die Hand stützend, Ihr habt keine Abberufung zum Heere zu gewärtigen. Der Meister hat uns beide auf die verantwortlichsten Posten gestellt und ist doch nicht imstande, uns so auszurüsten, dass wir ernstlich den Feind aufhalten können, wenn er sich mit ganzer Macht gegen uns wenden sollte. Um die Neumark ist der Streit entbrannt, wenigstens gibt sie den Vorwand zu dem feindseligen Benehmen des Königs. Ich halte es für wahrscheinlich, dass er vor allem bemüht sein wird, sie in seinen Besitz zu bringen, um beim Friedensschluss ein Pfand zu haben und seine Ansprüche unmittelbar an demselben durchzusetzen. Im offenen Felde werde ich ihm schwerlich lange standhalten können, der eingeborene Adel ist wenig zuverlässig, und die festen Schlösser mit Söldnern zu verteidigen, scheint allemal eine bedenkliche Sache. Ich fürchte, es ist da wenig Ruhm zu ernten. Ihr aber sollt hier an der Grenze den Strom hüten und den Übergang hindern, wenn der Feind von dieser Seite her angreifen sollte, bis der Hochmeister sich mit dem Hauptheer auf ihn werfen kann. Zudem ist's Eure Aufgabe, die Straße für die aus Deutschland eintreffenden Hilfsvölker offen zu halten und sie unter dem Schutze der Burg zu sammeln. Lasst uns in steter Verbindung miteinander bleiben, damit wir der eine dem andern beispringen können, wenn es nottun sollte.

Es wäre mir wahrlich lieber, antwortete Plauen, der Meister reihte mich mit meinem Aufgebot in sein Heer ein, so wüsste ich doch, dass ich ihm etwas nütze wäre. Geradeaus auf den Feind – siegen oder untergehen –, das ist meine Losung. Übrigens glaube ich nicht sonderlich daran, dass die Polen hier einfallen. Sie werden sich mit den Litauern vereinigen wollen, um von der Freundschaft des Königs mit dem Großfürsten Vorteil zu ziehen, und das muss weiter östlich geschehen. Dann aber werden sie den kürzesten Weg einschlagen. Leicht möglich, dass wir hier untätig liegen, während die Brüder sich im Kampfe große Ehre gewinnen. Aber es komme, wie es bestimmt ist: Der Meister ist meines unverbrüchlichen Gehorsams versichert.

Sternberg lächelte mit halbgeschlossenen Augen. Es ist doch noch nicht so ganz sicher, meinte er, dass in dem bevorstehenden Kampf viel Ehre zu gewinnen ist. Man kann nicht wissen ... Er zuckte die Achseln.

Der Komtur blieb stehen und sah ihn mit seinen ruhigen grauen Augen fragend an. Ihr könntet an unserm Siege zweifeln?

Ich zweifle nicht an der Tapferkeit unserer Brüder, obschon viele unter ihnen sind, die sich der Waffen entwöhnt haben; aber man führt heute nicht mehr den Krieg wie vor hundert Jahren. Nicht ein Kreuzzug gegen die Ungläubigen wird gerüstet, sondern Land steht gegen Land, Herrschaft gegen Herrschaft. Gegen uns sind die Völker aufgeboten, und gegen Tausende müssen wir Tausende ins Feld stellen. Unsere Ritter sind nur die Anführer, die Hauptleute; ihr guter Wille entscheidet nicht allein. Unter ihnen kämpfen die Städter und Landleute, die nach ihren Briefen zur Heeresfolge verpflichtet sind, aber ungern Haus und Hof verlassen und lieber in Frieden ihre Handelschaft betreiben oder ihren Acker bauen. Den geworbenen Söldnern ist aber wenig Vertrauen zu schenken. Sie kämpfen nicht wie die Scharen, die uns ehedem zu Hilfe eilten, um Gottes willen und zu Ehren der Jungfrau Maria, sondern um klingenden Lohn, und sie werden uns nicht länger treu sein, als unsere Schatzkammer gefüllt ist. Sie ist aber nicht unerschöpflich, und das Land steuert uns nicht nach Bedürfnis, sondern nach alter Gewohnheit. Zieht sich der Krieg in die Länge, so kann Mangel nicht ausbleiben.

Plauen schüttelte den Kopf. Ihr macht Euch ohne Grund schwere Gedanken, entgegnete er. Sind es doch dieselben Feinde, die wir schon so oft geschlagen haben; sie werden darum nicht tapferer geworden sein, dass sie sich Christen nennen. An der Spitze des Ordens aber steht ein ritterlicher Mann, der die Ehre der Brüderschaft hochhält und uns wohl zum Siege verhelfen soll, wenn wir gesamt desselben Geistes sind.

Der Vogt ging einige Schritte schweigend neben Plauen her. Er schien zu überlegen, ob er sich ihm noch weiter eröffnen könne. Niemand wird des Herrn Hochmeisters Person höher schätzen als ich, sagte er dann mit vorsichtiger Zurückhaltung, aber er ist ein feuriger Kriegsmann, und ich weiß nicht, ob wir uns bei diesen Händeln nicht lieber ein bedächtiges Haupt zu wünschen hätten. Seit Ulrich von Jungingen gewählt ist, treibt er zum Kriege. Wahrlich, sein Bruder Konrad tat wohl daran, auf dem Krankenbett vor dieser Wahl zu warnen. Man wird zu spät bereuen, auf ihn nicht gehört zu haben.

Wie? Fuhr Plauen auf, und die grauen Augen blitzten plötzlich von lebhaftem Feuer. Sollten wir's noch länger mit Verhandlungen versuchen, da der listige Feind doch offenbar nur Zeit gewinnen wollte? Schon zu lange hat die Friedensliebe Meister Konrads gezögert. Man ist seines Lobes voll, weil unter seiner Regierung Handel und Wandel blühten, die Speicher der Ordenshäuser sich füllten und überall der Wohlstand im Lande sich mehrte. Aber die ihn spöttisch »die gnädige Frau Äbtissin« nannten, wussten, was sie vermissten. Zur rechten Zeit starb er, seiner zahmen Weisheit bis ans Ende froh zu bleiben, aber an der Erbschaft, die er seinem Nachfolger hinterließ, haben wir alle nun schwer zu tragen. Unvermeidlich war von Anfang an der Kampf mit diesen Nachbarn, die nur darauf lauerten, uns zu schaden. Hätte er zugegriffen, als König Jagello noch im Streit mit seinem polnischen Adel und mit seinem Vetter, Herzog Vitowd, verfeindet war, er hätte ihn mit einem kräftigen Schlage vernichtet. Nun hat er sich von seiner Schlauheit überlisten lassen. Immer hoffte er auf den Beistand König Sigismunds von Ungarn und König Wenzels von Böhmen, die doch nur freundliche Worte hatten und für sich selbst sorgten, bis nun der Feind übermächtig geworden ist. Sollten wir die Entscheidung noch länger hinhalten, um uns noch mehr zu schwächen und bei den deutschen Fürsten alles Vertrauen einzubüßen? Vergesst nicht, dass die Forderungen des Polenkönigs unverschämt werden.

Gerade wie seine Macht gewachsen ist, sagte Sternberg. Vielleicht habt Ihr recht, Bruder Heinrich, dass vor Jahren unsere Mühe geringer gewesen wäre. Aber was nützt es, mit Zahlen zu rechnen, die längst von der Tafel fortgelöscht sind? Was jetzt, da alles so gekommen ist, am besten geschieht oder unterbleibt, darum handelt es sich. Das Land ist nun einmal durch den Frieden verwöhnt und sähe lieber über sich einen friedlichen Fürsten als eine streitbare Ritterschaft; die Städte trachten nur nach Erweiterung ihrer Privilegien, und der Landadel neidet dem Ritter sein Herrenrecht; in den Konventen selbst aber herrscht Unzufriedenheit bei denen vom niederen Adel, dass sie nicht nach Würdigkeit zu Ämtern befördert werden. So wird zurzeit überall nicht die volle Kraft eingesetzt werden, und eine verlorene Schlacht könnte üble Folgen haben. Der Hochmeister aber – so scheint mir's – ist des Sieges zu gewiss.

Soll er seine Sache verloren geben, ehe er zum Kampfe auszieht? Fragte der Komtur unwillig. Das gerade freut mich, dass er keinem Bedenken Raum gibt, wo nichts mehr zu bedenken ist, sondern zuversichtlich zum Schwerte greift. Der Mutige gewinnt!

Sternberg sah mit finsterm Blick über die Brüstung der Mauer hinweg ins Weite, ohne doch einen Gegenstand aufzufassen. Ich komme von der Marienburg, sagte er nach einer Weile, und war wochenlang um den Hochmeister – glaubt mir, ich habe nicht umsonst Augen und Ohren gehabt. Er beherrscht die Dinge nicht, wie es die Klugheit fordert; sein edler Sinn gibt sich Täuschungen hin, weil er seine Umgebung nach sich misst. Man rüstet mit fieberhafter Eile, etwa in der Art wie vor Jahren zu einem Kreuzzuge, und Ulrich sehnt ungeduldig den Tag heran, wo er in glänzender Rüstung den Streithengst besteigen und den Seinen voran kämpfen kann, erstaunliche Werke der Tapferkeit verrichtend. Man spricht von der Kriegsfahrt wie von einem ritterlichen Turnier, zu dem die ganze Fürstenschaft als Zuschauer geladen ist, und will nicht sehen, mit welchem Feinde man's zu tun hat. Das wird nimmer gut.

Der Komtur zog die Stirn in Falten. Ich höre ungern, sagte er, dass Ihr den Meister so scharf tadelt. Wir haben ihn über uns gesetzt und müssen nun auch unter ihm stehen. Zudem scheint mir's, Ihr seid ein Schwarzseher geworden, Freund Sternberg. Weil Ihr selbst Euch aufs Ratschlagen und Unterhandeln gut versteht, wollt Ihr des Mannes andere Art nicht gelten lassen. Wir sind aber ein Ritterorden, und es ziemt ihm, einen Ritter an der Spitze zu haben. Fehlt es ihm doch auch nicht an klugen Beratern, die bedenken, was der Krieg fordert. Wie ich erfahre, rüstet man in der Marienburg mit allem Ernst, gießt schweres Geschütz, sammelt Waffen, zieht Söldner heran. In Monatsfrist wird ein Heer aufgestellt sein, wie es dieses Land noch nie vorher gesehen hat, und an tapferen Führern wird es ihm nicht fehlen.

Sternberg stützte wieder nachdenklich das Kinn in die Hand, während er neben dem Freunde den Parchan entlang ging. Es kann zweierlei geschen, begann er nach einer längeren Pause, und auf beides muss man sich gefasst machen. Eine große Schlacht steht bevor, und wir können siegreich sein oder sie verlieren. Hört mich ruhig an, fuhr er fort, da Plauen den Kopf rasch gegen ihn wandte. Beides ist in seinen Folgen fast gleich bedenklich. Wir können siegreich sein, und dann werden wir nach neuen Siegen lüstern werden, die doch dem Orden keinen dauernden Gewinn bringen können, aber des Landes Mark aufzehren. Wir können die Schlacht verlieren, und dann steht unsere ganze Herrschaft auf dem Spiele. Denn der König wird nach einem Siege nicht anders Frieden machen, als wenn wir uns ihm unterwerfen, und es gibt unter den Gutsherren und Bürgern deren genug, die nicht so ungern –

Nicht weiter! Unterbrach der Komtur. Ihr sprecht von Dingen, die man nicht für möglich halten soll. Unsere Untertanen werden nicht vergessen, welchen Dank sie dem Orden schuldig sind, und Verräter will ich sie nicht schelten lassen, ehe sie's verdienen. Wenn aber Unzufriedenheit im Lande umgeht, woher kommt das? Schließen wir nicht die Augen gegen das nächste. Im Orden selbst herrscht nicht mehr die alte ritterliche Zucht. Die strengen Artikel, wie sie uns als unverbrüchliches Gesetz gegeben sind, werden lästig. Man deutet, man umgeht sie, wie man kann, und die Gebieter gehen mit üblem Beispiel voran. Weil der Orden als Körperschaft Herr ist über dieses Land, so meint nun jedes Glied, seinen Teil der Herrschaft für sich haben zu können und in Freuden leben zu dürfen. Viele Hunderte kleine Herren aber erträgt das Land unwillig. Darum müssen wir zurück zur alten Einfachheit und Strenge, zurück zu Armut, Keuschheit und Gehorsam, damit wir stark bleiben als ein Ganzes, ob wir gleich viele sind, und allezeit gerüstet bleiben zum Kampf um Gottes willen!

Sternberg lächelte. Jedes Jahr hat seine Saat und seine Ernte, entgegnete er, und wir zwingen die Welt nicht zum Stillstand. Als der Orden hier einzog, galt's, das Heidentum auszurotten in diesem Lande, und als er nach langen Kämpfen gesiegt hatte, seinen Besitz zu sichern gegen die Heiden ringsum. Seine Aufgabe ist erfüllt, seit die Litauer die Taufe angenommen haben; seine alte Vollmacht, die er aus dem Morgenlande mitbrachte, erlosch. Die neue Zeit fordert ein neues Gesetz, und die es ihr weigern, verstehen sie nicht. Wir haben ein Land, und es will regiert sein: Wir sind die Herren und wollen herrschen. Da wir aber viele sind, so fragt sich's, wie wir's am besten ordnen, dass jeder nach seiner Bedeutung teilhabe an der Herrschaft und mitsorge zu ihrer Erhaltung. Der Hochmeister ist ein Landesfürst geworden. Sollen wir arme Ritterbrüder bleiben? Ein ehrgeiziger Mann kann leicht vergessen, dass er nur von seinesgleichen gewählt ist, und die Brüder verkürzen, ohne das Statut greiflich zu verletzen. Ist er ein Kriegsheld und lacht ihm das Glück, so wächst die Gefahr. Darum müssen wir wachen, dass des Ordens Haupt nur mit unsern Gedanken denkt und mit unsern Händen schafft. Die Ehre wollen wir ihm wohl gönnen, aber die Macht muss bei uns sein. So meinen's alle, die ich im Geheimen darüber gesprochen habe, und ich hoffe auch Eurer Zustimmung sicher zu sein, Bruder Plauen.

Der Komtur schüttelte den mächtigen Kopf. Ihr irrt, rief er, zählt mich nicht zu Euren Gleichgesinnten! Wenn ich zur Meisterwahl ins Kapitel trete, wen wähle ich dann? Den besten, stärksten, tüchtigsten, den fürstlichsten von allen. Denn ich verspreche ihm zu dienen, und ich kann mit treuem Herzen keinem dienen, dem ich nicht Hochachtung zolle und volles Vertrauen schenke. Wer aber an die Spitze gestellt ist, der soll sich auch verantwortlich wissen für all sein mannhaftes Tun, und nicht bei seinen Untergebenen anzufragen verpflichtet sein, was seiner Würde ziemt und was ihm die Ehre gebietet, zu tun oder zu lassen. Ein Mann soll er sein, nicht ein Kind am Gängelbande. Einen Fürsten will ich auf dem Hochmeisterstuhl, nicht eine Puppe in seinen Gewändern. Und so will ich ihm gehorsamen, wie ich Gehorsam fordern würde, wenn mich die Ehre des hohen Amtes träfe. Welche Tat kann man denn von dem erwarten, dem die Hände gebunden sind? Selbst muss er sein, und frei bewähre er sich!

Der Vogt schlug die Augen nieder vor seinen leuchtenden Blicken und zog den Hausrock dichter über der Brust zusammen, als wär's rätlich, sich in seinem Innersten zu verschließen. Ihr seid noch immer der alte Eisenkopf, sagte er, sich zu einem scherzenden Ton zwingend, und meint der Welt ihren Lauf vorschreiben zu können. Kommt's einmal wieder zur Meisterwahl – hoffentlich in langen Jahren nicht –, nun, so wisst Ihr, dass Ihr auf meine Stimme nicht zu rechnen habt. Gute Freunde werden wir gleichwohl bleiben können.

Er hielt ihm die Hand hin, aber Plauen schien es nicht zu bemerken. Gott verhüte, antwortete er ernst, dass der Brüder Gedanken sich einmal zu solchem Zweck auf mich richten. Meister Ulrich ist zum Glück jünger als ich und wird mich nach aller Voraussicht lange überleben. Ich geize nicht nach der Ehre, eine so schwere Last auf mich zu nehmen, und weiß wohl, dass ich nicht danach geartet bin, ein Herr zu sein, wie er Euch gefallen könnte. Ich tue meinen Dienst – heute als Komtur, morgen, wenn es der Meister so bestimmt, als einfacher Ritter hier oder dort und dem Geringsten gehorsam, über den ich jetzt gebiete. Nichts will ich, als ein starkes Glied in der Kette sein, die sich den Deutschen Orden nennt. Ihr sagt, er habe seine Aufgabe erfüllt. Nicht so, Sternberg! Der Heidenschaft hat er dieses Land abgewonnen, und mit seinem Blute hat er es gedüngt, mit dem edelsten deutschen Blute. Nicht leer hat er die Kampfstätte gelassen; aus allen Gauen des Heimatlandes hat er die kräftigsten Arbeiter hierher zusammenberufen und jedem seine Scholle angewiesen. Hier ist Sachsen und Franken, Bayern und Schwaben! Rundum aber bedrohen Polen und Massowier, Litauer und Szamaiten die Grenzen dieser deutschen Nordwacht und möchten das Licht auslöschen, das hier angezündet ist und ihnen die blöden Augen blendet. Deutsche Lehre, deutsche Sitte, deutsches Recht sind ihnen ein Gräuel. Wir aber stehen mit dem Schwert in der Hand, dass der Bürger hinter uns in friedlicher Arbeit sie hege und pflege und verbreite zu unseres Herrn Christi Freude. Das ist unser Beruf!

Während er so mit feurigem Eifer sprach, hatte er die Kappe abgezogen und stand nun barhaupt da, dem Winde die hohe Stirn bietend, der vom Flusse her über die Mauer strich und das aufstehende krause Haar wellte. Nun erst zeigte sich die ganze Mächtigkeit dieser Stirn, und jeder Muskel des Gesichts schien von einer eisernen Sehne gestrafft. Sternberg wagte keine weitere Entgegnung, sondern legte nur die Hand auf seine Schulter und sagte: So verstehe ich's auch – unsere Wege sind nur verschieden. Hätte der Orden viele, wie Ihr seid! Dann wandte er sich ab und lehnte sich über die Brüstung der Mauer. Ein großes Holzfloß wurde eben von Dsimken mit langen Stangen mühsam weitergeschoben und von der Sandbank mitten im Fluss abgehalten. Das schien ihn zu beschäftigen.

Nun läutete vom Burghofe her eine helle Glocke zum Mittagessen. Der Komtur bat seinen Gast, ihm zu folgen; es war ihm lieb, dass das Gespräch sich nicht fortsetzen konnte. Gab es ihm doch schon genug zu denken. In den Hallen auf dem Hofe war für die Dienerschaft des Vogts und für die Knechte des Hauses gedeckt; auch ein Teil der Söldner wurde hier und in der großen Küche unter dem Kapitelsaal gespeist. Die beiden Männer schritten dem Flügel zu, in dem das Refektorium lag. Für Euch ist ein Platz an der Firmarietafel bereit, sagte Plauen, ehe sie eintraten; Ihr werdet an bessere Kost gewöhnt sein, als sie auf unseren Konventstisch aufgetragen zu werden pflegt. Nehmet vorlieb bei unseren Kranken. Befehlet Ihr, so leiste ich Euch da Gesellschaft, ob ich mich sonst schon ungern von den Brüdern ausschließe. Einem so werten Gast zuliebe wird einmal eine Ausnahme von der Regel gestattet sein.

Michael Küchmeister würde vermutlich gern dieses Anerbieten angenommen haben, das sich in jedem anderen Hause eigentlich von selbst

verstanden hätte. Nun wollte er aber seinem strengen Wirt nicht weich-
lich erscheinen und lehnte deshalb die Vergünstigungen höflich ab. Erlaubt, antwortete er, dass ich mit Euren Rittern das Mahl teile, und lasst
es bei der Tafel hergehen wie alle Tage. Soll ich Euch wirklich ein werter
Gast sein, so darf ich nicht Störung ins Haus bringen, und mit dem
Freunde soll man nicht Umstände machen.

Wie es Euch gefällt, ist mir's genehm, sagte der Komtur und ließ ihn
durch die schmale Tür in den hochgewölbten Remter ein.

Die Ritter standen schon hinter ihren Stühlen von einfachem Holz und
warteten auf das Zeichen, sich setzen zu dürfen. Einer der Priesterbrüder
sprach ein Gebet. Dann nahm der Komtur neben seinem Gast oben an
der Tafel Platz; zwischen ihnen und den Zunächstsitzenden blieb ein
Raum frei. Mehrere dampfende Schüsseln mit einer Gemüsesuppe und
Lammfleisch wurden aufgetragen; dazu schnitt sich jeder ein Stück von
dem schwarzen Brot ab, das von Hand zu Hand ging. Auf dem Tische
standen Kannen voll leichten Bieres, je eine mit zugeteiltem Maß für jeden Tischgenossen. Man trank aus kleinen Schankbechern von Glas. Der
Gast erhielt Wein in einem silbernen Becher, Kop genannt, aus des Komturs Tresor, und einen Nachtisch von Butter und englischem Käse. Während des Essens herrschte streng nach der Ordensregel tiefstes Schweigen: Nur las der Priesterbruder, an dem heute die Reihe war, von Zeit zu
Zeit aus einem Buche vor.

Nach aufgehobener Tafel räumten die Diener die Schüsseln und Kannen fort, der Tisch selbst blieb stehen. Nun begann eine lebhaftere Unterhaltung, indem die Ritter zu zweien oder dreien in die tiefen Fensternischen traten oder auch miteinander die Langseite des Saales auf und
ab gingen. Zwei von ihnen vergnügten sich auch mit dem Schachzabel,
zu dem ein kleiner Tisch hergerichtet war. Der Vogt trat heran und be-
wunderte gebührend die künstlichen Figuren, die ein Ordensbruder mit
geschickter Hand selbst aus Birnbaumholz geschnitzt und mit allerhand
Farben bemalt hatte. Auch bei den anderen Gruppen verkehrte er rundum und mischte sich freundlich in das Gespräch.

Nach einer Stunde ging jeder an sein zugewiesenes Geschäft oder zu
Waffenübungen auf den Parchan oder in die Kapelle zum vorgeschriebenen Gottesdienst in den Gezeiten. Sternberg verabschiedete sich von
seinem Wirt. Man muss es Euch nachrühmen, sagte er, Ihr haltet gute
Ordnung; vor hundert Jahren kann es in einem Ordenshause nicht anders zugegangen sein.

Ich will das als ein Lob nehmen, antwortete Plauen, ob Ihr es schon mit einem Lächeln begleitet. Ich hoffe, meine Ritter werden, so geschult, in jeder Not ihre Schuldigkeit tun. Er trug dem Kellermeister auf, dem edlen Gast und seinem Gefolge reichliche Wegkost mitzugeben, und verließ den Vogt nicht eher, bis dieser aufs Pferd gestiegen und über die Brücke geritten war. –

An demselben Tage zur Vesperzeit langte noch ein anderer Gast an: Junker Heinz von Waldstein. Er war mit dem Weichselkahn gekommen, der beim Städtchen Schwetz Rast machte, um Waren für dortige Krämer abzuladen und frisches Fleisch zur Kost für die Schiffsleute an Bord zu nehmen. Da er Briefe an den Komtur vorzeigen konnte, hatte man ihn ungehindert durch die Mauerpforte nach der Zeltgasse ausgelassen. Im Schlosse wurde er sogleich durch einen der Halbbrüder gemeldet.

Der Komtur saß in seinem kleinen Gemach, das in seiner Schmucklosigkeit einer Mönchszelle glich, auf einem ungepolsterten, steiflehnigen Stuhl neben seinem Schreiber und revidierte das Zinsbuch. Mancherlei Rückstände der Zinspflichtigen waren dort eingetragen, auch Darlehne notiert, die einigen von den eingesessenen Gutsherren oder Schulzen zum Aufbau von Gebäuden nach erfolgtem Brandschaden oder zu anderen wirtschaftlichen Zwecken aus der Ordenskasse bewilligt waren. Nun schien es Zeit, diese Außenstände einzuziehen, ehe der Krieg die Rückzahlung erschwerte, und deshalb sollten Einmahnungen an die Schuldner ergehen.

Als dem Komtur angezeigt wurde, dass der Junker von Waldstein vor der Tür auf Einlass warte, erheiterte sich sein Gesicht. Er stand rasch auf, klappte den Folianten zu und trat ans Fenster, dem Schreiber den Rücken zukehrend. Der hatte aber wohl bemerkt, dass ihm das Blut in die Stirn geschossen war, wie wenn ihn sonst der Zorn anwandelte, und hielt sich ganz ruhig auf seinem Platz, weitere Befehle abzuwarten. Plauen stand eine Weile und schaute auf den Strom hinaus über die schmale Landspitze hinweg, an der sich das Schwarzwasser mit ihm vereinte. Die rechte Hand hatte er unter das Wams gesteckt und hielt sie dort auf der Brust. Vielleicht schlug sein Herz stärker als gewöhnlich, vielleicht hatte er sich mit schweren Gedanken abzufinden, die ihn plötzlich bestürmten?

Dann wandte er sich zurück und hieß in ruhigem Tone den Schreiber gehen. Der Gast sollte eintreten. Er setzte sich wieder auf den Stuhl und stützte den Kopf in die Hand.

Heinz blieb an der Tür stehen und verbeugte sich tief. Er wartete auf eine Anrede. Da sie nicht erfolgte, begann er selbst: Hochwürdigster Herr Komtur, ich hoffe, Euch durch Euren Bruder, den Kaiserlichen und Reichshofrichter Herrn Heinrich von Plauen und durch Euren Vetter, den edlen Heinrich Reußen, im Voraus gut empfohlen zu sein. Sie haben mich zu Euch nach Preußen geschickt mit diesen Briefen, die sicher alle nähere Auskunft geben, damit ich mich Euch von Angesicht vorstelle und erfahre, ob Ihr mich in Eurem Dienste brauchen oder dem Herrn Hochmeister empfehlen wollt. Man hat mir gesagt, dass ich zu Eurem Hause gehöre.

Der Komtur musterte ihn, während er die Briefe überreichte, mit seinen grauen, ernsten Augen so eindringlich, dass er ein wenig verschüchtert den Blick senkte. Es war ihm, als müsse dieses erste Begegnen darüber entscheiden, wie er für alle Zeit dem würdigen Manne genehm oder unlieb erscheinen solle, und blitzschnell durchzuckte ihn der Gedanke, keine Nacht in dem finstern Schlosse bleiben zu dürfen, wenn er die Probe nicht bestehe. Darüber konnte ihn nun freilich ein mit freundlicher Betonung gesprochenes: Du bist willkommen, Heinrich, beruhigen. Das vertrauliche Du sagte ihm, dass er sich wirklich zum Hause gehörig betrachten dürfe.

Plauen las die Briefe oder überflog wenigstens ihren Inhalt. Dabei schweiften seine Blicke fortwährend über das Papier zu dem bescheiden Wartenden hinüber und schienen an dem stattlichen jungen Manne mehr und mehr Wohlgefallen zu finden. Zuletzt öffnete er auch den Brief des Danziger Komturs. Was dann stand, schien ihn lebhaft zu fesseln: er las offenbar Zeile für Zeile, und manchmal blitzten die Augen freundlich oder nickte zustimmend der Kopf. Als er fertig war, legte er das Schreiben neben sich auf den Tisch, stützte die Hand darauf und erhob sich vom Stuhl. Bruder Johann von Schönfels schreibt mir, dass du dich brav gehalten hast im Kampfe mit den Seeräubern, sagte er, und zu Pfingsten beim Stechspiel der Danziger. Das freut mich, zu hören. Sei mir nun doppelt willkommen. Ich hoffe, du wirst unserem Orden gute Dienste leisten, wo man sie auch fordert, und dir zu eigenen Gunsten des Herrn Hochmeisters Dank verdienen.

Mit diesen Worten schritt er auf ihn zu und streckte ihm die Hand entgegen. Wie er ihm dann aber ganz nahe kam und die von der Freude über dieses Lob glänzenden Augen ihn hell anblitzten, wurde er anderen Sinnes. Er legte ihm beide Hände auf die Schultern, zog ihn an sich und küsste ihn auf Stirn und Mund. Heinz wurde ganz eigen zumute bei dieser Liebkosung, die ihm ganz unerwartet kam und so wenig zu der strengen Haltung des Ordensgebietigers passte. Er bückte sich, Plauens Hand zu küssen, die nun die Seinige erfasst hatte und kräftig drückte. Der Komtur ließ es geschehen.

Wundere dich nicht, sagte er dann, dass ich dich wie einen lieben Verwandten begrüße. Du bist es mir durch deine leider so früh verstorbene Mutter, eine treffliche Frau, die ich warm verehrte und deren Andenken sich mir durch dich erneuert. Ich finde in deinem Gesicht manchen Zug wieder, der ihr angehörte. Oh, wie vieles wäre heut anders, wenn Gott ihr länger das Leben gelassen hätte!

Die Augen wurden ihm feucht, während er so sprach und den Jüngling liebevoll betrachtete. Aber rasch fasste er sich wieder und ward seiner Rührung Herr. Du erinnerst dich meiner schwerlich, fuhr er mit festerer Stimme fort, aber ich habe den Knaben in dem einsamen Waldhause oft besucht, wo er seine ersten Lebensjahre verbrachte, und wir waren damals gar gute Freunde. Dann geschah es auf meine Verwendung, dass du von meinen Verwandten aufgenommen wurdest, da ich selbst als Bruder des Deutschen Ordens deine Erziehung nicht leiten konnte. Hatte ich dich aber viele Jahre aus den Augen verloren, so doch nicht aus dem Gedächtnis. Oft hat man mir zu meiner Freude Löbliches von dir berichtet, denn lieb war mir's zu hören, dass du zum geistlichen Stande nicht Neigung hattest und ein wackerer Kriegsmann werden wolltest. Dazu ist nun hier in Preußen reichlich Gelegenheit, und deshalb rief ich dich zu mir. Zeige dich auch ferner meines Vertrauens würdig, und es soll dir an meiner Fürsprache nicht mangeln.

Er fragte nun nach seinen Verwandten und Freunden in der Heimat, ließ sich von der Reise berichten und hörte aufmerksam zu, als Heinz von den letzten Vorfällen in Danzig und dem Streit zwischen Schloss und Stadt wegen der Vitalienbrüder erzählte. Da fehlt die feste Hand, bemerkte er zwischenein. Man muss die Bürger bei allen ihren Rechten erhalten, wie man's ihnen gelobt hat, aber nicht die mindeste Anmaßung dulden, den Geist der Widersetzlichkeit im Keim ersticken. Was sie heute ungestraft versuchen, werden sie morgen zu erzwingen bemüht sein. Ich war vor dreizehn Jahren Kumpan des Komturs zu Danzig und Hauskomtur daselbst, kenne Letzkau und Hecht und alle die anderen Stimmführer im Rate der Rechten Stadt und weiß wohl, wohin sie streben. Damals freilich haben sie nicht gewagt, Gericht zu halten ohne mich, wenn ich dabei sein wollte. Dafür sind wir denn auch als gute Freunde geschieden.

Heinz erlaubte sich keine Entgegnung darauf, so sehr ihm auch gerade das trotzige Wesen der Ratsherren gefallen hatte; er merkte wohl, dass der Komtur in diesen Dingen seine Ansicht fest begründet hätte und auf seine grüne Weisheit wenig geben würde. Rasch lenkte er also davon wieder ab und sprach von dem lustigen Pfingstfest und von des Königs Artus Tafelrunde, bei der Johann von Schönfels das Szepter getragen. Auch dazu schüttelte der Komtur bedenklich den Kopf. Die Elbinger und Danziger haben sich den König Artus von Lübeck mit nach Preußen gebracht, sagte er, und man mag's ihnen wohl gönnen, dass sie sich beim Spiel seiner erinnern als eines ritterlichen Herrn; wer aber ernstlich Ritterschaft in sich trägt, der sollte sich nicht brauchen lassen zum Scherz, denn das bringt falsche Ehre, und wem ich gedient habe beim Spiel, dem muss ich hinterher auch ein gefälliger Herr sein, wenn ich nach dem Recht strafen sollte.

Auch darauf verhielt der Junker sich still. Er hatte es so nicht empfunden und es eher für etwas recht Vornehmes gehalten, dass der Danziger Komtur den kürzlich geschlichteten Streit vergaß und herablassend sich beim Spiel beteiligte.

Da nun durch sein Schweigen das Gespräch ins Stocken geriet, ging der Komtur ein paar Mal in dem engen Gemach auf und ab, nahm wieder die Briefe auf, blickte hinein und legte sie auf den Tisch zurück. Heinz nahm an, dass er allein sein wolle, und entfernte sich nach der Tür. Nun winkte ihm jener aber, noch zu bleiben.

Man wird dir gesagt haben, begann er von Neuem, dass du eine Schwester hast.

So ist es, hoher Herr.

Und dass du sie hier finden sollst.

Das hat man mir versprochen.

Plauen nickte. Du sollst Waltrudis sehen, sobald sie vorbereitet ist – nicht hier im Schlosse, das sie nie betrat, sondern in der Stadt, wo ein Freund sie in sein Haus aufgenommen hat. Sie ist fast drei Jahre jünger als du und deiner Mutter Ebenbild. Sie starb, bald nachdem sie diesem Kinde das Leben gegeben hatte.

Die letzten Worte sprach er leise und mit dumpfem Ton; die Augen trübten sich, und der Mund zuckte schmerzlich. Morgen, sagte er, morgen vielleicht schon. Geh jetzt – ich werde dir eine Kammer anweisen. Vor Abend spreche ich dich noch.

Heinz dankte im Voraus für alle seine Güte und verließ das Zimmer. Der Schreiber, der so lange draußen in der oberen Halle gewartet hatte, ging hinein, sich zu erkundigen, ob die Arbeit fortgesetzt werden solle, kam aber gleich wieder zurück und meldete, dass er den Komtur an seinem Betpult kniend gefunden habe. Heinz schloss sich ihm an und ließ sich im Schlosse herumführen. Es geht hier wie im Kloster zu, zischelte der Schreiber, seit Herr Heinrich von Plauen vor drei Jahren eingezogen ist. Ich schrieb damals das Übergabeprotokoll und merkte gleich aus dem, wie er seine Fragen stellte und nichts in Vorratshaus und Rüstkammer übernahm, was er nicht selbst gesehen und geprüft hatte, dass die leichten Tage vorüber sein würden. Man muss es wohl sagen, dass alles in bester Ordnung hier ist und im Gebiete der Komturei. Jeder Ritter- und Schulzendienst ist ins Buch eingetragen, und darüber, was jedermann dem Hause zu leisten und zu zahlen hat, kann kein Zweifel aufkommen. Es ist auch gute Zucht und Frömmigkeit unter den Brüdern, aber man fürchtet den Herrn Komtur mehr, als man ihn liebt, und würde ein milderes Regiment nicht beklagen. Früher ging's hier lustiger zu, und auf den anderen Schlössern, hat man mir gesagt, nimmt man's mit den Statuten nicht so genau.

Das hatte mindestens für das Danziger Schloss seine Richtigkeit.

Gegen Abend schritt der Komtur, in seinen Mantel gehüllt, durch die Zeltgasse dem Städtchen zu. Die Söldner zogen sich zurück, wo sie ihn kommen sahen, um ihm nicht Rede stehen zu müssen. Es war immer, als ob er nur die Augen aufmachen dürfe, um irgendetwas Pflichtwidriges zu bemerken. Der Komtur geht wieder um, sagte einer von den Knechten leise; was er nur so oft noch spät am Abend in der Stadt treiben mag? Sein Geselle lachte. Was wird's sein? Man erzählt sich, er habe dort ein schönes Schätzchen – das wird er besuchen. Der andere schlug ihm mit dem Handschuh auf den Mund. Du, hüte dich, mahnte er ängstlich ausspähend, der hat seine Ohren, und in dem großen Schlossturm soll ganz unten ein finsteres Kellerloch sein, in dem man die Leute aufbewahrt, die zu laut sprechen.

Neuntes Kapitel

Bruder und Schwester

Hans von der Buche war der Verabredung gemäß in Graudenz abgestiegen; der Weichselkahn hatte dort keinen Aufenthalt. Da er sich nun aber nach dem Knecht mit den Pferden umsah, ergab es sich, dass sie noch nicht eingetroffen waren. Bei dem kräftigen Nordwest, der fast unausgesetzt die Segel zu brauchen erlaubte, war die Reise allerdings überraschend schnell vonstattengegangen; man hatte ihn in Buchwalde so früh nicht erwartet, oder es war irgendwie eine Verzögerung eingetreten.

Er nahm zur Nacht Herberge, meinte aber am nächsten Morgen, seine freie Zeit besser nützen zu können als mit dem Ablauern der Pferde. Die beiden Freunde hatten's so besprochen, dass Hans, nachdem er im Elternhause die Seinen begrüßt, nach Schwetz zum Besuch kommen, Heinz ihn dann aber zurückbegleiten und einige Tage in Buchwalde verweilen solle. Nun dachte sich's Hans recht lustig aus, von diesem Plane abzugehen und Heinz ganz unvermutet zu überfallen. Man könne ja dann noch immer ausführen, was man sich vorgenommen habe, meinte er.

So ließ er sich denn mit der Fähre über den Strom setzen und ging auf der Krone des Weichseldammes entlang, der nur wenige Meilen entfernten Stadt Schwetz zu. Er hätte ebenso gut zu Fuß nach seiner Heimat wandern können, bis zu der er's nicht viel weiter gehabt haben würde, aber das fiel ihm nicht ein. Bei Sartowitz, wo die eigentümlich geformten Uferberge bis dicht an den Fluss traten, stieg er zur Kapelle hinauf und erfreute sich an der prächtigen Aussicht über den breiten Strom und seine Niederung hin. Es war noch früh und die Ferne in Nebel gehüllt; um so schärfer hoben sich die näher gelegenen Orte, die bewaldeten Höhen und die Weidenkampen im Fluss unter der Beleuchtung der Morgensonne heraus. Von da hatte er nur noch eine kleine Stunde bis zum Brückenturm am Schwarzwasser. Gegenüber lag das Städtchen, im Viereck von Mauern mit erhöhten und vorspringenden Türmen umgeben. Genau in der Mitte überragte sie das Rathaus mit seinem hohen Spitzdach und rechts in der Ecke die Pfarrkirche. Das Brückentor in der Mauer links war offen, denn die Bürger hatten auf ihren Äckern zu tun und mussten viel aus und ein. Junker Hans kam also unbefragt in die Stadt und brauchte dort keinen Wegweiser nach dem Markt, da er nicht zum ersten Mal dort war. Die kleinen, schmalen Häuschen von Holz oder Fachwerk kamen ihm jetzt freilich recht ärmlich vor, da er so viele stattliche Städte inzwischen gesehen und erst kürzlich von Danzig Abschied genommen.

Mit dem ältesten Sohne des Ratmannes Johannes Clocz, namens Lippolt, war er in der Kulmer Schule zusammen gewesen. Der Vater war ein wohlhabender Kaufmann und besaß das große Haus am Markt mit den Speichern nach dem Mauergang zu. Man nannte es das große Haus, weil es zwei Baustellen einnahm und ein oberes Geschoss hatte, während sich die Nachbarn mit einem Stock und dem hohen Dach darüber begnügten.

So war denn auch das Holzwerk über Tür und Fenstern zierlich ausge-
schnitzt und ein niedriges Podest mit Geländer und Sitzbänken auf die
Straße vorgebaut. Zu beiden Seiten standen zwei alte Linden, denen aber
die Kronen bekappt waren, damit sie nicht den kleinen Fenstern zu viel
Licht entzögen.

Auf der einen der beiden Bänke, den Rücken in die Ecke des Geländers
gestützt und den Arm mit der fleischigen Hand über den Wolm lang
hingestreckt, saß der behäbige Alte beim Frühschoppen und vergnügte
sich damit, den Sperlingen zuzuschauen, die sich um die verschütteten
Getreidekörner zankten oder einen Strohhalm abjagten. Ei, seh ich recht,
rief er, als der Gast auf das Haus zuging, ist das wirklich der Junker von
Buchwalde? Wo habt Ihr Euer Pferd eingestellt? Oder kommt Ihr zu
Schiff? Willkommen daheim, Junker!

Er stand auf, rückte den Gurt zurecht, schüttelte Hans über das Geländer hin die Hand und zog ihn sogleich sanft die drei Stufen seitwärts
hinauf an seine Seite. Wie geht's Eurem Vater? Fuhr er fort. Ich habe letzten Herbst mit ihm ein gutes Geschäft gemacht – ich meine, er hat's mit
mir gemacht –, oder wenn Ihr's denn so wollt, wir haben's miteinander
gemacht. Alle seine Wolle habe ich ihm abgekauft zu Danziger Preisen,
und er hat sie doch nur bis an den Fluss schaffen dürfen. Hat er Euch
nicht davon gesagt, Junker? Ja, so gut trifft sich's nicht in jedem Jahr,
dass der Begehr nach inländischen Tuchen groß ist: Das hat seinen
Grund in den Kriegsrüstungen.

Ich bin erst auf dem Wege nach Hause, antwortete Hans, und sprach
meinen Vater noch nicht. Mein Pferd frisst übrigens keinen Hafer – ich
komme auf Schusters Rappen von Michelau gegenüber Graudenz, einen
Freund auf dem Schlosse zu besuchen, von dem ich mich doch gestern
erst trennte. Muss auch morgen schon wieder fort, oder spätestens
übermorgen. Könnt oder wollt Ihr mich solange herbergen?

Der Alte schob sein Käppchen von der Stirn zurück und zog den
Mundwinkel schief auf. Sonst schon von Herzen gern, Junker, sagte er in
zögerndem Ton, hätt's mir sicher sogleich als eine Ehre erbeten – aber ich
weiß nicht –

Es geht also nicht an, fiel der Junker ohne Empfindlichkeit ein. Ihr
habt's nur zu sagen und braucht keine Entschuldigung; finde hoffentlich
irgendwo ein Unterkommen, wenn auch nur beim Krüger. Was macht
mein alter Schulkamerad Lippolt?

Wollen doch sehen, Junker, wollen doch sehen, grübelte der Ratmann
noch über die Logierfrage, indem er die Falte unter dem feisten Kinn

ausstrich. Nämlich ... hm, hm! Ja, der Lippolt, ganz recht – der hat letztes
Jahr schon geheiratet, denkt Euch, des Schultheißen Tochter von Neuenburg. Ich hab' ihm mein Speichergeschäft abgetreten – zur Hälfte wenigstens; will erst einmal sehen, wie er allein vorwärtskommt. Er schlug
sich vor die Stirn, dass es klappte. Ja, da sind wir ja auch überm Berge –
an den Lippolt hatte ich gar nicht gedacht. Er wohnt dort in meinem alten Hause unweit dem Schlosstor und hat im Giebel Raum genug für
drei Gäste. Ei wird der Lippolt sich freuen, den Junker wiederzusehen!
Ich schicke gleich zu ihm. Marie-Anne! – Bärbe! Rief er ins Haus. Das
heißt, wandte er sich wieder zurück, Raum, Junker ... daran fehlt mir's
auch nicht. Aber Ihr müsst wissen –

So macht Euch doch keine Sorge, bat Hans. Ich bin bei Lippolt so gut
aufgehoben wie bei Euch. Wenn Ihr erlaubt, gehe ich ihm gleich zur jungen Frau Glück wünschen.

Nein, das erlaube ich nicht, wandte der Alte eifrig ein, das erlaube ich
nicht. Kann ich auch nicht einen jungen Herrn zur Nacht aufnehmen –
hahaha – besonderer Umstände wegen, essen und trinken soll er doch
bei mir und sich unter meinem Dache ausruhen. Zu Eurem Freunde
braucht Ihr nicht aufs Schloss zu laufen; ich erwarte ihn diesen Vormittag bei mir. Ist doch der Junker von Waldstein – recht geraten? Ja, den
erwarten wir, ich und ... nun, Ihr müsst's ja doch erfahren: seine Schwester, die in meinem Hause ist.

Seine Schwester – bei Euch? Rief Hans überrascht.

Ei freilich, bestätigte der Alte. Der Herr Komtur hat sie mir in Pflege
gegeben, da sie eine Verwandte von ihm ist und ein Waisenkind und
meine Töchter ungefähr in dem gleichen Alter stehen – ich meine die
unverheirateten, denn die Elisabeth hat den Stadtschreiber in Thorn geheiratet, einen sehr ansehnlichen Mann, und die Hanne ist eines Freischulzen Frau geworden, eine Meile von hier in der Niederung. Gestern
war Seine Gnaden der Herr Komtur hier und kündete den Junker an,
und das junge Fräulein hat eine unruhige Nacht gehabt vor Erwartung,
wie meine Töchter erzählen. Das Fräulein – seht, das ist ja auch eben der
Grund, weshalb ich Euch nicht bei mir aufnehmen kann. Es würde gleich
Gerede geben in der kleinen Stadt, und der Herr Komtur hat strenge
Grundsätze. Aber kommt mit mir hinauf, Junker, meine Frau wird sich
freuen, wie stattlich Ihr in der Fremde geworden seid, und die Mädel ...
Er hob den Krug an den Mund und leerte den Rest auf einen Zug – nun,
Ihr werdet ja sehen.

Damit schob er ihn durch die Haustür der Treppe zu. Immer sprechend öffnete er oben und ließ ihn in die Herrenstube ein. Da habt ihr den Junker, sagte er.

Die Herrenstube war jetzt gegen den Sommer hin als die geräumigste im ganzen Hause von dem weiblichen Hauspersonal zur Arbeitsstube gewählt. Auf einem Tritt von weißem Holz in der einen Fensternische saß eine Matrone, deren rundes Kinn in einer Halskrause steckte, während eine turbanartige Haube nur wenig von dem über der Stirn aufgekämmten Haar sichtbar werden ließ. Sie hatte ein Nähzeug in der Hand. Neben ihr stand ein junges Mädchen in schlicht bürgerlichem Anzuge, damit beschäftigt, ihr gegen das Licht gewandt die Nähnadel neu einzufädeln. Mitten im Zimmer schnitt an einem großen Klapptisch ein wenig älteres und eben so hübsches Kind nach einem Modell Leinwand zu und sah nun überrascht auf. In der Nähe des zweiten Fensters aber, doch schon außerhalb der Nische, bot sich am Spinnrocken eine Erscheinung, die sofort die Augen auf sich ziehen musste. Obgleich wie die andern mit einer häuslichen Arbeit beschäftigt und im einfachen dunklen Kleide, zeigte die junge Magd, die dort spann, sich doch auf den ersten Blick von so eigener Art, dass niemand sie der Familie hätte zuweisen können. Alles an dieser sitzenden Gestalt war zierlich und doch wohl ausgerundet, die Haut des Gesichts und der Hände von blendender Weiße; ein lichtes, blondes Haar, nicht lockig, aber von der Stirn auf bis zu den Spitzen gekräuselt, nicht lang, aber dicht, gab dem schönen, ungemein lieblichen Gesicht eine breite Goldeinfassung und floss wellig über die Schultern hinab, im Nacken nur lose von einem blauen Seidenbande zusammengehalten. Das volle Licht, das von halber Höhe herab durch das offene Fenster auf die Gestalt fiel, gab ihr etwas Sonniges, sodass gegen den schattigen Hintergrund das Haar zu leuchten schien. Hans blieb wie verzaubert in der Tür stehen. Das junge Fräulein aber ließ auf den Ruf des Alten: Da habt ihr den Junker! Den Faden aus den feinen Fingerchen fallen, stand auf, ging rasch einige Schritte vor und rief: Mein Bruder!

Sie hätte den durch ihre Erscheinung ganz Verblüfften vielleicht in ihre Arme geschlossen, wenn nicht der Ratmann schnell Einspruch erhoben hätte. Hoho, wies er sie zurück, indem er die breite Hand vorstreckte, so war's nicht gemeint! Der Junker Heinz von Waldstein, den Ihr sehnlichst erwartet, ist's nicht, aber auch ein Junker und ein Freund von ihm. Frau – Mädels, erkennt ihr ihn nicht?

Der Junker von der Buche, sagte die Matrone, indem sie sich nun erhob und ihn begrüßte. Ihr seid hager geworden von dem vielen Studieren, aber das freundliche Gesicht ist noch das alte.

Das schöne Fräulein aber, jetzt ganz mit Purpur übergossen, trat mit gesenktem Kopfe zurück und stand nun neben dem Spinnrocken, unter den langen Wimpern her nach dem jungen Manne ausschauend, der ihr diese Täuschung bereitet hatte.

Das ist des Herrn Komturs Pflegekind, bemerkte der Ratmann, oder wenn Ihr wollt, unser Pflegekind, von dem ich Euch sprach, Waltrudis, des Junkers Heinz von Waldstein Schwester, aber wir nennen sie gemeiniglich Trudis, weil uns der Name zu fremd klingt. Nun, wenn Ihr des Bruders Freund seid, werdet Ihr hoffentlich der Schwester genehm kommen. Ists nicht so? Ihr aber, Junker, steht da, wie der Prinz im Märchen, ganz verzaubert, und habt noch nicht einmal die Marie-Annel und das Bärbchen begrüßt, die doch schon ungeduldig sind, Euch die Hand zu reichen. Was ist das?

Verzeiht, sagte Hans und holte nun das Versäumte nach, es überraschte mich so ... Seine Schwester – er näherte sich Waltrudis und blieb doch wieder in einigen Schritten Entfernung stehen. Es war ein gar freundlicher Willkommen, ob ich ihn schon nicht verdiente. Weiß Gott, erschleichen wollte ich ihn mir nicht, aber nun Ihr mich einmal mit einem so guten Wort angeredet habt, lasst es Euch nicht gereuen, denn ich bin Heinz von ganzem Herzen brüderlich gesinnt und hoffe mir auch Eure Freundschaft zu erwerben.

Waltrudis schlug die großen, unschuldigen Augen zu ihm auf und antwortete lächelnd: Wahrlich, Ihr tragt keine Schuld an diesem Vergehen. Seit ich aber gestern Abend erfahren habe, dass ich heute meinen Bruder finden soll, hab' ich ihn immer in Gedanken. Nun ich Euch näher betrachte, sehe ich wohl, dass ich nicht hätte irren dürfen.

Ei, ein Unbekannter ist doch wie ein anderer, meinte Frau Clocz, und der Junker von der Buche kann's mit jedem aufnehmen.

Ich habe mir auch meinen Bruder anders vorgestellt, entgegnete das Fräulein, und dass ich mir ein Bild von ihm zu machen suchte, ist gewiss nicht befremdlich. Lacht mich nur aus, aber ich hätte darauf schwören mögen, dass er blondes Haar haben müsse wie ich, und blaue Augen.

Darin täuscht Ihr Euch nicht, bestätigte der Junker, und er ist auch sonst ein ganz anderer Mann als der fahrende Scholar, der vor Euch steht. Ihr werdet Eure Freude an dem munteren Gesellen haben, der gewiss mit seinem Kommen nicht deshalb zögert, weil er verschlafen hat. Sicher hat ihm der Komtur die Stunde aufgegeben. Man erzählte mir in Graudenz, dass er ein strenger Mann sei, der in allem pünktlich auf Ordnung halte.

Ach nein, ein strenger Mann ist er nicht, versicherte Waltrudis, gegen mich ist er immer milde und gütig, und ich glaube, man verkennt ihn sehr. Wenn er befiehlt, muss es freilich geschehen; er hat auch einen so zwingenden Blick, dass ich mir's gar nicht denken kann, wie ihm jemand zu widersprechen vermöchte.

Wenn er zornig ist, will ich ihm nicht in die Quere kommen, bemerkte der Alte. Ich bin einmal mit zwei andern vom Rat bei ihm auf dem Schlosse gewesen, ein Vorstellen anzubringen, weil die Bürgerschaft eine Beschwerde zu haben glaubte, da hat er uns ziemlich unsanft heimgeleuchtet – hahaha! Freilich ist's hinterher zu unserm eigenen Besten gewesen, dass er sein Stück durchsetzte.

Währenddem kam der Packknecht herauf, der nebenan im unteren Speicherraum Flachs und Hede in Ballen zusammengeschnürt hatte, und meldete einen fremden Herrn, den der Komtur schicke. Er habe nicht eintreten wollen, bis er den Ratmann gesprochen. Clocz entfernte sich sogleich. Das ist er sicher, sagte Marie-Annel und klopfte Waltrudis schalkhaft auf die Schulter. Die aber sandte zu Hans von der Buche einen schüchtern bittenden Blick hinüber. Er verstand sie und sagte schnell zu den beiden Mädchen: Der Spaß ist verdorben, wenn er mich gleich beim Eintreten sieht, da er mich doch über alle Berge wähnt. Wir haben früher manchmal Verstecken gespielt; lasst sehen, liebe Jungfrau, ob wir noch einen von den alten Schlupfwinkeln finden. Dort im Stübchen nebenan steht der Wirkstuhl, nicht wahr? Und daran stößt eine lange Kleiderkammer, in der es so gruselig dunkel war. Gebt mir einen weiten Mantel und eine litauische Kappe, dass ich mich unkenntlich mache und ihn ein wenig foppe. Sie waren sofort bereit. In der Wirkstube aber verredete er's wieder. Ich habe sie nur beim ersten Begegnen miteinander allein lassen wollen, sagte er. Muss er auf uns achtgeben, so hat er seine Schwester nur halb, und ihr soll er doch nun vor allen gehören. Diese zarte Rücksicht schien ihrem kleinstädtischen Verständnis etwas sonderbar, aber sie fügten sich gern, da sie nun beste Gelegenheit hatten, mit dem Junker ungestört zu plaudern.

Diesmal war Waltrudis nicht voreilig. Sie stand neben ihrer Pflegemutter, die Hand auf deren runden Arm gelegt, und wartete, bis der Hausherr des Gastes Namen genannt hatte. Heinz aber warf seine Kappe in die Luft, ging mit ausgebreiteten Armen auf sie zu und rief: Waltrudis – Schwester! Ist es denn gewisslich wahr? Meine Schwester – du? Seine Hände berührten ihre Schultern, und er hatte das Gefühl, als ob sie unter dieser Berührung erzitterten. So ihr zustrebend, hatte er nun doch nicht den Mut, sie an seine Brust zu ziehen, hielt sie eher mit straffen Armen eine Weile von sich ab, sah ihr mit forschendem Blick ins Gesicht und sagte: Wie schön du bist! Ganz anders, ganz anders – und doch so schön! Er dachte an Maria. Sie senkte die Augenwimpern und hob sie wieder: Der Bruder durfte ihr das sagen. Nun beugte er sich vor und küsste ihre Stirn; sie aber lehnte den Kopf an seine Schulter und umfasste ihn mit den Händen. Bruder, lieber Bruder, hauchte sie leise, habe mich nur recht lieb!

Er wollte sich nicht von der Rührung übermannen lassen. Wahrhaftig, rief er in munterm Ton, du hast auch nötig, darum zu bitten! Da ist's e-her an mir, zu sagen: Habe Geduld, mit der Zeit sollst du wohl merken, dass ich's gut meine und ein leidlicher Geselle bin. Dass man uns auch solange voneinander ferngehalten hat! Aber ich will dankbar sein, dass ich dich nun ans Herz schließe und nicht mehr verliere. Nicht wahr, ich verliere dich nicht mehr?

Sie sah mit feuchten Augen zu ihm auf und schüttelte den Kopf. Wir werden uns nun unvergesslich sein, antwortete sie, was auch ferner über uns bestimmt ist.

Das wollen wir besiegeln mit einem herzlichen Kuss! Rief er. Bruder und Schwester, die dürfen nichts Fremdes haben und müssen schnell nehmen, was ihnen von Gottes wegen gebührt. Er legte die Hand auf ihr goldiges Haar, beugte ihren Kopf ein wenig zurück und drückte einen Kuss auf ihren Mund. Amen, sagte das Ehepaar.

Die Tür nach dem Hinterstübchen war nicht fest geschlossen worden, und nun ließ sich von dort ein schelmisches Kichern vernehmen. Können die Mädels nicht eine Minute ernst sein? Knurrte der Alte.

Warum sollen sie denn nicht lachen? Fragte Heinz. Ists doch ein froher Tag, hoffentlich auch für sie. Eure Töchter, Herr Johannes Clocz, nicht wahr? Erlaubt, dass ich ihnen einen höflichen Gruß biete.

Er wollte nach der Tür eilen, aber Waltrudis hielt ihn an der Hand zu-rück. Es ist da noch ein anderer, der dich überraschen will, erklärte sie, und deshalb sind sie lachlustig.

Wer ist's?

Rate!

Wie soll ich raten?

Wen hättest du jetzt wohl am liebsten hier?

Heinz sah sie verwundert an. Kannst du zaubern? Fragte er.

Ja, sie ist ein Feenkind, bestätigte der Ratmann schmunzelnd.

Sag's nur, bat Waltrudis zuversichtlich.

Heinz ließ einen Blick auf seine linke Hand hinabfallen, an deren kleinem Finger er den Ring mit dem blauen Vergissmeinnicht trug. Männlich oder weiblich? Fragte er und wurde blutrot.

Sie war diesem Blick mit den Augen gefolgt. Ah, woran denkst du? Fragte sie fast erschreckt. Nein, darüber habe ich keine Gewalt!

Und über das andere auch nicht, meinte er. Ich habe einen braven Gesellen auf der Reise lieb gewonnen, und er ist nicht gar weit von uns, aber doch weit genug, dass ihn kein Feenkind herzuzaubern vermag. Unsere Wege trennten sich gestern nach rechts und links.

Sie fasste seine Hand und führte ihn nach der Tür. Lass einmal sehen, ob ich dir gleich recht schwesterlich eine Freude bereiten kann. Sie klopfte leise an. Komm heraus, lieber Gast!

Die Überraschung glückte vollkommen, und die beiden munteren Mädchen lachten dazu aus vollem Halse.

So waren die neuen Bekanntschaften allseitig freundlich eingeleitet. Zum Mittag kam auch Lippolt Clacz, ein vierschrötiger Kleinstädter, mit seiner Neuenburgerin, einer hübschen Blondine. Er wusste anfangs nicht recht, wie er sich zum Junker von der Buche stellen sollte, da die Schulfreundschaft doch schon weit hinter ihnen lag und ihre Lebensstellungen nun sehr verschiedenartig waren; aber Hans verstand in seiner freundlichen Weise darüber hinwegzuhelfen, indem er bei den alten Kulmer Erinnerungen anklopfte. Frau Clocz hatte aufgetragen, was Küche und Keller irgend bieten wollten. So gab's eine vergnügte Tafel.

Nachmittags sprach der Pfarrherr wie von ungefähr ein wenig an. Seiner Hochwürden lässt's schon keine Ruhe mehr, meinte der Ratmann, als er ihn über den Markt auf sein Haus zukommen sah. Er muss wissen, was wir für Gäste bei uns haben.

Spioniert er gern? Fragte Hans.

Der Alte strich sein Kinn. Nun – nennt's, wie Ihr wollt. Er ist einmal des Herrn Bischofs von Kujawien Hauskaplan gewesen und verkehrt noch immer gern an dessen Hof zu Subkau. Wir haben ihn in Verdacht, dass er ihm allerhand zuträgt, was im Schlosse und hier in der Stadt sich ereignet. Es ist ein Glück, dass man auch im Beichtstuhl nicht mehr sagen kann, als man weiß. Seit das Fräulein bei uns ist, umschleicht er unser Haus wie ein Fuchs. Es soll durchaus damit eine ganz besondere Bewandtnis haben, und so zerbricht er sich den Kopf um Dinge, die ihn sowenig angehen als mich. Lasst ihn nicht wissen, Junker, dass Ihr in

Prag gewesen seid. Ihr habt da bei Tisch Reden geführt – hm, mir habt Ihr recht aus dem Herzen gesprochen, aber den Römischen –

Er musste abbrechen, denn der geistliche Herr räusperte sich schon draußen. Sollte mir leid sein, wenn ich störe, sagte er, beim Eintreten die Gesellschaft musternd. Wollte nur eine kleine Rücksprache halten wegen des Daches der Pfarrkirche, das über dem Chor schadhaft geworden ist. Aber ein andermal, ein andermal, wenn's Euch heute nicht ansteht.

Er ging aber doch nicht, sondern nahm ein Gläschen süßen Ungarnwein an und mühte sich um eine vertrauliche Unterhaltung. Dabei war's leicht zu durchschauen, dass er besondere Aufmerksamkeit auf den Bruder seines frommen Beichtkindes richtete, wie er Waltrudis mit Vorliebe nannte. Er wusste ihn geschickt darüber auszufragen, von wo er gekommen sei und wer ihn geschickt habe und was er hier für Geschäfte betreibe, und wie überhaupt sein Lebenslauf bisher gewesen wäre, dass Heinz bald um Antworten verlegen wurde, zumal der Ratmann ihm heimlich zublinkte, vorsichtig zu sein. Als der Pfarrherr sich nach einer guten Stunde entfernte, wurde allen wohl zumute.

Dann wurde, als die Sonne nicht mehr so scharf brannte, ein Spaziergang nach den Stadtgärten beschlossen. Man ging zum Kulmer Tor hinaus, das dem Schlosstor gerade gegenüberlag, links von dem breiten Turm, der dieser Seite der Stadtmauer eine erhöhte Festigkeit gab und auch mit einer Ausfallpforte für Zeiten der Not versehen war. Die anderen Türme hatten nicht dieselbe Höhe und Breite, traten aber doch drohend genug nach dem Graben vor; die kleine Stadt zeigte sich überhaupt auf dieser am meisten gefährdeten Seite von recht kriegerischem Aussehen. Feldwege führten zu den Gärten und Stadtäckern, auf denen fleißig gearbeitet wurde. Auf einer Stelle, wo sich der Boden gegen den Weichselstrom hin ein wenig erhob, standen im Kreise mehrere Eichen, die hier schon vor länger als hundert Jahren von freundlicher Hand gepflanzt sein mussten. Die kleine Gesellschaft lagerte sich dort im Schatten; die Mädchen sangen Lieder, die vom Rhein und Main her zugleich mit den deutschen Einzöglingen ins Land Preußen gekommen und älter sein mochten als die Eichen über ihnen, und die jungen Leute versuchten, sie im Bass zu begleiten. Dann strichen sie quer über Feld bis zum Schwarzwasser und folgten dessen geschwindem Lauf bis zum Brückenturm, kehrten aber erst nach der Stadt zurück, nachdem sie weiter hinaus den Hügel gegenüber dem Schlosse bestiegen hatten, auf dem einmal vor dem großen Brande die alte Stadt Schwetz gelegen hatte, jetzt nur noch vertreten durch eine Marienkirche, einen Gefängnisstock und eine Scheunengasse. Man hatte von hier einen Blick über die nicht hohe

Verbindungsmauer zwischen Schloss und Stadt auf das Zeltlager der Söldner, das wohl für eine Weile die Schaulust beschäftigen konnte.

Hans von der Buche war Waltrudis nicht von der Seite gegangen. Sonst meist still und in sich gekehrt, zeigte er sich jetzt gesprächig und unterhaltend. Er konnte gar nicht müde werden, dem schönen Mädchen in die wundersamen Augen zu schauen, und diese Augen richteten sich gern auf ihn, wenn er sprach. Dass sie ihn mit dem Bruder hatte verwechseln können, schien ihm in ihrer Schätzung einen bleibenden Vorzug zu geben. Heinz, der bald merkte, wo die Glocken hingen, handelte freundschaftlich, ging ab und zu und plauderte mit den beiden Ratstöchtern oder sagte der Neuenburgerin eine Artigkeit oder neckte Lippolt wegen seines Ansatzes zu einem Bäuchlein, das sich in der guten Pflege der Eheliebsten wohl zu behagen scheine. Wenn er dann zur Schwester zurückkehrte, sagte er gleichsam entschuldigend: Wir haben einander länger oder dergleichen, was nicht auf Hans Bezug hatte, und drückte ihr die Hand. Der aber erfuhr in der einen Stunde alles, was sie von ihrem jungen Leben zu sagen wusste, dass sie nach dem frühen Tode der Eltern im Kloster auferzogen sei, dass eine der Schwestern, eine nahe Verwandte der Plauen, eine sehr gelehrte Frau gewesen, und dass sie von ihr nicht nur das Lesen und Schreiben, sondern auch das Ausmalen der großen Anfangsbuchstaben mit bunten Farben und sogar ein wenig Latein gelernt habe. Lange sei sie der Meinung gewesen, dass sie zur Nonne bestimmt worden, aber sie danke es nun doch dem Komtur von Herzen, dass er sie in die Welt hinausgebracht und in seine Nähe genommen habe. Müsse sie einmal ins Kloster zurückkehren, so wisse sie doch nun, was der Verzicht bedeute. Der Junker wollte überhaupt von den Klöstern nicht viel halten und meinte, es sei sündhaft, sich dort lebendig zu begraben, wenn man nicht wirklich der Welt abgestorben sei. Gott wolle verhüten, dass sie sich je nach den stillen Klostermauern sehne.

Abends kam der Komtur. Waltrudis eilte ihm entgegen, küsste ihm die Hand und dankte ihm für den Bruder, den er ihr geschenkt und mit dem sie sich rasch befreundet habe. Er streichelte ihr blondes Haar, fasste Heinz bei der Hand und sagte: Habt einander lieb, ihr beiden – der Himmel hat es so gewollt. Dass ich euch jetzt zusammenführte, hat guten Grund. Niemand weiß, was ihm bevorsteht, aber ein Kriegsmann, der sich zum Kampfe rüstet, soll immer auf die letzte Stunde gefasst sein. Dir, Heinz, empfehle ich die Schwester zu treuer Sorge, wenn Gott mich abberuft – tritt dann mannhaft an meine Stelle, sei ihr ein Schutz und Schirm in allen Nöten.

Er gelobte es mit einem heiligen Eide.

Nun trat Hans von der Buche vor und sprach: Gestattet auch mir, hochehrwürdigster Herr Komtur, dass ich mich in diesen Bund schwöre. Heinz von Waldstein ist mein Freund, und seine Schwester soll seines Freundes Schwester sein. Zu ihrem Dienst stehe ich mit Gut und Blut.

Da krauste der Komtur die Stirn und maß ihn mit einem stolzen Blick von Kopf zu Füßen. Wer ist's, der uns dieses Gebot macht? Fragte er; es ist mir befremdlich von einem, den ich bisher nicht sah.

Heinz trat sogleich ein und stellte den Reisegenossen vor. Es erklärte sich nun auch, dass er erst heute in der Frühe angelangt war und Waltrudis vorher nicht gesehen hatte. Das schien den Komtur zu beruhigen, aber er antwortete doch auf des Junkers Bitte nicht freundlich, sondern sagte: Freundschaft will erprobt sein. Man begegnet wohl einander im Leben und geht eine Strecke nebeneinander fort und meint, das Band müsse festbleiben in Ewigkeit. Aber der Menschen Sinn ist veränderlich, und was ihnen heute wert dünkt, das Leben daran zu wagen, das werfen sie oft morgen schon zu den leichten Dingen, die der Wind von ihrem Wege weht. Ich traue wenig Worten, auch wenn sie im Augenblick ernst gemeint sind; Taten bewähren den Mann, und den lobe ich am meisten, der nichts verspricht und doch in der Not zur Stelle ist. Deshalb binde ich niemand.

Hans sah finster zur Erde und biss die Lippe; Heinz aber ergriff seine Hand und rief: Warum sollen wir's nicht auf die Probe ankommen lassen? Guten Willen haben wir gewisslich, und auch uns ist's mehr um Taten als um Worte. Hoffentlich bin ich mir allzeit Manns genug, die Schwester zu vertreten: Wenn ich aber des guten Gesellen bedarf, sollst du der Erste sein, den ich anrufe.

Der Komtur tat keinen Einspruch; es schien ihm zu gefallen, dass Heinz so unerschrocken für den Freund das Wort nahm, und sein Gesicht wurde wieder freundlicher. Beide konnten sich's als eine Gunst anrechnen, dass der Komtur, als er sich nach einer halben Stunde verabschiedete, nicht leiden wollte, dass Hans von der Buche in der Stadt Nachtquartier nehme, sondern ihn aufs Schloss einlud. Der Ratmann aber gab seiner Frau einen heimlichen Wink, den sie wohl verstand. Hans durfte nicht ablehnen, so gern er auch bei Lippolt geblieben wäre, von wo er doch bis zu des Ratmanns Hause nur wenige Schritte gehabt hätte. Es verstand sich nun auch von selbst, dass die beiden Junker den Komtur sogleich nach dem Schlosse begleiteten.

Dort wurde es früh Nacht; bald nach Sonnenuntergang begaben die Ritter sich in das Schlafhaus. Es bestand aus einer Reihe von Kammern, die sämtlich ihren Zugang von einem langen Korridor hatten. In demselben brannte die ganze Nacht hindurch Licht, und alle Türen zu den Schlafzellen blieben offen. Die Ritter begnügten sich mit einem Strohsack und einer wollenen Decke, behielten auch die Unterkleider an. So wollte es die strenge Ordensregel, auf deren Beobachtung der Komtur hielt. Den Freunden wurde in demselben Raum ein Gemach angewiesen. Hans konnte lange nicht einschlafen; immer stand ihm das schöne Fräulein mit dem Goldhaar vor Augen. Dann weckten ihn die Ritter, die zum Nachtamt nach der Schlosskapelle hinübergingen, und als sie von anderen Brüdern zum Morgenamt abgelöst wurden, hielt es auch ihn nicht länger auf seiner Bettstelle. Er ging in den Hof hinab, schöpfte von dem kühlen Wasser aus dem Brunnen und goss es mit den Händen über das Gesicht, bis er sich ganz erfrischt fühlte. Dann trat er in die nur von einer Altarkerze erleuchtete Kapelle ein und setzte sich in einen der hohen Kirchenstühle. Dort schlief er ein und erwachte erst, als um sechs Uhr die Ritter- und Priesterbrüder sich zur Prime versammelten.

Beim Frühstück im Konventsremter trafen die Freunde wieder zusammen. Der Komtur forderte sie auf, sich bei den ritterlichen Übungen auf dem Parchan zu beteiligen, machte auch selbst eine Weile den Zuschauer und lobte Heinz wegen seiner Kraft und Gewandtheit. Darauf besichtigten die Junker das Schloss und stiegen in dem großen Turm die enge Mauertreppe hinauf, sich einmal aus der Höhe umzuschauen. Siebenmal wölbte sich darin die Decke, bis man zur offenen Plattform gelangte, wo von hoher Stange die Burgfahne – zwölf abwechselnd weiße und rote Felder – im Morgenwinde wehte. Das oberste Gemach bewohnte der Wächter; dort befand sich auch in der Wand ein Kamin zu seiner Bequemlichkeit. In Kriegsnöten konnte darin Pech und Blei geschmolzen oder Wasser und Öl gesiedet werden. Die Plattform zeigte sich rundum von Zinnen umgeben, die halb über die Mauer vorragten, sodass man durch deren Öffnung den Fuß des Turmes beobachten und den Feind durch herabgeworfene Steine, Balken und dergleichen aufhalten konnte. Material dieser Art lag denn auch in einigen Haufen aufgeschichtet zum nächsten Gebrauch.

Eine weite Rundsicht bot sich von hier aus den Weichselstrom auf und ab und über die Niederungen zu beiden Seiten. Hans aber hielt lange den Blick festgebannt auf die Stadt und suchte in ihrem Mauerviereck den Markt und den hohen Giebel des Hauses, in dem er gestern so frohe Stunden verlebte. Erst als Heinz fragte, in welcher Richtung nun seine Heimat liege, trat er mit ihm an eine andere Zinnenöffnung und zeigte mit der Hand über den breiten Strom hinweg nach Osten. Hinter jenen Hügeln, sagte er. Wie fern werde ich euch da sein.

Heinz wollte nicht verstehen, was er damit meinte, und schwieg. Hans aber legte den Arm um seine Schulter und machte seinem vollen Herzen Luft. Wir sind hier gleichsam zwischen Himmel und Erde, fuhr er fort, was wir miteinander sprechen, hören nur die Schwalben, die den Turm umkreisen, und sie verraten nichts. Du warst mir auch vordem teuer, Heinz – aber seit gestern –, ich weiß nicht, wie mir plötzlich geschehen ist, als ich deine Schwester sah. Es war mir, als ob eine verschlossene Pforte in meiner Brust aufsprang und eine wundersame Musik ertönte, wie ich sie nie gehört. Es ist gar nicht zu beschreiben. Seitdem darf ich nur die Augen schließen, und ihre holde Gestalt steht leibhaftig vor mir da, wie in einem Lichtschein, und gleich tönt die Musik wieder. Das ist nicht Einbildung: ich sehe, was ich sehe, und höre, was ich höre, und doch ist's nur für mich etwas Wirkliches. Oder ist dir's ebenso, seit deine Gedanken mit Waltrudis verkehren?

Heinz lächelte und drückte ihm die heiße Hand. Eine Schwester ist ein lieb Ding, antwortete er, aber in solcher Art tut sie's dem Bruderherzen nicht an. Doch hab' ich wohl sonst kürzlich etwas Ähnliches empfunden, nur dass ich nicht gerade die Augen zuzumachen brauchte, um das frische Gesichtchen und die braunen Zöpfe dicht vor mir zu haben, und dass die Musik mir ins Ohr klang wie die der Trompeter und Pfeifer im Danziger Artushof, als sie zum Tanz aufspielten. Was kann man dagegen tun? Er zuckte die Achseln.

Du nimmst es in deiner Weise leicht, sagte Hans; ich aber fühle, dass ein Augenblick entscheidend war für mein ganzes Leben und – ich habe nichts zu hoffen. Wie könnte sie, die schöne, herrliche –

Lass wachsen, Freund, fiel Heinz ein, lass wachsen, was wachsen will und wachsen kann. Ob die Sonne scheint oder der Himmel voll Wolken hängt, das folgt nicht unserem Gebot; manchmal fügt sich's aber doch nach unseren Wünschen. Darum sei froh, dass du deines Herzens sicher bist, und lasse im Übrigen den Dingen ihren Lauf. Das ist die beste Philosophie, denke ich.

Damit brach er das Gespräch ab, und Hans hatte nicht den Mut, es wieder aufzunehmen. Sie stiegen nach dem Burghof hinab. Dort traf sie einer von den Brüdern an und sagte ihnen, dass der Komtur den Junker von der Buche nach der Mittagstafel zu sprechen wünsche. Sie durften also nicht daran denken, nach der Stadt zu gehen, wie es beiden das

Liebste gewesen wäre; Hans war überzeugt, dass der Komtur es absichtlich hatte hindern wollen.

Es war ihm auch nicht ganz wohl zumute, als er dem ernsten Manne allein gegenüberstand und ein umständliches Verhör über alle seine Lebensverhältnisse, Reisen und Studien aushalten musste. Der Komtur schien sich seines Pfleglings Heinz wegen versichern zu wollen, ob ihm Vertrauen zu schenken sei. Zuletzt fragte er ihn: Ist Euch etwas von der Eidechsengesellschaft bekannt, Junker?

Ich weiß wohl, antwortete Hans, dass einige Ritter des Kulmer Landes vor Jahren einen Bund geschlossen haben –

Einen heimlichen Bund, bemerkte der Komtur mit scharfer Betonung.

Es mag sein, dass der Bund seine Heimlichkeit hat, wie auch die andern Bündnisse solcher Art im Reiche. Aber ich habe doch gehört, dass er von des jetzigen Herrn Hochmeisters Vorfahr anerkannt und genehmigt ist, und dass ihm auch freundlich zugelassen worden, eine Vikarie zu stiften, erst zu Rheden, dann zu Thorn. Was also mit Vorwissen der Herrschaft geschehen, kann doch nicht Grund haben, sich zu verstecken!

Kennt Ihr die Artikel des Bundes?

Nein, hochwürdigster Herr Komtur.

Euer Vater gehört aber zu den Eidechsen – ich weiß es.

Er hat dessen kein Hehl und trägt das Abzeichen ganz offen auf seinem Siegelringe. Mir hat er sich aber bisher nicht vertraut, vielleicht weil er mich zu jung für solches Wissen gehalten, vielleicht weil Land und Leute dazugehören, der Genossenschaft teilhaft zu werden, oder weil ich den Ritterschlag noch nicht empfangen.

Es sind auch Knechte in dem Bunde, entgegnete der Komtur. Nach einigem Schweigen fuhr er fort: Ich warne Euch wohlgemeint, Junker, dem Bündnis beizutreten, wenn man Euch dazu fordert. Es ist nicht so unschuldiger Art, als es scheinen mag, und wir haben es ernstlich zu beklagen, dass Herr Konrad von Jungingen sich überreden ließ, ihm zuzustimmen. Weshalb der Bund? In ihrem Briefe, wie sie ihn in der Marienburg vorgezeigt haben, steht geschrieben, dass sie einander gegenseitig helfen wollen in allen nothaftigen Sachen mit Leib und Gut gegen jedermann, und weislich haben sie hinzugefügt: außer gegen die Herrschaft! Aber wer hat ihnen eine Unbill zugefügt oder angedroht, dass sie sich zur Abwehr zusammenrotten müssten, und seit wann gewähren in Preußen die Gerichte den Eingesessenen nicht mehr Schutz gegen Klagen und Beschwerden, dass sie aufs Schwert schlagen und Gewalt verkünden dürfen? Seit wann ist der Arm der Gerechtigkeit in Preußen so kurz, dass er die Übeltäter und Friedensbrecher nicht erreichte? Seit wann gilt das Fehderecht in diesem Lande für des Ordens Untertanen? Lasst Euch auch nicht verblenden, Junker, durch den listigen Vorbehalt. Denn gegen niemand, als gegen die Herrschaft, kann der Bund im geheimen gerichtet sein. Wir wissen lange, dass sie danach streben, uns an ihren Rat zu binden, und dass sie unwillig leisten, was sie doch nach ihren Briefen schuldig sind, und man sagt ihnen noch schlimmeres Gelüste nach, wovon ich nicht sprechen will. Wäre ich Hochmeister, ich litte solche Verschwörung nicht, sollte sie auch nur in Zukunft gefährlich werden können. Denn alle stehen wir unter dem Gesetz, und wer Gewalt droht, der missachtet schon das Gesetz und rüstet sich, es zu verletzen. Darum warne ich Euch, Junker, ehe ich Euch entlasse. Es kann sein, dass man Euch über kurz oder lang das Bündnis anbietet, denn viele Eurer Nachbarn gehören zu den Eidechsen, und Euer Vater wird gutsagen für Euch. Seht Euch vor, dass Ihr nicht Euer Gewissen belastet und hinterher zwischen Eid und Pflicht stehet – es könnte Euch gereuen! Hans von der Buche dankte ihm für den wohlmeinenden Rat und versprach, sich's reiflich zu überlegen, ehe er sich einmal entscheide. Für seinen Vater aber glaube er versichern zu können, dass er nichts Arges im Sinne habe und dem Orden treu ergeben sei in allen rechten Dingen. So wolle auch er es alle Zeit halten. Schenkt mir Euer Vertrauen, hochwürdigster Herr Komtur, schloss er, und ich will es wohl zu verdienen suchen.

Plauen reichte ihm die Hand und verabschiedete ihn dann mit solchen Worten, dass der Junker daraus entnehmen musste, er rechnete nicht darauf, ihm nochmals zu begegnen. Heinz erfuhr nur, wovon im Allgemeinen die Rede gewesen sei, und machte sich darüber wenig Sorge. Er zeigte sich gern bereit, den Freund nach der Stadt zu begleiten. Nun wissen wir doch, meinte er unterwegs, weshalb mein Oheim gestern so zurückhaltend war, als er deinen Namen erfahren hatte. Nun, es liegt ja in deiner Hand, ihn dir geneigt zu machen.

Hans aber war sehr nachdenklich geworden; es beschwerte ihn, dass der Komtur seinen Vater im Verdacht der Untreue hatte, und dass er ihn vor einer Genossenschaft warnte, zu der er durch so enge Bande der Verwandtschaft gewiesen war. Wie leicht konnte er da mit seinem Herzen in Streit kommen.

Das vermochte er auch nicht ganz zu vergessen, als er in das Haus am Markt eintrat und Waltrudis wiedersah. Sie kam ihm freundlich entgegen; er aber wagte jetzt kaum zu ihr aufzublicken und senkte sofort wieder die Augen, als blende ihn die Sonne. Heinz führte die Unterhaltung;

er selbst war still und wortkarg, sodass Frau Clocz ihn besorgt fragte, ob er sich unwohl fühle. Lasst ihn nur, sagte Heinz lachend, er hat's heut allzu sehr innerlich und kann so bald nicht wieder aus sich heraus.

Zur Vesper hatte sich's Lippolt ausgebeten, die Gäste zu bewirten. Die Neuenburgerin trug allerhand feines Backwerk auf, das sie selbst bereitet hatte, und erntete dafür viel Lob. Die Stunden vergingen rasch, und der Becher wurde oft mit frischem Met gefüllt. Als die Männer lustiger wurden, wollten die Frauen sich zurückziehen. Hans aber mahnte nun auch den Freund zum Aufbruch. Es muss doch einmal geschieden sein, sagte er schwermütig. Lippolt wollte wissen, wann er nach Graudenz zurückzukehren gedenke, damit er den Wagen bereithalten könne. Er erhielt darauf eine ausweichende Antwort.

Die Junker geleiteten darauf den Ratmann und dessen Familie nach dem Markthause zurück und sagten ihnen dort Lebewohl. Hans war neben Waltrudis gegangen, hatte aber kein Wart gesprochen. Nun bückte er sich schnell, als sie ihm die Hand reichte, und hauchte einen Kuss darauf. Dann eilte er fort, sodass Heinz Mühe hatte, ihm zu folgen.

Vor dem Schlosstor bog er links und ging auf das Brückentor zu, entlang der Straße an der Mauer. Wohin? Rief Heinz ihm nach. Nun blieb er stehen und erwartete ihn. Ich kann jetzt nicht mit dir, sagte er, in unserer Schlafzelle würde ich nicht atmen können vor Beklommenheit. Gestern sah ich beim Vorübergehen ein kleines Fischerboot im Schilf nicht weit vom Brückenturm: Die Ruder lagen dabei. Ich will auf den Strom hinaus – dort wird mir freier zumute werden.

So begleite ich dich, antwortete Heinz, seinen Arm ergreifend, der Abend wird wunderschön, und eine Wasserfahrt ist ein prächtiger Vorschlag. Hoffentlich lässt man uns auch noch ein paar Stunden später ins Schloss ein, und wenn nicht – pah! Die Luft ist schon warm genug, dass wir eine Nacht unter freiem Himmel nicht scheuen dürfen.

Wie du willst, sagte Hans darauf nach kurzem Besinnen.

Sie fanden das kleine Boot, das nur für zwei Männer Raum hatte und wahrscheinlich zum Übersetzen diente. Heinz ergriff die beiden Ruder und nötigte den Freund auf den hinteren Sitz. Mit einem kräftigen Stoß trieb er das Fahrzeug in die Strömung des Schwarzwassers hinein. Nach wenigen Minuten hatten sie das Schloss hinter sich und strebten der Mitte des Weichselflusses zu.

Dort zog Heinz die Ruder ein und stützte den Kopf in die Hände. Ganz ohne sein Bemühen wurde das Boot rasch stromaufwärts fortgezogen. Erst da, wo kurz vor Sartowitz das Bett sich erweitert, um eine große

Zahl von Rohr- und Weidenkampen aufzunehmen, musste er von Zeit zu Zeit mit dem Ruder nachhelfen, ein Auflaufen zu hindern. Schwärme von wilden Enten erhoben sich aus ihren dichten Verstecken. Hier lohnt im Herbst die Jagd, meinte Heinz. Er hielt das Boot in der Nähe des linken Ufers, wo der Strom am stärksten war. Lege einen Augenblick dort an, bat Hans, indem er nach einem Sandhaken wies, es wird Zeit, an die Rückkehr zu denken, und stromauf ist's für dich beschwerlicher.

Warum anlegen?

Ich will dich nicht lange aufhalten.

Aber was hast du im Sinn? Er gab dem Boot eine rasche Wendung auf den Haken hin, sodass es dessen Spitze streifte.

Hans sprang hinaus. Und nun lebe wohl! Sagte er. Ich setze meinen Weg zu Fuß weiter fort.

Heinz stand auf und stützte sich aufs Ruder. So war's gemeint? Das nenne ich einen listigen Anschlag!

Der Freund bot ihm die Hand. Glaube mir, es ist am besten so. Meines Bleibens war dort nicht länger. Ich mochte nicht feierlichen Abschied nehmen; aber grüße mir Waltrudis und sage ihr – Nein, sage ihr nichts. Ich hoffe, sie wiederzusehen, und dann wird sich's erklären. Dich erwarte ich in Buchwalde.

Er nickte ihm freundlich zu, wandte sich rasch und ging dem Weichseldamme zu. Heinz stand noch eine Weile, auf das Ruder gestützt, und schaute ihm nach, bis er hinter den Uferweiden verschwand. Man entflieht doch seinem Herzen nicht, murmelte er vor sich hin. Dann stieß er das Boot ab und trieb es mit kräftigen Ruderschlägen gegen den Strom.

Zehntes Kapitel

Im Waldhause

Eine Woche später begegnen wir gegen Abend dem Junker Heinz von Waldstein zu Pferde auf der Landstraße zwischen Graudenz und Engelsburg. Er trug hohe Reitstiefel, die bis über das Knie reichten, und lange Radsporen daran, die in den Weichen des jungen Tieres schon kenntliche Spuren hinterlassen hatten. Am Sattelknopf hing auf der einen Seite ein leichter Brustharnisch, auf der anderen der dazugehörige Eisenhut und eine Armbrust. Hinten war der Mantel aufgeschnallt.

Der Komtur hatte ihn zur Kriegsreise ausgerüstet, soweit dies in Schwetz möglich gewesen war. Den Gaul kaufte er für ihn aus der Stuterei des Herrn Both zu Ilenburg, der ein begüterter Landesritter seines Gebietes war, und zahlte dafür dreißig Mark, eine beträchtliche Summe. Die Plate gehörte ihm eigentümlich, und er gab sie ihm zum Geschenk. Die Armbrust hatte Heinz dem Junker Lorenz von Lankendorf abgewonnen, da der mit ihr bei einem Besuch auf dessen Gut einen Schuss getan, auf den jener gewettet hatte. Was zur Rüstung noch fehlte, sollte in der Stadt Marienburg ergänzt werden, wo tüchtige Waffenschmiede arbeiteten. Einen Brief an den Hochmeister hatte er zu seiner Empfehlung mitbekommen und in der Gürteltasche sorgsam neben seinem Gelde aufbewahrt.

Nach des Komturs Meinung sollte er auf dem linken Weichselufer über Neuenburg und Mewe reisen; er hatte sich aber schon mit der Graudenzer Fähre übersetzen lassen. Nur seine Schwester hatte beim Abschied erfahren, dass er den Umweg über Buchwalde zu nehmen gedenke, und durch ihr Erröten bewiesen, dass sie wohl merke, weshalb er dies mitteile. Sie hatte ihm erlaubt, den Freund zu grüßen, auch auf seine Bitte eine kleine Locke von ihrem goldigen Haar abgeschnitten, ohne zu fragen, für wen sie bestimmt sei. Bruder und Schwester waren sehr vertraut miteinander geworden; sie wusste auch, was der kleine Ring mit dem blauen Vergissmeinnicht bedeutete.

Es war ein schwüler Tag gewesen, und noch jetzt, da die Sonne schon tief stand und rund um den Horizont Wolken aufgezogen, fühlten Mann und Pferd die drückende Hitze. Ein Gewitter musste im Anzuge sein.

Er hoffte, vor Nacht Buchwalde erreichen zu können, auch wenn er den Gaul im Schritt gehen ließ, durfte dann aber keinen Aufenthalt haben. Deshalb kehrte er in der hoch auf dem Berge gelegenen Engelsburg bei deren Komtur Burghard von Wobecke nicht ein, sondern ließ sich nur vor dem Kruge eine Kanne Bier aufs Pferd reichen und ritt sogleich weiter nach dem großen Dorfe Okonin, dessen Kirchturm bald sichtbar wurde. Von hier führte die breite Landstraße halb rechts nach der Burg und Stadt Rheden, nur eine Meile entfernt. Da aber Buchwalde nördlich von diesem Orte liegen und ein Richtweg über Gut Kressau eine Stunde früher zum Ziele bringen sollte, bog er hinter dem Dorfe links ab und befand sich nun bald mitten in einem dichten Laubwalde, der angenehme Kühlung gewährte.

Eine Strecke weit ging das, was man bei bescheidenen Ansprüchen allenfalls einen Weg nennen konnte, in gerader Richtung fort. Hinter einer Waldblöße aber, von der augenscheinlich nur vor Kurzem das Holz nach Okonin abgefahren war, verlor sich die Wagenspur. Blieben auch in dem weichen Moorboden noch eine Zeit lang die Eindrücke von Pferdehufen sichtbar, so kreuzten sich doch bald verschiedene solcher Waldpfade, sodass die Wahl schwer wurde. An einem Sumpf war Heinz genötigt umzukehren und einige Hundert Schritt rückwärts einen Fußpfad links einzuschlagen. Seine zahlreichen Windungen um alte Bäume oder Steinblöcke herum machten es dem Reiter unmöglich, zu prüfen, ob er im ganzen die vorgeschriebene Richtung einhalte, und da sich nun auch die Sonne hinter den schwarzen Wolken versteckte und damit jede sichere Marke verloren ging, blieb ihm nichts übrig, als den Zügel lose auf den Hals des müden Pferdes zu hängen und dem Spürsinn desselben zu vertrauen. Er zweifelte übrigens nicht, dass er auf jedem Wege wieder ins Freie kommen müsste, da Hans ihm gesagt hatte, dass die Gegend um Engelsburg und Rheden gut angebaut sei.

Vielleicht wären unter gewöhnlichen Umständen seine Erwartungen auch nicht getäuscht worden. Nun aber schüttelte plötzlich ein heftiger Sturm die Kronen der Bäume, das letzte Fleckchen Blau am Himmel verschwand unter der finsteren Wolkenmasse, die sich von allen Seiten zusammenzog, und in dem dichten Walde wurde es bald völlige Nacht. Nach wenigen Minuten schon zuckten rechts und links Blitze, das Auge blendend; der Donner, der anfangs nur in der Ferne rollte, wurde lauter und lauter – Blitz folgte auf Blitz, Schlag auf Schlag. Das Pferd scheute und wollte nicht vorwärts. So sprang denn der Junker ungeduldig ab, zog den Zügel über Hals und Kopf und zerrte es hinter sich fort.

Aber von einem Pfade war nun nichts mehr zu erkennen. Mitunter sah er, wenn der Blitz aufleuchtete, rundum nur dichtes Brombeergebüsch, ein andermal lief er gegen einen mächtigen Baumstamm. Zu allem Unglück fing nun auch ein wütender Gewitterregen an, niederzuprasseln. Nur kurze Zeit gewährten die Laubkronen einigen Schutz; bald tropfte es von allen Blättern, und dann war's, als ob die Schleusen des Himmels sich öffneten und ganze Bäche niederströmten.

Weiterzugehen war nicht schlimmer, als abzuwarten. Die Nacht im nassen Walde zuzubringen gehörte zu den unerfreulichsten Aussichten, und vielleicht war der Rand desselben bald erreicht und ein schützendes Obdach in der Nähe. Schon länger als eine Stunde war er so herumgeirrt und wollte die Zeit nicht verloren haben. Auch konnte der Gewitterregen, so heftig er niederströmte, unmöglich lange anhalten.

Er suchte sich also weiter einen Weg, indem er nun dem Laufe des Wassers folgte, das aus Hunderten von schmalen Erdrinnen zwischen Hecken und Steinen einen Abfluss anstrebte. Der Sturm ließ nach, der

Regen floss mit längeren Unterbrechungen. Nach einer Weile wurde es plötzlich hinter den Baumstämmen lichter, und das gleichmäßige Rauschen, das sein Ohr ganz deutlich aus der Nähe vernahm, konnte nicht durch die Bewegung der Laubkronen verursacht sein. Nach wenigen Schritten schon überzeugte er sich, dass er sich an dem Ufer eines breiten Stromes oder Landsees befand, der hohe Wellen schlug und in den die Regenbäche geräuschvoll einmündeten. Er entschloss sich, rechts abzubiegen, weil sich nach dieser Seite hin das Ufer erhöhte, der Waldboden also weniger nass zu werden versprach.

Nach einigen Minuten gelangte er zu einer wallartigen Erhöhung des Erdreichs. Sie war zu geradlinig, als dass sie der Natur ihr Entstehen hätte verdankt haben können. Weiter ab vom See zeigte sich auch die Spur eines Grabens, und indem er ihr folgte, kam er an eine scharfe Ecke, hinter der sich Wall und Graben fortsetzten. Er zweifelte nun nicht mehr, hier eine menschliche Ansiedlung zu finden, band sein Pferd mit dem Zügel an einen Baumast und kletterte die ziemlich steile Böschung hinan, sich erst einmal in der Umwallung umzuschauen.

Noch hatte er die Krone nicht erreicht, als sich vor ihm eine graue Gestalt aufrichtete. Eine fistulierende Stimme redete ihn mit heftigen Worten in einer Sprache an, die er nicht verstand. Da inzwischen der Himmel klar geworden war, vermochte er im Dämmerlicht zu erkennen, dass er ein altes Weib vor sich hatte, das beschäftigt gewesen war, mit einem langen Messer Wurzeln auszustechen. Gute Frau, sagte er freundlich, ich bin verirrt und suche ein Obdach für mich und mein Pferd. Wenn Ihr mir's nachweist, soll es Euer Schade nicht sein.

Hier kein Haus, kein Stall – zurück da! Antwortete die Alte in gebrochenem Deutsch, indem sie sich ihm drohend mit dem Messer entgegenstellte.

Das kann nichts helfen, meinte er, ich muss ein Unterkommen für die Nacht haben, und wenn Ihr Euch nicht auf leichte Weise ein Stück Geld verdienen wollt, so behalte ich's in der Tasche und gehe allein dem Rauch nach, der mir von dort her in die Nase steigt. Nun? –

Die Alte vertrat ihm den Weg. Teufel soll holen! Rief sie. Hier nichts zu suchen – keine Rauch, keine Mensch – fort da, oder –!

Es folgten wieder heftige Reden in der fremden Sprache, die wie Flüche klangen. Das Messer blitzte.

Er schob sie beiseite, dass sie ins Gras taumelte, und stieg weiter den Wall hinauf. Die Alte aber steckte zwei Finger in den Mund und ließ einen schrillen Pfiff ertönen, mehrmals in kurzen Absätzen. Nun hatte er aber auch die Höhe erreicht und erkannte im innern Wallraum unter den Bäumen die Dächer von niedrigen Hütten. Ihm fiel ein, was Freund Hans von einem solchen umwallten Wohnplatz der heidnischen Preußen am Melno-See erzählt hatte, und er zweifelte nicht, dass er sich in denselben verirrt habe. Dann kannte auch das Haus des Waldmeisters nicht fern sein.

Aus den nächsten Erdhütten krochen Männer und Weiber heraus, offenbar durch den Pfiff der Alten aus ihrer Nachtruhe aufgeschreckt. Sobald sie des Fremden ansichtig wurden, gingen sie auf ihn zu. Einige von ihnen liefen in einiger Entfernung über den Wall, wahrscheinlich um sich zu vergewissern, ob man's mit noch mehreren Angreifern zu tun habe. Der Junker brachte nochmals sein Anliegen vor. Ein Mann mit langem weißem Bart in einem bis zu den Waden reichenden, von einem einfachen Ledergurt zusammengehaltenen grauen Rocke trat nun vor und gab ihm mürrisch zu verstehen, dass hier seines Bleibens nicht sein dürfe. Arme Leute hier wohnen, sagte er, nicht haben ein Bett, nicht haben warme Decken.

Aber Ihr habt ein Dach, unter dem Ihr schlaft, entgegnete Heinz, und könnt auf der Herdstelle ein Feuer anzünden, an dem ich meine nassen Kleider trockne. Ich lasse mich so nicht abweisen. Gehört Ihr nicht der Gutsherrschaft von Buchwalde? Dorthin will ich morgen in der Frühe, und wenn ich klage, dass Ihr den Gast unfreundlich behandelt habt, wird es Euch schlecht gehen.

Arme Leute – freie Leute – wohnen im Walde – keinen Herrn erkennen, antwortete der Graubart. Aber der Name Buchwalde hatte doch augenscheinlich Eindruck auf die Umstehenden gemacht; sie steckten die Köpfe zusammen und schienen zu beraten, was weiter mit dem Fremden anzufangen.

Heinz wurde ungeduldig. Wenn ihr mich nicht herbergen wollt, sagte er, so zeigt mir wenigstens den Weg zum Waldmeister Gundrat, der ja hier in der Nähe hausen muss.

Auf den hässlichen Gesichtern der Leute zeigte sich ein grinsendes Lachen.

Kennen den Mann? Fragte der Alte.

Ich kenne ihn gar gut, antwortete Heinz zuversichtlich, er ist mein Freund.

Ah – kein Mensch Freund, nix Freund – kennen schlecht, hieß es darauf, nicht aufnehmen in Haus – keinen lassen ein.

Das wollen wir sehen. Wie weit ist es bis dahin?

Kleinen Viertelstunden.

So gebt mir jemand mit, der mich zu ihm führt; ich habe nicht Lust, mich von Neuem im Walde zu verirren. Lieber ist mir's freilich, im Försterhause als in einer eurer Erdhütten zu nächtigen.

Sie berieten wieder. Waistute soll begleiten, wurde er dann beschieden, und sogleich trat auch ein junger Mensch in zerlumptem Kleide vor und gab ihm durch einen Wink zu erkennen, dass er ihm folgen solle.

Der Junker warf den Leuten einige Pfennige zu. Nehmt auch mein Pferd mit, rief er, da der Junge sich in entgegengesetzter Richtung entfernen wollte, es ist unten angebunden.

Er ging nun wieder zurück nach der Stelle, wo er das alte Weib getroffen hatte, und meinte, von da mit Leichtigkeit den Baum finden zu können, an dem er den Gaul zurückgelassen hatte. Wie er aber auch in der ganzen Umgegend suchte, das Tier war spurlos verschwunden. Er machte Lärm, schlug an sein Schwert und drohte mit wilden Worten, dem Gesindel den Garaus zu machen, wenn sie ihm nicht das Pferd herbeischafften. Vergebens. Nicht wissen, wo Pferd sein, war die Antwort, nicht geben zu verwahren – hat Wolf gefressen – viele Wolf im Walde.

Ich will den diebischen Wolf morgen schon finden, rief der Junker, und wenn er zwei Beine hat, soll er an demselben Baume hängen, unter dem das Pferd gestanden hat. Er konnte für jetzt nichts tun und folgte daher dem Jungen, immer die Hand am Schwertgriff, da er auf einen Überfall gefasst war.

Heinz blieb jedoch unangefochten. Nach wenigen Minuten hatten sie einen Waldpfad erreicht, und nach einer Viertelstunde sah der Junker vor sich an der Seite einer kleinen Wiese das Haus des Waldmeisters. Soviel er im schwachen Dämmerlicht erkennen konnte, war es aus rohen Fichtenstämmen ziemlich kunstlos zusammengefügt und mit einem weit überstehenden Dache von Baumrinde versehen, die durch aufgelegte Steine festgehalten wurde. Fenster ließen sich nicht erspähen; über der Tür war ein mächtiges Elchgeweih angebracht und eine große Eule mit ausgebreiteten Flügeln festgenagelt.

Waistute wollte entwischen, der Junker hielt ihn aber am Arm zurück. Erst muss ich eingelassen sein, sagte er, dann kannst du deiner Wege gehen. Er klopfte an die Tür. Sogleich ließ sich von einem stallartigen Anbau her Hundegekläff vernehmen.

Waldmeister sehr böse sein, versicherte der Junge, gleich schlagen tot, weil Haus zeigen an. Viel verboten.

Heinz versprach, ihn zu schützen. Im Hause blieb alles still. Er klopfte in Absätzen stärker und stärker, zuletzt mit dem Griff des Schwertes.

Endlich wurde innen ein Geräusch wie von einer zuschlagenden Tür vernehmbar, und durch die Ritzen zwischen den Balken drang Lichtschein. Wer, zum Teufel, ist da draußen? Fragte eine raue Stimme.

Ein Fremder, antwortete der Junker, der im Walde verirrt ist und dem das Gesindel im alten Preußenwall das Pferd gestohlen hat. Lasst mich ein und gebt mir ein Nachtquartier.

Mein Haus ist keine Herberge, tönte es zurück. Schert Euch zum Teufel und weckt mich mit Eurem verdammten Klopfen nicht wieder aus dem Schlaf! Das kann leicht so kommen, wenn Ihr nicht gutwillig öffnet. Ich bin fest entschlossen, nicht von der Stelle zu weichen.

Ich sage, schert Euch zum Teufel, wenn Ihr Euer Leben lieb habt. Klopft Ihr noch einmal, so breche ich Euch alle Knochen im Leibe entzwei.

Hoho, Ihr seid ein grober Wirt! Aber mich schreckt Ihr nicht so leicht, und meine Knochen sind fester als Ihr glaubt. Macht auf, oder ich drücke die Tür mit der Schulter ein!

Innen erscholl ein grimmiges Lachen. Ihr seid ein Prahlhans! Und nun habt Ihr Euren Bescheid – lasst mich in Ruh!

Heinz verstand keinen Spaß. Er stemmte sich so kräftig gegen die Tür, dass die lose zusammengefügten Bretter knackten und das Riegelband loszureißen drohte. Himmeldonnerwetter, fluchte der Waldmeister, werft mir das alte Haus nicht um! Wer seid Ihr denn?

Der Junker ließ ab und schöpfte Luft. Ein guter Bekannter von Danzig her, antwortete er. Habt Ihr denn vergessen, Gundrat, was Euch dort an der Stadtwaage begegnet ist? Hätt' ich Euch nicht geholfen, Ihr säßet vielleicht heute noch im Stockturm.

Wie, der Junker von Waldstein?

Derselbe.

Ja, warum sagt Ihr das nicht gleich? Soll ich Euch an der Stimme erkennen? Wenn's so ist – in drei Teufels Namen, tretet ein! Er schob den Riegel zurück; die Tür öffnete sich knarrend.

Flucht nicht so gotteslästerlich, Alter, sagte Heinz, indem er über die Schwelle und in den Lichtschein trat, den die Kienfackel durch den schmalen Raum verbreitete. Bin ich's nun, oder bin ich's nicht? Warum glotzt Ihr mich so an?

Gundrat schlug ein Kreuz über die Brust. Gott steh mir armem Sünder bei, antwortete er, Ihr seid es, Luzifer mag wissen, wer Ihr eigentlich seid! Er zeigte nach einer Öffnung in der Seitenwand. Da hinein, wenn's Euch beliebt, Junker. Ein bequemes Lager hab' ich Euch nicht zu bieten, aber die Waldstreu ist trocken, und meine wollene Decke will ich Euch abtreten.

Er schloss vorsichtig wieder den Riegel der Haustür, folgte ihm dann in das Gemach und steckte die Kienfackel in einen Ring an der berußten Wand. Da ist das Lager.

Heinz sah sich in dem halbdunklen, kahlen Raum um und schüttelte den Kopf. Hört, Waldmeister, sagte er, so billig ist Eure Gastfreundschaft nicht. Mich hungert tüchtig, müsst Ihr wissen, und ich bin nass wie eine Katze, die man aus dem Wasser gezogen hat. Da ist ein Ding, das allenfalls wie ein Kamin aussieht, und ein Haufen Holz liegt danebem aufgeschichtet. Ein Feuer für meine Kleider wäre mir lieb, und wenn Ihr dem knurrenden Magen etwas zu bieten habt, will ich's Euch danken.

Der Alte brummte etwas in den grauen Bart, warf aber doch einige Scheite auf die Ziegelplatte und setzte sie in Brand. Bald wirbelte der Rauch auf und suchte sich einen Abzug durchs Dach. Euch hungert also – gut! Ich will Euch anbieten, was ich habe, weil Ihr's in Danzig um mich verdient habt. Das nichtsnutzige Krämervolk! Er öffnete einen Essschrank, der mehrere Fächer hatte. Das Brot ist alt, Junker; nur wöchentlich einmal schickt mir's der Bäcker in Rheden hinaus. Aber da habt Ihr einen Topf mit Honig von meinen Waldbienen dazu. Der Schafkäse wird Euch nicht schmecken, er ist steinhart geworden, und zu diesem Flicken getrocknetes Fleisch gehören gute Zähne. Versucht's! Da fällt mir ein, dass ich in dem Fläschchen Danziger Feuerwasser, das ich mitbrachte, noch einen guten Schluck zurückgelassen habe. Es geht warm durch alle Glieder. Da – stärkt Euch!

Heinz hatte sein Wams abgezogen und auf die Stange am Herde gehängt, sich auch der schweren Stiefel entledigt. Er setzte sich auf den Baumklotz, der als Stuhl neben einer bunt gemalten Lade stand, deren Platte zugleich als Tisch diente, und ließ sich Speise und Trank gut schmecken. Der Alte, der sich an seinen Gast zu gewöhnen schien, holte auch noch einen Krug Met aus einem Kellerloch vor und schenkte für sich und ihn ein. Er erkundigte sich nun auch, wo der Junker herkomme und wie er sich hierher verirrt habe, auch was es mit dem Pferde für eine

Bewandtnis gehabt, immer freilich in seiner knurrigen, unfreundlichen Weise. Dabei sah er den Gast mitunter aus seinen tief eingesunkenen Augen so prüfend an, als habe er noch ganz andere Fragen auf den Lippen.

Nun geht zur Ruhe, sagte er, als der Junker gesättigt schien, es ist spät geworden. Er warf ihm aus seiner Bettstelle die Decke auf die Streu in der Ecke und nahm für sich selbst einen Mantel von einem Pflock an der Wand. Die Kienfackel löschte er aus. Heinz streckte sich auf das weiche Moos und schlief bald ein. Mehrere Stunden lang mochte er in tiefem Schlaf gelegen haben, als eine wundersame Helle sich um ihn verbreitete. Es war ihm, wie wenn er von der Erde aufgehoben und fortgetragen werde, höher und höher und in immer lichtere Räume. Er sah darin Gestalten auf und ab schweben, alle wie in Licht gebadet und selbst leuchtend, und erkannte Maria und seine Schwester Waltrudis. Endlich wurde der Glanz so scharf, dass die geblendeten Augen Schmerz empfanden. Er wollte sich abkehren, aber es gelang bei aller Anstrengung nicht. Darüber wachte er auf.

Es war wirklich hell im Gemach, seinem Blick bot sich aber jetzt eine schreckhafte Erscheinung. Neben seinem Lager stand der alte Waldmeister, nur bekleidet mit einer engen Lederhose und einer wollenen Jacke, die über der Brust weit offenstand und so die ungemeine Magerkeit des Körpers erkennen ließ, der nur ein mit Haut überspanntes Knochengerüst zu sein schien. Er hatte in der linken Hand eine hell flackernde und knisternde Kienfackel, in der rechten aber das lange, nackte Weidmesser und prüfte mit gierigem Blick dessen Spitze auf dem Daumennagel der Hand, welche die Fackel trug. So eifrig war er damit beschäftigt, dass er nicht bemerkte, wie der Schlafende die Augen öffnete. Nur einen Augenblick freilich starrte der Junker ihn an, unsicher, ob er wache oder träume; dann gab er sich gewaltsam mit den Armen einen Stoß und saß nun aufrecht, alle Muskeln zu einem Sprunge gegen den Angreifer gestrafft.

Gundrat erschrak über diese plötzliche Bewegung aufs Heftigste. Er taumelte einige Schritte zurück und ließ die Fackel zur Erde fallen. Sie erlosch dort nicht, drohte aber die hölzerne Bettstelle in Flammen zu setzen. Heinz sprang auf, riss sie an sich und beleuchtete seinen Wirt, der leichenblass und zitternd an allen Gliedern dastand, den Arm mit dem Messer herabgesenkt. Mörder! Rief er empört.

Mörder, wiederholte der Alte lallend. Mörder –

Was tat ich dir? Fragte der Junker, indem er näher trat und ihm die Waffe aus der Hand nahm. Ich sah dich vorher nur einmal, und da erwies ich dir eine Guttat. Jetzt bin ich dein Gast, und ich war wehrlos und schlief. Warum wolltest du mir ans Leben?

Gundrat schüttelte den Kopf. Nicht Euch, nicht Euch – antwortete er mit matter Stimme. Diese Brust – wollte ich treffen, diese Brust. – Er fasste mit beiden Händen das wollene Hemd und zerrte es von den knochigen Schultern.

Und deshalb standest du mit dem Windlicht vor meinem Lager, rief Heinz hell auflachend, und prüftest über mir die Schneide des Messers! Glaubst du mit einem Narren zu sprechen?

Lacht nicht, Junker, lacht nicht – bat der Alte mit fast kläglichem Tone. Ich bin ein unglücklicher Mann und lange des Lebens satt. In dieser Nacht aber überkam es mich mit unwiderstehlicher Gewalt, dass ich ein Ende machen müsste. Das hat guten Grund, glaubt mir, guten Grund. Schon in Danzig bei hellem Tage – aber mehr noch gestern, als Ihr in mein Haus tratet – Ihr habt etwas, das mich anzieht und abschreckt zugleich. Ich kann das Auge nicht von Euch lassen, und finde doch nicht, was ich suche. Meine Gedanken aber werden rückwärts gezogen in eine ferne Zeit, und da steht vor ihnen eine schwere Tat, die unsühnbar mein Gewissen belastet. Ich floh vor ihr in diese Einsamkeit und entfloh ihr doch nicht. Es ist Zeit, ein Ende zu machen.

In des Jünglings Gemüt kämpften die Empfindungen des Abscheus und des Mitleids. Das Mitleid siegte. Er fasste den Arm des Alten und führte ihn nach dem Klotz neben der Lade, drückte ihn sanft auf denselben hinab und lehnte ihn mit dem Rücken gegen die Wand des Kastens. Ihr scheint zu träumen, sagte er, und es ist augenscheinlich nicht ohne Gefahr, Euer Schlafgeselle zu sein. Ich kenne Euch als einen jähzornigen Mann, dem gar leicht das Messer in die Hand fliegt, und wenn es einmal den Unrechten trifft –

Ich schwöre Euch, Junker, unterbrach Gundrat, es war auf mein eigenes Leben abgesehen. Aber wie ich nun auf meinem Bette lag und nach dem Weidmesser hinter mir an der Wand griff, tanzte darüber der bleiche Schein von den glimmenden Kohlen auf der Herdstelle wie ein Gespenst hin, dass ich erschrak und mich umschaute, und da sah ich Euch liegen und konnte Euer Gesicht doch nicht genau erkennen. Und es war mir, als ob ich es genau erkennen müsste. So ließ es mir keine Ruhe, bis ich aufgestanden war und in die Kohlen geblasen und die Kienfackel angesteckt und über Euch gehalten hatte. Da erwachtet Ihr.

Und was ist das für eine Tat, von der Ihr sprecht? Fragte Heinz teilnehmend. Keine ist unsühnbar, als die gegen Gott selbst gerichtet war.

Der Alte ließ den Kopf auf die Brust sinken. Diese doch – diese doch, antwortete er. Es wäre Gotteslästerung, zu behaupten, dass ein Priester sie vergeben könne. Eine schwerere Buße, als die er auszudenken vermöchte, habe ich mir selbst auferlegt, aber das Gewissen schweigt nicht und verwirrt mir die Sinne, dass ich mit Augen sehe und mit Ohren höre, was nicht da ist, und mein Leben lang bin ich ein elender Mann. Oh – oh –oh!

Er seufzte aus tiefster Brust und starrte wie abwesend vor sich hin.

Erleichtert Euch, bat Heinz, indem er sich seitwärts auf die Lade setzte. Teilt mir mit, was Euch so schwer bedrückt. Ich werde Euch nicht helfen können, aber auch das schon ist Trost, mit seinem Leide nicht mehr allein sein zu dürfen.

Der Waldmeister nickte. Es ist Trost. Und Ihr gerade. – Es mag Sinnenverblendnis sein, wie der Teufel denn allemal gern mit sündigen Seelen spielt; aber Ihr habt nun einmal diese traurige Erinnerung wieder in mir geweckt – sei's drum! Ihr sollt alles erfahren. Einen jähzornigen Mann habt Ihr mich genannt, Junker, und Ihr sollt recht haben. Als Knabe war ich schon von heftiger Gemütsart, und wenn mir das Herz schwoll, achtete ich nicht darauf, ob ich einen oder zehn gegen mich hatte, sondern schlug zu, wohin ich traf. Aber das Herz schwoll mir nur, wenn ich Unrecht litt oder Unrecht sah; sonst war ich in allem bedacht und gut zu leiden. Das war mir aber mitgegeben von meiner Mutter, einer Friesin, die schwere Schicksale erlebt hatte und durch arge Ränke der Feinde ihrer Familie um Haus und Hof gebracht war, dass sie nun in der Fremde Dienst tun musste. Als sie meinen Vater heiratete, verlangte sie dessen Schwur, dass er sie rächen wollte, und er leistete ihn. So trug sie sich immer mit Gedanken, ob es schon an der Zeit sei, und nährte im Stillen ihren Zorn. Als ich sechs Jahre alt, zog mein Vater aus, der Mutter Erbe zurückzugewinnen. Er verbündete sich mit anderen Unzufriedenen, und es kam zum Schwertkampf. Er erlag. Meine Mutter hatte seitdem keinen frohen Tag mehr. Sie verzweifelte an Gottes Gerechtigkeit und starb im Wahnsinn. Meiner hatte sich ein vornehmer Herr angenommen, der über viel Land und Leute gebot und auch große Waldungen sein Eigentum nannte. Er gab mich zu einem Waldwart und setzte mich, als ich erwachsen und in jedem weidmännischen Brauch wohl erfahren war, selbst in ein Jägerhaus ein. Es lag fern vom Schloss, nahe der Grenze, und selten sah ich andere Leute als Holzschläger und Wilddiebe. Aber mir war es nicht einsam, seit ich ein Weib gefunden hatte, das mich von ganzem Herzen liebte. Gott schenkte uns auch ein Töchterchen, ein wundersam schönes Kind, und nun war unser Glück voll.

Er stützte den Kopf in die Hand und schien ganz in Gedanken verloren. Nach einer Weile fuhr er fort: Ja, sie war wundersam schön, die Kleine. Sie hatte ihrer Großmutter, der Friesin, lichtes Haar, und sah aus wie heller Sonnenschein. Meine Frau hatte ihr ein rotes Käppchen gemacht, und nun nannten wir sie unser Rotkäppchen, und ich sagte immer: sie kann durch den tiefsten Wald gehen ganz allein, Bär und Wolf tun ihr nichts an. Wie Mechthild dann schlank aufwuchs, hatte jeder seine Freude, sie zu sehen, und wo sie sich zeigte, wurde es still, und selbst die rohen Waldleute wagten in ihrer Nähe kein unzüchtig Wort. Wir aber lehrten sie, was wir wussten, und waren ihrer Liebe froh. So wurde sie sechzehn Jahre alt und ging in ihr siebzehntes, und hatte von der Welt noch gar wenig gesehen. Da veranstaltete mein gnädiger Herr im Herbst eine große Jagd und kam mit vielen Gästen von hohem Adel, lustigen Junkern und stattlichen Knechten, und lag drei Tage lang in meinem Hause und in den Waldhütten rundum, die wir aus Baumzweigen erbaut hatten, und sagte beim Abschied: Ich bin zufrieden mit dir, Meinhard, du hast uns gut aufgenommen, und in deinem Walde jagt sich's gut. Und schenkte meiner Frau ein feines Tuch zum Kleide und meiner Tochter ein güldenes Kettlein, um den Hals zu tragen. Das gefiel ihr sehr, und sie putzte sich gern damit in aller Unschuld. Nun könne sie wohl auch zu Hofe gehen, meinte sie, und würde überall angesehen sein. Darüber lachten wir und dachten bei uns: Sie weiß nicht, wie schön sie ist, und dass das Kettlein sie nicht schöner macht.

Wieder schwieg er und nickte mit dem Kopfe und lächelte ganz eigen. Dann erzählte er weiter: Kurze Zeit darauf geschah es, dass ein junger Bursche zu mir kam und einen Brief von meinem gnädigen Herrn brachte. Darin stand, dass er guter Leute Kind sei und ein Jäger werden wolle, und dass ich ihn unterweisen möge in allem, was ich von Wald und Wild wüsste. Er nannte sich Leuthold und war kräftig gewachsen und hatte krauses, blondes Haar wie Ihr, Junker. Ich nahm ihn bei mir auf, wie mir geboten war, und fand ihn willig in allem, was ich ihm aufgab, sodass ich ihn lieb gewann. Es war mir auch wenig zuwider, dass er sich oft den Grenzleuten als ein herrischer und gewalttätiger Geselle zeigte, da er gute Ordnung schaffte und seinen Übermut niemals gegen mich kehrte. Den Frauen erwies er alle Höflichkeit. Mechthild wollte ihn unter meines gnädigen Herrn Jagdgesellschaft bemerkt haben, und er lachte dazu und stritt es nicht ab. Bald wurde es mir auch gewiss, dass er des

Mädchens wegen gekommen war, und dagegen könnt' ich nichts haben. Ein braver Jägersmann wäre mir schon recht gewesen zum Schwiegersohn, und wollt' er mein Nachfolger werden im Waldhause, so hätten wir uns von unserem Kinde nicht zu trennen brauchen. Auch ein Blinder musste es merken, dass Mechthild Gefallen an ihm fand, und dass er rasch ihr junges Herz gewann. Einmal überraschte meine Frau die beiden, wie er sie bei den Händen hielt und ihr viel freundliche Worte sagte. Da meint' ich, es sei an der Zeit, einzusprechen, dass nichts Unziemliches hinter unserem Rücken geschehe, nahm ihn mit mir in den Wald und sprach ihm ins Gewissen, dass er uns das Mädchen nicht verstören solle, wenn er nicht redliche Absichten habe, und dass er in allen Ehren um sie werben oder mein Haus meiden müsse. Darauf gestand er, dass er Mechthild liebe und in Ewigkeit nicht von ihr lassen wolle. Was er mir aber sonst noch vertraute, gefiel mir wenig. Er sei nicht, wofür er sich ausgegeben habe, sondern aus einem edlen Geschlecht, wenn auch ein jüngerer Sohn, sei nicht unter meines gnädigen Herrn Dienerschaft, sondern unter seinen Gästen gewesen, habe Mechthild gesehen und gleich beschlossen, seinem Herzen zu folgen. Deshalb habe er seinem Jäger Leuthold das Schreiben ausgewirkt und dann selbst davon Gebrauch gemacht. Seinen rechten Namen müsse er verschweigen; vielleicht dass er ihn nie mehr annehme. Denn lieber wolle er auf Wappen und Erbe als auf des Mädchens Liebe verzichten. Auf dieses Wort möge ich ihm Glauben schenken und sein Werben nicht hindern; er hoffe sich wohl künftig mit seiner Familie zu versöhnen, und wenn Mechthild sein Weib sei, werde man sie ihm nicht nehmen können. Das war nun aber nicht nach meinem Sinn. Das Blut trat mir in die Stirn, und ich sagte ihm zornmütig: Nach alledem seid Ihr, wie Ihr's auch wenden mögt, ein Lügner oder ein Schelm oder beides zugleich. Mich und mein Weib und mein Kind habt Ihr hintergangen; Ihr habt Euch eingeschlichen in mein Haus, um mein Mädchen zu berücken, und wenn Ihr seid, wofür Ihr Euch ausgebt, so wisst Ihr am besten, dass Mechthild Euer Weib nicht werden kann. Deshalb lasst ab von ihr und geht auf der Stelle, dass Ihr nicht Schimpf über uns bringt. Nie erwartet von mir, dass ich Euch zu so unredlichem Tun die Hand biete. Mein Jäger Leuthold seid Ihr nicht mehr; wer Ihr sonst seid, das möget Ihr offen beweisen, wenn's Eurer Sippe genehm ist, dass Ihr eines Waldwarts Tochter heimführt. Das ist Euer Bescheid. – Da brauste er auf und nannte mich einen harten Mann und schwor bei allen Heiligen, dass er reine Absicht habe, und bat mich fußfällig, ihn nicht von dem Mädchen zu trennen. Ich aber blieb fest, wie es meine Pflicht war, und sagte ihm ab. Da gab's in meinem Hause viel Klage und Herzeleid, und ich sah wohl ein, wie weit er's schon heimlich getrieben hatte. Mechthild wollte sich nicht scheiden von ihm; in ihrer Herzenseinfalt verstand sie gar nicht, wie da ein Unterschied sein könnte zwischen Mensch und Mensch, und warum man es ihm verwehren wolle, ihr Leuthold zu sein und im Walde zu bleiben. Mein liebes Weib aber wurde weich und sprach ihr das Wort und meinte, es könne sich ja doch zum Guten wenden, wenn er treu und ehrlich an unserem Kinde festhalte, seiner Sippe zum Trotz. Ich stand fest und hatte zuletzt meinen Willen – aber des Kindes Liebe und Vertrauen waren hin.

Er drückte die Hand auf die Augen, zog sie aber bald wieder fort und schien etwas von sich stoßen zu wollen. Ich will's kurz sagen, begann er wieder. Nur dass Ihr begreift, wie ich – und Ihr werdet es doch nicht begreifen. Aber hört zu! Leuthold verließ mein Haus, wie ich's begehrte, und ich sah ihn nicht wieder. Den Wald verließ er nicht. Ein Köhler gab ihm Obdach, und den Tag über hielt er sich vor mir versteckt, in der Nacht aber umschlich er das Haus, und die Hunde bellten nicht, weil sie ihn kannten. Ich erfuhr's erst, als das Unglück geschehen war. Eines Morgens blieb Mechthild ungewöhnlich lange in ihrer Kammer; mein Weib ging hinauf, sie zu wecken, und kam händeringend zurück und schrie, sie sei verschwunden. Da wussten wir alles: Der Bube hatte sie uns entführt. Vater und Mutter hatte sie verlassen und war dem Manne nachgegangen, der sie um ihre Ehre betrog. Unser Kind – unser einziges Kind! Wie ein wildes Tier jagte ich durch den Wald, die Spur des Räubers zu entdecken. Aber er kannte ja alle geheimsten Schleichpfade und Klüfte besser als ich. Vergebens, alles vergebens! Und wäre sie noch zu retten gewesen? Uns war sie ewig verloren. Drei Tage lang nahm ich nicht Speise noch Trank; meine Augen konnten nicht nass werden, das Herz lag mir in der Brust wie ein Stein. Das hatte mein Kind mir getan! Und Ihr habt nichts weiter von Mechthild erfahren? Fragte Heinz, der mit wachsender Spannung zugehört hatte.

Der Alte lachte auf wie ein Wahnsinniger. Sagt' ich Euch nicht, dass eine schwere Schuld mein Gewissen belaste? Oder meint Ihr, das sei schon Schuld genug, dass ich mein Kind vor dem Verderben retten wollte und seinem Herzen Gewalt antat? Ihr könnt recht haben, denn die Welt hat sich sonderbar verkehrt. Ich aber meinte getan zu haben, was ich vor Gott verantworten konnte, der mir dieses Leben anvertraute, und ich hielt mein Kind für schlecht und undankbar, dass es sich so von unseren Herzen löste. Ein Jahr verging – mein Weib starb vor Gram – und noch ein Jahr und noch ein Jahr. Im vierten aber ward ich weit über Land geschickt von meinem gnädigen Herrn, nach Böhmen hinein, wo sein Vetter, der edle Vogt von Plauen, große Wälder besaß, die wenig Nutzen brachten. Ich sollte sie einforsten und Waldwärter ansetzen und sie mit Weisung versehen. Als ich nun eines Tages ganz allein den Wald durchschritt und Merkzeichen in die Stämme kerbte, dass ich den Weg wiederfinden möchte, kam ich von ungefähr zu einer Stelle, wo viel Steine zusammengeschichtet und Fichtenstämme mit allem Geäste darüber hingestreckt lagen, als ob sie der Sturm niedergeworfen hätte. Ich schaffte mir aber freie Bahn und trat in den Raum ein und stieß bald auf eine Waldhütte, die sich an das Gestein lehnte. Ein kleiner Knabe spielte vor der offenen Tür mit einer Dogge. Die fuhr mich wild an, als ich mich näherte, dass ich sie durch einen Schlag abwehren musste, und floh dann heulend ins Haus. Gleich darauf aber erschien auf der Schwelle eine junge Frau mit einem Kinde auf dem Arm und rief ängstlich: Heinrich, wo bist du? Die Stimme schlug mir bekannt ans Ohr und das Weib – allmächtiger Gott, es war meine Tochter. Sie sah mir ins Gesicht und wurde kreidebleich und stand da wie vom Schreck gelähmt. Dann, mit einem gellenden Aufschrei, stürzte sie mir entgegen und wollte sich an meine Brust werfen. Ich aber konnte meine Arme nicht ausbreiten, sie zu empfangen. Vater! Rief sie und taumelte zurück und legte das Kind zu dem Knaben ins Gras und bedeckte das Gesicht mit den Händen. Hast du einen Vater? Fragte ich. Sie schluchzte. Und wenn du einen Vater hast – eine Mutter hast du nicht mehr! Sie ist dem Gram um dich erlegen. Da sank sie in die Knie und rang die Hände, aber mir wollte kein Mitleid noch Erbarmen kommen. Sind das deine Kinder? Fragte ich. Sie stand auf und trat vor sie hin, wie zu ihrem Schutz und sagte: Sie sind es. – Und du bist sein eheliches Weib geworden? Fragte ich weiter, halb toll vor Schmerz. Sie sah mich bittend an und antwortete bebend: Vater – wir lieben einander! Da schwoll mir das Herz vor Zorn und schwoll und schwoll wie ein giftiger Lindwurm; das Blut schoss mir ins Gehirn und in die Augen. Verworfene! Rief ich und ballte die Faust und streckte sie nach ihrer Stirn aus. Da war's, als ob der Teufel mich gepackt und plötzlich dicht vor sie hingestellt hätte. Ich fühlte einen Widerstand, und vor und unter mir sank die Gestalt zusammen – lautlos. Ich sah nichts recht: Die Waldhütte und das Gestein und die Bäume gingen mit mir im Kreise herum, bis ich taumelte und zu Boden fiel. Da fasste ich eine schlaffe Hand – einen Arm – eine Schulter, da griff ich in das weiche Haar. Ich riss gewaltsam die Augen auf – da blickte ich in ein bleiches, lebloses Antlitz, und auf der Stirn – mitten auf der Stirn war ein blauer Fleck. Ich warf mich über sie, ich rüttelte sie, ich küsste sie, ich gab ihr tausend süße Namen, auf die sie als Kind gehört hatte – sie regte sich nicht, sie war tot –, ich hatte sie erschlagen. Aus dem Wipfel der Tanne hinter der Hütte flogen zwei Raben auf und umkreisten mich krächzend. Wildes Entsetzen erfasste mich. Mörder – Mörder! Hörte ich über mir rufen. Ich raffte mich auf vom Boden, durchbrach die Hecke, lief wie gepeitscht waldeinwärts – immer weiter, immer weiter, bis ich zusammenbrach. Und nach kurzem Schlaf weiter den ganzen nächsten Tag und so am dritten weiter, fast ohne Rast. Ich kam über das Gebirge, bettelte mich durch Schlesien, durch Polen nach Preußen hinein. Da setzte ich über den breiten Fluss und suchte wieder den finsteren Wald, mich zu verstecken vor der Sonne, die meine Tat wusste. Hier brach ich zusammen vor Hunger und Elend und wäre gestorben, wenn sich nicht die Leute im Heidenwall meiner erbarmt hätten. Und so bin ich nach vielen Monden wieder gesundet und habe beschlossen, Gott nicht weiter zu versuchen und zu bleiben, wo er mich niedergeworfen hatte, und abzuwarten, was er über mich weiter verhängen wolle. Abnehmen kann er mir die Last nicht, die ich meinem Herzen aufgebürdet habe, und täglich hängt sich der Teufel daran und will sie noch schwerer machen. Nun treibt er sein Gaukelspiel mit Eurem Krauskopf und scheucht mich auf vom Bett und heißt mich, die Fackel über Euch halten. Ah, warum habt Ihr mich nicht gewähren lassen?

Er sprang auf, riss die Fackel aus dem Ring und warf sie auf den Herd, dass die Funken aufstoben. Es wurde dunkel im Gemach, aber durch die Ritzen in den Wänden und im Dach blickte schon mattes Tageslicht. Heinz rührte sich nicht von der Stelle. Die Leidensgeschichte seines Wirtes hatte ihn aufs Tiefste erschüttert. Er vermochte kein Wort darauf zu sagen, und auf das, was er noch zu fragen gehabt hätte, konnte der Alte keine Antwort geben. Es lag ihm im Sinne, was aus den Kindern geworden wäre, und ob der Mann sie neben dem toten Weibe noch lebend angetroffen hätte. Der Waldmeister ging eine Weile mit raschen Schritten auf und ab, unverständliche Laute vorstoßend und die Faust gegen seine Stirn drückend. Dann blieb er stehen und lachte auf. Ists nicht toll, rief er, dass man über so etwas hinwegleben kann, Junker? Ihr seid wie auf den Mund geschlagen, und ich will's Euch nicht übel nehmen. Es ist Narrheit, dass ich Euch mit meinem Leid beschwere. Was geht's Euch an? Aber nun schlaft; Ihr habt noch ein paar Stunden Zeit. Ich will indes zusehen, ob ich Euch das Pferd wiederschaffe. Es wird nicht leicht gelingen.

Damit warf er ein Wolfsfell als Mantel um seine knochigen Schultern, hob eine Armbrust von dem Wandpflock und verließ das Haus. Heinz hörte ihn draußen die Stalltür öffnen und den Hund freilassen. Er saß noch eine Weile auf der Lade und lehnte die Schulter gegen die Wand. Aber die Müdigkeit legte sich ihm so schwer auf die Augen, dass sie

immer zufallen wollten. Deshalb hielt er's nun wirklich für das Beste,
dem Rate des Alten zu folgen, warf sich wieder aufs Lager, deckte sich
warm zu und schlief nach wenigen Minuten schon so fest, als wäre er nie
aus seiner Ruhe aufgestört worden. Glückliche Jugend!

Elftes Kapitel

Buchwalde

Heinz holte das Versäumte in vollem Maße nach. Die Sonne stand schon
hoch über dem Rindendach des Waldhauses, als er aufwachte und sich
den Schlaf aus den Augen rieb. Er sah sich im Gemache um, das jetzt
nicht ganz so unfreundlich schien als gestern bei der Fackelbeleuchtung.
Durch ein kleines, hochgelegenes Fenster an der Giebelseite erhielt es zur
Notdurft Licht. In der einen Ecke lehnten Jagdspieße von verschiedener
Länge, Fangeisen und dergleichen Gerät; an den Pflöcken hingen Netze;
im Winkel hinter der Lade lagen Tierfelle aufgeschichtet, darüber waren
einige leere Bienenkörbe gestapelt. Neben seinem Lager stand eine irdene Schale mit Wasser, auf der Lade eine Kanne mit Met neben Brot und
Käse. Der Waldmeister war also schon wieder eingekehrt und hatte für
seinen Gast gesorgt.

Draußen wurden Stimmen laut. Heinz eilte an die Haustür. Dort fand
er Gundrat im Gespräch mit zwei Leuten, von denen der eine Waistute
war. Sie trugen seinen Harnisch, seinen Eisenhut, die Armbrust, den
Mantelsack und was sich sonst auf seinem Pferde befunden hatte, und
legten die Sachen neben dem Hause ab. Seid Ihr endlich auf? Rief der
Waldmeister dem Junker zu. Das nenn' ich einen gesegneten Schlaf!
Hab's auch einmal so gut gehabt. Der Teufel hole das verdammte Volk!
Ist sonst ehrliches Gesindel, aber wenn sie ein Pferd sehen, können sie
das Diebsgelüst nicht unterdrücken. Ich habe gewettert und gedroht im
Heidenwall, und was ist erreicht? Dass sie das da im Walde gefunden
haben. Der Dieb hat's abgeworfen, sagen sie. Pah! Sie können die Waffen
nicht brauchen, das Pferd findet aber seinen Reiter. Sicher weidet es mit
geknebelten Vorderfüßen auf einer ihrer versteckten Wiesen am Melno-
See. Aber diesmal verstehe ich keinen Spaß, ihr Langfinger. Vor Abend
steht der Gaul angebunden an dieser Türklinke, oder ich hetze euch alle
Hunde vom Herrenhofe auf den Leib!

Er sprach dann noch in der fremden Sprache auf sie ein, sie aber zuckten die Achseln und zeigten die leeren Hände und schienen ihre Unschuld zu versichern. Heinz griff in die Gürteltasche, halte einen Goldgulden vor und ließ ihn zwischen den Fingern drehen. Schafft mir das

Pferd, und das da gehört euch, lockte er. Die schwarzen Augen der Waldleute blitzten, aber sie wiederholten doch nur ihr Gebärdenspiel, das wenig Hoffnung ließ.

In einiger Entfernung unter den Bäumen stand ein altes Weib, das wahrscheinlich aufzupassen hatte, was den beiden geschehen würde.

Heran, du Hexe, rief Gundrat, ich habe mit dir zu reden. Fürchte dich nicht! Wenn du gutwillig gehorchst, tu ich dir nichts.

Die Alte humpelte an ihrem Stabe heran. Du sollst dem Junker aus der Hand wahrsagen, fuhr Gundrat fort, und wehe dir, wenn du lügst! Lasst's Euch gefallen, Junker, wandte er sich an Heinz, sie ist eine kluge Frau, und Ihr wisst dann doch, wovor Ihr Euch zu hüten habt, wenn Ihr von der Zukunft etwas erfahrt.

Die Alte schüttelte den grauen Kopf. Kann nicht wissen, was wird sein, antwortete sie mit meckernder Stimme; kann nicht wissen keine Mensch, was wird sein. Machen die Götter alles, wie wollen.

Hört die verdammte Hexe, sagte der Waldmeister; tut wahrhaftig, als ob ich von ihren Heimlichkeiten nichts wüsste. Glaubt ihr nicht! Sie haben einen Gott, der heißt Curcho, und seine Priester nennen sich Pilwaiten. Aus der Zunft stammt sie ab. Sie haben auch noch andere Götter in ihrem großen Baum: Den Perkun und Potrimpos und Pikoll, und wie sie sonst heißen mögen, aber der Curcho ist der Mächtigste, und von ihm erfahren sie mancherlei, wovon kein Christenmensch weiß. Haltet nur Eure Hand hin.

Die Alte wollte nicht darauf achten. Götter reden in Donner und Blitz, wandte sie ein, reden in Blut von Tier, reden in heilige Schlange, aber reden nicht aus Mund von alt Weib. Lassen gehen, lassen gehen, Waldmeister.

Gundrat löste seinen Leibriemen und schwang ihn durch die Luft. Rot vor Zorn schrie er: Es geht dir schlecht, Hexe, wenn du mich vor dem Junker Lügen strafst. Du wirst ihm aus dieser Hand da wahrsagen, oder der Riemen soll auf deinem Rücken tanzen.

Dabei ergriff er des Junkers rechte Hand und hielt sie ihr unter die Augen.

Die Alte hüstelte, blickte scheu zu dem Zornmütigen auf, murmelte ihre Sprüche und prüfte die Hand. Krieg und Wunden, sagte sie dann, Krieg und Wunden – viel Schwerter gekreuzen – viel rote Blut – viel Tränen.

Heinz lachte. Das andere stimmt für einen Kriegsmann, aber auch viel Tränen? Wer soll sie weinen?

Die Alte warf wieder einen Blick auf den Waldmeister, der noch den Riemen zusammengefasst in der Hand hielt, und fuhr fort: Gute Schwester weinen – schöne Braut weinen – Ring nicht schließen – viele Not, viele Not! Aber mit Vater wieder vereinen –

Da sehe ich, was deine Kunst wert ist, Hexe! Mein Vater ist tot. Wie soll ich mich mit ihm wieder vereinen, wenn nicht am Jüngsten Tag im Himmel?

Sie zuckte die Achseln. Nichts wissen, Junker. Nur lesen, was stehen geschrieben – kommen zusammen, Vater – Sohn, bei eine Kreuz. Nichts wissen von selbst.

Und was wird das Ende sein, wie wird's ausgehen nach allem Kreuz und Leiden?

Die Alte hüstelte. Kann nicht finden, Junker, kann nicht finden. Aber Linie weit ausgehen – sehr weit. Kann sein langes Leben, kann sein Glück – wollen bitten große Götter, dass geben Glück und langes Leben –

Und Gesundheit, schloss Heinz lachend; auf dieses Sprüchelchen versteht sich jeder Bettler. Er gab ihr ein Geldstück und hieß sie gehen.

Ihr habt der Hexe nicht genug zugesetzt, meinte Gundrat, das Beste hat sie für sich behalten. Man muss das eigensinnige Volk kennen.

Ich weiß genug von dem, wovon man nichts wissen kann, antwortete der Junker. Allezeit ein Mann sein und den lieben Gott walten lassen, das ist meine Weisheit. Nun zeigt mir aber eiligst den Weg nach Buchwalde, ich sehne mich nach dem lieben Freunde.

Der Waldmeister schnallte wieder den Gurt um und nahm seine Armbrust auf. Ich bringe Euch durch den Wald, sagte er, weiter könnt Ihr nicht leicht fehlen. Aber stärkt Euch erst noch mit Speise und Trank. Wer weiß, ob Ihr je wieder mein Gast sein werdet. Das Rüstzeug schaffe ich Euch aufs Gut, sobald das Pferd gefunden ist. Oder schickt auch die Knechte danach.

Nach einer halben Stunde waren sie unterwegs. Der Wald lichtete sich bald, und vor ihnen lag eine weite Heide- und Ackerfläche, über die Dächer und Kirchtürme hinausragten. In der Ferne wurden die vier Ecktürme des Rhedener Schlosses und daneben rechts die Türme der Stadt Rheden sichtbar. Gundrat führte seinen Begleiter auf einen Feldweg und zeigte nach einem mit Bäumen bewachsenen Hügel; dahinter sollte

Buchwalde liegen. Obschon ein Verirren jetzt nicht mehr möglich war, schien er sich doch von ihm nicht trennen zu können.

Ihnen entgegen kam aus derselben Richtung eine Reiterin. Das ist das Fräulein, sagte der Waldmeister.

Welches Fräulein?

Die Tochter des Ritters Arnold, den sie von der Buche nennen.

Meines Hans' Schwester also?

Hm – seine Halbschwester wenigstens. Des Junkers Mutter ist eine Deutsche gewesen. Der Ritter hat aber nach ihrem Tode nochmals geheiratet – eine Polin. Deren Tochter ist sie. Nehmt Euch in acht vor ihren Blitzaugen, die sind schon manchem gefährlich gewesen.

Heinz drehte heimlich sein Ringlein am kleinen Finger und lachte in sich hinein. Indessen war die Reiterin näher gekommen. Sie trug eine viereckige Kappe von rotem Samt mit blitzender Agraffe und hoch aufstehender Reiherfeder über dem an der Stirn entlang geradlinig abgeschnittenen Haar. Auf ihrer Hand saß ein Falke. Ein Windspiel folgte dem schlanken Pferde.

Wenige Schritte vor den beiden Männern zog sie den Zügel scharf an und neigte sich ein wenig über den Hals des schäumenden Tieres. Ei sehe ich recht: Gundrat? Rief sie, eine Reihe perlweißer Zähne zeigend. Was hat das zu bedeuten, dass Ihr Euch aus Eurem Walde hinauswagt, und wem gebt Ihr das Geleite?

Der Alte lüftete seine Kappe. Es ist der Junker von Waldstein, antwortete er, der nach Buchwalde will. Er ward gestern vom Gewitter verschlagen und hat sein Pferd eingebüßt.

Sie betrachtete den jungen Herrn, der sich höflich verbeugte, aufmerksam. Der Junker von Waldstein – ah! Den uns – Bruder Hans längst angekündigt hat. Seid willkommen, Junker! Ists Euch genehm, so geleite ich Euch von hier ab nach meines Vaters Hause. Ihr seid abgedankt, Gundrat.

Sie lispelte ein wenig, und alles, was sie sagte, hatte eine fremd klingende Betonung, die sich jedoch dem Ohr leicht einschmeichelte. Ihr erweist mir viel unverhoffte Güte, Fräulein, antwortete Heinz, und es ziemt mir wohl zu prüfen, ob ich sie annehmen darf. Ich sehe, dass Ihr zur Jagd wolltet.

Sie lachte. Das lasst Euch nicht kümmern. Es ist schlechte Jagdzeit, und ich bin auch nur ausgeritten, weil's langweilig zu Hause war und weil ich meinen jagdlustigen Gesellen, Bobo, dem Falken, und Cilli, dem Hündchen, ein Vergnügen machen wollte. Nun, sie haben ihr Teil!

Lebt wohl, sagte der Waldmeister, ich bin Euch nun überflüssig! Er legte die Hand an die Kappe und entfernte sich.

Dank für Eure Gastfreundschaft! Rief der Junker ihm nach und gesellte sich dann der jungen Dame zu, die ihr Pferd herumgeworfen hatte und es nun zu einer ruhigen Gangart zu nötigen bemüht war. Heinz schritt neben ihr her.

Verstand ich den Alten recht? Fragte sie schon nach wenigen Schritten. Ihr habt Euer Pferd eingebüßt? Wie ist das zugegangen?

Er erzählte sein kleines Abenteuer am Heidenwall. Ja, bemerkte sie lachend, die Preußen sind geborene Pferdediebe wie die Litauer. Übrigens verstehe ich meinen Vater nicht, dass er das Volk noch immer da hausen lässt, trotz aller Mahnungen des Herrn Bischofs und seiner Geistlichen. Leidet man doch sonst nicht einmal die Ketzer, und die da sind schlimmer als Ketzer; sie wissen von dem Herrn Christus nichts und haben ihre eigenen Götter. Ich glaube, er scheut sich nur, es mit dem alten Waldmeister zu verderben, der sie in seinen Schutz genommen hat; sonst dürft Ihr an seiner Rechtgläubigkeit nicht zweifeln.

Das sagte sie mit großem Ernst. Gleich aber waren ihre Gedanken wieder bei dem Pferde. Wie schade, rief sie, dass wir nicht zusammen in den Hof einreiten können! Einer im Sattel, der andere zu Fuß, die halten schwer gleichen Schritt. Ihr seht, dass ich meinem Braunen schon fast die Zunge abdrücke, aber das Tänzeln kann er nicht lassen. Er weiß zu gut, dass ich sonst keine geduldige Reiterin bin und gern rasch über Weg und Feld hinfliege. Ruhig, Brauner, ruhig!

Heinz klopfte den Hals des Pferdes, unbekümmert um die Schaumspritzer, die nach rechts und links flogen. Ein schönes Tier, lobte er, zierlich und doch voll Kraft. Es scheint stolz zu sein auf die Reiterin, die es trägt.

Das Näschen hob sich, und die braunen Augen blitzten in die Ferne hinaus. Ihr solltet erst sehen, wenn's im Galopp geht! Seitwärts erstreckte sich eine weite Heidefläche, von Feldern eingefasst, bis an den Weg heran. Gebt einmal acht! Sie schnalzte mit der Zunge, ließ den Zügel frei und setzte in hohem Sprunge über den Graben. Dann ging's im schnellsten Lauf und in weitem Bogen über Stock und Stein mit dem Windspiel um die Wette, das bald ein Häschen aufgejagt hatte. Heinz blieb auf dem Wege und folgte mit aufmerksamen Blicken der kühnen Reiterin. Er musste sich gestehen, dass ihm noch nie die Reitkunst einer Dame so naturwüchsig erschienen war, und gab seinem Vergnügen durch lautes Klatschen in die Hände Ausdruck.

Nun habe ich zu viel versprochen? Fragte sie, als sie wieder an seiner Seite ritt.

Gewiss nicht, versicherte er; aber es ist auch eine Freude, Euch das schöne Tier meistern zu sehen, Fräulein. Ihr sitzt im Sattel wie festgewachsen.

Sie nickte ihm einen freundlichen Dank zu. Ich hab's von meiner Mutter gelernt, sagte sie. In Polen ist's eine Schande, nicht gut zu reiten. Mit Bruder Hans komme ich nicht gut fort. Er ist so bedächtig beim Reiten, als gälte es nur immer die Rücksicht, den Gaul nicht unnütz anzustrengen. Für ihn muss alles einen Zweck haben; für mich aber ist das Reiten an sich eine Lust, und ich denke mir, dem Gaul macht's auch mehr Vergnügen, wenn es recht toll hergeht. Reitet Ihr gern, Junker?

Das bejahte er, und sie verabredete nun sogleich mit ihm einen Wettritt, zu dem er sich das Pferd im Gutsstall aussuchen solle. So plaudernd kamen sie in die Nähe des bewaldeten Hügels, in dessen auslaufenden Rücken der Weg einschnitt. Wir sind gleich am Ziel, sagte sie, dort wird schon das Spitzendach des alten Hauses von Buchwalde sichtbar. Wir wohnen im neuen, das erst vor wenigen Jahren gebaut ist; meiner Mutter wollte es in dem finsteren Gemäuer nicht gefallen. Ihr Pferd war dem Fußgänger immer mehrere Schritte voraus, und die Reiterin schien recht ungeduldig zu werden. Es ist doch besser, ich melde Euch an, fuhr sie fort, als der Rand des Wäldchens erreicht war, und begrüße Euch dann an der Schwelle des Hauses nach Art der deutschen Schlossfräulein.

Ohne seine Antwort abzuwarten, jagte sie davon.

Heinz hatte, während er bergab schritt, hinlänglich Zeit, sich den Gutshof anzuschauen. Rechts lag das alte Haus – mächtige Fundamentmauern von unbehauenen Steinen und darüber ein Ziegelbau mit wenigen kleinen, tiefen und unregelmäßig eingelassenen Fensteröffnungen – auf einer Erhöhung, die durch einen tiefen Graben von dem Hügel ausgeschnitten war. Ein Eckturm überragte denselben knapp so weit, dass ein Wächter von der Platte zu der Zeit, als die Krone des Hügels noch kahl war, hinüberschauen und die Annäherung von Menschen bemerken konnte. Die ganze Anlage schien, wenn auch nicht zu kriegerischen Zwecken hergerichtet, doch mit Bedacht auf die Sicherung gegen feindliche Angriffe gemacht zu sein, denn auch auf der andern Seite setzte sich der Graben, wiewohl flacher, fort, und eine Zugbrücke, der freilich jetzt die Ketten fehlten, führte über denselben zu einem festen Tor. Nach der

Farbe der Ziegel zu schließen, musste der Bau weit über hundert Jahre alt sein; wahrscheinlich stammte er aus der Zeit, als bald nach der Eroberung des Kulmer Landes durch den Orden die deutschen Einzöglinge ihre Niederlassungen gegen die Einfälle der heidnischen Preußen zu schützen hatten. Die Stallungen und Scheunen lagen davor in der Ebene um einen viereckigen Hof, der wohl ursprünglich ebenfalls mit einem Graben und Palisadenzaun umwehrt, dann aber dem wachsenden Bedürfnis gemäß erweitert und freigelegt war. Rechts ein wenig ausgebaut und im rechten Winkel gegen das alte Gebäude streckte sich, von den Wipfeln der Buchen und Linden dahinter überragt, lang das neue Wohnhaus hin, einstöckig und weit über die Hälfte des Daches nur mit Stroh gedeckt. In einem Teiche mitten auf dem Hofe schwammen Enten. Weiter nach dem Hause zu stand ein uralter Lindenbaum, zwischen dessen Gabelästen der Waagebalken eines Ziehbrunnens eingelassen war. Jenseits des Vierecks setzte sich der Landweg zwischen einer Reihe von kleinen, teilweise recht verfallenen Häuschen fort, die den Gutsuntertanen und Gärtnern dienen mochten.

Hans eilte dem Freunde entgegen und umarmte ihn herzlich. Er führte ihn dem Hause zu, auf dessen Schwelle nun wirklich das braunäugige Mädchen zu seinem Empfange bereitstand. Meine Schwester Natalia, sagte er lächelnd, ein rechter Wildfang, wie du schon bemerkt haben wirst.

Das ist unartig, Johannes, schmollte sie und gab ihm einen Schlag auf die Schulter.

Er streichelte ihre Wange. Ich denke, du hörst es gern, wenn man dich so nennt?

Als ob ich immer nur zu Pferde säße!

Nun, am Spinnrocken bist du doch selten zu finden!

Jetzt im Sommer freilich! Da hat man auch Besseres zu tun. Sie bückte sich und klopfte Cilli den schlanken Rücken. Glaubt ihm nur nicht, Junker, ich habe in Küche und Keller viel zu schaffen und lasse mich morgens nicht wecken.

Er meint's nicht so schlimm, entschuldigte Heinz.

Sie drohte mit dem Finger. Das wollte ich ihm auch geraten haben!

Nun öffnete sie die innere Tür und ließ ihn in eine weite Halle ein, die den ganzen Breitenraum des Hauses füllte. Die mächtigen Balken querüber stützten sich auf Pfeiler mit bunter Bemalung; an der Wand zwischen den Fenstern waren Geweihe von Hirschen und Elchen oder auch

Waffen angebracht. An die eine Schmalseite lehnte ein gewaltiger Kamin. Der Fußboden zeigte sich mit viereckigen Ziegeln von roter und blauer Farbe ausgelegt; lange Tische von Eichenholz standen darauf. Wartet hier freundlichst auf den Vater, bat sie und huschte durch eine schmale Seitentür fort.

Bald kam der Ritter vom Hofe herein, eine hohe, kräftige, bärtige Gestalt. Das Haar färbte sich schon grau, buschte sich aber noch dicht über der breiten Stirn. Eine tiefe Narbe auf derselben und eine zweite schräge auf der rechten Wange bewiesen, dass er nicht immer der friedliche Landmann gewesen war, als der er sich nun in bequemem Wams und weiter Hose über den kurzen polnischen Stiefeln vorstellte. Willkommen in Buchwalde! Rief er dem Junker schon von Weitem entgegen. Wir können Euch zwar nicht Danziger Kurzweil bieten, hoffen aber, dass Ihr's Euch trotzdem in unserem Hause recht lange wohl sein lassen werdet.

Heinz schlug in die breite Hand ein und dankte für den freundlichen Wunsch, versicherte aber zugleich, dass er schon am nächsten Tage wieder abreisen müsse, da er ohne Einwilligung seines Ohms, des Komturs von Plauen, von dem nächsten Wege nach der Marienburg abgewichen sei.

Davon wollten nun Vater und Sohn nichts wissen. Setzt Euch nur erst bei uns fest, Junker, sagte der Ritter, dann sollt Ihr nicht so bald loskommen. Es sind zwei Brüder meiner Frau hier, polnische Herren aus der Gegend von Slotorie, nicht gar weit von Thorn, die auch ein wenig deutsch sprechen. Sie werden Euch gut unterhalten, und sorgen wir nach unserer Pflicht als Verwandte und Wirte, dass sie sich in Buchwalde gefallen, so habt auch Ihr Euren Teil davon, ohne dass Ihr uns Dank schuldet. Die Briefe werden nicht so eilig sein. Reicht doch der Waffenstillstand noch bis Ende des Monats Juni, und etwas Wichtiges außer diesem unseligen Kriege kann's zurzeit kaum geben. Habt Ihr zu Schwetz etwas Neues über die Sache erfahren?

Der Junker verneinte.

Nach den Berichten meiner Schwäger, der Herren von Kroczinski, fuhr der Ritter fort, rüstet der König von Polen diesmal mit aller Macht. Kommt es zur Schlacht, so weiß niemand voraus, wer Sieger bleibt. Verliert der Orden, so ist das Kulmer Land zunächst arg gefährdet, und mein Haus bietet Weib und Kind nicht ausreichend Sicherheit, denn selbst die wilden Tataren sollen aufgeboten sein. Es ist also beschlossen, dass Frau und Tochter mit den Schwägern nach Schloss Sczanowo gehen und dort die Entscheidung abwarten. Fällt sie zugunsten des Ordens, so haben sie gleichwohl dort wenig zu befürchten. Vorher aber wollen wir hier noch ein paar lustige Tage gemeinsam verleben, und denen dürft Ihr nicht fehlen.

Heinz gab darauf keine bestimmte Zusage, bat dagegen, die Frau des Hauses begrüßen zu dürfen. Der Ritter führte ihn sogleich zu ihr.

Sie befand sich in einem Gemach seitwärts der Halle, das recht wohnlich, aber mehr nach orientalischer als nach deutscher Sitte eingerichtet war. Die Wände zeigten sich mit wollenen Tapeten verkleidet; auf dem Fußboden lagen weiche Teppiche mit fremdländischen Mustern, und statt der Stühle standen darauf lange niedrige Gestelle, mit Decken und Kissen belegt. Eines derselben hatte Frau Cornelia eingenommen, eine verblühte, etwas fettleibige Schönheit. Sie lag darauf, den Kopf mit dem ungebundenen schwarzbraunen Haar auf den runden Arm gestützt, die Füße ein wenig eingezogen, sodass nur die Spitzen der Pantoffeln von rotem Saffian sichtbar wurden. Ihre Brüder saßen auf einem anderen Gestell gegenüber und spielten mit einer Schar großer und kleiner Hunde. In der Ecke stand ein Betpult und darauf neben einem Kruzifix von Elfenbein ein kleiner venezianischer Spiegel. Sie begrüßte den Gast, ohne sich zu erheben, bot ihm aber den Sitz auf dem Fußende ihres eigenen Diwans an und wiederholte ihre Aufforderung, bis er sich gesetzt hatte. Er wurde dann auch mit den Herren Michael und Jakob von Kroczinski bekannt gemacht, worauf dieselben gleich wieder das Spiel mit den Hunden begannen, zur nicht geringen Belustigung des Hausherrn, der weidlich über ihre tollen Sprünge lachte.

Die Polin richtete indessen in gebrochenem Deutsch an Heinz Fragen, wie sie die Höflichkeit erforderte. Als der Ritter aus seinen Antworten erfuhr, dass ihm sein Pferd gestohlen sei, zeigte er sich sehr ungehalten und schwur, dass er den ganzen Wald von dem heidnischen Gesindel reinigen wolle. Frau Cornelia warf ihm aus ihren großen, aber etwas matten Augen einen Blick zu und meinte seufzend, es sei auch endlich an der Zeit, dass er Gott die Ehre gebe. So sehr er polterte, begnügte er sich doch schließlich damit, einen reitenden Boten nach dem Melno-See zu schicken und im Heidenwall sagen zu lassen, dass das Pferd abends in seinem Stalle stehen müsse.

Er gab seinen Befehl in polnischer Sprache: Der größte Teil der Dienerschaft war polnisch.

Das Mittagessen wurde in der großen Halle eingenommen. An derselben langen Tafel saßen Herrschaft und Hausgesinde; man aß aus irdenen Schüsseln mit Holzlöffeln, das Fleisch zerschnitt jeder mit seinem Dolch oder Arbeitsmesser. Auch Fische wurden aufgetragen und aus der Hand verzehrt. Knochen und Gräten warf man den Hunden zu.

Nach Tisch führte Junker Hans seinen Freund ins Freie hinaus. Hinter dem Wohnhause zog sich den Hügel hinan ein mit einem Lattenzaun eingehegter Garten. Es standen darin Obstbäume und Weinspaliere. Auf einem Rasenplatz weidete ein zahmes Reh, das Natalia sich auferzogen hatte. Sie lag nicht weit davon unter einer schattigen Buche und schien es nicht ungern zu sehen, dass die beiden jungen Herren zu ihr traten und sich gleichfalls ins Gras streckten. Sie behauptete, schläfrig zu sein, aber die hellen Augen waren so beweglich, dass Heinz, auf den sie sich von Zeit zu Zeit recht herausfordernd richteten, darüber lachte. Er solle zu ihrer Ermunterung etwas von dem Danziger Pfingstfest erzählen, forderte sie; Bruder Johannes – sie nannte ihn immer mit seinem vollen Taufnamen – habe nur die dürftigste Nachricht davon gegeben und gewiss das Beste vergessen gehabt. Denn wie es eigentlich zugegangen, dass er statt des Bechers einen Ring gewonnen habe, daraus sei man nicht recht klug geworden. Das ist wohl der Ring, fuhr sie fort, den Ihr da an der rechten Hand tragt? Man merkt's, woher er stammt, da er nicht einmal auf Euren kleinen Finger passen will. Und doch scheint er nicht eng zu sein. Weist doch einmal das Wunderding.

Er musste ihn, so ungern er's tat, abziehen und ihr reichen. Sie lobte die zierliche Fassung der blauen Steine und steckte selbst den Ring nach der Reihe an jeden Finger ihrer schmalen Hand; für jeden war er zu groß. Ich müsste erst hineinwachsen, scherzte sie; die Danziger Kaufmannstöchter haben ein volleres Maß.

Und doch ist Maria Huxer gar fein gebaut, versicherte Heinz, und eine kleinere Hand glaube ich, vorher nicht gedrückt zu haben!

Ihr habt ihr die Hand gedrückt – ei, ei!

Heinz errötete. Beim Tanz.

Drückt man den Damen beim Tanz die Hand im Artushofe zu Danzig?

Ihr wollt mich verlegen machen, und es gelingt Euch. Er griff nach dem Ringe.

Sie schloss neckisch die Hand. Erst beschreibt mir das Fräulein und sagt, wie Ihr den Ring gewonnen habt. Nicht wahr, Maria hat himmelblaue Augen und flachsblondes Haar?

Er schüttelte den Kopf. Es war ihm nicht lieb, so ausgefragt zu werden, aber sie gab den Ring nicht eher frei, bis sie alles wusste. Dann mahnte sie ihn an den Wettritt.

Das ist Torheit, sagte Hans, du bist zu waghalsig beim Reiten und wirst noch einmal Schaden nehmen.

Nun bestand sie erst recht auf ihrem Stück. Wir wollen sogleich nach dem Stall gehen, schlug sie vor, und die Pferde aussuchen. Wenn Ihr wollt, trete ich Euch auch meinen Braunen ab und wähle mir ein anderes.

Sie sprang auf, tanzte singend über den Rasen hin, umarmte und küsste das Reh und winkte den Junkern, ihr zu folgen. Man muss ihr schließlich in allem den Willen tun, bemerkte Hans, auch in dem Unvernünftigsten.

Die Pferde mussten sofort gesattelt werden. Auch die polnischen Herren gesellten sich nun zu ihnen und wollten mit von der Partie sein. In scharfem Trabe ging's hinaus bis zur Heide. Dort auf dem mit Steinen überschütteten und mit allerhand dichtem Kraut bewachsenen Boden sollten die eigentlichen Reiterkünste beginnen. Wer folgt mir? Rief das Fräulein, die Gerte schwingend. Ihre Begleiter setzten mutig nach, aber bald gab Junker Hans das Rennen auf, und auch die Polen blieben zurück. Sie seien nicht daran gewöhnt, auf den großen Pferden zu reiten, entschuldigten sie sich. Heinz war dicht hinter dem Braunen her. Schlagt mich an, wenn Ihr könnt, rief sie ihm zu, und lenkte plötzlich links und dann wieder rechts ab. Nun war's ihm eine Ehrensache, nicht ausgelacht zu werden. Immer aufmerksam auf die Steine im Wege, suchte er ihr Pferd beim Seitensprunge abzufangen. Aber wenn ihm das auch ein paar Mal gelang, so wusste sie es doch so schnell herumzuwerfen und zugleich den schlanken Körper so geschickt zur Seite zu biegen, dass seine Hand sie nicht erreichte. Endlich half ihm doch eine Kriegslist zum Ziel, indem er unerwartet seinen Gaul parierte und den Braunen so bei der Wendung auflaufen ließ. Angeschlagen! Rief er, indem er ihre Schulter berührte.

Sie gab ärgerlich dem Braunen mit der Gerte einen Schlag über den Kopf. Es gilt, sagte sie. Aber nun nehmt Ihr Euren Vorsprung; ich will Euch noch vor jenen drei Steinen anschlagen.

Das ist unmöglich.

Versuchen wir's!

Er setzte von Neuem die Hacken ein. Aber sei's, dass sein Pferd schon ermüdet war, sei's, dass er dem Fräulein die Revanche nicht zu schwierig machen wollte, er zeigte sich jetzt beim Ausweichen lange nicht so geschickt, als vorhin beim Verfolgen, und musste sich schon hundert Schritte vor den Steinen für besiegt erklären.

Natalia war befriedigt. Ihr seid ein guter Reiter, Junker, sagte sie, aber wenn Ihr einmal den Feind hinter Euch habt, könnte es Euch doch schlecht gehen.

Dazu, hoffe ich, soll's niemals kommen, antwortete er.

Wisst Ihr, dass es vor Euch noch keinem gelungen ist, mich anzuschlagen? Fragte sie nach einer Weile. Vor einem Jahre war der Großschäffer von Königsberg, Herr Georg von Wirsberg, hier auf Burg Rheden, um in Handelsgeschäften des Ordens nach Thorn zu gehen, verkehrte auch viel auf den Gütern in der Nachbarschaft und war häufig unser Gast. Der hatte sich lange am Hofe des Königs Wenzel von Böhmen aufgehalten und wusste viel zu erzählen von kühnen Jagdritten in den böhmischen Wäldern und wie er allen stets Voraus gewesen. Ich glaubte anfangs, dass er prahle, weil er auch sonst gern den Mund voll nahm, aber er war wirklich ein trefflicher Reiter, wie ich's ihm bezeugen muss. Mit dem hab' ich auf dieser selben Heide auf Anschlagen geritten, dreimal, und es ist ihm nicht gelungen, mich zu treffen, so nahe er mir auch kam. Euch hab' ich den Sieg lassen müssen.

Treiben auch die Deutschordensritter solches Spiel? Fragte Heinz verwundert.

Ei entgegnete sie lachend, es trägt mancher den weißen Mantel mit dem schwarzen Kreuz gar feierlich im Kapitelsaal, der außerhalb der Schlossmauern ein lustiger Geselle ist! Ich weiß nicht, wie dieser Georg von Wirsberg zu seinem Gelübde kam, aber so viel ist gewiss, dass es ihm das Leben nicht verkümmert. Er ist ehrgeizig und verschlagen, dabei geschmeidig und von seiner Lebensart, in allen höfischen Künsten wohlerfahren und bei vielen großen Fürsten sehr angesehen. Er hätt's vielleicht auch außer dem Orden zu etwas gebracht.

Durch Frauengunst? Fragte der Junker. Er wusste selbst nicht, wie ihm das auf die Zunge kam.

Sie sah ihn forschend an. – Kann sein.

Die anderen Herren ritten ihnen entgegen und nahmen sie in ihre Mitte. Die Polen erschöpften sich in Lobsprüchen der Reitkunst des Fräuleins. Lasst nur das Rühmen, sagte sie, die Lippe beißend, ich merke doch, dass ihr mir nur die Niederlage versüßen wollt. Von heute ab gehe ich keine Wette mehr ein.

Hans von der Buche nahm den Freund ein wenig zur Seite. Es freut mich, zischelte er ihm zu, dass du ihr nicht den Sieg gelassen hast. Sie wird nun nicht mehr so übermütig sein.

Aber ich werde mich schnell um ihre Gunst gebracht haben, meinte Heinz.

Das fürchte nicht, entgegnete jener. Gerade im Gegenteil. –

Natalia fand es schon langweilig, im Schritt zu reiten. Sie gab ihrem Braunen einen leichten Schlag mit der Gerte und sauste davon, dem Hofe zu. Die Herren folgten.

Gegen Abend fand sich im Gutshause eine ansehnliche Gesellschaft ein. Die ganze Nachbarschaft war zu Ehren der polnischen Verwandten geladen. Herren und Damen kamen zu Pferde. Da wurde der Landesritter Nikolaus von Renys vorgestellt und sein Bruder Hannus, der jetzt von Polkau hieß, da er eine reiche Witwe geheiratet hatte, die dort angesessen war; ferner Friedrich von Künthenau, der bei Rheden im Dorfe Kittnow begütert war, mit seiner Frau und seinen Töchtern. Es war bekannt, dass diese drei zu den Stiftern des Eidechsenbundes gehörten: der vierte, Nikolaus von Künthenau, war kürzlich verstorben, sein Sohn aber, Nitsche mit Namen, fehlte nicht. Auch einen Ritter Otto von Konyad hörte Heinz nennen, einen Ritter Nikolaus von Pfeilsdorf, einen Hans van Czippelyn, der Erbschulze im Dorfe Szcepil war, einen Günther von der Delau und andere, die ihm Hans als Eidechsenritter bezeichnete. Einige von ihnen trugen auch das Zeichen der Eidechse an ihrem Hut oder auf der Gürtelschnalle oder im Schwertknopf. Alle brachten sich nach polnischer Sitte eine zahlreiche Dienerschaft mit, sodass es auf dem Hofe und in den Ställen bald lustig zuging.

Die jungen Herren und Fräulein vergnügten sich im Garten auf dem Rasen mit Ballspiel. Bald fanden sich auch drei Zigeuner ein, die auf wunderlich gestalteten Saiteninstrumenten eine wilde Musik machten, wie sie Heinz noch nie gehört hatte. Natalia forderte zum Tanz auf, und sogleich wirbelten die Paare im Kreise um. Es war nicht der gewohnte Reigen, zu dem man antrat, sondern ein Schleifer, der Ungarisch genannt wurde, und es folgte darauf eine polnische Mazurka. Heinz wollte sich nicht auf den Tanzplan wagen, weil er sich ungeschickt zu benehmen befürchtete; aber Natalia wollte nicht leiden, dass er müßig zur Seite stehe. So umfasste er sie denn und drehte sich mit ihr auf dem Rasen nach dem Takte der rauschenden Musik um, bis ihm der Kopf schwindelte. Es glückte besser, als er erwartet hatte, und das Fräulein lobte wenigstens die Sicherheit seiner Führung. Er beteiligte sich nun lebhafter, kehrte aber immer wieder zu seiner ersten Tänzerin zurück, da keine ihm gleich gefällig über alle Fehler hinweghalf und ebenso leichtfüßig über den Boden hinschwebte.

Als es dunkelte, wurden Teertonnen angezündet und rund im Kreise lange Pechfackeln in den Boden gesteckt. Schwarzer Rauch lagerte sich über den Tanzplatz oder zog durch die Kronen der Bäume; wie in rotem Licht drehten sich die Paare, bald grell beleuchtet, bald wie Schatten aus der Dunstmasse auftauchend. Und immer lockender schwirrten die Saiten, klirrten die Schellen.

In der Halle war der Schenktisch aufgestellt. Man ging ab und zu, aß und trank. Die älteren Herren hatten sich an eine kleinere Tafel zusammengesetzt und füllten eifrig aus großen irdenen Kannen ihre Becher. In den Ringen an den Pfeilern staken brennende Holzspäne, von den Dienern beobachtet und oft erneut; der Rauch fand seinen Abzug durch die offenen Türen und Fenster. Die Frauen, wenn sie nicht draußen zuschauten, gingen zu zweien und dreien in der Halle auf und ab oder sammelten sich um Frau Cornelia, die in einer Ecke bunte Decken über die Holzbänke hatte breiten lasten zu weicherem Sitz. Zierlich gestaltetes Zuckerbrot, das in Thorn gebacken war, wurde war herumgereicht.

Es war schon spät geworden, als Heinz die Nachricht erhielt, dass sein Pferd angelangt sei. Er ging deshalb auf den Hof, es in Empfang zu nehmen. Bleibt nicht zu lange fort! Rief ihm Natalia nach. Waistute hatte sich nicht durchs Hoftor hineingewagt und übergab draußen den Gaul mit seinem Gepäck. Alles sein in Ordnung, versicherte er, viel laufen nach Pferd – kluge Leute verstecken. Der Junker gab ihm den versprochenen Goldgulden, worauf der Bursche sich eiligst aus dem Staube machte. Nun tauchte auch hinter einer Hecke eine lange Gestalt auf und verschwand in derselben Richtung. Heinz glaubte den Waldmeister zu erkennen, aber er hörte auf seinen Zuruf nicht. Wahrscheinlich hatte der Alte sich selbst Überzeugung verschaffen wollen, dass er sein Eigentum zurückerhalte.

Eine Weile stand der Junker da, den Zügel des Pferdes in der Hand, und schaute in die Nacht hinaus. Aus der Ferne ließ sich der schwirrende Ton der Musik vernehmen. Wär's nicht das gescheiteste, jetzt aufsteigen und davonreiten? Überlegte er. So lustig er beim Tanz gewesen war, jetzt, wenige Minuten nach seiner Entfernung aus dem Kreise der Fackeln, schon überkam ihn eine fast schwermütige Stimmung, als ob doch alle Lust der Welt eitel und eine schwere Versuchung zu fliehen sei. Er konnte den Gedanken an den Waldmeister und eine Geschichte nicht loswerden; so unheimlich seine Waldhütte war, er hätte am liebsten auch diese Nacht dort zugebracht. Es war ihm, als ob er ihm nachreiten müsse.

Schon setzte er den Fuß in den Bügel, da klopfte ihm eine Hand auf die Schulter. Er blickte rasch um und erkannte Hans, der ihm nachgegangen war. Warum rufst du nicht einen von den Stallknechten? Fragte er. Komm, wir führen den Gaul auf den Hof und geben ihn dort ab. Ist dir's recht, eine halbe Stunde mit mir allein zu sein? Wir haben einander heute noch so wenig gehabt.

Aber man wird dich beim Tanz vermissen.

Eher dich, Heinz. Willst du gleich wieder auf den Rasen?

Nein, nein! Mir ist der Kopf wie berauscht – von der Musik, von dem Dunst der Fackeln, von dem fremden Wirbeltanz –

Ich glaub's, Heinz. Im Artushof zu Danzig ging's ehrbarer zu, der Tanz brachte keinen außer Atem. Den jungen Fräulein blitzten nicht so feurig die Augen, und sie warfen sich nicht ihren Tänzern an die Brust, sondern reichten ihnen nur beim Umkreise zierlich die Fingerspitzen. Ich sehe dich noch immer mit Maria Huxer den Reigen führen. Ja – hier triffst du schon halb und halb polnische Wirtschaft. Man gewöhnt sich nicht so leicht daran.

Er nahm ihm den Zügel aus der Hand und warf ihn einem Stallbuben zu, fasste ihn unter den Arm und zog ihn fort, dem alten Hause zu. Er sprach weiter von den Danziger Festtagen, als ob er recht absichtlich den Freund ableiten wollte, und dieser hörte mit immer größerem Behagen zu. Sein erhitztes Blut beruhigte sich mit jedem Schritte mehr. Ich habe ein Stübchen in dem alten Bau, sagte Hans, als sie sich dem Graben und der Brücke näherten, da bewahre ich meine Bücher und Skripturen auf. Willst du's sehen? Auch an einer Wachskerze fehlt mir's nicht.

Heinz willigte gern ein. Auf der Brücke vor dem Portal stand aber ein Mann von der fremden Dienerschaft mit einem Spieß, der wehrte ihnen den Eintritt. Der Ritter von der Buche sei mit mehreren seiner Gäste in dem Hause, und er hätte strengen Befehl, niemand durch das Tor zu lassen, wer es auch sei. Heinz sah den Freund verwundert an. Der aber führte ihn ohne Widerspruch zurück und schlug den Weg am Graben entlang nach dem Waldhügel hinter dem Hause ein. Sie umgingen dasselbe, indem sie allmählich anstiegen.

Lass dich's nicht wundern, begann Hans nach einer Weile wieder das Gespräch. Sieh dort nach dem Eckturm – das Fenster oben ist erleuchtet. Da liegt ein kleines, fest eingewölbtes Gemach, das vor hundert Jahren der Türmer bewohnt haben mag. Jetzt ist es stets verschlossen. Ich erinnere mich, als Knabe gern die steile Mauertreppe hinaufgestiegen zu sein bis zur Platte, von der sich der ganze Hof und der Hügel und die Landschaft dahinter überschauen ließ. Eines Abends waren hier viele Herren aus der Nachbarschaft zum Besuche gewesen, und am Tage darauf fand ich zu meinem großen Leid ein Schloss vor die Tür gelegt. Seitdem wird das stille Gemach nur selten geöffnet, immer wenn wieder gewisse Nachbarn hier zusammentreffen. Ich weiß jetzt, dass die Eidechsen dort ihre Heimlichkeiten haben. Sie sorgen durch eine Wache, dass man sie nicht störe, denn was sie beraten, soll niemand wissen. Nicht alle, die heute zu Gast sind, gehören zu den Eidechsen. Mit Absicht werden aber solche Festtage gewählt, damit im Schlosse zu Rheden der Komtur Nikolaus von Melin von der geheimen Zusammenkunft nichts erfährt. Einer nach dem andern entfernt sich still aus der Halle, man vermisst sie kaum oder gibt sich den Anschein, sie nicht zu vermissen. Nach der Beratung finden sie sich dort wieder ein.

Warum treiben sie's aber so versteckt? Fragte Heinz.

Das weiß ich natürlich nicht, antwortete der Freund, denn ich bin nicht eingeweiht, und wenn ich's wäre, dürfte ich sicher nicht darüber sprechen. Aber seit dein würdiger Oheim, der Komtur von Schwetz, mich so eindringlich vor dem Bunde gewarnt hat, bin ich aufmerksamer geworden auf das Gespräch der Männer, die das Abzeichen tragen, und habe da manches gehört, das mir nicht sonderlich gefallen hat. Man ist unzufrieden mit der Ordensherrschaft, obschon die Beschwerden nicht groß sind. Da ist dem einen die Ordensmühle im Wege, dem andern der Krug beschwerlich, den die Herren zu ihrem Vorteil auf der Schlossfreiheit gebaut haben, dem dritten gefällt es nicht, dass er in den Seen nicht mit beliebigen Netzen fischen darf. Die Hauptsache ist aber, dass der Landadel hierzulande nicht so viel Macht über seine Leute hat, als der drüben in Polen, und auch der Herrschaft in ihre Angelegenheiten nicht dreinreden darf, während dort der König in allen wichtigen Dingen Rat annehmen muss. Die Gutsherren und die Köllmer in den Dörfern des Kulmer Landes sind deutsche Einzöglinge, aber das Landvolk, das ihnen dient, ist meist polnisch, und der Orden hat sich mit gutem Grunde die Gerichte über alle Nichtdeutschen vorbehalten, damit sie nicht Bedrückte würden und auch gegen die Herren zu ihrem Recht kämen. Das gefällt aber den Herren nicht, und sie möchten's in ihrem Belieben haben wie ihre Vettern in Polen, denen der Bauer mit Leib und Gut zu eigen ist. Darum sind sie auch dem König im Herzen nicht gram wie die Ritter in den Schlössern und wünschen ihm wohl gar heimlich den Sieg.

Aber sie werden sich doch nicht weigern dürfen, gegen ihn ins Feld zu ziehen?

Das wagen sie freilich nicht. Der Kulmer Bannerführer, Herr Nikolaus von Renys, den du in der Halle gesehen hast, hat schon das Aufgebot erlassen. Buchwalde hat nach der alten Verschreibung einen Ritterdienst zu leisten, und es gehören drei Pferde dazu. Mein Vater selbst wird in den schweren Waffen reiten, und es ist schon verabredet, dass ich ihn begleite als sein Knecht, denn er will, dass ich mir die Sporen verdiene. So werden auch die andern alle zur Stelle sein, dass keine Klage gegen sie laut wird. Aber wie sie die Waffen brauchen, ist doch damit noch nicht gesagt.

Wie, du wolltest sie beschuldigen – fuhr Heinz erschreckt auf.

Ich vertraue dir nur, was mich besorgt macht. Einen Tag erst bist du hier, und doch wird dir schon vieles Absonderliche in die Augen gefallen sein, was dir zu denken gibt. Ich bin darin aufgewachsen, und doch – nach diesen drei Jahren ... du glaubst nicht, wie fremd ich mich in der Heimat fühle – wie fremd! Meine Stiefmutter –. Er stockte.

Sie muss einmal sehr schön gewesen sein, sagte Heinz, um doch etwas zu sagen.

Und wird ihren Landsleuten noch jetzt dafür gelten. Sie hat auch sonst treffliche Eigenschaften, ist großherzig und ohne Falschheit. Nie hat sie mich's fühlen lassen, dass ich nicht ihr rechtes Kind war, nie stand sie mir beim Vater im Wege, nie hat sie aus mir etwas anderes machen wollen, als nach meinen Anlagen aus mir werden mochte. Vielleicht wär's ihr lieb gewesen, wenn ich mich dem geistlichen Stande gewidmet hätte, aber dann sicher mehr aus einem anerzogenen Hange der Frömmigkeit, als aus der Berechnung, dass ihre Tochter den Grundbesitz erben könne. Es ist wahr, der Grund von alledem geht wenig in die Tiefe; sie lebt gern leicht fort und lässt den Dingen aus einer Art von Gleichgültigkeit ihren Lauf, die ich doch lieber Sorglosigkeit nennen möchte; denn sie kann auch recht leidenschaftlich wünschen und handeln, und wen sie hasst, der mag sich vorsehen. Eine Mutter ist sie mir doch nie gewesen, immer nur – die polnische Frau, deren Sprache ich erst lernen musste. Die Polin ist sie auch geblieben. Sie hat nicht deutsche Sitte angenommen in dem deutschen Hause, sondern das deutsche Haus nach polnischer Weise eingerichtet und meinen Vater daran gewöhnt, sich wohl darin zu fühlen. So ist er nun vielleicht noch mehr als die anderen Bündischen geneigt, die eigene Herrschaft gering zu schätzen und sich nach der fremden zu sehnen. Das hat mir schon recht schwere Stunden gemacht.

Heinz drückte ihm die Hand. Bleibe du nur treu, so kommt in Zukunft doch wieder alles ins Rechte, antwortete er.

Sie gingen einige Schritte schweigend weiter. Es war nun eine Stelle auf dem Hügel erreicht, von der aus man in den Garten und auf den Tanzplatz blicken konnte; die Musik war hier deutlich zu hören. Was denkst du von meiner Schwester, Heinz? Fragte Hans plötzlich.

Sie ist das reizendste Geschöpf, was der liebe Herrgott auf die Erde gesetzt hat, rief der Freund ohne Besinnen, aber freilich –

Aber freilich? Sprich nur aus.

Es ist schwer zu sagen. Sie zieht mich an und stößt mich auch wieder ab. Nein, das trifft's nicht, sie stößt mich nicht ab, aber ich habe in ihrer Nähe das Gefühl, als müsste ich absterben. Es ist lächerlich, aber wenn ich ganz wahr sein soll, muss ich bekennen, dass mich etwas wie Angst und Furcht in ihrer Nähe befällt, als wäre ich meiner nicht mehr sicher wie sonst, und müsste tun und leiden, was ihrer Laune gefällt. Nur dass mir sehr wohl dabei ist! Sie hat so merkwürdige, zwingende Augen –

Die sind von der Mutter, fiel Hans ein, und das heitere, helle Lachen hat sie wieder vom Vater. Es treiben sich zwei Geister in ihr um, und meist tauchen sie immer neckisch auf und ab, sodass bald der eine, bald der andere in raschem Wechsel sein Gesicht zeigt. Du sprichst mit ihr ganz ernst, und im nächsten Augenblick fliegen ihre Gedanken davon wie eine Schar Spatzen. Du hörst sie über ein Nichts ausgelassen lachen, und gleich darauf fragt sie dich etwas, das kein Professor beantworten kann. Stundenlang sitzt sie auf einem Stühlchen zu den Füßen ihrer Mutter und lässt sich geduldig das Haar kämmen, was Frau Cornelia angenehm beschäftigt, und dann wieder ist ihr das schnellste Pferd nicht schnell genug; sie spielt zärtlich mit dem kleinen Reh und befreit mitleidig eine Fliege aus dem Spinnennetz, ihre Dienerinnen haben aber fast täglich rot geweinte Augen. So ist sie wie ein rechter Kobold, den man stets fangen möchte und nie halten kann. Ich bin in das närrische Zwitterding von Polnisch und Deutsch so verliebt, als es nur ein Bruder sein kann; aber manchmal habe ich mir schon im stillen Glück gewünscht, dass ich der Bruder bin. Ihr Mann ... Wie denkst du dir ihren Mann? Ich fürchte, wie sie einmal ist, wird sie einen Deutschen nicht glücklich machen und mit einem Polen nicht glücklich werden. Man zerbricht sich über so etwas den Kopf, wenn das Herz beteiligt ist.

Heinz mochte wohl diese Frage zu schwierig finden. Er gab darauf nicht Antwort, dachte vielleicht auch gar nicht darüber nach. Er wies aber mit der Hand nach dem Tanzplatz und sagte: Brechen die Tänzer nicht auf?

Hans meinte, sie würden in die Halle ziehen und dort ihr Vergnügen fortsetzen. So früh trenne man sich hier nicht.

Sie stiegen hinab, dem Rasenplatz zu, der sich allmählich leerte.

Ich muss noch einmal mit ihr tanzen, sagte Heinz; dann weise mir die Lagerstelle an, ich will morgen früh aufbrechen.

Die Musikanten spielten schon in der Halle. Wo bleibt ihr denn? Rief Natalia den Freunden zu. Ist der Junker von Waldstein schon so bald müde?

Er umfasste sie und drehte sie so rasch im Kreise um, dass sie nach einer Weile selbst rufen musste: Es ist genug!

Es ist genug, wiederholte er. Lebt wohl, Fräulein, morgen schlaft Ihr noch, wenn ich schon auf der Landstraße reite!

Sie lachte dazu.

Hans brachte den Freund nach dem alten Hause, das jetzt nicht mehr gesperrt war. Er selbst ging ebenfalls nicht mehr nach der Halle, sondern legte sich mit ihm zur Ruhe, nachdem er ihm noch ein seltenes Buch mit schönen gemalten Buchstaben gezeigt hatte.

Oft muhte der Gast sich von der einen Seite auf die andere werfen, ehe er einschlafen konnte. Die Töne der Zigeunermusik schwirrten in seine Träume hinein.

Aber nicht viel später, als er sich's vorgenommen hatte, war er am nächsten Morgen auf und zu Pferde. Hans gab ihm den Abschied bis aus dem Hoftor hinaus und entließ ihn mit einem herzlichen Händedruck.

Als er in allerhand Gedanken vertieft an der Heide vorüberkam, hörte er von den hohen Steinen her ein helles Lachen. Er schaute um und sah den Kobold zu Pferde. Guten Morgen, Junker! Rief ihn die bekannte neckische Stimme an.

Heinz wollte seinen Augen nicht trauen. Seid Ihr schon so früh auf, Fräulein? Fragte er verwundert.

Euch das Geleite zu geben. Aber in Wahrheit: Ich bin lieber gar nicht zu Bett gegangen, um nicht zu verschlafen. Ich hatte mir's nun einmal vorgenommen, Euch zu überraschen. Reitet nur im Trabe weiter, wenn Ihr wenig Zeit habt, ich folge bis zum Kreuzwege. Rechts geht's nach Lessen und Christburg.

Sie trabte neben ihm hin. Plötzlich lenkte sie ihren Braunen mit einem scharfen Ruck dicht an seinen Gaul heran, schlug ihn mit der Hand auf die Schulter und rief: Angeschlagen! Ihr habt den letzten – gebt ihn mir bald wieder!

Damit jagte sie in Windeseile davon.

Zwölftes Kapitel

Des Ordens Haupthaus

Da steht die Marienburg auf dem hohen Ufer der Nogat und spiegelt sich mit ihren hochragenden Türmen, spitzen Giebeln, mächtigen Strebepfeilern und zackigen Zinnen im Abendscheine in den klaren Fluten des breiten, langsam hinziehenden Flusses. Viel wird überall in deutschen Landen und weit über seine Grenzen hinaus im ganzen Römischen Reich an Fürstenhöfen und in Ritterburgen von ihrer Herrlichkeit gesagt und gesungen; ein Wunder der Christenheit nennt man sie. Aber wer sie mit Augen sah, bekannte gern, dass keine Beschreibung genügte, ein volles Vorgefühl von ihrem majestätischen Ernst und von der Mächtigkeit des Eindrucks auf die Seele des Schauenden zu geben. Das ist das Haupthaus des Deutschen Ordens, das ist die Wohnung des Hochmeisters, den die mehr als tausend Brüder nah und fern, die Blüte des deutschen Adels, zu ihrem obersten Gebietiger erkoren haben, und der ein Fürst ist über Burgen und Städte, Land und Leute, den mächtigsten Herren gleich.

Und da steht sie noch, hoch und hehr, wie vor hundert Jahren jener Meister Siegfried von Feuchtwangen sie fürstlich ausbauen ließ, als er des Hochmeisters Residenz für alle Zeit hierher verlegte, wie einer seiner Nachfolger, Dietrich von Altenburg, sie prächtig ausschmückte und erweiterte, wie die Gäste jenes Winrich von Kniprode sie bewunderten, der des Ordens Stolz und Ruhm war, wie sie allen den Festglanz geschaut hatte, mit dem noch Konrad von Jungingen wenige Jahre zuvor seine Fürstlichkeit umgeben hatte. Noch war kein Stein aus ihrem Zinnenkranze gebrochen, noch blickte aus ihrer Nische am Chorschlusse der St.-Annen-Kapelle das Riesenbild der Jungfrau Maria, der Schutzheiligen des Ordens, über die Stadt hinaus in ein reiches, gesegnetes, friedliches Land. Stets als Sieger waren die Streiter heimgekehrt, die aus dieser Burg auszogen, nachdem sie ihren Schutz erfleht.

Zwei gewaltige Rundtürme deckten auf dem linken Ufer der Nogat die über ein steinernes Joch in der Mitte des Flusses hingeführte Pfahlbrücke. Sie endete drüben vor einem Tor mit Doppelspitzbogen zwischen zwei runden, mit Zinnen gekrönten Türmen. Auf dem Strebepfeiler zwischen den beiden Durchgängen saß ein Mittelturm wie ein Helm auf. Rechts und links fügten sich die Mauern an, durch Pfeiler verstärkt. Man gelangte in einen weiten Vorraum und an eine zweite, noch mächtiger aufsteigende Mauer, die zugleich den Burgplatz fundamentierte. Dort erhob sich rechts das alte, schon im vorigen Jahrhundert erbaute Haus, die eigentliche Burg, kräftig in dem ganzen massigen Aufbau und doch nicht plump. Rechts wurde die vordere Wand überragt von dem Spitzgiebel des Flügelgebäudes und einem viereckigen Türmchen, links ragten zu beiden Seiten des anderen Giebels zwei viereckige Türme mit Zinnenkranz und Spitzdach auf. Hoch über sie hinaus strebte der schlanke Wachtturm, von dem man bei klarer Luft das Land bis zu den Häusern von Elbing und Preußisch-Holland überschauen und den Drausensee blinken sehen konnte, eine schwindelnde Höhe. Gegenüber, der Stadt Marienburg zugekehrt, trat die Marienkapelle mit ihrem zierlichen Bau über das Vieres hinaus und bis an den Burggraben vor.

Ein tiefer, trockener Graben, von einer Brücke überspannt, trennte die Burg von dem mittleren Hause mit seinen drei Flügeln und dem vorspringenden Prachtbau, der eigentlichen Residenz des Hochmeisters. Welches Wunder der Baukunst, stark und anmutig zugleich! Die Front nach dem Wasser hin wurde von zwei viereckigen Mauerpfeilern eingefasst, die hoch oben auf weit vorragenden Gesimsen das Gezack der Zinnen trugen. Dazwischen sah man wie in ein Spalier von drei schmalen Mauerstreben auf die tiefe, meist verschattete Wand mit den Fenstern in drei Geschossen. Damit aber alle Einförmigkeit und Schwere aufgehoben werde, hatte der Baumeister im Mittelgeschoss, wo die Prunkgemächer lagen, zwischen den Fenstern die Mauerstreben durch zierliche Säulen unterbrochen, dass nun die Gemächer lichter wurden und die Höhe zweigeteilt erschien. An dieses Haupthaus schloss sich auf der Rückseite ein Seitenflügel mit weiten, hohen Fenstern unter dem Zinnen tragenden Wehrgange an; darin befand sich der Konventsremter, dessen Spitzbogendecke sich über drei schlanken Steinpfeilern bis unter das Dach wölbte. Dort war der Ort für die glänzenden Feste, die der Meister fremden Fürstlichkeiten oder den Gesandten mächtiger Reiche zu Ehren veranstaltete.

Daran schloss sich, von der Pfahlbrücke gesehen, noch weiter links die Vorburg an, ein weiter Raum, befestigt ringsum mit Mauern und Türmen. Da stand das riesige Kornhaus des Ordens mit vier Schüttungen übereinander, das Haus für die neue Stückgießerei, die Pulvermühle; da hatten die Ställe des Meisters, des Großkomturs und der Ritter, die Schirrkammern, die Vorratshäuser ihren Platz. Aber auch nach der rechten Seite hin setzten sich die Befestigungen über das alte Schloss hinaus fort und umfassten die auf seiner Rückseite sich anlehnende Stadt mit ihrem gotischen Rathause und einer weit sichtbaren Kirche.

Junker Heinz von Waldstein fand seine Erwartungen weit übertroffen. Wenn er gemeint hatte, wie in den Schlössern zu Danzig und Schwetz nur in den Schlosshof eintreten zu dürfen, um sogleich bemerkt und zurechtgewiesen zu werden, so irrte er sehr. Es gab da so verschiedene Burghöfe und Vorplätze und Freiheiten, Durchgänge und Brücken, dass man ganz verwirrt werden konnte, und überall war das lebhafte Getriebe von Menschen, die mit sich selbst so sehr beschäftigt schienen, dass sie auf den jungen Gesellen, der sein Pferd am Zügel nach sich führte, gar nicht achteten. Da tummelten die Ritter ihre Rosse, da musterte der Pferdmarschall die Hengste, die auf den Vorwerken zum Kriegsdienst ausgewählt oder von anderen Komtureien hergeschickt waren. Da wurden die Söldner gemustert, die aus Schlesien und Mähren angelangt waren, da übten die Hauptleute ihre Haufen im Waffendienst. Auf einem Vorplatze schlug man Zelte auf, um sie sogleich wieder auseinanderzunehmen, wenn alle Stücke sich beisammenfanden, und sie auf großen Wagen zu verpacken. An einer anderen Stelle arbeiteten die Stückknechte mit schweren Geschützen, die aus dem Metzhause gekommen waren, indem sie dieselben mit Windemaschinen auf Untergestelle mit Rädern heben ließen. Dann wurden acht, zehn und mehr Pferde vorgespannt, um eine Fahrt rund um den Platz zu versuchen. Sie gelang nicht sogleich, denn die Pferde zogen ungleich an, sie bäumten sich, schlugen über die Stränge. Weiterhin vor den Speichern und Vorratshäusern war eine ganze Wagenburg aufgefahren. Hunderte von Händen waren damit beschäftigt, sie mit Lebensmitteln aller Art, Decken, Lanzen und Pfeilen zu beladen; die Aufseher trieben zur Eile an, Schreiber gingen ab und zu und notierten die einzelnen Ladungen. Heinz musste froh sein, dass man ihn endlich nach langem Herumirren zu dem Marstall wies, wo er sein Pferd unterstellen könne. Der Raum war aber schon so gefüllt, dass er nur mit Mühe ein freies Plätzchen an einer Raufe ermitteln konnte. Es blieb ihm nichts übrig, als selbst etwas Heu aufzuschütten und einen Stalleimer mit Wasser aus dem Brunnen zu füllen, damit sein müder Gaul sich erfrische.

Dann suchte er sich wieder den Weg zurück nach dem mittleren Hause, seine Briefe abzugeben. Dort war aber in den Korridoren und auf den Treppen ein solches Gedränge von Menschen, dass er lange zur Seite stand und meinte, abwarten zu müssen, bis die Menge sich verzogen habe. Es war aber ein fortwährendes Gewoge auf und ab, sodass er sich endlich überzeugte, er würde so bis zum Abend stehen und warten können, ohne doch seinen Zweck zu erreichen. Deshalb brauchte er nun seine Schultern, zwängte sich in den Treppenaufgang hinein und ließ sich bis zum oberen Flur hinausschieben. Dort war der Raum freier; in Gruppen standen Ritter, Priesterbrüder, Soldhauptleute, Bürgermeister und Ratmannen von verschiedenen Städten, die allerhand Anliegen an den Meister hatten, Withinge mit Botentaschen, Kämmerer und Hofleute. Die Türen zu den Gemächern des Hochmeisters waren belagert, immer drei und vier zu gleicher Zeit begehrten Einlass; aber die Lanzenknechte hielten Ordnung und sorgten dafür, dass nicht mehr Leute in die Vorzimmer hineingehen durften, als sich daraus entfernten. Als Heinz endlich an die Reihe kam, half es ihm doch wenig, einige Schritte vorzudringen. Es hieß, die Gesandten des Königs von Ungarn, der Großgraf Nikolaus von Gera und der Edle Stibor von Stiborziz seien beim Herrn Hochmeister, und die Unterredung werde vermutlich lange dauern. Ihr Gefolge stand da in fremdartigen Trachten. Ein Hauskomtur suchte die Zudrängenden soviel als möglich abzufertigen, indem er sie anhörte und an die Ordensbeamten wies, die Geschäften ihrer Art vorstanden, Heinz wurde bedeutet, dass heute nicht die mindeste Aussicht sei, beim Hochmeister vorgelassen zu werden; er solle aber seine Briefe auf den Tisch legen, so werde er sie gelegentlich hineinschaffen. Das schien dem Junker zu unsicher. Nach einiger Zeit kam der Großkomtur aus des Meisters Gemach und sagte, die Herrschaften würden sogleich zur Abendtafel gehen. Viele von den Wartenden folgten ihm, um wenigstens bei ihm, als des Meisters Stellvertreter, ihr Anliegen anzubringen.

Heinz trat wieder auf den Korridor hinaus und stellte sich in eine der Fensternischen, unschlüssig, was weiter zu tun, und doch nicht gewillt, das Haus ohne irgendeine bestimmte Auskunft zu verlassen. Da stand er wohl eine Stunde und meinte, endlich werde sich doch einer von der Dienerschaft seiner annehmen müssen, wenn die dringenderen Geschäfte besorgt seien. Es fragte ihn nun aber niemand nach seinem Begehr. Unmutig dachte er schon daran, sein Pferd wieder aus dem Stalle zu ziehen und in der Stadt eine Herberge zu suchen, als er einen alten Ordensbruder langsam und nachdenklich vorübergehen sah. Das gutmütige, stille Gesicht flößte ihm Vertrauen ein. Er trat vor, zog seine Kappe ab und sagte: Ehrwürdiger Herr, gefalle es Euch, einen Fremden zurechtzuweisen, der heute zum ersten Mal dieses Haus besuchte und ein Quartier zur Nacht nicht entbehren kann. Ich darf mich nicht entfernen, bis ich dem Herrn Hochmeister eine Botschaft ausgerichtet habe.

Der Bruder blieb stehen und betrachtete ihn mit seinen aufmerksamen Augen. Wer seid Ihr, und wer sendet Euch? Erkundete er.

Der Junker gab Auskunft. Als er den Komtur von Schwetz nannte, lächelte der Alte freundlich. Den kenne ich gar wohl, sagte er, und er ist ein wackerer Ritter von alter, guter Art, wie es leider nicht mehr viele in unserem Orden gibt. Denn Hoffart schlägt Rittertum Ich glaube wohl, dass Euch das Getreibe hier verwirrt. Ihr seid in einem Fürstenschlosse, nicht in einem Ordenshause, und der nahe Krieg schafft viel Unruhe. Gott der Herr wolle alles zum Besten wenden! Kann ich Euch nützen, lieber Sohn, so tu ich's gern, des braven Plauen wegen. Kommt zunächst mit mir an die Firmarietafel. Ich gehöre zu den Kranken und Gebrechlichen, die dort gespeist werden, und räume Euch mit des Spittlers Genehmigung willig meinen Platz ein, wenn er die Speisen schon verteilt haben sollte. Dann mögt Ihr in meiner Zelle schlafen. Es steht da noch das Bett für den Krankenpfleger, den ich vor einigen Tagen brauchte. Morgen wollen wir weiter zusehen, wie Eure Angelegenheit zu fördern ist. Haltet Euch an mich, und dass Ihr mich allezeit zu finden wisst, sage ich Euch, dass man mich den Bruder Wigand von Marburg nennt. Merkt Euch den Namen.

Heinz dankte ihm für seine Güte und folgte ihm die Treppe hinab über die Brücke nach dem Hohen Hause, das sie durch ein hochgewölbtes Portal betraten. Bruder Wigand versäumte nicht, in die Kirche einzutreten und ein kurzes Gebet an einem Seitenaltar zu sprechen. Der Spittler nahm den Gast auf seine Empfehlung gütig auf und hatte genug Speisevorrat und Tafelbier für beide.

Die Schlafzelle lag nicht weit davon; sie gehörte zum Spital und bot mancherlei Bequemlichkeit, die den Ritterwohnungen fehlte, so auch einen kleinen Ofen, durch den der Raum im Winter erwärmt werden konnte. In die dicke Mauer war eine tiefe Fensternische eingeschnitten, der Fußboden in derselben durch einen hölzernen, mit einer Binsendecke belegten Tritt erhöht. Es stand dort ein Tisch unter der durch Ölpapier gegen das Eindringen der kalten Luft verwahrten Lichtöffnung. Darauf lagen aufgeschlagene Bücher, auch mehrere Federn und Pinsel neben kleinen Schälchen mit schwarzer und roter Flüssigkeit. Das oberste Blatt eines der Bücher war erst zur Hälfte mit kurzen ungleichen Reihen beschrieben. Das ist meine Werkstätte, erklärte Bruder Wigand. Ich schreibe gern gute Bücher ab und bin auch vom Herrn Hochmeister über des Hauses recht ansehnliche Liberei gesetzt. Ist meine Gesundheit nicht zu schwach, so lehre ich in seiner lateinischen Schule. Die wird nun freilich lange Ferien haben, da die jungen Gesellen statt der Feder das Schwert zur Hand nehmen, und wenn sie sich wieder in der Schulstube sammeln, so viel ihrer mit heiler Haut davongekommen, liege ich vielleicht schon als stiller Mann neben stillen Männern auf dem Parchan, wo unweit der St.-Annen-Kapelle unser Begräbnisplatz ist. Wie Gott will!

Heinz fragte den Bruder, was er zurzeit schreibe und warum er die Reihen nicht ganz ausfülle. Der antwortete lächelnd: Das da schreibe ich nicht aus anderen Büchern ab, sondern es ist mein eigenes Werk zu nennen. Seit früher Jugend bin ich in diesem Ordenslande und habe viele Heerfahrten begleitet und lange ein Heroldsamt bekleidet und mancherlei erfahren, was mir des Aufbewahrens wert schien. So hab' ich beschlossen, eine Chronik des Ordens zu schreiben und sie in Reime zu bringen, dass sie sich leichter dem Gedächtnis einpräge. Vor vielen Jahren ist sie schon beendet worden, denn was nach Meister Wallenrods Tode geschehen, mochte ich nicht aufnehmen, damit das Buch keinen der Brüder verdrieße. Ich schreibe es nun säuberlich ab für des Herrn Hochmeisters Liberei. So habe ich meine Beschäftigung täglich und bin doch nicht ganz ein unnützer Mitesser.

Der Junker bat ihn, etwas aus dem Buche vorzulesen, da er wohl merkte, dass der Schreiber mit ganzer Seele bei seinem Werke sei. Wigand ließ sich auch nicht lange bitten, schlug einige Blätter zurück und las vor von der Schlacht bei Rudau, in der Hennig Schindekopf, der tapfere Komtur, gegen die Litauerfürsten Kynstut und Oljerd kämpfte und siegend den Heldentod starb. Dann meinte er, dass es Zeit sei, zur Ruhe zu gehen. Ein andermal wolle er ihm von dem Ehrentisch vorlesen, den Meister Wallenrod vor der großen Kriegsreise nach Litauen seinen Gästen gedeckt habe. Dergleichen werde sich nicht mehr wiederholen in diesen Landen.

Am nächsten Morgen nahm er ihn mit sich und führte ihn zu dem obersten Kämmerer, der den Hochmeister nach dem Aufstehen zu bedienen und zu kleiden hatte. So kommen wir schneller zum Ziele, meinte er, als wenn wir bei einem der Gebietiger anklopfen. Diese Leute sind immer um den Meister und erkunden leicht die günstigste Stunde, wann ein Fremder ihn sprechen kann. Wendet man sich an sie, so schmeichelt's ihnen, dass man sie für viel vermögend hält; und so sind sie gern nützlich. Er täuschte sich denn auch nicht. Der Kämmerer nahm die Briefe an sich und versprach, sie dem Meister abzugeben, bevor er noch mit Geschäften behelligt sei; so werde er ihnen sicher mehr Aufmerksamkeit schenken. Ein Geschenk vermehrte noch seinen Eifer, zu dienen.

Es war noch zu früh, auf die Vorlassung zu warten. Bruder Wigand zeigte seinem jungen Freunde die Bibliothek des Schlosses, in der sich gegen fünfzig geschriebene Bücher geistlichen und weltlichen Inhalts befanden, ein Schatz, den Junker Heinz schwerlich nach seinem vollen Wert zu würdigen verstand. Dann sagte er ihm, dass er als ältester Herold die Anfertigung der Fahnen zu beaufsichtigen habe, und gestattete seine Begleitung nach dem Raume der Vorburg, in welchem die Maler arbeiteten. Da waren zwei große seidene Fahnen mit des Hochmeisters Wappen schon fertig ausgehängt: sie zeigten auf weißem Grunde ein goldenes Kreuz mit schwarzen Rändern, an den Spitzen erweitert; mitten darauf lag ein goldenes Kreuz mit schwarzem Adler; die dem Fahnenstock abgewandte Seite des Tuches war zweimal geschlitzt. Prächtig glänzte die Goldstickerei. Ebenso kostbar waren vier kleinere Banner des Meisters hergestellt. Mehrere andere von Leinwand wurden mit des Meisters Wappen in Gold bemalt, eine größere Zahl begnügte sich mit einfacherer Malerei in Farbe. Tücher, die bereits benutzt und verblichen waren, wurden sorgfältig übermalt. Die Arbeiter bewiesen viel Geschick in ihrer Kunst; es waren, wie Bruder Wigand erzählte, dieselben, die auch im Kapitelsaal die großen Figuren aus der Heiligengeschichte auf die dreieckigen Wandabschnitte zwischen den Gewölbebogen künstlich aufgetragen hatten.

Im Vorbeigehen wurde dem Gießmeister Ambrosius aus Nürnberg im Gießhause ein Besuch abgestattet. Er verstand die Kunst, das Metall zu mischen und Geschütze in einer Größe herzustellen, wie man sie bisher nicht für möglich gehalten hatte. Freilich war es ihm noch nicht gelungen, den Guss aus einem Stück zu formen, aber er brachte die Teile geschickt und fest zusammen, sodass ein Springen bei angemessener Pulverladung nicht zu befürchten war. Alle Ballisten und Katapulten, und wie die Wurfmaschinen sonst heißen mögen, sind dagegen Kinderspiel, sagte er. Mit zehn solchen Röhren will ich mir's wohl übernehmen, die festeste Mauer niederzuwerfen, und das aus einer Entfernung, wo auch kein Pfeil oder Schleuderwurf von den Zinnen her treffen soll.

So sind auch unsere Schlösser nicht mehr sicher, meinte Wigand, wenn der Polenkönig sich ähnliches Geschütz zu schaffen weiß.

Der Nürnberger zog die Achseln. Es ist so, antwortete er. Aber die Kunst, so große Stücke zu gießen, ist noch ein Geheimnis weniger Werkmeister, und die Kosten sind so groß, dass nur sehr reiche Fürsten sie aufbringen können. Auch hat's erhebliche Schwierigkeiten, so schwere Massen von einem Ort zum anderen zu bewegen, da die Räder der Wagen den Druck nicht aushalten oder auf schlechten Landstraßen so tief einsinken, dass den Zugtieren die Kraft versagt. Wäre das nicht zu bedenken, so könnten wir leicht noch mächtigere Röhren zusammenschweißen.

Das Sicherste bleibt immer, äußerte Wigand, den Feind in seinem eigenen Lande anzugreifen und in offener Feldschlacht niederzuwerfen, damit er an die festen Schlosser nicht heran kann. Den Einfällen der Litauer werden sie wohl noch lange Zeit standhalten.

Sie gingen nun nach dem Residenzschlosse zurück. Im Vorzimmer vor des Meisters Gemach standen schon wieder Ordensbeamte, Hauptleute und Boten, die Einlass begehrten. Es waren polnische Männer aufgegriffen, die in Bettlerkleidung das Land durchstreiften, um für den König zu kundschaften, und die nun verräterische Aussagen gemacht hatten, ihr Leben zu retten. Auch waren in der Nacht Briefe von den Komturen der Grenzburgen angelangt: dass der Feind ein großes Heer zusammenziehe und Großfürst Witowd seine Litauer, aber auch wilde Russen und Tataren dem König zuführe. Sein Bruder Switrigal, der ihm feindlich gesinnt und im geheimen mit dem Orden verbündet war, hatte Boten geschickt und melden lassen, dass er ihn nicht aufzuhalten vermöge. So hatte der Meister wieder Arbeit die Fülle für diesen Tag. Gleichwohl wurde Heinz von Waldstein auf des Kämmerers Meldung vorgelassen.

Er trat in ein prächtiges Gemach mit hoher Wölbung, Fenstern von buntem Glase, gestickten Teppichen an den Wänden und farbige Malerei darüber. Meister Ulrich von Jungingen, ein Mann in kräftigstem Lebensalter, groß und schlank gewachsen, blondhaarig und mit feurigen blauen Augen, sah in einem Lehnstuhl von schönem Schnitzwerk, in dem die Adlerköpfe und -klauen vergoldet waren. Zu beiden Seiten standen die Großgebietiger und Hauskomture, seiner Befehle gewärtig. Auf einem Tisch mit Steinplatte lagen Papierrollen, Siegel, Federn. Heinz ließ sich vor dem Meister auf ein Knie nieder und küsste die Hand, die er ihm gnädig zureichte.

Ihr seid mir durch Bruder Heinrich von Plauen gut empfohlen, begann der Meister mit glockenheller Stimme, und Euer Aussehen ist das eines kernhaften Jünglings, den es höchste Ehre dünkt, Ritterschaft zu erwerben unter denen, die ritterliche Ehre hochhalten und über alles schätzen. Wohlan! Wenn Ihr für die Heilige Jungfrau Leib und Leben einsetzen wollt, in diesem bevorstehenden Kampf, wie Bruder Heinrich schreibt, so nehme ich Euch auf seine Fürsprache gern in meinen persönlichen Dienst und gestatte Euch, an meiner Seite zu reiten und des Meisters großes Banner mit Eurem Schwert zu decken nebst den anderen tapferen

Männern, die dazu berufen sind. Wollt Ihr mir Treue geloben auf echtes Manneswort?

Ich gelobe Treue auf echtes Manneswort, antwortete der Junker, und dass ich von Eurer Seite nicht weichen will und von Eurem Banner nicht lassen, solange meine Hand das Schwert führen kann.

So erhebt Euch, sagte der Meister, und haltet Euch auf den ersten Ruf bereit. Der Feind rüstet mit Macht, aber wir sind nicht unvorbereitet und gedenken ihn ritterlich aufzusuchen. Er wandte sich an einen der Hausbeamten: Sorgt indessen bis zur Abreise für meinen Dienstmann.

Er winkte mit der Hand. Schon traten andere Leute vor. Heinz verneigte sich ehrerbietigst an der Tür noch einmal und verschwand hinter dem Vorhange, den der Kämmerer zurückfallen ließ.

So hatte er erreicht, was für den Augenblick zu erreichen war: Aus des mächtigen Fürsten eigener Hand empfing er seinen Dienst. Nun konnten die Verwandten und Freunde für ihn nichts mehr tun; seine Sache war's, ihrer Empfehlung Ehre zu machen und sich als einen tapfern Kämpfer zu bewähren. Dass ihm dies gelingen werde, zweifelte er nicht, da ihm jetzt vollauf Gelegenheit geboten war. So lehrte er froh gelaunt in Wigands Zelle zurück.

Seine Gedanken flogen hoch. Er war gerade in der Stimmung, sich durch die Erzählung von Meister Wallenrods Ehrentisch noch mehr anzufeuern. Und so ließ sich denn der Alte erbitten, den Abschnitt aus seinem Buche vorzulesen. Im Jahre des Heils 1393 war's, als Konrad von Wallenrod mit mehr als 50 000 fremden und eigenen Kriegern in Litauen einrückte, die Heiden mit dem Schwert zu züchtigen. Unaufhaltsam drangen sie vor. Auf einer Insel im Memelfluss unweit Kauen wurde der Ehrentisch unter einem prächtigen Zelt aufgestellt. Auf der Morgenseite des Flusses stand das Ordensheer, das der Ordensmarschall führte; gegenüber schauten die deutschen Kreuzfahrer, vom Großkomtur befehligt, dem Schauspiel zu. Zwölf Ehrenritter waren auserwählt und nahmen Platz an der Tafel. Damit jeder aus den beiden Heeren sehen könne, wurde das Zelt nach der Anrichtung weggezogen, den Tafelnden aber hielt man zum Schirm gegen die Sonne breite Hüte von goldenem Stuck übers Haupt, denn die Sonne war heiß und schien auf den Tisch, von dem das goldene Gefäß weithin erglänzte. Auf den Tisch trug man nichts auf als Gefäße ganz von Gold oder übergoldet. Dreißig Schüsseln wurden gerichtet und zu jedem Gericht neue Teller und neue Löffel, zu jeglichem Getränk aber, das aus allen Landen da war, besondere Geschirre, und nur einmal durfte aus jedem Becher getrunken werden, dann stand wieder ein anderer da. Worauf ein jeder aß und woraus er trank, wie oft auch gewechselt wurde, das war alles sein, und er behielt es als Ehrengabe. So aßen sie von elf Uhr am Morgen bis zwei zur Vesperzeit. Viel Herolde aber lobten, während sie tafelten, mit rühmenden Worten die Taten derer, die Hilfe und Ehre getan in Preußen dem würdigen Orden. Der erste am Tisch war ein Ritter aus Österreich, Kinodius von Richardsdorf, der hatte in der Türkei vierzig Männer in guten Waffen, die ihm nachjagten, allein zu Boden gestreckt und mannhaft erschlagen. Den zweiten Platz hatte Markgraf Friedrich von Meißen, weil sein Geschlecht den Orden nicht verlassen hat in Nöten. Der dritte war der Graf Hildermidus aus Schottland, der ward geehrt seines Vaters wegen, denn er hatte sich töten lassen, damit sein Herr der König leben bleiben mochte, da ihm der König von England nach dem Leben trachtete. Als der vierte war Graf Rupert von Württemberg gesetzt, der aus Demut nicht die Kaiserkrone hatte annehmen wollen, wiewohl er doch erwählt worden war. Dann kam der Hochmeister, und von ihm rühmten die Herolde wahrhaftig, dass er reich von Gütern und eine auserwählt schöne Jungfrau, eine Gräfin von Habsburg, ihm zur Ehe angetragen war, er aber aus Liebe zu Maria alles abschlug und geistlich wurde. Der sechste war Degenhard, ein Bannerherr aus Westfalen, der hatte den Mördern seines Vaters vergeben, weil sie ihn anflehten, um Mariens willen. Den siebenten nannte man Friedrich von Buchwalde, der hatte sein Leben lang nie einem etwas versagt, der ihn bat bei der Ehre des Ritters St. Georg, und so folgten noch fünf andere, und die Herolde priesen ihre löblichen Taten und frommen Werke.

Als Wigand den siebenten erwähnte, gedachte Heinz seines Freundes, dessen Namen er führte. Und er fragte, ob jener aus demselben Geschlecht gewesen. Darauf nannte Wigand ihm einen älteren Bruder des Ritters, Arnold von der Buche, der bei Rheden angesessen sei. Er sei im Kampfe gegen die Litauer gefallen.

An einer solchen Tafel zu sitzen dachte Heinz sich nun als die höchste Ehre, die ein ritterlicher Mann erwerben könne, und so erkundigte er sich fleißig, ob jenes der einzige und letzte Ehrentisch gewesen. Wigand aber antwortete darauf, der Deutsche Orden habe vor alters von Papst und Kaiser das Privileg zugesprochen erhalten, dass der Herr Hochmeister ihn seinen Gästen decken lassen möge, wann und wo er wolle, und dass wohl auch einmal in seinen Zeiten Ritterschaft noch so geehrt werden könne, obschon das Kreuz nicht mehr gepredigt werde gegen die Heiden. Es wird wieder nottun, fügte er hinzu, wenn es sich bewahrheitet, dass Russen und Tataren gegen Mariä Burg anrücken.

Da Heinz den Alten so bewandert fand in des Landes Geschichten, meinte er die Gelegenheit nutzen zu müssen, sich über alle Dinge eingehend zu unterrichten, die ihm jetzt nahelagen und zu wissen erwünscht waren. Sein Dienst bei dem Hochmeister ließ ihm für jetzt noch viel freie Zeit; man kümmerte sich, da immer neue Menschen zuströmten und Weisung erhalten wollten, kaum um ihn, sodass er nach Belieben Burg und Stadt besichtigen oder auch in Wigands Zelle verweilen konnte. An einem der nächsten Abende nach der Vesper, als er dort den alten Herrn mit Schreiben beschäftigt fand, sagte er: Mag es Euch nicht verdrießen, Herr Wigand von Marburg, wenn ich Euch noch um eine Auskunft bitte, und lacht mich nicht aus, wenn ich etwas frage, was hierzulande wahrscheinlich jedes Kind weiß. Es ist Euch aber bekannt, dass ich aus dem Reich eingewandert bin, und dorthin dringt spärlicher und ungenauer die Kunde von dem, was über dieses Ordensland hinaus im fernen Osten geschieht und geschehen ist. Wir haben die Namen der Litauerfürsten Witowd und Jagiel nennen hören und wissen, dass Wladislaus Jagello nun ein christlicher König van Polen ist; wie die Dinge aber des näheren zusammenhängen und welchen Grund es hat, dass der würdige Deutsche Orden von diesem Fürsten so hart bedrängt wird, das möchte ich erfahren, ehe ich selbst das Schwert ziehe. Euch, der Ihr des Landes Chronik geschrieben, wird es ein leichtes sein, mich in Kürze zu unterrichten.

Wigand lächelte dazu, ein wenig geschmeichelt. Ich muss es loben, antwortete er, dass Ihr nicht wie ein Soldknecht um Lohn dienen, sondern wissen wollt, für welche Sache Ihr streitet. Aber so leicht ist das nicht, was Ihr von mir fordert. Denn die Geschicke jener fernen Länder sind dunkel, und es lebt dort niemand, der sie aufgeschrieben hätte, und so sehen wir von mancherlei Tun die Folgen, aber nicht den inneren Zusammenhang. Vieles davon steht in meinem Buche; wollte ich es Euch aber lesen, so möchten wohl Tage hingehen, bis ich zu Ende käme, und bei den vielen Kriegsfahrten, Einfällen und Belagerungen würde sich Euer Gedächtnis nur verwirren. So will ich denn versuchen, knapp zusammenzufassen, was mir das Wichtigste scheint. Höret denn:

Es ist Euch bekannt, Junker, dass in diesem unserem Lande voreinst die heidnischen Preußen wohnten, und dass sie vom Deutschen Orden niedergeworfen und nach mancherlei Aufständen gänzlich unterjocht und ausgerottet oder zum Christentum bekehrt sind vor nun hundertundfünfzig Jahren. Ihre Nachbarn im Osten aber waren die heidnischen Litauer, und sie bewohnten ein weites Reich, dessen Grenzen noch niemand gemessen hat, und fürchteten die Waffen der siegreichen Kreuzherren und der Schwertbrüder in Livland und fielen fast jährlich in deren Gebiete ein, Burgen und Höfe zu zerstören und Vieh fortzutreiben. An der Grenze entlang aber liegt ein Land, das heißt Szamaiten, und um das war nun vor alters der Streit. Die Litauer hätten es auch wohl behauptet und dem Orden noch mehr Schaden getan, wenn nicht Uneinigkeit unter ihnen selbst und ihren Fürsten gewesen wäre, dass sie gegeneinander um die Oberherrschaft kämpfen mussten. Davon will ich nun erzählen.

Vor hundert Jahren etwa hatte Litauen einen Fürsten, der hieß Witen; sein Sohn aber war Gedemin, und er brachte die ganze Macht des Landes an sich und herrschte viele Jahre. Gedemin aber hatte sieben Söhne und teilte unter sie das Land. Der dritte war Olgierd, dem gab er die Herrschaft Krewo, und der Fürst von Witebsk, der keine Söhne hatte, nahm ihn zu seiner Tochter; der fünfte aber war Kynstut, der erhielt die Herrschaft Troki. Diese beiden standen in großer Liebe und Ehrung. Und sie besprachen sich untereinander, wie sie ihre Brüder herabsetzen wollten. Und es gelang nach ihrem Wunsch, sie zu unterwerfen, dass sie nun die oberste Macht hatten. Darauf bekämpften sie den Orden und führten vor jetzt vierzig Jahren ein mächtiges Heer nach Preußen und drangen ins Samland vor, bis Hennig Schindekopf ihnen bei Rudau entgegentrat und sie aufs Haupt schlug, selbst aber das tapfere Leben einbüßte.

Dass die Litauer nun bei Rudau geschlagen wurden und die Flucht ergriffen, dafür war noch ein besonderer Grund, der wenigen bekannt ist. Olgierd hatte nämlich zwölf Söhne und liebte am meisten den Jagello, Kynstut aber hatte sechs Söhne und zog Witowd den andern vor. Und sie hatten diese beiden jungen Prinzen mit sich genommen, als sie in Preußen einbrachen. Da nun aber bei Rudau der Kampf schwankte, ließen sie die jungen Prinzen in Sicherheit bringen, und das war ihr eigenes Verderben. Denn als die Litauer dessen gewahr wurden, glaubten sie die Schlacht verloren und begaben sich eiligst zur Flucht.

Jagello und Witowd aber, die jungen Prinzen, waren miteinander erzogen und liebten einander wie Brüder und hatten Freundschaft geschlossen für ihr ganzes Leben. Da sie nun sahen, dass die Ihrigen geschlagen wurden und viele Tausende auf dem Felde zu Rudau unter dem Schwert der Ritter verbluteten, da ward ihr Gemüt beschwert, und ein tiefer, unauslöschlicher Hass gegen den Deutschen Orden kam in ihre Seele, dass sie sich die Hände reichten und bei ihren heidnischen Göttern einen schrecklichen Schwur taten, nicht nachzulassen, bis seine Macht gebrochen sei. Den Schwur haben sie nicht vergessen, obschon nochmals viel Feindschaft zuzeiten unter ihnen herrschte; denn Witowd war ein edler

Mann und großen Herzens und verzieh immer wieder, was der boshafte, heimtückische Jagello gegen ihn sündigte, jenes Schwures wegen.

Als nun Olgierd gestorben war, trat Jagello, dem er sterbend seine Liebe zugewandt hatte, in seine Stelle als oberster Großfürst neben Kynstut, der sein Oheim war. Und Kynstut liebte ihn wie seinen Sohn und vertraute ihm. Er ward aber arg getäuscht. Denn Jagello wollte über das ganze Land herrschen und verband sich heimlich gegen ihn mit dem Orden, den er doch im Grunde seines Herzens hasste. Als Kynstut davon Nachricht erhielt, befragte er ihn; Jagello aber leugnete unter falschen Schwüren, und der arglose Mann glaubte ihm. Erst da ward er seine Tücke gewahr, als Jagello gegen alle Sitte seine Schwester dem ihm verhassten Voidelo vermählte, einem gemeinen Manne, der sich von Olgierds Bäcker zu seines Sohnes erstem Günstling aufgeworfen hatte. Da er nun auf dessen bösen Rat auch den Sohn Kynstuts, Andreas Weidat, bekriegte, fiel der ergrimmte Großfürst über ihn her, nahm ihn in Wilna gefangen und ließ Voidelo henken. Da wär's wohl auch Jagello ans Leben gegangen, wenn nicht Witowd, der alten Freundschaft eingedenk, für ihn bei seinem edlen Vater gebeten hätte, dass er ihn freigab und ihm verzieh.

Das lohnte der schändliche Jagello beiden mit Undank. Denn er ließ nicht von seinem heimlichen Bündnis mit dem Orden, fiel von ihnen ab, da er zur Heeresfolge gegen den Fürsten von Nowgorod aufgeboten war, überwand sie durch Hinterlist, indem er sie unter dem Anerbieten eines Vergleiches zu sich lockte, und verhaftete sie. Seinen Oheim Kynstut, für den der Orden sich verwandte, ließ er nach Krewa ins Gefängnis bringen und dort erwürgen. Es hieß, er sei an einer Krankheit gestorben, und er wurde in allen heidnischen Ehren bestattet, auf einen großen Scheiterhaufen gelegt und verbrannt mit allen seinen Hunden und Rossen unter feierlichen Blutopfern, wie es nach altem Brauch einem litauischen Großfürsten ziemlich war. Und dieser ist der letzte, der so heidnisch bestattet worden.

Witowd aber saß in einem leidlichen Gefängnis, und seine Gemahlin Anna nebst zwei Mägden durften bei ihm ein und aus gehen. Diesen schwatzten die Wächter aus, dass es mit Witowd ebenso stehe wie mit seinem Vater, und dass die Boten, die ihn ermorden sollten, schon angelangt seien. Da stellte Frau Anna ihm vor, wie die Mädchen immer zum Betten kämen; sie würde ihm aber die Kleider eines der Mädchen anzulegen geben; so würde er hinausgehen mit dem andern Mädchen und jenes bei ihr zurückbleiben. Und er kleidete sich in den Anzug des einen Mädchens und ging mit dem andern hinaus und begab sich aus der

Stadt und eilte zu den Deutschen und Preußen. Als er aber bei den Deutschen weilte, in Marienburg bei dem Meister, so kamen zu ihm viele litauische Fürsten und Bojaren, und er begann mithilfe der Deutschen das litauische Land mit Krieg zu überziehen, nahm auch das Christentum an und wurde getauft mit dem Namen Konrad. Aber im Herzen blieb er heidnisch gesinnt und vergaß nicht seines Schwures.

Indessen so geschah es, dass Ludwig, der Ungarn und der Polen König, starb, ohne männliche Erben zu hinterlassen. Zwar hatte er seine älteste Tochter Maria mit dem Markgrafen Sigismund verlobt und diesen zu seinem Nachfolger bestimmt, aber die polnischen Großen waren ihm abgeneigt, da sie für ihre Herrschaft fürchteten, und riefen Ludwigs jüngste Tochter Hedwig zu ihrer Königin aus, unter dem Beding, dass sie ihre Hand nach des Landes Gutbefinden verschenken sollte.

Da beschloss Jagello, jetzt Oberherr von Litauen, um sie zu werben, und lockte Witowd wieder zu sich heran, seiner Feindschaft ledig zu werden, und es gelang ihm, seinen Vetter zu gewinnen. Nun zog er mit großem Gefolge gegen Krakau und trat als Freier der schönen Prinzessin Hedwig auf gegen den schlesischen Herzog Wladislaus und den masowischen Herzog Ziemowit und Wilhelm von Österreich, den Hedwig liebte. Er versprach den gierigen Magnaten, dass er seine Schätze mit nach Polen bringen und sich mit allen seinen Brüdern und Untertanen taufen lassen wolle, und dass er der Krone Polen die Länder Litauen und Szamaiten verkörpern und die Ordensländer Kulm und Pommerellen zurückerobern werde, und darauf sprachen sie ihm die Hand ihrer Königin zu. Hedwig aber hatte Abscheu gegen den hässlichen, verschlagenen heidnischen Mann und nahm Wilhelm von Österreich zu sich, den sie liebte, und gestand ihm fünfzehn Nächte durch alle Rechte eines Gemahls. So meinte sie, sich Jagello verhasst zu machen und ihren Willen durchzusetzen. Der jedoch zwang sie schamlos, sein Weib zu werden, und ließ sich taufen, und jeder Litauer erhielt einen weißen Rock, dafür ließ er sich taufen So waren die Reiche Litauen und Polen in einer Hand vereinigt, was der Orden nimmer hätte zulassen sollen. Aber es ist geschehen. Auch als nach Jahren Hedwig im Wochenbett starb, wusste er die Krone Polens zu behaupten, da er Anna, Gräfin von Cili, des polnischen Königs Kasimir Enkelin, heiratete. Und so ist er nun selbst ein mächtiger König.

Seit jener Zeit hat er Witowd zu seinem Statthalter in Litauen angenommen, und sie haben bald in Feindschaft, bald in Freundschaft miteinander gelebt, zuletzt aber in Freundschaft. Und ihr Schwur ist festgeblieben, und nun sie die Macht haben, der Orden aber geschwächt ist, gedenken sie ihre Heere zu vereinigen und die Deutschen niederzuwerfen. Gott und die Heilige Jungfrau mögen uns schützen!

Als Bruder Wigand so seine Erzählung geendet hatte, faltete er die Hände und sprach ein langes, bewegtes Gebet. Sein junger Freund aber folgte seinem Beispiel. Dann dankte er ihm herzlich für die gute Auskunft, legte die Finger der rechten Hand auf den Kreuzgriff seines Schwertes und gelobte dem Orden treu zu dienen gegen den tückischen Jagello, seinen Todfeind. Witowd aber mochte er nicht so sehr schelten, da er edelmütig gehandelt hatte und dem Orden, wenn er ihn bekriegte, stets ein offener Feind gewesen war.

Noch einige Tage vergingen in Unruhe. Heinz besuchte gern den Meister Ambrosius von Nürnberg, der mit seiner Familie neben dem Gießhause Wohnung hatte, und ließ sich in allem unterrichten, was der brave Mann von seiner Kunst verraten durfte. Oft fand sich auch Wigand bei ihm ein, und immer wurde ein ernsthaftes Gespräch geführt, an dem der Junker seine Freude hatte.

Dann hieß es, dass in der Kirche mit großer Festlichkeit die neuen Fahnen und Banner geweiht werden sollten. Heinz durfte als des Meisters Knappe zugegen sein. Ein feierlicher Zug bewegte sich vom Residenzschlosse aus nach der alten Burg, durch die prachtvolle Vorhalle und den reich gezierten Eingang in die Kirche. Meister Ulrich von Jungingen, in ritterlicher Rüstung und den weißen Mantel über den Schultern, nahm gegenüber dem Hauptaltar unter dem gewölbten Thronhimmel Platz, der von zwei runden, aus gelblich-grünem Kalkstein gearbeiteten, schön geglätteten Pfeilern getragen wurde. Zu beiden Seiten und an den Seitenwänden entlang ließen sich die Gebietiger und die ältesten Brüder in die Ritterstühle nieder, die über sich eine Empore mit kunstvoller Steinbrüstung hatten. Die andern Brüder nahmen auf Bänken ihren Sitz; es waren ihrer gewiss mehr als siebzig. Neben ihnen stellten sich die Soldhauptleute und viele von den Landesrittern auf, die zugezogen waren. Vor dem Hauptaltar wurde ein Hochamt abgehalten, eine kleine Orgel in der Mauernische begleitete die feierlichen Gesänge. Dann folgte die Fahnenweihe durch die Priesterbrüder.

Darauf trat der Meister durch eine kleine Tür in der Rückwand des Thronhimmels in den Kapitelsaal. Die Ritter folgten ihm auf anderem Wege, aber außer ihnen wurde niemand eingelassen. Bruder Ulrich hielt hier das letzte Kapitel vor seinem Abzüge zum Heere ab, und was beraten wurde, galt für alle als Heimlichkeit.

Eine Stunde darauf schmetterten die Trompeten. Der Meister bestieg sein reich gezäumtes, weißes Schlachtross. Mit einem prächtigen Gefolge von Rittern und Knappen zog er aus der Marienburg zum Kampfe aus. Ich begrüße dich als Sieger, oder nie mehr! Rief er der stolzen Feste zu, als er das letzte Tor hinter sich hatte. Als Sieger oder – nie mehr!

Dreizehntes Kapitel

In beiden Lagern

Bald füllten sich nun alle Straßen, die aus dem Innern des Landes zur Südgrenze führten, mit Kriegsvolk. Michael Küchmeister von Sternberg deckte die Neumark als deren Vogt. Weiterhin bei Friedland zog der Komtur von Schlochau märkisches Volk und etliche Söldnerhaufen zum Schutz der Grenze zusammen. Wenige Meilen davon sammelte der Komtur von Tuchel seine Streitschar. Heinrich von Planen hielt Schwetz mit dreitausend Mann besetzt und sollte stehen bleiben. Bei Thorn befehligte Eberhard von Wallenfels, Komtur von Ragnit; weiter ostwärts am Dremenzflusse entlang lag der Komtur von Virgelau, Paul Kotmann von Dademberg, mit ansehnlicher Streitmacht. Das Hauptheer aber sammelte sich um den Ordensmarschall nicht weit von Schwetz in einem Lager.

Von Norden her sandte der Landmeister von Livland Hilfstruppen; der Herzog von Stettin schickte seinen Sohn Kasimir mit sechshundert Rossen und etlichen Fähnlein Knechten; der Herzog Konrad von Öls führte seine Schlesier heran; Söldner aus Meißen, Franken und vom Rhein stießen dem Ordensmarschall zu. Über auch in den Städten und auf dem Lande regte sich's überall, wenn man auch mit dem Auszuge bis zum letzten Termin wartete, um die Verpflegung nicht zu erschweren. Wer kriegspflichtig war, sorgte für seine Rüstung.

Die Komture, die noch auf ihren Schlössern saßen, hielten ihre Aufgebote bereit, musterten Mannschaften, Pferde und Waffen. Schulzen und Köllmer hatten leichten Rossdienst zu leisten und sich mit Plate, Eisenhut, Schwert und Schild zu gestellen. Ritter und Knechte des Gebietes, die größeren Grundbesitz hatten, sammelten sich mit ihren Hintersassen um den Bannerführer, der aus ihrer Mitte gewählt war. Die Angesehensten kämpften gleich den Deutschordensrittern auf einem gepanzerten Streithengst in voller Eisenrüstung mit Lanze und Schild, ihre Gesellen in leichteren Waffen. Der Komtur ordnete die einzelnen Kriegshaufen, übte sie ein und führte sie dann gesamt nach dem ihm angewiesenen Lagerplatz. Withinge auf schnellen Pferden ritten zwischen ihm und dem Ordensmarschall oder dem Hochmeister ab und zu, Botschaften zu überbringen und Befehle abzuholen.

In die Städte ging das Aufgebot an die Magistrate; nur im ganzen war die Zahl der zu stellenden Mannschaft bestimmt, die Bürgerschaft machte es unter sich aus, wie dieselbe aufzubringen. Da gab es nun Rats- und Gemeindeversammlungen und Morgensprachen der Ämter, und die ganze Stadt war in fieberhafter Erregung. War die gestellte Mannschaft so ansehnlich, so zog sie mit ihrem Schultheißen oder seinem Stellvertreter aus dem Rat unter eigenem Fähnlein dem Komtur zu. In den großen Städten rüstete man noch selbstständiger zur Kriegsreise.

Der Hochmeister machte zunächst zu Engelsburg Rast und ließ sich dorthin von allen Seiten Bericht erstatten. Obschon der Weg von da bis Rheden nicht weit war, unterließ Heinz doch einen zweiten Besuch in Buchwalde. Der Ritter Arnold von der Buche war, wie er erfuhr, mit seinem Sohne Hans bereits dem Bannerführer des Kulmer Landes, Nikolaus von Renys, ins Feld gefolgt. Frau Cornelia und Natalia hatten sich im alten Hause eingerichtet, da das neue gegen allerhand herumziehendes Volk in dieser schlimmen Zeit nicht sicher genug zu sein schien. Der eine von den polnischen Herren war abgereist, der andere hielt sich noch dort auf, wahrscheinlich um die Damen im geeigneten Zeitpunkt über die Grenze zu bringen. Der Ritter mochte ihre Abreise jetzt noch nicht gewünscht haben, damit im Ordenshause kein Gerede entstehe. Unter solchen Umständen meinte Heinz, sich zurückhalten zu müssen.

Dann verlegte Ulrich von Jungingen sein Quartier nach Thorn, um der Grenze näher zu sein. Hier versuchten die Gesandten des ungarischen Königs noch einmal, Verhandlungen zwischen ihm und dem König von Polen in Gang zu bringen. Sie mussten aber rasch abgebrochen werden, da Jagello auf Abtretung Szamaitens und des Dobriner Landes bestand, so scheinheilig er auch seine Friedensliebe versicherte. Der Hochmeister berief sich auf den Schiedsspruch des Königs von Böhmen, den Polen nicht angenommen hatte.

Wie Jungingen nun seine Streiter insgesamt überzählte, hatte er fünfzigtausend Mann aus Preußen und den Ordenslanden und dreiunddreißigtausend Mann Söldner unter fünfundsechzig Heerbannern zu seiner Verfügung, darunter sechsundzwanzigtausend Reiter, eine gar ansehnliche Macht, die aufwärts des Drewenzflüsschens bei dem Orte Kauernick auf sein Geheiß ein Lager bezog. Aber doppelt so stark war nach allen glaubhaften Berichten der Feind. Zu den sechzigtausend Polen unter fünfzig Heerfahnen waren mehr als vierzigtausend Litauer, Szamaiten und Russen unter gleich viel Fahnen gestoßen. Dazu gebot der König über vierzigtausend Tataren und mehr als zwanzigtausend Söldner aus Böhmen, Mähren, Ungarn und Schlesien. Seine Reiterei allein war an Zahl fast so stark als das ganze Ordensheer. Das musste den Hochmeister besorgt machen, ob er schon der größeren Tapferkeit und Kriegserfahrung der Seinigen vertraute und auch auf einen Einfall des Königs von Ungarn im Polenland hoffen durfte, der eine Teilung des Heeres notwendig machen musste. Doch ließ er eiligst aus dem Haupthause Marienburg und den andern Schlössern alles irgend entbehrliche schwere Geschütz heranschaffen, um darin wenigstens dem Feinde überlegen zu sein. Heinz war mit seinen Aufträgen fortwährend unterwegs hierhin und dorthin.

Jagello zögerte noch. Er schrieb Briefe nach Preußen, um sich der Stimmung im Lande zu versichern, machte Versprechungen, zog Erkundigungen ein. Aber als der Bischof von Leslau ihm die Antwort erteilte, er solle nicht zögern, zu ziehen und zu streiten gegen den Orden, da es ihm in der Offenbarung Johannis verkündigt sei, in Preußen einzuziehen, sitzend auf einem weißen Rosse und ein goldenes Kreuz an seinem Schilde tragend, da ward der abergläubische König überzeugt, dass er Sieger sein werde, und gab Befehl zum Aufbruch aus seinem Lager bei Ploczk. Alle Ritter und Edle aus fremden Landen, die unter ihm kämpften, schickten dem Hochmeister ihre Absagebriefe, sich im Streite wider den Orden an ihrer Ehre zu verwahren. Noch vor Ablauf des Waffenstillstandes in den ersten Tagen des Juli überschritt er die Grenze. Nun zog ihm der Meister entgegen und lagerte bei Soldau.

Dorthin kam Kunde von Gräueltaten, die von den Königlichen in dem Städtchen Gilgenburg verübt waren. Die Bürger hatten sich nicht ergeben wollen und ihre Mauern tapfer verteidigt: Witowd aber mit seinen wilden Litauern und Tataren hatte sie in heftigem Anlaufe erstürmt und die Stadt geplündert. Schrecklich hausten die rohen Horden; von Männern machten sie alt und jung schonungslos nieder, Frauen und Jungfrauen, die sich in die Pfarrkirche flüchteten, peinigten sie in viehischer Weise. Das Sakrament zerrieben sie in den Händen und warfen es unter die Füße und trieben damit ihren Spott. Dann schleppten sie die schönsten von den Jungfrauen hinaus und ließen sie in die Sklaverei fortführen, die andern wurden in die Kirche eingeschlossen und mit derselben verbrannt.

Jammer und Wehklagen scholl durch das Lager von den Flüchtlingen, die mit Mühe und Not dem gleichen Schicksal entgangen waren. Da sahen des Ordens Untertanen, die Waffen trugen, mit Schrecken, welches

Unheil dem Lande drohte, und riefen laut, dass sie gegen den Feind geführt werden wollten. Ingrimmig schlugen auch die deutschen Söldner ans Schwert und wollten für ihre Landsleute gegen die unchristlichen Horden kämpfen, dass solche Frevel nicht ferner das Land besudeln sollten. Das brachten Gebietiger und Hauptleute an den Hochmeister und baten ihn, eiligst das Zeichen zum Aufbruch zu geben. Ungern ließ er sich drängen, da er noch Verstärkungen erwartete, aber auch ihm schwoll das Herz vor Zorn, und weil er die Seinen so mutig sah, gab er nach und zog gegen den König.

Bei dem Dorfe Frögenau schlug er ein Lager auf.

Der König weilte noch bei Gilgenburg; des Ordensheeres rascher Vormarsch kam ihm unerwartet und ermutigte ihn wenig. So schickte er denn an diesem Tage nur den Großfürsten Witowd, seinen Vetter, mit den Litauern, Szamaiten, Russen und Tataren voraus, einen plötzlichen Überfall zu verhindern, während er selbst das Gepäck und die Gefangenen sichern wollte. So schlecht war plötzlich sein Vertrauen auf den Sieg geworden, dass er heimlich Befehl gab, auf allen Stationen Pferde für ihn bereitzuhalten, wenn es zu schleuniger Flucht kommen müsste.

Witowd drang mit seinen Scharen bis zu den Dörfern Logdan und Faulen vor und lagerte dort, geschützt durch Wald, Gebüsch und Sumpf.

Es war eine schreckliche Nacht, die vom vierzehnten auf den fünfzehnten Juli. Ein furchtbarer Sturm erhob sich und brauste über die Ebene hin, mit immer heftigeren Stößen gegen die beiden feindlichen Lager anstürmend, als wollte er sie wegfegen vom Erdboden. Die Pflöcke wurden aus dem Boden gerissen, die Zelte weit fortgetrieben, die Stangen zerbrachen. Der Himmel füllte sich mit schwarzen Wolken, daraus zuckten von allen Seiten feurige Blitze, plötzlich die grause Finsternis über der Erde erhellend, Regenströme stürzten vom Sturme gepeitscht nieder und überschwemmten das Land. Entsetzt sprangen die Krieger auf, die sich nach den Marschmühen des Tages zur Ruhe gelegt hatten; über kein Auge kam auch nur eine Stunde Schlaf.

Heinz von Waldstein hüllte sich fest in seinen Mantel und durchwanderte die Lagerstraßen. Oft musste er stehen bleiben und sich abwenden, um das Unwetter gegen seinen Rücken anbrausen zu lassen, oder sich an dem Pfahl eines Feldzaunes halten. Er wusste, wo der Kulmer Bannerträger seinen Stand hatte und vermutete den Freund in seiner Nähe zu finden. Sein Herz konnte nicht froh werden. Er sorgte nicht um sein Leben, aber der Gedanke war doch nicht abzuweisen, dass er's morgen in der Schlacht verlieren könne, und das Unwetter hob die Stimmung nicht. Noch einmal wollte er den lieben Freund umarmen.

Nach einigem Suchen traf er auf eine kleine Gesellschaft von Männern, die sich hinter einem schwer beladenen Wagen postiert hatten, den der Sturm vergeblich umzuwerfen bemüht war. Auf der Seite gegen den Wind hatten sie Spieße in die Erde gesteckt und eine Leinwand daran befestigt, die nun einigen Schutz gegen den Regen gewährte. Das Feuer war ausgeblasen. In der Dunkelheit ließen sich die Gesichter nicht unterscheiden: An der Stimme aber erkannte Heinz den einen der Lagernden als den Ritter Arnold von der Buche. Gottes Wunder, hörte er ihn sagen, wenn wir lebendigen Leibes noch den Morgen heranwachen. Es stürmt und blitzt, als ob die Welt untergehen wolle. Ich habe keinen trockenen Faden mehr, und mein Lederwams hält sonst doch dicht.

Wer weiß auch, ob wir nicht vor dem Jüngsten Tage stehen, antwortete eine tiefe Stimme. Es ist Zeit, dass des Ordens Hoffart zu Fall kommt.

Da müssen wir aber alle mit, meinte der Ritter lachend. Oder glaubst du, Bruder Nikolaus, dass die Eidechsen durchschlüpfen werden?

Diese Anspielung wurde mit einem kräftigen Gelächter gutgeheißen.

Ich wette darauf, nahm der Bass wieder das Wort, dass es bei den Polen drüben nicht halb so wettert und stürmt. Auf uns ist's abgesehen. Während die dort unter ihren Zelten ruhig schlafen, zwackt's uns an allen Gliedern, dass wir keine Minute Ruhe haben und morgen vor Müdigkeit von den Pferden fallen, bevor uns noch einer der großmäuligen Tataren anrennt. Gebt acht! Fällt mir die Fahne aus der Hand, so wisst ihr, weshalb es geschieht.

Heinz trat hinzu und grüßte. Die Vordersten sprangen auf und riefen: Wer da? Hans hatte ihn schon erkannt und nannte seinen Namen. Er sollte nun niedersitzen und erzählen, was man in des Hochmeisters Umgebung treibe und ob schon vom Feind Kunde sei. Er plauderte aber nicht einmal das wenige aus, was er beiläufig aus der Gebietiger Gesprächen erfahren hatte, nahm nach kurzem Aufenthalt Hans beiseite und führte ihn fort.

Sie gingen Arm in Arm. Es ist gar freundlich, dass du trotz Sturm und Regen kommst, sagte Hans. Wie ich mich nach dir gesehnt habe!

Es könnte leicht das letzte Mal sein, antwortete Heinz, dass wir so nebeneinander schreiten. Zwar am Siege des Ordens zweifle ich nicht – heißt seine Schutzpatronin doch Maria! Auch dass wir beide uns tapfer unserer Haut wehren werden, dafür stehe ich gut. Aber es könnte doch sein, dass der eine oder andere –

Der Sturm schien ihm die Worte vom Munde fortzustoßen. Was mich betrifft, bemerkte Hans, ohne ihm Zeit zu lassen, von neuem Atem zu schöpfen, so ist mir ein Tag wie der andere. Kein Mensch ist seines Lebens Herr; der aber, der es gegeben hat, nimmt es, wie und wann er's will. Den einen, der keine Gefahr ahnt, wirft er nieder auf freiem Felde, den andern leitet er heil aus der dichten Schar seiner Feinde, ob er schon sein letztes Stündlein gekommen glaubte. Was wir auch tun, es ist nur zu unserem Heil oder Unheil durch seinen Ratschluss. So bin ich meinetwegen ganz ruhig. Wer weiß auch, was ihm aufbewahrt wäre, wenn er sein Dasein verlängern könnte.

Das sind trübe Gedanken, antwortete Heinz kopfschüttelnd. Hilf dir selbst, heißt es, so hilft dir Gott.

Wenn er will, setzte der Freund hinzu. Glaube aber nicht, dass ich deshalb mein Leben weniger mannhaft verteidigen werde – weiß ich doch nicht, was er will. Schenkt er mir's, so weiß ich, dass er noch viel Schweres von mir fordern wird. Nimmt er mir's, so ist's gewiss, dass ich ihm zu nichts mehr nütze war. Versprich mir eines, Heinz! Wenn ich im Kampfe falle –

Es wird nicht sein.

Wenn ich im Kampfe falle, sage deiner Schwester nichts davon, dass mein letztes Wort ihr Name sein wird. Sie soll nicht wissen, dass ich sie geliebt habe.

Und meinst du, ihr Herz würde sich deshalb weniger betrüben?

Ich hoffe es.

Geh, ich glaube dir nicht. Du hoffst, dass du wiedergeliebt bist – sonst liebtest du nicht.

Es ist kein Wort zwischen uns gesprochen.

Und doch weiß jeder, was er weiß. Aber wie du willst! Ich für mein Teil denke darin anders. Ist mir einer von Herzen gut, so soll er auch sein Recht haben und um mich weinen dürfen, wie ich's um ihn täte, wenn ich ihn verlieren müsste. Helfen kann's freilich nicht, aber es beruhigt doch das Gemüt. Auch ich habe eine Bitte, Hans. Wenn du mich auf dem Schlachtfelde unter den Toten findest – zieh mir den kleinen Ring mit dem blauen Vergissmeinnicht vom Finger und gib ihn an Maria Huxer zurück. Sage ihr, dass ich ihn zu ihrem Andenken getragen habe bis zum letzten Hauch, und dass sie nun frei ist, da der Tod uns scheide. Willst du das?

Hans drückte seine Hand. Ich will's, wenn ich's kann. Sie waren wieder zu dem Lagerplatz unter den Wagen zurückgekehrt. Und versprich mir, dich nicht aus Übermut der Gefahr auszusetzen, bat er beim Abschiede. Deiner wartet viel Glück.

So bist du wissender als die alte Hexe aus dem Preußenwall, die mir wahrsagte, entgegnete Heinz. Ihre Prophezeiung war wenig tröstlich. Aber nun sage ich: wie Gott will. Lebe wohl!

Er umarmte den Freund und hielt ihn eine Weile an seine Brust geschlossen. Dann riss er sich los und eilte fort. –

Mit Morgengrauen war das Ordensheer auf. Das Lager blieb bei Frögenau stehen, die Kriegsscharen marschierten dem Dorfe Grünwalde zu. Von dort, aus mäßiger Höhe, konnte man über eine flache Talmulde hin drüben am Rande des Gehölzes die Vorposten Witowds erkennen.

Mit dem Rücken gegen Grünwalde gekehrt, hatte der Meister vor sich ein weites, ödes Feld, braune Heide zwischen fernem Gehölz. Links lag das Dorf Tannenberg auf einer sanften Erderhöhung, die sich nach rechts mit mancherlei Unterbrechungen bis zu einem Wäldchen fortsetzte. Dahinter noch mehr rechts lagen die Dörfer Schönwäldchen und Seemen an den sumpfigen Ufern des Semnitzflusses und des Großen Damerausees. Die Entfernung zwischen Dorf Tannenberg und dem Walde mochte fünftausend Schritte und mehr messen. Dort stellte der Meister, bis gegen die Absenkung vorrückend, sein Heer in zwei Treffen hintereinander auf. Kleine Korps zur Beobachtung des Feindes, wenn derselbe etwa eine Umgehung versuchen wollte, schob er links über Tannenberg und rechts über den Wald hinaus. Eine Reserve postierte er in drei kurzen Linien vor das Dorf Grünwalde und hinter das zweite Treffen. Eine kleinere Abteilung wurde bei Seemen hinter den Semnitzfluss gelegt, für alle Fälle den dortigen Übergang zu decken. So stand nach einigen Stunden das Heer in Schlachtordnung und erwartete den Angriff. Die Banner und Fahnen flatterten lustig in dem noch immer scharfen Winde. Vor das erste Treffen war das schwere Geschütz aufgepflanzt, wo irgendeine Erhöhung des Erdbodens seine Wirkung zu verstärken versprach.

Der Hochmeister aber, in strahlender Rüstung, ritt die langen Linien auf und ab mit zahlreichem Gefolge von Rittern, Knappen und Hauptleuten, überall freundlich grüßend und ermunternd. Traf er auf eine auserlesene Schar oder einen Führer, der ihm wohlbekannt und seiner Achtung wert war, so hielt er wohl auch an, lenkte sein Pferd seitwärts und unterhielt sich eine Weile. Das große Banner des Hochmeisters hatte er seiner Schar vorbehalten, das kleine war beschützt durch viele edle Kreuzherren und vorzügliche Söldner aus Deutschland, die dazu erwählt waren. Das Banner des Ordens: Auf weißem, an der Seite zweimal geschlitztem Tuch ein geradliniges schwarzes Kreuz, führte der Ordensmarschall Friedrich von Wallenrod selbst als Kriegsoberster. Er hatte die Franken um sich geschart, da er selbst ein Franke von Geburt war und sein Geschlecht dort zu Hause. Dessen Wappen, auf rotem Felde eine silberne, viereckige, auf dem Helm sich wiederholende Schnalle, trug ein Anverwandter, der mit auserlesener Mannschaft dem Orden zugezogen war. Mit ihm sprach der Meister lange.

Fast noch länger aber mit dem edlen Ritter Georg von Gersdorf, der die Fahne des heiligen Georg, das Hauptbanner der Söldner, trug: ein weißes Kreuz auf rotem Grunde, der oberste Zipfel des Tuches ausgespitzt. Weiter folgte das Banner des Ordenstreslers; seine Zeichnung war gut gewählt: ein großer weißer Schlüssel mit drei kleinen schwarzen Kreuzen im Bart. Unter dem Großkomtur Konrad Lichtenstein standen die Söldner aus Österreich und Ordensbrüder. Die Fahne dort mit dem schwarzen Ochsenkopf, die Nasenlöcher durchbohrt von einem Ringe, gehörte Graudenz an, und der Komtur Wilhelm von Helfenstein führte sie. Und so trug jeder Komtur sein sonderliches Banner. Auch die Bischöflichen fehlten nicht. Da zeigte Marquard von Riesenburg das Banner des pomesanischen Bischofs: auf rotem Felde ein goldener, mit schwarzen Linien eingezeichneter Adler, der ein Schriftband in den Klauen und um den Kopf einen Kreis wie einen Heiligenschein trug, zwischen zwei Bischofsstäben. Das des ermländischen Bischofs aber hatte ein weißes Opferlamm, aus dessen Brust Blut in eine Schale floss. Drei rote Mitren waren auf die Fahne des Bischofs von Samland gemalt, und in der Nähe derselben flatterten auch die Fahnen der drei Städte Königsberg, jede mit einer Krone geziert zum Andenken an den erlauchten Stifter König Ottokar von Böhmen.

Wer kennt nicht der Thorner Wappen, das offene Tor mit Fallgatter und drei Türmen darüber, rot in weißem Felde? Es schmückte auch ihr Kriegsbanner, und der Bürgermeister von Thorn, Albrecht Rothe, führte es. Der Hochmeister ritt zu ihm heran und reichte ihm vom Pferde die Hand, damit man ringsum sehe, dass er den Thornern Vertrauen schenke und dem bösen Gerücht nicht glaube, sie hörten auf die Einflüsterungen des polnischen Königs und sehnten sich fort vom Orden. Eine Strecke weiter standen die Elbinger unter ihren Hauptleuten in drei Rotten; die Pfeifer und Trompeter spielten aber jetzt nicht auf wie beim Marsch, sondern sie waren Wäppner geworden wie die anderen. Das Banner des Ordenshauses Elbing führte der oberste Spittler, Werner von Tettingen, ein schon bejahrter Mann, der aber doch nicht fehlen wollte im Kampfe.

Weiterhin die Fahne mit dem schrägen schwarzen Balken auf weißem Tuch gehörte Johann von Schönfels zu, dem Danziger Komtur. In seiner Nähe, aber doch gesondert von seiner Schar, standen die Männer der Stadt Danzig, wohl zwölfhundert an Zahl; ihr tapferer Hauptmann war Albrecht Mantel, ihr Fähndrich Andreas Fechter, aus berühmtem patrizischem Geschlecht. Auch hier hielt Herr Ulrich von Jungingen und tauschte freundliche Worte mit den Führern, denn es war ihm von Wert, die großen Städte sich und seinem Orden zu verbinden.

So stand das Heer schon lange in Schlachtordnung, als die Polen erst drüben auf den Höhen am Marensefluss und Laubensee und in den Gebüschen und Waldlichtungen bemerkbar wurden. Der König war vor Tagesanbruch aus seinem Lager bei Gilgenburg aufgebrochen, brauchte aber viele Stunden Zeit, sich mit Witowds Heer zu vereinen. Seiner eigenen Kriegskunst vertraute er wenig. In dem Schwertträger von Krakau, Zindram von Waschkowycz, hatte er aber seinem Heere einen ebenso tapfern als umsichtigen Führer gegeben. Zindram war klein und unansehnlich, aber die Polen wussten, dass sie sich auf ihn verlassen konnten. Freilich hatte er nicht völlig freie Hand, da der König sich die wichtigsten Entscheidungen vorbehielt.

Übrigens gedachte Jagello sich nicht zu nahe ans Kampfgetümmel zu wagen. Für ihn wurde auf der Höhe vor dem Laubensee seitwärts vom Dorfe Faulen ein großes und prächtiges Zelt aufgeschlagen. Darin stand ein Betstuhl mit kostbarem Kruzifix. Ein Kissen von rotem Samt war davor auf die Erde gelegt, und auf demselben kniete der König fast unablässig, mit krampfhaft gefalteten Händen Gebete murmelnd, wobei das hässliche Gesicht mit dem breiten gemeinen Munde und den heimtückischen Augen sich noch mehr verzerrte und die strähnigen Haare über die niedrige Stirn fielen. Zwei Bischöfe leiteten die Andachten und versicherten ihn des himmlischen Beistandes zum Lohn für seine Frömmigkeit. Gott habe große Zwecke mit ihm gehabt, da er seine Seele erleuchtete, dass er sich vom Heidentum zum Christentum bekehre, und ihm große Macht gegeben, alle Feinde der Kirche niederzuwerfen. Dieser Deutsche Orden aber trachte schon lange danach, sich von Rom loszulösen und dem Papst allen Gehorsam aufzusagen: Mit Wohlgefallen vernehme er die hussitische Lehre und nehme ketzerisches Volk in seinen Schutz. Darum sei ihm der Untergang verkündet. Hinter ihnen sammelte sich im Zelt eine Schar von Geistlichen, Rauchfässer schwingend, Gebete murmelnd und eintönige Gesänge plärrend. Die Kriegsobersten aber und die Boten, die Großfürst Witowd sandte, um endlich den Befehl zum Ordnen des Heeres zu erhalten, mussten vor dem Eingang stehen und warten.

Da ritt ungeduldig der Großfürst selbst, ein stattlicher Kriegsmann, auf die Höhe am See und trat in des Königs Zelt. Er legte ihm die Hand auf die Schulter und rief ihm zu: Ermanne dich endlich, Vetter! Genug hast du gebetet, Gott und alle Heiligen um den Sieg angefleht. Willst du ihn erringen, so zieh nun auch das Schwert und gib deinen Völkern das Zeichen zur Schlacht. Seit drei Stunden steht das Ordensheer gerüstet und zum Angriff bereit. Ich an des Hochmeisters Stelle würde keinen Augenblick zögern. Unsere Scharen sind ungeordnet, in den Wäldern zerstreut. Ein plötzlicher Überfall lässt das Schlimmste für uns befürchten. Auf, königlicher Herr! Ein männlicher Entschluss tut wahrlich not.

Jagello aber schüttelte seine Hand ab und sagte: Störe uns nicht in der Andacht. Gott ist's, der den Sieg gibt, und seine Heiligen sollen mir Fürbitter sein in der Bedrängnis, dass er seine Engelscharen mit flammenden Schwertern schicke, den Unsern voran zu kämpfen. Ich bin ein sündiger Mensch gewesen, bis Gott sich meiner erbarmte; nun will ich auch seiner nicht vergessen. Dabei verdrehte er die Augen und küsste das Kruzifix, das der Bischof ihm vorhielt.

Dann wandte er sich zur Seite, umfasste ihn und zog Witowds Kopf zu seinem Munde hinab. Ich will dir's gestehen, Vetter, zischelte er ihm ins Ohr, es beängstigt mich dieser Kampf gegen die Streiter der Heiligen Jungfrau, und ich fürchte, Gott möchte der Mutter seines Sohnes beistehen, wenn sie an seinem Thron Fürsprache hält. Denn von allen Heiligen ist sie die mächtigste, und sie hat dem Orden viel zu verdanken seit zweihundert Jahren. Darum bin ich vorsichtig und werfe mich in den Staub und spare nicht große Versprechungen, dass ich sie vielleicht überliste. Schnell ließ er ihn wieder los und fasste die Hände der Bischöfe. Witowd aber biss die Zähne zusammen und murmelte: Seine Zaghaftigkeit ist schuld, wenn wir trotz der Übermacht den Tag verlieren.

Er wäre für Polen verloren gewesen, wenn Ulrich von Jungingen weniger ritterlich gedacht und gefühlt hätte. Drei Stunden lang stand nun schon sein Heer, und der Mittag nahte heran. Von allen Seiten bedrängte man ihn, dass er des Feindes Zögern nützen und ihn überfallen solle, ehe er sich zur Schlacht geordnet hätte. Unwillig aber wies er diesen Rat zurück. Es ziemt uns nicht, sagte er, zu kämpfen wie wilde Horden und den Feind anzufassen, ehe er gerüstet dasteht. Ein Ritter legt seine Lanze nur ein gegen den festen Schild des Gegners in Waffen; eine Ehre soll es ihm sein, zu siegen. Sie haben uns herausgefordert, und sie sollen uns auf dem Plan finden. Die ganze Christenheit sieht auf uns; ritterlich wollen wir ihre Sache verfechten.

Da sah der Ordensmarschall wohl ein, dass der Meister fest war in seinem Entschluss, und da er selbst ritterlich dachte, konnte er ihn nicht schelten. Selbst meinte er nun aber etwas zur Förderung tun zu müssen, damit das Heer nicht ermüde. Mehrere edle Ritter aus seinem Gefolge sagten ihm, es sei Kriegsgebrauch, sobald das eine Heer bereit wäre und das andere erwartete, demselben ein Schwert zu schicken und es zum Kampf zu rufen. Dem stimmte Wallenrod zu, und ohne den Meister zu befragen, wählte er zwei Herolde zu dieser Botschaft, den Herold des Königs Sigismund von Ungarn, den schwarzen Adler im goldenen Felde auf der Brust tragend, und den Herold des Herzogs von Stettin, ebenso mit dem roten Greif im weißen Felde geschmückt, und schickte sie nach dem königlichen Zelte, indem er ihnen zwei nackte Schwerter mitgab.

Als die Herolde dort anlangten, fanden sie gerade Witowd bei dem König. So hatten sie keinen weitern Weg nötig. Jagello musste sie wohl empfangen und ließ sich dazu von den Geistlichen nach einem Sessel führen. Witowd stellte sich neben ihn, auf sein mächtiges Schwert gestützt. Führt sie ein, befahl er, da der König zögerte.

Die Herolde traten vor, und der eine sprach mit lauter Stimme: Sehet da, wir reichen euch zwei Schwerter, das eine Euch, Herr König, das andere Euch, Großfürst Witowd, und rufen Euch damit zum Kampfe. Zögert nicht länger, die Zeit verderbend! Warum verbergt ihr euch in den Wäldern, warum entzieht ihr euch dem Kampfe, dem ihr doch nimmermehr entgehen könnt? Wohlan, wählet den Kampfplatz, wo ihr wollt, und nehmt diese Schwerter euch zur Hilfe zum Beginn des Kampfes! Und so legten sie die nackten Schwerter vor die Fürsten hin.

Da wollte Witowd grimmig auffahren und mit seiner Waffe eine schnelle Antwort geben. Der König aber hielt ihn zurück und erwiderte in salbungsvollem Tone: Hilfe haben wir niemals von einem andern erbeten als von Gott: In seinem Namen nehmen wir auch diese Schwerter an. Doch die Wahlstatt zu wählen geziemt uns nicht; wo sie Gott uns gibt, wollen wir sie nehmen als gegeben und erwählt.

Damit entließ er die Herolde.

Witowd aber, als sie sich entfernt hatten, stieß zornig sein Schwert gegen den Boden, dass es in der Scheide klirrte, und rief: So dürfen sie uns höhnen, weil wir feige Memmen sind! Der Mut wird ihnen wachsen, wenn wir so die Zeit verstreichen lassen; unsere Völker aber müssen zaghaft werden. Vergiss nicht, Vetter, dass ich reichlich Ursache hatte, dir zu zürnen und dich deinem Schicksal zu überlassen, denn du hast Eide gebrochen und bist schuld an meines Vaters Tode und hast mich hinterlistig in deine Gewalt gebracht, und jetzt duldest du mich nur neben dir, weil du mich brauchst. Sieh, das ist alles vergessen des Eides wegen, den ich in deine Hand schwur auf dem Rudauer Schlachtfelde, dass ich nicht ruhen wolle, bis der Deutsche Orden vernichtet worden. Dazu kam ich her mit meinen Litauern. Wisse denn auch, dass ich dich zwingen werde zur Schlacht. Ich breche vor mit den Meinigen. Folge mir zum Siege, oder lasse mich schmachvoll im Stich! Wie du willst!

Mit diesen Worten verließ er das Zelt und ritt zu seinen Scharen auf dem rechten Flügel. Er zog sie aus den Wäldern heraus und stellte sie in drei Treffen auf, gute tausend Schritt Entfernung dem Ordensheer gegenüber, dahinter aber eine starke Reserve in vier Linien.

Nun ließ auch der König Zindram Befehl geben, die Polen auf dem linken Flügel in Schlachtordnung zu stellen, ebenfalls in drei Treffen, denn er hatte Volks genug, und es blieben ihm noch reichlich Truppen zum Rückhalt. Als ihm nun die Meldung gebracht ward, dass alles gerüstet sei, bestieg er ein Pferd und begab sich zu den Truppen. Die Anführer wurden zusammenberufen, und er hielt eine kurze Ansprache, ihren Mut anzufeuern. Mitzukämpfen aber gedachte er nicht. Im Schutz einer starken Leibwache zog er sich zu den Reservetruppen zurück, immer darauf bedacht, bei einem unglücklichen Ausgange sich die schnelle Flucht zu sichern. Sein feiges Herz hatte gezittert, als er die eiserne Phalanx des Ordensheeres gesehen. Zindram übergab er das Kommando. Ich vertraue dir viel an, sagte er. Dieser Tag entscheidet über das Schicksal zweier Reiche. Der kleine Mann schüttelte den Kopf. Ich glaube nicht, antwortete er. Die Partie steht ungleich. Wenn wir in diesem Kampfe unterliegen, so gewinnt Polen nur nichts; wenn der Orden unterliegt, so verliert er mit der Schlacht das Land.

Jagello verzog sein hässliches Gesicht zu einem bitteren Lächeln.

Du denkst nur an Polen – ich aber trage eine Krone. Wenn ich die Schlacht gewinne, dann wird sie festsitzen auf meinem Haupte. Wenn ich besiegt nach Krakau zurückkehre –

Dann wird Zeit sein, dass Ew. Gnaden diesen Fall bedenken, ergänzte der Kronfeldherr. Hoffen wir auf den Sieg! Der Feind sieht stark aus; täuscht mich aber meine Erfahrung diesmal nicht, so sind seine Linien zu weit ausgedehnt. Darauf baue ich meinen Plan.

In Gottes Namen denn! Sagte der König, bekreuzte seine Brust und ritt weiter.

Vierzehntes Kapitel

Die Schlacht bei Tannenberg

Der Sturm hatte sich gelegt. Um die Mittagszeit standen nur noch vereinzelte Wölkchen am Himmel; die Sonne brannte auf das Tannenberger Feld nieder, unter der stechenden Hitze litten die gepanzerten Männer und die Pferde unsäglich.

Witowd zügelte seine Ungeduld nicht länger und schritt mit seinen Litauern auf dem rechten Flügel dem Feinde entgegen.

Dies war das Zeichen zum Beginne der Schlacht.

Sofort legten auf den Anhöhen drüben die Stückknechte ihre brennenden Lunten an die Geschützrohre, die Blitze zuckten, und wie Donner rollte es durch die Talmulde. Bald krachten die Kanonen an der ganzen Schlachtlinie des Ordensheeres entlang, eine ohrbetäubende Musik.

Aber so groß der Lärm war, so gering zeigte sich die Wirkung der Kugeln beim Feuern von der Höhe herab. Die schweren Rohre konnten nicht gut nach der Tiefe gerichtet werden, und nach jedem Schusse gehörten viele Menschen dazu, das Geschütz, dem eine Unterlage auf Rädern fehlte, wieder in die frühere Lage zu bringen. Deshalb gab der Hochmeister den Befehl, das Feuer einzustellen, und ließ die Trompeten zum Angriff blasen.

Mit freudigem Kriegsrufe antworteten seine mutigen Scharen und stürzten sich dem Feinde entgegen, der mit wildem Geschrei heraneilte. Auf der Ebene stießen die beiden Heere in mächtigem Anprall gegeneinander. Die Lanzen splitterten, die Schilde barsten, die Schwerter blitzten im Sonnenlicht, die Eisenpanzer klirrten unter der Wucht der Hiebe, die Pfeile zischten durch die Luft, weithin hörbar war das Schlachtgeschrei der Kämpfenden, Rosse und Menschen wälzten sich niedergeworfen und blutend am Boden. Mann stand gegen Mann, keiner wollte weichen; mit gleicher Tapferkeit und Wut wurde hier und dort gekämpft, schrittweise machten sie einander das Feld streitig. Eine Weile schien es, als ob nur die Frage sein könne: Sieg oder Tod?

Aber obgleich Witowd seine bestbewappneten Litauer, Tataren und Russen ins erste Treffen gestellt hatte und auch mährische und böhmische Söldner tapfer unter ihm fochten, den mähenden Schwertern der stahlgepanzerten Ordensritter widerstanden sie doch nicht auf die Dauer. Nach schwerem Ringen kam ihre Linie ins Wanken, ihr Widerstand schien zu ermatten. Dahin hatte längst der Hochmeister seinen Blick gerichtet. Eiligst schickte er Heinz von Waldstein, dem es wenig gefiel, nur dem Kampf von Weitem zuzuschauen, zum Ordensmarschall und ließ sich Verstärkungen erbitten. Bald langten die Söldnerhaufen an und warfen sich mit frischer Kraft den schon ermüdenden Litauern entgegen. Sie schwankten, lösten sich, wichen zurück und stießen auf die zweite Schlachtreihe, drängten sie auf die dritte. Dem gewaltigen Anprall der Deutschen gegenüber war nicht wieder fester Boden zu gewinnen, vergebens mühten sich die Anführer, die verlorene Ordnung herzustellen und die plötzlich Zaghaften zu neuem Kampf anzutreiben. In einzelnen Streithaufen bilden die Böhmen und Mähren noch einen festen Kern. Aber da verschwindet ihr Banner des heiligen Georg – ihr Fähndrich ist niedergeworfen, und es dauert eine Weile, bis er sich unter dem Pferde vorarbeitet. Da glaubten die Litauer sich verloren, den Russen und Tataren sinkt der Mut. Flucht – Flucht – rettet euch! Hört man überall rufen. Eine Schar Polen wird mit fortgerissen. In wilder Hast geht's den sumpfigen Ufern des Marenseflusses zu, das Ordensheer mit wehenden Fahnen und lautem Siegesgeschrei hinterdrein.

Witowd stellt sich den Fliehenden entgegen, mahnt sie mit Donnerstimme an ihre Pflicht, jagt sie in die Schlacht zurück, schlägt mit eigener Hand die Vordersten nieder. Umsonst alles. Der Schreck scheint alle Tatkraft zu lähmen, die Flucht geht unaufhaltsam weiter. Nun trennen sich die fliehenden Heerhaufen. Die einen werden in die Sümpfe gejagt und finden dort ihr Verderben, andere ereilt, ehe sie die Ufer erreichen, das Schwert der nachstürmenden Reiter. Ein Teil der Litauer und Tataren gewinnt glücklich die Brücke bei dem Dorfe Seewalde, aber bei dem ungeduldigen Drängen stürzen viele in den Fluss und ertrinken; ein anderer Teil sucht in entgegengesetzter Richtung über Dorf Faulen die Straße nach Neidenburg zu gewinnen, entkommt und verbreitet weit ins Land hinaus die Schreckenskunde von der Niederlage.

Nur noch drei Fahnen von Russen aus Smolensk standen fest auf dem Kampfplatze. Der Großfürst, noch immer nicht verzweifelnd, eilte zu ihnen und führte sie schnell in guter Ordnung zu seiner noch unbenutzten Reserve zurück. Das Ordensheer, soweit es nicht den Fliehenden nachjagte, griff hier sofort an. Die eine Fahne sank, die Mannschaft, die sie verteidigte, wurde fast gänzlich aufgerieben. Aber unter Witowds tapferer Führung gelang es dem Rest, fortwährend kämpfend, dem über Leichen hinschreitenden Feinde Widerstand zu leisten und endlich den Anschluss an die Polen zu gewinnen.

Der linke Flügel des Ordensheeres war siegreich, aber auch selbst gelöst aus aller Ordnung. In der Hitze der Verfolgung wurde der Ruf der Komture und Hauptleute ganz überhört, sich zu sammeln und die Schlachtreihen wieder herzustellen. So kam man weit ab vom eigentlichen Kampffelde und verlor des Ordensmarschalls schwarzes Kreuz und des Meisters großes Banner aus den Augen.

Aber auch dort auf dem rechten Flügel schien das Glück bei den Streitern Marias, der Heiligen Jungfrau, zu sein. Zwar Zindram war ein kaltblütiger Führer, der mit klugem Auge jede Blöße des Gegners erschaute und keinen Vorteil unbenutzt ließ, und seine Polen waren keine verächtlichen Streiter; aber zu heftig war der Ansturm der Ordensritter auf ihren kräftigen Rossen, unwiderstehlich der Andrang der um ihre Banner festgeschlossenen deutschen Bürger. Das große polnische Reichspanier mit dem weißen Adler sank in den Staub und wurde fortgeführt von den Rittern. Da jubelten die hochmeisterlichen Scharen, den Polen aber sank der Mut. Immer neue Haufen schickte Jungingen in den Kampf, und begeistert durch die Hoffnung auf Sieg folgten sie seinem Rufe. Da hub er an zu singen: »Christ ist erstanden!« Die Nächsten in seiner Umgebung stimmten mit ein, dann die ferneren. Bald erscholl auf der ganzen Linie des Ordensheeres mächtig der Siegesgesang: »Christ ist erstanden!«

Aber zu früh jubelten die tapferen Streiter; noch war des Feindes Übermacht nicht gebrochen. Zindram erkannte zur rechten Zeit die Gefahr. Er hatte seine Kerntruppen: Söldner, Kriegsgäste und tatarische Reiterei, im Rückhalt. Die rief er nun eiligst heran: Ein neues Heer schien aus dem Boden zu wachsen.

Auch Witowd zögerte nicht, ihn zu unterstützen. Sobald er die Russen und einige zersprengte Häuflein seiner Litauer glücklich dem Verderben entrissen hatte, sprengte er über das Feld, den König zu suchen. Er fand ihn hinter der Reserve und beschwor ihn, sich endlich den Seinigen zu zeigen. Mein Heer ist vernichtet, rief er ihm zu, und das Reichspanier in der übermütigen Feinde Hand, hörst du ihren Siegesgesang? Schon treiben sie deine Scharen zurück. Aber noch ist nichts verloren, wenn du mir mutig folgst, Vetter. Der linke Flügel des Ordensheeres ist weitab vom Marensefluss, beutegierig, meinen Litauern nachzusetzen, und kann in die Schlacht nicht eingreifen, wie er sollte. Zeigst du dich deinen Scharen, so wird ihre Mutlosigkeit schwinden, unter ihres Königs Augen werden sie löwenkühn fechten. Bei der Asche unserer Väter, bei unserem Racheschwur flehe ich dich an: Folge mir!

Da schämte Jagello sich seiner Feigheit und ritt eine Strecke vor, doch immer in der Mitte seiner Leibwache. Als nun die Polen ihren König sahen, wie er sich im Bügel erhob und mit der Hand winkte, wuchs ihnen der Mut. Sie warfen sich von Neuem auf die Deutschen und entrissen ihnen das eroberte Reichspanier. Der König aber teilte seine dritte Schlachtreihe, verstärkte mit einem Teil derselben die beiden vorderen und gab den Nest Witowd, damit er mit seinen Russen und Litauern den rechten Flügel wiederherstelle. Und nun führte Zindram auch die Söldner und Kriegsgäste von der Seite heran, während die Tataren auf flüchtigen Pferden den rechten Flügel des Ordensheeres umschwärmten.

Jetzt erst schien der Kampf zu beginnen. Gegen die mittlere Stellung des Ordensheeres drängte eine gewaltige Übermacht, der trotz heldenhafter Tapferkeit jedes einzelnen Streiters erfolgreich Widerstand zu leisten von Minute zu Minute schwieriger wurde. Gegen die Flügel warfen sich aber die noch frischen Streithaufen und brachten sie langsam zum Weichen. Es nützte jetzt wenig, dass die von der Verfolgung der Litauer Zurückkehrenden die Beute fortwarfen und mit dem Schwert einhieben Witowd wehrte sie mit Riesenstärke ab und drang weiter vor. Das Dorf Tannenberg wurde nach heftigem Kampfe von ihm genommen; die darüber hinausgeschobenen Haufen mussten sich zurückziehen. Auf der andern Seite aber hatten sich Zindrams Soldtruppen im Wäldchen beim Seemen festgesetzt und bedrängten von hier aus den schon geschwächten rechten Flügel, sodass er aus der Schlachtlinie auszubiegen genötigt war. In dieser Gefahr, von zwei Seiten umgangen zu werden, versuchte die Mitte noch einmal mit einem mächtigen Vorstoß den Kern des königlichen Heeres zu sprengen. Einen Augenblick schien das Wagnis zu gelingen. Rechts und links sanken unter den wuchtigen Schwerthieben der Kreuzritter die Polen in den Staub; ihre Reihen waren so aufgelöst, dass des Königs glänzende Rüstung mitten in seinem Streithaufen sichtbar wurde und die Blicke der Angreifer zu seinem eigenen Schrecken auf sich zog. Da meinte der tapfere Ritter Leopold von Kötteritz den Augenblick gekommen, den übermächtigen Feind in seinem Haupt zu schlagen. Ohne Besinnen legte er die Lanze ein und stürmte gegen Jagello vor, ihn vom Pferde zu stechen. Aber dessen Begleiter waren wachsam; sein wackerer Schreiber Sbigneus von Oleßnitz warf den Ritter aus dem Sattel, und die anderen machten ihm nun mit Schwert und Kolben den Garaus. Schnell schlossen sich wieder die durchbrochenen Reihen, und so gewaltig war nun der Ansturm der Wütenden gegen die Mitte des Ordensheeres, dass auch sie ins Wanken kam und Schritt für Schritt den Plan räumte.

So hatte sich das Kriegsglück nun ganz vom Orden abgewandt. Seine Schlachtreihen waren gebrochen, viele Tausende tapferer Streiter lagen am Boden, ohne Führer kämpften die einzelnen Haufen, die noch standhielten. Aber bald war alles Unordnung und Auflösung. Der Komtur von Graudenz, Wilhelm von Helfenstein, wollte nicht weichen; er kämpfte, solange seine Hand das Schwert halten konnte, und starb den Heldentod; seine Tapferen verteidigten das Banner bis auf den letzten Mann. Auch um den gefallenen Arnold von Baden, Komtur von Schlochau, türmte sich ein gewaltiger Haufe von Leichen. Und dort weiter lagen die Komture von Althaus, von Engelsburg, von Nessau, von Straßburg, von Mewe und von Thorn, die Vögte von Roggenhausen und Dirschau mit allen den Ihrigen. Mehr als fünfhundert aus dem Elbinger Mayen waren erschlagen, und von den zwölfhundert Danziger Streitern stand nicht viel mehr als der vierte Teil noch aufrecht um den Fahnenträger. Die Schlacht musste als verloren gelten.

Da hielten die Gebietiger und Hauptleute, die um den Meister waren, Rat und ritten zu ihm heran und sagten ihm: Weiterer Kampf ist vergeblich. Unsere Reihen sind gelichtet, zerrissen, aufgelöst. Auf diesem Felde kann uns der Sieg nicht mehr werden. Schützen wir das Land! Noch kann der Rückzug in aller Ordnung erfolgen. Werfen wir uns mit der geretteten Mannschaft in die Burgen, sie gegen den König zu verteidigen.

Ulrich von Jungingen aber legte die Hand mit dem Eisenhandschuh aufs Herz und schüttelte unwillig das schöne Haupt. Das soll, so Gott will, nicht geschehen, antwortete er mit bewegter und doch fester Stimme; denn wo so mancher brave Ritter neben mir gefallen ist, will ich nicht aus dem Felde reiten.

Da erkannten sie alle wohl, dass keine Überredung seinen Entschluss wenden werde, und machten sich bereit, mit ihm zu sterben.

Noch standen unweit des Dorfes Grünfelde sechzehn Fähnlein, die bisher am Kampfe nicht teilgenommen hatten. An deren Spitze stellte sich der Meister und führte sie selbst gegen den Feind, Es waren darunter auch die Kulmer Landesritter mit ihren Leuten, denen er, gewarnt durch Briefe, nicht sonderlich vertraut und die er deshalb im Rückhalte gelassen hatte. Nun rief er auch sie zu tapferem Beistand auf. Nicht mehr der Feldherr wollte er sein, der aus der Ferne die Schlacht leitete, der Ritter hatte um seine Ritterehre zu kämpfen, und die ihm folgten, sollten seine Getreuen sein bis in den Tod. Das sagte er den Fahnenträgern, die er zu einer Ansprache um sich sammelte, hoffend, dass er so ihr Herz am festesten stähle zu diesem letzten, schweren Kampf.

Wenn jeder, wie er, entschlossen sei, lieber den Tod als eine schmachvolle Niederlage zu erleiden, meinte er in seinem Innersten, sei vielleicht
doch noch der Sieg zu erkämpfen.

Und so zog er, auf seinem schneeweißen Schlachtrosse in prächtiger
Rüstung, die Lanze auf den Steigbügel gestützt, mitten in einer glänzenden Schar von Gebietigern und Rittern, den auserlesensten des Ordens,
den Fähnlein voran gegen den weiter und weiter vordringenden Feind.
Die Polen stutzten. Anfangs glaubten sie, dass eine Schar Litauer dem
Ordensheer, so viel davon noch auf dem Kampfplatze, in den Rücken
fiele, es ganz zu vernichten, die Lanzen schienen ihnen von der Art, wie
die Litauer sie zu gebrauchen pflegten. Bald aber erkannten sie ihren Irrtum, da sie nun des Hochmeisters ansichtig wurden, und scharten sich
dichter um das große Reichspanier mit dem weißen Adler, gegen das er
anrückte.

Da schien Nikolaus von Renys, dem Bannerführer vom Kulmer Land,
die Zeit gekommen, seine Feindschaft gegen den Orden zu betätigen
und dem König von Polen einen Dienst zu erweisen, dessen er den Eidechsen noch in spätester Zeit gedenken sollte. Er sprach heimlich mit
einigen vom Bunde, die in seiner Nähe waren, und schickte sie zu den
Fahnenträgern der anderen Haufen, in denen die Bürger der kleinen
Städte zogen, dass sie ihnen das Zeichen bekannt machten. Dem Ritter
Arnold von der Buche aber flüsterte er zu: Sollen wir unnütz in den Tod
reiten? Der Meister hat es darauf abgesehen, die Eidechsen mit einem
Schlage zu vernichten – dazu hat er uns solange aufgespart. Aber er soll
sich verrechnet haben.

Was gedenkt Ihr, zu tun? Fragte der Ritter besorgt.

Was ich dem Bunde schuldig bin, entgegnete Nikolaus, als dessen Ältester. Gebt acht auf mein Banner. Wenn es sich neigt, werft Euren Gaul
herum und drückt ihm die Sporen ein.

Hans von der Buche ritt dicht neben seinem Vater. Er fing einen Teil
dieser Worte auf und erriet ihre Bedeutung. Vater, rief er, das geschehe
nimmermehr! Unsere Ehre steht auf dem Spiel!

Was versteht der Kiekindiewelt von diesen Händeln? Wies Nikolaus
von Renys ihn mit höhnischem Lachen ab.

Arnold von der Buche aber schüttelte den Kopf und sagte: Niklas, es
geht wahrhaftig nicht. Wir reiten in Waffen unter des Hochmeisters Befehl. Er darf uns nicht Verräter und Schelme schelten.

Die Schlacht ist verloren. Wir reiten in den gewissen Tod.

Und wir gelten als Feiglinge, wenn wir umkehren.

Ei, man kennt uns gut genug im Lande! Kein Monat wird vergehen, so ist der König von Polen unser Herr, und er wird's uns danken.

Ritter Arnold besann sich. Es geht nicht, Niklas, entschied er dann, es ist mir wider Ehre und guten Namen. Erst muss dies ausgefochten werden.

Renys wandte sich mit Achselzucken von ihm ab; Hans aber legte die Hand auf seinen Arm und sagte: Ich danke dir, Vater.

So waren sie eine Strecke vorgeschritten und dicht an den Feind gekommen, dessen vorderster Haufe gegen sie anritt. Da senkte sich plötzlich das kulmische Banner mit den rot geflammten Linien und dem kleinen schwarzen Kreuz darüber. Auch andere Banner rechts und links wurden unterdrückt. Es entstand eine Stockung und Rückwärtsbewegung – die wenigsten wussten, um was es sich handelte; viele nahmen's für ein Zeichen zur Flucht und kehrten um. In der Nähe des Hochmeisters ließ sich der Ruf »Verrat!« hören. Er blickte zurück, und sein Herz krampfte sich in Zorn und Schmerz zusammen, Nun war keinen Augenblick zu zögern, wenn schmachvolle Flucht abgewandt werden sollte.

Er sprengte auf seinem weißen Schlachtross vor, schwenkte die Lanze gegen den Feind hin und rief mit mächtiger Stimme: Herum, herum! Das wirkte. Nur wenige entwichen, die meisten wollten den Meister nicht im Stiche lassen und folgten ihm mit mutigem Zuruf.

Da rennt der polnische Ritter Dobeslav Olesniczky kühn mit gefällter Lanze gegen die Schar an. Der Hochmeister selbst eilt, den Stoß aufzufangen, voraus. Gegen ihn schleudert der Ritter sein Geschoss, aber zur rechten Zeit beugt er das Haupt, und es fliegt darüber hinweg, Heinz von Waldstein, der dicht hinter ihm reitet, an der Schulter streifend. Nun wirft der Meister seinen Speer; er trifft des Gegners Streitross, dass es sich bäumt und den Reiter abwirft. Ehe er sich noch erheben kann, rast eine polnische Reiterschar über ihn hin, den Fähnlein des Meisters entgegen.

Und nun beginnt ein letzter Kampf um Tod und Leben, ein entsetzliches Ringen und Morden auf der blutgetränkten Walstatt. Lanzen splittern, Speere sausen, hageldicht fallen die Schwerthiebe. Eisenhüte und Stahlschienen zu brechen. Haufen von Leichen türmen sich um die Paniere. Die Streiter des Ordens wollen nicht weichen. Aber der Polen Schar wächst, schon kämpfen drei gegen einen. Ulrich von Jungingen, der ritterliche Held, ist auf seinem weißen Rosse allen voran. Den Tod im Herzen, verzweifelnd an des Ordens Glück, nur noch bestrebt, die Ehre zu retten, wirft er sich mit Riesenkraft immer von Neuem gegen den Feind. Nur noch wenige Begleiter sind ihm zur Seite. Da fällt Kuno von Lichtenstein, der edle Großkomtur, der noch standgehalten hatte, in dem Schlachthaufen seiner Österreicher, da sinkt der Ordensmarschall Friedrich von Wallenrod tödlich getroffen vom Pferde, da endet des Ordens Trappier, der erlauchte Graf Albrecht von Schwarzburg, sein Leben, das er tapfer verteidigt hat. Der Hochmeister blutet aus vielen Wunden, aber sein Arm wird nicht matt. Neben ihm kämpft Heinz van Waldstein, deckt ihm den Rücken, fängt mit seinem festen Schilde die wuchtigen Speere der Angreifer auf. Gottes Lohn! Ruft ihm der Meister mehr als einmal zu. Da durchrennt der lange Spieß eines Tatarenhäuptlings des Junkers treues Pferd, dass es in die Knie sinkt und den Reiter überwirft. Er sucht sich aus dem Bügel freizumachen, aber das Sporenrad hat sich im Riemenzeug verwickelt. Hinter ihm holt ein Pole mit der Streitaxt aus und lässt sie schwer auf sein Haupt niederfallen. Der Eisenhut spaltet, das Visier springt ab, unter dem krausen Haar hervor ergießt sich ein Strom roten Blutes über Stirn und Wange. Er will das Schwert heben, aber die Sehnen des Armes versagen den Dienst. Die Sinne schwinden ihm. Mit dem Schmerzensruf »Maria –!« sinkt er rücklings über neben dem verröchelnden Pferde. Der Meister sieht sich um nach seinem Gefährten. Es ist der letzte Augenblick seines Lebens. Von zwei tödlichen Geschossen auf die Stirn und in die Brust getroffen, stürzte er vom Streitross zu Boden, und »sein Heldengeist entwich«.

Da füllte der Polen wildes Siegesgeschrei die Luft, als sie den Meister niedergeworfen sahen. Die nächsten sprangen vom Pferde, lösten ihm den kostbaren Kriegsmantel und brachten ihn dem König als Siegesbeute. Als aber Jagello das blutige Gewand mit dem Kreuze sah und den Bericht hörte von des Meisters letzten Taten und heldenhaftem Tod, da überkam seine feige Seele ein Zittern der Furcht vor dem toten Löwen, und kein heuchlerisches Wort wollte über seine bleichen Lippen. Man will Tränen in seinen Augen gesehen haben, und die Schmeichler sagten, es seien Tränen der Rührung gewesen.

Witowd aber, der tapfere Mann, ließ sein Schwert in die Scheide gleiten und sagte: Unsere Arbeit ist getan. Gelöst ward mein Schwur – nie mehr erhebt sich der Orden von diesem jähen Fall. Sein Meister aber ist gestorben wie ein Held. Ehre seinem Andenken auch bei seinen Feinden.

Es war nicht länger mit dem Rückzug zu zögern, wenn nicht auch der kleine Rest des Ordensheeres der Vernichtung preisgegeben werden sollte. Nur drei von allen Gebietigern, die bei Tannenberg mitgekämpft hatten, waren nicht tot oder verwundet in Gefangenschaft geraten: Werner von Tettingen, der Oberst-Spittler, Johann von Schönfels, Komtur von Danzig und Graf Friedrich von Zollern, Komtur zu Balga. Alle andern waren erschlagen mit sechshundert Brüdern und vierzigtausend von gemeinem Kriegsvolk. Die drei sammelten die kleinen Häuflein, die auf dem Schlachtfelde hier und dort noch aufrechtstanden, und führten sie zurück über den Acker von Grünfelde nach dem Lager bei Frögenau, immer kämpfend mit dem verfolgenden Feinde bis zum späten Abend hin. Dort lösten sich die Scharen gänzlich auf. Wer dem Tode entgangen war, suchte nach der Heimat zu entkommen.

Unter denen, die sterbend am Boden lagen, war auch der Ritter Arnold von der Buche. Ein Lanzenstich hatte seinen Leib zwischen Plate und Beinschienen getroffen; die Eisenspitze war abgebrochen und stecken geblieben. Neben ihm kniete sein Sohn Hans, das schon schwere Haupt im Arm haltend und mit seiner Schärpe den Todesschweiß von der Stirn trocknend. Es ist aus mit mir, keuchte der Ritter, keine halbe Stunde Leben habe ich mehr. Lass mich liegen und rette dich – vielleicht erbarmt sich einer von den Litauern oder Tataren, die das Feld nach Beute absuchen, und spaltet mir den Schädel. Ich bitte dich, Hans, mache dich davon und überlasse mich meinem Schicksal.

Das wolle Gott nicht, antwortete der Sohn, dass ich so lieblos an meinem Vater handle. Auch ich habe nichts zu verlieren als das Leben, und wenig kümmert's mich nach dieser Schmach, ob ich mir's erhalte. Ich bleibe bei dir bis zu deinem letzten Atemzuge.

Der Ritter drückte ihm die Hand. Du hast ein treues Herz, sagte er. Aber wer weiß, wofür du aufbewahrt bist vom Himmel. Bedenke, dass ich keinen Sohn habe außer dir – du bist mein Erbe, die ganze Hoffnung meines Stammes. Ich lasse ein Weib zurück, Hans – dass ich nie zum zweiten Male gefreit hätte oder nicht gefreit hätte unter den Töchtern des Feindes! Ich ließ mein Auge verblenden von ihrer Schönheit – Cornelia reichte mir die Hand –, aber ihr Herz war immer drüben bei ihren Landsleuten, und das Meinige machte sie abwendig von der rechten Liebe zur deutschen Heimat. Tausendmal hab' ich's bereut, und nun ich sterbe, beichte ich's in deine Seele. Aber die Polin ist mein Weib und wird meine Witwe sein – halte sie in Ehren und sorge, dass es ihr an nichts fehle.

Deshalb darfst du unbekümmert sein, Vater, versicherte ihm Hans. Habe ich doch durch sie eine Schwester –

Natalia! Fiel der Ritter seufzend ein. Sie am meisten liegt mir am Herzen, und ich kann nichts für sie tun, als sie deiner brüderlichen Obhut empfehlen. Sie ist ein so wildes, leidenschaftliches Geschöpf –

Ich liebe meine Schwester, sei dessen gewiss, Vater; ich liebe sie von ganzem Herzen und werde mit ihr teilen, was mein ist und was dem Erben zu teilen erlaubt ist nach des Landes Rechten. Vertraue mir.

Ich vertraue dir, mein Sohn. In dir schlägt das gute Herz deiner teuren Mutter, die ich bald drüben wiederzusehen hoffe. Und noch eins, Hans, bevor ich die Augen schließe. Löse mir den Gurt – innen auf der linken Seite findest du eine Tasche eingenäht – darin steckt ein Schlüssel – so, so! Hast du ihn? Ich sehe nicht mehr gut. Der Schlüssel öffnet das Zimmer im Turm unseres alten Hauses, darin steht eine Lade mit dem Bundesbrief der Eidechsen – alle ihre Siegel hängen daran. Auch die anderen Schriften der Gesellschaft liegen dort wohlverwahrt neben dem Schwert mit Kreuzgriff, auf das jeder, der dem Bunde beitritt, den Eid leistet, unverbrüchlich das Geheimnis zu bewahren. Lass nichts davon in des Feindes Hand fallen, sondern vergrabe die Lade in die Erde, bis du sie einmal sicher den Ältesten aushändigen kannst, die diesen Tag überleben. Und versprich mir, dass du selbst dem Bunde beitreten willst –

Vater! Rief Hans erschreckt. Ich sollte diesem Bunde mich zugesellen, der so voll giftiger Feindschaft –

Er stockte, denn er befürchtete, etwas zu sagen, was seinen Vater in der Sterbestunde kränken müsste. Der aber verstand ihn und antwortete mit matter Stimme: Du kennst nicht den Bundesbrief, Hans. Alles, was darin steht, ist gut und ehrenhaft, und wer ritterlich denkt, beschwört es gern. Schwach ist der Einzelne; er braucht in allerhand Fährlichkeiten den stützenden Beistand der Genossen. Steh allein, und jeder Wicht reibt sich an dir; sei einer von vielen, und auch der Mächtige wagt keinen Angriff.

Und was ich heut hab' erfahren müssen, Vater – Verrat des Hochmeisters –

Sterbe ich nicht für seine gerechte Sache, mein Sohn? Ich sage dir, der Bundesbrief weiß nichts von solchen feigen, verräterischen Anschlägen. Aber es sind einige Schelme im Bunde, die meinen, weil sie Klagen und Beschwerden haben gegen den Orden, dass sie ihm absagen dürfen in der Not. Das ist ein gar unritterliches Tun und muss uns auch in Verruf bringen bei den Polen. Darum will ich eben, dass du dem Bunde beitrittst, damit du besser aufmerken kannst, was diese bösen Gesellen treiben, an deren Spitze Niklas von Renys steht. Bist du im Bunde, so dürfen sie nichts ratschlagen ohne dich, und leicht kannst du mit kluger Rede die Besseren gegen sie wenden, dass ihre Bosheit zuschanden wird. Es kommt eine schlimme Zeit über das Land, und der König von Polen wird seine Lockspeise auswerfen überallhin. Ich weiß, was er uns Gutsherren bietet, und an sich ist's nicht zu verachten. Aber solange der Orden nicht alle Macht verliert, uns zu schützen, und solange er uns bei unseren Rechten hält und sie mehrt, wollen wir unter deutscher Herrschaft bleiben. Dafür steh an meiner Stelle im Bunde – das gelobe mir!

Hans kämpfte mit sich. Ich bin gewarnt, Vater, sagte er.

Von wem gewarnt?

Von dem edlen Komtur von Plauen.

Ha, von der gnädigen Herren einem. Und ich, dein Vater, warne dich: Schließe dich nicht aus von deinesgleichen. Hans, ich kann nicht ruhig sterben, wenn ich dich nicht gesichert weiß im Bunde. Nimm meine Marke mit der Eidechse – sie steckt in der Tasche, in der du den Schlüssel gefunden hast –, sie soll meines Erben ritterliches Siegel sein. Versprich mir, Hans –.

Ein Krampf fasste seine Kinnbacken, er konnte nicht weitersprechen. Die Augen richteten sich ängstlich auf den Sohn. Hans konnte ihn nicht sterben lassen, ohne ihn beruhigt zu haben. Er zog die Marke mit der Eidechse aus der Gürteltasche, hob sie in die Höhe und rief: In Gottes Namen, Vater, ich will auch dieses Erbe übernehmen, wenn es mein Gewissen nicht belastet. Ich vertraue deinem Wort.

Das Haupt des Ritters sank in seinen Arm zurück, die Augen schlossen sich für ewig.

Hans ließ den entseelten Körper sanft auf die Erde gleiten, wühlte mit der Hand im losen Boden und legte ein Häuflein Erde auf seine Brust. Dann blickte er um. Rings Tote und Sterbende. Fern schon zogen die zusammengerafften Reste des Ordensheeres dem Dorfe zu, verfolgt von großen Schwärmen berittener Tataren, die dort bessere Beute zu machen hofften als auf dem Schlachtfelde, das ihnen ja auch später nicht entgehen könnte. Er stand auf und führte sein müdes Pferd, das von dem kurzen Heidegras abgerupft hatte, ohne sich weit zu entfernen, am Zügel langsam durch die schauerlichen Totengassen. Ein Wall von Leichen lag an der Stelle aufgehäuft, wo der Hochmeister zuletzt gekämpft hatte und gefallen war. Er lag ohne Rüstung da, sein Streitross ohne Zaum- und Sattelzeug. Wahrscheinlich hatte man es vor der allgemeinen Plünderung in Sicherheit bringen wollen für den König. Auch den Gebietigern und Komturen waren meist die kostbareren Waffenstücke abgerissen.

Als Hans von der Buche so langsam hinschritt, mit seinem Pferde sorgsam jedem gefallenen Schlachtgefährten ausweichend, fuhr er plötzlich entsetzt zurück. Da lag sein Freund Heinz von Waldstein auf dem Rücken, die Arme weit fortgestreckt, die Fäuste geballt, totenbleich mit geschlossenen Augen. Er ließ den Zügel aus der Hand und stürzte neben ihm nieder, hob den Kopf in seinen Arm und küsste Stirn und Mund wieder und wieder. Aus einer tiefen Wunde auf dem Scheitel sickerte das Blut, eine dunkle Lache im Grase zeigte an, wo der Kopf gelegen hatte, und nicht weit davon schaute noch unter dem braunen Heidekraut der geborstene Helm vor. Ein Pfeil stak in seiner Brust, und er zog ihn vorsichtig heraus. Oh, du Liebster, Teuerster, rief er laut, von wildestem Schmerz ergriffen, musstest du hier dein junges Leben lassen, und mich traf des Feindes Schwert nicht! Wie gern lebtest du – wie heiter war dein Gemüt, wie voll Hoffnungen deine Seele! Und mit einem Schlage hin – alles hin. Heinz – Heinz, dass ich dich so wiederfinde!

Tränen stürzten ihm aus den Augen und netzten die bleichen Wangen des gefallenen Freundes. Da gedachte er seines letzten Wunsches. Er zog ihm den Handschuh von der rechten Hand und streifte sanft den Ring mit dem blauen Vergissmeinnicht vom kleinen Finger. Er musste ihn erst aufbiegen, da er sich fest zusammengekrampft hatte, und es war ihm einen Augenblick, als ob er ein Zucken der Hand fühlte. Aber er hatte sich getäuscht – der Körper lag leblos da.

Er richtete ihn ein wenig auf und lehnte ihn gegen den Schenkel des Pferdes, sodass der Kopf einen Halt hatte. Noch eine Weile saß er neben ihm und schaute ihm traurig ins liebe Gesicht. Den Ring steckte er an die eigene Hand. Er dachte an Maria, die Heinz geliebt hatte, und dann an ein anderes, beiden teures Wesen – an Waltrudis, und wie sie um den Verlorenen weinen würden.

Waltrudis! Da war's ihm, als ob ihm noch ein anderer Gedanke durch den Sinn ging. Der Kopf war ihm so dumpf und wüst, er konnte den Gedanken nicht gleich fassen und halten. Dann aber wurde es lichter und lichter in ihm. Ja, rief er, das ist deine nächste Pflicht! Und sprang von der Erde auf. Noch einen Blick warf er auf den armen Freund, dann schwang er sich aufs Pferd und jagte davon, der scheidenden Sonne entgegen.

Es war die höchste Zeit gewesen. Ein Trupp Polen kam eben dahergeritten. Sie schickten ihm ein Dutzend Pfeile nach, aber keiner traf ihn.

Bald deckte ihn der Wald gegen weitere Nachstellung. Er ritt und ritt die ganze Nacht hindurch.

Fünfzehntes Kapitel

Heinrich von Plauen

Es war früh am Morgen, als Hans von der Buche die Türme der Burg Rheden sah. Er ritt auf die Brücke und rief dem Wächter zu: Sagt Eurem Herrn, dass die Schlacht verloren ist; er soll sein Haus vor den Polen hüten! Dann sprengte er weiter auf der Straße nach Buchwalde.

Am Hoftor brach das Pferd unter ihm zusammen. Er selbst hielt sich nach zwei durchwachten Nächten kaum auf den Füßen; aber er wusste, was davon abhing, dass er jetzt nicht schwach würde, und fasste alle seine Kräfte zusammen. Vor dem Stall fand er den Kämmerer, der nicht wenig verwundert war, ihn so unerwartet rasch wiederzusehen. Von ihm erfuhr er, dass das Herrenhaus leer stehe, da die Gutsfrau und deren Tochter bald nach dem Abzuge des Ritters nach Schloss Sczanowo abgereist seien.

Es war ihm eine Erleichterung, dass er für die Sicherheit der Frauen nicht zu sorgen hatte. Einer der Hofleute musste sich sofort aufs Pferd werfen und zum Waldmeister eilen. Ein zweites Pferd für diesen wurde ihm mitgegeben. Der Alte sollte keinen Augenblick säumen, er habe Wichtiges mit ihm zu verabreden und könne diesmal nicht selbst zu ihm in den Wald hinaus. Der Kämmerer erhielt den Befehl, das stärkste und schnellste Pferd aus dem Herrenstall gut zu füttern und für ihn gesattelt zu halten. Dann erst ließ er sich Speise und Trank reichen, stärkte sich und streckte sich eine Weile auf seinem Bett aus. Sollte er einschlafen, so sei er sofort nach des Waldmeisters Ankunft zu wecken.

Aber bei aller Müdigkeit wollte doch der Schlaf nicht kommen: Die Aufregung war zu groß gewesen. Sowie die Augenlider zufallen wollten, schreckte er wieder auf. Er hörte noch immer das Donnern der Kanonen, das Klirren der Eisenwaffen, das Splittern der Lanzen, das Wiehern der Streithengste, das Geschrei der Kämpfenden. Und dann war es ihm, als ob er auf dem Hofe den Hufschlag von Rossen vernähme; aber so schnell konnte der Waldmeister auch bei größter Eile nicht eintreffen.

Endlich kam Gundrat. Ihr habt mich rufen lassen, Junker, sagte er beim Eintreten mürrisch; was begehrt Ihr von mir?

Hans sprang auf und reichte ihm die Hand. Mein Vater ist tot, antwortete er, gefallen bei Tannenberg in der Schlacht mit vielen Tausenden.

Der Alte lüftete ein wenig die Kappe. So seid Ihr jetzt hier der Herr. Ich hoffe, Ihr werdet mich aus meiner Waldhütte nicht vertreiben wollen.

Sprecht nicht so, verwies der Junker. Ich glaubte, dass ich auf Eure Freundschaft rechnen dürfte – deshalb berief ich Euch. Ich habe nun die Sorge für Haus und Hof und muss doch noch in dieser Stunde fort. Das Ordensheer ist aufs Haupt geschlagen – nach aller Wahrscheinlichkeit wird König Jagello mit seinen siegreichen Scharen das Land überschwemmen und die Burgen angreifen. Buchwalde ist in Gefahr. Von der Verteidigung des alten Hauses kann nicht die Rede sein; aber die fahrende Habe lässt sich retten. Es ist hier niemand, dem ich so viel Vertrauen schenke als Euch. Wollt Ihr mir helfen, so setze ich Euch über alle meine Leute und gebe ihnen Befehl, Euch in allem gehorsam zu sein wie dem Gutsherrn selbst. Ihr kennt die Schlupfwinkel in den Wäldern am Melno-See. Schafft von unseren Vorräten, soviel Ihr für gut haltet, in den Heidenwall, versteckt dort unsere beweglichen Wirtschaftssachen, Wagen, Pflüge, Eggen und was sich sonst fortbringen lässt. Pferde und Vieh treibt in die Wälder. Der Feind mag dann die leeren Ställe und Speicher finden. Wollt Ihr das für mich tun?

Gundrat besann sich. Ich stehe nicht gern im Herrendienst, sagte er dann mürrisch, weiß auch auf solchem Hof schlecht Bescheid. Ihr habt Eure Kämmerer und Hofmannen, übertragt's denen. Im Walde will ich ihnen die sicheren Stellen anzeigen, aber die Verantwortlichkeit für Euer Hab und Gut kann ich nicht übernehmen.

Das sollt Ihr auch nicht, versicherte der Junker, das vermag in so unsicherer Zeit niemand. Aber es ist ein Unterschied, ob die Leute sich selbst überlassen sind, oder ob sie unter Aufsicht eines Mannes stehen, den sie als streng und gerecht kennen. Ich weiß, dass Ihr am liebsten wie ein Einsiedler lebt. Aber die Dinge haben nun einmal einen solchen Verlauf genommen, dass wir alle tun und meiden müssen, was uns nicht gefällt. Darum handelt freundschaftlich an mir und tretet hier an meine Stelle, bis ich selbst mich wieder des Meinigen annehmen kann. Ich will's Euch danken.

In des Teufels Namen denn! Rief der Alte. Aber wenn's blutige Köpfe gibt, so nehmt mich deshalb nicht ins Gericht. Ich bin heftiger Art und schlage rasch zu, wenn man nicht aufs Wort hört. Sagt das den Leuten im Voraus.

Ich werde ihnen vorstellen, wie ihre eigene Sicherheit davon abhängt, dass sie Euch in allem gehorchen, entgegnete der junge Gutsherr. Ist aber einer unverständig, den bringt zur Ordnung, wie im Kriege der Hauptmann einen aufrührerischen Gesellen zur Ordnung bringt – es soll Euer Recht sein, und ich will Euch vertreten bei dem Komtur. Jetzt aber folgt mir. Ich habe noch etwas Geheimes auf dem Herzen, das ich nur Eurer Treue anvertrauen kann und wovon niemand sonst wissen darf.

Er führte ihn nach dem alten Hause und die Treppe im Turm hinauf. Zum ersten Mal betrete ich dieses Gemach, sagte er, das Schloss öffnend. Es bewahrt die Heimlichkeiten der Eidechsen.

Die dicken Mauern umschlossen nur einen engen Raum, den schmale, mit Holzladen versetzte Fenster mäßig erhellten. Darüber wölbte sich eine Decke, in deren Schlussstein eine Eidechse eingemeißelt war. Auf dem mit Steinfliesen belegten Fußboden stand in der Mitte ein runder Tisch, umgeben von einfachen Holzstühlen. Zwei Schwerter lagen darauf, über einem Kruzifix gekreuzt. Unter dem Tische zeigte sich ein Kasten, mit eisernen Bändern beschlagen, deren auslaufende Enden die Gestalt von Eidechsen hatten. Sicher befindet sich darin der Bundesbrief, äußerte Hans von der Buche, und was ihnen sonst von Urkunden gehört. Den Schlüssel mag einer von den Ältesten in Händen haben. Wie sorgen wir am besten für diese Dinge?

Sie müssen in die Erde vergraben werden, riet der Waldmeister, und niemand als wir beide darf die Stelle kennen. Bis zu mir ist's zu weit; aber hinter dem Hause auf dem Hügel stehen die Buchen dicht, und an heimlichen Verstecken wird's dort nicht fehlen. Er zog die Lade vor und wog sie in den Händen. Es ist Papier darin, sagte er dann lachend, damit werde ich allein fertig. Geht nur voran und holt einen Spaten. Ich lasse indessen unten den Kasten durch eins der Fenster in den Graben hinab, damit man auf dem Hofe nicht merkt, was wir vorhaben. Aber dort an der Wand steht noch eine zweite, größere Lade; die werden wir beide schwerlich regieren.

Der Deckel war nur lose aufgelegt. Im Innern fanden sich Vorräte an Tuchen und Leinwand, silberne Becher und Schalen mit den Wappen der Herren von der Buche, alte Schmucksachen, Pergamente und Briefschaften, ganz unten auch einige Beutel mit goldenen und silbernen Münzen. Das ist Eigentum des Gutsherrn, meinte Gundrat. Euer Vater hat etwas erspart und hier seinen Schatz am besten aufgehoben gehalten.

Ich übergebe ihn in Eure Hände, sagte der Junker. Es ist jetzt keine Zeit, die Lade auszuräumen. Behaltet den Schlüssel zum Turmgemach und seht zu, wie Ihr ein Stück nach dem andern hinausbringt und gut verbergt.

Wollt Ihr nicht das Geld zählen?

Ich hab' Euch gesagt, dass ich Euch vertraue.

Gut denn – so will ich hier im Turm schlafen, bis alles in Sicherheit gebracht ist.

Er lud den kleinen Kasten auf und trug ihn die enge Stiege hinab. Als Hans den Spaten brachte, traf er ihn schon jenseits des Grabens unter den Buchen. Bald war eine Stelle ausgemittelt, die sich für den Zweck trefflich eignete. Der Alte räumte geschickt die Moosdecke ab, ohne sie zu zerstückeln. Sie wurde, nachdem der Kasten einige Fuß tief eingegraben war, wieder sorgfältig aufgelegt. Nun merkt Euch aber den Platz, Junker, sagte der Waldmeister, als sie damit fertig waren. Es wäre doch möglich, dass mir in Eurer Abwesenheit etwas zustieße. Euren Erbschatz sollt Ihr hier in der Nähe finden oder in einer Ecke meiner Waldhütte, wenn es mir gelingt, ihn heimlich dorthin zu schaffen. Hier stehen drei alte Buchen in gleichen Abständen; ich ritze mit der scharfen Seite des Spatens in jeden Stamm ein Kreuz dicht über den Wurzeln, damit es nicht ins Auge fällt. Nun gebt acht! Dort steht eine einzelne Tanne. Genau an derselben vorbei bemerkt Ihr einen großen Stein und von da ist's nicht weit bis zur Grabenecke. Wenn Ihr also künftig einmal umgekehrt von der Grabenecke auf den Stein losgeht, müsst Ihr an der Tanne vorbei auf die drei Buchen treffen. Das kann ein Kind behalten.

Auf den Hof zurückgekehrt, berief der Junker alle seine Leute, auch die Polen aus dem Dorfe, stellte ihnen den Waldmeister als seinen Gutsverwalter vor und ermahnte sie, gute Zucht zu halten, auch wenn der Feind sie bedrängen sollte. Er wolle es ihnen mit doppeltem Lohn vergelten; der ungetreue Knecht aber werde seiner Strafe nicht entgehen. Dann schüttelte er Gundrat die Hand, warf sich aufs Pferd und jagte davon.

Der Aufenthalt hatte länger als zwei Stunden gedauert. Er suchte ihn einzubringen, indem er den kürzesten Weg auf den Weichselstrom zu nahm, Engelsburg und Graudenz also rechts liegen ließ. Es kam ihm zustatten, dass er die Gegend genau kannte, die Wege waren infolge der großen Hitze der letzten Wochen selbst in den Wäldern trocken, sodass er sein Pferd fast ununterbrochen in rascher Gangart erhalten konnte. Erst in der Niederung stieß er auf Hindernisse, als er die Mühle von Ruda schon hinter sich hatte. Es gelang ihm aber auch, diese letzte halbe Meile bis zum Fluss zu überwinden, bald reitend, bald den Gaul am Zügel führend. Sehr erschöpft langte er in einem Dorfe an, das im Schutz des Weichseldammes lag.

Er wusste, dass er hier eine Fähre über den Strom nicht finden konnte; aber er hatte sich darauf verlassen, dass ein Fischerkahn zur Hand sein werde, und darin täuschte er sich nicht. Daran freilich hatte er nicht gedacht, dass Fahrzeuge dieser Art unmöglich auch ein schweres Pferd übersetzen könnten. Schnell entschlossen stellte er das seine bei einem Bauern ein, gab Befehl, es ihm auf dem Umwege nachzubringen, ließ es absatteln und nahm das Zaumzeug mit sich. Zwischen den Rampen durch gelangte das Boot glücklich nach Sartowitz auf dem andern Ufer.

Hier weideten Pferde auf einer Wiese nahe dem Flusse. Unbedenklich fing er eins davon ein, warf ihm den Sattel und Zaum auf, ließ dem Eigentümer durch den Bootsführer sagen, wo er das Tier nebst gutem Lohn in Empfang zu nehmen habe, und jagte auf dem Damm weiter nach Schwetz.

Auf schaumbedecktem, von dem scharfen Ritt an allen Gliedern zitternden Rosse langte er vor dem Burgtor an und ließ sich sogleich bei dem Komtur melden. Man wies ihn in die Vorburg, wo derselbe gerade eine neue Söldnerschar musterte. Der Junker eilte auf ihn zu. Gnädiger Herr, keuchte er, ein Wort – im geheimen.

Plauen war unwillig über die Unterbrechung. Wer seid Ihr – was wollt Ihr? Herrschte er ihn an.

Hans von der Buche, gnädiger Herr – ich war kürzlich eine Nacht in diesem Schlosse Euer Gast.

Der Komtur warf einen Blick auf das von Schweiß und Staub entstellte, überwachte Gesicht. Ich erinnere mich – ganz recht.

Herr, eine böse Nachricht –

Von wo kommt Ihr? Ich glaubte Euch bei den Heerfahrten.

Ich war dort – bei Tannenberg –

Nun – was?

Der Junker schöpfte nur mühsam Atem. Nicht vor diesen Leuten. Er beugte sich vor und sagte leise: Das Ordensheer ist aufs Haupt geschlagen – der Hochmeister gefallen –

Plauen fuhr zusammen, wie von einem Blitzschlage getroffen. In seinen grauen Augen loderte das Zornfeuer hell auf. Er stieß den Unglücksboten mit der Hand zurück und rief: Das lügst du, Bube!

Das verzeihe Gott Eurem Schmerz, sagte Hans, sich nur mit Not auf den Füßen haltend, dass Ihr mich so verkennt.

Euer Vater ist einer von den Eidechsen.

Er war's. Seine Leiche liegt auf dem Tannenberger Felde.

Nein, nein und aber nein! Ich kann – ich will Euch nicht glauben. Das Ordensheer – der Meister – es ist unmöglich.

Ich sage die Wahrheit. Ich bin geritten Tag und Nacht –

Wer sendet Euch an mich?

Niemand.

Und welche Beglaubigung habt Ihr?

Keine. Es war alles in wilder Flucht.

Und ich soll Euch glauben?

Ich schwör's – bei dem Andenken eines teuren Freundes. Heinz von Waldstein –

Der Komtur fasste krampfhaft seinen Arm. Ha – er – auch er?

Ich sah ihn unter den Gefallenen – mit einer tiefen Wunde über der Stirn. Diesen Ring – er riss den Handschuh von der Hand –, diesen Ring zog ich ihm vom Finger.

Plauen starrte darauf hin. Aller Zorn war von ihm gewichen, im Augenblick schien ihn der Schmerz zu betäuben. Er sah Hans in die Augen, als wollte er ihm in die tiefste Seele sehen. Ja, es war die Wahrheit! Er presste die Lippen zusammen, schaute zum Himmel auf und drückte die Hand auf die Stirn. Kommt, sagte er nach einer Weile in ganz verändertem Tone, Ihr sollt mir berichten.

Er übergab den Befehl einem von den Rittern und schritt rasch voran über die Brücke und durch das Tor nach dem Schlosshof. Dort wandte er sich dem Eingang zur Kapelle zu und winkte dem Junker zu folgen. Auf dem ganzen Wege sprach er kein Wort.

Die Kapelle war leer. Plauen sprach ein kurzes Gebet am Seitenaltar und nahm dann in einem der Ritterstühle Platz. Dem Junker wies er den nächsten. Sagt, was geschehen – Gott wird mir Kraft geben, alles zu hören.

Hans von der Buche erzählte, was er mit eigenen Augen gesehen oder von Augenzeugen erfahren. Lebhaft schilderte er alle Schrecken der Schlacht. Der Komtur hatte den Arm aufgestützt und das krause graue Haar über der Stirn mit zusammengeballter Hand gefasst. Er saß unbeweglich, die Augenlider gesenkt, die Zähne scharf ineinander verbissen. Kein Zeichen des Unglaubens machte sich mehr sichtbar. Es schien, dass kein Zweifel weiter Raum finden konnte in seiner Seele, nachdem sein Herz so schwer getroffen war. Als Hans aber erzählte von des Hochmeisters letztem ritterlichen Kampf und von seinem heldenhaften Ende, da seufzte er laut und stöhnte schmerzlich und sagte leise: Gott – Gott – Gott sei uns gnädig!

Er brauchte einige Zeit, sich zu sammeln: Das Ungeheure dieser Nachrichten überwältigte ihn. Und wer führt nun das Heer zurück? Fragte er dann.

Es schien keinen Führer mehr zu haben, antwortete Hans. Und ein Heer war's auch nicht mehr. Aufgelöste Haufen stürmten über das Feld hin, keinem Hauptmann gehorchend. Viele versanken in den Moorgründen der Semnitz, andere zerstreuten sich in den Wäldern – die Tataren waren auf ihren schnellen Pferden hinter ihnen her.

Und der Ordensmarschall?

Friedrich von Wallenrod ist in der Schlacht gefallen.

Und Kuno von Lichtenstein, der Großkomtur –?

Gefallen.

So ergriff Graf Albrecht von Schwarzburg das große Banner – er ist ein tapfrer Mann!

Er starb den Heldentod. Ritter an Ritter lag neben ihm hingestreckt.

Auch der Oberst-Trappier – o Jammer! Aber der Ordenstresler –? Sprecht, sprecht!

Man sagte mir, auch der tapfere Thomas von Merheim sei unter den Erschlagenen. Aber ich sah ihn nicht. Die Leichen lagen hoch getürmt, wo er gestanden hatte.

So blieb von den obersten Gebietigern nur noch der Spittler, Werner von Tettingen. Er ist ein alter, kranker Mann.

Ich bemerkte ihn unter den Fliehenden. Er bemühte sich, die Reste der Elbinger Fähnlein zusammenzuhalten. Wenige Ritter waren um ihn.

Und die Komture?

Sie müssen in der Schlacht geblieben sein bis auf wenige. Der von Danzig rettete sich mit einigen Rotten Danziger Bürger und einer Söldnerschar in den Wald. Ich verlor sie bald aus den Augen.

Plauen schwieg wieder eine Weile. Sein Gesicht hatte einen finsteren Ausdruck, die Falten auf der Stirn vertieften sich, die Finger wühlten im krausen Haar. Und warum – kommt Ihr zu *mir*?

Ich weiß nicht, wie ich darauf fiel. Es war ein Gedanke – ganz plötzlich. Ich glaube, als ich den armen Freund in seinem Blut –

Jetzt nichts von ihm. Was will des einzelnen kleines Leid – Die Stimme versagte ihm.

Ihr standet plötzlich hochaufgerichtet vor meinen Augen, wie ich Eure Gestalt im Gedächtnis bewahrte. Und eine innere Stimme rief mir zu: Der ist es – der kann retten aus dieser Not – der ist der Einzige, der retten kann! Zu ihm! Und ich spornte mein Pferd und eilte zu Euch, Herr.

Der Komtur lehnte den Kopf zurück. Retten –! Was ist zu retten, wo alles verloren ward? Nicht einmal ein geschlagenes Heer, die Burgen zu decken! Der König wird mit seinen wilden Horden das Land überschwemmen – ein Würgengel wird durch das ungeschützte Land ziehen, morden und brennen. Was kann ich –? Wenig mehr denn dreitausend Mann stehen unter meinem Befehl. Wenn ich mich den Polen entgegenwerfe – ich opfere sie unnütz. Hier kann ich das Schloss – kann ich Pommerellen verteidigen – mich in der Neumark mit Sternberg vereinigen, vielleicht im Rücken des Feindes. Aber wird er uns Zeit lassen? Wird er sich hierher wenden? Wird er einen Angriff abwarten? Was hindert ihn, die Marienburg –

Er sprang auf. Ha, die Marienburg – das muss sein Ziel sein, wenn er nicht mit Blindheit geschlagen ist – ja, ja, die Marienburg! Ist sie genommen, so endet aller Widerstand. Solange des Ordens Banner von ihren Zinnen weht, ist der König nicht Herr im Lande. Des Ordens Haupthaus muss gerettet werden! Dorthin – und sollten wir uns unter seinen Mauern und Türmen begraben!

Es war, als ob eine wilde Begeisterung ihn erfaßte, die Augen blitzten, und helle Röte stieg in sein eben noch aschfahles Gesicht. Lasst mich mit mir allein, rief er, ich will zu Gott beten, dass er mir Kraft gebe zu diesem Menschenwerk, und mich mit ihm beraten, wie ich's vollbringe! Ihr habt mir eine traurige Botschaft ausgerichtet, und wahrlich, so oft ich Euer Gesicht sehe, werde ich an diese Stunde gedenken müssen! Aber wenn ich zurzeit die Marienburg erreiche vor des Königs Ankunft, will ich sie Euch doch danken. Geht jetzt!

Der Junker entfernte sich: Er schwankte über den Burghof nach dem Brunnen, sich durch einen kühlen Trunk zu erfrischen. Der Körper war ihm so schwer, als könnten die Füße nicht länger die Last trägen. So setzte er sich denn auf die Steinbank und lehnte den Kopf an den Brunnenrand. Keine Minute verging, so war er fest eingeschlafen. Das Hausgesinde fand ihn dort, konnte ihn aber nicht erwecken. Einige Mitleidige, die ihn für erkrankt hielten, trugen ihn nach dem Schlafhause und legten ihn in eine Gastzelle desselben nieder.

Heinrich von Plauen aber sank vor dem Altar auf die Knie und faltete die Hände über der Brust. Unverwandt sah er auf das Bild des Gekreuzigten. Er sprach kein Gebet, nicht laut und nicht leise. Seine Gedanken beschäftigten sich nur mit irdischen Dingen, aber womit sie sich erfüllten, das galt ihm nur als Eingebung von Gott. Er überzählte seine Ritter, seine Dienstleute, seine Söldner, seine Harnische, Armbrüste und Spieße; er überschlug seine Vorräte an Fleisch und Brot und allerhand Zehrung; er teilte den Weg bis zur Marienburg in Tagemärsche und bedachte, welche Flüsse zu passieren, welche Brücken zu schlagen seien. Und wundersam klar wurde ihm alles. Da stand er auf und sagte: Hilf Gott! Und schritt durch die Pforte in der Mittelwand nach dem Kapitelsaal.

Dort gab er den Brüdern mit der Glocke das Zeichen, sich zu versammeln. Bald erschienen die Ritter in ihren weißen Mänteln, begierig zu hören, was zu so ungewöhnlicher Zeit zu beraten sei, und doch mit feierlichem Schweigen ihre Plätze aufsuchend und dort geduldig wartend, bis der ganze Konvent versammelt. Auf dem Gesicht ihres Komturs lasen sie wohl dessen tiefe Bekümmernis, über niemand wagte zu fragen. Als die Türen geschlossen waren, erhob Plauen sich von seinem Sitz, nahm sein Schwert in beide Hände und hielt es mit dem Kreuzgriff vor sich hin. Im Namen der Jungfrau Maria, sagte er, das Kapitel ist eröffnet.

Dann teilte er den Brüdern mit, alles, was er erfahren hatte, so schlimm es auch war. Diese Nachrichten erschütterten sie tief, aber bei aller Beunruhigung im Innern verlor doch keiner die würdige Haltung, zu der die Beratung im Kapitel verpflichtete; so gute Zucht hatte der strenge Komtur gehalten. Und nun schloss er seine Ansprache: Liebe Brüder! Nichts habe ich euch verschwiegen, obschon mein Herz blutete, es zu melden. Denn nie bisher, solange der Deutsche Orden besteht, hat er einen solchen Tag der Schmach erlebt und einen so tiefen Fall getan. Lasset uns deshalb nicht mutlos werden! Es will mir scheinen, dass Gott uns berufen habe, sein Werk in diesem Lande vor dem Untergang zu bewahren. Wer unter euch möchte dazu raten, Uns in des Königs Macht zu geben, weil er unsere Schwäche bedenkt? Gott ist stark in denen, die ihn anrufen! Erwartet auch nicht Befehle von auswärts. Wer soll sie auch geben? Tot ist der Hochmeister, tot der Ordensmarschall. Von allen Gebietigern lebt vielleicht nur der Spittler, und er ist gebeugt von Alter und Krankheit. Wir selbst müssen handeln. Diese Burg Schwetz ist fest und gut versehen mit Waffen und Vitalien. Eine kleine Schar kann sie gegen den Feind im Notfall halten, und mein Vetter von Plauen ist im raschen Anzuge mit mehreren Fähnlein Söldnern, die der Besatzung helfen können. Aber die Marienburg ist in Gefahr! Aus den Briefen, die mir der Herr

Hochmeister schreiben hieß, hab' ich ersehen, dass sie entblößt ist von Mannschaft, Geschütz und Vorräten jeder Art. Das Heer ist zersprengt; es ist niemand da, der es sammelt und aufnimmt in ihren Mauern. Leicht mag es dem Könige gelingen, wenn er den allgemeinen Schrecken und die Verwirrung benutzt, die schlecht bewachte Feste ohne Schwertschlag einzunehmen. In der Marienburg aber ist des Ordens Heil! Sie muss ihm erhalten werden, es koste, was es wolle! Darum ist mein Rat, zu handeln auf eigene Verantwortlichkeit und uns selbst Vollmacht zu geben, was wir zu des Landes Bestem halten, zu tun. Ich will in so wichtigen Dingen nicht entscheiden ohne der Brüder Zustimmung. Aber ich weiß es, sie wird mir nicht fehlen. Wer meines Sinnes ist, der erhebe sich von seinem Sitz und sage: amen!

Da wagte niemand, sitzen zu bleiben. Alle erhoben sie sich, die einen schneller, die anderen langsamer, und alle sagten amen, wenn auch nicht mit gleicher Freudigkeit. Denn mancherlei Bedenken stiegen in den älteren auf, ob die Nachrichten ganz zuverlässig seien, ob man zurzeit die Burg erreichen werde, und ob man nicht in den gewissen Tod gehe, wenn des Königs siegreiches Heer ihnen den Weg vorwärts und rückwärts verlege. Nun sie ihren guten Willen gezeigt hatten, hielten sie auch nicht ganz zurück mit bescheidenen Vorstellungen, wie schwierig und unsicher das Unternehmen sei. Plauen aber rief: Es ist beschlossen, und nun mag Gott helfen, wenn er will! Ans Werk denn! Keine Stunde ist zu versäumen! Stehe ein jeder an seiner Stelle als ein ganzer Mann, und er wird Männer finden, die ihm dienen. Noch vor Abend muss unser Heerhaufe gerüstet sein und ausrücken. Es ist alles bereit. In drei Tagen können wir die Marienburg erreichen.

Ohne Zögern gab er nun jedem der Ritter seine Befehle. Der Hauskomtur sollte als Pfleger in der Burg zurückbleiben und für ihre Verteidigung sorgen. Ein anderer erhielt Auftrag, in der Rüstkammer auszuwählen, was an Harnisch und Waffen entbehrlich. Ein dritter hatte die Fuhrwerke zu beschaffen und mit dem nötigen Proviant zu beladen. Ein vierter wurde nach den Vorwerken geschickt, eiligst die Pferde herbeizuholen. Und so gab es für jeden zu tun. Auch gingen reitende Boten ab an die vornehmsten Landesritter mit der Weisung, sich sofort auf dem Schlosse einzufinden. Ebenso wurde der Bürgermeister von Schwetz geladen. Der Komtur selbst ging ins Lager der Söldner und sprach mit den Hauptleuten. Sie sollten die Zelte abbrechen und auf Wagen laden, ihre Fähnlein aber marschfertig machen.

Nur einen Teil seines Heerbannes hatte der Komtur schon ausgehoben. Mehr als sechzig Ritterdienste und vierzig Schützendienste waren im

Gebiet der Komturei zu leisten. Die noch auf ihren Höfen geblieben waren und auf die Einmahnung warteten, wurden nun mit Boten beschickt und aufgefordert, sich unterwegs an vorbestimmten Orten anzuschließen. Aber auch für die Landesverteidigung in des Komturs Abwesenheit musste gesorgt werden. Deshalb eben waren die Landesältesten aufs Schloss berufen. Sie versprachen, gute Ordnung zu halten. Im Stillen bei sich aber mochte mancher denken: Steht des Ordens Sache auf so schwanken Füßen, so dürfen wir nicht vergessen, dass wir des Königs von Polen nächste Nachbarn sind. Wir wollen vorsichtig zuwarten, dass wir nicht in Schaden kommen. Nur Herr Both von Ileburg schüttelte des Komturs Hand und sagte: Wem ich mich zugeschworen habe mit Leib und Leben, der soll mich allemal treu befinden. Verlasst Euch auf mich.

Erst spät am Nachmittage, als alle Anordnungen für den Heerzug getroffen waren und die Söldner schon in Rotten zusammentraten zur letzten Musterung, gedachte Plauen des jungen Freundes, den er nach der Unterredung in der Kapelle nicht mehr gesehen, aber in der Unruhe des Tages auch nicht vermisst hatte. Nun fragte er nach ihm, und er wurde in das Schlafhaus gewiesen. Dort fand er den Junker wirklich noch immer in tiefem Schlaf; wie man ihn hingelegt hatte, so lag er da; nicht die Hand oder den Arm hatte er gerührt, nur die Brust hob und senkte sich bei den regelmäßigen schweren Atemzügen.

Der Komtur stand eine Weile neben seinem Lager und betrachtete ihn nachdenklich. Der Junker von der Buche war ihm keine Persönlichkeit gewesen, zu der er schnell Vertrauen fassen konnte. Auf den ersten Blick – damals bei der Begegnung im Hause des Ratmanns Clocz – hatte er sich eher abgestoßen gefühlt, er wusste selbst nicht den Grund davon. Lieber wäre es ihm gewesen, Heinz hätte sich diesen Gesellen nicht ausgesucht, der ihm etwas Unfassliches hatte, das ihn beunruhigte. Auch der Gastaufenthalt im Schlosse hatte ihm den Junker nicht nähergebracht, und nun musste der gerade ihm die Todesnachricht des jungen Freundes zuführen und des Ordens schwerste Niederlage berichten. Das verstärkte bei ihm das Gefühl der Abneigung. Und doch musste er sich gestehen, dass der Junker sich redlich bemüht hatte, ihm und seinem Orden einen großen Dienst zu leisten, dass er alles Vertrauen verdiente und auf einen wärmeren Dank rechnen durfte, als der ihm zuteilgeworden war. Er soll ihm werden, sprach er vor sich hin.

Nun legte er die Hand auf seine Schulter und schüttelte ihn ein wenig, um ihn zu erwecken. Es gelang nicht so leicht. Erst als er sich über ihn beugte und laut seinen Namen rief, schrak der Junker auf und sah ihn mit verwunderten Augen an. Wo bin ich –? Fragte er schlaftrunken.

Gleich darauf aber sprang er vom Lager auf. Oh, Ihr seid's gnädiger Herr –! Ich schlief gewiss lange – verzeiht!

Gern hätte ich Euch länger Ruhe gegönnt, antwortete der Komtur, denn Eure Ermüdung nach dem scharfen Ritt muss groß sein. Aber in einer Stunde verlasse ich das Schloss und wollte Euch vor meiner Abreise noch gesprochen haben. Gedenkt Ihr nach Eurer Heimat zurückzukehren?

Ich werde dort wenig nützen können, sagte Hans, sich den Schlaf aus den Augen reibend und sein Gedächtnis anstrengend, da alles, was in den letzten Tagen geschehen, ihm wie ein wüster Traum vorkam. Meine Meinung war, dass ich mich Euch zur Verfügung stellen wollte, wenn Euch mein Dienst genehm wäre. Ich war überzeugt, dass Ihr etwas Tapferes unternehmen würdet, und wollte dabei nicht gern fehlen. Deshalb setzte ich für alle Fälle in Buchwalde einen Verwalter ein; man erwartet mich dort nicht so bald.

Der Komtur nickte freundlich. Ihr habt Euch in mir nicht getäuscht. Ich führe meine Mannschaft nach der Marienburg, zu sehen, ob ich sie gegen die Litauer und Polen halten kann. Wollt Ihr mir dahin folgen? Einen Mann mehr weiß ich zu schätzen.

Von Herzen gern! Rief der Junker. Gebietet über mich, gnädiger Herr!

So hört, was ich Euch zu sagen habe. Ich will Euch ein Gut anvertrauen, das ich in den treuesten Händen wissen muss, wenn ich ruhig sein soll. Euch ist bekannt geworden, dass Heinz von Waldstein, den Ihr Euren Freund nanntet, eine Schwester –

Waltrudis! Was kann für sie geschehen? Mein Blut und Leben –

Hört mich zu Ende. Ich vertrete Vaterstelle bei der Waise, wie Ihr wisst, und meine Sorge um ihre Sicherheit ist daher gerechtfertigt. Es kann sein, dass der Feind die Stadt Schwetz nicht belästigt. Aber wahrscheinlicher dünkt mich's, dass er sie berennen wird, um sich dieses Grenzgebietes zu versichern, das er als den ersten Preis seines Sieges fordern wird. Nun sind die Mauern zwar stark genug, in gewöhnlichen Fällen einem Heerhaufen Widerstand zu leisten; aber eine ernstliche Belagerung von einigen Tausenden, die mit Geschütz versehen sind, kann die Stadt schwerlich aushalten. Wird sie genommen, so hat sie das Schicksal Gilgenburgs zu erwarten. Ich zittere vor dem Gedanken, dass Waltrudis den rohen Horden der Litauer oder Tataren in die Hände fallen könnte; nicht einmal das Schlimmste wär's dann, wenn sie in Gefangenschaft fortgeschleppt und in die Sklaverei verkauft würde. Auch hier im Schlosse weiß ich sie nicht genügend sicher, und den Zurückbleibenden mag ich nicht die Sorge für ein Weib aufbürden. Am besten aufgehoben halte ich Waltrudis in meinem eigenen Schutz, mag die Gefahr für sie sonst in meiner Nähe auch größer sein, da ich dem Kampf entgegengehe. Sie ist ein mutiges Mädchen und wird sich von mir nicht trennen wollen. So habe ich denn beschlossen, sie mit mir nach der Marienburg zu nehmen.

Oh, das ist das Beste! Rief der Junker. Die Heilige Jungfrau selbst hat Euch das eingegeben.

Ich hoffe es, sagte der Komtur. Aber die Ausführung ist nicht so leicht. Ich bin der Heerführer und habe in den nächsten Tagen andere Sorgen, als auf ein Mädchen zu achten. Auch könnte ich Waltrudis nicht in meiner Nähe haben, ohne allerhand schlimmen Argwohn zu erregen. Dem lieben Kinde muss jede Nachrede erspart werden. So will ich denn, dass Waltrudis mir erst morgen in der Frühe folge und nach mir im Haupthause eintreffe. Ich werde sorgen, dass sie dort bei einem der Beamteten ein Unterkommen findet, die verheiratet sind und ihre Familie bei sich haben. Auf dem Wege aber braucht sie einen Begleiter und Beschützer – und dazu hab' ich Euch ausersehen, Junker. Wollt Ihr der Schwester eines Freundes den Dienst erweisen?

Oh, von ganzem Herzen, versicherte Hans eifrig, indem er des Komturs Hand ergriff. Ihr ehrt mich hoch durch diesen Auftrag, und mein ganzes Bemühen soll sein, dass ich ihn zu Eurer Zufriedenheit erledige.

Plauen schüttelte seine Hand. So nehme ich Euer Ehrenwort, dass der Jungfrau kein Leides geschehen soll in Eurem Schutz, und dass Ihr sie hüten wollet wie Eure eigene Schwester.

Mit meinem Leben will ich einstehen für mein Wort.

Gut, es sei so! Ihr reitet den ersten Tag bis Neuenburg. Dort wird Waltrudis bei den Schwiegereltern des jungen Lippolt Clocz nächtigen. Ihr selbst findet Herberge auf dem Schloss; der Pfleger soll bei meinem Durchzuge unterrichtet werden. Den folgenden Tag gelangt Ihr bis Mewe. Bringt dem Bürgermeister diesen Brief, so wird er willig Eure Begleiterin bei sich aufnehmen. Am dritten Tage erreicht Ihr leicht die Marienburg vor Abend, wenn Ihr nicht Aufenthalt habt beim Passieren des Flusses. Aber haltet in Mewe erst genaue Nachfrage, ob etwa der Feind schon vorgerückt ist und die Straße besetzt hat. Wär's so, dann handelt nach Umständen. Meidet die Gefahr und bringt das Fräulein lieber nach der Stadt Danzig. Und nun, Gott befohlen, Junker! Ich muss meines Amtes warten.

So verabschiedete er ihn, und Hans von der Buche ging sogleich nach der Stadt, die erforderliche Abrede zu treffen. So traurig er noch wenige Stunden vorher gestimmt war, jetzt fühlte er sich frohen Mutes, durch das Vertrauen des Komturs gehoben und in Hoffnung des Wiedersehens. Wie eine Gunst des Himmels schien es ihm, dass er ausersehen war, das teure Mädchen in seinen ritterlichen Schutz zu nehmen. Die nächsten drei Tage gehörten ihm.

In der Stadt fand er alles in großer Unruhe. Der Bürgermeister hatte gleich nach seiner Rückkehr vom Schloss Anordnungen wegen der Verteidigung getroffen, und von den besorgten Gesichtern war abzulesen, dass man den Feind schon in der Nähe glaubte. Den Ratmann Johannes Clocz traf der Junker im Hausflur an. Er hatte aus einer Kammer, deren Tür offen stand, seinen Harnisch herausgeholt und war eifrig bemüht, die Rostflecken von der Platte fortzuputzen und das Riemenzeug in Ordnung zu bringen. Jungfrau Maria! Rief er. Seid Ihr's? So weiß ich auch, wer der Bote gewesen ist, der alle die Hiobsposten gebracht hat. Einen hübschen Lärm habt Ihr angerichtet. Steht's denn wirklich so schlimm um des Ordens Sache?

Hans beantwortete seine Fragen mit möglichst knappen Worten. Der Alte kratzte sich hinterm Ohr und zog den Mund schief. Da werden böse Tage kommen, sagte er, böse Tage. Wir Bürger sind der Nachtwachen auf den Mauergängen schier entwöhnt. Und die Ernte hat noch nicht einmal angefangen. Könnten wir wenigstens unser Getreide gut einbringen, ehe die polnischen Pferde unsere Äcker zerstampfen! Böse Tage, böse Tage!

In der großen Stube oben waren die Frauen beschäftigt, die wertvolleren Kleider, Pelzsachen und Silberzeug in feste Holzkisten zu verpacken. Sie sollten im Notfalle zu Schiff gebracht und nach Neuenburg geschafft oder in die Erde vergraben werden.

Waltrudis half dabei. Als sie nun beim Knarren der Tür aufblickte und den Junker erkannte, erhellte sich ihr ganzes Gesicht. Gott sei Lob und Dank, sagte sie, Ihr lebt! Ihr seid heil entkommen aus der mörderischen Schlacht!

Beglückt durch diesen Empfang trat er auf sie zu und hielt ihr zum Gruß beide Hände hin. Sie legte die Ihrigen hinein, senkte nun aber tief errötend den Blick. Da war's plötzlich, als ob sie sich an einer spitzen Nadel verletzt hätte, so fuhr sie zusammen. Sie hatte den Ring mit den blauen Steinen an seinem Finger bemerkt. Mein Bruder! Schrie sie auf.

Und als bedürfte es gar keiner Bestätigung ihrer schlimmsten Befürchtung, wiederholte sie in leisem Klageton: Mein Bruder!

Es fiel Hans schwer auf die Seele, dass er während des Ganges hierher des armen Freundes gar nicht mehr gedacht und sich's nicht einmal vorgestellt hatte, wie schmerzlich der Bericht seines Todes das Schwesterherz berühren müsse. Nun, schon in der Minute des Wiedersehens, war ihr dieser Verlust gewiss geworden, ohne dass er zu sprechen brauchte. Er ließ den Kopf und die Arme sinken, jetzt ganz mutlos. Er ist tot, klagte das Mädchen. Wie hätte er sich sonst von diesem Ringe getrennt!

Der Junker nickte schwermütig: Er war keines Wortes mächtig.

Ein Tränenstrom brach gewaltsam aus den Augen des schönen Mädchens vor und überflutete die bleichen Wangen. Krampfhaft schluchzte die Brust. Marie-Annel und Bärbel umarmten sie und suchten sie durch freundliche Worte zu beruhigen. Nach einer Weile fasste sie sich und bat um Bericht, wo und wie er gefallen sei.

Hans teilte mit, was er wusste. Es war nicht viel und sagte doch alles. Waltrudis dankte ihm, wandte sich ab und verließ das Zimmer. Man hielt sie nicht zurück. Jeder verstand, dass es ihr Bedürfnis sein musste, mit sich allein zu sein und sich auszuweinen.

Nach einer Stunde kam sie wieder. Der Junker hatte indessen die Hausfrau von dem unterrichtet, was der Komtur über Waltrudis beschlossen hatte. Es war ihr, so lieb sie das Fräulein hatte, eine Erleichterung, in dieser Zeit der Not dieser fremden Sorge überhoben zu werden, und so machte sie sich gleich eifrig an die Zurüstung zur Reise. Eben als Waltrudis eintrat, hörte man draußen in einiger Entfernung die Pfeifer und Trompeter des abziehenden Heeres. Sie erkundigte sich, was das bedeute, und so hatte der Junker nun gleich einen Anlass, seinen Auftrag auszurichten.

Sie hörte ihn ruhig an. Es geschehe mit mir, wie der Herr Komtur will, sagte sie. Kann ich doch nicht zu Heinz, seinen Leib zu bestatten. Die Tränen flossen wieder. Ach, die Freude war so kurz – ich habe keinen Bruder mehr!

Aber einen Freund, versicherte Hans mit wärmstem Ausdruck, und was an ihm ist, das will er sein Leben lang daransetzen. Bruderstelle zu vertreten. Glaubt mir!

Sie sah zu ihm auf mit einem Blick, der unter Tränen zu lächeln versuchte. Ich glaube Euch – ich habe einen Freund!

Sechzehntes Kapitel

Auf dem Schlachtfelde

Zurück zum Schlachtfelde von Tannenberg! Nicht gar weit hinaus hatten die Polen und Litauer ihre Verfolgung fortgesetzt. Zufrieden mit dem Erfolge, die Reste des Ordensheeres zerstreut und in die Wälder getrieben zu haben, dachten sie nur daran, sich selbst wieder in Sicherheit zu bringen und über die Beute herzufallen, die unschwer zu erjagen war.

Das Lager bei Dorf Frögenau war genommen. Viele Hunderte von Wagen, beladen mit Lebensmitteln und Getränken aller Art, fielen den Siegern in die Hände und wurden sofort geplündert. Die Anführer kannten ihre Leute und gaben sich nicht vergebliche Mühe, diesem tollen Treiben Einhalt zu tun. Bald brannten überall auf dem Felde, wo in der Nacht vorher die Ordensritter mit ihren Scharen gelagert hatten, lustige Feuer, und herum lagen die müden Streiter, schmausend und zechend nach Herzenslust, während die Pferde in der Nähe weideten. Der eine Haufe jubelte dem andern zu, und laut erschollen die Siegesgesänge der Frohlockenden bis zu dem Totenfelde hin. Auch drüben im polnischen Lager gab man sich ungebunden der Lust hin. Der König und der Großfürst hatten eiligst ihren Tross herangezogen und reichliche Vorräte unter das Kriegsvolk verteilt. Jede Rotte lagerte, wo sie gerade zuletzt ihren Standort gehabt hatte. Wüstes Geschrei tönte bald überall, und der Fürsten Gesundheit wurde so oft getrunken, dass die Zecher ins Gras taumelten.

Wenn jetzt ein Heer von einigen Tausenden mit einem kühnen Führer an der Spitze aus dem Hinterhalt vorgebrochen wäre und die Siegestrunkenen überfallen hätte, die Verwirrung wäre furchtbar gewesen, die ganze Frucht des Kampfes vielleicht verloren. Aber die Erschöpfung der Fliehenden war zu groß, niemand dachte an solche Rückkehr, und im Dunkel der Nacht verloren die einzelnen Haufen bald jede Fühlung. Am besten geschlossen bewirkten noch die Söldner ihren Rückzug; doch suchte auch hier nur jeder Hauptmann für sich die Reste seines Fähnleins zu sammeln und auf irgendeiner Landstraße nordwärts in Sicherheit zu bringen.

Endlich überwältigte der Schlaf die lärmenden Zecher, und es wurde still in den Lagerplätzen. Auf dem lang gestreckten Schlachtfelde aber ächzten und stöhnten die Sterbenden, Freund und Feind beieinander. An hunderttausend lagen da von den beiden Heeren, und wohl denen, die ein tödlicher Streich gefällt hatte! Ewig lang schien die Nacht dem langsam Verschmachtenden. –

König Wladislaus Jagello war durch den so entscheidenden Sieg überrascht worden. Er überließ es auch jetzt seinen Feldherren und Witowd, für die weiteren kriegerischen Maßregeln zu sorgen, dankte Gott in seiner Feldkapelle für die erwiesene Gnade und ordnete für den nächsten Tag einen feierlichen Gottesdienst seines ganzen siegreichen Heeres auf dem Schlachtfelde an.

Zugleich gelobte er, dass er daselbst dem Brigittiner Orden ein Kloster gründen und reich mit Gütern ausstatten wolle. Täglich solle dort für das Seelenheil der Gefallenen gebetet werden.

Die Leiche des Hochmeisters ließ er auf dem Schlachtfelde aufsuchen und vor seinem Zelte niederlegen. Lange stand er, umgeben von seinen Großen, neben derselben und stellte Betrachtungen an über den Wechsel des Glückes. Es schien ihm eine barbarische Genugtuung zu gewähren, den Sieger und den Besiegten so nebeneinander allem Volke zu zeigen. Bedeutete doch der gefallene Hochmeister das ganze vernichtete Ordensheer! Aber was er sprach, waren fromme und demütige Worte. Nicht ihm gehöre der Ruhm des Sieges, sondern dem Höchsten. Ritterlich sei Ulrich von Jungingen gefallen, nicht nur den Seinigen, sondern auch seinen Feinden ein glänzendes Vorbild der Tapferkeit. Von Herzen verzeihe er dem toten Manne, was er im Leben an ihm gesündigt, und nicht wolle er sich im Glück überheben, dass nicht Gott seinen Übermut strafe. Die Leiche des Meisters solle nicht auf dem Schlachtfelde eingescharrt, sondern nach der Marienburg vorausgeschickt werden, dass sie dort in der Sankt-Annen-Kapelle ihre Ruhestätte finde bei den anderen Ordensmeistern. So ehren wir Polen noch im Tode den tapferen Feind, schloss er.

Gleichwohl blieb die Leiche noch viele Stunden lang in der Nähe des königlichen Zeltes, dem rohen Kriegsvolk zur Schau, am Boden liegen. Erst spät am Abend wurde sie fortgeschafft.

Mit dem Dankgottesdienst auf freiem Felde wurde eine Siegesfeier verbunden, die ebenso geeignet war, die Meinung des Königs von sich selbst zu erhöhen, als ihm in den Augen der kriegerischen Polen, Litauer, Russen und Tataren das Ansehen eines siegreichen Feldherrn zu geben. Er stand dabei in voller Waffenrüstung auf einer eigens zu diesem Zweck aufgeschlagenen, mit kostbaren Tüchern belegten und mit einem Baldachin bedeckten Estrade, umgeben von den Großen seines Reiches, den litauischen Bojaren, den Anführern der Hilfsvölker und den Söldnerhauptleuten – selbst der Großfürst Witowd hatte seinen Platz einen Schritt hinter ihm – und ließ sich die eroberten Banner und Fähnlein vorüberführen. Es waren ihrer wohl hundert, die meisten nicht im Kampfe selbst genommen, sondern auf dem Schlachtfeld aufgelesen oder unter den Leichen ihrer tapferen Verteidiger hervorgezogen. Darunter befand sich das große Banner des Hochmeisters, dessen kleines Banner, das Banner des Ordens, das der Großmarschall Friedrich von Wallenrod geführt hatte, auch die Fahne des heiligen Georg, die Georg von Gersdorf trug, bis alle seine Mannen erschlagen waren und man den Verwundeten gefangen nahm. Weiter folgten die Banner der Bischöfe, der Komture, der Städte, auch viele Fähnlein der Söldner. Alle diese Trophäen, dazu Waffenstücke von ausgezeichneten Gefallenen und Mäntel der Ordensritter wurden von denen getragen, die sie erobert oder aufgefunden hatten, und alle Banner und Fahnen neigten sich vor dem mächtigen Könige. Sein Schreiber aber zählte sie und schrieb jedes Stück in ein Verzeichnis.

Dahinter wurden die Gefangenen vorübergeführt. Es war ein Zug von mehreren Tausenden, aber nur wenige Komture und Ordensritter waren darunter, viele Verwundete.

Das Banner des Bischofs von Pomesanien – der goldene Adler im roten Felde zwischen zwei Bischofsstäben war darauf zu schauen – ließ der König sich reichen und übergab es seinem Kronfeldherrn mit dem Auftrage, es als Siegeszeichen voraus an seine Gemahlin und die polnischen Großen, die mit der Hut des Krakauer Schlosses betraut waren, abzusenden. Die anderen Banner und Fahnen befahl er rings um seine Feldkapelle aufzupflanzen, später aber ebenfalls nach Krakau zu schaffen und in der Kirche des heiligen Stanislaus daselbst aufzuhängen. Hier erhob Witowd ehrerbietigen Einspruch. Er meinte, die von den Litauern eroberten Siegeszeichen sollten ihm wohl nach Billigkeit bleiben. Die Bojaren stimmten zu. Da hielt der König es nicht geraten, geradeaus zu widersprechen. Die Trophäen sollten erst in allen großen Städten des Reiches ausgestellt werden, entschied er, damit alles Volk sich des Sieges erfreue; dann wolle er über die Teilung beschließen.

Diese Festlichkeiten unterbrach nur für wenige Stunden das schon am frühen Morgen begonnene Werk der Plünderung auf dem Schlachtfelde. Scharen beutegieriger Polen, Litauer und Tataren zogen über den weiten Plan hin und warfen sich über die Haufen der Erschlagenen. Sie nahmen ihnen die Waffen ab, zogen ihnen die Kleider aus, leerten ihnen die Taschen, rissen ihnen die Siegelringe und Goldreifen von den starren Fingern. Mancher, der noch atmete, erhielt dabei den Gnadenstoß.

Unter diesen Plünderern war auch ein Bekannter. Auf einem kleinen braunen Pferde mit dichter heller Mähne und langem Schweif ritt der Pole Michael von Kroczinski, umgeben von der gleichfalls berittenen Schar seiner Dienstleute. Sein Zaumzeug war mit allerhand Zierrat dicht behängt, und die Füße steckten in breiten silbernen Bügeln, die an roten Riemen hingen. Seine Begleiter hatten sich schon mit Beutestücken aller Art beladen und sprangen von Zeit zu Zeit ab, wenn ihre Aufmerksamkeit sich auf einen Gegenstand lenkte, der des Aufhebens wert schien. Herr von Kroczinski spähte umher, ob er etwas von seinem Schwager von der Buche entdecken könnte, der sich, wie er annehmen musste, unter den Kämpfenden befunden hatte.

Es konnte ihm nur die geringste Beruhigung gewähren, dass er ihn bisher nicht unter den Erschlagenen entdeckte, denn an vielen Stellen lagen sie übereinandergehäuft oder mit dem Gesicht der Erde zugekehrt, ihrer Waffen und Kleider bereits beraubt, und ihre Zahl war so groß, dass immer nur der Zufall leiten konnte. Es war aber auch möglich, dass er entkommen war, und er wünschte es seiner Schwester wegen, der er gern nach Schloss Sczanowo eine gute Nachricht gegeben hätte.

Während er so im Kreise umschaute, stieß sein Pferd mit dem Vorderfuß an einen der menschlicher Körper, die gerade hier so dicht auf das Feld gesät waren, dass auch das vorsichtigste Tier sie nicht hätte vermeiden können, und trat gleich darauf wie erschreckt zurück. Er vernahm einen ächzenden Laut und blickte seitwärts hinab, flüchtig zu erforschen, wen er da unter sich habe. In demselben Augenblick zog er aber auch den Zügel an und zwang das Pferd mit dem Sporn, zur Seite zu treten. Beim heiligen Stanislaus, rief er, den Burschen kenne ich!

Er täuschte sich nicht. Es war Heinz von Waldstein, der da hingestreckt lag. Das Blut über der Kopfwunde war geronnen und sickerte nur noch tropfenweise über die bleiche Stirn. Das Wams hatte man ihm abgerissen, die Brust war nackt bis zum Gürtel hinab, an dem die Tasche fehlte. Er hatte die Hände über derselben gefaltet. Schon früh am Morgen war er von den Leuten des Königs geplündert, die des Hochmeisters Leiche suchten.

Seid Ihr's, Junker? Rief der Pole, ihn mit dem Schaft der Lanze berührend, als ob er ihn wecken wollte. Tot sein oder noch lebendig? He, wachen auf, Junker! Noch nicht sein tot, aber Kopf schwer. Er sprang ab, warf einem aus dem Gefolge die Zügel zu, bückte sich und rüttelte ihn. Ah, noch atmen – noch nicht sein tot! Junker Heinz – Junker Heinz!

Lasst mich sterben – bat der so Ermunterte mit schwacher Stimme.

Der Pole lachte. Wozu sterben, wenn kannst du leben? Schwere Wunden, aber Schädel nicht sein zerschlagen – heilen zusammen. Richten auf, Junker, richten auf! Er schob den Arm unter seine Schultern und bemühte sich, ihn ein wenig zu erheben und gegen den Schenkel des toten Gauls zu lehnen, von dem ihn die Plündernden hinabgezerrt hatten. Die schweren Augenlider hoben sich zuckend, die farblosen Lippen bewegten sich, aber nur ein Seufzer war vernehmbar.

Mit dem scheint's zu Ende zu gehen, sprach Herr von Kroczinski polnisch vor sich hin. Er hat zu viel Blut verloren. Schade um den hübschen Menschen! Das wäre ein Geschenk für Natalia gewesen – er schien ihr zu gefallen. Er überlegte. Ah, man kann doch nicht wissen! Die Wunde sieht gefährlich genug aus, heilt aber vielleicht bei guter Pflege zusammen. Diese deutschen Schädel halten schon einen kräftigen Hieb aus. Jedenfalls ist er mein Gefangener.

Er gab seinen Dienern Befehle. Zwei von den Reitern jagten sofort über das Feld hin dem polnischen Lager zu, ein dritter eilte seitwärts fort in der Richtung des Dorfes Seemen. Er kehrte zuerst zurück und brachte in seinem Helme Wasser, das er aus dem Senmitzflusse geschöpft hatte. Ein Teil davon wurde dem Gefangenen eingeflößt, was ihn sichtlich erfrischte. Auch benetzte man ihm das Gesicht und wusch ihm die Kopfwunde. Aus dem Hemde, das einem der Gefallenen in der Nähe abgezogen wurde, riss man einige Streifen ab und stellte damit einen Verband her. Dann setzte ihm Herr von Kroczinski eine mit Wein gefüllte Lederflasche an den Mund, die er bei sich trug. Der Verwundete atmete etwas kräftiger, schien aber immer nur für wenige Augenblicke zu Bewusstsein zu kommen, und wiederholte auch dann nur die Worte: Lasst mich sterben!

Nach einer Stunde etwa langten die beiden Reiter an. Sie brachten einen Leiterwagen mit, auf den Stroh gelegt war. Er gehörte dem polnischen Edelmann, der darauf von Schloss Sczanowo für sich und seine Leute die unentbehrlichen Lebensmittel hatte nachfahren lassen. Er sollte nun die Beute aufnehmen und über die Grenze zurückbringen, wurde dann auch mit Waffenstücken, Kleidern und Mänteln beladen, doch so, dass in der Mitte ein Raum frei blieb, der zu einem Lager für den Verwundeten eingerichtet wurde. Man hob ihn vorsichtig auf dasselbe und breitete über ihn einen weißen Mantel aus, der die Glut der Sonne milderte; einen von den Reitern gab Herr von Kroczinski dem Fuhrwerk zur Begleitung mit und trug ihm auf, ohne Verzug und auf dem kürzesten Wege seinen Gefangenen und die Beute nach seinem Schlosse zu schaffen.

Dem »deutschen Fräulein« ließ er einen Gruß bestellen und sagen, dass der Gefangene ihr gehöre und dass sie nach Willkür über ihn verfügen dürfe, Lasciek, der Diener, schüttelte freilich den Kopf dazu und meinte: Bringen wir ihn lebendig nach Schloss Sczanowo, so tut der heilige Stanislaus ein Wunder!

Die kleine Schar gab dem Wagen eine Strecke über Feld das Geleite, bis er aus dem Bereiche des eigentlichen Schlachtfeldes war, und kehrte dann zurück, die Plünderung fortzusetzen.

Der Tag ging zu Ende, und zum zweiten Mal wurde es Morgen, ohne dass der König Befehl zum Aufbruch gab. Die versprengten Haufen hatten sich bereits im Lager zusammengefunden, die notwendigste Ordnung war wieder hergestellt, aber er schien sich von der Stätte seines Ruhmes nicht trennen zu können.

Vergebens hatte der Großfürst einen Auftrag erwartet, seinen Heerkörper in Bewegung zu setzen. Nun ritt er am Vormittag ungeduldig nach dem königlichen Zelte.

Er fand vor demselben Zindram, den Kronfeldherrn, im Gespräche mit anderen Anführern und fragte ihn, welchen Grund die Zögerung habe. Der Ritter zuckte die Achseln und versicherte, schon in der Frühe dem König gemeldet zu haben, dass dem Abmarsche nichts im Wege stehe. Er hat viel Briefe zu schreiben, setzte er hinzu.

Witowd wurde gemeldet und nach einer Weile eingelassen.

Jagello saß in einem Hausrock von weicher Wolle am Feldtische neben seinem Schreiber Sbigneus von Oleßnitz, der eifrig schrieb. An einem zweiten Tische hatten noch zwei andere Schreiber Platz genommen, die Abschriften von den Briefen machten, deren Fassung festgestellt war. Der Großfürst verneigte sich zum Gruß und nahm sogleich das Wort. Ich komme, zu fragen, Vetter, sagte er, welche Befehle Ihr wegen des Vormarsches zu erteilen habt. Meine Litauer sind jede Stunde bereit.

Der König verzog den breiten Mund zu einem spöttischen Lächeln und maß die hohe Gestalt mit den listigen kleinen Augen. Ich hoffe, meine Polen nicht minder, antwortete er; aber sie warten, bis der König ihnen seine Befehle sendet.

Witowd hob sein Schwert aus der Kette und stützte sich darauf. Den Vorwurf, der in Euren Worten liegt, kann ich nicht annehmen, sagte er. Die Litauer schicken mich nicht; ich komme, weil ich ein Recht habe, zu wissen, was uns der nächste Tag bringen soll. Ich habe mich Ew. Gnaden willig untergeordnet in diesem Kriegszuge, wie ich Euch gern nach altem Vertrage als meinen Oberherrn anerkenne. Aber ein Fürst bin ich wie Ihr, und stehe ich nicht neben Euch, so stehe ich doch der nächste an Euch und mit niemand im ganzen Heere auf gleicher Stufe. Darum ziemt es mir nicht, in Euren Rat zu gehen, aber ich darf erwarten, dass Ihr Rat von mir, Eurem Verbündeten, annehmt, wenn es mir nötig erscheint, ihn Euch anzubieten.

Dem König klangen diese stolzen Worte recht unsanft in die Ohren; aber er wusste sich jederzeit zu beherrschen und durfte den mächtigen Vetter jetzt nicht verstimmen. Er winkte ihm daher, auf einem Stuhle Platz zu nehmen, und entgegnete nur: Ich schätze deinen Rat, Vetter, auch wenn ich ihn nicht stets befolge. Meine Sorge ist nicht deine Sorge, das bedenke, und vieles muss geheim betrieben werden, wenn es gelingen soll. Aber sprich, ich will hören.

Witowd biss die Lippe. Es wäre ihm lieber gewesen, der König hätte ihm eine heftige Antwort gegeben, dass er darauf ohne Rückhalt hätte antworten können. Wir haben eine große Schlacht geschlagen, sagte er, sich ebenfalls zu einem ruhigen Tone zwingend, und sind Sieger. Unsere Aufgabe ist es nun, den Sieg zu nützen. Der Feind ist auf diesem Schlachtfelde vernichtet, aber noch mächtig im Lande. Wir dürfen nicht zulassen, dass er sich wieder sammelt und uns zu einer zweiten Schlacht zwingt, die leicht nicht so günstig verlaufen könnte. Unsere Reihen sind gelichtet; fast die Hälfte unserer vereinten Heere ward erschlagen oder kampfunfähig gemacht, und wir haben keinen Zuzug zu erwarten. Der Feind aber hat im eigenen Lande Mittel genug, uns jeden Schritt zu erschweren, wenn wir ihn erst wieder zu Kraft kommen lassen. Darum scheint mir jedes Zögern unheilvoll.

Jagello lächelte grinsend. Du siehst die Dinge nicht aus der Höhe an, Vetter, antwortete er. Kannst du glauben, dass der Deutsche Orden sich nach diesem Schlage je wieder kräftig erhebt? Das ist mehr als eine verlorene Schlacht! Und wenn sie alle wieder aufstehen und zu den Waffen greifen könnten, die Toten im weißen Mantel mit dem schwarzen Kreuz – die wären sie nicht mehr, die sie gewesen sind. Seit zweihundert Jahren fast sind die Brüder von St. Marien Sieger geblieben in jedem Kampfe. Die Welt glaubte an ihre Unbezwinglichkeit, und sie selbst glaubten daran. Nun ist dieser Glaube ausgelöscht für ewige Zeiten. Sie sind klein geworden vor denen, die sie verachteten; ihr Orden ist vernichtet, ihre Herrschaft schwach geworden im Lande. Für uns aber kommt die Zeit der Ernte!

Seine kleinen Augen blitzten von ungewöhnlichem Feuer; die gebückte Gestalt hob sich triumphierend, sie hatte jetzt wirklich etwas Königliches, das nicht ohne Eindruck auf Witowd blieb.

Ich freue mich, zu erfahren, dass Ihr so guten Mutes seid, sagte er. Aber auch sonst schon hat der Orden Niederlagen erlebt, und immer ist er nach kurzer Zeit um so mächtiger aufgestanden.

Nie eine Niederlage wie diese, rief der König, nie! Ich wiederhole, Vetter, es handelt sich nicht um eine verlorene Schlacht. Ich habe gute Kundschafter gehabt in den Schlössern und in den Städten und kann mich auf ihre Berichte verlassen: Der ganze Orden stand bei Tannenberg, der ganze Orden! Sein Meister, seine Gebietiger, seine Brüder sind erschlagen bis auf wenige! Seine Burgen sind fast gänzlich entblößt von Verteidigern und müssen sich ergeben, sobald wir's fordern. Und seine Untertanen schwanken schon lange. Wahrlich, die reife Frucht fällt uns in den Schoß!

So lasst sie uns ergreifen, riet der Großfürst, weniger vertrauensvoll. Wir können das Heer nur wenige Wochen zusammenhalten. Je rascher wir vordringen und jeden Widerstand brechen, um so schneller wird der Orden – er hat noch seine Vertreter im Lande – zu einem Frieden geneigt sein, der uns die Vorteile des Sieges sichert.

Die Vorteile des Sieges – wiederholte Jagello. Was nennst du die Vorteile des Sieges ... *dieses* Sieges? Aber davon ein andermal. Du bist ein tapferer Kriegsmann, Vetter! Wer wollte dir das bestreiten? Aber du siehst nicht viel weiter, als wohin dein Schwert schlägt. Verzeih mir, wenn ich dir so offen meine Meinung sage, sie beleidigt dich nicht; denn gerade, was dir fehlt, macht dich zu dem, was du bist! Du rühmtest sonst meine Klugheit. Warum vertraust du jetzt nicht ein wenig darauf? Halte diesen Tag nicht für verloren, weil er nicht neuen Kampf bringt. Unsern Leuten ist eine Rast zu gönnen; sie würden es nie verschmerzt haben, wenn wir ihnen nicht die Beute des Schlachtfeldes überlassen hätten. Jetzt sind sie uns dankbar und folgen gern mit frischer Kraft. Auch unterwegs werden wir ihnen Zeit lassen müssen, dem Feinde seinen Überfluss abzunehmen. Es eilt nicht so sehr. Wir kommen immer noch zurzeit, unsern Einzug in die Marienburg zu halten.

In die Marienburg – da triffst du das Richtige, König! Rief Witowd. Gehört uns die Marienburg, so fallen die andern Schlösser von selbst. Ich war dort jahrelang des Ordens Gast und weiß, was diese Feste bedeutet. Darum eben mahne ich zu schnellem Aufbruch.

Ich schicke eine kleine Schar gar mächtiger Hilfstruppen voraus, sagte der König, mit den Augen zwinkernd und zu seinem Schreiber hinüberschielend, der emsig weiterarbeitete, als hörte er gar nicht auf das Gespräch. Er legte seine Hand auf einen Pack Papiere. Das sind meine Schützen, die aus der Ferne zu treffen wissen. Diese Briefe sind gerichtet an die Ordenskonvente in den Burgen, an die Bischöfe und Kapitel, an die Bürgermeister der Städte, an die vornehmsten Landesritter – sie drohen und schmeicheln, sie fordern Unterwerfung und versprechen guten Lohn. Glaubt mir, Vetter, sie fallen auf fruchtbaren Boden. Jeder von ihnen spart einem Tausend unserer Krieger das Leben. Schreib, Sbigneus, schreib! Du siehst, dass man uns die notwendigste Zeit verkürzen will.

Der Großfürst überlegte eine Weile. Es wollte ihm nicht in den Kopf, dass diese Fetzen Papier von solcher Wichtigkeit sein sollten. Dann stand er auf und sagte: Lasst mich voraus mit meinen Litauern, Vetter! Jeder versucht's auf seine Weise.

Jagello schüttelte den Kopf. Nichts konnte weniger sein Wunsch sein, als diesem gefährlichen Bundesgenossen eine selbstständige Stellung einzuräumen. Wir dürfen uns nicht voneinander trennen, antwortete er. Unserer Vereinigung ist es gelungen, diesen Sieg zu erkämpfen; Preußenland soll wissen, dass wir auch ferner einig sind.

Wir sind's um so mehr, wenn Ihr mir willfahrt.

Morgen, Vetter, brechen wir gemeinsam auf. Die Briefe sind dann geschrieben und abgesandt. Gedulde dich bis morgen. Der Schreiber schob ihm wieder ein Blatt hin; er drückte sein Siegel in den roten Wachs.

Der Großfürst stand unschlüssig. Du hörst nicht auf meine Stimme, begann er nach einer Weile. Gut, ich will mich auch diesmal deiner Einsicht fügen. Wenn du aber weiter hinaus Pläne hast, König Jagello, von denen ich nichts wissen darf –

Der König griff mit der Hand in die Luft. Wovon sprichst du?

Vom Friedensschlusse in der Marienburg. Was da geschieht, muss mit meinem Wissen und Willen geschehen. Auch ich habe mit dem Orden abzurechnen wegen Szamaiten.

Jagello kniff die Lippen zusammen, dass sich tiefe Falten von den Mundwinkeln zum Kinn hinabzogen. Die Augen suchten im Zelt umher und hafteten zeitweise auf den Gesichtern der Schreiber. Ihre Gesellschaft schien ihm nun unbequem zu werden. Du wirst müde sein, Sbigneus, sagte er, endlich zu einem Entschlusse kommend, ruhe deine Hand ein halbes Stündchen aus und nimm deine Gesellen mit dir. Verstehst du?

Der Schreiber nickte, stand sogleich auf und winkte den andern, ihm vor das Zelt zu folgen. Er wusste, dass der König nicht an ihre Erholung dachte, sondern mit dem Großfürsten allein sein wollte.

Jagello fasste Witowds Hand, als der Türvorhang gefallen war, und veranlasste ihn, sich wieder zu setzen. Du sprichst von meinen Plänen, Vetter, sagte er schmeichelnd, und hast das beste Recht, sie zu kennen. Versprich mir, dass du fortan Misstrauen und Argwohn fernhalten wollest, wenn ich sie dir enthülle wie einem brüderlichen Freunde.

Mein Herz ist nicht zu Misstrauen und Argwohn geneigt, entgegnete Witowd, nur zu offen hat es sich dir stets ergeben. Sprich ohne Rückhalt, so will ich ohne Rückhalt hören.

Der König stützte den Kopf mit dem struppigen Haar, das den größten Teil der finstern Stirn deckte, in die Hand. Ihr Litauer glaubt zu wissen, sagte er leise, um was wir diesen Krieg angefangen haben, und haltet ihn für beendet, wenn wir's erreichen. Ich habe weitergesehen und sehe weiter. Es geht uns nicht um ein Stück Grenzland am Memelstrom und in der Neumark! Als Herzog Konrad von Masowien den Deutschen Orden ins Land rief, ahnte er nicht, welche Gefahr er über sich und seine Nachbarn heraufbeschwor. Die Preußen wurden besiegt, aber die Sieger gründeten ein mächtiges Reich an der Weichsel und breiteten den deutschen Stamm weithin aus an der Meeresküste von Pommern bis zum Lande der Esten. Uns aber, die Litauer und Polen, schnitten sie ab von der See, und ihr ganzes Sinnen und Trachten war darauf gerichtet, uns weiter und weiter von der Küste abzudrängen und botmäßig zu machen ihrem mächtigen Willen. Durch unsere Länder fließen die großen Ströme Weichsel und Njemen, aber wo sie sich ins Meer ergießen, sind jene nun die Herren, nicht wir. Und sie haben deutsche Städte gegründet und mit Mauern fest umschlossen und mit Burgen bewehrt, und wenn wir unsern Überfluss an Getreide, Flachs, Hanf, Holz oder Asche verkaufen und ausführen wollen, müssen wir sagen: kauft unsre Waren, gnädige Herren, und ladet sie auf eure Schiffe. Zahlt uns, was ihr möget, denn besser ist's, wir gewinnen ein weniges, als dass wir sie verderben lassen. Und wieder, wenn wir Tuche brauchen, uns zu kleiden, oder Salz und Heringe und Gewürze aus fernen Ländern, müssen wir zu ihnen gehen und bitten: gebt uns, was ihr zu Schiff heraufgebracht habt und stellt den Preis. Ihre Kaufleute haben in unsern Städten Kontore; die Deutschen allein sind handelsmächtig in unseren Gebieten, und ihnen dienen Völker und Fürsten. Ist dem so?

In der Tat! Rief Witowd. Aber wir ändern nichts daran. Unsere Edelleute und Bauern sind nicht geschickt, in Städten zu wohnen und Handel zu treiben, Schiffe zu bauen und zu bemannen oder im Auslande mit fremden Kaufherren zu verkehren. Wollen wir verkaufen und kaufen, so können wir den deutschen Kaufmann nicht entbehren.

Der König blinzelte listig. Es mag so sein, antwortete er, und ich will den deutschen Kaufmann nicht vertreiben oder in seinem Besitz stören. Aber er soll nicht arbeiten und schaffen für meinen Feind. Oder glaubst du, Vetter, die Städte Thorn und Danzig, Elbing und Königsberg, Braunsberg und Memel würden verderben, wenn sie den König von Polen oder den Großfürsten von Litauen zum Herrn hätten, wie jetzt den Orden? Wir müssen herrschen über das Land bis zu den Küsten der See, dann werden sie einen ewigen Frieden haben, und an Freiheit in ihren Mauern, auf Straßen und Flüssen und in dem weiten Reich überall soll es denen nicht fehlen, die uns dienen. Das ist mein Ziel! Wir waren ohnmächtig dem Orden gegenüber, solange wir uneins waren und einander bekämpften. Nun hat ein Litauerfürst die Krone Polens auf sein Haupt gesetzt und die beiden Reiche vereinigt. Das soll zu großen Dingen geschehen sein! Auf dem Felde von Tannenberg haben wir den Orden niedergeworfen, und – nie wieder soll er erstehen! Ziehen wir gegen die Marienburg, so geschieht's nicht, um einen Frieden zu erzwingen, dem nach wenigen Jahren ein neuer Kampf folgen muss. Unser soll das Land sein mit allen seinen Städten, Dörfern und Schlössern. Was diese deutschen Ritter in Jahrhunderten aufgebaut haben ihrem Christengott zu Ehren, das sollen sie uns gebaut haben, die wir jetzt mit besserem Erfolg zu ihm beten. Er hat uns geholfen, zu besiegen, die des Heiligen Vaters Feinde sind. Er wird uns auch ferner helfen, dass wir ihr Erbe antreten zu seinem Ruhm. Gottes Name in Ewigkeit!

Er bekreuzte sich Stirn und Brust, faltete die Hände und blickte zur Zeltdecke auf. Witowd stützte das Kinn auf den Schwertknopf und sah gedankenvoll vor sich hin. So wird sich erfüllen, sagte er, was wir einander zugeschworen haben – anders als wir dachten. So kühn waren meine Hoffnungen nicht. Ja, wir werden sie zwingen unter unser Schwert!

Wenn wir einig sind, schloss Jagello und reichte ihm die Hand.

Der Großfürst schlug ein. Wir sind einig.

So weißt du nun auch, Vetter, was diese Briefe bedeuten. Wir führen Krieg gegen den Orden, aber nicht gegen das Land. Wir versprechen seinen Gliedern, wenn sie sich vom Körper trennen, reichen Ersatz: Herren sollen die Landesritter sein, wo sie Diener waren, wenn sie unsere Oberherrschaft anerkennen. Wir lieben das Land und wollen es ungern heimsuchen mit Brand und Plünderung. Das liegt in der Städte Hand. Wenn sie uns freiwillig aufnehmen und huldigen, so sollen sie mit größeren Freiheiten begnadet sein, als je der Orden ihnen zubilligte. Sie werden dieser Lockung nicht widerstehen! Denn überall hab' ich meine Freunde in den Ratsstühlen, und der Kaufmann kennt seinen Vorteil.

Witowd erhob sich und hängte sein Schwert auf den Haken an der Kette. Befehlet, und ich will gehorchen, sagte er.

Der König gab ihm das Geleite bis zum Türvorhang. Morgen brechen wir gesamt auf, rief er ihm nach; grüßt mir Eure Litauer!

Meine Litauer! Berichtigte er sich, als er allein war. Ich dulde dich, solange dein Beistand mir unentbehrlich ist, meine Feinde zu demütigen. Je mächtiger du mich machst, desto leichter wird es mir werden, dich abzuschütteln. Rechne nicht auf Dank.

Gleich darauf trat Sbigneus mit den Schreibern wieder ein. Sie setzten ihre Arbeit fort bis zum späten Abend.

Von Stunde zu Stunde gingen Boten ab, die im königlichen Zelt Anweisung erhalten hatten.

Am nächsten Vormittag setzte sich endlich das Heer nordwärts in Bewegung. Zwei volle Tage hatte der König auf dem Schlachtfelde zugebracht. Erst am dritten verließ er es.

Der längere Aufenthalt war unmöglich geworden wegen des entsetzlichen Leichengeruches, der meilenweit die heiße Luft erfüllte. Erst als die letzten Fähnlein abgezogen waren, wagten die geflüchteten Bauern der umliegenden Ortschaften sich aus den Wäldern vor und suchten ihre verwüsteten Höfe auf.

Noch eine Nachlese hielten sie auf dem Schlachtfelde. Dann öffneten sie tiefe Gruben und warfen die Gefallenen hinein, Freund und Feind, Rosse und Menschen nebeneinander. Aber erst nach vieler Tage Arbeit vermochten sie notdürftig das weite Feld aufzuräumen.

Der König indessen führte sein Heer in kleinen Tagemärschen über die Städte Hohenstein, Osterode, Preußisch-Mark und Christburg der Marienburg entgegen, überall vor sich her Schrecken verbreitend, ausgeplünderte und brennende Dörfer zurücklassend. Großer Jammer erhob sich im ganzen Lande.

Siebzehntes Kapitel

Vor dem Sturm

Es war schon am Abend des dritten Tages nach seinem Ausmarsch, als der wackere Heinrich von Plauen mit seinem kleinen Heer in die Marienburg einrückte. Sein Herz war voll Trauer, als er hinaufsah zu den Zinnen und Türmen des herrlichen Hauses, die in den Strahlen der niedergehenden Sonne hellrot leuchteten, und der Schrecknisse gedachte, welche die nächsten Tage bringen mussten; aber sein Mut war ungebrochen. Sein erster Gang war nach der Marienkapelle. Dort dankte er Gott, dass er es ihm habe gelingen lassen, die Burg Marias noch vor Ankunft des Feindes zu erreichen.

Wenige Ritter fand er im Hause, meist nur die alten und gebrechlichen, die den Kriegszug nicht hatten mitmachen können, unter ihnen auch Wigand von Marburg. Dunkle Gerüchte von einer großen verlorenen Schlacht waren zu ihnen gedrungen und hatten sie in Bestürzung versetzt. Denn mit den Mitteln, die ihnen zu Gebote standen, war die Burg nicht einen Tag zu verteidigen. Nun erklärten sie sich bereit, ihre letzte Kraft daran zu setzen, den Feind von des Ordens Haupthaus abzuwehren.

Aber die Hoffnung war gering, in der kurzen Zeit, die voraussichtlich der König den Verteidigern lassen würde, auch nur die notdürftigste Ausrüstung zu besorgen. Nun zeigte sich's, wie Ulrichs von Jungingen ritterlicher Sinn nur an siegreiche Kämpfe im freien Felde gedacht, einen Rückzug aber ganz außer Rechnung gelassen hatte. Das meiste Geschütz, die besten Waffen hatte er mit sich genommen oder ins Feld nachkommen lassen; die Vorräte an Lebensmitteln reichten nur für die kleine Besatzung aus, die Wehrgänge standen leer. Als Plauen am nächsten Morgen die Burg besichtigte und sie so ganz unvorbereitet fand, beschlich ihn eine schmerzliche Ahnung, dass alles Mühen vergebens sein werde. Aber seine Begleiter merkten davon nichts; er trug den Kopf hoch und spähte mit scharfem Auge überall hinaus, wo zunächst zum Verteidigungswerke Hand anzulegen sein möchte, ob es nun mit Gottes Hilfe gelinge oder nicht.

Vor allem mussten Vorräte an Lebensmitteln und Waffen herangeschafft werden. So schickte er denn eiligst Boten nach den benachbarten Häusern und Außenhäfen des Gebiets, das sonst der Großkomtur verwaltete, und gab dorthin Befehle, Vieh und Pferde, Vorräte und Waffen, soviel man zusammenbringen könne, nach dem Haupthause zu schaffen. Bald setzten sich von allen Seiten die Zufuhren in Bewegung.

Auf dem Hofe zu Gorgke, über den der Pferdemarschall verfügte, wurden die Ställe geleert, soviel der Hochmeister zurückgelassen hatte. Auch im Karwan, von dem aus die Ackerwirtschaft betrieben wurde, fand sich ein verwendbarer Bestand. Gegenüber der Burg auf dem linken Ufer der Nogat lag der Kaldenhof, auf dem sonst der Kornmeister und Viehmeister große Bestände von Getreide und Vieh hielten. Auch jetzt fehlte es nicht ganz daran. Von den reichen Bauern im Marienburger Werder wurde geliefert, was ihnen irgend entbehrlich war. Viele kamen mit ihrer ganzen fahrenden Habe angezogen, in der Burg Schutz zu suchen.

Auch nach Danzig schickte der rührige Komtur einen Brief an den ihm wohlbekannten Bürgermeister Konrad Letzkau, stellte des Haupthauses Not vor und bat um kräftige Unterstützung.

Der Gießmeister Ambrosius erhielt Auftrag, Tag und Nacht im Gießhause arbeiten zu lassen, damit an allerhand Geschoss kein Mangel sei. Auch sollte er die vorhandenen Bliden und Feuerstöcke instand setzen und in den Wallgängen unter den Zinnen an geeigneten Stellen postieren. Einiges Geschütz hatte der Komtur auch mitgebracht.

Besondere Sorge aber machte ihm die Stadt Marienburg. Sie lag zwar dicht unter dem Schloss und war mit Mauern umgeben, aber Plauen übersah leicht, dass es ihm mit seinen geringen Streitkräften unmöglich sein würde, Werke von so großem Umfange gegen eine so weit überlegene Macht zu verteidigen. Wenn der Feind aber die Stadt einnahm und sich in den Häusern festsetzte, musste er der Burg äußerst gefährlich werden. Sie ließ sich dann auf dieser Seite auch bei heldenmutigster Verteidigung nicht halten. So entschloss er sich am ersten Tage zu einem Schritt, der sein Herz nicht wenig beschwerte und der doch unabwendbar war.

Er berief den Bürgermeister und die Ratmannen von Marienburg aufs Schloss und stellte ihnen seine Befürchtungen vor. Da scheint es besser, sagte er, ihr opfert freiwillig, was doch verloren ist. Räumt eiligst die Stadt, schafft Weib und Kind, Hausrat und Vorräte nach der Vorburg, die euch gastlich aufnehmen soll, und – werft den Feuerbrand in die Häuser, dass der Feind nur einen Haufen Asche finde. Hilft die Heilige Jungfrau dem Orden, dass er ihr Haus behaupte, so wird sie auch euch helfen, die Stadt schöner aufzubauen, und des Ordens Tresler wird eure Entschädigung nicht karg bemessen. Tut also, was die Not gebietet.

Da kehrten sie heim mit gesenkten Köpfen und traurigen Gesichtern. Aber sie sahen wohl ein, dass der Komtur recht hätte und zum Besten riet. So berief denn der Bürgermeister in diesem besonderen Falle nicht nur die Älterleute, sondern die gesamte Bürgerschaft vor das Rathaus und machte sie bekannt mit des Komturs Befehl. Es war ein großes Jammern und Wehklagen am Anfang in allen Häusern, aber bald überzeugten sich die Frauen, dass nur hinter den Mauern der Burg für ihre Kinder Sicherheit zu finden sei, und begannen Leinenzeug und Betten, Kleider und Geschirre in Kisten zu verpacken und durch die Männer aufs Schloss tragen oder mit ihren Ackerwagen abfahren zu lassen; erst wurde das Wertvollste ausgewählt und geborgen, dann – da der Feind länger als erwartet ausblieb – kam auch der größere Hausrat an die Reihe. Die Speicher wurden geleert, auch das Vieh fand in der Vorburg ein Unterkommen. Ununterbrochen Tag und Nacht bewegte sich ein Zug von lasttragenden Menschen und bepackten Fuhrwerken von den Stadttoren über den Burggraben. Nur die kahlen Wände der meist von Holz erbauten Häuser blieben stehen.

Von den Männern hatte jeder seinen Harnisch; so viele ihrer waren, so viele Verteidiger gewann die Burg.

Aber auch anderer Zuzug blieb nicht ganz aus. Manche kleine Schar hatte sich aus der Tannenberger Schlacht gerettet oder auf den Landstraßen gesammelt, Ritter und Knechte, Hauptleute und Söldner. Sie suchten dem Feinde nordwärts zu entkommen, und ein Teil von ihnen fand den Weg zur Marienburg, während ein anderer nach Elbing und Danzig verschlagen wurde. Mit Freuden wurden sie von Plauen empfangen, so traurig auch ihr Aussehen war. Da zog Herr Nikolaus von Kottewitz heran mit seiner Horde Kriegsgesellen, und darunter waren viele wackere Männer von Adel: Petzsche von Redern und der Ritter von Schwebisdorf mit vierundzwanzig Spießen, Herr Polke von Kittlitz mit neun, die Gebrüder Roland und Heinz von Schellendorf mit siebzehn, Friedrich und Hans von der Heide mit fünfzehn Spießen, und so viele andere mit mehr oder minder Spießen. Auch kam ein Ritter von Eulenburg mit sechsunddreißig Spießen, und der edle Wenzel von Dohna hatte eine große Zahl von Soldhauptleuten mit ihren Rotten zusammengebracht und herangeführt. Von Schlochau her sprengten Hans und Friedrich von Schlieffen mit ihren Fähnlein nach dem Haupthause zur Hilfe. Zuletzt kamen noch Meißner Ritter, die auch in der Schlacht gewesen waren, und boten ihre Dienste an. Wer nennt die Namen aller dieser tapferen Führer? Jeder Mann tat seine Pflicht.

So freudig aber auch der Komtur jeden neuen Streiter begrüßte, der ihm ein tapferes Herz und eine starke Hand entgegenbrachte, keinen empfing er mit so froher Empfindung als seinen Vetter aus der älteren Linie, der auch, wie er, Heinrich hieß. Er kam aus Deutschland und hatte dem Meister einige Fähnlein zuführen wollen, traf aber zu spät zur Schlacht ein und gesellte sich nun seinem Vetter in der Marienburg zu. Bei ihm war auch ein Bruder des Komturs und ebenfalls mit ihm gleichen Namens, ein Deutschordensritter. Er war wohl acht Jahre jünger als der Komtur, ein streitlustiger, entschlossener, derb zufahrender, leicht zorniger und stolzer Herr, von dem noch viel die Rede sein soll. Der Komtur liebte ihn brüderlich und schenkte ihm großes Vertrauen; er wusste, dass er sich auf ihn in der Not verlassen könne wie auf sich selbst. Es hatte in den Konventen, denen er zugeordnet, stets viel Klagen über seine Gewalttätigkeit und sein herrisches Wesen gegeben. Ein so unbequemer Kumpan er aber deshalb auch im Frieden sein mochte, jetzt, in schwerer Notlage, hatte er gerade die Eigenschaften, die ein Führer über eine Horde zusammengerafften, rasch verwilderten Volkes gebrauchte. Schon bei den Zurüstungen zur Verteidigung fand Plauen an ihm eine feste Stütze.

Während dieses hastigen, unruhigen Treibens der ersten Tage brachte glücklich Hans von der Buche den ihm anvertrauten Schatz in die Marienburg ein. Er atmete leichter auf, als er mit Waltrudis über die Zugbrücke und durch das hochgewölbte Tor ritt. Gott sei gelobt, sagte er, wir sind am Ziel, und Euch ist unterwegs nichts Übles widerfahren! Ich habe mein Wort gelöst.

Ihr aber bringt eine Wunde mit, antwortete sie. Warum stelltet Ihr Euch auch den Strolchen zur Wehr, statt zu entfliehen, wie ich tat?

Sie hätten Euch eingeholt, versicherte er, und dann mit uns beiden leichtes Spiel gehabt. Aber die Schramme ist nicht der Rede wert.

Das Tor war gänzlich verfahren; sie mussten eine Weile warten, bis sie in den Hof konnten. Ängstlich sah das schöne Mädchen zu, wie Männer und Weiber einander überhasteten, ihre Habe zu bergen, und führte das Pferd ganz dicht an die Mauer, um nicht im Wege zu sein. Sobald eine Lücke entstand, fasste der Junker ihren Zügel und zog sie hindurch.

Da waren sie nun im Burghof, aber niemand wollte ihnen eine erbetene Auskunft geben oder sie zurechtweisen. Hatte doch ein jeder mit sich selbst genug zu tun. Hans lenkte von dem Wagenzuge, der nach der Vorburg ging, seitwärts ab und suchte nach dem Hochschlosse eine Stelle auf, an der wenig Verkehr war. Ich muss Euch für kurze Zeit verlassen, Fräulein, sagte er besorgt, dem Herrn Komtur unsere Ankunft zu melden. Bleibt solange hier mit den Pferden und gebt keine Antwort, wenn man Euch anreden sollte, damit man das Weib nicht an der Stimme erkennt. Ich eile, wie ich kann.

Er durfte wohl annehmen, dass die Gestalt sie nicht verraten werde. Waltrudis hatte das Haar fest zusammengeflochten und einen großen Klapphut darüber gedeckt. Wenn sie den Kopf senkte, schützte er auch das Gesicht. Um die Schulter trug sie einen weiten Reitermantel, der die weibliche Kleidung völlig verbarg. Man konnte sie für einen jungen Burschen halten, der die Pferde seines Herrn zu hüten die Aufgabe hätte.

Junker Hans fand sich nur mühsam in der weitläufigen Burg zurecht. Da er nach dem Komtur fragte, musste man ihn wohl beachten; aber man schickte ihn hierhin und dorthin, bis er endlich in einem Wehrgange des rechten Schlosses den Gesuchten in einem Haufen von allerhand Kriegsvolk stehen sah, seine Befehle austeilend und Berichte entgegennehmend.

Er wartete eine Weile außerhalb des Kreises, in der Hoffnung, dass Plauen ihn bemerken und heranrufen werde. Das geschah aber nicht, obgleich dessen Blick öfters über ihn hinglitt. Endlich fasste er sich ein Herz, drängte sich durch die Schar und grüßte. Rief ich Euch? Herrschte der Komtur ihn an. Ihr seht, dass ich beschäftigt bin.

Gestattet nur, gnädiger Herr, dass ich Euch melde –

Wisst Ihr etwas vom Feinde?

Nein, gnädiger Herr.

Das andere hat Zeit.

Aber wohin befehlt Ihr –?

Wartet! Der Komtur wandte sich von ihm ab und seinen Begleitern zu. Die Beratung hatte ihren Fortgang. Es handelte sich darum, auf welche Weise die Stadt am besten in Brand zu setzen sei ohne Gefahr für das Schloss. Man trat an die dreieckigen Lichtöffnungen in der Mauer und erörterte die Vorschläge eines älteren Mannes, der dem Komtur stets zur Seite blieb.

Es war der Gießmeister Ambrosius.

Hans von der Buche stand wie auf Kohlen, wagte aber nicht, sich zu entfernen, zu leicht konnte der Augenblick versäumt werden, in dem ihm der Komtur seine Anweisungen zu erteilen geneigt war. Endlich löste sich der Kreis; die einzelnen gingen rechts und links zu den ihnen aufgetragenen Geschäften. Nun sprach der Komtur abseits einige Worte heimlich mit dem Gießmeister und schritt dann eilig am Junker vorüber. Er sprach kein Wort, wies aber mit der Hand auf jenen.

Ambrosius trat heran und nannte seinen Namen. Er sei bereit, das junge Fräulein bei sich aufzunehmen, obschon ihm der Besuch in dieser schweren Zeit nicht gerade gelegen komme. Auch hat da meine Frau ein Wörtlein mitzureden, fügte er bedenklich hinzu.

Sie wird das Fräulein nicht abweisen, bemerkte Hans zuversichtlich. Aber folgt mir schnell, lieber Herr. Waltrudis ist ohne Schutz und sicher schon vor Angst vergangen bei diesem langen Warten. Hoffentlich ist ihr nichts Übles begegnet.

Seine Besorgnis war sehr begründet.

Längere Zeit hatte man den Menschen mit den beiden Pferden ganz unbeachtet gelassen. Dann aber fand sich auf dem Platze ein Mann ein, der offenbar durch kein dringendes Geschäft in Anspruch genommen war, sondern Muße hatte, bald hier und bald dort den Zuschauer abzugeben. Sein Aussehen war wenig vertrauenerweckend; die Kleidung, die er trug, musste aus der Garderobe verschiedener Herren zusammengelesen sein. Auf dem Kopfe saß ein Hut, dessen Krempe an der einen Seite aufgenommen und mit einem Kreuz von Blei befestigt war, das auf geistlichen Ursprung deutete. Zu der abgeschabten Schlitzhose passte nicht das nach polnischer Art zugeschnittene Wams, und der an mehr als einer Stelle durchlöcherte braune Mantel wieder konnte einmal einem ehrsamen Bürger gehört haben, der sich genau nach Meister Winrichs Kleiderordnung richtete. Ein schwarzer Bart verdeckte den größten Teil des hässlichen Gesichts; das eine Auge schielte stark.

Diesem Strolch musste der Reiter mit den beiden Pferden wohl aufgefallen sein. Nachdem er ihn eine Weile beobachtet und umgangen hatte, näherte er sich dann auf Zickzackwegen, musterte die Tiere und ihr Geschirr und suchte bald auch ein Gespräch anzuknüpfen. Von woher seid Ihr, fragte er, und auf wen wartet Ihr?

Es folgte darauf keine Antwort.

Er wiederholte die Frage in polnischer Sprache mit nicht besserem Erfolg.

Seid Ihr taub oder stumm, junger Herr, rief er nun zudringlicher, oder haltet Ihr mich für einen Narren? Ich denke, eine Frage ist einer Antwort wert!

Dabei bückte er sich und war bemüht, dem Reiter unter den Hut zu sehen. Ein verdammt junges Bürschchen, sprach er vor sich hin; wahrscheinlich von einem Gutshofe in der Nachbarschaft. Wer gehört aber zu dem zweiten Pferde? Er klopfte den Hals des Tieres. Ihr seid weit geritten, und die Wege sind staubig. Dem Gaul wäre ein Platz an der Krippe lieber als hier auf dem Hofe, wo zwischen den Steinen nicht einmal ein magerer Grashalm aufkommt. Hübsches Geschirr! Die Kinnkette ist sauber gearbeitet, und die Schnallen scheinen von Silber zu sein. Seht einmal die zierliche Rosette oben am Stirnriemen! Und wenn ich nicht blind bin – wahrhaftig, da sitzt eine Eidechse drauf! Ei, ei, Junker, seid Ihr von da zu Hause, wo diese Tierchen so hoch angesehen sind, dass man sie in allerhand Metall formt und als Zierrat trägt? Ich wette, Ihr habt einen Siegelring auf dem Finger, in den das gleiche Zeichen eingeschnitten ist. Reicht mir einmal Eure Hand zum Gruß.

Dabei schob er sich zwischen die beiden Pferde und griff zu. Waltrudis aber zog schnell den Arm fort und wandte sich zur Seite.

Habt keine Furcht, ich verrate Euch nicht, fuhr der Aufdringliche fort, bald die polnische Sprache gebrauchend, bald die deutsche radebrechend. Ich kenne einen Herrn, der im Kulmer Land viele gute Freunde hat, und dem diene ich seit langer Zeit. Den Eidechsen wär's freilich jetzt mehr zu raten, ihre Schlupflöcher aufzusuchen, als sich auf den Höfen der Ordenshäuser herumzutreiben. Unter dem Volk, das sich von Tannenberg hierher geflüchtet hat, habe ich einige gute Bekannte; die erzählen merkwürdige Dinge: Herr Nikolaus von Renys und andere aus dem Bunde sollen ihre Banner unterdrückt haben, als die Not am höchsten gestiegen war. Sie mögen sich in acht nehmen, wenn der Orden wieder zu Kräften kommt. Ihr wart wohl gar selbst in der Schlacht, Junker?

Auch darauf erfolgte keine Antwort. Das geängstigte Mädchen suchte das Pferd am Zügel herumzuziehen, um ihm den Rücken zuwenden zu können. Das gelang aber nicht, denn er hatte mit der rechten Hand das Stirnhaar des Tieres erfasst und klopfte mit der linken dessen Hals. Ah! Sagte er, Euer eigenes Zaumzeug ist, wie ich sehe, von anderer Art! Das kommt aus der Schirrkammer eines Komturstalls, nach der Zeichnung zu schließen. Aber für einen Ordensritter seid Ihr zu jung. Habt Ihr an jemand hier im Schlosse eine Bestellung? Ich will Euch gern Auskunft geben. Lohnt mir's nach Gefallen.

Waltrudis meinte nun zu wissen, dass sie's mit einem Bettler zu tun habe. Sie hoffte ihn loszuwerden, wenn sie ein Stück Geld opferte, griff deshalb in ihr Gürteltäschchen und warf ihm eine kleine Silbermünze zu. Er fing sie mit der Hand auf und steckte sie lachend ein. Ich hielt Euch für einen Junker, rief er, und nun erkenne ich unter dem Mantel ein

Jungfräulein! Ja, ja, es hilft Euch nichts, dass Ihr Euer hübsches Gesicht unter der Hutkrempe versteckt – ich weiß, was ich weiß!

Geht und lasst mich in Frieden, bat das Mädchen, vor Beängstigung dem Weinen nahe. Ich brauche Eure Dienste nicht.

Könnt Ihr also doch sprechen? Höhnte der Strolch, ohne sich von der Stelle zu rühren. Weist mich nicht so schnöde ab, schönes Fräulein: Die Zeiten sind nicht danach, gute Dienste gering zu achten, von wem sie auch angeboten werden. Wenn Ihr einen Freund habt unter den Ordensherren und ihm hierher nachreitet, kann Euch ein verschwiegener Bursche zum Botenlaufen sehr nützlich werden. Vertraut Euch mir an. Er trat ihr ganz nahe und schielte grinsend zu ihr hinauf.

Unverschämter! Rief sie und stieß ihn mit dem Arm fort. Ihr wisst nicht, mit wem Ihr sprecht.

Er lachte. Ganz recht, das weiß ich nicht, kann mir's aber ungefähr denken, Oh, die Kreuzherren haben den besten Geschmack! Ein Bruder natürlich, oder ein Vetter! Es hat nicht den mindesten Grund, dass Ihr auch so vermummt seid und hier an der Mauer wartet – ha, ha, ha, nicht den mindesten Grund! Ich rate Euch nochmals: Vertraut mir. Wenn Ihr eine volle Börse habt, und daran zweifle ich nicht, so können wir gute Freunde werden.

Entfernt Euch auf der Stelle, befahl das Mädchen, oder ich rufe jene Leute an, mir zu helfen!

Er warf den Kopf auf. Das werdet Ihr bleiben lassen. Ich denke, es ist Euch darum zu tun, dass man Euch nicht erkennt. Klüger tut Ihr schon, wenn Ihr mein Schweigen erkauft. Die Zeiten sind schlecht, und ein ehrlicher Kerl muss zusehen, wie er sich etwas verdient.

Sie warf ihm noch einige größere Münzen hin und schaute ängstlich um, ob ihr Begleiter noch immer nicht zurückkehre. Der Strolch dankte, indem er den Hut abzog, und machte sich nun wieder an dem anderen Pferde zu schaffen. Nehmt mich zu Eurem Reitknecht an, sagte er, ich will Euch den Gaul führen. Er zog an dem Zügel, den sie in der Hand hielt.

Sie sah voraus, dass er mit dem Pferde das Weite suchen werde, wenn sie es ihm freigebe, hielt daher den Zaum fest Und schlug ihn mit der Gerte auf die Hand. Nun brauchte er Gewalt. Sie widersetzte sich aber und rief laut: Hilfe, Hilfe!

Zum Glück schritten in diesem Augenblick die beiden Männer durch das Tor und auf die Stelle zu. Sobald der Strolch ihre Absicht merkte, ließ er den Zügel fahren und schlüpfte eiligst fort. Er fand in der nächsten Mauernische ein gutes Versteck, von dem aus er weiter beobachten konnte. Ich muss wissen, wo sie bleibt, zischelte er vor sich hin, das ist sicher ein seltenes Wildbret, dem man auf der Spur bleiben muss.

Indessen war der Junker von der Buche mit dem Gießmeister Ambrosius herangetreten und hatte sich besorgt erkundigt, was es gebe. Er wollte dem frechen Menschen nacheilen, aber sein Begleiter meinte, es treibe sich viel schlechtes Volk herum, und er könnte sich leicht unangenehme Händel auf den Hals ziehen. Die Hauptsache ist, dass wir das Fräulein unter Dach bringen, schloss er.

So führte er sie denn nun nach der Vorburg und in seine dortige Wohnung. In einiger Entfernung und immer auf der Hut, von ihnen nicht bemerkt zu werden, folgte der Strolch bis dahin. Dann verschwand er unter dem Kriegsvolk.

Die Gießmeisterin, eine ältliche Frau mit strengen Zügen und neugierig gespitzter Nase, schien die unerwartete Einquartierung keineswegs ganz nach ihrem Sinne zu finden. Das Fräulein mit dem goldenen Haar, das nach Entfernung des Hutes wellig über die Schulter fiel, wollte ihr nicht recht geheuer erscheinen. Ihr Mann wiederholte immer, dass der Herr Komtur sie bitten lasse, seine junge Verwandte zu beherbergen, aber sie wiegte den Kopf und sagte nur: so – so und ei – ei! Sah dabei auch den Junker prüfend an. Nun bat Waltrudis selbst um ein bescheidenes Plätzchen für ein Nachtlager, und die weiche, liebliche Stimme schien auch wirklich zum Herzen zu gehen. Für die nächste Nacht werde man ja schon sehen, wie man sich einrichte, meinte sie. Und dann wiegte sie wieder den Kopf. Der Herr Komtur also hat das Fräulein hierher kommen lassen – so, so! Und der Junker hat das Fräulein begleitet – ei, ei! Und da war unser bescheidenes Haus dem gnädigen Herrn für seine Verwandte nicht zu schlecht – so, so, so!

Es ist nichts Verfängliches dabei, Alte, zischelte der Gießmeister ihr zu, auf den Plauen kann man sich verlassen. Räume dem Fräulein das Turmstübchen ein und besorge vor allen Dingen etwas zu essen. Sie haben einen weiten Ritt gemacht und sind hungrig.

Wie du meinst, lieber Ambrosius, antwortete sie nicht gerade leise, wie du meinst. Ich bin gern jedermann gefällig, auch dem Herrn Komtur, ob ich ihn schon nicht kenne und ein solches Ansinnen etwas wundersam finde. Ich fürchte nur, es wird Gerede geben. Aber du bist der Hausherr und weißt, was du tust. Ich füge mich. Was soll man denn aber den Leuten sagen?

Dass wir eine Verwandte zu uns genommen haben, die vor den Polen geflohen ist. Es wäre dem Heim Komtur lieb, wenn es unter diesem Vorwand geschehen könnte.

Eine Verwandte ... Ach, und wir sind aus Nürnberg, und unsere Verwandtschaft ist doch wohl auch dort zu suchen ... und vor den Polen geflohen, ja, das mag wahr sein! Nun, unmöglich ist's ja auch gerade nicht, dass eine Verwandte uns hat besuchen wollen und dass der böse Krieg sie unterwegs überrascht hat. Man kann's ja sagen, und wenn wir dem Herrn Komtur eine Freundlichkeit erweisen, und es kann in allen Ehren –

Also es bleibt dabei, schloss der Gießmeister ab. Hüte du nur deinen Mund, so werden auch die Leute nichts zu reden haben. Und nun weise dem Gast das Quartier an und decke den Tisch.

Waltrudis ließ sich durch die Unterhaltung des Junkers nicht abziehen: Sie horchte ängstlich auf das Gespräch der Eheleute. Wenn ich Euch lästig falle, gute Frau ... sagte sie schüchtern und brach gleich wieder ab. Was sollte sie auch hinzufügen? Ach Gott, fuhr sie in anderem Tone fort, wohin könnte ich mich wenden? Ich bin eine Waise, und der Einzige, der mir durch Blutsverwandtschaft nahestand – mein Bruder –, ist in der Schlacht gefallen. Ganz allein stehe ich in der Welt, auf die Mildtätigkeit guter Menschen angewiesen!

Die Tränen liefen ihr über die Wangen. Hans von der Buche ergriff ihre Hand und rief: Aber vergesst den Freund nicht! Der hat's mit mir zu tun, der Euch auch nur mit einem unfreundlichen Worte kränkt. Ich bleibe in der Marienburg und will schon aufpassen.

Sie schenkte ihm einen dankbaren Blick recht aus Herzensgrund. Der Gießmeisterin entging er nicht. Ei, ei, bemerkte sie, das ist ja recht ritterlich gesprochen und kann dem schönen Fräulein wohl gefallen. Vielleicht findet Ihr Gelegenheit zu guten Diensten, Junker, wenn auch nicht in meinem Hause. Denn das sage ich ein für alle Mal: das Hinundherlaufen leide ich nicht, und wenn wir auch einen Gast aufnehmen, so halten wir doch keine Herberge. Sie streichelte Waltrudis die Backe. Nun härmt Euch nicht; es ist nicht so schlimm gemeint. Eine Waise – so, so! Ja, es gibt viel Unglück in der Welt, aber der liebe Gott kleidet ja auch die Lilien auf dem Felde, wir wollen ihm vertrauen. Kommt also in Gottes Namen. Sie ging, mit dem Schlüsselbunde rasselnd, voran, die schmale Stiege zum Turm hinauf, und Waltrudis folgte mit dem geringen Gepäck, das vom Sattel abgebunden war.

Wir wollen nun zusehen, wo wir den Pferden ein Unterkommen schaffen, riet Ambrosius. Unterwegs sagte er: Lasst Euch durch meine Alte nicht schrecken. Sie muss immer den Mund voll Worte nehmen, sonst ist ihr beklommen; was da aber herausprudelt, kommt nicht sonderlich aus der Tiefe. Ich bin's gewohnt, sie ihren Strich reden zu lassen, und dann tut sie allemal, was ich will. Dem Fräulein wird's an nichts fehlen, dafür kenne ich sie, und dass sie Euch nicht die Tür weist, wenn Ihr von Zeit zu Zeit ehrsam anklopft, darauf könnt Ihr Euch verlassen. Es ist nur, dass sie für alle Fälle ihr Gewissen beruhigt. –

Wenige Tage darauf ging die Stadt Marienburg in Flammen auf. Es waren Pechkränze in die Holzhäuser geworfen und angezündet. Rasch griff das Feuer um sich; der Wind trieb Rauch und Funken vom Schlosse ab. Bald war der ganze ummauerte Raum ein Flammenmeer. In den Wallgängen und hinter den Zinnen auf den Dächern standen die Bürger und sahen traurig der Vernichtung zu. Jeder konnte ja von der Höhe aus sein Haus erkennen und darauf warten, bis das Sparrenwerk prasselte und der Schornstein zusammenbrach.

Hoch aus den wogenden Flammen ragte die Kirche und das Rathaus vor. Beide waren fest aus Backsteinen erbaut und trotzten der Glut. Nur die Dächer brannten teilweise nieder. Auch die Stadtmauern blieben stehen, aber von den Torflügeln hielt nur das Eisenwerk stand. Den Tag über und die ganze Nacht durch brannte die Stadt. Die Hitze auf dem Parchan neben der St.-Annen-Kapelle wurde so groß, dass die dort aufgestellte Feuerwache ihre Kleider mit Wasser netzen musste. Weithin über das flache Land wurde der Brandgeruch vom Winde fortgetragen.

Auf den Türmen standen Wächter, um die Annäherung des Feindes zu erspähen und sogleich zu melden. Vorher aber kündeten sie ein frohes Ereignis: Durch den Werder zog von Nordwest her ein Fähnlein streitbarer Männer in blankem Harnisch heran. Das konnten nicht Polen sein. Bald meldete denn auch der Hauptmann am Brückenkopf fünfhundert Danziger Schiffskinder, die von der Stadt zur Hilfe geschickt waren. Konrad Letzkau hatte es im Rat durchgesetzt, dass man das Haupthaus nicht im Stiche lasse, so viele Unzufriedene auch dagegen sprachen. Das war Plauens letzte Freude. Ich will's dem Bürgermeister gedenken, sagte er, dem Hauptmann die Hand schüttelnd und die kräftigen, wohlbewaffneten Knechte mit freundlichem Blicke musternd. Diese Fünfhundert sind in der Not so viel Tausende wert.

Es war nun auf weiteren Zuzug nicht mehr zu rechnen. Plauen ließ deshalb die Pfahlbrücke über die Nogat von Grund aus zerstören, damit sie dem Feinde nicht dienen konnte; denn den Brückenkopf drüben mit Erfolg zu verteidigen, durfte er nicht hoffen. So war nun die Burg von der einen Seite durch die Brandstätte, von der andern durch den breiten Strom gedeckt und abgesperrt.

Eins aber blieb noch zu tun. In diesen Tagen der Not und Bedrängnis hatte Heinrich von Plauen, unbekümmert um seine Vollmacht, Befehle erteilt, und willig war ihm Gehorsam geleistet worden. Nun aber waren die dringendsten Vorbereitungen zur Verteidigung getroffen, und die Besatzung musste wissen, wer befugt sei, in der Burg zu gebieten. Auch war es seinem geraden Sinne zuwider, sich länger, als die Not dazu zwang, ein Amt anzumaßen. Deshalb berief er nun die wenigen Ordensritter, die um ihn waren, nach dem kleinen Remter über des Hochmeisters Wohnung zu einem Kapitel, mit ihnen zu beraten nach Vorschriften der Ordensstatuten.

Ihr habt erfahren, liebe Brüder, sagte er, und leider ist daran kein Zweifel, dass Herr Ulrich von Jungingen, unseres Ordens Meister, ritterlich in der Schlacht gefallen ist. Nach unserem Gesetz soll der Orden bis zur neuen Wahl nicht ohne Haupt bleiben; vielmehr ist verordnet, dass die Brüder zusammentreten und einen Statthalter wählen, der vollmächtig sei, das verwaiste Amt zu verwalten, und dem sowohl die Brüder als das Land Gehorsam schuldig wie dem Meister selbst. Nach altem löblichem Brauch hat das Kapitel stets in solchem Falle den Großkomtur oder einen anderen von den obersten Gebietigern berufen, die Meisterwahl vorzubereiten. Aber alle sind den Heldentod gestorben in der Schlacht bis auf Werner von Tettingen, und der liegt in unserem Hause zu Elbing krank, wie mir gemeldet worden, und kann nicht zu uns. Hier aber, in der Marienburg, muss des Ordens Statthalter seinen Sitz haben, denn hier hat er den Feind zu empfangen, und nur hier kann über die Geschicke des Landes beschlossen werden. Auch eine andere Aufgabe wird ihm diesmal als sonst. An die Wahl des neuen Meisters ist nicht zu denken, bevor das Land vom Feinde befreit, der Deutschmeister mit seinen vornehmsten Brüdern aus dem Reiche, der Landmeister aus Livland angelangt sind. Marias Burg zu verteidigen, das Land zu befreien, ist des Statthalters nächste Pflicht. Deshalb braucht der Orden einen tapferen, umsichtigen Kriegsmann an der Spitze, auf den Verlass ist in der Not. Auf einen Mann solchen Schlages lenkt eure Wahl, und fraget nicht, ob er von hohem oder geringem Adel, ein Sachse, Bayer oder Schwabe sei, noch auch welche Ämter und Würden er vorher geführt hat. Kennt ihr einen einfachen Ritter, dem ihr volles Vertrauen schenkt, dass er am tapfersten und klügsten Gott und der Jungfrau Maria dienen werde, dem gebt eure

Stimmen, und ich will der erste sein, der ihm unverbrüchlichen Gehorsam schwört bis zu des Meisters Wahl. Gott erleuchte euch!

Er setzte sich nieder und stützte den Kopf in die Hand, abzuwarten, bis sie sich schlüssig gemacht hätten. Leise sprachen sie miteinander, und ein Wort schien reihum zu gehen, dem alle zustimmten. Da stand Wigand von Marburg auf und sprach: Was bedarf es langen Rates und feierlicher Wahl? Kann doch nur von einem unter uns die Rede sein. Wenn diese Burg dem Orden zu erhalten und durch sie das Land zu retten ist, so dankt sie nur dem edlen Komtur von Schwetz ihre Erhaltung. Was Ihr getan habt in diesen Tagen, das gibt Euch bessere Vollmacht, an die Spitze zu treten, als unser Kapitel. Ihr habt Euch bewährt als einen tapferen, umsichtigen Kriegsmann, und wir vertrauen Euch von ganzem Herzen wie keinem andern. Darum sei Heinrich von Plauen unser Gebieter bis zu des neuen Meisters Wahl.

Dem stimmten alle Ritter mit lautem Zuruf bei; der Komtur aber winkte mit der Hand und gebot Ruhe. Bedenket das wohl, sagte er ernst. Was ich getan habe, hätte jeder andere an meiner Stelle auch getan, und wenn es mir im Zwange der Not gelang, die äußerste Gefahr abzuwenden, so war ich doch nur ein Werkzeug in der Hand Gottes, und ihm gebührt die Ehre. Nicht deshalb achtet auf mich und hebt mich auf den Schild. Wisset ihr einen Besseren, so wählt den. Auch als Dienender werde ich meine Schuldigkeit tun.

Die Ritter ließen sich nicht beirren; ihre Wahl stand schon fest. Wir wissen keinen Besseren, riefen sie wie aus einem Munde; Heinrich von Plauen sei des Ordens Statthalter! Wigand von Marburg aber trat vor und sagte: Lasset uns nach der Ordnung verfahren, liebe Brüder, damit man in den anderen Häusern unsere Wahl nicht schelte. Nenne jeder nach der Reihe den Mann, den er zum Vertreter des Hochmeisters setzen will, und ich werde die Stimmen sammeln.

Da nannten sie alle den Komtur von Schwetz, und Ritter Wigand verbeugte sich vor ihm und sagte: Die Brüder sind einstimmig des Willens, dass Ihr Statthalter seid, und bitten Euch, die Wahl anzunehmen zu Ehren Gottes und der Helligen Jungfrau.

Plauen stand auf und erhob die rechte Hand und sprach mit lauter Stimme: Wohlan, ich bin bereit zu folgen, da ich gerufen ward, und ich schwöre zu Gott, meines Amtes allezeit zu walten mit redlichem Sinn und gottesfürchtigem Herzen nach des Ordens Regeln, so gut ic's vermag, und ohne Weigern mein Amt niederzulegen in die Hände dessen, der zum Hochmeister wird erkoren werden. Amen! Dann sah er mit festem Blick im Kreise umher von dem einen zum andern und fuhr fort: Ihr aber gelobet mir, dass ihr mir mit Rat und Tat treu zur Seite stehen und mir in allem gehorsamen wollet wie eurem obersten Gebietiger, der an des Meisters Statt steht.

Alle erhoben sie die Hände und sprachen ernst: Das geloben wir! Der Komtur sagte darauf nochmals amen!

Dann schritt er dem Kapitel voran nach der Kirche im rechten Schloss, und alle, denen der Zug begegnete und die auf den Zuruf herbeieilten, schlossen sich an: Ritter und Knechte, Hauptleute und Söldner, Bürger und Bauern sowie das Hofgesinde. Vom Altar ward die Wahl des Statthalters verkündet, und die Priesterbrüder hielten darauf ein Hochamt ab. Die Versammelten aber beteten inbrünstig, dass Gott ihnen helfen wolle in der Not.

Plauen trat sofort sein Amt an. Er berief alle Führer mit ihren Scharen zu einer Musterung. Alles in allem wurden nicht voll fünftausend streitbare Männer gezählt. Der Statthalter teilte sie in drei Haufen: Mit zweitausend Mann wollte er selbst die Verteidigung der oberen Burg übernehmen: zweitausend andere stellte er unter den Oberbefehl eines Ordensritters, den er als tapfer und zuverlässig kannte, zur Bewachung des mittleren Hauses; den Rest, meist nur Bürger der Stadt Marienburg und Bauern aus dem Werder, übergab er seinem edlen Vetter Heinrich zur Deckung der Vorburg; er konnte überzeugt sein, dass sie dieselbe aufs Tapferste verteidigen würden, da sie dort zugleich für Weib, Kind und Habe kämpften. Unter dieses Führers Befehl stellte sich auch Hans von der Buche, um Waltrudis nahe zu bleiben, und erhielt die Aufsicht über zwei Türme und einen Teil der Mauer auf der Flussseite.

Dann kam durch einen der zur Kundschaft ausgesandten Boten die Nachricht, dass König Wladislaus Jagello in Stuhm, zwei Meilen von Marienburg, angelangt sei und dort sein Hauptquartier genommen habe. Bald – es war am zehnten Tage nach der Tannenberger Schlacht – sah man auch deutlich vom hohen Wachtturm aus von verschiedenen Seiten her dichte Reiterscharen der Polen und Litauer wie Heuschreckenschwärme über das flache Feld heranziehen. In einiger Entfernung von der Burg lagerten sie. Es folgten ihnen mächtige Haufen Fußvolks, lange Züge von Wagen und Schlachtvieh, Wurfmaschinen, Sturmdächer, das bei Tannenberg erbeutete Geschütz. In weitem Kreise besetzten sie alle Gehöfte, überall blitzten die Waffen. Wie mit einem eisernen Ringe schienen sie die Burg umspannen zu wollen, und wie des Zuzugs gar kein Ende war und nun die vordersten Massen vorrückten, da schlug auch manchem tapferen Manne der Besatzung ängstlich das Herz, wenn er an die kleine Zahl der Verteidiger dachte und des siegreichen Feindes Übermacht vor Augen sah.

Der König hatte kaum auf ernstlichen Widerstand gerechnet, überall vor ihm her hatten sich Burgen und Städte ergeben, die Landesbischöfe sich beeilt, ihm zu huldigen; er meinte nur mit seinem mächtigen Heere vor der Marienburg erscheinen zu dürfen, um der sofortigen Übergabe gewiss zu sein. Darin täuschte er sich. Die Vorhut fand die Brücke abgebrochen, die Stadt niedergebrannt und rings um die Burg glühende Aschenhaufen, die keine schnelle Annäherung gestatteten. Auf den Mauern aber und hinter den Zinnen standen Männer im Harnisch, aus den niedrigen Bogenöffnungen der Wehrgänge blickten drohend die Eisenköpfe der Kanonen, überall waren die Tore fest geschlossen, die Fallbrücken aufgezogen: Man musste sich auf einen unerfreulichen Empfang gefasst machen und fürs erste Unverrichtetersache abziehen.

Da nun der König und der Großfürst merkten, dass die Burg zur Gegenwehr gerüstet sei, beschlossen sie, eine feierliche Aufforderung zur Übergabe zu erlassen. Der Schreiber Sbigneus musste einen Brief ausfertigen. Polnische und litauische Edle wurden mit einer kleinen Schar nach der Marienburg geschickt. Ein Trompeter ritt voran; hinten nach aber wurde die Leiche des Hochmeisters in einem schlichten Sarge getragen.

Der Trompeter blies. Von der Mauer wurde ihm geantwortet. Bald erschien dort Plauen und fragte nach der Herren Begehr. Sie zeigten auf den Brief und den Sarg und winkten den Burgleuten, hinauszutreten zur Verhandlung.

So fiel nun die Zugbrücke, und der Statthalter erschien mit stattlichem Gefolge schwerbewaffneter Männer auf derselben. Der Anführer der Polen trat in stolzer Haltung vor und nahm das Wort. König Wladislaus Jagello, sagte er, König von Polen und Großfürst von Litauen, unser großmächtiger Herr, entbietet dem Befehlshaber dieser Burg, wer er auch sei, gnädigen Gruß zuvor. Es hat Gott gefallen, ihm bei Tannenberg Sieg zu geben über das Ordensheer und seine Feinde gänzlich zu vernichten. Burgen und Städte sind in seiner Hand. Das Land beugt sich seinem Willen. Durch uns sendet er euch des erschlagenen Hochmeisters Leichnam, damit ihr nicht zweifelt, dass der Orden ohne Oberhaupt sei, und ihn mit allen Ehren beisetzet in der Gruft seiner würdigen Vorgänger. Denn der König ist ein christlicher Herr und will nicht Rache nehmen am toten Feinde, dessen ritterliche Tapferkeit er nach Gebühr würdigt. Empfangt also diesen Sarg. Empfanget aber auch diesen Brief, der euch des Königs Milde und Barmherzigkeit kundgibt. Er will unnötiges Blutvergießen vermeiden und niemand strafen für die Beleidigungen eures Ordens, wenn ihr freiwillig die Waffen niederlegt und ihm die Tore der Marienburg öffnet. Schaut euch um! Ein gewaltiges Heer rückt gegen euch an, und wir wissen, dass ihr nur ein kleines Häuflein seid, das nicht wenige Tage Widerstand leisten kann. Es wäre Tollheit, ihn zu versuchen. Daher ergebt euch des Königs Gnade. Wenn ihr aber eurem gnädigen Herrn den Einzug weigert, so wisset, dass er sofort eure Mauern berennen und eure Tore mit Gewalt öffnen wird, und dass keiner von denen, die gegen ihn die Waffen erheben, lebendig diesen Platz verlassen soll. Das hat er auf die heilige Hostie geschworen. Geht nun hierüber zu Rat und gebt mir zu eurem Besten eine gefällige Antwort.

Plauen hatte diese lange Rede angehört, ohne mit den Wimpern zu zucken. Auf sein Schwert gestützt, mit gesenktem Haupte stand er da, seine grauen Augen starrten auf den Sarg. In derselben Stellung antwortete er mit ruhiger, klarer Stimme, dass seine Rede weithin auf der Mauer zu vernehmen war: Es bedarf keines Ratschlagens unter uns, denn wir waren schon einig, ehe ihr kamt. Wir beugen uns in Demut Gottes Willen; aber wir hoffen: ob er uns schon hat strafen wollen wegen unseres Ungehorsams und unserer Sünden, dass er doch nicht für immer seine Hand von denen werde abgewendet haben, die er züchtigte, dass sie ihn besser erkennten. Und so antwortet Bruder Heinrich von Plauen, des Deutschen Ordens gewählter Statthalter, dem König, eurem Herrn: Wir danken ihm mit aufrichtigem Herzen für des teuren Hochmeisters entseelten Leib und werden seiner Huld gedenken, wenn wir ihn zur Ruhe bestatten. Bei seinen Wunden aber sei's geschworen, dass wir diese Burg der Heiligen Jungfrau Maria nicht übergeben ohne ernsten Kampf, und dass wir sie verteidigen wollen mit starkem Arm und ritterlichen Waffen, bis uns keine Hoffnung bleibt. Will dann der König Rache nehmen an denen, die ihre und des Landes Ehre wahrten, so müssen wir's dulden. Er aber wird dem Strafgericht Gottes nicht entgehen. Das sagt dem Könige und seinem Vetter Witowd, um den der Orden einen besseren Dank verdient hätte.

Seine Begleiter nahmen den Sarg auf und trugen ihn in den Burghof. Die Brücke rasselte zu, und mit lauten Flüchen und Drohungen ritten die Boten nach dem Lager zurück. Zornig gab Jagello den Befehl zum Angriff.

In der Burg aber war viel Jammern und Wehklagen, als nun der Deckel des Sarges gehoben wurde und der nackte Leib des Mannes dalag, der einst ein mächtiger Herrscher gewesen war, und den jeder nur in kostbarer Kleidung oder in strahlenden Waffen gesehen hatte. Plauen band seinen weißen Mantel von der Schulter und deckte ihn über die Leiche, dass nur der Kopf und ein Teil der Brust mit den Wundmalen sichtbar blieb. So stand der Sarg eine Stunde lang allem Volk zur Schau; zwei Priesterbrüder beteten an demselben.

Indessen wurde die Gruft der St.-Annen-Kapelle zur Aufnahme des teuren Toten vorbereitet. Von Fackelträgern begleitet erschienen die Brüder, deckten den Sarg zu und trugen ihn nach der Kirche. Dort führten zu beiden Seiten zwei Eingänge zur Kapelle hinab, jeder mit einer kleinen Vorhalle versehen, deren Wände mit Blätterwerk, Laubgewinden und Darstellungen aus der Heiligen Geschichte reich verziert waren. Durch die eine der beiden Türen von dunkelschwarzem Kalkstein wurde der Sarg hinter den Fackelträgern und singenden Priesterbrüdern in die schmucklose, düstere Kapelle getragen und in die geöffnete Gruft hinabgelassen. Als die Steinplatte übergedeckt war, knieten alle Leidtragenden nieder und beteten für die Seele des Erschlagenen, während über ihnen in der Kirche die tiefen Töne der Orgel langsam und feierlich verhallten.

Es war das letzte Friedenswerk. Am andern Tage schon dröhnten die Geschütze, die jenseits des Flusses und hinter den Stadtmauern von den Belagerern in Eile aufgepflanzt waren. Die Kugeln taten anfangs aus der Entfernung wenig Schaden. Aber den Litauern gelang es bald, eine Furt durch den jetzt im Hochsommer flachen Nogatstrom zu entdecken und das mittlere Schloss zu bedrängen, während die Polen einen Teil des erbeuteten Geschützes auf den Turm der Stadtkirche schafften und von da aus ein wirksames Bewerfen der Burg mit Kugeln begannen. Die Besatzung wurde zu Ausfällen genötigt und trieb jedes Mal den Feind mit blutigen Köpfen zurück. Aber unerschöpflich schien der Zufluss der Belagerer: An die Stelle von hundert Gefallenen traten tausend neue, noch unermüdete Streiter.

Tag und Nacht lagen in der Kirche die Priesterbrüder vor den Altären auf den Knien und flehten die Schutzpatronin des Ordens um Beistand in der Not an. Aber auch sie schien zu zürnen oder noch schwerere Prüfungen verhängen zu wollen.

Auf Entsatz der Burg war nicht zu hoffen. Heinrich von Plauen stand ganz auf sich allein.

Achtzehntes Kapitel

Danziger Wirren

In der Stadt Danzig war die Aufregung groß. Trossknechte, die im Lager zu Frögenau den Anmarsch der siegreichen Polen nicht erwartet, sondern über Hals und Kopf sich und ihre Packpferde in Sicherheit gebracht hatten, erschreckten die Stadt durch ihre erste Nachricht von einer großen verlorenen Schlacht, vom Vordringen des Königs und Großfürsten.

Die besonnenen Bürger schenkten ihnen nur halben Glauben. Aber wenige Tage später langten in kleineren und größeren Rotten die traurigen Reste der Bürgerfähnlein an, die sich aus dem Tannenberger Blutbade gerettet hatten, und ihre Schilderungen von den Schrecknissen der Schlacht und der Niederlage des Ordens überboten weit die Befürchtungen der Zaghaftesten. Viele Hundert Danziger Bürgersöhne und Schiffskinder waren gefallen oder unterwegs bei der eiligen Flucht an ihren Wunden verblutet, überall in den Häusern war Trauer; Verwünschungen wurden gegen den Orden laut.

Maria Huxer war voll Unruhe. Hatte ihr Liebster an der Schlacht wirklich teilgenommen, und was war aus ihm geworden? Ihr Liebster war Heinz von Waldstein doch, und mit allen Gedanken war sie seit seiner Abreise stets bei ihm gewesen, wenn sie's auch niemand merken lassen wollte – am wenigsten den Vater. Rambold von Xanten, des Schultheißen Sohn, war zu deutlich von Huxer begünstigt worden. Freilich ließ sie sich seine Huldigungen gefallen, lachte über seine Scherzreden, spielte mit ihm Damenbrett und neckte ihn, wenn er sie mit Anwandlungen von verliebter Schwermut heimsuchte. Allen ernstlicheren Bewerbungen aber wich sie aus, und nicht einmal zum Willkommen und Abschied erlaubte sie ihm, ihre Hand eine Minute länger zu halten, als es der Gruß bedingte. Erinnerte er einmal, um sie auszuholen, selbst an das Ringstechen und an den geschickten Gast, so ging sie in ihrer munteren Weise auf das Gespräch ein und lobte nun den fremden Junker so scherzhaft als einen Ausbund von Ritterlichkeit, dass er nicht daraus klug werden konnte, wie viel davon auf die neckische Absicht kam. Wirkliche Besorgnisse seinetwegen waren ihm fern. War er doch des Schultheißen Sohn!

Nun erschien Maria plötzlich ganz verändert. Sprach sie überhaupt, so war's über den Krieg, als ob sie im Rat mitzusitzen und ihre Stimme abzugeben hätte. Aufs Genaueste wollte sie alles wissen: wie weit der König jetzt vorgedrungen sei, welche Burgen er eingenommen hätte, welche Städte ihm zugefallen wären. Die Erkundigungen nach diesen Dingen waren aber nur die Einleitung zu den wichtigeren Fragen über die Schlacht und ob man erfahren habe, wer von Bekannten und Freunden gefallen oder gerettet sei. Sie hoffte so, beiläufig auch etwas über Heinz zu vernehmen, aber Rambold dachte nur an die Bürgersöhne und nannte Namen, die ihrem Herzen ein leerer Schall blieben. Ihr wisst auch nichts, schalt sie ihn, wenn er sich alle Mühe gegeben hatte, ihr Neuigkeiten zuzutragen.

Nun musste sie sich doch der alten Bärbe eröffnen. Ich vergehe vor Angst, sagte sie, sich an ihre Brust werfend. War er in der Schlacht –? Lebt er oder ist er … Sie konnte das schmerzliche Wort nicht aussprechen. Ihre zitternde Hand hielt das kleine Kreuz, das er ihr geschenkt hatte.

Ei, wie kann man sich solches Herzeleid machen um ungewisse Dinge? Verwies die gute Frau. Das alles muss man Gott anheimgeben. Ich meinte, Ihr hättet den hübschen Junker längst vergessen, und das wär' auch das Beste gewesen – wahrhaftig! Denn das merkt Ihr wohl, wo Euer Herr Vater hinaus will, und wenn der einmal etwas auf die Hörner genommen hat, so lässt er's so bald nicht los. Es ist auch soweit gegen den jungen Rambold nichts einzuwenden, und er ist guter Leute Kind und wird sicher einmal zu Ehren kommen in der Stadt. Was aber den andern betrifft – nun, ich füge auch heute nichts gegen ihn, aber sässig ist er doch nicht, und wer durch das Schwert zu Ansehen kommen will, der muss überall sein Leben wenig achten. Dass er in der Schlacht mitgefochten hat, nehme ich für gewiss an, weil er zum Hochmeister wollte, und wenn ich weiß, dass bei einer Gefahr zehn umgekommen sind und nur einer gerettet ist, so mache ich mich auf das Schlimmste gefasst. Schlagt Euch also den Junker aus dem Sinn und lasst Euch den Kummer nicht tief gehen. Ist er gefallen, so war's Gottes Wille, dass Ihr nicht später noch schwereres Leid erfahren solltet.

Barbara tat gleichwohl, was sie konnte. Aber man wusste ihr nichts Weiteres mitzuteilen, als dass der Junker vor der Schlacht im Gefolge des Hochmeisters gesehen sei, als derselbe die Linien abritt. Nun war's freilich gewiss, dass er mitgefochten hatte, aber die Unruhe und Bekümmernis um ihn wurde nur um so größer.

Dann kam die Nachricht, dass der Komtur von Schwetz die Marienburg besetzt habe und Mannschaft von den Danziger begehrte. Huxer erzählte zu Hause von einer stürmischen Ratsitzung, und wie es Konrad Letzkau nur mit großer Mühe gelungen sei, gegen Arnold Hecht und seinen Anhang die Bewilligung durchzusetzen. Nun nahm's Maria als sicher an, dass Heinz, wenn er am Leben sei, seinen Verwandten, den Komtur Plauen, aufsuchen und ihm bei der Verteidigung der Burg hilfreiche Hand bieten werde. Ach, vielleicht war er nur wenige Meilen entfernt.

Es traf sich so, dass Barbaras Schwestersohn, Klaus Poelke, unter den ausgehobenen Schiffskindern war, die nach der Marienburg geschickt wurden. Er erhielt Auftrag, sich nach dem Junker Heinz von Waldstein zu erkundigen und die Gelegenheit abzupassen, wenn ein Bote nach Danzig entsandt werde, dem aber zugleich eine Bestellung an seine Muhme aufzutragen. So war nun alles geschehen, was geschehen konnte, und es blieb wirklich nur übrig, geduldig zu warten.

Im Großen und im Kleinen Artushof gab es allabendlich sehr erregte Versammlungen der Bürger. Man scheute sich schon nicht mehr, ganz laut von Abfall und Übertritt zum König zu sprechen.

Konrad Letzkau erfuhr davon durch Barthel Groß; er selbst besuchte den Hof nicht, um als Haupt der Stadt dem Parteitreiben fernzubleiben. Er wandte sich an die Ältesten des Hofes und ersuchte sie, solche Reden zu verbieten. Noch erkenne Danzig die Ordensherrschaft an, und man solle der Stadt nicht nachsagen, dass sie ohne Not abtrünnig geworden sei und sich dem König in die Arme geworfen habe. Es würde ihm leid sein, wenn er den Hof schließen müsste.

Man schüttelte den Kopf über des Bürgermeisters unbegreifliche Ordensfreundlichkeit.

Arnold Hecht suchte ihn deshalb in seinem Hause auf und machte ihm ernstliche Vorstellungen. Ich verstehe Euch nicht, sagte er. Eine so gute Gelegenheit, die Stadt von dem unerträglichen Joch der Ordensherrschaft zu befreien, kehrt nicht wieder. Das Ordensheer ist vernichtet, das Land dem König offen, der Schrecken überall groß. Es wäre ein leichtes, jetzt sogar das Schloss in unsere Gewalt zu bringen. Weshalb zögert Ihr, weshalb widersetzt Ihr Euch denen, die es mit der Stadt Freiheit gut meinen?

Ich will nicht mit Euch darüber streiten, lieber Kumpan, antwortete Letzkau, ob uns die Ordensherrschaft wirklich ein unerträgliches Joch aufgelegt hat. Vieles wünschte auch ich anders bestellt; wenn ich mich aber umgeschaut habe auf meinen Reisen, so hab' ich wenig Städte kennengelernt, die unter milderer Herrschaft standen. Der König von Polen wird viel versprechen. Aber was er uns hält, wenn er alle Macht in Händen hat und wir ihm zu willig nachgeben, das wissen wir nicht. Doch von alledem darf jetzt nicht die Rede sein. Der Orden hat eine Schlacht verloren; völlig besiegt ist er nicht. Ein tapferer, entschlossener Mann hat die Fahne aufgehoben und hält sie hoch in der Marienburg. Ich kenne ihn: Es ist der wenigen einer, die noch den alten Geist der Ritterschaft in sich bewahrt haben, wie er vor fünfzig Jahren und früher stark war in den Brüdern vom Deutschen Hause. Was dieser Eisenkopf will, das setzt er durch, wenn es überhaupt ein Mensch vermag. Darum saget nicht, lieber Kumpan, dass der König Herr ist im Lande. Solange die Marienburg standzuhalten vermag, ist des Königs Gewinn gering, mag er auch ein noch größeres Geschrei wegen seines Sieges erheben.

Sie wird sich in kurzem der Übermacht ergeben müssen, fiel Arnold Hecht ein. Dann aber ist's für uns zu spät, Bedingungen zu stellen. Es war Torheit, unsere Schiffskinder hinzusenden und den nutzlosen Kampf zu verlängern.

Es war Pflicht, berichtigte der Bürgermeister; die Ehre der Stadt gebot diese Hilfe. Schmach über sie, wenn sie den Stolz des Landes, die Marienburg, im Stich gelassen hätte! Ob der Kampf nutzlos, wer mag das heut bestimmen? Ein tapferer Mann ist viel wert. Was kann nicht geschehen in wenigen Wochen? Wir dürfen den Orden nicht verlassen, bis es gewiss ist, dass er sich selbst verlässt.

Arnold Hecht warf den dicken Kopf ins Genick und zog den Mund schief. Ah, Ihr rechnet da mit Zahlen, rief er, die uns nichts angehen! Wir Danziger sind Kaufleute und sehen zu, was unserm Handel dient und unsere Freiheit mehrt. Solch ritterliches Gelüste, dem Schwachen beizustehen und des Dienstmannes Treue in der Not zu bewähren, steht denen schlecht an, die man sonst in den Schlössern elendes Krämervolk nannte. Hochmut kommt vor dem Fall.

Der Bürgermeister schüttelte unwillig den Kopf. So sollen wir's also verdienen, elendes Krämervolk gescholten zu werden? Nein, solange ich der Stadt Haupt bin, soll nichts Unwürdiges geschehen. Nur der Notwendigkeit will ich welchen. Setzt mich ab, wenn ich in meinem Amt euer Mann nicht bin!

Hecht wagte für jetzt nicht, weiter in ihn zu dringen. Noch war ihm sein eigener Anhang nicht sicher genug, und Letzkau schien unentbehrlich.

Der Bürgermeister tat wirklich alles, was ihn öffentlich als einen treuen Freund des Ordens zu erkennen geben musste. Auf dem Danziger Schlosse waren nur wenige Ritter zurückgeblieben. Bestürzt durch die Schreckensnachricht von der verlorenen Schlacht und dem Anmarsch des Königs wurden sie rasch mutlos. Sie kamen deshalb aufs Rathaus, baten um eine geheime Unterredung und stellten vor, dass sie das Haus nicht würden halten können und sich dem Könige ergeben wollten, wenn die Stadt ihm zufalle. Letzkau aber antwortete ihnen: Das lasst nicht laut werden, denn der Verzagten gibt es genug, die euch zustimmen möchten. Bedenket, ihr Herren, dass ihr ein festes Haus habt, und dass in der Stadt Danzig Vitalie und Speise genug ist und dazu viele tüchtige Mannen, die euch gern helfen wollen, die Mauern zu besetzen. Entbietet, was ihr bedürft, man wird es euch vor Mitte der Woche schicken. Da gingen die Ritter beschämt nach dem Schlosse zurück und fingen an, es in Verteidigungszustand zu setzen. Letzkau aber schickte aus seinen eigenen Speichern Malz und Mehl und andere Lebensmittel und brachte es an den Rat der Stadt, dass man für alle Fälle das Schloss mit einer rüstigen Mannschaft besetze, damit man sicher sei, dass es sich nicht ohne Not dem König ergebe.

Zugleich sorgte er dafür, dass die Stadt selbst nicht von herumstreifenden Heerhaufen überrumpelt werden könne. Da alle Geschäfte jetzt stillstanden, gab es viel müßiges Volk, das unzufrieden auf den Straßen lärmte. Das stellte er nun zur Arbeit an, indem er vor den Mauern Erdwerke zur besseren Befestigung aufwerfen und mit Geschütz versehen ließ. So sah jedermann, dass er zu ernster Abwehr entschlossen war.

Endlich kam auch Johann von Schönfels, der Komtur, mit den Resten seines in der Schlacht und auf der Flucht übel zugerichteten Heerhaufens nach Danzig zurück. Er hatte sich unterwegs aufgehalten, weil er die Verwundeten nicht im Stiche lassen wollte. Es hieß, dass ihm eine Schar Polen fast auf dem Fuße folge. Die Danziger Spieße lehnte er ab; er hatte Misstrauen, dass der Rat geheime Dinge betreibe und sich durch diese Leute der Burg bemächtigen wolle, sie dann dem Könige zu übergeben. Waffen und Lebensmittel aber forderte er nun als eine schuldige Leistung, worüber viel Unzufriedenheit entstand. Er kam auch nach der Stadt und berief den Rat nach der Marienkirche. Dort verlangte er ein Gelöbnis, dass man die Stadt gegen den Feind halten wolle. Das soll geschehen Jahr und Tag, antwortete Letzkau mit erhobener Hand, sofern der Orden selbst tut, was er dem Lande schuldig ist. Arnold Hecht zupfte ihn am Rock und flüsterte ihm zu: Gelobet nicht zu viel! Der Komtur aber war aus anderem Grunde ungehalten und rief: Es ist nicht an euch, Bedingungen zu stellen. Ich verlange ein Gelöbnis ohne Vorbehalt. Dazu schwieg alles. Als dann aber Letzkau fragte: Wollt ihr dem Herrn Komtur und dem Orden auf das geloben, was ich gelobt habe? Da antworteten die meisten mit »ja«, und Johann von Schönfels sah wohl ein, dass er sich damit begnügen müsste. Zank und Streit blieben nicht aus. Bald nach dem Komtur waren ganze Scharen von Verwundeten und Kranken angelangt, dazu Ordenssöldner, die, von ihren Fähnlein abgekommen, vor dem Feinde her flohen. Einige Haufen hatte man in die Städte eingelassen, aber immer mehr drängten zu; das Ordenshaus schloss ihnen die Tore, und die Bürger scheuten sich vor der Gefahr der Ansteckung durch die Kranken und vor der Last der Verpflegung von so viel lungerndem Volk. Deshalb wollten die Arbeiter bei den Verschanzungen den weiteren Zudrang hindern und stellten sich zur Wehr, zumal als die Nachricht zugetragen wurde, dass die Ordenssöldner in der Altstadt plünderten. Sie gebrauchten ihre schweren Schippen als Waffen und schlugen damit die Spieße zur Seite fort. Bei diesem Ringen gab es bald Verletzungen auf beiden Seiten. Bürger eilten in Waffen hinzu. Nur mit Mühe konnte Letztau schweres Blutvergießen hindern.

Nun rückten auch die verfolgenden Polen an und schlugen ein Lager vor der Stadt auf. Andere Scharen stürmten, da sie hier die Tore geschlossen fanden, weiter ins Stubbelausche Werder hinein und nach der Nehrung, überall die Höfe verwüstend und plündernd. Gegen sie schickte der Rat die Mannschaft aus, die für das Schloss gerüstet war, aber nicht Aufnahme gefunden hatte, denn viele der Herren hatten da draußen selbst große Besitzungen und fürchteten für ihr Eigentum. Der Ratsherr Barthel Groß wurde zum Hauptmann dieses Volkes erwählt und erwies sich bald als ein geschickter und vom Feinde gefürchteter Führer. Den Elbingern, die dem Könige Fourage zuführen wollten, wurden mehrere Schiffe fortgenommen. Freilich zum Ärger für Arnold Hecht und seine Anhänger. Hielt sich nun auch die Stadt gegen den Feind, so sprach man doch ungescheut auf allen Gassen unfreundlich genug gegen den Orden.

Das wusste der Spittler des St.-Elisabeth-Hospitals, Herr Nikolaus von Hohenstein. Er war in großer Unruhe wegen der kostbaren Habe, die das Haus in langen Jahren des Friedens aus den Überschüssen seiner reichlichen Einkünfte und mancherlei Geschenken zusammengebracht. Er traute aber auch Johann von Schönfels wenig und meinte, das Schloss werde sich nicht lange halten, wenn erst die Stadt übergeben sei. Deshalb hielt er es für das Geratenste, sich mit seinen Schätzen heimlich davonzumachen. Er ließ daher sein silbernes und goldenes Tafelgeschirr, womit er reichlich versehen war, seine Teppiche und Gewänder und ebenso aus der Kapelle des Hospitals die gestickten Altardecken, seidenen Fahnen, silbernen Leuchter, Rauchfässer und Schalen, die Monstranzen, Kruzifixe und Kelche nebst den priesterlichen Gewandungen in Kisten verpacken und auf ein Schiff bringen, das im Hafen segelfertig lag. Er selbst wollte, wenn alles in Sicherheit sei, nachfolgen.

Doch wurde sein Vornehmen noch in letzter Stunde verraten. Kaum erfuhr Letzkau, was im Werke sei, als er eilig den Fluss mit Ketten sperren ließ, dass kein Schiff ferner hindurchpassieren könnte. Die Kisten mussten sofort ausgeladen und auf das Bollwerk gestellt werden. Er befahl, sie vorläufig in sein Haus zu bringen.

Eine große Menschenmasse hatte sich am Wasser versammelt und erhitzte sich in Schmähreden gegen den Spittler. Das wenigste war noch, dass man ihn einen argen Geizhals nannte und beschuldigte, die Kranken in seinem Hospital um ihr Hab und Gut betrogen zu haben.

Indem kam der Spittler angelaufen, feuerrot vor Zorn, und fuhr den Kapitän wütend an.

Beruhigt Euch, sagte der Bürgermeister. Euer Schreien kann Euch nicht helfen. Durch mich befiehlt der Rat der Stadt –

Da aber sprang der Spittler vor, stellte sich mit ausgebreiteten Armen vor die Kisten und schrie: Wagt es, Hand zu legen an des Ordens und der Kirche Gut! Einen Schelm und Räuber nenne ich jeden, der gegen mich Gewalt braucht!

Das sind unbedachte Worte, verwies Letzkau. Der Orden ist nur die Herrschaft im Lande, und was ihm im Lande gehört, gehört ihm dieser Herrschaft wegen. Er hat seine Spitäler in die Städte gebaut, dass sie den Armen und Kranken dienen, und die Kirche gehört zum Hause, und alles, was im Hause ist, bleibt im Hause und dient seinem Zweck. Darum hindern wir Euch, darüber zu schalten wie über etwas, das allein in Eurer Macht steht, und nehmen diese Güter in Beschlag für den Orden und für die Kirche, dass sie bei ihnen im Lande bleiben.

Vergebens müht Ihr Euch, solchen Frevel zu beschönigen! Schrie der Spittler. Wann hat der Orden die Städte befragt, wie ihm erlaubt sei, mit seinem Eigentum zu schalten? Ich sage, das ist Vergewaltigung und Raub!

Und ich sage, sprach Arnold Hecht hinein, dass Ihr selbst verübt, wessen Ihr uns beschuldigt. Zeigt uns Euren Auftrag, oder wir schätzen Euch als einen ungetreuen Knecht, der Übles im Sinne hat gegen seinen eigenen Herrn, den er in Not weiß.

Nennt Ihr mich einen Dieb, schäumte der Spittler, nennt Ihr mich einen Dieb?

Das ist Euer Wort, antwortete Hecht, nicht das meine. Aber vielleicht trifft's so das Rechte.

Hört, hört, schrie der Spittler, ich rufe euch alle zu Zeugen an; er hat mich einen Dieb gescholten, mich, Nikolaus van Hohenstein. Das soll er mir entgelten!

Unter den Ratsherren waren einige, die nahmen das Wort auf und meinten, es wäre so weit nicht gekommen mit dem Orden, wenn er nicht Verräter in allen seinen Häusern hätte.

Da ballte der Spittler die Fäuste gegen sie und schrie: Den Verräter in euren Hals, ihr Buben! Ich kenne euch wohl, Herr Johann Hamer und Herr Johann Kruckemann! Es soll euch übel ergehen, dass ihr mich vor allen Knechten und der ganzen Stadt einen Dieb und Verräter geschimpft habt. Schelme seid ihr und elende Wichte allesamt! Sagt's doch nur, dass ihr heimlich dem König von Polen schon geschworen habt, sagt's doch nur! Schande über euch!

Darüber entstand viel Lärm, und Arnold Hecht rief: Steckt ihn in einen Sack und ertränkt ihn wie eine tolle Katze! Sofort drängte die Menge zu, schlug ihm den Hut ins Gesicht, ergriff ihn bei den Schultern und Armen und schob ihn dem Rande des Bollwerks zu.

Unfehlbar wäre er in den Fluss hinabgestürzt, wenn sich nicht Letzkau ins Mittel gelegt und ihn aus den Händen der Wütenden befreit hätte. Er fand es nun selbst geraten, sich zu entfernen. Aber noch beim Rückzuge erhob er lauten Protest und drohte, bei Kaiser und Reich und beim Heiligen Vater in Rom Klage zu erheben, wie er denn auch nachmals redlich Wort gehalten.

So gingen die Wogen immer höher, und täglich wurde es den Bedächtigen schwerer, gegen Wind und Strömung zu steuern.

Vor der Stadt lag der Kastellan von Kalisch, Herr Janusch von Thuliskowo, mit einem großen Haufen Kriegsvolk und ließ es an freundlichen und ernsten Mahnungen nicht fehlen, die Stadt zu übergeben. Es kamen auch durch seine Vermittelung Briefe des Königs an den Rat. Alle Freiheiten wollte Wladislaus Jagello der Stadt bestätigen und noch andere hinzufügen, dass sie sich mit jeder im Reiche sollte messen können. Mancher im Rat, der bisher treu zum Orden gestanden hatte, wurde dadurch schwankend gemacht, und sprach er auch noch nicht laut für den König, so stimmte er doch bei jeder Gelegenheit zu dessen Gunsten. Letzkau hatte einen schweren Stand.

Und nach und nach überkamen auch ihn schwere Zweifel, ob der Orden sich gegen den König würde auf die Dauer halten können. Fast jeder neue Tag brachte die bedenklichsten Nachrichten. Elbing hatte sich dem König ergeben, machte jetzt mitten im Kriege ein großes Lieferungsgeschäft und brachte leicht seine Verluste ein, während in Danzig Handel und Wandel stockten. Auch die Stadt Thorn, nach Danzig die größte im Lande und bis dahin die reichste und mächtigste, hatte den Abgesandten Jagellos ihre Unterwerfung erklärt. Thorner Herren schrieben, die Sache des Ordens stehe schlecht, und sie hatten es nicht verantworten können, ihre Stadt nutzlos den Schrecken einer Belagerung auszusetzen. Eine Ordensburg nach der andern fiel und wurde sofort von den Polen besetzt; die Neumark war hart bedrängt, Küchmeister von Sternberg hoffnungslos eingeschlossen. Die Landesbischöfe hatten dem König ihre Huldigung dargebracht, selbst der von Samland, dessen Besitztum doch noch nicht einmal gefährdet war. Das ganze Weichselland bis auf wenige feste Plätze kam bis Ende des Monats in Feindeshand, und die Besatzungen der Burgen am Pregel- und Memelfluss waren zu schwach, irgendetwas über ihren eigenen Schutz hinaus unternehmen zu können.

Was aber am schwersten ins Gewicht fiel: Letzkau verlor mehr und mehr die Hoffnung, dass die Marienburg werde standhalten können. Zu groß war die Übermacht des Feindes, die tapfersten Ausfälle wurden zurückgeschlagen, immer mühsamer gelang es, Lebensmittel hineinzuschaffen. Auf Hilfe aus Deutschland war in vielen Wochen nicht zu rechnen. Kam sie überhaupt, so kam sie sicher zu spät. War aber die Marienburg gefallen, so hatte Danzig keinen Halt mehr: nicht die Stadt, sondern der König stellte die Bedingungen der Übergabe, und die beschwerlichsten mussten angenommen werden.

Das überlegte er in vielen schlaflosen Nachtstunden, und als er nun mit sich einig war, berief er selbst den Rat und trug ihm seine Bedenken vor. Es ist euch bekannt, sagte er, dass ich nicht nur in früherer Zeit, sondern auch in diesen Tagen der Not treu zum Orden gehalten habe, und viele von euch und von den Bürgern dieser Stadt haben mich deshalb laut und heimlich getadelt. Aber es ist nicht meine Art, mit dem Strome zu schwimmen und mich fortreißen zu lassen zu unbedachten und ungerechten Dingen. Darum wahrlich bin ich von der Stadt gesetzt zu ihrem Haupt, dass ich im Sturm feststehe und in der Gefahr bedenke, was ihr dauernd nützt. Nun aber, scheint es mir, kämpft des Ordens Schiff bereits mast- und ruderlos mit den Wogen, dem Untergange geweiht; wenige kühne Männer stehen noch fest darauf, sich an die Taue klammernd und die Brust bietend Wind und Wellen. Vergebens! Sie lenken das

Schiff nicht mehr und werden mit ihm in die Tiefe gehen, wenn sie nicht ins Boot springen und abstoßen. Das Herz tut ihnen weh, widerwillig gehorchen sie der Notwendigkeit – sie gehorchen. Ich sage: so scheint es mir nach allen Berichten, die uns zugegangen sind, und nach diesen Briefen, die mir gestern der Bischof von Leslau zusandte, zur Eile mahnend. Er ist mein Freund nicht, und ich weiß, dass er allezeit auf Ränke sann gegen den Orden und mit dem König von Polen heimlich Spiel trieb. Jetzt möchte er ihm gern die Stadt Danzig zubringen und sich damit noch größeren Dank verdienen. Doch mag dies auch seine Absicht sein; was er mitteilt, gibt schwer zu denken. Abgesandte der großen Städte wollen sich im Lager vor Marienburg versammeln, mit dem Könige über ihre Gerechtsame gemeinsam zu verhandeln. Danzig darf dabei nicht fehlen. Muss es sich unterwerfen, so wird es den höchsten Preis für seine Unterwerfung fordern, und der König wird ihn zahlen, solange er um die Marienburg kämpft. Der Bischof behauptet, die Verteidigung werde schon matt. Vielleicht will er uns täuschen. Nur an Ort und Stelle lässt sich die Lage der Dinge überschauen und der rechte Augenblick im Handeln ergreifen. Deshalb, wenn ihr mir Vertrauen schenkt, dass ich der Stadt Bestes will, sendet mich ins Lager und gebt mir zwei Ratsmannen zur Seite, dass wir mit ganzer Vollmacht beschließen und abschließen können, was keinen Aufschub leidet. Ich glaube keinem, der mich zu überreden trachtet; mit eigenen Augen will ich sehen. Erkenne ich aber meinen Weg, so seid dessen gewiss, dass ich nicht zögere, ihn zu betreten zu der Stadt Wohlfahrt.

So ritt denn Konrad Letzkau hinaus mit noch zweien vom Rat, die hierzu gewählt waren, und der Kastellan von Kalisch empfing ihn mit großen Ehren und ließ ihn durch eine Schar Lanzenreiter bis nach Subkau geleiten, wo der kujawische Bischof Hof hielt. Er versprach, gegen die Stadt nichts zu unternehmen, bis der Bürgermeister zurückgekehrt sei.

Überall auf dem Wege fand Letzkau Dörfer und Gutssitze verwüstet oder besetzt von feindlichen Kriegshaufen. Die Köllmer und Bauern, die er sprach, waren mutlos und hielten jeden weiteren Widerstand für nutzlos und verderblich. Im Schlosse zu Subkau war es lebhaft wie in einem Bienenkorbe. Dort hielt der Bischof stets offene Tafel für die polnischen Offiziere. Seine Waldmeister und Fischmeister mussten für Wild, Geflügel und Fische sorgen; das fetteste Schlachtvieh wurde von seinen Kämmerern aufgekauft oder auch halb mit Gewalt den Besitzern abgenommen. Seinem Keller fehlte es nie an Wein und Met, seinem Nachtisch nie an Honigkuchen und anderen Leckerbissen. Deshalb war man auch seines Lobes voll im königlichen Hauptquartier, und täglich kamen und gingen Boten mit geheimen Briefschaften. Man sagte, der Bischof habe aus Hass gegen den Orden dem Könige sogar verraten, wo in den Kirchen die kostbarsten Bildwerte und Geräte zu finden seien, damit er seine Beute vergrößere.

Der Bischof von Kujawien war ein kleiner, hagerer Mann, sehr beweglich und redegewandt. Seine hohe Stirn schien wie mit gelblichem Pergament straff überspannt, die Augenbrauen liefen über der schmalen Nase in seine Spitzen aus, die listigen Augen lächelten unablässig halb geschlossen. Er ließ Letzkau sogleich in sein Kabinett eintreten, ging ihm bis zur Tür entgegen und bot ihm den Ehrensitz in einem hochlehnigen, mit Kissen bedeckten Sessel. Ihr habt lange auf Euch warten lassen, sagte er; der König ist schon ungeduldig. Aber ich kenne die Danziger: Sie übereilen sich im Handel nicht und bringen ihre Ware erst zu Markt, wenn sie viel begehrt ist. Nun – Ihr kommt gerade zur rechten Zeit.

Letzkau gefiel dieser leichtfertige Ton wenig, aber er überwand seinen Widerwillen gegen den ränkesüchtigen Priester und antwortete, auf seinen Scherz eingehend: Wir gedenken auch jetzt nicht, um jeden Preis loszuschlagen, was sich halten lässt. Die Stadt Danzig hat feste Mauern und ist nach der See offen. Der Orden hat ein starkes Haus, und wenn wir es ihm bewahren helfen, dürfen wir wohl auf seinen Dank rechnen.

Der Bischof lachte. Ich meinte, ihr Danziger habt schon erfahren, wie der Orden treue Dienste lohnt. Ihr wisst so gut wie ich, dass Dank nur beim Könige zu erwarten ist.

Vielleicht – wenn er die Macht hat, sich dankbar zu beweisen, antwortete Letzkau, es wird dann sein eigener Vorteil sein.

Zweifelt Ihr noch? Das ganze Land hat ihm bereits gehuldigt.

Die Marienburg widersteht.

Pah! Wie lange? Wir sind genau von dem unterrichtet, was innen vorgeht, ich habe einen geschickten Kundschafter dort. Er hat sich auf mein Geheiß einschließen lassen und bindet nun von Zeit zu Zeit einen Zettel an den Pfeil, den er von der Mauer zu uns hinüberfliegen lässt. Plauen hat wenig über viertausend Mann in seinem Dienst in den weitläufigen Werken. Unter den Söldnern ist viel träges und nichtsnutziges Gesindel. Auch hat er die ganze Vorburg mit Weibervolk und Kindern überladen, die nur überall im Wege sind und den Vorrat an Lebensmitteln schnell aufzehren helfen. Auf Entsatz darf er nicht hoffen. Was bleibt ihm übrig, als sich auf Gnade oder Ungnade zu ergeben?

Und wenn der König mit dem Orden Frieden schließt?

Er nimmt nur völlige Unterwerfung an, das ist sein Schwur.

Solche Schwüre bricht die Not.

So sorgt dafür, dass ihn die Not nicht zwinge, sie zu brechen. Auf euch, die Bürger dieses Landes, wird er sich am liebsten stützen; beweist ihm, dass er euch ohne Rückhalt vertrauen kann.

Freilich würde unsere Stärke seine Stärke sein. Zu unserer und seiner Sicherheit müssten wir große Forderungen stellen und Pfänder in Händen haben.

Fordert! Ich will's an ihn bringen und für euch vermitteln. Mir selbst ist daran gelegen, dass der König nicht übermütig wird.

Letzkau überlegte eine Weile. Ich will erst mit eigenen Augen sehen, sagte er dann. Im Lager wollen wir weiter über die Sache verhandeln. Die großen Städte stehen zusammen.

Der Bischof presste die Lippen aufeinander und maß ihn mit einem listigen Blick von der Seite her. Dann schob er sich im Sessel vor, sodass er ihm ganz nahe kam, und sprach zischelnd: Herr Bürgermeister, verständigen wir uns bei guter Zeit. Ich weiß, dass der König Euch hochschätzt und dass ich ihm einen Dienst erweise, wenn ich ihm einen solchen Mann gewinne. Darum bemühe ich mich gern für Euch. Sagt ohne Umschweife: Was begehrt Ihr für Euch selbst?

Letzkau stand rasch auf. Nichts rief er unwillig, bei Gott dem Allwissenden, nichts! Ich stehe hier und vor dem Könige nur für die Stadt Danzig. Ihr beleidigt mich durch solchen Verdacht.

Der Priester lächelte und zog ein wenig die Achsel auf. Gut – gut, sagte er, ich lobe solche Gewissenhaftigkeit und achte Euch deshalb um so höher. Es sollte mir leidtun, wenn Ihr versäumtet, Euch beim König eine Gnade auszubitten, was durchaus mit der strengsten Pflicht bestehen kann. Weiter wollte ich nichts sagen. Gehen wir zu Tisch! Ich begleite Euch dann selbst ins Lager. Überzeugt Euch dort, dass ich in allem recht habe und zum Besten rate.

Bei der Tafel ging's hoch her. Die polnischen Hauptleute betranken sich und würfelten dann um Beutestücke. Sie erzählten weinselig, dass der König jedem polnischen Edelmann ein Landgut in Preußen zugesichert habe. Dann kam es zum Streit zwischen ihnen und zwei litauischen Starosten, die prahlerisch behaupteten, dass der Großfürst Witowd der eigentliche Kriegsherr sei, der König ihn aber aus Neid zurücksetze. Die Säbel wurden gezogen, es floss Blut; nur mit Mühe konnte der Wirt seine

Gäste beschwichtigen. Dann tranken sie wieder um so unmäßiger auf die Versöhnung, bis sie friedlich nebeneinander am Boden lagen.

Letzkau hatte sich längst zurückgezogen. Neben ihm bei Tisch saß der Bischof Heinrich von Ermland, und gegenüber hatten einige Herren aus Thorn ihren Platz gehabt, die ebenfalls als Sendboten ihrer Stadt kamen. Mit ihnen sprach der Bürgermeister lange in einer Fensternische.

Die Thorner entschuldigten sich, dass sie so rasch vom Orden abgefallen wären; ihre Stadt liege aber auf der Grenze, und der König habe dort schon seit Jahren Freunde geworben. Sie hofften nun, dass Danzig ihnen noch nachträglich günstige Bedingungen verschaffen werde.

Übrigens meinten sie es gar schlau eingerichtet zu haben, wenn sie die preußischen Städte zu einer Tagfahrt nach Marienburg beriefen. So sei es auch in Friedenszeiten stets gehalten worden, und der Orden, wenn er wider Erwarten nochmals zu Kräften kommen sollte, könne es ihnen, nicht übel deuten, dass sie bei löblicher Gewohnheit geblieben seien und gemeinsam ihre Gerechtsame wahrgenommen hätten.

Gegen Abend stieg die ganze Gesellschaft zu Pferde und ritt, der kujawische Bischof an der Spitze, ins königliche Lager. Wagen mit Lebensmitteln und Zelten folgten. Zur Nachtzeit langte man an.

Neunzehntes Kapitel

Die Belagerung der Marienburg

Traurig genug sah's in der Marienburg aus. Ununterbrochen vom frühen Morgen bis zum späten Abend donnerten die Kanonen vom Turm der Stadtkirche gegen die Mauern des rechten Schlosses. Ein großer Teil der Brustwehren auf dieser Seite war zerstört, und wenn auch die städtischen Bauhandwerker fleißig mit Ziegelsteinen und Mörtel arbeiteten, so waren doch die Nächte zu kurz, eine vollständige Herstellung zu ermöglichen, und schnell rissen bei Tage die gut gezielten Kugeln das frische Mauerwerk wieder fort. Die Verteidiger hatten hier einen schweren Stand.

Auf der anderen Seite litt auch das mittlere Schloss, die Hochmeisterwohnung, sehr von den Geschossen der Angreifer, die hohen Zinnen waren zum Teil eingestürzt. Die Schützen auf dem Brückentor und den Mauern am Flusse reichten mit ihren Kugeln und Pfeilen nicht so weit, um die Belagerer zu schädigen. Nur wenn sie sich mit Sturmleitern heranwagten, wurden sie mit blutigen Köpfen zurückgetrieben.

Oft stand Plauen auf der Platte des hohen Wachtturms und schaute sorgenvoll ringsum ins Land hinaus. Eine weite Aussicht hatte er von dort. Da glänzten im Sonnenschein die weißen Zelte der Polen und Litauer in langen Reihen, geschützt durch Erdwerke. Viele davon hatten früher dem Orden gedient und in den Vorratsspeichern des Haupthauses gelagert. Weiter zurück gegen Stuhm hin schien eine ganze Zeltstadt errichtet zu sein; dort war des Königs Lager. Gegenüber zeigte sich in wenig geringerem Umfange des Großfürsten Quartier. Überall starrte es von Waffen.

Kein Tag verging, an dem nicht näher oder ferner einige Gehöfte oder Dörfer in hellen Flammen loderten. Deutlich war's zu sehen, wie die Reiterscharen über das Feld zogen und mit Beute beladen zurückkehrten. Stromauf von Elbing her und stromab aus der Richtung von Thorn, Kulm, Graudenz kamen Lastkähne mit Lebensmitteln aller Art an und wurden von den Belagerern abgeladen. Dann ging's lustig her zwischen den Zeltreihen: Bis in die Nacht hinein wurde geschmaust und gezecht.

Das alles sah der Statthalter, und trübe Gedanken bestürmten sein Gemüt. Vergebens spähte er nach Hilfe aus; die Freunde waren fern und mutlos. Vielleicht hatten die Brüder in den Burgen am Memelstrom sich gegen die Einfälle der Szamaiten zu wehren. Von den Häusern Königsberg, Brandenburg, Balga war kaum auf Unterstützung zu hoffen, da sie selbst den Feind erwarten mussten. Es wäre auch Tollkühnheit gewesen, sich mit einem kleinen Haufen vorzuwagen, da das Heer des Königs in freiem Felde den Eintritt in die Burg hinderte. Das hielt Plauen sich selbst vor, und doch sagte er sich: Du an ihrer Stelle würdest es wagen – du würdest nicht müßig liegen – du würdest das Landvolk bewaffnen oder mit Sensen und Dreschflegeln heranführen – du! Gab es denn wirklich im Orden keinen beherzten Mann mehr, der die Ehre höher achtete als das Leben?

Wenn er dann durch die Wehrgänge und hinter den Zinnen entlang ging, sich selbst zu überzeugen, dass seine Befehle pünktlich ausgeführt waren, begegnete er hier und dort Ermüdeten und Entmutigten, auf deren Gesichtern schon die Unzufriedenheit über den strengen Wachtdienst geschrieben stand. Den eisernen Komtur nannten ihn die Söldner, und sie behaupteten allen Ernstes, er schlafe sogar im Harnisch. Er sprach wenig, aber wen sein Blick traf, der richtete sich unwillkürlich auf und stand in strammer Haltung, bis er vorüber war.

Saß er in seinem Gemach – er hatte sich der bescheidensten eines zu seiner Wohnung gewählt –, so ließ man ihm doch keine Stunde Ruhe.

Die Befehlshaber des mittleren Schlosses und der Vorburg schickten Boten, berichteten von neuen Notständen und forderten Verhaltungsregeln. Dann klopften die Soldhauptleute bei ihm an und stellten vor, dass ihre Leute schwierig würden. Sie hätten keine Hoffnung mehr, dass der Orden die Oberhand behalte, und wenn die Marienburg erliege, werde schwerlich der König ihre Rechnungen ausgleichen. Was wollt ihr? Bedeutete der Stadthalter sie dann wohl. Wenn ich euch auf Heller und Pfennig bezahlte oder euch ausreichend Pfand gäbe, hättet ihr dann Sicherheit? Nimmt der König die Burg mit Sturm, so wird er keinen der Euren abziehen lassen, bevor seine Taschen geleert sind. Euch kann nur geholfen werden, wenn ihr dem Orden helft, die Burg zu behaupten. Dann soll niemand zu klagen haben. So beschwichtigte er sie für den Augenblick, aber er wusste wohl, dass er sich nicht fest auf sie verlassen könne.

Endlich, in der ersten Woche des August, geschah denn auch etwas, das der Statthalter lange befürchtet hatte: Die eigenen Brüder verzweifelten an dem glücklichen Ausgange des ungleichen Kampfes. Sie schickten den Bruder Erich von Weißensee zu ihm, einen alten Mann mit schneeweißem Haar und Bart, der schon viele Jahre lang an der Firmarietafel gesessen, nun aber wieder die Waffen angelegt hatte, um in der allgemeinen Not auch seine schwachen Kräfte nicht vorzuenthalten. Der zitterte freilich nicht vor Altersschwäche, als er nun vor ihm stand und bat, ihn gütig anzuhören, wennschon ihm seine Rede nicht gefallen könne. Ich kämpfte schon wider den wilden Litauer, sagte er, als Ihr noch ein Knabe waret, und mehr als ein Hochmeister hat mich belobt wegen meiner Tapferkeit und Mannhaftigkeit. Auch jetzt, obschon das Alter meinen Arm geschwächt hat, dass er Schild und Schwert im Kampfe nicht lange halten könnte, ist doch der Geist noch frisch und die Seele stark wie im Jüngsten. Deshalb werft mir nicht vor, dass ich pflichtvergessen sei, wenn ich zu bedächtigem Handeln rate. Sagt man doch, dass guter Rat von den Greisen komme. Und scheltet auch nicht, wenn ich ihn anbiete. Wohl weiß ich, dass Ihr der Statthalter seid, und will nicht eingreifen in Euer Amt; aber gerade weil Ihr alle Verantwortung tragt, seid Ihr vielleicht befangen in Eurem Urteil und hindert in Euch selbst den Entschluss, der doch unabweislich ist. Mir aber, wie Euch, liegt vor allem des Ordens Sache am Herzen, und deshalb komme ich ungerufen.

Kommt Ihr aus eigenem Antriebe, werter Bruder? Fragte Plauen, um ganz sicher zu gehen; oder wissen auch andere um Euer Vorhaben?

Ich will Euch nichts vorenthalten, antwortete der Ritter, die Brüder sind nicht zusammengetreten ohne Euer Gebot, aber viele hatte ich zu sprechen Gelegenheit, und alle waren sie derselben Meinung, sodass ich wohl mit Sicherheit voraussagen könnte, wie sie im Kapitel stimmen würden. Sie halten dafür, dass diese Burg keinen Entsatz zu erwarten hat und dass sie in kurzer Zeit fallen muss. Und sie überlegen weiter, dass dann die ganze Besatzung kriegsgefangen ist und der Orden seine letzten tapferen Streiter verloren hat, der König aber mit denen nicht verhandeln wird, die er unbedingt in seiner Macht hat. Jetzt ist er vielleicht noch geneigt, mit den unbesiegten Verteidigern des Haupthauses, mit dem Statthalter des Ordens, Frieden zu schließen –

Einen schimpflichen Frieden, fiel Plauen ein; keinen anderen haben wir zu erwarten.

Einen Frieden, der dem Orden schwere Opfer auferlegt, berichtigte der Greis, keinen schimpflichen Frieden. Denn es kann uns kein Schimpf sein, dass wir einen Teil verloren geben, wenn wir hinderten, dass alles verloren war, und wenn wir der Notwendigkeit weichen. Dem einzelnen Manne mag es zum Ruhm gereichen, wenn er, den sicheren Tod vor Augen, doch ritterlich mit eingelegter Lanze auf seinem Posten ausharrt bis zum letzten Atemzuge. Ihr aber steht nicht nur für Euch selbst, und keiner von uns steht hier nur für sich selbst und seine Mannesehre. Wir sind die Brüder vom Deutschen Hause und müssen sorgen, dass das Haus erhalten bleibe, damit es sich künftig wieder fülle. Lassen wir den Feind einziehen, so werden die Brüder es nie mehr zurückgewinnen. Geben wir jetzt aber einen Teil unseres Besitztums hin, damit wir Frieden erhalten, so kommt wohl noch die Zeit, wo wir das Verlorene wieder einbringen und uns reichlich entschädigen. Deshalb rate ich: Sucht den Frieden mit dem König und seid versichert, dass niemand Euch tadelt. Im Kapitel darf keiner von den Brüdern wagen, einen solchen Vorschlag zu machen; wenn Ihr selbst aber sie darum befragt, werden sie einstimmig beitreten.

Und Ihr verlangt, rief Plauen, dass ich die Sache, für die ich mit Leib und Leben eingetreten bin, für die ich die Brüder zum Kampfe gerufen habe, aufgebe, dass ich mich aufs Tiefste erniedrige vor unserm Todfeinde? Habt ihr mich deshalb zu eurem Statthalter erwählt, dass ihr meiner Ehre diesen Makel anheften könntet? Nein, verlasst mich, wenn ihr wollt – setzt mich ab –, tötet mich, aber verlangt nicht, dass ich euch entehre!

Bändigt Euren Stolz, bat der Ritter, und bedenkt, dass wir alle nur Saatkörner sind in der Hand Gottes. Er streut sie aus, wie er will. Demütigt Euch vor der Heiligen Jungfrau, der Schutzpatronin dieses Hauses, und vergesst nicht, dass ihr Sohn auch weltliche Schmach auf sich genommen hat, um seinem Vater im Himmel zu gefallen. Und eine Schmach ist's Euch nicht einmal, wenn Ihr als Oberhaupt des Ordens tut, was jeder Fürst in gleichem Falle unbedenklich tun würde, sich nach verlorener Schlacht sein Land zu erhalten. Der Orden ist besiegt, und der Besiegte bittet den Sieger um Frieden, so war's von Anbeginn. Tut, was Ihr vor Gott verantworten könnt.

Plauen stützte die schwere Stirn in die Hand und starrte auf den Tisch. Lasst mich's überlegen, sagte er mit keuchender Stimme. Wahrlich, es kommt mir schwer an, nachzugeben! Lieber ließe ich mein Roß satteln und stürmte gegen den Feind in den Tod!

Ich glaub's Euch gern, sagte der Alte. Aber auch Ulrich von Jungingen stürmte gegen den Feind in den Tod und hätte dem Orden doch besser gedient, wenn er sich am Leben erhalten und sein geschlagenes Heer hinter der nächsten Burg gesammelt hätte. Es gehört freilich manchmal mehr Mut dazu, zu leben, als zu sterben.

Plauen richtete sich auf und reichte ihm die Hand. Ihr habt recht, antwortete er. Wohlan denn – es muss sein! Beruft die Brüder morgen in der Frühe, dass ich ihre Vollmacht einhole. Ich will dem König einen Frieden antragen, solange wir noch Macht haben, den Krieg fortzusetzen. Möge er dem Orden nicht zu teuer werden!

Er winkte, und der Ritter ließ ihn allein. Nun stand er auf und ging mit schweren Schritten im Gemach hin und her, oft mit der Hand ins buschige Haar greifend. Seine Stirn war finster, seine grauen Augen hatten einen fiebernden Glanz. Doch – doch ... murmelte er. Alles vergebens! Sie folgen nicht weiter – sie halten nicht aus bis zum Ende. Klug mag's sein – vielleicht! Aber tapfer ist's nicht, heldenmütig ist's nicht! Sie sind die Ritter nicht mehr, denen Siegfried von Feuchtwangen Gesetze schrieb. Sie verstehen es kaum, dass mein Herz sich empört, diesen traurigen Gang zu gehen.

Aber wenn ich ihn weigere –? Nein, ich bin ihres Beistandes nicht sicher – sie halten nicht aus bis zum Ende! Zu groß war mein Vertrauen! Auch diese äußerste Not erzieht dem Orden keine todesmutigen Helden mehr. Sie wollen verhandeln, und ich – ich –! Nieder in den Staub!

Die Tür öffnete sich, und Hans von der Buche trat ein, er hatte eine Bestellung von des Statthalters Vetter, dem Befehlshaber der Vorburg, zu überbringen. Der wollte bemerkt haben, dass man im Lager einen Sturm vorbereitete, und forderte einen Teil der Besatzung des mittleren Hauses zur Aushilfe. Ich wollte, er hätte recht gesehen! Rief der Statthalter. Der

König soll wissen, dass er noch weit vom Ziele ist. Ein siegreicher Kampf diese Nacht, und unsere Niederlage morgen ist nicht so schwer!

Unsere Niederlage? Fragte der Junker bestürzt. Ich hoffe –

Sorgen wir nicht um morgen, unterbrach Plauen. Heute wollen wir kämpfen wie Männer! Ich komme selbst!

Er warf den Mantel um, gab im Vorgemach Befehle und hieß Hans von der Buche ihm folgen. Im mittleren Schlosse ordnete er an, dass ein Teil der Mannschaft zur Nacht gerüstet unter der Mauer am Graben Wache halten und auf ein gegebenes Zeichen nach der Vorburg eilen solle.

Dann ging er über die Brücke. Der weite Hof der Vorburg sah einem Wanderlager von Nomadenvölkern ähnlich. Hier hatten die Marienburger und die Bauern aus dem Werder ihre Habseligkeiten zusammengehäuft. Jeder Familienvater hatte einen besonderen Raum angewiesen erhalten und sich darauf in der Enge einzurichten gesucht. Aus Brettern waren Baracken zusammengeschlagen; viele begnügten sich auch mit einem Gerüst von Stangen, über die Decken von verschiedener Größe und Farbe befestigt waren. Das Vieh stand daneben in Hürden. Häufig brach ein Stück aus und wurde dann von den Weibern und Kindern durch die Lagergassen mit Geschrei zurückgetrieben, bevor es den Söldnern in die Hände fiel, die dergleichen gute Beute ungern herausgaben. Auf offenen Herden hingen große Kessel über den Feuern, und die Bürger- und Bauersfrauen mussten sich daran gewöhnen, hier ihr gemeinsames Mahl zu bereiten, da in den Baracken und Zelten keine Feuerstelle gelitten wurde. Bewaffnete Männer saßen hier und dort, die irdene Schale mit dem Abendessen auf den Knien, wohl auch einen Krug mit Tafelbier zur Seite, sich zum Nachtdienst zu stärken. Von Zeit zu Zeit ließ sich der dumpfe Ton eines Geschützes vernehmen, eine Steinkugel schwirrte durch die Luft und fiel nicht weit von der Mauer in den Sand, viel Staub aufwirbelnd. Man achtete kaum darauf.

Plauen schritt mit seinem jungen Begleiter mitten durch das Lager, mitunter eine Minute stehen bleibend und dem Treiben der Leute zuschauend. Sein Dienst im alten Schlosse hatte ihm bisher nicht erlaubt, hier in den Außenwelten sich umzutun. Welches Elend, dachte er schaudernd, wenn der wilde Feind hier einbricht – Tataren und Russen! Dahin darf es nicht kommen!

Indem fiel es ihm schwer aufs Herz, dass auch Waltrudis in der Nähe weilen musste, derselben Gefahr ausgesetzt. Vom frühen Morgen bis zum späten Abend nur um die Verteidigung der Burg bekümmert und mit Sorgen beladen, wie er der allgemeinen Not abhelfe, hatte er sich des lieben Mädchens kaum einmal flüchtig erinnert. Nun fragte er den Junker, wie es seiner Schutzbefohlenen gehe, und seine sonst raue Stimme hatte dabei einen weichen Klang.

Oh, das Fräulein ist wohlauf, antwortete Hans von der Buche, froh über seine Erkundigung, und hilft der Frau Gießmeisterin wacker in der Wirtschaft und bei der Pflege der Kranken – da am liebsten. Ich fürchte nur, es wird dem zarten Körper zu viel. Unermüdlich ist sie im Wohltun, und überall segnet man ihre hilfreiche Hand.

Der Statthalter ließ einen forschenden Blick über ihn hingleiten. Seht Ihr Waltrudis oft? Fragte er.

Der Junker sah zur Erde. Täglich von Weitem, wenn sie nach dem Spital geht. Frau Ambrosius leidet nur selten Besuch in ihrem Hause, und wenn ich in Eures edlen Vetters Auftrag mit dem Manne zu sprechen habe, ist sie meist oben in ihrem Turmstübchen. Aber manchmal schenkt sie mir doch ein paar Worte und fragt dann jedes Mal nach Euch, gnädiger Herr, immer in großer Sorge.

Ein freundliches Lächeln glitt über das ernste Gesicht des Ritters. Ich will sie heute noch sehen, sagte er nach einigem Bedenken. Ihr sollt mich zu ihr führen, wenn es die Zeit erlaubt. Dann wandte er das Gesicht und murmelte in den Bart: Wahrlich, ich bedarf des startenden Zuspruchs einer reinen und treuen Seele.

Die wenigsten von denen, die den Statthalter vorübergehen sahen, schienen ihn zu kennen; nur selten grüßte einer von den Männern ehrerbietig. Als sie aber an einer Herdstelle vorüberkamen, um die sich die Soldknechte, Trossbuben und allerhand Leute mit verwetterten Gesichtern gelagert hatten, richtete sich ein Armbrustschütze auf, betrachtete den Mann im weißen Mantel aufmerksam und folgt ihm dann in einiger Entfernung.

Es war derselbe Mensch, dem wir schon begegnet sind, als Waltrudis mit den Pferden auf Hans von der Buche wartete. Er hatte sich seitdem viel in der Nähe der Wohnung des Gießmeisters umgetrieben und auf das Fräulein achtgehabt. Einmal hatte er sich auch ins Haus gewagt und mit Frau Ambrosius ein Gespräch über ihren offenbar vornehmen Besuch angeknüpft, war aber bald abgetrumpft worden. Ein andermal machte er sich an den Junker und bot ihm seine Dienste an. Er nannte sich Liszek und behauptete, bei verschiedenen großen Herren in Polen und im Ordenslande gedient zu haben. Hans traute seinem spitzbübischen Gesichte nicht und wies ihn ab.

Der Statthalter suchte zunächst seinen Vetter auf und hielt mit ihm eine lange Verabredung für die Nacht. Auch sagte er ihm, was wegen der Verhandlung mit dem Könige im Werke sei, damit es ihn später nicht überrasche. Denn er hielt seinen Verwandten in hohen Ehren und wollte von ihm nicht verkannt sein. Es ist nicht anders, bestätigte ihm der wackere Kriegsmann seufzend, der Orden muss um Frieden bitten und für jetzt in allen Streitpunkten nachgeben. Sorgt nur, dass der König nicht zu übermütig fordere.

Unsere Nachgiebigkeit hat ihr Maß, versicherte der Statthalter.

Hans von der Buche erwartete ihn draußen und führte ihn zu der Wohnung des Gießmeisters. Wieder folgte der Strolch von Weitem, ohne sie aus den Augen zu lassen.

Die gehören also zusammen, sprach er vor sich hin, als er den Statthalter eintreten sah; das muss man sich für alle Fälle merken. Dachte ich doch gleich, dass da einer sein Dämchen in Sicherheit gebracht habe. Der also –!

Er lauerte noch eine Weile. Da die Männer nicht zurückkamen, schlich er hinter eine Mauerecke, wo er nicht leicht gesehen werden konnte, schrieb auf einen schmalen Streifen Papier in polnischer Sprache die Worte: »Der Statthalter ist in der Vorburg – zielt auf den dritten Turm«, und wickelte ihn um einen Armbrustbolzen. Er ging dann eine Strecke weiter, die hölzerne Stiege hinauf, die zum Mauergange führte, und mischte sich unter die Wachen. Lasst mich auch einmal einen Schuss tun, bat er. Ich sehe, dass die Burschen sich heute nahe genug heranwagen; das ist unverschämt. Gleich darauf legte er die Armbrust an und rief polnisch hinab: Du da – gib acht, es kommt etwas! Die Sehne schwirrte, und der Bolzen nahm einem von den Polen, die sich hinter dem Schirmdach vorgewagt hatten, den Hut fort. Er fluchte laut und lief ihm nach. Als er ihn aufhob, bemerkte er den Zettel, verdeckte ihn mit dem Hut und nahm ihn für den Hauptmann mit. Verdammt, rief Liszek, das war handbreit zu hoch gehalten: Aber der Hut hat sicher ein Loch, und sie sind gewarnt! Die Wachen vermuteten nichts Arges.

Es dunkelte bald vollständig. Jenseits des Grabens bemerkte man aber doch eine Ansammlung von Massen und machte dem Reuß von Plauen davon Anzeige. Sogleich besetzte derselbe die Mauern an der bedrohten Stelle. Teertonnen wurden zur Beleuchtung angezündet und hinabgeworfen. Nun zeigte sich's, dass drüben Kriegsvolk in dichten Haufen stand, Sturmleitern bereitgehalten wurden und viele von den Leuten in den vorderen Reihen gefüllte Säcke neben sich stehen hatten. Sobald die

Angreifer merkten, dass man sie erwartete, erhoben sie ein wildes Kriegsgeschrei und stürmten vor. Sie wurden aber mit einem Hagel von Pfeilen empfangen. Auch einige Feuerstöcke, die Ambrosius auf die flankierenden Türme postiert hatte, taten ihre Schuldigkeit. Die Polen erwiderten nun das Schießen, verursachten aber wenig Schaden, da die Pfeile und Bolzen über die Mauerkante hinwegflogen oder gegen die festen Steine anprallten. Endlich gingen sie unter dem Schutz von hölzernen Schirmdächern vor und warfen die Säcke ab, aber so ohne feste Ordnung, dass kein Damm zustande kam und die Vordersten im Wasser versanken.

Sie mussten nun wieder zurück, trugen aber bald neues Material an Erdsäcken, Faschinen, Stangen und Leitern herbei und versuchten den Übergang zu erzwingen. So viele auch von den Geschossen getroffen zu Boden sanken, immer neue Rotten traten in die Lücken ein, und wenn das Pulver aus den Feuerstöcken aufblitzte, sah man drüben in einiger Entfernung noch breite Streithaufen in Reserve aufgestellt.

Mit besonderer Gewalt richtete sich der Angriff des Feindes gegen den dritten Turm. Auf ihn waren auch zwei Eisenrohre gerichtet, die man an den Graben geschleppt hatte. Die Kugeln bohrten sich ins Mauerwerk, konnten dasselbe aber nicht durchdringen. Oben auf der Plattform, über Waltrudis' Stübchen, befehligte Hans von der Buche.

An diesen Turm schloss sich das Metzhaus an. Der Statthalter saß nach in des Gießmeisters Wohnstube, als der Lärm draußen losbrach. Frau Ambrosius hatte ihm zu Ehren eine Wachskerze angezündet und auf einen zinnernen Leuchter gespießt. Auch war ihm der Lehnstuhl eingeräumt, und Waltrudis hatte vor ihm auf einem niedrigen Bänkchen Platz genommen. Wenn sie zu ihm aufschaute, war das Gesicht von der Wachskerze voll erleuchtet, und er schien seine Freude daran zu haben, denn er nickte ihr öfters zu, legte wohl auch seine Hände auf das goldblonde, wellige Haar, drückte die Stirn ein wenig zurück und sagte: Wie sie ihrer verstorbenen Mutter gleicht! Sie musste ihm erzählen, wie die Reise von Schwetz hierher vonstattengegangen war, und unterließ nicht, ihrem Beschützer wegen seiner Umsicht und Sorgfalt Lob zu spenden. Dann bat sie um wollene Decken und linnene Tücher für ihre Kranken aus den Vorräten des Haupthauses, und er erlaubte ihr, danach zu schicken. Eine Stunde war rasch vergangen.

Nun nahm er eiligen Abschied, empfahl der Gießmeisterin sein Pflegekind, versprach, nicht wieder solange auszubleiben, und trat auf den Hof hinaus, wo sein Vetter die Marienburger Bürger sammelte, um nach einiger Zeit die Söldner auf den Mauern abzulösen. Das war eine rechte Seelenstärkung, sprach er vor sich hin; dass ich sie mir nicht längst gegönnt habe! Diese Stunde Müßiggang macht die Arbeit doppelt wirksam. In dieses klare Auge musste ich schauen, um wieder rechtes Gottvertrauen zu gewinnen und den Mut zum Schwersten. Gott, Herrgott, verlass deinen Knecht nicht!

Reuß von Plauen kam ihm mit den Worten entgegen: Es ist kein Zweifel mehr, sie haben es in dieser Nacht ernstlich auf die Vorburg abgesehen. Es wird einen heißen Kampf geben.

Und wir müssen Sieger bleiben, antwortete der Statthalter – müssen! Er stieg die äußere Treppe zum Turmdach hinauf. Der Vogt warnte ihn, sich in seinem weißen Mantel der Gefahr auszusetzen. Er achtete aber nicht darauf.

Oben ließ er Pulver auf die Eckzinne schütten und dasselbe anzünden. Es gab eine mächtige Flamme, die einen Augenblick die ganze Umgegend zu übersehen gestattete. Er wusste genug und schickte Hans von der Buche sofort nach dem mittleren Schlosse, um die bereitgehaltene Hilfsmannschaft heranzuholen. Seinen Plan hatte er schon gemacht.

Im Hofe nahm er die Truppen in Empfang, die Hans heranführte. Es waren Söldner und Danziger Schiffskinder, sämtlich mit Eisenhut und Brustharnisch, Schwert und Spieß bewaffnet. Er sagte ihnen, was im Werke sei, und forderte diejenigen auf, vorzutreten, die sich freiwillig bei dem gefährlichen Ausfall beteiligen wollten. Hans von der Buche war der erste, der sich meldete. Dann rief einer von den Danzigern – Klaus Poelke war's, Barbaras Schwestersohn –: Wir Schiffskinder sind sämtlich bereit mitzutun, wo's etwas dreinzuschlagen gibt. Geht's uns drüben schlecht, so schwimmen wir allenfalls über den Graben. Nun schlossen sich auch viele von den schlesischen Söldnern an, und ihre Hauptleute blieben nicht zurück.

Es war ein stattliches Häuflein, das sich zu dem Wagnis stellte und seitab durch ein enges Tor ausgelassen wurde. Hans von der Buche führte die Schiffskinder.

Es ging genau nach der Verabredung. Schon glaubten die Polen sich Sieger, als die im Schutz der Dunkelheit Heranschleichenden sich auf die jenseits des Grabens stehenden und zuwartenden Haufen warfen, sie völlig überrumpelten und ihnen ein schweres Blutbad anrichteten. Es war ihnen nicht möglich, die Stärke des Gegners zu schätzen. Wollten sie sich nicht in den Graben drängen lassen, so mussten sie ihre Reihen auflösen und sich truppweise durch die Flucht zu retten suchen. Viele Hunderte wurden erschlagen.

Sobald die Stürmenden merkten, was drüben vorging, ließen sie von den Mauern ab und suchten die Furt durch den Graben zu gewinnen. Aber immer nur wenige zur gleichen Zeit konnten den Rückweg antreten, und wer das jenseitige Ufer erreichte, wurde von den starken Danzigern ins Wasser gestoßen. Von der Mauer und dem Turm hagelte es nun aber Steine und Balkenstücke hinab auf die Köpfe der Polen, die in langer Linie auf dem schmalen Rande des Grabens standen und sich die Flucht versperrt sahen. Bald ergriff sie Verzweiflung. Sie stürzten übereinander weg, ganze Haufen wurden erdrückt oder im Graben ersäuft. Drüben entstand ein entsetzliches Handgemenge, aus dem wenige heil entkamen.

Ein erneuter Angriff mit frischen Truppen aus dem Lager unterblieb für diese Nacht.

Auch von den tapferen Verteidigern der Burg hatte so mancher seine Wunden zu verbinden. Hans von der Buche war getroffen, wennschon nicht schwer. Den Hieb mit der Streitaxt, der ihm von dem Anführer der Polen zugedacht war, hatte Klaus Poelke mit seinem Spieße aufgefangen, sodass er ihm nur die linke Schulter streifte. Derselbe Spieß hatte gleich darauf den langen Gesellen vom Pferde gestochen, worauf denn der Haufe, der bis dahin noch gesammelt um den Führer stand, bald ins Schwanken geraten und aufgelöst worden war.

Als nun die Danziger Schiffskinder, von den Marienburgern mit lautem Zuruf empfangen, wieder in den Burghof einrückten und sich vor dem Statthalter in Reih und Glied stellten zur Musterung nach dem Gefecht, der aber erfahren wollte, wer sich besonders tapfer gehalten habe, fasste der Junker den Seemann am Arm und zog ihn einen Schritt aus der Reihe hervor. Ich kenne seinen Namen nicht, sagte er, der aber hat mit seinem Spieß den Kampf mit dem Hauptmann der Polen bestanden und den Schwerbewaffneten vom Pferde geworfen. Ihn nenne ich deshalb zuerst.

Plauen schüttelte ihm die Hand, fragte, wie er heiße, und forderte ihn auf, sich für seine kühne Tat ein Gnadengeschenk zu erbitten.

Poelke lachte vor sich hin. Es ist recht gern geschehen, gnädiger Herr, sagte er, und nicht viel Lobes wert; wir Schiffer wissen mit den Stangen umzugehen, wenn es auch sonst nicht Spieße sind. Soll ich aber etwas erbitten, so will ich nicht faul sein. Denn so gut wird es mir so bald nicht wieder. Und so hätt' ich denn eine Frage an Ew. Gnaden selbst, und ich bitte Ew. Gnaden recht schön, darauf Antwort zu geben.

Fragt immerhin, antwortete der Statthalter etwas verwundert.

Ich hab' nämlich in der Rechten Stadt Danzig eine Muhme, müssen Ew. Gnaden wissen, fuhr der Matrose fort, die dient schon lange Jahre bei einem jungen Fräulein und war des jungen Fräuleins Amme. Die hat mir nun aufgetragen, hier in der Marienburg nach einem jungen Herrn zu forschen, der bei Tannenberg mitgefochten haben soll, ob er lebend oder tot sei. Und sie sagte noch, der Herr Komtur von Schwetz kenne ihn wohl, und es könne sein, dass er sich nach der Schlacht zu ihm begeben habe. Hat mir aber niemand in dem mittleren Schlosse Auskunft geben können. Da meinte ich nun –

Und wie ist der Name des Mannes, den Ihr erforscht?

Er soll Heinz von Waldstein geheißen sein, gnädiger Herr.

Da verfinsterte sich des Statthalters Stirn. Er ist in der Schlacht gefallen, antwortete er dumpf. Lasst Euch Bericht von diesem geben, der's auch mir gemeldet hat.

Er zeigte auf Hans von der Buche, wandte sich ab, nahm kurzen Abschied von seinem Vetter und verließ die Vorburg. Es war nach der Freude über den Sieg eine schmerzliche Erinnerung gewesen. Sie warf zugleich ihren Schatten vor sich hin auf das Schmerzliche, das ihm an diesem Tage noch bevorstand. Es war bereits nach Mitternacht, als er wieder in seinem Gemache anlangte. Er warf sich auf sein hartes Lager, der Schlaf kam aber nicht. Zum Morgenamt ging er nach der Kirche. Gleich nach der Prime, um sechs Uhr früh, war das Kapitel berufen.

Es wurde beschlossen, unverzüglich einen Herold zum König nach Stuhm zu schicken und ihn um freies Geleit für den Statthalter zu ersuchen. Der Ritter Wigand von Marburg sollte ihn begleiten und darauf achten, dass den üblichen Förmlichkeiten ein Genüge geschehe. Er war in solchen Dingen der Erfahrenste. Einen Fall wie diesen freilich hatte er auch nicht erlebt.

Einige Stunden konnte Plauen nun der Ruhe pflegen. Erst gegen Mittag kamen die Boten zurück und meldeten, dass Wladislaus sich bereit erklärt habe, den Statthalter in seinem Lager zu empfangen. Sein Schreiber hatte den Geleitbrief ausgestellt. Aber es habe geheißen, dass der König sehr zornig sei und von Verhandlungen wenig wissen wolle.

Nach dem einfachen gemeinsamen Mahl, das nach strenger Ordensregel schweigend eingenommen wurde, wählte Plauen mehrere Ritter zu seiner Begleitung, betete mit ihnen in der Kapelle über der Hochmeister-gruft und bestieg trüben Mutes sein Roß. Ein Fähnlein berittener Lan-zenknechte – die stattlichsten, die man hatte wählen können – folgte der kleinen Ritterschar. Im Angesicht des Lagers richtete Plauen sich hoch auf im Sattel und ritt nun in stolzer Haltung in die Zeltgassen ein. Man sollte merken, dass das Unglück ihn nicht gebeugt habe.

Der König war schon in seinem prächtigen Zelt angelangt, und auch der Großfürst hatte sich auf sein Geheiß eingefunden. Ein zahlreiches Gefolge von Edelleuten in bunten Kleidern hielt die Zugänge besetzt. Im Lager hatte sich schnell die Kunde verbreitet, dass der Statthalter des Ordens in Person erscheinen wolle, um Frieden zu bitten. Alles strömte dem königlichen Zelte zu, ihn zu sehen. Den meisten war es eine frohe Aussicht, dass die Belagerung ihr Ende haben sollte. Denn in der Umge-gend gab es wenig mehr zu plündern, und der gestrige Kampf an der Vorburg hatte gezeigt, dass man nicht werde ohne viel Blutvergießen der stolzen Feste Herr werden können.

Der Bischof Johannes von Kujawien hatte sein Zelt nicht weit von dem des Königs. Er führte Konrad Letzkau und die andern Danziger Herren hinein und sagte ihnen: Wir sind zur rechten Zeit gekommen, ein son-derliches Schauspiel zu sehen. Der Orden will sich vor dem König de-mütigen. Gebt acht, wenn der Statthalter vorbeireitet. Ihr werdet nun hoffentlich nicht länger zweifeln, dass euch fortan nur des Königs Gnade nützen kann, und ich fürchte, ihr habt schon zu lange gezögert, sie anzu-rufen.

Das fürchtete Letzkau selbst. Er war den vorigen Tag mehr bedacht gewesen, die Sendboten der anderen Städte zu überreden, sich in allen Dingen zu einem gemeinsamen Handeln zu verpflichten, als mit des Kö-nigs Kanzler in Verhandlungen einzutreten. Sein scharfes Auge hatte rasch mancherlei Missstände im Lager entdeckt, die dem Bischof selbst entgangen waren, und die Mauern der Burg zeigten sich nicht so sehr beschädigt, dass auf baldige Übergabe zu rechnen war. Mit stiller Freude hatte ihn dann am Morgen die Nachricht erfüllt, dass der nächtliche An-griff auf die Vorburg tapfer abgeschlagen sei. Wenn des Königs Waffen hier der schwächsten Stelle gegenüber so wenig Erfolge hatten, wie weit war er von der Eroberung des Hochschlosses entfernt! Nun schien er sich doch schwer getäuscht zu haben. Wenn Heinrich von Plauen um Frieden zu bitten kam, musste die Not aufs Höchste gestiegen, jede Hoffnung geschwunden sein, durch hartnäckigen Widerstand das Kriegsglück zu zwingen. Das bestürzte ihn. Gab der Orden den Kampf auf, so musste auch Danzig sich bedingungslos unterwerfen, und ihn würde in den Augen seiner Mitbürger die Schuld treffen.

Ich hoffe, Ihr werdet den Herrn König wissen lassen, sagte er, dass wir auch vor diesem zum gütlichen Vergleich bereit waren.

Der Bischof begab sich in des Königs Zelt; nicht für die Danziger zu sprechen, die ihm leicht Ärgernis bereiten konnten, sondern um Jagello zu mahnen, sich jetzt – »durch seine Güte«, schmeichelte er – nicht zur Nachgiebigkeit verleiten zu lassen außer in billigen Dingen. Denn viele hätten seiner Festigkeit vertraut und wären deshalb ohne ernstlichen Zwang zu ihm übergegangen; sie würden für alle Zeit scheu werden, wenn sie sich nun deshalb verantworten müssten. Dabei dachte er zumeist an sich selbst, denn er hatte noch kurz vor Ausbruch des Krieges dem Orden mit feierlichen Beteuerungen seine Dienste zugesagt. Der König aber, der in einer prächtigen Rüstung von Goldblech, mit der Krone auf dem Helm erschienen war, antwortete beruhigend: Er wisse selbst seine königliche Würde zu wahren und werde vollbringen, was Gott ihm aufgetragen.

Als nun die Trompeter das Annahen der Gäste meldeten, schlüpfte der Bischof fort. Er hielt es für alle Fälle geraten, sich vom Statthalter nicht unter den Ratgebern des Polenkönigs blicken zu lassen.

Vor dem Zelte wurde Plauen mit seinen Begleitern von polnischen und litauischen Kriegshauptleuten empfangen; es waren aber darunter keine Großwürdenträger des Reiches, und man ließ ihn auch nicht sofort ein, sondern hieß ihn warten, bis er dem Könige gemeldet sei. Dann dauerte es eine Weile, bis der Türvorhang zurückgeschlagen wurde und der Wappenherold erschien, ihn vorzuladen. Auf dessen Wink zogen sich die Hauptleute aus der Nähe des Zeltes zurück.

Jagello saß auf einem vergoldeten Sessel, der selbst auf einer trittartigen Erhöhung vor der mit Purpur bekleideten großen Zeltstange seinen Platz hatte. Hinter ihm stand Witowd, auf die Lehne des Stuhles gestützt. Den Hintergrund des Zeltes nahmen vornehme Geistliche und die obersten Befehlshaber ein. Der König hatte ein Schwert über seinen Knien liegen: Zwei Chorknaben hielten ein Evangelienbuch. Seitwärts stand der Kanzler, etwas weiter vor der Dolmetscher. An einem Tische saß der Schreiber, dem Zelteingang abgewandt.

Der König ging seinem Gast nicht entgegen, erhob sich nicht einmal von seinem Sitze, sondern beugte nur ein wenig das Haupt und winkte ihm näher zu treten. Plauen fühlte, dass sein Herz sich krampfhaft zusammenzog und das Blut ihm in die Stirn trat. Es dunkelte ihm vor den

Augen, und der Erdboden schien zu schwanken. Er griff mit der Hand nach dem Kreuz auf seinem Mantel, und so verbeugte er sich tief. Eure Gnade, begann er, hat mir das sichere Geleit gesandt, um das ich gebeten. Mag es nun auch Eurer Gnade gefallen, mich gütig anzuhören und eine freundliche Antwort zu geben. Gott hat es in seiner Weisheit so beschlossen, dass Ihr Sieger sein solltet in diesem Kampfe. Die Brüder erbarmen sich des armen Landes, das allzu schwer leidet unter der Kriegsgeißel, und wollen ihm den Frieden geben. Deshalb senden sie mich, den erwählten Statthalter, ihn Eurer Gnade zu bieten. Nehmt ihn huldreich an.

Der Dolmetsch übersetzte diese Anrede. Der Kanzler nahm in gebückter Haltung des Königs Antwort in Empfang und ließ sie wieder durch den Dolmetsch melden. Gott weiß, dass wir nicht schuld sind an diesem Kriege. Immer war es unser Wunsch, in Frieden und Einigkeit mit unsern Nachbarn zu leben. Aber von je her war der Deutsche Orden streitsüchtig und auf Erweiterung seiner Macht bedacht. In der ganzen Christenheit ist er bemüht gewesen, uns in bösen Leumund zu bringen und uns Feinde zu wecken. Den römischen Kaiser und den König von Böhmen hat er gegen uns aufgestachelt und viele Fürsten übel beraten, gegen uns das Schwert zu ziehen. Nun ist des Ordens Hochmut zu Fall gekommen, und er pflückt seiner Sünden Frucht.

Lasset Geschehenes geschehen sein, entgegnete der Statthalter, sich zur Mäßigung zwingend. Es handelt sich um alten Streit, und jeder glaubte, in seinem Rechte zu sein. Ulrich von Jungingen aber, der mit seinem Blut und Leben dafür eingetreten ist, konnte sich auf den Schiedsspruch eines mächtigen Königs berufen. Polen hat die Entscheidung der Waffen vorgezogen, und sie schafft Recht unter denen, die auf Erden keinen Richter über sich haben. Wir bekennen uns besiegt, und darum lassen wir Euch des Sieges Preis. Mag Eure Gnade nicht mehr begehren, als was sie vorhin als ein Recht angesprochen hat, dass sich das Blatt nicht wende! Jetzt steht an der Waage, die dieser Länder Geschicke wägt, Eure Schale tief, die unsere aber hoch. Mag Euch ihr Gewicht deshalb nicht allzu leicht erscheinen, dass Ihr es verächtlich anseht. Noch gehorcht uns ein großer Teil des Ordensgebietes, noch steht die Marienburg, und der gestrige Angriff hat bewiesen, dass ihre Verteidiger sie tapfer zu behaupten gewillt sind. Die Brüder in Livland werden unser gedenken. Noch ist König Sigismund unser Freund und Polens Feind. König Wenzel grollt, weil Ihr seinen Schiedsspruch nicht geachtet habt; die deutschen Fürsten wissen, was sie dem Orden zu danken haben. Eine Schlacht entscheidet nicht, aber sie bestimmt die Bedingungen des Friedens. Fordert, aber fordert mit Maß, dass es unserm guten Willen gelinge, die schweren Leiden des Krieges zu kürzen.

Ihr würdet nicht so demütig vor uns erscheinen, ließ der König antworten, wenn Ihr Euch nicht überzeugt hättet, dass alle Eure Hoffnungen auf Hilfe eitel sind. Nicht wir haben Grund, das Ende des Kampfes vorschnell herbeizusehnen: Jeder Tag mehrt unsere Macht und schwächt Euren Widerstand. Verlangt Ihr nach der Wohltat des Friedens, so sagt, was Ihr uns bietet. Wie wollen uns darüber erklären, wie wir's für gut befinden.

Wohlan, rief Plauen, das Kulmer Land – Michelau – Pommerellen biete ich Euch als Geschenk für den Frieden dar! Es war, als müssten die Worte sich gewaltsam aus der Kehle herauspressen.

Jagellos hässliches Gesicht aber verzog sich zu einem grinsenden Lachen. Die Lande als Geschenk, die ich durch Recht des Krieges schon besitze? Mir muss ganz Preußen zugehören! Ich sehe, dass Ihr die Lage der Dinge noch immer von Grund aus verkennt. Erst wenn Ihr das Haupthaus übergeben wallt, dann kommt und fleht von uns Gnade für Euch und Euren Orden.

Da schwoll die Zornesader auf Plauens Stirn, und er schüttelte unmutig das Haupt wie ein Löwe, dem man die Tür des Käfigs zeigt. Wie dumpfes Gewittergrollen klang seine Frage: Herr König! Ist das Eurer Gnade letztes Wort? Habt Ihr kein Günstigeres in Eurer Brust?

Wir bestehen auf der Übergabe der Marienburg, entgegnete der König. Nur in der Marienburg werden wir unsere Friedensbedingungen nennen. Das ist unser letztes Wort.

Eine Minute lang herrschte lautloses Schweigen im Zelt. Der König saß lauernd da, ein wenig vorgebeugt und die listigen Schlangenaugen blinzelnd auf sein Opfer gerichtet. Der Statthalter aber warf einen schmerzlichen Blick aufwärts, öffnete den Mund wie zu einem Schrei und hielt doch den Atem gewaltsam ein. Seine Brust atmete in kurzen Stößen. Allmählich wurde er ruhiger, und als er dann sprach, klang nur bei den ersten Worten die Stimme erstickt; bald hob sie sich zu vollem Ton. Ich kam, mich demütigend, mit billigen Bedingungen; ich kam im Vertrauen, sie würden Annahme finden. Nun gehe ich in die Burg zurück. Gott und die Heilige Jungfrau wird uns retten! Der Plauen aber wird nimmer aus der Marienburg weichen.

Dabei erhob er die rechte Hand wie zum Schwur und schüttelte sie in der Luft zur Bekräftigung, wandte sich ab und verließ das Zelt.

Anders als er gekommen war, ritt er mit seinen Begleitern heim; ernst, aber nicht traurig, das Haupt hoch aufgerichtet und den Blick frei zu den stolzen Zinnen des hohen Wachtturms erhoben, auf denen des Ordens Banner wehte. Er mochte sich selbst ein solcher Turm erscheinen, der unerschüttert dem Sturme steht, mächtig Mächtiges überragend.

Ihm war zumut, als wäre ihm eine Zentnerlast von der Brust gewälzt. Willig hatte er die Schmach auf sich genommen, dem Polenkönige zu bieten, was noch nie der Deutsche Orden durch sein Haupt dem Tod- feinde geboten hatte: Seine Person sollte kein Hindernis des Friedens sein. Nun war er durch des Königs Übermut von aller Verantwortlich- keit befreit. Wer von den Brüdern durfte wagen, ihm vorzuwerfen, dass er das Haupthaus nicht übergeben habe ohne die äußerste Not? Wer im Lande durfte den Orden beschuldigen, den Frieden nicht aufrichtig ge- sucht zu haben? Schwere Leiden mochten den Belagerten noch bevorste- hen, aber unvermeidlich war nun die Fortsetzung des Kampfes, und die schwersten konnten sein Gemüt nicht bedrücken, da er sie nicht zu wen- den vermochte, ohne sich und die Brüder zu entehren. Nun musste ge- schehen, was ihm selbst immer als ein unverbrüchliches Pflichtgebot er- schienen war: Die Marienburg musste verteidigt werden bis auf den letz- ten Mann!

Kampffroh war seine Stimmung, als das Torgatter hinter ihm fiel. Nicht ins Kapitel berief er die Brüder, ihnen eine trübe Botschaft auszurichten; auf dem Burghof unter freiem Himmel ließ er alles Volk in Waffen zu- sammentreten und verkündete mit lauter Stimme, welche Schmach der König ihm angesonnen. Und wie vor Wladislaus Jagello, rief er auch hier vor den Seinen: Gott und die Heilige Jungfrau wird uns retten! Und so kräftig antworteten sie mit einem vollstimmigen Amen, dass man's bis ins Lager und in des Königs Zelt hinein vernahm.

Dort aber glaubte man nicht mehr an langen Widerstand. Bald verbrei- tete sich die Kunde, dass der Orden das Kulmer Land, Michelau und Pommerellen angeboten hätte, Landschaften, um die seit seinem Einzug in Preußen so viel Blut der Edelsten vergossen war. Wer sich zu solchen Bedingungen verstand, der traute seinem Glücke schlecht. Die Deut- schen im Lager sahen nun wohl ein, dass der Orden sich selbst verloren gebe und dass in des Königs Hand ihr Heil liege.

Der Bischof Johannes verfehlte nicht, Letzkau genauen Bericht zu er- statten, wie er selbst ihn beim Schreiber des Königs eingezogen hatte. Der Bürgermeister erschrak im Innersten; so groß hatte er sich des Or- dens Einbuße selbst beim schmählichsten Frieden nicht denken können.

Und der König war damit nicht zufrieden? Dann war es gewiss, dass er seinen Feind vernichten wollte – er hatte die Macht, ihn zu vernichten.

Es musste Letzkau und seinen Genossen nun eine glückliche Wendung des Geschicks erscheinen, dass ein Vergleich nicht zustande gekommen war. Nach einem solchen wär's für Danzig in der Tat zu spät gewesen, mit dem Könige zu verhandeln: Die Stadt hätte sich bedingungslos ergeben müssen. Nun war der Statthalter trotzig zurückgekehrt, der Kampf wurde fortgesetzt. Vielleicht nur kurze Zeit! Aber diese kurze Zeit gehörte ihnen doch. Für Letzkau gab es jetzt nur noch die eine Rücksicht: seine Stadt unter des Königs Herrschaft zur mächtigsten im Lande zu machen, ihr für die Unterwerfung den reichsten Gewinn an Freiheiten und Gütern zu sichern.

Hatte er bis dahin nur den Zuschauer und Beobachter gespielt, so entwickelte er nun plötzlich die rührigste Tätigkeit nach allen Seiten. Den einen seiner Begleiter schickte er nach Danzig zurück, dem Rat zu melden, worauf er sich vorzubereiten habe. Die Sendboten der Städte versammelte er um sich und setzte ihnen die Artikel auf, über die sie bei der Huldigung mit dem König einig werden wollten. Alle Beschwerden, die sie gegen den Orden gehabt hatten, sollten von der neuen Herrschaft abgestellt werden; durch ganz Polen und Litauen sollte ihnen der Handel frei sein; zu keiner Abgabe durften sie verpflichtet werden. Der Bischof Johannes vermittelte zwischen den Städten und dem Könige.

Auf seinem Schlosse zu Subkau war's auch, wo Letzkau für Danzig noch einen besonderen Vertrag verabredete. Für die Unterwerfung versprach der König, dieser Stadt alle Freiheiten zu bestätigen, ihr Gebiet bis ans Meeresufer zu erweitern und noch zwei Meilen nach der Nehrung hin, ihr die Ordensspeicher zu übergeben, freie Verfügung über den Hafen und die Kornausfuhr zu lassen. Nachts im Lager wurde der wichtige Brief unterzeichnet. Der König ging bereitwilligst auf alles ein, um nur erst schnell Herr des ganzen Landes zu werden. Seine Versprechungen kosteten ihm auch wenig.

So glaubte Letzkau, für Danzig wohl gesorgt und sich der Stadt Dank erworben zu haben. Als er nun aber dorthin zurückkehrte, fand er zu seiner Verwunderung schon die Tore geöffnet und den polnischen Hauptmann in ihren Mauern. Arnold Hecht hatte ihn nicht erwarten können. Täglich verstärkte sich die Partei des Königs im Rat und in der Bürgerschaft. Es entstanden Aufläufe vor dem Rathause, man drohte Gewalt zu gebrauchen. Arnold Hecht sah sich gern zu einem entscheidenden Schritt genötigt. Sobald er gewiss war, dass es sich im Lager nur noch um Erledigung von Förmlichkeiten handelte, gab er nach und ließ den Kastellan von Kalisch mit vielen seiner Hauptleute in die Stadt ein.

Wie einen Retter und Befreier begrüßte ihn die nun ganz haltlose Bürgerschaft. Goldene Berge erhoffte man vom Könige, dessen Freigebigkeit außer Zweifel war. Handel und Gewerbe würden nun erst blühen, da sich ihnen ein unermessliches Gebiet öffne. In allen Brauhäusern wurde Bier geschenkt. Im Artushof und in den Gemeindegärten gab's Fest auf Fest. Jubelnd zogen die Menschenmassen durch die Straßen, nahmen die polnischen Herren in ihre Mitte, wo sie sich zeigten, und gaben ihnen unter lauten Hurras das Geleit zu den Häusern der Ratsherren, in denen sie tafelten. Herr Janisch von Thuliskowo wurde im Triumph durch die ganze Stadt geführt und mit allem bekannt gemacht, worauf die Danziger stolz waren. Ihre Speichergassen, Holz- und Teerbracken, selbst ihre Schiffsbauplätze auf der Lastadie musste er sehen und bewundern. Nie hatten sie einem von den Ordensleuten die Einsicht in diese Werkstätten ihres Handels gewährt. Bei diesen Umzügen fehlten die Trompeter und Pfeifer des Hofes nie. Man machte absichtlich möglichst viel Lärm und Geschrei, damit »die auf dem Schlosse« es bemerkten und sich ärgerten.

Als Letzkau einritt, kam ihm gerade ein solcher lärmender Haufe entgegen. An der Spitze ging sein Kumpan Hecht mit einigen jüngeren Herren vom Rat. Sie hatten in des Kastellans Herberge mit den Polen gezecht. Was gibt's hier? Rief er, sein Pferd in den Weg stellend.

Hecht schwenkte lustig seinen Hut, an dem eine Feder steckte. Ah, seid Ihr's endlich, Herr Bürgermeister? Wir haben in Eurer Abwesenheit Gäste eingeladen. Nichts für ungut! Die Danziger waren die lange Klausur satt und streckten ihren Freunden draußen die Hand über die Mauer zu.

Ihr habt sehr voreilig gehandelt! Schalt Letzkau. Wenn ich nun nicht brächte, was Ihr erwartet?

So müssten mir freilich die Herren mit den langen Schnauzbärten wieder zum Tor hinauslassen und von Neuem die Mauern besetzen. Weiter wär's kein Schade.

Und wenn der König erfahren hätte, wie wohlgesinnt ihm die Stadt ist, auf welche Bedingungen, meint Ihr, hätte ich abgeschlossen?

Die Bürgerschaft war nicht zu halten, und ich denke, den König wird's nicht gegen uns verdrießlich stimmen, wenn er hört, wie gut man seinen Hauptmann aufgenommen hat, noch bevor die Stadt förmlich übergeben war.

Kommt in einer Stunde aufs Rathaus, schloss Letzkau, ich habe Ernstliches mit Euch und einigen Genossen zu reden.

Dort sagte er: Es gefällt mir nicht, dass der Rat so die Leitung aus der Hand gibt. Die Gewerke sind schon ohnedies aufsässig genug und auf allerhand Neuerungen bedacht. Meinen sie nun in einer so wichtigen Sache ihren Willen durchgesetzt zu haben, und sehen die Polen, was sie zu ihrem Gunsten vermögen, so haben wir künftig einen schweren Stand.

Er legte den Vertrag der Stadt Danzig mit dem Könige vor. Darüber entstand viel Freude, denn einen so günstigen Abschluss hatte man nicht erwarten dürfen. Nun erkannten alle mit reichlichem Dank an, dass er für ihr Wohl bedacht gewesen sei, und versprachen, seinen Weisungen streng nachzukommen.

So hört mich an, nahm Letzkau das Wort. Vor allen Dingen müssen die fremden Gäste ersucht werden, wieder die Stadt zu verlassen. Was wir aufgrund dieses königlichen Briefes mit dem Herrn Kastellan von Kalisch zu verhandeln haben, muss vorerst draußen im Lager in aller Ordnung verhandelt werden. Dann aber bedenket, dass wir alle Brücken hinter uns abbrechen. Ich habe lange diesen Schritt überlegt, und wahrlich, mit schwerem Herzen hab' ich ihn getan. Nun er getan ist, nützt kein Zögern und Umschauen. Vorwärts müssen wir dem König entgegen und uns so befestigen, dass wir fortan unzertrennlich sind. Wir haben des Ordens Herrschaft abgeworfen, das wird uns der Orden nie verzeihen, wenn er wieder zu Kräften kommt. Deshalb darf er nicht wieder zu Kräften kommen, hier in Pommerellen wenigstens nicht. Danzig muss eine königliche Stadt bleiben, wie auch sonst der Friedensschluss laute. Darum rate ich, dass wir sofort dem Könige huldigen und den Orden aus dem Schloss und seinem sonstigen Besitz vertreiben, selbst aber Besitz von dem ergreifen, was uns des Königs Gnade zugebilligt hat. Denn nur was wir uns nehmen, das werden wir haben. Es ist auch nicht meine Meinung, dass wir das Schloss des Königs Hauptleuten überlassen, damit der König nicht nach Willkür gegen uns verfahre wie vorher der Orden, wenn er erst an seiner Stelle die Macht hat. Können wir's nicht allein für uns haben, so wollen wir's wenigstens mit ihnen zugleich in Pfand nehmen. Jetzt ist der König zu allen Zugeständnissen bereit. Leicht ändert er seinen Sinn, wenn erst die Marienburg genommen ist. Was heute geschieht, das braucht morgen nicht mehr zu geschehen.

Der Rat stimmte freudig zu.

Nun kehrte der Kastellan, der unter der Hand verständigt wurde, ins Lager zurück. Dorthin kamen Sendboten der Stadt, zeigten ihm des Königs Brief vor und führten ihn in feierlichem Zuge, Trompeter und Pfeifer voran, nach der Stadt und in die Marienkirche, in der die ganze Bürgerschaft versammelt war. In deren Namen huldigte der Rat mit einem Eidschwur dem König, dass die Rechte Stadt Danzig ihm treu und gehorsam sein wolle, solange er sie bei ihren verbrieften Freiheiten erhalte, und die Bürger stimmten zu.

Als die Feierlichkeit beendet war, begab sich Konrad Letzkau mit einigen Ratsherren durch das Haustor bis unter die Mauer des Schlosses und begehrte den Komtur zu sprechen.

Johann von Schönfels erschien auf der Brücke und fragte nach ihrem Begehr. Da sagten sie ihm, dass die Stadt dem König gehuldigt habe, um ihrer Not entledigt zu werden, und forderten ihn auf, gütlich das Schloss zu verlassen, das er doch nicht halten könne, versprachen ihm auch ein reichliches Zehrgeld für sich und seine Leute. Der Komtur aber, obschon ihm die Belagerung wenig gefiel, weigerte sich dessen entschieden und nannte sie Abtrünnige und Verräter, die ihrer Strafe nicht entgehen würden. Darüber kam es zu heftigen Reden auch auf der anderen Seite. Man werde ihn mit den anderen Ordensherren an den Hälsen aus der Burg ziehen, hieß es wenig respektvoll.

Letzkau trat ungern zurück. Drohend rief er: Ihr wollt stets mit dem Kopf durch die Mauer; das könnt ihr nicht. Wohlan, wir werden euch belagern hinten und vorn, zu Wasser und zu Lande: Wir wissen wohl, was ihr auf dem Hause habt. Ihr könnt es nicht lange halten. Wollt ihr nicht mit Willen herab, so wollen wir euch mit Unwillen herunterziehen und -zerren.

Aus der umstehenden Menge wurden Steine nach dem Komtur und seinen ritterlichen Begleitern geworfen. Sie zogen sich schleunigst zurück. Der Anlauf war verfehlt.

Es hatte seinen besonderen Grund, dass der Komtur so fest blieb. Am Tage vorher war ihm ein Brief des Statthalters zugegangen, in dem derselbe ihn beschwor, das Haus mit dem Aufgebot aller Kräfte dem Orden zu erhalten.

Den Brief hatte der wackere Klaus Poelke ins Schloss gebracht, nicht ohne ernstliche Gefahr für sein Leben.

Der Komtur hieß ihn auf Antwort warten, und so hatte er einen Tag Aufenthalt.

Er benutzte die Gelegenheit, mit dem Volkshaufen, der den Bürgermeister und den Hauptmann begleitet hatte, durch das Haustor in die

Rechte Stadt zu gelangen. Dort begab er sich in das Haus des Ratsherrn Huxer und fragte nach seiner Muhme Barbara. Die war nicht wenig verwundert, ihn zu sehen.

Ich bringe Euch und dem Fräulein wohl nichts Gutes, sagte er, aber um Dank ist mir's auch nicht zu tun, sondern dass ich Euch zeige, wie ich Eures Auftrags gedacht habe. Den Junker von Waldstein habe ich in der Marienburg nicht gefunden, aber –

Wartet, bis ich das Fräulein rufe, unterbrach Barbara. Was du da zu melden hast, ist für sie.

Nein, bat Klaus, ruft das Fräulein nicht. Ich kann mir ja doch denken, weshalb ... Na, ich mag nicht zugegen sein, wenn sie's erfährt. Da ist der Junker Hans von der Buche in der Burg, der weiß, dass euer Junker in der großen Schlacht –

Jesusmaria! Rief die Haushälterin und bekreuzte sich.

Ja, es ist nicht anders. Er ist gefallen, und Herr von der Buche hat ihm das Ringlein abgezogen, das er sich hier im Stechspiel gewonnen hat – und da ist es.

Er übergab eine Papierhülle, in der sich ein kleiner Gegenstand befand. Barbara drückte ihn zwischen den Fingern. Das ist des Fräuleins Ring! Rief sie jammernd. Ja, dann ist's richtig. Ach, das arme, arme Kind! Das wird Tränen kosten – ach, ach, ach! Hab' ich's doch gleich gedacht – so etwas nimmt kein gutes Ende. Geh, lieber Bursch, und lass mich allein, dass ich mir's bedächtig zurechtlege. Ich will zusehen, wie ich's dem Fräulein beibringe.

Sie griff in die Gürteltasche und gab Klaus einen Zehrpfennig auf die Reise. Sagt sonst keinem, dass ich hier bin, bat er, sonst fragen sie mich wegen der Marienburg aus, und ich bin nicht gescheit genug, ihnen zu antworten, wie's dem Herrn Statthalter am genehmsten sein möchte. Er hat da ein schweres Stück Arbeit.

Mit den Schanzenarbeitern kam er glücklich wieder zum Tor hinaus.

Zwanzigstes Kapitel

Zwei Meisterschüsse

Seit jenem Tage, an dem Heinrich von Plauen sich gedemütigt und der König übermütig den Frieden auf seine Bedingungen verweigert hatte, war ein Glücksumschlag erfolgt, der beiden Teilen täglich bemerklicher wurde.

Jetzt erst zeigte der Statthalter seine ganze Willensstärke. Die Brüder mussten bekennen – was auch mancher im Stillen denken mochte –, dass er bis an die äußerste Grenze der Nachgiebigkeit gegangen sei und nun nur Siegen oder Sterben übrig bleibe. Auch über sie kam etwas von dem mannhaften Trotz und der Todesverachtung ihres Führers, und jeder verdoppelte seine Tätigkeit.

Im feindlichen Lager aber machte sich bald genug der Mangel an allem Notwendigen geltend. Jagellos und Witowds vereinigtes Heer war zu groß, um auf einer Stelle gehörig verpflegt werden zu können. Weithin war die Gegend gänzlich ausgesogen. Barbarisch hatte der siegestrunkene Feind gewirtschaftet, aus Mutwillen und reiner Zerstörungswut die Scheunen angesteckt, die Ernten auf dem Felde vernichtet, das Vieh erschlagen und den Vögeln zum Fraß liegen lassen. Von Sparen und Haushalten wollten die Polen und Litauer nichts wissen. Langten einige Frachtschiffe an, so wurde im Überfluss geschwelgt, bis alles verjubelt war. Dann gab's wieder Hungertage. Bald mussten große Haufen weit ins Land ausschwärmen, um sich nur notdürftig zu nähren und einige Vitalie herbeizuschleppen.

Im Lager aber wüteten Krankheiten unter dem Kriegsvolk, das wochenlang unter freiem Himmel kampieren musste; Tausende raffte die Ruhr hin. Man ließ in der Nacht die Leichen fortschaffen und vergraben oder in den Fluss werfen, damit Entmutigung nicht das ganze Heer ergreife.

Überall wurden breite Lücken in die Linien der Belagerer gerissen, und die vollständige Absperrung der Burg schien schon nicht mehr möglich. Boten aus derselben gingen bald ab und zu, die fernen Freunde verständigend und zum Beistand aufrufend.

Da wurde der König besorgt und fing wieder an, viel mit seinen Bischöfen und Kaplänen zu knien und zu beten, damit Gott sich nicht von ihm wende. Sogar neben seinem Zelt, das auf einer Uferanhöhe am Flusse stand, hatte er eine Feldkapelle gar köstlich herrichten und mit den schönsten Gerätschaften ausstatten lassen, die aus den Kirchen des Landes und den Kapellen der Ordensburgen geraubt waren. Es wurde ihm aber wenig Trost und Beruhigung davon. Was ihm die Priester auch von der Macht Gottes sagten, in seinem abergläubischen Herzen hatte eine ganz andere Vorstellung Gewalt über ihn. Das große Bildwerk der Jungfrau Maria mit dem Jesuskinde in der äußeren Chornische der Marienkapelle konnte er in seinem farbigen Glanze nicht leuchten sehen, ohne von tiefem Neide ergriffen zu werden, dass der Orden einen so sichtbaren Schutz habe. Rief doch Plauen auch die Heilige Jungfrau an, als er zornig sein Zelt verließ! Und es war sicher, dass die Himmelskönigin auf seiner Seite stand.

Dieser Gedanke verfolgte ihn Tag und Nacht. Zuletzt gab er ihm sogar in einer Versammlung seiner Kriegsobersten Worte. Unsere Kugeln und Schleudersteine sind auf jener Seite machtlos, sagte er geheimnisvoll, denn die Jungfrau wehrt sie für die Belagerten ab oder macht sie unschädlich. Glaubt mir, solange das Bild dort mit der Goldkrone auf dem Haupte ins Land hinausschaut, ist all unser Mühen vergeblich. Sie beten zu ihm, und die Jungfrau sorgt im Himmel dafür, dass Gott uns nicht erhört.

Das vernahm des Königs erster Büchsenmacher, ein gewalttätiger und abergläubischer Mensch, den es schon lange gekränkt hatte, dass seine Schießkunst so geringen Erfolg hatte. Nun meinte er wohl zu wissen, worin der Grund zu suchen sei. Immer hatte er seinen Stückknechten aufgegeben, die Kirche und besonders das Heiligenbild zu schonen. Jetzt sah er ein, wie sehr er sich durch diese falsche Rücksicht geschadet hatte, und meinte seines Königs Besorgnisse leicht beseitigen zu können.

So ließ er sich denn von einem Priester Absolution erteilen und stellte eine mächtige Steinbüchse gerade gegenüber dem Chorabschnitt der Marienkapelle und dem wundertätigen Bilde auf. Den Schützen, die ihm zur Hand gingen, wurde bange, denn sie mussten wohl merken, was er vorhatte, und sie warnten ihn ernstlich. Aber er lachte darüber und sagte: Ihr sollt sehen, ihr Narren, dass das Ding von Stein und Ton zusammengeklebt ist und in Staub zerfällt, sobald meine Kugel dagegen fliegt. Wenn aber die Krone am Boden liegt, wird des Ordens Widerstand ein Ende haben und der König in die Burg einziehen. Ruft herbei, so viele mit eigenen Augen sehen wollen, was geschieht. Manchen guten Schuss hab' ich in meinem Leben getan: dieser aber wird mein Meisterschuss sein. Wenn der König mir einen reichen Lohn zahlt, sollt ihr nicht leer ausgehen.

Da lief die Kunde von diesem ungeheuerlichen Vorhaben durchs Lager, und eine große Menschenmenge sammelte sich um die Steinbüchse. Es hieß, der König habe den Schuss befohlen und es sei ihm in der Nacht durch einen Engel offenbart worden, dass er in die Burg einziehen werde, wenn er das Steinbild in der Nische niederwerfen und in den Chor der Kapelle eine Bresche schießen lasse. Die einen schüttelten furchtsam den Kopf dazu, die andern meinten, es habe sich ergeben, dass die Ritter mit dem Bilde Abgötterei getrieben hätten und deshalb vom Papst in

Rom verflucht seien. Es wäre daher ein gutes und gottgefälliges Werk, diese Sünde von der Welt zu tilgen!

Der Büchsenmacher kümmerte sich um diese Reden und die ängstlichen oder neugierigen Gesichter der Umstehenden nicht, sondern schüttete grobkörniges Pulver in ein Säckchen, mehr als das doppelte Maß von dem, was sonst zu einem kräftigen Schuss gehörte, packte es fest zusammen und schob es in die weite Öffnung des Rohrs, so weit sein nackter Arm reichte. Dann half er mit einer Stange nach, die unten einen Holzkloben hatte, und stampfte dreimal fest auf. Darauf wählte er unter den Steinkugeln am Boden die schwerste und glatteste, rollte sie zwischen den Händen und warf sie prüfend in die Luft, ob sie beim Falle auf die Erde zerspringen werde. Sie bewährte sich und wurde nun sorgfältig in die Büchse geschoben und mit einem Graspfropfen festgehalten. Nun stellte er sich an das Kopfende und richtete nochmals scharf.

Gespannt blickte die Menge bald auf ihn, bald auf das Bild. Da rief einer: Das Christuskind hat die Hand aufgehoben und mit dem Finger gedroht! Lasst ab, Meister! Ein anderer äußerte ängstlich zu den Nachbarn: Seht, seht, die Jungfrau bewegt zornig die Augen! Einige stimmten bei, andere stritten. Man war in allgemeiner Aufregung: Die meisten hätten gewünscht, der Schuss wäre unterblieben.

Indes schüttete der Büchsenmeister, ohne sich beirren zu lassen, feines Pulver auf die Platte um das Zündloch und stellte einen Blechreiter gegen den Wind, dass es nicht herabgeweht werde. Dann ließ er sich die brennende Lunte reichen klopfte sie ab, rief ein weithin hörbares: Nun gebt acht! Und brachte die feurige Kohle vorsichtig von hinten her ans Pulver.

Eine Sekunde lang herrschte atemloses Schweigen.

Dann gab's einen entsetzlichen Knall, wie man ihn noch nie von einer Steinbüchse vernommen hatte. Eine gewaltige Pulverwolke hüllte das Geschütz ein und wurde nur langsam vom Winde fortgetragen. Unversehrt stand das Marienbild; mit mildem Ernst wie sonst lächelte die Jungfrau zu dem Kinde auf ihrem Arm hinab. Das Rohr aber war geborsten und abgesprengt. Mit geschwärztem Gesicht und verbranntem Haar lag der Büchsenmeister auf dem Boden, deckte die Hände über die Augen und wimmerte kläglich.

Einige von seinen Knechten hoben ihn auf und trugen ihn fort. Um Himmels willen, was ist Euch geschehen, Meister? Fragten sie. O meine Augen, meine Augen, rief er jammernd, ich bin blind!

Da erfasste die Menge Furcht und Entsetzen. Viele sanken auf die Knie, erhoben die Hände zu dem Bilde und beteten um Vergebung ihrer Sünden. Die meisten flüchteten eiligst und trugen durch das Lager die Schreckenskunde: Der Büchsenmeister des Königs sei mit Blindheit geschlagen, weil er sich an der Muttergottes versündigt habe.

Auch Jagello erfuhr, was geschehen war. Er riss sein Gewand über der Brust auf und rief: Weh uns, das ist eine üble Vorbedeutung! Nun werden unsere Feinde hohnlachen, unsere Freunde aber mutlos werden. Betet, betet, dass noch schwereres Unheil von uns abgewandt werde!

Er gelobte der Heiligen Jungfrau eine Kirche zu bauen, so prächtig sie noch nie in einer gethront habe, wenn sie den Frevel seines vorwitzigen Dieners gnädig verzeihen wolle. Aber er glaubte selbst nicht an solche Gunst, und ihm zitterte das Herz wie die zum Schwur erhobene Hand.

In der Burg wusste man bald, was vorgegangen war, und auch hier sah man's als ein Wunder an, dass der Schuss auf das Muttergottesbild sich gegen den frechen Schützen selbst entladen und ihm für immer das Licht der Augen geraubt hatte. So wuchs das Vertrauen auf die gute Sache. Das Kriegsvolk verlangte nun selbst zu Ausfällen vor die Tore hinausgeführt zu werden, und so weit drangen diese Rennaufen in des Königs Lager ein und so verbissen war ihr Kampf mit dem zwar entmutigten, aber noch immer übermächtigen Feinde, dass die anführenden Ritter und Hauptleute oft große Mühe hatten, sie wieder hinter die Mauern zurückzubringen. Den Königlichen geschah dadurch großer Schaden, und da kaum eine Nacht verging, in der sie nicht aufgestört wurden, so wuchs ihre Unzufriedenheit. In seinem Unmut sagte der König: Wir wähnten, sie seien von uns belagert; allein wir sind's mehr von ihnen.

Wie zum Lohn für seine Standhaftigkeit gingen dem Statthalter nun auch wiederholt gute Nachrichten zu. Die Beste brachte ein heimlich eingeführter Brief des Königs von Ungarn. Er ermutigte darin die Verteidiger der Burg, sich tapfer zu halten, und versprach schleunigst in Polen einzufallen und zum Ersatz der Marienburg herbeizueilen. Plauen ließ den Inhalt dieses Schreibens seinen braven Truppen unter Trompeten- und Posaunenschall verkünden. Die Königlichen hörten den Lärm bis ins Lager und verwunderten sich darüber, dass man im Schlosse schon frohe Feste feiere, da sie selbst doch nur Not und Plage hätten.

Nun meinte der Statthalter auch nach außen hin beweisen zu müssen, dass die Sache des Ordens nicht aufgegeben sei. Es kam darauf an, die Freunde mit Geld zu versehen und zur Werbung von Söldnern aufzufordern. So berief er denn den alten Wigand, übergab ihm Wechsel über dreißigtausend Dukaten und Briefe an die Komture in Deutschland und verabredete mit ihm eine List, wie er damit wohlbehalten durch das königliche Lager kommen solle. Es wurde ein Herold zum König geschickt, der um freies Geleit für einen alten Ordenspriester bitten sollte, dessen Körper die Strapazen der Belagerung nicht länger ertragen könne. Jagello, der sich gegen einen Mann der Kirche nicht hart erweisen wollte, ging darauf ein und wurde überlistet. Bald zogen von Deutschland auf allen Straßen Heerhaufen heran.

Bis sie in Preußen anlangen konnten, hatte es freilich noch gute Weile. Aber auch in der Nähe drohte dem König eine nicht zu verachtende Gefahr. Er erhielt glaubhafte Nachricht, dass der Landmarschall von Livland mit einem großen Heer in Königsberg angelangt sei und im Vertrauen darauf das ganze Niederland an den Haff- und Seeküsten und weit ins Land hinein sich für den Orden erhebe. So berief er denn Witowd und schickte ihn mit einem Heerhaufen dem Marschall entgegen. Als der Großfürst aber an das Flüsschen Passarge kam, das sich bei Frauenburg in das Frische Haff ergießt, fand er schon ganz Ermland und Natangen in Aufstand und alle Straßen verlegt. Der Bischof Heinrich Vogelsang von Ermland, der sich einiger Schlösser bemächtigt hatte, hielt es selbst für geraten, ihn vor weiterem Vordringen zu warnen, und so musste er unverrichteter Sache zurückkehren. Vergebens hatte der tapfere und kriegskundige Mann früher seinen erlauchten Vetter gebeten, ihn mit einem Teil des Heeres nordwärts zu schicken, sich des ganzen Ordenslandes zu versichern. Eifersüchtig auf jeden Zuwachs seines Ruhmes, hatte der König ihn zurückgehalten. Nun war's zu spät, das Versäumte nachzuholen.

Jagello schäumte vor Wut. Täglich wurde der polnische Adel unter seinen Fahnen schwieriger, und die Burg, soviel er sie auch mit Büchsen und Bliden beschoss, wollte sich nicht ergeben. Dann sann er darauf, wie er sie durch Verräterei nehmen möchte. Er beriet deshalb mit dem schlauen Bischof von Kujawien, den er seit dem glücklichen Abschluss mit Danzig nun fast unausgesetzt um sich hatte. Der meinte wohl helfen zu können. Bei ihm war der ermländische Domherr Bartholomäus, Dechant zu Frauenburg, ein ränkesüchtiger und sehr verschlagener Priester, der sich vorher beim Statthalter in der Marienburg aufgehalten hatte, auch von ihm mit einer Summe Geld nach Danzig geschickt war, weil er seinen Worten vertraute, dass er sich mit seinem Bischof Heinrich verfeindet habe und dessen Rückkehr ins Land unter polnischen Schutz hintertreiben wolle. Dann hatte der Domherr aber doch gemeint, das Sicherste spielen zu müssen, und war heimlich ins Lager gekommen, seine

Dienste anzubieten. Man konnte ihn nun leicht als Spion brauchen, und darauf stützte sich des Bischofs Johannes Plan.

Es ist Ew. Gnaden vielleicht nicht bekannt, sagte er zum König, dass der Baumeister des mittleren Hauses seine Kunst in einem besonderen Falle der Nachwelt vorzüglich wundersam hat erscheinen lassen wollen. Es ist ihm nämlich gelungen, das große Gemach, dessen Fenster dort zwischen den kleinen, die wuchtigen Mauerleisten unterbrechenden Säulen hervorschauen, auf einen einzigen dünnen Granitpfeiler zu wölben, der in der Mitte steht und die ungeheure Last des Oberbaues trägt. Jenes Gemach ist der Remter, in dem die Hochmeister stets ihre Konvente zum Kapitel zu versammeln pflegten und wo sicher der Statthalter jetzt von Zeit zu Zeit mit seinen Getreuen und den Soldhauptleuten zurate geht. Können wir nun erforschen, wann alle die Herren dort versammelt sind, so muss man dorthin mit einer Steinkugel schießen und den Pfeiler zu treffen suchen. Gelingt das, so stürzt unfehlbar das ganze Gewölbe zusammen und begräbt unter seinen Ziegelmassen alles, was sich Lebendiges im Saale befindet. Dann ist uns die Übergabe der ganzen Burg sicher.

Dieses listigen Anschlages war der König froh, und gern gab er seine Genehmigung. Er hieß den geschicktesten Büchsenmeister zu sich kommen und gab ihm auf, am Ufer der Nogat gegenüber dem mittleren Schlosse eine große und erprobte Steinbüchse zu einem Schusse bereitzuhalten, der ihm noch angezeigt werden solle. Er versprach ihm eine große Summe Geldes, wenn er scharf ziele und glücklich treffe, dem Domherrn aber sicherte er die Ordensgüter zu Tolkemit und Bassenheim zu, sofern die List gelinge. Der Bischof Johannes hatte mit ihm dann noch geheime Rücksprache und wies ihn an seinen Diener Liszek, den er in der Burg gelassen habe, damit er für ihn kundschafte. Es ist ein verschlagener Bursche, setzte er hinzu, zehnmal für den Galgen reif gewesen und stets durchgeschlüpft. Er wird sich in den Remter einschleichen und kurz vor der Zeit, wenn die Versammlung stattfindet, eine rote Mütze an das Fenster hängen können. Es muss gerade an einer solchen Stelle geschehen, dass unser Büchsenmeister, wenn er auf die Mütze zielt, den Pfeiler trifft; das merkt Euch und schärft ihm ein. Somit Gott befohlen!

Der Dechant erhielt leicht Einlass in die Burg, da man ihn als einen Freund des Statthalters kannte, und er richtete auch an diesen, um ihn ganz sicher zu machen, die Nachricht aus, dass der Landmarschall von Livland im Anmarsch sei. Darüber war große Freude, und Plauen schickte denn auch sogleich ins mittlere Haus und in die Vorburg, zum nächsten Vormittage seinen edlen Vetter, seinen Bruder und alle die anderen Ritter und Hauptleute zur Beratung, wie man dem Landmarschall am besten entgegenkomme, nach dem Remter zu entbieten. Der Dechant aber, als er seine Wünsche so gefördert sah, suchte eiligst Liszek auf, drückte ihm einige Goldgulden in die Hand und belehrte ihn, was er zu tun habe. Daran soll's nicht fehlen, versicherte der Bursche. Mir wird's schon recht langweilig in diesem Steinkasten, und es ist mir ganz lieb, wenn ich bald ausfliegen kann. So viel habe ich aber längst gemerkt, dass der Herr König mit Gewalt die Burg nimmer einnehmen wird.

Am nächsten Morgen mischte er sich unter die Diener des Hauskomturs, die im Remter die eichenen Tische und die Sessel zurechtzurücken und zu säubern hatten. Es war nicht auffällig, dass er öfters auch ans Fenster trat und hinaus schaute, was etwa der Feind treibe. Da sah er nun jenseits der Nogat seitwärts vom Brückenkopf die Schanze, auf der die große Steinbüchse lag, und stellte sich so, dass er genau in einer Linie an sich vorbei den Granitpfeiler und das Geschütz hatte. Dort hing er, als ob es ihm bei der Arbeit zu heiß werde, seine rote Mütze auf und vergaß sie dann absichtlich, als der Hausmeister die Leute hinaustrieb, da sich die Herren schon im Gange sammelten. Niemand achtete darauf.

Bald füllte sich das hochgewölbte Gemach mit allen den Edelsten, die in der Burg versammelt waren. Der Statthalter eröffnete frohen Mutes die Versammlung und forderte der Brüder und Genossen Rat. Lebhaft wurde hin und her gesprochen. Da krachte von drüben ein Schuss; eine mächtige Steinkugel riss die steinernen Leisten und bleiernen Einfassungen des Fensters fort, dass die Glassplitter durch den ganzen Saal flogen, sauste dicht am Pfeiler vorbei und schlug tief in die gegenüberliegende Wand ein, keinen der Anwesenden beschädigend. Trefflich hatte der Büchsenmeister gezielt: Die rote Mütze war verschwunden. Seine Schuld war's nicht, dass die Kugel ein wenig aus der Bahn wich und den Pfeiler um einen Zoll verfehlte.

Das war auf uns abgesehen, rief Plauen. Ich wette darauf, dass eine Verräterei im Spiele ist. Gott hat diesmal gnädig geholfen. Aber wir wollen deshalb den Feind nicht in Versuchung führen, nochmals sein Glück zu erproben. Gehen wir hinüber nach dem Kapitelsaal, unsere Beratung fortzusetzen.

Mit gespannter Erwartung hatte der König aus einiger Entfernung das rote Zeichen beobachtet. Er vernahm auch den Schuss und sah das Fenster splittern. Aber das Haus fiel nicht ein, und bald antworteten die Belagerten mit einem so kräftigen Ausfall, dass er Not hatte, seine Person in Sicherheit zu bringen. Auch diese Hoffnung, sich der Burg zu bemächtigen, war vereitelt.

Wenige Tage darauf trat der Großfürst in sein Zelt und begehrte eine geheime Unterredung. Er sah finster aus und trug unter dem Eisenhut den Kopf gebückt.

Was ich dir zu sagen habe, Vetter, begann er, wird dir wenig gefallen – und mir selbst gefällt's wenig. Aber die Not zwingt mich zu einem verzweifelten Entschluss. Meine Litauer haben tapfer gekämpft und keine Mühe gescheut. Überall sind sie im Vordertreffen gewesen, wo es galt, den Feind im offenen Felde zu empfangen; die schlechtesten Lagerplätze hat man ihnen angewiesen, und sie haben nicht gemurrt. Nun sind aber ihre Reihen jämmerlich gelichtet. Tausende hat der Feind erschlagen, noch mehr Tausende sind der schrecklichen Krankheit erlegen, die im Lager wütet und gerade unter den Litauern, Russen und Tataren die meisten Opfer fordert. Deshalb sind die Bojaren zu mir gekommen und haben mir vorgestellt, dass mein ganzes Heer der Vernichtung geweiht sei, wenn ich sie nicht schleunigst zurückführe. Längst sei die Zeit verstrichen, für die sie sich zum Dienst gestellt, das Ende der Belagerung aber nicht abzusehen. Konnte ich widersprechen? Deshalb bitte ich deine Gnade, uns zu entlassen.

Da erschrak der König, dass er bleich im Gesicht wurde und am ganzen Leibe zitterte. Das geschehe nimmer, rief er, dass wir uns jetzt trennen! Bedenkt die Schmach, wenn wir diesen so glorreich begonnenen Krieg mit einem Rückzuge endigen, den Hohn des Feindes, wenn er uns von den Mauern der Burg das Lager abbrechen sieht. Sollen wir umsonst gekämpft und unserer Völker Blut vergossen haben?

Es ist alles bedacht, antwortete Witowd, bevor ich in dein Zelt trat. Unmögliches darf ich meinen Leuten nicht zumuten. Du weißt, dass auch unser Herrscherwille seine Grenzen hat, und ich habe auf den Gehorsam derer nicht zu rechnen, die sich von der Pest, dem unbesieglichen Feinde, bedroht sehen. Führe ich sie nicht, so werden sie ohne mich gehen. Dann ist mein Ansehen für alle Zeit hin, und ich werde dir auch künftig nicht zu Dienst sein können, König.

Jagello saß gebückt und maß ihn mit einem ängstlich lauernden Blick. Gestehe, dass du erzürnt bist, sagte er, ich weiß nicht worüber. Du willst mir deshalb Verlegenheiten bereiten.

Der Großfürst schüttelte das Haupt mit dem langen strähnigen Haar. Ich bin nicht erzürnt, entgegnete er ruhig, obwohl ich Grund hätte, es zu sein. Du hast auf meinen Rat nicht geachtet, mich zurückgehalten, wie du konntest, nicht wie einen Verwandten, sondern wie einen Diener behandelt. Aber bei unserer Väter Freundschaft, ich komme nicht im Zorn, sondern weil die Not mich zwingt.

Der König rückte auf seinem Sessel vor, ergriff seine Hand und drückte sie krampfhaft. Gedenke unseres Eides, Witowd, flüsterte er, unseres Racheschwures! Sollen wir unsere Rache nicht haben, da wir schon den Fuß auf des verhassten Gegners Nacken setzten? Bei unserer Väter Freundschaft, die du anrufst, bleibe!

Unsere Zeit ist noch nicht um; wir haben hoffentlich noch einige Jahre zu leben. Lassen wir unserem Feinde eine Frist – weil es nicht anders sein kann.

Und wann, meinst du, schlagen wir eine zweite Schlacht bei Tannenberg? Wann stehen unsere Lagerzelte wieder unter den Mauern dieser Burg? Das Glück lacht uns nicht zum andern Mal, wenn wir ihm jetzt den Rücken kehren. Witowd – ich bitte dich – bleibe!

Und wenn du mir zu Füßen fielest, ich könnte dir keine bessere Antwort geben. Aber lass deshalb noch nicht alle Hoffnung schwinden. Deine Polen haben weniger gelitten, widerstehen kräftiger der bösen Krankheit. Dein eigenes Heer, gut verteilt und angeführt, reicht aus, die Belagerung fortzusetzen. Meinst du denn, ich lasse dir gern den Ruhm, die Marienburg zu bezwingen?

Der König wühlte mit den kurzen Fingern in seinem Haar. Haltet noch eine Woche stand!

Unmöglich!

Noch drei Tage – Witowd, drei Tage!

Ich will mit meinen Heerführern deshalb sprechen und diese drei Tage erbitten. Aber ich fürchte –

Versprich ihnen, was du willst, zum Lohn; ich will dein Wort einlösen. Drei Tage nur!

Eine lange Nacht hindurch rang der König mit seinem Stolz. Dann entschloss er sich mit Zähneknirschen zu dem ersten Schritt rückwärts. Er schickte einen Herold nach der Marienburg und ließ dem Statthalter den Frieden anbieten auf die früher vergeblich im Lager gestellten Bedingungen.

Heinrich von Plauen war aber jetzt nicht mehr desselben Sinnes. Vertrauend auf den tapferen Beistand seiner Streitgenossen und auf den Sieg der guten Sache, antwortete er: Saget Eurem Könige, dass ich nur damals jene Bedingungen für ihn hatte. Lebend kann ich das Haus nun und nimmer übergeben.

Am folgenden Tage zog Großfürst Witowd mit seinen Litauern ab. Die Lagerplätze waren so verpestet, dass sie nicht von andern Truppen besetzt werden konnten. Die Russen folgten ihm.

Wenige Tage später brachen auch die Herzöge von Masowien auf.

Im polnischen Lager ging das Gerücht um, dass von Norden her ein großes Heer im Anzuge sei und neuer Kampf mit dem erstarkten Gegner bevorstehe. Mehrere von den polnischen Großen rafften ihre Beute zusammen und machten sich heimlich aus dem Staube.

Aber noch wollte der König vom Abzuge nichts wissen. Unerträglich war ihm der Gedanke, die Frucht seiner Siege vor den Mauern der stolzen Feste wegwerfen zu müssen. Mit fieberhaftem Eifer griff er jetzt überall selbst ein, ordnete er Maßregeln zur festeren Umschließung der Burg an. Eine Woche und noch eine Woche hielt er stand.

Und schon schien es, als ob endlich doch die Belagerten durch den Hunger gezwungen werden sollten. Die Kornvorräte verminderten sich zusehends jeden Tag; das Schlachtvieh der Marienburger war längst aufgezehrt. Immer spärlicher wurden die Rationen der Krieger. Ausfälle nützten wenig, da die Gegend ringsum verheert war; gelang es auch einmal, ein Lastschiff zu nehmen, das den Königlichen Lebensmittel zuführte, so waren doch der Hungrigen zu viele. Voll Sorge erwartete der Statthalter an jedem Abend den Bericht seiner Kämmerer, dass die Speicher gänzlich geleert seien. Dann blieb nach so langer und tapferer Gegenwehr doch nur die Übergabe, und des Königs Beharrlichkeit siegte.

Da langte eines Tages gegen die Mitte des September hin glücklich ein Bote in der Burg an, der eine wichtige Nachricht brachte. Der Großschäffer von Königsberg, Georg von Wirsberg, sei unterwegs mit einer Flotte von Lastschiffen, alle beladen mit Lebensmitteln und Waffen. Sie sei über das Frische Haff gekommen und in die Nogat eingelaufen. Der Landmarschall von Livland decke sie gegen Elbing hin mit einem Heerhaufen, dürfe sich aber ohne Verständigung nicht näher heranwagen. Größte Eile sei geboten, damit der Transport dem Könige nicht verraten werde.

Das wusste auch Plauen. Er schickte sogleich den Boten zurück und ließ melden, dass er in einigen Stunden nach zwei Seiten zugleich ausfallen werde, um die Polen im Lager zu beschäftigen und indes der Flotte den Zugang zu öffnen. Sofort wurden alle nötigen Vorbereitungen getroffen, den Erfolg zu sichern. Das Kriegsvolk, das erfuhr, was zu hoffen stand, gewann neuen Mut.

Der Anschlag gelang vollkommen. Der König musste zusehen, wie die Burg sich frisch verproviantierte und mit Mannschaft verstärkte. Als aber der Großschäffer von Königsberg vor dem Statthalter erschien, umarmte derselbe ihn tief bewegt und sagte: Bruder Georg, das will ich dir nimmer vergessen! Deine Treue rettet die Burg.

Der König erhielt fast zu gleicher Zeit eine schlimme Botschaft: Der König von Ungarn war in Polen eingefallen und verwüstete das Land. So hatte er dem Orden Wort gehalten.

Da beugte Jagello sich dem unvermeidlichen Geschick. Er gab Befehl zum Aufbruch. Aber die zusammengekrampfte Faust gegen die Burg schüttelnd, rief er: Jetzt weichen wir, doch wir kehren wieder, und dann soll euch die Jungfrau Maria nicht vor dem Verderben schützen. Nicht weil ihr Sieger seid, sondern weil ein anderer Feind uns abruft zu neuen ruhmreichen Kämpfen, lassen wir euch den Platz. Er muss uns ohne Schwertstreich in die Hände fallen, wenn jener niedergeworfen ist. Wehe euch, wenn wir wieder hier erscheinen. Dann keine Gnade!

In der nächsten Nacht sah man von den Mauern und Türmen der Burg ringsum hellen Feuerschein. König Wladislaus Jagello hatte hinter sich sein Lager in Brand gesteckt. Die ersten Strahlen der herbstlichen Sonne leuchteten schon in weiter Ferne auf den Helmkappen und Lanzenspitzen der Reiter, die den Abzug des gewaltigen Heeres deckten.

Es war am neunzehnten September des Jahres eintausendvierhundertundzehn, als das geschah »nach Schickung und Willen unseres Herrn«.

In der Marienburg aber lagen Tausende auf den Knien und sangen inbrünstig mit den Ordenspriestern: *Te deum laudamus!*

Einundzwanzigstes Kapitel

Die Hochmeisterwahl

Der König zog über Stuhm, Marienwerder, Rheden der Grenze zu, von Neuem plündernd und brennend. Das Haus Rheden, nur von fünfzehn betagten Ordensbrüdern verteidigt, musste sich nun ergeben. Überall legte er Mannschaft in die eroberten Burgen. Wir kommen wieder! rief er den Bürgermeistern der Städte und den Landesältesten zu, die um Schonung baten. Bei Thorn überschritt er die Grenze und nahm seine Residenz gegenüber in dem alten Schloss Slottorie, um von da die Rüstung eines neuen Heeres zu betreiben und den Verkehr mit den Städten und Landschaften zu unterhalten, die ihm gehuldigt hatten. Das Land Preußen glaubte er so in Schrecken gesetzt zu haben, dass im nächsten Frühjahr auf ernstlichen Widerstand nicht zu rechnen sei.

Aber fast auf dem Fuße folgten ihm von Elbing her der Landmarschall von Livland und der Komtur von Balga mit einem Heere und brachten schnell wieder das ganze Kulmer Land unter des Ordens Botmäßigkeit zurück. Der Komtur von Ragnit säuberte das osterodische Gebiet und nahm dem Feinde alle Burgen wieder ab. Nur in Thorn, Rheden und Strasburg hielten sich die Königlichen. Aber überall war Jammer und Not, Haus und Hof verbrannt, das Vieh fortgetrieben, die Ernte zertreten – und der Winter stand vor der Tür!

Es war am Anfang des Novembers, als auf der Marienburg zahlreiche Gäste eintrafen. Aber nicht wie sonst waren sie zu heitersten Festen geladen, und nicht mit lustiger Musik wurden sie im geschmückten Hause empfangen. Traurig war der Anblick der zerschossenen Giebel und gestürzten Zinnen. So eifrig auch die Handwerker auf des rührigen Statthalters Befehl an der Wiederherstellung arbeiteten, zu groß war die Verwüstung, als dass so schnell jede Spur der zehnwöchigen Belagerung hätte verwischt werden können. Still und ernst zogen die Gäste ein, und in manchem Auge glänzte eine Träne, deren sich auch der raue Kriegsmann nicht zu schämen brauchte.

Sie kamen zur Hochmeisterwahl, durch Eilboten von Plauen berufen.

Aus dem Reich erschien der Deutschmeister Konrad von Eglofstein mit seinen vornehmsten Gebietigern, vielen Ordensbrüdern und einigen Söldnerhaufen; von Livland Konrad von Vietinghof, der Landmeister, mit mehreren Komturen und Rittern. Auch die Landkomture von Österreich und von der Etsch hatten die weite Reise nicht gescheut und mancherlei abenteuerlustige Kriegsgäste mitgebracht. Der Statthalter empfing jeden nach Gebühr und entschuldigte, was etwa wider die strenge Ordensregel in der Zeit der Not geschehen war.

Viel besprachen die Großwürdenträger und Gebietiger miteinander im geheimen, die Wahl vorzubereiten. Die Blicke der meisten richteten sich auf Heinrich von Plauen. Einige aber waren ihm seiner Strenge wegen abgeneigt und nahmen Partei für Michael Küchmeister von Sternberg, der sich auch als ein tapferer Mann bewiesen und die Neumark gehalten habe. Leider war er aber in der siegreichen Schlacht bei Deutsch-Krone für seine Person niedergeworfen und noch in der Gefangenschaft des Königs. Der Orden brauchte sofort ein Oberhaupt. So wurden seine Anhänger kleinlaut, obschon Plauen selbst ihn empfahl. Endlich wurde auf den Sonntag vor Martini, den neunten November, das Wahlkapitel berufen.

Es versammelte sich im Kapitelsaal neben der Kirche im oberen Hause, das der Statthalter so tapfer verteidigt hatte. Zuerst wurde eine Messe vom Heiligen Geist gesungen. Durch einen Priesterbruder ließ hierauf der Statthalter aus dem Ordensbuche die Regel und Gesetze über die Meisterwahl verlesen. Dann legte er sein Amt nieder und übergab zum Zeichen dessen dem Meister von Deutschland, Konrad von Eglofstein, das Ordenssiegel, dass er nun Statthalter sei bis zur Wahl des Hochmeisters. Es zeigte die Gottesmutter mit dem Kinde, in der Linken eine Lilie haltend und sitzend auf einem Thron von durchbrochener Arbeit. So aller Macht entledigt, trat er bescheiden unter die Brüder zurück.

Nun ernannte der Deutschmeister den Landkomtur von Österreich zum Wahlkomtur und fragte das Kapitel, ob ihm solches genehm sei. Alle stimmten zu. Darauf beriet der Wahlkomtur mit dem Deutschmeister und erkor mit seinem Wissen einen zweiten Wähler. Diese zwei wählten einen dritten, die drei den vierten und so fort bis zum dreizehnten, acht Ritterbrüder, vier dienende Brüder und einen Priester, aus Preußen wie aus anderen Ordensgebieten. Wieder fragte der Deutschmeister das Kapitel, ob es die Wahl genehmige. Niemand tat Einspruch.

Darauf wurde das Evangelienbuch gebracht, und die dreizehn schwuren mit aufgelegtem Finger: »Wir schwören, dass wir weder mit Hass, noch mit Minne, noch mit Furcht, sondern mit lauterem Herzen nur den würdigsten und besten unter den Brüdern zum Meister erwählen wollen, welcher zum Amte der vollkommenste ist, nach unserm besten Wissen.« Konrad von Eglofstein sagte: So sei es und ermahnte sie ernstlich nach Vorschrift der Ordensstatuten: Gedenket in allem eurer eidlich gelobten Pflicht und vergesset nicht, dass alle Ehre des Ordens und der Seelen Heil und die Kraft des Lebens und der Weg der Gerechtigkeit und die Hut der Zucht hanget an einem guten Hirten und an eines Ordens Haupte. Dann entließ er sie nach dem Wahlgemach und ließ die Tür bewachen.

Das ganze Kapitel erhob sich und leistete einen feierlichen Eid, dass jeder unweigerlich den als Meister anerkennen wolle, der aus der Wahl hervorgehen werde.

Im Konklave aber leisteten die dreizehn denselben Schwur auf das Evangelium.

Dann trat der Wahlkomtur vor und sprach: Es ist mein Recht und meine Pflicht, euch denjenigen zu nennen, den ich selbst für den Würdigsten zur Wahl halte. Nun habe ich aber in diesen Tagen unter den Brüdern von nah und fern nur zwei Namen nennen gehört, und beide haben sie guten Klang. Der den einen trägt, ist aber abwesend und müsste erst seine Freiheit wiedererlangen, wenn er ins Amt treten sollte. Nach Gebühr stelle ich seinetwegen zuerst die Frage: Wer gibt seine Stimme ab für Michael Küchmeister von Sternberg?

Nur zwei von den Brüdern erhoben sich. Einige andere hätten ihn wohl wählen mögen, aber sie bedachten seine Gefangenschaft und des Ordens Not.

Wohlan denn, fuhr der Wahlkomtur fort, so nenne ich von ganzem Herzen als den Würdigsten den Bruder Heinrich von Plauen, vormals Komtur von Schwetz, nachmals Statthalter und Verteidiger unseres Haupthauses. Wer stimmt für ihn?

Da standen sie alle auf und riefen: Er soll unser Meister sein!

Nun klopfte der Wahlkomtur an die Tür. Sie wurde aufgeschlossen, und die Wache begleitete die dreizehn Wähler zum Kapitelsaale zurück.

Dort saßen die Ritter schweigend ringsum. Die Wähler traten in die Mitte, und der Wahlkomtur sprach: Einhellig haben wir zum Meister des Ordens auserkoren den Bruder Heinrich von Plauen, bisherigen Statthalter, dessen Tapferkeit und Ausdauer wir's danken, dass wir die Meisterwahl in der Marienburg, des Ordens Haupthause, vornehmen konnten. Ihn halten wir nach unserm Gewissen für den Würdigsten unter allen Brüdern zu diesem Amte. Saget nun, ob ihr darauf unsere Vollmacht bestätigen wollt?

Unter den Brüdern entstand eine freudige Bewegung. Aber der Deutschmeister sorgte dafür, dass die Handlung in aller Ordnung zu Ende ging, trat auf und rief: Nimmt das Kapitel diese Wahl an? Da tönte ein lautes »Ja« von aller Mund; Plauen aber stand da, keines Wortes mächtig, das Haupt gesenkt und das Kinn in die Hand gestützt.

Der Deutschmeister brachte ihm den hochmeisterlichen Schild und Waffenrock und hieß die jüngeren Brüder ihn kleiden. Der Landmeister von Livland verneigte sich vor ihm, und alle die anderen Ritter brachten ihm ihre Huldigung.

Dann öffnete sich die Tür. Die Hüter derselben sagten es weiter dem draußen harrenden Volke, auf wen die Wahl gefallen sei. Tausend

Stimmen riefen jubelnd den Namen nach. Nun läuteten die Glocken, in der Ordenskirche intonierte die Orgel.

Und in feierlichem Zuge führten die Brüder gesamt den gewählten Meister dorthin und vor den Altar. Dort überreichte ihm der Deutsch-meister den altertümlichen Hochmeisterring, weit genug für den Dau-men, besetzt mit einem Rubin und zwei Diamanten, nach der Überliefe-rung denselben Ring, den einmal Papst Honorius III. Hermann von Salza gegeben hatte, dazu das Ordenssiegel und ermahnte ihn dabei mit feier-lichen Worten, allezeit seiner hohen Pflichten eingedenk zu sein und sich zu erinnern, dass er dereinst vor Gottes Gericht werde Rechenschaft ge-ben müssen, von seiner Verwaltung.

Dessen will ich eingedenk sein, antwortete Plauen, solange Gott mir das Leben schenkt und mich in Würden lässt. Ihr aber sorget mit mir, dass diese Würde nie eine Unwürde werde, so vor Gott als vor den Men-schen – nicht um meinetwillen, sondern des Ordens und des Landes wil-len, die eine starke Hand brauchen. Helfet mir dazu, liebe Brüder. Dann gab er dem Deutschmeister und dem begleitenden Priester den Bruder-kuss, wie es die alte Sitte gebot.

So ward Heinrich von Plauen Hochmeister des Deutschen Ordens, und nie mit schwereren Sorgen hatte ein Meister vor ihm sein verantwortli-ches Amt angetreten, wohl aber auch nie einer mit mehr redlichem Wil-len, sich ganz an dasselbe hinzugeben. Er nahm vorerst nicht von der hochmeisterlichen Wohnung Besitz, sondern ließ sich zurückführen in das einfache Gemach, das er während der Belagerung als Statthalter in-negehabt hatte. Und wie damals nach seiner Wahl fühlte er auch jetzt das Bedürfnis, eine Stunde mit sich allein zu sein, während die Boten auf schnellen Withingpferden nach allen Windrichtungen ausjagten, dem Lande das frohe Ereignis zu verkünden.

Er legte die Hände gefaltet auf das Psalterbuch und die schwere Stirn darauf. Bezeuge mir's, Herrgott im Himmel, murmelte er, dass kein ehr-geiziger Gedanke, solche Fürstlichkeit zu gewinnen, meine Seele bewegt hat alle die Zeit, die Du mir vergönnt hast, in Deinem Dienste zu strei-ten. Unwürdig wäre ich dieses Amtes, wenn ich es erstrebt hätte, als ein Gnadengeschenk von Dir. Hast Du's aber meinen Schultern aufgelegt als eine schwere Last, so will ich's mannhaft tragen nach meiner Kraft, die Deine Kraft ist. Bin ich verschuldet als Mensch, so lege meine Sünden des Ordens Meister nicht auf, sondern entledige ihn solcher Schwachheit und gib ihm zu wissen und zu tun, was das Rechte sei. Gefällt es Dir aber, ein anderes Werkzeug zu wählen, so rufe mich ab, dass ich mich demütige vor den Brüdern oder vor Deiner Gnade, und verwirf mich, wenn ich mir selbst gelebt habe. Mein Irren und Fehlen aber rechne mir nicht an. Amen – amen!

Unter denen, die auf dem Burghof standen und der Verkündigung der Meisterwahl harrten, war auch Hans von der Buche. Kaum war der Name genannt, als er forteilte nach der Vorburg und in des Gießmeisters Wohnung. Und so war er wirklich nach seinem Wunsch der erste, von dem Waltrudis erfuhr, was geschehen war. Das ist ein großes Glück für Euch, Fräulein, sagte Frau Ambrosius, dass Euer Schutzherr Fürst des Landes geworden ist. Nun wird es Euch an nichts fehlen, solange Ihr lebt. Hoffentlich erinnert sich seine Gnade auch unserer geringen Dienste.

Waltrudis aber jubelte nicht auf, sondern sie stand da mit feuchten Augen und antwortete: Gebe Gott, dass ich ihn nicht verloren habe! Was ist ihm nun die arme Waise?

Da reichte der Junker ihr die Hand und sprach, von einer Befürchtung anderer Art ergriffen: Lasst es zwischen uns bleiben, wie es war.

Ihr Gesicht erheiterte sich. Sie strich das Goldhaar von der Stirn zurück, nickte ihm freundlich zu und sagte leise: In alle Ewigkeit!

Zweiundzwanzigstes Kapitel

Hochmeister – Landesfürst!

In den nächsten Tagen wurde in der Marienburg viel Rat gepflogen zwischen dem neu gewählten Hochmeister und dem Deutschmeister und livländischen Landmeistern nebst ihren Gebietigern, wie man das Land wieder herstelle und zugleich kräftig zum Kampf rüste. Plauen drang auf Anspannung aller Kräfte. Aber es war eine schwere Aufgabe, die Mittel zur Fortsetzung des Krieges zu beschaffen, das musste er schon jetzt erkennen. Des Ordens Kassen waren geleert, seine Vorräte aufgezehrt, seine Burgen beschädigt, seine Söldner noch nicht abgelohnt; und der ertragfähigste Teil des Landes in einem breiten Striche lag völlig verwüstet da, selbst der Unterstützung bedürftig, die großen Städte aber hatten dem König geschworen und wollten erst ihres Eides entledigt sein, ehe sie wieder offen sich dem Orden zuwandten, denn sie fürchteten mehr Jagellos Rache als die strafende Hand ihrer alten Herren.

Mit des Kapitels Zustimmung besetzte der Hochmeister dann auch die entledigten Ämter. Der alte Werner von Tettingen blieb Ordensspittler. Hermann Gans, ein sehr tapferer und in der Brüderschaft angesehener

Ritter, wurde zum Großkomtur ernannt, Albrecht von Tonna zum Oberst-Trappier. Behemund Brendel, bisher Stellvertreter des Vogts der Neumark, übernahm das jetzt doppelt schwierige Amt des Oberst-Treslers. Zum Ordensmarschall aber ernannte Plauen wohlbedacht den Mann, dessen Name neben dem seinen bei der Hochmeisterwahl genannt war und dem er selbst als Wähler seine Stimme gegeben hätte: Michael Küchmeister von Sternberg, mit der Bedingung, dass er sein Amt anträte, sobald er aus der Gefangenschaft gelöst sein werde, denn noch war er nicht frei. Stimmte er auch in vielem nicht seiner Meinung bei, wie er ihn kannte, so hielt er ihn doch für so klug als tapfer und meinte sich seiner Freundschaft zu versichern, wenn er ihn neben sich auf den wichtigsten Platz setzte. Gebührte doch dem Ordensmarschall die Führung des Heeres im Kriege! Wohl dachte er im Stillen bei sich, dass er lieber mit ihm getauscht hätte. Auch Komture wurden neu ernannt. Für das Haus Danzig setzte der Hochmeister seinen Bruder Heinrich ein. Denn Johann von Schönfels hatte sich schwach bewiesen und war ihm nicht zuverlässig genug für die Verhandlungen, die mit der widerspenstigen Stadt bevorstanden.

Bevor der jüngere Plauen nach Danzig abging, berief der Hochmeister ihn in sein Gemach und unterrichtete ihn genau über alles, was ihm zu wissen nottäte. Denn er war meist in Deutschland gewesen und kannte wenig des preußischen Landes Eigenart und seiner Bewohner Denkweise. Der junge Komtur hört nicht sonderlich aufmerksam und zuletzt etwas ungeduldig zu und sagte dann: Dergleichen lernt man an Ort und Stelle besser kennen durch Erfahrung und Übung als in der Ferne durch guten Rat. Zunächst kommt es darauf an, das Schloss in guten Verteidigungszustand zu setzen, dass es einer Belagerung so gut zu widerstehen vermöge als die Marienburg, und dazu bin ich nach zehnwöchiger Lehrzeit hier wahrlich gut vorbereitet. Dann müssen wir das Gebiet der Komturei reinigen von allem polnischen Volk und dem Orden zurückbringen, was man ihm in den Zeiten der Not entzogen hat. Ich habe gehört, dass der Pfleger von Grebin sein Gestüt dem Ratsherrn Barthel Groß zur Bewahrung übergeben, der aber sein Vertrauen missbraucht und dem König des Ordens Besitz verraten hat. Auch soll dem Fischmeister sein ganzes Gerät genommen sein und allerhand Gut der Kirchen und Klöster versteckt gehalten werden. Darüber will ich strenge Rechenschaft fordern von den ungetreuen Schelmen, so hoch sie jetzt auch den Kopf heben mögen. Zum dritten aber, sobald ich erst fest im Sattel sitze, will ich in die Rechte Stadt Danzig einreiten, dass die Funken stieben sollen, und wehe dem, der mir in den Weg tritt! Wie die Buben haben die Danziger an ihrer Herrschaft gehandelt und schnödesten Verrat geübt. Ging's nach ihrem Willen, so wäre das Schloss in des Königs Händen, und wir könnten uns an seinen festen Mauern den Kopf einrennen. Das soll ihnen lange gedacht sein.

Er ballte die Faust um den Schwertgriff und stieß die Scheide gegen die Ziegelplatten des Fußbodens. Der breite Mund lachte höhnisch und zeigte zwei Reihen kernfester, glänzend weißer Zähne. Der Zorn hatte die starkknochige Nase gerötet, und von der Nasenwurzel aufwärts legte sich eine tiefe Furche in die niedrige, noch zur Hälfte von dem dichten Haar überschattete Stirn. Der Hochmeister wiegte bedenklich den Kopf. Ich kenne dich als tapfer und willenskräftig, Heinrich, sagte er nach einer Weile, und darum eben vertraue ich dir das Danziger Schloss, das mir das wichtigste scheint nach der Marienburg. Ich weiß, dass es nicht in des Königs Gewalt kommen wird, solange du atmest, und ich weiß auch, dass du dem Orden nicht verloren geben wirst, was sich mit dem Schwerte zurückgewinnen lässt. Aber gegen die Bürger von Danzig sieh dich vor, dass deine Hitze nichts verdirbt. Die großen Städte in Preußen haben von alters her viel Freiheiten und eine absonderliche Stellung im Lande, denn sie sind Glieder des großen Hansabundes, und vorzüglich Danzigs Stimme gilt in Lübeck viel. Mit der Hansa dürfen wir's aber nicht verderben, weil sie unsern Handel schützt, unsere Kriegswerbungen fördert und unsere Wechsel in Geld wandelt. Darum ist's besser, Beleidigungen zu vergessen, die uns in so unruhiger Zeit angetan sind, wo auch die Treuesten wankten, und Milde walten zu lassen gegenüber den Verirrten. Wenig nutzt es dem Orden, Zwang zu brauchen und denen Ketten anzulegen, die er zu Freunden haben muss, wenn er gedeihen soll. Darum rate ich ernstlich zu gütiger Nachsicht, damit sich ihr Vertrauen stärke.

Das hieße den Übermütigen das Feld räumen und den Verrat lohnen, fuhr der Komtur auf. Schon zu nachsichtig ist der Orden gegen seine Untertanen in den großen Städten gewesen, und wir haben die Frucht gesehen, die er davon geerntet hat. Der Geist der Widersetzlichkeit ist großgezogen und hebt nun bedrohlich sein Haupt, da sich unsere Schwäche offenbart. Vor allem die Danziger stehen in üblem Ruf, sich als die Herren zu fühlen, wo sie doch gehorchen sollten. Von Jahrzehnt zu Jahrzehnt haben sie ihre Gerechtsame erweitert, sehr zu des Ordens Schaden, und was sie nun für ihr Recht ausgeben, steht schwerlich in ihren Briefen. Frei möchten sie sich machen wie die Städte im Reich, die nur den Kaiser über sich erkennen wollen, und da ihnen der Kaiser zu fern ist, wählen sie sich den König von Polen zu solchem Oberhaupt und sagen ihrem Landesherrn frech ab. Leiden wir solche Ungebühr, ohne sie zu strafen, so werden wir in wenig Jahren alles Ansehen verloren haben. Nein, zeigen wir ihnen den strengen Herrn, damit sie erst wieder Gehorsam lernen! Dann, wenn sie sich vom Trotz zur Bitte wenden, mag Milde und Güte vielleicht am Platze sein.

Der Meister legte die Hand auf seine Schulter. Ich spräche wahrscheinlich wie du, sagte er, wenn ich noch Komtur wäre und nur erfahren hätte, was man im Reiche den preußischen Städten Übles nachsagt. Der Landesfürst hat andere Rücksicht zu nehmen, und wer längere Zeit hier unter den Leuten gelebt hat, lernt ihre Eigenart schätzen. Auch ich bin für strenges und gerechtes Regiment und stimme bei, dass man jeden Teil bei dem erhalte, was ihm gebührt. Aber viel ist auch vom Orden gefehlt, und es geziemt uns nicht, an andern zu richten, was wir uns selbst verzeihen wollen. Darum lassen wir Vergangenes vergangen sein und bauen mit gemeinsamer Hand für die Zukunft. Jeder soll bei seinem Rechte bleiben.

Bei seinem Rechte! Murrte der Komtur. Aber nichts darüber! Ging's nach meinem Willen, sie sollten bald klein werden und ihr trotziges Wesen ablegen. Gib mir Vollmacht, den Danziger Rat zu entsetzen und den Bürgermeistern den Prozess zu machen, so soll schnell Ruhe und Ordnung zurückkehren und unsere Brüderschaft Herr bleiben im Lande. Sie sind allesamt Verräter.

Unwillig schüttelte der Meister den Kopf. Das sei fern! Rief er. Wenden sie sich wieder zu uns, so wollen wir ihnen nicht anrechnen, was die Not sie hat sündigen machen. Nur dass sie in Zukunft willige und gehorsame Untertanen sind. Ich kenne Konrad Letzkau: Er war sonst dem Orden sehr ergeben, und ich hoffe noch, dass er uns gute Dienste leistet. Manchem mag er unfügsam scheinen, der nur ein Herr sein will über Knechte. Aber es ist in ihm viel Mannhaftigkeit, und immer habe ich ihn bedacht und billigdenkend gefunden. Das Kontor in Kauen ist sein Werk, und hat er's auch nicht zu des Ordens Gewinn, so hat er's doch zu des Ordens Ehre gegründet. Wir können leicht durch ihn mit dem Großfürsten verhandeln, sobald sich das Bündnis mit Jagello lockert. Das muss nun unsere Aufgabe sein, die beiden Feinde des Ordens, die sich zu seinem Unheil vereinigt haben, wieder zu trennen, und dazu kann Letzkau helfen. Auch gibt es im Reiche viele, die auf ihn hören, und wie er dort die Sache des Ordens darstellt, so erscheint sie. Darum halte mir den Mann in Ehren und stütze seinen Einfluss im Rat in allen redlichen Dingen, denn ich habe guten Grund zu glauben, dass dort manches geschehen ist, was nicht nach seinem Sinne war.

Der Komtur zog den gelben Schnauzbart zwischen die Zähne. Schicke einen anderen nach Danzig, sagte er nach kurzem Bedenken; es ist nicht meine Art, die Katzen zu streicheln, wenn sie mir die Krallen zeigen.

Dann taugtest du auch wenig zu jenem Amt, antwortete der Hochmeister. Wäre mir's darum zu tun, so hätte ich Johann von Schönfels dort gelassen. Es soll aber im Schlosse ein Komtur sitzen, dessen Strenge man fürchtet und den man einig weiß mit des Landes Oberhaupt. Dann wird der Rat von selbst kopfscheu werden und einlenken. Man sucht nicht Streit mit dem, der ihn sicher aufnimmt, und ermäßigt seine Forderungen, bevor es mit ihm zur Verhandlung kommt. Einen andern mahnte ich lieber zur Festigkeit und Schärfe, dich mahne ich zur Nachgiebigkeit und Milde, weil ich im Kampfe deiner sicher bin, nicht aber im Frieden. Noch ist Kampf die Losung, aber Friede das Ziel.

Der Komtur bot ihm die Hand. Wohl, sagte er, ich will zusehen, dass ich mich zwinge. Wenn's aber doch hart auf hart kommt, so muss ich gewiss sein, dass ich dazu des Ordensmeisters Vollmacht habe. Denn der Arm ist lahm, der zwar das Schwert heben, aber nicht zuschlagen darf. Anders sehen sich die Dinge in der Nähe an als aus der Entfernung, und Briefschreiben war niemals meine Sache. Vertraust du mir, so vertraue mir ganz!

Darauf magst du dich allezeit verlassen, antwortete der Hochmeister, sein Wort mit einem festen Blick seines mächtigen Auges bekräftigend, und entließ ihn.

In der nächsten Nacht aber empfing der Hochmeister heimlich in seinem Gemache den Mann, den er gegen seinen Bruder vertreten hatte: Konrad Letzkau.

Er hatte nach Danzig geschrieben und ihn zu sich berufen zu einem wichtigen Dienst, zu dem er ihn brauchen wollte.

Letzkau war im ersten Augenblick bestürzt, als er des Meisters Schreiben empfing; er meinte nicht anders, als dass man ihm eine Falle stellen und ihn fangen wolle, um an ihm für den Abfall Rache zu nehmen. Aber wie eine Wolke vor dem Winde zog dieser Verdacht schnell vorüber. Jedes Wort in dem Briefe sah ehrlich gemeint aus, und als einen ehrlichen Mann kannte und schätzte er Heinrich von Plauen schon vordem. Auch fühlte er sich nicht als einen Verräter und glaubte wohl vertreten zu können, was er getan. Er sagte niemand von dem Briefe außer Barthel Groß, seinem Schwiegersohn, und stellte sich nach des Meisters Gebot in der Marienburg ein.

Ohne Herzklopfen trat er in sein Gemach. Nur, indem er sich verneigte, sah er ihm scharf ins Auge, ob er irgendeine Falschheit entdecken möchte; aber Plauen blickte ganz ruhig und eher wohlwollend als streng auf ihn. Da wusste er, dass er ihn ehrlich als einen Freund behandeln wollte, und beschloss, ihm auch ehrlich zu antworten, wie ihn das Herz triebe.

Ew. Gnaden haben meiner begehrt, begann er. Was steht zu Ew. Gnaden Befehl?

Ich habe dich sonst als treu und rechtlich gekannt, Konrad, entgegnete Plauen, und weiß, dass du unserm Orden ergeben warst und ihm in schweren Zeiten gut genützt hast, wie auch der Orden dir viel Gutes erwiesen hat bis in die letzten Jahre. Ich hoffe, das wird unvergessen sein.

Letzkau legte die Hand auf die Brust. Das ist unvergessen, gnädiger Herr.

Die Rechte Stadt Danzig hat sich dem Könige zugewandt, fuhr der Hochmeister fort, und du selbst hast mit ihm abgeschlossen in seinem Lager, wie man mir berichtet. Weshalb ist das geschehen?

Es ist aus Not geschehen, gnädiger Herr.

Das will ich für wahr nehmen und nicht prüfen. Was in der Not geschieht, das ist nicht zu richten nach dem Recht. Aber ihr seid nun der Not entledigt.

Das wolle Gott geben, gnädiger Herr!

Er hat's gegeben. Der König hat unsere Lande verlassen. Es ziemt unsern Untertanen, zu bekennen, dass sie ihm gezwungen gehuldigt und in alter Treue zu ihrem rechten Herrn stehen wollen. Ist Danzig dazu bereit?

Letzkau zögerte ein wenig mit der Antwort. Gnädiger Herr, sagte er dann, wir hoffen, dass es Ew. Gnaden gelingen werde, mit dem Könige einen Frieden zu schließen, der den Orden bei seinem Besitze lässt, und dass der König die Städte dann ihres Eides entbinden wird.

So halten sie sich noch gebunden durch ihren Eid? Unser Sieg hat sie gelöst.

Ich kann darauf nicht Antwort geben, gnädiger Herr. Denn als Ihr mich beriefet, wusste ich nicht, um was es sei. Ohne des Rates Vollmacht darf ich aber nicht handeln für die Stadt. Das ist Ew. Gnaden bekannt. Für mich selbst kam ich und spreche ich zu Ew. Gnaden.

Plauen zog finster die Stirn und fasste den Bart in die Hand. Aber er bezwang sich und erwiderte: Sei es so. Ich berief dich nicht der Stadt wegen, sondern dass du uns mit deiner Person zu Gefallen seiest. So bitten wir dich denn, dass du uns wollest eine Reise tun außer Landes und aufbringen alle Herren und Fürsten, Ritter und Knechte, die du aufbringen kannst, und in den Städten Freunde sammeln. Spare kein Gold noch Silber, es soll dir, so Gott will, alles reichlich vergolten werden.

Da erschrak Letzkau im Innersten über des Meisters Zumuten. Gnädiger Herr, sagte er, sich neigend, Ew. Gnaden mag gebieten und nicht bitten. Aber wo soll ich hinziehen, oder wo soll ich aus dem Lande kommen, zumal Polen und Pommern uns nun geschlossen sind? Im Stolper Land stehen Polen oder Litauer, zur See kann ich nicht segeln. Wie soll ich dann aus dem Lande kommen?

Ich denke wohl, man wird dich überall durchlassen, antwortete Plauen lächelnd, da man dich für des Königs Freund hält.

Letzkau wehrte kopfschüttelnd ab. Das sei fern von mir, gnädiger Herr, sagte er erregt, dass ich solche Freundschaft vorschütze, seinem Feinde zu dienen. Ew. Gnaden könnten nie mehr dem Manne glauben, der Euch so gegen Ehre und Gewissen gedient hätte. Wahrlich, einen Fußtritt verdiente ich eher als Dank und Lohn, wenn ich mit solcher Arglist umginge.

Da reichte Plauen ihm die Hand und sagte: Ein anderes hab' ich von dir nicht erwartet, und es gefällt mir, dass du dich in Ehren hältst, wie ich dich immer gekannt habe. Aber sieh zu, wie du dich auf andere Art durch die feindlichen Reihen durchbringst und ins Reich gelangst. Soll ein guter Friede geschlossen werden, so muss ich gerüstet dastehen, und dazu sollst du helfen mit deiner Kundschaft.

Geschieht's, rief Letzkau, so mag es geschehen mit Gefahr für meinen Kopf. Solcherart bin ich Euch gern zu Willen. Gebt mir Zeit, gnädiger Herr, dass ich bedenke, wie ich Euch am besten nütze.

Der Hochmeister öffnete einen Wandschrank, nahm einige schon gesiegelte Briefe heraus und reichte sie Letzkau zu. Die Sache hat große Eile, sagte er. Vor Weihnachten muss ich wissen, auf welchen Zuzug ich zu rechnen habe. Lieber Bürgermeister, sorge, wie du kannst, dass du uns diese Reise tust.

Letzkau nahm die Briefe und verbarg sie auf der Brust unter seinem Wams. Das mag Ew. Gnaden der Stadt Danzig entgelten, antwortete er, sich verabschiedend, was ich für Euch auf mich nehme ohne des Rates Wissen und dem Herrn König zum Trotz. Wär's ein anderer, der das begehrte, ich täte es wahrlich nicht. Euch aber, da ich Euch hoch verehre, mag ich's nicht abschlagen. Ich hoffe, Ihr werdet diesem armen Lande ein Retter aus der Not sein.

Damit wandte er sich zur Tür. Plauen aber sah ihm freundlich nach und rief ihn nochmals zurück, da er schon die Hand auf die Klinke gelegt hatte. Wer weiß, wann ich dich wiedersehe, sagte er. Guten Rat zu erbitten, soll man aber nicht aufschieben; denn vielleicht morgen schon kann man ihn brauchen. Sage mir freimütig deine Meinung, Konrad, wie es gekommen ist, dass Städte und Lande sich so rasch vom Orden wandten, und was geschehen muss, dass sie ihm in Zukunft wieder treu anhangen. Ich bin ein schlichter Rittersmann und habe mich der Ehre und Last dieses Amtes nicht versehen. Deshalb mag ich gern lernen von denen, die besser unterrichtet sind und lange schon des Landes Wohl bedenken. Deiner Klugheit vertraue ich wie deiner Rechtschaffenheit. Sprich ohne Scheu.

Den Bürgermeister durchzuckte es freudig; er hatte sich in Plauen nicht getäuscht. Darf ich das, fragte er, rasch vortretend, und könnt Ihr hören, was dem Ritter Deutschen Ordens nicht schmeichelt?

Ich bin dieses Landes Fürst, antwortete Plauen ernst und mit hoher Würde.

So erkennt Ihr Euer Amt recht, rief Letzkau. Wolltet Ihr nur des Deutschen Ordens Hochmeister sein, das wäre so gut des Ordens als des Landes Schade. Schaut zurück, gnädiger Herr, und dann schaut vorwärts! Der Deutsche Orden hat dieses Land mit dem Schwert erobert; aber damit es ihm ein nutzbares Eigentum werde, hat er's besetzt mit Bürgern und Bauern und jedem sein Recht gegeben und seine Pflicht bemessen. Da ist nun in zwei Jahrhunderten aus dem Heidenlande ein christliches Land geworden, aus dem slawischen ein deutsches, aus dem armen ein reiches. Unter des Ordens Schutz hat sich viel Volk gesammelt und vermehrt, und seine Untertanen sind jetzt nicht mehr die unterworfenen Preußen, sondern die freien Leute, die auf ihrer Väter Erbe wohnen. Wem gehört nun das Land? Denen, die in den Burgen hausen und mit dem Schwert die Feinde abwehren, oder denen, die den Acker bestellen, dass er goldene Frucht trage, die in den Städten Häuser bauen, Schiffe befrachten, die Speicher mit Waren füllen und Handwerk treiben zu gemeiner Notdurft? Ich meine: beiden! Die einen sind die Wahrer, die andern sind die Mehrer, und ohne einander können sie nicht bestehen. Das will aber der Orden nicht gelten lassen. Noch immer will er Herr sein wie über ein erobertes Land. Und dieser Herr setzt sich zusammen aus gar vielen Herrlein; jedes Herrlein aber dünkt sich der Herr. Der deutsche Adel hat seine jüngeren Söhne zu versorgen, und da kommen sie nun fremd nach Preußen, sinnen und trachten nur darauf, im Orden zu Ämtern und Würden erhoben zu werden und gebieten zu können, dem Lande aber bleiben sie fremd. Nur als Brüder des Ordens fühlen sie sich, und der Meister ist ihnen des Ordens Oberhaupt, der zu regieren hat nach des Ordens Regel und mit des Kapitels Vollmacht. Was da gesprochen wird, das soll des Landes Gesetz sein; des Landes Wohlfahrt kümmert sie aber nur der eigenen Wohlfahrt wegen.

Er schwieg und wartete ab, ob Plauen ihn ermutigen wollte, so kühn fortzufahren. Der hatte sich gegen den Tisch gelehnt und das Kinn in die Hand gestützt, die grauen Augen aufmerksam auf ihn geheftet. Du urteilst scharf, sagte er, doch nicht ungerecht. Sprich weiter. Das Land, meinst du, will anders regiert sein? Wird nicht jedem sein Recht?

Dem Einzelnen wohl, antwortete Letzkau; aber wir fragen, die wir nicht unmündig sind, lauter und täglich lauter: Was ist der Bürgerschaft Recht im Lande, und bei wem sollen wir's suchen? Das Land will einen Fürsten haben, der ein rechter Landesfürst ist, nicht nur der Ordensbruderschaft oberster Gebietiger. Aus gutem freiem Willen wollen wir ihm dienen, und dass wir's allezeit können zu des Landes Wohl, auch in unseres Fürsten Rat sein.

Plauen hob rasch den Kopf, wie jemand, dessen Aufmerksamkeit in überraschender Weise auf einen Gegenstand gelenkt wird. In eures Fürsten Rat wollt ihr sein, wiederholte er, das heißt, ihr wollt teilhaben am Regiment des Ordens in diesem Lande. Ah, das ist eine neue Forderung!

So gar neu ist die Forderung nicht, gnädiger Herr, entgegnete Letzkau. Hat doch seit Menschengedenken der Orden in Handelssachen keine Satzung gemacht, die nicht vorher mit den großen Städten vereinbart worden wäre, und auch sonst oftmals die Edelsten des Landes zugezogen, wenn eine Ordnung für das gemeine Land gesetzt werden sollte. Weshalb sonst ist das geschehen, als damit Eintracht sei im Lande und niemand zu klagen habe über Gewalt.

Das ist ein anderes, Konrad, antwortete der Meister. Das Regiment hat allezeit der Orden allein gehabt, und was dem Lande gesetzt worden ist, das ist ihm gesetzt vom Hochmeister mit seinen Gebietigern und Prälaten. Wollen nun die Städte, Ritter und Knechte in des Hochmeisters Rat, das war uns bisher fremd. Mit welchem Rechte begehren sie das?

Ich schweige, sagte der Bürgermeister, wenn Ew. Gnaden sich über meine Worte erzürnt.

Plauen kreuzte die Arme über die Brust. Ich will hören, was du darauf zu sagen hast, entgegnete er ruhiger.

Gnädiger Herr, es handelt sich nicht um ein Recht, das wir haben, sondern das wir erwerben wollen. Ist es ein neues Recht, so ist auch die Pflicht neu, die der Orden von uns fordert. In früherer Zeit mag der Orden an sich selber genug gehabt haben: Was die Gebietiger im Kapitel beschlossen zu tun, das ward ausgeführt mit des Ordens Mitteln und Hilfe vieler großer Fürsten und Herren aus der ganzen Christenheit. Das ist nun seit Jahren anders geworden. Wenige stehen dem Orden bei, es sei denn, dass er sie bezahle, und zumal nach dieser letzten Not wird er sich nicht aufrichten gegen seine mächtigen Feinde, wenn ihm das Land nicht hilft über die verbrieften Verpflichtungen hinaus. Wer mich aber bittet, dem kann ich's geben und abschlagen. Darum muss das Land in des Herrn Hochmeisters Rat sein, wenn der Herr Hochmeister von ihm die Tat fordert.

Und so schwächt ihr noch mehr seinen Willen, der wahrlich schon gebunden genug ist durch des Kapitels Zustimmung in allen wichtigeren Dingen. Ihr wollt einen Fürsten haben, der nicht die rechte und nicht die linke Hand heben kann. Wahrlich, eine Puppe trüge ebenso würdig den Hochmeisterring!

Letzkau schüttelte den Kopf. Ich glaube, Ihr täuscht Euch, gnädiger Herr. Der Hochmeister, der Lande und Städte in seinem Rat hat, wird ein Fürst sein mit mächtigem Willen zu allem Guten und Großen. Jetzt vermag er nichts ohne seiner Gebietiger Vollwort, die doch nur sorgen, dass dem Orden nicht Abbruch geschehe. Wenn er aber dem Lande ein Fürst sein will – meint Ihr nicht, dass der Landesrat ihm treulich beistehen werde in allen Wegen? Wenn man ihm die eine Hand lähmt, wird man ihm die andere bewaffnen, und ich zweifle nicht, welche die stärkere sei. Nicht zwischen zwei Stühle werdet Ihr Euch setzen, sondern auf zwei Stühlen werdet Ihr sitzen, und nach welcher Seite hin Ihr zustimmt, auf der wird allemal die Waage sinken. Das Land aber wird froh sein seines Herrn und nicht ausschauen nach dem König und dem Großfürsten.

Er trat einen Schritt zurück und verneigte sich tief, die rechte Hand aufs Herz legend. Der Hochmeister stand eine Weile regungslos; nur in seinem Auge blitzte es wie aus aufziehendem Gewölk. Aber nicht zornig war der Ausdruck seines Gesichts, und das Gewitter entlud sich nach innen. Nun strich er die breite Stirn von oben her und schien mit der Hand wegzuwerfen, was sich allzu dreist darunter festgesetzt hatte. Was du mir heute gesagt hast, Konrad, sprach er langsam und gewichtig, das sage keinem von den Brüdern: Es könnte dir leicht Gefahr bringen; denn was du erstrebst, das ist ihnen zuwider. Ich aber – will nichts gehört haben, was mich in deine Gedanken verstricken könnte – sie fliegen mir allzu weit. Wer ihnen ernstlich nach wollte, dem müssten selbst Flügel anwachsen. Du meinst es gut mit dem Lande und auch – mit mir; aber wir haben nicht Macht über diese Dinge, sie zwingen uns und machen uns klein und groß. Der Tag muss den Tag geben – vielleicht bringt einer auch dies. Geh nun, lieber Bürgermeister, und tue, was der heutige aufgibt. Gott mit dir!

Er bot ihm die Hand. Letzkau bückte sich und küsste sie ehrerbietig. Dann verließ er des Meisters Gemach und wurde draußen von einem dienenden Bruder durch die Schlosswachen geführt. Es war schon gegen Morgen, als er von der Marienburg abritt.

Plauen aber legte sich vergebens auf sein hartes Lager; der Schlaf wollte in dieser Nacht nicht mehr kommen. Der Bürgermeister hatte Gedanken in seine Seele geworfen, die übermächtig wurden. Sie erzürnten ihn und lockten ihn doch immer wieder wie auf ein weites freies Feld, das Raum hatte zum Ausschreiten. Hochmeister – Landesfürst! Zum ersten Male fühlte er diese zwei Gewalten in sich wie etwas Widerstrebendes, das doch vereint sein wollte; zum ersten Male war ihm der Orden nicht das Land und das Land nicht der Orden, und doch durfte das eine nicht sein ohne das andere, das war ihm gewiss. –

Der Bürgermeister brachte die Briefe nach Danzig. Dort zog er Barthel Groß ins Geheimnis und beriet mit ihm, was zu tun sei. Auch seine Tochter war zugegen, der er volles Vertrauen schenkte. Sie versprach ihm ein Bettlergewand zu besorgen, dass er sich in solcher Verkleidung mit einem Knechte in gleich dürftiger Kleidung durch die Grenzbesatzungen brächte. Sie nähte auch die Gewänder selbst heimlich in der Nacht und besetzte sie mit allerhand Flicken. Dann machte sie ihrem Vater das Gesicht unkenntlich mit Ruß und Kreide, hing ihm einen Bettelsack um und gab ihm einen Stab in die Hand. Wie er so gerüstet war, führte sie ihre Kinder herein: Aber die erkannten ihn nicht und fürchteten sich vor ihm. Da lachte sie und sagte: Das mag dir der Herr Hochmeister vergelten mit großen Ehren, dass du dich so tief für ihn erniedrigst.

Letzkau kam glücklich durch die feindlichen Linien nach dem Stolper Land, reiste von einem Herrn zum andern, gab die Briefe ab und brachte sie auf, mit ihrer Mannschaft nach Thorn zu ziehen und dem Hochmeister zu helfen. Auch ging er in die Städte und gab Wechsel von seiner Hand, damit er Geld erhielte für die Soldhauptleute, überall war sein Name gekannt und bei Fürsten und Städten gut angesehen. So brachte er sich in große Schulden für den Orden und dazu in Gefahr, dass er sich den König für allezeit verfeinde und vom Rat seiner Stadt bei der Rückkehr übel aufgenommen werde.

Aber dessen achtete er nur wenig, da er hoffte, der Orden werde durch seinen neuen Meister wieder zu Kräften gelangen. Des Königs Sache hatte ihm nie sonderlich am Herzen gelegen; gut deutsch war seine Gesinnung geblieben allen Verlockungen zum Trotz; nicht einmal das geringste Geschenk hatte er für sich selbst angenommen. Nun meinte er die Stadt nicht zu schädigen, wenn der König endlich doch siegte, da er ja heimlich fortgegangen war und niemand vom Rat, außer seinem Schwiegersohn, erfahren hatte, dass er in des Hochmeisters Dienst reiste. Wenn aber der Orden siegreich blieb, mussten seine Mitbürger es ihm danken, dass er sich in diese Fährlichkeit begeben hatte.

Forderte der Hochmeister des Landes Rat, so berief er sicher Konrad Letzkau unter den ersten.

Dreiundzwanzigstes Kapitel

Die Jagd am Melno-See

Sobald die Heerhaufen aus dem Norden des Landes zusammengezogen und die Söldner neu gerüstet waren, brach Plauen gen Süden auf, die wenigen Burgen, die der König noch in Besitz hatte, zurückzuerobern und ihm bis zur Grenze entgegenzugehen, vielleicht auch sie bei günstiger Gelegenheit zu überschreiten.

Er führte sein kleines Heer durch ein völlig verwüstetes Land, aber wo noch ein Kirchturm stand, da läuteten die Glocken zu seinem Empfang, und das Landvolk stellte sich an den Weg, den neuen Landesherrn zu begrüßen. Zu seiner Freude konnte er auch bemerken, dass der Mut der wackeren Leute nicht gebrochen war. Schon von der Marienburg herab hatte er die tapferen Bürger der Stadt den Schutt von ihren Straßen forträumen und ihre abgebrannten Häuser neu aufrichten sehen; nun fand er überall auch in den Dörfern fleißige Hände tätig, noch vor dem Winter die Wände und Dächer auszubessern, Menschen und Vieh ein gesichertes Unterkommen zu schaffen.

Fürchtet ihr nicht, dass der Feind im nächsten Jahre zurückkehrt und alles wieder zerstört? Fragte er gern die Bauern, sie ausholend.

Da müsste nicht Herr Heinrich von Plauen des Ordens Meister geworden sein, antworteten sie. Gegen den kann der König nichts, das hat er gezeigt in der Marienburg.

So kam er bis zur Engelsburg und nahm dort vorerst Quartier. Im ganzen Kulmer Lande war man dem Orden noch feindlich gesinnt und hielt's offen und versteckt mit dem Könige. Rechnete man doch bestimmt auf dessen Wiederkehr. So galt es denn, dieses Gebiet zu beruhigen und mit zuverlässiger Mannschaft zu besetzen, um künftig im Rücken gesichert zu sein.

Hans von der Buche, der sich im Gefolge des Meisters befand, ritt, sobald sein Dienst es gestattete, nach Buchwalde, sein väterliches Erbe in Augenschein zu nehmen. Er machte sich darauf gefasst, den Gutshof in Schutt und Asche zu finden, und durchstrich mit beklommenem Herzen das Wäldchen am Fuße des Hügels. Aber ganz so traurig sah's drüben nicht aus, als er gefürchtet hatte. Das alte Haus mit seinem Turm stand unversehrt. Ein Teil der Stallungen und Scheunen freilich war durch Brand arg beschädigt und auch das Dach über dem neuen Wohnhause auf der Südseite eingefallen, sodass die verkohlten Sparren in die Luft ragten. Aber überall standen doch die festen Mauern aus Feldsteinen, und einige von den Gebäuden in dem großen Viereck waren auch noch bedacht. Türen und Fensterladen schienen dort neu eingesetzt zu sein, wie sich aus der hellen Farbe des Holzes schließen ließ. Hier und dort weidete auch eine Kuh oder Ziege neben den Lehmhäuschen in der Dorfstraße; den armen Leuten war also nicht ihr ganzes Besitztum geraubt.

Der Junker ritt langsam in den Hof ein bis zum Brunnen unter der Linde, stieg dort ab und schöpfte einen Eimer voll Wasser für sein Pferd. Dann ging er nach dem Hause. Die Türen waren verschlossen oder durch vorgenagelte Bretter gesperrt. Einige von den Fensterläden hingen lose in den Angeln und ließen sich leicht öffnen. Er sah die Gemächer innen völlig ausgeräumt, die Wände kahl und die Füllungen der Schränke zerbrochen. Augenscheinlich hatte der Feind hier geplündert und alle Sachen von Wert mitgenommen. Dann aber musste eine ordnende Hand vorgesorgt haben, dass nicht Regen und Sturm das Zerstörungswerk fortsetzten.

Wie er da noch so stand, vernahm er hinter sich eine polternde Stimme: Was will der Strolch da? Fort mit ihm vom Hofe! Im ganzen Hause ist keine Menschenseele, und selbst die Mäuse und Ratten sind ausgerückt, weil's nicht einmal eine Brotrinde zu nagen gibt. Wer erlaubt Euch, die Laden aufzureißen? Fort, sag ich!

Hans von der Buche blickte um und sah den Waldmeister vom alten Hause her mit eiligem Schritt auf sich zukommen. Er hatte ein großes Beil in der Hand und drohte damit. Grüß Gott, lieber Alter, rief der Junker; kennst du mich nicht mehr, Gundrat?

Der Waldmeister stutzte und ließ im nächsten Augenblick das Beil auf die Erde fallen. Ihr seid's? Sagte er verwundert. Ja, dann ist's freilich ein anderes. Verzeiht die rauen Worte. Man hat's hier seit Monden mit so viel Teufelspack zu tun, dass man sich auf ein gutes Gesicht gar nicht mehr einrichtet.

Um so willkommener wird es dann sein, meinte der Junker und schüttelte ihm die Hand. Ich sehe, Ihr habt wacker hausgehalten. Steht noch etwas auf seiner Stelle, so ist's sicher Euch zu danken, und ich dank's Euch aus treuem Herzen. Jetzt erst bemerkte er, dass der Alte unter dem breiten Hut eine Binde um den Kopf trug. Aber was ist das? Erkundigte er sich teilnehmend. Ihr seid verwundet?

Gundrat schnippte mit den Fingern durch die Luft. Pah, die Polen haben scharfe Säbel, und man kann ihnen nicht allemal aus dem Wege gehen, wenn sie betrunken sind. Es hat nicht viel auf sich. Aber Ihr lebt, Junker! Ich nenne Euch noch immer Junker, obschon Ihr jetzt hier der Herr seid – das tut die lange Gewohnheit. Ja, ich war schon besorgt um Euch, da so lange keine Nachricht kam. Wo zum Teufel stecktet Ihr denn?

In der Marienburg, mein Alter.

Dachte ich's doch, dass Ihr Euch mit dem Schwetzer Komtur dort hättet einsperren lassen. Der ist ja nun Hochmeister geworden.

Heinrich von Plauen ist Hochmeister und hält jetzt Rast in der Engelsburg auf dem Wege nach Thorn, wo er mit dem Könige zu verhandeln gedenkt wegen eines ehrenhaften Friedens.

Den will ich ihm gönnen! Rief Gundrat. Er hat sich brav gehalten, das muss ihm der Feind lassen. Der Mann gefällt mir – wahrhaftig, der gefällt mir!

Kennt Ihr ihn?

Nein, ich sah ihn nie. Was hatte ich auf den Schlössern der Ordensherren zu tun? Aber der Mann ist seine Tat, und seine Tat gefällt mir, darum gefällt mir der Mann.

Begleitet mich nach der Engelsburg, so will ich Euch den Herrn Hochmeister zeigen.

Gundrat warf den Kopf zurück und lachte. Ich bin nicht neugierig.
Sorgt nur, dass ich bald wieder in meinen Wald zurück kann. Doch was
stehen wir hier auf dem Hofe? Tretet bei mir ein, Junker. Ich habe mir im
alten Hause ein Stübchen zurechtgemacht, darin sollt Ihr auch einen
Stuhl finden, wenn Ihr müde seid. Den Gaul bringe ich lieber jenseits des
Grabens in Sicherheit – es streift noch immer viel diebisches Gesindel
um. Folgt mir.

Er ging, ohne die Antwort abzuwarten, nach dem Brunnen, nahm den
Zügel des Pferdes auf und führte es dem alten Hause zu. Die Brücke war
abgebrochen, man musste durch den Graben, in dem sich das Wasser
der Herbstregen in Pfützen gesammelt hatte. Drüben stand unter dem
tiefen Torbogen noch ein zweites Pferd an einen Mauerring angebunden;
zu dem gesellte er den Gaul des Schlossherrn. Ich reite täglich ab und zu,
sagte er, das kostet viel Zeit.

Der Waldmeister führte Hans seitwärts die Stiege hinauf in den mit
Ziegeln gepflasterten Flur und in eins der kleinen gewölbten Gemächer
des unteren Stockes. Dort war in einer Ecke mit Brettern eine Schlafstelle
abgegrenzt und der Raum mit trockenem Laube gefüllt, worauf Gunrat
sein Mantel ausgebreitet lag. Einer von den Tischen, die sonst in der Halle gestanden hatten, war vor das Fenster geschoben; daneben standen
zwei Holzstühle ohne Lederbezug. Ist das alles, was uns der Feind gelassen hat? Fragte der Junker.

Der Alte stieß ein paar Laute aus, die wie ein heiseres Lachen klangen.
Das ist alles, was wir dem Feinde gelassen haben, antwortete er – es hat
seine Beutegier nicht gereizt, aber ich hab' dafür manches Schimpfwort
hinnehmen müssen.

Das andere ist in Sicherheit?

So ziemlich. Es liegt im Heidenwall unter einem Bretterschuppen, den
wir rasch zusammenzimmerten. Was die Preußen gestohlen haben, dafür stehe ich nicht gut.

Und Pferde und Vieh?

Weiden im Walde am Melno-See, bis auf fünf oder sechs von den
schlechtesten Stücken, die ich absichtlich preisgegeben habe, damit sich
der Feind nicht zu eifrig aufs Suchen legen möchte. Die Strohdächer
deckten sie ab, um Pferdefutter zu haben, da unsere Scheunen bald geleert waren. Im Wohnhause hatten sich polnische Schlachtschitzen ein-

quartiert, die brachten von Tannenberg einen Leiterwagen voll Bierfässer, soffen Tag und Nacht, bis ihnen über den Köpfen der rote Hahn aufflog, denn sie hatten in der Halle Feuer angemacht, und einer der Holzpfeiler war in Brand geraten bis zum Dachstuhl hinauf. Da zogen sie fluchend ab. Das geschah schon, als der König auf die Marienburg zog. Hinterher merkte jeder Haufe, der nachrückte, dass hier schon geplündert war, und hielt sich nicht lange mit der Nachlese auf. So stand der Hof noch verwüstet da und recht jämmerlich anzusehen, als der König zurückkam. Einige Tage lang lagen unsere Ställe und Scheunen voll von Kranken und Verwundeten. Die Reiter, die sie geleiteten, durchstöberten die Keller und hatten nicht übel Lust, den Turm mit Pulver zu sprengen. Darüber kam es zwischen uns zum Streit, und der eine von den betrunkenen Lümmeln schlug mir mit dem krummen Säbel über den Kopf. Nun, die alte Gudawe hat den Schlitz wieder zusammengeheilt. Als das Heer vorüber war, hab' ich dann angefangen, ein wenig Ordnung zu schaffen und den Hof aufzuräumen. Die Nächte werden kalt, und das Vieh kann nicht mehr lange im Freien bleiben. Den Acker hab' ich durch die Knechte vom Walde aus bestellen lassen, so gut es ging. Auch die Waldwiesen am See sind gemäht, und das Heu ist unter Schobern von Laubgeflecht ins Trockene gebracht. So werden wir zum Winter das notdürftigste Futter haben. Weiter weiß ich nichts zu berichten, Herr.

Lieber Getreuer, rief Hans erfreut, das ist hundertfach bessere Kunde, als ich erwarten durfte. Unser Schade ist groß, aber durch ein paar gute Ernten wird er sich mit Gottes Hilfe wieder einbringen lassen. Habt herzlichen Dank.

Der Alte achtete auf seine Rede wenig, schob eine Holzplatte mit dem Fuße fort und stieg in ein Kellerloch hinab. Von dort brachte er ein Brot und eine Kanne Met herauf. Stärkt Euch, sagte er, es reicht für uns beide. An bescheidene Kost werdet Ihr Euch wohl in der Marienburg gewöhnt haben, denk ich.

Hans griff zu. Noch eine Frage aber. Wisst Ihr nichts von meiner Stiefmutter und Schwester?

Nicht das Mindeste, Junker. Sie haben sich um Buchwalde gar nicht mehr gekümmert. Was hätt's auch geholfen?

Ob ein Bote nach Sczanowo durchkäme?

Wo denkt Ihr hin? Die Grenze ist dicht besetzt mit polnischem Volk, und alles, was von Preußen kommt, wird angehalten und aufgeknüpft.

So müssen wir den Friedensschluss abwarten. Er stand auf und reichte dem Alten die Hand hin. Lebt wohl! Ich reite nach der Engelsburg zurück.

Und wann gedenkt Ihr, mich abzulösen? Fragte Gundrat, ohne einzuschlagen.

Hans sah ihn verwundert an. Abzulösen? Seid Ihr Eures Verwalteramtes so müde?

Gründlich, Junker. Ich sehne mich wieder in meinen Wald zurück und habe noch die Hütte zum Winter auszubessern.

Ah, ich lasse Euch nicht mehr vom Gutshofe fort! Ihr habt nun gezeigt, dass Ihr zu etwas Besserem taugt als zum Eremiten.

Gundrat schüttelte den Kopf. Das versteht Ihr nicht, übrigens meine ich, habt Ihr den Kreuzherren schon mehr gedient, als Eure Pflicht und Schuldigkeit war. Der Hochmeister kann Euch nicht halten.

Aber ich trenne mich ungern von ihm, Gundrat. Er kann jetzt jeden Arm brauchen, der ein Schwert zu schwingen vermag – und Ihr wisst nicht, was mich sonst noch ...

Ihr errötet wie des Pfarrers jüngstes Beichtkind. Nur heraus mit der Sprache! Was sonst noch?

Ihr erinnert Euch des Junkers von Waldstein, Gundrat?

Ei wohl!

Er hat eine Schwester – und sie ist die Verwandte des Hochmeisters. Und Ihr, Junker –?

Ich sage nichts weiter. Aber es wäre mir lieb, wenn der Hochmeister auch ferner ein Auge auf mich hätte.

Der Alte stützte den Kopf in die Hand. Es wird sich dazu wohl noch Gelegenheit ergeben, äußerte er nach einer Weile, wenn der Krieg wieder losbricht. Jetzt seid Ihr nötiger hier auf Eurem Hofe als unter des Hochmeisters Dienerschaft. Ihr müsst Haus und Stall wieder aufrichten, Eure Äcker bestellen und für Eure Bauern und Knechte sorgen. Überall fehlt der Herr. Und wenn Ihr an eine Hausfrau denkt –

Das steht in weitem Felde –

Mag sein. Aber Haus und Hof muss doch erst in Ordnung. Überlegt's also, Junker. Kommt Ihr aber in acht Tagen nicht selbst, so schickt einen andern, dem ich Euer Hab und Gut übergebe. Auf mich rechnet nicht weiter.

Zu einer gefälligeren Antwort ließ er sich nicht bewegen, und so ritt Hans von der Buche denn fort, über sich selbst ärgerlich, dass er seinen Besuch nicht aufgeschoben hatte.

Unterwegs aber ging ihm doch durch den Kopf, was der Alte wohlmeinend gesprochen hatte. Er konnte jetzt dem Hochmeister wenig nützen, war nur in seinem Hofhalt ein Kostgänger mehr. Zu Hause aber gab's viel zu tun, den Kriegsschaden auszugleichen, und was in den nächsten Wochen versäumt wurde, war für das ganze Jahr versäumt. Es mussten auch die Mittel zur Kriegsrüstung im folgenden Frühjahre beschafft werden, und er durfte nicht hinter den Nachbarn zurückbleiben, die wahrscheinlich gleich nach Abzug des Feindes mit dem Wiederaufbau ihrer Höfe begonnen hatten. Als er gegen Abend in die Engelsburg einritt, war er schon entschlossen, beim Hochmeister einen längeren Urlaub nachzusuchen.

Zu diesem Zwecke meldete er sich am nächsten Morgen beim Hauskomtur und wurde ohne Schwierigkeit zu Plauen eingelassen. Der Hochmeister saß in dem hochgelegenen Gemach, das für das Oberhaupt der Brüderschaft eingerichtet war, in der tiefen Fensternische an einem Tische, auf dem viel Briefschaften lagen. Er beschäftigte sich aber nicht mit denselben, sondern hatte den Stuhl dicht an das Fenster gerückt, einen Flügel geöffnet und auf die weite Landschaft hinabgeschaut.

In kurzer Entfernung lag das Dorf Okonin, jetzt vom Feinde arg mitgenommen. Nahe hinter demselben begann der Wald, anfangs noch unterbrochen durch Ackerpläne und Wiesen, bald dichter und geschlossener, sodass ihn das Auge bis zum Horizont hin nicht mehr verlor. Er leuchtete in seinem goldgelben Herbstschmuck; hier und dort aber hob sich eine dunkle Tanne über das Laubholz hervor.

Hans von der Buche brachte sein Anliegen bescheiden vor und nannte seine Gründe.

Ich kann Euch nicht halten, antwortete der Meister; aber vergesst mir Euer Versprechen des Wiederkommens nicht. Es könnte sein, dass ich bald ungern auch den einzelnen Mann vermisse. Wo liegt Buchwalde?

Zwischen hier und Rheden, gnädiger Herr, naher gegen Rheden.

Wie groß ist Euer Besitz?

Hans gab Auskunft. Der Hochmeister zeigte in die Ferne hinaus. Der helle Streifen dort – was ist das?

Der Melno-See, gnädiger Herr.

Und der, Wald diesseits gehört Euch?

Ein großer Teil davon.

Es fehlt darin wohl nicht an allerhand jagdbarem Wild?

Gewiss nicht, gnädiger Herr. Die Nachbarn klagen, dass dessen zu viel sei; die Äcker leiden darunter. Besonders die Hirsche –

So wär's ein gutes Werk, zu jagen und die dreistesten Gesellen fortzuschießen.

Seid Ihr ein Jäger?

Dem Hochmeister blitzten die Augen. Die Jagd war meine Lust in der Jugend! Kaum ein anderes habe ich so schwer vermisst, seit ich in den Orden trat, als die Jagd. Sie ist den Rittern verboten, außer auf wildes Getier, das dem Lande Schaden bringt, Bären und Wölfe. Aber das ist keine Pirsch, wie sie der Weidmann liebt. Dem Hochmeister freilich ist eine Ausnahme erlaubt. Ah, wenn ich hier von der Höhe aus dem Fenster blicke über das Waldland, erinnert's mich an die Heimat! Wald – Wald und Wald, so weit das Auge reicht in dem lieben Thüringen, nur welliger und höher hinauf zu den Wolken, wenn auch nicht in die Wolken hinein. Er seufzte. Da gab's eine Jagd auf Edelwild!

Hans von der Buche überlegte ein wenig. Ew. Gnaden sollten's einmal in unsern Wäldern versuchen, sagte er dann zögernd. Am Melno-See gibt's tiefe Schluchten; da täuscht man sich leicht in ein Hügelland hinein, und Bäume stehen dort, die sind älter als der Orden im Heiligen Lande. Beliebt's Ew. Gnaden, so benachrichtige ich meinen Waldmeister, und an Treibern soll's nicht fehlen.

Ihr meint's gut, antwortete der Meister lächelnd. Und wahrlich, es bedarf nicht langen Zuredens! Mein Geist ist schlaff und mein Körper matt von der Arbeit am Schreibtische. Ein paar Atemzüge frischer Waldesluft würden mich wunderbar stärken und aufrichten. Wir wollen keine Jagd ansagen; die Zeit ist nicht dazu angetan, und das Landvolk hat Dringenderes zu tun, als uns einen Achtender zuzutreiben. Aber lasst uns die Pferde satteln und gebt einigen von meiner Dienerschaft Weisung, sich mit Armbrüsten und Spießen bereitzuhalten. Diese Briefe, die heute früh von Thorn anlangten, sind nicht auf der Stelle abzufertigen. Vielleicht weiß ich am Abend nach einem kräftigenden Waldritt besser, wie den Schwierigkeiten zu begegnen, die sich mir rings in den Weg legen. Wohlan denn, ich gebe Euch das Geleite!

Der junge Gutsherr zeigte sich hocherfreut über diesen Entschluss und eilte fort, um die nötigen Vorbereitungen zu treffen. Draußen auf der Galerie fand er bei den Türhütern einen Bekannten aus der Marienburg, dem er dort freilich lieber ausgewichen war. Es war Liszek. Er trug jetzt ein neues Kleid von gutem Tuch und hatte Haar und Bart gestutzt. Ei, wie kommt Ihr hierher? Fragte er, nicht angenehm überrascht. Ich bemerkte Euch bisher nicht unter des Herrn Hochmeisters Dienern.

Bin auch erst seit gestern hier, antwortete der Bursche, sich demütig verbeugend. Hat nicht lange gefallen in weite Welt. Schlechte Zeit, Herr Junker, schlechte Zeit. Nichts zu essen zu Hause – Hof abgebrannt, Kuh fortgeführt, Knecht erschlagen. Bauer muss hungern. Pah, hungern schlechte Spaß! Lieber dienen bei großer Herrschaft. Bin ich gekommen nach Engelsburg und bieten an meine Dienst – treu und gut, wahrhaftig!

Und man hat Euch angenommen?

Ei, gewiss! Ehrliches Gesicht, gute Rock – und verlangen nicht viel Lohn.

So kann ich Euch gleich Aufträge machen, gebt acht! Er setzte ihm auseinander, was zu besorgen sei, und ging selbst in seine Schlafkammer, sein geringes Gepäck zu ordnen.

Liszek hatte sich wohl gehütet, die Wahrheit zu sagen. Er war nach Aufhebung der Belagerung der Marienburg zu seinem Herrn, dem Bischof von Kujawien, gegangen, um ihm Bericht zu erstatten. Der fühlte sich auf seinem Schlosse Subkau nun bald nicht mehr sicher und eilte dem König nach über die Grenze. Seinem Diener aber gab er ein neues Kleid, versprach ihm noch eine bessere Belohnung und hieß ihn wieder zu Plauen gehen und sich stets in dessen Nähe aufhalten. Er solle aufmerken, wer bei dem Hochmeister ab- und zugehe, mit wem er viel vertraulich verhandle, wen er mit Briefschaften schicke und womit er sich beschäftige. Liszek hatte dem Bischof von dem Verkehr Plauens bei der jungen schönen Dame in der Vorburg schuldige Mitteilung gemacht; nach der Beschreibung war sie unzweifelhaft dieselbe, die er schon in Schwetz durch seine Geistlichen hatte beobachten lassen.

Übrigens war er ein geschickter und behänder Bursche, und so brachte er denn auch jetzt die Stallknechte rasch in Bewegung, wählte die Begleitung aus, ließ Armbrüste an die Sättel binden und einen Gaul mit Mundvorrat beladen. Nach einer Stunde konnte dem Meister gemeldet werden, dass der kleine Tross am Burgtore bereitstehe. Vor Sonnenuntergang sei er wieder zurück, versicherte Plauen dem Hauskomtur, und hoffe für die Brüder etwas frisches Wildbret mitzubringen. In Okonin schickte Hans einen von den Bauernburschen zu seinem Waldmeister voran, ihm anzusagen, dass er mit einem vornehmen Herrn zur Jagd reite und ihn in der zweiten Schlucht am See bei den drei alten Eichen erwarten werde. Gundrat möge sich beeilen, dorthin zu kommen, auch einige Leute mitbringen, die das Wild aufjagen könnten. Er selbst wisse nicht gut genug Bescheid tiefer in den Wald hinein.

Ein herrlicher Bestand, lobte Plauen, als sie eine Strecke zwischen den mächtigen Stämmen weitergetrabt waren, immer das dichte Unterholz vermeidend. Hier hat kaum noch die Axt geklungen; nur der Sturm stürzt von Zeit zu Zeit einen der Riesen, der sich mit seinem Haupte zu hoch hinauswagt, oder das Alter wirft sie zu Boden. Man weiß in Preußen noch wenig vom Forsten und schlägt nur die Waldstellen um, die man ackern will. Das wird in hundert Jahren anders sein. Ah, wie erquicklich die Waldluft ist! Man atmet einmal wieder aus voller Brust.

Ein Hirsch brach vor, stutzte und ergriff die Flucht. Die Hunde wurden losgelassen und setzten ihm nach. Die Jäger hinterher mit lautem Hallo, so schnell die Pferde durch das Gestrüpp folgen konnten. Der sumpfige Rand eines Waldsees zwang das Tier umzukehren, und sich den Hunden zur Wehr zu setzen. So stellten sie es den Jägern. Bald lag es auf dem Rasen, von den Bolzen ihrer Armbrüste hingestreckt.

Der Hirsch wurde unter einem weithin kenntlichen Baume bis zur Rückkehr aufbewahrt. Nachdem die Hunde gekoppelt waren, setzte sich der kleine Zug wieder in Bewegung. Hans von der Buche schlug vor, zunächst den Wald auf kürzestem Wege zu durchschneiden, um den See zu gewinnen.

Sie erreichten das Ufer und nach einigem Herumstreifen an demselben auch die Schlucht mit den drei Eichen. Es war Mittag geworden, die Jäger stiegen ab, ließen ihre Pferde grasen und streckten sich auf das Waldlaub am Anberge, von wo man einen hübschen Durchblick nach dem im Sonnenschein glänzenden See hatte. Der mitgenommene Mundvorrat wurde herbeigeschafft und der Moosteppich als Tischtuch benutzt.

Plauen hatte sich mit der Schulter gegen den Stamm einer Eiche gelehnt. Der Hut lag neben ihm auf dem Boden, das Wams war auf der Brust geöffnet. Von Zeit zu Zeit schaute er über sich in die gelbe Laubkrone, die den Herbstwinden noch kräftig Widerstand geleistet hatte, während die anderen Waldbäume schon fast kahl dastanden. Das sind die Steineichen, sagte er; es dauert im Frühjahr lange, bis sie ausschlagen, andere Bäume haben dann schon ihren Sommer. Aber um so länger bleiben sie auch grün, fast bis in den Winter hinein. Es ist mit den Menschen nicht anders; sie haben zu gar verschiedener Zeit ihren Frühling und Herbst.

Ihr selbst mögt Euch mit einer solchen Steineiche vergleichen, gnädiger Herr, bemerkte der Gutsherr. Viel welkes Laub ist im Orden, Ihr aber steht frisch und gesund da. Und auch sonst seid Ihr uns ein Bild dieses mächtigen Stammes, der ungebeugt den heftigsten Stürmen steht.

Der Hochmeister bewegte abwehrend ein wenig die Hand. Es soll sich erst noch zeigen, was das gilt, antwortete er. Vielen wäre ein Rohr genehmer, das sich vor dem Winde beugt und sich wieder aufrichtet, wenn er darüber hingegangen ist, oder ein Weidenbaum, den man köpft und der doch wieder frisch ausschlägt. Aber jeder freilich nach seiner Natur: Mir gefällt die knorrige Eiche. Nur glaubt nicht, dass ich jetzt meinen Spätfrühling feiere. Zu früh bin ich alt geworden, und vor der Zeit hat der Sturm mich entlaubt – was jetzt aus mir grünt, ist ein später Trieb, dem die Sonne vielleicht nicht mehr warm genug scheint, dass er sich kräftig auswachse. Er zeigt nur, dass der Stamm noch nicht abgestorben ist.

Er ließ die Hand über die Stirn und die Augen gleiten und hielt sie eine Weile fest darauf gedrückt. Auch in meinem Thüringen gibt's nicht mehr viel solcher Eichen wie diese hier, fuhr er dann heiterer fort; es ist eine Freude, sie anzusehen und an ihnen zurückzudenken, was sie erlebt haben. Sie waren schon betagt, als Hermann Balk ins Land kam, hier das Kreuz aufzurichten, und darüber sind bald zweihundert Jahre vergangen. Jetzt kämpft das Kreuz gegen das Kreuz.

Und Rom gelüstet's nach der Siegesbeute, fuhr Hans heraus. Es gefällt dem Papst wenig, dass der Orden in kirchlichen Dingen selbstständig ist und die Möncherei nicht aufkommen lässt. Deshalb hilft er den Polen und steht es gern, dass die Bischöfe sich gegen die weltliche Macht auflehnen. Am liebsten möcht er dem Orden den Prozess machen wie dem Magister Johannes Huß in Prag, und mich wundert's gar nicht, dass er verbreiten lässt, hier in Preußen seien viele Anhänger seiner Lehre.

Plauen lachte. Wenn wir Ketzer sind, dann freilich hat er leichtes Spiel mit uns. Wir wollen uns wohl hüten. Ihr aber haltet Eure Zunge im Zaum, dass man Euch nicht von Huß reden hört; denn da Ihr bei ihm in der Lehre gewesen seid, wird man auch glauben, dass Ihr seine Lehre hierher ins Land tragt.

Ich hoffe, der Wald wird mich nicht verraten, entgegnete Hans wenig beunruhigt.

Der Wald war nicht der einzige Zeuge dieses Gesprächs, das sich noch eine Weile über so gefährliche Dinge fortsetzte. Liszek, der mit den andern Dienern einige Schritte seitwärts im Grase lag und an dem Flügel eines Vogels nagte, spitzte die Ohren. Verstand er auch nicht alles, was gesprochen wurde, so war doch auch das wenige, zumal wie er sich's zurechtlegte, ganz geeignet, seinem Herrn, dem Bischof, gelegentlich hinterbracht zu werden. Vom Papst und Johann Huß war die Rede gewesen!

Indessen hatte der Okoniner Bursche den alten Waldmeister in seiner Hütte aufgefunden und des Gutsherrn Bestellung ausgerichtet. Gundrat knurrte und fluchte, machte sich aber doch bereit. Er hatte am Morgen die Knechte aufs Feld geschickt, holte nun einen Teil vom Pfluge fort zu den Waldweideplätzen und schritt dann, die Armbrust über der Schulter und ein kurzes Schwert an der Hüfte, dem See zu, auch im Heidenwall die junge Mannschaft aufrufend. Weiter am Ufer entlang auf bekannten Schleichpfaden ging er der Schlucht zu, an deren oberem Ende die drei alten Eichen standen.

Er näherte sich ihnen, durch Buschwerk gedeckt, immer nach den Jägern ausspähend. Da hörte er sprechen. Er bog die dünnen Äste zurück und sah Leute im Grase liegen. Dort aber – an den Stamm der mittleren Eiche gelehnt, saß da ihm gegenüber ein Mann, dessen Anblick ihn offenbar mit Schreck erfüllte. Der ganze Körper zuckte, und die Augen starrten auf das Gesicht hin. Eine Sekunde lang stand er wie angewurzelt, aber nur eine Sekunde lang. Dann stieß er ein stöhnendes Ah – er! Aus, riss die Armbrust von der Schulter, spannte sie und warf einen Bolzen in die Rinne.

Blaurot wurde sein Gesicht, zornig flammten die Augen. Er legte den Kolben an die Backe, zielte – die Hände zitterten. Verführer – Mörder! Schrie er und drückte ab.

Der Bleibolzen zischte durch die Luft und schlug in den Eichenstamm ein, keine Handbreit über des Hochmeisters Haupt. Sicher wäre er getroffen worden, wenn er nicht bei dem lauten Aufschrei des Schützen seine Lage verändert hätte. Was war das? Rief er jetzt, vom Boden aufspringend und seinen Gegner mit den Augen suchend.

Hans war zu ihm geeilt. Ein Schuss – dort in die Eiche ist der Bolzen eingeschlagen! Welcher Bube –?

Wer war der Schütze? Fragte Plauen. Wer schrie da – Verführer und Mörder? Ihm nach, Leute! Holt ihn ein – bringt ihn hierher! Er war sehr bleich und sah auch sonst ganz verstört aus. Ich habe die Stimme nicht zum ersten Mal gehört, wandte er sich wieder an den Gutsherrn, und mir galt der Schuss. Wer war's – Ihr müsst ihn kennen l In Eurem Walde ist diese Schandtat –

Gnädigster Herr, fiel Hans ihm in die Rede, straft nicht einen Unschuldigen mit Eurem Zorn. Ich weiß nicht, welcher schändliche Bube – es treibt sich jetzt viel Raubgesindel um – vielleicht, dass man erfahren hat –

Aber die Stimme, die Stimme –?

Sie klang heiser und wie von Wut erstickt –

Verführer – Mörder –

Ich vernahm die Worte kaum deutlich. Nach dem Ton – aber das ist unmöglich!

Der Hochmeister sah finster vor sich hin. Die Freude an diesem Tage ist mir verdorben, sagte er. Nicht weil mein Leben gefährdet war – das steht überall in Gottes Hand, und stets hab' ich es eingesetzt mit leichtem Mut. Aber die Stimme – das war ein Feind, auf den ich nicht rechnete. Mörder – Verführer ... Er sprach immer leiser in sich hinein, zuletzt ganz unverständlich. Dann schüttelte er sich, als ob er etwas abwerfen wollte, richtete den Kopf hoch auf und rief in herrischem Tone: Die Pferde herbei! Wir reiten heim.

Zwei von den Dienern hatten in dem unbekannten Walde bald die Verfolgung aufgegeben und eilten zu den Pferden zurück, des Hochmeisters Befehl auszuführen. Einige andere durchsuchten noch die Gebüsche in der Schlucht und drüben am Rande eine Strecke ins Gehölz hinein. Am flinksten war Liszek hinter dem Schützen her gewesen. Er hatte genau die Richtung gemerkt, aus welcher der Ruf kam, und sich in der Nähe gar nicht aufgehalten. Indem er dreist zulief und zu beiden Seiten ausspähte, sah er hinter einem Busch eine Gestalt auftauchen und sich eiligst in der Richtung nach dem See hin entfernen. Er verdoppelte nun seine Anstrengungen und war bald dem Fliehenden auf den Hacken. Steht, rief er ihm zu, oder ich sende Euch einen Bolzen nach, der besser treffen soll als der Eure!

Der Waldmeister musste einsehen, dass es ihm nicht gelingen könne, sich seinem Verfolger zu entziehen und den Heidenwall zu erreichen. Das Blut kochte in seinen Adern, das Herz klopfte bis zum Halse hinauf. Schweiß stand auf der knochigen Stirn, und die Knie zitterten vom schnellen Lauf in solcher Erregtheit. Er stellte sich mit dem Rücken gegen einen Baum, spannte seine Armbrust und sagte, mühsam Atem schöpfend: Was wollt Ihr von mir? Keinen Schritt weiter – Ihr seid des Todes!

Liszek winkte beruhigend mit der Hand. Mann gegen Mann – nicht schießen! Lieber geben Antwort. Wer seid Ihr? Gundrat überzeugte sich, dass er's nur mit diesem einen zu tun habe, und setzte die Armbrust ab. Ein alter Mann, wie Ihr seht, entgegnete er, ein unglücklicher Mann, dessen Auge nicht mehr sicher ist und dem die Hand zittert. Oder traf mein Bolzen ihn doch, den schändlichen Verführer meines Kindes – den Buben, der mich zum Mörder machte? Nein, nein, nein, er traf nicht! Es gibt keinen gerechten Gott!

Liszek horchte auf und bekreuzte sich bei den letzten Worten.

Den Buben – hahaha! Ihr sprecht wenig respektvoll von Eurem gnädigen Herrn Hochmeister.

Der Alte schrak zusammen. Hölle und Teufel! Der Mann unter der Eiche war –? Die Augen schienen ihm aus dem Kopf treten zu wollen. Wer war der Mann?

Ja, Ihr müsst ihn doch kennen, wenn Ihr ihm an die Kehle wollt! Heinrich von Plauen, Hochmeister des Deutschen Ordens, kein Geringerer.

Gundrat sank in die Knie. Heinrich von Plauen – er! Rief er. Der Gast meines jungen Herrn –!

So seid Ihr des Junkers van der Buche Waldmeister, den er an den drei Eichen erwartete. Aber was sprecht Ihr da? Das ist eine schwere Anklage für einen Hochmeister des Deutschen Ordens. Getraut Ihr Euch, sie aufrechtzuerhalten?

Gundrat ballte die Fäuste. Ich hasse ihn! Er hat mein Leben vergiftet, er hat mich aus Heil in Unheil gebracht! Ja – ich hatt' ihn erkannt. Er war's – er war's gewisslich. Mehr als zwanzig Jahre sind darüber hingegangen. Aber wären's fünfzig – ich könnte mich nicht täuschen – er war's! O Mechthild – mein Kind, mein armes Kind! O unseliger Vater! Er schlug mit den Händen gegen die Stirn und raufte sein graues Haar.

Liszek überkam etwas wie Mitleid, während er zugleich schlau zu überlegen bemüht war, wie diese unverhoffte Entdeckung sich könnte ausnützen lassen. So trat er nun zu ihm und suchte ihn aufzurichten. Wenn Ihr Rache nehmen wollt, sagte er, dazu könnte mit der Zeit vielleicht Rat werden. Ich diene dem Bischof von Kujawien, der des Hochmeisters Feind ist. Habt Ihr einen Anschlag gegen Plauen, so eröffnet Euch dem hochwürdigen Herrn ohne Anstand im Beichtstuhl – der Vergebung Eurer Sünden seid Ihr sicher. Das sagte er in polnischer Sprache.

Gundrat stieß ihn unwillig zurück. Ich brauche keinen Pfaffen! Rief er. Meine Sünde ist so groß, dass sie im Beichtstuhl nicht vergeben werden kann. Nicht Gott – der Teufel ist mächtig in mir. Fort mit Euch! Rührt mich nicht an! Wollt Ihr mich verraten, das steht bei Euch. Ich bin Gundrat, der Waldmeister, und meine Hütte weiß jedes Kind zu finden. Es ist so viel Ungerechtigkeit in der Welt – warum soll der Mann nicht zu Gericht sitzen über mich und den Stab brechen? Heinrich von Plauen – er! Hahaha, die Welt – die schöne Welt!

Er lachte wie ein Verrückter, dass es weithin durch den Wald schallte, warf seine Armbrust über die Schulter und schritt, ohne ein Wort des Abschieds zu sprechen, an seinem Verfolger vorüber. Liszek war der Alte unheimlich geworden. Er schlug hinter ihm dreimal das Kreuz und ließ ihn unangefochten gehen. Unmöglich war's nicht, dass er's mit dem Teufel selbst zu tun gehabt hatte.

Während er langsam in der Richtung nach der Schlucht zurückschritt, bedachte er, was zu tun sei. Er wurde mit sich einig, weder dem Herrn Hochmeister noch dem Junker von der Buche etwas von dieser sonderbaren Begegnung zu sagen, übrigens aber sich alles wohl zu merken und bei nächster Gelegenheit dem Bischof Bericht zu erstatten. Der würde sich's wohl zusammenreimen, meinte er.

Als er an den Halteplatz kam, waren die Jäger schon fort. Er zäumte sein Pferd auf und folgte ihnen.

An der Stelle, wo der Hirsch lag, waren sie vorübergeritten. Schade um den Braten, dachte er, sprang ab und lud das Wild auf. Im Dorfe Okonin gab er s den Bauern mit dem Befehl, es nach dem Schlosse zu schaffen.

Noch denselben Tag verließ Hans von der Buche die Engelsburg, um zu Hause seine Wirtschaft zu übernehmen. Der Hochmeister hatte sich in sein Gemach eingeschlossen und wollte ihn nicht mehr sprechen.

Bald nach diesem Vorfalle begab Heinrich von Plauen sich nach der Stadt Thorn, um mit dem König über den Frieden zu verhandeln.

Vierundzwanzigstes Kapitel

Eine Samariterin

Sczanowa lag einige Meilen von der Grenze auf einer mäßigen Erhöhung des Weichselufers.

Das, was die Besitzer selbst »das Schloss« nannten, war ein lang hingestrecktes Gebäude unter Strohdach, dessen beide Flügel sich im rechten Winkel an einen viereckigen plumpen Turm von drei Stockwerken anlehnten, der aus rohen Feldsteinen aufgeführt war und wohl schon ein paar Jahrhunderte überdauert hatte. In den Seitenflügeln befanden sich menschliche Wohnungen, aber auch Ställe für Pferde und Vieh und unter den Dächern Getreideschüttungen. Vor den Türen lagen ungeheure Misthaufen auf dem Hofe, der auf der dritten und vierten Seite teils durch Gebäude, deren Dach fast bis zur Erde reichte, teils durch einen verfallenen Palisadenzaun abgegrenzt wurde. Um dieses Viereck lagen ohne Ordnung Lehmhütten von schlechtestem Aussehen in großer Anzahl, die meisten mit seitwärts gesenktem Strohdach und gestütztem Giebel. Weiter die Uferhöhe hinauf zeigten sich auch noch einfachere Wohnplätze: bloße Bedachungen über Gruben, an den Giebelseiten durch aufgeschichtete Rasenstücke notdürftig geschlossen, ganz ohne Fensteröffnungen und mit einem niedrigen Loch statt der Tür. Noch weiter hinaus, schon nahe der Uferböschung, waren in langen Reihen mächtige Baumstämme, daneben auch Bretter aufgestapelt. Von hier führte ein breiter Weg zum Flusse hinab, wenn man eine geebnete Strecke einen Weg nennen will.

Nirgends die Spur eines Gärtchens um die Hütten, vor denen nur ungeheure Haufen trockenen Strauchwerks lagen, selbst auf dem Schlosshofe und auswärts der beiden Flügel des Hauptgebäudes kein Baum; alles unendlich kahl und nüchtern wie die ganze nächste Umgebung, die eine weite Ackerfläche sein mochte.

Es war Winter. Schnee lag auf der Plattform des Turms und in dessen tiefen Fensterbrüstungen, Schnee auf den breiten Strohdächern ohne Schornstein, Schnee auf dem Hofe und auf der weiten Fläche ringsum, bis zu den blauschwarzen Waldungen, die landeinwärts in ununterbrochener Flucht den Horizont abgrenzten. Der Fluss war mit Eis bedeckt; es glitzerte Augen blendend in der Sonne, wo der Wind streckenweise den Schnee fortgefegt hatte.

Eine Landstraße war nirgends sichtbar; aber über die Schneefläche führten in verschiedenen Richtungen Gleise nach dem Walde hin oder von demselben her, unregelmäßig, oft einander kreuzend. Es schien, dass jeder gefahren war, wo es ihm gefiel. Auch jetzt bewegten sich Fuhrwerke von eigentümlicher Gestalt auf dieser Fläche hin und her. Die von der Uferhöhe abgehenden bestanden aus zwei durch eine lange Kette verbundenen Schlitten, eigentlich nur Schlittenkufen. Darauf saßen Männer in weißen Schafpelzen und Pelzmützen, Sandalen an den Füßen, deren Riemen bis fast zum Knie hinauf die Wade kreuzweise umwickelten, darüber Holzschuhe mit einer Strohfüllung zur besseren Erwärmung. Einer auf dem vorderen Schlitten trieb mit der Peitsche die kleinen rauhaarigen Pferde zu eiligstem Lauf an. Die entgegenkommenden

Fuhrwerke bewegten sich dagegen in langsamem Schritt; sie waren von derselben Beschaffenheit, aber beladen mit langen Baumstämmen, von denen manche wohl achtzig Fuß messen mochten und mit der dünn auslaufenden Spitze im Schnee mühsam nachschleiften. Die Männer saßen rittlings gegen den Wind und oft die Arme über der Brust zusammenschlagend, um sich zu erwärmen. Ihre Äxte und Beile steckten im Holze. Mitunter fuhren mehrere solcher Schlitten hintereinander her, und dann begleitete sie auch wohl ein Reiter, der eine von Riemen geflochtene Peitsche an kurzem Holzstiel vorn im Pelz stecken hatte oder gelegentlich auch über den Rücken der Fuhrknechte schwang, wenn sie die Pferde nicht gehörig antrieben und im Schnee stecken blieben.

Im Walde war jetzt der Boden gefroren; auch die Sümpfe und Moräste, die im Sommer selbst das Elchwild mied, hielten jetzt den Tritt der Pferde und Menschen aus. Dort ließ die Herrschaft von den leibeigenen Bauern und Knechten die mächtigen Bäume fällen, abästen und zum Transport zurichten. Überall vernahm man die Schläge der Axt, das Krachen und polternde Niederfallen der getroffenen Stämme, das Schreien der beschäftigten Leute, das Fluchen und Wettern der Aufseher. Unter ihnen bewegten sich auch einige Juden in pelzgefütterten Kaftanen, mit langen schwarzen Locken vor dem Ohr. Sie hatten das Holz von dem Herrn von Sczanowo gekauft und bezeichneten nun die Stämme, die sie geschlagen wünschten. Die Aufseher mussten wohl von ihnen gute Trinkgelder erhalten haben, denn sie waren ihnen in allem willfährig.

Im Holzgarten aber auf der Uferhöhe, wohin die Stämme gebracht wurden, gab's andere Arbeit. Dort wurden die Stumpfe der Seitenäste mit dem Beil geglättet, die dünnen Wipfelenden abgeschnitten und abgesondert aufgeschichtet, die Eichen auf hohen Gestellen zerschnitten und vierkantig zugerichtet, auch wohl von den beiden Männern oben und unten zu starken Brettern zersägt. Von den Stapelplätzen aus rückte man die Rundhölzer mit Pferden unter wüstem Geschrei bis zur Uferkante und ließ sie von dort auf dem geebneten Wege hinabrollen. Sie sammelten sich dicht am Fluss oder auch auf dem Eise desselben und sollten im Frühjahr zu Flößen verbunden und stromabwärts transportiert werden nach Thorn und Danzig, teilweise vielleicht auch beladen mit dem Getreide, das von der letzten Ernte auf dem Hofe geblieben war, da der Krieg allen Handelsverkehr gehindert hatte.

Der Eingang zum Schloss sah einer Scheuneneinfahrt nicht unähnlich. Zwei große Torflügel mit einem hölzernen Überfall konnten sie schließen, schienen aber selten gebraucht zu werden, da der eine nicht mehr fest in den Angeln hing. Der Fußboden war mit Lehm ausgeschlagen, die

Wand mit demselben Material verstrichen, aber an einigen Stellen mit einer Art roher Mosaik von kleinen buntfarbigen Feldsteinen ausgeputzt.

Die Zeichnung schien ein Schild mit einem Wappen darstellen zu sollen. Seitwärts führten mehrere kunstlos gefügte Türen links in den herrschaftlichen Pferdestall und rechts in die Wohngemächer. Hier hielten dicke Steinwände die Kälte ab, die kleinen lukenartigen Fenster ließen nur das notwendigste Licht ein. Die Ausstattung konnte im Gegensatz zu dem bäuerischen Äußern fast verschwenderisch genannt werden: Überall lagen Felle von Bären und anderen Waldtieren auf dem Fußboden, die Wände waren mit Teppichen bedeckt, deren orientalische Muster über ihren Ursprung nicht Zweifel lassen konnten; an weichen Polstern fehlte es nicht neben den Kaminen, deren Steineinfassung von weither herangebracht sein musste. Einige Möbelstücke von Olivenholz mit eingelegten Verzierungen von Metall deuteten nach Italien hin, waren aber in Ungarn erbeutet, wo sie wahrscheinlich lange Station gemacht hatten. Darauf standen zerbrochene Geschirre mit allerhand Bildwerken, an einer Stelle auch eine Holztafel mit Malerei, die zu einem Altarschrein gehört hatte und vielleicht von dem Herrn Michael von Kroczinski jüngst aus Preußen mitgebracht war. Er bewohnte diesen Flügel, sein Bruder Jakob den andern. Außer ihnen aber hausten noch verschiedene Vettern, Schwäger und weibliche Verwandte im Schloss, eine ganz zahlreiche Sippe, größtenteils nur sehr dürftig einquartiert, denn dicht neben den wenigen wohnlichen Räumen zogen sich lange Reihen von Kammern hin, die für Ställe hätten gelten können und dem Bewohner nicht einmal überall eine Bettlade zum Schlafen boten.

Hier hielt sich noch immer Frau Cornelia von der Buche auf, jetzt eine Witwe, die sich noch für jung halten konnte. Über den Tod ihres Mannes hatte sie sich bald getröstet: Sie war ihm nie mit herzlicher Neigung zugetan gewesen, und ihr sorgloses Gemüt beschäftigte sich auch nicht einmal mit der Frage, wie sich der Stiefsohn zu ihr stellen werde und wie es in Buchwalde aussehe. Sie fühlte sich sehr wohl unter ihren Verwandten, die sie so lange entbehrt hatte, und in dem bewegten Treiben um sie her. Da konnte sie stundenlang auf den Polstern liegen und mit den Vettern plaudern, die auf der Jagd gewesen waren und Abenteuer mit Wölfen oder Bären gehabt hatten, oder vom königlichen Hoflager anlangten und Neuigkeiten mitbrachten, oder von den Juden mit Berichten über die Dinge in Ungarn und an der Südgrenze versehen waren, wo die Heere König Sigismunds bei Alt- und Neu-Sandecz arge Verheerungen angerichtet hatten. Mitunter erschienen auch Zigeuner und musizierten lustig; dann sah sie dem Tanz der jungen Leute zu. An Dienerschaft war kein Mangel, und die Mägde, die ihr aufwarteten, konnten als Leibeigene ganz nach Laune behandelt werden. Selten hatte sie jetzt Langeweile.

Einige Zeit im Herbst war man freilich besorgt gewesen, dass der Krieg nach Polen hineingespielt werden könnte. Das war, als der Rückzug des Königs bekannt wurde. Die Polen, die bis dahin den Sieger von Tannenberg mit überschwänglichem Lobe gefeiert hatten, wurden nun plötzlich mutlos und warfen ihm vor, dass er zwar zu siegen, aber nicht den Sieg zu benutzen verstehe. Unverzeihlich schien ihnen die lange Zögerung vor der Marienburg, unverzeihlich die Aufhebung der Belagerung. Sie sahen nun schon den Hochmeister mit seinen Scharen ins wehrlose Land einbrechen und blutige Rache nehmen. Freilich wussten sie, dass Wladislaus Jagello alle Kraft aufbieten musste, dies zu hindern, da er in solchem Falle allen Schaden zu vergüten verpflichtet war, den der polnische Adel auf seinen Gütern nahm. Bald kamen denn auch günstigere Nachrichten. Es dauerte längere Zeit, bis Heinrich von Plauen sein Heer neu ausrüsten, bei Thorn die Hilfsvölker aus Deutschland zusammenziehen konnte. Dann hieß es allerdings, der Hochmeister sei in der Stadt – die Burg war noch in den Händen der Polen – und dringe auf rasches Vorgehen, aber die deutschen Fürsten und Herren sowie die Bischöfe in seiner Umgebung hielten ihn zurück und nötigten ihn zu Friedensverhandlungen. Mitte Dezember kam Botschaft, dass wirklich beiderseits Kommissarien bestellt und ein vierwöchiger Waffenstillstand abgeschlossen sei. Damals kehrte Herr Michael von Kroczinski zurück, der solange beim Könige in Brzescz geblieben war.

Sehr bald wurde er durch einen Eilboten wieder zurückberufen. Der König hatte den Hochmeister zu sich nach Raciaz eingeladen, um durch persönlichen Verkehr schneller zum Abschluss zu gelangen, Plauen hatte die Einladung angenommen. Herr Michael sollte unter den Kommissarien des Königs sein, deren jeder Teil sechs ernennen wollte. Er hatte bis Raciaz einige Meilen zu reiten, und nahm ein großes Gefolge mit, um sich ein Ansehen zu geben. Die Holzjuden mussten zur Bestreitung der Unkosten neue Vorschüsse machen, brachten aber die Zinsen reichlich ein, indem sie nun im Walde die Herren spielen konnten.

Ein paar Wochen lang wurde es stiller in Sczanowo; die Vettern waren fast sämtlich mitgeritten zur Ehre des Hauses. Dann aber kehrten sie ohne das Oberhaupt der Familie, dem wahrscheinlich zu früh der Säckel leer geworden war, nach dem Schlosse zurück und erzählten, der Hochmeister sei drei Tage in Raciaz gewesen, habe aber so unbillige Forderungen gestellt, dass man nicht zum Schluss hätte kommen können. Nun verhandelten die Kommissarien weiter, übrigens sei Großfürst

Witowd mit frischen Truppen aus Litauen im Anzuge. Sobald er erst an der Grenze stehe, werde Plauen sich gefügiger zeigen.

So war man in das neue Jahr hineingekommen. Der Januar hatte große Kälte gebracht; das Schloss war eingeschneit, der Wald rundum wegen der in großen Rudeln andringenden Wölfe gefürchtet, die Verbindung mit der Nachbarschaft eigentlich nur über den gefrorenen Fluss hin möglich. Die Kälte drang nun auch ins Haus ein und ließ sich durch die Kaminfeuer, ob sie schon den ganzen Tag über brannten, nicht zurückschrecken. Man ging auch im Innern des Hauses in Pelzen und schloss sich am Kamin dicht zusammen.

Ein Mitglied der Schlossgenossenschaft war während der ganzen Zeit immer nur selten in den Familiengemächern gewesen: Natalia. So munter und ausgelassen sie anfangs nach der Übersiedlung von Buchwalde hierher mit den Vettern um die Wette allerhand Reitkünste betrieben hatte, so still und kopfhängerisch war sie später geworden. Jeder wusste den Grund, aber man sprach nicht mehr davon, am wenigsten mit ihr selbst, nachdem sie ein paar Mal die vorwitzigen Frager und Rater scharf abgetrumpft hatte. Ihre Mutter hatte gar keinen Einfluss auf sie und ließ sie gewähren, da sie jede unnütze Aufregung vermied. Es war nicht die Nachricht vom Tode des Vaters, was sie in solcher Betrübnis erhielt. An ihr zehrte ein Leiden, das sich täglich erneuerte und immer schmerzlicher wurde.

Warum hatte ihr auch der Oheim vom Schlachtfelde einen Gefangenen zugeschickt, den sie nun zu hüten hatte?

Es war eine schwere Stunde gewesen, als damals im Juli der mit Beutestücken aller Art beladene Wagen auf den Hof fuhr, der Führer das Fräulein rufen ließ und verschmitzt lachend sagte, dass er auch ihr etwas mitgebracht habe, aber nicht wüsste, wie es angekommen sein werde, und wie er nun den weißen Mantel aufhob und Junker Heinz von Waldstein dalag, anscheinend ein Toter.

Sie schrie entsetzt auf. Der Schrei weckte ihn; er zuckte zusammen und öffnete matt die Augen, schloss sie aber gleich wieder, geblendet vom Licht, und schien vergebliche Anstrengungen zu machen, die trockenen Lippen zu bewegen.

Er lebte also noch – aber was für ein Leben. Vielleicht nur Minuten noch dauerte der Kampf. Mit dem ist's zu Ende, sagten die Vettern; holt den Kaplan herbei, dass er wenigstens wie ein Christ sterbe.

Nicht hier auf der Straße! Rief Natalia, an allen Gliedern zitternd und doch schon innerlich ermutigt zu dem Liebeswerke, das ihr aufgetragen war. Er gehört mir, ich will über ihn verfügen. Helft mir, ihn in das Turmgemach hinaufschaffen; es ist kühl und luftig – er ist erschöpft von der weiten Fahrt und von der Hitze – er wird sich erholen.

Sie trat auf das Rad des Wagens, beugte sich über die Leiter und fasste schauernd seine kalte Hand. Junker Heinz – sagte sie, sterbt nicht – Ihr seid bei guten Freunden.

Es war, als ob ein Lächeln über die eingefallenen, farblosen Wangen zog; aber es konnte auch der Todeskrampf sein.

Der Wagen wurde abgeladen und dann dicht bis an das Pförtchen im Turm gefahren. Frau Cornelia hatte indessen den verwunderten Vettern notdürftige Auskunft über den Mann gegeben, sodass sie sich nun teilnehmender zeigten. Der Hauskaplan kam heraus und traf mit geistlicher Ruhe Anordnungen, wie die Männer den Kranken vom Wagen heben sollten, nachdem die eine Leiter entfernt wäre. Tut ihm nicht weh, bat Natalia.

Sie eilte dann voraus an der Kapelle vorbei, die das untere Geschoss einnahm, die Steinstiege in der dicken Mauer hinauf nach dem zweiten Stock, in dem sich zwei Stübchen befanden, die Mönchszellen ähnlich sahen. Mitunter wurden Fremde dort logiert, wenn das Langhaus gefüllt war, und es stand in dem einen auch ein hölzernes Gestell, das für eine Bettlade gelten konnte. In einer anderen Ecke lagen ein Strohsack und ein Lederkissen. Sie warf beides rasch auf das Gestell und klopfte die Einlage glatt aus. Dann trat sie in die tiefe Fensternische und stieß die Laden auf, damit die frische Luft einströmen könnte. Auch im Stübchen nebenan, das ganz mit Waffen und Jagdgerät behängt und bestellt war, öffnete sie die Luke zu gleichem Zweck. Als die Männer den Verwundeten hinaufbrachten, war alles zu seiner Aufnahme zugerichtet.

Der Kaplan hatte seine Zelle in einem seitlichen Ausbau des Turmes, der schon unter dem Dache des Langhauses lag, neben der Kapelle. Er konnte also immer in der Nähe sein, was Natalia sehr beruhigte, sowohl seines geistlichen Amtes wegen, das ihn ja zu Werken der Barmherzigkeit verpflichtete, als weil er einige medizinische und chirurgische Kenntnisse besaß. Er war nicht nur der Seelsorger, sondern auch der Arzt für die Schlossherrschaft und die Gemeinde der leibeigenen Bauern. Auch deshalb hatte Natalia dieses Turmzimmer gewählt. Nun beweiset Eure Kunst, Pater Stanislaus, sagte sie zu ihm, als sie allein waren, und Ihr sollt den Dank nicht missen. Mich aber betrachtet als Eure Gehilfin und dienstwillige Dienerin. Tragt mir auf, was zu tun ist, und ich will Euch in allem gehorchen.

So entfernt Euch jetzt, bat der Kaplan, damit ich seinen wunden Körper untersuche. Wahrscheinlich ist der Hieb über Kopf und Stirn nicht der Einzige, den er in der Schlacht davongetragen. Hier an der linken Schulter ist das Wams von Blut gefärbt, und auch sonst sind wohl nicht alle Glieder heil. Schafft indessen kaltes und warmes Wasser herbei, auch altes Linnen zu Binden und wollene Decken. Ich will gern sehen, was ich vermag, aber ich fürchte, er erlebt die Nacht nicht mehr.

Sie eilte fort, und er besichtigte nun aufmerksam die breite Stirnwunde, indem er mit geschickter Hand die angetrocknete Blutkruste ein wenig hob und mit den Fingern tastend prüfte, ob der Knochen erheblich verletzt sei. Dann öffnete er das Lederwams über der Brust und untersuchte die Verletzung an der Schulter. Hier war ein Pfeil zwischen Plate und Armschienen eingedrungen. Die Wunde war dreieckig und anscheinend tief, ihre Ränder zeigten sich weithin entzündet. Die ganze Umgebung musste sehr schmerzhaft sein, denn der Körper zuckte bei der leisesten Berührung. Eine Quetschung des Schenkels, wahrscheinlich von dem Hufschlage eines Pferdes herbeigeführt, erwies sich ebenso wenig gefährlich als einige Schrammen und Beulen hier und dort, die durch die Rüstung nicht hatten abgewehrt werden können.

Natalia brachte Wasser und Verbandzeug. Mit ängstlicher Spannung sah sie zu, wie der Kaplan die Kopfwunde wusch und die Blutkruste löste, indem er zugleich das lockige braune Haar zur Seite strich. Als nun der breite Spalt in der Kopf- und Stirnhaut klaffte, überfiel sie einen Augenblick ein Schwindel, dass sie die Schale mit dem Wasser niedersetzen und sich an das Holzgetäfel der Wand stützen musste. Sie ächzte leise, als ob sie selbst Schmerz empfände. Rasch aber fasste sie sich wieder und setzte die Handreichungen fort. Das ist eine entsetzliche Wunde, sagte sie, ihrer Beängstigung durch Worte Luft machend.

Der Schädel scheint nicht gespalten zu sein, antwortete er bedächtig. Es wäre freilich fast ein Wunder zu nennen, wenn der Knochen ganz unverletzt geblieben sein sollte. Der Helm hat die Wucht des Hiebes geschwächt, ist aber offenbar gesprengt worden, sodass die Schneide des Schwertes oder der Axt eine lange Bahn reißen konnte. Ein kräftiger Schädel! Ah, hier gibt die Decke dem Druck doch nach – diese scharfe Spitze – ein Knochensplitter. Das hat noch keine Gefahr, wenn das Gehirn nicht verletzt ist. Wäre nur schon auf dem Schlachtfelde ein Verband –

Es hat keine Gefahr? Erkundete das Mädchen eifrig, sich an das einzige Wort haltend, das tröstlich klang.

An sich nicht, liebes Fräulein, erwiderte er; solche Brüche heilen bei guter Behandlung. Aber ob hier ... Sicher hat der arme Mensch Tag und Nacht auf dem Felde gelegen, und dann die lange Fahrt in der Sonnenhitze? Man muss staunen, was der Mensch ertragen kann. Und dieser atmet doch noch!

Also keine Hoffnung?

Das sage ich nicht. Wer atmet, lebt – und wer lebt, den soll man nicht verloren geben, denn Gottes Rat macht alle Menschenweisheit zuschanden. Eine solche Wunde lässt sich heilen, wenn nur die Kraft ausreicht. Er zog ein kleines Täschchen aus dem Ärmelaufschlag seines Rockes vor, nahm ein blankes Instrument heraus und sondierte vorsichtig. Der Bruch scheint in der Tat nicht bedeutend –

Gott sei gelobt!

Aber die andere Wunde –

Die an der Schulter?

Eine Pfeilspitze ist tief eingedrungen, und man weiß nicht, was sie im Innern beschädigt hat. Eine sehr heftige Entzündung rundum – wir wollen sogleich mit Wasser kühlen. Die Kräfte, die Kräfte – er ist gänzlich erschöpft. Bringt ein wenig Wein, wir wollen versuchen, ihm einzuflößen.

Sie eilte wieder die Treppe hinab und rief nach dem Kellermeister. Er verstand sich nur ungern dazu, ihr zu Dienst zu sein, denn auf dem Hofe war Herrschaft und Dienerschaft um den Führer des Wagens und seine Begleiter versammelt, die von der siegreichen Schlacht bei Tannenberg erzählten. Es war ein Fass Bier herangerollt, und des Königs Wohl wurde so oft getrunken, dass die Zungen schon zu lallen anfingen. Was kümmerte man sich um den deutschen Junker?

Sie stieg selbst in den Keller hinab, der unter dem Turm lag, füllte eine Kanne mit Wein und trug sie hinauf. Mühsam gelang es, dem Kranken die krampfhaft verbissenen Zähne voneinander zu bringen. Dann aber schien der Wein seine ermatteten Lebensgeister wundersam zu kräftigen. Wieder schlug er die Augen auf und ließ den Blick auf dem bekümmerten Gesicht des Mädchens verwundert haften, bis sie zufielen. Der Kaplan hielt seine schlaffe Hand und fühlte den Puls, der sich ein wenig gehoben hatte. Dann legte er die wollenen Decken über das Lager. Wir können jetzt weiter nichts tun, sagte er, ich will in der Kapelle für ihn beten.

Als sie allein war, kniete sie neben der Bettstelle nieder, faltete die Hände und blickte unverwandt auf sein Gesicht. Mitunter streichelte sie den Arm, der sich unter der Decke unbeweglich am Körper hinstreckte. Er lag in tiefem Schlaf.

Die Sonne ging unter und warf beim Scheiden durch das Fenster einen glutroten Schein auf die Wand, dass sich das ganze Gemach erhellte. Nun sah der Kranke recht erhitzt aus; er atmete auch lauter und hastiger. Als es dämmerte, löste der Kaplan das Mädchen ab. Schlaft, sagte er, Ihr werdet hoffentlich noch viel bei ihm zu wachen haben.

Er hatte recht. Die Nacht ging ohne einen Unfall vorüber, und der nächste Tag forderte wieder ihre unausgesetzte Pflege. So auch die folgenden Tage. Sie wechselte mit dem Geistlichen am Krankenbett ab und ließ sich's auch nicht nehmen, hin und wieder eine Nachtwache zu leisten, damit er nicht seine Kräfte erschöpfe. Ein furchtbar heftiges Wundfieber hatte den Kranken ergriffen. Mehr als einmal glaubte der Arzt sein Ende gekommen. Aber seine kräftige Natur überwand diesen Anfall. Die Besinnung fand sich wieder, er erkannte seine Pflegerin, er sprach einige verständliche Worte, nahm mit Behagen Nahrung zu sich. So vergingen viele Wochen zwischen Fürchten und Hoffen.

Habt Ihr meinen Ring verwahrt? Fragte er eines Morgens nach einer meist in ruhigem Schlaf verbrachten Nacht schüchtern.

Welchen Ring, Junker?

Einen Ring mit kleinen blauen Steinen –

Ah, den! Ich sah ihn damals im Buchwalde am kleinen Finger Eurer Hand.

Und jetzt fehlt er an der Stelle. Habt Ihr ihn nicht bemerkt, als ich hierher –

Nein, Junker. Man wird ihn Euch auf dem Schlachtfelde vom Finger gezogen haben. Nach Kostbarkeiten haben die Plünderer sicher zuerst gesucht.

Er nickte.

Der Ring war Euch sehr wert! Bemerkte sie, die Augen senkend und an den Schnüren ihres Mieders zupfend.

Darauf antwortete er nicht. –

Und wieder vergingen Wochen. Die Stirnwunde fing an sich zu schließen, die Kopfwunde eiterte noch, aber immer seltener lösten sich Knochensplitter aus. Pater Stanislaus, der täglich den Verband erneute, glaubte mit gutem Gewissen die Versicherung geben zu können, dass die Gefahr beseitigt sei und die Heilung bald rasch fortschreiten werde. Natalia setzte mit einer Ausdauer, die ihr keiner der Verwandten zugetraut hätte, ihre Pflege fort und schlug jede Lockung der Vettern ab, zu Pferde in der Nachbarschaft einen Besuch abzustatten oder in dem kleinen Boot auf dem Flusse zu fahren, was ihr sonst das größte Vergnügen bereitet hatte. Es fehlte selbst an Fasttagen nicht an kräftiger Fleischkost, nicht an süßem Ungarwein und frischem Met. Dennoch wallte sich in dem Befinden des Kranken keine Besserung zeigen, im Gegenteil schienen die Kräfte sich immer mehr zu erschöpfen.

Das konnte seinen Grund nur in der bösartigen Schulterwunde haben, an der Pater Stanislaus vergebens alle seine Kunst versuchte. Das kleine Dreieck schloss sich nicht, und die Ränder blieben weithin entzündet. Vielleicht war die Pfeilspitze abgebrochen und stecken geblieben. So schmerzhaft die Stelle bei der geringsten Berührung war, entschloss Heinz sich doch, die Wunde nochmals genau sondieren zu lassen. Der Pater führte diese Operation mit seinen rohen Instrumenten nicht allzu geschickt aus. Der arme Kranke biss die Zähne zusammen, um nicht zu schreien: Der Angstschweiß stand ihm auf der Stirn. Natalia hielt seine Hand und suchte ihn durch die freundlichsten Worte zu ermutigen. Wenn die Schmerzen ein wenig nachließen, dankte er ihr dafür durch einen warmen Blick. Umsonst litt er alle diese Qual; die Pfeilspitze wurde nicht gefunden.

Von Neuem probte der Pater seine Heilmittel durch; kein Einziges brachte in dem Zustande des Kranken eine mehr als vorübergehende Besserung. Von dem blühenden Menschen war bald nicht mehr als der Schatten übrig. Der Körper magerte gänzlich ab und wurde so kraftlos, dass an ein Verlassen des Bettes nicht zu denken war. Kaum dass er den Arm heben und sich ohne Beistand auf die andere Seite legen konnte. Tag und Nacht rüttelte ihn das Fieber, die Stirn war fortwährend feucht, die Augen lagen tief in ihren Höhlen, das ganze Gesicht zeigte eine grünliche Farbe. Manchmal, wenn Natalia am Morgen in das Stübchen trat, um für den Tag wieder ihr Pflegeamt zu übernehmen und Heinz die Augen geschlossen hatte, glaubte sie schon eine Leiche auf der Bettlade liegen zu sehen.

Sie ermüdete nicht. Keine andere Unterstützung nahm sie an als die des guten Paters, der ihr ganz ergeben war. Sie reichte dem Kranken den Kräutertrank, den dieser bereitet hatte, den Becher mit Wein oder frischem Wasser, sie hob zur Essenszeit seinen Kopf in ihren Arm und führte jeden Bissen Speise in seinen Mund. Als der Herbst mit den kalten

Tagen herankam, ließ sie das Fenster verdichten, Binsenmatten über den ganzen Fußboden ausbreiten, die Tür mit einer wollenen Decke verhängen. Sie sorgte auch für eine Lampe, damit ihm die finsteren Abende nicht lang würden. Ihr seid engelgut, sagte er wohl nach solchen neuen Beweisen von freundlicher Werktätigkeit, ihr mit den hageren, zitternden Fingern die kleine Hand drückend, das habe ich mir um Euren Bruder Hans nicht verdient.

Still, still, antwortete sie dann und nickte ihm aus den dunklen Augen freundlich zu, Ihr seid mein Gefangener, und ich will mein Lösegeld nicht verlieren – wenn ich Euch überhaupt freigebe.

Lange hoffte er selbst auf Besserung und Genesung. Als aber Tag nach Tag, Woche nach Woche schied und sein Zustand immer kläglicher wurde, meinte er sich die Wahrheit nicht vorenthalten zu dürfen, dass es mit ihm rasch oder langsam zu Ende gehen müsse. Eine traurige, manchmal recht verzweifelte Stimmung bemächtigte sich seiner. In schlaflosen Stunden der Nacht klagte er Gott an, dass er ihn nicht auf dem Schlachtfelde habe sterben lassen, und dann bat er wieder recht kindlich und inbrünstig, dass der Herr über Leben und Tod seinen Leiden bald ein Ziel stecken möge. Die düsteren Dezembertage schienen recht geeignet, solche Trübseligkeit zu fördern. Wenn freilich des Morgens seine treue Pflegerin hinter dem Türvorhang vorschaute und ihm mit der hellen Stimme einen Gruß zurief oder das Lederkissen unter seinem Kopf zurechtrückte und dabei mit der Hand seine Wange streifte oder sie auch wohl, wenn das Fieber ihn schüttelte, beruhigend auf die Seine legte, dachte er nicht ans Sterben. Er war ja so jung! Manchmal freilich überkam ihn bei solchen Liebkosungen eine ganz eigene Beklommenheit. Es war ihm dann, als ob nicht nur das Mitleid dem Kranken sie spendete, sondern ein wärmeres Gefühl sich bei dem Mädchen regte. Wie konnte das auch bloßes Mitleid sein, was sich bei dem jungen Ding mit so ausdauernder Werktätigkeit zu erkennen gab? Nein, da sprach eine herzlichere Teilnahme mit, und er musste sich's gestehen, dass sie ihm wohltat. Wenn sie neben seinem Bette saß, zwang's ihn recht, die matten Augen von der Decke zu heben und auf das jugendlich frische Gesichtchen zu richten, dem die bekümmerte Miene gar nicht anpassen wollte und doch so viel Reiz verlieh. Er träumte sich dann zu dem Tag zurück, als sie beide, strotzend von Lebenskraft, zur Zigeunermusik getanzt und hoch zu Pferde in raschem Lauf die Heide durchmessen hatten. Diese schlanke, biegsame Gestalt – dieses leuchtende Auge – diese keck herausfordernde Sprache – dieses muntere Lachen! Schon damals hatte sie Gefallen an ihm gehabt – ganz gewiss. Und seinetwegen war sie

nun die Samariterin! Stundenlang saß sie bei ihm in dem kalten, halbdunklen Gemach, in ihren Augen glänzten oft Tränen, ihre Stimme klang
weich und mild, nur die Lippen lachten still, wenn er ihr ein Wort des
Dankes sagte. Sie wollte, dass er lebe. Warum wollte sie es? Welche Frage! Und doch beunruhigte ihn die Antwort in gar nicht unlieber Weise.
Erst wenn sie ihm Gute Nacht gesagt hatte und er nun mit sich allein
war, kam es ihm wie sündhaft vor, dass seine Gedanken sich so viel mit
dem schönen Mädchen beschäftigten, das doch über sein Herz nicht
Macht gewinnen sollte. Dann meinte er, solcher Unruhe würde er ledig
sein, wenn er den Ring mit dem Vergissmeinnicht besäße; und wieder
tauchte der Verdacht auf, sie selbst könnte ihn von seinem Finger gezogen haben, damit er das Gedenken verlernte und ganz ihr Gefangener
sei. So finster es um ihn war, schloss er doch noch die Augen und strengte seine Vorstellungskraft an, in seiner Seele das liebliche Bild erscheinen
zu lassen, das sonst immer so lebendig bei ihm gewesen war. Aber die
Farben waren nun blass, die ganze Erscheinung schattenhaft. Und ehe er
sich's versah, huschte ein anderes Bild darüber hin und verwirrte alle
Linien.

Das schmerzte ihn. Er wusste, dass er in seinem tiefsten Gefühl Maria
nicht untreu werden konnte, und doch beherrschte ihn ein anderer
mächtiger Zwang. Was sollte daraus werden, wenn er gesundete und so
unfrei bliebe? Vielleicht war's eine Wohltat, wenn Gott ihm den Tod gab.
–

Zweiter Band

Erstes Kapitel

Des Königs Leibarzt

Maria glaubte gewiss schon lange nicht mehr daran, dass Heinz noch unter den Lebenden sei. War er begraben in ihrem Herzen? Vielleicht gerade deshalb, weil er ihr nicht mehr lebte, minderte sich ihre Macht über ihn. Heinz meinte, es müsse eine solche Wechselwirkung bestehen zwischen denen, die einmal ihr Schicksal verkettet hätten. Nun dachte er darauf, wie er sie's wissen lassen könne, dass er in Polen gefangen sei und an seinen Wunden krank liege.

Er hatte mit dem Pater verabredet, dass er mit einem Stock auf den Boden klopfen wolle, wenn er in der Nacht etwas bedürfe. Der Ton war bis in seine Zelle neben der Kapelle zu hören, und der Kaplan hatte einen leisen Schlaf. Selten genug hatte der Junker von dieser Erlaubnis, ihn zu wecken, Gebrauch gemacht. In einer Nacht aber, als ihn wieder jene Gedanken quälten, entschloss er sich und klopfte an.

Bald erschien der gute Mann mit einem Lämpchen, das vor dem Heiligenbilde in der Kapelle brannte und von ihm besorglich mitgenommen war, und fragte nach seinem Begehr. Er glaubte nicht anders, als dass des Junkers letztes Stündlein gekommen sei und er von ihm geistlichen Trost begehren werde.

Darin irrte er freilich. Es waren weltliche Gedanken, die Heinz beschäftigten. Ich sehe wohl, dass es traurig um mich bestellt ist, sagte er und wenig Hoffnung, dass ich genese. Was ich an irdischem Gut besitze, ist gar gering und mag durch Eure Hand den Armen zufallen, ohne dass es einer Schrift bedarf. Es beschwert mich aber, dass ich von dieser Welt scheiden soll, ohne von den Freunden Abschied zu nehmen, die mir im Leben Gutes erwiesen haben. Da wollte ich Euch nun herzlich bitten, hochwürdiger Herr, mir einen Brief zu schreiben, der ihnen Nachricht gibt von meinem Schicksal. Vielleicht findet sich eine Gelegenheit, ihn sicher nach Preußenland zu befördern.

Der Kaplan machte ein bedenkliches Gesicht. Lieber Junker, antwortete er, Ihr merkt wohl, dass ich des Deutschen wenig mächtig bin, und ob ich's gleich verstehe und zur Not sprechen kann, so weiß ich's doch nicht zu schreiben.

Schreibet dann Latein, bat der Kranke, es gibt in den Konventen überall gelehrte Priesterbrüder, die in dieser Sprache bewandert sind.

Pater Stanislaus zupfte verlegen an dem Stricke seiner Kutte. Dass ich's Euch nur gestehe, Junker, sagte er nach einer Weile, mit meinem Latein sind auch nicht weite Sprünge zu machen. Ich weiß die Gebete auswendig und lese ein wenig in den heiligen Büchern, habe auch vor Jahren einiges zu meinem Gebrauche abgeschrieben. Aber ob es mir mit diesem geringen Vorrat gelingen kann, über weltliche Dinge einen Brief abzufassen –

Versucht es immerhin, schnitt Heinz seine Bedenken ab. Ihr würdet mich sehr beruhigen.

Und an wen sollte ich nach Eurer Meinung schreiben? Fragte der Kaplan zögernd.

Der Junker überlegte. Ich könnte mich Wohl an Herrn Heinrich von Plauen wenden, der jetzt Hochmeister des Deutschen Ordens sein soll und mir ein sehr gnädiger Herr war. Aber der hat sicher jetzt viele Sorgen, und ich fürchte, der Brief kommt im besten Falle nur in seines Schreibers Hand ... Auch hatte ich in der Marienburg viel Verkehr mit einem Ordensbruder, der hieß Wigand von Marburg und schrieb eine Chronik des Landes. Doch war der schon ein sehr alter Mann, und ich weiß nicht, ob er die schweren Zeiten der Belagerung überlebt hat. Am besten ist's daher wohl, ich wende mich an den Komtur von Danzig, zumal es mir besonders daran gelegen ist, nach dieser Stadt von mir Nachricht zu geben, in der man mich bei meiner Ankunft in Preußen gar freundlich aufgenommen hat. Am leichtesten mag es auch gelingen, den Brief dorthin gelangen zu lassen.

Was aber soll ich in Eurem Namen schreiben, lieber Junker? Sagt mir's wörtlich vor; ich will es dann versuchen zu behalten und ins Latein umzustellen, so schwer es mir auch werden wird.

Ich danke Euch von Herzen, sagte Heinz sehr erleichtert. Schreibt denn etwa also: »Gnädiger Herr Komtur! Der diesen Brief an Euch richtet, heißt mit Namen Heinrich von Waldstein und ist von Herrn Heinrich von Plauen, damals Komtur von Schwetz, seinem Verwandten, ins Land berufen worden. Lieber Herr Komtur! Ich bitte Euch gar sehr, dass Ihr ihm gelegentlich melden wollet, wie ich bei Tannenberg schwer verwundet und in polnische Gefangenschaft geraten bin und auf dem Schlosse Sczanowo an meinen Wunden krank liege und dem Tode nahe bin. Sollte mich aber der gnädige Gott wider Vermuten nochmals zu Kräften kommen lassen, dass der Herr Hochmeister meiner nicht vergesse und mich mit den andern Gefangenen aus der Gefangenschaft löse; damit ich ihm wieder zu Diensten sei. Auch weiß Herr Heinrich von

Plauen, dass ich eine Schwester habe, Waltrudis mit Namen, der wolle er einen Gruß bestellen. Zudem, so bitte ich Ew. Gnaden inständigst, dass Ihr in der Rechten Stadt Danzig dem Ratsherrn Huxer Nachricht geben wolltet von allem, was ich Euch geschrieben habe, ihm und seiner Tochter Maria, wie ich verwundet und gefangen bin und meiner Leiden nicht erlöst werde. Wolle die Jungfrau mir noch ein Liebes erweisen, so möge sie zu ihrer Namensheiligen beten, dass sie mir Gnade zuwende, sei es in diesem, sei es im ewigen Leben. Den Ring aber kann ich ihr nicht zurückgeben, weil er mir genommen ward, da ich für tot lag. Das mag den Buben schlechten Lohn eintragen.« Und dann füget einen Schluss bei, wie es schicklich ist.

Der Kaplan ließ sich's nochmals und zum dritten Mal hersagen, bis er meinte, jedes Wort gut gefasst zu haben. Sagt niemand, bat der Junker, dass Ihr den Brief für mich schreibt, und gebt ihn mir, wenn er fertig ist, zur Aufbewahrung, bis er einen Boten findet. Sollte ich aber sterben, bevor er befördert wäre, so versprecht mir, ehrwürdiger Herr, dass Ihr die Worte zufügen wollet: »er ist gestorben an dem und dem Tage«, und ihn sodann absenden werdet, so schleunig es sein kann. Denn besser ist's, sie weiß, dass ich nicht mehr unter den Lebenden bin, als dass sie nutzlos um mich sorgt.

Das letzte sprach er ganz leise vor sich hin, aber der Pater hatte die Worte doch verstanden. Er versicherte dem Junker, dass er alles wohl ausrichten werde und eine Todesnachricht ohne Mühe zu schreiben wisse. Als er dann aber, das Lämpchen in der Hand, langsam die Steintreppe hinabstieg, blieb er öfters stehen und wiegte den Kopf. Es war nicht, weil er bedachte, wie er die lateinischen Worte stellen sollte, dass sie alles ausdrücken möchten, was der Junker ihm aufgetragen zu schreiben. Er war aber so weit ein weltkluger Mann, dass er sich's zu reimen wusste, wie es um des Junkers Herz stand. Das bekümmerte ihn Natalias wegen. Unten in seiner Zelle überkam ihn der sündige Gedanke, es sei am Ende das kleinste Leid, wenn der Junker seiner Krankheit erliege. Dann aber bekreuzte er sich und betete zu Gott, dass er's nach seiner Weisheit einrichte.

Den Brief malte er in den nächsten Tagen mühsam auf ein Blatt Papier, das er aus einem von ihm abgeschriebenen Psalter ausschnitt, der die Lage nicht ganz gefüllt hatte. Er faltete ihn zusammen, legte einen Kreuzfaden herum und siegelte mit Wachs. Die Aufschrift lautete: »An den Herrn Komtur zu Danzig«, ohne Namen. Heinz verwahrte das Schreiben unter seiner Decke.

Bald darauf war's, als Herr Michael von Kroczinski mit der ganzen Vetterschaft nach Raciaz zum König reiste. Heinz erfuhr davon durch Natalia, fürchtete aber Verdacht zu erregen, wenn er durch die Polen einen Brief an einen Ordensgebietiger übergeben ließ, und hielt ihn lieber noch zurück.

Natalia aber trug einem der Vettern dringend auf, in Raciaz nach des Königs Leibarzt zu fragen, ihm den Krankheitsfall vorzutragen und ein Heilmittel zu erbitten.

Der Vetter führte diesen Auftrag auch aus, brachte aber, als er mit dem größten Teil des Gefolges zurückkehrte, die Antwort mit, der Arzt müsse den Kranken selbst sehen und befragen. Der Vetter erzählte übrigens, dass der Arzt des Königs ein Jude sei, Leib Israel heiße und in dem Rufe stehe, schon die wunderbarsten Heilungen ausgeführt zu haben. Der König vertraue ihm mehr als den christlichen Doktoren, die in seiner Dienerschaft feien. Man sage, dass Leib Israel sich lange in Spanien bei den Mauren aufgehalten und dort die geheimsten Heilkünste gelernt habe.

Nun hatte das Fräulein nur noch den einen Gedanken, wie sich's bewerkstelligen ließe, dass der berühmte Arzt nach Sczanowo käme und ihren Kranken untersuchte. Die Sache hatte ihre erheblichen Schwierigkeiten, da es sich um eine Reise im Winter handelte. Sie besaß eine goldene Kette von Wert, die der Vater ihr zu ihrem sechzehnten Geburtstag geschenkt hatte; die wollte sie gern opfern und auch den ungarischen Goldgulden zulegen, der ein Patengeschenk war, wenn nur der Arzt durch diesen Lohn zu gewinnen sei. Aber wie zu ihm gelangen? Wie ihn nach Sczanowo herüberschaffen? Sie eröffnete sich ihrer Mutter und bat sie unter Tränen, ihr beizustehen. Frau Cornelia zuckte die Achseln und meinte, es sei närrisch, dass sie sich um den deutschen Junker so viel Sorge mache. Natalia ließ sich nicht entmutigen. Sie führte nun selbst ihre Sache bei den Vettern und schmeichelte so lange, bis zwei derselben ihr zusagten, einen Schlitten auszurüsten und zu begleiten, so hoffnungslos auch das Unternehmen sei, denn schwerlich werde der Arzt ihren Bitten nachgeben. Ich selbst komme mit euch, sagte sie, und hole ihn ab. – Eines Morgens früh erschien sie ganz in Pelze gehüllt im Turmstübchen. Sie sagte Heinz, was im Werke sei, und nahm für einige Tage Abschied von ihm. Haltet tapfer solange aus, mahnte sie, und sucht Euch ohne mich zu behelfen. Pater Stanislaus wird Euch treu zur Seite stehen. Ungern wahrlich verlasse ich Euch, aber ich hoffe, es ist zu Eurem Wohl.

Heinz drückte dankbar ihre Hand. Es ist mir nicht zu helfen, sagte er, aber in seinen Augen leuchtete doch ein Funke Lebenslust auf: Noch gab man ihn nicht verloren. Und sie war's, seine treue Krankenpflegerin, die sich für ihn aller Unbill einer Winterreise aussetzte! Wie sie das Gesichtchen in der steifen Pelzkapotte nicht von ihm abwandte bis zur Tür hin – und er täuschte sich sicher nicht: Eine Träne hing in ihren Wimpern.

Als er mit sich allein war, fiel es ihm wieder aufs Gewissen, dass er ihr so viel Güte und Treue nicht würde vergelten können. Es war ihm nun fast ein Trost, sich vorzustellen, dass doch all ihr Mühen, ihn am Leben zu erhalten, vergeblich sein werde. Seine Stimmung wurde wieder sehr schwermütig. Der Kaplan, als er ihn besuchte, fand ihn geneigt, über die Dinge im Jenseits zu sprechen.

Am andern Tage bemerkte der geistliche Herr von seiner Zelle aus, dass ein Schlitten mit vier kleinen Pferden in einer Reihe auf den Hof fuhr und einer der Holzjuden, reisefertig gekleidet, ins Haus trat, um mit den Herren zu sprechen. Er erkundigte sich, wohin das Fuhrwerk bestimmt sei, und erfuhr, dass der Jude auf der Weichsel nach Thorn wolle, um dort Geld zu besorgen, vielleicht auch bis Danzig hinaufgehe, wegen der Hölzer abzuschließen für den Fall, dass der Friede wieder freie Schifffahrt gestatte. Er ging sogleich zu dem Kranken hinauf und sagte es ihm. Da sei nun eine günstige Gelegenheit, den Brief mitzuschicken, meinte er.

Den Junker überraschte diese Nachricht sichtlich. Es war ihm Bedürfnis gewesen, den Brief schreiben zu lassen. Nun er geschrieben war, drängte es ihn nicht mehr so sehr, ihn auch befördert zu sehen. Er hatte sich schon darauf gefasst gemacht, dass er unter seiner Decke liegen bleiben werde, bis man ihn selbst hinaustragen würde zu seiner letzten Ruhestätte. »Mortuus est« – würde der Pater darunter schreiben und drei Kreuze beifügen. Im entscheidenden Augenblick ängstigte ihn jetzt die Frage: Warum sollen sie auch wissen, dass ich noch lebe? Was können sie für mich tun, wenn ich nicht gesunde? Und vielleicht, wenn ich gesunde ... Ich bin ihr Gefangener. Er schämte sich der Heimlichkeit gegen das gute Mädchen.

Aber es war ihm eine kurze Bedenkzeit zugemessen. Der Kaplan stand und wartete mit ausgestreckter Hand. Endlich meinte Heinz, halb und halb dem Zufall die Entscheidung überlassen zu können. Gut, sagte er, nehmt den Brief – aber tragt dem Juden auf, ihn zurückzubringen, wenn er nur bis Thorn reisen sollte. Mag ihn dann später ein anderer zuverlässig in Danzig abgeben.

Bald hörte er draußen die Schellen klingen. Der Schlitten fuhr dem Flussufer zu. Nun wünschte er wieder, der Brief möchte in des Komturs Hand kommen.

Im Laufe des Tages fühlte er sich sehr matt und unwohl. Der nächste brachte mehrmals tiefe Ohnmachten. Er vermisste seine gütige Pflegerin sehr. Sie wird ihn nicht mehr lebend finden, sagte der Kaplan bei sich voraus.

Natalia war indessen glücklich in Raciaz angelangt. Ein Rudel Wölfe, das sich von dem bewaldeten Ufer auf den Fluss wagte, hatten ihre Begleiter verscheucht. Als eine der Bestien, von einem Bolzen ins Auge getroffen, gefallen war, blieben die andern zurück, die Beute zu verzehren. Die Pferde durften nicht durch die Peitsche zu rascherem Laufe angespornt werden.

In Raciaz kostete es Mühe, ein Unterkommen für die Nacht zu finden. Die sämtlichen Quartiere waren von den königlichen Hofbeamten und von den Kommissarien mit ihrer Dienerschaft besetzt, Herrn Michael von Kroczinski kam der Besuch seiner Nichte somit gar nicht erwünscht; doch räumte er ihr galant sein eigenes Gemach und behalf sich mit einer Kammer. Noch weniger gefiel es ihm, dass er ihre Bitte des Königs Arzt vortragen sollte, den er einen unverschämten Juden nannte. Allerdings sei seine Wissenschaft groß, und er verstehe auch, in den Sternen zu lesen. Dem König habe er richtig aus den Sternen vorausgesagt, dass er in einer großen Schlacht siegreich sein werde; deshalb sei er nun sehr in dessen Gunst und behandle selbst die Mächtigsten vom Adel übermütig. Zudem nenne man ihn geldgierig, und es sei daher ganz unwahrscheinlich, dass er sich zu dem Krankenbesuche bestimmen lassen werde für den geringen Lohn, den man bieten könne.

Leib Israel schlug wirklich die Bitte rund ab; er dürfe den König keine Stunde verlassen, entschuldigte er sich. Natalia beruhigte sich dabei nicht; sie bat nun selbst um Gehör, den Fall vorzutragen und wenigstens seinen Rat zu erbitten.

Natalia fand einen Mann mit mächtiger Krummnase und schwarzen Stirnlocken in einem langen seidenen Kaftan, der um die Hüften durch einen mit arabischen Schriftzeichen gezierten Schal zusammengehalten wurde. Seine Finger, selbst der Daumen, waren mit kostbaren Ringen besteckt, wahrscheinlich den Beweisen der Erkenntlichkeit hoher Patienten. Er las in einem großen Buche mit silbernen Beschlägen. In einem offenen Kasten auf dem Fußboden neben ihm waren allerhand Gläser, Büchsen und blanke Instrumente sichtbar. Ein ganz eigener Duft von scharfen Essenzen oder Räucherwerk durchzog das ganze mit bunten Teppichen umhängte Gemach.

Natalia fühlte sich sehr beklommen dem gelehrten Doktor gegenüber. Sie dachte aber mit aller Innigkeit an ihren armen Kranken und fasste sich Mut. Dann sprach sie mit so viel Wärme und zugleich so verständig über den sonderbaren Fall, dass der Arzt seine Teilnahme nicht versagen konnte. Hatte er anfangs ein vornehmes Schweigen beobachtet, so fing er nun an Fragen zu stellen, und die klaren, bestimmten Antworten schienen ihm zu gefallen. Liebes Kind, äußerte er sich endlich, ich kann Euch wenig Trost geben. Den Grund des Leidens glaube ich wohl zu erkennen, aber ich zweifle, dass jetzt noch geholfen werden kann.

Dem schönen Mädchen stürzten die hellen Tränen aus den Augen.

O mein Gott, rief sie, die Hände faltend, so hätte ich zu lange gezögert? Aber nein, Eure Kunst ist gewiss nicht machtlos! Ihr zweifelt ... Also ist Rettung doch noch möglich. Oh, ich flehe Euch an.

Sie wollte auf die Knie sinken, aber der Doktor hinderte es, indem er ihre Hand fasste und sie aufrecht hielt. Ich kann, da ich den Kranken nicht untersucht habe, nur Vermutungen aussprechen, sagte er. Die Wunde an der Schulter schließt sich deshalb nicht, weil der Tatarenpfeil, der sie schlug – vergiftet war.

Natallia wurde bleich wie das Leinentüchlein, mit dem sie ihre Augen getrocknet hatte. Vergiftet –?

Es kann nicht anders sein, liebes Kind. Das Gift hat sich dem Blut mitgeteilt, und alle Säfte sind nun mit der Zeit so ungesund geworden, dass der ganze Körper siecht. Er muss ganz ungewöhnlich kräftig gewesen sein, da er diesem Verderben solange Widerstand entgegenzusetzen vermocht hat. Dagegen konnte freilich Euer Pater sowenig mit seinen Kräutern als mit seinen Gebeten etwas ausrichten.

Der breite Mund mit den schmalen Lippen verzog sich dabei zu einem spöttischen Lächeln, das vielleicht nicht beabsichtigt war. Natalia wollte es nicht bemerken. Ihr aber wisst das Mittel, weiser Mann! Rief sie. Oh, enthaltet es mir nicht vor!

Nun kniff er die Augen zusammen und ließ einen zischenden Ton durch die Zähne. Es gibt freilich für Gifte Gegengifte, antwortete er, und ich bin hinter das Geheimnis gekommen, mit welchem Saft die Tataren ihre Pfeilspitzen zu tränken pflegen. Was nützt das? Wir haben es nicht mehr mit einer Wunde zu tun: Der ganze Leib ist verpestet. Kann ich ihm frisches, gesundes Blut in die Adern flößen?

Sie senkte den Kopf und weinte. Könnt Ihr das nicht?

Diese vertrauensvolle Frage schmeichelte dem gelehrten Manne. Er steckte die Hand mit den langen Fingern in den Gürtel und ließ einen wohlgefälligen Blick auf der gebeugten Gestalt ruhen. Nein, sagte er, das kann ich freilich nicht. Aber die Natur hilft sich mitunter selbst, wenn man dem Krankheitsstoff die Wege versperrt, weiteres Unheil anzurichten. Nur ist es spät – sehr spät ...

Ach, gewiss nicht zu spät, flüsterte sie, nun mit ihren braunen Augen voll inniger Bitte zu ihm aufsehend. Gebt mir das Mittel und sagt mir, wie es angewandt werden soll; ich will es gewiss an Aufmerksamkeit nicht fehlen lassen.

Er schüttelte den Kopf. Ich sage Euch, dass die Wege versperrt werden müssten. Dazu gehört zunächst eine besondere Behandlung der Wunde selbst, die ich niemand lehren kann. Ihr würdet den Giftkeim nicht zerstören. Und bliebe er darin und die Wunde schlösse sich, so würde er in Tollwut enden.

Natalia zog das Kästchen mit ihrem Schmuck vor, öffnete mit zitternder Hand halb den Deckel und sagte leise: Nehmt das. Es ist alles, was ich habe ... Begleitet mich nach Sczanowo.

Er nahm ihr lächelnd das Kästchen ab, hob die Kette heraus und breitete sie zwischen den Fingern aus. Ein gar feiner Schmuck, sagte er. Erlaubt, dass ich sehe, wie er Euch kleidet. Er trat nahe an sie heran und legte die Kette um ihren Hals; dabei berührte er ihre Schulter, aber sie zuckte nicht. Ich will Euch nicht berauben – das Ding da passt besser für Euch als für mich.

Es hat Goldwert, versicherte sie, und ich kann Euch sonst nichts bieten.

Der Dienst, den Ihr von des Königs Leibarzt verlangt, ist auch unbezahlbar.

Oh, so wollt Ihr um Gottes Barmherzigkeit – Sie sah zu ihm auf, senkte aber gleich wieder den Blick, da er sie mit so eigenen Augen betrachtete.

Dafür tut's Euer Pater. Nein, ein Liebesdienst ist des andern wert – ist der eine unbezahlbar, muss es der andere auch sein. Wohl denn – lohnt mir den meinen – durch einen Kuss.

Natalia trat erschreckt zurück; auf ihren Wangen flammte plötzlich Zornröte. Ihr wagt es –

Die Schönheit zu besteuern. Was büßt sie dabei ein? Ich bin bescheiden – einen flüchtigen Kuss. Man nennt mich habsüchtig, begierig nach Schätzen ... Ihr sollt erfahren, dass der hässliche Jude schönen Damen um andern Lohn gefällig ist. Dünkt er Euch zu hoch für den Mann, den Ihr retten wollt?

Natalia presste die Lippen zusammen und schauderte in sich hinein. Plötzlich erhellte sich ihr Gesicht, die Augen lachten, die Muskeln um den Mund zuckten. Rettet ihn! Rief sie leidenschaftlich, drückte seine Hände zurück und küsste ihn rasch.

Dann brach sie in heftiges Weinen aus und verließ das Gemach.

Ihrem Oheim sagte sie, dass der Jude eingewilligt habe, mit ihr nach Sczanowo zu fahren; er möge gütigst dafür sorgen, dass ein zweiter Schlitten in der Frühe bereit sei. Am Abend erfuhr Herr Michael von Kroczinski, dass der König seinen Leibarzt beurlaubt habe. Nun erst glaubte er daran, dass sein Versprechen Ernst sei.

Jagello hatte Nachricht erhalten, dass Großfürst Witowd in der Nähe von Thorn angelangt sei und beschlossen, mit ihm in Slotorie zusammenzutreffen. Er beauftragte daher seinen Arzt, nicht zurückzukehren, sondern gleich weiterzureisen und ihm dort Quartier zu bestellen.

Man langte gegen Abend in Sczanowo an. Der Schlitten stand noch nicht, als Natalia schon hinaussprang, die Pelze abwarf und dem Turm zueilte. Pater Stanislaus kam ihr entgegen. Lebt er? Rief sie.

Er lebt, antwortete er. Aber seit Mittag hat ein tiefer Schlaf –

Sie wies mit der Hand zurück. Des Königs Leibarzt –! Empfangt ihn – ruft die Dienerschaft – sorgt für ein wohnliches Schlafgemach –! Hastig jagten sich die Worte. Sie eilte die dunkle Steintreppe hinauf, trat in das Gemach ein, an das Bett des Kranken. Der Mond schien hell und streifte sein bleiches Gesicht. Er atmete so leise, dass sie sich tief über ihn beugen musste, um den schwachen Ton zu vernehmen.

Dieses Leben gehört mir, wenn ich es ihm rette! Jauchzte es in ihr. Überwältigt von diesem Gefühl der Freude, dass es ihr gelingen könnte, dem geliebten Manne Hilfe zu bringen, und leidenschaftlich erregt durch seinen tagelang vermissten Anblick, senkte sie das Gesicht noch tiefer und wollte einen Kuss auf seine Lippen drücken. In demselben Augenblick aber machte er im Schlaf eine Wendung mit dem Kopf zur Seite, sodass er sich ihr entzog.

Sie stutzte. Dass er schlief, war kein Zweifel; aber auch so hatte ihr diese Bewegung Bedeutung. Ach, ich darf nicht – murmelte sie vor sich hin, noch nicht … mein Mund ist entweiht. Aber für dich – für dich geschah es ja! Du sollst es wissen, wenn du gerettet bist. Und dann … nein, dann wirst du so grausam nicht sein, mich deshalb zu verwerfen!

Heinz bewegte im Schlaf die Lippen, sein Gesicht verklärte sich. Er träumt, dachte sie und merkte gespannt auf, zu ihm niedergebückt. Da hörte sie leise, aber ganz deutlich, ein warmes: Maria – ach! Maria!

Es war, als ob eine Schlange sie stach, so schnellte der ganze Oberkörper zurück. Maria! Sie griff mit der geballten Hand nach dem Herzen. Maria! Heiße Tränen rollten über ihre Wangen herab, immer rascher einander folgend, wie glühende Bleitropfen die Haut sengend. Maria! Sie wandte das Gesicht ab, taumelte in die Fensternische, drückte die Stirn gegen das eiskalte Steinkreuz. So stand sie wohl eine Viertelstunde. Sie atmete keuchend, wie jemand, der in wildem Lauf ein Ziel erjagt hat und nun erschöpft am Boden liegt.

Auf der Treppe wurden Stimmen laut, Schritte vernehmbar. Sie rührte sich nicht von der Stelle, wischte aber mit eiliger Hand die Tränen fort. Der Vorhang hob sich. Pater Stanislaus leuchtete mit dem Lämpchen voran. Es folgte der Arzt, und nach ihm kamen einige Diener mit Fackeln; sie blieben auf seinen Wink draußen stehen.

Der Pater hielt die Lampe über den Kranken hin, nachdem er den Docht noch weiter über die Rinne vorgezogen hatte, damit die Flamme sich vergrößere. Leib Israel schlug die Decke von der Brust zurück und besichtigte aufmerksam die Wunde. Als er sie mit dem Finger berührte, erwachte der Kranke und sah mit verwirrtem Blick zu dem fremden Gesicht auf. Des Königs Arzt, sagte der Pater, um ihn zu verständigen.

Nun beantwortete er die Fragen, die der Doktor ihm vorlegte, erst mit matter und schläfriger Stimme, dann sicherer und fester. Als derselbe im Examen eine Pause machte, wandte er sich an den Kaplan und erkundigte sich, ob auch das Fräulein wohlbehalten zurückgekehrt sei. Natalia hörte es, verließ aber ihren Platz in der Nische nicht. Das Herz schlug ihr wieder heftiger, aber nicht freudiger.

Ich muss Euch Schmerz bereiten, sagte nun der Arzt. Wahrscheinlich ist meine Vermutung richtig, dass der Pfeil vergiftet war, aber ich brauche Gewissheit, dass ich mich in der Art des Giftes nicht täusche. Beißt die Zähne zusammen. Junker – die Qual soll nicht lange dauern, und ich schaffe Euch dann schnell Linderung.

Er führte nun mit geschickter Hand ein feines Metallstäbchen in die Wunde ein und beobachtete mit gespanntem Blick den vorragenden Teil, indem er die Lampe dicht daran hielt. Es veränderte sogleich seine Farbe. Nach einer Weile zog er es wieder sanft heraus. Heinz stöhnte leise und atmete kurz, schrie aber nicht.

Ihr habt Euch gehalten wie ein Kriegsmann, lobte der Arzt. Er zog aus dem Aufschlag seines Ärmels ein Kristallfläschchen vor, öffnete es vorsichtig und tröpfelte ein wenig von einer stark riechenden Flüssigkeit in die Wunde. Der Schmerz schien sofort nachzulassen. Nun besorgt Eis, befahl er dem Kaplan, tut es in einen Beutel und kühlt damit die Wunde. Das Eis muss die ganze Nacht durch erneuert werden, damit das Fleisch rundum völlig abstirbt. Für heute kann ich weiter nichts für den Kranken tun. Morgen aber, nach Sonnenaufgang, will ich versuchen das Gift zu bannen. Ihr werdet ruhig schlafen, Junker. Gute Nacht!

Leib Israel ließ sich von den Fackelträgern hinab und über den Hof nach der Halle leiten, wo ihn Herr Jakob von Kroczinski mit der ganzen Gevatterschaft empfing. Des Königs Arzt war eine Persönlichkeit, die er meinte, hoch in Ehren halten zu müssen, damit er bei Hofe nichts Übles von Sczanowo berichte. In der Küche flammten schon die Herdfeuer und drehten sich unter den Händen flinker Köche und Mägde die Spieße.

Der Kranke schlief rasch wieder ein. Als der Kaplan sich entfernen wollte, trat das Mädchen vor und sagte: Besorgt das Eis und den Beutel – ich selbst werde die Nacht durch bei ihm wachen. Er wollte Einspruch erheben, aber sie wies ihn zurück. Was ich angefangen habe, will ich zu Ende führen.

Erst gegen Morgen ließ sie sich durch den Pater ablösen. Sie war dann auch nicht zugegen, als der Arzt seinen zweiten Besuch machte. Er fand die Wirkung der Eisumschläge ganz nach Wunsch, die Entzündung gehoben, entfernte das wilde Fleisch von den Wundrändern, tränkte einen Pfropfen gezupfter Leinwand mit einer Essenz von leuchtender Farbe und füllte damit die Vertiefung aus. Darüber legte er ein kleines Tuch und begoss dasselbe mit der Flüssigkeit, die er schon gestern angewandt hatte und die sofort einen säuerlichen Geruch durch das ganze Gemach verbreitete. Dem Kaplan sagte er, wie lange die Wunde nun unberührt bleiben solle und wann der Pfropf noch zweimal zu erneuern sei. Er ließ ihm dazu das Fläschchen mit dem Elixier zurück. Auch lehrte er ihn aus besonderen Kräutern einen Trank bereiten und gab ihm ein weißes Pulver, das er dazuschütten sollte. Zweistündlich habe der Kranke davon einen Löffel voll einzunehmen.

Es ist doch nichts dabei, fragte der geistliche Herr etwas ängstlich, was ein christlicher Priester sich hüten muss, selbst unwissentlich zu gebrauchen?

Der Jude zuckte verächtlich die Schultern. Ihr möget mit ruhigem Gewissen schlafen, Hochwürdigster; bis jetzt hat der Teufel mir noch nicht die Ehre getan, einen Bund anzubieten. Was soll er mit dem Juden anfangen, der ja doch verflucht ist? Lächelnd fuhr er fort: Aber es kann doch sein, dass er ein wenig die Hand im Spiel gehabt hat. Er lockt uns arme Sterbliche durch schöne Weiber. Wenn nicht das hübsche Kind für den Junker gebeten hätte, wer weiß ... Aber seid ruhig! Und wollt Ihr ganz sicher gehen, so räuchert das Zimmer hinter mir aus, damit kein böser Stank zurückbleibe. *Vale!*

Damit entfernte er sich, ohne noch einen Blick auf den Kranken zu werfen. Der Kaplan nahm aber seinen Rat für alle Fälle ernst, holte aus der Kapelle das Räucherfass und schwang es treppauf, durch das Turmzimmer und wieder treppab, Gebete murmelnd.

Der Arzt musste noch ein Frühstück einnehmen, bei dem der Ungarwein nicht gespart wurde. Seine Begleiter wurden beim Haushofmeister gespeist und konnten nur mühsam zu Pferde steigen, so waren sie des Trunkes voll.

Natalia hatte sich am Abend und Morgen nicht sehen lassen. Erst als Leib Israel in den Schlitten gestiegen war und mit Pelzdecken umstopft wurde, trat sie aus der Vorhalle zu ihm heran und sagte: Gebt Ihr Hoffnung?

Die Beste, antwortete er; so Gott will, ist er gerettet. Dann warf er ihr einen Seitenblick aus den halbgeschlossenen Augen zu. Euer Lohn darf Euch nicht gereuen, Fräulein.

Sie richtete sich stolz auf. Wisst Ihr das? Antwortete sie. Wenn er heute gefordert würde – vielleicht zahlte ich ihn nicht mehr, gälte es auch sein Leben. Aber es ist geschehen, und wir sind einander nichts schuldig.

Die Pferde zogen an. Bald verklang das Schellengeläute hinter der Uferhöhe.

Zweites Kapitel

In der Kutte

Seit des Hochmeisters Bruder, der jüngere Heinrich von Plauen, als Komtur in das Danziger Schloss eingezogen war, hatte sich dort gar viel geändert. Er fand einen Ritterkonvent, der sich von der Ordensregel entwöhnt hatte, faule Priesterbrüder, die gern die Nachtgezeiten verschliefen, und eine Besatzung von Söldnern, die, weil sie schlecht gelohnt waren, selbst meinten, die Herren spielen zu können. Bei der Übergabe des Inventars zeigte sich's, dass die Waffen- und Vorratskammer leer waren, selbst von dem silbernen Küchengerät manches Stück fehlte. Es war durchweg eine verlotterte Wirtschaft.

Der junge Komtur brachte ein strenges Regiment. Im Kapitel wurde das Ordensstatut verlesen, die Soldhauptleute behandelte er wie der vornehme Herr, der überall die Entscheidung sich vorbehält. Die Weideplätze am Fluss und die Waldungen auf der Nehrung, die sich die Rechte Stadt Danzig vom König hatte verschreiben lassen, nahm er recht augenfällig wieder für den Orden in Besitz, und in das Blockhaus am Ausfluss der Weichsel legte er eine starke Besatzung, weniger wohl, um den Vitalienbrüdern zu drohen, als den Danzigern zu zeigen, dass er auch hier über die Schifffahrt Herr sein wolle.

Er beging das ganze Schloss von den Böden bis zu den Kellern hinunter. Bei dieser Revision kam er auch zu den Kammern im Kellergeschoss des Haupttores, die als Gefängnisse benutzt wurden. Einige derselben fand er besetzt mit wild aussehenden, bärtigen Gesellen. Wer sind die Leute, fragte er, und weshalb sind sie eingekerkert?

Das sind die Seeräuber, gnädiger Herr, wurde ihm geantwortet, die im Frühjahr von dem Danziger Kapitän Halewat eingebracht sind. Er hat sie gefangen mithilfe einiger von den Brüdern des Ordens, deshalb ist den Danzigern das Gericht über sie untersagt. Herr Johann von Schönfels hat ihnen aber nicht ans Leben wollen, sondern meinte sie besser aufzubewahren, bis man sie gegen gefangene Ordensleute auswechseln könnte. So sind sie halb und halb vergessen.

Schlagt uns lieber die Köpfe herunter, rief einer von den Gefangenen, dem der rote Bart über das zerfetzte Kleid bis zum Gürtel hinabhing, als dass ihr uns hier wie räudige Hunde auf faulem Stroh liegen lasst ohne Luft und Licht. Oder gebt uns die Freiheit, damit wir's den Danzigern einträngen können. Ich denke, wir sind beide gleich schlecht auf sie zu sprechen.

Der Komtur warf den Kopf auf. Wer ist der freche Bursche?

Der freche Bursche ist Marquard Stenebreeker, antwortete der Rotbart mit verbissenem Lachen. Ich hoffe, Ihr habt von ihm gehört.

Als von einem kühnen Räuberhauptmann – in der Tat. Es ist schade, dass man Euch nicht zur rechten Zeit um einen Kopf kürzer gemacht hat, die unverschämte Zunge wäre gleich mitgegangen. Nun mag ich meinem Vorgänger nicht die Nachlese halten. Es kann sein, dass Ihr noch einmal Euren Preis habt, darum soll man Euch weiter füttern. Aber wahrhaftig, die Luft ist schlecht und das Stroh faul. Ich will nicht, dass Ihr uns die Pest ins Schloss bringt. Gebt ihnen ein reinliches Gefängnis mit einem Luft- und Lichtloch nach dem Wasser hinaus. Den Danzigern, sagt Ihr, wollt Ihr's einträken? Das gefällt mir. Vielleicht findet sich einmal Rat und Gelegenheit dazu. Wenn ich allein mit ihnen nicht fertig werde, will ich mir Euren Beistand erbitten.

Er ging lachend weiter. Marquard Stenebreeker und seine Gesellen aber konnten mit seinem Spruch zufrieden sein. Sie wurden noch selbigen Tages ein Geschoss höher einquartiert, erhielten frisches Stroh und fortan auch bessere Kost. Das Licht- und Luftloch freilich war so eng, dass ein menschlicher Leib sich schwer durchzwängen konnte, und mit dicken Eisenstäben verwahrt. An ein Entweichen war daher nicht zu denken.

Sobald der Komtur sein Regiment im Schlosse festgestellt hatte, ging er an die Ausführung seiner weiteren Pläne, ohne sein Kapitel mit langen Beratungen zu behelligen. Den Bürgermeister der Jungstadt nebst seinem Kumpan und die sechs Ratmannen ließ er zu sich entbieten, und sie erschienen sogleich in ihren Feiertagskleidern. Die beiden Kämmerer hatten den rückständigen Zins von den Häusern mit, der während des Krieges nicht eingezogen war, und legten ihn auf den Tisch nieder. Ihr hättet nicht warten sollen, schalt der Komtur, bis man euch mahnte. Sie entschuldigten sich, so gut sie konnten.

Ich will's näher untersuchen, sagte der Gebietiger in rauem Tone. Es wundert mich überhaupt, dass ihr Jungstädter nicht vorwärts und in die Höhe kommt. An der Herrschaft Unterstützung hat es euch wahrlich nicht gefehlt. Schämt euch! Ich erwarte in Zukunft bessere Dinge von euch!

Der Bürgermeister verneigte sich tief. Brecht nicht so leicht über uns den Stab, gnädiger Herr, bat er. Der Handel ist wie ein Baum. Man kann nicht einen Stamm in die Erde stecken und sagen: Nun blühe und trage Früchte. Und wär's die fruchtbarste Erde, der Stamm bleibt dürr, und was man darauf hängt, das fällt wieder ab. Ein Baum, gnädiger Herr, will aus kleinem Keim aufwachsen und seine Wurzeln langsam ins Erdreich strecken, sich zu befestigen. So ist es auch mit dem Handel. Es nützt nicht, dass man ein stattlich Kaufhaus erbaut und Waren auflegt und Geld in den Beutel füllt. Der Handel hat seine alten Straßen und Verkehrsplätze, und wer dort gehen und verkehren will, muss zugelassen sein von denen, die Besitz ergriffen haben. Die aber im Besitze sind, halten zusammen. Wie sollen wir etwas unternehmen gegen die mächtige Hansa? Die Lübecker lassen niemand in den Bund, der nicht frei über sich verfügen kann, und wir –

Er stockte und trocknete den Schweiß von der Stirn. Der Komtur lachte auf: Aha, da steckt's! Ihr möchtet frei sein wie die Rechtstädter. Hat der Orden nicht genug an dem einen Wespennest?

Gnädiger Herr, entschuldigte der Bürgermeister, wir sind allezeit dem Orden treu und ergeben gewesen und haben nicht größere Freiheit begehrt, als uns billig gewährt worden. Aber scheltet nicht unsere Schwäche. Wohin sollen wir uns wenden? Überall nimmt die Rechtstadt Danzig an den hanseatischen Privilegien teil und schließt uns aus. Kommen wir nach London, da haben wir Deutsche keine Sicherheit, außer im Stahlhof. In Brügge mag der Orden seinen Bernstein verkaufen, aber wer sonst Handel treiben will, muss der Faktorei genehm sein. Seit zwei Jahren haben die preußischen Städte von König Albrecht ihre eigene Vitte erlangt zwischen der Lübecker Vitte und den dänischen Buden am Strande. Wer setzt aber den Vogt dort ein? Die Danziger Rechtstadt mit drei anderen großen Städten. Und wenn wir nun unsere Schuten schicken zur Schonenzeit, den Hering zu fischen, da treibt man uns fort. Und so geht's auch im St.-Petershof zu Groß-Nowgorod und in Wisby und im Kontor zu Kauen. Der Orden kann uns nicht schützen; er ist selbst allerorten ungern gesehen, wo er mit seinen Waren Handel treibt, und alle Feindschaft der Rechtstadt schreibt sich daher.

Der Komtur schlug mit der Faust auf den Tisch. Da könnt Ihr recht haben. Aber wir wollen ihren Übermut wohl dämpfen, bei der Jungfrau Maria und allen Heiligen sei's geschworen! Sie sind nicht so frei, als sie sich's dünken. Ihr aber überleget, wie wir zu unser beider Nutz Hand in Hand gehen.

Damit verabschiedete er den Rat der Jungstadt. Die Ratmannen trennten sich schweigend und schlichen in ihre Häuser. Jeder aber dachte wie der andere: Der neue Komtur ist ein gar gewaltiger und strebsamer Herr, aber von Handelssachen versteht er wenig und wird uns um das Letzte bringen, wenn er uns in die Feindschaft mit der Rechtstadt hineintreibt.

Auch mit der Altstadt machte der Komtur kurzen Prozess. Die große Mühle, die der Orden dort am Radaunefluss mitten unter den Bürgerhäusern hatte, war den Altstädtern wenig genehm. So hatten sie denn auch die Zeit, da die Polen vor dem Schlosse lagen, benutzt, den Mühlmeister zu vertreiben und die Tore zu schließen. Nun mussten sie sich demütigen und froh sein, dass ihnen keine Buße auferlegt wurde; der Ordensmühlmeister zog aber wieder ein und übte schweren Druck.

Es dauerte auch nicht lange, so band der Komtur mit den Rechtstädtern an.

Der Vogt von Grebin hatte des Ordens Stuterei, weil er sie unter seiner Aussicht vor den Polen nicht sicher hielt, dem Ratmann Bartholomäus Groß in Bewahrung gegeben. Nun es zur Rückgewähr kam, machte dieser zunächst eine Forderung wegen der Futterkosten geltend, worüber man sich nicht einigen konnte, und behauptete auch, dass der königliche Hauptmann hinter die Sache gekommen sei, seinen Schutz verworfen und einen Teil des Ordenseigentums als gute Beute fortgeführt habe. Der Komtur dagegen wollte solche Ausrede nicht gelten lassen und beschuldigte ihn, dass er selbst dem polnischen Hauptmann aus Hass gegen den Orden das in der Not anvertraute Gut verraten habe. Davon meinte Barthel Groß sich wohl vor jedem Gericht ledig schwören zu können, und bestand nun um so hartnäckiger auf seiner Forderung. Der Komtur drohte mit Gewalt, der Ratmann mit einer Klage beim Herrn Hochmeister.

Dann verlangte Plauen genauen Ausweis über die Sachen, die dem St.-Elisabeth-Hospital gehörten und dem Spittler desselben abgenommen waren. Es hieß darauf, sie lägen sicher in des Bürgermeisters Hause, und derselbe werde sich dieserhalb wohl verantworten, wenn er von seiner Reise zurückkäme. Der Komtur aber sprach von geraubtem Kirchengut, wollte sich nicht hinhalten lassen und forderte sofortige Ablieferung aufs Schloss. Darauf bekam er denn gar keine Antwort. In die Stadt ließ man seine Leute nicht ein. Man wies sie am Haustor mit dem Bemerken ab, es sei noch nicht sicher, ob die Stadt dem König oder dem Orden gehöre, und sie wollten bis zum Friedensschluss keine Neuerung machen.

Dann, gegen Weihnachten, als der Hochmeister von Neuem scharf zum Kriege rüstete und von Thorn aus an die Gebietiger schrieb, dass sie ihm in ihren Gebieten eine gute Mannschaft sammelten, machte der Danziger Komtur in gewohnter Weise sein Ausschreiben auch an die Städte. Die anderen gehorsamten; der Rat der Rechtstadt aber auf den Vorschlag Arnold Hechts, der in Letzkaus Abwesenheit überall das Wort führte, schickte das Schreiben zurück und verwahrte sich gegen jede solche Pflicht, solange die Stadt nicht des Eides entledigt sei, den sie dem Herrn König geschworen.

Der Komtur ergrimmte über solchen Hohn, nannte die Danziger Schandbuben und Verräter und forderte den ganzen Rat aufs Schloss bei Strafe des Ungehorsams. Er musste aber bald merken, dass er's nicht mit den Jungstädtern zu tun hatte. Der Rat gab zur Antwort, dass er sich wohl hüten werde, in die Falle zu gehen. Es sei jetzt nicht wie ehedem. Sie hätten unausgeglichene Sachen, und darüber müsse ein Mächtigerer entscheiden. In ihres Feindes Gewalt wollten sie sich aber bis dahin nicht geben. Doch seien sie bereit, Rede zu stehen, wenn der Herr Komtur in der Marienkirche Bürgermeister und Rat befragen möge, und solle ihm da vor Gottes Altar kein Leides geschehen, vielmehr mit aller schuldigen Achtung begegnet werden.

Darüber erzürnte sich der Komtur noch mehr und drohte, dass er den Schimpf rächen wolle. Für jetzt aber konnte er doch nichts tun, die Danziger zu strafen. Denn ihre Mauern waren stark und gut bewehrt. So schluckte er denn für diesmal zähneknirschend die bittere Pille hinunter. Doch schrieb er seinem Bruder, dem Hochmeister, nach Thorn, wie widersetzlich das Krämervolk sei, dass er wohl recht gehabt habe, nur durch Zwang werde die alte Ordnung herzustellen sein. Der Hochmeister möge die Danziger da fassen, wo es ihnen am empfindlichsten sei, und den polnischen Stapel nach Elbing verlegen, zugleich zur Belohnung für die Fügsamkeit dieser Stadt.

Das geschah nun freilich auch. Aber die Danziger lachten dazu, denn es war jetzt Winter und auch ohnedies die polnische Grenze wegen des Krieges gesperrt. Bis zum Sommer aber konnten sich die Dinge sehr verändert haben.

So standen Rechtstadt und Schloss einander gegenüber wie zwei bewaffnete ergrimmte Feinde, zum Losschlagen bereit und nur abwartend, ob sich der andere Teil eine Blöße gebe.

Der Monat Januar näherte sich seinem Ende. Da meldete sich eines Tages der polnische Jude Moses Achacz auf dem Schlosse und gab an den Komtur einen Brief ab. Man fragte ihn aus, fand aber an ihm nichts Verdächtiges. Er hatte vom Thorner Rat einen Geleitschein und war, nachdem er sich eine Woche in dortiger Stadt aufgehalten, nach Danzig gekommen, um wegen eines Holzgeschäftes zu verhandeln. Den Brief hatte ihm der Kaplan in Sczanowo übergeben; dort liege, wie er gehört habe, einer vom Orden schwer krank. Deshalb habe er auch kein Bedenken gehabt, das Schreiben über die Grenze mitzunehmen »aus Barmherzigkeit«, sagte er, weil es doch sein letzter Wille sein könnte.

Der Komtur ließ ihm befehlen, sich vor seiner Abreise wieder auf dem Schlosse zu melden, auch einen blanken Botenlohn bieten. Er hatte den Brief gelesen und alles in Ordnung gefunden.

Ihm war ein junger Mensch, der sich Heinrich von Waldstein nannte, vor Jahren im Schlosse des Vetters, des Vogts zu Plauen, unter dessen Hofleuten begegnet; er hatte ihn aber wenig beachtet und wusste auch nichts davon, dass er nach Preußen gekommen war und bei Tannenberg gefochten hatte. Nun musste es ihm wohl auffallen, dass er sich einen Verwandten des Hochmeisters nannte, auch von einer Schwester sprach.

Der Inhalt des Briefes war ihm schon deshalb nicht gleichgültig. Es ergaben sich daraus aber auch Beziehungen des Schreibers zu Danzig, insbesondere zu einer hochansehnlichen Familie der Rechten Stadt. Der Komtur kannte Huxer nicht, aber er wusste, dass er im Rat saß und zu den Freunden des Bürgermeisters Hecht gezählt wurde, wennschon man ihn "gemäßigt" nannte. Die Einschränkung bedeutete ihm nicht viel. Nun schien dieser Brief eine Anknüpfung im Hause eines der angesehensten Großbürger zu ermöglichen, der mit den Plänen der Verschwörer vertraut sein musste. Hatten sie Zusammenkünfte, so konnte dies den Hausgenossen nicht verborgen bleiben. Sein Töchterchen, meinte er, würde wohl zum Sprechen zu bringen sein. Habe man erst für einen Fuß festen Halt, so könne man hinterher den andern leicht nachziehen und unbemerkt hinter die Schliche der Buben kommen.

Er war so voll Hass und Groll, dass ihm kein Mittel verwerflich schien, wenn es zum Ziele führte, die Pläne der Königsfreunde zu enthüllen. Er hütete sich wohl, die Brüder ins Vertrauen zu ziehen; ihnen sagte er nur, dass es sich in dem Briefe um die Auslösung eines Gefangenen handle, die er seinerzeit durch den Hochmeister betreiben wolle. Einen seiner Diener aber, den er schon nach Preußen mitgebracht und dessen treue Anhänglichkeit und Verschwiegenheit sich oft erprobt hatte, beauftragte er vorerst mit den nötigsten Erkundigungen.

Der Verkehr zwischen der Rechtstadt und der Altstadt war auch in dieser Zeit keineswegs ganz aufgehoben. Bei Tage standen das Haustor und Breite Tor offen, und die Wächter ließen jeden unangefochten durch, den sie für unverdächtig hielten. Auch fuhren die Fischer vom Hakelwerk ungehindert die Mottlau hinauf und stellten ihre Waren auf dem Fischmarkt aus. Es konnte also für einen einzelnen Mann, der nicht Waffen trug, keine sonderliche Schwierigkeit haben, vom Schloss in die Rechtstadt zu gelangen.

Peter Engelke trug einiges Wildbret hinein, das ihm aus seines Herrn Küche geliefert war, ließ sich Huxers Haus zeigen und bot es dort zum Kauf an. Sogleich wurde Barbara gerufen, die in ihrer Gürteltasche die Wirtschaftskasse trug. Sie wurden bald handelseinig. Engelke behauptete nun aber, einen weiten Weg gemacht zu haben und sehr müde zu sein. Er durfte daher noch eine Weile auf dem Schemel am warmen Herd sitzen bleiben, erhielt auch eine Kanne Tafelbier. Während er es langsam austrank, erkundigte er sich nach diesem und jenem, was das Haus anging, besonders, ob das junge Fräulein noch nicht ans Heiraten denke. Barbara wurde nach ihrer Weise bald gesprächig. Der Papa habe wohl einen ansehnlichen Freier für sie, der jedem Mädchen in der Stadt eine Ehre erweisen würde, sagte sie; aber das arme Fräulein – und dabei brachte sie die Schürze an die Augen – habe einen großen Kummer gehabt und denke an solche weltliche Dinge gar nicht. Ging's nach ihrem Sinn, so wäre ihr ein Kloster gerade recht, aber dergleichen müsse man ihr aus den Gedanken reden, das sei Christenpflicht.

Was das für ein Kummer gewesen sei, darüber wollte sie doch bei aller Plauderhaftigkeit nicht mit der Sprache heraus. Sie meinte nur, dem Tod sei kein Kraut gewachsen, und das Herz frage nicht beim Kopf an, wer Hausrecht habe, und dergleichen.

Ob wohl der Beichtvater auf das Fräulein einwirke, stellte er hin; er wisse von mehreren Fällen, wo die Kirche aus solcher Bekümmernis Nutzen gezogen habe. Daran ist nicht zu denken, entgegnete sie. Mein Fräulein geht nach des Herrn Vaters Wunsch zur Beichte nach der Marienkirche und hält sich zu des hochwürdigen Pfarrherrn Tiedemann Stuhl. Der ist aber bekannt als ein Geistlicher, der von den Klöstern und ihren gottseligen Werken nicht viel hält. Ja, man will wissen, dass er mit dem Magister Huß in Prag geheimen Verkehr habe, der ketzerische Lehren unters Volk bringen soll – aber ich will so etwas nicht nachsprechen. Nur ich für mein Teil, ich halte ihn nicht für ganz zuverlässig und gehe lieber zu den Schwarzmönchen, die von alters beim lieben Gott sehr angesehen sind. Sicher ist sicher.

Engelke hatte indessen sein Bier ausgetrunken und musste sich nun wohl verabschieden. Er fragte aber beim Weggehen an, ob er einmal wieder etwas in die Küche bringen könne; er sei ein Jäger und habe von der Jagd seinen Erwerb. Dagegen wollte sie nichts einwenden, wenn er das Wildbret billiger verkaufe, als man's beim Händler auf dem Markte habe. Sie war eine sparsame Frau.

So erfuhr der Komtur, dass die Amme des Fräuleins bei den Dominikanern beichte; darauf ließ sich weiterbauen.

Das Dominikanerkloster war das älteste in der Stadt. Es stand auf einem freien Platz unter der Mauer links vom Haustor, wenn man auf dasselbe zuging. Das Gebäude war alt und nicht unähnlich einer Burg; die eine Seite vor dem kurzen, massiven Turm zeigte sich denn auch mit Zinnen besetzt und wie zur Verteidigung in Notfällen eingerichtet. Auf der andern Seite des Turms schloss sich die Kirche mit gewaltig hohen und schmalen Fenstern an. Die Dominikaner hießen in Preußen ganz allgemein die Schwarz- oder Graumönche.

Zwischen den Dominikanern in Danzig und dem Rat war immer einige Spannung. So durfte Plauen nun auf die Dienste der Mönche rechnen. Er ließ durch Engelke einen der Brüder bitten, ins Schloss zu kommen, nahm ihn in sein Gemach und bewog ihn, ihm seine Kutte zu leihen und auf seine Rückkehr zu warten. So, in der mönchischen Tracht und die Kapuze über den Kopf gezogen, konnte er unerkannt aus dem Schloss und durch die Stadt bis zum Kloster gelangen. Dort besprach er mit dem Prior das Nähere. Es kam zunächst darauf an, Maria Huxer zu bestimmen, ihre Amme ins Kloster zu begleiten; der Komtur wollte dann in der Mönchskutte als Pater Severus ihr Vertrauen zu gewinnen suchen und sich womöglich den Zugang zu dem Patrizierhause durch sie öffnen. Man wusste im Kloster längst durch Barbara, was es mit des Fräuleins Kummer für eine Bewandtnis hatte.

Als sich nun am nächsten Sonntag das fromme Weiblein wieder zur Beichte einfand und auch ihren Pater um Rat anging, wie sie das Herz des armen Kindes trösten könnte, meinte derselbe, es sei doch noch nicht so ganz gewiss, dass der Junker, um den sie sich härme, in der Tannenberger Schlacht sein Leben verloren habe.

Das ist leider gewiss, antwortete sie. Denn sein Freund, der Junker von der Buche, hat ihn tot auf dem Felde liegen sehen und hat ihm des Fräuleins Ring abgezogen. Und den Ring hat er ihr von der Marienburg durch meinen Schwestersohn Klaus Poelke, der ein treuer Mensch ist, zugeschickt. Es ist des Fräuleins Ring, und darum bleibt auch an des Junkers Tod kein Zweifel.

Das solle sie doch nicht behaupten, meinte der Pater. Mitunter liege einer wie tot, und Gott tue sein Wunder an ihm, dass er wieder zu atmen anfange.

Nun wurde sie doch aufmerksam auf solche Rede und fragte schüchtern, ob das im vorliegenden Falle Bedeutung habe, und was sie von seinem Trost halten solle.

Ich will Euch sagen, antwortete der Pater, dass wir in Erfahrung gebracht haben, wie in dem Ordenshause an den Herrn Komtur ein Brief abgegeben worden, der aus Polen komme und von einem gefangenen, an seinen Wunden kranken Manne Mitteilung mache. Es seien einige Anzeichen, dass derselbe vor der Schlacht hier in Danzig gewesen, und auch von einem Ringe solle in dem Brief etwas zu lesen sein.

Jesusmaria! Rief Barbara und bekreuzte sich. Sollte es möglich sein? Aber bei Gott ist freilich kein Ding unmöglich, und wenn er will, kann er auch die Toten erwecken. Oh, lieber Pater, erkundigt Euch näher, was an der Sache ist, damit ich meinem armen Fräulein nicht das Herz noch schwerer mache, wenn's hinterher ein Irrtum sein sollte. Ich verspreche Euch, zur Fastnacht zwei große Wachskerzen auf dem Hauptaltar zu stiften, jede von zehn Pfund Gewicht. Ist denn nicht der Name genannt?

Er soll genannt sein, aber ich kenne ihn nicht. Das Beste wäre, wenn Euer Fräulein selbst hierher käme. Ich will den Bruder Severus, von dem ich dies alles erfahren habe, zu bestimmen suchen, dass er noch weiter auf dem Schlosse nachfrage und womöglich den Brief mitbringe. Was nützt es Euch, ihn zu sehen, da Ihr nicht lesen könnt? Das Fräulein aber könnte sich wohl Gewissheit verschaffen.

In größter Aufregung eilte Barbara nach Hause, nahm Maria in ihr Stübchen und erzählte ihr Wort für Wort alles, was der Pater nach der Beichte gesprochen hatte.

Maria wurde abwechselnd bleich und rot. Sie hielt mit beiden zitternden Händen das Kreuzchen an ihrer Halskette und drückte es wieder und wieder auf ihre Lippen. Ach, Barbara, stotterte sie, liebe, gute Barbara – wenn's keine Täuschung wäre –, wenn er lebte! Mein Herz hat ja immer noch gezweifelt! Und nun fiel sie ihr um den Hals, küsste sie stürmisch und schluchzte laut.

Ja, mein Herzenskind, sagte die mitleidige Frau, indem sie ihr die Schulter streichelte, das kann nun sein, und das kann auch nicht sein. Aus dem Briefe muss sich doch der Name ergeben und was sonst für nähere Umstände vorliegen. Denn von dem Ringe –

Das ist es eben, dass des Ringes gedacht sein soll, Barbara. Wer anders als er sollte – Ach, Barbara, wenn ich den Brief lesen könnte –

Man will ihn Euch ja zeigen, wenn Ihr ins Kloster kommt.

Aber es ist mir verboten, zu den Dominikanern zu gehen.

Freilich wohl.

Und mein Vater muss doch guten Grund haben –

Das mag hingestellt bleiben, Kindchen. Ich für mein Teil glaube, dass der heilige Dominikus ein so achtbarer Heiliger ist, als irgendein anderer es sein kann, und dass er beim lieben Herrgott wegen seiner vielen guten Werke einen Stein im Brett hat, habe auch bei den Schwarzmönchen allezeit nur Frömmigkeit und gottgefälliges Wesen gesehen, sodass ich nicht weiß, weshalb die Herren vom Rat ihnen abgeneigt sind, es müsste denn sein, weil sie den armen Mann lehren, dass er im Himmel obenan sitzen wird. Aber ich will beileibe nicht dem Herrn Vater entgegensprechen, wenn er Euch etwas gebietet oder verbietet, und noch weniger Euch zu Ungehorsam überreden. Im Gegenteil! Sollt Ihr zu den Dominikanern nicht gehen, so bleibet davon. Man darf nichts tun, wovon das Gewissen abmahnt.

Nun fing das Mädchen aber noch heftiger zu weinen an und sagte: Könntet Ihr nur den Vater um Rat fragen! Aber er weiß Junker Heinz lieber unter den Toten als unter den Lebenden und wird sich erzürnen, wenn ich ihn um Erlaubnis bitte, seinetwegen Erkundigung einzuziehen.

Darüber kann kein Zweifel sein, meinte die Amme. Wollt Ihr Eurem Vater gefallen, so denkt überhaupt nicht mehr an den Junker, er mag nun im Himmel oder auf Erden sein. Nehmt Euch's lieber ein wenig zu Herzen, dass Herr Rambold von Xanten sich um Euch viel Mühe gibt – wahrlich, ein feiner Mann und dem Vater genehm.

Davon sprich mir nur gar nicht! Rief das Mädchen mit ungewöhnlicher Heftigkeit. Ich mag seine Bewerbungen nicht annehmen und überhaupt keines Mannes Bewerbungen mit einem so traurigen Herzen. Wahrlich, du hast mich nicht lieb, wenn du mir raten kannst, zu vergessen – und gerade jetzt, wo neue Hoffnung – Ach, sage mir, was ich tun und lassen soll, aber – rate zum Guten!

Barbara wich vorsichtig aus. Es tue ihr schon leid, antwortete sie, dass sie geplaudert habe; es sei ihr auch so unüberlegt gekommen, und sie wolle sich wohl ein andermal hüten. Denn wo kein Ziel abzusehen sei, da sei's besser, lieber gar keinen Anlauf zu nehmen.

Maria aber trug sich mit der Sache einen ganzen Tag und eine lange Nacht, und dann sagte sie: Es stößt mir das Herz ab – ich kann in solcher Ungewissheit nicht leben. Wenn's ein Unrecht ist, dass ich des Vaters Verbot nicht achte, so ist's gewiss noch ein viel größeres Unrecht, wenn ich die Pflicht gegen den Liebsten so sträflich versäume. Geh also in Gottes Namen ins Kloster, Barbara, und bitte den Pater, dass er die Schlossherren bewege, ihm den Brief anzuvertrauen. Wenn er uns dann eine Stunde nennt, will ich dich begleiten. Es darf sonst niemand davon wissen.

Barbara redete nun wohl nochmals ab, aber nicht sehr ernstlich; sie wusste auch, dass es überflüssig sein würde. Gegen Abend ging sie also wieder zu den Schwarzmönchen und richtete ihre Bestellung aus. Man hieß sie am anderen Tage um dieselbe Stunde mit dem Fräulein wiederkommen.

Als sie sich dann, in Pelze und Tücher gehüllt, dass man sie auf der Straße nicht erkennen sollte, im Kloster einfanden, wurden sie in die Liberei geführt, die neben des Priors Gemächern lag, und aufgefordert, an dem runden, mit Folianten beschwerten Tisch Platz zu nehmen. Bald kam von dort ein zweiter Pater heraus. Hochaufgerichtet und mit festem Schritt ging er über den Ziegelboden auf den Tisch zu und ließ sich auf des Priors Ledersessel nieder. Die Kutte reichte ihm nicht bis auf die Füße, die statt mit Sandalen mit schweren Stiefeln bekleidet waren, an denen ein geübtes Auge über dem Blatt die Stelle hätte erkennen können, die sonst der Sporenriemen zu decken pflegte. Unter der Kapuze schaute ein bärtiges Gesicht vor. Die Augen musterten keck das junge Fräulein, das die Hände gefaltet hatte und in ängstlicher Erwartung auf die Tischplatte hinabblickte.

Barbara, die keinen Grund zur Verschämtheit hatte, flüsterte ihrem Beichtiger zu: Ist das der Pater Severus? Er nickte eine bejahende Antwort, zog sich dann in eine Ecke des Gemaches zurück und kehrte das Gesicht einer Wandnische zu, in der auf eichenen Brettern einige Bücher standen.

Seid Ihr Maria, des Kaufherrn und Ratmanns Huxer Tochter? Fragte der Bärtige mit rauem Ton, mehr wie ein Richter, der einen Zeugen vernimmt, als in mönchischer Weise.

Maria schrak denn auch zusammen, fasste sich aber und antwortete: Die bin ich, ehrwürdiger Pater. Ich kam hierher, um zu fragen –

Das Fragen ist zunächst an mir, unterbrach er. Gebt mir offene und ehrliche Auskunft, es wird zu Eurem Besten sein, hoffe ich. Was wisst Ihr von dem Junker Heinrich von Waldstein, wie kam er nach Danzig, von wo kam er, wie lange blieb er, wann ging er, und wie war Euer Verkehr mit ihm? Über alle diese Fragen will ich genau unterrichtet sein.

Er hatte den Namen genannt, den sie erforschen wollte, und so lieblich klang er ihr, dass sie darüber das herrische Wesen des Fragenden nicht beachtete. Sie erzählte, was sich von des Junkers Aufenthalt in Danzig erzählen ließ, ohne ihn tiefer in ihr Herz blicken zu lassen.

Und er versprach den Ring zu tragen zu Eurem Andenken, bis er wiederkäme und sich Eure Hand erbäte? Forschte Pater Severus weiter.

Sie senkte die Augen und wurde rot. Er sprach etwas der Art, sagte sie leise.

Und wie kam der Ring wieder an Euch zurück?

Darüber erhielt er ganz offenen Bericht. Den Junker Hans von der Buche, bemerkte er, habe ich selbst in der Marienburg bei meinem Bruder gesehen –

Der Mönch an dem Büchergestell wandte rasch den Kopf zurück und hustete in die Hand. Pater Severus merkte auf und schlug mit der Hand in die Luft. Schon gut! Rief er lachend. Ist er nicht eines Eidechsenritters Sohn?

Das weiß ich nicht, antwortete Maria verschüchtert.

Hat Euer Vater sonst Verkehr gehabt mit denen aus dem Kulmer Lande?

Ich habe mich um dergleichen nie gekümmert.

Wer von den Ratsherren geht bei euch am häufigsten aus und ein?

Ehrwürdiger Pater –

Ei, sprecht ohne Scheu. Arnold Hecht, der Bürgermeister – nicht wahr? Der kommt oft?

Er ist ein alter Freund des Hauses.

Und Konrad Letzkau?

Der ist noch nicht daheim.

Freilich! Aber Barthel Groß, der seine Tochter zum Weibe hat, der ist doch dabei? Hat er nicht gestanden, dass er den besten Teil unserer Stuterei dem König ausgeliefert hat – he?

Ich weiß von diesen Dingen nichts, versicherte das Mädchen, ihn verwundert ansehend, und der Mönch hinter ihr hustete wieder.

Pater Severus fasste mit der Unterlippe den Bart und zog ihn zwischen die Zähne. Ein andermal mehr davon, murmelte er, wir müssen erst miteinander bekannt werden.

Und der Brief, ehrwürdiger Pater – fragte sie scheu.

Nun, wenn Euch das beruhigen kann, der Brief kommt ohne Zweifel von demselben Heinrich von Waldstein, der hier beim Ringstechen zu Euren Ehren seine Künste hat glänzen lassen. Er mag ein ganz braver Geselle sein, aber dass er des Hochmeisters Verwandter ist, davon weiß ich nichts. Viel mehr, als dass er an seinen Wunden auf einem Schlosse Sczanowo krank liegt, ist auch aus dem Briefe nicht zu entnehmen, und auch das scheint mir nicht unverdächtig. Denn als die Tannenberger Schlacht geschlagen wurde, schrieben wir Juli, und jetzt geht's in den Februar hinein. Was sind das für Wunden, die einem nicht den Garaus machen und doch in so langer Zeit nicht heilen? Aber seht selbst, wie Ihr mit diesen Nachrichten fertig werdet. Er fasste in den Ärmel seiner Kutte und schob ihr ein Papier über den Tisch zu. Da ist der Brief. Lest ihn zu Hause aufmerksam; ich will nach einigen Tagen kommen, ihn wieder in Empfang zu nehmen, überlegt indessen auch, ob Ihr mir etwas aufzutragen habt.

Damit stand er auf, grüßte kurz und entfernte sich wieder nach des Priors Gemächern. Maria hatte hastig den Brief aufgenommen und ihn unter dem Pelz in die Gürteltasche geschoben. Ganz Freude darüber, im Besitz dieses unschätzbaren Dokumentes zu sein, sah und hörte sie nichts mehr.

Barbara küsste ihres Beichtvaters Hand, zupfte das Fräulein am Mantel, dass es sich verbeugen und den Segen annehmen möchte, knickste im Kreuzgange vor jedem Heiligen an der Wand, griff auch am Ausgange in das Becken mit Weihwasser und besprengte ihre Begleiterin, die alle diese Pflichten einer guten Christin außer Acht ließ.

Erst als sie dicht an den Häusern auf dem festgetretenen Schnee die Dammstraße entlang gingen, sagte sie: Den Pater Severus hab' ich nie vorher im Kloster gesehen; er muss erst kürzlich von auswärts gekommen sein und lange unter wildem Volk gehaust haben, dass er sich eine so raue Sprache angewöhnt hat. Man glaubt eher einen Kriegsmann als einen Mönch zu hören, und das Kreuz hat er nicht ein einziges Mal geschlagen. Ist Euch das nicht aufgefallen, Herzenskind?

Ich habe immer im Stillen gebetet, antwortete Maria, dass sich meine Hoffnung erfüllen möchte. Und nun hat sie sich erfüllt, und ich bin so froh –

Ja, ja, nun wird sich das Herzchen wieder in anderer Weise mit Sorgen quälen, brummte die Haushälterin. Das Leben gönne ich dem Junker wahrhaftig von Herzen; aber dass er krank liegt und gefangen ist – ei, ei, das wird eine Not sein!

Er lebt, Barbara, rief das Mädchen, er lebt! Freue dich mit mir. Gott, der ihm das Leben geschenkt hat, wird ihm auch Gesundheit und Freiheit wiedergeben.

Amen! Schloss die gute Frau. Wartet's geduldig ab.

Die Geduld hielt nun freilich nur wenige Tage vor. Der Brief war lateinisch geschrieben; sie konnte wenig mehr davon lesen als die Namen. Und nun die tausend Fragen, die er nicht beantwortete. Hatte sich das Übel verschlimmert? War Besserung eingetreten? Wer war die Herrschaft auf Schloss Sczanowo? Wer hielt den Kranken in Gefangenschaft? Welches Lösegeld forderte man? Wie war eine Verständigung möglich?

Eines Abends spät erschien wirklich der Pater Severus. Barbara nahm ihn in ihre Kammer, die neben der Treppe angebaut war, und rief das Fräulein. Maria gab ihm den Brief zurück und bat ihn unter Tränen, er möchte sich beim Herrn Komtur verwenden, dass er an den Hochmeister schreibe und ihn um die Lösung des Gefangenen bitte. Sie wolle gern versprechen, allen ihren Goldschmuck herzugeben und die Steine versetzen zu lassen, die sie von ihrer Großmutter geerbt. Er wolle sein Bestes tun, sagte er, rechne dafür aber auch auf Gefälligkeiten von der anderen Seite.

Während er so mit den Frauen verhandelte, schaute er sich aufmerksam in der Kammer um. Ihm fiel ein hölzerner Schieber an der Rückwand in die Augen, der etwa in der Fensterhöhe angebracht war. Was ist das? Fragte er.

Barbara schob die Holzplatte zurück und zeigte eine kleine runde Öffnung in der Mauer. Man kann von hier in die Herrenstube hineinsprechen, erklärte sie, was gar nützlich für die Wirtin ist, wenn die Diener innen aufwarten. Mancher Gang wird dadurch erspart. Die Röhre läuft auf der anderen Seite in den offenen Mund eines singenden Engels aus, der in die Holzverkleidung geschnitzt ist. Wollt Ihr's Euch einmal betrachten? Es ist zurzeit niemand im Zimmer.

Sie öffnete die große eichene Tür und ließ ihn in den saalartigen, mit Steinfliesen ausgelegten, rundum mit Holzschnitzwerk verzierten Raum eintreten, in dessen einer Ecke ein Ofen von bunten Kacheln stand. Empfängt der Ratsherr hier seine Gäste? Erkundigte sich der Pater. Es sei die Gaststube, bestätigte die Wirtin. Für besonders festliche Gelegenheiten aber stehe im oberen Geschoss die Halle bereit, die sich über das ganze Vorderhaus erstrecke, doch im Winter zu kalt sei.

Er besah den Engelskopf mit dem Schallloch, dankte für die Auskunft und ging.

Unterwegs nach dem Kloster sprach er die Leute an, die von der Arbeit kamen, und forschte sie aus, was sie von den Zeitläuften hielten und wie ihnen das Stadtregiment gefiele. Fast alle hatten sie zu klagen: Handel und Wandel stocke, und vor Jahren sei's besser gewesen; die Herren vom Rat ließen den Handwerker nicht aufkommen.

Auch die Herren vom Rat können leicht einmal geduckt werden, tröstete er, und die Leute küssten ihm dafür dankbar die Hand.

Drittes Kapitel

Wegen des Schosses

An einem der nächsten Tage langte im Schlosse einer von den Withingen des Hochmeisters mit einem Felleisen an, das wichtige Briefe für den Komtur enthielt. Er hatte die Briefschweike, die er von Dirschau ab ritt, nicht geschont und auch vorher in jedem Ordenshause den Gaul gewechselt. Eine Stunde nach seiner Ankunft wehte das große Banner der Komturei, weiß mit einem schrägen schwarzen Balken von oben links nach unten rechts, auf den Zinnen der Feste, ein Zeichen, dass ein frohes Ereignis gefeiert wurde.

Am ersten Februar war zu Thorn zwischen dem Könige von Polen und dem Deutschen Orden ein ewiger Friede geschlossen. Der Zähigkeit des Hochmeisters war es zu verdanken gewesen, dass seine Bedingungen dem Orden unerwartet günstig lauteten. Er erhielt alles Land zurück, das er vor dem Kriege besaß; der König räumte auch die Burgen, aus denen seine Besatzung nicht hatte vertrieben werden können; wegen des streitigen Samogitiens wurde ein billiges Abkommen getroffen; über diejenigen Teile der Neumark, auf welche die Polen Anspruch erhoben, sollte eine von beiden Teilen einzusehende Kommission und bei mangelnder Einigung ein Schiedsspruch des Papstes befinden. Auch wenn künftig unter ihnen etwas streitig werde, sollte ein solches Schiedsgericht den Ausgleich herbeiführen. Allen Abtrünnigen sei Verzeihung zu gewähren, gegen den Bischof von Ermland dürfe jedoch der Hochmeister im Rechtswege vorgehen. Dem König Sigismund wurde der Beitritt zu diesem Frieden offengehalten.

»So sehr es uns nun auch beschwert«, schrieb der Hochmeister seinem Bruder, »dass wir nicht alle Zwistigkeit, in Sonderheit wegen der Neumark, haben vertragen oder mit den Waffen ausfechten können, uns auch des Papstes Einmischung in diese Händel gar wenig genehm und förderlich sein kann, so mussten wir uns doch bescheiden, für jetzt ein mehreres zu erreichen, zumal das ganze Land nach dem schweren Kriege überall in großer Not, die Söldner nicht gelöhnt und auswärts bei Fürsten und Herren wenig Willfährigkeit, gegen diesen Feind zu Felde zu liegen. Haben deshalb auf unserer Gebietiger und anderer Freunde ernstes Anraten, wiewohl ungern und mit wehmütigem Herzen, in den Frieden gewilligt, auf Gott und die Heilige Jungfrau vertrauend, dass sie uns um so freundlicher beistehen werden, inskünftig alle Unbill abzuwenden. Wisset auch, lieber Getreuer, dass wir mit dem König von Polen noch absonderlich eins geworden sind, ihm binnen eines Jahres hunderttausend Schock böhmische Groschen zu zahlen, auf dass er die Burgen räume, so er noch besetzt hält, und die Gefangenen herausgebe. Dazu helfe der gnädige Gott, denn unser Säckel ist völlig ausgeleert, und wir sind überdies vieler Leute Schuldner, die sich nicht gedulden mögen. Wollten Euch also freundlich ersuchen, dass Ihr an unsern Tresler abgebet, was Euch irgend entbehrlich, demnächst auch mit allem Eifer bei den Danzigern betreibet, was nottut und womit ich Euch in nächster Zeit bekannt machen will. Tut ihnen vor allem diesen Frieden zu wissen, damit sie weiter keinen Vorwand haben, uns zu widerstreben und im geheimen dem Könige gute Worte zu geben. Ich vertraue, dass Konrad Letzkau sie gütlich zu ihrer Pflicht zurückführen wird, wie er mir auch mit Rat und Tat treu beigestanden hat hier zu Thorn und vorher. Aller dieser Dinge, lieber Bruder, erwarten wir uns von Euch das Beste. Sorget, dass wir uns dieses Friedens bald erfreuen.«

Wenige Tage später erhielt er die versprochene nähere Anweisung, wie das Geld für den König aufzubringen. »Wir können eine so große Summe nicht zahlen«, schrieb der Hochmeister, »ohne Hilfe des Landes. Darum haben wir eine allgemeine Schatzung über das Land gesetzt, zu der Städte, Ritter, Köllmer und Bauern beitragen sollen, hoch und gering, groß und klein, jedes nach seiner Kraft. Weil uns aber das Land zu solchem Schoß nicht pflichtig ist, also haben wir die Edelsten des Landes zu uns berufen und ihre Beihilfe erbeten und mit ihrem Vollwort den Schoß gesetzt, sodass wir uns nun willigen und freundlichen Gehorsam überall in Städten und Landen verhoffen. Wollet also danach den Danzigern aufgeben, ihren Teil zu tragen und die Sammlung, so bald es sein kann, hierher einsenden, weil wir dem König sogleich fünfundzwanzigtausend Schock böhmische Groschen zu zahlen schuldig sind, unsere Mittel aber nicht dazu reichen. Es ist uns darum zu tun, dass wir keinen Tag über die Not des Königs Schuldner bleiben, damit die Burgen uns übergeben werden und wir wieder Herren sind im Land.«

Dieses Schreiben machte den Komtur sehr bedenklich. Es gefiel ihm nicht, dass sein Bruder sich von andern hatte beraten lassen als von seinen Ordensgebietigern. Die Edelsten des Landes – das waren Bürgermeister und Ratmannen der Städte, Ritter und Knechte, Bannerführer und Landrichter. Das ist eine böse Neuerung, murrte er. Warum bittet er, statt zu fordern? Sollen wir nicht so weit Macht haben über unserer Untertanen Gut? Wer fragt, muss die Antwort nehmen, wie sie fällt – wer heute ja sagt, kann morgen Nein sagen. Das Volk ist schon übermütig genug und setzt sich über seinen Herrn. Das muss viel Unzufriedene schaffen im Orden!

Er beschloss seine Ausschreiben so einzurichten, dass jeder sie für gemessene Befehle halten musste, und bei der geringsten Weigerung mit strengem Zwang vorzugehen.

In der Rechtstadt Danzig hatte die Nachricht von dem Friedensschlusse noch die Aufregung vermehrt, die alle Gemüter erfasst hatte. Bald ging auch ein Schreiben des Königs ein, das seinen Rückzug bestätigte und Rat und Bürgerschaft ihres Eides entband, »mit bestem Dank für die bewiesene Treue«. Nun wagten sich die Männer aus allen Ständen lauter vor, die heimlich aufseiten des Ordens geblieben waren und des Königs Regiment keine lange Dauer versprochen hatten. Viele von denen aber, die sich auf Jagellos Zusicherungen verlassen hatten, schrien über Verrat und überhäuften ihn mit Schmähungen und Vorwürfen.

Es kam zu schweren Wortkämpfen im Artushof, der nun allabendlich so gefüllt war, dass die Knechte des Kellermeisters Mühe hatten, mit ihren Bierkrügen zu den Tischen durchzudringen. Im kleinen Hof zeigte sich der Zwiespalt der Meinungen wie im großen. Die alten Geschlechter in der St.-Georgs-Brüderschaft und namentlich viele Herren auf der Schöppenbank hielten zum Orden und wollten wieder in gutes Einvernehmen zu ihm treten; die jüngeren aus dem Rat mit ihren Verwandten sprachen dem König das Wort und versicherten, dass er nur im Augenblick nachgegeben habe, in Jahr und Tag aber wieder über das ganze Land Herr sein werde. Wer ihm dann treu geblieben sei, der möge auf guten Lohn rechnen.

Welche Torheit, rief Arnold Hecht, sich einzubilden, dass dies des Liedes Ende sei! Nun erst recht wird's heißen: Musikanten, spielt auf! Und nehmt euch in acht, dass eure Stimme nicht vor der Hand heiser wird; je lauter man sie in Krakau hört, um so besser! Glaubt ihr, der König sei so nahe am Ziele gewesen, um ihm für immer den Rücken zu wenden? Weil er jetzt zurückgeht, aha! Aber wisst ihr nicht, wie es die Springer machen, die über einen hohen Gegenstand hinwegsetzen wollen? Sie nehmen einen Anlauf, um so weiter, desto kühner der Sprung. Und wer einen tüchtigen Schlag führen will, holt der nicht mit der Hand aus? Was da zu Thorn verschrieben ist, hat noch keiner von uns gesehen. Ich für meinen Teil verwette meine drei größten Weichselschiffe, dass man uns nur sagt, was man uns hören lassen will. Es wird da wohl geheime Artikel geben, die seinerzeit zum Vorschein kommen, wenn wir das Gericht verdaut haben, das man uns jetzt aufträgt. Beißt nur blindlings zu! Ich aber tue die Augen auf, dass ich mir an dem eingebackenen Pfeffer nicht die Zunge verbrenne.

An Beifall zu solchen Reden fehlte es ihm nicht; aber auch der Widerspruch blieb nicht aus. Es zeigte sich nun klar, dass der König sich zu viel zugetraut. Deshalb habe er nicht einen Waffenstillstand, sondern ganz ernstlich einen ewigen Frieden geschlossen und werde am wenigsten für die preußischen Städte das Schwert ziehen.

Darauf antwortete Arnold Hecht mit lautem Lachen. Merkt ihr nicht, fragte er, wie ernst er's meint, da er schon jetzt künftigem Streit Tür und Tor offengelassen hat, Absichtlich ist das Wichtigste nicht verglichen, um das doch der Krieg ausbrach. Und wer soll entscheiden? Der Papst! Der Papst, der dem Orden nie Gutes gegönnt hat und jetzt begierig die Gelegenheit ergreifen wird, mithilfe der Polen sein geistliches Regiment in Preußen zu kräftigen. Wird der Orden sich fügen, wenn's an sein Lebensmark geht? Nimmermehr! Und das weiß der König. Deshalb wird er's nicht sein, der den Frieden bricht, sondern der Orden wird ihn brechen. Dass der Hochmeister diesen Schiedsrichter angenommen hat, das beweist am besten, wie schwach der Orden sich fühlt. Um diesen Preis hat er Frieden erlangt, aber nur für kurze Frist, und wenn er dann wieder das Schwert ziehen wird, um Unleidliches abzuwehren, wird die Hand lahm sein, die an diesen Vertrag das Siegel gehängt hat.

Es wurde diesen Abend so laut im Hofe, dass die Hofherren die Glocke läuten und vor der gewohnten Stunde die Hallen räumen lassen mussten.

Indessen war auch Konrad Letzkau nach Hause zurückgekehrt. Er hatte sich, als er von den Friedensverhandlungen hörte, zum Hochmeister nach Thorn begeben, um über den Erfolg seiner Werbungen Bericht zu erstatten, und war sehr gütig aufgenommen worden. Plauen bat ihn, in seiner Nähe zu bleiben, da er sich in diesen mehr und mehr verwickelten Händeln der geschicktesten Ratgeber versichern müsse. Als er nun aber nach geschlossenem Frieden seine Zusage für Danzig forderte, zeigte sich Letzkau jetzt zu seiner Verwunderung rückhaltig und unzufrieden. Gnädigster Herr, sagte er, ich habe Euch mit meiner Person gedient, selbst auf Gefahr meines Lebens und bürgerlichen Ansehens, und was ich ferner für Euch tun kann, soll gern getan sein. Aber ich bin nur ein einzelner Mann und kann mich nicht verpflichten für andere. Wollen Ew. Gnaden die Rechte Stadt Danzig in Ihren Rat berufen, so will ich zusehen, ob ich Vollmacht von denen erhalte, die mächtig sind, sie zu geben, und will dann antworten für die Stadt Danzig, es sei zustimmend oder ablehnend. Jetzt aber kann ich das nicht, und so enthalte ich mich billig eines jeden Versprechens.

Darüber ward der Hochmeister ungehalten und entgegnete: Bin ich nicht deinem Rat gefolgt, Konrad? Wie geschieht es denn nun, dass du plötzlich andere Wege gehst?

Ich gehe nicht andere Wege, antwortete Letzkau freimütig, aber Ew. Gnaden gehen nicht die Meinigen, deshalb treffen wir nicht zusammen.

Habe ich nicht das Land befragt in allen wichtigen Dingen, die zu handeln waren?

Ew. Gnaden haben einige Eingesessene des Landes berufen und befragt, aber sie sind nicht das Land.

Wie? Die gewählten Bürgermeister der großen Städte, die edelsten von den Gutsherren aus allen Gebieten ... Wen anders sollte ich befragen?

Es stand Ew. Gnaden zu, sich Rats zu erholen, wo Ew. Gnaden es für gut befanden – in allen Dingen, die der Herr Hochmeister zu richten hat, mit seinen Gebietigern. Fordern Ew. Gnaden dazu erfahrener Leute Rat außerhalb, so mögen Ew. Gnaden wählen nach ihrem Vertrauen, denn niemand hat ein Recht, zu verlangen, dass er befragt werde, und niemand ein Recht, sich zu beschweren, dass er nicht befragt werde: Was da geschieht, geschieht zu Ew. Gnaden Nutz und Frommen allein. In einem aber ist's anders.

In welchem einen?

In dem, gnädiger Herr, dass das Land zinsen und schossen soll, was es nicht schuldig ist. Denn der Orden hat dem Lande Kulmisch Recht gegeben, und die Kulmische Handfeste besagt, dass der Orden niemand beschweren wolle mit Zöllen und Abgaben, welchen Namen sie auch haben mögen, außer dem, was verbrieft ist, und dass das Land frei davon sein soll für ewige Zeiten. Fordert der Orden nun gleichwohl ein Geschoss, weil die Not drängt und seine Kassen leer sind, so wendet er sich an jedes einzelnen guten Willen, und allegesamt sind sie das Land. Ich aber kann nicht bewilligen für meinen Nachbar, und mein Nachbar nicht für mich; darum ist's billig, dass wir beide befragt werden, gnädiger Herr.

Wie sollte das geschehen, Konrad, dass ich jeden Einzelnen im Lande frage? Es sind ihrer allzu viele.

Wie geschieht es, gnädiger Herr, wenn die Hansa zu einem gemeinsamen Unternehmen des Geldes bedürftig ist? Sie macht ein Ausschreiben an ihre Glieder, und ihre Glieder sind die Städte. Wie aber jede Stadt nach ihren Gewohnheiten einig werden mag über ihren Sendboten und welche Vollmacht sie ihm auf den Weg nach Lübeck gibt, das ist jeder Stadt Sache. Was dann bewilligt ist, das ist bewilligt für die Stadt. Also kann es auch geschehen, wenn von der Herrschaft ein Geschoss gefordert wird innerhalb Landes, zu dem niemand pflichtig ist. Die Stadt zwingt ihre Bürger, aber was die Stadt tut, tut sie aus freiem Willen! Wird die Stadt gefragt, so wird jeder gefragt, der Stadtrecht hat, und antwortet die Stadt, so antwortet sie für alle, die zu ihr gehören.

Wie sie aber antwortet, so muss ich's nehmen.

Allerdings, gnädiger Herr, es ist ihr Recht.

Es ist ein neues Recht, das noch nie geübt ward in diesem Lande.

So ist auch die Forderung neu im Lande, und die Pflicht der Herrschaft zu schossen, noch ungeübt. Euer Vorfahr, Herr Konrad von Wallenrod, versuchte eine solche Schatzung und hat viel Anfechtung deshalb erfahren, sodass man ihm noch jetzt das Böseste nachsagt. Ich wollte nicht, dass man sich dessen erinnerte, da ich Ew. Gnaden nur Gutes wünsche.

Der Hochmeister schwieg eine Weile und sah nachdenklich vor sich hin. Dann hob er die Hand, drohte mit dem Zeigefinger und sagte: Konrad, Konrad! Ich merke wohl, dass dir deine Stadt näher am Herzen liegt als das Land. Du meinst des Ordens Not nützen zu können, um der Städte Macht zu mehren und sie mit ins Regiment zu setzen. Das andere kümmert dich wenig. Aber wisse, dass die Zeit noch nicht gekommen ist! Kein Machthaber beschränkt sich freiwillig und muss er nachgeben, so weicht er Schritt nach Schritt, um jeden kämpfend. Das solltest du von mir nicht zu lernen brauchen. Rufen die großen Städte die kleinen herbei, wenn sie bestimmen wollen, was Rechtens sei im Handel? Und nehmt ihr Kaufherren den Handwerker in euren Rat, damit er mit euch festsetze, was für die Stadt gelten soll? Wer die Macht hat, mag sie nicht teilen, er werde denn zur Nachgiebigkeit gezwungen. Es zwingt mich aber nichts, dass ich mit den Städten wegen Bewilligung des Schosses verhandle, da alle im Land, die bei unfreundlichem Willen wohl mächtig wären zu widersprechen, sich gutwillig meiner Bitte fügen. Die andern zählen nicht mit. Du hast gesehen, wie alle Edelsten auf meiner Seite stehen. Ihr Vollwort genügt mir. Darum rate ich dir, Konrad, nicht den Sperling aus der Hand zu lassen und nach der Taube auf dem Dache zu greifen. Auch ich bequeme mich zu manchem, was ich vordem nicht getan hätte, und zu bitten kommt mir wahrlich schwer genug an.

So sprachen sie noch viel über diese Dinge, jeder nach seinem Sinne und Bedarf, und konnten sich nicht einigen. Beim Abschiede zeigten sich beide Teile verstimmt und wenig vertrausam.

Letzkau wusste wohl, dass er in Danzig einen harten Stand haben werde. Er hätte gern etwas mitgebracht, das die zaghaften Freunde des Ordens gewinnen und seine Gegner im Rat und in der Bürgerschaft beschwichtigen könnte. Nun war es ihm verdrießlich, dass er solange in des Hochmeisters Geschäften auswärts gewesen war und mit leeren Händen zurückkam. So blieb er denn meist in seinem Hause, arbeitete fleißig in seinem Kontor und fertigte alle Besuche kurz mit der Weisung ab, dass ihm vieles in seinen Handelsangelegenheiten in schwere Unordnung gekommen sei und dass er erst bei sich wieder reinen Tisch machen müsse. Selbst seiner Tochter, Frau Anna Groß, stattete er nur einen flüchtigen Abendbesuch ab, erkundigte sich, wie es ihr und ihrem Manne indessen ergangen sei, und küsste die kleinen Mädchen. Er hatte ihnen aus Thorn prächtige Pfefferkuchen mitgebracht. Vergeblich forderte Barthel Groß ihn auf, nach dem Artushof mitzukommen.

Dem einen und andern freilich musste er doch Rede stehen. Sein Kumpan Arnold Hecht fragte ihn tüchtig wegen des Friedens aus und hielt dann nicht reinen Mund. Er ließ im kleinen Hofe gelegentlich ein Wörtchen fallen, dass das Bier sich bald verteuern werde. Es ging rasch am Tisch herum, wurde hinausgetragen in den großen Hof, und die Brauer spitzten die Ohren. Am nächsten Morgen war ein Geschrei durch die ganze Stadt, der Orden wolle die Bürger vergewaltigen und ihnen ihr Eigentum nehmen.

Dann kam das Ausschreiben des Komturs. Es war nicht gerade höflich abgefasst und nannte die runde Summe, die von den Bürgern der Rechten Stadt Danzig aufzubringen sei, auch den nahen Termin, bis zu dem das Geld dem Tresler auf dem Schlosse eingezahlt werden müsse. Nun gingen die Stadtboten in die Patrizierhäuser, den Großen Rat zu verbotten. Mit ihnen zogen Scharen von Neugierigen, die vor den Türen lärmten und das Versprechen erzwingen wollten, dass nichts bewilligt werde. Wie es in solchen Fällen zu geschehen pflegt, wollte einer immer besser wissen als der andere, was in dem Ausschreiben stehe, und so vergrößerte sich im Munde des Volkes die von der Stadt geforderte Summe ins Ungemessene. Das solle die Strafe sein, hieß es, mit der Danzig belegt werde, weil es dem König geschworen. Überall wurden Flüche gegen den Orden und gegen den Komtur laut.

Auch die Ratssitzung war stürmisch. In so voller Zahl hatte man sich lange nicht versammelt; alte Kaufherren, die seit Jahren allen solchen öffentlichen Geschäften ferngeblieben, hinkten am Stabe heran und nahmen ihren Platz im großen Saale ein, sodass die eichenen Bänke rundum kaum alle Anwesenden fassen konnten. Zur bestimmten Stunde wurden die Türen geschlossen und außen von den Ratsdienern bewacht.

Der Stadtschreiber Johannes Wolter hatte seinen Tisch dicht an die Empore herangeschoben, auf der die beiden Bürgermeister saßen. Es lagen darauf Kapseln von Metall und Papierrollen, aus denen an Bändern Siegel hinaushingen.

Konrad Letzkau überblickte mit so ruhigem Auge die stattliche Versammlung, als ob es sich um die gewöhnlichste Sitzung handelte. In der Tat erledigte er erst eine Reihe laufender Geschäfte und machte Mitteilung von den Beschlüssen des sitzenden Rates. Dann gab er Bericht von dem Frieden, alles ganz förmlich und geschäftlich, zeigte endlich auch an, dass jüngst ein Schreiben des Herrn Komturs eingegangen sei, betreffend des Herrn Hochmeisters Bitte um Beihilfe des Landes zu der Kriegsentschädigung, und forderte den Stadtschreiber auf, es zu verlesen.

Während das geschah, richteten sich überall die Köpfe auf und wandten sich die Blicke dem Lesenden oder den Bürgermeistern zu. Letzkau saß in seinem Stuhl, das rechte Bein über das linke geschlagen und das Kinn in die Hand gestützt, Arnold Hecht war aufgestanden und musterte mit neugieriger Spannung die Gesichter der Versammelten. Als der Schreiber geschlossen hatte, hielt das Schweigen noch eine Sekunde lang an, dann entstand ein Gesumme wie von schwärmenden Bienen; es verbreitete sich durch den ganzen Saal; die Männer in den braunen Mänteln wandten die Köpfe rechts und links, streckten die Arme vor, zischelten übereinander weg zu einem entfernteren Nachbar, und bald wurden auch einzelne laute Ausrufe hörbar, die kurz die vorgefasste Meinung der verschiedenen Parteigruppen bezeichneten.

Letzkau klopfte mit einem Stabe auf, um Ruhe zu gebieten. Wer zu sprechen habe, möge aufstehen und sich gemessen äußern. Fünf oder sechs zugleich erhoben sich von den Sitzen.

Gestattet zuerst mir das Wort! Rief Arnold Hecht in den Saal hinein. Was ich vorzuschlagen habe, wird wahrscheinlich viel unnötiges Hin- und Herreden abschneiden. Das Schreiben des Herrn Komturs in Ehren, aber es lässt viel erraten. Nun ist aber männiglich bekannt, dass Herr Konrad Letzkau, ob er schon des Rates Vollmacht dazu nicht einzuholen für gut befunden, für den Herrn Hochmeister Reisen unternommen, sich auch lange bei ihm in Thorn aufgehalten hat. Sicher ist er über die Dinge, die dort verhandelt worden, gut unterrichtet und wird uns sagen können, wie sie zusammenhängen. Ich will ihm nicht verbergen, dass in der Stadt viel Verwunderung gewesen ist, wie er sich so in des Ordens Diensten gebrauchen ließ, da wir doch dem König gehuldigt hatten und eher in seinem Hoflager eines Vertreters bedürftig waren. Wahrlich! Wäre nicht der Herr Konrad Letzkau allen als ein ehrenwerter und der Stadt treu ergebener Bürger bekannt, die Zungen hätten sich weniger gehütet. So nun geschieht es auch meines Teils nicht aus Feindschaft oder Missgunst, wenn ich ihn auffordere, im Großen Rat über sein Tun und Lassen Auskunft zu geben, hoffe im Gegenteil, dass er mir dessen Dank wissen wird. Denn ich zweifle nicht, dass er sich in allem wohl verantworten kann.

So war denn die Anklage erhoben. Letzkau erwartete sie von dieser oder anderer Seite und zeigte deshalb keine Spur von Beunruhigung, als er sich nun würdevoll erhob und zum Sprechen anschickte. Es war plötzlich wieder lautlos still im Saal geworden: die meisten von den Ratsherren saßen gebückt und die Augen auf die hölzernen Fußbänke gerichtet, die zum Schutz gegen die Kälte des Steinbodens gegen die Sitze geschoben waren. Nur einige von seinen Freunden und von seinen Gegnern sahen ihn dreist an.

Liebe Herren vom Großen Rat, begann Letzkau mit fester und klarer Stimme, lange genug bin ich in öffentlichen Angelegenheiten – sei es des Ordens, sei es der Stadt – beschäftigt worden, um zu wissen, dass jeder Bote eine Vollmacht haben muss, durch die er sich ausweist, ebenso bei dem, an den er gesandt ist, als bei dem, der ihn sandte. Denn nur das gilt, was er seiner Vollmacht gemäß handelte, und nur das hat er zu verantworten, was er gegen seine Vollmacht tat. So, wenn ihr mich nach Lübeck sendet zur Tagfahrt, frage ich euch vorher: Was ist euer Wille? Und wenn dort beschlossen werden soll, was euch nicht bekannt sein konnte, als ihr mich sandtet, so antworte ich: Dazu reicht meine Vollmacht nicht, ich will's deshalb zu den Meinigen zurücknehmen. Nicht anders, wenn man sich an den Bürgermeister dieser Stadt wendet in Angelegenheiten der Stadt; dann habe ich allemal ängstlich geprüft, was ihm allein zusteht zu entscheiden und was der Rat verteidigen mag. So habt ihr mich alle die Jahre erfunden. Wenn ich aber im Kontor zu Kauen einen Kämmerer über mein Warenlager einzusetzen oder in England ein Schiff zu befrachten habe, da frage ich euch nicht, denn das geht mich allein an. Berief mich nun der Herr Hochmeister zu sich in der Nacht und sagte zu mir: Ich bitte dich, Konrad, dass du uns eine Reise tust – wandte er sich da an die Stadt Danzig oder an den Bürgermeister in seinem Amt? Dass es nicht einmal den Schein hätte, bin ich heimlich fortgegangen in Bettlerkleidern. Denn ich wollte nicht, dass der Herr König dafür einen andern verantwortlich machte als mich allein. Und als er mich dann in Thorn anging: Bleibe bei mir, Konrad, und gib mir guten Rat! Was konnte ich da anders antworten als: Gnädiger Herr, ich will Euch für meine Person mit meinen geringen Diensten gern beistehen, dass wir diese Händel zu schlichten suchen. Als er aber schließlich, weil er des Geldes benötiget war, von mir forderte, dass ich ihm mit meinem Worte die Stadt Danzig verpflichten solle, da habe ich den Kopf geschüttelt und gesagt: Gnädiger Herr, das kann nimmer geschehen. Und so bin ich abgereist, nicht zum freundlichsten verabschiedet. Will mich nun einer deshalb schelten, so kann ich's ihm nicht wehren. In wenig Wochen ist der Tag der neuen Ratswahl da; es wird sich dann zeigen, ob ich noch euer Vertrauen habe. Heute aber beschließet, wie ihr möget. Denn keinen von euch habe ich gebunden.

Er setzte sich nieder. Viele sprangen aber von ihren Sitzen auf, eilten zu ihm, fassten seine Hände und beteuerten ihm mit viel gewichtigen Worten, dass man an seinem Tun nichts zu tadeln wüsste. Auch sein Kumpan beugte den dicken Kopf zu ihm hin, lachte mit dem ganzen runden Gesicht und rief: So ist's recht, so ist's recht, lieber Gevatter – ein anderes haben wir uns nicht vermutet! Aber es musste doch gesagt werden – nicht so? Es musste doch gesagt werden. Und nun berichtet uns in aller Ordnung, wie es mit dem Friedensschlusse bestellt ist und mit den Kriegslasten und mit diesem Schoß, der so ohne Fug und Recht vom Lande gefordert wird.

Das tat Letzkau umständlich und mit guter Art. Zuletzt aber sagte er: Des Komturs Schreiben ist grob. Ich weiß am besten, dass der Herr Hochmeister nicht fordert, sondern bittet. Aber seine Bitte rechnet freilich auf Gewährung ohne Widerspruch. Und täuschet euch auch darin nicht, dass alle die andern unweigerlich geben werden, was ihnen diese Bitte auferlegt, Städte, Ritter und Knechte, Köllmer, Müller und Bauern, selbst Kirchen und Klöster in allen Gebieten. Denn die Großen wollen wieder in Frieden und Eintracht kommen mit der Herrschaft und ihre Feindschaft vergessen machen, die Kleinen aber tun, was sie zu weigern Furcht haben. Thorn ist besetzt von des Ordens Söldnern, und es ist mir auch nicht entgangen, dass die Herren vom Rat verstimmt sind, weil uns der König zu viel bewilligte; Elbing hofft, in des Meisters Gunst zu kommen und zu unserem Schaden den Stapel zu behalten. Sie werden ein Auge zudrücken und in den Säckel greifen. Sehet also zu, ob die Zeit günstig ist, den Streit fortzusetzen. Wir können wohl, wie jene, antworten: Weil der Herr Hochmeister bittet, erkennt er an, dass wir ihm nichts schuldig sind; deshalb wollen wir ihm aus gutem Willen in der Not beistehen, alle unsere Rechte und Freiheiten aber vorbehalten. Denn manchmal ist's klug, sich den Zwang nicht merken zu lassen und die Brücke zu betreten, die der Gegner baut. Prüfet nun und entscheidet.

Man sah's vielen von den Ratsherren an, dass sie bedenklich geworden waren und gern einen Ausweg gesucht hätten. Arnold Hecht aber winkte seinen Anhängern, dass sie das Wort nehmen sollten, und rief, da sie zögerten: Sehet euch vor! Der Herr Hochmeister hat's gar schlau angefangen! Jeden einzeln nimmt er beiseite und sagt ihm: Höre, Lieber, ich bitte dich! Alle die andern haben mir's schon zugesagt; willst du's allein abschlagen? Das geschieht auf deine Gefahr! Und so wirft er das Bündel in lauter Ruten auseinander und beugt jede nach seinem Willen. Gelingt's ihm heute, versucht er's morgen um so dreister, und bald sind unsere besten Freiheiten hin. Da liegen der Stadt Privilegien auf des Schreibers Tisch; mag er sie lesen. Ich finde keine Stelle darin, die uns zu solcher Abgabe verpflichtet. Aber der Meister bittet! Jawohl, er bittet, und wir wollen seine Bitte ernst nehmen. Er soll wissen, dass der Gebetene Nein sagen kann. Nein, nein und aber nein! Das wäre uns eine ewige Schmach, wenn wir uns so fangen ließen.

Nein, nein und aber nein! Trumpften seine Anhänger ihm nach. Einige von den älteren Schöppen versuchten Einrede; es entstand ein großer Lärm. Er mochte wohl durch das Fenster bis auf die Straße gehört werden, denn von draußen antwortete das Volk mit lautem Zuruf. Letzkau klopfte wieder mit dem Stabe auf und erteilte Gerd von der Beke das Wort, der ihm ins Ohr geschrien hatte, dass er sprechen wolle. Er stellte sich ganz auf des Hochmeisters Seite und meinte, dass man ihn in der Not nicht verlassen dürfe. Es sei ja das erste Mal, dass er um solche Abgabe bitte; komme er wieder, so sei's noch Zeit, abzuschlagen und auf seinem Rechte zu bestehen.

Nur wenige nickten ihm still Beifall. Einer schlug vor, den Hochmeister eine Weile warten zu lassen, dann aber zu bewilligen. Er wurde ausgelacht. Ein anderer machte mit etwas mehr Glück darauf aufmerksam, dass die Stadt Danzig noch Forderungen an den Orden habe wegen der Gestellung der Schiffskinder zur Verteidigung der Marienburg und weil man das Schloss mit Vitalien versehen beim Anrücken des Feindes. Das solle man nun in Verrechnung bringen.

Man wird's nicht gelten lassen, wandte Hecht ein, die Bewilligung aber annehmen. Was macht ihr denn Winkelzüge? Sagt ja, wenn euch das Herz treibt oder die Furcht kleinlaut stimmt. Wer aber dafür hält, dass dieser Friede ein Unglück für das Land ist und dass der Stadt Freiheiten gehütet werden müssen für bessere Zeiten, der werfe sein ehrliches Nein in die Waagschale, dass wir sehen mögen, auf welcher Seite das schwerere Gewicht ist. Wie denkt Ihr darüber, Herr Bürgermeister?

Ich würde gern das Doppelte bewilligt haben, antwortete Letzkau, wenn der Meister die Städte zu einem Tage berufen hätte, damit sie gemeinsam beraten möchten, wie ihm zu helfen. Es sind viele unter euch der Meinung, dass der Deutsche Orden ein toter Leib sei, von dem Verwesung ausgehe in diesem Lande; ihr möchtet euch zum König von Polen flüchten, dass er euch helfe, ihn abzuwerfen, und euch frei gewähren lasse, zu tun und zu treiben, was eurer Wohlfahrt nütze. Daher empfingt ihr mit Jubel des Königs Hauptmann, und darum kehrt ihr mit Trauer unter des Ordens Herrschaft zurück. Darum möget ihr dem Orden versagen, was er braucht, dem König Wort zu halten, damit der König von Neuem über ihn kommt und euch befreit. Ihr sprecht es nicht aus, aber ihr denkt es. Ich für mein Teil habe nie ein Hehl daraus gemacht, dass ich dem Orden anhänge von Jugend auf, und dass ich ihn stark und mächtig wünsche, dieses Land, das er zu einem deutschen Land gemacht, zu schützen gegen die Beutegier der Polen und der Litauer, der Moskowiter und der Tataren. Ich liebe auch den König nicht. Nennt er sich gleich einen christlichen Wladislaus, so ist er doch ein heidnischer Jagiel geblieben und wird's auch beweisen, wenn er erst Herr ist. Es ist wahr, ich habe mit ihm heimlich verhandelt im Lager vor Marienburg, aber nicht, wie er wohl meinte, dass ich ihm Danzig zubrächte, sondern dass ich ihn nötigte, Danzig gegen ihn selbst starkzumachen, wenn es in Gottes Rat beschlossen sein sollte, dass der Orden falle. Nun hat der Orden sich aus dieser Not gerettet und richtet wieder sein Regiment auf im Lande. Dessen bin ich froh und wollte ihm gern helfen zu seinem Frommen. Wird nun aber sein Regiment das alte, so hat sich's selbst schon gerichtet, und neues Unheil wird dem Lande erwachsen. So hat es aber den Anschein, dass der Orden auch jetzt nicht erkennt, was ihm vor allem nottut: Er mag lieber Herr sein über widerwillige Untertanen, als einen Bund eingehen mit Städten und Landen und ihre Sendboten aufnehmen in seinen Rat. Nimmer aber wird Friede und Sicherheit sein, es geschehe denn dies. Darum, meine ich, geziemt es denen, die dem Orden wohlwollen und sich selbst achten, dass sie reiflich bedenken, ob sie ein Mittel in Händen haben, die Herrschaft zu ihrer besseren Einsicht zu nötigen.

Der Orden braucht Geld, er sagt zu uns: Gebt mir's! Wohlan, wir antworten: Lass uns mit unsern Genossen beraten, wie wir dir helfen, und lass uns wissen, was im Regiment vorgeht, damit wir in Zukunft solchen Notstand hindern. Sind wir jetzt ohne Bedingung willig, so schaffen wir uns übermütige Herren und in kurzem noch größeres Leid. Es ist nicht unsere Pflicht, dem Orden zu schossen; also ist es unser Recht, ihm die Hilfe zu weigern, wie er sie fordert. Vielleicht ermannen sich auch die andern, wenn sie uns festsehen; und bleiben wir allein, so ist auch das uns keine Unehre. Darum, weil ich dem Orden zugetan bin, schlage ich seine Bitte ab.

Aufmerksam hatte die Versammlung seiner langen Rede bis zum Schlusse zugehört. Alle Teile hatten darin etwas gefunden, was ihnen zusagte, und zugleich etwas, wozu sie fremd standen. Mit den einen teilte er die Neigung, mit den andern die Absicht. Das Ziel aber stand wie auf einem hohen Berge, zu dem man noch kaum vorher mit freiem Blick aufgeschaut hatte. So waren die Gemüter innerlich nur noch mehr erregt und brauchten einige Zeit, sich mit diesem Eindruck abzufinden.

Am schnellsten fand wieder Arnold Hecht ein Wort der Erwiderung. Wir wollen nicht streiten, sagte er, ob wir lieber des Ordens oder des Königs Untertanen sein mögen, sondern ihnen den Streit um uns überlassen, da man uns ja doch nicht fragt. Genug, dass wir in dem einig sind, was uns jetzt zu beschließen vorliegt – der eine aus diesen, der andere aus anderen Gründen. Es kann viele Gründe geben, aus denen eine Sache gut oder schlecht ist, und ich halte nicht viel davon, was man sich so oder so hinterher zurechtlegt, je nachdem man will oder nicht will. Wenn aber die entgegengesetzten bei einem Punkte zusammentreffen, auf den mag man sich sicheren Fußes stellen. Sagen wir Nein, so haben wir nun wahrlich Gründe die Fülle – ich fürchte, dem Herrn Hochmeister und seinem Orden werden sie sämtlich nicht gefallen. Ist es Euch also recht, Herr Bürgermeister, so stimmen wir ab. Sage jeder seine Meinung offen und geradeheraus, damit jeder Teil weiß, an wem er einen Halt hat.

Soll also die Stadt Danzig dem Herrn Hochmeister auf seine Bitte schossen, was ihr von dem allgemeinen Schoß auferlegt ist? Fragte Letzkau. Antwortet darauf vom Jüngsten bis zum Ältesten.

Nein – nein – nein – ging's reihum, selten einmal wurde ein schüchternes Ja vernehmbar. Die Freunde des Ordens hatten auf Letzkaus Unterstützung gerechnet; seine letzte Rede musste sie arg enttäuschen und niederdrücken. Mancher, der gern zugestimmt hätte, hielt's nun für gefährlich, gegen den Strom zu schwimmen, und ging mit der Mehrzahl.

Zuletzt stimmten auch die beiden Bürgermeister mit Nein, Hecht laut und fast zornig, Letzkau ruhig und ohne Erhebung der Stimme. Darauf verkündete der Schreiber das Ergebnis: Nur fünf von den Ratsherren wollten den Schoß bewilligen, alle anderen verweigerten ihn.

Nun stand alles von den Sitzen auf, trat in Gruppen zusammen, sprach laut durcheinander, während der Stadtschreiber den Beschluss in sein Buch eintrug. Nur mit Mühe konnte Letzkau so weit die Ruhe herstellen, dass man ihn darüber hörte, wie der Beschluss ausgeführt werden solle. Er schlug vor, zu gleicher Zeit ein Schreiben an den Komtur und an den Hochmeister zu richten, das erstere kurz und förmlich, das andere in freundlichen Worten und die Ablehnung mit Gründen entschuldigend, aus denen er ersehen könne, dass man unter Umständen wohl bereit sei, ihm zu helfen.

Schreibt's, wie ihr wollt, rief Hecht, es ist alles eins! Wie er's haben mag, wollen wir's ihm nicht geben, und wie wir's ihm geben mögen, will er's nicht haben. Die Frage ist nur noch, ob er's sich mit Gewalt nimmt; dann wird das ganze Land erkennen, was seine Bitte bedeutet.

Die Türen wurden geöffnet; in geordnetem Zuge traten die Ratsherren hinaus, da das Volk bis auf die Treppe drängte und man einzeln nicht durchzukommen fürchtete. Bald hatten die Vordersten im Haufen erkundet, wie die Abstimmung lautete. Nein! Schrien sie den Hinteren zu. Nein! Tönte es weiter durch die Menge, immer vielstimmiger und brausender. Auf dem Markte standen sie Kopf an Kopf, rissen die Mäuler auf und brüllten: Nein – nein – nein! Alle diese Leute hatten eigentlich nur die eine Befürchtung gehabt, dass sie würden von ihrem Eigentum abgeben müssen. Nun wussten sie, dass sie nicht zahlen dürften, und jubelten dem Rat zu, der sie mutig befreit hatte. Was weiter aus der Sache werden solle, kümmerte sie nicht. Sie hätten sich aber im Augenblick auch, wenn's nötig gewesen wäre, zur Rettung ihrer Pfennige auf Tod und Leben zur Wehr gesetzt.

Kaum konnten die Bürgermeister hindern, dass man sie aufhob und nach Hause trug. Eine Schar junger Burschen stürzte die Treppen im Turm der Marienkirche hinauf und läutete die Glocken. Nun füllten sich auch die Schiffe derselben mit Menschen, die nicht wussten, was sie wollten, und irgendetwas Außerordentliches erwarteten. Da die Geistlichkeit sich nicht blicken ließ, sangen sie auf eigene Hand Lieder und beteten an den Altären. So hatten sich die Reihen auf dem Markt ein wenig gelichtet. Die Ratsherren konnten nun in ihre Häuser eintreten, zum Teil eingeholt von der besorgten Dienerschaft. Vor ihren Fenstern lärmte das Volk nach lange. Bis zum späten Abend wurde in den Brauhäusern Bier verzapft, und mancher vertrank mehr, als er dem Herrn Hochmeister zu steuern gehabt hätte, wenn der Beschluss des Rats anders gefallen wäre.

Letzkau begleitete seinen Schwiegersohn nach dessen Hause. Die Wogen gehen hoch, sagte er; so rasch ist ein Sturm erregt.

Haben wir doch einen Steuermann mit kräftiger Hand, antwortete Barthel Groß, so darf uns nicht bange sein für unser Schiff.

Der Bürgermeister ging schweigend einige Schritte. Dann sagte er: Es sind zwei am Ruder, und jeder will die Segel anders stellen. Wir müssen sorgen, dass die Besonnenen auf unserer Seite bleiben. Ich sehe noch böseres Wetter voraus. Tut Euch ein wenig um unter den Amtsgenossen und forscht aus, wer das Wort führt und den meisten Anhang hat. Wir müssen künftig in engem Kreise beraten, ehe wir ins Rathaus gehen, damit wir die Leitung behalten. Doch wollte ich nicht, dass wir in meinem Hause zusammenkämen – es würde Verdacht erregen. Auch nicht in Eurem, lieber Sohn. Sprecht mit Huxer.

Und soll Hecht ausgeschlossen sein? Fragte Barthel.

Letzkau sann eine Sekunde lang nach. Nein, sagte er dann, wir müssen ihn in die Mitte nehmen, sonst kommt er über uns.

Viertes Kapitel

Die Wellen gehen höher

Moses Achacz, der Holzjude, meldete sich auf dem Schloss. Er ließ dem Herrn Komtur untertänigst sagen, dass er in zwei oder drei Tagen abzureisen gedenke, und bat um einen Geleitschein. Er hatte sich länger in Danzig aufhalten müssen, als ihm lieb gewesen war; aber das Holzgeschäft ließ sich nicht rascher abschließen, da der Kaufmann erst Gewissheit haben wollte, ob wirklich der Friede zustande kommen werde. So war man mit diesem Hin- und Herhandeln über die Mitte des Februar hinausgelangt.

Der Komtur bestellte ihn auf den Abend vor seiner Abreise nochmals zu sich; es könne sein, dass er ihm etwas nach Thorn mitzugeben habe. Er war in sehr übler Laune. Die Antwort der Rechten Stadt Danzig erschien ihm als eine offenkundige Auflehnung gegen des Meisters Gebot. Wär's nach seinem Wunsch gegangen, man hätte sofort Zwang gebraucht. Aber sein Kapitel hielt ihn zurück. Es werde viel böses Gerede im Lande geben, wenn man gegen Danzig wie gegen eine feindliche

Stadt verfahre, und jedenfalls sei es notwendig, in einer so wichtigen Angelegenheit erst des Herrn Hochmeisters Willen zu vernehmen.

Sein Kumpan, der Hauskomtur, der einen Ausgleich versuchen sollte, hatte viel zu erzählen von der Aufregung, die in der Stadt herrsche, und auch Peter Engelke, sein Diener, den er als Kundschafter brauchte, hinterbrachte ihm, was in den Schenken und auf dem Markte gesprochen wurde, und wie überall die Rede gehe, die Stadt wolle sich bei übler Behandlung trotz des Friedens vom Orden losreißen und des Königs Gnade anvertrauen. Er wollte auch davon gehört haben, dass nicht alles im Gemeinen Rat verhandelt werde, weil der Orden dort noch namhafte Freunde habe, sondern dass die Bürgermeister mit einigen von den Angesehensten der Kaufmannschaft geheime Dinge verhandelten. Auch des reichen Schiffsreeders Huxer Name wurde genannt.

Das beunruhigte den Komtur nicht wenig. Er dachte sich in seiner ergrimmten Stimmung etwas aus, wie er vielleicht hinter diese Schliche kommen könne, und schickte deshalb Engelke wieder ins Kloster zu den Schwarzmönchen. Man sollte dort Frau Barbara wissen lassen, dass sich Gelegenheit biete, eine Botschaft nach Schloss Sczanowo zu befördern; ob also das Fräulein dieserhalb den Pater Severus zu sprechen wünsche.

Maria hatte sich längst das Köpfchen zerbrochen, wie sie dem armen kranken Junker Heinz etwas von sich wissen lasse; aber es war ihr wenig Kluges eingefallen. Sie selbst konnte nicht geläufig schreiben, und es musste ihr bedenklich scheinen, einen von des Stadtschreibers Gesellen oder den Rektor der Stadtschule oder einen Geistlichen der Pfarrkirche oder gar ihres Vaters Stuhlschreiber, der im Kontor die Handelsbriefe abfasste, ins Geheimnis zu ziehen. Und wenn sie wirklich das Schreiben in Händen hatte, wie sollte sie es an den bestimmten Ort gelangen lassen? In einer Nacht, als sie nicht schlafen konnte, war sie auf den Gedanken gekommen, dass Klaus Poelke sich vielleicht erbitten lasse, ihr diese Reise zu tun. Barbara schüttelte dazu den Kopf. Sie brachte die Sache aber doch, als ihr Schwestersohn mit Fischen vom Hakelwerk hineinkam, beiläufig zur Sprache. Liebe Muhme, sagte er, wie soll ich mitten im Winter diese Reise tun, da alle Flüsse zugefroren sind? Ich bin ein Seemann und wollte wohl ganz allein auf einem kleinen Boot die Weichsel hinauf mit Segel und Ruder. Aber ein Pferd weiß ich nicht zu lenken, und zu Fuß ist's auf diesen Schneewegen durch die weiten Wälder allzu gefährlich. Geduldet Euch also, bis das Eis aufgegangen ist; dann fahre ich auf einem Weichselkahn nach Polen hinein und will Euch redlich alles besorgen, was Ihr mir aufzutragen habt.

Nun schienen die Schwarzmönche ihr unerwartet helfen zu können. Freilich war ihr der Pater Severus etwas unheimlich, und auch Barbara sprach nicht gern von ihm. Aber er musste es doch wohl gut mit ihr und Junker Heinz meinen, da er so freundlich an sie gedacht hatte und ihr's nun nahelegte, seine Dienste anzunehmen. So trieb sie denn das Herz, alle Bedenken zu beseitigen. Liebe, gute Barbara, schmeichelte sie und klopfte ihr mit der runden, kleinen Hand die Wange, hilf mir doch diesmal; es ist gewiss zu meinem Glück. Ich habe mir etwas ausgedacht, wie ich ihm nicht schreiben darf und doch zu erkennen geben kann, dass sich hier nichts verändert hat. Bestelle im Kloster, dass der Pater zu dir kommen möge – heute Abend, wenn's dunkelt und der Vater nach dem Hof gegangen ist. Führe ihn dann in mein Stübchen und halte Wache, dass uns niemand überrascht, es soll nicht lange dauern, was ich mit ihm zu verhandeln habe. Tu's, Beste, und ich will dir's danken.

Barbara ließ sich erbitten und leitete alles geschickt in die Wege. Abends, als das Kontor geschlossen und Huxer fortgegangen war, kam der Pater. Er bestätigte, dass er auf dem Schloss erfahren habe, der Mann, der den Brief an den Komtur gebracht, gehe wieder zurück nach Sczanowo. Ach, lieber Pater, sagte Maria, da Ihr doch schon alles wisset, nehmt Euch auch ferner gütig meiner an. Der Ring, von dem Junker Heinz schreibt, dass er ihn mir nicht zurückgeben könne, ist auf sonderbaren Wegen wieder in meine Hand gekommen, sodass ich den Junker schon tot glauben musste. Da er nun lebt, gehört er ihm, und ich will ihn nicht einbehalten als ein ungerechtes Gut. Ich habe deshalb das Ringlein in dieses kleine Kästchen gelegt und auf den umgewickelten Streifen Papier meinen Namen geschrieben. Sorget nun freundlich, dass der Bote das Kästchen mitnehme und dem Junker aushändige. Drückt ihm auch dazu diesen Goldgulden in die Hand, dass er treulich den Auftrag ausrichte. Wenn der Junker aber indessen – die Tränen rollten ihr plötzlich über die Wangen –, wenn der Junker indessen seinen Wunden erlegen sein sollte, so sagt dem Manne, dass er das Kästchen aufhebe und mir zurückbringe, wenn er wieder nach Danzig kommt. Ich will's ihm mit Gold aufwiegen.

Der Pater schien Gefallen zu haben an dem hübschen Kinde, das ihm so das Herz öffnete. Er lächelte gar weltlich, indem er das in Leinwand eingenähte Kästchen an sich nahm und dabei die weiße Hand berührte. Grämt und härmt Euch nicht, Jungfrau, antwortete er, das Sterben wird so nahe nicht sein. Den Boten halte ich für zuverlässig und will ihm seinen Auftrag gehörig einschärfen lassen. Kann man auch einem Juden nicht mit der ewigen Verdammnis drohen, da ihm die ohnehin sicher ist, so weiß er doch, dass er sich in Preußen nicht mehr blicken lassen darf, wenn er auf einer Untreue ertappt worden, und wird sich seines Handels wegen hüten, zur Klage Anlass zu geben.

Maria sah ihn verwundert an. Durch einen Juden wollt Ihr –

Pater Severus zog die Kapuze über die Stirn hinab, sodass seine Augen verschattet waren. Kümmert Euch darum nicht, entgegnete er, es fuhr mir so heraus. Jude oder Christ – auf Ritterwort! Das Ringlein soll an den rechten Finger kommen.

Diese Rede kam ihr aus des Mönchs Munde gar nicht gehörig vor, aber sie wagte keine Erwiderung und blickte errötend zur Erde. Ich wollte Euch wünschen, fuhr der Pater fort, dass die Gefangenen bald gelöst würden und auch Euer Junker freikäme. Der Herr Hochmeister hat den besten Willen, aber es fehlt ihm an Geld. Da hat er sich nun an das Land gewandt. Wie aber gerade diese Stadt ihm widerstrebt, werdet Ihr erfahren haben. Euer eigener Vater ist unter seinen eifrigsten Gegnern. Redet auf ihn ein, wie Ihr könnt, dass er anderen Sinnes werde.

Ach, nun verstehe ich's, sagte sie unschuldig, was die Stadt in solche Unruhe setzt. Wie grausam, dass die armen Gefangenen nicht gelöst werden sollen! Aber wie kann ich –

Tut nur, was Euch das Herz befiehlt, rief er, und gebt acht, was die Männer miteinander reden. Ists Euch nicht verständlich, so fragt bei Barbara an, die eine kluge Frau ist und besser der Welt Lauf kennt oder sich im Kloster Rats erholt.

Damit klopfte er ihr mit den Fingerspitzen die Wange und suchte Barbara auf, die sich im Flur und Vorzimmer etwas zu schaffen machte. Er fragte sie wieder nach allem aus, was im Hause vorgehe, und ob etwas Heimliches betrieben werde. Hätt' ich doch nie geglaubt, sagte sie kopfschüttelnd, dass die Väter Dominikaner so neugierig wären und so weltliche Gedanken hätten. Hab's auch bisher an den andern nicht so gemerkt.

Während sie noch miteinander sprachen, und gerade als der Pater Severus, dem das hübsche Weibchen mehr und mehr zu gefallen schien, sich einen Scherz erlaubte, öffnete sich unten die Haustür. Mehr als zwei kräftige Füße trappten auf den Steinfliesen den Schnee von den Stiefeln ab, und bald wurden auch Männerstimmen laut, die sich der Treppe näherten. Ach, mein Gott, flüsterte Barbara ängstlich, mein Herr kommt unerwartet früh nach Hause und bringt Besuch mit. Sie dürfen nicht wissen, dass ich Euch –

Nein, man darf mich hier nicht sehen, fiel der Pater schnell ein. Der Ton seiner Stimme hatte, so leise er sprach, etwas Gebieterisches.

Aber was beginnen?

Lasst mich in Eure Kammer eintreten, bis sie vorüber sind.

In meine Kammer – gut denn! Aber haltet Euch still.

Sie hatte nur noch gerade Zeit, ihn hineinzuschieben und die Tür hinter ihm zu schließen. Huxer kam hinauf mit Barthel Groß und noch einem Manne, den die Frau im Halbdunkel und dazu in seiner Pelzverhüllung nicht zu erkennen vermochte. Seid Ihr's, Bärbe? Fragte Huxer.

Ich hörte jemand kommen, sagte sie, und trat hinaus –

Lasst sogleich in der Herrenstube Feuer im Kamin anmachen, Barbara, und stellt uns eine Kanne Jopenbier auf den Tisch. Sorgt auch, dass wir eine Wachskerze haben.

Erwartet Ihr noch mehr Gäste, Herr?

Es kommen noch einige nach. Die Ursula mag unten an der Haustür stehen und sie einlassen. Eilt Euch!

Er ging an ihr vorüber und nötigte die beiden Herren in die große Stube. Barbara rief die Mägde und teilte ihre Befehle aus, ließ sich eine Kanne reichen, wählte aus dem mächtigen Bunde an ihrem Gürtel einen Schlüssel und stieg in den Keller hinab, sie zu füllen.

Indessen wurde noch mehrmals an die Haustür geklopft. Es kamen Konrad Letzlau mit Johann Hamer und Tiedemann Schwartz, Arnold Hecht mit Hermann Rogge, endlich Wilm von Wiemen, Heinrich von Dalen und Arend Scheren, sämtlich Ratmannen oder Schöppen. Auch sie wurden in die Herrenstube gewiesen, wo nun bald ein lebhaftes Sprechen begann. Im Kamin prasselte das Feuer, Huxer teilte das Bier aus der Kanne in die Zinnkrüge aus, dass man sich innerlich erwärmen möchte. Doch legte nur Arnold Hecht nach einer Weile den Pelz ab; ihm war's stets zu heiß.

Indessen hatte der Pater Severus sich in Barbaras dunkler Kammer durch Tasten bis zu der hinteren Wand zurechtgefunden, die sie von der Herrenstube trennte. Er erinnerte sich des Schiebers, setzte ihn leise in Bewegung und hielt das Ohr an die Öffnung. Nun war bei einiger Aufmerksamkeit fast Wort für Wort von dem zu hören, was innen gesprochen wurde. Es ärgerte den Pater nur, dass er nicht auch wissen konnte, wer jederzeit sprach, da ihm die Männer unbekannt waren. Doch meinte er, später wenigstens so viel aus Barbara herausbringen zu können, dass er die Namen der sämtlichen Gäste erführe. Er zweifelte nicht, dass dieses die heimliche Kumpanie sei, von der die Rede gegangen.

Die bevorstehende Ratswahl wurde besprochen. Es kam darauf an, Männer in den sitzenden Rat zu bringen, auf die voller Verlass wäre. In der Sache selbst war man einig über alle Hauptfragen. Der Schwerpunkt sollte auch ferner und womöglich noch deutlicher ausgesprochen im Gemeinen Rat liegen, dieser Körperschaft, die das ganze Patriziat, soweit seine Mitglieder im Rat oder auf der Schöppenbank gesessen hatten, umfasste und auf deren Zusammensetzung der Orden daher gar keinen Einfluss hatte. Nach alter Gewohnheit hätten der Rat und die Schöppenbank sich selbst zu ergänzen. Nun wär's aber auch früher seit Jahren schon nur noch eine Förmlichkeit gewesen, dass man die Wahl dem Komtur anzeigte und um deren Genehmigung bäte. Ausdrücklich habe der König ihnen zugesichert, dass die Wahl in Zukunft ganz frei sein solle, und daran müsse man auch dem Orden gegenüber festhalten, sich aber keinen Einspruch gefallen lassen. Sonderlich in dieser Zeit nicht, rief Hecht, in der wir noch in viel anderen Dingen mit den Kreuzherren uneins sind und unser Stück wohl durchzusetzen gedenken – wenn nicht im Guten, so mit Gewalt.

Enthalten wir uns aller solcher Drohung, antwortete Letzkau, die doch hier nur in den Rauch des Kaminfeuers gesprochen ist, und handeln wir, wie es not tut.

Mir will's doch geraten scheinen, meinte Huxer, denen im Schloss nicht geradezu vor den Kopf zu stoßen. Es steht nun einmal in den alten Briefen, dass wir mögen Ratmannen kiesen? Mit Wissen der Herrschaft und die ihr genehm sind. Lassen wir's nun bei der alten Förmlichkeit, so wird man auf die Personen im Schloss wenig achthaben. Weigern wir aber die Anzeige, so mag es leicht geschehen, dass man sich aufs hohe Pferd setzt und uns zu überreiten sucht.

Wilm von Wiemen und Tidemann Schwach stimmten ihm zu, Barthel Groß aber sagte: Es kann doch nicht vergessen werden, dass der Orden seine Macht über uns verloren gehabt hat und wir unter dem König von Polen gestanden haben. Ist nun darüber Streit, ob dies zu Recht oder Unrecht geschehen sei, so mag der erst ausgefochten werden. Was inzwischen etwa unregelmäßig vorgenommen, kann nicht gerügt werden; später aber fußt man darauf als auf einem sicheren Vorgang und gewinnt durch Übung Recht.

Ihr gefallt Euch in halben Maßregeln, schalt Hecht, und werdet es büßen. Jetzt ist der Orden schwach und kann den Zügel nicht anziehen.

Werfen wir das Gebiss ab, so wird er's uns nimmermehr anlegen. Lassen wir ihn aber wieder zu Kraft kommen, so werden wir uns die Zähne daran zerbeißen. Ich sehe kein Heil für uns unter seiner Herrschaft.

Warum sollen wir nicht vom Orden erlangen können, was uns der König zugestand? Fragte Letzkau. Muss er doch einsehen, dass er uns auf andere Weise nimmer zufriedenstellt und zur festen Stütze seiner Macht gewinnt. Wir müssen darauf dringen, dass der Herr Hochmeister einen Landesrat erwähle aus den Vollmächtigen der großen Städte und den Edelsten des Landes, und dass er in Landessachen mit seinen Gebietigern und Prälaten nichts beschließe und ausführe, davon diese geschworenen Räte nicht Kenntnis erhalten. Nie wieder darf eine Abgabe erhoben werden ohne des gemeinen Landes Bewilligung! Und was geschosst ist vom Lande mit gutem Willen, das soll auch nicht verwandt werden nach der Gebietiger Einsicht, sondern mit Zustimmung der Landesräte, und soll ihnen Rechnung gelegt werden, wie ein Verwalter Rechnung zu legen hat. Dann wird Friede im Lande sein und der Orden jedem Feinde stehen.

Aber nur die Furcht vor dem Könige und die Not im Lande werden ihn vermögen, so weit nachzugeben, erinnerte Heinrich von Dalen.

Darum müssen wir das Unsere tun, bemerkte lachend Hermann Rogge, dass der König ihm furchtbar bleibt und seine Kassen nicht wieder voll werden. Des Bürgermeisters Plan ist gut und wohlausgesonnen.

Das ist er! Rief Johann Hamer. Hat man ein zu mutiges Pferd, das macht man durch Hunger zahm.

Nun sieht man doch, worauf man hinaus kann, meinte Arend Scheren, und tappt nicht mehr im Dunkeln. Den Landesrat müssen wir haben, und ohne Landesrat bewilligen wir keinen Pfennig.

Ihr werdet ihn haben, wenn ihr beim Könige bleibt, sagte Hecht, und ich möchte wohl selbst darin sitzen, wenn er ehrlich etwas zu sagen hat. Wie er aber neben dem Ordenskapitel bestehen soll, begreife ich nicht. Ihr wollt Pferde vorn und hinten an den Wagen spannen; da mag er eher zerbrechen, als von der Stelle kommen.

Und Ihr kehrt, wie die Weiber, stets wieder zu Eurem ersten Wort zurück, verwies Letzkau. Man kann nicht aus Luft ein Haus bauen und an den Sternen ein Licht anstecken.

Hecht erwiderte heftig, und man schrie durcheinander. Der Hausherr hatte einige Mühe, Frieden zu stiften. Lasst euer Bier nicht schal werden, riet er, und feuchtet die Kehlen an. Ich denke, wir streiten auf beiden Seiten um des Kaisers Bart.

Die Deckel der Krüge klappten, die Kanne wurde zu neuer Füllung herausgereicht. Pater Severus stand noch immer an der Öffnung unter dem hölzernen Schieber, das Ohr dicht an die Wand gedrückt. Die Kapuze war ihm ins Genick gefallen, die beiden Fäuste hatte er geballt, die Zähne bissen fest aufeinander, während die Lippen geöffnet waren. Jetzt richtete er sich auf und stieß einen zischenden Laut vor, wie ihn die Wut austreibt. Er hatte genug gehört und benutzte die Zeit, in der die Magd draußen sich nach dem Keller entfernt hatte, um die Kammer zu verlassen und durch die Haustür auf die Straße zu treten. Er warf sie so heftig hinter sich zu, dass man's bis in die Herrenstube hinein am Klirren der Krüge auf dem Tische merkte.

Mit raschen Schritten ging der Pater dem Haustor zu. Es war ein abscheuliches Wetter geworden; der Sturm heulte um die hohen Giebel der Häuser und fegte den trockenen Schnee in langen weißen Schleiern von den Dächern hinab oder wirbelte ihn an den Straßenecken hoch auf und dem Vorschreitenden ins Gesicht, dass ihm Augenbrauen und Bart bald mit einer dicken Kruste bedeckt waren. Er achtete darauf nicht, senkte nicht einmal den Kopf oder zog die Kapuze fester an; seiner Stimmung schien es gerade zuzusagen, einen Widerstand brechen zu müssen, so legte er sich mit voller Brust gegen den Wind. Manchmal hob er den Arm mit der geballten Faust wie drohend und sprach halblaut heftige Worte: Dieses übermütige Krämervolk soll gezüchtigt werden! Eine Bande von Verrätern – die Herren Bürgermeister obenan! Oh, die Nichtswürdigen, die Buben! Hab' ich sie nun recht erkannt? Sind sie mit Zuckerbrot zu füttern? Die Peitsche auf ihren Rücken! Das ist eine Brut, die ausgetilgt werden muss wie ein Wespennest mit siedendem Wasser – eine Pestbeule, die das ganze Land anzustecken droht! Heran mit Feuer und Schwert!

Er stieß selbst den Torriegel zurück, da der Wächter unter einem Mauervorsprung Schutz gegen das Unwetter gesucht hatte, und schritt dem Schlosse zu; dort warf er die Kutte ab und überließ es dem Mönch, sie vom Boden aufzuheben. Ich weiß genug! Rief er. Mich werden diese Buben nicht mehr täuschen. Zum letzten Mal hab' ich in diesem Gewande gesteckt. Trete ich jetzt in die Stadt ein, so ist's in blanker Rüstung, das Schwert an der Seite. Wir wollen einen Tanz aufführen, und ich will euch schwenken, dass euch der Atem vergehen soll!

Was der Komtur gehört hatte, wälzte sich wie eine ungefügige Masse in seinem Kopfe herum; er musste ihn anstrengen, um in der Erinnerung zu sondern, was der eine und der andere gesagt hatte. Anfangs schien ihm kein Unterschied darin zu sein: Der Orden sollte um sein Herrenrecht gebracht werden – so oder so. Am verständlichsten war ihm noch, was Hecht plante: Verschwörung mit dem König, Abfall, Gewalt. Dagegen ließ sich mit den Waffen ankämpfen. Er wünschte fast, die anderen wären darauf eingegangen, dass er sofort dreinschlagen könnte. Es kümmerte ihn im Augenblick wenig, dass er keine Zeugen hatte. Aber das wollten sie nicht – die feigen Hunde! Was wollten sie? Er hatte Mühe, sich's notdürftig zu erklären, worauf Letzkau ausging. Pah! Kniffe und Pfiffe – es kommt sicher auf dasselbe hinaus! Die ganz neuen Gedanken, die der Bürgermeister angeregt hatte, gärten doch fort und wollten eine Vorstellung gewinnen. Ein Landesrat! Was war das für ein Ding? Wie konnte neben dem Generalkapitel des Ordens eine Macht bestehen, die zu bestimmen hatte: Das sei und das sei nicht? Lieber in ehrlichem Kampfe mit den Polen und Litauern untergehen, als so heimtückisch einen Keil in den Stamm treiben lassen, der ihn bis aufs Mark zersplittern müsste. Letzkau war von den beiden Bürgermeistern der gefährlichere. Je mehr er über seine Reden nachdachte, um so gewisser wurde ihm diese Erkenntnis. Und sicher hatte er noch nicht einmal sein letztes Wort ausgesprochen, seinen ganzen teuflischen Plan enthüllt. Wer konnte erraten, was dieser Kopf im geheimsten brütete?

Die andern schienen ihm nur armselige Wichte gegen diesen Mann, auf den sich sein tiefster Hass richtete.

Mit welchen Mitteln konnte er ihn befehden? Ihm den Prozess machen? Aber er durfte nicht Richter und Zeuge sein in einer Person. Nicht einmal Zeuge allein! Niemand durfte erfahren, dass er in der Mönchskutte gelauscht hatte, versteckt in eines Weibleins Kammer. Nun erst, da es darauf ankam, von seiner List Vorteil zu ziehen, erkannte er deren Nutzlosigkeit und – Unwürdigkeit. Das empörte ihn noch mehr, das peinigte ihn Tag und Nacht.

Das Kästchen mit dem Ringe hatte er vergessen. Es war im Ärmel der Kutte stecken geblieben. Er erinnerte sich erst daran, als der Jude sich meldete und um seine Aufträge bat. Nun schickte er Peter Engelke nach dem Kloster, es in Empfang zu nehmen und zugleich dem Juden mit der nötigen Weisung zu übergeben. Das hübsche Fräulein wollte er seinen Zorn nicht entgelten lassen.

Er ließ neue Briefe an den Rat schreiben, setzte ihm wegen des Schosses eine letzte kurz gemessene Frist. Auch hatte man sich in der Stadt unterfangen, einen Mann ins Gefängnis zu werfen und vor Gericht zu fordern, über den sie kein Recht hatten. Er verlangte, dass sie ihn bis zum andern Morgen dem Hauskomtur auslieferten ohne jede Ausflucht. Er wolle mit ihnen um so klare Dinge nicht verhandeln, sondern befehle und erwarte Gehorsam.

Die Danziger ließen die eine und die andere Frist verstreichen. Dann führten sie den Übeltäter bei hellem Tage und mit großem Lärm vor die Stadt hinaus unter den Galgen und liehen ihn henken. Das wurde vom Schlosse aus bemerkt. Der Komtur sandte eiligst ein Fähnlein Knechte dorthin, die Exekution zu hindern. Aber sie kamen zu spät. Die Knechte des Scharfrichters höhnten sie, dass sie den Strick abschneiden möchten, wenn sie nicht ganz untätig abziehen wollten. Darüber entstand Streit, in den sich nun auch die Stadtwache mischte. Man schlug mit den Spießen gegeneinander, und es gab hier und dort blutige Köpfe.

Indessen war auch beim Rat ein Schreiben des Herrn Hochmeisters eingegangen. Es fiel nicht so aus, wie es der Komtur erwartet haben mochte. Noch einmal versuchte der hohe Herr den Weg der Güte und herzlichen Bitte. Aber die Gemüter waren schon zu erregt; der Brief hatte nicht die gehoffte Wirkung. Im Gegenteil benutzten ihn die Führer der Bewegung, um den Zaghaften bessern Mut zu machen. Würde der Herr Hochmeister so wehmütig bitten, hieß es, wenn er sich nicht schwach fühlte? Man soll sich nicht schrecken lassen und nun erst recht auf seinem Stück bestehen.

Der Komtur aber machte Ernst. Er legte auf die Stadtgüter Beschlag, besetzte die Landstraße mit seinen bewaffneten Knechten und ließ Kaufmannswaren weder ein noch aus. Dem Landvolk wurde verboten, Lebensmittel nach der Stadt zu bringen. Konnte er sie auch nicht völlig absperren, so belästigte er doch in empfindlicher Weise ihren Verkehr.

Nun kam die Ratswahl. Der Komtur ließ ansagen, dass er das seit einigen Jahren übliche Verfahren, wonach der Rat sich aus wenigen Familien selbst ergänzte, nicht dulden werde. Es solle in allem nach der Kulmischen Freiheit verfahren werden, die in wesentlichen Punkten außer Gebrauch gesetzt worden. Danach hätte die ganze Gemeinde den Rat zu küren. Er schickte zu den Älterleuten und auf die Herbergen und ließ die Leute belehren, dass ihnen Unrecht geschehe, auch in den Klosterkirchen seine Briefe verlesen.

So hoffte er, sich unter dem niederen Volk einen Anhang zu verschaffen und den übermütigen Rat zu schädigen. Aber er fing nur wenige. Die Herren stellten vor, man wolle später die alten Briefe einsehen, wenn man seines Gutes gesichert sei. Wer von den Handwerkern denn Willens und imstande sei, die Beschwerden und großen Kosten des Amtes zu tragen? Ganz offenkundig sei es dem Herrn Komtur nur darum zu tun, den Schoß von der Stadt zu erpressen; wer nun mit seiner Hilfe in den Rat gesetzt werde, müsse ihn wohl bewilligen, um ihm einen Gegendienst zu leisten. Dann möge man nur getrost lieber gleich in den Säckel greifen.

Dieser Grund leuchtete ein. Die Gemeinde hielt sich ganz ruhig bei der Ratswahl, die nach früherer Gewohnheit in der großen Ratsstube vor sich ging, und rief Beifall, als der Sekretarius sodann auf der Treppe erschien und die Namen der Gewählten vorlas. Die Bürgermeister Letzkau und Hecht blieben im Amte; in den sitzenden Rat waren neben ihnen lauter Männer aufgenommen, die verlässlich schienen und sich schon bewährt hatten.

Dem Komtur wurde eine einfache Anzeige gemacht. Statt seine Genehmigung zu erbitten, lud man ihn auf nächsten Sonntag in der Pfarrkirche ein, der Vereidigung der gewählten Ratsherren und Schöppen beizuwohnen. Das war neuer Hohn. Zur Überraschung der Bürger ritt er wirklich mit etlichen aus seinem Kapitel und zahlreichen Knechten in die Stadt und erschien in der Marienkirche. Aber nur, um laut Einspruch zu erheben gegen die Gewalttätigkeit des Rats, die Wahl für null und nichtig zu erklären und die Vereidigung der Gewählten zu verbieten. Ein Tumult wurde nur dadurch abgewandt, dass Pfarrer Tiedemann die Orgel spielen ließ. Die Feierlichkeit hatte dann ungehindert ihren Fortgang.

So war der Streit zu einer Höhe angewachsen, dass kein Teil mehr auf eine friedliche Lösung rechnen mochte. Der Komtur verschärfte seine Zwangsmaßregeln, zog Mannschaften von den Außenhöfen ins Schloss und rüstete mit Eifer. Beim Hochmeister führte er Klagen über die Unbotmäßigkeit der Stadt und rechtfertigte sein scharfes Vorgehen. Die Bürger dagegen machten sich auf einen Überfall gefasst, verrammelten die Tore nach der Schlossseite, führten außerhalb starke Schanzen auf und wechselten im Harnisch auf den Wallgängen und Türmen. Der Rat aber schrieb an den Herrn Hochmeister und führte Beschwerde über den Komtur, der die Stadt bei ihren Rechten und althergebrachten Gewohnheiten nicht lassen wolle, gegen ihre obersten Beamten beleidigende Worte brauche und allein schuld sei an aller dieser Schälung. Wenn wir

Ew. Gnaden etwas pflichtig sind, schloss das Schreiben, so wollen wir Ew. Gnaden das nicht vorenthalten. Aber wir wissen uns dessen aus unseren Briefen nicht Bescheid, die wir vorzulegen bereit sind. Wären wir irrig, so wollen Ew. Gnaden deshalb mit uns nicht richten, sondern uns gestatten, die Sache anheimzugeben den Gebietigern und dem ganzen Lande. Sollte der Herr Komtur uns aber bis dahin zwingen, Gewalt mit Gewalt abzuwehren, so verwahren wir uns deswegen im Voraus vor aller Verantwortlichkeit. Denn unseres Rechtes wollen wir uns nimmer begeben um Drohung. Bitten also Ew. Gnaden, solches dem Herrn Komtur ernstlich zu verweisen und uns in unseren Rechten zu schützen.

Arnold Hecht schnippte mit den Fingern in die Luft, als der Stadtschreiber dieses wohlgefügte Skriptum hohem Rat zur Genehmigung vortrug. Es verschlägt soviel wie ein anderes, sagte er leichthin.

Auf seinen Antrag erhielt der Büchsenmeister Befehl, schleunigst noch einige Feldschlangen für die Außenschanzen gießen zu lassen. Dass aber die Kugeln nicht vor dem Schlossgraben niederfallen! Setzte er mahnend hinzu und lachte, dass sich der runde Bauch schüttelte.

Es ziemt sich wohl eher, die Dinge ernst zu nehmen, verwies Letzkau. Hoffentlich kommt es nicht zum Kampf.

Hecht zuckte die Achseln. Wie der Herr Komtur will! Es scheint ihn doch zu gelüsten, sich's beweisen zu lassen, dass unsere Sackträger und Schiffskinder derbe Fäuste haben!

Fünftes Kapitel

Der Gefangene

In dem Turmstübchen des Schlosses Sczanowo ging nicht mehr die Sorge und der Kummer aus und ein.

Des Königs Leibarzt hatte die böse Krankheit gebannt. Schon nach wenigen Tagen war die Entzündung der Wunde beseitigt, und die Heilung begann von innen her ganz regelmäßig. Das Tränkchen wirkte belebend, erfrischend, kräftigend. Es war, als ob sich neues Blut durch des Junkers Adern ergoss; er sagte, dass er's recht vom Herzen her strömen fühle. Die Augen glänzten wieder, die Mattigkeit wich aus den Gliedern, Speise und Trank mundeten. Wäre die Hilfe nicht von einem Juden gekommen, der Kaplan hätte an ein Wunder geglaubt. Nun schüttelte er mitunter bedenklich das geschorene Haupt, ob man nicht bei so rascher Besserung die der Seele schädliche Einwirkung eines Zaubermittels zu befürchten habe, hielt auch seine Zweifel nicht zurück.

Macht Euch keine unnützen Gedanken, Pater Stanislaus, riet Natalia. Alles Gute kommt von Gott. Lässt er's durch einen Juden geschehen, der überdies ein rechter Teufel ist, so ist's nur ein Wunder mehr. Wir aber wollen dafür dankbar sein und seine Wege nicht meistern.

Der Kaplan entgegnete nichts darauf, schlug aber jedes Mal, wenn er ans Bett trat, ein Kreuz über dem Kranken und betete eifrig in der Kapelle unter ihm, alle bösen Geister zu verscheuchen.

Unermüdet setzte das Mädchen die zärtliche Pflege fort. Nach einigen Wochen konnte er aufstehen. Sie trug Decken und Mäntel von weichem Pelzwerk herbei, ihn warm einzuhüllen. Dann stand sie hinter dem Stuhl und stützte seinen Kopf. Er versuchte zu gehen, aber die Knie zitterten. Legt Euren Arm um meine Schulter, sagte sie, und schont mich nicht. Ihr sollt sehen, dass ich kräftig genug bin, Euch zu führen. Der Kaplan wollte diesen Dienst auf sich nehmen, aber sie litt es nicht.

Erst leitete sie ihn nur wenige Schritte auf und ab, dann weiter und weiter bis in die Fensternische hinein. Ihn erfreuten die helle Februarsonne, der blaue Himmel, die weite Landschaft. Ein Lehnstuhl wurde dorthin gesetzt; er konnte nun ausruhen und eine Weile dem Treiben im Holzgarten auf der Uferhöhe zuschauen. Ist Euch nicht kalt? Fragte sie und fasste seine Hand. Seid Ihr nicht müde? Wollt Ihr nicht Euren Wein trinken?

Wie in einer Gruft hatte Heinz monatelang gelegen; nun konnte er sich gar nicht trennen von diesem Platz am Fenster, der einen Ausblick in die Welt erlaubte. Es war ihm ein interessantes Schauspiel, die Bauern mit ihren Schleifen ankommen und abfahren, die Brettschneider arbeiten, die Juden eifrig hin und her laufen und mit komisch-heftigen Gebärden Befehle austeilen zu sehen. Bald kannte er jeden von den Leuten in den weißen Schafspelzen, jedes ihrer struppigen Pferde. Ich möchte wohl auch einmal auf dem Schlitten sitzen und mitfahren in den Wald, äußerte er seufzend. Ob ich wohl noch eine Axt schwingen könnte?

Seid nur hübsch folgsam, antwortete sie, so mögt Ihr's bald erproben.

Er wollte nun nicht mehr zulassen, dass sie den ganzen Tag ihm Gesellschaft leiste. Er wisse ja doch, dass sie sich gern im Freien bewege, reite und jage, und wolle es nicht zu verantworten haben, dass sie sich seinetwegen Entbehrungen auflege, da ihm doch in ihrer Abwesenheit nichts begegnen könne, als dass er sich langweile. Das sollt Ihr eben nicht, sagte sie darauf; wer sich langweilt, kommt auf schlechte Gedanken, und ich möchte gern, dass es immer freundlich in Euch aussehe.

Ihr wollt, dass ich immer nur an Euch denke, scherzte er.

Sie senkte die Augen und schlug sie gleich wieder auf. Das wäre mir das Unliebste nicht, entgegnete sie lächelnd.

Der Kaplan verstand das Schachspiel. Er musste es sie lehren, und sie konnte nun stundenlang geduldig Heinz gegenübersitzen und aufmerken, dass die Figuren sich richtig bewegten und ihr kein Vorteil entgehe. Er war kein geschickter Spieler, zog immer rasch und oft unbedacht. So hatte sie meist die Freude, ihn mattzusetzen. Ihr seid gar nicht aufmerksam, schalt sie, und macht mir's allzu leicht.

Das kommt, weil ich Euch gern zusehe, antwortete er galant, wie Ihr sinnend auf die Figuren blickt und wohl dreimal zierlich den Finger darauf legt, bis Ihr sie einen Schritt fortbewegt. Ich habe Euch früher so vorsichtig nicht erkannt.

Ich will künftig die Hand unter dem Tische behalten, sagte sie, bis mein Entschluss reif ist.

Sie handelte auch eine Weile danach. Nun haschte er aber, unter der Platte weg, ihre Hand und hielt sie fest, als sie eben nach der Figur greifen wollte. So kommt die Partie nicht zu Ende, meinte sie, ohne sich ernstlich zu sträuben.

Sie steht schlecht genug für mich.

Oh, Ihr könnt sie noch gewinnen! Wenn ich an Eurer Stelle wäre ...

Nun – was tätet Ihr?

Soll ich Euch spielen helfen – gegen mich?

Ihr seht's lieber, wenn ich verliere.

Ich ... Gebt mich frei! Sie bat mit den Augen.

Ich bin ja Euer Gefangener.

Nein, ich bin der Eure, wie es scheint. Aber ich will mich mit einem guten Rat lösen. Gebt acht, Junker, Euer Turm ist bedroht!

Ich mag ihn nicht entsetzen.

Sie zog rasch ihre Hand fort und warf die Figur vom Brett. So nehme ich ihn ohne Gnade. Dazu lachte sie recht schelmisch, dass die weißen Zähne blitzten. Das ganze Gesicht war wie mit Purpur übergossen.

Es sollte Scherz sein. Aber so leicht Heinz sich auch darüber zu denken bemühte, er musste sich doch eingestehen, dass die Nähe des sehr reizenden und ihm so ganz ergebenen Mädchens einen immer zwingenderen Einfluss auf ihn übte. Er war jung und dankte Natalia das Leben, das ihm wieder lieb zu werden anfing. Er dankte es ihr, darüber war ihm kein Zweifel. Die Quellen des Lebensgenusses, die während des langen Siechtums schon ausgetrocknet waren, hatte sie wieder frisch sprudeln lassen; der Arzt galt ihm nur als ihr Werkzeug, sie selbst war die eigentliche Heilkünstlerin. Er redete sich gern ein, dass sie ihm einen Zaubertrank eingegeben habe, der ihn nun wider seinen Willen zwinge. Und nun so viel mit ihr allein – und nicht mehr ein Todkranker ...!

Heinz brauchte schon nicht mehr des Kaplans Beistand beim Aufstehen. Des Morgens, ehe die liebe Freundin kam, übte er sich im Gehen und in allerhand verlernten körperlichen Bewegungen. Er trat in die Waffenkammer neben seinem Stübchen, hob ein Schwert von der Wand und versuchte es zu schwingen. Aber das erste Mal sank ihm sofort der Arm nieder, und auch am dritten und vierten Tage noch zitterte ihm nach wenigen Lufthieben die Hand. Mit welcher Leichtigkeit hatte er sonst eine Armbrust gespannt! Nun strengte er vergebens alle Kraft an, die Sehne in die Kerbe zu ziehen: Kaum bewegte sie sich ein wenig über der Pfeilrinne hin und her. Aber jeden Morgen nahm er sie wieder zur Hand und erprobte daran seine wachsende Kraft. Sie wurde ihm geradezu das Maß für den Fortschritt seines Gesundens. An dem Tage, sagte er sich, an dem ich die Armbrust spannen kann, werde ich wieder ein Mann sein! Immer ungeduldiger sehnte er ihn heran.

Und er kam. Nach einer Nacht, die er in tiefem Schlafe zugebracht, fühlte er sich am Morgen wundersam gestärkt. Alle Glieder streckten sich leicht, die Brust war ihm frei, er fühlte nicht mehr den mindesten Schmerz. Sofort fasste er die Sehne mit beiden Händen und zog sie kräftig; zu seiner freudigen Überraschung sprang sie beim ersten Ruck in die Kerbe ein. Er drückte ab und wiederholte den Versuch – nochmals und nochmals. Kaum merkte er etwas von Ermüdung. Aus einem Holzkasten, der in der Kammer stand, nahm er einen Pfeil, legte ihn in die Rinne, trat ans Fenster und stieß den Flügel auf. Eine Krähe flog mit heiserem Geschrei vorüber. Er legte an und schickte ihr den Pfeil nach. Getroffen! Sie überschlug sich in der Luft und fiel mit zerschmettertem Flügel in den Schnee am Grabenrande.

Er hatte seine Gesundheit wieder. Eine Weile stand er am offenen Fenster und schaute nach dem Vogel aus, dessen Blut den Schnee rot färbte. Er war nicht tot, sondern drehte sich, mit dem gesunden Flügel schlagend, im Kreise. Meine Hand hat doch nicht die frühere Sicherheit, murmelte Heinz. Nur der Flügel zerschlagen! Sonst traf ich besser. Das arme Tier tat ihm leid. Er hätte ihm gern den Garaus gemacht und dann seine erste Jagdbeute hinaufgeholt, sie Natalia als Beweisstück vorzuzeigen. Aber nach dem Graben hin hatte der Turm keinen Ausgang; es wäre nötig gewesen, den Schlosshügel zu umgehen, und das war ein ziemlich weiter Weg.

Weshalb sollte er davor erschrecken? Er warf den Pelzrock über, mit dem er sich nachts bedeckte, wählte aus der Kammer eine Kappe von Hundefell, die man Hundskogel nannte, und verließ das Turmgemach.

Wie er die Steintreppe hinabstieg, zitterten ihm ein wenig die Knie. Es war weniger körperliche Schwäche als innerliche Aufgeregtheit: Er kam sich vor wie ein Gefangener, der nach langer Kerkerhaft zum ersten Mal wieder unter den freien Himmel treten soll, oder eigentlich wie ein Ausbrecher, der den Vorteil einer offengelassenen Tür benutzt und sich mit Herzklopfen durch einen dunklen Gang tastet. Als er unten in der Vorhalle angelangt war und sich umschaute, kam er auf andere Gedanken. Die Pforte zur Kapelle stand halb offen; es drang ein Duft van Weihrauch und verlöschten Wachskerzen hinaus. Wahrscheinlich hatte der Kaplan vor Kurzem die Morgenandacht gehalten. Durfte er bei seinem ersten Ausgang an der Kapelle vorbeigehen? Noch hatte er nicht Gott gedankt für seine Rettung aus Todesnot – er erinnerte sich, dass Pater Stanislaus ihn gemahnt hatte, die Kapelle zu besuchen, sobald die Treppe kein Hindernis mehr sein werde. So wandte er den Schritt und trat an die Pforte, zunächst nur neugierig in den halbdunklen Raum hineinspähend.

Das Tageslicht fiel gedämpft durch zwei schmale, sehr tiefe Fenster mit bunten Glasscheiben in das hochgewölbte Gemach. Zwischen ihnen stand auf einigen Steinstufen der Altar, schwarz gedeckt. Dahinter erhob sich ein geschnitztes und bemaltes Holzwerk fast bis zum Ansatz des Gewölbebogens. Den Kern desselben bildete eine Lade zum Aufbewahren der Gerätschaften; auf den beiden Flügeln der Tür waren Heilige mit breiten Goldscheinen ums Haupt abgebildet, sie hatten die langen Hände zusammengelegt, dass die Fingerspitzen einander berührten, und die Handgelenke so ausgedreht, dass die Hände glatt auf die Brust drückten. Seitwärts in halber Wandhöhe zeigte sich ein Bild, dem besondere Verehrung gezollt zu werden schien, denn es hing eine Ampel davor, in der das Lämpchen auch jetzt bei Tage brannte, und in der Nähe hingen allerhand Weihgeschenke. Heinz konnte aus der Entfernung die Malerei nicht erkennen und trat heran. Das Bild stellte eine Muttergottes mit schwarzbraunem Gesicht vor; die Krone war mit Edelsteinen besetzt, die im Licht des Lämpchens sanft funkelten. Der Kaplan hatte oft davon gesprochen und erzählt, dass der alte Graf es aus Ungarn mitgebracht habe, wohin es von Byzanz oder vielleicht vom heiligen Berge Athos gekommen sei. Der römisch-katholische Bischof habe es nochmals geweiht, und nun glaube man weit und breit an seine Wundertätigkeit, da schon manchem ein Gebet an dieser Stelle von körperlichen Gebrechen geholfen habe. Heinz vertiefte sich in das braune Gesicht, das bei längerem Anschauen an Reiz gewann. Der kleine Mund lächelte so freundlich, und die Augen schienen sich lebendig auf ihn zu richten. Er faltete unwillkürlich die Hände und sank in die Knie. Alle die Gebete, die er als Schulknabe gelernt hatte, sprach er leise vor sich hin.

Sie genügten seinem frommen Bedürfnis nicht, aus tiefstem Herzen heraus sagte er in eigenen Worten dem Himmel Dank für die wiedergeschenkte Gesundheit und bat zugleich Gott, die Heilige Jungfrau und alle Heiligen, dass sie seiner treuen Pflegerin vergelten möchten, was sie Gutes an ihm getan. Dabei sah er zu dem Bilde auf, und es erschreckte ihn fast, wie nun die Augen zu ihm hinabblickten. Er musste an das Gesicht denken, das sich über ihn gebeugt hatte, als er nach der Fahrt vom Schlachtfelde hierher erwachte und sich zuerst wieder am Leben fühlte.

So mischten sich nun doch weltliche Gedanken in seine Andacht. Das beschwerte ihn. Er erhob sich, trat an den Altar und betrachtete die lang gestreckten Heiligen mit ihren ernsten, hageren Gesichtern und starr zum Himmel gerichteten Augen. Sie hatten Marterwerkzeuge in den Händen und schienen für die Qualen zu danken, die sie auf Erden erlitten hatten. Heinz konnte jetzt nicht mit ihnen fühlen, da sein Leib frisch und sein Herz froh war. Er verrichtete noch in förmlicher Weise ein kurzes Gebet, in dem er sich ihrer Fürbitte bei Gott empfahl, dass er seiner Sünden entledigt werden möchte, und verließ die Kapelle.

In der Halle dachte er nicht mehr an den geschossenen Vogel und den beabsichtigten Spaziergang um das Schloss herum. Es fiel ihm ein, dem Kaplan einen Besuch abzustatten, zu dessen Zelle wahrscheinlich der Mauereinschnitt gegenüber der Treppe führte. Auch das gab er auf; es zog ihn in sein Turmstübchen zurück.

Als er hinter dem Türvorhang angelangt war, hörte er innen ein lautes Schluchzen. Er horchte erschreckt eine Weile – es nahm ab und verstärkte sich, wie bei jemand, der recht leidenschaftlich weint. Wer das sei, konnte er an der Stimme nicht erkennen. Nun schlug er den Vorhang zurück und trat einen Schritt vor. In der Fensternische stand Natalia, beide Hände gegen das Gesicht gedrückt, sodass der Kopf mit dem lockigen Haar in den Nacken gesenkt war. Sie war die Weinende.

Er machte in der Überraschung eine hastige Bewegung vorwärts, die ihn verriet. Sie schrak sichtlich zusammen, riss die Hände von den Augen und starrte ihn ganz verwirrt an. Aber nur einen Augenblick. Dann zuckten alle Muskeln, die Augen blitzten, der Mund öffnete sich wie zu einem jauchzenden Lachen. Ihr seid's, rief sie und eilte ihm entgegen, Ihr seid's! O mein Gott, wie ich in Angst um Euch war!

Er ergriff ihre Hände, die sie ihm entgegenstreckte. Natalia, sagte er verwundert, was ist geschehen? Weshalb diese Tränen?

Weshalb –? Ich kam hinauf, rief und erhielt keine Antwort – ich trat ein und fand das Gemach leer ...

Er fing an zu begreifen. Und Ihr fürchtetet –?

Ihre Hände zitterten in den seinen, die Tränen strömten wieder über die Wangen, sie beugte sich vor und senkte zugleich den Kopf, als wollte sie hindern, dass er ihr glutrotes Gesicht sehe. Fragt nicht – sagte sie leise und doch mit leidenschaftlichem Ausdruck. Wenn Ihr fortgegangen wäret –

Er zog sie bewegt näher an sich heran. Wie durfte ich? Fiel er ein. Ich bin ja Euer Gefangener!

Sie machte gewaltsam ihre Hände frei, fiel ihm stürmisch um den Hals, richtete sich an seiner Brust auf und bedeckte seinen Mund mit feurigen Küssen. Ja – mein, mein, rief sie, mein!

Er hielt die schlanke Gestalt in seinen Armen und drückte sie fest an sich. Sein Blut fing an heißer zu wallen – sein Herz klopfte an ihrem Busen, er erwiderte ihre Küsse. Es kam eine Trunkenheit über ihn wie von feurigem Wein; seine Hände wühlten sich in ihr Haar, seine Augen sprühten Blitzfunken; er lallte unverständliche Worte.

Plötzlich fühlte er seine Lippen von ihren scharfen Zähnen gebissen, dass er zurückzuckte. Sie riss sich los und eilte fort. Nun weißt du alles – ! Rief sie, und verschwand hinter dem Vorhang.

Er blieb wie betäubt stehen. Der Kopf schwindelte ihm; er hatte die Empfindung, dass die Stirnwunde wieder aufbrechen müsste, so trieb das Blut hinein. Wirklich taumelte er zur Seite und sank aufs Bett.

Dort lag er lange Zeit, halb wachend, halb träumend. Es war ihm, als fühlte er noch immer den warmen Leib, den feurigen Atem. Er hörte ein Schluchzen und Jauchzen – hinter dem Türvorhang her klang es ihm noch immer: Nun weißt du alles! Ja, er wusste nun alles –: Er war geliebt. Und mit welcher Leidenschaft geliebt!

Er berauschte sich in der Erinnerung an die Minuten seligen Genusses. Er dachte nicht, er schwelgte in Empfindungen, die immer unbestimmter und verschwommener wurden. Er hatte den Kopf in das Kissen gedrückt und die Augen geschlossen. Bald bemächtigte sich eine tiefe Mattigkeit aller seiner Glieder – er schlief ein.

Recht verwundert blickte er um sich, als er gegen Mittag erwachte. Es dauerte eine Weile, bis er sich mit seinen Gedanken in die Wirklichkeit fand. Die Lippe schmerzte ihn; sie war ein wenig angeschwollen. Das erinnerte ihn wieder lebhafter an die Küsse des reizenden Mädchens. Aber er hatte jetzt nicht dabei das Gefühl vollkommenen Wohlseins, berauschenden Entzückens. Warum hat sie dir wehgetan? Musste er denken. Es kam ihm jetzt nicht die Vorstellung, dass er geliebt sei, nur dass er einen Augenblick etwas sehr Wonniges genossen hätte. Und die Lippe schmerzte ihn.

Er trat ans Fenster und schöpfte Luft. Unten im Schnee am Grabenrande bewegte sich eine dunkle Masse. Es war der Vogel, der nicht sterben konnte und noch immer versuchte, sich aufzurichten. Heinz sah diesen Bemühungen zu, ohne jetzt etwas wie Mitleid zu empfinden. Es war grausam, das Tier nicht zu töten; aber es kam ihm jetzt gar nicht in den Sinn, noch einen zweiten Pfeil auf die Armbrust zu legen oder nach seiner Beute auszugehen.

Ein Diener brachte ihm das Mittagbrot. Sonst hatte Natalia ihm den Tisch bereitet, nun blieb sie aus, solange er auch wartete. Das Essen schmeckte ihm nicht, und er ließ die zweite Schüssel unberührt.

Sie kam auch den ganzen Nachmittag nicht. Abends trat der Kaplan zu ihm ein, aber dessen Gesellschaft behagte ihm so schlecht, dass er ihm nur mürrische Antworten gab und ihn bald damit verscheuchte. Es dunkelte früh, und niemand brachte ihm Licht. Unmutig ging er im Gemach auf und ab, die Hände in die Pelzärmel gesteckt; nie vorher hatte er es so kalt und unbehaglich gefunden.

Die Stunden schlichen hin. Er wusste nicht, was er mit sich anfangen sollte, hatte nicht einmal recht den Mut, seinen Gedanken freien Lauf zu lassen. So dunkel es um ihn war, so dunkel wurde es nun auch in ihm, und er hatte das Gefühl, als ob er sich fürchten müsse auszuschreiten, weil er gegen eine Wand stoßen oder in eine Grube fallen würde. Lange vor der gewohnten Zeit suchte er sein Lager auf, aber es fehlte ihm das Bedürfnis des Schlafes ganz und gar. So wälzte er sich herum. Als er endlich doch einschlief, hatte er einen beängstigenden Traum. Er war in der Kapelle und kniete vor dem wundersamen Muttergottesbilde, die Augen zu demselben hoch aufgerichtet. Dieses braune Weib war gar nicht die Jungfrau Maria, zu der er sonst so andächtig gebetet hatte, und es war auch jetzt nicht Andacht, was ihn bewegte. Sein Herz fragte nur immer, ob es schön und begehrenswert sei in ihrer Eigenart, wie ihm bisher nichts Weibliches erschienen war. Und nun wurden diese sonderbaren Augen lebendig und winkten ihm, die vollen Lippen schienen sich zu bewegen und zu sprechen. Du weißt nun alles – hörte er ganz deutlich, aber es war ihm nicht gewiss, ob es von dem Bilde kam. Er richtete sich auf und horchte aufmerksamer. Die Augen winkten noch lebhafter. Es war nun gar nicht ein Bild, das vor ihm stand, sondern ein Weib, das sich aus dem Rahmen lehnte und ihn zu sich lockte. Er kletterte auf den Tisch und warf dabei die Weihegeschenke hinab – Hände, Füße und Herzen von Wachs. Er achtete nicht darauf. Ein wahnsinniges Verlangen erfasste ihn, diesen Mund zu küssen. Nun stand er dem Weibe Auge gegen Auge, beugte sich, drückte einen Kuss ... Da empfand er einen stechenden Schmerz in der Lippe, taumelte zurück, fiel aus der Höhe herab auf den Steinboden nieder. Darüber wachte er auf.

Der Morgen graute schon. Er hörte den Kaplan unten in der Kapelle singen. Der Traum war ihm ganz gegenwärtig, und ihm grauste nun vor der Madonna aus Byzanz. Gerade deshalb aber entschloss er sich, aufzustehen und in die Kapelle hinabzugehen, ein Gebet zu verrichten. Diese wüsten Gedanken und Vorstellungen waren ihm lästig, er wollte sie los sein. Der Pater freute sich seines frommen Eifers.

Auch an diesem Tage ließ Natalia sich im Turmstübchen nicht blicken. Was hatte das Mädchen nur? So zärtlich und dann so gleichgültig! War sie gekränkt? Aber wodurch? Er sann vergeblich darüber nach. Schämte sie sich, weil sie ihn in die Lippe gebissen hatte? Es war hässlich, dass er an ihre Küsse nicht denken konnte, ohne die spitzen, kleinen Zähne zu fühlen. Vielleicht hatte sie ihm absichtlich dieses Andenken an sich gelassen.

Gegen Abend kam der Pater und wurde jetzt freundlicher empfangen. Er selbst fing von Natalia zu sprechen an. Was nur in das Fräulein gefahren sei? Der Kranke scheine ganz vergessen zu sein.

Ich bin nicht mehr krank, antwortete Heinz, um nur in seiner Verlegenheit etwas zu sagen.

So seid Ihr's auch vorgestern nicht gewesen, meinte der Pater. Es bleibt auffällig, dass sich das Fräulein so plötzlich zurückgezogen hat. Habt Ihr einen Streit gehabt, Junker?

Wahrlich nicht. Ganz im Gegenteil ...

Ah! Ihr habt sie durch Eure Zudringlichkeit beleidigt. Ich fürchtete längst –

Auch das kann ich nicht glauben. Wir schieden meines Denkens als sehr gute Freunde.

Freunde –?

Heinz senkte die Augen. Ich mag Euch heute nicht beichten, Pater Stanislaus. Vielleicht ein andermal. Sagt mir lieber, ob Ihr Natalia gesehen habt und was sie ohne mich treibt.

Ich habe sie gesehen, gestern und heute, Junker. Und was sie treibt? Das ist mir eben das Merkwürdige. Sie gibt sich in allem wieder geradeso wie im Sommer, als sie mit ihrer Mutter aufs Schloss kam und bevor man Euch vom Schlachtfelde hierher brachte. Sie lacht und scherzt, jagt sich mit den Vettern in der Halle herum, springt über Tische und Bänke und treibt allerhand tolles Zeug. Heute hat sie sich auch das wildeste Pferd im Stalle satteln lassen und ist weit ausgeritten. Die Vettern wollten sie begleiten, konnten ihr aber nicht folgen und mussten allein zurückkehren. Später sah man sie vor dem Walde ihr Pferd auf der weiten Fläche tummeln. Einer von den Bauern hat erzählt, dass sie über den Baumstamm auf seinem Schlittenfuhrwerk hinweggesetzt ist, während es in Bewegung war; der Huf des Pferdes habe seinen Rücken gestreift, und er sei sehr erschrocken gewesen. Sie aber habe laut gelacht. Was sagt Ihr dazu?

Das war so ihre Art in Buchwalde ... aber ich glaubte, sie hätte sich geändert. Ich weiß nicht, ob sie mir dort oder hier besser gefiel.

Der Pater wiegte den Kopf. Es steckt in ihr ein wilder, unbändiger Geist, der sich austoben will. Ihre Mutter soll einmal so in der Jugend gewesen sein – jetzt merkt man nichts mehr davon, die deutsche Ehe hat das Feuer gedämpft. Aber es kann noch einmal plötzlich aus dem Dache hinausschlagen: Die Polinnen sind darin unberechenbar.

An meinem Krankenbette war Natalia ihres deutschen Vaters Kind. Nun bin ich freilich nicht mehr krank –

So scheint sie's zu nehmen.

Hat sie gar nicht nach mir gefragt?

Nein.

Euch nichts für mich aufgetragen?

Nichts.

Es ist gut. So sagt ihr auch nicht, dass wir von ihr gesprochen haben.

Damit brach er ab. Es ärgerte Heinz, dass sie sich so wohl ohne ihn zu befinden schien, als bedürfe sie seiner gar nicht. Er hatte sich eingeredet, dass sie sich nach dem, was zwischen ihnen vorgefallen war, scheu zurückgezogen habe, ganz ihren Empfindungen lebte. Nun suchte sie gerade das lustige junge Volk auf und zerstreute sich durch ihre gefährlichen Reitkünste. Das war ihm ganz unverständlich.

Er wollte sich trotzig zurückhalten, sie nicht grüßen lassen, ruhig abwarten, bis ihre tolle Laune verflogen sei. Er nahm sich vor, gar nicht an sie zu denken. Aber das gelang schlecht. Hatte sie ihm doch ein Rätsel aufgegeben, das ihn bei seinem Alleinsein fortwährend beschäftigte. Du weißt nun alles! Er wusste nichts.

Seine ritterlichen Übungen setzte er fort, stets bis zur gänzlichen Ermüdung. Aber ihm blieb noch so viel trostlos langweilige Zeit. Einmal glaubte er Natalia zu Pferde im Holzgarten zu bemerken; sie sah gar nicht nach seinem Fenster hinüber. Er hielt's nicht länger aus in seiner Einsamkeit und ließ den Grafen um ein Kleid bitten und um die Erlaubnis, ihm aufwarten zu dürfen.

Der polnische Rock mit den weiten Ärmeln, den Schnüren und dem Pelzbesatz kleidete ihn gar nicht übel. Er fand in der Halle die ganze Sippe versammelt, Männer, Frauen und Kinder. Die jungen Leute spielten Ball. Natalia warf den Ihrigen einem der Vettern, der wegen seines Eintretens nicht aufpasste, an den Kopf, eilte Heinz entgegen, fasste ihn bei der Hand und führte ihn vor. Da habt ihr meinen Gefangenen, sagte sie, für dessen Leben euch ein Vaterunser zu viel schien. Nun? Habe ich nicht auf ein gutes Lösegeld Anspruch? Dann wandte sie sich an ihn selbst. Ist Euch endlich Zeit und Weile lang geworden, Junker? Ich hatte ja doch den Turm nicht verschlossen. Ihr seid allzu gewissenhaft.

Er drückte ihre Hand, aber sie erwiderte seinen Druck nicht, sondern zog sie fort und hob einen Ball von der Erde auf, der an ihre Füße gerollt war. Fühlt Ihr Euch nun ganz gesund? Fragte sie.

Ganz gesund, antwortete er etwas mürrisch. Es verdross ihn, dass sie ihm so gar kein Zeichen geheimen Einverständnisses gab.

Während er sprach, sah sie ihn an. Sie musste wohl die kleine Narbe an seiner Lippe bemerkt haben, denn sie errötete plötzlich, wandte sich der Wand zu und warf den Ball gegen dieselbe. Wollt Ihr Euch gleich an unserm Spiel beteiligen? Fragte sie, ohne umzuschauen. Lasst sehen, ob Ihr da so geschickt seid wie beim Ringstechen.

Wie kam sie nur auf das Ringstechen, von dem seit seinem ersten Besuche in Buchwalde nicht mehr gesprochen war?

Die Vettern nahmen ihn freundlich in ihre Mitte. Er war bald mit allen bekannt und teilte ihre Lustbarkeiten. Natalia war fast immer unter ihnen und oft ausgelassen heiter. Sie zeichnete Heinz in keiner Weise aus; er musste sich's gestehen, dass er sich keiner sonderlichen Gunst zu rühmen habe, so genau er auch aufmerkte. Nicht einmal von Weitem mit den Augen gab sie ihm ein Zeichen, dass sie in Gedanken bei ihm sei. Nur manchmal, wenn er sie von irgendeinem versteckten Platze aus scharf beobachtete, flammte eine helle Röte über ihr Gesicht oder zog sie die Lippe zwischen die Zähne. Sie sah dann geärgert aus, und er konnte zu seinen Gunsten keinen Schluss ziehen.

Sie ritten auch zusammen aufs Feld, dessen weiße Schneedecke nun unter der Märzsonne zu schmelzen anfing. Aber stets sorgte sie geflissentlich dafür, dass einige von den Vettern sie begleiteten, und dann wandte sie ihre Aufmerksamkeit anscheinend allen gleichmäßig oder eigentlich keinem von ihnen zu, sondern tat jeden Augenblick, was sie wollte, und überließ es den andern, ihrem Beispiel zu folgen.

Heinz wurde innerlich mehr und mehr verstimmt. Er hatte sich in der langen Zeit daran gewöhnt, Natalia allein für sich zu haben; schien sie doch nur für ihn zu leben. Das enge Turmstübchen war ihm durch ihre stete Gegenwart ein lieber Aufenthaltsort geworden. Kaum war er hinausgetreten, so musste er glauben, sie in der Weite zu verlieren. Es war, als ob sie ihm recht geflissentlich zeigen wolle, wie wohl sie sich in der Freiheit fühle, wie es ganz in ihrem Belieben stehe, die Entfernung zwischen sich und ihm zu erweitern, während es ihn auch jetzt zu einem engen Zusammenschlusse drängte. Anfangs entschuldigte er sie damit, dass sie sich vor den Vettern zurückhalte, die sie wohl im Verdacht gehabt haben mochten, dass sie selbst ihres Gefangenen Gefangene geworden sei. Aber das passte wenig zu ihrer sonstigen Art, sich um deren Urteil nicht im Mindesten zu bekümmern und stets ihren Neigungen rücksichtslos nachzugeben. Was sollte er also von ihrem sonderbaren Benehmen halten? Sie hätte ja auch so oft Gelegenheit gehabt, ihm im Geheimen zu verstehen zu geben, dass sie sich ihm nahe verbunden wusste. War's eine bloße Laune gewesen, dass sie sich ihm an die Brust warf und ihn durch die Leidenschaftlichkeit ihrer Empfindungen überraschte? War's auch jetzt wieder eine bloße Laune, wenn sie sich stellte, als wäre zwischen ihnen nichts vorgegangen? Erwartete sie, dass auch er sich nun bescheiden zurückziehe, oder wünschte sie ihn kecker und kühner auch in Gegenwart der Verwandten? Er konnte nicht daraus klug werden.

Und es reizte ihn fortwährend, daraus klug zu werden. Wäre er sich einer tieferen Neigung bewusst gewesen, vielleicht hätte er ihr sonderbares Wesen besser verstanden. Nun dachte er nur immer an jenes letzte wonnige Beisammensein im Turmstübchen und füllte seine Phantasie mit Bildern, wie köstlich sich's an jedem Tage und zu jeder Stunde wiederholen könnte. Es ärgerte ihn, dass sie ihm entzog, was ihm doch schon gehörte, und er merkte dabei gar nicht, wie wenig sein Herz beteiligt war. Sie zu bezwingen, war sein ganzes Verlangen; und es wurde immer stürmischer, je freier und unabhängiger er sie sah. Nun nannte er sie grausam, weil sie sich seiner Willkür nicht überließ.

Eines Tages, als die Gesellschaft zu Pferde hinter einem Wolfe her war, der sich frecherweise aus dem Stalle ein Schaf geholt hatte, stachelte er so lange ihren Ehrgeiz, bis sie sich zu einen Wettritt über eine steinige Waldblöße entschloss. Bald waren sie ihren Begleitern weit voraus. Die Pferde schäumten und schnoben. Heinz gab sich nur halbe Mühe, seine kühne Vorreiterin zu überholen, seine Absicht war, sie möglichst weit von der lästigen Vetterschaft zu entfernen. Näherte er sich, so trieb sie ihr keuchendes Pferd zu noch tollerem Gange an. Um jenen Baum, rief sie ihm zu, und dann zurück! Ihr hättet die Wette nicht wagen sollen.

Das war nicht nach seinem Wunsche. Erreiche ich den Baum vor Euch, antwortete er, so ist sie gewonnen, und wir können dann die Tiere verschnaufen lassen, bis man uns nachkommt.

Es gilt, sagte sie nach kurzem Bedenken, und spornte ihr Pferd an.

Nun durfte er die Wette nicht verlieren. Bald war er an ihrer Seite. In rasendem Laufe jagten sie über Stock und Stein auf die Eiche zu. Schon war sein Gaul um eine Kopflänge voraus – keine fünfzig Schritte war's bis zum Ziele. Sie ermunterte ihr ermattendes Pferd durch lauten Zuruf. Es raffte sich zu einigen hastigen Sprüngen auf und gewann dadurch wieder die Vorhand. Da stolperte es über eine Wurzel des mächtigen Baumes, die sich weit vom Stamme fortstreckte, und sank in die Knie. Natalia wäre vornüber gefallen, wenn Heinz sie nicht eiligst am Arme gefasst hätte. Das Pferd richtete sich auf, aber der rechte Vorderfuß war beschädigt und lahmte. Die Wette war nicht zum Austrag gekommen.

Nun musste sie sich doch entschließen, langsam an seiner Seite zurückzureiten. Es schien ihr verdrießlich zu sein, denn sie verhielt sich ganz stumm und gab mehr als notwendig auf den Zügel acht. Er ließ sie nicht aus dem Auge, und das war ihr vielleicht unbequem. Diesmal ist dafür gesorgt, sagte er schalkhaft nach einer Weile, dass Ihr mich neben Euch leiden müsst. Es bleibt Euch nichts übrig, als mir Rede zu stehen.

Sie senkte den Kopf und biss die Lippe. Das bemerkte er, nicht aber, dass unter dem Schein der langen Wimpern die Augen lebhafter blitzten. Ich hoffe, entgegnete sie, sich über den Hals des Pferdes beugend und den lahmen Fuß besichtigend, dass der Junker von Waldstein nicht unedelmütig einen Zufall benutzen wird, der gegen mich Zwang übt.

Ihr täuscht Euch, sagte er, indem er dicht an sie heranlenkte. Ich habe wirklich die größte Lust, so unedelmütig zu sein und diesen sehr glücklichen Zufall zu nützen, um mir Gewissheit über etwas zu schaffen, das mich schwer beunruhigt. Seit vielen, vielen Tagen ist dies wieder die erste Minute, in der ich mit Euch allein bin.

Sie lächelte. Ich werde Euch nicht hindern können zu sprechen und also hören müssen. Ob ich aber antworte ... Es kommt darauf an, was Ihr mir zu sagen habt, Junker.

Mein Himmel! Was kann ich Euch anders zu sagen haben, als dass ich Euch gar nicht mehr verstehe? Wie waret Ihr so mild und gütig, solange Ihr mich mit Eurem Besuch im Turmstübchen beglücktet! Und jetzt –

Ihr wartet wohl gar noch jetzt dort auf mich? Fiel sie hastig ein und sah ihn mit einem herausfordernden Blick an.

Er schüttelte den Kopf. So übermütig sind meine Hoffnungen nicht. Aber Ihr seid so verändert –

Ihr seid's ja auch.

Ich?

Nun – Ihr seid gesund.

So müsste ich wahrlich wünschen, noch krank zu sein, wenn mir die Gesundheit so schweren Verlust bringt.

Sie zog spöttisch die Lippe. Den schweren Verlust, eine Krankenpflegerin entbehren zu müssen.

Aber welche Krankenpflegerin! Wenn ich an die letzten glücklichen Tage zurückdenke –

Soll ich Euch noch immer wie einen Kranken behandeln, da Ihr's doch nicht seid?

Ihr macht mich krank, wenn Ihr so mit dem Gesunden umgeht. Was soll ich glauben, Natalia, was fürchten? Ich erkenne Euch gar nicht wieder.

Und doch bin ich gerade, wie ich immer war, bevor ich diesen Notdienst verrichtete. Es ist so meine Art zu sein. Fragt Euch doch, ob Ihr mich so nicht kennengelernt habt, als Ihr nach Buchwalde kamt. Und anders haben mich auch die Vettern nie gesehen. Gefalle ich Euch nun nicht, wie ich bin, wenn ich mich ganz ehrlich nach meiner angeborenen Art zeige, so mag ich Euch auch nicht gefallen, wenn Ihr an das bekümmerte Mädchen denkt, das an Eurem Krankenbette saß und mitleidig Eure Wunden pflegte. Ich müsste immer argwöhnen, dass Ihr Euch nur eines schuldigen Dankes entledigen wollet, den ich viel zu stolz bin, zu fordern oder anzunehmen.

Nein, nein, rief er, das ist es nicht! So erklärt sich mir nicht dieses Unerklärliche. Ich weiß ja, dass es Euch unendlich schwer werden musste, Eure Freiheit einzuschränken und Euch monatelang bei mir einzuschließen. Aber gerade weil Ihr mir dieses Opfer brachtet, weil ihr's so mutig und heiter brachtet, dass es Euch selbst Freude zu bereiten schien ... Nein, nein, Natalia, das war kein karger Notdienst, und Ihr fürchtet im Ernst nicht, dass ich mich Euch nur zu Dank verpflichtet fühle. Hat sich mir nicht Euer Herz eröffnet? Habt Ihr mir nicht in jener letzten Stunde die Gewissheit gegeben, dass ich –

Schweigt! Fiel sie herrisch ein, und flammende Röte übergoss ihr Gesicht.

Ich schweige nicht, fuhr er leidenschaftlich erregt fort, ich kann nicht schweigen. Wer das erlebt hat ... Nein, mit einem Mindern kann er sich nicht mehr begnügen! Noch jetzt, wenn ich auf jener Stelle mit mir allein bin und die Augen schließe, ist mir's, als ob eine weiche, schlanke Gestalt sich an mich schmiegt, als ob ihr heißer Atem mich anweht, ihre Lippe meinen Mund berührt – Natalia, gib mir die Seligkeit wieder, die du mich – ach, nur einen flüchtigen Augenblick – an deiner Brust kosten ließest!

Er beugte sich seitwärts und umfasste ihren Leib, sie mit Leidenschaft an sich reißend. Heftig erschrocken stieß sie ihn zurück. Ihr habt geträumt! Rief sie ihm zu.

So wollt Ihr, dass es ein Traum gewesen sei! Sagte er mit stockendem Atem. Ich aber habe die Gewissheit, dass ich wachend genoss, was so wonnig kein Traum gewähren kann. Siehe nun, wie arm und elend du mich machst, wenn du mir erst so viel gabst und mir nun alles nimmst. Sei mein, Natalia – sei mein!

Wieder streckte er den Arm aus, sie zu umfassen. Aber sie wehrte ihn mit einer heftigen Gebärde ab. So nicht! Antwortete sie mit zitternder Stimme. So in Ewigkeit nicht! O Gott – verdiene ich das? Weil ich einen Augenblick vergaß – Nein, es soll ein Traum gewesen sein. Und nicht eher sollt Ihr mich an ihn erinnern, bis einmal – Was sage ich Euch? Seht

Ihr denn nicht, was mich zwingt? Fühlt Ihr nicht, dass ich gebannt bin? Was gelte ich Euch, wenn Ihr mich nach dieser Gabe schätzt! Vergesst – ich bitte Euch, vergesst – und dann kehrt zu mir zurück – wenn Euch das Herz treibt.

Sie wandte ihm das Gesicht ab und suchte ihr Pferd zu rascherer Gangart zu nötigen. Auf dem Hügel vor ihnen tauchten die Vettern auf, sie hielten Umschau nach den beiden Flüchtigen und näherten sich nun rasch. Heinz fühlte sich innerlich erkältet und sah finster auf den Sattelknopf nieder. Er verstand nicht, was sie von ihm begehrte, was sie ihm in Aussicht stellte. Er wusste nur, dass auch jetzt seine Hoffnung getäuscht war, sie in seine Arme schließen, an seine Brust ziehen zu dürfen. Sie wollte nicht an das erinnert sein, was seine Leidenschaft aufs Tiefste erregt hatte.

Ihr seid grausam, Herrin, sagte er mit kaum verhaltenem Verdruss. Er betonte das Wort »Herrin« scharf.

Natalia bemerkte es. Warum nennt Ihr mich so, fragte sie, zum ersten Mal so?

Weil Ihr mir sonst eine gütige Freundin waret, antwortete er, jetzt aber die stolze Herrin zeigt. Wie eine Herrin wendet Ihr mir Gunst zu und verwerft Ihr mich. Ich soll verstehen lernen, dass ich Eurer Willkür unterworfen – ich soll wissen, dass ich auch außerhalb des Turmes Euer Gefangener bin!

Sie schien zu erschrecken. Fühlt Ihr's so? Fragte sie mit unsicherer Stimme, Gott weiß, dass solcher Zwang meinem Herzen fremd ist. Was könnte ich durch ihn gewinnen? Ihr nennt mich stolz, und ich bin es, weil ich es sein – muss. Was wäre ich Euch, wenn ich – oh, Ihr seid blind!

So glaubt Ihr's, weil Ihr mich an der Kette leitet! Rief er.

Sie kämpfte mit sich. Nach einer Weile sagte sie: Ihr sollt mir zu nichts verpflichtet sein, nicht zu Dank, nicht zu Gehorsam. Wenn Ihr's denn hören wollt: Ich gebe meinen Gefangenen frei!

Er hob sich im Sattel. Ihr gebt mich frei, Natalia?

Meinen Gefangenen. Sie lächelte dabei schelmisch. Die Kette rasselt nicht mehr. Seht nun zu, ob Ihr frei seid.

Sechstes Kapitel

Die Flucht

Die Vettern kamen mit lautem Zuruf herangesprengt. Heinz konnte nichts erwidern. Sie bat einen von ihnen um einen Tausch der Pferde, schwang sich rasch ab und auf und jagte in wilder Hast dem Schlosse zu, dem Junker überlassend, den Unfall zu erklären. Ein Teil der Gesellschaft folgte ihr ohne Eile; die andern beschlossen, auch ohne sie der Wolfsfährte noch weiter nachzureiten.

Als Heinz nach dem Hofe zurückgekehrt war und sein Pferd an der Stalltür abgab, traf ihn ein Jude an, den er bisher im Holzgarten gesehen zu haben sich nicht erinnerte. Er näherte sich mit tiefen Verbeugungen und hob den Zipfel seines Mantels auf, um ihn zum Zeichen der Unterwürfigkeit zu küssen. Wer seid Ihr und was wollt Ihr? Fragte der Junker mürrisch.

Ich bin der Moses Achacz, flüsterte der Jude, der gestern von Danzig zurückgekehrt ist und dort einen Brief an den Herrn Komtur abgegeben hat.

Einen Brief – ah!

Einen Brief von dem kranken Manne, der im Turm lag und den Tod erwartete, wie der Herr Kaplan sagte. Gott der Gerechte! Hätt' ich Euch doch nicht erkennen können, gnädiger Herr, für den Mann, der den Tod erwartete, so frisch und wohlauf finde ich Euch. Freilich hat sich meine Rückkehr verzögert. Aber man hat mich doch richtig zu Euch gewiesen? Ihr seid der Junker von Waldstein?

Der bin ich. Ihr habt also den Brief abgegeben?

An den gestrengen Herrn Komtur – Heinrich von Plauen soll er genannt sein.

So sehe ich, dass Ihr mich belügt. Heinrich von Plauen heißt der Hochmeister.

Gott soll mich strafen, wenn ich ein Wort Unwahrheit rede, den gnädigen Herrn zu täuschen. Der gestrenge Herr Komtur ist des Herrn Hochmeisters Bruder und heißt wie er. Es sollen noch mehr Brüder und Vettern sein bei den Plauen, die alle denselben Namen haben. Ich weiß nicht, wie sie sich damit zurechtfinden.

Der jüngere Heinrich also hat Johann von Schönfels abgelöst. So ist mein Brief in die besten Hände gekommen. Hat Euch der Komtur nichts an mich aufgetragen?

Ei freilich, gnädiger Herr! Und deshalb kommt der Moses eben. Ich wollt's nicht geben an den Herrn Kaplan, sondern an Euch selbst. Denn wenn ich wieder nach Danzig komme mit meinem Holz und der gestrenge Herr Komtur fragt bei mir an, ob ich's ausgerichtet habe, muss ich mit gutem Gewissen antworten können: Ja.

Ihr habt mir etwas abzugeben? Einen Brief?

Der Jude schüttelte den Kopf und steckte dabei die Hand in die Ledertasche unter seinem langen Rock. Nicht einen Brief, gnädiger Herr, er müsste denn darin sein, ganz klein zusammengelegt. Von dem Herrn Komtur kommt er gewiss nicht, denn der siegelt mit Wachs. Bei dem aber haben Nadel und Fingerhut zu tun gehabt.

Er überreichte ihm das in Leinwand eingenähte Kästchen mit gekrümmtem Rücken und sah ihm dabei listig in die Augen. Überzeugt Euch, gnädiger Herr, dass das kleine Päckchen auf allen Seiten ist unversehrt. Der Moses ist ein ehrlicher Mann.

Heinz drehte den Gegenstand zwischen den Händen hin und her, vergebens bemüht, den Inhalt zu erraten. Es ist alles in Ordnung, sagte er, aber ich verstehe nicht – Seid aufrichtig, Jude! Wer gab Euch das?

So wahr ein Gott im Himmel lebt – der Herr Komtur.

Und Ihr wisst sonst nichts?

Wird der Herr Komtur mir seine Geheimnisse verraten? Hätt' ich sollen wissen, was darin ist, wär's doch nicht so vernäht.

Ihr sagtet, ein Frauenzimmer –

Ich habe nichts gesagt. Was hätt' ich können sagen? Ists doch mit Augen zu sehen. Macht's auf, gnädiger Herr, dann werdet Ihr klüger sein als der Moses Achacz.

Heinz lachte beklommen. Ihr habt recht. Meinen Dank muss ich versparen.

Oh, gnädiger Herr, es ist schon alles besorgt. Empfehlt den armen Juden dem gestrengen Herrn Komtur, das kann ihm nützlich sein in Danzig und auf den Wegen durch Preußenland. Die Städte lassen uns ungern zum Handel zu – da müssen wir uns stellen in des Ordens Schutz.

Der Junker nickte ihm zu und eilte fort. Er schob das Päckchen unter das Pelzfutter seines Rockes; es war ihm, als ob er es vor neugierigen Augen verstecken müsste. Auf dem Gange nach dem Turm machte er sich allerhand Gedanken darüber. Es kam ihm nun erst wieder in den Sinn, was er hatte schreiben lassen, und das Blut schoss ihm ins Gesicht, als er sich des Auftrages an Maria erinnerte. Nun brannte das Päckchen ihm recht auf der Brust, und das Herz fing heftig an zu schlagen. Er stolperte die dunkle Treppe hinauf und stieß mehr als einmal gegen die Wand.

In seinem Stübchen angelangt, ergriff er ein Dolchmesser und trennte die Fäden mit solcher Hast, dass er sich die Hand verletzte. Er dachte aber nicht daran, das tropfende Blut zu stillen, sondern riss die Leinwand ab und hob den Deckel des Kästchens auf, mit gierigen Augen hineinschauend.

Da lag der Ring mit den blauen Steinen – Marias Ring – sein Ring.

Ein Schwindel fasste seinen Kopf. Er musste die Schulter gegen die Wand lehnen. Es schwamm ihm vor den Augen, und dann wurden sie plötzlich feucht. Das Vergissmeinnicht vergrößerte sich und erbleichte zugleich in diesem feuchten Nebel; er fühlte einen Stich ins Herz und zuckte schmerzlich zusammen. So stand er lange, das offene Kästchen in der Hand, und von seinem Finger tropfte das Blut zur Erde.

Vergiss mein nicht – vergiss mein nicht, murmelte er mit bebenden Lippen, und ich hatte dein vergessen! Oh, ich bin nicht wert –

Er stellte das Kästchen mit abgewandtem Gesicht hinter sich auf den Tisch und schwang in der andern Hand wütend den Dolch. Ich hatte dein vergessen, rief er wild – ich hatte meine Augen blenden lassen von dem Zauber einer fremden Schönheit – ich hatte mein Herz –

Er griff ungestüm mit der Hand nach dem Herzen, als ob er's aus dem Busen reißen wollte. Dann aber wurde er ruhiger. Nein, nicht das Herz, sagte er wehmütig. Meine Gedanken konnten dich vergessen, aber mein Herz nicht – du warst in meinem Herzen – immer, immer. Ich sah dich nicht, ich hörte dich nicht – aber du warst heimlich bei mir, wie weit ich mich auch verirrte. Oh, verzeih, Geliebteste, Gütigste – verzeih, was ich gegen dich sündigte!

Er fühlte sich erleichtert nach dieser aufrichtigen Selbstanklage und wagte nun wieder nach dem Ringe zu blicken. Er nahm ihn aus seiner Hülle von gezupfter Leinwand, betrachtete ihn mit zärtlichen Blicken und drückte ihn an die Lippen. Als er dieses Spiel eine Weile fortgesetzt und sich dabei recht innig das liebe Mädchen vorgestellt hatte, dass ihm nun Gesicht und Gestalt ganz gegenwärtig waren, kam ihm doch die Frage, wie nur der Ring zu ihr zurückgelangt sein konnte. Ein kleiner Zettel war zur Erde gefallen; er hob ihn auf und las von ungeübter Hand geschrieben: »Maria Huxer«. Jeder letzte Zweifel musste damit schwinden, dass sie die Zusenderin war. Ah, er hätte es auch ohnedies gewusst, sein Herz gab ihm die Gewissheit. Welche wunderbare, ihm unerklärliche Fügung ihr auch den Ring zugeführt hatte – nun sie erfuhr, dass er lebe, wollte sie ihn nicht zurückhalten. Er sagte lauter und inniger als tausend Worte, dass sie ihn fort und fort liebe.

Er steckte den Ring wieder an den kleinen Finger, der ihn früher getragen hatte, sah auf das Blättchen und sagte immer: Maria – Maria. Er fühlte ein Wohlsein durch den ganzen Körper, eine Freudigkeit und Heiterkeit des Gemüts, wie er sie lange nicht empfunden hatte. Ihm war so leicht, als könnte er sich von der Erde aufschwingen und durch die Luft zu dem geliebten Mädchen eilen, für das Geschenk zu danken.

Er blieb den ganzen Tag im Turm und achtete nicht Hunger noch Durst. Die Nacht schlief er, den Ring am Finger, und hatte die schönsten Träume. Am Morgen kam der Kaplan, nach ihm zu sehen. Das Fräulein sei früh in der Kapelle gewesen, berichtete er, und habe besorgt nach ihm gefragt.

Ängstlich verbarg er den Ring vor ihm. Ehe er ausging, verwahrte er ihn wieder in dem Kästchen und das Kästchen auf seiner Brust. Natalia sollte davon nicht wissen, er wollte seines Glückes ganz im geheimen froh sein, er fürchtete auch, dass sie ihm das Kleinod missgönnen und wohl gar zu entreißen versuchen werde. Kannte er doch ihre leidenschaftliche Art. Im Übrigen fühlte er sich durch sie wenig beunruhigt, der Ring war ihm wie ein Talisman, der gegen jeden Zauber kräftig sein musste. Ihn verlangte nicht mehr nach ihren Küssen, er konnte ihr ohne Beängstigung in die glänzenden Augen sehen, über gleichgültige Dinge mit ihr sprechen. Er glaubte nun zu begreifen, warum er ihr nicht habe sagen können, dass er sie liebe. Er hatte ihr es sicher nicht gesagt, und es überraschte ihn nun, dass er sich dessen ganz klar wurde.

Das aber ahnte er nicht, dass Natalia gerade dieses Wort erwartet hatte, dass sie ihn zwingen wollte, es auszusprechen, indem sie ihre Leidenschaft bezwang, die ihm unverdient schon zu weit entgegengekommen war. Nun verstand sie ihn gar nicht mehr. Sie bemerkte die Wunde an seinem Finger und wollte wissen, wie er sie sich zugezogen habe. Er habe sich mit dem Dolch verletzt, sagte er, ganz zufällig. Warum spielt Ihr auch mit dergleichen, warf sie ihm neckisch vor. Oder war's Ernst? Wolltet Ihr Euch wohl gar ans Leben, weil ich Euch gestern die Freiheit gegeben habe? Er sah sie verwundert an. Habt Ihr mir die Freiheit gegeben? Nein, das waret Ihr doch nicht. Sie fasste seine Hand und rüttelte sie ein wenig. Ihr scheint mit offenen Augen zu träumen, sagte sie.

Es ärgerte sie, dass er nun so gar nichts darauf zu antworten wusste, da er ihr doch etwas Freundliches hätte sagen können. Er schien's aber kaum zu wissen, dass sie von ihm fort und zu den Vettern trat. –

Das Wetter änderte sich plötzlich. Der Wind schlug nach Süden um, der Himmel reinigte sich von Wolken, die Sonne brannte heiß wie in manchem Jahre noch nicht im Mai. Bald erwärmte sich die Luft, der Schnee schmolz auf den Dächern und Feldern, in breiten Rinnen ergoss sich überall das Wasser in den Strom, auf dem die Eisdecke stündlich dünner wurde.

Nach fünf oder sechs solchen warmen, sonnigen Tagen brach dann ebenso unvermittelt in einer Nacht ein furchtbarer Sturm von Westen los. Man hörte es von der Weichsel her krachen und knallen, als ob Hunderte von Geschützen in Tätigkeit wären. Als Heinz am Morgen aus dem Fenster sah, war der Fluss hoch angeschwollen; gewaltige Eisschollen trieben auf den schwarzgrauen Fluten, verdrängten einander, türmten sich hoch auf, zerschellten, schoben sich am Ufer in die Höhe. Es war ein furchtbarer Anblick. Nordwärts lag wahrscheinlich die Decke noch fest und wollte dem Andrang nicht sofort weichen. Wie gewaltige Mauerbrecher kamen die Schollen mit rasender Eile angeschwommen und warfen sich gegen die Eisberge. Einen Augenblick schien Stillstand einzutreten, der Strom zurückzustauen. Dann in der Ferne ein furchtbarer Krach, ein Ächzen und Stöhnen, ein Pfeifen und Gurgeln – der Widerstand war gebrochen, eine neue Wasserstraße durch das Eis gerissen. Und wieder setzte sich die Masse vorwärts in Bewegung, erst geschlossen, dann in gelösten Teilen, endlich in kleinen, schwimmenden Inselchen vergleichbaren Schollen. So ging's einige Tage fort, bis der Strom von Eis frei war. Die Juden hatten ihre liebe Not, die Flöße zusammenzuhalten, die am Ufer des Flusses lagerten und nun durch das anstauende Wasser vom Boden abgehoben wurden. Die Balken wurden durch Baststricke miteinander verbunden, aber sie zerrieben sich bei dem fortwährenden Auf- und Abtauchen an vielen Stellen und konnten dann nur schwer ersetzt werden. Auch war auf die Anker achtzugeben, die der mächtigen Strömung nicht überall widerstehen konnten und sich mitziehen ließen.

Die ganze Bauernschaft von Sczanowo war aufgeboten. Mit langen Stangen bewaffnet standen die Leute auf den schwankenden Holztafeln und hielten von denselben die anschwimmenden Eisschollen ab. Hatten sie sich zu fest zusammengeschoben, so sprangen sie wohl auch hinauf und suchten in einiger Entfernung die Straße freizumachen. Setzte sich die Decke dann wieder in Bewegung, so hatten sie Mühe, wieder das

Land zu erreichen. Einige waren auch nicht so glücklich und trieben mit den Schollen fort. Man machte davon nicht einmal so viel Aufhebens, als wenn Stämme vom Floß abgerissen und von den Wellen entführt wurden. Die Leute würden eine Strecke weiter sicher zusammengestautes Eis antreffen und dann den Übergang nach dem Ufer finden, von dort aber zu Fuß zurückkehren.

Alle diese Arbeiten wurden mit wildem Geschrei ausgeführt; man schien den Sturm übertoben zu wollen. Die Juden, deren Eigentum in Gefahr war, liefen ängstlich hin und her, baten, ermunterten, schimpften und fluchten in polnischen und hebräischen Lauten. Für den Zuschauer war's ein bewegtes Bild, und es fehlte zu keiner Stunde an Zuschauern. Herren und Damen aus dem Schlosse fanden sich auf der Uferhöhe ein, sich das aufregende Schauspiel nicht entgehen zu lassen. Am Abend hatte man dann reichlichen Stoff zur Unterhaltung.

Auch Heinz fehlte dort nicht. Stundenlang konnte er die Brust dem Sturm bieten und auf das bunte Getriebe hinabschauen. Es war ihm eine Lust, zu sehen, wie die vereinte Menschenkraft das zerstörende Element zwang und ableitete. Mitunter gesellte sich Natalia zu ihm, aber er benutzte jetzt die Gelegenheit schlecht, sie allein zu sprechen. Sie hielt sich auch wohl an seinem Arm, wenn der Sturm heftig heranbrauste, aber er fasste nicht ihre Hand, wie er gekonnt hätte, sondern zeigte auf den Strom hinaus und sprach von den Dingen, die ihnen vor Augen lagen. Am liebsten hätte er selbst eine Stange ergriffen und sich tätig bewiesen. Und einmal, als die Not am höchsten war, tat er's auch wirklich und trug das Beste dazu bei, dass ein Eisberg, der das Floß auseinanderzureißen drohte, wieder zum Schwimmen gebracht wurde.

Heinz hatte bei alledem seine eigenen geheimen Gedanken. Moses Achacz, mit dem er gern sprach, hatte ihm gesagt, dass das Holz für Danzig bestimmt sei; er selbst begleitete es dorthin. Nun lag es ihm immer im Sinn, dass auch er diese Fahrgelegenheit, so unbequem sie auch wäre, benutzen könnte. Er holte Moses darüber aus und fand ihn nicht abgeneigt, noch eine Hütte auf dem Floßholz bauen zu lassen. Doch riet er ihm, zu warten, bis in der besseren Jahreszeit die zweite Holztracht abgelassen werde, die man fester zusammenfügen und zur Aufnahme einer Getreideladung einrichten wollte. Sie würde von den geschnittenen Brettern eine Bodenlage und auch ein Dach erhalten, unter dem sich eine Kajüte herstellen lasse. Heinz wollte sich's noch überlegen, bat ihn zugleich aber, für seine Aufnahme auf dem ersten Floß die nötigen Vorbereitungen zu treffen und indessen niemand etwas von seinem Vorhaben zu verraten.

Er hatte gar nicht mehr nötig zu überlegen, sein Entschluss stand schon fest. Fort von Sczanowo! Nach Danzig! Rief er sich tausendmal im Stillen zu. Er beschäftigte sich in Gedanken bald nur noch mit der Reise und sehnte den Tag heran, wo der Strom sich genügend beruhigt haben werde, sie zuzulassen. Kaum bemerkte er flüchtig, dass er von Natalia scharf beobachtet wurde. Er wich ihr gern aus; ihr Anblick war ihm immer ein Vorwurf, den das Herz empfand. Aber er glaubte nicht ihr, sondern Maria verschuldet zu sein – außer für das, was sie dem Kranken Liebes getan hätte.

Er sah nicht, dass sein plötzlich so ganz verändertes Benehmen auch bei ihr eine Veränderung bewirkte. Sie hatte sich in einem Augenblick, der einen raschen Wechsel von Schmerz und Freude herbeiführte, hinreißen lassen, Heinz ihre leidenschaftliche Neigung zu erkennen zu geben. Du weißt nun alles! Hatte sie ihm zugerufen, und wie konnte er nach dem, was vorgefallen war, an ihrer Liebe zweifeln? Jetzt aber erwachte ihr Mädchenstolz: Es war ihr gewiss, dass sie von diesem Augenblick an nicht mehr die Suchende, sondern die Gesuchte sein müsse. Absichtlich stellte sie sich ihm fern, um ihm volle Freiheit zu lassen, seinem Herzen zu folgen; sie wollte ihm den Weg nicht abgekürzt haben, er sollte nicht glauben, dass sie ihm ohne eigene Bemühung gehöre, dass er einer Werbung in aller Form überhoben sei. Das deutsche Wesen, das ihr angeboren war, machte sich hier mit ganzer Stärke geltend, aber nur in ihrer Empfindung, nicht im Ausdruck derselben. Zu ihrem Schrecken erkannte sie, dass sie ihm täglich fremder und gleichgültiger wurde. Ihre Leidenschaftlichkeit arbeitete nun gegen sich selbst. Sie hatte schlaflose Nächte, Tage voll Herzensqual. Oft erschien sie mit bleichen Wangen, tief liegenden und vom Weinen geröteten Augen. Und er fragte nicht einmal, was sie bekümmere. Sie musste sich gestehen, dass ihre Voraussetzungen irrig gewesen seien, das Ziel sich immer mehr entferne. Konnte er sie wirklich so sehr verkennen? Nahm er den Schein für Wahrheit? Glaubte er, dass er ihrem Herzen jetzt weniger galt? Es war ein harter Kampf zwischen Liebe und Stolz, aber die Liebe siegte. Nun warf sie alle Rückhaltung fort, gab sich ihm wieder, wie es ihr ums Herz war. Das gütige Mädchen, das ihn in der Krankheit pflegte, war oft an seiner Seite und suchte zärtlich zu ergründen, was in seiner Seele vorgehe. Er aber blieb zerstreut und verpasste jede Gelegenheit, sich ihrer Hingebung zu versichern. Ihre Nähe schien ihn nur zu ängstigen.

Das Holzfloß lag zur Abfahrt fertig. Eine weite Strecke zog es sich am Ufer hin, in viele aus verbundenen Stämmen bestehende Tafeln gegliedert, die durch Baststricke lose aneinander gehalten wurden. Die an beiden Enden und in der Mitte zeigten sich etwas fester gezimmert, auch mit Brettern belegt. Es standen darauf Buden von Strauch und Stroh zur Aufbewahrung von Lebensmitteln und zu Schlafstellen für die Bemannung, Die Leibeigenen, die als Flößer dienen sollten, waren von dem Grafen schon ausgewählt und den Juden übergeben: sämtlich mit Pelzmützen, Schafspelzen und Bastsandalen bekleidet, richteten sie sich auf dem Fahrzeug ein. Moses Achacz meldete dem Junker, dass am andern Morgen die Reise angetreten werden solle.

Heinz hatte sich nur immer in die Ferne geträumt; dass er vorher Abschied zu nehmen habe, war ihm kaum eingefallen. Und doch hatte er, ohne recht zu wissen warum, alle Vorbereitungen heimlich betrieben, als gälte es Flucht. Nun die Entscheidung so nahe trat, war auch wirklich sein erster Gedanke: fort ohne Abschied! Es beschlich ihn die Furcht, dass man ihn zurückhalten könne; er musste sich's gestehen, dass Natalia doch noch herzlichen Anteil an ihm nehme und die Abreise zu verhindern suchen werde. Das gerade machte aber schleunige Flucht zu einer Gewissenssache.

Dann aber konnte sich seine Ehrlichkeit doch nicht mit diesem versteckten Handel abfinden. Wenn er fortlaufe wie ein Dieb in der Nacht, meinte er, werde er nicht Ruhe haben und sich schämen, den Danziger Freunden – seiner Maria vor Augen zu treten. Soviel er sich's auch vorsagte, dass die Klugheit gebiete, sich die Ausführung seines Entschlusses nicht zu erschweren, sich nicht selbst den Weg zu sperren, konnte er doch dieses unbehagliche Gefühl nicht unterdrücken, dass es seiner unwürdig wäre, sich feige fortzustehlen. Natalia wenigstens sollte nicht ohne einen letzten herzlichen Dank bleiben.

Es fand sich am Abend in der Dämmerung eine stille Stunde zum Aussprechen. Die Vettern trieben sich noch außen um, die Halle war leer. Heinz hatte sich in eine Fensternische gestellt und war gewiss, dass Natalia ihm bald Gesellschaft leisten werde. Er täuschte sich nicht.

Als sie zu ihm trat, stand er sogleich auf, reichte ihr die Hand, hielt sie fest und sagte: Ich erwartete Euch – hört mich freundlich an.

Es mochte in dem Tone seiner Stimme etwas liegen, das seine Beklommenheit unwillkürlichen Ausdruck gab. Jedenfalls schien sie in der Art, wie er sie anredete, etwas Auffallendes zu finden, das sie sich erklären müsste. Was hatte er ihr zu sagen? Wenn endlich –! Es wurde ihr heiß ums Herz, das Blut wallte plötzlich. Sie drückte seine Hand und sah ihn mit einem Blick an, der ganz glückselige Erwartung war. Ich höre, Lieber, hauchte sie leise.

Der Friede ist längst geschlossen, begann er, die Gefangenen sind vom Herrn Hochmeister ausgelöst – meines Bleibens kann hier nicht länger sein –

Ihre Hand zuckte, ihre Augen richteten sich starr auf seinen Mund, das ganze Gesicht schien wie gelähmt. Eine solche Wirkung seiner Anzeige hatte er nicht vorausgesetzt; sie erschreckte ihn.

Auch Ihr seid hier nur Gast, fuhr er milde ablenkend fort. Wie lange kann's dauern, so kehrt Ihr mit Eurer Mutter in die Heimat zurück. Es zieht uns dahin, wo das Feld unserer Tätigkeit ist, und ich denke, dem Herrn Hochmeister in Preußen noch nützlich sein zu können. Darum ist's am besten, ich nehme raschen Abschied und stelle mich ihm zur Verfügung.

Sie schien aus ihrer Betäubung zu erwachen. So starr der ganze Körper noch eben gewesen war, so zeigte sich jetzt plötzlich jeder Muskel in Bewegung. Die Brust wogte stürmisch, der Atem flog. Nein – nein – presste sie zwischen den Lippen vor –, es darf nicht sein!

Es muss sein, antwortete er, und darum lieber heut als morgen. Ich bin mit Eurer Hilfe wieder ein gesunder Mensch geworden, habe meine frühere Kraft zurückerlangt und will mich nicht länger als ein unnützes Geschöpf füttern lassen. Es ist nichts, was mich hier hält, und mich treibt's zu männlichen Taten.

Nichts, was Euch hier hält? Zitterte ihre Stimme.

Habt Ihr mich doch selbst frei erklärt, soll ich mich nun nicht als ein freier Mann beweisen dürfen?

Sie entriss ihm ihre Hand und schlug damit nach der Seinigen. Das ist abscheulich! Rief sie. Habt Ihr mir's darum abgelistet?

Seid gütig, bat er. Ich habe Euch nichts abgelistet – es war Euer guter Wille, mir die Freiheit zu schenken. Und ich glaubte mit diesem Geschenk auch nichts zu empfangen, als die freundliche Versicherung meiner Wohltäterin, dass sie anerkenne, der Gefangene sei gelöst und habe gegen sie keine sonderliche Pflicht. Euer Sklave war ich auch vorher nicht und wär ich's gewesen – so hätte ich mich selbst befreit.

Oh, wie doppelzüngig Ihr seid! Eiferte sie. Wovon sprecht Ihr? Ich weiß es nicht mehr. Die Worte haben fremden Sinn, Ihr strebt fort von hier – schon lange, lange! Jetzt verstehe ich alles. Wohin zieht es Euch? Nach Preußen zum Hochmeister? Hahaha! Seid ehrlich: Wohin gedenkt Ihr, zu gehen?

Er zögerte mit der Antwort.

Seid ehrlich! Wiederholte sie, und die Augen blitzten zornig.

Ich will Euch das nicht vorenthalten. Zunächst wohl nach – Danzig.

Nach Danzig! Ah, dann weiß ich, was Euch dorthin zieht. Gewannet Ihr Euch nicht dort im Ritterspiel einen Ring und habt Ihr ihn nicht zum Andenken getragen in Buchwalde und als Ihr ins Feld zogt? War's nicht Eure erste Frage hier, wo der Ring sei? Habe ich nicht Euren Schlaf belauscht und Eure Lippen den Namen Maria hauchen gehört? Maria – Maria! Das ist's, was Euch von hier forttreibt – das ist's, was Euch dorthin zieht.

Sie hatte diese Worte mit wilden Gebärden begleitet und hastig herausgestoßen. Nun schien sie mit den Blicken noch weiter zu sprechen, sie zuckten über ihn hin wie Dolche.

Ihr sagt die Wahrheit, entgegnete er; ich liebe das Mädchen, dessen Namen Ihr nennt.

Ihr sollt nicht! Zischte sie. Welchen Anspruch hat sie an Euch? Ihr wart ihr ein Toter. Und ihr wäret ein Toter. *Ich* habe Euch zum Leben erweckt – *mir* gehört Euer Leben. Habt Ihr das nicht eingestanden? Habt Ihr mich's nicht wissen lassen mit Blick und Wort, dass ich die Eure sei? Leugnet es, wenn Ihr könnt. Erniedrigt mich, wenn Ihr den Mut habt! Sie fasste seine Arme und suchte ihn an sich zu ziehen. Ich habe dich an meine Brust gedrückt, ich habe dich geküsst, und du hast es gelitten. Warum hast du es gelitten, wenn du mich nicht liebtest? Aber du liebtest mich! Nein, ich lasse dich nicht fort – du darfst nicht gehen – zu ihr nicht gehen! Mir gehörst du in Ewigkeit.

Er machte sich los, ergriff ihre Hände und bedeckte sie mit Küssen. Verzeih, bat er, verzeih, wenn ich dich täuschte. Täuschte ich mich doch selbst. Du warst so schön, so gütig, und mein Herz – was sage ich dir? Nein, du wirst mir nicht glauben, was ich auch sage, du wirst mir nicht verzeihen. Wäre mein Herz frei gewesen – Aber schon, als ich dich zum ersten Mal sah – du weißt es ja, es war in Banden. Und ich konnte ihrer nicht ledig werden – sieh daraus, wie stark sie sind. Ich bitte dich, lass uns in Frieden voneinander Abschied nehmen. Du hast meine leiblichen Wunden geheilt, schlage nicht tiefere Wunden meinem Gemüt. Lass mich nicht scheiden mit dem quälenden Gedanken, ich wäre besser gestorben, ehe ich in deine Gefangenschaft kam!

Sie schüttelte das lockige Haupt. Die Liebe hat die Wunden geheilt, die du hierher brachtest. Nimmst du nun die Wunden mit, so sieh zu, ob sie heilbar sind. Und sind sie's nicht, dann hast du nicht Liebe um Liebe eingetauscht. Aber nein, ich lasse dich nicht fort, ich gebe dir keinen Abschied. Mit Gewalt halte ich dich zurück, wenn du nicht gutwillig bleiben willst. Denn du bist mein! Ich habe dich dem Tode abgekauft mit einem Lösegelde – Sie schauderte. Nur du kannst meine Lippen wieder heiligen. Niemand weiß, was du mir schuldig bist. Ich aber – ich – Sie umschlang seinen Hals. Geh nicht, Lieber – verlasse mich nicht!

Er wehrte sie nicht ab. Tiefes Mitleid hatte sein Herz ergriffen. Aber er ermutigte sie auch nicht. Nach einer Weile fühlte er, dass ihre Hände sich lösten, der Körper an ihm schlaff zusammensank. In diesem Augenblick wurden in der Halle Stimmen laut. Die Vettern stürmten lärmend herein. Sie schreckte aus ihrer Ohnmacht auf, warf ihm einen verstörten Blick zu und eilte fort.

Den Rest des Abends beobachtete sie ihn nur von ferne; aber unzweifelhaft gab sie auf jeden seiner Schritte ängstlich acht. Als er nach dem Turm ging und sich vor dem Eintritt noch einmal zurückwandte, glaubte er ihre Gestalt am Brunnen zu erkennen: Sie überzeugte sich, dass er den Hof nicht verließ.

Er trat in die Kapelle ein und betete. Dann erst schritt er die Steintreppe hinauf nach seinem Stübchen.

Sogleich warf er sich in Kleidern aufs Bett und deckte sich nur mit einem Wolfspelz zu. Er wollte früh auf sein am andern Morgen.

Noch vor Tagesgrauen erwachte er, durch beunruhigende Träume aufgeschreckt. Noch eine Weile hielt er sich still auf seinem Lager; als sich aber das Fenster von den ersten Sonnenstrahlen erhellte, stand er auf, nahm wehmütigen Abschied von dem Gemach, das ihm lieb geworden war, hüllte sich in einen Mantel und ging leise der Tür zu, um den Kaplan nicht auf sich aufmerksam zu machen.

Als er den Türvorhang zurückschlug und nun das Licht vom Fenster her in den Gang fiel, blitzte ihm von der Treppe her etwas entgegen. Bei genauerem Hinsehen erkannte er einen Eisenhut und die Schulterplatten eines Harnisches. Zugleich vernahm er die tiefen Züge eines Schlafenden.

Seine Augen gewöhnten sich bald an das Dämmerlicht. Es hatte sich jemand auf die oberen Stufen der Treppe gesetzt und auf die oberste mit dem Ellenbogen aufgestützt. Der Körper hatte sich im Schlafe zur Seite gebeugt, und der Kopf lehnte nun gegen die Wand. Im Arm hielt er einen Spieß. So sperrte er die schmale Treppe vollkommen. Wer dieselbe hinabsteigen wollte, musste ihn notwendig wecken.

Ach, ich bin also bewacht, sagte sich Heinz. Indem er noch überlegte, was zu tun sei, um den Lästigen zu entfernen, bemerkte er, dass sich unter dem etwas verschobenen Eisenhute lange braune Locken hervor und über die Schulter ringelten. Nun fiel ihm auch die kleine weiße Hand auf, die den Kopf stützte. Er erschrak heftig und ließ den Vorhang fallen: Es war ohne Zweifel Natalia, die ihm den Weg verlegte.

Er durfte sie nicht wecken. Geschah's, so ließ sie ihn nicht fort. Hatte sie dieses äußerste Mittel gewählt, sich seiner zu versichern, so durfte er nicht erwarten, sie durch freundliche Worte zu bewegen, ihn ziehen zu lassen. Gewalt gegen die Unglückliche, durch die Leidenschaft Verstörte zu gebrauchen, hatte er aber nicht den Mut. Und wenn sie erwachte, wenn es zu einem Ringen mit dem schönen Weibe Brust an Brust um die Freiheit kam – wer wagte, den Ausgang vorauszusagen?

Er hatte keine Stunde Zeit zu verlieren; bald nach Sonnenaufgang, hatte ihm Moses gesagt, sollte das Holzfloß in Bewegung kommen. Natalia setzte wahrscheinlich voraus, dass er diese Gelegenheit nützen wolle, und konnte ihn deshalb zurückzuhalten glauben, wenn sie nur diese eine Nacht seine Schwelle sperrte. Jetzt war Flucht geboten. Er erinnerte sich, in der Rüstkammer nebenan eine lange Leine bemerkt zu haben, die zu einem Fischnetz gehörte. Auf den Fußspitzen schleichend, holte er sie herbei, knüpfte sie um den Fensterpfeiler, überzeugte sich, dass sie bis zum Boden reiche, und ließ sich daran hinab. Seine Hände bluteten, als er unten auf dem schmalen Rain am Graben anlangte, aber darauf achtete er nicht. War er doch frei!

Der Graben stand voll Wasser. Aber er reichte zum Glück auch zu beiden Seiten nicht viel weiter als der Turm, dem er einmal zum Schutz gedient hatte, verflachte sich bald und ließ sich ohne Schwierigkeit umgehen. Die Strecke über das offene Feld war nicht weit, auf der Uferhöhe deckte ihn der Holzgarten. Er hatte nun kaum noch Verfolgung zu befürchten.

Die Dszimken auf dem Floße waren schon mit ihren langen Stangen in voller Arbeit. Moses erwartete ihn und führte ihn über die schwankenden Balken hin von Tafel zu Tafel bis zur letzten, wo seine Strohhütte stand. Es ist grimmig kalt auf dem Flusse, gnädiger Herr, sagte er, macht Euch innen ein Lager zurecht und schließt den Eingang mit der Strohmatte.

Er kroch hinein und tat, wie ihm geheißen war. Unter sich hörte er bald das Wasser zwischen den Baumstämmen gurgeln und klatschen, mitunter quoll es durch die Ritzen der Bretter und netzte das Stroh, auf dem er lag. Seine Glieder zitterten vor Frost.

Als er nach einigen Stunden hinaustrat, um sich durch Laufen zu erwärmen, schwamm das schmale, lang gestreckte Floß mitten auf dem breiten, noch immer hoch angeschwollenen Strom. Die Dszimken hatten auf der vordersten Tafel einen kleinen Mast aufgerichtet und daran ein altes geflicktes Segel befestigt. Mit ihren Stangen suchten sie die Hölzer von den Untiefen fernzuhalten, die sich durch eine hellere Färbung des Wassers kenntlich machten.

Fern, ganz fern tauchte ein viereckiger Gegenstand über die Wellenlinie der Uferhöhe hinaus. Was ist das? Fragte der Junker.

Ei kennen Ew. Gnaden den Turm von Schloss Sczanowo nicht mehr? Antwortete Moses Achacz.

Heinz blickte unverwandt darauf zurück, bis er in nebeliger Ferne verschwunden war. Dann nahm er den Ring aus dem Kästchen, steckte ihn an den Finger, wandte das Gesicht nach Norden und sagte leise: Maria!

Siebentes Kapitel

Die Henkersmahlzeit

In Danzig hatten beide Teile mit allem Eifer gerüstet. Auch fehlte es nicht an mancherlei Feindseligkeiten auf dem Plane zwischen den städtischen Befestigungen und dem Schlosse, auf den Landstraßen vor den Toren und auf der Eisdecke des Flusses. Freilich konnte man einander in dieser Winterszeit nicht viel anhaben, aber die Gemüter erbitterten sich mehr und mehr.

Ein Angriff des Komturs auf die Stadtmauern wäre dem Rat sehr nach Wunsch gewesen. Man hätte dann die städtische Mannschaft in Tätigkeit gesetzt, die sich zwar leicht bewaffnen, aber schwer längere Zeit unter Waffen halten ließ. Die Handwerksmeister hatten den Harnisch angelegt und waren zum Kampf bereit; aber der wochenlange Nachtdienst ermüdete sie. Der Komtur andererseits hätte in seinem Zornmut wohl losgeschlagen, aber das Kapitel riet zu bedachtem Vorgehen und wollte dem Herrn Hochmeister die missliche Exekution überlassen.

Gar sehr änderte sich die Stimmung in der Stadt, als unerwartet früh im März die warmen Tage kamen und bald darauf der Eisgang eintrat. Das ganze Jahr lang hatte der Handel gestockt. Die Speicher lagen voll Getreide, die Flachsbrake war gefüllt, die Holzgärten hatten große Vorräte geschnittener Hölzer aufgespeichert. Danziger Schiffe ruhten an der

Lastadie abgetakelt aus, Bordinge und Weichselkähne warteten auf Ladung. Und nun war der Fluss frei, englische Schiffe konnten in nächster Zeit eintreffen, Flöße und Wittinnen von Polen. Alle Hände rührten sich plötzlich, jeder wollte vorbereitet sein, aus der Gunst der Witterung seinen Vorteil zu ziehen. Die Stadt gewann ein ganz anderes Aussehen.

Da zeigte sich's nun gar bald, wie stark der Einfluss dieser neu erwachten Handelstätigkeit auf das politische Treiben einer Stadt war, in welcher der Kaufmann allein das Regiment führte. Auch die Ratsherren und Schöppen hatten jetzt in ihren Kontoren zu tun; es galt, die Warenbestände zu prüfen, Schiffe auszurüsten, Briefe zu schreiben, Boten auszusenden, selbst eine Reise nach den auswärtigen Faktoreien vorzubereiten oder die ältesten und zuverlässigsten Kaufgesellen mit Vollmacht zu versehen. Wer Güter vor der Stadt besaß, hatte den Pferdebestand zu ergänzen, Vieh anzuschaffen, für die Bestellung der Äcker zur Sommersaat zu sorgen. So meinte jeder mit den eigenen Dingen den Kopf übervoll zu haben und die städtischen Angelegenheiten, mit denen man sich notgedrungen solange unausgesetzt beschäftigt, zurückstellen zu können. Es hielt schwer, den Großen Rat vollzählig zusammenzubringen, und auch im Artushof blieben an manchem Abend die Bänke leer. Man fing an, es als einen sehr lästigen Druck zu empfinden, dass die feindselige Haltung dem Schlosse gegenüber vielfach die freie Bewegung hemmte, bevor noch die Schifffahrt förmlich eröffnet war.

Ob nun der Komtur durch seine Spione von diesen Dingen Kenntnis erhalten hatte, ob er sie als selbstverständlich voraussetzte, jedenfalls spielte er jetzt einen Trumpf aus, mit dem er die Partie hoffte, gewinnen zu können: Er hatte eine neue, sehr schwere Kette schmieden lassen und legte sie nun quer über die Mottlau gegen die Rechte Stadt Danzig hin, sodass kein Schiff ein und aus konnte. Barthel Groß hatte dieses Zwangsmittel nicht ohne Grund befürchtet. Zugleich wurde der Eckturm des Schlosses, der gegen den Fluss vortrat, mit Geschützen armiert. Als ob er sie proben wollte, ließ der Komtur mit mächtigem Dröhnen einige Steinkugeln auf das andere Ufer hinüberfliegen. Sie reichten weit genug, um jeden Angriff auf den Mauerpfeiler, der drüben die Kette an starken Haken hielt, zu vereiteln.

Diese Maßregel verbreitete Schrecken in der Stadt. Welche neuen Verluste, wenn es dem Komtur gelang, im Frühjahr den ganzen Handel lahmzulegen! Und gerade jetzt liefen zuverlässige Nachrichten ein, dass der Hochmeister mit der Verlegung des Stapels nach Elbing Ernst mache. Bei Dirschau brauchte er nur ein paar Schiffe mit bewaffneter Mannschaft in den Strom zu legen, um alle polnischen Fahrzeuge zu nötigen, ihren Weg durch die Nogat auf das Frische Haff und Elbing zu nehmen. Das waren empfindliche Schläge.

Urplötzlich war die Stimmung in der Stadt die allerdüsterste geworden. Die Kaufleute gingen mit gesenktem Kopfe umher, die Bordingführer murrten laut, die Schiffskinder, die endlich Arbeit und Verdienst erwartet hatten, rotteten sich auf der Lastadie, auf dem Bollwerk und auf der Speicherinsel zusammen. Nun klagten auch die Krämer, dass sie ihre Keller und Windlagen nicht gehörig würden versorgen können, die Handwerker, dass aller Verkehr gerade in der günstigsten Zeit aufhören müsse, die Sackträger, dass es für sie nichts zu tun geben werde und dass sie nicht vom Winde leben könnten. So übertrieben vielleicht alle diese Befürchtungen waren, so wirkten sie doch verstimmend auf die Gemüter, und da eben jeder beteiligt zu sein glaubte, war zuletzt niemand, der ermutigend eingriff.

Dieselben Leute, die noch vor wenigen Wochen lieber Arm und Bein daran gewagt, als gutwillig einige Skoter für den Orden geopfert hätten, fingen nun an, über die Hartnäckigkeit des Rats zu murren und den Bürgermeistern Vorwürfe zu machen, die doch von ihnen als Verräter verschrien worden wären, wenn sie in den Schoß gewilligt hätten. Nun erschien die Abgabe, die der Hochmeister gefordert hatte, sehr gering gegen die Verluste, die man durch die Verweigerung gewärtigen musste. Man fand, dass es doch hart gewesen sei, ihm seine Bitte rundweg abzuschlagen. Die Hoffnung, dass der König von Polen helfen werde, verblasste mehr und mehr. Ein Angriff auf das Schloss, um das Hemmnis gewaltsam zu beseitigen, schien Torheit. Immer ungescheuter wurden solche Reden auf Märkten und Straßen laut. Man drang in die Kaufherren, auch in der Ratsstube die Meinung zu vertreten, dass für einen Ausgleich gesorgt werden müsse, da man doch die Stadt dieser Händel wegen nicht zugrunde richten könne.

Arnold Hecht, der vorher am heftigsten gegen den Orden das Wort geführt hatte, wurde nun am ehesten kleinlaut. Ihm selbst standen große Verluste bevor, wenn seine Handelsunternehmungen nicht in Gang kamen, und er war Verbindlichkeiten eingegangen, die sich kaum noch lösen ließen, ohne sein Kontor in schlechten Ruf zu bringen. Nun nahm er, um seinen Rückzug vorzubereiten und zu decken, den Mund voll zu Angriffen, die ein Ansehen hatten. Hab' ich's nicht stets gesagt, ließ er jeden hören, der die Ohren auftun wollte, dass die Sache falsch angegriffen ist? Hat sie nicht ein so jämmerliches Ende nehmen müssen? Wir haben den ganzen langen Winter Zeit gehabt, konnten mit unsern müßigen Leuten etwas Herzhaftes gegen das Schloss unternehmen, konnten den

König ermutigen, zu unsern Gunsten ein Machtwort zu sprechen. Stattdessen werden Briefe geschrieben hin und her, Sendboten an den Hochmeister geschickt, der im Lande herumreist, alle Hände voll zu tun hat, den Schoß zusammenzubringen und uns rückhaltige Antworten gibt. Ihm freilich war's genehm, die Sache bis zum Frühjahre hinzuziehen. Was meinte man denn auszurichten, wenn das Schloss nicht gebrochen würde? Und es gab eine Zeit, da wär's uns mit leichter Mühe gelungen, die Füchse aus ihren Löchern zu ziehen und den ganzen Fuchsbau zu zerstören. Warum haben wir unser Tor vermauert? Warum haben wir unsere Werke aufgeführt gegen das Schloss? Um ruhig zuzusehen, wie der gnädige Herr Komtur die Kette schmieden ließ, uns den Fluss zu sperren – aha! Nun ist's freilich zu spät, mit Gewalt etwas auszurichten: Die Kreuzherren sind wohlgerüstet, und unsere Bürger mögen nicht länger im Harnisch gehen, um Kinder zu schrecken. Wahrlich, das nenne ich klug: Mit den Waffen drohen und nicht zuschlagen. Nun stecken wir in der Klemme. Wollen wir seewärts, da stoßen wir gegen die Kette; wollen wir landwärts, da fängt der Pfleger von Dirschau unsere Güter ab. Gehen wir an den Hochmeister, so weist er uns an den Komtur; wenden wir uns an den König, so zuckt er die Achseln. Alles in allem: Wir haben uns die Suppe eingebrockt und werden sie nun auch ausessen müssen, mag sie schmecken oder nicht.

Letzkau war der Einzige, der den Kopf nicht verlor. Wir müssen standhalten, mahnte er, unsern Verlust verschmerzen und künftig mit größerem Gewinn einzubringen suchen. Sind wir so bald kampfmüde, so hätten wir den Streit lieber gar nicht anfangen sollen. Anzugreifen war unsere Sache nicht, da doch einmal der Herr König ohne uns Frieden gemacht hat; aber verteidigen können wir uns noch lange Zeit. Nur noch wenig Monde Geduld. Sehen sie dort, dass sie uns mit diesem nicht zwingen, so lassen sie sicher ab und geben nach. Denn sie brauchen uns mehr als wir sie. Ein Jahr lang mögen sie's mit Elbing versuchen, dann werden sie uns selbst wieder den Stapel anbieten müssen. Denn Elbing hat nicht Zugang zur See, außer über das Haff und durch das flache Tief bei Lochstedt. Große Schiffe können da nicht ein und aus, draußen aber ist kein geschützter Hafen, dass sie von den Bordingen Ladung annehmen können. Zudem wird Lübeck uns nicht im Stiche lassen mit den anderen Genossen der Hansa. Ihr merkt ja doch, dass der Herr Hochmeister scheu ist, etwas Gewaltsames zu unternehmen. Der Komtur ist ein Brausekopf und hätte längst das Waffenspiel angefangen, wenn sein Bruder ihn nicht hielte. Geben wir jetzt nach, so geschieht's zu den schlechtesten Bedingungen; bleiben wir noch diesen Sommer standhaft, so wird man uns alles bewilligen, was wir fordern.

Nur wenige brachte er auf seine Seite. Das Geschrei war zu groß und machte auch den Bedächtigen den Kopf wüst. Gegen die Osterzeit drängte alles in der Stadt zu einem Ausgleich, und der sitzende Rat sah sich endlich genötigt, Schritte zu tun. Es wurde ein Brief an den Komtur geschrieben mit der Aufforderung, die Kette zu entfernen, da sich der Orden ohne Grund das Recht anmaße, den Fluss zu sperren. Die Stadt wolle dann auch ihrerseits das Haustor wieder öffnen und die Werke abräumen, über die er Klage geführt hätte.

Wie pfeifen die Mäuslein? Rief der Komtur. Es wird ihnen bange, dass wir sie aushungern. Wär's nicht Zeit, ihnen die Katze zu schicken, damit sie nicht gar mager werden, bis man sie verspeist? Er antwortete in hochfahrendem Tone, wie er nicht willens sei, sich Bedingungen vorschreiben zu lassen. Die Stadt solle sich unterwerfen, binnen drei Tagen den Schoß in seine Kämmerei abliefern, sich alles unrechtmäßigen Hängens und Köpfens enthalten, auch eine neue Ratswahl anordnen und vorher bei ihm anfragen, wer dem Orden genehm sei. Dann wolle er ihnen in Erwartung botmäßigen Verhaltens den Fluss öffnen und auch den Vogt zu Dirschau mit anderer Weisung versehen.

Eine so unverschämte Forderung würde der Rat vor wenigen Wochen noch mit Hohn zurückgewiesen haben. Jetzt ließ er sich auf eine ernste Widerlegung ein oder suchte zu entschuldigen. Es könne wohl sein, dass in diesen unruhigen Zeiten das eine oder andere nicht genau nach der alten Ordnung gegangen sei. Deshalb sollten von beiden Seiten Männer abgesandt werden, zu denen man Vertrauen hätte; sie könnten dann etwa im Rathause der Jungstadt zusammenkommen und die streitigen Punkte besprechen, damit jeder Teil zunächst genau wüsste, woran er mit dem andern sei. Inzwischen sollten die Feindseligkeiten eingestellt werden.

Das gefiel dem Komtur wenig. Ich merke wohl, dass die Buben Zeit gewinnen wollen, ihre Ränke weiter zu spinnen, sagte er. Ich kenne ihre geheimen Anschläge. Es wird nicht Ruhe in der Stadt, bis dem giftigen Drachen die Köpfe abgeschlagen sind. Das Kapitel wollte die dargebotene Hand nicht ausschlagen.

Verdrießlich antwortete Plauen: Gebt acht, wie den Hähnen gleich wieder der Kamm schwellen wird. Mich sollen sie durch ihr Krähen nicht irremachen! Er konnte doch sein Stück nicht durchsetzen.

Auf dem Rathause der Jungstadt kam es nun zu lebhaften Verhandlungen. Vom Schlosse war der Hauskomtur mit zwei Ritterbrüdern geschickt; für die Stadt sprachen Barthel Groß und Huxer nebst andern Ratmannen. Endlich kam man überein, dass man auf beiden Seiten den früheren Zustand, wie er vor Beginn dieser Feindseligkeiten gewesen, wieder herstellen und allen ferneren Rüstungen entsagen wolle. Ob das Rechtens geschehen sei, was geschehen sei, darüber solle kein Teil mit dem andern hadern, sondern dem Herrn Hochmeister die Entscheidung anheimgegeben werden. Die Stadt verpflichtete sich, seinem Spruche zu gehorsamen und ihm jederzeit ihre Tore zu öffnen, wenn er den Streit in Danzig selbst schlichten wolle. Dafür verlangten die Ordensboten eine Sicherheit. Nach manchem Hin und Her verstanden sich die Bürgermeister dazu, am Hauptaltar in der Marienkirche in des Komturs Hand einen Schwur zu leisten, dass sie an keine Hinterlist dächten und diesen Frieden gewissenhaft halten wollten. Dagegen sollte der Komtur sofort die Kette niederlassen und dem Vogt in Dirschau Auftrag geben, die Flussschifffahrt nicht ferner zu belästigen. Darauf ging der Komtur ein, weil das Kapitel es also wollte. In seinem Herzen aber blieb er ergrimmt und dachte nur daran, die Stadt noch tiefer zu demütigen und ihr den Herrn zu zeigen.

Am Palmsonntag fand die verabredete Zusammenkunft in der Marienkirche statt. Die Bürgerschaft war in Feststimmung und wenig geneigt, zu prüfen, was sie dieser Vergleich kostete. Lag es doch vor aller Augen, dass die Kette über den Fluss verschwunden war, die Schiffe aus und ein gingen, die Stadttore offenstanden und der Verkehr mit den Schwesterstädten und dem Schlosse ungehindert blieb. Man freute sich der Hoffnung auf bessere Zeiten und schmückte sich mit Festtagskleidern. Als morgens die Osterglocken läuteten und der Komtur mit großem Gefolge einritt, sammelten sich die Leute auf den Straßen, und es fehlte nicht an freudigen Zurufen. Lächelnd nickte er seinen Gruß nach rechts und links wie ein vornehmer Herr, der eine schuldige Ehrbezeugung in Empfang nimmt. In der Kirche fand er den Rat versammelt. Mit ihm zugleich traten die beiden Bürgermeister vor den Altar. Der Stadtschreiber wollte ein Protokoll verlesen, aber der Komtur wies ihn zurück. Ich weiß, was verabredet ist, sagte er stolz, und habe meinen Teil bereits erfüllt, was mir oblag – in Hoffnung, dass ich fortan auch ohne solchen Zwang willigen Gehorsam bei euch und der Gemeinde finden werde. An euch, ihr Männer, ist es nun, Treue zu geloben und ein friedliches Verhalten zu versprechen. Und sehet euch vor, Gott nicht zu betrügen! Ich rufe ihn an zum Zeugen.

Und ich rufe ihn zum Zeugen, antwortete Letzkau, dass auch Ihr uns fortan gute Freundschaft halten wollet, wie Ihr's versprochen habt durch Eurer Brüder Mund, ohne Arglist und Hinterhalt. Es stünde wahrlich besser um Herrschaft und Untertanen, wenn gutes Vertrauen allezeit gewaltet hätte.

Des Komturs Lippe zuckte spöttisch. Das hätte ich von Euch nicht hören sollen, Konrad Letzkau, sagte er halb über die Achsel weg. Man weiß ja doch, dass Ihr in des Königs Lager gewesen seid, als der Orden die Marienburg verteidigte.

Arnold Hecht zupfte den Bürgermeister am Mantel und raunte ihm zu: Bleib's ihm nicht schuldig, Konrad.

Der Komtur wandte sich rasch um. Habt Ihr etwas zu sagen, so sagt's laut. Wenn nicht, so lasst mich Eure Heimlichkeit nicht merken.

Hecht knurrte unwillig etwas in den Bart. Letzkau aber nahm wieder das Wort. Gnädiger Herr, es wäre viel zu sagen auf das, was Ihr uns vorgeworfen habt. Aber ich fürchte, wir kämen heute nicht zu Ende, wenn wir uns gegenseitig aufrechneten, was uns verdrossen hat. Weil kein Vertrauen im Lande war, deshalb hat der Orden im Unglück so viel Abfall erfahren.

Er wird sich in Zukunft vorsehen, rief der Komtur, dass man ihm nicht wieder seine Guttaten mit Verrat lohne.

Das hörten die Umstehenden, und ein Murren lief durch die Reihen der Ratmannen und Schöppen. Wer spricht von Verrat? Sagten sie.

Der Komtur sah mit einem herausfordernden Blick über sie hin, als käme ihm Widerspruch gerade recht. Ich kenne euch alle besser, als ihr glaubt, sagte er nach einer Weile, und lasse mich durch das nicht irremachen, was ihr jetzt in der Not versprecht. Davon soll noch weiter die Rede sein vor dem Herrn Hochmeister, da ihr selbst ihn doch anruft. Bis dahin will ich auf euer demütiges Bitten von meiner Macht nicht Gebrauch machen, wenn ihr eidlich gelobt, Frieden zu halten und alle Gewalt abzutun. Wie ihr Vertrauen verdienen werdet, wird man euch Vertrauen schenken.

Wir aber meinen einen Vergleich zu schließen, entgegnete Letzkau, bei dem jeder Teil nachlässt und empfängt. So sehr hat uns wahrlich die Not nicht gedrängt, dass wir uns ergeben müssten auf Gnade und Ungnade. Was aber geschieht, geschieht zu beider Teile Bestem. Ist noch etwas unklar bei diesem gütlichen Abkommen, so wär's klüger, von Neuem zu verhandeln, als einander künftig mit Vorwürfen zu begegnen.

Der Komtur machte eine abwehrende Bewegung mit der Hand. Was nützt es, mit Worten zu fechten? Einig werden wir doch nimmer. Es bleibt bei dem, was in der Jungstadt verabredet ist. Legt also die Hand aufs Kruzifix und tut euer Gelöbnis.

Wir tun's für die Stadt, sagte Hecht und schritt die Stufen zum Altar hinauf.

Letzkau stand noch einen Augenblick nachdenklich, dann folgte er. Wir verpflichten durch diesen Schwur nicht nur uns, bemerkte er, sondern auch Euch und euer Kapitel, gnädiger Herr. Wolle ihn Gott so annehmen.

Der Komtur antwortete nicht darauf. Gleich nach beendeter Zeremonie verließ er die Kirche und begab sich nach dem Schlosse zurück. Der Rat aber ging in den Ratsstuhl und wohnte dem Gottesdienste *in corpore* bis zum Schlusse bei. Dicht gedrängt stand im breiten Schiffe zwischen den massigen Pfeilern die Gemeine. Das Gebet um Frieden war heute auf allen Lippen.

Als Letzkau nach seinem Hause zurückgekehrt war, meinte er die Stille des Feiertags am besten nützen zu können zu einem ausführlichen Schreiben an den Herrn Hochmeister. Dazu schloss er sich gleich nach der Mittagsmahlzeit, zu der sich Barthel Groß mit Frau Anna und den Kindern als liebe Gäste gesellten, in sein Stübchen ein und befahl, dass niemand ihn vor Abend störe. Er berichtete dem Fürsten alles, was geschehen war, und sprach umständlich seine Meinung aus über das, was dem Lande nottue und für alle Zeiten ein gutes Einvernehmen zwischen Herrschaft und Untertanen schaffen könne.

In den ersten Nachmittagsstunden schickte Arnold Hecht den Ratsboten zu ihm und ließ ihn eiligst zu sich rufen. Er wurde aber nicht vorgelassen, sondern dahin beschieden, dass der Kumpan von Geschäften selbst abmachen möge, was keinen Aufschub leide und nicht bedenklich sei. Was aber bedenklich sei, möge die Feiertage über ruhen.

Diese Antwort kam Hecht ganz gelegen. Die Sache, um die es sich handelte, ging hauptsächlich ihn selbst an. Bald nach seiner Rückkehr aus der Kirche nämlich waren zwei seiner Kaufgesellen, die er mit einigen beladenen Weichselkähnen stromaufwärts zur Beaufsichtigung der Schiffer mitgeschickt hatte, auf schaumbedeckten Pferden angeritten gekommen und hatten berichtet, dass es zwischen den Schiffsknechten und den Leuten des Vogts von Dirschau Streit gegeben habe, dass der Vogt hinzugekommen sei mit seinen Bewaffneten und die Kähne samt dem Gute mit Beschlag belegt, die Schiffsführer aber in festen Gewahrsam gebracht habe und in seinem Turm festhielte. Er habe gesagt, dass ihm vom Herrn Komtur zu Danzig befohlen sei, jede Unbill streng zu strafen. Darauf hätten sie sich eiligst in der Stadt Pferde genommen und seien in kaum vier Stunden herübergeritten, den Unfall zu melden. Es scheine ihnen, dass der Vogt nur die Gelegenheit vom Zaune gebrochen habe, sich des Danziger Gutes zu bemächtigen.

Diese Nachricht stieg Hecht so zu Kopfe, dass er feuerrot wurde vor Zorn und drohte, dem Vogt das Räuberhandwerk zu legen. Er hatte sich schon in der Kirche geärgert und innerlich wegen des Komturs übermütigen Betragens erbost. Nun hatte er aber doch in gutem Vertrauen, dass die Feindseligkeiten eingestellt wären, seine Weichselschiffe fortgeschickt, ohne den Sonntag Palmarum abzuwarten. Es war ihm schlecht bekommen. Wie immer schnell aufgeregt, redete er sich ein, dass der Komtur ihnen eine Falle habe stellen wollen, und dachte am letzten daran, mit ihm wegen Freigabe seines Gutes zu verhandeln. Bitten war überhaupt nicht seine Sache. Rasch durchzugreifen, schien ihm auch hier das Geratenste. Er befahl also den Kaufgesellen, die Pferde in einen Herbergsstall zu bringen und tüchtig füttern zu lassen, sich selbst aber in einigen Stunden wieder bereitzuhalten.

Dann holte er den Stadtschreiber ab und nahm ihn mit nach dem Rathause. Er hieß ihn einen Brief schreiben an den Vogt zu Dirschau, wie er es ihm vorsagen würde, und schickte indessen zu Letzkau, Barthel Groß, Huxer und einigen anderen Ratmannen. Einige davon kamen auch, andere ließen sich wegen des Feiertags entschuldigen. Barthel Groß hatte selbst einiges Gut unterwegs und war besorgt deshalb. Huxer riet, man solle sich beim Komtur beschweren, der ja nun beweisen könne, wie ernst es ihm mit der Freundschaft sei. Ich denke, da brauchen wir keines Beweises! Rief Hecht hitzig. Er wartet nur darauf, dass wir uns irgendwo Unglimpf gefallen lassen, um uns bald überall an den Ohren zu zausen. Gerade weil's so anfängt, müssen wir ihm zeigen, dass wir seiner Diener Unverschämtheit noch weniger dulden wollen als seine eigene. Er wird sich dann danach achten.

So schrieb er nun im Namen des Rates der Rechten Stadt Danzig: »Herr Vogt, wisset! Gebet Ihr nicht auf der Stelle wieder, was Ihr aufgehalten und den Unsern genommen habt, so wollen wir gedenken, wie wir uns Euer erwehren und der Eueren!« Siegelte auch mit des Rates Siegel.

Das ist ein Absagebrief, meinte Huxer. Wollt Ihr eine Fehde beginnen mit des Ordens Vogt? Das wird in der Marienburg übel vermerkt werden.

Mag's doch! Entgegnete Hecht, sich die Schweißtropfen mit dem Ärmel von der Stirn wischend. Soll man uns als freie Männer ansehen, oder wie leibeigene Bauern behandeln? Gegen uns ist schon mehr vorgebracht, und wir verantworten's dann in einem hin.

Der Brief ging ab und kam noch denselben Abend spät in des Vogts Hand. Der aber vertröstete die Boten mit Antwort bis zum nächsten Tage und schickte noch in der Nacht einen Reitenden an den Komtur nach Danzig mit kurzem Bericht, gab ihm auch den Absagebrief des Rats mit und ließ melden, dass er die Schiffe nicht freigeben wolle, bis er dazu Befehl erhalte. Das geschah ganz heimlich, und die Kaufgesellen erfuhren davon nichts, begaben sich vielmehr in ihrer Herberge zur Ruhe. Am Montag früh langte der Reitende auf dem Danziger Schlosse an und richtete sogleich seinen Auftrag aus.

Der Komtur schäumte vor Wut, als er den Absagebrief las. So frech ist der Herrschaft in diesem Lande noch nicht begegnet worden! Rief er. Sagen die verräterischen Buben uns Fehde an, eine Stunde nachdem sie uns Frieden und Gehorsam gelobt? Aber ich will sie züchtigen! Wahrlich, es wird Zeit, zu handeln! –

Am Sonntag gegen Abend war auch der Großschäffer von Marienburg, Herr Ludecke von Palsat, in Geschäften nach Danzig gekommen und alter Gewohnheit nach bei seinem Freunde, dem Ratsherrn Niklas Thomas, in der Langgasse abgestiegen. Er freute sich, zu hören, dass der Streit zwischen dem Schloss und der Stadt verglichen sei, denn er war ein gemütlicher Herr, der sich wenig um die politischen Dinge, desto mehr aber um Handel und Wandel kümmerte, weshalb er denn zu dem Großschäfferamt geschickt befunden war. Da nun Thomas auch wusste, dass er gern gut tafelte und am liebsten zwischen den Schüsseln die Geschäfte besprach, hatte er ihm am Montag eine Mahlzeit angetragen, zu der sein Gast selbst sollte einladen, wer ihm gefällig sei.

So ging nun Herr Ludecke von Palsat, der dieses Anerbieten mit Freude annahm, zur Frühmesse nach der Marienkirche, wo er die Herren zu finden hoffte, auf die es ihm ankam, trat in den Ratsstuhl und fand dort auch wirklich die beiden Bürgermeister. Er lud sie zum Mittag nach seiner Herberge ein, dazu auch Bartholomäus Groß und Tidemann Huxer, die Ratsherren, denn mit ihnen hatte er vornehmlich zu sprechen. Diese alle hatten kein Bedenken, ihm zuzusagen, da ja der Streit mit dem Orden geschlichtet war und die Freundschaft des Großschäffers dem Kaufmann von gutem Nutzen sein konnte, versprachen also, sich zur bestimmten Stunde in seiner Herberge einzufinden.

Sodann begab sich Herr Ludecke aufs Schloss, stellte sich dem Komtur vor und teilte ihm mit, was für Geschäfte er in Danzig zu betreiben gedenke.

Der Komtur, der vor wenig Stunden erst die schlimme Nachricht aus Dirschau erhalten hatte und nun über finsteren Entschlüssen brütete, hörte anfänglich nur zerstreut zu. Die Handelsgeschäfte des Ordens waren ihm gleichgültig; er verstand nichts davon und wollte auch nichts davon verstehen. Nach seiner Schätzung waren die beiden Großschäffer zu Marienburg und Königsberg, die mit einem Heer von Unterschäffern und Gehilfen in den Schlössern und Städten zur Beschaffung von allerhand Notdurft arbeiteten, selbst schon mehr Kaufleute als Ritter, deshalb zwar für den Orden wichtige und unentbehrliche, aber nicht sonderlich angesehene Beamte. Als nun aber Herr Ludecke von der Mittagstafel sprach und erwähnte, wen er dazu eingeladen, wurde er aufmerksamer und im Gespräch belebter. Haltet die Leute munter bei Tisch, sagte er, und lasset sie merken, dass man sich zu ihnen guter Freundschaft versieht, auch wegen des Vergangenen keinen Groll hegt. Es ist mir lieb, wenn sie Vertrauen gewinnen. Gestern sind wir in der Kirche mit harten Worten aneinandergeraten, das könnte ihnen leicht im Gedächtnis geblieben sein und Eure Absicht schädigen. Vielleicht schicke ich auch nach Tisch einen von den Brüdern mit einem Auftrage. Dann redet ihnen gut zu, dass sie sich nicht weigern, ihm zu willfahren.

Dabei blitzten ihm listig die Augen, und er drehte seinen blonden Schnauzbart auf, dass die Spitzen wie die Spieße vom Munde abstanden. Er sagte aber Herrn Ludecke nichts Näheres, was er vorhätte, da er ihm so weit nicht vertraute, und dieser hatte bei der Sache kein Arg, lachte vielmehr und versprach, seine Gäste möglichst lange zusammenzuhalten. Da nun die Sonne schon hoch gegen Mittag stand, kehrte er wieder nach der Stadt zurück.

Mag euch die Henkersmahlzeit wohl bekommen! Zischelte der Komtur zwischen den verbissenen Zähnen durch, als er allein war.

Bei Thomas fand der Großschäffer in der Herrenstube schon die Tafel gedeckt, mit seinem Zinngerät und Schankgläsern bestellt. Die Gäste ließen nicht auf sich warten. Der Ratsherr hatte den Koch vom Artushof holen lassen und ihm aufgetragen, die seltensten Gerichte zu bereiten, damit der Gaumen zum Trunk gereizt werde. Im Keller hatte er selbst die besten Weine ausgesucht, die dort schon lange lagerten. Herr Ludecke lobte jede Schüssel, schnalzte mit der Zunge und versicherte, ein so gutes Glas Wein in Jahren nicht getrunken zu haben. Letzkau trank wenig, aber Hecht tat ihm allemal Bescheid, sodass bald sein Gesicht rot glänzte. Barthel Groß beobachtete auch bei Tisch seine würdevolle Haltung, die zu seinem jugendlichen Alter nicht recht passen wollte und ihn steif erscheinen ließ.

Ihr Danziger wisst zu leben! Rief der Großschäffer. Von aller Welt Enden schafft ihr herbei, was den Magen ergötzen kann an Speise und Trank. Zu euch müssen wir armen Ordensleute kommen, wenn wir auch einmal einen guten Tag haben wollen.

Arnold Hecht schlug eine helle Lache an. Ihr armen Ordensleute! Hahaha! Besonders ihr im Schäfferamt. Seht einmal über das Linnentuch auf die Rundung hinab! Müsst Ihr's Euch nicht in die Halskrause stecken, damit Ihr nicht Euer Wams beschüttet, weil doch der Weg vom Teller bis zum Munde gar so weit ist? Guckt, guckt!

Wir haben einander, denk ich, nichts vorzuwerfen, Herr Kumpan, gab Ludecke zurück. Schwerlich könnt Ihr so nahe an den Tisch rücken als ich, und im Gesicht habt Ihr das Fleisch für zwei Großschäffer. Übrigens bestreite ich, dass gut Essen und Trinken sonderlich dazu tut. Das sind mehr Gaben des Gemüts, die uns die liebe Gottesgabe wohl gedeihen lassen. Seht einmal meinen Kollegen in Königsberg, Bruder Georg von Wirsberg. Der hat in aller Herren Ländern das Feinste gegessen und getrunken und versteht sich auf Festes und Flüssiges besser als Koch und Kellermeister in fürstlichen Häusern – pah! Ist er nicht mager wie ein Span? Passt ihm nicht ein Frauengürtel um den Leib über den Hüften und hängt ihm nicht die Haut auf den Backen wie ein Segel, in das der Wind nicht blasen will? Bei diesem letzten Vergleich kehrte er sich dem Schiffsreeder Huxer zu. Ich sage, das sind Gaben des Gemüts. Der Ehrgeiz zehrt an ihm, der Ehrgeiz! Der hat einen Heißhunger, dass er alles verschlingen möchte und doch nicht satt und fett davon wird. Pah – der Ehrgeiz, sage ich.

Ist Herr Georg von Wirsberg so ehrgeizig? Fragte Groß. Wo will er denn hinaus?

Der Großschäffer antwortete nicht sogleich, sondern setzte das eben gefüllte Glas an den Mund und trank es ohne Übereilung Schluck nach Schluck bis zum Grunde leer, indem er den Kopf mit der kahlen Platte immer tiefer in den fetten Nacken schob und mit den kleinen Augen gegen die Decke liebäugelte. Dabei machte er mit der linken Hand, die ein wenig vom Tische erhoben und an den Leib gezogen war, flossenartige Bewegungen wie ein Fisch, der sich im Wasser auf derselben Stelle erhält, und die wahrscheinlich sagen wollten: Wartet noch ein Weilchen, ich bin bald fertig und gebe euch dann Auskunft. Letzkau aber achtete nicht darauf und sagte zwischenein: Man weiß ja, dass er beim König Wenzel von Böhmen in großem Ansehen steht und bei seinen Rundreisen von vielen deutschen Fürsten geehrt ward. Ich habe niemals gern mit ihm zu tun gehabt; sein höfisches Wesen ist mir zuwider. Aber das gefällt anderwärts, besonders bei den Frauen. Er ist noch jung und kann's zu etwas bringen.

Herr Ludecke von Palsat setzte sein leeres Glas kräftig auf den Tisch, prustete und trocknete mit dem Tuch seinen Bart, von dem sich nicht sämtliche Weintropfen mit den Lippen wollten einziehen lassen. Besonders bei den Frauen, wiederholte er. Es ist gegen die Ordensregel, zu heiraten, aber den Weibern die Köpfe zu verdrehen verbietet das Statut nicht, ob es schon mit allerhand guten Sprüchlein zur Keuschheit mahnt. Und wo er hinaus will? So hoch als möglich – hahaha! Ich glaube, er nimmt's Herrn Heinrich von Plauen im geheimsten übel, dass er Hochmeister geworden ist, und vergisst es ihm nicht, dass er ihn nicht wenigstens sofort zum Ordenstresler gemacht hat. Aber ich kann ihm Unrecht tun, und beim Tafeln soll man sich vor sündhaften Gedanken hüten, dass sie einem nicht in den Magen fahren. Er schlug ein Kreuz über seinen Bauch, Herr Georg ist mein lieber Bruder – mein sehr lieber Bruder.

Nachdem man so in gemütliche Stimmung gekommen war, fing der Großschäffer ganz gelegentlich von den Geschäften zu reden an und wie ihm die Herren – zu ihrem Vorteil natürlich – helfen sollten, die Vorratskammern der Schlösser zu füllen, ohne dass es für den Augenblick bares Geld koste. Inzwischen erzählte er wieder launige Geschichten von mancherlei Leuten, mit denen er's schon im Leben zu tun gehabt, und trank den Gästen mit muntern Sprüchlein zu, sie bei guter Laune zu halten. Ihr Kaufleute habt eine gar feine Erfindung gemacht, rief er, schreibt auf einen Fetzen Papier eine Zahl und euren Namen dazu, siegelt's mit der Hausmarke, und das Ding ist wie bares Geld überall, wo man euch kennt.

Der Wechsel will aber gedeckt sein, antwortete Barthel Groß ganz ernst.

Kommt Zeit, kommt Rat, meinte der Großschäffer. Im Augenblick freilich ist bei uns Schmalhans Küchenmeister, aber lasst erst die Ernte vorüber sein, dann haben wir wieder vollauf. Weiß Gott, es soll euch nicht gereuen.

Ihr Kreuzherren habt euch redlich Mühe gegeben, dem preußischen Kaufmann überall den Weg abzulaufen, sagte Letzkau nach einer Weile. Der Orden will selbst der größte Handelsmann im Lande sein, das ist der Städte Verderb, und davon kommt alle Unzufriedenheit. In ruhigen Zeiten drückt ihr damit unser Geschäft, und wenn ihr in der Not uns dann doch einmal braucht, können wir euch nicht so billig helfen, als ihr's wünscht. Wüsstet ihr euren Vorteil, so stelltet ihr euren Handel ein und ließet allen Verkauf und Einkauf durch des Kaufmanns Hand gehen; wir würden dann die Preise machen auf den auswärtigen Märkten.

Und ich verlöre mein Großschäfferamt! Rief Herr Ludecke lachend.

Der Orden ist nicht nur der größte Handelsmann, er ist auch der größte Grundbesitzer im Lande, äußerte Barthel Groß.

Und der größte Reeder, setzte Huxer hinzu.

Und das Handwerk betreibt er auch selbst, soviel er kann, schnaufte Hecht. Es wäre schicklicher für die Herrschaft, das Land in Nahrung zu setzen, als ihm rechtmäßigen Verdienst vorzuenthalten.

Ihr Herren, ihr Herren, beschwichtigte der Großschäffer, sich im Stuhle zurücksetzend, gönnt uns doch auch unser Stücklein Brot. Wenn wir euch alles abgeben, was bleibt dann für uns? Womit sollen wir uns nähren und kleiden, unsere Waffen anschaffen, unsere Schlösser instand halten, unsere Söldner bezahlen, unsere Botschafter bei fremden Höfen ausrüsten und unsere Kriege führen, wenn der Feind die Grenzen bedroht? Freut euch, dass wir so gute Wirtschafter sind und von jeher waren. Will etwa das Land dafür sorgen, dass es an nichts fehlt? Es ist schon Geschrei genug wegen des Schosses, der in Kriegsnöten ein einziges Mal gefordert ist. Müsstet ihr alljährlich dem Orden schossen, der Lärm und Unfriede hätte kein Ende.

Da sahen die anderen aufs Tischlaken und wussten nicht zu antworten; Letzkau aber sagte: Das ist eitel Schein, lieber Herr. Eure Wirtschaft ist teuer. Käme das Geschäft in viele Tausend Hände, so würde das Geld reichlicher zufließen, und es würde uns nicht schwer werden, davon zum gemeinen Besten abzugeben, mehr als ihr jetzt erübrigt. Steuern wir nicht willig der Hansa, rüsten wir nicht Schiffe aus, wenn sie Krieg zu führen oder Gesandtschaften auszusenden haben? Warum murrt niemand über solchen Schoß? Weil er bewilligt wird von den Sendeboten der Städte und verwandt wird nach ihrem Willen und auf Heller und Pfennig verrechnet wird vor ihren Augen. Ihr aber wollt dem Lande kein Recht geben, mitzuraten, darum behelft ihr euch, wie ihr könnt, und lasst lieber das Land zugrunde gehen.

Auf einen so ernsten Ton war der Großschäffer nicht gestimmt. Er machte schon ein recht verdrießliches Gesicht, als sich zum Glück die Tür öffnete und der allen bekannte Hauskomtur mit noch einem Ritterbruder eintrat und die Gesellschaft freundlich begrüßte. Herr Niklas Thomas bot ihnen sogleich Stühle an und ließ Gläser für sie reichen. Man war eben beim Nachtisch, zu dem es trefflichen englischen Käse, für den Liebhaber auch Datteln und Rosinen gab. Herr Ludecke brach sofort das vorige Gespräch ab und sprach seine Freude aus, dass der Herr Komtur Wort gehalten habe.

Ich komme wirklich in seinem Auftrage, sagte der Hauskomtur, nachdem er dem Wirt mit einem vollen Glase Bescheid getan, und meine Sendung geht an euch, ihr Herren Bürgermeister und Ratmannen dieser Stadt. Dem Herrn Komtur ist's leid geworden über Nacht, dass er gestern in der Kirche mit euch nicht hat verhandeln wollen über die wichtigen Dinge, die noch nicht verglichen sind, wie es doch anscheinend eure gute Absicht war. Er ist ein heißblütiger Herr, und der Zorn steigt ihm leicht zu Kopf, wenn man ihm zu ungelegener Zeit widerspricht. Dann spricht er wohl auch ein herbes, abweisendes Wort, das verletzt. Ist er darauf aber mit sich allein, so überlegt er sich's besser und nimmt guten Rat an. So ist nun seine Meinung, es könne vieles hier an Ort und Stelle erwogen und geschlichtet werden, was sich vor dem Herrn Hochmeister nur mühsam und zu großer Ärgernis aller Teile verhandeln lässt. Darum lässt der Herr Komtur, damit man recht bald zum Frieden gelange, die hier versammelten Herren auffordern, sogleich noch heute zu ihm aufs Schloss zu kommen und von der Gemeine mitzubringen, wen sie mögen. Hoffentlich gelangt die Sache dann vor Abend ohne Schwierigkeiten zum Austrage.

Da sahen die Männer einander verwundert an, und keiner konnte sogleich ein Wort der Erwiderung finden. Endlich rief Hecht: Da scheint wahrlich der Heilige Geist über Nacht den Herrn Komtur erleuchtet zu haben, dass er nun plötzlich so friedfertig denkt, da er uns doch gestern grimmig genug anfuhr und nicht einmal den Ort bedachte, an dem er stand. Wissen wir doch auch, dass er vor wenig Tagen noch, obschon er uns die Kette niederließ, seinen Leuten draußen gemessenen Befehl gegeben hat, den Danziger Kaufmann nicht zu schonen. Nun – wir wollen uns darüber nicht beklagen, wenn er zu besserer Einsicht gekommen ist und ein Wort der Vernunft hören will. Mit dem Kopf durch die Wand geht's doch nicht.

Das mögt ihr euch denn auch selbst gesagt sein lassen, entgegnete der Hauskomtur.

Was nützt da alles Reden, sagte Huxer. Wir haben's einmal dahin verglichen, dass der Herr Hochmeister den Streit entscheiden soll; mag's nun auch dabei bleiben. Der Herr Komtur hat eine herrische Art, die den Bürger verletzt; er wird sich gleich bei den ersten Worten erhitzen, und wir werden nicht friedlicher voneinandergehen.

Das kann wohl sein, stimmte Hecht zu, wir sind zu weit voneinander abgeraten. Ich glaube auch nicht daran, dass wir uns vor dem Herrn Hochmeister vereinigen.

Ihr könnt's doch dem Herrn Komtur so oder so nicht abschlagen, mischte sich Herr Ludecke von Palsat ein. Er entbietet euch zu sich aufs Schloss, und es ist eure Pflicht, ihm Gehorsam zu leisten.

Wir weigern uns auch nicht, antwortete Konrad Letzkau. Sagt dem Herrn Komtur, dass wir in einer Stunde erscheinen werden. Man soll uns nicht vorwerfen, dass wir den Frieden gehindert haben.

Das ist eine gute, freundliche Antwort, sagte der Hauskomtur.

Der Ratsherr Thomas hob sein Glas und forderte seine Gäste auf, mit ihm anzustoßen auf ein friedliches Einvernehmen zwischen Herrschaft und Untertanen.

Das geschah, und dann verabschiedeten sie sich. Der Herr Komtur hat einen guten Tag gewählt, bemerkte Hecht auf der Straße, wir sind gesamt bei munterer Laune.

Und wollen sie uns nicht verderben lassen, riet Letzkau.

Sie trennten sich und verabredeten, nach einer Stunde am Haustor wieder zusammenzutreffen, um gemeinsam aufs Schloss zu gehen. Letzkau und Hecht wollten jeder sechs von dem Gemeinen Rat auffordern, sie zu begleiten, wen man gerade anträfe, ohne sonderliche Auswahl. Barthel Groß und Huxer gingen zunächst nach Hause, den Ihrigen zu melden, dass sie aufs Schloss befohlen seien.

Barthel Groß hatte die Datteln und Rosinen vom Nachtisch in die Tasche gesteckt, um sie seinen kleinen Mädchen mitzubringen. Dafür waren sie denn sehr dankbar, und auch Frau Anna belobte den guten Papa. Sie legte ihren Arm um seine Schulter und ging mit ihm die Diele auf und ab, zu sehen, ob er nicht des Weines zu viel getrunken. Er musste ihr erzählen, was für Gerichte Herr Gevatter Thomas habe auftragen lassen, und ob alles wohlgeraten gewesen sei, und ob die Diener sich beim Aufwarten schicklich benommen hätten. Auch was der Großschäffer eigentlich von ihnen gewünscht, wollte sie wissen, und wie man sich bei Tisch unterhalten habe. Sie war eine kluge Frau, die gern an aller Sorge ihres Mannes teilnahm und früh in ihres Vaters Hause gelernt hatte, sich um die Welthändel zu kümmern. Als sie nun erfuhr, dass gegen Schluss der Tafel der Hauskomtur gekommen sei und sie aufs Schloss geladen habe, machte sie ein bedenkliches Gesicht. Geh nicht mit, Barthel, sagte sie und fasste seine Hand, es wird nichts Gutes daraus.

Wie fällt dir das ein, Liebe? Antwortete er lächelnd. Aber sie hatte in Wirklichkeit nur ausgesprochen, was er selbst so empfand.

Du hast mir erzählt, fuhr sie fort, was gestern in der Kirche vorgegangen ist, und zugefügt, dass dir der Komtur recht tückisch erschienen sei. Wie sollte er nun so schnell seinen Sinn geändert haben? Ihr habt ihn schwer gegen euch aufgebracht durch eure Widersetzlichkeit, und das verzeiht er euch nimmer. Nun beschwert es ihn, dass ihr ihn bei dem Hochmeister verklagt und seine Entfernung vom Amte verlangt. Wie sollte er da den guten Willen haben, sich mit der Stadt zu vergleichen? Nein, glaube mir: Er spinnt Ränke, euch zu verderben, und lockt euch deshalb ins Schloss. Geh nicht, ich bitte dich.

Er neigte seinen Kopf gegen den ihren. Du siehst überall Gefahren, sagte er, weil du mich liebst. Ich glaube gern, dass er uns durch ein freundliches Benehmen überlisten möchte, weil er doch merkt, dass er mit Strenge nicht durchdringt. Aber wir werden uns nicht übertölpeln lassen. Ist doch dein Vater unser Wortführer. Was sollte er uns wohl anhaben?

Ich weiß es nicht, Lieber; aber mein Herz sagt mir, dass er irgendeinen bösen Anschlag im Sinne hat. Warum kommt er nicht zu euch aufs Rathaus?

Es ist des Komturs Recht, die Gemeine aufs Schloss zu verbotten.

Vor wenig Tagen noch wäret ihr trotzdem nicht gegangen.

Weil wir in offener Feindschaft miteinander lebten. Seitdem ist der Streit verglichen.

Er ist nicht verglichen. Du hast gestern selbst gesagt, dass der Komtur euch erzürnt verlassen und seinerseits kein versöhnliches Wort gesprochen habe, wie nahe es ihm auch gelegt wurde.

Das will er nun heute nachholen.

Sieh mich an! Du glaubst nicht, was du sprichst.

Es ist doch nicht zu ändern. Weigern wir uns, seiner Einladung zu folgen, so wird er uns mit Recht Ungehorsam vorwerfen und die Feindseligkeit wieder beginnen. Auch muss man uns in der Stadt feige nennen und die Schuld geben, dass wir den Ausgleich verhindert haben. Jedenfalls müssen wir hören, was der Komtur begehrt. Wir können uns dann danach achten.

Sie schritt eine Weile schweigend neben ihm her. Dann blieb sie stehen, legte den Kopf an seine Brust und sagte: Ich bin sonst so närrisch nicht. Heute aber liegt mir's schwer auf dem Herzen. Mag sein: Es ist kein Grund zu solcher Befürchtung. Aber weil ich dich heute ungern von mir lasse, so bleib. Es ist genug, wenn die andern gehen.

Er streichelte ihr Haar. Wie sprichst du nur so wunderlich, Anna? Ich höre gar nicht meine tapfere und kluge Frau, Letzkaus Tochter. Geht dein Vater und soll dein Mann zu Hause bleiben? Wäre wirklich Gefahr, so dürft' ich am letzten mich ausschließen, sein Schwiegersohn. Aber sorge nicht; in wenigen Stunden bin ich wieder zurück. Er hob die kleinen Mädchen auf und küsste sie zärtlich.

Da er nun so umständlich Abschied nahm, glaubten die Kinder, dass er verreisen wolle, und trugen allerhand Sachen herbei, die er sonst in solchem Falle mitzunehmen pflegte, darunter auch ein Dolchmesser in lederner Scheide. Er wies es lächelnd ab. Frau Anna aber sagte: Sieh's als einen Wink des Himmels an, dass die Kinder dir die Waffe bringen, und stecke sie zu dir. Es ist viel schlechtes Volk im Schlosse, das der Krieg vollends verwildert hat, und es gefällt diesen Gesellen vielleicht, mit euch Bürgern Händel zu suchen, da sie euch für wehrlos halten und Strafe schwerlich zu befürchten haben.

Ich tu's zu deiner Beruhigung, antwortete er und steckte das Dolchmesser unter das Wams. Seine Frau begleitete ihn bis zur Tür. Er wandte sich dort noch einmal zurück und umarmte sie. Da er nun ging, merkte er, dass es ihm schwer auf der Brust lag, als hätte er einen eisernen Harnisch zu tragen, und seine Füße bewegten sich wie in Fesseln. Der Wein wirkt nach, überredete er sich, hob den Hut auf und ließ den kalten Wind um seine Stirn streichen.

Als Huxer nach Hause kam, fand er die Tür zum Vorderstübchen nur angelehnt. Innen sprach eine männliche Stimme, die ihm nicht bekannt war. Er öffnete leise und sah drei Personen im Erker. Frau Barbara stand ihm zunächst, den Rücken gegen das Zimmer gewandt, und schien aufmerksam zuzuhören. Auf dem Sessel im Erker saß ein Mann in polnischer Tracht, den ihre breite Figur teilweise verdeckte. Vor ihm auf einem gepolsterten Schemel kniete Maria, sah mit gespannten Blicken und halb geöffnetem Munde zu ihm auf und hatte ihm beide Hände gereicht. Was war das? Benutzte man so seine Abwesenheit? Er verhielt sich eine Weile still und lauschte.

Ein andermal, setzte der Mann seine Rede fort, erzähle ich Euch, wie ich mit Mühe aus dem Polnischen Schloss entkam. Ich war bis jetzt ein Gefangener und musste aus dem Turm durchs Fenster entspringen. Auf dem Holzfloß versteckte ich mich und wurde nicht verfolgt. Das waren kümmerliche Tage und Nächte auf dem breiten reißenden Strom in Gesellschaft der Juden und Dszimken. Das Wetter blieb kalt, der Wind ging nach Norden um, und wir konnten unser Segel nicht brauchen. Die Strohhütte gewährte nur unzureichenden Schutz, und oft lag ich an allen Gliedern zitternd da und glaubte mich vom Fieber geschüttelt. Dann sprang ich wohl auf, ergriff eine der langen Stangen, stieß sie gegen den Grund, stemmte die Brust an und lief das Floß zurück, es rascher vorwärts zu schieben. Mitunter landeten wir abends, wenn eine Ortschaft in der Nähe war, holten Lebensmittel und übernachteten im Weidenstrauch bei einem Feuer. Gegenüber Schwetz hielt ich's bei der langsamen Fahrt auf dem Fluss nicht länger aus, ließ mich in dem ausgehöhlten Baumstamm, den sie ein Boot nennen, ans Land setzen und fand bei einem lieben Manne, dem Ratmann Clocz, freundliche Aufnahme. Er hätte mich gern länger als Tag und Nacht beherbergt, aber ich sehnte mich fort nach Danzig – Ihr könnt denken, weshalb. Er versorgte mich aber mit Geld und gab mir ein Pferd, auch einen warmen Mantel aus seinem Vorrat für die Reise, und so bin ich in drei Tagen hierher geritten. Ich nahm mir nicht Zeit, erst ein ander Kleid zu beschaffen. Euch wiederzusehen, war mein heißestes Verlangen. Und so schüttelte ich nur in meiner Herberge den Staub ab und kam zu Euch, wie ich war, und schreckte Euch durch mein verwildertes Aussehen. Aber Ihr erkanntet mich doch gleich, und ich sah wohl, dass ich nicht vergessen war. Hatte auch keinen Zweifel daran, seit Euer Ringlein wieder –

Hier unterbrach ihn Huxer durch ein ärgerliches Hüsteln, indem er zugleich den Fuß polternd auf die Stubendiele setzte. Barbara schrie auf und bekreuzte sich. Maria zog eilig ihre Hände zurück und blickte erschreckt nach der Stubentür. Der Mann aber stand auf und trat aus dem Erker vor. Nun erkannte Huxer den Junker von Waldstein, zeigte aber deshalb kein freundlicheres Gesicht. Was geht denn hier vor? Fragte er knurrig. Man könnte das Haus forttragen, und ihr würdet's nicht merken.

Barbara schlich in eine Ecke und machte sich dort abgewandt etwas zu schaffen. Maria fasste sich aber rasch und eilte auf ihren Vater zu und sagte: Kennst du den Junker von Waldstein nicht, der dir im vorigen Jahr ein gutes Schiff gerettet hat? Man hat ihn für tot vom Tannenberger Schlachtfelde getragen und in polnische Gefangenschaft gebracht. Nur

durch ein Wunder ist er am Leben. Durften wir einen solchen Gast ausweisen und auf deine Rückkehr vertrösten?

Heinz reichte ihm die Hand. Nehmt's nicht für ungut, bat er, dass ich
so Euer Haus stürmte. Hatte es mich doch sonst gastlich aufgenommen!
Und wenn Ihr wüsstet, wie sehnlich –

Er schwieg und sah mit gesenktem Kopf zu Maria hin, deren rundes
Gesichtchen glühte. Der Alte hüstelte wieder, nahm aber doch die dargebotene Hand. Seid auch jetzt willkommen, sagte er mürrisch. Wenn
Ihr Geschäfte in Danzig habt, diene ich Euch gern mit Rat und Tat, wie
ich kann. Ihr findet mich stets des Morgens in meiner Kontorstube und
später gegen Mittag im Artushof.

Ich habe keine Geschäfte, versicherte Heinz etwas verlegen, komme
nicht, zu kaufen noch zu verkaufen – bringe nichts als mich selbst, was
denn wohl wenig genug sein mag.

Hm – hm! So – so, knurrte Huxer, Ihr seid freilich kein Kaufmann, und
das Kriegshandwerk beschäftigt Euch zurzeit nicht, da der Frieden geschlossen ist. Da gedenkt Ihr nun wohl, wieder zu Schiff nach Lübeck
und von dort in die Heimat zurückzukehren? Kapitän Halewat ist segelfertig und will morgen ausgehen. Wenn Euch ein Platz in seiner Kajüte
genehm ist, Junker –

Heinz schüttelte den krausen Kopf. Ich danke Euch herzlich für Euer
freundliches Anerbieten. Keinem lieber vertraute ich mich an als dem
braven Kapitän Halewat – aber mein Sinn steht jetzt nicht nach der Heimat. Ich habe sie für immer aufgegeben und hoffe mir hier in Preußenland Heimatsrecht erwerben zu können. Der Herr Hochmeister, der
mich berief, hat noch viel zu tun, um sich seiner Feinde zu erwehren und
wird allemal einen kräftigen Arm und ein tapferes Schwert brauchen
können.

Ihr gedenkt Euch, wieder in Gefahr zu begeben? Fragte Maria ängstlich.

Muss ich's nicht? Antwortete er. Ich habe nicht Haus und Hof, und was
ich werden soll, das muss ich selbst aus mir machen. Aber wenn der
Herr Hochmeister hält, was der Komtur von Schwetz versprochen hat,
so kann mir's an einem guten Fortkommen nicht fehlen.

Wolltet Ihr aber zu ihm, bemerkte Huxer, so hattet Ihr einen näheren
Weg als über Danzig. Er ist in Elbing, wie wir erfahren haben, und wollte dieser Tage nach Königsberg aufbrechen. Beeilt Ihr Euch, so könnt Ihr
in seinem Gefolge reisen.

Ich hab's so eilig nicht, meinte der Junker. Eh ich mich ihm zeige, muss ich wieder in ein deutsches Wams kommen und die nötigen Waffenstücke anschaffen. Dazu wird sich in Danzig Gelegenheit finden. Wollt Ihr mir nicht auf ein paar Tage Erholung gönnen nach dieser beschwerlichen Reise?

Er verdient's gewiss, versicherte Maria mit freundlichem Kopfnicken.

Die Stirn des Reeders hatte sich in tausend Fältchen gelegt. Er blinzelte zu Heinz hinüber und kraute mit den Fingern seinen Bart unterm Kinn. Je nun – ich kann Euch den Aufenthalt hier in der Stadt nicht wehren, sagte er unsicher, bleibt meinetwegen, solange es Euch gefällt – aber vergesst nicht, dass meinem Hause – die Hausfrau fehlt, und überlasst mir's, Euch zu Gast zu bitten. Ich mag nicht, dass es unnütz Gerede gibt unter den Leuten, und Euch selbst kann es nur lieb sein, wenn Ihr mich und mein Haus in Ehren haltet. Er wandte sich zu Barbara. Nun sorgt für einen Imbiss. Hungrig und durstig soll der Junker nicht von uns gehen.

Barbara rasselte sogleich mit dem Schlüsselbunde an ihrem Gürtel und verließ das Zimmer. Hilf ihr! Befahl Huxer seinem Töchterchen. Die Frau wird täglich verwirrter im Kopf und bringt das Einfachste nicht glatt zustande. Ich glaube, die Schwarzmönche verduseln ihr das Restchen Verstand gänzlich.

Maria merkte wohl, dass er sie nur forthaben wollte, tat ihm aber nicht den Gefallen, lange auszubleiben, sondern ging geschäftig ab und zu und hatte bald den Tisch bereitet. Den Junker ließ sie dabei nicht aus den Augen und warf auch mitunter ein Wörtchen in das Gespräch der Männer ein, das ihm Gelegenheit gab, die Rede an sie zu richten. Ihm war sehr wohl zumute, und so fand er denn auch bald dem alten Griesgram gegenüber den heiteren, frischen Ton, der ihn ganz unbefangen erscheinen ließ. Er hatte viel zu erzählen, was Herr Huxer mit Teilnahme anhörte; so erwärmte dieser sich ein wenig und schenkte ihm fleißig aus der Kanne ein. Trinkt, sagte er, und wartet nicht auf mich. Ich komme von einem späten Mittag, wo es des edlen Getränkes fast zu viel gab und die Gäste sich nicht schämen durften.

Dabei fiel ihm nun aber ein, dass er aufs Schloss berufen war und zugesagt hatte. Die Stunde war verstrichen. Er konnte nicht länger bleiben und mochte doch auch nicht den Junker nötigen, vom Tische aufzustehen und das Haus zu verlassen. Verdrießlich rückte er auf seinem Stuhle hin und her. Es nützte ihm aber nichts, dass er sich schweigsam verhielt, das Gespräch unter den jungen Leuten wurde um so lebhafter.

Ich habe noch einen Gang, sagte er endlich, immer mehr beunruhigt, und weiß nicht, wie lange ich ausbleibe.

Heinz stand auf. Ich begleite Euch, wenn Ihr's wünscht.

Doch nicht, bevor Ihr Euer Bier ausgetrunken habt, wandte Maria ein. Wir müssten wahrlich glauben, dass es Euch bei uns nicht schmecke.

Huxer warf ihr einen finsteren Blick zu, aber es war einmal gesagt, und der Junker hatte sich schon wieder gesetzt. Er musste nun doch allein gehen und ihn zurücklassen.

Achtes Kapitel

Das Blutgericht

Was den doch wieder nach Danzig zurückgebracht hat! Knurrte Huxer vor sich hin, während er die Böttchergasse kreuzte, an der Marienkirche entlang ging und auf den Damm einbog. Das Mädchen hatte ihm schon damals gefallen, und weshalb er nun kommt, da er doch sonst hier nichts zu schaffen hat, kann man sich denken. Und Maria – Torheit, Torheit! Ein solcher Junker Habenichts! Das soll sie sich nur nicht in den Kopf setzen.

Er war so in seine Gedanken vertieft, dass er nicht einmal bemerkte, wie sich viele Menschen auf der sonst stillen Straße drängten. Es war aufgefallen, dass eine größere Zahl von Ratmannen und Schöppen den Weg nach dem Haustor nahm, und man wollte nun neugierig in Erfahrung bringen, was da im Werke sei.

Am Tore fand Huxer schon die beiden Bürgermeister, Barthel Groß und zwölf von der Gemeine, alle in braunen Mänteln, wie für die Bürgertracht vorgeschrieben war. Sie hatten auf ihn gewartet, und Letzkau machte ihm deshalb freundliche Vorwürfe. Nehmt's auf Euch, sagte er scherzend, wenn der gestrenge Herr Komtur sich über unser Verspäten unwillig äußert.

Er kann froh sein, dass wir überhaupt kommen, antwortete Arnold Hecht, für ihn lachend.

Der Zug setzte sich sogleich durchs Haustor und durch die Altstadt aufs Schloss hin in Bewegung, gefolgt von müßigem Volk. Die Herren sprachen leise miteinander und verabredeten, was sie dem Komtur sagen wollten, wenn er sie dies oder das frage. Nur Huxer ging schweigsam, die Lippen zusammengekniffen, neben Barthel Groß her, und diesem war's lieb, dass er nicht zu antworten brauchte. Die Schlossbrücke war aufgezogen, aber der Wächter auf dem Turm über dem Tore gab sogleich ein Zeichen, worauf nach einer Weile die Ketten rasselten und der Weg frei wurde. Schon standen die Vordersten unter dem Fallgatter im Tore, als Huxer plötzlich kehrtmachte. Lasst mich zurück, liebe Freunde, sagte er, ich bin in meinem Hause nötiger als hier in diesem Augenblick, und der Herr Komtur wird mich kaum vermissen.

Man erkundigte sich nach dem Grunde dieses unvermuteten Entschlusses. Ich habe einen Gast zu Hause, erklärte er, der heute erst zugereist ist. Und weil mir die Hausfrau fehlt, wie ihr wisst, und meine Tochter zu jung ist, neben ihm allein zu Tisch zu sitzen, ist's besser, ich versäume dort meine Pflicht nicht.

Es war keine Zeit, ihm lange zuzureden. Der Hauskomtur erschien schon, die Bürger zu empfangen und über den Hof zu geleiten. Sie kümmerten sich deshalb nicht weiter um ihn und ließen ihn gehen. Hinter ihm wurde die Brücke wieder aufgezogen.

Die andern wurden eine Holztreppe hinauf zur Galerie und an mehreren Türen vorbei bis zum Remter geführt, der neben des Komturs Gemach lag. Unten im Hofe in der Nähe des Tores und in den gedeckten Gängen, die ihn auf zwei Seiten umliefen, standen Knechte mit langen Spießen, den Eisenhut auf dem Kopfe. Sie machten den düsteren Raum noch unbehaglicher.

Wenn wir aus dieser Löwengrube heil wieder hinaus sind, zischelte Hecht, mag ein Vaterunser ganz an der Stelle sein.

Wer Waffen bei sich trägt, lasse sie hier auf der Galerie zurück, mahnte der Hauskomtur. Die Ratmannen schlugen ihre Mäntel auf; niemand trug ein Schwert am Gürtel. So wurden sie denn in den Remter eingelassen und stellten sich an der Wand gegenüber der Tür zu des Komturs Gemach in guter Ordnung auf. Nachdem sie gemeldet waren, erschien dieser. Er trug einen Hausrock, aber darüber eine Plate und an einer Kette ein breites Schwert, wie es die Ritter sonst nur zum Kampfe anlegten. Wie er schritt und sich bewegte und das Schwert am Griffe mit der Hand hob oder niederließ, klirrte das Gehänge auf dem Brustharnische, dass es den Bürgern schrill in die Ohren fuhr.

Mit ihm war Waltharius, ein gelehrter Priesterbruder, der vor Jahren in den Konvent geschickt war, um während der Tafel den Brüdern vorzulesen und die Heilige Schrift auszulegen. Er hatte in seiner Jugend die Universitäten in Italien besucht und den Doktorgrad erlangt. Er hielt sich zurück in der Nähe des Einganges.

Der Komtur ging die Reihe der Bürger entlang und musterte jeden mit einem eindringlichen Blick, als ob er ihn durch und durchsehen wollte. Die Gemeine unserer Rechten Stadt Danzig ist lange nicht auf dem Schlosse versammelt gewesen, begann er, mitten im Gemache stehen bleibend und den blonden Bart streichend. Was hat das für Grund?

Man hat sie nicht geladen, antwortete Letzkau.

Es war sonst Sitte, dass die Stadt um Erlaubnis bat, dem neu ins Amt getretenen Komtur aufwarten zu dürfen. Ich habe nichts davon erfahren.

Gnädiger Herr, Ihr wisset, dass Feindschaft war zwischen Schloss und Stadt, die erst gestern ausgeglichen ist. Man geht nicht in des Feindes Lager, es sei denn gegen Versprechen sicheren Geleites. Wir hoffen aber, dass dieses alles abgetan und vergessen sein soll, und dass Ihr uns willkommen heißen werdet, wie wir nun unweigerlich erschienen sind, zu vernehmen, was Euer Begehr.

Des Komturs Lippe zuckte spöttisch unter dem blonden Bart. Ich heiße euch willkommen, wenn ihr ein gutes, redliches Gewissen mitbringt! Was gestern vertragen ist, das ist geschehen vor dem gestrigen Tage. Wollte Gott, dass keine neue Irrung zu beklagen wäre. Aber zunächst beantwortet mir eine Frage. Was bedingt und erhält alle Ordnung dieser Welt?

Da sahen die Bürger einander überrascht an, und mancher zuckte die Achseln, um anzudeuten, dass er nicht wisse, wo das hinaus solle. Konrad Letzkau aber sagte nach einer Weile: Das Recht.

Ist dem so? Wandte der Komtur sich an den Priesterbruder.

Nein! Entgegnete derselbe vortretend. Das Recht ist nur unwandelbar in Gott. Die Menschen streiten unaufhörlich darum, und wer Recht gewinnt, setzt alle andern ins Unrecht. Weil nun auf Erden neben dem Recht überall Unrecht steht, so gibt es keinen Frieden außer durch den Richter. Der Richter aber ist nicht mächtig durch sich selbst, sondern durch die Obrigkeit, die ihm Gewalt gibt. Also ist das Recht nicht der Grund von aller Ordnung dieser Welt, sondern setzt umgekehrt die Ordnung voraus, damit es gedeihe.

Wohlgesprochen! Rief der Komtur. So antwortet also besser.

Gebt jedem so viel Freiheit, als er nach seiner natürlichen Art braucht, sich zu bewegen, erwiderte Hecht leichthin, und ich wette darauf, dass jeder mit der Welt Ordnung zufrieden ist.

Der Komtur hob den Kopf und forderte den Priesterbruder durch einen Blick zum Sprechen auf. Es könnte wohl so sein, sagte dieser vornehm lächelnd. Aber ihr begehrt unmögliche Dinge. Es ist nicht so viel Raum in der Welt, dass jeder Freiheit erhalten kann, sich zu bewegen, wie er mag. Wo die Menschen zusammenwohnen, muss im Gegenteil ein jeder sich beschränken zu des andern Gunsten, und nur wo diese Schranken geschützt werden, ist Ordnung.

Antwortet besser!

Die Wortführer der Bürgerschaft schienen wenig Neigung zu haben, noch weiter des Komturs Meinung erraten zu wollen. Es entstand ein peinliches Schweigen. Endlich sagte ein Mann mit weißem Barthaar, der älteste auf der Schöppenbank: Man hat uns gelehrt, gnädiger Herr, dass alle Ordnung in der Liebe sei.

Der Komtur lachte auf. Im Reiche Gottes allerdings, und wir hoffen, dass es dereinst auch einkehre auf Erden. Bis dahin aber bedarf's eines anderen Zwanges. Auch die einander nicht lieben, müssen sich zueinander fügen.

Gnädiger Herr, nahm Letzkau unwillig das Wort, wir glaubten, Ihr hättet uns zu anderen Dingen berufen. Sollten wir über so Allgemeines disputieren, so hätten wir leicht einen gelehrten Mann mitbringen können, der uns unterstützte und für uns spräche.

Gemach, rief Plauen, wir werden schnell genug darauf kommen! Hört erst, wie ich selbst auf meine Frage antworte. Aller Ordnung Grund ist *der Gehorsam*! Nicht alle können wir herrschen, stets muss einer sein über vielen. Wer aber eingesetzt ist zum Herrschen, der soll seines Amtes walten stark und vollmächtig, dass jeder sage: Er ist ein Herr! Und wer ihm untergeben ist, soll ihm dienen ohne Arglist und böse Ränke, und soll nicht einen anderen Herrn suchen und seinem eingesetzten Herrn einen Feind erwecken, sondern alle Feindschaft von ihm abwenden und in Treue zu ihm stehen und tun, was sein Gebot ist, es erscheine ihm Recht oder Unrecht. Ihr habt aber dessen wenig geachtet und die Ordnung in Unordnung verkehrt. Und so sehr habt ihr während des Streites vergessen, was Untertanen ziemt, dass ihr nun auch im Frieden euch in die Ordnung nicht zurückgewöhnen könnt und Zuchtlosigkeit zu eurem Gesetz macht. Aber gebt acht, ich will euch den abgestreiften Zügel wieder anlegen!

Dabei schüttelte er das Schwert in der Hand, dass die Kette über die Plate rasselte, und sah mit blitzenden Augen über die Reihe hin. Mancher erbleichte und fühlte sein Herz erzittern! Arnold Hecht trat unruhig von einem Fuß auf den andern und rückte den Hals aus der Krause, als ob ihm etwas die Kehle beschnüre; Barthel Groß murmelte unwillige

Worte, und Konrad Letzkau krampfte die Hand zusammen, um seinen Ärger abzuleiten. Gnädiger Herr, sagte er, Ihr solltet uns billig mit solchen Vorwürfen verschonen, die schlecht geeignet sind, das Friedenswerk zu fördern, zu dem Ihr uns berufen habt. Wollt Ihr uns nicht gütigerer Worte für wert halten, so entlasset uns lieber und mögen dann beide Teile vor dem Herrn Hochmeister ihre Sache führen, wie es verglichen ist. Denn wahrlich, es ziemt uns nicht, so ungerecht gescholten zu werden!

Ungerecht? Fuhr der Komtur auf. Geht eure Frechheit so weit, dass ihr euer Siegel verleugnet? Er griff in den linken Ärmel seines Rockes und zog ein zusammengefaltetes Papier hervor. Kennt ihr diesen Brief? Wie solltet ihr nicht! Die Tinte ist noch blass, mit der er gestern geschrieben worden. Nun antwortet ja, oder lügt in euren Hals hinein! Kennt ihr diesen Brief?

Er hatte sich in Zorn geredet und lief nun die Reihe der Bürger entlang, jedem das Blatt nahe vor Augen haltend, ohne ihnen doch Zeit zu lassen, es zu lesen. Immer ergrimmter wiederholte er die Frage: Kennt ihr diesen Brief?

Was ist sein Inhalt? Fragte Letzkau.

Wollt Ihr das wissen? Höhnte der Komtur. Was ist sein Inhalt? Eine freche Absage an den Vogt zu Dirschau – die Drohung mit Gewalt –, ein Fehdebrief in aller Form, wie er im Reiche Sitte sein mag unter denen, die dem Kaiser den Gehorsam gekündigt haben und sich nun untereinander mit Raub und Plünderung bedrohen. Aber im deutschen Ordenslande gibt's noch einen Herrn, der sich dergleichen nicht bieten lässt von seinen Untertanen, so frei und ebenbürtig sie sich auch denken mögen. Euch das zu sagen, dazu berief ich euch!

Gnädiger Herr, ich weiß von keinem solchen Briefe, versicherte der Alte, die Hand aufs Herz legend.

Auch ich nicht – auch ich nicht – ich ebenso wenig –, ließen sich Stimmen vernehmen. Der Gemeine Rat ist gestern nicht versammelt gewesen, außer in der Kirche.

So ist diese Schandtat in der Kirche geplant! Rief der Komtur.

Nein – nein – nein! Wir wissen nichts davon. Der Brief ist untergeschoben.

Ist dies des Rates Siegel?

Es ist unser Siegel, sagte Letzkau, und die es beidrückten, haben es zu verantworten, was damit gesiegelt ist.

Wollt Ihr's verantworten?

Letzkau sah auf Hecht, der feuerrot geworden war und sich die Lippe biss, während Barthel Groß finster zur Erde blickte. Was ist da zu verantworten? Brach endlich Hecht los. Ich habe den Brief schreiben lassen in Gegenwart und mit Wissen mehrerer vom sitzenden Rat, die in der Eile zusammengebracht werden konnten; die von der Gemeine sind daran so unschuldig wie die gestern geborenen Kinder. Wollt Ihr Euch beklagen, so beklagt Euch über Euren Vogt, der mitten im Frieden wie ein Räuber unser Gut vergewaltigt hat, nicht aber über uns, die wir notgedrungen zur Abwehr schritten. Was fordern wir anders als die Freigabe unseres Gutes? Nennt Ihr das einen Absagebrief, so galt er doch nicht Euch und Eurem Orden, sondern allein dem Vogt, der uns herausgefordert hat.

Und ich sage Euch, schrie der Komtur, dicht vor ihn hintretend und mit der Faust vor seinem Gesicht drohend, dass der Geringste unserer Brüder ein Teil des Ordens ist, und dass Ihr den Orden selbst angreift in jedem seiner Glieder! Das soll Euch übel bekommen, Arnold Hecht, Euch und Euren frechen Genossen. Kündigt Ihr Fehde an, so schlagen wir Euch den Handschuh um die Ohren! Er fasste die Schulter des kleinen Mannes und schüttelte ihn derb hin und her.

Letzkau suchte dazwischenzutreten. Mäßigt Euch, Herr Komtur, mahnte er. Ihr tut, was Euch gereuen wird.

Mäßigt Euch, baten die Ratmannen, die durch diesen unvermuteten Angriff ganz bestürzt waren und mit bleichen Gesichtern dastanden.

Das Gesicht des Komturs aber verzerrte sich noch mehr. Er ließ plötzlich die Schulter los, griff in den Halsausschnitt des Wamses und riss dasselbe vorn über der Brust bis zum Gürtel hinab auf. Kommst du in Waffen, Bube? Schrie er zornig. Die Wachen herbei! Untersucht ihre Kleider! Sie kommen in Waffen!

Arnold Hecht trug unter seinem Wams ein stählernes Panzerhemde, das nun sichtbar wurde. Auch fiel ein Dolch zur Erde. Man muss sich gegen Euch vorsehen, stammelte er. Lasst uns unserer Wege gehen.

Vier von den Spießträgern traten ein, zwei andere besetzten den Ausgang. Auf des Komturs Geheiß wurden die Bürger untersucht. Die meisten lösten freiwillig ihre Gürtel und öffneten die Kleider über der Brust. Die Bestürzung war allgemein. Barthel Groß erinnerte sich des Dolchmessers, das er auf Frau Annas Rat mit sich genommen hatte, und erschrak. Er wartete nicht ab, bis man Hand an ihn legte, sondern zog es vor und reichte es dem Komtur hin. Ich hatte es vergessen, sagte er, bei Gott, ich hatte nichts Böses gegen Euch im Sinn.

Bei den anderen wurden keine Waffen gefunden.

Ihr scheint auch an dem Briefe nicht schuldig zu sein, sagte der Komtur. Er ist ohne euer Wissen geschrieben und abgesandt, und ich merke wohl, dass ihr selbst ihn verurteilt. Ich will euch entlassen. Geht nach Hause und meldet, dass ich Gewalt zu brauchen entschlossen bin, wenn der Geist der Widersetzlichkeit und des Ungehorsams sich noch ferner in der Stadt regt. Diese drei behalte ich noch bei mir. Wir haben noch miteinander zu verhandeln.

Ihr wollt mich im Schlosse zurückhalten? Fragte Letzkau. Mit welchem Recht? Auf welche Veranlassung? Wodurch hab' ich Euch verletzt?

Du bist der Gefährlichste von allen! Rief der Komtur. Glaubst du, dass ich deine geheimen Anschläge nicht kenne? Verantworte dich nun, wenn du kannst. Fort mit den andern!

Die Bürger wurden hinausgetrieben und mit Schmähworten durch das Tor nach der Burgfreiheit ausgelassen. Sie verbreiteten die Nachricht von dem Geschehenen rasch durch die ganze Stadt. So spät es am Tage war, versammelte sich doch der Rat auf dem Rathause. Nur wenige wussten etwas von dem Vorfall in Dirschau. Allen schien es sicher, dass der Komtur ihn nur zum Vorwand genommen habe, sich der Häupter zu versichern. Es wurde beschlossen, sofort beim Hochmeister Beschwerde zu führen. Die ganze Nacht durch schrieb der Stadtschreiber am Bericht.

Die beiden Bürgermeister aber und Bartholomäus Groß wurden nach der Entfernung ihrer Genossen von dem Komtur von Neuem wütend angefahren und meineidige Verräter genannt, denen von Rechts wegen der Kopf vor die Füße gelegt werden müsse. Letzkau stieß er mit dem Griffe des Schwertes gegen die Brust, dass er zurücktaumelte. Bei Gott, Herr Komtur, Ihr tut schweres Unrecht! Stöhnte der unglückliche Mann.

Führt sie ins Gefängnis! Befahl der Komtur. Tief unten im Wasserturm! Da mögen sie über ihre Schandtaten nachdenken und mit ihren harten Schädeln gegen die Mauern stoßen. Sie werden's wohl aushalten. Wer sich widersetzt, wird in Ketten gelegt!

So wissen wir, weshalb wir aufs Schloss gerufen sind, rief Hecht, als er hinausgeführt wurde. Vertrauen habt Ihr mit Hinterlist vergolten! Vor Gottes Altar habt Ihr –

Die Tür wurde zugeschlagen. –

Sogleich versammelte der Komtur die im Schlosse anwesenden Brüder im Kapitelsaal neben der Kapelle. Rasch war allen bekannt geworden, was sich ereignet hatte; und wie sich's von Mund zu Mund weitersprach, vergrößerte sich das Geschehene. Es hieß, einige von den Bürgern hätten mit versteckten Waffen den Komtur überfallen und töten wollen. Als er nun unter den Brüdern erschien, umringten sie ihn und wünschten ihm Glück zu seiner Lebensrettung. Da er nicht widersprach, erregte sich die Versammlung noch mehr und machte ihrem Unwillen in lauten Schmähreden und Drohungen Luft.

Der Komtur bedeutete sie, Platz zu nehmen. Was wäre an diesem armen Leibe gelegen? Rief er, sich auf die Brust schlagend. Wir alle haben Gott und der Jungfrau Maria unser Leben gelobt, und jeden Augenblick sind wir bereit, es hinzugeben im Kampfe. Nicht ich war in Gefahr, sondern der Orden. Er las ihnen den Brief an den Vogt vor und fuhr fort: Sollen wir abwarten, bis das Haus über uns brennt? Sehen wir, dass die Buben mit der Brandfackel kommen, was sollen wir tun? Sie ruhig gewähren lassen? Des Sinnes bin ich nicht. Es sind zurzeit viel in unserer Brüderschaft, die da meinen, ein wildes Pferd bändigen zu können mit Streicheln und freundlichem Zureden. Aber es wird den Reiter in den Sand werfen, der nicht den Mut hat, die Zügel straff zu halten und die Sporen einzusetzen. So schlechte Reiter wollen wir nicht sein! Und darum frag' ich euch, was soll geschehen mit diesen, die ein gutes Geschick in unsere Macht gegeben hat, bevor sie noch mehr Böses anrichteten, dazu sie den Willen hatten? Sprecht!

Darauf wussten die Ritter nicht sogleich zu antworten. Endlich meinte der älteste, man müsse die Sache streng untersuchen.

Untersuchen! Rief der Komtur. Was ist da noch zu untersuchen? Leugnen sie, diesen Brief geschrieben zu haben? Sind sie nicht mit Waffen ergriffen? Was wollt ihr untersuchen? Was fragt ihr noch nach ihrer Schuld? Ich sage: Sie sind schuldig! Und wer an ihrer Schuld zweifelt, den nenne ich ihren Mitschuldigen.

Sie sind schuldig – schuldig – schuldig –! Bestätigten die Brüder ringsum. Keiner wollte im Eifer zurückbleiben.

Wir wollen sie in sicherem Gewahrsam halten, fügte der älteste zu, bis der Herr Hochmeister ein Gericht über sie gesetzt hat.

Der Komtur lachte hellauf. Welches Gericht soll der Herr Hochmeister über sie setzen? Ihr werdet altersschwach, Bruder Firmian, und bedenkt nicht, was Ihr redet. Wir sind das Gericht! Es ist kein Fall, der in den Rechtsbüchern steht. Alle Ordnung des Rechts ruht auf dem Landfrieden. Diese aber haben ihn gebrochen, indem sie mit frecher Hand gegen ihren Herrn schlugen. Sagt ihr, sie sind schuldig, so sind sie gerichtet. Und ich spreche als euer Obmann das Urteil: Sie sind des Todes schuldig!

Da verstummte jeder weitere Einspruch. Die Brüder saßen da mit finstern Gesichtern, und jeder fürchtete sich, in Verdacht zu kommen, dass er aus Bedenklichkeit des Ordens Sache schlecht diene. Aber sie bestätigten auch des Komturs Urteil nicht, sondern ließen ihm alle Verantwortlichkeit. Weil er des Hochmeisters Bruder war, meinten sie, dass er geheime Weisung habe, und dass sie ihn nicht hindern dürften. Als der Komtur nun eine Weile gehorcht hatte, ob jemand zu reden begehre, und alles still blieb, sagte er: Da ihr schweigt, nehme ich euch gesamt als zustimmend, und hob das Kapitel auf.

Als die Ritter den Saal verließen, war die Sonne eben im Untergehen: ihre letzten Strahlen, vorbrechend aus einem dunklen Gewölk, röteten die weißen Mäntel und Baretts der Männer. Keiner von ihnen warf aus dem Fenster hinaus einen Blick auf die Stadt, deren rotes Gemäuer zu flammen schien.

In sein Gemach zurückgekehrt, überlegte der Komtur, was nun zu tun. Überlegen ließ sich eigentlich dieses finstere Brüten über einen Entschluss nicht nennen. Seine Gedanken flogen zu gleicher Zeit in die Stadt hinab, zu seinem Bruder, dem Hochmeister, in den Kerker im Wasserturm zu den Gefangenen, in die Zellen der Brüder. Er mühte sich nicht einmal, seiner Unruhe Meister zu werden; die leidenschaftliche Erregtheit, die ihm das Blut in die Stirn trieb, tat ihm wohl. Er wollte sich erzürnen, immer noch mehr erzürnen, um nicht lässig zu werden zur Tat. Kein Bedenken durfte aufkommen. Das muss geschehen – das soll geschehen. Nur das Wie ...

Sie dürfen das Schloss nicht mehr verlassen – sie müssen sterben! Darüber kam ihm nicht der leiseste Zweifel. Und noch heute – diese Nacht – vor dem nächsten Tage. Was heute nicht geschah, geschah morgen nicht mehr – vielleicht nimmermehr. Der Hochmeister war fern. Tage vergingen, bis ein Brief ihn erreichte, und was ließ sich in einem Briefe sagen? Dann würden wieder Tage vergehen, bis er antwortete. Und was sollte er antworten? Es konnte ihm nicht lieb sein, gefragt zu werden. Inzwischen würden ihn auch die Boten der Stadt erreicht haben. Sie würden über Gewalt schreien, die Schuld in Abrede stellen oder verkleinern. Dann wurde vielleicht der Großkomtur geschickt, ein Verfahren einzuleiten; er selbst war nicht mehr der Richter, sondern der Kläger – er sollte beweisen, verantworten. Die Tat gewann ein ganz anderes Gesicht, je älter sie wurde.

Schnell zu handeln, ohne langes Besinnen das Notwendige zu tun, war seine Pflicht. Dazu war er als Komtur beamtet, das erwartete man von ihm. Auch wenn er im Eifer zu rasch vorging, konnte niemand ihn schelten. Es war nicht ein Fall, für den es sichere Vorschrift gab, was zu tun, was zu unterlassen. Wie ein Anführer im Kriege musste er nach Umständen seinen Entschluss fassen und die Zeit zum Handeln nicht nutzlos verstreichen lassen. Der Hochmeister, der ganze Orden würde es ihm danken, wenn er die günstige Gelegenheit benutzte, sie von ihren schlimmsten Feinden mit einem mutigen Schlage zu befreien.

Und er war auch schon zu weit gegangen. Was er getan hatte, durfte er nur getan haben, wenn darauf sofort die Vollstreckung des Urteils folgte. Sie war seine beste Rechtfertigung. Die Toten konnten durch kein Geschrei auferweckt werden. Was nützten Klagen und Beschwerden, wenn die Entscheidung unwiderruflich war? Und wer konnte zu zweifeln wagen, dass man Verräter zum Tode brachte? Es musste dem Lande ein Beispiel gegeben werden, das alle Abtrünnigen und Schwankenden zur Besinnung brächte. Floß das Blut dieser wenigen, so wurde ein Kampf verhütet, der leicht Tausenden das Leben kosten konnte.

Das alles jagte dem Komtur durch den Kopf. Er sonderte es nicht; es bestürmte ihn von allen Seiten zugleich, und immer war der Schluss: Sie müssen sterben – müssen – müssen! Er sprang auf, durchschritt ein paar Mal das Gemach, öffnete die Tür nach der Galerie und horchte auf den Hof hinaus. Es war alles still. Das Urteil ist gesprochen, murmelte er, und ich weiß auch einen Nachrichter für euch, der nicht erst aus der Stadt bestellt werden darf. Er trat an einen Wandschrank, nahm ein kurzes Schwert und zwei Dolchmesser heraus und verbarg sie unter seinem Mantel. Dann stieg er die Treppe hinab, schritt über den Hof bis zum großen Eckturm und klopfte an. Der Wächter öffnete.

Führt Marquard Stenebreeker in Euer Gemach, befahl der Komtur, ich habe mit ihm zu reden.

Es geschah sogleich.

Nun, Marquard, sprach der Komtur ihn an, behagt's dir jetzt besser in deinem Gefängnis bei Licht und Luft?

Gnädiger Herr, antwortete der Rotbart, Gefangenschaft ist ein traurig Ding – so oder so. Es muss bald ein Jahr vergangen sein, seit man uns in Banden schlug.

Ich denke, Ihr werdet Euch daran eine Lehre genommen haben und nicht wieder auf preußische Schiffe Jagd machen.

Höhnt mich nicht, gnädiger Herr. Was hilft's, dass ich gewitzigt bin, da ich doch in diesem Turm festsitze. Oder seid Ihr's satt, uns zu füttern?

Dann hätten wir schon längst ein Mittel gehabt, uns solcher Kostgänger zu entledigen. Er strich mit dem Zeigefinger über seine Kehle hin.

Ganz recht! Rief Stenebreeker mit unheimlichem Lachen. Also was soll's?

Der Komtur schwieg eine Minute lang. Ich könnte dir und deinen Gesellen wohl zur Freiheit verhelfen, sagte er dann, mit den Augen blinzelnd.

Marquard sah ihn überrascht und ungläubig zugleich an. Ah –! Wollt Ihr Euch einen Gotteslohn verdienen, gnädiger Herr? Ich will für Euch beten lassen am Altar der Vitalienbrüder in Stockholm.

Es ist mir nicht um Gotteslohn zu tun, Marquard, sondern um einen irdischen Dienst, der Euch nicht einmal sonderlich schwerfallen kann, da er halb und halb in Euer Handwerk schlägt.

Sprecht, gnädiger Herr.

Ich brauche einen Scharfrichter, Marquard.

Stenebreeker zuckte zurück. Herr – wir sind ehrliche Leute!

Habt aber doch so manchem schon den Hals abgestochen.

Im Kampfe, Herr.

Gutwillig werden die Euch auch nicht das Leben lassen, von denen ich spreche. Und wenn Ihr Euch die Freiheit erkämpft –

Von wem sprecht Ihr, Herr?

Von drei Männern aus Danzig, die unter Euch gefangen sitzen und zum Tode verurteilt sind. Sie müssen noch diese Nacht sterben.

Müssen sie –?

Wie ich sage. Ich will sie in Euren Kerker führen lassen – tut sie ab!

Pfui! Mit unsern nackten Händen, Herr?

Ich will Euch Waffen geben.

Das lässt sich hören. Aber Henkerdienst, Herr –

Der Komtur stand auf. Ihr wollt nicht. Gut –!

Stenebreeker legte die Hand auf seinen Arm. Seid nicht so schnell. Zum Teufel, man will dergleichen doch bedenken. Sagt mir noch eins: Wer soll abgetan werden?

Konrad Letzkau, der Bürgermeister.

Ah! Der hat's redlich um mich verdient. Weiter!

Arnold Hecht, sein Kumpan.

Ihr habt vornehme Gesellschaft da unten. Gut! Wär's nach seinem Willen gegangen, so wären unsere Gebeine längst vom Galgen gefallen. Und der dritte?

Bartholomäus Groß, einer vom Rat.

Der war auf dem Danziger Schiff, das uns einbrachte. Topp! Der Handel gilt. Konrad Letzkau, den nehm' ich auf mich. Aber wenn's geschehen ist, Herr – wie gewinnen wir die Freiheit?

Das will ich dir sagen, Marquard. Durch die Tür mag ich euch nicht auslassen. Seht, wie ihr durchs Fenster entkommt.

Wir haben's schon untersucht – die Eisen sind uns zu stark.

Deshalb will ich dir eine Feile geben.

Und dann –?

Das Fenster liegt nicht allzu hoch über dem Wasser. Ich will sorgen, dass ihr unten ein Boot findet. Darin sollen Lebensmittel für einige Tage sein. Auch einen Strick will ich hineinlegen lassen. Einer von euch, der schwimmen kann, springt hinab und wirft den andern den Strick zu. Auf dem Boote könnt ihr die offene See gewinnen – und dann helft euch weiter.

Das heißt: Ersauft, wenn es euch gefällig ist.

Der Komtur zuckte die Achseln.

Wir wollen's auf gut Glück ankommen lassen, fuhr der Seeräuber fort. Gebt die Feile und die Waffen.

Versprich mir erst mit einem Schwur –

Hahaha! Was habt Ihr von uns für eine Meinung, Herr? Was wir versprechen, das halten wir ehrlich. Ein Schwur ist nicht mehr als ein Wort.

Euer Wort also –

Mit Handschlag! Sie sollen sterben.

Der Komtur reichte ihm, was er unter dem Mantel verborgen hatte.

Stenebreeker prüfte mit gierigen Augen die Feile und die Spitzen der Dolche. Wisst Ihr auch, bemerkte er, dass Ihr jetzt in meiner Gewalt wäret? Mit diesen Waffen könnte ich mir wohl ins Freie Bahn brechen, wenn ich Euch still machte.

Der Komtur wurde bleich und blickte scheu nach der Tür.

Habt keine Furcht, beruhigte ihn der Räuber. Ich sag's nur, damit Ihr seht, dass ich ehrlich bin. Er versteckte die Waffen unter dem Gewande. Ich weiß nicht, wie groß der Dienst ist, den ich Euch leiste; aber ich will denken, dass ich in Eurer Schuld bleibe, wenn ich die Freiheit gewinne. Sollt' ich je wieder ein Schiff führen, so ist Euer Orden sicher vor demselben.

Ich nehme Euer Versprechen an, sagte der Komtur. Und nun macht's ohne viel Lärm ab. Er öffnete die Tür und winkte den Wächter herbei. Führt ihn in sein Gefängnis zurück.

Er wartete auf den Mann, bis er wiederkam. Ich habe mir's überlegt, sagte er, die drei Danziger Herren haben da unten ein schlechtes Quartier. Schafft sie nach einer Stunde hinauf und lasst sie zu Marquard Stenebreeker und seinen Gesellen ein; der Raum ist groß genug auch für diese Gäste. Ich werde durch Engelke nachfragen lassen, ob mein Befehl ausgeführt ist.

Er soll pünktlich ausgeführt werden, gnädiger Herr, versicherte der Wächter. Es kümmert mich nichts als mein Dienst.

Der Komtur verließ den Turm und ging über den Hof zurück. Am Himmel stand der volle Mond, noch ziemlich bleich in der Abenddämmerung. Der wird ihnen besser leuchten als eine Fackel, sprach er vor sich hin.

Dann gab er Peter Engelke Aufträge wegen des Bootes. Wähle nicht das größte und beste, setzte er hinzu. Lebensmittel für drei Tage, nicht mehr. Vergiss den Strick nicht.

Auch ein Segel?

Gut – ein kleines Segel; aber nicht mehr als zwei Riemen. Engelke versicherte, alles wohl verstanden zu haben, und ging an sein Geschäft. Ich will ihnen Wort halten, aber die Flucht nicht so leicht machen, dachte der Komtur. Entkommen sie mit dem Boot über See, so ist es Gottes Wille. Finden sie in den Wellen ihren Tod – um so besser.

Darauf ging er in die Kapelle zum vorgeschriebenen Nachtgebet, blieb dort nicht länger als gewöhnlich, und suchte sein Lager auf, nicht beunruhigt in seinem Gewissen, aber voll ängstlicher Spannung, was der neue Tag bringen werde. –

Die drei Danziger Bürger waren von den Wachen zwischen die Spieße genommen und über den Hof geführt worden, wobei es an Püffen von den groben Fäusten nicht fehlte. Im Turm stieß man sie die Steintreppe in den Kellerraum hinunter und warf ihnen ein paar Bunde Stroh nach. Dann wurde die Eisentür verschlossen und verriegelt.

Es herrschte tiefe Finsternis in dem Gemach. Erst nach längerer Zeit ließ sich eine schmale Spalte in der Wand bemerken, die sich lichter in dieselbe einzeichnete. Sie tappten umher und stießen an feuchte Mauern, die ein niedriges Gewölbe trugen. An mehreren Stellen waren große eiserne Ringe eingelassen. An einem derselben hing auch eine Kette mit einer Hand- oder Fußschelle. Barthel Groß fasste sie und schauerte zusammen, als sie auf dem Steinboden klirrte.

Sie breiteten das Stroh aus und warfen sich darauf. Wohl eine Stunde lang sprach keiner ein Wort. Das leise Pfeifen des Windes war zu vernehmen, der durch die Spalte in der Mauer zog, dazu ein Ton, der wie das Anschlagen von Wellen klang. Von Zeit zu Zeit stieß Hecht einen Seufzer aus oder wühlte unruhig im Stroh. Schlaft ihr denn? Fragte er endlich, sich aufrichtend. Ein Wunder wär's nicht: Man ist wie betäubt und kann kaum atmen in der dicken Luft.

Ich denke an Weib und Kinder, antwortete Barthel, da will der Schlaf trotzdem nicht kommen.

Ein abscheuliches Kellerloch! Rief Hecht. Puh, dieser Modergeruch. Wir müssen das Wasser in der Nähe haben.

Man hört es an die Außenmauer des Turms spülen.

Das nenne ich Gastfreundschaft! Oh, der Schurke, der nichtswürdige Bube! Eine so heimtückische Bestie –

Spart Eure Worte, riet Letzkau, er hört Euch nicht.

Hecht beruhigte sich nicht so leicht. Ist dies ein Gefängnis für Ratspersonen? Keinen Dieb und Mörder behandelt man so schlecht! Das jämmerlichste Loch im ganzen Schloss hat der Komtur ausgewählt, an uns Rache zu nehmen.

Ich habe in einem Kerker, der nicht viel besser war, schon viele Wochen lang gesessen, sagte der Bürgermeister. Es bleibt nichts übrig, als sich in Geduld zu ergeben.

Geduld ist eine Altweibertugend! Schrie Hecht. Ich möchte bersten vor Zorn und Unmut. Uns hierher locken zu lassen – in eine so plumpe Falle zu gehen! Wer konnte aber auch vermuten, dass der Dirschauer Vogt so flink sein würde?

Ich könnte Euch Vorwürfe machen, sagte Letzkau, dass Ihr den Brief geschrieben habt. Aber ich weiß wohl, dass er dem Komtur doch nur ein Vorwand war, sich an uns zu reiben. Hätten wir ihm diesen nicht geboten, so hätte er einen andern gefunden. Schon in der Kirche war mir's gewiss, dass er den Frieden nicht ernst meinte. Er verpflichtete sich uns zu nichts.

Und doch vertrauten wir ihm, seufzte Groß.

Wieder schwiegen sie eine Weile. Es war eisig kalt im Kellerraum. Hecht fing an mit den Zähnen zu klappern – vielleicht nicht nur der Kälte wegen. Der Mut sank ihm schnell. Gebt acht, sagte er, der Komtur lässt uns nicht wieder hinaus. Wir sollen hier elend umkommen.

Es wird so schlimm nicht werden, tröstete Letzkau. Unsere Begleiter hat man entlassen. Sie werden dafür sorgen, dass die Gewalttat in der Stadt bekannt wird. Danzig wird seine gewählten Bürgermeister nicht im Stich lassen. Und steht nicht über dem Komtur der Hochmeister? Sein ganzes Ansehen im Lande geht verloren, wenn er so etwas ungestraft geschehen lässt. Er wird sofort unsere Entlassung aus der Haft befehlen. Aber eine Woche allerdings kann's dauern, bis wir die Freiheit wiedergewinnen, und indessen hat der Komtur seine Rache an uns gestillt.

Oh, seufzte Hecht, ich wollte, es käme einer im Rat auf den klugen Einfall, einen Boten an den König von Polen zu schicken. Der ist mir zuverlässiger als der Hochmeister, den der Komtur schon mit Lügen umstricken wird.

Was kann ihm das helfen? Meinte Letzkau. Man muss uns ja doch ordnungsmäßig den Prozess machen und kann unsere Verteidigung nicht abweisen. Dem Komtur soll seine Voreiligkeit leid werden, wenn noch Gerechtigkeit im Lande ist.

Gott geb's! Sagte sein Kumpan mit sehr kläglichem Ton. Hätten wir doch das Schloss ausgebrannt bis auf den Grund und die Füchse aufgestöbert!

Wieder verging eine Stunde. Die Nacht musste schon vorgeschritten sein, denn ein bleicher Streifen von Mondlicht fiel durch die Spalte auf die unteren Treppenstufen gegenüber. Da wurde oben der Riegel zurückgeschoben und der Schlüssel gedreht. Der Turmwächter erschien mit einem brennenden Kienspan und leuchtete hinab. Steht auf! Rief er. Es ist des Herrn Komturs Wille, dass ich euch ein anderes Gemach anweise, wo ihr in muntere Gesellschaft kommt. Bringt aber das Stroh mit hinauf.

Letzkau fragte, was man mit ihnen vorhabe; der Wächter aber antwortete mürrisch: Der Teufel mag's wissen! Gehorcht und haltet mich nicht unnütz auf; ich will endlich auch meine Nachtruhe haben. Der Herr befiehlt's, und so geschieht's.

Sie mussten Folge leisten. Schlimmer kann's doch nicht werden, meinte Hecht.

Der Wächter geleitete sie durch einen schmalen gewölbten Gang. Hinter einer Tür vernahm man wüsten Gesang, mit rohem Lachen untermischt. Der Wächter klopfte mit dem Schlüssel an, worauf plötzlich alles still wurde. Wen bewahrt Ihr dort? Erkundete Letzkau erschreckt.

Ihr werdet's sogleich erfahren, versicherte der Mann mit der Fackel, das ist ihr gewöhnliches Nachtgebet. Er schloss die Tür auf. Da – tretet ein.

Der Tür gegenüber befand sich in der Mauer eine tiefe Nische und in derselben, etwa sechs Fuß über dem Erdboden, eine fensterartige Öffnung, die sich nach außen hin verengte. Der Mond stand gerade davor, und die schwarzen Eisenstangen kreuzten ihn. Die plötzliche Helle war fast blendend in ihrer Wirkung auf die Eintretenden. Der Wächter schob sie vorwärts und rief: Da habt ihr zur Nacht Gesellschaft – vertragt euch gut, das rat' ich euch! Dann warf er die Tür zu und schlurrte fort.

Auf der Mauervertiefung saß ein Mensch, seitwärts an die Wand gelehnt. Das Mondlicht streifte sein verwildertes Gesicht. Er kroch gleich wieder an die Eisenstäbe heran und machte sich an denselben zu schaffen. Zu ihm schwang sich ein zweiter auf, wie jener nur mit Lumpen bekleidet und barfuß. Ein dritter half ihm dabei, indem er ihn auf die Schulter nahm. Seitwärts, nahe der Wand, zeigten sich noch mehrere Gestalten, teils auf einem Strohlager sitzend, teils davor stehend. Einer davon trat plötzlich in das Mondlicht vor. Wie Feuer leuchtete der rote Bart, der ihm über die Brust fiel. Kennt ihr mich? Fragte er mit schneidigem Ton.

Stenebreeker! Riefen sie wie aus einem Munde.

Marquard Stenebreeker – der bin ich. Und diese hier sind meine guten Gesellen. Vorige Pfingsten, als ihr uns in Ketten an eurem Rathause vorbeiführen ließet, den Gassenbuben zum Spott, ahntet ihr Herren nicht, dass wir einander so wieder treffen würden – hahaha – so!

Letzkau durchschauerte es kalt. Wechselvoll sind der Menschen Schicksale, sagte er. Rollt das Rad, so sind seine Speichen bald unten und bald oben.

Stenebreeker streckte die Hand aus und wies mit dem Finger auf ihn hin. Das hast du erfahren, Konrad Letzkau. Es ist nicht das erste Mal, dass ich dich im Kerker sehe. Ich half dir zur Freiheit. Du hättest dich dessen besser erinnern sollen, als ich deinen Dank begehrte. Denn das Rad dreht sich, und nun schleifst *du* den Staub, und ich habe Macht über dich.

Wir sind gefangen und eingekerkert wie ihr, rief Arnd Hecht, in nichts anderem haben wir Gemeinschaft mit euch. Macht Platz für unser Lager. Es ist wahrlich Zeit, dass wir zur Ruhe kommen.

Ihr werdet nicht schlafen diese Nacht, um wieder zu erwachen, entgegnete der Hauptmann.

Heiliger Gott, was soll mit uns geschehen? Rief Groß, sich entsetzt umschauend.

In einer Stunde werden wir euch das Quartier räumen, ihr Herren. Vorher aber haben wir miteinander noch ein ernst Geschäft, Wisst ihr, weshalb der Herr Komtur euch zu uns geschickt hat?

Sie schwiegen.

Damit wir euch richten!

Damit ihr uns mordet! Rief Letzkau. Ah, nun wird die Schandtat vollkommen!

Ihr seid unsere Richter nicht, sagte Hecht mit bebender Stimme, die Hand wie zur Abwehr vorstreckend.

Ihr seid unsere Richter nicht! Wiederholte Barthel Groß.

Nun, so nennt uns eure Nachrichter, entgegnete der Rotbart wild, wenn euch das besser gefällt. Das Kapitel hat euch gerichtet – es kümmert mich nicht, wegen welcher Schuld –, und ihr seid in unsere Hände gegeben.

Das Kapitel kann uns nicht richten, der Komtur nicht verdammen. Wir haben das Landgericht über uns – der Hochmeister ist unser Gerichtsherr! Das heißt Gewalt!

Mag sein! Darum vollstrecken wir nicht fremdes Urteil, sondern unser eigenes. Bereitet euch zum Tode – ihr müsst sterben!

Nochmals – ihr seid unsere Richter nicht!

So vergelten wir Gleiches mit Gleichem. Auch ihr waret unsere Richter nicht, und ihr habt uns gerichtet. Einen Teil unserer Gefährten habt ihr ums Leben gebracht. Dass wir noch atmen, danken wir euch nicht. Euer Tod aber gibt uns die Freiheit, und deshalb – müsst ihr sterben!

Er schlug den zerfetzten Mantel zurück und zeigte das nackte Schwert in seiner linken Hand. Zugleich traten zwei von den Räubern an ihn heran. In ihrem Ledergurt blitzten die Dolchmesser, und sie hatten die Hände an den Griff gelegt, des Befehls ihres Meisters gewärtig.

Nun konnte kein Zweifel mehr sein, dass die Drohung schrecklich ernst gemeint war. Sie haben Waffen! Schrie Hecht, sie sind gegen uns bewaffnet! Zu Hilfe – zu Hilfe! Er rannte an die Tür, rüttelte sie im Schloss, schlug mit den Fäusten dagegen.

Die Räuber lachten wild auf. Es nützt euch nichts! Ergebt euch!

O mein Weib – meine Kinder! Jammerte Barthel Groß, sich mit beiden Händen ins Haar greifend. Schont uns – tötet uns nicht! Das ist Mord – Meuchelmord!

Des Komturs Rachewerk! Sagte Letzkau. Aber es wird aus dieser blutigen Saat eine Frucht aufgehen, an der sie sich vergiften sollen! Nur zu, ihr Buben – nur zu! Gewalt habt ihr über uns, aber nicht Recht.

Im nächsten Augenblick ließ sich vom Fenster her ein Krachen vernehmen: Die Eisenstange war gebrochen. Der Mann, der daran gefeilt und gebogen hatte, warf sie hinab. Der Weg ist frei! Rief er.

Sieh hinaus, Jost, rief ihm der Hauptmann zu, ob unten das Boot bereitliegt.

Es liegt bereit.

Nun denn – in Teufels Namen, vorwärts! Er hob das Schwert und drang gegen die Ratsherren vor. Seine beiden Genossen folgten mit wildem Geschrei.

Letzkau ergriff einen hölzernen Schemel, der an der Wand stand, und hielt ihn vor sich hin. Sollen wir uns schlachten lassen? Ich verteidige mein Leben.

Barthel Groß blickte sich verzweifelt um, ob sich nicht auch für ihn eine Waffe entdecken ließe. Auf der Erde lag das Eisen. Er sprang zu, hob es auf und schwang es über seinem Kopf.

Arnd Hecht war bis in die Ecke des Gemachs zurückgewichen. Sein Fuß stieß an einen harten Gegenstand. Er bückte sich danach und ergriff eine steinerne Kanne, die noch halb mit Wasser gefüllt war. Den Inhalt goss er seinen Angreifern ins Gesicht, sodass sie geblendet waren; dem einen von den Kerlen, der mit dem Dolch auf ihn eindrang, schlug er so kräftig auf den Schädel, dass er taumelte und zu Boden stürzte. Aber ein anderer Geselle riss ihm den Dolch fort und warf sich auf den Wütenden. Stenebreeker selbst griff mit seinem kurzen Schwert Konrad Letzkau an, der aber den Schemel so geschickt wie einen Schild gebrauchte, dass er längere Zeit keinen Vorteil gewann. Barthel Groß focht mit der Eisenstange wie ein Rasender gegen einen bewaffneten Räuber und zwei seiner Gefährten, von denen der eine die spitze Feile als Dolch zu gebrauchen suchte, während der andere den zweiten Holzschemel ergriffen hatte und damit die wuchtigen Schläge zu parieren bemüht war. Bald lag ein zweiter von den Räubern ächzend am Boden. Nun sprangen auch die übrigen vom Strohlager auf und beteiligten sich beim Kampf.

Es entstand ein wildes Handgemenge. Der Mond erhellte das Gemach hinreichend, dass Freund und Feind einander unterscheiden konnten. Mitunter wurden die Angreifer auch bis unter das Fenster zurückgeworfen, wo dann der Lichtschein auf die blutigen Köpfe fiel. Stenebreeker ermutigte die Seinigen stets zu neuem Vordringen. Sie waren so sehr in der Mehrzahl, dass die Ratsherren fortwährend aufpassen mussten, nicht umgangen zu werden. Ihr Kampf war ganz hoffnungslos, aber sie gaben ihn deshalb nicht auf: In tapferer Gegenwehr wollten sie sterben, wenn sie sterben mussten.

Allmählich ermüdete ihnen Arm und Hand, sie bluteten schon aus vielen Wunden. Endlich gelang es einem von den Räubern, die zu Boden gestreckt waren, Barthel Groß bei den Füßen zu ergreifen und zum Fall zu bringen. Ehe er sich aufrichten konnte, fasste ihn ein anderer ins Haar und riss ihm den Kopf zurück. Anna – Anna! Rief er. Schon fühlte er die Schneide des Dolches an seiner Kehle. Im nächsten Augenblick brach er röchelnd zusammen.

Die Räuber erhoben ein Siegesgeschrei. Noch seid ihr nicht am Ziel, ihr Buben! Rief Hecht, dem blutiger Schweiß vom Gesicht rann. Er holte mit der Steinkanne mächtig aus und schmetterte sie gegen den Kopf seines nächsten Gegners. Indem aber sprang sein Genosse mit einem Schemel vor und fing den Hieb auf. Die Kanne barst bei dem Anprall gegen das eckige Holz und brach in Stücke auseinander; Hecht behielt den Henkel in der Hand. Nun war er wehrlos, wurde umringt und niedergeworfen. Mit Händen und Füßen schlug er um sich, bis man ihm die Kehle abgestochen hatte.

Fast zugleich mit ihm fiel auch Konrad Letzkau. Der Blutverlust hatte ihn erschöpft. War er auch nicht tödlich getroffen, so hatte er doch dem Schwert Stenebreekers den Zugang zu Brust und Leib nicht wehren können. Nun wurde er von hinten umfasst und in die Knie gedrückt. Um diesen Angreifer abzuschütteln, schlug er mit dem Schemel hinter sich. Diesen günstigen Augenblick benutzte der Hauptmann, ihm das Schwert zwischen die Rippen zu stoßen. Gott sei mir gnädig! War Letzkaus letzter Schrei.

Die Räuber ließen ihre Wut an den Leichen aus, die sie ins Mondlicht zerrten und noch vielfach mit den Dolchen verwundeten. Dann ergriffen sie durchs Fenster die Flucht, wie es verabredet war. –

Der Wächter hatte bis in seine Zelle hinein den wilden Lärm vernommen. Aber er wagte nicht, einzuschreiten. Es war ihm gewiss, dass der Komtur mit Stenebreeker etwas in Betreff der drei Gefangenen verabredet hätte, worin er sich nicht mischen dürfe. Er sprach deshalb nur ein Gebet und ließ geschehen, was er nicht hindern konnte.

Am Morgen, als er die Tür öffnete, waren die Räuber verschwunden. Am Boden in einer breiten Blutlache lagen die drei Danziger Ratsherren hingestreckt, ein kläglicher Anblick. Sofort meldete der Wächter dem Komtur, was geschehen war. Derselbe entfärbte sich und schlug ein Kreuz über seiner Brust. Schweige zu jedermann, befahl er ihm, wenn dir dein Leben lieb ist.

Ich weiß ja nichts, als dass sie tot sind, antwortete der arme Mensch.

Das ist auch für alle anderen genug, sagte Plauen. Sie sind tot – sie sind gerichtet.

Es war ihm heut nicht zumute wie gestern. Nicht dass er die Tat ungeschehen gewünscht hätte; aber sie freute ihn nicht. Die Leidenschaft war verraucht, die kühle Überlegung drängte sich vor und mahnte ihn an seine schwere Verantwortlichkeit. Die drei waren des Todes schuldig erkannt, ohne sich verteidigen zu können, und der Spruch war vollstreckt, ehe er ihnen verkündet war. Nun musste er eine Entschuldigung suchen in den besonderen Umständen, die keinen Aufschub gestatteten. Seine und des Ordens Feinde hatte er niedergeworfen. Ob im Wege Rechtens oder nicht – was beschwerte das die Brüder und den Meister? Und es ist einmal geschehen, murmelte er finster vor sich hin, und unabänderlich. Man muss damit rechnen in der Marienburg.

An diesem Morgen kam Frau Anna Groß mit zwei Mägden bis auf die Brücke zum Schloss gegangen. Die Mägde trugen Wein und süße Krude. Sie fragte nach ihrem Mann und Vater und begehrte vor den Herrn

Komtur gelassen zu werden, um zu hören, weshalb sie gefangen gehalten würden. Die Torwächter meldeten es, aber der Komtur wollte sich nicht sprechen lassen. Er gab ihr aber auch keine Nachricht, dass die Gefangenen nicht mehr am Leben seien. So bat sie denn, dass man ihren Mann und Vater von ihr grüßen und ihnen den Wein und das Gebäck in ihr Gefängnis geben möge. Das versprachen die Wächter, auszurichten. Man ließ aber niemand in den Turm.

Am folgenden Tage geschah's ebenso. Und ob es den Leuten nun schon bekannt war, dass sie ihrem Wunsche nicht würden genügen können, schwiegen sie doch und betrogen die bekümmerte Frau.

Da man sie auch am dritten Tage nicht vor den Komtur ließ und auf ihre Fragen ausweichende Antwort gab, vergrößerte sich ihre Sorge. Sie ging bei allen Ratsverwandten herum und flehte sie an, nicht müßig zu sein, sondern ernstliche Schritte zur Befreiung der Gefangenen zu tun. Ihre Befürchtung, dass deren Leben gefährdet sei, hielt man zwar in der Stadt für übertriebene weibliche Sorge, aber es gingen doch neue Boten an den Hochmeister ab, über Gewalt Klage zu führen.

Der Komtur ließ indessen niemand aus dem Schlosse und niemand ein. Innen hatte das Geschehene nicht verschwiegen bleiben können. Der Konvent war sehr bestürzt, als er aus seinem Munde erfuhr, die drei Ratsherren seien gerichtet, und man habe dabei nicht in aller Form verfahren können. Sie lehnten alle Verantwortlichkeit von sich ab. Meint ihr, dass ich euch dazu brauche? Gab ihnen der Komtur höhnend zur Antwort. Ich bin selbst Manns genug, die Tat zu vertreten, und fürchte nicht, dass man mich deshalb zur Rechenschaft zieht. Den Verrätern ist ihr Recht geworden – je schneller, desto besser für den Orden.

Aber so sicher war er im Innersten seiner Sache doch nicht. Er zögerte von Tag zu Tag mit dem Bericht an den Hochmeister. Die Leichen konnten im Turm nicht liegen bleiben; er ließ sie bei Nacht in die Vorburg hinausschaffen und an der Mauer leicht in den Sand einscharren und mit Stroh bedecken. Er wusste nicht, was er mit ihnen anfangen sollte. Das Liebste wäre ihm gewesen, wenn die Bürgerschaft mit Waffen vors Schloss gerückt wäre; er hätte dann seine Gewalttat besser beschönigen können. So etwas hatte er gehofft, aber die Stadt blieb ruhig. Eine gedrückte Stimmung hatte sich aller ihrer Einwohner bemächtigt, und ohne eigentliche Verabredung oder Weisung hütete man sich, den Komtur zu reizen, um die Lage der Gefangenen nicht zu erschweren. Der gewalttätige Sinn desselben war bekannt und die Furcht gerechtfertigt, dass er sie jeden Fehltritt der Bürgerschaft würde entgelten lassen.

Endlich kamen die Sendboten vom Hochmeister zurück. Sie brachten ein Schreiben an den Komtur mit dem gemessenen Befehl, die gefangenen Ratsherren freizugeben und seine Beschwerde über sie und die Stadt ordnungsmäßig einzubringen. Sie berichteten, dass sie den Hochmeister sehr erzürnt über die Widersetzlichkeit der Stadt gefunden hätten, und dass er gedroht habe, die Sache mit aller Strenge zu untersuchen. Es bleibe nichts übrig, als schleunigst einzulenken, um Strafe abzuwenden. Der Brief wurde am Schlosstor abgegeben. Es war am Ostersonntag.

Nun fertigte der Komtur einen Boten an seinen Bruder ab. Er schrieb ihm, um welcher merklichen Ursachen willen er die beiden Bürgermeister und den Ratsherrn Groß gefangen genommen und gerichtet habe, dass also der Befehl zu spät komme. Er fügte eine Schrift bei, die sich in Letzkaus Wams gefunden hatte, um die Gefährlichkeit seiner Gesinnung darzutun. Es war das Schreiben, das Letzkau am Palmsonntag für den Hochmeister zu ganz anderem Zweck aufgesetzt hatte. An zwei Stellen war es von Dolchstichen durchlöchert, und neben der Unterschrift zeigte sich eine Blutspur.

In der Nacht aber ließ er die Leichen aus der Vorburg fortschaffen und vor das Schlosstor hinaustragen. Dort wurden sie an der Brücke niedergelegt.

Am Morgen kam wie gewöhnlich Frau Anna mit ihren Mägden, Speise und Trank zu bringen und zu erkunden, was auf des Herrn Hochmeisters Brief geschehen sei. Als sie sich der Brücke näherte, sah sie schon von fern die drei hingestreckten Körper und beschleunigte, von böser Ahnung geängstigt, ihren Schritt. Bald erkannte sie ihres Mannes Kleid, das man über den nackten Leib geworfen hatte, und kreischte auf, stürzte nach dem Schreckensort hin und warf sich laut jammernd über den Toten. Die Mägde aber ließen vor Entsetzen zur Erde fallen, was sie in den Händen trugen, schrien »Mord – Mord!« und eilten nach der Stadt zurück, auch dort die Straßen mit ihrem Geschrei erfüllend: Mord – Mord – Mord!

Die Bürger kamen gerade aus der Kirche von der Frühmesse des Ostermontags, Die Nachricht schlug unter sie wie ein Blitz, im ersten Augenblick ihre Zunge lähmend. Sie blieben in Gruppen stehen und warteten auf Bestätigung. Indessen hatten einige vom Rat die Mägde ausgefragt, und nun lief von Mund zu Mund: Konrad Letzkau ist ermordet – Arnold Hecht ist ermordet – Barthel Groß ist ermordet – der Komtur hat sie im Schloss ermordet! Mit bleichen Gesichtern und zitternden Knien drängten sie nach dem Haustor und gegen die Schlossbrücke. Jeder wollte mit eigenen Augen sehen, was ihm nicht glaublich schien.

Schon von Weitem vernahmen sie das Jammergeschrei der unglücklichen Frau. Sie kniete am Boden zwischen den Leichen ihres Vaters und ihres Mannes, rang die Hände und ballte die Fäuste gegen das Schloss. Ihr langes Haar hatte sich aufgelöst und flatterte im Winde wild um ihre Schultern. Das Gewand war über der Brust aufgerissen, von ihrer Stirn tropfte Blut, da sie sich in ihrem grimmen Schmerz selbst mit den Nägeln verletzt hatte. Tot – tot! Schrie sie. Seht her – seht! Sie sind ermordet. Vater – Vater! Geliebter Mann! Tot, tot – ermordet! Seht ihre Wunden – ihre zerstückelten Leiber. Fluch dir, Mörder! Fluch dem schwarzen Kreuz in Ewigkeit! Was steht ihr zitternd? So lange habt ihr gezögert – so lange! Greift zu den Waffen – sprengt das Tor – stürmt das Schloss – lasst keinen am Leben! Rache – blutige Rache für diese Schandtat!

Aber die Masse stand um sie her wie gelähmt. So Furchtbares war geschehen, dass man's gar nicht fassen und begreifen konnte. Vieler bemächtigte sich die Angst, dass dies nur der Anfang des Blutbades sei, das vom Komtur über die Bürgerschaft verhängt worden. Es verbreitete sich das Gerücht, dass ein Ausfall der Besatzung vorbereitet werde, und dass der Komtur die wehrlosen Bürger, die er zu diesem Schauspiel hinausgelockt, überfallen und niedermetzeln wolle. Die meisten eilten deshalb zurück zur Stadt, ließen die Tore schließen und verrammeln, wehklagten in ihren Häusern oder auf dem Markt vor dem Rathause. Die Glocken wurden geläutet. Es war eine unbeschreibliche Verwirrung überall.

Die Mutigeren aber, die bei Frau Anna zurückgeblieben waren, untersuchten die Leichen und zählten die Wunden. Da fanden sie, dass man Konrad Letzkau zehn Wunden in seinen Leib gestochen hatte, Arnold Hecht sechs, Barthel Groß aber gar sechzehn – er musste am wütendsten um sein Leben gerungen haben; auf seiner Brust war keine unverwundete Stelle zu finden, auf die man die Hand hätte decken können. Allen dreien war die Kehle abgestochen, das war ihr Letztes gewesen.

Als da noch viel Jammer um die Leichen der teuren Männer war und der Haufe der Leidtragenden wieder anwuchs und Frau Anna nicht aufhörte, sie zur Gewalt gegen das Schloss aufzustacheln und die Ritter gesamt meineidige Schurken nannte, wurde plötzlich die Brücke niedergelassen und das Tor geöffnet. Es erschien in demselben der Komtur von Kopf bis Fuß in eiserner Rüstung, und hinter ihm die Brüder vom Hause, gleichfalls völlig gerüstet, dazu ein Tross von Lanzenknechten und Bogenschützen, soviel deren das Schloss beherbergte, Hintennach wurden die Pferde der Ritter geführt, alle gepanzert, als ginge es zur Feldschlacht. Die Menge wich scheu zurück, und nur wenige blieben bei den Leichen, darunter Heinz von Waldstein, der auf die erste Kunde von der blutigen Tat hinausgeeilt war, Frau Anna Groß beizustehen. Vergebens hatte er versucht, sie zu bewegen, die Toten nach der Kirche zu schaffen.

Der Komtur trat vor, überschaute die Menge mit einem feindlichen Blick und sagte: Was steht ihr hier müßig und gafft und erfüllt die Luft mit unnützen Klagen. Tragt lieber die Leichen der drei Verräter fort, dass sie uns nicht länger mit ihrem Stank das Schloss verpesten. Wisset, dass wir sie kraft unseres Amtes gerichtet haben, da sie als arge Verräter an ihrer Herrschaft befunden und mit heimlichen Waffen zu uns ins Schloss gekommen sind. Darum haben wir sie des Todes schuldig erkannt und abgetan, damit ihre Tücke und Falschheit uns nicht selbst verderbe. Ihre Güter werden eingezogen werden wegen des Schadens, den sie uns zugefügt haben. So aber soll es allen denen ergehen, die gottlos ihres Eides nicht gedenken und sich der Obrigkeit entgegenstellen, die über sie gesetzt ist. Achtet euch danach!

Mit tiefem Schweigen wurde diese Rede angehört. Frau Anna rang mit einer Ohnmacht; Heinz von Waldstein stützte sie und lehnte ihr Haupt an seine Schulter. Als der Komtur aber geendet hatte, die Schar aus dem Tore sich in Bewegung setzte und die Harnische rasselten, schreckte sie auf, wand sich los und stürzte mit wütender Gebärde auf den Komtur zu. Du lügst, frecher Bube! Schrie sie ihn an. Nie waren diese da Verräter. Nicht gerichtet habt ihr sie, sondern selbst verräterisch gehandelt gegen Gott und alles Recht, und sie heimtückisch ins Schloss gelockt und ermordet. Fluch dir und allen deinen Helfershelfern!

Da sah der Komtur sie zornig an und fragte: Wer ist das Weib?

Heinz von Waldstein war ihr nachgeeilt, stellte sich ihr zur Seite und antwortete schnell für sie: Konrad Letzkaus Tochter und jenes Barthel Groß' Eheweib. Schont ihren Schmerz.

Sie aber fuhr fort, seine Schandtat vor Gott und den Menschen anzuklagen und ihm zu fluchen und Rache zu schreien.

Der Komtur sprach unwillig: Schweige still, Besessene, und gehe nach Hause. Ihnen ist ihr Recht geschehen. Wärst du ein Mann, wie du ein Weib bist, wollte ich dir tun, wie deinem Vater und Mann ist geschehen. Jetzt bist du vor meinem Zorn sicher.

Da richtete sie sich hoch auf, warf das lange Haar zurück, streckte drohend die Hand gegen ihn aus und entgegnete mit schriller Stimme: Herr

Komtur, ich sage: wär' ich ein Mann, wie ich nur ein Weib bin, und wär' mit dir allein im Felde, ich wollte meinen Vater und meinen Mann an dir rächen mit meiner Hand!

Schweig still, herrschte der Komtur sie an, der wohl merkte, was ihre Worte für Eindruck auf die Menge und selbst auf seine Genossen machten; schweig still, oder ich will dich säcken und ertränken lassen! Demütige dich lieber und bitte um Gnade, dass man dir nicht alles Erbe nehme.

Er schreckte sie damit nicht. Tu mit mir, wie dir's gefällt! Rief sie. Dies sei Gott geklagt in der Höhe des Himmels, die große Gewalt und Macht, die mir armem Weibe geschieht und meinen Kindern wider Gott und alles Recht. Ich bin geworden vaterlos eine Waise, ich bin geworden mannlos eine Witwe, meine Kinder sind verwaist, ich bin gutlos und rechtlos gemacht ohne alle Schuld und Urteil. Du allmächtiger Gott, lass dich dies erbarmen und richte das große Unrecht, das mir armem Weibe mit meinen armen Kindern geschieht wider alles Recht!

Sie warf sich ihm in den Weg und erhob flehend die Hände zum Himmel, und ihre Lippen zitterten, da sie keiner Worte mehr mächtig war.

Der Komtur rief: Schafft sie fort, sie ist unsinnig! Er wollte sie zur Seite stoßen, aber der Junker, der seinen Arm um sie gelegt hatte, wehrte ihm. Was wagt Ihr, schrie Plauen ihn an, und wer seid Ihr?

Man nennt mich Heinrich von Waldstein, antwortete er. Hütet Euch, dass ich bei Eurem erlauchten Bruder, dem Herrn Hochmeister, gegen Euch zeuge.

Der Komtur wollte heftig entgegnen, bedachte sich aber und sagte: Wenn Ihr Euch des Weibes annehmt, so sorgt auch, dass sie hier nicht unter die Hufe unserer Pferde kommt. Wir haben nicht Zeit, dieses Gespräch fortzusetzen. Schafft sie nach Hause und vermeidet alle Ärgernis. Ich rate zum Guten.

Damit ließ er sein Pferd vorführen und setzte sich auf. Seine ritterlichen Begleiter schwangen sich ebenfalls auf die Rosse, und der Zug der Reiter, Lanzenknechte und Schützen setzte sich in Bewegung nach der Stadt.

Am Tore begehrte er Einlass, und man öffnete ihm in der Bestürzung und Furcht sogleich. Er ritt durch die Straßen bis vor das Rathaus und entbot die Gemeine vor sich und erklärte den Rat für abgesetzt, der ohne seine Zustimmung zuletzt gewählt worden. Nur die älteren Ratmannen und Schöppen sollten im Amte bleiben, bis der Herr Hochmeister seinen

Willen kundgetan habe. Die Güter der Gerichteten seien für deren Schuld verfallen, und niemand solle bei harter Buße wagen, etwas davon aus der Stadt zu entfernen. Endlich forderte er den Schlüssel vom Haustor und erhielt ihn unweigerlich.

Als er dann zurückritt, wohl zufrieden mit dem Erfolge seiner Maßregeln, begegnete er dem Leichenzuge. Sein Pferd schäumte und bäumte sich auf. Er hatte Mühe, es mit Sporen und Zügel wieder in ruhigen Gang zu bringen. Der Zug, den singende Mönche führten, lenkte in eine Seitengasse nach der Marienkirche ein. Die Leichen waren in weiße Laken eingehüllt und wurden auf den Totenbahren getragen, die man vom Gerät der Artusbruderschaft herbeigeholt hatte.

In der Kirche wurden sie neben dem Altar niedergesetzt. Bald versammelte sich die ganze Gemeinde. Letzkaus Töchter, Hechts Ehefrau, die ganze Verwandtschaft waren erschienen und wehklagten laut. Die Priester lasen die Totenmessen.

Tidemann Huxer betete an einem Seitenaltar neben seiner Tochter und dankte Gott für die wunderbare Errettung seines Lebens. Denn er hatte keinen Zweifel, dass ihm das gleiche Schicksal zugedacht gewesen war. Maria ahnte wohl, weshalb er so eilig zurückgekommen, und freute sich dessen im Stillen, dass ihr Geliebter die Ursache seiner Rettung war. Aber davon zu sprechen wagte sie nicht.

Am nächsten Tage gingen sechzehn Männer vom Rat der Stadt, die vornehmsten aus allen Geschlechtern, an den Herrn Hochmeister ab, über die Gewalttat des Komturs zu klagen und die Stadt seiner Gnade zu empfehlen. Heinz von Waldstein erbot sich, sie zu begleiten. Er hoffte, ihnen bei seinem Oheim von Nutzen sein zu können.

Huxer befürchtete, dass der Komtur gegen ihn etwas im Schilde führte und ließ heimlich alle Wertsachen in seinem Hause auf ein Schiff bringen, Gold und Silber, gemünzt und ungemünzt, edle Steine, Tücher, Waffen und allerhand kostbares Hausgerät. Auch sich selbst und seine Tochter machte er zur Reise fertig, damit man sofort zu Wasser oder zu Lande aufbrechen könne, wenn sich etwas Bedrohliches zeige.

Die beiden Bürgermeister Konrad Letzkau und Arnold Hecht wurden demnächst in der Marienkirche neben der Hedwigskapelle zur linken Seite des Hochaltars mit großer Feierlichkeit beigesetzt. Ein Stein deckt sie beide, geschmückt mit ihren Wappen und einer lateinischen Inschrift, die besagt, dass sie am Montag nach Palmsonntag des Jahres 1411 verschieden sind.

»Betet für sie!«

Neuntes Kapitel

Der Großschäffer von Königsberg

Heinrich von Plauen, der Hochmeister, hatte inzwischen seine Wohnung auf dem Königsberger Schlosse genommen. Es lag auf einer Anhöhe am Pregel, eine Meile von dessen Ausfluss ins Frische Haff, und war von alters her stark befestigt, da von hier die Eroberung des heidnischen Samlandes ausging, das vierzigtausend streitbare Männer zu stellen vermochte und blutig um seine Freiheit rang. Auch musste man stets eines Einfalles der Litauer gewärtig sein, bis Heinrich Schindekopf sie auf dem Felde von Rudau schlug und die Burgen Memel, Tilsit und Ragnit die Abwehr übernehmen konnten. Im Schutze des festen Schlosses waren die drei Städte Königsberg gegründet und zu Wohlstand gelangt, die Altstadt zwischen Schloss und Fluss, der Löbenicht dicht daneben mit vier Toren und der Kneiphof auf einer Insel dicht davor, jede mit Mauern umgeben und mit Türmen befestigt.

Es war hier ein reges Handelstreiben. In weitem Umkreise führte das fruchtbare Land seine Produkte zu, aus der großen litauischen »Wildnis« wurden Holz, Wachs und Honig den Pregelfluss hinaufgebracht: Auf dem Memelstrome und über das Kurische Haff kamen in jedem Jahre lange Wittinnen mit Getreide, Flachs, Asche, Teer angeschwommen. Der Verkehr der Danziger mit dem Kontor zu Kauen musste über Königsberg. Fremde Schiffe brachten von auswärts Salz und Heringe. Das Hauptgeschäft wurde freilich durch den Orden selbst betrieben, der dafür an diesem Orte seinen zweiten Großschäffer hatte. Rat und Bürgerschaft hingen dem Orden an, dessen starkes Regiment ihnen erwünscht sein musste, um bei der Unsicherheit aller Zustände in diesem noch wenig kultivierten Lande gegen allerhand Zustände geschützt zu sein.

Für den Hochmeister gab es hier viel zu ordnen. Der Konvent war durch Abzug nach dem Kriegsschauplatze hin geschwächt. Längere Zeit sich selbst überlassen, hatten die Ritter die Wirtschaft auf den Vorwerken vernachlässigt. Abgaben unregelmäßig eingezogen, den Pferdebestand in den Stutereien nicht gehörig ergänzt. Heinrich von Plauen machte sich mit gewohnter Energie sofort ans Werk. Das Beispiel eigener unermüdlicher Tätigkeit blieb nicht ohne Wirkung auf alle Untergebenen. Bald herrschte auf dem Schlosse, auf den Vorwerken, in den Städten das regste Leben.

Die dankenswerteste Unterstützung leistete ihm sein Großschäffer Georg von Wirsberg. Er hatte ihn schätzen gelernt, als er ihm die erste

Zufuhr nach der Marienburg brachte. Dieser Dienst machte ihn seinem Herzen so teuer, dass er nun ungemeines Vertrauen in ihn setzte, ihn überall zurate zog und mit den wichtigsten Geschäften beauftragte. Gleich nach des Hochmeisters Wahl zum Komtur von Rheden ernannt, ohne doch des wichtigen Großschäfferamtes enthoben zu sein, war er mit großer Rührigkeit bald auf seiner Burg, bald an des Hochmeisters Seite. Er begleitete ihn bei allen Reisen ins Land, besorgte die Briefschaften an fremde Fürsten und Herren, mit denen er früher in Verkehr gestanden hatte und die ihn mit ihrer Gunst beehrten. Sein geschmeidiges Wesen machte ihn geschickt zum Umgang mit einem Herrn, der seinen Willen überall als maßgebend betrachtete und nicht immer milde in der Form war. Der Hochmeister wollte die Dinge, auf die er von oben her sein Augenmerk gerichtet hatte, rasch vorwärtsgehen sehen; Georg von Wirsberg wusste allemal Mittel und Wege, sie zu fördern, und war nicht bedenklich in der Wahl. Das gefiel dem Hochmeister, und er übersah deshalb gern manche Schwäche des eitlen und ehrgeizigen Mannes. So einfach Plauen auch als Hochmeister lebte, sich in allem der Regel des Ordens fügend, und so streng er auf Zucht im Konvent hielt, so nachsichtig zeigte er sich gegen den Großschäffer, der seine Kleidung, gute Tafel, köstliche Weine, schöne Pferde und zierliches Geschirr liebte. Das Amt gab ihm auch in seinen Augen größere Freiheiten. Da man ihn beim Fürsten in Gunst sah, wagte niemand, sich darüber zu beschweren, dass der Großschäffer oft willkürlich verfuhr, eigenen Vorteil wahrnahm, sich seine Fürsprache entgelten ließ und in dem Rufe stand, schon mancher Bürgerfrau gefährlich geworden zu sein.

Diese friedlichen Bestrebungen des Hochmeisters wurden vielfach gestört durch die Geschäfte der Politik, die ihn auch hierher verfolgten. Der Friede mit Polen und Litauen war seit Monaten abgeschlossen, aber es fehlte viel, dass man sich im Ordenslande dessen hätte freuen können. König Sigismund hatte den Beitritt abgelehnt und seine Empfindlichkeit merken lassen, dass man über ihn hinweggegangen; das mit Mühe aufgebrachte Geld reichte nicht zur Befriedigung des Königs; die Untertanen, deren Güter durch den Krieg schwer gelitten hatten, begehrten Getreide zur Saat, Vieh, Holz zum Aufbau der niedergebrannten Höfe. Der Bischof von Kujawien zeigte ihm seine feindliche Gesinnung, wie er konnte. Der Bischof Heinrich Vogelsang strebte danach, sein Bistum Ermland zurückzuerhalten, ohne sich unterwerfen zu dürfen; Michael Küchmeister von Sternberg, der aus der Gefangenschaft gelöst war und sein Obermarschallsamt angetreten hatte, war nicht mehr der alte

Freund als Untergebener. Plauen, der ihm mit ganzer Offenheit entgegengekommen war, empfand diese Zurückhaltung sehr schmerzlich.

Dazu traten die Misshelligkeiten in Danzig zwischen seinem Bruder und der widerspenstigen Gemeinde. Er atmete auf, als die Nachricht kam, dass ein Vergleich gelungen sei und am Palmsonntag in der Kirche bekräftigt werden solle. Um so empfindlicher traf ihn dann die böse Nachricht, dass der Komtur schon tags darauf Veranlassung genommen hatte, sich der Bürgermeister und des Ratsherrn Groß zu bemächtigen. Was er von den klagenden Bürgern erfuhr, rechtfertigte dergleichen Gewaltmaßregeln nicht: der Brief an den Dirschauer Vogt war unbedacht und strafbar, aber eine Geldbuße, den eigentlich Schuldigen auferlegt, würde ausgereicht haben. Darum gab er auch auf dieses einseitige Vorstellen den Befehl, die gefangenen Bürger freizulassen. Er wollte, da die Danziger jetzt offenbar zur Nachgiebigkeit geneigt waren, die Angelegenheit nicht noch mehr verwickeln.

Deshalb glaubte er seinen Augen nicht zu trauen, als er nun endlich den Brief erhielt, in dem ihm der Komtur anzeigte, dass er die Verräter gerichtet habe und daher nur ihre Leichen der Stadt herausgeben könne. Der Kopf schwindelte ihm, als hätte er hinterrücks einen Schlag erhalten, die Buchstaben wurden undeutlich, die Hand, die das Blatt hielt, sank wie gelähmt hinab. Die Bürgermeister gerichtet –? Wie konnte das sein? Ohne Prozess – ohne seine Vollmacht – nachdem man nur tags zuvor feierlich Frieden gelobt – seiner Entscheidung sich unterworfen hatte! Was konnte inzwischen geschehen sein? Was konnte einen solchen Schritt notwendig machen, der im ganzen Lande und weit darüber hinaus das peinlichste Aufsehen erregen, allen Feinden des Ordens die gewünschteste Gelegenheit zur Anklage geben musste? Das ist eine unbedachte Tat – eine Gewalttat –, das ist Mord ... murmelten die bleichen Lippen. Das Blut schoss ihm plötzlich in die Stirn. Zornig sprang er auf, ballte die Faust und drückte sie zitternd auf den Tisch. Was wagt der Vermessene? Wie darf er sich unterfangen, Bürgerblut – das Blut der edelsten Bürger ... Heinrich – Heinrich –! Das hat dir mein böser Engel eingegeben, mich zu verderben. Ohne Recht und Gericht! Heimlich hinter den Mauern der Burg! Und wenn sie Verrat geübt hätten, nimmer durfte das geschehen – nimmer! Mein Bruder – mein eigener leiblicher Bruder tut mir das – mein Bruder!

Er sank in den Sessel zurück, stützte den Kopf in beide Hände und starrte vor sich hin. Aber es schützt ihn nicht, dass er mein Bruder ist. Ich will nicht verantworten, was er verbrochen hat. So weit geht meine Pflicht gegen ihn nicht, dass ich das Unrecht schütze, weil es mein Bruder begangen hat. Ich will den Fluch dieser Schreckenstat nicht auf mich nehmen. Gott weiß, dass ich daran unschuldig bin, aber auch die Menschen sollen's wissen. Meine Hände sind rein. Aber an deinen Händen klebt Blut, Heinrich! Verantworte dich – du kannst es nicht! So schuldig sie waren, du bist schuldiger. Du hast dein Amt missbraucht, Gewalt geübt, wo du das Recht hüten solltest. Du darfst ihr Herr nicht länger sein. Gerechtigkeit über alles! O Schande und Schmach! Diese Bluttat wird sich unserm Namen anhaften und uns verhasst machen bei den künftigen Geschlechtern. Nein, ich kann – ich will sie nicht vertreten vor dem Lande.

Er nahm das beigefügte Schreiben Letzkaus auf, das dessen Verräterei beweisen sollte, und schauerte zusammen, als er den Blutfleck und die Stiche durchs Papier sah. Was er las, ergriff ihn ganz eigen. Das ist das Testament dieses Mannes – sprach er vor sich hin –, und mich setzt er zum Erben seiner Gedanken ein ... ich soll's vollführen, was dieser Kopf plante. Letzkau hatte geschrieben, als ahnte er, dass dieses sein letztes Wort sein würde. So hatte Letzkau schon zu ihm in der Marienburg gesprochen, und seine kluge Rede war unvergessen gewesen; nun mahnte der tote Mann noch dreister und eindringlicher zu dem kühnen Werke, das einen gewaltigen Schöpfer forderte. Niederreißen sollte er und aufbauen. Ja, Letzkau war ein gefährlicher Mann. Dieses Briefes wegen hätte jedes Ordenskapitel ihn böser Anschläge schuldig erachtet und verurteilt. Er aber konnte ihn nicht verdammen. Schon in der kurzen Zeit seiner Regierung hatte er erkannt, wie sehr er in Fesseln ging, wie seine Doppelstellung als Hochmeister und Landesfürst täglich zwiespältiger wurde und die traurige Lage der Dinge von ihm eine Entscheidung forderte, auf welche Waagschale er treten wolle. Nun machte diese Schreckenstat notwendig jedem Zögern ein Ende.

Was war das Nächste? Gab's da ein Bedenken? Der Komtur war seines Amtes zu entsetzen; diese Sühne forderte vor allem die ungerechte Tat. Dann mochte gegen die Stadt Danzig eingeschritten werden, wie sie es verdiente.

Stundenlang hatte der Hochmeister so mit sich selbst verkehrt. Abends kam Georg von Wirsberg und wollte ihn in Geschäften sprechen. Er wies ihn ab. Noch aber hatte der meldende Diener nicht das Gemach verlassen, als er sich eines andern besann und ihn zu sich berief. Er fühlte, dass er diese Last nicht allein tragen könne, dass er einen Vertrauten brauche. Georg sollte seinen Entschluss bestärken.

So zeigte er also dem Großschäffer des Komturs Brief und auch Letzkaus letztes Schreiben. Mein Bruder hat Gewalt geübt, sagte er, ich kann seine Tat nicht vertreten. Bevor noch der Danziger Rat seine Klage einbringt, was gewisslich morgen schon geschieht, muss an den Komtur die Weisung ergangen sein, das Amt niederzulegen. So nur gewinnen wir freie Hand, die Sache selbst mit aller Strenge zu untersuchen. Ich muss vergessen, dass es mein Bruder ist, der sich so schwer vergangen hat.

Georg von Wirsberg nahm sich lange Zeit, zu überlegen. Er schien mit dem Lesen der Briefe gar nicht fertig werden zu können. Mitunter aber sah er vom Blatte auf und in des Hochmeisters tief bekümmertes Gesicht. So bestimmt Plauen sich auch ausgesprochen hatte, der weltkluge Mann ließ sich nicht täuschen. Er wusste, dass von ihm Rat gefordert werde. Sollte er also zustimmen oder widersprechen? Was kümmerte ihn in diesem Augenblick der Komtur oder die Stadt Danzig? Für ihn kam allein sein Verhältnis zum Hochmeister infrage. Wie diente er sich selbst am besten? Wie bewies er sich als den treuesten und zugleich gefälligsten Ratgeber des Herrn, dessen ungemessenes Vertrauen er sich erhalten wollte? Sicher mit schwerem Herzen ließ der Hochmeister seinen Bruder fallen, den er von ganzem Herzen liebte. Heute war er in der Stimmung, strenge Gerechtigkeit walten zu lassen. Morgen aber ...? Es galt, nicht für die Stunde Stellung zu nehmen. Gnädigster Herr, sagte er endlich, die Sache ist sehr schwierig und lässt sich nicht gut gleichsam im Voraus und nach allgemeinen Regeln entscheiden. Es ist da viel nach allen Seiten hin zu bedenken. Weiß man nicht genau, wie die Dinge stehen, so ist ein Fehlgriff fast unvermeidlich. Dieser Brief sagt uns, was geschehen ist, aber nicht ausreichend, warum es geschehen ist. Ich will die Gewalttat, die Ew. Gnaden schwer erzürnt, nicht verteidigen; aber zweifelhaft kann's nicht sein, dass der Komtur sie für notwendig gehalten hat. Nun stand er aber den Dingen näher, sah mit eigenen Augen, erwog nach den Umständen. Vielleicht ging er im Eifer zu weit – vielleicht auch nicht. Ist es uns doch bekannt, dass der Danziger Rat auf der Seite des Königs stand und sich ungern von ihm löste, dass er Ew. Gnaden die Mannschaft weigerte, dass er den Schoß versagte, den doch das ganze Land willig entrichtete, dass er die Stadt gegen den Orden verschanzte, wie gegen den Feind und das Haustor vermauerte. Wo das geschieht, mag man sich auch des Schlimmern versehen. Der Komtur schreibt, dass die Bürgermeister und einige vom Rat wortbrüchig geworden sind, nachdem ein gütlicher Vergleich geschlossen. Soll man's ihm nicht glauben? Und wenn er nun zu seiner Sicherheit –

Wie? Rief Plauen hinein. War's zu seiner Sicherheit nötig, dass er die Männer tötete, wenn er sie schon gefangen nahm? Musste das so schnell geschehen – gerade über Nacht? Mit solcher Heimlichkeit – ohne mein Wissen, ohne meinen Befehl?

Georg von Wirsberg zog den Kopf zwischen die Schultern. Wir sind darüber nicht unterrichtet, gnädigster Herr. Vielleicht in einigen Tagen werden wir's sein – heute sind wir's nicht. Aber es lässt sich doch nicht vermuten, dass der Herr Komtur ohne sehr zwingenden Grund gehandelt hat. Es kann sein ... aber ich sage: Es lässt sich nicht vermuten.

Wir haben seinen Bericht. Mein Bruder war von jeher ein hitziger Mensch, zu Gewalttätigkeiten geneigt, stolz und hochfahrend. Die Tat ist gerade seinem Sinn gemäß.

Es steht mir nicht zu, darüber zu urteilen, gnädigster Herr. Wär' die Tat aber auch übereilt, so sollte sie doch Euch und dem ganzen Orden zum Vorteil gereichen. Am wenigsten von Eurem Bruder werdet ihr glauben wollen, dass er die Absicht hatte, Euch Verlegenheiten zu bereiten.

Der Hochmeister, der den Kopf in die Hand gestützt hatte, machte jetzt eine unwillig abwehrende Bewegung. Vergesst, dass der Komtur mein Bruder ist. Dieser Zufall soll Eure Meinung nicht beeinflussen. Er ist mir – er soll mir sein wie irgendein anderer Gebietiger des Ordens. Das eben ist ernstlich zu vermeiden, dass man nicht mit Recht im Lande klagt, der Hochmeister versage Gerechtigkeit seiner Sippe zuliebe.

Ew. Gnaden beweisen auch dann Ihres Geschlechtes edlen Sinn, antwortete Wirsberg im Tone der aufrichtigsten Überzeugung, und Ihren persönlichen Edelmut, dass Ew. Gnaden weit von sich weisen, nach Freundschaft oder Feindschaft zu entscheiden. Wer wollte das nicht loben? Aber Ew. Gnaden wollen zusehen, aus Gerechtigkeitsliebe nicht ungerecht zu werden. Es ist ein Unglück für den Komtur, dass er Ew. Gnaden Bruder ist. Nun hat er nicht nur seine Tat gegen sich, sondern auch den Verdacht, dass er auf Straflosigkeit gerechnet habe, weil er dem obersten Richter nahe verwandt. Ihr meint, ohne Ansehen der Person Gerechtigkeit üben zu müssen, gnädigster Herr, und steht doch unter dem Zwange dieses Verdachtes. Damit man nicht glaube, Ihr könntet parteilich urteilen, habt Ihr schon Partei ergriffen. Weil es kleinlichen Gemütern eigen ist, die Sache nicht zu bedenken, sondern nach Liebe und Hass zu entscheiden, meint Ihr Euch dadurch über sie zu stellen, dass Ihr der Stimme des Herzens alles Gehör versagt. Weil Ihr vielleicht Eurem Bruder recht geben müsstet und dann doch parteilich gescholten werden könntet von denen, die nur die Verwandtschaft bedenken, wollt

Ihr Euren Bruder verwerfen, ohne ihn zum Wort zu lassen. Das mag manchem heldenmütig erscheinen, mir aber, gnädigster Herr – verzeiht meine offene Rede –, mir scheint es nicht würdig des Mannes, der furchtlos den Weg der Pflicht geht, nicht rechts und nicht links schaut, ob man ihm folge oder zurückbleibe, Lob und Tadel der Menge nicht achtet, einzig auf sein Gewissen gestellt und Gott zu Verantwortung bereit. Gerade deshalb mahne ich zu vorsichtigem Bedenken, damit Ew. Gnaden sich nicht uneins machen mit sich selbst. Wahrlich, Herrscherpflicht geht über Bruderpflicht, aber sie fordert nicht, dass der Bruder zurückgesetzt werde gegen den Fremden. Ew. Gnaden selbst muss ich bitten, zu vergessen, dass der Komtur von Danzig Euer Bruder ist.

Plauen reichte ihm die Hand. Ihr denkt brav und beschämt mich. Es kann sein, dass Ihr richtiger in meinem Herzen lest als ich selbst. Ich bekenne, dass mein Urteil befangen ist, nicht weil die Bruderliebe zu seinen Gunsten spricht, sondern weil ich mich ihrer zu seinen Ungunsten zu erwehren suche. Sagt aber selbst: Könnte ich anders handeln, wenn der Komtur nicht mein Bruder wäre?

Gnädigster Herr, entgegnete der Ritter, in anderer Weise fällt's gar schwer ins Gewicht, *dass* der Komtur Euer Bruder ist. Setzt Ihr irgendeinen Gebietiger von seinem Amte, weil Ihr mit ihm unzufrieden seid, es wird außerhalb des Ordens kaum beachtet. Nehmt Ihr Eurem leibhaftigen Bruder nach dieser Tat die Würde, durch die er sich zu ihr ermächtigt hielt, so ist damit die Tat selbst schon gerichtet in den Augen derer, die durch sie beschwert sind – in den Augen der ganzen Welt. Ein Ungeheures muss geschehen sein nach der Meinung der Menschen, wenn so jede verwandtschaftliche Rücksicht hintangestellt, nicht einmal der Schein der Billigung gewahrt wird. Ein Versehen, eine Übereilung aus zu großem Pflichteifer wird dadurch zum Verbrechen. Wie wollt Ihr danach die wirklich Schuldigen strafen?

Der Hochmeister stand auf und ging mit schweren Schritten im Gemache auf und ab. Ich hab's von dieser Seite nicht angesehen, sagte er nach einer Weile. Es ist mir lieb, dass ich Euch gehört habe. Aber was soll geschehen? Es muss etwas geschehen.

Wirsberg lächelte geschmeichelt hinter seinem Rücken. Gnädigster Herr, antwortete er, wenn etwas geschehen muss, warum muss es sofort geschehen? Ich werde stets zu schnellem Entschlusse raten, wenn eine Gefahr abgewandt werden kann. Ist etwas unwiederbringlich vollbracht, so lasse ich die Folgen an mich kommen und nehme Stellung dazu nach den Umständen. Alles Zufällige, das der Tag bringt, ziehe ich mit in

Rechnung und nehme meinen Gewinn, wo ich ihn finde. Solange wir unter dem Einflusse dessen stehen, was unser Gemüt beschwert, ist unser Verstand verdunkelt: Wir sehen die Sachen nicht, wie sie sind; was nicht sein sollte und doch ist, beherrscht uns. Folgt dann der Tag auf den Tag, so finden wir uns nicht nur in das Unvermeidliche, sondern lernen es oft auch als das Notwendige und Nützliche erkennen. Gnädiger Herr, Ihr billigt nicht die blutige Tat, sie verletzt Euch, Ihr wünschtet sie ungeschehen. Aber wie sehr Ihr sie verdammet, sie ist da, sie ist nicht aus der Welt zu schaffen. Die drei Ratsherren sind tot und werden erst auferstehen am Jüngsten Tage. Sie sind vielleicht zu Unrecht gerichtet, aber sie sind gerichtet, und ihre Schuld war nicht gering. Könnt Ihr's nun nicht rückgängig machen, ist's da klug, dem Lande die Gewissheit zu geben, dass der Machthaber unrecht getan hat? Heißt das nicht, die Gewalt aus der Hand lassen, zu allem künftigen Widerstand ermutigen, Misstrauen in alle Gemüter säen? Mich dünkt's klüger gehandelt und segensreicher fürs Ganze, den Schein zu retten, dass den Schuldigen ihr Recht geworden ist, nur ihr Recht. Darauf kommt's an, aller Welt die Schuld klar vor Augen zu stellen, sie so groß wachsen zu lassen, dass jeder redliche Bürger vor ihr erschrickt. Dann, wenn das Land beruhigt ist, mag der Herr den Diener strafen, der eigenmächtig seine Vollmacht überschritt.

So ratet Ihr, dass ich die Tat billige?

Nicht, dass Ihr sie billigt, aber dass Ihr sie gegen diejenigen gelten lasst, gnädiger Herr, die sich der Mitschuld wohl bewusst sind. So mögen die drei nun gestorben sein, um die schwere Schuld des ganzen Landes zu sühnen und mit sich hinwegzunehmen. Ihr Tod wird in der Stadt Danzig, im ganzen Lande einen heilsamen Schrecken verbreiten. So wird das, was jetzt eine Missetat scheint, eine Wohltat für den Orden und für das Land Preußen. Darum rate ich, vor dem Lande des Komturs Sache zu des Ordens Sache zu machen. Was Ihr ihn demnächst im Generalkapitel bei verschlossener Tür wissen lassen wollet, steht bei Ew. Gnaden und den obersten Gebietigern.

Der Hochmeister rieb mit den Fingerspitzen die Stirn, wie er wohl pflegte, wenn er scharf über etwas nachdachte, das ihm schwer einleuchten wollte. Und so, meint Ihr, werden wir dem Lande den Frieden geben? Fragte er nach einer Weile. Was nicht mit Gerechtigkeit anfängt, wie kann das mit Gerechtigkeit enden?

Gnädigster Herr, antwortete der Großschäffer, nur wer die Macht hat, kann das Recht geben!

Ich will die Nacht vorüberlassen, schloss der Hochmeister die Unterredung. Ihr kamt in Geschäften. Tragt mir vor, was ich zu hören habe. Er setzte sich und nahm des Großschäffers Bericht über die Verbesserung der Wasserstraße zwischen dem Kurischen und Frischen Haff mit möglichster Aufmerksamkeit entgegen.

Der Großschäffer aber, als er ihn nach einer Stunde verließ, lächelte recht boshaft und sprach in sich hinein: Folge nur meinem Rat und mache dich verhasst beim Lande wegen deiner Ungerechtigkeit, wie du's schon beim Orden bist wegen deiner Strenge! Die Tage deiner Herrschaft werden gezählt sein. Wenn aber der Hochmeisterstuhl wieder ledig ist ... Er deckte die Hand auf den Mund, als wollte er sich auch innerlich Schweigen gebieten. Selbigen Abends schrieb er noch einen langen Brief an seinen gnädigen Herrn, den König von Böhmen, und gab ihm genauen Bericht.

Am andern Morgen war's bei dem Hochmeister entschieden. Er zürnte seinem Bruder noch, aber des klugen Ratgebers Meinung hatte seinen Entschluss bestimmt, die Tat anzunehmen und zu nützen. Dabei freilich blieb er in seinen Gedanken nicht stehen. Was er weiter hinaus plante, davon erfuhr Georg von Wirsberg nichts: Letzkaus Brief gab ihm die Richtung. Ich will Herr sein, sagte er sich, um dem Lande dienen zu können. Nicht ungesühnt soll die Bluttat bleiben, aber anders soll die Sühne sein, als die Ankläger sie begehren, die selbst nicht rein sind. Hilf dazu, Heilige Jungfrau!

Als im Laufe des Tages die Sendboten von Danzig anlangten, ließ er sie nicht vor, sondern trug dem Komtur von Königsberg auf, sie anzuhören. Ihre Rede war scharf und bitter. Sie schrien laut über Vergewaltigung und drohten mit einer Klage beim Papst, als dem obersten Schiedsrichter in allem Streit, der in Thorn nicht verglichen werden konnte. So meinten sie, die Kreuzherren einzuschüchtern. Aber der Hochmeister, da ihm der Komtur dies hinterbrachte, ward zornig und ließ ihnen sagen: Er hätte sich eher demütiger Unterwerfung versehen als solcher Drohung. Was zwischen ihm und dem König von Polen noch unverglichen hange, das kümmere die Stadt Danzig nicht und keinen von des Ordens Untertanen. Auf ihre Klage gedenke er keinen Schiedsrichter anzunehmen, sondern selbst zu richten, und wehe der Stadt, deren verräterisches Treiben längst erkannt sei, wenn sie nicht sofort seine Gnade anrufe und ihre Unterwürfigkeit beweise.

Die Abgesandten ließ er wegen ihrer frechen Rede ins Schlossgefängnis werfen, damit sie erkennen lernten, wie sie künftig vor ihren Herrn zu treten hätten.

Darüber entstand großer Schreck unter ihnen, und sie dachten anfangs nicht anders, als dass ihnen das gleiche Schicksal bestimmt sei wie ihren Bürgermeistern. Heinz von Waldstein aber, der sie ins Schloss begleitet hatte und nun von Bewaffneten über den Hof nach dem Turme abführen sah, glaubte seinen Augen nicht zu trauen. War das des Hochmeisters Antwort auf eine so gerechte Beschwerde? Konnte er wirklich seines Bruders Blutschuld auf sich nehmen und mit seinem Schilde decken wollen? Nein, er musste falsch berichtet sein! Jetzt galt's, Zeugnis abzulegen und den Zorn des Mächtigen nicht zu scheuen!

Er brachte sich glücklich durch die Schlosswachen bis zu des Meisters Gemach. Dort aber wollten die Kämmerer niemand einlassen, der nicht vom Hauskomtur an sie gewiesen sei. Sein aufgeregtes Wesen machte ihn überdies verdächtig. Zum Glück kam eben der Großschäffer. Er erkundigte sich, was es gäbe, und übernahm es, den Hochmeister zu benachrichtigen, nachdem Heinz sich seinen Verwandten genannt. Plauen schreckte aufs Freudigste auf, als er den Namen hörte. Heinrich von Waldstein? Rief er, Ihr täuscht mich! Er ist bei Tannenberg gefallen – ich habe die sichere Nachricht, dass er in der Schlacht geblieben ist.

Er steht vor der Tür, gnädigster Herr, wenn der Mann sich mit Fug und Recht diesen Namen beilegt.

Lasst ihn sofort ein. O allgütiger Gott! Wenn deine Gnadenhand ...

Heinz trat ins Gemach. Er ist's, rief der Hochmeister, er ist's! Er schritt rasch auf ihn zu, ergriff ihn bei den Händen und zog ihn an sich. Du lebst, Heinrich! Gelobt sei Gott!

Eines so warmen Empfanges war der Junker kaum gewärtig gewesen. Er bückte sich und küsste ehrerbietig die Hand, wurde aber wieder und wieder an die Brust des wundersam bewegten Mannes gedrückt. Der Großschäffer, der Zeuge dieser zärtlichen Bewillkommnung gewesen war, entfernte sich still und gab draußen Befehl, dass man jeden abweise.

Heinz musste seine Erlebnisse erzählen. Er kam arg ins Stocken, als er den Anlass zur Flucht aus dem Polenschloss erklären wollte und auf des Meisters Frage zu antworten hatte, warum er sich nach Danzig wandte, statt ihn eiligst in der Marienburg aufzusuchen. Ihr wisst, gnädigster Herr, sagte er endlich, über und über rot, dass mir im vorigen Jahre viel Freundlichkeit in dieser Stadt geworden ist. Es verlangte mich, zu erfahren, ob man mir ein gutes Andenken bewahrt habe. Auch wusste ich nicht, wo ich Euch träfe und ob ich Ew. Gnaden genehm käme in dem polnischen Kleid, mit dem ich entflohen war. Hätte ich freilich geahnt, zu einem wie traurigen Begebnis ...

Jetzt erst fiel es ihm wieder ein, zu welchem Zweck er gekommen war. Er bemerkte, wie des Hochmeisters Stirn sich verfinsterte.

Aber ihm war's, als zwänge ihn eine geheime Stimme, alle Zaghaftigkeit abzutun und diese Stunde nicht ungenutzt zu lassen für diejenigen, denen er seinen Beistand aus freien Stücken zugesagt hatte. So schöpfte er denn tief Atem, sah dem Oheim mit seinen offenen Augen frei ins Gesicht und begann: Zürnt nicht, gnädigster Herr, wenn ich bei Euch ein gutes Wort einlege für die armen Leute, die ich hierher begleitet habe. Sie kamen, um ihre gerechten Klagen vor Euer Ohr zu bringen. Mit Schrecken sah ich soeben, dass man sie in den Turm warf. Unmöglich kann das mit Ew. Gnaden Wissen und Befehl –

Es geschah mit meinem Wissen und auf meinen Befehl, antwortete der Meister in strengem Tone. Zugleich stand er auf und ging durch das Zimmer.

Der Junker erhob sich nun gleichfalls, blieb aber an seinem Platze stehen. So weiß ich nicht, wegen welchen Vergehens sie gestraft werden, sagte er mit zitternden Lippen und doch mannhaft entschlossen, sich nicht abschrecken zu lassen. Wahrlich! Schweres Unrecht ist ihnen geschehen, und ihre Klage darüber sollte nicht stumm gemacht werden.

Heinrich –! Verwies der Meister. Du bist ihr Anwalt nicht.

Ich bin's, gnädigster Herr, rief der junge Mann in noch größerer Erregtheit, denn ich sehe wohl, dass man Euch die Wahrheit vorenthalten und Euch gegen sie erzürnt hat, da sie doch nur ihr Recht suchen, was freilich denen nicht gefallen mag, die sich zwischen Euch und sie stellen. Ich bezeug's bei Gott dem Allwissenden, dass der Komtur von Danzig den beschworenen Frieden gebrochen und die beiden Bürgermeister nebst Bartholomäus Groß, Letzkaus Schwiegersohn, aufs Schloss gelockt, sie heimlich in der Nacht ermordet und nach acht Tagen ihre verstümmelten Leichname vor die Brücke geworfen hat. Es war ein Anblick zum Erbarmen! Nicht gerichtet sind sie, sondern gemordet. Und nun droht der Komtur den Frauen und Kindern, dass er ihnen ihr Gut nehmen und sie als Bettler aus der Stadt treiben wolle, aller Gerechtigkeit und Menschlichkeit zum Hohn. Was haben diese Witwen und Waisen verbrochen, dass sie so gezüchtigt werden? Die ganze Stadt ist in Schrecken und Trauer, und niemand hält sich mehr seines Lebens sicher. Und da sie sich nun zu Euch wenden mit ihrer Klage, lässt man sie nicht vor Euren

Stuhl, sondern wirft sie wie Missetäter ins Gefängnis. Das ist nicht gut, gnädigster Herr, das ist wahrlich nicht gut!

Der Hochmeister ging an ihm vorüber, wieder und wieder. Er hatte die Augenbrauen fest zusammengezogen und hielt die finstern Blicke auf den Steinboden gerichtet. Endlich blieb er vor seinem jungen Gast stehen, legte ihm die Hand auf die Schulter und sagte: Ich will's nicht schelten, Heinrich, dass du mir diese erste Stunde verkümmerst. Dein Herz ist voll von dem Leid, das du miterleben musstest, und dir zeigte sich nur das Leid und der Jammer der Schwerbetroffenen. Die blutige Tat, die du vor Augen hattest, erschreckte dich, und weil du sie nicht begreifst, verwirfst du sie. Aber du beachtest nicht, was jene verschuldeten und wofür sie büßen – du siehst nicht, dass ich als das Oberhaupt einer großen Körperschaft zu handeln habe, die um ihren Besitz kämpft. Willst du dein stürmisches Herz über meinen erfahrenen Verstand setzen? Ich dächte, du hättest Grund, mir zu vertrauen.

Diese Mahnung wirkte nur so viel, dass Heinz einen neuen leidenschaftlichen Ansturm vermied. Wie gern ich Euch in allem vertrauen möchte –! Entgegnete er zögernd. Aber was hier geschehen ist und geschieht – Plötzlich blickte er wieder ganz offen zum Meister auf. Sagt mir's ehrlich, gnädigster Herr: an des Komturs Stelle – hättet Ihr gehandelt wie er?

Plauen stutzte. Die Frage berührte sein Gewissen. Sollte er sich mit dem Schilde decken, den Georg von Wirsberg ihm zugereicht? Und wenn ich nun antworte – nein ...?

Dann weiß ich, dass Eure Gerechtigkeit einen kurzen Arm hat, weil sie den Bruder nicht erreichen will.

Das traf genau wieder den Punkt, der schmerzte. Den Bruder, den Bruder! Hatte sich doch diese Rücksicht in seinen Weg gestellt und ihn zum Ausbiegen genötigt! Du weißt nicht, sagte er, wie wehe du mir tust. Gerade weil er mein Bruder ist – Aber ich kann dir meine Brust nicht öffnen, Heinrich, kann dich in mein Innerstes nicht schauen lassen. Du musst mir glauben, dass ich tue, was das Amt mir auflegt. Mit den Danzigern will ich ins Gericht gehen, wie sie es verdient haben, aber der Unschuldige soll nicht büßen für den Schuldigen, soviel ich's hindern kann. Das Schicksal der Sendboten lass dich nicht kümmern – in einigen Tagen werden sie wieder frei sein. Es ist jedoch mein Wille, dass du nicht mit ihnen zurückgehst nach Danzig, sondern fortan dich zu mir hältst. Bist du mir wiedergegeben durch Gottes wundersame Fügung, so will ich diesen Wink wohl beachten. Und nun geh! Wenn wir einander wieder begegnen, sehe ich hoffentlich das alte heitere Gesicht.

So entließ er ihn wenig befriedigt. Wie sollte er nun den Danziger Freunden sein Wort lösen? Es war ihm schon eine Beruhigung, als wirklich die Gefangenen nach einigen Tagen ihrer Haft entlassen und heimgeschickt wurden. Sie hatten um gnädige Verzeihung gebeten. Aber aller Trotz und Übermut war von ihnen gewichen, und sie gedachten zu Hause ernstlich zur vollen Unterwerfung zu raten, damit die Stadt ihre Freiheiten rette. Sie wurden am frühesten Morgen aus dem Schloss entlassen und von bewaffneten Dienstleuten des Ordens bis zur Brandenburg, etwa drei Meilen Weges, geleitet, damit sie mit den Bürgern der Städte Königsberg keinen Verkehr pflegen könnten. Heinz sah und sprach sie nicht mehr.

Der Großschäffer hatte den Auftrag erhalten, ihn völlig neu einzukleiden und mit guten Waffen, auch mit einem Roß zu versehen. Man behandelte ihn im Schloss, da man ihn vom Hochmeister geehrt und ausgezeichnet sah, mit großer Zuvorkommenheit, und besonders Georg von Wirsberg gab sich alle Mühe, sein Vertrauen zu gewinnen, indem er ihm die Mittel und Wege zu einem vergnüglichen Leben anzeigte, ihn auch in die Junkerhöfe der drei Städte begleitete, wo er unter den Kaufherren überall gute Bekannte hatte. Auch auf Buchwalde kamen sie zu sprechen und auf das junge Fräulein. Ein wahrer Kobold – besonders zu Pferde, sagte der Ritter.

Ihr habt eine Wette bei ihr verloren, bemerkte Heinz.

Wisst Ihr das? So hat das hübsche Kind sich doch meiner erinnert. Ich ließ sie gern in den Glauben, dass sie mich besiegt.

Aus Galanterie, spöttelte der Junker.

Ei freilich! Man muss in solchen kleinen Dingen den Damen gefällig sein, wenn man sie in größeren gefügig machen will.

Ich hoffe, Ihr wollet damit nicht andeuten, dass meines Freundes Schwester diese Erfahrung bestätigt hat.

Ach – ein Kind, ein Kind! Lenkte der Großschäffer ein. Spielzeug für eine müßige Stunde.

Heinz fand wenig Gefallen an dem Manne, der mit Vorliebe so leichtfertig sprach. Er durchschaute bald seine Eitelkeit und Hoffart und traute seiner Freundschaft nicht sonderlich, die sich so unaufgefordert zudrängte. Des Großschäffers Sitten waren die lockersten. Verbietet Euer Gelübde nicht solches Treiben? Fragte der Junker verletzt. Georg lachte.

Armut, Keuschheit und Gehorsam – hahaha! Das heißt: Ich besitze alles, was den Brüdern gehört, ich nehme kein ehelich Weib, um in meiner Neigung ganz frei zu sein, und ich gehorche, um zu herrschen. Ihr müsst's nicht nach dem Wortlaut schätzen. Jeder Pflicht steht ein Recht gegenüber und – Menschen sind wir alle.

Sprach der Hochmeister, so hätte man freilich glauben sollen, dass so leichtfertiges Wesen im Orden nirgends gelitten werde, und Georg von Wirsberg hütete sich auch wohl, in seiner Gegenwart unehrbar zu erscheinen. Deshalb hielt Heinz ihn für falsch und nahm sich noch mehr vor ihm in acht. Allerdings konnte ihm seine Geschäftsgewandtheit nicht entgehen. Sie bewies sich bei der Revision der Pflegeämter Tapiau, Gerdauen und Insterburg, wohin auch Heinz in des Meisters Gefolge reiste. Immer hatte er den Kopf voll von Plänen, wie sich eine einträglichere Wirtschaft herstellen ließe, und seine behände Zunge verstand es, den hohen Herrn dafür einzunehmen.

Eines Tages ritten sie auch westwärts durch die große Kapornsche Heide auf das Städtchen Fischhausen zu, das ursprünglich Bischofshausen geheißen hatte, weil der samländische Bischof es auf dem ihm zugeteilten Drittel des eroberten Landes baute. Von dort hatten sie nur noch eine halbe Meile bis zur Ordensburg Lochstädt, auf der ein Pfleger unter dem Komtur von Königsberg saß. Er hatte achtzugeben auf die Schiffe, die durch das Lochstädter Tief zwischen Haff und See aus und ein gingen, aber auch ein ansehnliches Gestüt zu beaufsichtigen, zu dem in guten Zeiten mehr als hundert Pferde aller Art – Rosse, Kobeln, die zu Rosse gehen, und Füllen –, außer den Schwellen zum Postdienst und den Wagenpferden auf dem Wirtschaftshofe, gehörten. Jetzt sah's traurig genug in den Ställen und Rossgärten aus, da der beste Bestand im Kriege verbraucht war. Der Pfleger führte ein gar einsames Leben auf seiner Burg. Aus den Fenstern seines Gemachs blickte er auf die wenig belebte Wasserstraße, drüben aber auf eine Sandwüste, die sich endlos fortzusetzen schien, rechts und links von See und Haff bespült. Seine munterste Gesellschaft waren die Schwalben, die zu Hunderten unter dem Dach des alten Hauses nisteten.

Heinz besuchte von hier aus auch die Stelle am Meeresstrande, wo der heilige Adalbert, der erste preußische Heidenbekehrer, nach der Sage von den wilden Samen ermordet sein sollte, als er mit seinen Begleitern an ihrer Küste landete. Es stand dort zu seinem Andenken eine kleine Kapelle: Darin unterließ er nicht, seine Andacht zu verrichten und Gott zu bitten, dass er auch ihn würdigen möge, etwas Stattliches zu seinem Ruhme zu verrichten.

Als sie nach einigen Tagen heimritten durch den meilenlangen Wald, gesellte der Hochmeister sich zu ihm und begann ein ernstes Gespräch über das, was er sich für die Zukunft vorgenommen hätte. Ew. Gnaden haben mich herberufen nach Preußenland, sagte der Junker ein wenig verlegen, und ich warte täglich, wie Ew. Gnaden über meine Dienste bestimmen mögen. Wenn ich nach der Wahrheit sprechen darf, so wäre mir's das liebste, über Land und Leute gesetzt zu werden, aber nicht mitten im Lande, sondern an der Grenze, wo es gilt, immer wach und mit bewaffneter Hand bereit zu sein. Denn meine Jugend verlangt nach Kämpfen, dass ich mir Ehre und Gut erwerbe, da mein Erbteil gar schwach ausgefallen.

Dazu wüsste ich wohl Rat, antwortete der Hochmeister freundlich lächelnd. Willst du ihm folgen und dich gut halten, so könnte es wohl geschehen, dass ich dich aus einem Dienstmann zu einem Herrn mache. Als ich dich zu mir berief, meinte ich, dir durch Empfehlung bei meinen Oberen im Orden nützlich sein zu können. Nun hat es Gott in seiner Gnade gefügt, dass ich selbst der Oberste bin und Macht habe über alle Brüder, die Herren sind in diesem Lande. Also ist auch mein Wort mächtig, wer unserer Brüderschaft neu angehören soll, und nicht besser kann ich für deine Zukunft sorgen, Heinrich, als wenn ich dich schon in so jungen Jahren in den Orden aufnehme als einen Ritter vom Deutschen Hause. Keine größere Ehre kannst du dir gewinnen, als gewürdigt zu werden, das schwarze Kreuz zu tragen im Dienste der Heiligen Jungfrau. Zeigst du dich aber klug und tapfer, so soll es dir auch an Ämtern nicht fehlen, in denen du ein großes Gut verwalten und über viel Leuten stehen magst. Gern will ich dich fördern, solange ich lebe, hoffe aber, dass du meiner Hilfe wenig benötigt sein wirst. Denn ich kenne dich als brav und ehrenfest. Solche Männer braucht der Orden. Sage mir also, ob du die Brüderschaft erwerben willst.

Über dieses Anerbieten erschrak Heinz sehr. Nie war es ihm in den Sinn gekommen, ein geistlicher Ritter zu werden, so hoch er auch die Ehre schätzte. Nun war sein erster Gedanke an Maria und dass er ihr entsagen müsste, wenn er ein Kreuzherr würde. Wie konnte das geschehen? Nein! Nicht für alle Schätze der Welt meinte er, seiner Liebe untreu werden zu können. So lockend die Ritterschaft war, von diesem Herzen durfte sie ihn nicht trennen. Er wurde sehr bleich und hielt die Zügel in schlaffer Hand, sodass sein Pferd stolperte. Zum Hochmeister wagte er gar nicht, aufzusehen.

Du überlegst noch? Fragte derselbe nach einer Weile.

Gnädiger Herr – stammelte der Junker, ich erkenne vollkommen Eure große Huld und Gnade, deren ich ganz unwürdig bin. Wie hätte ich mich eines solchen Antrages versehen sollen? Geizen doch Fürsten und mächtige Herren nach der Ehre des Ritterschlages, und ich – ein armer Junker – Aber es kann nicht sein, gnädigster Herr – bei Gott, es kann nicht sein. Haltet mich nicht für undankbar. Den schwersten Dienst will ich für Euch gern auf mich nehmen, aber das Gelübde –

Der Hochmeister betrachtete ihn sehr ernst. Was muss ich hören? Sagte er. Du kannst dich bedenken, eine Gunst anzunehmen, die du selbst so hoch stellst? Wahrlich, ich muss dich für verstört halten, wenn du zögern kannst, dein Glück zu ergreifen, wie es sich dir durch meine Hand bietet. Welche Aussichten für die Zukunft hast du sonst? Wie kann ich dir auf anderen Wegen in gleicher Art nützlich sein? Worauf baust du? Wie willst du dein Glück gründen? Verpasse nicht die Zeit. Nimmt dich der Orden auf, so gibt er dir Herrenrecht – ein mehreres kann dir meine Gunst und meine Liebe nicht zuwenden.

Verkennt mich nicht, gnädigster Herr, antwortete Heinz, der sich ein wenig gesammelt hatte. Nichts Höheres weiß ich mir zu erstreben als Ritterschaft. Aber das Gelübde, das sie von mir fordert, vermag ich nicht zu leisten. Mein Herz –

Es scheint gar sehr an weltlicher Lust zu hangen, fiel der Meister mit strengem Vorwurf ein. Wer freilich Gott dient, muss mancher Freude dieser Welt entsagen. Aber unser Amt ist geistlich und weltlich zugleich. Wir dienen Gott nicht allein mit Gebeten und frommen Übungen, sondern indem wir ihm hier auf Erden ein Reich aufrichten, darin man ihn bekennt und christliche Zucht hält und seines heiligen Friedens sich erfreut. Die Schulter, die das schwarze Kreuz trägt, trägt auch des Regimentes Bürde, und nicht jedem ist sie eine unbequeme Last. Große Aufgaben findet für sich der Mann, dessen Sinn nach weltlichen Dingen steht. Trägt er doch Schwert und Schild und sitzt im Kapitel, muss zu Rat und Tat stets bereit sein. Wird er aber wegen seiner bewährten Tüchtigkeit zum Komtur gewählt, so ist er Verwalter großen Gutes, Richter, Heerführer, ein Gebietiger über viele Tausende. Jeder Tag bringt ihm neue Geschäfte und Sorgen. Sein Leben erfüllt sich mit würdiger Arbeit, vielen ist er ein Helfer in der Not. Und ob er schon nicht für sich selbst erwirbt und kein Erbe hinterlässt, so mehrt er doch den Segen Gottes, eine Ehre über allen Ehren. Von welchem irdischen Tun kannst du dir mehr Genugtuung versprechen?

Der Junker schwieg eine Weile; ihm war das Herz schwer, und er konnte es nicht erleichtern, wie er wollte. Gnädiger Herr, begann er dann, da die Stille immer peinlicher wurde, Ihr bedürftet solcher Zusprache nicht, wenn ich noch frei wäre zu wählen. Aber ich habe in meinem Innersten ein anderes Gelübde getan – das steht diesem entgegen, und ich wäre zeit meines Lebens ein Unglücklicher, wenn ich es mir nicht hielte. Das allein ist's, was mich hindert, Eurem Gebot zu folgen.

Der Hochmeister wiegte den Kopf. Überlege, was du sprichst, sagte er; ich will nicht glauben, dass dieses dein letztes Wort ist. Hast du dich einem Weibe zugelobt, das wäre sehr unbedacht geschehen. Erwidere jetzt nichts – bedenke, was ich dir gesagt habe, und gib mir in den nächsten Tagen eine bessere Antwort.

Somit ritt er von ihm ab und kehrte während der ganzen Reise nicht wieder zu ihm zurück. Heinz hielt sich allein; was er gehört hatte, gab ihm viel zu denken. Eine Strecke Weges gesellte sich der Großschäffer zu ihm und suchte ihn auszufragen, was der Meister so ernst mit ihm geredet hätte und weshalb er so bekümmert aussehe. Aber er erhielt nur mürrische und ausweichende Antworten, sodass er sich bald zurückzog.

Nun kamen trübe Tage für den Junker. Ehrgeiz und Liebe bestanden miteinander einen harten Kampf. Einer von den deutschen Herren werden, das war eine lockende Aussicht. Aber Maria entsagen –? Unmöglich! Jetzt erst fühlte er mit ganzer Stärke, wie fest sie ihm ins Herz gewachsen war.

Er vermied es, dem Hochmeister zu begegnen. Ungern hätte er ihn erzürnt und für immer seine Gnade verscherzt. Manchmal beschlichen ihn auch bange Zweifel, ob er das Ziel erreichen könnte, das er sich selbst gesetzt. Nie war ihm dergleichen vorher gekommen. Ob er geliebt wurde, war die einzige Frage, und auch da war er der Antwort bald gewiss. Er sah nicht auf seinen Weg, er fühlte ihn nicht unter seinem Fuß; leicht schwebten seine sehnsüchtigen Gedanken an das geliebte Mädchen darüber hin – Anfang und Ende seines glückseligsten Strebens war eins. Nun stellte sich so oft Huxers gedrungene Gestalt vor ihn hin, den Arm vorstreckend und mit der Hand zurückwinkend. Das verwetterte Gesicht des alten Reeders wollte ihm gar nicht vertrautsam erscheinen. Und wer war er nun? Was hatte er zu bedeuten in der Welt? Was bot ihm die Zukunft? Zog gar der Hochmeister seine Hand von ihm ab, so war seines Bleibens nicht länger im Lande. Und ehe er sich im Dienste fremder Fürsten mit dem Schwert eine geachtete Stellung erkämpfte – an so langes Warten dachte Maria schwerlich.

Dann wieder meinte er, nur vor Tidemann Huxer hintreten und mit kühnem Wort sprechen dürfen: Ich liebe Eure Tochter – gebt sie mir zum Weibe! Wie konnte er seinem einzigen Kinde einen Herzenswunsch versagen, der so ernst gemeint war? Und es war ernst gemeint! Wie er Maria kannte, würde sie nicht von ihm lassen und selbst ihres Vaters Zorn und Drohung nicht fürchten. Und wenn sie nun festblieb und unerschütterlich zu ihm hielt – was konnte sie trennen? Dann schwanden wieder alle Besorgnisse, und sein Herz jauchzte auf.

Am liebsten setzte er sich in ein Boot und ruderte auf dem Schlossteich herum bis hoch hinauf zur Mühle. Da war er mit seinen Gedanken allein.

Eines Abends, als er auf der oberen Galerie stand und, an einen Pfeiler gelehnt, in den Hof hinabschaute, legte sich eine schwere Hand auf seine Schulter. Er wandte sich rasch um und bemerkte den Hochmeister. Nun, Heinrich, fragte derselbe, hast du's überlegt, bist du mit dir einig? In kurzem reise ich nach der Marienburg zurück – es wird wegen wichtiger Beratung in Landessachen ein Generalkapitel berufen werden. Ihm steht die Aufnahme neuer Ordensbrüder zu. Entscheide dich also, ob du das Kreuz nehmen willst.

Heinz bückte sich und küsste seine Hand. Was zu bedenken ist, gnädigster Herr, antwortete er, kann ich hier nicht bedenken. Gebt mir gütigst Urlaub auf einen Monat oder zwei, damit ich außen umschaue, was ich ergreifen möchte, und prüfe, wie meinem Herzen zumute ist. Betrachtet meine jungen Jahre, gnädigster Herr, und scheltet meine grüne Torheit nicht. Auch Euch stand wohl in solcher Zeit nicht der Sinn nach dem Kreuz unseres Erlösers. Ich will Euch die Wahrheit bekennen als meinem gütigen Oheim: mein Herz ist voll Liebe zu einem schönen Mädchen, und wenn ich dessen Hand erwerbe, schätz ich mir alles andere gering. Schlägt aber diese liebste Hoffnung fehl, dann weiß ich mir nichts Sehnlicheres, als das Kreuz auf mich zu nehmen. Was ich dann Gott in Eure Hand gelobe, das meine ich, halten zu können.

Er sah den hohen Herrn dabei recht treuherzig an, und was er sprach, sprach er ohne Stocken, ob er schon fürchtete, scharf angefahren zu werden. Zu seiner Verwunderung glänzte aber des Meisters Auge feucht. Geh denn – geh, sagte derselbe mild und freundlich. Und möge dir's erspart sein, zu erfahren, was ich erfahren habe, ehe ich unter Christi Kreuz den Frieden fand. Nun sage ich selbst: übereile nichts – bedenke – prüfe! Ich will deinem Glück nicht im Wege stehen – mögest du es ohne mich finden.

Er küsste ihn auf die Stirn, wandte sich rasch ab und ging.

Am anderen Morgen kam der Großschäffer ihn aus seiner Schlafkammer abholen. Er musste ihn über die Schlossbrücke nach der Altstadt hinein begleiten. Dort führte er ihn in eine Herberge, in der er selbst sein städtisches Quartier hatte, reichte ihm einen ledernen Beutel, der schwer mit Goldstücken gefüllt war, und sagte ihm, dass er vom Herrn Hochmeister beauftragt sei, ihn zur Reise auszurüsten. Sein Pferd stand dort schon gesattelt. In dem Mantelsack, der aufgeschnallt war, sollte er ein gutes Kleid und feines Leinen finden. Der Herr Hochmeister sendet Euch seinen Gruß, sagte er, und hofft, dass Euch dies auf Euren Wegen nütze. Reicht's nicht zu, so wendet Euch lieber an mich als an ihn. Weiß ich doch nun, dass ich ihm eine Freundlichkeit erweise, wenn ich Euch helfe. Ich hoffe auch, Ihr besucht mich bald auf meiner Burg Rheden – wenn nicht meinet-, so doch des Freundes in Buchwalde wegen. Das Fräulein wird dort aus Polen erwartet. Soll ich einen Gruß bestellen? Gott befohlen, Junker!

Er wartete nicht ab, bis Heinz seinen Dank gestammelt hatte. Der aber schwang sich aufs Pferd und trabte frohen Muts zum Tor hinaus.

An demselben Tage ließ der Hochmeister viele Briefe schreiben und siegeln. Es war ein Städtetag nach Braunsberg angesagt auf den 12. April. Nun schrieb er an die Ratmannen von Thorn und Elbing, Graudenz und Kulm und an viele andere Städte, auch an die Bannerführer und Landrichter der Gebiete und an alle angesehensten und edelsten Landesritter, dass sie sämtlich zu diesem Tage erscheinen sollten, zu dem auch er eintreffen werde, des Landes Wohl mit ihnen zu beraten und seinen Spruch wegen der Stadt Danzig zu vernehmen.

Danzig soll offen gerichtet werden vor dem ganzen Lande! rief er.

Georg von Wirsberg aber erhielt Auftrag, nach Rheden zu gehen und dort Vorsorge zu treffen, dass die fällige Schuld an den König pünktlich entrichtet werde. Alles Geld sollte er dort zusammenbringen, das vom Schloss noch eingehe, auch alles Silbergeschirr aus den benachbarten Komtureien in seinen Gewahrsam nehmen und einschmelzen lassen. Sein eigenes kostbares Tafelgeschirr befahl der Hochmeister aus der Marienburg nach Rheden zu schaffen und in gleicher Weise zu verwenden.

Es ziemt uns nicht, sagte er, von silbernen Schüsseln zu essen, wenn das Land darbt.

Zehntes Kapitel

Die Eidechsen

Hans von der Buche baute mit großem Eifer seinen Hof in Buchwalde wieder auf.

Er hatte Zimmerleute, Maurer und Dachdecker teils von Thorn, teils von Kulm und Graudenz beschafft und zahlte ihnen einen hohen Lohn. Es war nicht leicht, in dieser Zeit selbst gegen die lockendsten Anerbietungen die erforderliche Zahl von Bauhandwerkern zusammenzubringen und zusammenzuhalten. Denn meilenweit im Kulmer Lande waren die Höfe von den durchziehenden Polen niedergebrannt und eingeäschert worden; gerade in dieser Gegend, wo sich doch so viele heimliche Freunde für sie bemühten, hatten sie am schlimmsten gehaust. Es war viel Elend im ganzen Lande.

Da merkte Hans von der Buche nun erst recht, wie viel Dank er dem alten Waldmeister schuldete, der sein Vieh und Wirtschaftsgerät geborgen und auch dem gänzlichen Verfall des Hofes entgegengearbeitet hatte. Im Walde am Melno-See wurde Holz geschlagen; die Preußen aus der Heidenschanze halfen es zurichten und auf den Hof schaffen. Auch ließen sie sich als Brettschneider und Ziegelarbeiter dingen. Die städtischen Zimmerleute richteten die Ställe und Scheunen, stellten die Umwehrung des Hofes wieder her. Dann ging's an das Wohnhaus, dem die Hälfte des Daches neu aufgesetzt werden musste. Im Innern ließ der Gutsherr die Gemächer neben der Halle wohnlich herrichten und ritt deshalb von Zeit zu Zeit selbst nach Thorn hinüber, um Einkäufe an wollenen Teppichen zur Bekleidung der Wände und Belegung der Fußböden zu machen. Er kaufte auch bunte Gläser, die in dieser geschäftsstillen Zeit billig zu haben waren, und ließ sie in die Bleieinfassungen der Fenster einsetzen, sodass nun das Sonnenlicht farbig einfiel wie in den Kapellen der Kirchen. Auch zwei Holzschnitzer beschäftigte er, die Tische mit gewundenen Füßen und Stühle mit geschweiften und mannigfalt verzierten Lehnen herstellen mussten. Ein Maler färbte Laden und Kisten zu allerhand Gerät blau und rot, versuchte auch die Deckel mit Blumen und Rankenwerk zu zieren. In der Schmiede wurde an den eisernen Beschlägen gearbeitet, und der Junker zeichnete selbst die Formen mit Kohle vor, wie er sie draußen im Reich in Nürnberg und Augsburg gesehen hatte. Früh und spät war er auf dem Platze, um zu beaufsichtigen, anzutreiben, guten Rat zu erteilen.

Schwerlich dachte er dabei an seine eigene Bequemlichkeit. Er wohnte noch immer im alten Hause und schien für seine Person gar wenig Bedürfnisse zu haben. Auch auf seine Stiefmutter meinte er, nicht Rücksicht nehmen zu dürfen. Fühlte sie sich doch überhaupt mehr in Polen als in Preußen zu Hause. Nun war sie zwar von Schloss Sczanowo nach Thorn übergesiedelt, um bei der unvermeidlichen Erbteilung näher zu sein und rechtskundige Berater zur Seite zu haben. Aber nach Buchwalde kam Frau Cornelia nicht, erklärte auch ganz offen, dass sie dort ebenso wenig in Zukunft den Witwenstuhl aufzuschlagen gedenke. Es gefiel ihr in der großen Handelsstadt, die immer halb mit ihren Landsleuten gefüllt war, sehr gut. Stundenlang konnte sie hinter der Windlade des Hauses oder am Fenster sitzen und auf das Marktgewühl hinabsehen; ohne sich viel bewegen zu dürfen, fand sie dort für ihre Augen immer Beschäftigung. Auch fehlte es nicht an Umgang, der ihr allerhand Neuigkeiten zutrug. Die früheren Nachbarn aus dem Kulmer Lande kamen nicht leicht nach der Stadt, ohne bei ihr anzusprechen und ein Stündchen zu plaudern. Darunter waren denn auch die Eidechsenritter, die sie oft als Gäste ihres Mannes bewirtet hatte, vor allen der wilde Nikolaus von Renys, der sich mit Vorliebe in Scheltreden über den Hochmeister und das Ordensregiment erging, auch kein Blatt vor den Mund nahm, dass doch nur ein dauernder Friede zu erreichen sei, wenn das Kulmer Land an Polen abgetreten würde, was ihr wohl gefiel zu hören. Von jenseits der Grenze fanden sich öfters auch die Brüder und Vettern ein, dazu Hauptleute von den polnischen Fähnlein, die an der Weichsel Wache hielten, und Leute, die von Warschau oder aus des Königs Quartier nach der Marienburg oder nach Königsberg durchreisten, die noch nicht ausgeglichenen Streitfragen zu ordnen. Auch Geistliche gingen ab und zu, besonders solche, die mit dem Bischof von Kujawien in Verbindung standen und in den Klöstern gut aufgenommen waren. Nikolaus von Renys wusste sogar zu erzählen, dass der Bischof von Ermland, Heinrich Vogelsang, der sich trotz des Friedens noch immer nicht in sein Ländchen zurückwagte, bei Frau Cornelia eine geheime Zusammenkunft mit einigen Herren des Heilsberger Domkapitels, mehreren von der ermländischen Ritterschaft und einigen Sendboten der kleinen Städte gehabt habe, um gemeinsame Schritte gegen den Orden zu beraten. Man hatte es jedoch noch nicht an der Zeit gehalten, offen seine Feindseligkeit zu zeigen, da die harte Bestrafung der Danziger in zu frischem Andenken war. Frau Cornelia tat schwerlich etwas dazu, alle diese dem Orden feindlichen Elemente bei sich zu sammeln und in Verkehr miteinander zu bringen, nahm vielleicht selbst nur den flüchtigsten Anteil an dem, was ihre Gäste planten und ratschlagten, aber es genügte auch völlig, dass man ihr Haus immer offen und darin gerade die gewünschte Gesellschaft fand. Seit Kurzem zeigte sich nun auch häufig ein Mann, den man am wenigsten hätte dort erwarten sollen, der Komtur von Rheden, Herr Georg von Wirsberg.

Natalia war ihrer Mutter nach Thorn gefolgt, hatte aber bei ihr nicht lange Ruhe. Bald begleitete sie die Vettern wieder nach Sczanowo, um nach einigen Tagen zurückzukehren und nach kurzem Aufenthalt einen unvermuteten Besuch in Buchwalde abzustatten. Diese Reisen machte sie stets zu Pferde, oft in Männerkleidern, mit einem polnischen Säbel und langem Dolch bewaffnet. Zwischen Thorn und Buchwalde ritt sie manchmal ganz allein, ohne irgendeine andere Begleitung als die einer großen englischen Dogge, selbst zur Nachtzeit. Sie blieb wohl auch Tage und halbe Wochen lang auf dem Gut, aber ihr Bruder sah sie gleichwohl wenig. Ihre Lieblingsbeschäftigung war's, auf der steinigen Heide umherzureiten, und sie ritt wilder und toller als je. Auch suchte sie gern den alten Waldmeister auf, der sich seit lange schon außerhalb seines Reviers nicht mehr blicken ließ, und begleitete ihn zur Jagd, wenn er sie bei guter Laune neben sich litt, oder nahm ein paar Buben aus dem Heidenwall mit, die sie in die verstecktesten Schluchten am See und in die tiefsten Waldgründe führen konnten. Einmal hatte sie sogar im Wall bei dem alten Kräuterweibe genächtigt, das als Hexe verschrien war. Sie hatte von ihr wissen wollen, ob es einen Zauber gäbe, der einen Menschen an den andern zwinge, und ein Tränkchen verlangt, von dem die Leute sprechen, dass es solche Wirkung übe. Die Alte hatte ihr's auszureden versucht, war aber mit dem Dolch bedroht worden. Sie wolle sich den heidnischen Göttern verschwören, hatte sie gesagt, wenn das Bedingung sei; auf das ewige Heil leiste sie Verzicht, sofern sie nur hier auf Erden über einen einzigen Menschen Macht erhalte, den sie liebe und hasse zugleich. Die Alte wollte nichts von solcher Kunst wissen. Ein Tränkchen kenne sie wohl, das den stärksten Mann in einen willenlosen Zustand versetze, dass man ihn nach Belieben küssen oder töten könne; wer aber wache, den könne sie nicht zwingen.

Den Gutsleuten erschien das Fräulein selbst unheimlich. Sie schlugen hinter ihr ein Kreuz, wenn sie auf schnaubendem Pferde mit gelöstem Haar im Felde an ihnen vorüberjagte, schrille Laute ausstoßend, die wie das Geschrei der Zugvögel klangen. Ihr Gesicht war zum Erschrecken bleich; nur manchmal nach heftiger Bewegung zeichneten sich auf den Wangen rote Flecken ab. Dabei schien innere Glut sie zu verzehren: Die Lippen waren immer trocken, so oft die Zunge sie auch anfeuchtete, in den Augen loderte das Feuer. Keine Ermüdung konnte die Unruhe bezwingen, die sie ewig auftrieb und den Ort zu wechseln zwang. In Gesellschaft der Männer, die im Hause ihrer Mutter verkehrten, war sie mitunter bis zur Ausgelassenheit munter, aber plötzlich schlug ihre Lustigkeit in ein launenhaftes Wesen um, sodass sie nun durch unartige Reden und hämische Bemerkungen jeden verletzte, der sich ihr freundlich näherte. Mit ihrem Bruder sprach sie selten mehr als das Notdürftigste; jeden Versuch, sie an sich heranzuziehen und vertraulicher zu stimmen, wies sie schroff zurück. Und doch schien sie sich dabei selbst Zwang anzutun. Mitunter hielt sie sich stundenlang in dem Raum auf, in dem er sich beschäftigte, und beobachtete ihn scharf, als wollte sie eine günstige Gelegenheit erspähen, ihn in ihr quälendes Geheimnis einzuweihen. Aber das Wort kam nicht über ihre Lippen, das ihm vielleicht schnell ihr ganzes Herz geöffnet hätte, und dann nach solchem vergeblichen Ringen war's, als ob sie ihm zürnte, dass er sie nicht zwang. Dann faltete sich die Stirn, und die kleinen scharfen Zähne bissen aufeinander; sie kehrte ihm den Rücken und eilte fort.

Auch an seine Schwester dachte Hans nicht, wenn er sein Haus schmückte. Jetzt weniger als je konnte er ein sicheres Verhältnis zu ihr gewinnen. Er hatte sie von Herzen lieb, sah sie doch lieber scheiden als kommen: Sie störte jedes Mal den Frieden seiner schönen Träume, die ein anderes Frauenbild umschwebten, das freilich nur ihnen nutzbar war. Dort in der Vorburg der Marienfeste, im Hause des wackeren Gießmeisters Ambrosius weilten alle seine Gedanken. Zwar hatte er keine Nachricht, ob Waltrudis sich noch jetzt dort aufhalte; dass sie aber nicht nach Schwetz in das Haus des Ratmannes Clocz zurückgekehrt sei, wusste er, und so nahm er an, dass der Hochmeister sie gern in seiner Nähe behielt. Manchmal schalt er es selbst Wahnsinn, seine Wünsche auf einen so hohen Gegenstand zu richten, meist aber war er frohen Herzens und guter Zuversicht, dass der Liebe kein Hindernis unüberwindlich sei. Dann arbeitete er um so mutiger an der Wiederherstellung seines Hofes und Aufrichtung seiner Wirtschaft. Das Haus musste innen so schmuck ausgestattet werden, weil es eine junge Frau empfangen und herbergen sollte, und nicht eher meinte er einen Schritt zu diesem letzten Ziele wagen zu dürfen, bis er sagen könnte: Es ist alles bereit.

So unablässig mit seinem Herzen beschäftigt, hatte er den öffentlichen Angelegenheiten kaum halbe Teilnahme geschenkt. Ganz konnte er sich ihnen allerdings nicht entziehen. Den Winter über und bis in das Frühjahr hinein hatten sich die Eidechsen stillgehalten; einige von ihnen waren durch den Krieg schwer geschädigt und nun durch die Sorge für ihren Besitz völlig in Anspruch genommen, andere meinten guten Grund zu haben, wegen der Vorfälle in der Tannenberger Schlacht möglichst wenig von sich reden zu machen. Man sprach wohl bei gelegentlichem Zusammentreffen von dem Bunde und versicherte sich, dass man daran festhalten wolle, unterließ es aber, sich in größerer Zahl zu versammeln. Erst als das Haus Rheden wieder von den Polen geräumt und den Brüdern übergeben war, die der Hochmeister aus den benachbarten Konventen dorthin geschickt hatte, und nun die Gefahr nähertrat, dass der Orden gegen die Feldflüchtigen ein Verfahren einleiten oder ihnen wenigstens allerhand Ungelegenheiten bereiten möchte, fühlte man das Bedürfnis, sich enger aneinanderzuschließen und zu gemeinsamem Widerstande zu rüsten. Auffallend konnte es dann erscheinen, dass sich bald gegen alles Erwarten ein freundschaftlicher Verkehr zwischen mehreren von den eifrigsten und angesehensten Mitgliedern des Bundes und einigen von den Schlossherren bemerkbar machte. Namentlich war es der Deutschordensritter Friedrich von Wirsberg, ein Bruder des Komturs, der viel im Gebiet von Rheden, Roggenhausen und Engelsburg umherritt und überall bei Eidechsenrittern einkehrte, oft auch bei einzelnen von ihnen nächtigte. Als dann der Komtur selbst anlangte, wurde das Treiben noch munterer; er schien sich mehr auf den Gutshöfen seiner Eingesessenen als auf dem Schloss aufzuhalten. Den Vorwand gab seine Verpflichtung, sich in seinem Verwaltungsgebiet umzuschauen, den Kriegsschaden festzustellen und die Ordnung der Dinge wieder aufzurichten: Bald war es aber unter den Beteiligten kein Geheimnis mehr, dass man es nicht mit einem gestrengen Herrn zu tun hatte, der des Ordens Gerechtsame eifrig gegen dessen Widersacher zu vertreten entschlossen war, dass man im Gegenteil auf seine Nachsicht rechnen könne, wenn man wieder die alten Bundeszeichen öffentlich zur Schau trage. Hütete er sich auch, geradeaus Versprechungen zu geben, so führte er doch unter vier Augen gar absonderliche Reden, die einem Gebietiger des Ordens wenig ziemten, den Landesrittern aber angenehm zu hören waren. Er reiste viel ab und zu, und auch sein Bruder war oft unterwegs, bald nach den benachbarten Häusern, bald ins Reich hinein. Man konnte aus dieser Geschäftigkeit nicht klug werden und fing an sich darüber Gedanken zu machen, die vielleicht nicht ganz seitwärts abgingen. War es doch bekannt, dass der Hochmeister im Orden selbst Gegner hatte, die mit seinem strengen Regiment unzufrieden waren und sich nur murrend seinen Anordnungen fügten. Gehörte der Komtur zu ihnen? Freilich hieß es im Schlosse, dass er wie wenige sonst in des Meisters Vertrauen sei und häufig in seinen Rat gezogen werde, woraus sich dann auch seine öftere Abwesenheit erklärte; aber die ihn näher zu kennen meinten, hielten ihn für einen listigen Fuchs, der sich seinen Bau mit mehreren Ein- und Ausgängen herrichte. Jedenfalls glaubte man nicht zaghaft sein zu dürfen, die günstige Zeit zu benutzen und die alte Verbindung von Neuem zu festigen.

So waren denn eines Tages Nikolaus von Renys und sein Bruder Hans, der im Dorfe Polkau bei Friedeck eine begüterte Witwe geheiratet hatte und sich seitdem Hans von Polkau nannte, auf den Hof zu Buchwalde eingeritten und hatten bei dem jungen Gutsherrn nach der Lade der Eidechsengesellschaft Nachfrage gehalten, die im Turmzimmer des alten Hauses aufbewahrt gewesen war. Nun erst kam Hans die Lade wieder ins Gedächtnis. Man machte sich sogleich auf, den Platz unter den Buchen hinter dem alten Hause aufzusuchen, wo sie vergraben worden, und fand sie unversehrt, wenn auch im Eisenwerk stark eingerostet und an einer Ecke von Feuchtigkeit durchzogen, sodass sich einige Siegel am Bundesbriefe gelöst hatten. Der Schaden war aber leicht auszubessern. Die Lade wurde wieder in den Turm geschafft.

Die beiden Ritter hatten ihren jungen Freund belobt, und Hans freute sich dieser Anerkennung, denn die Brüder zählten zu den angesehensten Männern des Kulmer Landes. Zu Nikolaus hatte er sich freilich nie hingezogen gefühlt, und der Grund lag nicht nur in der Verschiedenheit des Alters. Der Ritter hatte wilde Sitten und etwas Unbändiges in seiner ganzen Art. Er liebte es, den fuchsigen Bart lang zu tragen und das Haar über die Stirn fallen zu lassen, sein Blick war stechend, seine Rede rau. Den Knaben hatte er manchmal bei seinen Besuchen in Buchwalde derb angefahren, dass er sich so zierlich trage und zu viel hinter den Büchern her sei, statt tagsüber auf dem Pferde zu liegen oder den Füchsen aufzupassen, wie er selbst es in der Jugend getan. Aber nun meinte Hans, um so mehr zeigen zu müssen, dass er ein Mann geworden.

So war's denn auch fast selbstverständlich gewesen, dass die Gäste hinterher bei einer Kanne Graudenzer Biers ohne Bedenken in seiner Gegenwart von den Bundesangelegenheiten gesprochen und es ihm nahegelegt hatten, sich zum Eintritt zu melden. Es könne dann alles bleiben, wie es gewesen, und die Turmstube auch künftig zum Versammlungsort gewählt werden. Buchwalde liege den meisten Gliedern des Bundes bequem, und es lasse sich nicht überall auf den Höfen ein so festes Mauerwerk zur Bewahrung ihrer Heimlichkeiten finden. Hans erinnerte sich der Mahnungen seines Vaters. Und wenn Plauens Warnung Grund hatte, war es nicht ihm selbst nützlich, einen aufrichtigen Freund im Bunde zu haben? Hans von der Buche lehnte nicht ab, sondern ließ sich von des Bundes Zweck mehr unterrichten. Dabei war denn nach den Reden der beiden Renys wenig Verdächtiges.

Schaut Euch um, sagte Niklas, wer etwas bedeuten will, sieht zu, dass er Genossen findet. Der Orden selbst, ist er nicht nur deshalb ein großer Herr geworden, weil viel kleine Herren unter einem Hut zusammenstehen? Geht in die Städte: da umfasst eine Mauer vieler Bürger Häuser, und geschieht dem einzelnen ein Überlass, so läutet bald die Glocke am Rathause und ruft die Bürgerschaft zusammen. Das nicht genug. Die Städte schließen auch untereinander ein Bündnis, dass sie ihres Friedens gesichert seien und ihr Recht wahren. Wir aber auf dem flachen Lande sind am übelsten dran. Wir haben keine festen Schlösser und keine Mauern; unsere Höfe liegen vereinzelt und zerstreut. Die Ordensherren sitzen uns auf dem Nacken, denn überall streifen die Vorwerke der Häuser unsere Äcker und Wiesen; unsere polnischen Untertanen stehen unter Gerichtsbarkeit ihrer Vögte, und was auf öffentlicher Straße geschieht, das wird im Schloss abgeurteilt. Die Bürger in den Städten aber wollen keine Handarbeiter auf unseren Höfen leiden und erheben unablässig ein Geschrei, dass wir ihnen ihre Nahrung verkümmern, wenn wir billig unseren Vorteil bei Kauf und Verkauf wahrnehmen. Da ist's an der Zeit, dass wir selbst die Hände regen und in geschlossener Schar dastehen zur Abwehr. Unsere Vereinigung ist von den früheren Hochmeistern wohlgelitten und soll, so Gott will, sich auch in Zukunft bewähren, nicht nur zu unserem Besten, sondern auch zu des Landes Segen.

Hans ließ sich den Bundesbrief vorlegen und las ihn genau. Da stand aber geschrieben, dass man sich gegenseitig Hilfe leisten wolle »in nothaftigen ehrlichen Sachen«, freilich mit Leib und Gut gegen jedermann, der eins der Mitglieder an Leib, Ehre oder Gut betrübe oder verunrechte, aber mit dem ausdrücklichen Zusatz: »ausgenommen gegen die Landesherrschaft und die nächsten Blutsverwandten von der Schwertseite.« Geboten war die Unterstützung der Mitglieder bei unverschuldeter Verarmung und »ein redlicher Gottesdienst zu Gottes Lobe, des rechten Erbherrn Ehren und zu Nutz und Frommen der Mitglieder«. Das klang alles gar gut und zuverlässig. Darauf will ich mich gern verpflichten, sagte Hans, nennt mir Tag und Stunde, wenn ihr mich in den Bund aufnehmen wollet. Ich hoffe, dass er keine Heimlichkeiten hat, die dem Brief entgegen sind, denn an dessen Worte will ich mich halten, wenn ich mich in eure Genossenschaft schwöre. Das verstehe sich ja von selbst, antwortete Niklas, nur dass man nicht zu ängstlich sein dürfe, sein Recht zu fordern, und sich bei Uneinigkeiten unter den Ordensherren selbst auf die Seite derer stelle, die Rittern und Knechten auf dem Lande den besten Teil gönnten.

Eine Woche später hatten sich dann im Turm des alten Hauses zu Buchwalde zehn oder zwölf von der Gesellschaft der Eidechsen zusammengefunden, den Inhalt der Lade durchgesehen, einige Siegel erneuert und Hans von der Buche in den Bund aufgenommen. Er hatte ihnen mit einem Eide auf Christi Kreuz versprochen, ein treuer Geselle zu sein, wie es der Bundesbrief vorschreibe, und sein Siegel neben das seines Vaters gehängt. Desselben Tages war noch viel über Landessachen gesprochen worden und wie man die Schadensforderungen am besten durchsetze. Als die Gäste in der Halle den Abschiedstrunk nahmen, lösten sich die Zungen mehr. Da fehlte es nicht an derben Flüchen und Verwünschungen des Ordensregiments. Hätten sie den Michael Küchmeister gewählt, meinte Friedrich von Kynthenau, so stände es besser um den Frieden. – Ganz recht, stimmte Hans von Ezippelyn zu, der Erbschulze im Dorf Sczepil war, dem Plauen verzeiht's der König nimmermehr, dass er die Marienburg gegen ihn gehalten hat. Der Ritter von Pfeilsdorf, der auf Bartholmitz saß, wollte sichere Nachricht aus Polen haben, dass während der Gefangenschaft Küchmeisters viel heimlich zwischen ihm und dem König oder seinen obersten Räten verhandelt worden sei, wovon der Hochmeister schwerlich etwas wisse, und Hans von der Damerau auf Dombrowken lachte dazu und äußerte, der Hochmeister könne es wohl noch bereuen, dass er so eilig gewesen sei, ihn zum obersten Marschall zu ernennen. Niklas von Renys aber strich seinen Fuchsbart und sagte: Die Partie steht nicht nur zwischen den beiden, und die Dinge können wohl noch einen Verlauf nehmen, an den vor Kurzem noch niemand gedacht habe. Es sei da einer, der seinen Kopf für sich haben wolle, und es werde davon noch manch Wörtchen zu sprechen sein. Des näheren ließ er sich jedoch darüber nicht aus.

Nun fand sich mitunter auch Georg von Wirsberg als Gast in Buchwalde ein. Als er von Königsberg gekommen war, brachte er für Hans von der Buche eine Nachricht mit, die diesen zu großem Dank verpflichtete: Sein Freund Heinz lebte! Der Komtur schien an seiner Freude darüber herzlichen Anteil zu nehmen, und so wurde er auch ihm lieb. Von da ab kam er häufiger, mitunter noch spätabends zum Schachspiel oder zu anderer Unterhaltung, besonders in den Zeiten, in denen Natalia sich bei ihrem Bruder aufhielt. Er machte dem Fräulein artig genug den Hof und wusste immer viel Merkenswertes aus aller Herren Ländern zu erzählen, die er bereist hatte. Nahm sie auch in ihrer finsteren Stimmung selten lebhafteren Anteil am Gespräch, so schien sie ihm doch nicht ungern zuzuhören. Es kam auch wohl vor, dass sie unvermutet Fragen stellte, die ihn ein wenig in Verwirrung brachten; zum Beispiel: was er vom geistlichen Leben denke, da sein Sinn so merklich zu weltlichen Dingen stehe? Er gab darauf ausweichende Antwort und meinte, man dürfe die Frucht nicht schütteln, bevor sie reif sei; er hoffe wohl noch einmal seine Ernte zu machen, und die Zeit sei vielleicht nicht so fern, als es denen schiene, die nicht nach der Sonne sehen wollten. Auf der Erde sei alles im Wechsel, und selbst Kaiser und Papst könnten nicht hindern, dass eine Kugel rolle. Was nicht leben könne, müsse sterben, und es sei mit Körperschaften nicht anders als mit einzelnen Menschen. Manches Haus sehe äußerlich noch gar stattlich aus und sei innen doch jeder Balken von Würmern zernagt und jeder Dachsparren angefault; es frage sich nur, wann und von welcher Seite es einen kräftigen Stoß erhalte, dass es über den Haufen stürze. Man müsse sich vorsehen für alle Fälle, und wer jung sei, könne noch etwas erleben.

Hans achtete auf solche unverständliche Reden wenig; Natalia zuckte die Achseln und bemerkte spöttisch: Sagt mir doch, wann es so weit ist, Herr Komtur, dass ich das Schauspiel nicht versäume. Ihr nehmt gern den Mund voll großer Worte und gebt, denke ich, Rätsel auf, zu denen Ihr die Auflösung selbst nicht wisst. Dazu lachte er verschmitzt und sagte: Wartet nur ab, Ihr habt's ja bei Euren Jahren noch nicht so eilig, Fräulein.

Dass auf dem Schlosse zu Rheden etwas Ungewöhnliches vorging, konnte bald keinem Aufmerksamen entgehen. Fast täglich kamen dort Fuhrwerke an, die mit Kisten und Kasten beladen waren. Sie mussten wohl einen kostbaren Inhalt haben, da stets ein Ordensritter mit einigen Knechten sie begleitete und für die Ablieferung an den Komtur Sorge trug. Es war in der Tat das Gold- und Silbergeschirr, das nach des Hochmeisters Befehl aus allen Landesburgen nach Rheden zusammengebracht werden sollte, um dort eingeschmolzen und zur Befriedigung des Königs von Polen oder zu Kriegsrüstungen verwandt zu werden. Auch aus vielen Landkirchen wurden die wertvollen Altargeräte aufs Schloss gebracht, wie es hieß, zur besseren Sicherung im Falle der Not. Das geschah auf des Komturs Weisung. Selbst aus der Marienburg langten mehrere vierspännige Wagen an, die des Hochmeisters Tafelgeschirr überbrachten. Nicht weniger flossen hier die Geldsummen zusammen, die noch an Schoß von den kleinen Städten und vom Lande aufzubringen gewesen waren. In der Schatzkammer des Hauses häuften sich die Wertsachen und füllten sich die Truhen. Georg von Wirsberg aber hatte den Schlüssel und trug ihn stets bei sich.

Die Brüder hatten ein gutes Leben. Ihr Komtur war nicht streng und hielt selbst wenig von Fasten und Beten. Mitunter wurde bis in die Nacht hinein munter pokuliert, und die Wächter der Stadt hörten vom Refektorium des Schlosses her wüsten Gesang und helles Lachen. Auch Vermummte wollte man einschleichen gesehen haben, die man für Weibspersonen hielt.

Darüber gab's in der ehrsamen Bürgerschaft viel böses Gerede. Das muss ein schlimmes Ende nehmen, meinten die Alten kopfschüttelnd: Sie verprassen des Ordens letztes Gut, und solche Zuchtlosigkeit war noch nie im Lande.

Elftes Kapitel

Der Komtur von Rheden

Es war eine warme, sternhelle Nacht. Auf der Landstraße, die von Thorn quer durch das Kulmer Land nach Rheden führte und nur noch eine gute Stunde von der Burg entfernt, ließ sich ein einsamer Reiter bemerken. Er trug einen breiten Schlapphut von grauem Filz ohne Feder und einem braunen Mantel von leichtem Tuch, der von der schlanken Gestalt hinabgeglitten war und sich bauschig, wie ein Rock um die Hüften legte, selbst die Füße bedeckend. Er ritt bald Schritt, bald in langsamem Trabe, augenscheinlich mehr nach dem Belieben des Pferdes als nach seinem eigenen. Meist hielt er beide Hände mit den losen Zügeln auf den Sattelknopf gestützt und schaute am Halse des Tieres vorbei auf den Erdboden. Manchmal aber zuckte er, scheinbar ohne äußere Veranlassung, zusammen, schüttelte sich und zog heftig den Zügel an. Dann ging's eine Strecke in rascher Gangart fort, doch nicht weiter, als es dem Gaul gefiel, der bald merkte, dass es dem Reiter diesmal mit dem schnellen Weiterkommen nicht Ernst war.

Um so eiliger schien's ein zweiter Reiter zu haben, der jetzt auf derselben Straße und aus derselben Richtung von Thorn her sich nähernd in der Ferne sichtbar wurde. Er war mit Lederwams und Mütze von Hundefell bekleidet und hatte den weißen Mantel hinten auf den Sattel gebunden, das breite Schwert aber nebst einer Blechkappe vor sich angehängt. Mitunter hob er sich in den Steigbügeln, um weiter ausschauen zu können. Als er die Gestalt vor sich bemerkte, spornte er das Pferd und war nun bald in raschem Trabe hinter ihr her. Der vorausreitende schlanke Geselle blickte zurück und schien einen Moment zweifelhaft, ob er sich eiligst davonmachen oder den andern an sich vorüberlassen sollte. Er entschied sich für das letztere, indem er sein Pferd ein wenig nach links führte und so die Bahn freimachte. Darum war es jedoch dem Ritter, nicht zu tun. Er verhielt, sobald er auf gleicher Linie war, den Zügel, bückte sich ein wenig, um besser unter den Schlapphut sehen zu können, und sagte: Ein Glück, dass ich Euch einhole, Fräulein, Ihr waret mir von Thorn mehr als eine Stunde voraus.

Er hatte Natalia richtig erkannt. Sie zog den Mantel fester um die Hüften und bis zur Brust hinauf, wandte das Gesicht halb zur Seite und antwortete: Ich habe keine Eile und komme immer noch vor Sonnenaufgang nach Buchwalde. Der Weg ist breit genug, ich lasse Euch gern vorüber.

Der Weg ist auch breit genug, dass wir nebeneinander reiten können, meinte der andere. Wollt Ihr mit meiner Gesellschaft vorliebnehmen, Fräulein? Sie ist immer noch besser als die der Dame Langeweile, die sich bei solchen einsamen Ritten über Land nicht abweisen lässt.

Ihr sprecht sehr bescheiden, Herr Georg von Wirsberg, entgegnete Natalia. Das ist sonst Eure Art nicht. Aber bemüht Euch meinetwegen nicht im Mindesten; ich bin um Unterhaltung niemals verlegen, wenn ich meinen Gedanken nachhänge.

Glücklich der, mit dem sie sich beschäftigen, bemerkte der Komtur galant.

Verflucht der! Fuhr sie heftig auf. Ihr ratet schlecht.

So wär's verdienstlich, Euch von so schlimmen Gedanken abzuziehen, Fräulein.

Wenn Ihr das vermöchtet!

Lasst mich's versuchen. Ihr wisst, wie sehr ich Euch verehre. Wenn Ihr mir freundliches Gehör schenken wolltet, mein schönes Fräulein –

Ich hab's Euch schon einmal ernstlich verwiesen, so zu mir zu sprechen. Haltet Ihr mich für eine Närrin?

Ich halte Euch für das, was Ihr seid: das schönste und liebenswerteste Geschöpf unter der Sonne.

Unverschämter!

Erzürnt Euch nicht gegen mich. Meine Gesinnungen sind die aufrichtigsten und redlichsten. Dass Ihr mir glauben wolltet! Wenn je ein Weib –

Schweigt! Ihr versündigt Euch an dem Orden, dem Ihr Euch gelobt habt.

Der Komtur lachte auf. Man hat mich dem Orden gelobt, da ich ein Knabe war. Ich bin ein jüngerer Sohn und brauchte eine Versorgung: Da blieb nur die Wahl zwischen Kutte und Kreuz. Aber was wusste ich vom

Leben? Was verstand ich von den Bedürfnissen des Herzens? Ich wurde ein Mann und begriff, dass ich mir Unmenschliches aufgebürdet hatte. Soll ich nun der Sklave eines unverstandenen Gelöbnisses sein? Ich bin ein Wesen von Fleisch und Blut; meine Sinne sind wie anderer Menschen Sinne, sie wollen die Welt erfassen und ihrer froh werden. Bin ich ein Gefangener, so trage ich doch nicht geduldig meine Ketten. Heimlich feile ich daran, und bald, so Gott will, sollen sie von mir abfallen. Ahntet Ihr, wie ich mich nach der Freiheit sehne!

Natalia hob den Kopf und maß ihn mit einem spöttischen Blick. Das lasst niemand von den Brüdern hören, sagte sie, man möchte Euch sonst eine sichere Wohnung anweisen, aus deren Mauern Ihr nicht so leicht ausbrechen solltet.

Glaubt das nicht, entgegnete er. Unter den Brüdern sind viele, die denken wie ich – vielleicht die meisten von den jüngeren. Der Deutsche Orden hat sich überlebt, darüber täuscht sich niemand mehr. Im Heiligen Lande hatte er seine Wurzel, aber schon dort krankte der Stamm. Man verpflanzte ihn hierher in den nordischen Boden, und er schien zu gedeihen, solange das Blut der Heiden ihn nährte. Nun ist sein Wachstum gelähmt, und seine Blätter werden gelb. Er braucht andere Säfte. Wir Brüder des Deutschen Hauses beherrschen ein mächtiges Reich und sollen uns einbilden, arm zu sein und knechtischen Gehorsam zuschulden? Zu Ehren Gottes haben wir es erkämpft als Priester in Waffen. Nun ist unsere Herrschaft weltlich geworden, und weltlich müssen wir selbst werden, damit sie gedeihe. Was hindert uns, wenn wir einig sind, unsern Besitz zu teilen und einen erblichen Fürsten über uns einzusetzen? Sollen wir unsern Nachbarn, dem König von Polen und dem Großfürsten von Litauen, Widerstand leisten können, so muss auch dieses Land ein Oberhaupt haben, das eine Krone trägt und über einen mächtigen, sein Hab und Gut verteidigenden Adel gebietet. Es sind große Dinge im Werke! Denkt nicht gering von denen, die sie heimlich vorbereiten.

Natalia hatte aufmerksamer zugehört. Das ist traumhafter Spuk, antwortete sie; vergesst nicht, dass Ihr nicht auf Eurem Lager liegt und schlaft, sondern unter den hellen Sternen hinreitet. Wenn Ihr mir aber Märchen erzählen wollt, so fangt's geschickter an.

Keine Märchen, keine Märchen! Beteuerte der Komtur. Hättet Ihr nicht den Blick so nach innen gerichtet, müsstet Ihr's wohl bemerkt haben, was in Eurer Mutter Hause vorgeht. Es sind viel Unzufriedene, und sie kennen und treffen einander. Der König wartet nur, dass sich das Land erhebt, um mit seinem Heere vorzurücken. An Vorwand kann es ihm nicht fehlen. Der Orden ist noch sein Schuldner, und es liegt in meiner Hand, dass der gesetzte Termin verstreicht, denn in meiner Schatzkammer ist alles Gold und Silber gehäuft, mit dem er bezahlt werden sollte, für das ich nun aber bessere Verwendung weiß. Auch ist seit Kurzem Frau Anna Groß bei ihm, die führt gar schwere Klage über Vergewaltigung. Arg hat der Hochmeister sein Ansehen geschädigt, dass er seinen Bruder nicht strafte, sondern ihn gegen die Stadt Danzig in blinder Wut verfahren lässt, und der war sein Freund nicht, der ihm dazu riet.

Nach diesen letzten Warten lachte er höhnisch auf. Und warum sagt Ihr mir das alles? Fragte Natalia, sich unwillig abwendend.

Weil ich Euch zu unserm Werk werben will. Ich kenne Euch als furcht-los und entschlossen und als die beste Reiterin im Lande. Es kann sein, dass zu rechter Zeit eine wichtige geheime Botschaft auszurichten ist, zu der ein verschwiegener Mund und ein schnelles Pferd gehören. Einem Weibe wird man nicht misstrauen und überall Durchlass gewähren. Auch habt Ihr Eure Vetterschaft in Polen, und es kann nicht auffallen, wenn Ihr sie besucht. Leichter aber als ein Mann verbergt Ihr Briefe unter Euren Kleidern.

Und fürchtet Ihr nicht, dass ich Euch verrate, wenn ihr so offen zu mir sprecht, ohne dass ich Euch durch Eid verpflichtet bin?

In Euren Adern rollt mehr polnisches als deutsches Blut, Fräulein. Wie solltet Ihr an dem König zur Verräterin werden? Ich darf Euch vertrau-en. Wenn Ihr aber sprechen wolltet, wo ist Euer Zeuge? Wir sind mitei-nander allein auf der Landstraße.

Natalia senkte den Kopf und schwieg. Der Komtur ritt eine Weile ne-ben ihr her, von Zeit zu Zeit das Gesicht ihr zuwendend, als wartete er auf eine Antwort. Da sie doch ausblieb, führte er sein Pferd wieder näher an das Ihrige heran und fuhr mit heimlicherer Stimme fort: Auch hoff ich, mir Euch noch in anderer Weise zu verbinden, Fräulein. Mein Ehr-geiz geht sonderliche Wege. Wenn unser Plan gelingt, wird Heinrich von Plauen keinen Tag länger Hochmeister sein.

Und Ihr hofft ...

Das steht bei den Brüdern. Aber die mir helfen, werden auch ein Ober-haupt wählen, das sie nicht zur Rechenschaft zieht, und die übrigen sind sicher so klug, dem Mächtigen nicht zu widerstreben. Doch auch das ist mein letztes Ziel nicht, nur Mittel zum Zweck. Nicht nach dem Ringe ge-lüstet's mich, sondern nach dem Fürstenhut. Dem Hochmeister aber, der den weißen Mantel ablegt, wird der König von Polen ihn willig aufs Haupt setzen. Dann bin ich meines Gelübdes ledig und mag nach einer anderen Frau umschauen als nach der Jungfrau Maria. Und die kenne ich wohl, die mein Herz wählt.

Dabei legte er mit einer raschen Bewegung seinen Arm um ihren Leib und zog sie an sich. Höret, zischelte er, wenn Ihr's nicht längst erraten haben solltet, dass ich Euch mit ganzer Kraft meiner Seele liebe, dass ich Euch anbete! Ist mein Ehrgeiz sündhaft, dessen bin ich ohne Schuld, denn zu mächtig ist der Zauber, in den Euer Blick mich gebannt hat. Er lässt mich nicht mehr los – er treibt mich fort, sei es zu seligstem Glück, sei es zu tiefstem Verderben. Mein sollst du sein, schönes Weib – mein, und müsste ich mit Satan und seiner ganzen Höllenbrut kämpfen – mein! Schenkst du mir deinen süßen Leib, so will ich dich zu einer Fürstin machen, wie wenige gleich mächtig und reich sind. Gib mir Hoffnung, Schöne, Angebetete, dass ich mutiger jedes Hindernis besiege! Nur einen Kuss von diesen weichen Lippen – einen Kuss ...

Natalia hatte einen so gewalttätigen Angriff nicht vermutet. Nun fühlte sie sich von seinem starken Arm erfasst und zur Seite gezogen, ehe sie das Pferd herumwerfen und entweichen konnte. Sie suchte ihn mit der Schulter abzudrücken, aber er hielt sie wie in einer eisernen Klammer fest und bestürmte sie mit immer leidenschaftlicherer Rede. Durch das Ringen wurden die Pferde wild und jagten in gestrecktem Laufe über die Landstraße hin. Er fasste ihre Hand, die den Zügel hielt, mit seiner rechten und hinderte sie, seitwärts abzulenken. Da er sie so gefesselt sah, wurde er dreister und suchte ihre Wange mit dem Munde zu erreichen. Aber sie bog den Kopf ab und griff ihm mit der linken Hand in den Bart, dass der Schmerz ihn zwang, abzulassen. Diesen Augenblick benutzte sie, den Zügel an sich zu reißen und mit einem kräftigen Ruck den Lauf des Pferdes zu hemmen. Zugleich bückte sie sich auf den Hals hinab. Sein Gaul schoss hastig vor, der Arm glitt über ihre Schulter hin und streifte den Filzhut von ihrem Kopfe. Ehe er sich dessen versah, war sie ihm entschlüpft und setzte über den Graben. Ein übermütiges Lachen gab ihm die Versicherung, dass sie ihn nicht mehr fürchtete.

Ihre Locken hatten sich gelöst, der Mantel schleifte am Boden hin; ihre Hand griff nach dem Dolch, der im Gürtel steckte. Aber sie zog ihn nur halb aus der Scheide, denn weitere Abwehr schien nicht erforderlich. Der Komtur machte nicht Anstalt, ihr zu folgen, sondern mühte sich nur, sein Pferd in ruhigen Gang zu bringen. Ihr habt mir den Hut hinabgeworfen, rief sie ihm herrisch zu, hebt ihn wieder auf!

Wollt Ihr mein ungestümes Werben verzeihen? Fragte er, sein Pferd wendend. Es ist Eure Schönheit, was mir alle Sinne verwirrt.

Sie deutete mit ausgestreckter Hand auf die Stelle, wo der Hut auf der Landstraße lag. Er ritt gehorsam zurück, stieg ab und hob ihn auf. Allezeit Euer dienstwilliger Knecht, sagte er galant, als sie nun herankam und ihm den Hut aus der Hand nahm. Verzeiht, wenn ich so ungeschickt –

Wagt's nicht zum andermal, fiel sie ein, wenn Euch Euer Leben lieb ist. Diesmal ist's genug, dass ich Euch demütigte. Sie ließ ihm nicht Zeit, wieder in den Sattel zu springen, trieb ihr Pferd mit einem zischenden Laut an und jagte davon.

Der Komtur folgte im Schritt, wie auch sein Gaul am Zügel zerrte. Finster sah er vor sich hin und biss die Lippe. Das war übereilt, murmelte er, so gewinne ich sie nicht. Oder war's ihr mit dem Weigern nicht rechter Ernst? Es wird ihr noch schmeicheln, dass sie mich so schwach gesehen hat. Sie ist ein Weib! War sie erzürnt? Nein. Nur übermütig, weil sie mir entwischte. Das soll ihr ein andermal nicht gelingen. Bei allen Heiligen und Teufeln, mein muss sie werden!

Der Weg teilte sich. Er schlug die breitere Straße rechts ein, die auf Rheden führte. Vor ihm lag das ummauerte Städtchen, von der St.-Annen-Kirche hoch überragt. Eben ging die Sonne auf und streifte mit rötlichem Licht die vier Türme der Burg. Eine der schönsten im Lande war sie, und auch durch den Krieg hatte sie wenig gelitten. Mächtig hoben sich die beiden Türme der Südfront, der sich der Komtur nun näherte. Das Mauerwerk zwischen ihnen war durch schwarze Ziegelstreifen, die schräg einander schnitten, in Rhomben geteilt; Formziegel verschiedener Gestalt verbanden sich zu ornamentalem Schmuck. In der Mitte wurde das stattliche Portal sichtbar, das auf den viereckigen Schlosshof führte, seitwärts rechts und links zeigten sich die Spitzbogenfenster der Kapelle und des Kapitelsaales. Durch dieses Portal konnte man aber nur von der Vorburg her eintreten, die sich zum Schutze im Süden vorlegte. Ein tiefer Graben und eine Mauer von zehn Fuß Dicke umgaben sie und das Schloss. Eine turmartige Befestigung deckte die Zugbrücke, über die letztere ritt der Komtur ein, nachdem er den Wächter, der mit seinem Spieß im Arm eingeschlafen war, durch lauten Ruf geweckt hatte.

Er schalt den schläfrigen Gesellen nicht. Es geschah mehr Ungehöriges, das jetzt ungerügt bleiben musste. Sein Pferd gab er an des Komturs Stall in der Vorburg ab.

Als er durch das tiefe Portal in den Schlosshof eintrat, kamen ihm aus der Tür der Kapelle, gähnend und sich reckend, zwei Priesterbrüder entgegen. Sie hatten die Morgenandacht abgekürzt, zu der keiner von den

Rittern sich einfinden wollte, und sehnten sich zu ihrem Lager zurück. Ihr kommt zu spät zum Morgenamt, hochwürdigster Herr, sagte der eine, und zu früh zur Prime.

Wir machen's ein andermal quitt, antwortete der Komtur. Ihr habt hoffentlich für das ganze Haus gebetet.

Um den Hof lief ein Bogengang in zwei Geschossen. Der Komtur stieg die Treppe hinauf zur ersten Galerie, ging an der oberen Tür der Kapelle vorbei und dann um die Ecke am Seitenflügel entlang bis zu der Pforte, die zu seinem Gemach führte. Er trug den Schlüssel zu derselben bei sich.

Der innere Raum war mit weichen Teppichen ausgelegt. Auf der Bettstelle lagen, gleichfalls gegen des Ordens Regel, Federbetten, über einer Leine oberhalb der Fensternische hing eine Decke, durch die das Tageslicht abgesperrt werden konnte. Er zog sie vor und legte sich zur Ruhe, nachdem er die Tür von innen verriegelt hatte. Auf den anstrengenden Nachtritt glaubte er, sich einige Stunden Schlaf gönnen zu können.

Es war schon gegen Mittag, als an die Tür geklopft wurde. Wer da? Rief er, unwillig sich aufrichtend.

Ich bin's, antwortete eine Männerstimme. Öffne nur, wie du da bist.

Der Komtur sprang auf und schob den Riegel zurück. Ah, mein Bruder Friedrich! Er schüttelte dem Eintretenden die Hand, schloss wieder die Tür und warf einen Mantel um. Seit wann bist du zurück?

Seit einer halben Stunde. Wir hätten von Thorn zusammen reiten können, wenn du's nicht zu eilig gehabt hättest. Was plagt dich denn, die Nacht auf der Landstraße zu liegen? Ich fürchtete schon, dass dir etwas Verdrießliches zu Ohren gekommen wäre, das dich eilig forttrieb, gestattete mir daher nur kurze Ruhe und brach vor Morgen auf. Nun merke ich, dass du Zeit hast, den halben Tag zu verschlafen.

Der Komtur vermied es, darüber eine Aufklärung zu geben. Nun, fragte er, hast du alle deine Geschäfte gut ausgerichtet?

Ich hoffe, aufs Beste. Den König Wenzel traf ich in Prag und hatte mit ihm ein geheimes Gespräch unter vier Augen. Er zürnt Plauen, dass er ohne ihn Frieden gemacht hat, und fürchtet doch, dass ein Krieg, in dem der Orden ohne Unterstützung bleibe, den Polen zu großem Vorteil bringen werde. Deshalb sieht er's gern, wenn ein anderer an die Spitze kommt, mit dem Jagello leichter zu einem billigen Ausgleich gelangen kann und der ihm selbst ein zuverlässiger Freund ist. Er wird für Plauen keine Hand rühren, wenn man ihn absetzt, deine Sache aber im Reiche vertreten.

Hat er dir nichts Schriftliches gegeben?

Nein, er ist sehr vorsichtig. Offen verhandeln will er mit dir erst, wenn du ihm deine Hochmeisterwahl angezeigt haben wirst.

Und hast du ihm angedeutet, dass ich werde Opfer an Land und Leuten bringen müssen, um Jagello zu beschwichtigen? Die Schlösser in der Neumark, um die der Streit entbrannte, müssen aufgegeben werden, und auf das Kulmer Land verzichtet der König im guten nicht.

Wenzel ist darauf gefasst, dass Polen einen Teil seiner Forderungen durchsetzt. Die größere Gefahr erscheint ihm, dass es ganz Preußenland in seine Grenzen zieht und nach dem Meere hinaus Luft bekommt. Er bittet dich nur, vorsichtig zu markten, dass der Preis so gering als möglich ausfalle, und meint, der König möchte sich wohl auch mit der Lehensoberhoheit über das Kulmer Land begnügen.

Das genügt aber vielen von den Eidechsen nicht: Sie wollen des Königs Leute werden, um seines Adels Rechte zu erlangen. Doch ... wenn ich erst die Macht habe –! Es wird mit diesen Kleinen fertig zu werden sein!

Er lachte dazu, und die listigen Augen blitzten.

Du mögest auch bedenken, fuhr Friedrich von Wirsberg fort, wie du ihn selbst entschädigen magst. Denn für nichts sei nichts in der Welt. Er sei des Geldes sehr benötigt.

Und wir haben dessen keinen Überfluss. Halten wir ihn mit halben Versprechungen hin; er wird nicht allzu dringend sein. Die Knechte sind geworben?

An die viertausend Mann, lauter kriegstüchtiges Volk aus Böhmen, Mähren und Schlesien. Sie haben Handgeld genommen für den Orden, aber die Hauptleute sind verpflichtet, von dem Befehle anzunehmen, der sie bezahlt. So hast du sie in der Hand, ohne dass ein Name genannt ist. Die Fähnlein sind auf verschiedenen Wegen im Anmarsch und werden sich an der Grenze sammeln. In zwei oder drei Tagen können sie dann hier zur Stelle sein, wenn du sie rufst.

Der Sold liegt bereit.

Und du glaubst, mit viertausend Spießen auszureichen?

Der Hochmeister ist ganz unvorbereitet: Alles Gold und Silber, dessen das Land zurzeit mächtig ist, liegt unter meinem Verschluss. Nur die

Marienburg macht mir Sorge: Er hat gezeigt, dass er sie zu verteidigen versteht, und zu einer langen Belagerung haben wir keine Zeit.

Haben wir nicht Freunde in den dortigen Konventen?

Keine ganz zuverlässigen. Man muss versuchen, den Meister aus der Burg zu locken. Es wird sich ein Vorwand ergeben. Kann ich ihn vermögen, in Rheden Quartier zu nehmen, so ist er unser Gefangener. Ich will an ihn schreiben und ihm vorstellen, dass seine Gegenwart hier notwendig sei wegen der Verhandlungen mit dem König. Sorge du indessen, dass ich bald von dem Anrücken der viertausend gute Nachricht erhalte.

Der Ritter versprach, sich nach kurzer Rast wieder auf den Weg zu machen, wünschte aber Anweisungen für die Hauptleute zu erhalten, um ihren Eifer anzuspornen. Der Komtur hatte sich während dieser Verhandlung völlig angekleidet und überließ nun das Zimmer seinem Bruder, damit er sich bequem ausruhe. Gegen Abend müsse er in der Nachbarschaft herumreiten, sagte er, und die Eidechsen zum nächsten Tage nach Buchwalde berufen. Er selbst wolle zu Nikolas von Renys, mit ihm alle nötige Abrede zu halten.

Als der Komtur in den Schlosshof hinabkam, wurde er benachrichtigt, dass einige Leute von Thorn angelangt seien, die auf einem Bauernfuhrwerk ein Fass brächten, das sie nur ihm übergeben wollten. Er wusste, um was es sich handelte. Bei seiner letzten Anwesenheit in Thorn hatte er ermittelt, dass vor dem Kriege für den Orden ein Fass mit sehr kostbaren Zobelfellen angekommen und im Keller des Rathauses aufbewahrt sei. Er hatte es nun sofort mit Beschlag belegt und den Transport nach Rheden angeordnet. Die Ware hatte großen Wert und war fast so gut wie Bargeld. Dem Rat freilich hatte er eine schriftliche Anweisung zurücklassen müssen.

Er gab Befehl, das Fass in die Schatzkammer zu schaffen, und ließ es nicht aus den Augen, bis es in Sicherheit war. Als er die Leute ablohnte, fand sich, dass einer von den Begleitern sich der Fuhre nur angeschlossen hatte und nicht mit derselben zurückzukehren beabsichtigte. Der Mann sprach gebrochen Deutsch und war seinem Ansehen nach ein Pole. Er bat den Komtur um ein Wort beiseite, sagte ihm, dass der Bischof von Kujawien ihn schicke, und steckte ihm heimlich einen Brief zu.

Georg von Wirsberg hieß ihn nach einem abgelegenen Gemach in einem der hinteren Türme folgen. Dort las er den Brief. Der Bischof schrieb ihm: »Der Euch diesen Brief überbringt, ist mein Diener Liszek, ein Mann, den ich vielfach erprobt und treu befunden habe. Er behauptet, etwas zu wissen, das Euch von großem Nutzen sein könnte. Der Erfolg bleibt unsicher, wenn wir nicht unsern Hauptgegner beseitigen. Kann's geschehen, ohne dass man unsere Hand dabei bemerkt, um so besser. Höret also, was der Mann Euch zu sagen hat, und schenkt ihm Vertrauen.« Die Unterschrift fehlte, aber es war ein Siegel beigedrückt, das dem Komtur wohl bekannt sein mochte. Er fasste den Boten scharf ins Auge und fragte: Nun, was bringst du mir, Bursche? Du bist mir von deinem Herrn gut empfohlen.

Liszek verneigte sich, fasste den Zipfel seines Rockes und hielt ihn an seine Lippen. Hochwürdigster Herr, antwortete er, nicht können wissen armer Mann, was sein wichtig für große Herren oder nicht. Will ich aber erzählen, was ich weiß von dem Herrn Hochmeister und von einem alten Mann, der auf ihn geschossen hat in einem Walde nicht weit von hier, und der ihm sehr nach dem Leben trachtet. Mag das sein missfällig Ew. Gnaden zu hören oder angenehm, das geht mich nichts an. Aber müssen gehorchen meinem gnädigen Herrn Bischof und sagen alles.

Der Komtur lauschte mit gespannter Aufmerksamkeit. Was der Bischof im Sinne hatte, war ihm sofort klar geworden. Das Blut schoss ihm ins Gesicht; er wandte sich einen Augenblick dem Fenster zu, um sich dem Boten nicht zu verraten. Nur einen Augenblick, dann wusste er sich wieder Herr seiner Mienen. Lächelnd sagte er: Ich bin begierig, zu erfahren, was das für eine Neuigkeit ist, die einen so weiten Ritt lohnt. Kann ich etwas dazu tun, meinen gnädigsten Herrn vor bösen Anschlägen zu bewahren, so soll es an mir nicht fehlen.

Liszek blinzelte verschmitzt mit den Augen und stülpte seinen Filzhut aus, den er in beiden Händen hielt. Er unterdrückte jede Bemerkung auf des Komturs fromme Rede und begann sogleich zu erzählen, was im Herbst am Melno-See geschehen war, als Heinrich von Plauen dorthin von der Engelsburg zur Jagd kam.

Und wer war der alte Mann? Erkundigte sich der Komtur mit mühsam unterdrücktem Eifer.

Ein Waldmeister, gnädiger Herr, der in einer Hütte nicht weit vom See seine Wohnung hat. Hausen viel heidnisches Volk dort, Teufel und Hexen.

Wem gehört der Wald?

Dem von der Buche, gnädiger Herr. Er selbst sei bei der Jagd gewesen, und der Herr Hochmeister sein Gast.

Würdest du den Weg zum Waldhause finden können, Bursche?

Liszek nickte.

Du wirst mich morgen führen, sagte der Komtur nach kurzem Bedenken, und dem Manne ins Ohr sagen, dass ich alles weiß.

Liszek versicherte unter vielen Verbeugungen, dass er ganz zu des gnädigen Herrn Befehl stehe. Der Komtur griff mit Daumen und Zeigefinger in seine kleine Gürteltasche, zog ein Goldstück vor und reichte es dem Polen, der nun wieder seinen Rock küsste. Geben mir ein Pferd, sagte er, und heute noch reiten in den Wald allein, aufzusuchen das Haus, wo wohnen alter Waldmeister. Morgen dann schneller kommen an Ort und Stelle mit gnädigem Herrn Komtur.

Damit war Georg von Wirsberg ganz einverstanden. Er ging dann ins Refektorium, wo die Brüder sich zur Mittagsmahlzeit versammelten. Bei Tisch wurden muntere Reden geführt, wie sie sonst in solcher Gesellschaft nicht Sitte waren. Der Komtur ließ statt des üblichen dünnen Tafelbieres ein Fässchen guten Danzigers aus dem Keller heraufholen, das seine Wirkung nicht verfehlte. Bald schallte das Gewölbe von dem Lachen der munteren Zecher. Einer von den aufwartenden Dienern wusste zu erzählen, dass sich fahrendes Volk auf dem Anger vor der Stadt eingefunden habe und allerhand Späße zum Besten gebe. Er wurde sogleich abgeschickt, die Leute ins Schloss zu holen. Ists früher keine Sünde gewesen, sich an derlei Schwänken zu ergötzen, meinte der Komtur, so wird's wohl auch unter dem jetzigen Regiment nichts Arges sein.

Die Fahrenden ließen sich das nicht zweimal sagen. Bald war in dem Schlosshof ein rotes Tuch über das Pflaster gebreitet und ein Seil ausgespannt. Zwei Zigeuner spielten auf wunderlichen Saiteninstrumenten; ein kleiner Junge schlug dazu unaufhörlich eine Trommel. Ein hübsches Mädchen mit langem schwarzem Haar tanzte auf der Decke und dann, eine lange Stange balancierend, auf dem Seil. Inzwischen stellte sich ein Bursche in bunter Kleidung auf eine umgekehrte Tonne und trug lustige Schnurren in Reimen vor, ahmte auch Tierstimmen nach und verrenkte die Glieder, dass er bald aussah wie ein Frosch, bald wie ein Vogel. Wenn das Mädchen auf dem Seil tanzte, tat er, als ob er sich ängstigte und so halsbrechende Dinge gar nicht mit ansehen könne. Darüber kamen die Zuschauer nicht aus dem Lachen. Sie standen im oberen Geschoss des Bogenganges, lehnten sich auf die Mauer und blickten wie aus gewölbten Logen auf den Schauplatz hinab. In den unteren Gängen drängten sich die Dienstleute des Ordens, und auch aus der Stadt waren viele Neugierige gutwillig über die Brücke gelassen. An lautem Beifall und reichen Geldspenden fehlte es den Fahrenden nicht.

Gegen Abend setzten sich der Komtur und sein Bruder Friedrich zu Pferde, bei den Eidechsen herumzureiten. Georg blieb bis in die Nacht hinein bei Nikolas von Renys.

Zwölftes Kapitel

Die Verschwörung

An Gundrats Waldhütte hatte sich seit Jahr und Tag kaum etwas Merkliches verändert; den Herbst- und Frühjahrsstürmen hatte ihr festes Gefüge standgehalten, das Dach war von der Last des Schnees nicht eingedrückt, und dass es an mehr als einer Stelle den Regen durchließ, kümmerte den Wirt wenig. Jetzt breiteten wieder die Waldbäume ihre belaubten Äste darüber aus, und das Moos wucherte üppig auf den alten Stämmen und den darübergenagelten Rindenstücken.

Aus der offenen Giebelluke zog in dünnen Streifen ein bläulicher Rauch. Natalia, die eben ihr Pferd durch das dichte Unterholz lenkte, bemerkte ihn sogleich und nahm ihn für ein Zeichen, dass der Waldmeister zu Hause sei und sich eine Mahlzeit bereite. Sie sprang unweit der Tür ab und hing den Zügel über einen krummen Baumast, von dem er nicht leicht abgleiten konnte. Dann klopfte sie mit dem Jagdspieß kräftig an die Holzwand.

Wer ist da? Fragte Gundrats raue Stimme.

Macht nur auf, Waldmeister, antwortete das Mädchen, ich bin's.

Seid Ihr allein?

Wer sollte mich begleiten?

Und was wollt Ihr?

Fragt nicht lange und macht auf. Ihr wisst, ich bin leicht ungeduldig.

Hoho! Rief der Alte, da kommt Ihr bei mir an den Rechten, stand aber doch auf und schob den Riegel zurück.

Ich bin weit in Wald und Heide herumgeritten, sagte Natalia, indem sie ihm beim Eintritt die Hand reichte.

In Wams und Hosen, knurrte Gundrat. Das schickt sich auch recht für ein Fräulein.

Was geht's Euch an oder sonst einen Menschen auf der Welt? Wenn man von den Leuten nichts wissen will, kann man sie getrost reden lassen. Einen Freier will ich mir ja nicht erreiten.

Der Alte lachte. Das wäre auch die beste Art, sich unter die Haube zu bringen! Eure Wildheit muss alle unsere Junker abschrecken.

So wäre sie doch zu etwas gut. Sie trat an die Herdstelle und bückte sich über das Kohlenfeuer. Ihr röstet da ein paar gute Streifen Hirschfleisch – der Duft steigt mir gar lieblich in die Nase. Wollt Ihr die Mahlzeit mit mir teilen? Ich habe Hunger.

Der Waldmeister schob mit einer alten Schwertklinge, die ihm als Bratspieß diente, die Kohlen zurück, wandte das Fleisch und legte es auf die heiße Stelle. Es wird für uns beide reichen, sagte er. Wartet noch ein Weilchen und setzt Euch meinetwegen indessen. Das Fleisch ist noch nicht gar.

Natalia ließ sich auf den Holzklotz nieder, stützte das Gesicht in die Hände und blickte in die Glut. Der Alte bewegte ein kleines Brett auf und ab, um sie besser anzufachen.

Habt Ihr im Walde etwas aufgespürt, Fräulein? Sagte er nach einer Weile.

Allerdings! Aus dem Eichenheck am See brach ein Wildschwein vor und warf sich in das Röhricht unten am Bruch. Ich wollte nach, aber mein Gaul sank zu tief ein. Man muss das Tier erst von den Hunden herausjagen lassen, und dann wird ein einzelner Jäger ihm doch schwer den Weg verstellen. Deshalb kam ich zu Euch, ob Ihr mir Eure Hunde leihen und sonst helfen wollt.

Der Waldmeister antwortete nicht sogleich.

Wenn Ihr aber nicht jagdlustig seid, fuhr sie fort, hole ich mir ein paar Burschen aus dem Heidenwall. Für wenige Pfennige springen sie mit Freuden auf.

Das lasst bleiben, knurrte der Alte. Sie verstehen davon nichts und machen das Tier nur wild, statt es Euch zuzutreiben. Wir wollen gegen Abend sehen, wie wir ihm geschickt beikommen. Die von Rheden haben fragen lassen, ob es einen guten Braten gibt. Da könnte ihnen leicht geholfen sein.

Die von Rheden sind faule Knechte; sie könnten sich das Wildbret, das sie für ihren Tisch brauchen, selbst aus dem Walde holen.

Des Ordens Regel verbietet den Rittern die Jagd.

Kümmern sie sich doch sonst um des Ordens Regel wenig! Aber was geht's mich an, auf welchem Spieß man die Beute dreht? Es ist mir nur um die Jagd.

Gundrat schob das Fleisch mit der Klinge auf einen hölzernen Teller. Da, versucht's einmal. Er holte auch ein Stück Schwarzbrot und eine Kanne Met herbei. Natalia zog einen kleinen Dolch aus der Lederscheide, die an einem Kettchen vom Gürtel herabhing, und zerteilte damit den dampfenden Braten. Den Fleischsaft tunkte sie mit dem Brote auf. Das tückische Getränk mag ich nicht, sagte sie. Habt Ihr nicht Wasser?

Meinen Hunden schmeckt's allenfalls, antwortete er; der Brunnen ist nicht tief. Aber wenn Ihr vorliebnehmen wollte Er hob einen Zinnkrug von dem Gestell an der Wand und ging hinaus, zu schöpfen. Natalia trank in langen Zügen. Es ist wenigstens kühl, meinte sie. Dann beschäftigte sie sich schweigend mit der Mahlzeit.

Nach einer Weile begann das Fräulein wieder: Wisst Ihr, dass es mir bei Euch besser und besser gefällt, je öfter ich Euch im Walde besuche? Ich habe nicht schlechte Lust, mir hier in der Nähe auch so ein Holzhaus aufrichten zu lassen und darin Sommer und Winter zu wohnen. Denn hier bei Euch werdet ihr mich schwerlich leiden wollen, ob Ihr schon eine Wirtschafterin auf Eure alten Tage gar gut brauchen könntet. Ich glaube, wir würden ganz gute Gesellen werden.

Gundrat sah sie unter den buschigen Augenbrauen her prüfend an, ob sie im Ernst spräche. Ihr wäret toll genug, so etwas auszuführen! Rief er. Geht, geht! Ihr seid jung und habt ein hübsches Gesicht; da kann es Euch draußen nicht fehlen. Die Waldeinsamkeit ist für Leute, die mit der Welt abgeschlossen haben.

Natalia zuckte die Achseln. Deshalb gerade möcht' ich sie aufsuchen. Ich habe die Welt satt, so jung ich bin. Wär ich von anderer Gemütsart, ich ginge in ein Kloster, glaubt mir. Aber ich fürchte mich vor dem Singen und Beten und vor den langen weißen Gewändern, die aussehen wie Leichenhemden. Ich könnte mich auch der Regel nicht fügen und gäbe gewiss täglich Ärgernis. Aber ganz einsam im Walde leben, frei und niemand zum Gehorsam schuldig, das wäre mir nach Wunsch.

Der Waldmeister hob ein Brett in der Wand und warf die Reste der Speisen durch die Öffnung in den Hundestall, der sich dort anschloss. Dann setzte er die Kanne an den Mund und leerte sie auf einen Zug. Die Kohlen auf der Herdplatte schob er unter die Asche. Antwort schien er nicht geben zu wollen.

Natalia hatte ein Stück Holz aufgenommen und spaltete mit ihrem Dolchmesser lange Splitter ab, um es so zu reinigen. Sie strich es dann noch sorgsam auf dem Ballen der Hand ab und verwahrte es in der Scheide. Sagt Ihr kein Wort darauf? Fragte sie endlich.

Das sind kindische Reden, meinte er. Was wird's sein, das Euch drückt? Hat Euer Liebster einer andern zu keck in die Augen gesehen? Dann ist bei dem Weibsvolk gleich der Rat aus.

Ich habe keinen Liebsten, entgegnete sie rau.

So ist's deshalb. Aber das findet sich.

Das findet sich nimmermehr.

Kommt in den Wald, Ich bin nicht Euer Beichtiger. Er nahm die Armbrust von der Wand und füllte seine Ledertasche mit Bolzen aus einem Kasten, der hinter der Lade stand. Natalia erhob sich seufzend und griff nach ihrem Spieß.

Da fällt mir ein, sagte der Alte, dass Ihr mir wohl noch einen Dienst erweisen könntet. Seid Ihr imstande, Geschriebenes zu lesen?

Wenn's deutsch oder polnisch ist –

Es ist deutsch. In Graudenz hat kürzlich ein Jude, der von Danzig flussauf kam, einen Brief für mich abgegeben. Ein Bauer aus Otonin, der mit Flachs zur Stadt war, hat ihn mitgebracht und mir durch seinen Hütejungen zugeschickt. Ich weiß nicht, was darin steht, aber wahrscheinlich fragt der Kaufmann wegen des Wachses und Honigs an, da ich in diesem Frühjahre nicht dort gewesen bin. Lest mir den Brief, wenn es Euch gefällt.

Er hob den Deckel der Lade und nahm eine kleine Papierrolle heraus, die mit einem Faden umwickelt war. Das Siegel daran zeigte sich schon gelöst und gebrochen.

Natalia öffnete und las laut: »Lieber Waldmeister! In großer Not schreibe ich Euch diesen Brief, ob Ihr mir helfen möget. Denn wisset, dass ich in der Tannenberger Schlacht schwer getroffen und niedergeworfen und nach Polen in Gefangenschaft gekommen, aber nach vielen Monden wundersam gerettet bin. Auch gütig empfangen von meinem gnädigen Herrn, dem Herrn Hochmeister und in seinem Gefolge geritten, darauf aber mit Urlaub nach Danzig gegangen, eines jungen Fräuleins wegen, dass ich mir ihre Hand erbitte. Und ist das Fräulein eines reichen Kaufherrn Tochter, der im Rat der Rechten Stadt gesessen hat, bis der Herr Hochmeister ihn wandelte, und mir wohlgeneigt. Aber der Vater ist trotzigen Sinnes und wendet sich von mir, weil ich in meiner Armut nichts besitze als Schwert und Schild, und weil ich denen diene, die ihm von allen Menschen am meisten verhasst sind. Also bin ich in großer Sorge mit meinem Herzen, wie ich dem Fräulein Wort halte und des Vaters Widerwillen bezwinge. Sind wir deshalb einig geworden im geheimen, dass ich sie entführe und zu Schiff fortbringe und an einem stillen Orte herberge, wo niemand sie sieht und verrät. Lieber Waldmeister! So schien mir Eure Hütte zu solchem Werk wohl gelegen und frage ich Euch ernstlich an, ob Ihr das Fräulein herbergen wollet kurze Zeit, bis der Vater ja gesagt hat, denn sie ist doch sein einziges Kind und sehr in seinem Herzen. Solchen Dienst wollt ich Euch wohl reichlich lohnen können in späteren Jahren. Kommt deshalb, wenn es irgend sein kann, selbst bis Dirschau entgegen und gebet mir von dort Nachricht hierher in das Haus am Glockentor, das man zum Schwarzen Bären nennt. Es soll wahrlich alles in Züchten und Ehren geschehen, dazu helfet. Scheut Ihr aber die Reise, so kerbet einen Bolzen Eurer Armbrust dreimal über Kreuz und schickt ihn mir durch einen sicheren Boten als ein Zeichen, dass Ihr mir freundlich willfahren wollet. Meinen Namen schreibe ich hierunter nicht, weil dieser Brief in unrechte Hände kommen kann. Aber Ihr kennt mich wohl. Erinnert Euch dessen, der Euch in Danzig an der Ratswaage von großer Fährlichkeit gerettet hat und der dann später eine Nacht Euer Gast gewesen ist. Gott und alle Heiligen mit Euch!«

Der Waldmeister hatte, an die Lade gelehnt und die Arme über der Brust gekreuzt, aufmerksam zugehört, als wolle er sich kein Wort entgehen lassen. Die Augenbrauen hoben und senkten sich, die Stirn wurde blutrot und der geöffnete Mund zeigte, was ihm von Zähnen übrig geblieben war. Natalia erschrak über den grimmigen Ausdruck des Gesichts, als sie vom Blatt aufsah, selbst erregt durch den Inhalt des Briefes. Ehe sie aber noch eine Frage tun konnte, wandte der Alte sich rasch um, schlug mit der Faust auf den Deckel der Lade, dass das Holz ächzte, und schrie: Der Teufel sei dein Gevatter, Bube – der Teufel, der Teufel! Hahahaha! Steckt das im Blut, ist das deines Vaters Erbteil? Oder wachsen der Mutter Sünden weiter und weiter von Glied zu Glied? Ein Mädchen entführen? Hochzeit machen unter freiem Himmel, die Sterne als Zeugen! In Züchten und Ehren – ja, ja! Man kennt das. Der Vater will nicht, das ist sein Recht. Hat er nicht Macht über sein Fleisch und Blut? Und wenn er dann sein Kind findet in Elend und Schmach – im tiefen Walde – und hebt die Faust und schlägt zu ... ah – ah! Und trifft die Stirn ... und da, da ... Er stöhnte laut, seine Augen waren starr auf den Fußboden geheftet, er streckte die Arme aus und bückte sich. Und dann sank er in die Knie, schlug mit den Händen gegen seine Stirn und lallte unverständliche Worte.

Natalia trat dicht an ihn heran, berührte seine Schulter und versuchte ihn aufzurichten. Wie geschieht Euch plötzlich, fragte sie teilnehmend, und von wem sprecht Ihr da?

Er sprang auf und ballte die Faust. Aber es soll nicht sein! So wahr der Teufel Macht über meine arme Seele hat, es soll nicht sein! Ich will nicht dazu helfen, dass ein Vater sein Kind verflucht. Es ist genug an dem einen. Zuviel, zu viel! Wie ich ihn hasse, den Bösewicht, den Verführer! In alle Ewigkeit hasse ich ihn. Nein – schon weil er von seinem Blute ist – nein und aber nein!

Wer ist's, der so an Euch schreibt? Fragte Natalia, schon beunruhigt durch schlimme Ahnungen.

Den Junker Hans von Waldstein nannt' er sich, aber –

Sie unterbrach ihn durch einen Aufschrei. Der – der! – Und Maria heißt seine Liebste! Es ist Maria – seine Maria!

Der Alte sah verwundert auf. Wie wisst Ihr –? Aber was geht's mich an? Ich will mit der Sache nichts zu tun haben. Schreibt ihm –

Er hörte die Tür ins Schloss fallen: Natalia war fortgestürmt.

Sie riss draußen den Zügel vom Ast, schwang sich aufs Pferd und jagte davon mitten durch das dichte Unterholz, dass die Zweige ihr Brust und Gesicht peitschten. Sie drückte dem scheuen Tier die Hacken in die Weichen, schlug mit den Enden der Zügel seinen Hals und rief ihm unaufhörlich zu: Hopp – hopp – vorwärts, immer vorwärts! Ohne Weg und Steg rannte der Gaul fort; der weiße Schaum fiel in langen Flocken vom Gebiss auf das Gebüsch rechts und links, spitze Äste ritzten ihm die Haut, von mehr als einer Wunde tropfte das Blut auf die Erde hinab. Unbarmherzig hieb die wilde Reiterin mit den Riemen auf ihn ein. Sie kamen an den Heidenwall. In gestrecktem Lauf ging's hinauf an den Erdhütten und Rindenzelten vorbei, dass Weiber und Kinder sich entsetzt flüchteten, auf der andern Seite wieder hinab, über Wurzeln und die Stämme gefallener Bäume, durch Schluchten und Moorgründe, über Stock und Stein. Der Wald lichtete sich; davor lag die weite Heide. Der Gaul schlug die Richtung nach Buchwalde ein; aber sie trieb ihn bald wieder scitab, erst mehrmals im Kreise herum, dann zurück in den Wald. Das Tier ächzte und keuchte, die Knie zitterten, der Schritt wurde unsicher, die Hufe stießen an Stubben, Wurzeln und moosbewachsene Steine. Die Reiterin schien an keine Rast denken zu wollen.

So mochte die wilde Jagd wohl zwei Stunden gedauert haben. Da war des Tieres Kraft erschöpft: In einem dichten Gehege von jungen Eichen, die es durchbrechen wollte, stürzte es zusammen. Die Reiterin wurde mitgerissen, zur Seite gegen einen Stein geschleudert und am Fuße von dem Körper des fallenden Pferdes bedrückt. Sie fühlte den heftigsten Schmerz und verlor das Bewusstsein.

Als sie wieder zu sich kam, hörte sie in der Nähe Männerstimmen. Sie richtete den schweren Kopf ein wenig auf und versuchte unter den tiefen Ästen der jungen Bäume hinweg ins Freie zu blicken. Drei Männer gingen an dem Eichenkamp vorüber und blieben von Zeit zu Zeit im Gespräch stehen. Der eine war der Waldmeister – sie hatte ihn schon an der Stimme erkannt; der andere dicht neben ihm – kein Zweifel, es war Georg von Wirsberg, der Komtur. Einige Schritte hinter ihnen ging noch ein dritter. Sie erinnerte sich, ihn am Tage zuvor auf dem Wege nach dem Walde zu Pferde angetroffen zu haben. Er hatte sie in gebrochenem Deutsch nach dem Waldhause gefragt.

Ihr seid des Hochmeisters Todfeind, sagte der Komtur, das ist mir genug. Nach der Ursache frage ich nicht. Was geht mich's an, aus welchem Grunde Ihr ihm das Leben nicht gönnt und ob Ihr ein gutes Recht habt, ihn zu hassen oder nicht. Zwei Männer können leicht entgegengesetzte Wege gehen und doch auf dasselbe Ziel lossteuern. Ich habe wenig gegen des Hochmeisters Person, aber wo er steht, darf er nicht länger stehen. Deshalb bin ich sein Feind und suche Bündnis mit seinen Feinden. Wollt Ihr mir Euren Arm leihen, Waldmeister?

Ihr habt Euch die rechte Zeit ausgesucht. Herr Komtur, knurrte Gundrat. Vor ein paar Stunden ist mir wieder alles frisch ins Gedächtnis gekommen, und mein Herz ist voll Grimm. Hätte damals mein Bolzen seine Stirn getroffen, ich hätte meinen Frieden gehabt. Und ob sie mich mit glühenden Zangen gezwackt und aufs Rad geflochten hätten, bereut hätt' ich's nicht! Da aber meine Hand zitterte und der Schuss fehlging, da musste ich wohl glauben, dass ihn der Teufel noch ein Stück Weges forttraben lassen wolle. Ich hab' ihn nicht aufgesucht. Läuft er mir aber noch einmal vorüber, so werde ich ihn besser treffen.

Und warum habt Ihr ihn nicht aufgesucht? Fragte der Komtur. Lässt sich ein Mann, der seine Rache haben will, durch ein zufälliges Fehlschlagen abschrecken? Lange könnt Ihr warten, bis in diesem Walde der Hochmeister wieder einmal jagt. Mich dünkt, solange er noch einen Rest von Verstand hat, wird er ihn meiden. Was soll also das Zögern? Steht Ihr so mit ihm, dass er Euch in der Welt im Wege ist, warum es darauf ankommen lassen, ob er Euch auf den Fuß tritt? Fort mit ihm – und je eher je lieber.

Gundrat maß ihn mit einem scheuen Blick. Ihr ratet mir –

Was raten! Braucht Ihr Rat? Ich sage nur, was ich in Eurer Stelle täte. Plauen hält jetzt in der Marienburg Hof. Er ist jedermann zugänglich. Leicht könnt Ihr bis auf drei Schritte in seine Nähe kommen. Ich will

Euch mit irgendeinem Auftrag zu ihm senden. Seht Ihr ihn dann von Angesicht, so zweifle ich nicht, dass Ihr wissen werdet, was ein Mann zu tun hat.

Der Waldmeister ballte die Faust und drohte in die Luft. Ich will ihn niederschießen wie einen Spatz, rief er, und sie mögen mich dann auf der Stelle hängen.

Sie werden Euch nicht auf der Stelle hängen, erwiderte der Komtur lächelnd, dafür lasst mich sorgen. Aber mit dem Niederschießen ist's nichts, Waldmeister. Man lässt niemand ein mit einer Armbrust auf der Schulter. Ihr müsstet einen scharfen Dolch unter dem Wams verborgen halten und Euch auf ihn werfen, wenn er den Brief liest, den ich Euch für ihn mitgebe. Noch besser aber wär's, Ihr passtet die Zeit ab, wo man ihm den Frühtrunk bringt, und schüttet ihm, wenn er beschäftigt ist, ein Pulver in den Wein –

Pfui! Gift und Dolch! Rief Gundrat unwillig. Das ist gut für Weiber und Räubergesindel. Ich bin ein Weidmann, und was ich tue, soll eines Weidmanns Tun sein. Lässt man mich nicht mit Waffen zu ihm ein, so hindert mich nichts, ihn draußen am Tor zu erwarten. Fünfzig Schritt mögen zwischen uns bleiben, und ich treffe ihn doch, wenn nicht ein Engel vor ihn hintritt und ihn deckt.

Besser wär's, Ihr wähltet das Sichere, meinte der Komtur. Aber ich kann Euch nicht Vorschriften machen. Nur tut bald, was Ihr zu tun gedenkt, damit unsere Pläne gut zusammenlaufen. In kurzem geht der Hochmeister wieder auf Reisen – dann hättet Ihr weite Wege.

Ich will's in Obacht nehmen, sagte Gundrat zögernd. Was geht Ihr mich an? Tu ich's, so tu ich's meinetwegen.

Aber vergesst nicht, zischelte Wirsbera, dass ich Gewalt über Euch habe. Ich kenne jetzt den Schützen, der auf des Hochmeisters Haupt angelegt hat, und den Zeugen. Ein Wort und –

Der Alte lachte laut auf. Und habe ich weniger Gewalt über Euch? Ich denke, es ist nicht für jedermanns Ohr, was Ihr mich heut habt hören lassen. Und wer weiß, wem von uns beiden das Leben lieber ist!

Der Komtur wurde bleich und blickte nach dem Polen um, der in einiger Entfernung stand und nur die Hunde des Waldmeisters zu beobachten schien, die im Gebüsch herumschnupperten. Es fragt sich nur, wem von uns man Glauben schenken würde, sagte er leise. Aber was bedarf's unter uns solcher Drohungen? Wir wissen, was wir wollen.

Im nächsten Augenblick schlug einer von den Hunden des Waldmeisters grimmig an. Er hatte das gefallene Pferd gefunden und wollte sich durch Natalias Winke und Zeichen nicht beschwichtigen lassen. Liszek spürte nach, und Gundrat wurde aufmerksam. Was gibt's da? Fragte der Komtur.

Wir werden's sogleich erfahren, antwortete der Alte. Er rief dem Hunde zu, der nun aber noch wütender bellte. So bog er denn mit den Armen die Zweige voneinander und bahnte sich einen Weg in das Eichengestrüpp. Bald war er zur Stelle. Ihr hier, Fräulein, rief er verwundert, und in solchem Zustande? Was ist Euch widerfahren?

Mit dem Pferde gestürzt, sagte Natalia: Helft mir den Fuß unter dem schweren Körper hervorziehen. Ich fürchte, er ist gebrochen.

Hierher! Rief der Waldmeister, indem er sogleich kräftig Hand anlegte. Liszek war schon an seiner Seite. Die beiden Männer knieten zu beiden Seiten des Mädchens auf den Boden nieder, stemmten die Schultern gegen den Rücken des Tieres und hoben an. Nun zieht das Bein zurück, riet der Alte, wenn es auch schmerzt. Wir können die Last nicht von der Stelle bewegen.

Natalia griff hinter sich in die Äste, um einen Halt zu gewinnen, und schob sich mit Anwendung aller Kraft über den Boden hin. Der Fuß schleifte wie ein totes Glied nach. Sie richtete sich, gestützt von dem Polen, ein wenig auf und rieb ihn mit den Händen. Er hat auf weichem Moos gelegen und wird hoffentlich unversehrt sein, meinte Gundrat. Lasst nur erst wieder das warme Blut durch die Adern fließen, so werdet Ihr ihn rühren können.

Nun trat auch der Komtur heran. Er war nicht wenig überrascht, das Fräulein hier zu finden, bedauerte den Unfall mit zierlichen Worten und überlegte zugleich, was weiter zu tun sei. Hatte Natalia etwas von seinem Gespräch mit dem Waldmeister gehört? Wie versicherte man sich ihres Schweigens? Hier im Walde konnte sie nicht bleiben. Der Versuch, aufzustehen und einige Schritte, auf den Alten gestützt, zu gehen, misslang. Man konnte sie nach dem Waldhause tragen. Aber was dann? Sie selbst schien kaum einen eigenen Willen zu haben, gab auf alle Fragen keine Antwort und rieb nur, vornübergebückt auf einem Steine sitzend, den Fuß. Fühlt Ihr Euch kräftig genug zum Reiten? Erkundigte sich der Komtur, gern würde ich Euch mein Pferd abtreten.

Dieser Vorschlag musste ihr wohl der Beachtung wert erscheinen. Sie wandte den Kopf und antwortete: Ich nehm's an. Lasst das Pferd hierher bringen. Der Komtur schickte Liszek nach der nahen Waldhütte. Es verging keine Viertelstunde, bis er mit den beiden Pferden zurückkam, die dort angebunden waren.

Wirsberg wollte ihr in den Sattel helfen, aber sie lehnte seinen Beistand ab und ließ sich von dem Waldmeister aufs Pferd heben. Der Kopf war ihr schwer von dem Fall gegen den Stein, und sie musste eine Weile die Augen schließen und sich an den Mähnenhaaren festhalten, weil sie ein Schwindel befiel. Der Fuß schmerzte heftig, war aber nicht gebrochen und schon ein wenig beweglich. Der Komtur bestieg das zweite Pferd und befahl Liszek, zu Fuß zu folgen. Es wäre mir lieber, Ihr ließet mich allein, sagte Natalia. Ich kann nur im Schritt reiten, und Ihr habt vermutlich Eile.

Das könnte ich im ganzen Leben nicht verantworten, entgegnete er galant, Euch in solchem Zustande ohne Begleitung zu lassen. Gestattet, dass mein Diener durch den Wald Euer Pferd am Zügel führe.

Er gab Liszek einen Wink, und dieser fasste sofort die Riemen unter der Kinnkette zusammen und schritt voran. Langsam ging's nun weiter dem Ausgange des Waldes zu. Der Komtur, der gern gewusst hätte, ob sie etwas von seinen Anschlägen erfahren habe, sprach davon, dass er ein leidenschaftlicher Jäger sei und bei dem Waldmeister habe anfragen wollen, wie der Wildbestand am Melno-See beschaffen sei, um nächstens dort sein Glück zu versuchen. Er erhielt keine Antwort.

Am Rande des Waldes wartete noch ein zweiter berittener Diener. Der Komtur schien plötzlich anderen Sinnes zu werden, hieß denselben den Zügel des Damenpferdes in die Hand nehmen und voranreiten. Er selbst sprang ab und sprach eine Weile heimlich mit Liszek, der dann das Pferd bestieg und dem Fräulein nacheilte. Der Komtur ging allein in den Wald zurück.

Die beiden Gesellen nahmen das Fräulein in die Mitte. Etwa eine Stunde waren sie in langsamem Schritt über die Heide und zwischen den Feldern durchgeritten, als sie die Richtung auf Buchwalde verließen und links abbogen. Natalia, die mit halbgeschlossenen Augen wie im Schlaf dasaß, merkte nichts davon, bis man die Mauern des Städtchens Rheden neben sich hatte. Nun fragte sie, was das bedeuten solle. So sein befohlen, antwortete Liszek.

Und ich befehle, dass Ihr sofort wieder auf die Straße nach Buchwalde zurückkehrt, herrschte sie ihn an, indem sie dem Knecht die Zügel zu entreißen versuchte.

Reiten besser um die Stadt, meinte der Pole, und gab seinem Gesellen einen Wink, festzuhalten.

Was soll das? Rief Natalia, sich ermunternd. Ich habe zu bestimmen, wohin ich gebracht sein will. Sofort gehorcht Ihr, oder es soll Euch schlecht ergehen!

Liszek zuckte die Achseln. Bitten schöne Fräulein zu sein ganz geduldig. Müssen abgeben Pferd vom Herrn Komtur am Schloss. Andere Pferd besorgen für schöne Fräulein.

Ihr war dieser Grund nicht ganz einleuchtend, aber in dem kläglichen Zustande, in dem sie sich befand, vermochte sie sich auch seine Unhaltbarkeit nicht sofort klarzumachen und widersprach also zunächst nicht weiter. Ihre beiden Begleiter fingen jetzt aber mehr zu eilen an. Die Pferde trabten und fielen, als das Fräulein die frühere langsame Gangart verlangte, plötzlich in den Galopp. Die Stadt war inzwischen umritten, vor ihnen lag das Schloss mit Mauer und Graben. Auf der Schlossfreiheit weit und breit zeigte sich kein Mensch. Bringt mich in die Stadt, rief Natalia; ich will am Hause des Bürgermeisters abgesetzt sein!

Vorwärts zischelte Liszek dem andern hinter ihrem Rücken zu und bemerkte dann: Bürgermeister haben kein gute Pferd für schöne Dame.

Ich werde von dort nach Buchwalde schicken und mir ein Pferd bringen lassen, antwortete sie. Sofort gebt mir die Zügel frei!

Wieder der aufmunternde Ruf: Vorwärts!

Nun wurde ihr's gewiss, dass irgendein Bubenstück geplant sei. Sie suchte sich mit Gewalt freizumachen und schrie: Räuber – Spitzbuben! Zur Hilfe!

In demselben Augenblick wurde ihr aber von Liszek, der eine Pferdehalslänge zurückblieb, von hinten her ein weiter Mantel über den Kopf und die Schultern geworfen. Im Nu fühlte sie ihre Arme fest eingewickelt und an den Leib gezogen. Die Pferde der Begleiter drängten zu beiden Seiten dicht heran; eine starke Hand erfasste sie und hielt sie aufrecht, zog zugleich aber auch das Tuch unter ihrem Kinn fest zusammen, sodass sie am Schreien gehindert war. Im schnellsten Laufe ging's auf und davon. Jetzt polterten die Hufe der Pferde auf dem Dielenbelage der Zugbrücke, jetzt auf dem Steinpflaster des Hofes und dumpfer unter dem Portal. Dann wurde haltgemacht. Die Reiter sprangen ab und zogen sie in ihrer Umhüllung vom Pferde. Sie merkte, dass sie eine Treppe hinaufgetragen wurde – eine Tür öffnete sich –, man legte sie auf ein weiches Lager nieder. Schöne Dame gut schlafen, sagte der Pole, sich eilig zurückziehend. Ehe sie den faltigen Mantel abstreifen konnte, war die Tür schon wieder zugeschlagen und von außen verschlossen. Sie musste sich in ihr Schicksal ergeben. –

Liszek schwang sich wieder auf sein Pferd, nahm des Komturs Hengst an den Zügel und jagte zurück in der Richtung auf den Melno-See.

Georg von Wirsberg hatte inzwischen den Waldmeister nochmals aufgesucht und für seine Pläne bearbeitet. Er drängte zu schneller Abreise und bot ihm ein Pferd aus seinem Stalle an. Der Alte aber zeigte sich eigensinnig, wollte zu Fuß oder zu Schiff reisen und ließ sich wegen der Zeit keine Vorschrift machen. Er habe Geschäfte in Danzig, sagte er, und wolle dort erst einmal nachsehen. Seine Rache sei viele Jahre alt geworden, da komme es ihr auf ein paar Tage nicht an. Endlich, auf vieles Zureden, gab er das Versprechen, anfangs der nächsten Woche sich auf den Weg zu machen.

Der Komtur wartete dann am Waldrande auf die Rückkehr Liszeks. Ists gelungen? Fragte er denselben, als er angesprengt kam. Alles wohl ausgeführt, gnädiger Herr, antwortete Liszek und reichte ihm den Schlüssel, Fräulein sein in Sicherheit. Georg von Wirsberg nickte, lächelte befriedigt in sich hinein und warf ihm ein Goldstück zu. Der Pole fing's in der Mütze auf, küsste es und ließ es in seine Tasche gleiten. Dann bestieg der Komtur sein Pferd und ritt in kurzem Trabe auf Buchwalde zu; Liszet folgte in gemessener Entfernung, wie es dem Diener ziemte.

In Buchwalde war auf diesen Nachmittag die Versammlung der Eidechsenritter festgesetzt. Zwölf von den Herren hatten sich mit ihrer Dienerschaft eingefunden. Die Pferde konnten nicht sämtlich in den Ställen untergebracht werden; man hatte bewegliche Futterkrippen auf den Hof gestellt und sie daran festgebunden. Den Leuten war eine halbe Tonne Bier angewiesen, und sie zechten munter, auf das Gras unter der Linde am Brunnen gelagert. Wirsberg schickte Liszek in das alte Haus, Herrn Niklas von Renys herauszubitten. Er ging indes an dem trockenen Graben entlang auf und ab.

Im Turmzimmer war die Unterhaltung laut gewesen. Die beiden Renys hatten alle alten Beschwerden gegen den Orden zur Sprache gebracht, neue hinzugefügt und die Gemüter erhitzt. Die Eidechsen müssten ausschauen, wo sie unter den Machthabern gute Freunde fänden, die sich ihrer Sache willig annähmen. Von vielen Seiten wurde den beiden Brüdern unbedenklich zugestimmt. Einige von den Genossen aber, voran Hans von der Buche, verlangten, dass man nicht so mit allgemeinen Reden sich begnüge, sondern anzeige, was man zu tun beabsichtige. Unser Bund hat mit diesen Dingen nichts zu schaffen, meinte Hans vorsichtig. Wollen wir Landessachen beraten, so mag der Herr Landrichter uns fordern. Darüber gab's großen Lärm. Ob man sich verbunden und zugeschworen habe, um reihum beieinander Gevatter zu stehen? Von welchen nothaftigen Sachen denn noch die Rede sein könne, wenn nicht von diesen, die jeden bedrängten und besorgt machten um Haus und Hof, Weib und Kind? Alle Zeit habe man's so gehalten, dass man erst bei sich selbst zurate gegangen sei und eine rechte Einigung zu gemeinsamen Schritten versucht habe. Denn der Einzelne sei schwach und werde allemal leicht mundtot gemacht; wenige aber könnten viel durchsetzen, wenn sie aneinander in Not und Gefahr eine Stütze fänden. Der Ritter Otto von Konyad forderte, man solle den Ältesten vertrauen und ihnen in alle Wege folgen; viel Wissen beschwere unnütz in so gefahrvollen Zeiten, und Geheimnisse ließen sich nur unvollkommen hüten, wenn die Zahl der Wisser zu groß sei. Dagegen schrie die Minderzahl: jeder im Bunde habe gleiches Recht; setze man Kopf und Kragen daran, so müsse man auch wissen wofür. Habe doch jeder geschworen, des Bundes Heimlichkeiten zu hüten. Ob man also meineidige Schurken unter den Genossen vermute? Dann sei's besser, die Bundeslade zu zerschlagen und die Briefe zu verbrennen.

So eifrig war man aneinandergeraten, als der Torhüter dreimal anschlug, zum Zeichen, dass jemand Einlass begehre, der sich durch das Bundessiegel nicht ausweisen könne. Niklas von Renys ging hinaus, kehrte aber gleich wieder und sagte: Das trifft sich gar glücklich. Ihr wollt genau erfahren, was geplant wird, liebe Genossen, aber nur ein einziger kann's überschauen und euch zur Kenntnis bringen. Und der steht nun unten vor dem Graben und lässt mich zu sich bitten zu einer Rücksprache. Es ist der beste Freund des Bundes, aber kein Bundesgenosse. Wollt ihr gestatten, dass ich ihn einführe, wenn er's begehrt? Wir könnten dann gesamt erfahren, was er bietet, und sogleich zum Schlusse kommen.

Wer ist's – wer steht unten vor dem Graben? Wurde hier und dort gefragt.

Das steht mir nicht zu, freiheraus zu sagen, antwortete Niklas. Erst muss ich eure Meinung erfahren, ob ihr einen Fremden zulassen wollet oder nicht. Genehmigt ihr's, so leiste ich euch Bürgschaft, dass er ein Freund ist und guten Grund hat, Schweigen zu beobachten. Er bringt sich selbst wahrlich mehr in Gefahr als uns.

Schließen wir die Lade, meinte Ritter Pfeilsdorf, solange der Fremde unter uns verweilt. Zu einer Versammlung der Eidechsen dürfen wir niemand einlassen, der nicht den Eid geleistet hat; aber die Eidechsen tagen nur bei offener Lade.

Das ist eine Auskunft, die nur den Schein wahrt, entgegnete Hans von der Buche.

Was wollen wir mehr? Rief Hans von Polkau. Der Vorschlag ist gut.

Er gefiel auch den anderen, und so ging Niklas von Renys wieder hinaus. Diesmal blieb er länger fort, und das eben noch so lebhafte Gespräch wollte inzwischen nicht in Gang kommen, da jeder nur an den Fremden dachte. Als sich dann aber die Tür öffnete und Niklas den Komtur Georg von Wirsberg hereinzog, da waren's nur drei oder vier Eingeweihte, die nicht von ihren Stühlen aufsprangen und zu den Waffen griffen. Der Komtur – der Komtur – unsere Heimlichkeit ist verraten! Ging es von Mund zu Mund.

Herr Niklas von Renys aber führte, ohne sich durch diesen Empfang irren zu lassen, den Gast bis an den runden Tisch und wies ihm einen Sessel. Auf meine Bürgschaft! Sagte er mit scharfer Betonung, indem er einen zuversichtlichen Blick im Kreise herumstreifen ließ.

Der Komtur setzte sich nicht sogleich, sondern stützte die Hand auf den Tisch und sprach: Mit eurer Vergunst, edle Herren, ich komme als ein Freund und hoffe noch besser so erkannt zu werden. Mir als einem Bruder des Deutschen Hauses ist nicht gestattet, dem Bunde beizutreten, aber wenn ich ein Landesritter wäre, so seid versichert, dass ich längst mein Siegel an euren Brief gehängt hätte. Denn auch mir liegt am meisten Recht und Gerechtigkeit am Herzen und dass niemand vergewaltigt werde. In vielem stimmen unsere Klagen und Beschwerden überein, und deshalb komme ich, euch freiheraus ein Bündnis anzubieten zu Trutz und Schutz. Helft ihr mir, so hoffe ich, euch gesamt wohl helfen zu können.

Gut gesprochen! Rief Hans von Polkau, ihm die Hand schüttelnd. Was springt ihr auf und blickt wie auf ein Gespenst? Das ist ehrlich Fleisch und Blut. Herrscht im Lande Unzufriedenheit über des Ordens Regiment, in den Schlössern gibt's unter denen, die den weißen Mantel und das Kreuz tragen, Männer genug, auf deren Beistand wir rechnen dürfen, wenn's zum Äußersten kommt. Bestätigt mir's, Herr Komtur.

Es ist wahrlich so, antwortete Wirsberg. Ihr nennt uns die Herrschaft, weil der Orden im Lande gebietet. Aber wir, die wir ihm angehören, sind selbst geknechtet und müssen uns jedem ungerechten Befehl der Machthaber fügen. Selten gilt Verdienst und Würdigkeit, sondern die aus großen Häusern kommen und Briefe mitbringen von der hochgeborenen Vetterschaft, die rücken schnell zu Ämtern und Würden auf, halten hinterher zusammen, nehmen sich den Vorteil und lassen den Klei-

nen alle Sorge und Mühe. Die Eingeborenen des Landes aber, die nach
Fug und Recht den ersten Anspruch haben sollten auf die Ritterschaft
Mariens, hält man ängstlich fern von den Häusern, damit kein Verkehr
sei zwischen dem Orden und dem Lande, außer von solchen, die herrschen, mit solchen, die dienen. So sind die einander am meisten fremd,
die in guter Freundschaft und Eintracht zum gemeinen Besten wirken
sollten, und überall herrscht Argwohn, Hass und Neid, dass nun keiner
dem andern traut und jeder im geheimen bedenkt, wie er sich der Not
entschlage. Große Gewalttat ist geschehen zu Danzig durch des Herrn
Hochmeisters Bruder, und er hat ihn nicht gestraft, sondern die Stadt
noch tiefer gedemütigt. Darum ist nun ein gerechtes Geschrei in der ganzen Hansa, und wenn es wieder zum Kriege kommt, wird sich's wohl
zeigen, dass man unsere Wechsel für schlecht Papier hält, Ritter und
Knechte im Lande werden bedrückt mit schweren Kriegsdiensten und
ungerechtem Schoß, da sie doch den Frieden wünschen und solcher Ge-
waltherrschaft abstreben. Deshalb tut's not, dass alle ehrlichen und redlichen Leute zusammenhalten und mit vereinter Kraft dem drohenden
Verderben einen Riegel vorschieben.

Diese Reden gefielen den meisten sehr, besonders da sie aus dem
Munde eines Mannes kamen, der selbst zu den Gebietigern des Ordens
zählte. Gab er sich so frei und offen, so meinten sie noch weniger ein
Versteck nötig zu haben, und so fehlte es denn weder an lautem Beifall
noch an Fragen, wie und wozu man helfen könne.

Der Komtur schob sich bequem im Sessel zurecht, streckte ein Bein
über das andere und stützte das Kinn in die rechte Hand. Man muss bei
der Spitze anfangen, sagte er, dem Körper ein anderes Haupt aufsetzen,
dessen Gedanken unsere Gedanken sind. Den Hochmeister freilich wählt
die Brüderschaft. Wenn er aber gewählt und mit dem Ringe geschmückt
ist, ernennt er die obersten Gebietiger, die in seinem beständigen Rat
sind, und die Komture und die Pfleger und Vögte, versetzt auch die
Brüder aus dem einen Hause in das andere, wie es ihm gut dünkt, und
führte das weltliche Regiment als ein rechter Landesfürst, der keinem
der Untertanen Rechenschaft schuldig ist. Im Haupt also sammelt sich
alle Macht. Ist da guter Wille, so mögen die Glieder des Körpers sich
wohlfühlen. Regiert aber da oben Eigensinn und böse Laune, so ist niemand im Lande so gering, dass er den Druck nicht übel empfindet.
Wenn er nun über sich greift und sich Luft schaffen will, so fasst er einen, der selbst gedrückt wird und unter seiner Last seufzt. Es nützt ihm
wenig, dass er in der Nähe mit den Armen um sich schlägt: Er trifft nicht
den, der das Unheil anrichtet. Rütteln sich aber viele zugleich und wer-

fen das Haupt ab, so ist allen rasch geholfen. Mögen sie dann sorglich verfahren, sich ein anderes Haupt zu verschaffen, das ihren Willen tut.

Und das ist gefunden! Rief Niklas von Renys. Kommt Georg von Wirsberg an die Spitze, so erleben wir noch gute Tage. Was kümmert's uns, ob der Deutsche Orden unter dem römischen Kaiser oder unter dem König von Polen steht oder sein eigener Herr ist! Wir wollen geschützt sein in unserem Eigentum und in unseren Rechten. Der König ist uns sehr gnädig gesinnt. Verdienen wir uns seinen Dank, indem wir vor allem dazu tätig sind, dass ein friedfertiger Hochmeister mit ihm verhandelt. Tritt er das Kulmer Land an Polen ab, mir soll's recht sein!

Auch mir – auch mir –! Stimmt dieser und jener zu. Einige aber verhielten sich jetzt schweigend.

Wisset auch, fuhr der Komtur fort, dass Heinrich von Plauen einen tiefen Groll hat gegen den Eidechsenbund. Ich hab's aus seinem eigenen Munde, dass er seine Mitglieder insgesamt für Verräter und treulose Wichte achtet. Lasst ihn zu Kräften kommen und mit seinen Feinden außerhalb Landes fertig werden, so ist sein nächstes, dass er euren Brief zerreißt.

Diese Worte weckten einen wahren Sturm der Entrüstung. Man wollte wissen, wie man so bösen Anschlägen begegne. Ich will mich euch vertrauen, sagte Wirsberg. Drei Ritterkonvente sind auf meiner Seite: Alles Gold und Silber, das der Orden für den König von Polen im Lande zusammengebracht hat, liegt unter meiner Obhut im Schlosse zu Rheden. Viertausend Spieße sind unterwegs zu meiner Verfügung. Die Könige von Böhmen und Polen wollen mir wohl. Bin ich des Landes sicher, so zweifle ich nicht an einem schnellen Siege. Noch ist nichts geschehen, das nicht leicht rückgängig gemacht werden könnte. Sagt mir also, wessen ich mich bei euch versehen kann!

Da hoben sie die Hände und schrien durcheinander: Schlagt los – schlagt los – die Eidechsen werden Euch nicht im Stiche lassen. Es lebe der König, unser gnädigster Herr!

Hans von der Buche war feuerrot geworden: Er fühlte sein Blut in den Adern wallen und kochen. Tagt hier der Bund der Eidechsen? Fragte er. Die Lade ist geschlossen.

Niklas von Renys hob den Kasten, mit beiden Händen in die eisernen Ringe der Beschläge greifend, auf den Tisch und setzte ihn so kräftig nieder, dass die Tischplatte dröhnte. Er riss den Deckel auf und legte die Rolle mit dem Bundesbrief vor sich hin, daneben aber sein Schwert. Die Eidechsen tagen, rief er, unser Freund soll's wissen als ein Wissender.

Wer ihm seine Hand zu leihen gedenkt, der lege, gleich mir, sein Schwert zu diesem Brief.

Hört mich an, bat Hans von der Buche und schob die Arme seiner Nachbarn zurück. Ich bin der Jüngste im Bunde, und es steht mir wohl an, zu fragen und zu lernen. Wozu verpflichten wir uns? Ist nicht in diesem Brief die Herrschaft ausgenommen? Und gegen wen wollt ihr das Schwert ergreifen als gegen die Herrschaft? Das ist unserem Eide zuwider und bringt uns Schande!

Niklas von Renys lachte unbändig auf. Hört den Milchbart! Hier sitzen drei von den Ältesten des Bundes, die seine Stifter waren. Will er klüger und gewitzter sein als sie? Den Brief in Ehren! Aber handelt's sich um eine Sache, von der da die Rede ist? Ward einer von uns angegriffen und ruft er die anderen zum Beistand auf, dass die sich entschuldigen mögen, die Herrschaft sei ausgenommen? Bei der Herrschaft ist Streit, das ward nicht vorgesehen in unserem Briefe. Bei uns steht's, welchem Teil wir beispringen wollen, wenn's zum Kampfe kommt. Und ich hoffe, wir sind auch da gute Gesellen und beschließen einträchtiglich.

Ja – ja – ja! Riefen sie in der Runde und schlugen mit den Schwertern auf die Tischplatte. Es entstand ein wüster Lärm, bei dem keiner mehr sein eigen Wort hörte. Drei und vier zugleich fuhren gegen Hans von der Buche los und suchten ihn zu bedeuten, was der Eidechsen Pflicht sei. Er sah ein, dass er gegen so viele vergeblich ankämpfen und sich durch seinen Widerspruch nur in Gefahr bringen würde, schwieg deshalb oder sagte, er habe nur seine schuldigen Bedenken vorgebracht. Das nahm man nun für seine Zustimmung und ließ ab von ihm. Der Komtur versprach, die Ältesten zu benachrichtigen, wenn etwas Wichtiges sich ereigne. Das Schloss Rheden wolle er in ihre Hand geben, wenn er mit dem Heere nordwärts ziehen müsste; sie sollten es dann für ihn oder für den König von Polen bewahren. Niklas von Renys übernahm's, den Bund zu berufen, wenn die Sache reif sei. Inzwischen sollte jeder im geheimen rüsten, um beim Aufruf mit seinen Leuten bereitzustehen.

Dreizehntes Kapitel

Verlorene Liebesmüh

Es war Abend geworden, als man das Turmzimmer in sehr erregter Stimmung verließ. In der Halle wurde ein Fass Bier aufgestellt, auch Brot und Käse gereicht. Aber die Herren begnügten sich mit einem raschen

Trunk, den heißesten Durst zu löschen, warfen sich auf die Pferde und jagten mit ihrer Dienerschaft nach allen Windrichtungen davon.

Der Komtur war in der Halle nicht mehr gesehen worden. Er hatte sich, ohne Abschied zu nehmen, allein auf den Weg gemacht. Die Gesellschaft der Eidechsenritter auf öffentlicher Landstraße mochte ihm nicht genehm sein.

Vielleicht hatte er auch noch einen andern Grund zur Eile. Als er in das Schloss einritt, beleuchtete die untergehende Sonne nur noch matt die obersten Geschosse der beiden Haupttürme mit ihren Zinnenkränzen. Liszek sprang zu und nahm ihm das Pferd ab. Er flüsterte ihm dabei etwas zu, worauf der Komtur lächelnd nickte. Im inneren Schlosshof herrschte schon zwischen den hohen Mauern abendliches Dunkel. Unten an der Treppe stand ein Diener, der eiligst an der nie verlöschenden Öllampe in der Küche eine Wachskerze angezündet hatte. Er ging voran bis zu des Komturs Zimmer und gab dem hohen Gebietiger dort die Kerze in die Hand. Sobald derselbe eingetreten war und die Tür hinter sich geschlossen hatte, blies er sie aus und schob die Vorhänge vom Fenster zurück, durch das noch ein ausreichendes Dämmerlicht in das Gemach fiel.

Er zog die schweren Reiterstiefel ab und dafür hohe Schuhe von weichem Leder an, legte das Schwert mit dem Wehrgehenk auf den Tisch und vertauschte das Wams mit einem bequemen Hausrock, der faltig die Knie umschloss. Dann öffnete er die Tür und horchte auf den offenen Bogengang hinaus. Es war alles still; nur von der Kapelle her tönte der Gesang der Priesterbrüder, die sich pflichtschuldigst zur Komplete, dem vorgeschriebenen Abendgottesdienst, eingefunden hatten. Er ging zwanzig oder dreißig Schritte dicht an der äußeren Wand entlang bis fast zur nächsten Wendung des Ganges, immer vorsichtig den Fuß aufsetzend, damit der Sand auf den Ziegelplatten nicht knirschte, und blieb vor einer tiefen Mauernische stehen, die hinten durch eine eisenbeschlagene Tür gesperrt war, Sie führte zu einem Raum, in dem der Vorrat an Tuchen und Laken des Ordenshauses auch an fertigen Rittermänteln und Baretts aufbewahrt wurde. An dieser Tür horchte er wieder. Dann steckte er leise den Schlüssel ins Schloss und drehte ihn um. Mit einem raschen Schritt stand er in dem gewölbten Gemach, das aus zwei schmalen Fenstereinschnitten trotz der Dämmerung draußen so viel Licht empfing, dass die Gegenstände darin erkannt werden konnten.

Von einem Stapel Tuche, der wohl die Stelle eines Lagers vertreten konnte, sprang eine schlanke Gestalt auf. Kommt Ihr endlich? Rief eine

Frauenstimme in sehr unwilligem Tone. Werde ich nun erfahren, weshalb man mich hier eingesperrt hat?

Der Komtur trat näher. Ihr hier, Fräulein? Fragte er mit verstellter Verwunderung. In der Tat, ich bin angenehm überrascht –

Gebt Euch keine Mühe, Eurer Büberei ein Mäntelchen umzuhängen, fiel Natalia ihm heftig ins Wort. Ob Ihr's gesteht oder nicht gesteht, ich weiß doch, dass Eure Leute auf Euer Gebot handelten, als sie mich hierher brachten. Sagt's also gleich geradeheraus, was Ihr von mir wollt, damit ich Euch eine gerade Antwort geben kann.

Ich will's nicht leugnen, entgegnete er geschmeidig, dass ich meinen Leuten aufgetragen habe, Euch hier im Schloss einige Ruhe zu gönnen, wenn Euch der Ritt zu sehr angestrengt haben sollte, wie bei Eurem leidenden Zustande zu erwarten war. Sollten sie nicht mit aller Höflichkeit –

Bube! Rief sie. Wage mir nicht so frech ins Gesicht zu lügen! Führt etwa der Weg nach Buchwalde an Schloss Rheden vorüber? Und ladet man einen zu Gast, indem man ihm einen Mantel über den Kopf wirft und den Mund bedrückt, dass er nicht schreien kann? Es ist gut, dass Ihr meinen Zorn ein paar Stunden verrauchen ließet, sonst – bei allen Heiligen, hättet Ihr meine Nägel in Eurem spitzbübischen Gesicht gefühlt!

Sie streckte die gekrümmten Hände gegen ihn aus, sodass es ihm geraten schien, einen halben Schritt zurückzuweichen. Nicht so wild, schönes Fräulein, bat er, nicht so wild. Sitzt Ihr zu Pferde, so mag man Euch solche Tonart nicht verargen, wie sie im Reiche der Amazonen wohl Brauch sein mag. Hier aber seid Ihr nun einmal meine Gefangene und handelt unklug, Euch durch unfreundliche Vorwürfe Euer Lösegeld zu erschweren.

Und weshalb bin ich Eure Gefangene? Herrschte sie ihn an.

Zu meiner Sicherheit. Ich habe Euch, nicht zu guter Stunde, allerhand von meinen Plänen enthüllt, um Euch mir geneigt zu machen. Ihr wisst, wie Ihr mir's gelohnt habt. Aber das hätte mich noch wenig besorgt gemacht. Nun aber hat es der Zufall so gefügt, dass Ihr Zeuge eines Gesprächs mit dem Waldmeister am Melno-See wurdet, das für Euer Ohr nicht bestimmt war. Wenigstens muss ich glauben, dass Ihr in Eurem unfreiwilligen Versteck gar gut verstehen konntet, um was es sich handelte. War's nicht so? Ihr habt gehört –

Dass der Komtur von Rheden einen alten wahnwitzigen Mann beschwatzte, den Hochmeister seines Ordens zu ermorden!

Sagt richtiger: ihn aufforderte, seine Rache an einem alten Feinde zu nehmen, dem er schon einmal ans Leben wollte. Doch das ist gleichgültig. Jedenfalls muss es mir daran liegen, das Geheimnis für die nächste Zeit zu wahren. Bei Euch aber, fürchte ich, ist es nicht gut aufgehoben. Und deshalb lasst Euch gefallen, hier im Schlosse mein Gast zu sein, bis sich's entschieden hat, ob der Alte das zweite Mal besser trifft.

Wie, Nichtswürdiger, Ihr wollt mich hier vielleicht wochenlang der Freiheit berauben?

Es ist durchaus notwendig zu meiner Sicherheit und der guten Sache wegen. Fügt Euch in Geduld. Es soll Euch hier im Schlosse an nichts fehlen. Ich will Euch des Herrn Hochmeisters Gemach nach Eurer Bequemlichkeit einrichten lassen und meinen eigenen Diener zu Eurer Verfügung stellen.

Den spitzbübischen Polen! Der steckt freilich mit seinem sauberen Herrn unter einer Decke. Ich rate Euch: Gebt mich frei. Jede Stunde, die Ihr mich länger in Gefangenschaft haltet, könntet Ihr schwer zu bereuen haben.

Er machte eine ablehnende Bewegung mit der Hand. Spart Euch solche Drohungen. Sie können mich nur darin bestärken, Euch die Macht zu nehmen, mir zu schaden.

Und wenn ich einen feierlichen Eid leiste, zu schweigen? Genügt das zu Eurer Sicherheit, Komtur?

Er bedachte sich einen Augenblick. Ihr könntet sagen, der Eid sei erzwungen worden.

Gott weiß, dass ich mich dazu erboten habe, um die Freiheit zu gewinnen.

Aber die Menschen wissen's nicht, und es gibt gefällige Priester, die von solcher Gewissenspflicht lossprechen.

Natalia schwieg eine Weile und sah mit finsteren Blicken zur Erde. Die rechte Hand war zu einer Faust zusammengekrampft, und die Fußspitze bewegte sich ungeduldig auf und ab. Ihr spracht von einem Lösegeld, sagte sie dann grollend. Ich dachte dabei nicht an heut und nicht an morgen, Fräulein. Eins freilich wüsste ich, das schnell jeden Argwohn beseitigen und mich der Notwendigkeit entheben könnte, Euch mit Gewalt zurückhalten zu müssen.

Und das –?

Bedenkt, welche Geständnisse ich Euch im geheimen gemacht habe. Nie hatte ein anderes Weib über mich solche Macht. Tag und Nacht denke ich nur darauf, wie ich mir Eure Neigung gewinne, in allen meinen Träumen ist Euer Bild. Oh, wenn Ihr mich gütig erhören wolltet! – Er trat wieder vor und streckte den Arm nach ihr aus.

Elender Wicht – Meineidiger! Rief sie und stieß ihn zurück.

Nenne mich, wie du willst, flüsterte er, aber glaube mir, dass mich bei deinem Anblick ein brennendes Feuer verzehrt, das keine Vernunft löschen kann! Elend bin ich, wenn du mich verschmähst, meineidig, wenn ich meinem Herzen den Schwur nicht halte, dich zu besitzen. Ich lasse nicht ab von dir, schöne Zauberin – ich bin in deinem Bann für Zeit und Ewigkeit. Was ist deine Gefangenschaft gegen meine? Mit eisernen Ketten bin ich angeschmiedet und lechze nach einem Trunk, nicht zu verdursten. Erbarme dich meiner! Gib mir ein Zeichen deiner Huld und sei frei. Den Mann, dem du deine Liebe schenkst, wirst du nicht verraten!

Er sank in die Knie nieder und hob flehend die Hände zu ihr auf. Natalia maß ihn mit einem Blick der Verachtung. Steh auf, antwortete sie rau. Jedes deiner Worte ist mir eine Beleidigung. Ich hasse, ich verabscheue dich. Aus meinen Augen, Jämmerlicher!

Da erfasste ein krampfhaftes Zittern seine ganze Gestalt. Von wilder Leidenschaft gepackt, sprang er plötzlich dicht vor ihr auf, umfasste sie, riss sie an sich und suchte mit seinen brennenden Lippen ihre Wange und ihren Mund. Mit allen Kräften wehrte sie ihn von sich ab, aber er war der Stärkere. Um Hilfe zu rufen, war vergebens. Schon musste sie seine heißen Küsse leiden. Da machte sie eine letzte gewaltsame Anstrengung. Sich rasch wendend, bekam sie ein wenig Luft, griff mit der Hand zwischen den Gürtel nach der Waffe und stieß sie einen Augenblick darauf gegen seine Brust. Mit einem Aufschrei ließ er ab von ihr, taumelte und sank rücklings zu Boden. Aus seinem Wams drang ein Strom roten Blutes.

Er griff mit der Hand nach der Stelle, wo er getroffen war. Schlange – Schlange – stöhnte er, und dann: Verruchte Hexe – womit hast du mir's angetan? Ah – das ist – mein Tod!

Natalia stand noch eine Sekunde lang wie zu neuem Angriff gerüstet. Die Hand mit dem kleinen Dolche hatte sich bis zur Brusthöhe gehoben, die Spitze von sich abgekehrt. Sie atmete hastig; die Lippen waren von den festverbissenen Zähnen zurückgezogen, die Augen sprühten Blitze gegen das Opfer ihres Zorns. Als sie sah, dass er sich vom Boden nicht erhob, ließ die Anspannung nach. Die Hand, die den Dolch hielt, fing ein wenig an zu zittern; langsam sank sie hinab bis zum Gürtel, hinter dem dann die Waffe verschwand. Hast du deinen Teil, Unhold? Murmelte sie.

Beklage dich nicht. Ich riet dir, mich in Frieden ziehen zu lassen. Ohne sich um den ganz Hilflosen weiter zu kümmern, nahm sie eilig einen der langen weißen Rittermäntel auf, die in Packen auf den Holzgestellen an der Wand lagen, und warf ihn um die Schultern. Auf den Kopf setzte sie das dazu gehörige weiße Barett mit dem schwarzen Kreuz, es tief über die Stirn drückend. So schritt sie der Tür zu.

Der Komtur machte Anstrengungen, sich aufzurichten, ihre Flucht zu hindern. Aber der Schmerz warf ihn wieder zu Boden. Er versuchte zu schreien, brachte aber nur einen röchelnden Ton hervor. Natalia schlüpfte aus der Tür und schloss sie gleich wieder. Dann ihre ganze Willensstärke zusammennehmend, schritt sie langsam und hochaufgerichtet den oberen Hallengang entlang, die Treppe hinab und durch das Portal auf die Außenmauer zu, in der sich zwischen zwei Wachttürmen das Tor befand. Es war inzwischen so dunkel geworden, dass man auf einige Entfernung die Gegenstände nicht genau zu erkennen vermochte. Die Wächter ließen sich täuschen. Sie waren an nächtliche Ausgänge der Kreuzherren gewöhnt. Ohne den Befehl abzuwarten, öffneten sie das Pförtchen und ließen die Fallbrücke hinab. Wenige Minuten später war Natalia jenseits des Grabens und in Sicherheit.

Sie setzte den Weg in ihrer Verkleidung noch eine Strecke fort. Erst als sie die Stadt hinter sich hatte und in ein Wäldchen eintrat, warf sie Mantel und Mütze in die Büsche und eilte nun in rascherem Schritt in der Richtung auf Buchwalde zu.

In der Nacht kam sie dort an, von den Hofhunden wütend angefallen, aber bald erkannt und dann mit frohem Gebell bis zum Tor des alten Hauses begleitet. Sie wusste, dass Hans dort seine Schlafstelle hatte, klopfte an seine Tür und trat ein, ohne seine Aufforderung abzuwarten.

Hans hatte sich nach Entfernung des letzten Gastes auf sein Lager geworfen. Der Schlaf aber wollte nicht kommen. Sein Gewissen war schwer beunruhigt durch die Beschlüsse des Eidechsenbundes, denen er zwar nicht zugestimmt hatte, an die man ihn aber sicher gebunden hielt. Er erinnerte sich wieder der Warnungen des Schwetzer Komturs. Worauf anders dachten die Genossen als auf den schimpflichsten Landesverrat? Und einen wie tiefen Blick hatte er in die innersten Verhältnisse der Ordensbrüderschaft selbst getan! Dieser Komtur, der mit den Feinden gemeinsame Sache machte, das Vertrauen seines Meisters so schnöde missbrauchte, den Landesschoß unterschlug, Söldner ins Land zog, um sie gegen des Ordens Haupthaus zu führen, seine Burg den Polenfreunden übergeben wollte! Der Kopf wirbelte ihm. Nie hätte er solche Niedertracht auch nur für denkbar gehalten. Und sollte er dazu schweigen? Dieser Hochmeister, den er verehrte wie keinen anderen Mann, war in Gefahr, seine Herrschaft zu verlieren, und er sollte ihn nicht einmal warnen? Aber sein Eid! Freilich galt er nur den Verpflichtungen, die der Bundesbrief auferlegte, die von solcher Verräterei nichts wussten. Aber war's nicht auch Verrat der Bundesgenossen, wenn er ihre Heimlichkeiten anzeigte? Hätte es nur ein Mittel gegeben, ihre finsteren Pläne zu durchkreuzen, ohne ihre Personen zu gefährden.

Nun fuhr er vom Lager auf und rief erschreckt: Wer ist da?

Ich bin's – Natalia, antwortete sie, die Hand auf seine Schulter legend.

Du, Kind – und so spät in der Nacht? Was willst du?

Ich habe Grund, dich zu wecken.

Du weckst mich nicht. Vergebens bin ich bemüht, einzuschlafen – schwere Sorge hält mich wach. Aber was hast du?

War der Komtur im Buchenwalde?

Niklas von Renys hat ihn bei den Eidechsen eingeführt. Was da beraten ist –

Und woher kam er?

Das weiß ich nicht.

Ich aber weiß es und will dir's sagen. Er hat dort einen Mörder gedungen für den Hochmeister.

Natalia! Der Komtur von Rheden hat –

Einen Mörder gedungen für den Hochmeister. Ich bin nicht verstört: Ich berichte, was ich mit eigenen Ohren vernommen habe. Sie erzählte, was ihr begegnet war im Walde und im Schloss. Nur von Heinrichs Brief sagte sie nichts. Und nun tu, was dir gut scheint, schloss sie. Es ist möglich, dass ich den Komtur nicht tödlich getroffen habe – der Arm konnte sich nicht frei bewegen. Dann wird er auf Rache sinnen, vielleicht auch dich verfolgen, weil er dich fürchtet wegen des Schimpfes, den er deiner Schwester angetan hat. Sei auf der Hut! Ich kam in der Nacht, dich von dem Geschehenen in Kenntnis zu sehen, weil ich noch vor Morgen fort muss.

Er griff hastig nach ihrer Hand. Wohin, Natalia?

Das muss mein Geheimnis bleiben. Mein Weg ist nicht gar weit, und doch weiß ich nicht, ob ich jemals zurückkehre.

Schwester –!

Frage nicht, ich kann dir nichts weiter sagen. Vielleicht – vielleicht wird noch alles gut. Du weißt, ich habe nun einmal meinen eigenen Sinn – da redet niemand mit Erfolg ab noch zu. Sollten wir einander nicht wiedersehen, Hans –

Ich lasse dich nicht fort, Natalia. Was für Tollheiten spuken dir durch den Kopf?

Willst du mich morgen im Brunnen unter der Linde finden? Wer will mich halten, wenn ich gehen will? Lebe wohl und grüße die Mutter. Noch eine Bitte hätte ich freilich –. Mein Pferd ist im Walde gefallen – ich brauche ein ander Pferd. Gib mir's aus deinem Stall; ich will sehen, dass ich dir's zurückschicke, wenn ich's nicht mehr reiten kann.

Wähle, welches dir gefällt.

Und noch eins: Mein Erbteil ist noch in deiner Hand. Ich weiß, dass du mich jetzt nicht befriedigen kannst. Aber schieße mir eine Summe vor – soviel du allenfalls entbehren kannst. Ich brauche Reisegeld.

Hans bückte sich und zog einen Kasten unter dem Bett vor, der dicht mit Eisen beschlagen und mit einem Schloss wohl verwahrt war. Er öffnete ihn, griff mit der Hand hinein und zog einen halbgefüllten ledernen Beutel heraus. Reitest du nach der Marienburg? Fragte er indessen.

Nein, antwortete sie ohne Bedenken.

Lass uns teilen, sagte er nach einer Weile. Auch ich brauche Reisegeld. Wir haben dazu kein Licht nötig. In diesem Beutel sind ungarische Gulden. Ich schütte sie auf die Decke. Und nun halte deine Hand hin: Der erste für dich, der zweite für mich und so fort.

Zwanzigmal legte er die Goldstücke hierhin und dorthin. Darauf schloss sie die Hand und sagte: Es ist genug. Sie bückte sich und küsste seine Stirn. Dann verließ sie eilig das Gemach.

Hans war nun mit sich einig, was er zu tun hatte. An Schlafen dachte er nicht mehr. Er stand auf, kleidete sich an und packte seinen Mantelsack. Unter den Hut setzte er eine leichte Blechhaube, über die Brust hing er seine Plate, das Schwert durfte nicht fehlen – für alle Fälle. Als er hinaustrat, sein Pferd satteln zu lassen, dämmerte am fernsten Horizont der Morgen, während die Sterne über ihm noch bleich schimmerten.

Der Stallknecht erzählte, dass das Fräulein ihn geweckt und vor einer Stunde schon mit dem polnischen Grauschimmel den Hof verlassen habe. Hans trug ihm auf, dem Kämmerer zu sagen, dass er in seiner Abwesenheit auf die Wirtschaft achthaben solle. Wenn man nach ihm frage, solle es heißen, er sei auf die Märkte geritten, Vieh zu kaufen.

Er ritt in scharfem Trabe den geradesten Weg nordwärts auf Burg Roggenhausen zu. Vor dem Dorfe Grutte holte er einen Fußgänger ein, der eine schwere Armbrust über der Schulter trug. Bald erkannte er den Waldmeister.

Wohin, Alter? Fragte er. Er wusste es nur zu gut.

Das kümmert niemand, war die raue Antwort.

Der Junker ritt im Schritt neben ihm her. Warum tragt Ihr Euch hier auf der Landstraße mit der schweren Armbrust?

Der Alte lachte. Ich bin ein Jäger und gehe auf die Jagd.

So weit reicht nicht Euer Revier, Waldmeister.

Mein Wild streicht weit herum. Ich bin einem Edelhirsch auf der Fährte, den ich schon einmal in Schussweite hatte.

Ihr geht mit schlechten Gedanken um, Waldmeister.

Mit finsteren Gedanken, das ist meine Art.

Hans überlegte, ob er ihn merken lassen solle, dass er von seinem Vorhaben wisse. Aber er war nicht sicher, was der Alte dann tat, und zu Fuß brauchte er doch immer doppelte Zeit, musste ihm also einen weiten Vorsprung lassen. Er sagte daher nur: Kehrt nach Hause zurück, Gundrat, und seht in Eurem Walde nach dem Rechten.

Der Alte schüttelte unwillig das graue Haupt und setzte seinen Weg fort.

Hans gab es auf, ihn anders zu stimmen. Er grüßte ihn und jagte davon, dass der Staub hinter ihm hoch aufwirbelte. Bald verschwand er dem Waldmeister aus den Augen.

Vierzehntes Kapitel

Der zweite Dienst

Der Hochmeister residierte wieder in der Marienburg. Im Schlosse und in der Stadt hatten noch immer die Bauhandwerker reichlich Beschäftigung. Wittinnen mit Ziegeln und Feldsteinen schwer beladen lagen im Nogatstrom. Ein Teil des Stadtangers war zu Zimmerplätzen eingerichtet, und die Äxte hämmerten da von früh bis spät, das Sparrenwerk zu den Dächern der neu erbauten Häuser herzustellen. Immer mehr schwanden die Holzbaracken, in denen man sich nach Aufhebung der Belagerung begnügt hatte, und machten stattlichen Gebäuden mit gewölbten Lauben Platz. Am Turm der Pfarrkirche hingen die Gerüste der

Maurer, die neue Ziegel in die Kugellöcher einfügten, und hoch oben hantierten die Dachdecker. Jenseits des Flusses ließ der Orden den Kaldenhof neu aufbauen. Aber auch im Schlosse selbst und in der Vorburg waren die Reparaturen noch lange nicht beendet.

Auch jetzt bewohnte Heinrich von Plauen nicht die dem Hochmeister bestimmten Prunkgemächer im mittleren Schlosse. Seinem einfachen Sinne sagte es nicht zu, fürstlich hofzuhalten und seine Lebensweise von der seiner Ritter mehr als dringend nötig zu entfernen. Er hatte einige Zimmer im Hochbau inne neben denen der obersten Gebietiger, die er so schnell zur Seite haben konnte, und hielt sich im mittleren Schlosse meist nur auf, wenn er fremde Botschafter aufzunehmen oder mit den Sendboten der Städte zu verkehren hatte.

Von dem heiteren Leben, das in der Marienburg unter seinen Vorgängern geherrscht hatte, und von dem fürstlichen Glanz ihrer Hofhaltung war jetzt wenig zu spüren. Plauen hatte zu Festen keine Zeit. Er arbeitete unablässig mit seinen Schreibern, beriet mit dem Großkomtur Hermann Gans, mehr noch mit Behemund Brendel, dem Oberst-Tresler, der Geld verschaffen sollte und doch schon alle Hilfsquellen erschöpft hatte. Häufig fand sich auch Albrecht von Tonna, der Oberst-Trappier, von der Christburg ein und blieb dann tagelang, um dem Meister die Bestände an Ausrüstungsgegenständen aller Art aus den Registern vorzuweisen und mit ihm zu beraten, wie die Lücken auszufüllen seien. Briefe waren bald an den König von Ungarn, bald an den König von Böhmen, an den Deutschmeister, an die Reichsfürsten, geistliche und weltliche, an die Hansestädte, die sich Danzigs wegen schwer beruhigen konnten, oder auch an den Landmeister von Livland zu schreiben, der den Großfürsten von Litauen scharf beobachten sollte, damit man nicht überrascht werde. Boten des Königs von Polen, der wegen Erfüllung der Friedensbedingungen drängte und immer neue Winkelzüge machte, oder Abgesandte des Meisters an ihn waren immer unterwegs.

Dazu beaufsichtigte Plauen gern selbst die ritterlichen Übungen, die er angeordnet hatte, die jüngeren Glieder des Ordens kriegstüchtiger zu machen, und ungern versäumte er den Gottesdienst in der Kapelle zu den Gezeiten. Sein Leben war Sorge und Arbeit, und selten schlief er nachts länger als vier oder fünf Stunden.

Betrat der Hochmeister die Vorburg, um dort nach dem Rechten zu schauen, so versäumte er nicht leicht, ins Gießhaus einzutreten, das jetzt größer ausgebaut und nach den Weisungen des wackeren Ambrosius mit allem trefflich versehen war, was zur Herstellung großer Geschütze

erforderlich schien. In seinem Auftrag war der Gießmeister nach Nürnberg gereist, um sich in den dortigen berühmten Werkstätten selbst zu
überführen, wie weit man inzwischen in der Gießkunst Fortschritte gemacht habe. Ambrosius verbesserte danach sein eigenes Verfahren, setzte auch unablässig seine Versuche fort, durch allerhand Mischungen von
Metallen ein brauchbares Material zum Gusse zu gewinnen, meinte aber,
die Büchsen leisteten schon, was sie leisten könnten, und er wollte sich's
wohl übernehmen, eine ganz fehlerfrei herzustellen, die nicht zehn Pferde von der Stelle bewegen könnten. Das sei eben der Übelstand, dass die
Rohre, wenn sie auch geradeaus mächtig wirkten, sich schwer transpor-
tieren und auf ihrem Standpunkt richten ließen. Der wird bei Fürsten
und Städten wohlangesehen sein, sagte er, der eine Vorrichtung erfindet,
wie man die Büchsen auf freiem Felde gebraucht, ohne sie abladen und
aufladen zu dürfen, und wie man sie mit wenig Menschenkraft nach allen Himmelsrichtungen wendet, jedes beliebige Ziel zu treffen. Da können nur Hebel und Schrauben helfen. Abends saß er dann vor einer
schwarz angestrichenen Holztafel und zeichnete mit Kreide darauf allerhand wunderliche Figuren, die außer ihm niemand verstand.

Neben dem Gießhause hatte Ambrosius eine geräumigere Wohnung,
die der Hochmeister gar freundlich hatte einrichten lassen, damit es dem
Nürnberger auch ferner bei ihm gefalle. Zwei Stübchen waren für
Waltrudis bestimmt, mit schönen Ledertapeten bekleidet und mit weichen Decken ausgelegt, auch mit hübsch geschnitzten Möbeln von Eichenholz gut versehen. In dem ersten hatte sie ihr Arbeitstischchen am
Fenster stehen und den Spinnrocken daneben, der künstlich von verschiedenem Holz gearbeitet war. Auf dem Tische stand ein Kästchen zu
allerhand Nähzeug, das Ambrosius für sie auf des Meisters Bestellung
aus Nürnberg hatte mitbringen müssen. Auf dem Deckel war mit
Schildpatt, Perlmutter und Silber ein Heiligenbild zierlich ausgelegt, und
innen zeigten sich viele kleine Fächer und bewegliche Schachteln, dass es
jedem Mädchen eine Freude sein musste, Ordnung zu halten. In dem
zweiten Stübchen stand das Bett, das mit einem Himmel von blauem
gesterntem Zeuge faltig überdeckt war, sodass Frau Ambrosius meinte,
sie schlafe wie eine Prinzessin. An der Wand hing ein kleiner Spiegel von
venezianischem Glase, der so glatt und eben geschliffen war, dass sich
das Bild dessen, der hineinschaute, gar nicht verzerrte, und die Wasch-
schale auf dem niedrigen Bänkchen und die Wasserkanne daneben waren von getriebenem Metall, wie man solche Stücke sonst nur in den
Taufkapellen oder bei fürstlichen Herrschaften sah. Der Hochmeister
hatte sie von seinem Erbgut hergeliehen nebst einem Kästchen von ara-

bischer Arbeit, in dem sich Elfenbeinkämme, Spangen, Ringe und mancherlei Nadeln befanden. Die Gießmeisterin hatte sich längst daran gewöhnt, Waltrudis als eine nahe Verwandte Plauens anzusehen, die dieser zärtlich liebte und dauernd in seiner Nähe haben wollte. Sie behandelte sie nicht wie eine Tochter, so gern das Mädchen sich zu allen häuslichen Diensten erbot und überall zusprang, aber auch nicht wie eine vornehme Fremde, die sich nur zum Besuche aufhielt. Es hatte sich ein gut freundschaftliches Verhältnis herausgebildet, das beide Teile befriedigte. Die kluge Frau merkte wohl, dass ihr Mann mancherlei Vorteile hatte, die er nicht alle seiner amtlichen Tätigkeit dankte, und gab sich alle Mühe, sie ihm durch eine sorgsame Pflege des ebenso schönen als sittsamen Fräuleins zu erhalten.

Eines Tages hatte der Hochmeister einen jungen Gesellen mit ins Gießhaus gebracht, dessen äußere Erscheinung auffallend war. Hoch und schlank gewachsen, trug er den Kopf ein wenig gebückt. Langes, schwarzes Haar hing ihm auf Nacken und Schultern hinab; über den Augenbrauen war es aber geradlinig bis über die Schläfen hin abgeschnitten, sodass von der niedrigen Stirn nur ein schmaler Streifen sichtbar wurde. In seinen dunklen Augen lauerte etwas von Hinterlist und Tücke, die Nasenflügel waren sehr beweglich, der breite Mund mit den starken Lippen zeigte zwei Reihen kräftiger perlweißer Zähne und schloss sich selten völlig. Hände und Füße waren klein und fast zierlich gestaltet. Er trug Sandalen mit hoch aufgebundenen Lederriemen, die mit Knöpfen und Buckeln von Edelmetall verziert waren, einen langen, vorn schräg aufgeschnittenen, an den Achseln und Ärmelaufschlägen mit Seide gestickten Rock nach litauischer Art, darüber einen breiten Ledergürtel mit mächtiger Schnalle von Silber, in welchem Waffen steckten, und einen spitzen Hut, von dem an seidenen Schnüren kleine Heiligenbilder von Blei, durchlochte Goldmünzen und Amulette von verschiedener Form hingen. Ein Schmuck ähnlicher Art umfasste auch seinen Hals. Er sprach das Deutsche etwas mühsam und wie jemand, der es in der Schule gelernt hat, gab auch nur spärliche und immer mürrische Antwort. Der Hochmeister stellte ihn als Fürsten Switrigal, Sohn des Herzogs Ziemowit von Masowien und der Großfürstin Alexandra, vor, die eine Tochter Oljierds, also eine Schwester König Jagellos war.

Die Eltern hatten nach geschlossenem Frieden den zwanzigjährigen Prinzen nach der Marienburg geschickt mit der brieflich an den Hochmeister gerichteten Bitte, er möchte sich gütig des jungen Knaben annehmen, damit er unter seinen Augen ritterliche Lebensart lerne und in allen freien Künsten wohlunterrichtet werde, wie es einem Fürstensohne zieme. Sie wollten ihm dafür mit anderen guten Diensten, soviel in ihrer Macht stehe, gewärtig sein.

Plauen hatte sich dessen gefreut. Es war ein Zeichen wiedererwachenden Vertrauens in den kräftigen Fortbestand der Ordensherrschaft. Unter seinen glücklicheren Vorgängern war es häufig vorgekommen, dass die benachbarten Fürsten ihre Söhne einige Jahre nach der Marienburg wie auf die Hohe Schule der Ritterschaft schickten, oder auch dort von tüchtigen Lehrern in den Elementen der Wissenschaften unterweisen ließen, und gern unterzog sich der Orden allemal solcher Mühewaltung, weil er hoffen durfte, sich die jungen Herrlein freundschaftlich zu verbinden. Nun war es Plauen überdies sehr wohl bekannt, dass die Herzöge von Masowien, deren Land zwischen Polen und Litauen lag, nördlich aber an Preußen grenzte, stets bemüht waren, sich nach beiden Seiten hin eine Art von Unabhängigkeit zu sichern, indem sie bald mit dem einen, bald mit dem andern Bündnisse schlossen und Krieg führten. Jagello war es freilich gelungen, Schwester und Schwager zu überzeugen, dass der Orden ihr Feind sei und nach einem Teile ihres Besitzes trachte. Jetzt aber erschien ihnen die Vereinigung der beiden verwandten mächtigen Nachbarn noch viel gefahrdrohender, und sie machten daher in der Stille Anstalten, wieder zum Orden in gute Beziehungen zu treten, um für den Notfall einen schützenden Rückhalt zu haben. Plauen ergriff mit Eifer die dargebotene Hand. Nichts konnte ihm in seiner jetzigen Lage erwünschter sein als ein Bündnis mit Masowien, das sich recht wie ein Keil zwischen die Gebiete seiner Todfeinde legte und unter ihnen selbst von alters her der Zankapfel war. Er nahm daher den jungen Prinzen mit aller Zuvorkommenheit auf und schickte, als ob er deshalb zu Dank verpflichtet sei, an Ziemowit und Alexandra reiche Geschenke.

Er nahm sich nun auch mit voller Sorge der Erziehung Switrigals an, der anfangs wenig Lust zeigte, seine gewohnte Lebensweise zu ändern, immer nur auf dem Pferde liegen und zur Jagd reiten oder im Flusse Fische fangen wollte, jede Unterweisung in höfischen Künsten und Fertigkeiten aber unwirsch genug zurückwies. Der Hochmeister hatte ihm den alten Wigand von Maiburg zum Lehrer gesetzt, aber selten gelang es diesem, den wilden Gesellen für eine Stunde durch seine Erzählungen von merkwürdigen geschichtlichen Begebenheiten zu fesseln, oder ihn zu vermögen, sich aus dem Wappenbuche unterrichten zu lassen. So wollte Plauen es nun auf andere Weise versuchen. Er führte ihn in der Vorburg herum, zeigte ihm die verschiedenen Werkstätten, in denen Waffen aller Art hergestellt wurden, und übergab ihn seinem Gießmeister Ambrosius, damit er ihn immer an seiner Seite habe und mehr gelegentlich über alles Wissenswerte im Waffenhandwerk belehre. Hatte doch der Prinz gerade im Gießhause größere Aufmerksamkeit für die Dinge bewiesen, die ihm neu waren, und sogar, um seine Kraft zu zeigen, mit eigenen Händen einen eisernen Amboss, den zwei Männer nur mit Anstrengung fortbewegen konnten, aufgehoben und lachend eine Strecke fortgetragen.

Gleichwohl wäre es Ambrosius schwerlich gelungen, ihn bei sich festzuhalten, wenn Switrigal nicht Gelegenheit gehabt hätte, Waltrudis zu sehen, als sie am Fenster stand und ihren Dompfaffen fütterte, der dort in einem Drahtbauer hing. Mit offenem Munde blieb er stehen und starrte unverwandt hinauf, bis das Mädchen mit dem krausen Goldhaar ihn bemerkte und sich scheu zurückzog. Wer ist das? Fragte er, ganz Staunen und Verwunderung. Waltrudis, antwortete Ambrosius, des Herrn Hochmeisters nahe Verwandte. – Und sie wohnt bei dir? – Sie ist in meines Weibes Pflege, da sie doch auf dem Schlosse selbst nicht wohnen kann. – Lass uns hinaufgehen! – Morgen, Prinz, wenn Ihr im Gießhause etwas gelernt habt, vertröstete Ambrosius. Pünktlich fand sich Switrigal am andern Tage ein.

Waltrudis hatte schon erfahren, wer der sonderbare Mensch gewesen, der sie so unartig angegafft hatte, und verließ nur ungern ihr Stübchen, um ihm Gesellschaft zu leisten. Er war dann, als er sie in der Nähe sah, ganz wie auf den Mund geschlagen, ließ aber die Augen nicht von ihr, sodass es ihr unheimlich zumute wurde. Seine erste Frage war, ob das wirklich Haar sei, was ihr Gesicht umglänze, und darüber musste sie nun doch lachen. Sie bestätigte es, er aber schüttelte ungläubig den Kopf und streckte die Hand aus, um sich durch das Gefühl zu überzeugen, was sie jedoch nicht litt. Ihre Weigerung erzürnte ihn, und als sie nun einige Fragen an ihn richtete, die auf seine Heimat Bezug hatten, gab er keine Antwort. Ihr seid nicht gut erzogen, Prinz, sagte die Gießmeisterin in ihrer offenen Weise, sonst wüsstet Ihr, was ein junger Herr einem Fräulein schuldet. Er wandte sich kurz um und ging nach der Tür, blieb aber stehen und kehrte wieder zurück. Verzeiht mir, bat er, ich will's lernen.

Seitdem war er nun täglich im Gießhause und mit Ambrosius in den anderen Werkstätten oder Vorratskammern, dann aber zur Belohnung für fleißiges Zuhören in seiner Wohnung bei den Frauen. Er sah einmal, dass Waltrudis aus einem Buche abschrieb, und wollte nun auch schreiben lernen, lesen konnte er ein wenig. Er bat so artig, dass sich das Mädchen herbeiließ, ihm zu zeigen, wie man die Feder halten und den Strich auf das Papier ziehen müsse. Seine Ungeschicklichkeit dabei machte ihm so viel Spaß als vorhin ihre zierliche Bewegung. Als aber der Versuch auch beim dritten und vierten Male nicht gelingen wollte, warf er die Rohrfeder unwillig fort und sprang so hastig auf, dass der Tisch ins Schwanken kam und das Schälchen mit der schwarzen Farbe umfiel, die weiß gescheuerte Platte beschmutzend. Darüber war Frau Ambrosius sehr böse und kanzelte ihn derb ab wegen seines auffahrenden Wesens. Waltrudis aber verließ, ohne ein Wort zu sagen, die Wohnstube. Als er am nächsten Tage kam und das Fräulein sich nicht zeigen wollte, wurde er ganz zahm, kniete vor der Tür nach ihrem Stübchen nieder und erklärte, nicht eher aufzustehen, bis sie ihm seine Heftigkeit verziehen habe. Nun musste wohl Frau Ambrosius selbst für ihn eine Fürbitte einlegen.

Dem Hochmeister konnte diese Wandlung in der Sinnesweise seines Schützlings nicht entgehen. Auch erfuhr er von Ambrosius, welchen Einfluss das Fräulein auf den sonst so schwer lenksamen Herrn habe, und als er sie einmal zusammen antraf, hätte er blind sein müssen, wenn er nicht hätte merken sollen, dass des Prinzen finstere Augen ordentlich fromm wurden, wenn sie sich auf Waltrudis richteten. Das schien ihm wohl zu gefallen, denn er streichelte ihre Wange und sagte zu ihr: Da ist uns ein zottiger Bär aus den masowischen Wäldern gekommen, dass wir ihn tanzen lehren. Uns Männern zeigt er die Zähne, aber deiner kleinen weichen Hand gelingt's ohne Mühe, ihn zu binden und abzurichten, über Jahr und Tag ist er vielleicht in deiner Zucht so zahm wie ein Schoßhündlein geworden und gar nicht mehr wiederzuerkennen. Wahrlich, Kind, du kannst ein gutes Werk an ihm tun. Das hörte Switrigal mit an und wurde feuerrot im Gesicht. Das Mädchen aber wechselte nicht die Farbe und antwortete ganz frei und offen: Ich tue gern, was ich kann. Er ist auch gar nicht so ungelenk, als er sich anfangs den Schein gab, und nimmt gute Weisung an. Ich berede ihn wohl noch, dass er zu Herrn Wigand in die Schule geht.

Lasst ihn hierherkommen, rief der Prinz, und ich höre ihm zu, solange du willst!

Dieses Wort fasste der Meister auf und trug es eine Weile nachdenklich mit sich herum. Dann sprach er mit Ritter Wigand. Der alte Herr war nicht abgeneigt, einen Versuch dieser Art zu wagen, und hatte sich bald seines Gelingens zu erfreuen. Täglich am Vormittage saß er nun im Wohnzimmer des Meisters Ambrosius am großen Tisch zwischen Switrigal und Waltrudis und trug ihnen vor, was für Länder in Europa wären, und was für eine Regierung ein jedes habe, wie die Fürsten hießen und deren Gemahlinnen, wie sie miteinander verwandt und verschwägert waren, welche Wappen sie und ihre vornehmsten Vasallen führten und welche Bedeutung alle die krausen Zeichen darin und darauf hätten. Auch erzählte er, wie man es in Krieg und Frieden mit dem Verkehr unter den Potentaten halte, wie man Gesandte schicke und beglaubige und welche Rechte man ihnen beilege, auch was das Heroldsamt zu sagen habe, wie man Fehde ankündige und was im Kriege und bei Turnieren für unritterlich gelte. Über alle diese Dinge und noch viele mehr wusste er gut Bescheid. Waltrudis schien aufmerksam zuzuhören, und wenn Switrigal auch öfter zu ihr hinüber als den Lehrer ansah, so blieb doch auch bei ihm einiges haften, und der Ehrgeiz, es dem Fräulein im Antworten gleichzutun, wirkte anstachelnd. Ihr müsst sorgen, Prinz, sagte sie ihm, dass einmal in Eurem Herzogtum Masowien eine recht christliche und ritterliche Regierung in Kraft sei, damit dieses Ordensland eine gute Stütze an ihr finde im Kampfe gegen die barbarischen und heidnischen Völker des Ostens. Ritter Wigand stimmte zu und sang des Ordens Lob. Helft mir dazu, Waltrudis, antwortete er, das Gesicht in beide Arme stützend und sie mit verlangenden Blicken anschauend. Sie aber wollte ihn nicht verstehen.

So stand's in der Marienburg, als Hans von der Buche sich nach zweitägigem scharfem Ritt dort einfand. Er war am Abend angelangt und in der städtischen Herberge abgestiegen, man ließ ihn aber so spät nicht mehr in die Burg ein. Am nächsten Morgen kam er zwar in den Schlosshof, sah sich aber überall abgewiesen, da er erklärte, nur mit dem Herrn Hochmeister selbst sprechen zu wollen, auch keinem Geringeren sagen zu können, um was es sich handle, außer, dass größte Gefahr im Verzuge sei. Man hielt ihn für gestört und trieb ihn zuletzt vom Hofe. Da er nun sah, dass er sich hier vergeblich mühen und nur Zeit versäumen würde, ging er nach der Vorburg, um nach Meister Ambrosius zu fragen und ob der noch dort seine Wohnung habe.

Er fand ihn im Gießhause, und es war große Freude des Wiedersehens. Der Meister führte ihn in seine Wohnung hinauf, und auch seine Frau bewillkommte den unerwarteten Gast aufs Freundlichste. Als er nun aber zu erzählen anfing, wie es ihm seit dem Herbst ergangen und wie er seinen Hof wieder aufgebaut, da öffnete sich die Tür zur Seite und Waltrudis trat mit hochgerötetem Gesicht ein. Seid Ihr's wirklich, Herr Hans von der Buche? Rief sie; hab' ich Euch doch gleich gemeint, an der Stimme zu erkennen! Willkommen, willkommen!

Sie reichte ihm die Hände hin und hielt eine Weile die Seinigen fest. Er war sehr bewegt und konnte nicht sogleich Worte finden. Dann sagte er: Ich wagte gar nicht zu hoffen, dass ich Euch hier auf der alten Stelle noch antreffen würde. Oder – dass ich ganz aufrichtig bin – ich hoffte es wohl im Stillen, wagte aber nicht, nach Euch zu fragen. Nun Ihr mich so begrüßt, ist mein Herz doppelt froh.

Die Gießmeisterin, bei der er nun einmal einen Stein im Brett hatte, trug auf, was die Vorratskammer an Speisen und Getränk hergab. Er aber aß nur ein weniges und sagte: Ehrt mich nicht als Euren Gast. Denn in so teurem Andenken ich Euer Haus hielt und so sehr ich mich nach ihm sehnte – seinetwegen machte ich diese Reise nicht, sondern weil ich in einer dringenden Angelegenheit den Herrn Hochmeister zu sprechen habe. Ich kann Euch nicht mitteilen, was es ist, aber das möget Ihr wissen, dass ich ihm ein Geheimnis entdecken will, an dem das Heil und Unheil seiner Regierung, vielleicht seines Lebens hängt. Man will mich nicht zu ihm einlassen, da man mich nicht kennt. Deshalb bitte ich Euch, lieber Meister Ambrosius, begleitet mich ins Schloss und schafft mir eiligst Gehör. Ich kann nicht ruhig sein, bis ich diese Last von meinem Herzen habe.

Tut das, Meister Ambrosius, bat Waltrudis; wenn Junker Hans versichert, dass sein Geschäft wichtig sei und Eile habe, so ist's gewiss so. Gebe Gott, dass Ihr meinem Wohltäter einen rechten Dienst erweisen könntet!

Ich tu's nicht um Dank, sagte er, ihre Hand zärtlich drückend, aber ich hoffe, dass er meine Treue wohl erkennen soll.

Ambrosius legte den Arbeitsrock ab und machte sich zum Ausgang bereit. Indessen hatte sich auch Switrigal im Gießhause eingefunden und nach ihm gefragt; es war verabredet worden, dass sie diesen Morgen auf die Mauer gehen wollten, damit der Prinz dort lerne, wie man die Büchsen aufstelle und richte. Nun kam er ihm nach in seine Wohnung und war augenscheinlich sehr unangenehm überrascht, dort einen jungen Herrn mit Waltrudis in vertrautem Gespräch zu finden. Ambrosius nannte die Namen beider, und Hans sprach auch einige höfliche Worte, wie sie bei solcher Begegnung mit einem Fürstensohne passend waren. Der aber zog sich mürrisch in die Fensternische zurück, kreuzte die Arme über der Brust, neigte den Kopf und spähte eifrig jedem Blicke nach, den Waltrudis dem Fremden schenkte. Sie ließ sich dadurch nicht beirren, Hans ganz so freundlich zu verabschieden, als es ihr ums Herz war.

Unterwegs fragte der Junker den Gießmeister nach dem Prinzen aus. Es schien ihn doch ein wenig zu beunruhigen, als er hörte, in wie nahem Verkehr er mit dem Fräulein sei, und dass der Herr Hochmeister denselben offenbar begünstige. Aber das machte sich nicht durch Worte merklich, sondern nur durch das hastige Abspringen von einer Frage zur andern, sodass Ambrosius mit seinen Antworten schwer nachkommen konnte. Schließlich dachte er doch bei sich: Von dem hat's keine Gefahr, ich bin gut aufgehoben in ihrem Herzen.

Ambrosius ging gleich auf des Hochmeisters Gemach zu. Es hatte für ihn keine Schwierigkeit, Eintritt zu erlangen, und auf seine Bitte schickte Plauen denn auch den Schreiber hinaus, dem er eben den Brief diktierte, und hieß den Junker von der Buche eintreten. Das Fenster im Rücken lehnte er gegen den Tisch, auf dem mancherlei Papiere gerollt und gefaltet lagen, und erwartete stehend die Meldung.

Du hast mich um eine Unterredung ohne Zeugen bitten lassen, begann er, die grauen Augen fest auf ihn heftend. Danke es dem würdigen Ambrosius, der für dich gutsteht, dass ich sie dir gewähre. Versprichst du mir, das, was du mir sagen willst, in Gegenwart eines meiner Gebietiger zu wiederholen, wenn ich es so verlangen müsste?

Das verspreche ich, gnädigster Herr, antwortete Hans, die rechte Hand auf die Brust legend und sich verneigend. Aber prüfet erst selbst –

Der Hochmeister unterbrach ihn: Ich sehe an deiner Hand einen Ring mit der Eidechse. Bist du im Bunde?

Ich bin's, gnädigster Herr, seit meines Vaters Tode.

Man warnt mich vor den Eidechsen. Er griff hinter sich, nahm ein Blatt auf, öffnete es und legte es wieder zurück. Der Schreiber hat sich nicht genannt, sagte aber, die heimlichen Zusammenkünfte fänden im alten Hause zu Buchwalde statt. Ist dem so?

Ja, gnädigster Herr.

Und wie soll ich dir Vertrauen schenken, wenn du zu des Ordens Widersachern stehst, Hans?

Ew. Gnaden wollen mich hören und dann entscheiden, ob ich Ew. Gnaden guten Vertrauens würdig bin.

Plauen antwortete nicht sogleich, sondern stützte nach seiner Gewohnheit, wenn er über etwas nachdachte, das Kinn in die Hand und strich den Bart unter demselben. Nach einer Pause begann er wieder: Du hast mir einmal eine wichtige Botschaft gebracht und bist Tag und Nacht geritten, um sie nicht zu verspäten. Hätte ich nicht von dir erfahren, was auf dem Tannenberger Felde geschehen, vielleicht wäre die Marienburg nicht gerettet worden und dieses Land dem Deutschen Orden verloren gegangen. Vielleicht! Denn Gott hat mehrere Wege, als wir kurzsichtigen Menschen erkennen können. Aber bei mir ist dir's unvergessen.

So lasst mich glauben, gnädigster Herr, entgegnete Hans, dass Gott mich ohne all mein Verdienst ausersehen und gewürdigt, auch jetzt wieder in schweren Nöten, von denen Ihr nichts ahnt, gute Dienste Euch und Eurem Orden zu leisten. Wieder bringe ich eine Botschaft, die vieles wenden kann.

So sprich denn!

Gnädigster Herr, es könnte sein, dass Ew. Gnaden von großem Wert wäre, zu erfahren, was ich weiß, dass Ihr aber gleichwohl den Hinterbringer geringschätztet, weil ein edler Mann den Verräter nicht leiden mag, auch wenn er ihm nützt. So sage ich im Voraus, dass ich nichts verrate, was ich geheim zu halten versprochen habe mit Eid, Handschlag oder Manneswort, und dass ich nur aus aufrichtiger Liebe und Treue und aus schuldigem Gehorsam gegen meinen gnädigsten Herrn nach meines Gewissens ernstlicher Mahnung handle, auf dass ich dereinst bestehe vor Gott. Also treibt mich auch nicht Hass oder Rachsucht gegen irgendwen, sondern was ich für meine Pflicht erachte, das tue ich. Gefalle es Ew. Gnaden, mir solches Vertrauen zu schenken.

Der Hochmeister winkte mit der Hand und sagte: Sprich nur, sprich; wir wollen dir's nicht verdenken.

Nun erzählte Hans, was er von des Komturs bösen Anschlägen wusste. Plauen lächelte anfangs ungläubig, als von Georg von Wirsberg die Rede war; er glaubte, ihn besser zu kennen. Bald aber musste er einsehen, dass sein junger Freund über vieles unterrichtet war, was nur jemand wissen konnte, dem der Komtur selbst sich eröffnet hatte. Es war ihm kürzlich ein Brief des Deutschmeisters zugegangen, in dem dieser anfragte, ob die Werbungen in Böhmen, Mähren und Schlesien mit seinem Willen geschähen. Auch war ihm heimlich geschrieben worden, dass Georg sich in des Königs von Böhmen Rat geschworen habe. Das hatte er für eine böswillige Verleumdung gehalten, die Werbungen aber sich zum Nutzen gerechnet. Nun bekam die Sache plötzlich ein ander Gesicht. Es war ihm ein Stich ins Herz, dass Wirsberg untreu sein sollte, aber er wagte nun doch nicht, dem Angeber das Wort abzuschneiden, sondern hörte mit gespannter Aufmerksamkeit zu, und sein Blick verfinsterte sich mehr und mehr, da er wohl erkannte, dass etwas Wahres an dem Bericht sei.

Als Hans geendet hatte, stand der Hochmeister eine Weile unbeweglich, ging dann auf ihn zu, legte ihm die schwere Hand auf die Schulter und sah ihn so scharf an, als ob er ihn durch und durch sehen wollte. Und wie gedenkst du, das zu beweisen? Fragte er ihn.

Hans zuckte ein wenig zurück. Zu beweisen, gnädigster Herr?

Bedenke, dass du einen Gebietiger des Ordens schwerster Schuld gegen sein Oberhaupt, dass du angesehene Landesritter schwerster Verbrechen gegen ihre Herrschaft anklagst. Meinst du, mir könne genügen, was du sprichst und was ich höre? Ich muss Beweise haben, wenn ich dir glauben und wenn ich handeln soll.

Hans erschrak im Innersten. Durfte ich schweigen, wenn ich Beweise nicht zur Stelle schaffen konnte? Fragte er. Ich selbst bin der Zeuge, und ich entbiete mich zu dem größten Eide auf unseres Heilandes Blut und seiner Mutter Schmerzen, dass ich die Wahrheit spreche. Lasst mich in die Kapelle vor den Altar führen, und ich will jedes Wort wiederholen.

Plauen schüttelte das Haupt. Das würde mich bestimmen können, dir mehr zu glauben, wenn ich an deinem Worte zweifelte. Denen gegenüber aber, die du des Verrats beschuldigst, giltst du selbst als ein Verräter. Dein Zeugnis hat kein Gewicht. Es nutzt nicht einmal, dass ich dich ihnen nenne. Was soll also geschehen?

Gilt Euch mein Wort nur so viel, gnädigster Herr, dass Ihr darauf hin eine Nachforschung halten lasset, so zweifle ich nicht, dass Euch in des Komturs Gemach Schriftstücke in die Hand fallen werden, die gegen ihn und seine Helfershelfer beweisend sind. Auch möchte es wohl gelingen, seinen Bruder Friedrich aufzufangen, der von allem weiß. Ich aber erbiete mich freiwillig zur Haft, bis Ihr meine Angaben richtig befunden habt, und will mit Schwert und Schild jedem auf Leben und Tod Rede stehen, der mich anklagen kann, dass ich ihn fälschlich bezichtigte.

Das ist ein mannhaftes Wort! Rief Plauen, seine Hand fassend. Ich will dich daran halten. Tue ich jemand Unrecht, so wisse, dass es dein Unrecht ist und dass du es zu verantworten hast hier und ewiglich. Finde ich's aber, wie du sagst, so sollst du eines fürstlichen Dankes gewiss sein; denn wahrlich, aus großer Gefahr hast du das Land gerettet! O Absalon, Absalon!

Er drückte die Hand vor die Augen und presste schmerzlich die Lippen Zusammen. So stand er eine Minute lang. Dann öffnete er die Tür und berief den Hauskomtur. Dieser da hat sich uns zur Haft gestellt, sagte er, bis sein Pfand gelöst ist. Weist ihm ein Gemach im Turme an und hütet ihn wohl. Doch soll er ritterlich Gefängnis haben und von meinem eigenen Tische Speise und Trank erhalten. Ersucht den Großkomtur, sich sofort zu mir zu bemühen. In einer Stunde sollen zehn Ritterpferde im Marstalle gesattelt stehen.

Der Großkomtur erschien. Der Meister beriet mit ihm die notwendigen Schritte. Die Zuverlässigsten von den Brüdern wurden ausgewählt. Herr

Hermann Gans erbot sich selbst, mit ihnen nach Rheden zu reiten, den Komtur und die Rädelsführer unter den Eidechsen aufzuheben und unschädlich zu machen. Drei von den Brüdern sollten dann weiter über Thorn, um Friedrich von Wirsberg den Weg zu verlegen und die Söldner in des Meisters Auftrag zu verpflichten. Die Vollmachten wurden sogleich ausgestellt.

An diesem Vormittag kam Ritter Wigand umsonst nach der Vorburg. Waltrudis hatte sich in ihr Stübchen zurückgezogen und ließ sich entschuldigen. Es war ihr nicht möglich, in so erregter Stimmung am Unterricht teilzunehmen, und das lautere Schlagen des Herzens sagte ihr, wie sehr das unverhoffte Wiedersehen sie erregt hatte. Ihr war froh zumute, als ob sich ein sehnlicher Wunsch nun erfüllen müsste, und doch sprach sie ihn vor sich selbst nicht aus. Sie wollte nur allein sein und niemand Rechenschaft geben dürfen, wenn sie zerstreut in die Ferne schaute oder lächelte oder eine Melodie vor sich hinsummte, während sie das Rad am Rocken drehte und den feinen Faden auszog. Oft genug knotete er sich, aber darin sah sie keine schlimme Bedeutung. Sie hatte auch einen Gesellschafter, der sie nicht störte, das war ihr kleines Vögelchen. Das nahm sie nun auf die Hand, reichte ihm Futter, sprach mit ihm und gab ihm allerhand zärtliche Namen, die das Tierchen noch nie gehört hatte. Es war ihr Bedürfnis, irgendein liebes Lebendiges zu streicheln und zu liebkosen, zu herzen und zu küssen, und das Vögelchen konnte ja nichts verraten. Seinen Namen hatte es schon längst erhalten.

Switrigal aber, als er erfuhr, dass Waltrudis ausbleiben würde, zeigte sich recht unwirsch und sagte auch für sich dem Lehrer ab. Er vermutete wohl, dass der Besuch daran schuld sei, und fühlte sich zurückgesetzt. Eine eifersüchtige Laune trieb ihn auf den Höfen und in den Ställen umher. Endlich ließ er sich ein Pferd satteln und jagte fort ins Land hinein, um erst am späten Abend zurückzukehren.

Warum kam aber Junker Hans nicht wieder? Nachdem Waltrudis viele Stunden in den Nachmittag hinein geduldig gewartet hatte, wurde sie doch unruhig. Es trieb sie nun zur Gießmeisterin, und bald genug kam das Gespräch auf ihn. Ambrosius hatte sich nicht die Zeit gegönnt, abzuwarten, bis Hans von der Buche des Hochmeisters Gemach wieder verließ, und so wusste er nicht, was geschehen war. Nun durfte er sich's, den Frauen zu Gefallen, nicht verdrießen lassen, nochmals aufs Schloss zu gehen und Nachfrage zu halten. Als er dann berichtete, dass der Junker auf des Hochmeisters Befehl gefangen genommen und in den Turm gelegt sei, gab's große Bestürzung. Wer weiß, womit er sich vergangen hat? Meinte Frau Ambrosius. Es ist jetzt eine schlimme Zeit und geschehen Dinge überall, die früher unerhört waren. Der Gießmeister hatte den Ring mit dem Eidechsenzeichen bemerkt und leitete von da her allerhand Befürchtung ab. Waltrudis aber verwies ihm solche Rede und sprach's zuversichtlich aus, dass er gewiss gut und treu sei und so jederzeit werde erfunden werden. Im Herzen war sie aber doch schwer beunruhigt. Er hatte von einem Geheimnis gesprochen. Hatte ihn das nun um seine Freiheit gebracht?

Ritter Wigand wusste am nächsten Tage auch nicht mehr, als dass eilig etwas im Werk sein müsse. Früher, sagte er, geschah nichts Wichtiges, ohne dass das Kapitel befragt wurde, jetzt aber sind sich die Herren Gebietiger allemal selbst klug genug, und oft wissen sie nicht einmal von des Meisters Ratschlägen, sondern er bespricht sich heimlich mit wem er will, auch mit solchen, die der Brüderschaft nicht angehören, und es ist versteckte Klage darüber, dass er gern seine eigenen Wege geht. Weiß nicht, was daran zu loben oder zu tadeln ist – die Dinge sind eben nicht mehr wie ehedem, und die Menschen können es auch nicht sein.

Waltrudis schmeichelte ihm das Versprechen ab, dass er versuchen wolle, den Gefangenen zu sprechen und ihm einen Gruß zu bringen. Er ist meines Bruders liebster Freund, sagte sie gleichsam zur Entschuldigung, da ist's wohl natürlich, dass ich um ihn besorgt bin.

Er erhielt unschwer Erlaubnis, in des Hauskomturs Beisein den Junker zu sprechen und seine Bestellung auszurichten. Da sah er denn mit eigenen Augen, dass der Gefangene nicht streng gehalten wurde. Dessen Freude über des Fräuleins gütiges Gedenken war groß. Er zog den Ring mit der Eidechse vom Finger und sagte: Bringt ihr den Ring zum Zeichen, dass Ihr wirklich bei mir gewesen seid, und bittet sie, zu glauben, dass ich mich selbst zur Haft erboten habe, bis ein Versprechen gelöst worden. Ich hoffe, es soll sich bald zeigen, dass ich mit Ehren bestehe. Ich bin nicht in Sorge, und so mag sie's auch nicht sein. Der Ritter versprach ihm Bücher zu schicken, dass er sich in den langen Stunden des Tages besser unterhalte und seine Einsamkeit weniger merke.

Waltrudis zog durch den Ring ein güldenes Kettchen, das ihr schon in früher Jugend als Andenken von ihrer verstorbenen Mutter gegeben war und das sie mit ihrem liebsten Besitz aufbewahrte. Nun hing sie es um den Hals, dass der Ring unter dem hohen Kleide und der faltigen Krause versteckt war. Alle Sorge wich nun wirklich von ihr. Ob sie nun schon selbst darüber lächeln musste, so war es ihr eine Beruhigung, die kleine Eidechse eingefangen zu haben, die Hans sicher kein Glück bringen konnte, an ihrem Busen aber ganz unschädlich war.

Fünfzehntes Kapitel

Das Gericht über die Verschworenen

Georg von Wirsberg hatte, nachdem Natalia ihn verlassen, sich mühsam nach der Tür und bis auf den Gang hinausgeschleppt. Dort hatten ihn nun aber die Kräfte gänzlich verlassen, sodass er nicht rufen konnte, sondern ohnmächtig liegen blieb. So fand ihn sein Diener Liszek in der Frühe, nachdem er vergebens bei seinem Gemache angeklopft hatte, und brachte ihn auf sein Lager.

Hier kam er zwar zu sich, war aber wegen des großen Blutverlustes sehr schwach, sodass er nur leise ein weniges sprechen konnte. Er trug Liszek auf, in der Kammer und auf dem Gange die Spuren der nächtlichen Tat möglichst zu beseitigen und im Schlosse zu verbreiten, er sei auf der Landstraße von einem Strolche überfallen und verwundet worden. Nach der Firmarie wollte er nicht gebracht sein, sondern in seinem eigenen Zimmer liegen bleiben, wo er's bequem genug habe. Würde sein letztes Stündlein geschlagen haben, so sollte Liszek alle Papiere verbrennen, die er in dem Wandschranke finden würde, sodass nichts davon dem Hauskomtur oder seinem Nachfolger in die Hände fiele. Danach schlief er wieder ein.

Liszek tat, wie ihm geheißen war, holte aber auch den Bader aus der Stadt, der sich auf die Chirurgie verstand, und führte ihn an das Krankenbett. Dieser untersuchte die Wunde und erklärte sie für nicht lebensgefährlich. Er machte einen kunstgerechten Verband, gab Verhaltungsmaßregeln mit aller seinem Stande eigenen Wichtigkeit und Umständlichkeit und versprach dreimal täglich wiederzukommen, nach dem hohen Patienten zu sehen. Die Erzählung, die Liszek von dem Unfall gab, wollte ihm aber gar nicht einleuchten. Der Komtur sollte zu Pferde gewesen sein, als er den Stoß von dem Wegelagerer erhielt: Das passte gar nicht zu der Richtung, in der die Wunde verlief. Sollte man doch meinen, sagte er kopfschüttelnd, der Herr Komtur müsste mit seinem Gegner recht Brust an Brust gestanden haben. Sei's, wie's sei, antwortete Liszek polnisch, das der Bader sehr gut verstand, sorgt nur dafür, dass der gnädige Herr bald wieder zu seiner Gesundheit kommt. Und hütet Euch, in Eurer Badestube etwas zu erzählen, dass Ihr nicht genau wisset: Es könnte Euch für guten gar schlechten Lohn einbringen.

Bei aller Pflege stellte sich doch ein Wundfieber ein, dass mehrere Tage anhielt und den Kranken nicht zu klarer Besinnung kommen ließ. So geschah's, dass er nichts tat, um Natalia nachzuforschen, auch nichts davon erfuhr, dass der Gutsherr von Buchwalde sich entfernt hatte. Die Nachricht von seiner Verwundung lief freilich im Kulmer Lande um und beunruhigte die Verschworenen, die sich's so zusammenreimten, dass ein Feind des Komturs von seinem Verkehr mit den Eidechsen Kenntnis gehabt und ihm bei der Rückkehr von Buchwalde aufgelauert habe; aber an Verrat dachten sie nicht. Nur meinte Nikolaus von Renys, als sein Bruder mit einigen anderen von den Häuptern zu ihm kam, genauere Nachfrage zu halten, es könne geraten sein, dass jeder Tag und Nacht ein gutes Pferd in seinem Stalle gesattelt stehen habe, da man sich mit gefährlichen Plänen trage und jede Zögerung verderblich sein könne. Es wüssten schon zu viele um die Sache, und ohne den Komtur könne man doch keinen Schritt weiter. Sie verabredeten zugleich ein Losungswort, das einer dem andern zuschicken wollte, wenn schleunige Flucht über die Grenze geboten sei.

Als nun der Großkomtur mit seinen Begleitern über Roggenhausen hinauskam, teilte er die Schar und sandte einige auf Seitenwegen voraus, Niklas von Renys auf seinem Hofe zu überfallen und aufzuheben, indes er selbst nach Rheden reiten würde. In den Dörfern sollte es kein Aufsehen machen, dass man mit so vielen Pferden anrücke, damit niemand vor der Zeit gewarnt werde.

Wirklich gelang es, Niklas zu überraschen. Sie sagten ihm's auf den Kopf zu, dass er ein Verräter an dem Herrn Hochmeister und dem Lande sei, und dass er seit Jahren schon mit dem König von Polen in geheimem Verkehr stehe. Sie sollten's ihm beweisen, rief er. Da fasste einer von den Kreuzherren seine Schulter und schüttelte sie derb. Ich will dir's beweisen, Nitcze, sagte er, dass du zumeist unser Unglück in der Tannenberger Schlacht verschuldest. Denn mit eigenen Augen hab' ich's gesehen, dass du das Kulmer Banner heruntergerissen hast, da die Deinigen dem Herrn Hochmeister zu Hilfe eilen wollten, und war doch der Feind noch nicht über euch her. Da wandte sich alles zur Flucht, und das war dein verräterischer Wille. Tannenberg ist dir unvergessen, und hier ereilt dich die Strafe. Auf dieses Wort hob der Eidechsenritter drohend die Faust und rief: So wollte ich, euer ganzes Geschlecht wäre auf dem Tannenberger Felde ausgerottet bis auf die Wurzel, und kein Einziger von euch dem Tode entflohen! Es ist ein Jammer, wie ihr das Land verderbet! Rächt euch an mir, wie ihr könnt, aber wisset, dass der König von Polen seine Freunde an euch rächen wird, mit Strömen Blutes an eurer festen Schlösser und Diebeslöcher Vernichtung. Es kommt der Tag, da man euch vergelten wird, was ihr an Konrad Letzkau und Arnd Hecht und Barthel Groß getan habt und was ihr mir nun zu tun gedenkt!

Sie ließen ihm die Hände auf den Rücken binden und ihn auf einen Wagen werfen, wobei seine eigenen Diener helfen mussten. Dabei hatte er Gelegenheit, dem einen heimlich zuzuflüstern, er solle sich eiligst aufs Pferd werfen und zu seinem Bruder, Hans von Polkau, zu Friedrich von Kyntenau, zu Hans von Czippelin und zu Günter von der Delau reiten, ihnen berichte, was hier geschehen sei, und das verabredete Losungswort nennen.

Da sie nun merkten, dass er etwas im Geheimen verhandelte, und auch fürchteten, dass er unterwegs ein Geschrei erheben und seine Helfershelfer heranziehen könne, steckten sie ihm einen Knebel in den Mund und warfen einen Mantel über ihn. So brachten sie ihn über Land nach Graudenz und setzten ihn dort ins Gefängnis und übergaben ihn dem Komtur, Herrn Johann von Buchau, dass er ihn über seine Missetat scharf befrage und seine Mitschuldigen erforsche. Als man ihm mit der Folter drohte, gestand er unter Verwünschungen des Ordens alles ein und nannte die vier, die er gewarnt hatte. Die waren glücklich über die Grenze entkommen, und man fand die Nester leer.

Indessen so das Haupt des Eidechsenbundes unschädlich gemacht wurde, war der Großkomtur mit seinem Gefolge in Schloss Rheden eingeritten und hatte sich sofort alle Schlüssel ausliefern lassen. Georg von Wirsberg fand er in seinem Gemache auf dem Bette liegend und wach. Der Bader hatte eben seine Wunde frisch verbunden und gute Hoffnung gegeben. Der Komtur erschrak, als der Großgebietiger plötzlich mit mehreren Bewaffneten eintrat, wurde kreidebleich und zitterte am ganzen Leibe. Wie kommt's, Bruder Jürge, fragte Herr Hermann Gans, dass wir Euch krank zu Bette finden, warum erschreckt Euch unser Besuch?

Da stotterte er etwas von dem nächtlichen Überfall. Der Großkomtur aber entgegnete streng: Lügt nicht, sondern gebt der Wahrheit die Ehre. Wir wissen, das Ihr Eures Gelübdes schlecht geachtet und einen Jungfrauenraub auf Eurem Gewissen habt. Wahrlich, bei sehr unwürdigem Kampf habt Ihr diese Wunde davongetragen. Aber auch in Eurem Amt habt Ihr Euch schwer vergangen, wenn wir recht über Euer Tun und Treiben unterrichtet sind. Seht zu, wie Ihr Euch deshalb verantwortet.

Ich bin krank und schwach, sagte Wirsberg mit zitternder Stimme, und das Sprechen wird mir schwer. Zu anderer Zeit will ich Euch gern Rede stehen und alle bösen Verleumdungen niederschlagen.

Das Kapitel ist Euer Richter, antwortete der Großkomtur, wartet die Anklage ab. Meines Amtes aber ist's, Eure Bücher und Papiere in Beschlag zu nehmen, damit ich mich Eurer Schuld versichere, wenn Ihr schuldig seid. Gebt mir also die Schlüssel zu allen Behältnissen, die Ihr verschlossen haltet, damit ich mich überzeuge, dass Ihr nichts Unrechtes zu bewahren habt. Nicht eher gehe ich von Eurer Seite.

Nun schloss der Komtur die Augen und dachte eine Weile in sich hinein, was zu tun sei. Dass er verraten worden, konnte ihm nicht zweifelhaft bleiben. Aber noch konnte der Hochmeister keine Beweise gegen ihn in Händen haben; sicher wollte der Großkomtur sie sich erst hier an Ort und Stelle verschaffen. Sie waren in dem Wandschränke zu finden und machten seine Schuld ganz offenbar. Gab es denn keinen Ausweg zur Rettung? Vielleicht doch! Einen höchst gefährlichen freilich. Aber war er andernfalls nicht unter allen Umständen verloren?

Wollt Ihr mir ein kurzes Gespräch unter vier Augen gönnen, Herr Hermann Gans? Fragte er. Der Schein mag gegen mich sein, aber ich kann nicht sprechen vor diesen Zeugen, weil ich Geheimnisse des Herrn Hochmeisters zu hüten habe, in dessen Vertrauen ich war. Hört mich an und tut dann, was Ihr für Eure Pflicht haltet.

Der Großkomtur überlegte einen Augenblick. Dann winkte er den andern, sich zu entfernen. Ich kann's Euch nicht abschlagen, sagte er, und ich wünschte wohl, dass Ihr Euch rechtfertigen könntet.

Als sie allein waren, ergriff Georg seine Hand, drückte sie krampfhaft und flüsterte: Macht mich nicht unglücklich, Bruder Hermann. Was ich getan habe, habe ich zu unseres Ordens Bestem getan und hoffe mir der Brüder Dank zu verdienen. Kenne ich Euch nicht gut genug? Habt Ihr mir nicht einmal, als ich als Großschäffer Euer Haus besuchte, bei einer Kanne Wein das Herz ausgeschüttet? Seid Ihr nicht, wie noch viele andere Brüder sonst, der ernstlichen Meinung, dass der Deutsche Orden krank ist, durch und durch und sich mit eigener Anstrengung nimmermehr zur Gesundheit bringen kann? Weiß ich nicht, dass Ihr unzufrieden seid, mit dieses Meisters Regiment, das den Umständen nicht Rechnung trägt und zu neuem verderblichem Krieg drängt? Ich kenne Heinrich von Plauen wie keiner von den Brüdern. Sein Unverstand ist so groß wie seine Tapferkeit und persönliche Mannhaftigkeit. Er meint Polen und Litauen die Spitze bieten zu können und sieht in seiner Verblendung nicht, dass der König von Böhmen ein unzuverlässiger Freund ist und der König von Ungarn den Orden nur ausbeuten will zu seinen eigenen Zwecken, dass die Brüder sich nur murrend seiner sehr unzeitgemäßen Strenge beugen und dass er durch seine hartnäckige Weigerung, Polen zu befriedigen, das Land gegen sich aufbringt. Ohne Opfer an Land und Leuten, Städten und Burgen ist der Friede nicht zu schließen;

das wisst Ihr so gut als ich. Heute sind diese Opfer noch erträglich, übers Jahr werden die Forderungen zu unerschwinglicher Höhe angewachsen sein, und der Orden wird sich zu jeder Bedingung, auch zu der schmachvollsten, verstehen müssen. Niemand als Plauen will den Krieg, und – dass wir gerecht gegen ihn sind – er muss ihn wollen, da seine Ehre verpfändet ist. Raten die Gebietiger ihm ab, so wird er sich seine Freunde an anderer Stelle suchen, um durch sie seinen Willen durchzusetzen. Wollen wir dem Orden und dem Lande helfen, so gibt es nur *ein* Mittel: das Haupt zu wechseln, ehe die Glieder kraftlos sind.

Und das war Euer Plan, Bruder Jürgen?

Das war mein Plan. Dieser Plauen will den Orden zurückzwingen in Zustände, die keinen Boden mehr haben in der Wirklichkeit. Er verlangt von uns Tugenden, die nur erwachsen konnten in Zeiten, in denen andere Lebensaufgaben den Menschen gestellt waren. Er sagt: Es soll so sein! Aber es ist nicht. Daran muss er zugrunde gehen, wenn nicht heute, so morgen; und das eine fragt sich nur, wie viele von uns er mit sich reißt. Setzt mich in das Haus von Akkon, und meine Gedanken sollen auf nichts gerichtet sein, als wie ich an Kranken die Werke der Barmherzigkeit übe und fromme Pilger zu den heiligen Stätten geleite. Macht dieses Preußenland wieder zu einer Heidenburg und lasst mich ausreiten mit einer Schar tapferer Ritter, sie zu bestürmen, so will ich nur danach trachten, den ewigen Lohn zu gewinnen, und zu Gottes Ehre hungern und dürsten, arm sein und keusch. Aber wir sind die Herren eines großen Landes geworden. Sollen wir da leben wie die Knechte, dass die eigenen Untertanen über uns spotten? Der Mantel, den ich trage, das Schwert, das ich schwinge, das Pferd, das ich reite – die sind nicht mein. Ist das noch eine Wahrheit? Unser Oberhaupt ist ein mächtiger Fürst, und wir sind des Landes oberster Adel – so hat's die Zeit gebracht, und eitel Torheit ist's, sie anders zu wollen, als sie sich uns gibt. Denn Menschen sind wir, und Menschenwerk ist alles, das von uns ausgeht; den Menschen aber zwingt die Zeit!

Der Großkomtur hörte aufmerksam zu und ohne die Miene zu verziehen. Was er hörte, schien ihn nicht zu überraschen, auch nicht zu erschrecken oder zu erzürnen. Er hatte beide Hände aufs lange Schwert gestützt und sah nachdenklich vor sich hin. Und wer, fragte er nach einer Weile, sollte an Plauens Stelle treten?

Wer der Nächste ist am Hochmeisteramt, antwortete Wirsberg, sich aufrichtend, und den Mut hat, zu nehmen, was die Gunst der Umstände bietet. An Euch hatte ich gedacht, Bruder Hermann Gans.

An mich –?

An Euch, so wahr ein Gott im Himmel lebt und meine Gedanken kennt. Ich weiß, dass ich nicht Herr der Marienburg werden konnte ohne Euren Willen, dass ich nicht Macht habe über das Wahlkapitel ohne Euer Jawort. Das durfte ich freilich denen nicht sagen, deren Arm ich mich versicherte. Gab ich ihnen Versprechen, so wollten sie sich deshalb auch an mich halten können. So hat's das Aussehen, als ob ich selbst nach der höchsten Ehre geizte. Aber ich bin der Narr nicht, nach etwas zu greifen, das ich doch nicht halten kann. Vielleicht kommt einmal auch meine Zeit. Auf Ritterwort schwöre ich's Euch, Ihr solltet Hochmeister sein nach meinen Gedanken.

Da der Großkomtur hierauf schwieg, griff Wirsberg unter sein Kopfkissen und zog ein Schlüsselbund vor. Diese Schlüssel öffnen Euch alle meine Behältnisse, fuhr er fort. In jenem Wandschrank findet Ihr meine Briefschaften. Nehmt sie an Euch, bevor ein Dritter davon weiß, und verbrennt sie, so waren sie nie auf der Welt, und ich habe keine Zeugen, die meinen geheimsten Plan verraten. Ihr aber habt heute erfahren, was Ihr in kurzem doch erfahren solltet. Wählet nun! Vernichtet mich und kräftigt Plauens Macht, um alle Zeit sein gehorsamer Diener zu bleiben, oder lasst mich im Stillen gewähren und seid des Ordens Haupt, ehe das Jahr sich wendet.

Der Großkomtur nahm die Schlüssel und schien sie in der Hand zu wiegen. Ohne ein Wort zu sprechen, schritt er langsam nach der Fensternische und trat seitwärts hinter den Vorhang, sodass er dem Kranken nicht sichtbar war. Was in ihm vorging, konnte derselbe nur erraten, aber ein plötzliches Aufleuchten der Augen bewies, dass er auf den Sieg hoffte. Voll Spannung wartete er auf die Entscheidung der nächsten Minute, und sie dünkte ihm ewig lang.

Der Mann, von dem sein Schicksal abhing, ließ sich Zeit. Als er dann wieder ins Zimmer zurücktrat, war sein Aussehen sehr verändert. Er trug den Kopf hoch und schritt frei aus, um die Lippen war ein spöttisches Lächeln merkbar. Bruder Jürge, sagte er, ich hab's ruhig überlegt und meine Wahl getroffen. Ihr habt große Dinge unternommen, aber Eure Mittel sind unzulänglich, sie durchzuführen. Ich mag nicht mit Euch auf Abenteuer ausziehen und darum ...

Er ging rasch auf die Tür zu und öffnete sie. Tretet ein, rief er seinem Gefolge zu, und seid Zeugen dessen, was geschieht! Georg von Wirsberg hat sich des Landes- und Hochverrats schuldig bekannt. Ich verhafte ihn wegen solcher Schuld und entsetze ihn seines Amtes als Komtur von

Rheden. Sobald seine Wunde so weit heil, soll man ihn in des Ordens Haupthaus schaffen, auf dass er vom Kapitel gerichtet werde.

Der Komtur warf ihm einen Blick zu, feindlich wie ein Dolchstich, und sank matt auf sein Lager zurück. Was weiter geschah, beachtete er nicht.

Als Liszek sah, wie die Sache hier stand, und dass er dem streng bewachten Komtur schwerlich werde helfen können, machte er sich heimlich aus dem Staube, die Thorner Freunde und den Bischof von Kujawien zu warnen. Frau Cornelia von der Buche packte sofort ihre Sachen und reiste nach Sczanowo ab. Viele Polen begleiteten sie, die sich besuchsweise in der Stadt aufgehalten und in ihrem Hause verkehrt hatten. –

Auf die Kunde von diesen Geschehnissen im Kulmer Lande ließ Heinrich von Plauen sich nach dem Turm führen, in dem Hans von der Buche gefangen saß, und sagte: Lieber, ich habe dich wahr und treu befunden, redlich und ohne Falsch. Von großer Gefahr hast du unser Haus gerettet, und vielleicht danke ich dir das Leben. Du bist frei und sollst fortan meinem Herzen nahe sein, denn ich sehe wohl, dass es Gottes gütige Hand ist, die dich zweimal in größter Not zu mir geführt hat. Dass du aber wissest, wie wir dir für deine Treue Ehre zu geben gesonnen sind und dich den Besten im Lande zuzählen wollen, so knie nieder und empfange hier von meiner Hand den Ritterschlag mit meinem eigenen Schwerte. Ein Ritter, das heißt ein Streiter für Gottes Gerechtigkeit auf Erden, gehst du über diese Schwelle. Bleibe dieses Tages eingedenk! Er wandte sich an die Gebietiger, die ihn begleiteten. Ihr seid Zeugen.

Hans sank vor ihm nieder und drückte seines Rockes Saum an die Lippen. Der Meister berührte seine Schulter mit dem Schwert und sprach die Worte der Ritterweihe. Dann hob er ihn auf und küsste ihn. In der Kapelle war ein Dankgottesdienst angesagt, und dorthin nahm ihn der Meister mit sich, dass die ganze Brüderschaft verwundert war, den Mann an seiner Seite zu sehen, der vor einer Stunde noch im Turm gefangen saß. Switrigal maß ihn mit argwöhnischen und feindlichen Blicken, während sie nicht weit voneinander vor dem Altar knieten. Bei Tisch musste er neben Plauen sitzen. Niemand aber erfuhr, welchen Dienst er geleistet hatte, sondern das blieb des Meisters und seiner obersten Gebietiger Geheimnis.

Als Plauen ihn entließ, sagte er zu ihm: Es ist uns unvergessen, lieber Getreuer, dass wir dir eine Gnade zugesagt haben, die du dir solltest erbitten können nach deines Herzens Begehr. Jetzt ist uns die Zeit knapp bemessen, und gar ernste Geschäfte erwarten uns. Gedulde dich also bis zu unserer Rückkehr und überlege deine Bitte wohl, damit wir dir gewähren mögen, was dir wahrlich zum Heile gereicht.

Der junge Ritter wusste, dass es für ihn keines Überlegens bedürfe,
schwieg aber und trat bescheiden zurück. Er war frohen Mutes, als er
nach der Vorburg eilte, in des Gießmeisters Hause sein Glück zu künden.

Heinrich von Plauen aber brach noch selbigen Tages nach Graudenz
auf und nahm seine Gebietiger und viele seiner Ritter mit sich, dass es
ein stattliches Gefolge wurde. Einen Eilboten schickte er nach Danzig zu
seinem Bruder. Dem schrieb er, was geschehen war, und trug ihm auf,
sofort nach der Marienburg zu reiten und dort in seiner Abwesenheit
den Befehl über die Besatzung zu übernehmen. Nachdem Georg von
Wirsberg ihn so schnöde getäuscht, glaubte er einen so wichtigen Posten
keinem von den Brüdern anvertrauen zu können als seinem Blutsverwandten.

In Graudenz übergab der Hochmeister das Gericht über Niklas von
Renys, der dort im Kerker saß, dem Vogt zur Leipe, der von alters her im
Kulmer Lande der oberste Gerichtsherr über die Landsassen war an des
Hochmeisters Statt. Er und seine Mitverschworenen sollten nach des
Landes Gesetz und altem Herkommen von ihresgleichen in besetztem
Landding öffentlich gerichtet werden, damit man den Orden nicht zum
zweiten Mal eines heimlichen Verfahrens beschuldigen könne wie bei
dem Danziger Streit. Deshalb beauftragte der Vogt den Landrichter des
Kulmer Landes, Herrn Austin vom Czegenberge, der berufen war, das
Landding zu hegen. Weil es sich aber um eine wichtige Sache handelte,
zog er auch den Landrichter von Schwetz, Herrn Aßwerus, zu, damit alles in rechter Form geschehe und kein Einspruch seitens der Flüchtigen
erfolge. Diese nun setzten den Tag. Und man wurde eins, eine Ritterbank
zu halten im Landding, da Niklas von Renys ritterlichen Standes war,
wie auch jeder von den vier Geflüchteten, und keiner als Schöppe über
sie zu Gericht sitzen dürfte, mit Recht als die, die gleichfalls ritterlichen
Standes oder des Ordens Lehnsleute waren.

Darauf schrieb der Hochmeister ins Kulmer Land und berief zu sich
auf diesen Tag nach Graudenz alle seine Ritter und Knechte, die seine
Mannen waren oder sein wollten. Wer da aber nicht käme, fügte er hinzu, den wolle er nicht für seinen Mann halten. Darüber entstand große
Bestürzung bei denen, die sich mitschuldig wussten, und alle beeilten
sich, nach Graudenz zu reiten und dem Herrn Hochmeister ihren schul-

digen Gehorsam zu bezeigen, damit sie vielleicht die Gefahr von ihren Häuptern abwendeten.

An die vier flüchtigen Eidechsenritter erging ein Ladebrief, auf denselben Tag zu erscheinen.

Da versammelten sich auf dem Markte zu Graudenz alle Ritter und Knechte aus dem Kulmer Lande. Der Vogt zur Leipe sah zu, dass alles nach Glimpf zugehe, und hatte einige Leute mit Spießen an den Ecken des Platzes aufgestellt, auf dem das Ding gehegt werden sollte, damit gute Ordnung walte. Darauf wählte er selbst aus den Erschienenen die ritterbürtigen Schöppen, die er für bis zuverlässigsten und treuesten hielt, und besetzte mit ihnen die Ritterbank. Es war eine größere Zahl als sonst gewöhnlich wegen der Wichtigkeit der Sache.

Darauf übergab der Vogt zur Leipe dem Landrichter die Bank und wies den Schreiber an, über den ganzen Hergang ein Protokoll aufzunehmen, dass man daraus hinterher ersehen könne, wie alles nach dem Rechten gegangen sei. Er selbst saß nicht mit, zog sich aber auch nicht zurück, sondern behielt sich die oberste Leitung und Aufsicht vor, wozu er wohl befugt war. Nun wurden die Schöppen vom Landrichter eingeschworen. Ein jeder für sich nach der Reihe leistete den Eid: »Zu der Bank, dazu ich erkoren bin, da will ich auch sitzen, recht Urteil finden nach Klage und Widerrede nach meinen besten Sinnen«, wozu der Landrichter amen sprach.

Dann wurde Niklas von Renys aus dem Gefängnis herbeigeholt und der Bank vorgestellt. Die vier Flüchtigen wurden dreimal vom Herold aufgerufen, erschienen aber nicht. Nun klagte der Vogt sie sämtlich an, dass sie eine geheime Verschwörung unter sich und mit dem Komtur von Rheden gemacht hätten, der alles dessen geständig sei, und dass sie das Kulmer Land an den König von Polen bringen wollten und dem Herrn Hochmeister nach dem Leben getrachtet hätten. Niklas von Renys war durch die strenge Kerkerhaft ganz gebrochen; er wagte nicht, seine Geständnisse zu widerrufen. Nur erbot er sich zu einem Eide, dass er von einem Anschlag auf das Leben des Herrn Hochmeisters nichts wisse, auch nie dazu geraten habe. Sollte dies von dem Komtur zugestanden sein, so habe derselbe gelogen, um etwa seine eigene Schuld zu verringern. Er hoffe hierauf wohl zehn und mehr Eideshelfer unter seinen Genossen zu finden, die ihn von Jugend auf kannten und solcher Tat nicht fähig hielten, dies auch vor Gott versichern wollten. Sind doch auch unter euch Schöppen viele, schloss er, die lange im Lande und meine Nachbarn waren. Jetzt freilich wendet ihr das Gesicht von mir ab und möchtet am liebsten nicht wissen, wie ich heiße, denn ihr fürchtet, dass man euch geheimen Einverständnisses beschuldige, wenn ihr mir einen freundlichen Blick gönnt. Aber ich vertraue doch eurer Ehrenhaftigkeit, dass ihr solche Furcht besieget und nicht falsch gegen mich zeuget. Wahrlich, eine Schande ist's für den Mann, der zur Bank erkoren ist, wenn er um Freundschaft oder Feindschaft oder aus Menschenfurcht oder Eigennutz Urteil spricht. Dessen gedenket!

Da mischte sich der Vogt zur Leipe ein und sagte: Dir soll dein Recht werden, Nitcze – das war der Familienname der Renys. Aber es ziemt sich wohl, Euch vor dieser Ritterbank zu erinnern, dass wir doch wissen, weshalb Ihr im Kulmer Lande eigentlich den Eidechsenbau aufgerichtet habt. Denn es war Euch ein Dorn im Auge, dass im Landgericht nach dem Recht und nicht nach Freundschaft verfahren und auch der kleine Mann gegen Euch geschützt wurde, und dass wir Euch von der Landes-ritterschaft nicht einreiten lassen wollten, mit Eurer ganzen Sippe und einer großen Schar Gewaffneter, Eure Ansprüche gegen die Bauern und gegen des Herrn Bischofs Amtsleute mit Gewalt durchzusetzen. Da machtet Ihr den Bund, dass einer dem andern helfe. Deshalb hör' ich's nicht gern, dass du die Schöppen auf ihren Eid verweisest, Nitcze.

Diese Rede gefiel dem Landrichter nicht, und er ließ deshalb keine Entgegnung zu, sondern antwortete selbst, dass er allezeit der Schöppen Freiheit gewahrt habe und auch ferner wissen werde zu wahren, und fragte sogleich Niklas von Renys, ob er sich selbst verteidigen oder seine Sache durch einen geschworenen Vorsprecher auszustehen gedenke. Darauf antwortete derselbe: Weder will ich selbst für mich verteidigen, noch mir einen geschworenen Vorsprecher kiesen. Sondern was ich getan habe, das mag ich nicht leugnen und auch nicht bereuen. Bei solchen Dingen soll man nicht sagen, sie seien zu Recht oder zu Unrecht. Sondern ob sie gelingen oder nicht gelingen, das ist ihr Maß. Ich weiß nicht, wie diese Sache ausgekommen ist, aber es muss ein Verräter unter uns gewesen sein, und gegen Heimtücke wehrt sich auch der tapferste Mann vergebens. Hätten wir's durchgesetzt, so wären wir die Richter und die Ordensherren ständen vor uns, ihr Urteil zu erwarten. Und wer weiß, wie es besser zu des Landes Nutz und Frommen wäre! Gebet acht, wie's kommen wird. Jetzt wehrt ihr euch, das kleine Kulmer Land dem König abzutreten, um Frieden zu erlangen, aber die Zeit ist nicht fern –

Da unterbrach ihn der Landrichter, der sah, dass der Vogt schon aufge-sprungen war und mit der Faust drohte, verwies ihm solche Rede als ungehörig und fragte, was er noch zur Sache anzuführen habe. Darauf schüttelte der Ritter das Haupt und antwortete nur: Tut mit mir, wie Ihr wollt. Ich beuge mich nicht und will nicht um mein Leben bitten. Sehet zu, welche Saat aus meinem Blut aufsprießen wird.

Es entstand eine Bewegung unter den Schöppen, und der Vogt rief: Macht ein Ende, Herr Landrichter! Da befragte der die Ritterbank: Was soll geschehen, der solchen Landesverrats an seinem Herrn und Meister geständig ist? Und die Schöppen antworteten einstimmig: Er soll vom Leben zum Tode gebracht werden durch Enthauptung. Darauf brach der Landrichter den Stab über ihm.

Als Niklas von Renys nun abgeführt war in sein Gefängnis auf der Burg, fragte der Landrichter weiter: Was soll denen geschehen, die gleichen Verbrechens schuldig, aber außer Landes flüchtig sind? Und die Antwort lautete: Man soll sie nach alter Gewohnheit zu einem anderen Tage laden, damit sie sich verantworten.

Nach diesem Spruch hob der Landrichter die Ritterbank auf, und der Vogt berichtete nach seiner Pflicht alles, wie es geschehen war, dem Herrn Hochmeister. Der sagte: Es geschehe, wie die Ritterbank gesprochen hat.

So wurde am nächsten Morgen auf dem Marktplatze zu Graudenz ein Gerüst aufgeschlagen und Niklas von Renys, nachdem er seiner Ritterwürde entkleidet war, vor allem Volk enthauptet.

Die vier Flüchtigen aber lud der Hochmeister vor eine zweite Ritterbank über vierzehn Tage auf die Brücke der Marienburg. Zugleich berief er ein Generalkapitel des Ordens, um Georg von Wirsberg zu richten.

Auf den bestimmten Tag fanden sich die Schöppen pünktlich ein, und es ward wieder vom Landrichter das Ding gehegt auf der Brücke der Marienburg. Der Herold rief die Namen der Geladenen in alle vier Winde, aber sie erschienen nicht. Da fragte der Landrichter wieder, was ihnen geschehen solle, von Rechts wegen. Und die Schöppen antworteten: Man soll sie zum dritten und letzten Male laden vor dieselbe Bank über zwei Nächte von Rechts wegen.

Da lud sie der Herold durch lauten Ruf vor versammeltem Volk unter freiem Himmel, über zwei Nächte zu erscheinen auf der Brücke der Marienburg und Recht zu nehmen von dieser Ritterbank.

Als nun auch diese dritte Ladung vergeblich war und weder die vier Eidechsenritter sich meldeten noch ein bestellter Vorsprecher, forderte der Landrichter »von des obersten Herrn wegen« den Spruch der Ritterbank, was die bestanden wären, die ein solch Verrätnis wider ihren rechten Erbherrn täten. Darauf wurde ihnen von der Ritterbank einmütig zugeteilt: dass ihr Leib in eine Ächtung zu ewigen Tagen gesetzt werde, ihre Güter aber in der Herrschaft Gnade fallen sollten.

Diesen Spruch nahm der Herr Hochmeister an und ließ verkünden von den Rathäusern, auf den Märkten der Städte und in den Kirchen des Landes, dass die Geächteten in den Orten und Städten, da Kulmisch Recht üblich, Laub und Gras, Wegs und Stege nicht sollten gebrauchen, und keiner seiner Dienstpflichtigen mit ihnen Gemeinschaft haben, sie atzen, tränken und behausen, ihnen Rat, Hilfe und Förderung tun dürfe, sondern verpflichtet sei, sie zu melden und anzusagen bei schwerer Pön, damit alle Untertanen wüssten, wie denen geschehe, die sich des Verrats schuldig machten, seien sie hoch oder gering. Darüber erschraken die Bösewichte, die der Herrschaft Unheil wünschten und mit heimlicher Freude auf den Ausbruch des Aufstandes gewartet hatten, um sich mit gewaffneter Hand anzuschließen; Bürger und Bauern jedoch, die im Herzen dem Orden treu waren, meinten nicht anders, als dass nun bessere Zeiten kommen würden, und sagten: Nun sieht man doch, dass wir wieder einen Herrn haben, der seiner nicht spotten lässt und Gerechtigkeit übt im Lande.

Das Generalkapitel aber war dem Herrn Hochmeister nicht so zu Willen, als er wohl wünschte. Des Komturs Schuld freilich musste für erwiesen gelten. Auch war Herr Friedrich von Wirsberg überfallen und nur mit Not für seine Person entkommen; in seiner zurückgelassenen Habe fanden sich weitere Beweise gegen den Komtur. Deshalb ließ nun Heinrich von Plauen im Kapitelsaale den versammelten Gebietigern durch seinen Kanzler vorstellen, wie Georg von Wirsberg ein Verräter sei, nicht nur an seinem Orden, zu dem er geschworen, sondern auch an dem Lande, von dem er ein Stück habe abreißen und zu Polen bringen wollen. Also habe er sich doppelt schwer vergangen und sei nicht nur zu richten nach des Ordens Statut, sondern auch nach weltlichem Gesetz. Wie nun sein Helfer Niklas von Renys zu Graudenz sein Haupt habe auf den Block legen müssen wegen solcher Schuld, so sei es billig, dass auch der eigentliche Urheber solcher Schandtat gleiche Strafe leide und sein Verbrechen mit dem Tode büße. Sollten ihn also aus dem Orden stoßen und dem Arm der weltlichen Gerechtigkeit übergeben, damit jeder im Lande wisse, wessen sich auch der Höchste zu versehen habe, und dass mit gleicher Hand geteilt werde.

Dem Kapitel gefiel eine solche Sprache nicht. Es wollte einen der Seinigen so tief nicht fallen lassen. Auch mochte mancher im Innersten sich mit verschuldet wissen und bedauern, dass die Sache ein solches Ende genommen hatte. Man wusste nicht, was in Zukunft geschehen könnte, und wollte nicht möglicherweise sich selbst im Voraus ein Urteil sprechen. Dazu erschien vielen der Hochmeister schon zu mächtig, und sie fürchteten, dass er sich allzu sehr im Lande beliebt mache, wenn er des Ordens Schande aufdecke und einen der Brüder dem weltlichen Richter überliefere oder selbst über ihn richte wie über einen von des Ordens Untertanen. Es sollte nicht gleiches Recht im Lande sein, sondern jeder von der Herrschaft sich über dem gemeinen Landesrecht wissen und der Bürger keinen Unterschied machen zwischen Haupt und Gliedern, sondern den gesamten Orden als seinen Landesherrn achten. Auch hatte Hermann Gans, der Großkomtur, der das Kapitel leitete, nicht vergessen, was Georg von Wirsberg ihm unter vier Augen gesagt hatte, und hielt es nicht für geraten, ihn ganz zu verderben. Deshalb nahm er nun unter dem unanfechtbaren Vorwande, des Ordens Gesetz hüten zu müssen, für den Angeklagten Partei und sagte: Keinem von uns mag es entgehen, dass der Bruder Georg, weiland Komtur von Rheden, sich schwer versündigt hat und die schwerste Strafe verdient. Fragt sich's aber, nach welchem Gesetz er gerichtet werden soll, so habe ich nur diese Antwort: nach des Ordens Statuten. Denn er ist aufgenommen in die Brüderschaft des Deutschen Hauses und hat sich zu Maria, unserer Herrin, geschworen für sein Leben und Sterben. Sowenig es ihm nun belieben kann, aus der Brüderschaft zu scheiden und weltlich zu leben, sondern die Tür ist hinter ihm geschlossen für immerdar, sobald er den Eid geschworen und das Kreuz genommen, sowenig können wir ihn seines Eides entbinden und das Kreuz von ihm nehmen. Was er Gutes schafft, das wächst dem Orden zu, was er Übles tut, das mag der Orden richten. Aber seinesgleichen sind nicht außerhalb, die über ihn Macht hätten, und niemand hat zu fordern, dass er ihm gerecht werde, außer dem Orden selbst. Darum, was er gegen das Land verbricht, das verbricht er gegen den Orden, und was er dem Landesfürsten Übles sinnt, das hat er gegen den Hochmeister zu vertreten. So wolle es dem Herrn Hochmeister gnädigst gefallen, von solcher Neuerung abzustehen und das Kapitel als alleinigen Richter anzuerkennen.

Damit waren alle Gebietiger einverstanden, und Heinrich von Plauen musste sich fügen, da er selbst von seinen obersten Ratgebern verlassen war. Er wusste wohl, wo das hinaus sollte, und täuschte sich nicht. Denn als der Großkomtur nun des Ordens Statuten aufschlagen ließ, fand man nichts auf den Fall Bezügliches als dies: »Wenn ein Bruder gegen den Meister oder seine Obersten Gesellschaft oder bösen Rat gehabt hat und daran gefunden wird, so soll man den Bruder, der dieses verschuldet, büßen mit der Jahresbuße, und ist die Schuld so ungefüge, oder hat er sie so lange getrieben, oder ist er so oft in Schuld verfallen, so ist das billig, dass man ihn in die Eisen schlage oder in den Kerker lege oder noch ein Jahr zu der Jahresbuße hinzufüge oder mit ewigem Gefängnis beschließe.« Die Todesstrafe aber kannte das Ordensgesetz nicht. So gab es nun ein Hin- und Widerreden wegen des Maßes der Strafe, und der Großkomtur sagte: Bedenkt, liebe Brüder, dass des Ordens Chronik von der schrecklichen Missetat des Ritters Hans von Biendorf erzählt, der vor nun wohl achtzig Jahren aus gemeiner Rachsucht den hochwürdigsten Herrn Hochmeister Werner von Orseln überfiel, als er nach getanem Gebet aus seiner Kapelle ging, und ihn mit einem Dolch ermordete. Da wollten die Brüder ihn in ihrem gerechten Zorn zu Tode bringen und erbaten dazu in Rom des Papstes Genehmigung. Aber der Papst Johann, dieses Namens der zweiundzwanzigste, genehmigte das nicht, sondern verurteilte ihn zu ewigem Gefängnis, darin er bei Wasser und Brot sein Leben beschließen sollte – was ihm zwar, wie man berichtet, schwerer als der Tod gewesen. Hat nun Georg von Wirsberg dem Herrn Hochmeister nach dem Leben getrachtet, so hat der allgütige Gott doch solches Äußerste gnädigst abgewendet und den Herrn Hochmeister behütet. Billig aber rechnet man's dem Schuldigen zugunsten, dass seine Schuld nicht vollendet worden nach seinem bösen Willen, denn wir Menschen richten die Tat. Also überleget Wohl, welche Strafe gerecht ist, dass ihr niemand Überlass tuet.

Dagegen aber stand der alte Oberst-Spittler, Herr Werner von Tettlingen, auf, der dem Meister wohlwollte und dem Orden treu ergeben war. Der sagte: Bedenket auch, liebe Brüder, dass hier Milde wenig am Platz ist und die ganze Brüderschaft von Grund aus verderben kann. Denn was einer in der Leidenschaft tut gegen seinen obersten Herrn, weil er sich gekränkt glaubt, das ist so arg noch nicht, als wenn ein anderer reiflich und mit kaltem Blut überlegt zum Schaden der ganzen Gemeinschaft und des Landes. Darum, ob ich schon selbst gern verzeihe, dünkt mir doch für diesen schweren Fall die schwerste Strafe nicht zu hoch und jede Milderung eine ungerechte Kränkung unseres gnädigsten Herrn Hochmeisters und ein Schimpf für das Land, und so stimme ich für ewiges Gefängnis. Gott helfe mir!

Dem wagte der Großkomtur nicht zu widersprechen, um nicht Verdacht zu erregen, gab also seine Stimme desgleichen. Und so nach ihnen die andern alle. –

Der Hochmeister ließ des Kapitels Spruch vollstrecken. Aber ein rechtes Genüge tat derselbe ihm nicht. Nicht auf *seine* Lebenszeit, sagte er, sondern auf m *eine* habt ihr ihn eingekerkert, das weiß ich wohl. Mir aber wird sein Gefängnis sehr beschwerlich. Denn es wird nicht an Briefen des Königs von Böhmen, des römischen Königs und vieler anderer Herren fehlen, die seine Freilassung erbitten, und mir wird man's als Härte und Feindschaft rechnen, wenn ich Gnade nicht walten lasse. Darin aber soll man mich fest finden.

Die Schätze, die Georg von Wirsberg im Schlosse zu Rheden zusammengebracht hatte, wurden in der Kammer aufgefunden. Man glaubte aber, dass er einen Teil der kostbaren Stücke und viel gemünztes Geld irgendwo im Hause heimlich vermauert habe. Er selbst freilich leugnete standhaft und hat auch nie ein Geständnis abgelegt.

Sechzehntes Kapitel

Heimlichkeiten

Über Danzig waren schwere Zeiten hereingebrochen. Nachdem es einmal gelungen war, den Widerstand des Rates zu beseitigen und die Führer mundtot zu machen, fand die Gewalt überall Tür und Tor offen. Eisern legte der Komtur seine Hand auf die Rechte Stadt. Zwar hatte sie nach demütiger Unterwerfung auf Fürbitte der anderen Städte vom Herrn Hochmeister Verzeihung erhalten, aber eine schwere Steuer als Lösegeld zahlen müssen. Zudem war die letzte Ratswahl für ungültig erklärt, und der Rat hatte die Männer aufnehmen müssen, die der gestrenge Komtur ihm bezeichnete. Das war die schwerste Demütigung der Herren, die einst schon daran gedacht hatten, das Schloss zu brechen und sich den Reichsstädten im Hansabunde gleichzustellen.

Die Tore nach der Schlossseite standen nun Tag und Nacht offen, die Außenwerke waren geschleift worden, die Palisaden fortgeräumt, die Steinbüchsen umgeworfen. Jederzeit konnten die Kreuzherren mit ihrem Gefolge frei ein- und ausreiten. Und sie zeigten sich gern.

Als Heinz von Waldstein nach Danzig gekommen war, hatte er den alten Huxer in schlechtester Stimmung angetroffen. Ganz ernstlich hatte derselbe daran gedacht, sein Hab und Gut zu Schiff zu bringen und nach Lübeck auszuwandern. Daran war er nur durch den Komtur gehindert worden, der ihm die Kette vorzog. Ein Teil seiner Seefahrzeuge lag abgetakelt neben den Holzgärten stromauf, seine Bordinge hatten nichts zu tun, auf dem Bauplatz bei der Lastadie stellte er die Arbeiten ein. Einige Schiffe waren zwar auswärts in den französischen und spanischen Gewässern tätig, aber oft genug saßen im Kontor die Schreiber stundenlang müßig oder warteten die Boten viele Tage auf Abfertigung, da sich die Brieftaschen nicht füllen wollten.

Nicht vertraulicher wurde der vorsichtige Kaufherr und Reeder, als Heinz ihm sagte, dass er von fremden Kriegsfahrten wenig halte und bei ihm die Kaufmannschaft und das Seehandelsgeschäft zu erlernen wünsche. Was der Junker sich wohl dabei denke und wie er ihn verwenden solle? Die städtischen Geschlechter ließen keinen ein, der nicht zur Sippe gehöre oder sich durch Heirat mit ihnen befreunde, es sei denn, dass er großen Reichtum mitbringe und dadurch eine Kompanieschaft erlange. Ein armer Junker, wofür Heinz sich ja selbst ausgebe, könne sich mit dem Degen bei streitlustigen Fürsten und großen Herren leicht eine ansehnliche Stellung schaffen, aber er habe noch nie gehört, dass es einem gelungen wäre, sich mit der Feder ein Kaufhaus, Schiff oder Warenlager zusammenzuschreiben. Wer nichts mitbringe, der bringe auch selten etwas heraus, und wer mit großen Ansprüchen komme, finde auch da nicht seine Rechnung, wo der bescheidene Mann mit seiner Ernte zufrieden sei. Heinz ließ sich so nicht abtrösten. Er habe sich's nun einmal in den Kopf gesetzt, etwas Tüchtiges zu lernen, und wenn Huxer ihn abweise, gehe er zu einem andern. Am liebsten wäre es ihm aber, hier einzutreten, wo alles ins Große wachse und in kurzem viel Kenntnis von jeder Art Handelschaft zu erwerben sei. Wozu er die in Zukunft nütze, das bleibe seine Sache. Auch verlange er keinen Lohn, hoffe aber bald gute Dienste zu leisten und sich zu bewähren. Huxer schüttelte den Kopf dazu, gab aber doch endlich nach und wies ihm einen Platz in seinem freilich jetzt stillen Kontor an.

Wenn Heinz erwartet hatte, sich auf solche Weise ungehinderten Zugang zu Maria Huxer zu verschaffen, so sah er sich ganz und gar getäuscht. In der Schreibstube und hinter dem großen Hausraum durfte er aus- und eingehen, in den Speichern und Holzgärten gab's für ihn zu tun, aber in seine Wohnung lud ihn der Kaufherr nicht. Kam er früher einmal als Gast, so konnte er nicht gut abgewiesen werden; Jetzt war er der Untergebene, zwar nicht in Lohn und Brot wie die anderen Kaufgesellen, und in seiner Freiheit wenig beschränkt, aber doch gerade wie sie von dem Familienumgang ausgeschlossen. Als er sich einmal oben am Sonntagvormittag meldete, ließ ihm Huxer hinaussagen, er habe nichts für ihn zu tun und gönne ihm den freien Tag. Das war eine sehr empfindliche Abweisung.

Huxer wusste sich's sehr wohl zusammenzureimen, was den Junker in seine Nähe zog. Dass er's auf Maria abgesehen hätte, war ihm gewiss. Aber er meinte ihn so am besten unter Augen haben und von dem Kinde fernhalten zu können, das war der wichtigste Grund gewesen, weshalb er auf seine Wünsche eingegangen war. Bis der Junker es auf diesem Wege zu etwas brachte, darüber mussten Jahre vergehen, und so lange würde Maria, wie verliebt sie auch in den Krauskopf wäre, schwerlich warten wollen. Er glaubte, die Art der jungen Mädchen zu kennen. Der fremde Junker, der sich ritterlich zu kleiden, stattlich zu reiten und geschickt zu stechen verstand, mochte ihrer Aufmerksamkeit wert scheinen, ihres Vaters Kaufdiener war nicht der Mann, mit dem ihr Stolz sich lange beschäftigen konnte. Sorgte er selbst dafür, in ihren Augen zu sinken, um so besser. Recht um den Unterschied klar ins Licht zu stellen, lud er nun Rambolt von Xanten häufig zu sich ein, mit anderen Patriziersöhnen oder auch allein. Der war der Schwiegersohn, den er sich wünschte; eine solche Heirat konnte ihn selbst heben. Denn die Xanten waren ein altes Geschlecht, das schon in Danzig saß, als die Stadt noch den pommerellischen Herzögen gehörte, er selbst aber war ein Aufkömmling und musste sich zu befestigen suchen.

Seine Tochter freilich kannte er doch nicht gut genug. Die war geradeso ein Trotzkopf wie er selbst und meinte mit beharrlichen Willen wohl ihr Stück durchsetzen zu können. Heinz war ihr nun einmal ins Herz gewachsen, ihr Vater ahnte gar nicht wie tief. Tausendmal schwur sie sich's zu: Er oder keiner sollte sie heimführen, und Rambolt wäre ihr gewiss verhasst worden, wenn sie sich auch nur die Möglichkeit hätte vorstellen können, dass er ihrem Herzensschatz ein gefährlicher Nebenbuhler würde. Nun behandelte sie ihn nicht anders als die anderen jungen Herren, die ihrer Schönheit huldigten, und fertigte ihn mit leichtem Spott ab, wenn er einmal im Vertrauen auf des Vaters Gunst zu dreist zu werden wagte. Wie es um ihre wahre Neigung stand, wusste nur die gute Barbara, die zwar bei jeder Gelegenheit gewissenhaft abmahnte, aber Tränen und Schmeicheleien selten widerstand, wenn es werktätig zu helfen galt.

Immer konnte doch Huxer nicht zu Hause sein und sein Kind bewachen. Bald hatte er außerhalb Geschäfte, die ihn stundenlang fernhielten, bald brachte er den Abend im Artushof oder im Garten zu und kam dann nie vor der ein für alle Mal bestimmten Zeit zurück. Es kam auch vor, dass er für einige Tage verreisen musste. Da war es nun doch von gutem Vorteil, dass Junker Heinz nicht in der Stadt aufgesucht werden musste, sondern im Vorbeigehen von der Treppe aus einen Wink erhalten konnte, wenn er nicht selbst bei Frau Barbe anklopfte und ihr ein Wörtchen ins Ohr flüsterte. Es ist eine wahre Sünde, sagte sie jedes Mal, dass ich zu solcher Heimlichkeit helfe, und ich kann's nicht einmal meinem Beichtvater sagen; aber sie half doch. Fast kein Tag verging, an dem die Liebenden nicht Gelegenheit fanden, ein Viertelstündchen miteinander zu plaudern, und oft genug wurde ein Stündchen daraus. Sie war nicht einmal so grausam, dabei immer im Zimmer zu bleiben und aufzupassen, dass es beim Plaudern bewende. Gewöhnlich hörte sie bald draußen irgendein verdächtiges Geräusch und musste dann natürlich hinaus, um nachzuschauen, was es sein könnte, oder sie blieb auch von Anfang an in ihrer Kammer, um Wache zu halten, und klopfte dann nur leise an die Tür, wenn es nach ihrer Meinung Zeit zur Trennung war. Ihrer Maria konnte sie doch nichts abschlagen und dem Junker auch nicht.

Aber wenn sie mit ihrem Pflegekinde allein war, schalt sie mit recht heftigen Worten und sagte: Wo soll das hinaus? Was kann daraus Kluges werden? Nimmer wird der gestrenge Herr Vater einwilligen, einem solchen Junker Habenichts sein Kind zu geben. Man sieht ja wohl, was er für Absichten hat. Den Rambolt hat er dir bestimmt, und der braucht wahrlich nicht lange zu bitten. Wenn er nun eines Tages sagen wird: Der Rambolt von Xanten hat um deine Hand angehalten, was willst du antworten? Kann's denn auf die Länge geheim bleiben, was du mit einem andern hast? Und wenn der Junker von Waldstein dann seine Werbung vorbringt, was wird der Herr Vater antworten? Mit Schanden wird's enden, Kind, denn er hat einen harten Willen und wird nimmer nachgeben, so lieb er dich hat, du aber – ich mag es nicht ausdenken.

Hatten diese Worte eine Wirkung, so doch durchaus nicht die beabsichtigte. Recht hatte die gute Barbe gewiss, nur nicht in dem, dass sie sich von dem Junker losreißen sollte, um dem Vater gehorsam sein zu können. Aber dass auf seine Nachgiebigkeit nicht zu rechnen sei, darin kannte sie ihn von Grund aus. Er war meist in verdrießlicher Laune; der geringste Widerspruch brachte ihn auf. Es ärgerte ihn schon sichtlich, dass sie sich stumm verhielt, wenn er von Rambolt sprach und seine Tugenden rühmte, deren vornehmste freilich die war, dass die Xanten zu den ältesten gehörten, die auf der Georgsbank gesessen, und dass der Schultheiß sich an Grundbesitz außer der Stadt dreist mit jedem Edelmann im Lande vergleichen könne.

Der Hoffnungsfaden wurde immer dünner, dass mit gütlichem Vorstellen, Bitten und Weinen bei ihm etwas auszurichten sein werde. Dann blieb aber nichts übrig, als Zwang zu versuchen: Die Verzeihung könnte ja hinterher doch nicht ausbleiben. Der Gedanke, anfangs erschreckend und beunruhigend, wurde ihr von Tag zu Tag vertrauter.

Auch Heinz musste bald einsehen, dass sein Plan, sich den stolzen Kaufherrn durch seine Dienste zu gewinnen, ganz abenteuerlich sei. So von außen her hatten die Dinge ein ganz anderes Aussehen gehabt: der reiche Großhändler, der im pelzverbrämten Rock, das Schwert an der Seite, über den Markt ging, mit tiefem Bückling von jedem Begegnenden gegrüßt; der im Rat oder auf der Schöppenbank saß und im Hofe bei den ritterlichen Georgsbrüdern seinen Platz fand – mit ihm zu tauschen, wäre ihm nicht so übel erschienen. Nun in der Schreibstube zeigte sich die Kehrseite des glänzenden Bildes: Da galten nur die Zahlen, und es wurde gerechnet und immer gerechnet, um sich eines kleinen Vorteils zu versichern oder einen Schaden abzuwenden. Wer da brauchbar sein wollte, der musste die Handelsbücher schreiben und lesen können, Zahlen und Zeichen leicht handhaben, die Marken aller großen Handelshäuser in den Hansestädten kennen, den Preis der Waren auf den verschiedenen Märkten taxieren, die Kosten der Seefahrten und des Landtransports richtig zu schätzen verstehen, das Risiko in Anschlag bringen, die Wege berücksichtigen, auf denen der Wechsel von Hand zu Hand zu laufen hatte, bis das Papier richtig zu Geld wurde. Dafür hatte Heinz gar nicht den Kopf, am wenigsten jetzt, da er verliebt war und nur immer daran dachte, wie schön das heimliche Beisammensein diesen nächsten Abend sein werde. Nie im Leben konnte ein tauglicher Kaufmann aus ihm werden.

So wurde es auch ihm immer gewisser, dass etwas gewagt werden müsste, wenn sie an das gewünschte Ziel gelangen wollten. Erst nur schüchtern deutete er's an, wenn Maria zärtlich das Köpfchen an seine Brust schmiegte und seufzte, dass man nicht aller Welt sagen könne, wie gut man einander sei. Dann, als sie nicht schalt und wohl gar wie zum Zeichen des stillen Einverständnisses seine Hand drückte, sprach er dreister und zuversichtlicher wie über etwas, das eigentlich nur eine Frage der Zeit sei. Und sie antwortete ihm, dass sie in alle Ewigkeit nicht von ihm lassen wolle und, wenn es sein müsste, auch Not und Gefahr mit ihm teilen werde. Da taten sie einander einen Schwur, dass sie keinerlei Gewalt nachgeben und lieber das Äußerste leiden, als sich trennen lassen wollten. Und das war ihnen beiden heiliger Ernst.

Zu der Zeit nun schrieb Heinz an den alten Waldmeister. Es war ihm nur darum zu tun, ein verborgenes Winkelchen in der weiten Welt zu ermitteln, in dem er sein Glück sicher unterbringen könne. Wie das zarte, verwöhnte Mädchen in der rußigen Waldhütte bei dem wunderlichen alten Waldmeister auch nur wenige Tage würde das Leben erträglich finden können, kam ihm nicht in den Sinn. Aber wie er's mit freundlichen Farben schilderte, wenn er sie im Arm hielt – der stille Wald, der See mit den Uferschluchten, das Holzhaus unter den schattigen Bäumen, der knorrige Alte, der darin die Herrschaft führte und jeden Angriff mit bewaffneter Hand abzuwehren bereit war –, es hatte gar nichts Schreckhaftes, und fürs erste war's ja auch nur ein Spiel mit Vorstellungen. Sie konnten sich recht tief darein versenken und das Bild immer verführerischer ausmalen, wie Heinz sich mit des Alten Beistand eine eigene Waldhütte baute und sie für Mann und Weib einrichtete, täglich seine Jagdbeute nach Hause brachte und Holz zum Herdfeuer herantrug, während sie die Hühner und Tauben fütterte, das Stübchen sauber hielt und das einfache Mahl besorgte, sodass es ihnen fast unlieb war, zu denken, der Vater könne sich rasch zur Versöhnlichkeit bekehren und zu ihrem Bunde amen sagen, ehe das herrliche Waldleben noch recht habe anfangen können.

Es kam keine Antwort. Hatte Gundrat den Brief nicht erhalten? Weigerte er sich, Maria aufzunehmen? Fehlte es ihm nur an Gelegenheit, seinen jungen Freund wissen zu lassen, wann er ihn erwarte? Heinz wartete von einem Tage zum andern vergebens und fing an ungeduldig zu werden. Als er eines Abends in sein Quartier am Glockentor kam, erzählte ihm die alte Wittib, bei der er wohnte, dass ein junger Mensch bei ihr gewesen sei und sie sehr eifrig nach ihrem Mietsmann ausgefragt habe. Es sei ein ganz junges, hübsch gewachsenes Bürschchen gewesen mit einem rechten Milchgesicht, scheine auch noch nicht einmal die Stimme gewechselt zu haben. Sie habe ihm alle schickliche Auskunft gegeben, ihn auch gefragt, wie er heiße und ob etwas an den Junker zu bestellen sei. Er habe aber geantwortet, der Name tue nichts zur Sache, und eine Bestellung sei nicht auszurichten, außer dass der Waldmeister sagen lasse, er könne nicht lesen und habe schreiben nicht gelernt. Was das bedeute, wisse sie nicht. Der Junker wurde feuerrot, und es war nur gut, dass sie im halbdunklen Flur an der Treppe zu seinem Stübchen sprachen, wo sie es nicht merken konnte. Ob er denn habe wiederkommen wollen? Davon sei nicht gesprochen worden.

Nun hatte Heinz eine unruhige Nacht. Unmöglich konnte das alles sein, was Gundrat ihn wollte wissen lassen. Der Bursche wusste mehr, hatte nur der Wirtin nicht getraut. Am Morgen war er schon früh auf. Käme der Bursche wieder, so sollte Frau Martha Kettenhagen ihn jedenfalls hinhalten, bis er zurückgekehrt sei: Er wolle ihn indessen in der Stadt suchen. Es half ihm aber nichts, dass er alle Straßen zwischen den Wasser- und Landtoren durchlief, auch am Fluss auf dem Bollwerk auf und ab ging, wo sonst die Fremden am leichtesten anzutreffen waren, auch in den bekannteren Herbergen nachfragte. Er begegnete niemand, der zu der Beschreibung passen wollte, und lachte sich schließlich selbst aus, dass er einen Menschen zu suchen bemüht war, den er nie von Angesicht gesehen. Er fragte wieder zu Hause an: Es hatte niemand sich blicken lassen. Verstimmt trat er in Huxers Kontor ein und musste sich wegen seines späten Kommens schelten lassen. Heut wollte die Feder gar nicht über das raue Papier vorwärts. Er warf sie fort und stützte den Kopf auf. Abends wartete er vergeblich, dass der Kaufherr ausgehen sollte. Nur mit knapper Not gelang es ihm, Barbara auf eine Minute zu erhaschen und ihr zuzuflüstern, dass ein Bote vom Waldmeister da sei, und dass Maria ihn morgen nicht erwarten solle.

Den andern Tag hielt er sich am Vormittag einheimisch; um den erwarteten Besuch nicht zu versäumen, ließ er sich den jungen Menschen nochmals genau beschreiben, ohne dabei etwas zu gewinnen, da Frau Kettenhagen blöde Augen hatte und nicht einmal mit Bestimmtheit sagen konnte, ob sein Wams von Leder oder Tuch gewesen war, und machte sich wieder auf den Weg, diesmal nicht nur die Rechte Stadt, sondern auch die Alt- und Jungstadt bis beinah zum Blockhause hinauf zu durchlaufen. Er hoffte immer, von dem Fremden irgendwo angesprochen zu werden. Die Leute, die vorüberkamen, gingen aber eilig ihren Geschäften nach, ohne auf ihn achtzugeben, und wenn sich einmal jemand nach ihm umsah, so war es eine hübsche Magd oder Bürgerstochter, die dazu Zeit hatte.

Er entschuldigte sein Ausbleiben im Kontor mit Unwohlsein und nahm für einige Tage Urlaub. Der Fremde musste sich doch wieder melden. So blieb er nun auf seinem Stübchen oder plauderte mit Frau Kettenhagen, um die langen Stunden herumzubringen. Sie neckte ihn mit seiner Unruhe und meinte, das sei am Ende gar kein junger Herr, sondern ein verkleidetes Fräulein gewesen; zierlich genug dazu habe das Bürschchen ausgesehen. Er verschwur sich hoch und teuer, dass er von solcher Mummerei nichts wüsste und ganz andere, sehr ernste Dinge im Kopfe habe, wovon freilich nicht zu sprechen sei. Es wäre auch nur ihr Scherz, versicherte sie, und übrigens sei Neugierde gar nicht ihr Fehler, und es ginge sie nichts an, was ihre Mietsleute trieben, wenn sie sich nur in ihrem Hause keinen Unfug erlaubten. Eine arme Witwe muss vorsichtig sein, setzte sie hinzu. Die Nachbarn passen auf und wissen allemal mehr als wir selbst.

Da der Fremde nicht wiederkam, fing's ihm nun doch an bedenklich zu werden, ob er noch in der Stadt sei und eine weitere Botschaft auszurichten gehabt habe. Dann hatte der Waldmeister nicht ja und nicht Nein gesagt; er konnte sich seine Antwort auslegen, wie er wollte. Nun besuchte er wieder regelmäßig die Schreibstube und fand auch Gelegenheit, die

Liebste zu sehen und zu sprechen. Man meinte, man müsse noch kurze Zeit auf sichere Nachricht warten.

Eines Tages bemerkte sie, als sie aus dem schmalen Erkerfenster auf die Straße schaute, an dem Hause gegenüber einen Menschen, der mit übereinandergeschlagenen Armen an der Wand lehnte und unverwandt zu dem Fenster aufschaute. Als er ihrer ansichtig werden konnte, schien sich seine Aufmerksamkeit noch zu steigern. Er streckte den Kopf vor, und die Augen glänzten sichtlich. Als sie sich, durch sein dreistes Angaffen beleidigt, zurückzog, folgte er ihren Bewegungen, indem er sich zur Seite beugte und auf die Fußspitzen stellte. Nach einer Stunde stand er noch auf demselben Platz.

Am andern Vormittag, nicht lange, nachdem Heinz ins Haus getreten war und nach dem Erker hinaufgenickt hatte, erschien der Mensch wieder und stellte sich drüben an die Ecke der Seitenstraße. Er wartete offenbar so lange, bis Maria sich zeigte. Die Gestalt war schmächtig, das Gesicht auffallend bleich, die Augen schienen einen lodernden Glanz zu haben. Auch nachmittags war er wieder da. Maria saß gern im Erker mit ihrer Arbeit; es war der hellste Platz im Stübchen. Nun sah sie sich daran gehindert, denn beschauen wollte sie sich doch von dem Fremden nicht lassen. Ärgerlich rief sie Barbara heran. Es sei ja nur ein Knabe, meinte die. Der Junge hat seine Freude an einem hübschen Mädchengesicht, das kann man ihm nicht groß übel nehmen. Es wird ihm bald langweilig werden, zu gaffen. Tut nur, als ob ihr ihn gar nicht bemerkt.

Aber er ging nicht fort. Nun ärgerte sich Frau Barbe selbst über seine beharrliche Dreistigkeit, band ein Mäntelchen um und ging über die Straße. Ihr da, junges Blut, redete sie ihn an, was steht Ihr da müßig und beschaut Euch unser Haus? Es steht nicht zum Verkauf.

Der Fremde lächelte spöttisch. Ich bin hier, denke ich, niemand im Wege, antwortete er, und Ihr könnt ungehindert vorbei.

Auf wen wartet Ihr?

Das geht Euch nichts an.

O doch! Denn wenn Ihr auf keinen wartet, so habt Ihr hier auch nichts zu suchen, und wenn Ihr hier nichts zu suchen habt, so trollt Euch fort.

Ich stehe auf der öffentlichen Straße.

Jawohl! Aber gegenüber dem Hause meines Herrn Huxer und gafft unverwandt zu userm Erker hinauf, dass die vorübergehenden Leute wahrhaftig glauben müssen, es geschehe da was Unrechtes. Wisst Ihr nicht, dass das unschicklich ist? Nach wem schaut Ihr aus?

Wenn ich nun antworte: nach Eurem Fräulein –?

Das ist eine unverschämte Antwort, junger Fant. – Mein Fräulein will nicht angegafft sein wie ein Meerwunder.

Euer Fräulein ist sehr hübsch – in der Tat! Die Augen blitzten dazu unter den gesenkten Wimpern vor.

Das will ich meinen, zischelte Frau Barbe. Aber es geht Euch nicht im Mindesten an.

Wer weiß?

Wer Euer glattes Kinn sähe, möchte nicht glauben, dass Ihr so dreist seid. Ein Bürschchen in Euren Jahren – seht! Seht! Was man nicht erlebt! Und kurz: Ich leide es nicht, dass Ihr hier Maulaffen feilhaltet – ich! Und wenn Ihr mir nicht aufs Wort folgt, so haben wir noch ein paar handfeste Packknechte im Hause –

Ereifert Euch nicht, gute Frau, fiel ihr der Fremde in die Rede, ich bin's nicht, der Eures Fräuleins Tugend nachstellt, und ich stehe hier nur so lange, bis Euer Fräulein mich ins Haus ruft.

Das wird nimmer geschehen.

Meint Ihr? Sagt Eurem Fräulein, ich hätte mit ihr zu sprechen, und das müsste unter vier Augen geschehen.

Seid Ihr toll? Wie heißt Ihr denn?

Das lasst meine Sache sein. Aber wenn Ihr mir doch einen Namen geben wollt, nennt mich meinetwegen Veit von der Straße.

Das ist ein Name, der passt – wahrhaftig, mein Jüngelchen. Aber gebt Euch keine Mühe: Ich habe meinen Mund zu Besserem, als ihn nachzusprechen. Und ich tue Euch schon viel zu viel Ehre an, dass ich mich hier solange mit einem hergelaufenen Menschen verweile.

Ganz recht! Richtet Eure Bestellung aus und damit ist's gut.

Damit ist's nicht gut. Ich sage dem Fräulein kein Wort davon.

Dafür wird das Fräulein Euch wenig danken. Wenn Ihr aber doch eine Losung haben wollt, so raunt dem Fräulein ins Ohr: Der Waldmeister sendet! Und gebt acht, wie die Wirkung sein wird.

Frau Barbara sah ihn groß an, schüttelte den Kopf und ging. Der Fremde hatte so eigene Augen; es war sicher in seinem Hirnkasten nicht recht richtig.

Aber schon nach wenigen Minuten kam sie zurück, machte ein zierliches Gesicht und sagte: Es kann sein, dass ich Euch doch Unrecht getan habe; das Fräulein will Euch hören.

Der Fremde wurde plötzlich glutrot, nickte zustimmend mit dem Kopfe und folgte ihr, ohne sich über seinen Sieg weiter zu äußern.

Maria erwartete ihn mit großer Unruhe. Das war sicher der Mensch, den Heinz sich vergeblich aufzufinden bemüht hatte. Hätte sie's ihn nur wissen lassen können! Aber um diese Zeit durfte er sich nicht aus dem Kontor treppauf wagen. Als nun der Fremde, den großen Filzhut in beiden Händen, eintrat, musterte sie ihn mit einem gespannt neugierigen Blick. Aber auch er nahm sie fest ins Auge, und die Hände krampften sich in den Filz, und die weißen Zähne fassten die Unterlippe. Das ist sie – das, murmelte er leise und für sie unverständlich vor sich hin.

Ihr habt mich sprechen wollen, begann sie nach einer Weile.

Ja, antwortete er mit heiserer Stimme.

Und was habt Ihr mir zu sagen?

Der Fremde schien sich überwinden zu müssen, das Gespräch fortzusetzen. Alle Muskeln des Gesichts waren in Bewegung. Ihr liebt den Junker von Waldstein.

Herr –!

Ihr liebt den Junker von Waldstein und wollt mit ihm heimlich in die Fremde.

Maria verlor alle Farbe und verfiel in ein leises Zittern. Was sie tausendmal ohne Bangen gedacht hatte, gewann nun eine schreckhafte Gestalt, da es so offen von einem Unbekannten ausgesprochen wurde.

Es ist endgültig noch nicht beschlossen, antwortete sie, die Augen senkend.

Aber der Waldmeister am Melno-See ist schon um ein Quartier angegangen. Versteckt Euch nicht vor mir: Ich weiß alles.

Wenn Ihr denn alles wisst, so sagt, ob uns geholfen werden kann. Wahrlich, wir sind in großen Nöten um unserer Liebe willen.

Veit von der Straße lachte höhnisch, sodass sein feines Gesicht dem Mädchen jetzt recht hässlich erschien. Beim Waldmeister wird's Euch nicht sonderlich behagen, fürchte ich. Ich sehe, Ihr habt ein weiches Kissen auf Eurem Stuhl und einen Teppich unter Euren Füßen. Könnt ich in Eure Schlafkammer blicken, so wüsst' ich, wie eines reichen Kaufherrn Tochter in Danzig gebettet wird. Der Waldmeister wohnt in einem

Blockhaus, er hat nur ein einziges Gemach, und der Rauch von seinem Herd zieht durch die Ritzen des Daches. Er schläft auf einem Lager von Laub und nährt sich von schwarzem Brot und geröstetem Wildfleisch. Habt Ihr Lust, ihm die Wirtschaft zu führen?

Es durchschauerte sie. Aber wenn der Ort sicher ist – zitterte sie heraus.

Oh, sehr sicher. Ihr fürchtet Euch doch nicht vor Hexen und solchem Gesindel? Davon gibt's im Walde die Menge. Ganz in der Nähe ist der Heidenwall, in dem sie ihre Götzenbilder verstecken. Stille Leute sonst, sie tun niemand etwas, den der Waldmeister beschützt. Die Herren in Schloss Rheden sind gefährlicher: Die spüren den hübschen Weibsen nach und nehmen sich gewiss gern der Verlaufenen an, denen es im Walde nicht geheuer ist.

Ihr ängstigt mich – ich hatte es mir so nicht vorgestellt. Hat Euch der Waldmeister geschickt, um abzureden?

Nein, so menschenfreundlich ist er nicht. Er hat geflucht und gewettert, ich bin nicht daraus klug geworden. Sein drittes Wort ist der Teufel, mit dem er auf gutem Fuße zu stehen scheint. Er hat so eine eigene Art, sich über das auszudrücken, was ihm gefällt und nicht gefällt. Den Brief des Junkers hat er mir zu lesen gegeben, da er selbst die Kunst nicht versteht. Ich sage Euch die Wahrheit, nichts mehr und nichts weniger.

Und warum das? Welchen Antrieb habt Ihr –

Pah, ich kenne den Junker – von Polen her, wie er da in Kriegsgefangenschaft war. Wisst Ihr auch, wer seine Wunden gepflegt und ihn wieder zu einem Manne gemacht hat? Wisst Ihr das? Ich hoffe, er ist nicht so undankbar, das in Euren Armen vergessen zu haben.

Maria haschte ängstlich jedes Wort von seinen Lippen. Das polnische Fräulein – glaubt mir, er liebt sie nicht.

Er liebt sie nicht! Ist das so gewiss? Was weiß der Mensch, wen er liebt und wen er hasst? Es hält ihn etwas in seinem Bann, dass er blind ist und aus dem gezogenen Kreise nicht heraus kann. Er liebt sie nicht – weil er Euch liebt, weil Ihr's ihm angetan habt. Es muss ein Zauber sein, der nicht gleichmäßig seine Kraft bewährt. Denn eine Zeit ... Es mag sein, er liebt das polnische Fräulein nicht, das ihm das Leben gerettet hat. Er glaubt's wenigstens so – und das kann Euch ja genug sein, ganz genug.

Dem Mädchen war das Weinen nahe. Was gibt Euch ein Recht, so grausam –

Aber das polnische Fräulein liebt ihn! Rief her Fremde hinein, richtete sich dabei hoch auf und schüttelte den Hut in der Luft. Oder, das polnische Fräulein hasst ihn – ich weiß nicht, es kommt auf eins heraus. Er hat sich freigemacht und ist entsprungen. Meint er nun frei zu sein? So wird man seiner Buße nicht ledig. Es kann sein: Das polnische Fräulein gewinnt ihn sich nimmer. Aber sagt selbst: Wenn Ihr ihn nicht haben könntet, wolltet Ihr ihn einer andern gönnen? Und Ihr seid ein deutsches Fräulein, und die Leute behaupten, die deutschen Mädchen hätten anderes Blut in den Adern als die polnischen drüben, kühleres, dünneres – was weiß ich? Lasst Euch warnen! Das polnische Fräulein schüttelt's nicht ab mit Klagen und Weinen und Beten. Was das für ihn getan hat, das lässt sich nicht abtun mit frommem Willen. Es brennt auf der Lippe und im Herzen, und der Brand muss gelöscht sein – so oder so. Seht mich nicht staunend an, woher ich solche Kenntnis habe. Ich bin des Fräuleins Knappe und habe mich in ihren Dienst geschworen für Lebenszeit. Und ich warne Euch: bedenkt, was Ihr Sündliches treibt und unternehmen wollt, Euch und Eurem Hause zu Schimpf und Schande. Lasst ab von ihm! Nie werdet Ihr seiner Liebe froh werden!

Maria brach in ein heftiges Schluchzen aus, bedeckte die Augen mit den Händen und neigte den Kopf tief auf den Schoß hinab. Als sie endlich aufblickte, war der Fremde verschwunden, und Barbara stand vor ihr, sie besorgt anschauend. Was ist geschehen? Fragte sie. Was wollte der wilde Mensch? Ich hörte so laut sprechen.

Maria warf sich an ihre Brust, schluchzte und rief: Ach, ich bin sehr unglücklich! –

Siebzehntes Kapitel

Die Entführung

Als Heinz abends anklopfte, wurde er von Barbara abgewiesen. Sie sagte ihm nicht den Grund, aber ihr Gesicht war so streng und ihre Rede so kalt, dass es ihn verwunderte.

Am andern Tage zur bestimmten Stunde kam er wieder und bat nun so lange und inständig, dass die Frau ihn wohl einlassen musste. Vielleicht merkte sie, dass Maria über Nacht andern Sinnes geworden war. Er konnte aus dem lieben Mädchen gar nicht klug werden, so streng wurde ihm begegnet. Nicht einmal die Hand wollte sie ihm lassen. Was hab' ich denn verbrochen, fragte er bekümmert, dass du mich's so entgelten lassest? Ich weiß doch mein Herz rein von aller Schuld, Liebste.

Dabei sah er sie mit den treuen Augen recht innig an, und dem widerstand sie nicht. Die Tränen perlten ihr über die Backen, mit raschem Entschluss hob sie die Arme und legte sie um seinen Nacken. Nein, rief sie, sie sollen mein Herz nicht überlisten, sie sollen mich nicht um mein Glück betrügen! Du bist treu und gut, und niemand, niemand liebt dich, wie ich dich liebe.

Er streichelte ihr das Haar und küsste ihr Stirn und Lippen. Was ist denn zwischen uns getreten? Fragte er, und nun kam's unter Weinen und Küssen allmählich heraus, und wenn sie schon meinte, überwunden zu haben, stachelte die Eifersucht doch wieder zu Vorwürfen, dass er ihr nicht alles gesagt habe. Er wusste sie zu beruhigen, indem er ihr die ganze Wahrheit vertraute. Solange ich deinen Ring nicht wieder hatte, sagte er, ging ich in der Irre wie ein Träumender, aber mir war nimmer wohl dabei. Der Zauber, der mich verstricken wollte, war nicht stark genug, und ganz unfrei bin ich nie geworden. Das weiß sie, und darum hasst sie mich. Aber sie soll unserer Liebe nichts anhaben. Vertraue mir und fürchte dich nicht.

Nun gab's aber zu raten, wer der Fremde sein könne, der von solchen Geheimnissen Kenntnis habe, und wie er mit dem Waldmeister zusammenhänge, und was seine Absicht sei. So viel war gewiss, dass seine Drohungen ernst genommen sein wollten. Maria hatte allen Mut zu dem Wagnis verloren, das sie so schön geplant hatten. Es wird uns nicht glücken, meinte sie, und ich habe mir's auch überlegt, was ich meinem Vater schuldig bin, und dass ich ihn so heimlich in der Nacht nicht verlassen kann. Man träumt wohl dergleichen gern, aber wenn man's mit wachen Augen sieht, erkennt man's kaum wieder, und aufgeweckt bin ich nun einmal so unsanft, dass ich mich in den Traum nicht mehr zurückfinde. Nein, Liebster, das darfst du von mir nicht fordern, was unrecht ist vor Gott und zudem so große Gefahr bringt – das nicht.

Aber was soll denn geschehen?

Noch ist's ja doch nicht einmal sicher, dass mein Vater dich abweist, wenn er hört, dass ich dich liebe und meine Festigkeit steht. Sprich mit ihm und erbitte dir meine Hand; ich werde dir unerschütterlich zur Seite stehen. Er kann nicht seines Kindes Verderben wollen.

Heinz versprach sich nichts davon, aber sie war so fest entschlossen, den Abweg zu meiden, auf dem sie nun nichts als Not und Gefahr erblickte, dass er wohl nachgeben musste. Glaube mir, sagte sie, die Bösen finden uns am leichtesten und können uns am sichersten schaden, wenn wir selbst auf unrechten Wegen sind. Gibt uns der Vater nicht zusammen, so will ich ganz ruhig sein und alles, was mich treffen könnte, wie ein Verhängnis Gottes hinnehmen. –

Junker Heinz sprach klopfenden Herzens mit Huxer. Der ließ ihn aber gar nicht ausreden, sondern fuhr ihn zornig an und schalt ihn, dass er mit Listen und Verführerkünsten sein Kind von der Pflicht abwendig gemacht habe. Was denkt Ihr Euch? Rief er. Weil das Mädel vernarrt in Euch ist, soll ich's Euch deshalb in den Arm werfen und mein Hab und Gut dazu? Zum Kaufmann taugt Ihr nicht, das müsst Ihr wohl in dieser kurzen Zeit schon gemerkt haben. Zu einem fahrenden Ritter mögt Ihr das Zeug haben, aber ich will mein Kind nicht hinter Euch auf den Sattel setzen. Ich habe mich um die Narretei nicht ernstlich gekümmert; da Ihr nun aber kommt und um des Mädchens Hand bittet, sage ich Euch: geht, wohin es Euch beliebt, Junker, aber bleibt meinem Hause auf hundert Schritt fern. In solchen Dingen verstehe ich keinen Spaß. Euer Stuhl in der Schreibstube ist umgekehrt. Damit Gott befohlen.

Dann gab's oben einen harten Auftritt, dass Frau Barbara, die an der Tür stand und horchte, nur immer die Hände gefaltet hielt und ein Gebet nach dem andern sprach. Maria hielt Wort und sagte offen heraus, dass sie den Junker liebe und ihm um nichts in der Welt abwendig werden könne. Darauf antwortete er, dass von alters die Väter den Töchtern den Mann bestimmten, und dass er's als ein guter Bürger in seinem Hause nicht anders haben wolle. Und daran schloss er dann zugleich, dass Rambolt von Xanten ihm genehm sei und auch ihr genehm sein müsse, wenn sie nicht einen stichhaltigen Einwand gegen ihn habe, und dass er ihr drei Tage Bedenkzeit gebe, ob sie sich seinem Willen fügen wolle. Wenn nicht, so habe er wohl noch Mittel, sie zu besserer Einsicht zu zwingen.

Damit verließ er sie in großer Bekümmernis, und Barbe forderte sie auf, mit ihr niederzuknien und Gott um ein demütiges Herz und gehorsamen Willen zu bitten. Maria aber war trotzig und wollte von solchem Gebet nichts wissen, sondern warf sich auf ihr Lager und wühlte mit den Händen in ihrem Haar und weinte leidenschaftlich. Ehe sie sich von Rambolt zum Altar führen lasse, sagte sie, lieber wolle sie sich mit den Nägeln das Gesicht entstellen, dass sie hässlicher werde als die Nacht und der Verhasste lieber eine Eule heimführe als sie. Das seien lästerliche Worte, verwies sie die Frau, aber ihr tat's doch weh, dass ihr gutes Kind so leiden musste.

Drei Tage hielt Huxer sich zu Hause. Er traute seiner Wirtin nicht recht und fürchtete, dass hinter seinem Rücken etwas Unrechtes geschehen könnte, das zu den Ohren der Xanten käme. Aber er konnte doch nicht hindern, dass Maria stundenlang im Erker stand und hinausschaute, ob Heinz vorüberginge. Das geschah denn auch häufig genug, und sie konnten einander wenigstens zuwinken und durch Zeichen zu verstehen geben, dass sie in ihrer Treue nicht wankten. Es war doch eine Beruhigung fürs Herz.

Als nun die Frist um war, fragte Huxer wieder bei seiner Tochter an, wie sie nun gesonnen sei. Sie gab aber keine andere Antwort. Da sagte er, das hätte er wohl erwartet und wollte nicht weiter versuchen, sie mit guten Worten zur Vernunft zu bringen. Das sei künftig ihres Mannes Sache. Er werde mit dem Schultheißen sprechen, und wenn die Väter einig würden, wie er zuversichtlich hoffe, solle nächsten Sonntag die Verlobung in seinem Hause gefeiert werden. Widerspruch dulde er nicht. Die Sache müsse ihr Ende haben.

Er zog auch wirklich ein anderes Kleid an, mit dem er sonst nur nach der Ratsstube zu gehen pflegte, und machte sich auf den Weg. Nach seiner Rückkehr gab er im Hause Befehl, dass alle erforderlichen Vorbereitungen zum Verlobungsfeste für nächsten Sonntag getroffen würden.

Bis dahin waren es nur noch vier Tage. Maria schien plötzlich ihre ganze Entschlossenheit wiederzugewinnen. Nun hilf mir, gute Barbara, sagte sie, dass die Gewalt mich nicht zwinge. Zwar weiß ich, dass ich nie einwilligen werde, des verhassten Mannes Eheweib zu sein. Aber sie werden mich in ein Kloster schleppen und dort lebendig begraben, wenn ich festbleibe.

Barbe war sehr verzagt und hätte am liebsten mit der heiklen Sache gar nichts mehr zu tun gehabt. Es wird ja ganz so schlimm nicht kommen, tröstete sie, selbst wenig überzeugt. Und wie kann ich helfen, Kindchen? Der Herr Vater hat das letzte Wort gesprochen, und darauf gibt's ja doch keine andere Antwort als: ja – ja. Es geschieht gewiss auch in guter Meinung, dass er so über Euch verfügt. Denn am Ende sind doch die Alten klüger als die Jungen und sehen besser in die Zeiten voraus. Schon manches Mädchen hat gedacht: lieber ins Kloster oder gar ins Wasser, als in eine solche Ehe, die ich nicht mag – und ist hinterher eine glückliche Frau geworden. Dafür hat man viel Beispiele. Fügt Euch also in Geduld, da es doch nicht anders sein kann.

Maria war aber darüber nicht ungebärdig, wie wohl sonst ihre Art war, wenn sie von dieser Seite Widerspruch erfuhr; sondern sie antwortete sehr ernst und mit anscheinender Ruhe: Kannst du so sprechen, so weiß ich, dass du mich nicht lieb hast und was ich von allen deinen Versicherungen zu halten habe. Willst du mir nicht helfen, so muss ich zusehen, wie ich mir selbst helfe. Denn ich hab' ihm mein Wort gegeben und weiche nicht davon aus Furcht und Kleinmut. Deine Schuld aber wird's sein, hier und in Ewigkeit, wenn ich unterliege, weil meine Kraft allein nicht ausreicht zu einem so schweren Werk. Und kein Graumönch wird diese Schuld von deinem Herzen nehmen.

Nun kniete die besorgte Frau neben ihr nieder und umfasste ihren Leib und küsste ihre Hände und beschwor sie bei allen Heiligen, auf der Hut zu sein und nichts Sträfliches gegen ihren Vater zu unternehmen. Bedenket auch dies, sagte sie unter Tränen, dass es ein schweres Verbrechen ist, eine Jungfrau zu entführen, und dass Ihr den Mann, den Ihr doch liebt, großer Gefahr des Leibes und des Lebens aussetzen wollet. Denn wenn sie ihn ergreifen, so wird er's hart büßen müssen nach dem Gesetze des Landes.

Aber auch das tat keine Wirkung. Mag er's überlegen, antwortete sie, und nach seines Herzens Rat entscheiden. Ist ihm das Wagnis zu groß, so will ich ihn nicht schelten. Wenn er mich aber liebt, so wird ihm das Leben ohne mich nicht teuer und eine Stunde des Glückes mehr wert sein als eine Reihe kümmerlicher Jahre. Mag uns geschehen, was wir nicht wenden können, aber mit unserm Willen fügen wir uns nicht in das, was uns elend macht.

Als sie nun sah, dass alle Vorstellungen doch verschwendet sein würden, kreuzte sie dreimal ihre Brust und sagte: Wenn's Sünde ist, mag mir's verziehen werden. Aber einen Stein müsste ich ja statt des Herzens tragen, wenn mich so viel Standhaftigkeit nicht bewegte. Nein, ich kann dich nicht in der Not verlassen, mein geliebtes Kind! Und wenn es mein eigenes Verderben wäre, ich will dir beistehen und das Schlimmste von dir abzuwenden suchen.

So gab Barbe nun dem Junker in seiner Herberge von allem Nachricht, was geschehen war, und hieß ihn abends in einem engen Gässchen unfern dem Hause warten, bis sie ihn hineinrufen würde, wenn der Herr ausgegangen sei. Sie wollte ihn in ihrer Kammer verbergen, und in der Nacht, wenn alles schlief, sollte Maria zu ihm schleichen und die nötige Abrede treffen. So geschah es denn auch, und es erschien ihnen das Beste, zu Wasser den Ausgang aus der Stadt zu suchen, da sie an den Landtoren befürchten mussten, von den Wächtern aufgehalten und festgenommen zu werden. Barbara versprach, mit Klaus Poelke, ihrem Schwestersohn, zu reden, dass er ein leichtes Boot bereitstelle und auch selbst helfe, es über den Balken zu heben, der nachts den Fluss sperrte.

Ohne einen kräftigen Ruderer konnte man nicht weit kommen, und war man erst auf der Weichsel, so mussten Segel gebraucht werden. Um Huxer sicher zu machen, sollte es heißen, dass Maria sich in sein Gebot füge. Den Waldmeister hoffte Heinz schon freundlicher und willfähriger zu stimmen, wenn er ihm vor die Augen träte. Weigerte er sich aber, Maria aufzunehmen, so werde der Ratmann Clocz in Schwetz sie nicht abweisen, und von da könne man leicht über die Grenze gelangen. Wiederholt gaben die Liebenden einander das Versprechen, eher das schwerste Ungemach zu dulden, als sich zu trennen.

Der Morgen graute schon, als Heinz leise von Barbara aus dem Hause gelassen wurde. Als er die Stufen der Steintreppe hinabstieg, erhob sich neben ihm eine Gestalt, die vorher, an die Einfassung gelehnt, nahe der Tür gesessen haben musste. Er streckte den Arm aus, sie festzuhalten, ergriff aber nur den Mantel. Habe ich dich, frecher Bursche! Rief er. Nun sollst du mir Rede stehen! Der aber wollte sich nicht fangen lassen; er riss und zerrte am Mantel und suchte die Straße zu gewinnen. Indem er hierbei eine halbe Wendung machte, um sich seinem Verfolger zu entziehen, musste er einen Teil seines Gesichtes zeigen. Heinz erschrak plötzlich aufs Heftigste und ließ das Gewand los. Diese Augen –? Das war ein nächtiger Spuk, der sich hier in die Dämmerung des Morgens verirrt hatte. Diese Augen kannte er; sie hatten ihn oft angeblickt, meist freundlich, aber auch mitunter zornig und feindlich wie jetzt. War sie's? Täuschte er sich? Er musste sich täuschen.

Die Gestalt huschte fort um die Ecke des Hauses in das Dunkel des engen Seitengässchens hinein. Er eilte ihr nach. Jetzt kreuzte sie den nächsten Straßendamm, jetzt wandte sie sich wieder und verschwand hinter dem mächtigen Steingeländer eines Treppenaufganges. Von dort scheuchte er sie nochmals auf, aber eine andere Quergasse mit himmelhohen Häusermauern war ganz nahe. Er verlor sie aus den Augen, sah sie wie einen Schatten auftauchen, wieder verschwinden. Die Kreuz und die Quer lief er, immer die Arme ausbreitend, um zu erhaschen, was sich in der Dunkelheit darin fangen möchte; dabei fiel er über einen vorspringenden Kellerhals. Als er sich aufgerafft hatte, schien die weitere Verfolgung ganz vergeblich. Hastig Atem schöpfend und von Zeit zu Zeit stehen bleibend, um sein wild klopfendes Herz zu beruhigen, schritt er seinem Quartier im Mauergässchen zu. Er war nun nicht mehr im Zweifel, eine bloße Spukgestalt gesehen zu haben.

Als er aber die Haustür aufgeschlossen hatte und eben in den Flur treten wollte, hörte er hinter sich, nicht zwanzig Schritte entfernt, ein gellendes Lachen, wie es wohl die Nachtvögel im Walde auszustoßen pflegen. Er schauerte zusammen und warf die Tür hinter sich ins Schloss. Er glaubte nicht anders, als dass der böse Geist ihn äffe. Er sah in Gedanken Natalia auf der Turmtreppe sitzen mit Blechkappe und Spieß, ihn zu bewachen. So mochte sie wohl gelacht haben, als sie am Morgen das Gemach leer fand. –

Es war verabredet worden, dass Frau Barbara vormittags auf den Fischmarkt gehen sollte, wo gewöhnlich Klaus Poelke mit seinem Kahn am Wasser zu finden war. Später suchte der Junker ihn im Hakelwerk in seiner Mutter kleinem Hause auf. Der junge Mensch machte ein bedenkliches Gesicht. Es sei schwer, nachts aus der Stadt hinaus und am Schlosse vorbeizukommen: Überall passten die Wächter auf. Er besitze auch neben seinem Fischerkahn kein seetüchtiges Boot, das auf den Kiel gebaut sei, sondern nur ein flaches kleines Fahrzeug, das schlecht segle und bei heftigem Seitenwinde leicht umschlage. Auf der Weichsel sei's manchmal recht luftig, und dicht am Lande hin komme man wegen der Weiden- und Rohrkampen mit den Rudern auch schlecht vorwärts, zumal stromauf. Er riet ernstlich ab. Aber Heinz ließ sich nicht so leicht einschüchtern; er wollte das Boot sehen. Nun gingen sie nach dem Ufer des Mühlgrabens gegenüber der Stelle, wo die Insel lag, die man den Schild nannte. Die Fischer trockneten darauf ihre Netze, und es waren hier die Boote zum Übersetzen halb aufs Land gezogen. Eins davon bezeichnete Klaus als das Seinige. Es war in der Tat schmal und flach und wenig einladend zu einer Fahrt von mehreren Tagen. Ob er denn nicht ein tüchtiges Seeboot leihen könne? Es lägen ja jetzt so viele Schiffe abgetakelt, die ihre Schaluppen entbehren könnten. Es werde davon gesprochen werden, meinte der Fischer, da er doch keinen rechten Vorwand habe, und man komme auch mit dem schweren Dinge nicht über den Baum, er meinte den Sperrbalken im Flusse. Dann müsse man's mit dem »Seelenverkäufer« wagen, entschied der Junker.

Klaus Poelke zuckte die Schultern und sagte: Wie Ihr wollt. Ich mag mich von meiner Muhme nicht umsonst bitten lassen. Gebt mir morgen genaue Weisung, wo ich mit dem Boote halten und Euch erwarten soll. Ich will indessen die Ritzen neu mit Werg ausklopfen und Teer darüber streichen, damit wir nicht so oft das Wasser auszuschöpfen nötig haben. Auch will ich aus ein paar Brettern ein Schwert zimmern, das wir beim Segeln seitwärts anbringen können, um den Druck des Windes zu mindern. Sorgt für ausreichende Lebensmittel, denn unterwegs gibt's wenig zu kaufen, und nehmt Euch warme Kleider mit: Unsere Sommernächte sind oft kalt, und Ihr werdet unter den Weiden am Ufer übernachten müssen. Glaubt mir, Herr, es ist nichts für Euch und das Fräulein.

Haltet nur reinen Mund, bat der Junker.

Darauf verlasst Euch, versicherte Klaus Poelke. Reden ist überhaupt nicht meine Sache, außer wenn ich muss. Was geht es mich auch an?

Als sie sich wandten, nach dem Hause zurückzugehen, trat jemand hinter den Zaun, der eine Strecke am Mühlgraben hinlief. Sie achteten nicht darauf.

Maria blieb fest, und so brachte Heinz denn Klaus Poelke die versprochene Anweisung. Er sollte mit seinem Boote nachts elf Uhr in der Nähe des Koggentors zwischen den Schiffen warten und sich bereithalten, auf einen Pfiff an die Treppe heranzurudern, die dort vom Bollwerk zum Wasser hinabführte. Die Lebensmittel und Decken sollte er schon vorher von Frau Barbe am Fischmarkt in Empfang nehmen. Wer war der mit dem breiten Filzhut, fragte Klaus, der Euch vorhin nachging? Ich sah es von meinem Fenster aus. – Ich habe niemand bemerkt, entgegnete der Junker; jedenfalls gehört er nicht zu mir.

Der Abend kam und die Nacht. Der Himmel war bewölkt; es schien nicht Mond, nicht Stern. Ein leichter Wind bewegte die Luft und spielte mit den Wetterfahnen auf den hohen Giebeln. Es war so still auf den Straßen, dass man ihr Knarren hörte. Heinz saß, den Mantel über dem Arm, auf der untersten Treppenstufe vor Huxers Hause und wartete auf Maria. Mitunter war's ihm, als ob er ein Seufzen oder ein leises Weinen vernähme, aber der Wind konnte seinen aufgeregten Sinnen etwas vorgaukeln. Endlich öffnete sich leise die Haustür. Eine Stimme flüsterte: Gott mit dir! Einen Augenblick später hing Maria an seinem Arme.

Sie zitterte merklich, und er wagte nicht, ihr Mut zuzusprechen. Aber er fasste ihre kleine Hand und drückte sie zärtlich. Schweigend schritten sie rasch an den Häusern hin, um von den Wächtern nicht bemerkt zu werden. Die Pforte im Koggentor fanden sie offen. Glücklich gelangten sie aufs Bollwerk und hinab an den Fluss. Hier konnten sie sich schon in Sicherheit glauben, denn das Pfahlwerk deckte sie. Klaus passte so gut auf, dass er nicht einmal des Zeichens bedurfte. Er hielt das Boot am Pfahl fest, während Heinz hineinsprang und Maria die Hand reichte. Sie trat unsicher auf und wäre ausgeglitten, wenn er sie nicht umfasst und neben sich auf das Brett gezogen hätte. Er hielt sie fest umarmt, lehnte ihren Kopf gegen seine Brust und sagte: Nun bist du mein, Liebste.

Klaus stand hinten in der Spitze und ruderte mit großer Geschicklichkeit stehend zwischen den Schiffen hindurch.

Sie kamen glücklich am Fischmarkt und an dem Wasserturme vorbei, auf welchem die Mauer zwischen der Rechten Stadt und der Altstadt auslief. Hier war der Baum zu passieren. Die dazugehörigen Balken waren durch kurze Ketten verbunden und durch längere an beiden Seiten des Ufers befestigt. Es gelang an einer Verbindungsstelle, das flache Boot auf die Kette zu schieben. Nun tretet mit dem Fuße rechts auf den Balken, Junker, kommandierte Klaus, und drückt ihn hinunter. Ich will's links ebenso machen. Gut so! Es muss nichts schaden, dass das Wasser durch den Stiefel zieht. Nun helft mir mit einem tüchtigen Ruck das Boot hinausschieben. Wir sind flott!

Die Balken schnellten hinter ihnen aus dem Wasser auf; sie hatten die Stadt, bald auch das Schloss im Rücken und atmeten freier auf. Klaus ruderte kräftig zu bis zum Ausfluss der Mottlau in die Weichsel. Von der See her wehte ein frischer Wind landeinwärts. Nun das Segel auf! Rief Klaus Poelke. Richtet die Stange! Ich kann an dem Fräulein nicht vorbei. Es geschah nach seiner Weisung. Der Wind legte sich in das Segel und trieb das kleine Fahrzeug flott genug stromauf. Maria sprach kein Wort. Sie zitterte vor Frost oder innerer Erregung. Heinz warf ihr eine warme Decke um und hüllte sie fest darin ein.

So ging's einige Stunden fort. Es mochte gegen zwei Uhr morgens geworden sein, denn an dem nordöstlichen Horizont wurde es schon hell, und die Gegenstände an den Ufern ließen sich erkennen. Die Holzstöße, die dort lang gestreckt lagen, waren so früh noch nicht in Bewegung gesetzt. Auch ein paar tief geladene Weichselschiffe schienen den Aufgang der Sonne erwarten zu wollen. Auf dem Flusse selbst war kein Leben; hinauf und hinab konnte man ihn bis in die graue Morgendämmerung hinein überschauen. Schon näherte man sich der Stelle, wo die Danziger und Elbinger Weichsel sich trennten.

Da wurde Klaus auf ein kleines Segel aufmerksam, das hinter ihnen aus dem Nebel auftauchte. Er wies mit der Hand darauf. Das scheint von Danzig zu kommen und ist schneller als wir.

Weshalb glaubt Ihr ...

Wir sind keinem Boote begegnet, und die Weichselschiffe, die im Flusse lagen, gehen stromab; zu denen kann's nicht gehören. Ein Fischerkahn ist's auch nicht. Was so einer mit dem Segel leisten kann, kann ich allemal. Das Ding fliegt über das Wasser – seht nur! Donnerwetter! Hat aber auch Segel aufgesteckt ... Das darf nur ein gutes Kielboot wagen. Ich wette darauf, es ist eins! Ja, mit so viel Leinwand – da ist's wahrhaftig kein Kunststück!

Ihr meint, das Boot gehört zu einem Seeschiffe?

Unzweifelhaft, Junker.

Dann kann's nur aus Danzig kommen.

Scheint mir auch so.

Glaubt Ihr, dass man uns verfolgt?

Es kann wohl sein. Denn was wollen die sonst um diese Zeit auf dem Flusse, und weshalb beeilen sie sich so?

Es ist möglich, dass der Komtur nach Dirschau schickt und wegen des guten Windes den Wasserweg wählt.

Möglich wär's schon, Junker, aber ... Seht nur, sie halten scharf auf uns.

Gebt einmal unserm Boot eine andere Richtung, wollen sehen, wie sie sich dazu verhalten.

Klaus legte das Segel um, als ob er aufs Land wollte. Da! Sie ändern ihre Fahrt, um uns abzuschneiden!

Wahrhaftig! Nochmals herum!

Dieselbe Wirkung.

Sie haben's auf uns abgesehen, sagte Heinz, kein Zweifel mehr. Nehmt das Ruder zu Hilfe.

Das kann nichts nützen, Herr; in einer Viertelstunde ist mein Arm matt, und so lange dauert's nicht einmal, bis sie –

O Gott! Seufzte Maria und schloss sich näher an Heinz.

Entkommen wir ihnen auf dem Wasser nicht, meinte derselbe, so ist's rätlicher, ans Land zu setzen und über den Damm hin die Flucht zu versuchen.

Rechts oder links, Junker?

Rechts! Was sollen wir auf der schmalen Nehrung zwischen Fluss und See?

Aber da schützt der Wald.

Nein, rechts. Es wird sich ein Versteck finden lassen.

Wie Ihr wollt. Er hielt scharf auf das Ufer, kam aber in die Strömung und konnte nur mühsam vorwärts. Sie sind uns auf den Hacken. Und jetzt legen sie die Riemen ein – das fördert besser als mit meiner Schaufel. Helft mit dem Schwert nach, Junker, sonst nehmen sie uns doch.

Heinz strengte alle Kraft an, das schwere Holz zu regieren; die Strömung fasste es immer wieder und zog es ihm unter den Händen fort. Die Verfolger hielten schräge gegen das Land. Schon wurde eine Stimme vernehmlich: Legt bei, ihr Buben – ergebt euch!

Mein Vater, flüsterte Maria mit bebenden Lippen. Sie klammerte sich fest an den Junker, der nun die Arme nicht frei bewegen konnte. Das schwere Holz entschlüpfte ihm und trieb mit dem Strome zurück. Klaus konnte nicht zugleich das Segel und das Ruder regieren; das Boot verlor die Richtung und drehte sich ab, die Leinwand flatterte. Daraus entstand ein Aufenthalt, den die Verfolger sofort ausnutzten. Nahe am Lande schon kreuzten sie von hinten her das Fischerboot, warfen einen Enterhaken über dessen Bord und zogen es eine Strecke mit sich. Bald lagen die beiden Fahrzeuge, schaukelnd und mit den Spitzen der Maststangen gegeneinander schlagend, Seite an Seite.

Verführer – Räuber – Dieb! Schrie Huxer, einen mit spitzen Nägeln besetzten Streitkolben schwingend. Wo hast du mein Kind? Zu mir, Maria, zu deinem Vater!

Der Junker hatte das Schwert gezogen und hielt die Schläge des Wütenden ab. Klaus Poelke verteidigte sich, so gut es ging, mit dem Ruder gegen die beiden Matrosen.

Vater, rief Maria in den Lärm hinein, es geschah mit meinem Willen! Ich bin sein Weib! Reiße mich nicht von seiner Seite – es ist mein Tod!

Huxer achtete nicht darauf. Immer wütender hieb er auf den Junker ein, der das Mädchen zu decken suchte. Springt hinüber, befahl der Reeder seinen Matrosen, ergreift die Dirne, werft sie in unser Boot! Ich will doch sehen, ob ich noch der Vater bin!

Die Matrosen folgen dem Befehl. Der eine rang Brust an Brust mit Klaus und versuchte ihn ins Wasser zu stoßen, sodass das kleine Fahrzeug arg ins Schwanken geriet und umzuschlagen drohte. Der andere Matrose fasste Maria bei den Schultern und bemühte sich, sie vom Mast loszureißen, den sie mit den Armen umklammert hielt. Heinz brachte ihm durch einen raschen Seitenhieb eine Verwundung bei, die ihn jedoch nicht zwang, von dem Mädchen abzulassen. In diesem Augenblick riss die Segelschote; die Leinwand flatterte um den Mast und legte sich ihm um Gesicht und Schultern. Die Bemühung, sich schnell freizumachen, misslang; auch konnte er dabei das Schwert nicht brauchen. Ein heftiger Stoß mit dem Streitkolben warf ihn zu Boden.

Als er sich aufraffte, sah er, dass der Matrose das Mädchen aufhob und Huxer zuwarf. Sie schien ohnmächtig, der Kopf sank zurück, als dieser sie in den Arm nahm. Der Matrose sprang nach. Der andere und Klaus verloren beim Ringen das Gleichgewicht und fielen zusammen ins Wasser. Dort mussten sie einander wohl loslassen, wenn sie nicht zusammen versinken und ertrinken wollten. Jeder griff nach dem Bord seines Bootes.

In dem Augenblick, als die beiden Fahrzeuge voneinander abtrieben, trat hinter dem Segel des Seebootes ein Mensch hervor, der sich bis dahin verborgen gehalten hatte. Mit einem mächtigen Satz schwang er sich in das Fischerboot hinüber, ergriff den Mast und sank, an demselben hinabgleitend, in die Knie, um nicht auf der anderen Seite hinabgeschleudert zu werden. Der Hut flog ihm dabei vom Kopfe und wurde vom Winde in den Strom getrieben. Lange braune Locken flatterten um Stirn und Wangen. Heinz, der sich schon halb aufgerichtet hatte, schien von einem jähen Schreck wieder zurückgeworfen zu werden. Natalia! Schrie er wild auf.

Ich bin's, antwortete sie mit eisiger Ruhe, den stechenden Blick fest auf ihn richtend. Kennst du deine Herrin?

Natalia – du warst des Waldmeisters Bote ...

Ich brauche keinen Auftrag – führe meine eigene Sache.

Du – hast – mich verraten ...?

Das war meine Rache. Einmal entflohst du mir – das zweite Mal nicht. Ich sah dich mit deinem Schätzchen das Haus verlassen, wusste, dass ein Fischerboot auf euch wartete. Ich rief unter Huxers Fenster: Wach auf, alter Mann, ein Bube stiehlt dir dein Kind, deine Maria! Ich rief's so lange, bis er hinausfragte, was der Lärm bedeute. Da war er bald aufgeklärt. Eine Stunde nach euch waren wir auf dem Flusse. Unser Boot hatte Flügel – ihr konntet uns nicht entgehen.

Und weshalb, du Unholdin ...?

Weshalb? Weil ich dich hasse!

Du liebtest mich, Natalia –

Darum hasse ich dich jetzt. Sie ließ den Mast los, warf sich neben ihm nieder und ergriff seine Hand. Nein, nein, ich liebe dich noch immer! Das ist meine Buße, dass ich's bekennen muss.

Er stieß sie zurück. Ich aber liebe dich nicht – ich liebe Maria!

Schrei's in die Luft. Sie hört dich nicht mehr, sie wird dich nie mehr hören. Darum tat ich's.

Entsetzliche –!

Tritt mich wie deinen Hund, aber bekenne, dass ich dir weher getan habe als du mir. Maria ist dir verloren! Mit mir mache, was du willst, in deinem Zorn. Schlage zu mit dem Schwert, ich will deinen Streich erwarten, ohne mit der Wimper zu zucken: Wirf mich ins Wasser, und lass mich vor deinen Augen ertrinken. Das Leben ist mir nichts wert, der Tod willkommen. Sie schluchzte plötzlich laut auf. Ach, du weißt nicht, wie elend du mich gemacht hast!

Klaus hatte sich glücklich ins Boot gerettet, wand seine nasse Jacke aus und haschte mit der Hand nach dem flatternden Segel. Wohin jetzt, Junker? Fragte er.

Nach Danzig zurück!

Die dort holen wir nicht ein. Er zeigte auf das Schiffsboot, das schon in weiter Ferne schwamm.

Heinz streckte die Arme aus. Verloren –! Verloren? Nein und in alle Ewigkeit nein, sie kann mir nicht verloren sein! Trotz dir, du Teufelin!

Achtzehntes Kapitel

Im Schießgarten der Marienburg

So friedlich es in des Gießmeisters Hause aussah, so war dort doch in aller Heimlichkeit eine heftige Feindschaft aufgewachsen. Prinz Switrigal wurde von leidenschaftlicher Eifersucht verzehrt. Waltrudis behandelte ihn freundlich, hielt ihn aber stets in gemessener Ferne; Hans von der Buche war offenbar der Begünstigte, wenn sich's auch nur durch Blicke und sehr unschuldige Worte verriet. Seinem lauernden Argwohn entging ihre Bedeutung nicht.

Wenn er sich in seinem blanken Schilde betrachtete, erschrak er über seine eigene Hässlichkeit. Denn im Gedanken sah er neben seinem Gesicht das des Nebenbuhlers, der Waltrudis gefiel. Er strich die Haare aus der Stirn, brachte sie unter die Schere, war täglich in der Stadt beim Bader und ließ sich bürsten und salben. Er kaufte einen andern Hut und steckte eine Feder darauf, ließ sich ein Wams von Tuch mit allerhand Schlitzen und Borten anfertigen und trug sich mit feinerem Anstand. Bei Waltrudis freilich hatte er deshalb nicht besseren Erfolg.

Mit Neid erfüllte es ihn, dass Hans zum Ritter geschlagen war und seitdem offenkundig in des Herrn Hochmeisters Gunst sehr hoch stand. Es zürnte ihn, wenn man jenem infolgedessen Ehren erwies, auf die er selbst trotz seiner fürstlichen Geburt nicht Anspruch erheben durfte. Wenn Ambrosius oder seine Frau oder der alte Wigand ein lobendes Wort über ihn sagten, war es ihm recht ein Stich ins Herz. Und obgleich der junge Ritter ihm alle Höflichkeit erwies und sogar ein freundschaftlicheres Verhältnis anzubahnen versuchte, war er tief innerlich überzeugt, dass kein Mensch auf der Welt ihm mehr im Wege stehe als dieser.

Eines Tages, bald nach Plauens Rückkehr von Graudenz, befand Switrigal sich nach der Mittagstafel in dessen Gemach und durfte mit ihm Schach spielen. Er war sehr merklich zerstreut, machte lauter unbedachte Züge und verlor rasch eine wichtige Figur nach der andern. Deine Gedanken sind nicht beim Spiel, mein Sohn, sagte der Hochmeister mit leisem Vorwurf. Es kann mir wenig daran gelegen sein, so die Partie zu gewinnen, und du wirst nicht einmal dabei lernen, wenn du sie verlierst. Ich bemerkte schon bei Tisch, dass du kaum auf das hörtest, was vorgelesen und gesprochen wurde, auch den Speisen mit geringem Eifer zusprachst, und so habe ich dich auch in den vorigen Tagen grüblerisch und den gegenwärtigen Dingen abgewandt gefunden. Selbst als wir gestern die jungen Hengste musterten, die in des Ordens Stutereien für unseren Marstall in der Marienburg ausgewählt waren, schienst du keine rechte Freude daran zu haben, und doch weiß ich, dass du sonst keine größere Lust kanntest, als ein mutiges Roß zu tummeln und deine Reiterkünste zu zeigen. Was soll ich davon denken und was deiner gütigen Mutter, Frau Alexandra, schreiben, die dich an unserm Hof im besten Wohlsein glaubt? Bist du krank, oder was hat dir die gute Laune verdorben, dass du immer mürrisch vor dich hinsiehst und mit Worten kargst, wenn man dich freundlich anredet?

Da sank der junge Prinz vor ihm auf die Knie nieder, küsste seine Hand und sprach: Gnädigster Herr, wollet mich so sehr nicht verkennen. Ich bin Euch dankbar für die Erziehung, die Ihr mir an Eurem Hofe gabt und deren ich – täglich erkenne ich's mehr – nur allzu sehr bedürftig bin. Denn wenig erfahren bin ich noch in ritterlichen Werken, und schwer wollen die Wissenschaften mir in den ungelehrigen Kopf. So erfüllt es mich mit Traurigkeit, dass es anderen leicht gelingt, sich Achtung und Neigung zu gewinnen, indes man mich meidet oder nur meines fürstlichen Ranges wegen nicht zurückweist.

Plauen streichelte ihm das Haar und antwortete lächelnd: Wer sich seiner Mängel bewusst wird, ist schon auf dem Wege zu seinem Heil. Verschiedenartig sind die Gaben der Menschen. Dem einen gelingt's leicht, durch gefälliges Wesen überall Freunde zu gewinnen, aber die Freundschaft ist ein loses Band, das sich lockert, wenn man es anziehen möchte; der andere ist von schwerer Art und will nach seinem echten Wert gewogen sein – wer ihn hat, der darf sich auf ihn verlassen in jeder Not. Suche immer denen zu gefallen, die in deiner Meinung hochstehen, und buhle nicht um die Gunst derer, die aus kleinen Künsten augenblicklichen Vorteil ziehen. Zu Großem bist du bestimmt, zu Großem bereite dich vor. Vielleicht ist es einmal in deine Hand gegeben, zwischen zwei mächtigen Reichen die Waage zu halten und diesem Ordenslande den Frieden zu bewahren, damit es wieder deinen Arm stützen kann. So sei es dir genug, mein Sohn, dass du mich zum Freunde gewinnst.

Gebt mir ein Zeichen Eures gütigen Wohlwollens, gnädigster Herr, rief der Jüngling und küsste wiederholt seine Hand, damit ich mich Eurer dauernden Freundschaft versichere und Ihr Euch der Meinigen! Ich will Euch mein tiefinnerstes Geheimnis anvertrauen; verlacht mich deshalb nicht. Ich liebe Waltrudis, Eure Anverwandte, und erbiete mich, meine Wahl gegen jedermann zu vertreten, auch gegen meinen Vater. Wird Waltrudis mein Weib, so bin ich Euch verbunden mit unzerreißlichen Ketten. Das Land, in dem sie als Fürstin herrscht, wird stets dem Orden treu ergeben sein, dessen Oberhaupt Ihr seid, und auch ich werde ein teures Pfand in Händen haben, dass ich Eures Schutzes gegen die übermächtigen und böswilligen Nachbarn versichert bleibe. Darum gestattet, gnädigster Herr, dass ich um Waltrudis werbe.

Die Rede war ganz nach des Meisters Sinn. Aber bedächtig entgegnete er: Bedenke deine große Jugend, mein Sohn, und dass du noch nicht mündig bist, dich zu binden. Deine Klugheit freilich muss ich loben, die weit vorausschaut, was beiden Teilen nützlich sein möchte und ihr Bündnis stärken könnte. So will ich gern glauben, dass ich nicht einen verliebten Knaben sprechen höre, sondern einen Jüngling, dem's Ernst ist um seine Neigung und Ernst um sein Versprechen. So mag er sich beweisen, und der Lohn, hoffe ich, soll ihm nicht fehlen, wenn er fest und treu bleibt. Ich will dir nicht entgegen sein; sieh zu, wie du des Mädchens Vertrauen gewinnst und dir ihr Herz geneigt machst – dazu kann ich dir nicht helfen.

Er richtete ihn sanft auf und strich mit der Hand seine Wange. Die Schachfiguren warf er in den Kasten.

Nun war Switrigal noch häufiger Gast in des Gießmeisters Hause. Ambrosius wagte ihn nicht zu beschränken, da er wohl sah, dass sein gnädigster Herr selbst ihn trotz seiner Jugend und Unerfahrenheit in großen Ehren hielt und bei jeder Gelegenheit auszeichnete. Waltrudis hatte freilich ihr Köpfchen für sich und ließ sich nicht oft blicken, wenn er allein kam. Traf er aber mit Hans von der Buche zusammen, so fehlte sie im häuslichen Kreise nie. Das entging dem Prinzen nicht, und sein Hass gegen den Menschen, der ihm im Wege war, fand immer neue Nahrung.

Aber er hütete sich wohl, ihm offene Feindschaft zu zeigen; dadurch hätte er bei Waltrudis nichts gewinnen können. Lieber sann er darauf, sich seiner durch List zu entledigen, und heuchelte, um ihn vertrausam zu stimmen, nun plötzlich große Ergebenheit. Ihr seid jung zu ritterlichen Würden gelangt, sagte er ihm. Wollet mein Lehrmeister sein, damit ich in Eurem steten Umgang lerne, was die Unterweisung der Ordensherren mir doch nur mühsam beibringt. Aus Euren beiläufigen Reden entnehme ich, dass Ihr Euch bereits in der Welt umgeschaut habt; lasst mich gelegentlich erfahren, welche Weisheit Ihr heimbrachtet.

Hans war ihm in seiner Gutmütigkeit gern zu Diensten. So wenig ihm sein finsteres, lauerndes Wesen behagte, so bezwang er sich doch und begleitete ihn auf seinen Ausritten oder Bootfahrten. Auch Fechtübungen machten sie im Parchan der Burg gemeinsam und stachen nach einem Mohrenkopf, an dem auch die jüngeren Ordensritter ihre Geschicklichkeit zu erproben pflegten.

Eines Tages forderte Switrigal seinen Kumpan auf, ihn nach dem Schießgarten der Marienburger Bürger zu begleiten. Er habe gute Lust, sich bei dem Schützenfeste, das in nächster Zeit stattfinden sollte, zu beteiligen, müsse aber vorher an Ort und Stelle prüfen, wie weit er sich auf seine Armbrust verlassen könne. Sei auch der Vogel noch nicht aufgesteckt, so stehe doch die Stange schon und bezeichne die Bretterlage den Stand für die Schützen. Treffe er die Stange, so werde er auch des Vogels Kopf nicht fehlen.

Hans ging arglos mit ihm. Der Schießgarten lag vor dem Tore der Stadt seitwärts von der Landstraße. Man hatte ihn dicht bei einem Gebüsch angelegt, das den Zuschauern Schatten gewähren konnte. Der Platz war zu dieser Zeit ganz menschenleer, und auch auf dem Wege zeigte sich nur spärlicher Verkehr. Sie schossen eine Weile um die Wette mit wechselndem Glück. Meist strichen die Bolzen an der Stange vorbei und fielen über die Hecke auf die Wiese. Als sie sich ausgegeben hatten, entschlossen sie sich, die verschossenen Bolzen wieder aufzusuchen, sie konnten im Grase nicht schwer zu finden sein.

Außerhalb der Hecke waren sie den Leuten, die etwa auf der Landstraße gingen, nicht sichtbar, zumal die Wiese sich ein wenig absenkte. Als sie nun in kurzer Entfernung voneinander mit gebücktem Rücken hin und her schritten, die Grasbüschel beiseite streichend, um die Bolzen darunter zu ermitteln, sprang plötzlich Switrigal auf seinen Gefährten zu, warf sich auf ihn, fasste seinen Hals und suchte ihn zur Erde niederzuwerfen. Hans glaubte anfangs nur an einen ungehörigen Scherz und suchte mit leichter Gewalt den Angreifer abzuschütteln. Die Heftigkeit des Druckes musste ihn wohl überzeugen, dass er irrte. Ihn mit der Schulter abstoßend, gewann er so viel Freiheit, umzublicken. Zu seinem Schrecken sah er in des Fürsten Hand einen nackten Dolch, den er vorher in seinem Wams versteckt getragen haben musste. Mordbube, rief er, was machst du da? Switrigal zeigte ihm wie ein wildes Tier die Zähne und schien ihn mit seinen wütenden Augen durchbohren zu wollen. Du musst sterben! Keuchte er. Vergebens wehrst du dich – du bist mir im Wege und musst sterben!

Daran glaubte Hans von der Buche nicht so bald. Nun er wusste, was sein Gegner im Sinne hatte, griff er hinter sich und fasste die Hand, die den Dolch schwang. Zugleich stützte er sich aufs Knie und gab seinem Oberkörper eine Wendung, die den Angreifer zwang, herumzutreten, wenn auch nicht, seinen Hals loszulassen. Sie rangen nun eine Weile Schulter an Schulter. Switrigal war im Vorteil, da er stand und von oben her mit der ganzen Wucht seines Leibes drückte. Doch konnte er die Hände nicht loswinden und musste darauf achtgeben, dass der eigene Dolch ihn nicht verletzte. Endlich brachte Hans ihn zum Ausgleiten; er sank neben ihm in die Knie und musste des Gegners Kehle freilassen. Dafür fasste ihn dieser nun und suchte ihn ins Gras zu strecken. Brust an Brust drehten sie sich im engsten Kreise miteinander, beide keuchend vor Anstrengung. Aber Switrigal war der Stärkere. Es gelang ihm, den Verhassten zu werfen und niederzuhalten. Wieder fasste er seine Kehle und presste sie, dass Hans blaurot im Gesicht wurde. Er fühlte seine Kraft schwinden. In wenigen Sekunden musste er auch die Hand loslassen, die den Dolch hielt – dann war es unfehlbar um ihn geschehen.

Da kam unverhofft ein Retter in der Not. Eine sehnige Faust legte sich auf Switrigals Schulter und warf ihn mit einem kräftigen Ruck zur Seite. Der Dolch wurde ihm aus der Hand gewunden und fiel ins Gras. Heißt das ehrlich fechten? Rief eine raue Stimme. Der Teufel hole dich, du hinterlistiger Mordgeselle! Meinst, ihm die Gurgel abzustechen und dann seine Taschen auszuleeren? Warte, ich will dir den Lohn geben! Er riss seine Armbrust von der Schulter und schlug mit dem Kolben auf ihn los.

Hans hatte aufgeschaut und den Waldmeister erkannt. Schwer atmend richtete er sich in die Höhe und nickte ihm dankbar zu. Schont ihn – bat er, nur mühsam die Worte vorstoßend, er ist – des Herzogs von Masowien Sohn – Prinz Switrigal.

Der Waldmeister ließ nicht so bald ab. Und wenn er der Herzog von Masowien selber wäre, entgegnete er, könnt' ich ihm die blauen Flecke nicht sparen. Lasst sehen, ob sein Schädel härter ist als mein Armbrust-kolben.

Hans hielt seinen Arm zurück. Es ist genug, Alter, er hat seinen Teil.

Switrigal entwand sich ihm und sprang fort. In einiger Entfernung hob er drohend die Hand und rief zurück: Ein andermal! Sieh dich vor! Dann setzte er über die Hecke und verschwand in den Büschen hinter dem Schießgarten.

Seid Ihr's denn wirklich, Junker? Sagte Gundrat, als sie allein waren. Wie Ihr da unten lagt, erkannte ich Euch nicht recht. So hat mich also doch der Teufel zu rechter Zeit hergeführt, wie ich mich auch sonst ver-spätet habe. Man behauptet, dass alles sein Gutes hat. Manchmal ist's verdammt knapp zugemessen. Aber heute will ich dran glauben.

Hans ließ sich, noch ganz erschöpft von dem wütenden Ringen, unter der Hecke nieder. Ich danke Gott, antwortete er, dass er Euch zu meiner Rettung gesandt hat. Wahrhaftig, ohne Euch war ich verloren, und man hätte nicht einmal den Namen des Schandbuben erfahren, der mir das Lebenslicht auslöschte.

Hattet Ihr Streit mit ihm? Fragte der Waldmeister.

Durchaus nicht. In aller Freundschaft hat er mich hierher gelockt und heimtückisch überfallen. Oh, ich kenne ihn jetzt! Er schleicht um ein jun-ges Fräulein, das mir wohlgeneigt ist, und hat mich auf solche Art un-schädlich machen wollen. Steht's so, dann ist's Zeit, ihm zu zeigen, dass er sich vergeblich bemüht.

Die Weiber, die Weiber, knurrte der Alte, immer die Weiber. Bleibt le-dig, Junker, ich rat's Euch. Es ist kein Verlass auf die Weiber. Seid Ihr nicht betrogen, so werdet Ihr betrogen.

Hans lächelte. Diesmal nicht. Aber sagt, Waldmeister, wie kommt Ihr hierher? Vor Wochen traf ich Euch auf der Landstraße und erhielt von Euch nur halbe Auskunft. Ich fürchtete damals, Ihr hättet böse Anschlä-ge. Natalia hatte mir davon gesagt. Täglich habe ich mich nach Euch umgeschaut. Da Ihr nicht kamt, meinte ich, Ihr wäret umgekehrt. Und auf der Landstraße könnt Ihr doch auch unmöglich so lange gelegen ha-ben.

Gundrat strich mit den Spitzen der Finger über die buschigen Augen-brauen. Meint Ihr, Junker? Ihr habt recht und auch wieder nicht recht. Anschläge – ja, ja! Ich besinne mich. Geradeswegs wollte ich nach der Marienburg, und länger als drei oder vier Tage hätte ich nicht bis dahin gebraucht. Es wäre vielleicht alles anders gekommen, wenn ich – Ah, der

Bube bildete sich ein, dass ich seinetwegen die Armbrust mitnahm! Ists wahr, dass sie den Komtur aufgehoben und auf das Haus zu Tapiau gebracht haben in Ketten? Ich hörte davon in den Schenken erzählen. Auch dass in Graudenz auf dem Markt ein Blutgericht gehalten worden über einen von den Kulmer Herren. Was geht's mich an. Ich habe meine eigene Sache mit dem Plauen und will sie von keinem Schuft verunzieren lassen. Wäre sicher damals auch nicht hierher gegangen, sondern nach Danzig, wenn sich's nicht unvermutet ganz anders gefügt hätte.

Wie hat sich's gefügt, Gundrat?

Das will ich Euch sagen, Junker, denn es ist kein Geheimnis. Unterwegs in Gardensee traf ich Leute, die mit den Rittern in der Burg Ragnit gewesen waren und dort Dienste getan hatten gegen die wilden Szamaiten. Die Zeit, auf die sie sich dem Orden verdungen hatten, war um, und da sie mit Mühe und Not ihren Sold erhalten hatten, kehrten sie nun nach ihrer Heimat Schlesien zurück. Die wussten viel zu erzählen von den dortigen Wäldern, und wenn man sie reden hörte, gab's im ganzen Reiche nichts, was sich mit der litauischen Wildnis vergleichen könnte. Da kam mir's in Erinnerung, dass auch früher schon einmal einer von des Ordens Waldhütern, der nach Rheden geschickt war, sich von mir am Melno-See herumführen ließ, und als ich ihn in den dichtesten Teil führte – wo der Sumpf anhebt und die Wildschweinbuchten zu finden sind –, nur so mit den Fingern in die Luft schwippte und geringschätzig sagte: Seht erst die Wildnis! Dies hier ist ein kräftiger Strich alten Waldes und ganz löblich in seiner Art; aber man findet sich rechts und links bald wieder hinaus. Weiter östlich nach der polnischen und masowischen Grenze zu – da um Ortelsburg, Neidenburg und Johannisburg –, da gibt's freilich Wälder, in denen man tagelang unterwegs sein kann, aber auf dem Sandboden gedeihen nur Fichten, und so ist's endlos immer dasselbe, was das Auge sieht. Nördlich aber hinter Barten, Gerdauen, Allenburg, Tapiau, den Pregelfluss hinauf bis zum Memelstrom und darüber hinaus, da ist die litauische Wildnis ohne Weg und Steg, und wo die Ritter bei ihren Kriegsreisen einmal eine Straße durchgehauen haben, ist wieder längst alles verwachsen. Da steht Laubholz aller Art so dicht, dass die wilden Tiere oft Mühe haben, durchzubrechen, überall ziehen sich kleine Flüsse und Bäche hindurch ohne rechten Abfluss, sodass weite Sümpfe entstehen, die auch im heißesten Sommer die Sonne nicht austrocknet, weil das Laub zu dicht ist. Da gibt's nicht Weg noch Steg, und meilenweit findet ihr keine menschliche Wohnung. Da sind nicht Städte gebaut und ummauert, da grüßt euch kein Kirchturm über die Strohdächer von Bauernhäusern hinweg, da pflügt kein Köllmer das Feld – nur

Wald und Sumpf, Wald und Sumpf. Aber das Getier! Von Hirschen und Schweinen rede ich gar nicht. Den Auerochsen müsst ihr sehen und das Elch, den Biber und den Luchs, Im Winter hält der Wolf dort seine Jagd und trabt in Rudeln bis in die Dorfmarken am Saume der Wildnis hinein. Da ist nächtlich ein großes Geheule, und wenn's zu arg wird, ziehen ganze Bauernschaften gegen sie aus mit langen Knütteln und Dreschfle-geln, die Bestien zu verscheuchen. Seht, Junker, das alles bestätigten die Leute in Gardensee, und mich kam mächtig die Lust an, so einen Wald vor meinem Ende einmal mit Augen zu sehen und gegen ein Elchtier meinen Bolzen zu versuchen. Da bog ich denn rasch entschlossen rechts ab und ging mitten durchs bischöfliche Land, das sie das Ermland nen-nen, und über die Stadt Heilsberg hinaus nach Barten und Nordenburg. Da hub die Wildnis schon an. Ich wagte mich hinein, wie sie mir auch abredeten, kam aber gar nicht tief, denn es war alles so, wie jene gesagt hatten. Da strich ich nun am Rande entlang nordwärts bis zum Pregel-fluss und fand bei Wehlau eine Fähre. Dort hörte aber der Wald nicht auf, sondern sollte erst recht anfangen und bis an das große Wasser rei-chen, das sie das Kurische Haff nennen. Eine gute Tagereise setzte ich noch meinen Weg fort, fand dann aber Sumpf an Sumpf und musste umkehren: Kein Menschenfuß kam da hindurch, und ein Elch, das ich aufgejagt hatte, sah ich vor meinen Augen versinken. Ich sag' Euch, Jun-ker, dort steht's noch geradeso aus wie zu der Zeit, als die Welt geschaf-fen ward. Da möcht' ich Waldmeister sein!

Die grauen Augen blitzten ihm. Hans erinnerte sich nicht, dass er ihn schon jemals auf einen Strich so viel hatte reden hören. Er lachte laut auf. Gebt dem Herrn Hochmeister ein gut Wort, so setzt er Euch dort sicher gern ein. Es wird Euch niemand um solch Amt beneiden.

Meint Ihr? Knurrte der Alte. Aber Plauen ein gut Wort – das ist auch dafür zu viel. Nein, nein – es müsste geschehen ohne sein Wissen. Die Kreuzherren in Nordenburg, denk ich, würden mich schon leiden. Wem gehört denn auch die Wildnis?

Und wollt mich verlassen, Waldmeister? Tretet nur erst wieder in Euer altes Jägerhaus am Melno-See, so kommen Euch andere Gedanken.

Der Alte seufzte. Bin freilich alt geworden und treib's nicht mehr lange. Er sah dabei auf den Boden, bemerkte einen von den verschossenen Bol-zen, bückte sich und hob ihn auf. Das Bücken schien ihm nicht schwer zu werden. Man darf dergleichen nicht liegen lassen, sagte er, indem er den Bolzen in der Hand wog und dann in seine Gürteltasche gleiten ließ. Wer weiß, wem der einmal den Garaus macht.

Hans von der Buche fühlte sich wieder ganz frisch, stand auf und schritt mit dem Alten der Landstraße zu. Wie kam's, fragte er, dass Ihr Euch hier einfandet?

Hm! Das hat seine gute Ursache. Ich war eben auf dem Wege nach der Stadt, hatte von Sonnenaufgang einen tüchtigen Marsch gemacht. Da sah ich hier seitwärts die Stange und dachte gleich: Dazu gehört auch ein Vogel. Wollte also erfahren, auf wie viel Schritt Entfernung die Marienburger in ihrem Schießgarten schießen, den schon Herr Winrich von Kniprode ihnen hergerichtet haben soll. So ging ich hierher und konnte Euch beispringen.

Ihr habt also noch keine Herberge in der Stadt, Waldmeister? Kommt mit mir ins Schloss, ich hoffe, Euch in der Vorburg unterbringen zu können. Meine Fürbitte gilt jetzt dort etwas.

Der Alte schüttelte den Kopf.

Ihr werdet doch in der Marienburg ein wenig ausruhen wollen.

Ich gehe nicht in das Haus meines Feindes, Junker. Aber ich will an der Brücke warten, bis er herauskommt. Es ist jetzt Sommerzeit – ich schlafe am Ufer unter der Brücke.

Hans antwortete nicht sogleich. Nach einigem Nachdenken sagte er: Hört, Gundrat, es gefällt mir nicht, dass Ihr so sprecht. Was Ihr gegen den Herrn Hochmeister habt, weiß ich nicht, aber Ihr braucht versteckte Worte, hinter denen nichts Gutes lauert. Darum hattet Ihr Euch auch dem Komtur ergeben, der unehrlich gegen seinen Herrn handelte. Ihr sagt, seine Sache war nicht Eure Sache, und so mag's sein. Aber ich bitt' Euch, zu bedenken, dass Plauen, was er Euch auch einmal zuleide getan, nicht wie ein einzelner Mann ist, mit dem eine Feindschaft auszufechten, sondern dass er als Hochmeister über dem Orden und als Fürst über dem Lande steht, vielen verantwortlich. Da sollte billig alles Rachegelüste schweigen.

Der Alte zog die Stirn in Falten. Das versteht Ihr nicht, Junker, entgegnete er dann mürrisch. Ich kannte ihn schon vor der Zeit, als er in den Orden trat. In dem, was geschehen, hat er dadurch nichts ändern können, dass er das Kreuz nahm. Meine Augen sahen es nicht. Aber kümmert Euch darum nicht, Junker, und lasst den Dingen ihren Lauf.

Den Rest des Weges bis zur Stadt verhielt Gundrat sich schweigsam, wie auch Hans das Gespräch wieder aufzunehmen bemüht war. Selbst auf eine Frage nach der Wildnis hatte er nur eine kurze, abweisende Antwort. Am Tor blieb er zurück. Besser, man sieht uns nicht zusammen, meinte er. Habt Ihr mir etwas zu sagen, so trefft Ihr mich an der Brücke.

Hans ging durch die Stadt nach dem Schlosse. Er hatte dabei reichlich Zeit, zu überlegen, was er nun beginnen wollte. Seine Hoffnung, der Meister würde ihn wieder rufen lassen und nach seinen Wünschen ausfragen, war nicht in Erfüllung gegangen. Wie lange sollte er darauf warten? Es schien nicht ratsam, sich bei längerem Bleiben der Gefahr auszusetzen, nochmals mit Switrigals Dolch in nahe Berührung zu kommen. Dass Eifersucht den Buben stachelte, daran konnte kein Zweifel sein. Dann aber war's das Beste, ihm zu zeigen, dass er sich ganz vergeblich um Waltrudis bemühte. Ja, es war Zeit, ein offenes Wort zu sprechen und die Sache zur schnellen Entscheidung zu bringen.

Er fand die Gießmeisterin in großer Aufregung. Eben sei Prinz Switrigal da gewesen und hätte sich ganz unsinnig betragen. Die boshaftesten Worte seien ihm vom Munde gegangen, und er hätte gesagt, dass er sich nicht länger wie ein Kind behandeln lassen wolle, und gedroht, die Tür, die Waltrudis verriegelt hielt, mit der Faust einzuschlagen. Auch gegen ihn habe der böse Mensch geflucht, und was er außerdem in seiner heimischen kauderwelschen Sprache gesprochen, das habe sie nicht einmal verstanden, sei aber wahrscheinlich das Allerschlimmste gewesen. Das Fräulein sei in großen Schrecken versetzt worden, und es könne ihr noch nachträglich schaden. Zugleich ging sie an die Tür und klopfte leise an. Macht nur auf, Fräulein, sagte sie, es ist der Herr Ritter von der Buche, unser guter Freund. In dessen Schutz seid Ihr vor dem wütenden Menschen sicher.

Der Riegel wurde sofort zurückgezogen, und Waltrudis trat mit recht bleichem und verstörtem Gesicht herein. Wie sie aber des lieben Gastes ansichtig wurde, schien alle Unruhe und Bangigkeit zu weichen, Mund und Augen lächelten holdselig, und die Hand streckte sich ihm entgegen. Er bückte sich rasch und küsste sie. Da war's, als ob ein rotes Mal auf der weißen Haut zurückblieb. Sie sah's und wollte es mit der anderen Hand fortreiben, aber es trat nur noch deutlicher vor. Deshalb zog sie den Arm ein wenig ein, dass die Klappe des Ärmels darüber fiel. Sie wurde ganz verwirrt.

Was hat's denn aber gegeben, Herr Ritter? Fragte Frau Ambrosius, um ihr zu Hilfe zu kommen. Aus des Prinzen garstigen Reden musste man schließen, dass er mit Euch irgendwo ein ernstliches Zusammentreffen gehabt. Er hat Euch doch nichts zuleide getan?

Hans erzählte kurz, was hinter dem Schießgarten geschehen war. Die Frauen bekreuzten sich, und die Gießmeisterin konnte sich gar nicht heftig genug gegen den frechen, störrischen Buben aussprechen, der ein Fürst sein wolle und sich wie ein Straßenräuber betrage. Waltrudis aber zerdrückte mit den langen, seidenen Wimpern eine Träne und sagte: Gott sei's gedankt, dass Ihr gerettet seid.

Das klang ihm, als ob sie ihm sagte: Wie gut bin ich dir im Herzen! Er fasste sich deshalb Mut, trat dicht vor sie hin und sprach: Dankt Ihr so innig Gott, dass ich gerettet bin, so darf ich mich wohl auch selbst dessen freuen. Denn wisset, dass ich lieber tot wäre, als von Euch verleugnet. Es lässt sich nun nicht mehr zudecken: es ist eine Todfeindschaft zwischen Switrigal und mir, und die hat nur in Euch ihren Grund, so unschuldig Ihr dazu seid. Eure Schönheit macht ihn so unsinnig, und dass er glaubt, ich sei seinem Lieberswerben im Wege. Dass ich ihm aber nicht ebenso gesinnt bin, das will ich mir nicht zum Lobe rechnen. Denn mein Herz ist voll Hoffnung, dass ich Euch lieb und wert bin und keinen König und Kaiser zu fürchten habe. War's Täuschung, so sagt mir's offen, damit ich mich nicht ferner so grausam betrüge. Las ich aber recht in Euren Augen und in Eurem Herzen, Waltrudis, so sagt nur auch das offen und ehrlich. Denn die Zeit ist gekommen, wo es klar werden muss zwischen uns. Meines Bleibens darf hier nicht länger sein. So lasst mich in die Heimat die Gewissheit mitnehmen, dass ich dort bald nicht mehr allein bin und mein Gemüt mit Sorgen quäle. Sagt mir: Wollt Ihr mein liebes Weib sein? Darf ich mir Eure Hand vom Herrn Hochmeister erbitten?

Da zuckten ihre Wimpern, und sie wagte doch nicht, die Augen aufzuschlagen. Und dann blickte sie seitwärts auf die Gießmeisterin, die sich nicht von der Stelle gerührt hatte, obschon die Sache sie so weit gar nichts anging. Als die aber freundlich nickte, reichte sie dem Ritter beide Hände hin und flüsterte:

Nehmt mich – ich war Euer von Anbeginn. Er hob ihre Arme hoch, legte sie um seinen Hals und zog das schöne Mädchen an sich – er küsste das goldige Haar, die feuchten Augen und den roten Mund. Dann sank er vor ihr auf die Knie und sah mit feurigen Blicken zu ihr auf. So will ich dir geloben, rief er, du Engelreine, dass ich dir getreulich angehören will bis ans Ende.

Sie hob ihn auf. Ich vertraue Gottes Güte, antwortete sie, dass er Euren Mund Wahrheit sprechen lässt.

Frau Ambrosius war sehr gerührt. Sie meinte, das hätte sie schon lange gewusst, und geradeso hätte es kommen müssen. Ein Fürst sei freilich keine verächtliche Partie, aber nach Masowien wäre sie nicht gegangen, und wenn ein Herzog um sie gefreit hätte. Man merke es wohl an diesem Prinzen, was da für wilde, heidnische Menschen lebten. Dann kam sie auf einen anderen Gedankenweg. Das ist nun in meinem Hause geschehen, plauderte sie, und ich hab's gewissermaßen mit zu verantworten, da ich dabeigestanden und nicht Einhalt getan habe. Was nun Euch betrifft, Herr Ritter, Ihr seid selbstständig und möget Euch binden, wie es Euch gefällt. Das Fräulein aber, das unter meiner Obhut steht, hat Verwandte und muss sie befragen – hohe Verwandte, wie Ihr wisst, deren Ja- und Neinwort wuchtig in die Schale fällt. Darum, bis die gesprochen haben, darf ich in meinem Hause heimlichen Verkehr nicht leiden. Auch könnte ein Unglück geschehen, wenn der Prinz Euch träfe, zu unseres Hauses ewigem Schimpf. Deshalb bitte ich Euch, Herr Ritter, dass Ihr geht, und nicht wiederkehrt, bis Ihr des Herrn Hochmeisters gnädigste Einwilligung bringt. Wir sind ehrliche Leute und wollen in Ehren bleiben.

So meint' ich's auch, versicherte er, drückte noch einmal seines lieben Mädchens Hand und entfernte sich rasch.

Als er über die Zugbrücke von der Vorburg nach dem mittleren Hause schritt, trat hinter dem Pfeiler Switrigal vor und näherte sich mit gesenktem Haupte. Hans trat sorglich zur Seite, einen neuen Überfall befürchtend. Der Prinz winkte ihm aber mit der Hand, stehen zu bleiben, und sagte: Verzeiht, Ritter, was vorhin geschehen ist. Ich war meines Verstandes nicht mächtig, und es tut mir leid, dass ich Euch in solcher Art feindlich begegnet bin, wie es einem ritterlichen Manne nicht ziemt. Genügt Euch diese Abbitte?

Hans war in so froher Stimmung, dass er ihm auch ohne Abbitte verziehen hätte. Sie genügt mir, antwortete er.

So wollt Ihr nicht Klage über mich führen beim Herrn Hochmeister?

Das wäre auch ohnedies nicht geschehen, Prinz Switrigal.

Ich dank' Euch, Ritter. Zu jeder Genugtuung bin ich bereit.

Ich brauche keine Genugtuung. Meine Ehre ist nicht verletzt, und es ist mir auch keine Schande, dass ich fast unterlag, da ich Euch und Euren Dolch mit der bloßen Hand abzuwehren hatte.

Der Prinz errötete und sah finster zur Erde. Weiß man im Gießhause, was vorgegangen ist?

Ihr habt's dort toll genug getrieben und das meiste selbst verraten.

So versprecht mir, dass Ihr für mich zeugen wollt, wie ich wegen meiner Wildheit Abbitte getan und Euch Genugtuung angeboten habe mit ritterlichen Waffen.

Es soll geschehen, Prinz, wenn es Euch beruhigt. Er grüßte und ging.

Switrigal folgte ihm. Und noch eins: ich rate Euch, lasst das Euren letzten Gang nach dem Gießhause sein. Ich weiß, was Euch dorthin zieht. Aber ich leide nicht, dass ein anderer in mein Gehege kommt; merkt Euch das, Herr Ritter.

Hans lachte leicht auf, nicht um den Prinzen zu verspotten, sondern weil er ihn so arg im Irrtum wusste. In Euer Gehege?

Nennt's, wie Ihr's wollt. Waltrudis gehört mir.

Wir wollen darüber nicht streiten, Prinz.

So sollt Ihr's mir auch nicht bestreiten, Herr Ritter. Denn wisset: Tretet Ihr meinem Recht bei dem Fräulein mit einem Wort oder auch nur mit einem unvorsichtigen Blick in den Weg, so beschimpfe ich Euch vor Zeugen, dass Ihr Genugtuung fordern müsst, wenn Euch Eure ritterliche Ehre lieb ist. Ich hab' Euch gewarnt.

Er griff mit der Hand nach dem Geländer der Brücke und umkrampfte es, als wollte er sich selbst zurückhalten. Ein Blick glühenden Hasses folgte dem Feinde, der stolz aufgerichtet dem Torbogen zuschritt, ohne ihn einer weiteren Antwort zu würdigen.

Neunzehntes Kapitel

Vor dem Hochmeister

Der Hochmeister nahm seine Meldung an. Was führt dich zu mir, mein Sohn? Fragte er gütig.

Ich komme, Ew. Gnaden um Urlaub zu bitten, antwortete Hans. Schon zu lange war ich von Haus und Hof fern.

Plauen legte die Finger an die Stirn. Du willst mich daran erinnern, dass ich noch in deiner Schuld bin.

Nicht das, gnädiger Herr. Aber es wäre mir freilich lieb, wenn Ihr dessen gedächtet, dass Ihr mir in Eurer Huld ein Versprechen gegeben habt.

Ein Versprechen.

Ich sollte eine Bitte freihaben, und Ihr wolltet sie erfüllen. Ungern mahne ich, aber mich treibt nun die Not.

So sprich. Ich hoffe, dass du nicht bitten wirst, was nicht in unserer Macht steht zu gewähren.

Es steht in Eurer Macht, gnädigster Herr. Ew. Gnaden nehmen sich einer Waise an, einer Anverwandten –

Waltrudis. Was soll das? Er fasste ihn scharf ins Auge.

Sie ist meines Freundes Schwester, und ich sah sie bereits in Schwetz in des Ratmanns Johannes Clocz gastlichem Hause, führte sie auch zu Euch nach der Marienburg –

Weiter – weiter!

Gnädigster Herr, ein Wort für viele: Ich liebe die Jungfrau und begehre sie zu meinem Weibe.

Und Waltrudis –?

Sie ist mir wohlgeneigt und will mir in mein Haus folgen mit Ew. Gnaden Erlaubnis. Und das ist meine Bitte, gnädigster Herr, dass Ihr mir des Fräuleins Hand gewährt.

Der Hochmeister sah ihn eine Weile unverwandt an und schien ihn doch nicht zu sehen. Sein Blick war wie umflort. Dann fuhr er mit der Hand aufwärts über die Stirn in das krause Haar und ließ sie dort liegen. Menschliche Kurzsicht, murmelte er.

Hans fuhr fort: Mein Vater ist gestorben, und ich bin Erbe seines Gutes an Haus und Hof, Feld und Wald, Zubehör und fahrender Habe. Wenige im Kulmer Lande sind mehr begütert, und keiner mit besserem Recht ausgestattet. Mein Haus ist wieder aufgebaut und bereit, die Hausfrau zu empfangen. Ich stamme von Freien, und die von Buchwalde zählen von alters her zu dem Adel des Landes. Ew. Gnaden aber haben mich eigenhändig zum Ritter geschlagen und mir die höchste Ehre erwiesen, deren selbst in Eurer Bruderschaft ein Mann würdig befunden werden kann. So hoffe ich, dass mein Werben nicht zu kühn ist, gnädigster Herr.

Waltrudis ist *meine* Anverwandte – bedenkst du das?

Der Ritter verneigte sich. Ihr seid hoch erhoben, gnädigster Herr, durch die Wahl zum Hochmeister. Aber die Fürstlichkeit hängt Eurer Person an und berührt die Glieder Eurer Familie nicht.

Die Plauen sind ein reichsfreies Geschlecht. Weißt du das nicht?

Das Fräulein führt diesen Namen nicht. Ich frage nicht, wie Waltrudis von Waldstein Eurem Hause verwandt ist, aber das Kind erbt das Recht des Vaters, und die von der Buche dürfen sich nicht für schlechter halten als die von Waldstein. Auch hat's im Reiche den Töchtern der reichsfreien Geschlechter nie für ein Ehehindernis gegolten, sich mit Freien zu verbinden, die Güter von der Herrschaft zu Lehn haben. Auch die Plauen sind Lehnsleute und haben die Vogtschaft vom Kaiser.

Der Hochmeister nickte mehrmals wie zur Bestätigung und schien doch an anderes zu denken. Er war nicht erzürnt, keine Ader auf der breiten Stirn schwoll, aber das Gesicht sah finster und grämlich aus, als ob schwere Sorge ihn bestürmte. Endlich streckte er die Hand aus und sagte mit mildem Tone: Es kann nicht sein, Hans – weiß Gott, es kann nicht sein!

Der Ritter trat erschreckt zurück. Gnädigster Herr –

Es kann nicht sein, Hans, glaube mir. Nicht deshalb, weil du mir zu gering bist für das Mädchen. Vielleicht, wenn du wüsstest – Aber es ist nicht deshalb. Ich halte dich in Ehren und habe dich als brav und zuverlässig erkannt. Zweimal hast du mir und dem Orden einen großen Dienst geleistet, der jeden Dankes wert ist. Und wenn Waltrudis meines Bruders, des Vogtes zu Plauen, leibliches Kind wäre, ich wollte gern für dich ein Fürwort einlegen bei ihrem Vater und die Ungleichheit des Standes nicht achten. Wahrlich, es tut mir weh, dass ich deine Bitte abschlagen muss, denn ich habe dich lieb gewonnen. Bitte etwas anderes, dass ich mich dir nach Wunsch gnädig erweise – dies kann nicht sein.

Und warum – nicht? Fragte Hans mit zitternder Stimme.

Der Hochmeister verließ seinen Platz, machte einen Gang durchs Zimmer, blieb neben ihm stehen und legte den Arm auf seine Schulter. Warum nicht? Ich will annehmen, dass du ein Recht zu dieser Frage hast, und ich will vertrauen, dass du meine Antwort nimmst, wie ich sie gebe. Sieh, ich bin zu des Ordens Oberhaupt gewählt, so wenig ich nach dieser Ehre geizte; da darf ich nun keinen anderen Gedanken haben als den einen: wie ich den Orden fördere, dessen Haupt ich bin, und Schaden von ihm abwende. Groß ist die Zahl der offenen und geheimen Feinde. Selbst vielen von der Bruderschaft darf ich nicht trauen, und wie im Lande Verrat gesponnen wird, hast du erkannt. Die Bischöfe verklagen uns in Rom und hetzen gegen uns den Papst und seine Kardinäle, weil wir sie zwar für unsere Prälaten halten, aber nicht für Landesherren neben uns, die uns ungestraft bekriegen dürfen. Da muss ich denn Bündnis suchen mit denen, die unseren Feinden feind sind oder im Kampfe gegen sie gewinnen wollen, und muss meine Mittel wohl bedenken und zurate halten. Denn wähnet nicht, dass uns der Friede gesichert ist; der schwerere Kampf steht uns noch bevor – ich weiche nicht, man schleppe mich denn gebunden fort. Da fügt sich's nun, dass ich

Waltrudis einen Vorteil gewinne, den sonst nur weltliche Fürsten sich nutzbar machen können. Der Sohn des Herzogs von Masowien wirbt um sie, und ich habe sie ihm zugesagt, einen wichtigen Bundesgenossen dem Orden zuzuführen. Sind wir seiner Treue versichert, so steht er für uns auf der Wacht zwischen Polen und Litauen und erspart uns ein Heer. Darum mein Sohn kann ich deine Bitte nicht erfüllen.

Switrigal! Stöhnte Hans. Waltrudis ist er verhasst –

Er bietet ihr einen Fürstenthron.

Und sie liebt mich!

Sie wird gehorsam sein.

Zwei Menschen, die Eurem Herzen nahestehen, macht Ihr unglücklich!

Ich habe mein Wort gegeben, unwissend, dass es mir so schwer werden würde, es zu halten. Das ist mein Verhängnis, tun zu müssen, was die Pflicht gebietet.

Ihr wolltet Waltrudis zwingen –?

Sie ist ein kluges Mädchen und wird einsehen, dass ich von ihr fordern muss, was ich fordere. Sie weiß, dass sie mir teuer ist, dass ihre Freude mich freut und ihr Schmerz mich schmerzt. Wusste ich, dass ihr Herz nicht mehr frei war? Durfte ich eines Fürstensohnes Werbung ausschlagen? Vielleicht, wenn du früher gekommen wärest – nun bin ich selbst gebunden.

Nein, rief Hans, ein so grausames Opfer könnt Ihr dem Orden nicht bringen wollen. Er ließ sich auf ein Knie nieder. O Herr, lasst Euch bitten. Waltrudis überlebt's nicht.

Um des Hochmeisters Mund zuckte ein bitteres Lächeln. Man überlebt andere Schmerzen. Es ist für eine arme Waise noch nicht der herbste, eine Herzogin zu werden.

Nie wird sie vergessen, dass sie geliebt hat.

Wer vergisst das? Der Meister strich mit der Hand über seine müden Augen und seufzte leise. Steh auf und mache mich nicht weich. Mein Herz muss hart und unbeweglich sein. Steh auf!

Hans erhob sich. Das ist nicht Euer letztes Wort, gnädigster Herr.

Nimm's dafür, und du wirst dir viel Kummer ersparen. Dir und dem Mädchen, das du liebst – bedenke es wohl! Nimm raschen Abschied, Hans, und sattle dein Roß morgen in der Frühe. Es wäre mir leid, wenn ich dir später unfreundlich begegnen müsste.

Er reichte ihm wieder die Hand, aber der junge Ritter drückte und küsste sie nicht. Das Blut wallte ihm zornig auf, und er sagte mit halberstickter Stimme: Ich bin verbannt. Das ist mein Lohn, weil ich die Genossen an Euch verriet. Mir wird mein Recht.

Das will ich nicht gehört haben, antwortete der Meister und wandte sich ab.

Hans stand noch eine Sekunde lang unschlüssig auf seinem Platz. Es war ihm, als könne so dieses Gespräch nicht enden. Aber der Meister zeigte deutlich, dass er es nicht wieder aufnehmen wollte; er hatte wirklich sein letztes Wort gesprochen. Kaum seiner Sinne mächtig, verließ Hans das Gemach.

Als er in den Vorraum trat, sah er dort rechts und links von den Ordensbeamten zwei Männer stehen, die einander den Rücken zukehrten.

Dem älteren mit dem grauen Bart konnte er ins Gesicht sehen. Er kam ihm bekannt vor. Ganz recht – das war der Ratsherr Huxer aus Danzig. Er hätte ihn sonst wohl angesprochen; jetzt eilte er mit flüchtigem Gruß vorüber. Den andern musste er beim Ausgang streifen. Er trat ein wenig zur Seite und blickte dabei über die Schulter. Kaum aber hatte er Hans ins Auge gefasst, als er mit einem raschen Satz herumsprang und ihm die Tür versperrte. Bist du's –? Rief er. Hans –! Bist du's wirklich?

Diese Stimme? Heinz – Freund –! Du hier? Und Waltrudis wusste nicht –

Ich bin erst vor einer Stunde angelangt. Aber du –! Was führte dich in des Meisters Gemach?

Nichts jetzt davon – der Kopf schwindelt mir, ich kann nichts denken. Heinz, Heinz, gerade in dieser schmerzlichen Stunde – Er warf sich in seine weit geöffneten Arme. Du sollst alles erfahren. Waltrudis ist ja deine Schwester – du darfst nicht leiden, dass man ihr das Herz bricht.

Heinz küsste ihn auf die Wange. Du rufst einen an, der selbst in Not ist. Hast du Bekümmernis, mir geht's nicht besser. Aber es ist gut, dass wir nun zu zweien sind; da können wir beraten, wie wir einander helfen – wenn zu helfen ist.

Komm gleich mit mir zu Waltrudis, Liebster. Sieht sie dich wieder, so wird's ihr den Schmerz erleichtern wegen dessen, was ich ihr zu berichten habe.

Heinz zuckte die Achseln. Es geht nicht an. Ich muss da hinein.

Zum Hochmeister?

Er nickte. Und wie es mir da ergehen wird, weiß ich noch nicht. Den Mund dicht an des Freundes Ohr haltend, flüsterte er ihm etwas zu.

Hans prallte zurück. Unglücklicher! Wie willst du dich verantworten?

Das wäre das wenigste, meinte Heinz. Aber dass ich Maria verloren habe – Ach, Freund! Sie ist ins Kloster der Reuerinnen eingesperrt meinetwegen.

Und soll Nonne werden?

Oder einen andern heiraten, den sie nicht mag. Aber sie tut's nicht – nicht das eine und nicht das andere, ich kenne sie dafür zu gut! Das sprach er laut, sodass es durchs ganze Zimmer zu hören war. Huxer verstand es auch und zuckte unwillig mit der Schulter.

In diesem Augenblick trat der Hauskomtur aus des Meisters Gemach und sagte: Kläger und Beklagter, Seine Gnaden wollen beide zugleich sehen und hören.

Heinz drückte den Freund noch einmal an die Brust und folgte Huxer.

In des Hochmeisters Gemach befanden sich jetzt mehrere Gebietiger und Priesterbrüder, die hinter dem obersten Herrn standen und wohl als Zeugen der Verhandlung zugezogen waren, vielleicht auch, um auf Erfordern Rat und Auskunft zu erteilen, denn einer von den Priesterbrüdern war ein gelehrter Doktor der Rechte und in Bologna promoviert. Der Reeder und Schiffsherr meinte mit einer Verbeugung abzukommen; als er aber des Meisters ernstes Gesicht sah und dessen graues Auge sich auf ihn heftete, zitterten ihm die Knie; er sank nieder, hob die Hände bittend auf und rief: Gnade, großmächtigster Herr Hochmeister, Gnade!

Man sagte mir, du kämest Recht zu fordern, antwortete Plauen.

Ich bitte, Eure Gnade wolle mir zu meinem Recht verhelfen.

Dein Name ist Huxer.

Tidemann Huxer, gnädigster Herr.

Ich habe ihn oft nennen hören, wo ich ihn lieber nicht gehört hätte. Im vorigen Jahre warst du im sitzenden Rat der Rechten Stadt Danzig.

Ja, gnädigster Herr.

Und hast mit Konrad Letzkau und Arnold Hecht dem König von Polen zugeschworen und später unserem Orden und dem Komtur, meinem Bruder, viel Hindernis bereitet.

Es ist damals vieles geschehen, gnädigster Herr, was besser nicht geschehen wäre.

Die Danziger der Rechten Stadt haben allezeit wenig darauf geachtet, wie sie uns bei unserem Recht ließen und sich ihrer Herrschaft gehorsam bewiesen.

Sie sind schwer bestraft, gnädigster Herr, und ich hoffe wohl, dass Ew. Gnaden es dem Einzelnen nicht mit Groll nachtragen werden, was etwa die gesamte Gemeinde in schwerer Zeit verbrochen hat, sondern seine Sache untersuchen und ihm mit Rechtem zu seinem Recht helfen ohn' Ansehen der Person.

So ist's, Tidemann Huxer, schloss der Hochmeister dieses Verhör. Und nun steh auf und trage deine Sache vor. Gegen wen kommst du zu klagen?

Der Kaufherr zeigte auf Heinz, der einige Schritte seitwärts und zurück stand. Gegen diesen da, gnädigster Herr, der sich Euren Diener nennt und sich unserem städtischen Gericht nicht stellen will, obgleich er betroffen ist auf frischer Tat.

Plauen schien jetzt erst von des Junkers Anwesenheit Kenntnis zu nehmen. Sein Gesicht verfinsterte sich noch mehr, da er es ihm nun zuwandte, und sein Blick war so streng, dass wohl auch ein Mutiger hätte erschrecken müssen. Ich hatte nicht erwartet, dich so wiederzusehen, Heinrich, sagte er. Es wird schwere Klage über dich geführt, und ich weiß nicht, wie du dich rechtfertigen willst.

Dem Junker schlug das Herz, und seine Lippen waren brennend trocken, da er antworten wollte. Aber er fasste sich und entgegnete aufrichtig: Höret ihn an, gnädigster Herr Hochmeister, und entscheidet dann, ob mein Vergehen gar so groß ist. Gegen das Gesetz mag ich mich freilich vergangen haben, aber vor Gott hoffe ich wohl verantworten zu können, was ich getan habe und wozu dieses Mannes Härte mich zwang. Richtet Ihr an Gottes Statt, so richtet nach der Gerechtigkeit. Wie Ihr aber richten möget, ich bin Eurem Willen untertänig.

Nun trug Huxer seine Sache vor und redete sich recht in Grimm und Wut hinein, dass die Gebietiger ihm mehrmals winken mussten, sich nicht so ungebärdig vor dem hohen Herrn zu äußern, und klagte den Junker des Jungfrauenraubes an. Straft ihn, bat er, nach seiner Schuld, die er nicht leugnen kann, oder hört meine Zeugen, wenn er mit sträflichen Lügen seinen gnädigsten Herrn zu hintergehen trachten sollte.

Hat er dich um deiner Tochter Hand gebeten? Fragte der Meister.

Das hat er freilich, eiferte Huxer, aber ich habe sie ihm ernstlich abge-schlagen und ihm mein Haus verboten, wie ich das Ew. Gnaden schon nach der Wahrheit vortrug.

Und warum versagtest du ihm des Mädchens Hand?

Gnädigster Herr, das war mein Recht. Der Vater hat zu verfügen über sein Kind.

Aber deine Gründe lass mich wissen.

Huxer sah verlegen zur Erde. Ich bin darüber niemand Rechenschaft schuldig, stotterte er.

Gewiss nicht. Aber waren deine Gründe gut, was scheust du dich, sie mitzuteilen?

Ich *wollte* ihn nicht zu meinem Eidam, der Grund ist hoffentlich gut ge-nug.

Und hattest sonst an ihm nichts auszusetzen?

Dass er nichts hat als seinen Harnisch und sein Pferd und fremd ist hier im Lande.

Und wenn ich selbst für ihn werben würde, Tidemann –

Ich bitte Ew. Gnaden, davon abzustehen. Denn des Mädchens Hand ist vergeben, und ich kann mein Wort nicht brechen.

Nie wird Maria Rambolts Weib werden! Rief Heinz.

Schweige, gebot der Meister streng, und sieh zu, wie du antwortest, wenn man dich fragt.

Gebt meiner demütigen Bitte Gehör, großmächtigster Herr Hochmeis-ter, erhob Huxer wieder kräftiger seine Stimme, straft nach Gebühr den schändlichen Jungfrauenraub. Es sind Artikel gesetzt gegen solche Ver-führer und Räuber. Lasst es nicht geschehen, gnädigster Herr, dass man im Lande sagt, es sei keine Gerechtigkeit zu finden gegen die Übeltäter, die den Kreuzherren versippt oder befreundet sind.

Der Hochmeister schien ihn heftig anfahren zu wollen; aber er trat nur mit dem Fuß vor und hob die Hand, bezwang sich jedoch und wandte sich zu Heinz. Nun sprich, sagte er; du hörst, wessen man dich beschul-digt.

Gnädigster Herr, begann der Junker, wenig eingeschüchtert, alles, was der sehr ehrenwerte Ratsherr sagt, ist richtig, und weit entfernt bin ich, ihn Lügen strafen zu wollen. Gleichwohl kann ich mich nicht schuldig bekennen.

Wie passt das zusammen? Fragte der Meister.

Ich habe immer gehört, gnädigster Herr, dass, wer Raub verübt, nimmt sich mit Zwang und Gewalt, was ihm nicht angehören will. So also, wer eine Jungfrau raubt, entführt sie mit Zwang und Gewalt, aus unzüchtiger Leidenschaft, gegen ihren Willen. Ich bin nicht gelehrt, aber das begreift sich ohne Gelehrsamkeit. Nun hab' ich aber dieses Mannes Tochter nicht gewaltsam aus ihres Vaters Hause entfernt und zu Schiff gebracht, sondern freiwillig ist Maria mir gefolgt und aus ihres Vaters Gewalt entflohen, um mir anzugehören. Deshalb bin ich kein Räuber oder Dieb, sondern habe mir genommen, was mein sein wollte, und so nenne ich den einen Lügner und elenden Wicht, der's anders sagt.

Ists so, Tidemann? Fragte Plauen.

Huxer kaute und würgte an seinem Ärger. Freilich ist das Mädchen betört und vom bösen Geist besessen, antwortete er mürrisch, und hat die Pflicht wenig geachtet, aber –

Gibst du jenem dort schuld, dass er durch teuflische Künste, Beschwörungen oder Zaubertränke des Mädchens Sinn von dir ab und zu sich gewandt hat?

Nein, gnädigster Herr, davon weiß ich nichts. Aber das Mädchen ist unsinnig in ihn verliebt, und er hat sich solche Schwäche zunutze gemacht.

Maria ist ihm also freiwillig gefolgt?

So muss ich's glauben, gnädigster Herr. Doch bedenkt selbst, ob ein unmündiges Kind einen Willen haben kann, der gegen des Vaters Willen ist, und ob er sich auf eine Vollmacht berufen kann, die von einem Unmächtigen gegeben ward. Mir gehört mein Kind! Und nimmt er mir's mit List oder Gewalt, so nenne ich ihn mit Fug und Recht einen Räuber und Dieb.

Heinz trat nahe an ihn heran. Ich hab' Euch flehentlich gebeten, Ihr möchtet Euch des Mädchens erbarmen und des Herzens Gebot achten. Ihr aber seid hart mit Eurem Kinde verfahren und habt zum Ungehorsam getrieben. So hat es geschehen müssen, was wir beide tief genug beklagten. Und so bitt' ich Euch hier nochmals in des Herrn Hochmeisters und seiner Gebietiger Gegenwart: Verzeiht mir, dass ich Euer Recht nicht achtete und mir und Maria zu dem Unsern helfen wollte durch rasche Tat. Macht Euer Kind nicht unglücklich durch Eure Halsstarrigkeit – gebt mir des Mädchens Hand.

Huxer schüttelte den Kopf. Nein! Antwortete er ohne Besinnen. Lieber mag sie ihr Erbe dem Kloster zubringen – so bleibt's in der Rechten Stadt Danzig.

Der Hochmeister musste daran denken, dass er sich vor einer Stunde auch so unerbittlich bewiesen habe, und wagte nicht, den starren Mann zu schelten, der überdies wohl Grund hatte, schwer erzürnt zu sein. Er kreuzte die Arme über der Brust und sah ein paar Minuten lang abwechselnd den einen und den andern an, ob sich unerwartet eine günstige Wendung zeige, dass er sie versöhnen könne. Aber Heinz stand traurig mit gesenktem Kopfe da, offenbar ganz hoffnungslos, und Huxer schien gespannt auf seinen Spruch zu warten. Endlich sagte er, sich aufrichtend: Das Leben hast du nicht verwirkt, Heinrich, weil das Mädchen dir freiwillig gefolgt ist, aber straffällig ist deine Gewalttat gegen Tidemann Huxer, und mit Recht fordert er, dass ich dich strafe. Wer seine Freiheit so übermütig missbraucht, dem muss man die Hand binden, dass er merke, es sei ein Mächtigerer über ihm, der ihn züchtigen kann. Melde dich bei dem Hauptmann der Schlosswache, er wird dir dein Gefängnis anweisen –

Gnädiger Herr – unterbrach der Junker bestürzt.

Kein Wort! Ich will's so. Im Turm wirst du Zeit haben, zu überlegen, wie schwer du dich vergangen hast. Wahrlich, alle bürgerliche Ordnung müsste aufhören, wenn es so dem Einzelnen gefallen würde, das Gesetz zu missachten und Gewalttat zu üben. So mag's leider jetzt in Franken und Schwaben geschehen und an viel anderen Orten des Reiches. Aber hier in Preußen ist die Obrigkeit noch mächtig, dem Recht zum Recht zu helfen und den Bürger zu schützen. Geh in dein Gefängnis! Und wenn du in meine Hand versprechen willst, diesem Tidemann Huxer fortan Frieden zu geben, ihn nicht zu bedrohen, ihn nicht zu vergewaltigen, sondern abzustehen von seinem Kinde, so lass mich's erfahren, und ich will weiter bedenken, ob ich deine Buße annehme. Geh!

Heinz erkannte, dass jedes Wort des Widerspruchs nur seine Lage verschlimmern könnte, verbeugte sich tief und wandte sich der Tür zu.

Dank, gnädigster Herr, Dank! Rief Huxer und wollte den Saum seines Mantels aufheben, ihn zu küssen.

Aber der Hochmeister trat unwillig zurück. Du bist mir nichts schuldig, Tidemann, sagte er. Ich wollte, du selbst hättest dich christlicher bewiesen, dass ich dir hätte danken können. Aber du wolltest dein Recht, und das ist dir geworden. Er winkte mit der Hand. Verlass uns! Wenn aber dein Herz sich wenden sollte, komme wieder.

Huxer zog den breiten Kopf zwischen die Schultern und entfernte sich mit leisen Schritten. Das wird nie geschehen, murmelte er in sich hinein.

In der Rechten Stadt Danzig konnte er nun doch sagen, dass der Herr Hochmeister ihm habe gerecht werden müssen.

Zwanzigstes Kapitel

Die Sühne

Der Waldmeister hatte sich, wie er sich's vorgenommen, am Stadttor unter der Brücke einquartiert. Das Wasser des Grabens stand unter derselben ziemlich tief und ließ am jenseitigen Ufer einen großen Teil der Böschung trocken, über welche das Holzwerk hinausreichte. Darunter fand er in diesem spitzen Winkel so viel Schutz gegen die Witterung, als ein Mann seiner Art brauchte. In der Stadt kaufte er etwas Brotvorrat, geröstetes Fleisch und Käse. Das genügte ihm zur Nahrung. In einer Schenke dicht am Tor gab's treffliches Bier, den Durst zu stillen, wenn die Sonne zu heiß brannte.

Gegenüber lag das Schloss mit einem Ausgang nach der Stadtseite, und er meinte, der Hochmeister werde ja wohl einmal herauskommen und über die Brücke reiten. Mit dem Gedanken, an ihm Rache zu nehmen, hatte er sich so lange getragen, dass er sich der Schwere desselben gar nicht mehr bewusst war. Er wachte mit ihm auf und schlief mit ihm ein, aber wundersamerweise zeigte sich seine treibende Kraft nur gering. Der Gedanke ließ ihn nicht los, stachelte ihn aber auch nicht zur Tat. Er gab seinem Leben einen Rest von Wärme, und es schien fast, als ob er sich scheute, die Kohlen zu einem lebhaften Feuerbrande anzufachen, der ihn mit verzehren müsste. Der Zufall sollte walten und über die Zeit entscheiden. Auch das freilich kam ihm keineswegs zum klaren Verständnis. Sein Kopf war verwirrt; es steckte darin, wie er's selbst manchmal nannte, ein Teufelsnest, in dem die junge Brut sich immer erneute, um munter aus und ein zu fliegen. So hatte er auch jetzt gar nicht den zwingenden Wunsch, Plauen möchte ihm bald sein Haupt zur Zielscheibe bieten – er hatte Zeit, zu warten.

Der Tag verging, und die Nacht schlief er gut unter dem schützenden Balkendach. Des Morgens weckten ihn die Torwächter, die den beweglichen Teil der Brücke an den beiden Eisenketten polternd auf das Joch hinabließen. Er setzte sich auf einen Stein am Grabenrande, verzehrte sein Frühstück und gab acht, was für Leute vom Schlosse her oder aus der Stadt vorüberkämen. Das unterhielt ihn gut.

Die Sonne stand schon hoch, als er hinter sich auf dem Steinpflaster den Hufschlag eines Pferdes vernahm. Er blickte um und erkannte seinen Gutsherrn Hans von der Buche. Der ritt in langsamem Schritt, anscheinend ganz in traurige Gedanken versenkt, der Stadt zu. Er hatte auch guten Grund, traurig zu sein. Gestern spätabends war der Hochmeister in der Vorburg bei Ambrosius gewesen und hatte mit Waltrudis ein langes Gespräch unter vier Augen gehabt. Das erfuhr Hans von der Gießmeisterin, als er sich in den Frühstunden meldete, auch dass der gestrenge Herr ihr ernstlich verboten hätte, ihn einzulassen, und dass er das Fräulein nicht mehr sehen dürfe. Es tue ihr leid, hatte sie gesagt, aber gegen ihre Pflicht könne sie nicht handeln als eine ehrbare Frau, und sie wolle auch nicht, dass ihr Mann ihres guten Herzens wegen von Amt und Brot käme. Darum bäte sie ihn recht freundlich, dass er nichts unternähme, des Herrn Hochmeisters Willen zu kreuzen oder ihrem Hause Unannehmlichkeiten zu bereiten. Dem lieben Mädchen müsse ja auch die Entsagung noch schmerzlicher werden, wenn er unvernünftig gegen die Mauer Sturm laufe, in der sie ihm doch das Pförtchen nicht öffnen könne.

Er hatte dringend gebeten, ihm nur noch einen kurzen Abschied zu gestatten; aber auch das hatte sie verweigert. Nur einen Gruß zu bestellen, war ihr nicht gegen Pflicht und Gewissen erschienen.

Der Waldmeister trat an das hölzerne Brückengeländer heran und stützte die Ellenbogen auf dasselbe. He, Junker, rief er, wohin wollt Ihr? Hans erwachte aus seiner Träumerei und schaute auf. Ihr, Gundrat? Ganz recht – ich sollt' Euch an der Brücke finden. Der Gaul blieb stehen, auch ohne dass er den Zügel anzog, und wandte den Kopf dem Waldmeister zu.

Der Alte klopfte ihm den Hals. Geht's schon nach Hause, Junker? Fragte er.

Nach Hause und mit schwerem Herzen. All mein Glück muss ich hier zurücklassen, und nie wieder – nie – Seine Augen wurden feucht, er vermochte nicht weiterzusprechen.

Ists mit der Liebschaft zu Ende, Junker? Das ist rasch gegangen. Aber desto besser. Torheit – Torheit! Je schneller man's einsieht, desto besser. In den Weibern steckt der Teufel.

Oh, sie ist engelgut, entgegnete Hans eifrig. Ihr dürft nicht glauben, dass Waltrudis mich gekränkt hat. Aber der Hochmeister –

Der Hochmeister –?

Sie ist seine Verwandte, und er hat sie dem Prinzen Switrigal von Masowien bestimmt – deshalb weist er meine Werbung ab. So wisst Ihr alles. Wollt Ihr mich begleiten?

Nein, Junker – habe hier noch zu tun.

So lebt wohl! Er drückte sein Pferd mit den Schenkeln vorwärts, aber der Alte hielt es am Zügel fest.

Ihr habt's nicht so eilig, Junker, sagte Gundrat. Steigt ab und bleibt noch ein Viertelstündchen. Ich will Euch einen guten Vorschlag machen.

Kann ich ihn nicht hier im Sattel hören?

Nein, Junker – was ich Euch sage, will wohl überlegt sein. Ich bitt' Euch, steigt ab.

Hans bedachte sich einen Augenblick. Es eilt mir wirklich nicht, nach Hause zu kommen, meinte er. Er schwang sich vom Pferde und band den Zügel um die Geländerstange. Nun, Waldmeister, Euer Vorschlag.

Gundrat hieß ihn sich bücken und außerhalb der Brücke auf den Grabenrand treten. Auf der Böschung nahe dem Wasser setzten sie sich ins Gras. Ich hab' Euch von der litauischen Wildnis erzählt, begann nach einer Weile der Alte. Was denkt Ihr davon?

Wovon, Gundrat?

Von der Wildnis. Es gibt weit und breit nichts, was sich damit vergleicht.

Mag sein.

Verkauft Haus und Hof im Kulmer Lande, wo doch schon zu viel Menschen wohnen und unter ihnen ewige Unruhe ist – lasst Euch ein Stück von der Wildnis anweisen und kommt dann mit mir dahin. Wir wollen uns mitten in dem Walde eine Hütte bauen, solange es noch Sommerszeit ist, und uns nach Gefallen als rechte Jägersleute einrichten. Für einen ist's dort zu schwer, sich gegen das Getier zu behaupten, aber zwei finden gerade lohnende Arbeit.

Hans sah ihn verwundert an. Was sind das für Grillen, Alter? Ich sollte mit Euch in den Wald? Das ist nichts für mich.

Nicht? Dann hab' ich Euch wohl falsch verstanden, Junker. Ihr sagtet doch, all Euer Glück müsstet Ihr hier zurücklassen.

Hans seufzte. All mein Glück!

Das sagt Ihr so, aber es ist Euch nicht Ernst damit.

Könnt Ihr daran zweifeln? Ich liebe das Mädchen, und mein Herz kann nicht von ihm lassen. Glaubt mir, ich bin sehr unglücklich.

Der Alte schüttelte den Kopf. Wem's nicht nach der Einsamkeit verlangt, der soll sich noch nicht unglücklich nennen.

Nach der Einsamkeit – Hans stützte die Stirn in die Hand und träumte eine Weile in sich hinein. Kann man nicht auch unter Menschen mit sich allein sein?

Das ist eine Ausrede, Junker. Wer sie recht erkannt hat, der flieht sie. Aber wie Ihr wollt. Ich meinte, Euch gut zu dienen.

Und ich dank' Euch von Herzen. Es kann sein, dass ich über einige Jahre Eurem Rate folge. Noch aber will ich nicht alle Hoffnung aufgeben, meine Wünsche ans Ziel zu bringen.

Ah, das ist etwas anderes. Ihr hofft noch! Aber wie soll ich das verstehen, dass Ihr nach Hause reitet? Meint Ihr dort den Hochmeister besser zu zwingen?

Ich kann jetzt für mich nichts tun. Aber wenn Waltrudis mir treu bleibt –

Gundrat steckte den Knebel des Daumens zwischen die Stümpfe seiner Zähne und pfiff darauf. Das war seine Antwort.

Ich habe ihren Bruder wiedergesehen, fuhr Hans fort. Aber er kann mir jetzt nicht helfen. Der Herr Hochmeister hat ihn in den Turm setzen lassen, und es scheint, dass er sich von schwerer Anklage zu reinigen hat.

Das Fräulein hat also einen Bruder – Der Alte sprach's recht gleichgültig hin.

Freilich! Und er ist mein Freund. Was er tun kann, tut er gewiss, des Hochmeisters harten Sinn zu wenden. Ihr kennt ihn ja!

Ich kenne ihn? Sicher nicht.

Den Junker Heinz von Waldstein kennt Ihr nicht, Waldmeister?

Gundrat schnellte vom Boden auf. Und der ist –?

Ihr Bruder. Sagt' ich's Euch denn noch nicht?

Der Alte atmete in kurzen Stößen. Ist das gewiss?

Völlig gewiss. Ich weiß es von ihm selbst, und er hat's erfahren aus des Hochmeisters eigenem Munde – schon damals in Schwetz.

Und seine Verwandte sagt Ihr –

Der Hochmeister nennt Waltrudis seine Verwandte. Näheres weiß ich darüber nicht.

Gundrat lachte laut auf. Seine Verwandte – hahaha, seine Verwandte! Jawohl, seine Verwandte! Das ganze Gesicht verzerrte sich beim Lachen. Plötzlich wurde er wieder ernst. Und das Mädchen liebt Ihr, Junker?

Meines Freundes Schwester – ja, ja!

Und wisst nicht –? Er unterbrach sich und schlug sich vor die Stirn. Wer weiß es denn außer mir und ihm?

Hans wiegte verwundert den Kopf. Wovon sprecht Ihr denn, Gundrat?

Wovon ich spreche? Hahaha! Von zwei Geschwistern, die nicht Vater, nicht Mutter haben. Die Mutter liegt tot im Walde, und der Vater – Schande über ihn! Heinz heißt der Bub – das ist Heinrich; den Namen hat er ihm gegeben, und auf dem Waldstein mag ihm wohl sein erstes Lager bereitet worden sein, dass er sich mit Recht von daher nennt. Aber das Mädel – Waltrudis! So hieß die Mutter nicht. – Ah, sie hat sich ihres Namens geschämt.

Hans wurde aufmerksam. Kanntet Ihr die Mutter?

Der Alte starrte ihn an. Ob ich – die Mutter – Er ballte die Fäuste und drückte sie gegen die Stirn. Die Mutter – die Mutter – die arme Mutter! Wimmerte er. Nein, ich kannte sie nicht – ich war in blinder Wut. Sonst wäre das nie – nie geschehen.

Hans wusste sich in diese wirren Reden nicht zu finden. Der Alte hatte manchmal dergleichen Anfälle, in denen er wahnsinniges Zeug sprach. Er wusste das und hatte sich stets vergeblich bemüht, ihn zu einer geordneten Mitteilung zu bewegen. Auch jetzt lohnte es nicht, in ihn zu dringen. Er stand daher auf und reichte Gundrat die Hand hin. Lebt Wohl, sagte er.

Der Waldmeister hielt ihn fest. Ihr liebt das Mädchen, sprach er leise, und die raue Stimme klang jetzt sanft.

Wie oft soll ich's Euch sagen?

Und das Mädchen liebt Euch?

Ich bin davon überzeugt wie von meinem Leben.

Und Waltrudis soll eines andern Mannes Weib werden, weil er's so will?

Der Hochmeister.

Der Bruder im Gefängnis –

Weil er eines Danziger Bürgers Tochter entführen wollte.

Ich weiß es, ich weiß es. Es steckt im Blut – in dem bösen Blut. Aber das Mädchen hat einen Vater –

Wie? Er lebt noch?

Und einen Großvater, der es nicht verleugnen wird.

Gundrat, bei allen Heiligen, was wisst Ihr davon?

Still lasst mich nachdenken. Was kann ich für Euch tun? Euer Vater hat mich im Walde geduldet – Ihr habt den alten Mann immer freundlich behandelt, zu Eurem Verwalter eingesetzt – Ihr seid mir lieb geworden wie ein Sohn. Nein! Er soll euch nicht elend machen – nicht dich, nicht sie. Ich leide es nicht! Ich will – Er schüttelte sich wie im Fieberfrost und starrte ins Gras. Da liegt sie auf den Knien – da bittet sie für ihr Kind. Ich höre dich – ja, ja, ich will's ja tun. Er griff mit den Händen in die Luft, taumelte und fiel zu Boden. Hans hob ihn auf. Was geschieht Euch? Fragte er besorgt.

Der Alte war kaum der Sprache mächtig. Versprecht mir, Junker, keuchte er mühsam, dass Ihr mir hier – eine Stunde oder zwei – meine Armbrust bewachen wollt. Ich darf sie nicht mitnehmen, wohin ich gehe. Sie taugt jetzt auch nicht – in meiner Hand. Ich bitt' Euch – bleibt hier, bis ich zurückkehre. Es könnte sein, dass ich Euch etwas zu berichten hätte, das Euch alle Betrübnis in Freude wandelt. Und wenn nicht, so versäumt Ihr ja wenig. Vielleicht seid Ihr dann geneigter, mich in die Wildnis zu begleiten.

Was wollt Ihr tun, Gundrat?

Der Alte richtete sich hoch auf. Ich gehe zum Hochmeister.

Ihr – zum Hochmeister –? Und was –

Fragt nicht, aber erwartet meine Rückkehr.

Ihr habt Sträfliches gegen ihn im Sinn –

Lasse ich Euch nicht meine Armbrust? Fürchtet nichts für ihn.

Ich fürchte zugleich für Euch.

Das hat keine Not, Junker. Bin ich in zwei Stunden nicht zurück, so gehört die Armbrust Euch. Wollt Ihr Sperlinge damit schießen, so kann ich nichts dawider haben. Wenn Ihr aber klug seid, so legt zu rechter Zeit einen Bolzen darauf und haltet auf den Adler, wenn er hier vorüberfliegt. Ihr wisst, welchen ich meine.

Er stieg dabei über das Geländer, ging einige Schritte, kehrte nochmals um, zog sein Weidmesser aus dem Gürtel und warf es dem jungen Gesellen zu. Andere Waffen hatte er nicht. Dann machte er sich eiligst auf den Weg nach dem Schlosse.

Hans folgte ihm mit den Blicken, bis er hinter dem Brückenkopf verschwunden war. Ein paar Stunden konnte er ja warten. –

Der Waldmeister fand nicht so leicht Einlass, wie er's wohl erwartet haben mochte. Er sollte anzeigen, was sein Begehr sei, und er wollte doch nicht einmal seinen Namen nennen. Sein störrisches Wesen und sein lauernder Blick erregten Verdacht. Es fehlte nicht viel, dass ihn der Hauskomtur der Schlosswache übergeben hätte. So in die Enge gedrängt, sagte er endlich: Berichtet dem Herrn Hochmeister, dass der Mann draußen stehe, bei dem er das Weidwerk gelernt hat, und nennt ihm den Namen Mechthild. Lässt er mich darauf nicht ein, so ist's Eure Schuld nicht.

Schon nach wenigen Minuten wurde ihm die Tür geöffnet.

Der Hochmeister erhob sich rasch vom Stuhl, als er eintrat, ohne doch völlig aufzustehen, indem er mit beiden Händen die Seitenlehnen festhielt und sich darauf stützte. Meinhard! Rief er. Du bist es? Du kommst ... Aus seinem Gesicht war alles Blut gewichen, die grauen Augen starrten auf die lange, hagere Gestalt im Lederwams, die unbeweglich an der Tür stand. Die Arme fingen an zu zittern und im Gelenk einzuknicken; er sank erst langsam, zuletzt wie von einem Stoß gegen die Brust getroffen gegen das Polster der hohen Rückwand zurück und stützte daran den Kopf.

Kennt Ihr mich, Herr von Plauen, kennt Ihr mich? Fragte der Alte mit hochtönender Stimme zurück. Auch er schien bewegt zu sein. Es ist freilich lange her, als wir einander zuletzt sahen, und noch länger, als wir einander zum letzten Mal in Freundschaft die Hand schüttelten. Damals war ich der Förster im Thüringer Walde, und Ihr nanntet Euch meinen Gesellen. Es muss doch gesagt sein, obschon wir's wohl beide nicht vergessen können. Dann ward ich – Ihr wisst weshalb – ein landflüchtiger Mann und habe viele Jahre mit dem Wolf und dem Uhu in den preußischen Wäldern gehaust, und was von mir übrig geblieben ist, das steht hier – Ihr aber seid des Deutschen Ordens Meister und des Landes Preußen Fürst geworden, und den Namen des Verteidigers der Marienburg kennt jedes Kind im Reiche. Und doch erschreckt Ihr, mich zu sehen, den armen, elenden Mann. Warum? Weil Ihr in all Euer Herrlichkeit noch der Sünde Knecht seid und kein Priester Euch absolvieren kann, wenn ich Euch nicht löse, in dessen Schuld Ihr Euch wisset.

Meinhard, antwortete der Hochmeister, ich wusste, dass diese Stunde kommen musste, und sie ist gekommen. Was willst du von mir? Ich liebte dein Kind wahr und aufrichtig – du aber gebrauchtest hart dein Vaterrecht –

Mein Recht! Fiel der Alte ein. Du aber stahlst, was ich dir vorenthielt, weil es dir in Ehren nicht angehören konnte, und brachtest es zu Unehren. Widersprich, wenn du kannst.

Plauen atmete schwer. Mechthild war glücklich in meiner Liebe, sagte er leise, und die Welt störte uns nicht, wie wir nichts wissen wollten von der Welt. Da kamst du und fandest deine Tochter als mein Weib und der Vater –

Erschlug sein Kind! Rief der Waldmeister und ballte die Faust vor seiner Stirn. Ja, ja, der Vater erschlug im Zorn sein Kind. Auf dich aber lade ich die Blutschuld ab! Täglich hab' ich seitdem gerungen mit dem Teufel, der mir das Herz aus dem Leibe reißen wollte, und immer hat er ablassen müssen von mir, wenn ich ihm deinen Namen nannte. Den Falschen, den du dir gabst, mich zu täuschen, und doch den richtigen, denn er kannte dich wohl!

Plauen schüttelte den Kopf. Trage jeder ehrlich seine Schuld – sie drückt schwer genug. Sie starb, weil ich sie liebte. Dass ich sie verlor, war meine härteste Strafe. Aber du hast recht: Ich hatte mich verschuldet, und was mich traf, war nicht nur ein trauriges Missgeschick. Darum hab' ich mein ganzes Leben der Buße geweiht, und – glaube mir, Mann – einen frohen Tag sah ich nicht wieder.

Der Hochmeister ließ die Stirn in die Hand sinken und saß zur Seite gelehnt, ohne sich zu regen. Auch Gundrat hielt sich schweigend, aber sein Blick blieb stechend auf den Gebeugten geheftet, und die Muskeln im Gesicht strafften sich über den hageren Wangen. Seine Hand griff mehrmals nach der Stelle im Gürtel, wo sonst das Weidmesser steckte. Hätte er es fassen können, wer weiß, was geschehen wäre, seinen guten Vorsätzen zum Trotz.

Und weshalb kommst du nun? Fragte endlich Plauen wieder. Kann ich dir dein Kind zurückgeben?

Aber Blut für Blut, murmelte der Alte.

Der Hochmeister hatte ihn verstanden; er blickte erschreckt auf. Du wolltest mein Leben ...

Gundrat steckte die Hände in den Gürtel. Ich bin gebunden, sagte er, fürchtet nichts. Als ich zu Euch ging, habe ich mich selbst entwaffnet.

Aber erinnert Euch, als Ihr am Melno-See jagtet und ein Bolzen Euch dicht am Kopf vorbeiflog – der war von meiner Armbrust abgeschnellt. Ich fehlte, weil ich Euch da zum ersten Mal wiedersah und das zornige Blut mir das Auge trübte.

Ihr wart es, den ich lachen hörte ...

Ich! Und jetzt kam ich nach der Marienburg, Euch an der Brücke aufzulauern und besser zu treffen.

Plauen schob entsetzt den Stuhl zurück. Verruchter! Und hier –

Fürchtet nichts. Der Teufel war saumselig und hat mich die rechte Stunde verpassen lassen. Ich komme, Euch Frieden zu bieten. Aber es könnte sein – wenn Ihr ihn nicht annehmt –, dass er nochmals Macht über mich gewinnt und mich mit Rachedurst erfüllt. Dann hütet Euch!

Der Hochmeister legte die Hand über das Kreuz, das über der Brust sein graues Gewand schmückte, und sagte: Mein Leben ist in Gottes Hand; du kannst nichts gegen seinen Willen. Aber wenn du mir Frieden bietest, so soll er mir willkommen sein; denn ich habe dich einst schwer gekränkt und brauche deine Verzeihung vor dem Höchsten. Sprich! Was hat dein Herz zum Frieden gewandt?

Ich bin des Junkers Hans von der Buche Waldmeister, antwortete der Alte nach kurzem Besinnen, wie er sein Gesuch anbringen sollte, und bin ihm mehr zugetan als einem Herrn. Soeben ritt er traurig aus diesem Schlosse und traf mich an der Brücke. Ich erfuhr, dass das Mädchen, das er liebt – Eure Tochter ist und meine Enkelin.

Wie wusste er ...? Fuhr Plauen auf.

Er wusste es nicht und weiß es nicht. Aber mir ward's gewiss, als er sie des Junkers Heinz von Waldstein Schwester nannte. Als ich den vor Jahr und Tag sah, glaubte ich dich zu sehen, wie du jung warst und im Forsthause aus und ein gingst als mein Geselle. Und auch seiner Mutter musst' ich gedenken. Da sagt' er mir, dass Ihr ihn berufen hättet und sein Verwandter wäret, und dass er Vater und Mutter nicht gekannt habe. Dann sah ich Euch und brauchte nichts mehr.

Er ist mein Sohn, sagte Plauen, und ich habe ihn in meinem Herzen nie verleugnet. Aber er weiß es nicht und darf es nicht wissen – niemand darf es wissen, wenn ich ihm väterlich helfen will.

Und Waltrudis ist Eure Tochter.

Sie ist's. Ich liebe sie, wie ein Vater sein Kind lieben kann.

Nein, nein, rief der Waldmeister, das ist eine armselige Lüge! Liebtet Ihr sie, so wäret Ihr ihrem Glück nicht so grausam entgegen. Bedenkt, was Ihr getan habt!

Meinhard ...! Er senkte die Augen vor des Alten strengem Blick.

Ein wackerer Mann wirbt um ihre Hand, fuhr der Waldmeister fort. Er hat Haus und Hof und einen guten Namen. Ihr aber habt ihn abgewiesen und auf des Mädchens Bitten und Klagen nicht geachtet.

Weil ich besser für sie sorgen wollte –

Oder für dich und deinen Orden. An ihr Wohl dachtest du nicht. Wenn Waltrudis nun seinetwegen täte, was Mechthild für dich tat –

Plauen stand rasch auf. Meinhard ...! Sie könnte –?

Wäre sie so schuldig wie Mechthild? Mein Junker will sie zu seinem Weibe machen. Aber er ist auch sonst ehrlicher, als Ihr es waret – er sattelt sein Roß und reitet heim, Euer Recht achtend.

Ja, ja, er ist brav und ehrlich und treu, bestätigte der Hochmeister, und steht mir näher, als du glaubst. Es schmerzte mich aufrichtig, dass ich ihn abweisen musste – gerade ihn. Aber meine Bedrängnis ist groß, und ich darf mir Switrigal nicht zum Feinde machen – ich habe deren ohne ihn genug.

Der Alte trat näher. Und wenn du deren so viele als Sand am Meer hättest, zischelte er, deine Vaterpflicht dürftest du nicht vergessen. Vergissest du sie aber, so sage ich, dass du kein Recht an die Kinder hast. Weshalb hast du Heinz gefangen gesetzt, als weil er tun wollte, was du selbst getan hast? Denke an die Mutter! Sie war dir nicht ehelich angetraut. Ihr folgen die Kinder und ihrer Blutsverwandtschaft. Ich aber bin der Großvater und ihr Vormund nach dem Recht. Kannst du das bestreiten?

Plauen presste die Lippen aufeinander und kreuzte die Arme über der Brust. Er schien trotzig antworten zu wollen, aber der Mut sank ihm, da er den Gegner hochaufgerichtet sich gegenüberstehen sah. Nein, sagte er matt und ließ die Arme sinken.

Dann wisse, wozu ich entschlossen bin, fuhr der Waldmeister fort. Ich fordere die Enkel unter meine Mundschaft. Sie sollen erfahren, wer ich ihnen bin und was mein Wort ihnen gilt. Du aber wirst es nicht hindern!

Plauen ergriff seine Hand. Meinhard, das wirst du nicht tun, rief er, es ist der Kinder Unglück! Niemand darf wissen, dass sie nicht echter Geburt sind. So höre auch dieses andere. Sprich Waltrudis und Hans von der Buche zusammen als ein Paar, und ich will dich ledig sprechen deiner Schuld gegen mich und mein Kind. Das soll die Sühne sein für das vergossene Blut, dass ich ewiglich schweige, du aber dich meinem Willen beugst. Nur in diesem einen! Dann will ich verschwinden aus den Augen der Menschen, und du sollst vor mir Frieden haben und frei sein in deinem Gewissen! Willst du?

Und Heinz –?

Er hat sich schwer vergangen, und ich will sein Anwalt nicht sein bei dem Vater, der zugleich sein oberster Richter ist. Ich hoffe, Eure Milde wird ihn schonen. Tut mit ihm, wie Ihr's verantworten könnt.

Der Hochmeister überlegte. Du willst schweigen, Meinhard?

Wie das Grab im Walde.

Deine Hand darauf.

Meine Hand. Er schlug kräftig ein. Und welche Nachricht bringe ich meinem Junker? Was geschehen soll, muss rasch geschehen. Er darf nicht heimreiten, ohne seines Glückes gewiss zu sein.

Plauen ging nachdenklich im Gemache auf und ab. Es muss bald geschehen, murmelte er, und heimlich. Sage ihm, dass er heute nach Sonnenuntergang in die Pfarrkirche der Stadt Marienburg kommen und an der hinteren Pforte Einlass begehren soll. Begleite ihn als sein Zeuge. Dort soll er – Waltrudis finden, und auch für einen Zeugen auf ihrer Seite wild gesorgt sein.

Der Alte nickte. Es soll geschehen.

Glaubst du nun, dass ich sie liebe wie mein Kind? Fragte Plauen und fasste wieder seine Hand. Dass ich sie liebe, wie ich ... Mechthild geliebt habe?

Diesmal griff auch der Waldmeister zu. Es kam ihm etwas Feuchtes ins Auge, er wusste nicht wie. Gott habe sie selig, sagte er mit zitternden Lippen.

Und vergebe uns unsere Schuld, schloss Plauen, wie wir vergeben unsern Schuldigern.

Der Alte sah ihn wie überrascht an: Wie lange hatte er dieses fromme Gebet nicht sprechen gehört? Es durchschauerte ihn wundersam. Er nickte mit dem grauen Kopfe, wandte sich und verließ des Meisters Gemach. –

Die Sonne wollte Hans von der Buche an diesem Tage gar nicht untergehen.

Er hielt Gundrat für gänzlich verstört, als er ihm die Nachricht brachte, abends solle er mit Waltrudis vereinigt werden. Wie es ihm gelungen, des Hochmeisters starren Sinn zu beugen, sagte der Alte nicht; er war wieder schweigsam und in sich gekehrt wie sonst und antwortete auf alle Fragen nur: Du wirst sehen, Kind. Aber auf seiner Stirn waren die tiefsten Falten wie ausgeglättet, und seine Stimme hatte einen milden Ton. Er fastete den ganzen Tag.

Das Pferd des Ritters führte er in die Stadt und stellte es bei dem Wirt am Tore ein. Es solle keinem andern als ihm selbst herausgegeben werden, bestimmte er. So meinte er Hans zwingen zu können, bis zur Nacht zu bleiben.

Nachmittags ging Ambrosius vorüber nach der Stadt, und Hans sprach ihn an. Ihr seid noch hier, Herr Ritter? Sagte der Gießmeister verwundert. Ich glaubte Euch längst hinter Stuhm. Und ich weiß auch nicht, ob Ihr gut daran tut, Euch länger zu verweilen. Es ist etwas im Werke, das Euch schwerlich gefallen wird.

Hans drang in ihn, sich näher zu erklären. Ich bin eben nur halb in des Herrn Hochmeisters Vertrauen, antwortete Ambrosius. Der gnädige Herr war vor einer Stunde in meinem Hause und hat wieder eine lange Weile mit dem Fräulein unter vier Augen gesprochen. Dann hat er mich beiseitegenommen und mir aufgetragen, nach der Stadt zu gehen und dem Pfarrer zu sagen, dass er sich nach Sonnenuntergang zu einer geistlichen Amtshandlung in der Kirche bereithalten und das Hinterpförtchen nicht verschließen lassen solle. Das muss doch einen Zusammenhang haben, ich verstehe nur nicht recht wie? Ich selbst soll mich als Zeuge einfinden, und meine Frau hat Auftrag erhalten, das Fräulein zu einer Reise über Land auszurüsten. Von seinen eigenen Pferden hat der Herr Hochmeister eins für sie angewiesen. Es geht also jedenfalls zur Nacht fort. Aber wohin und – mit wem ...? Ja, das müsst Ihr mich nicht fragen. Es ist möglich, dass Prinz Switrigal seine Hand im Spiele hat, obgleich wieder zu bedenken ist ... Ah! Was nützt da alles Bedenken? Es ist auch ebenso möglich, dass das Fräulein für ein Kloster eingesegnet werden soll oder nach Hause zurückgeschickt wird, damit's hier unter gewissen Leuten nicht Streit gibt. Der Herr Hochmeister mag wohl geargwohnt haben, dass es Euch mit dem schnellen Abreiten nicht rechter Ernst sei. Möcht' Euch doch raten, ihm nicht in den Weg zu laufen.

Mich selbst aber hat er in die Kirche bestellt, flüsterte Hans, sehr froh, dass sich des Waldmeisters Bericht bestätigte.

Euch –? Ambrosius sah ihm ungläubig in das erglühende Gesicht. Ja, dann ... dann ist's am besten, wir zerbrechen uns nicht den Kopf um Dinge, die wir nicht verstehen, und warten den Abend ab. Gott zum

Gruß! Er legte die Hand an den Hut und wollte eilig vorüber. Da bemerkte er aber den Waldmeister, der die Armbrust gespannt hatte und auf eine Weide zielte, die in beträchtlicher Entfernung in den Grabenrand eingesteckt war. Ihr könnt so weit nicht treffen, rief er ihm zu, und ein solches Ziel! Statt jeder Antwort drückte Gundrat ab – die Weide knickte um. Ambrosius wiegte verwundert den Kopf, maß mit den Augen noch einmal die Entfernung und ging dem Tore zu. Den wollt ich bei meinen Büchsen haben, sprach er vor sich hin.

Als endlich die Sonne hinab war und nur noch auf dem blanken Knopfe des Kirchturms blitzte, ließ Hans dem Alten nicht länger Ruhe. Wir dürfen uns nicht verspäten, meinte er.

Gundrat begleitete ihn willig. Die Pforte der Pfarrkirche wurde auf ihr Klopfen von einem Chorknaben in weißem Messgewande geöffnet. Innen war's dunkel, durch die hohen Spitzfenster fiel nur spärlich Licht auf die weiß getünchten Wände und die Altäre und Beichtstühle gegenüber und auf die mächtigen Pfeiler, auf denen das Kreuzgewölbe ruhte. Vorsichtig schritten sie hinter dem Knaben her, der die Stühlchen und Schemelchen geschickt zu umgehen wusste, die von den Kirchgängern zurückgelassen waren. Endlich schimmerte es seitwärts aus einer Kapelle nahe dem Chore heller. Dort waren die beiden Wachslichte auf dem Altar angezündet. Der Sakristan legte eben das Evangelienbuch auf das Betpult. Aus der Tür in der Chornische trat der Pfarrer ohne jede Begleitung, kniete auf der obersten Altarstufe unter dem Bilde des Gekreuzigten nieder und betete still.

Hans lehnte die Schulter an den Eckpfeiler und drückte die Hand auf sein ängstlich klopfendes Herz. Der Alte aber neben ihm hatte die Hände auf den Rücken gelegt und starrte, den Kopf vorstreckend, in die Kapelle hinein auf das Kreuz mit dem Bilde des Erlösers. Wann war er das letzte Mal in eine Kirche getreten? Was er jetzt sah, war ihm fremd geworden, und doch weckte es ihm freundliche Erinnerungen, führte seine Gedanken zurück in die friedliche Zeit, als er mit den Seinigen Sonntags einen weiten Weg nicht scheute, in der nächsten Schloss- oder Dorfkirche die Messe zu hören. Mehr als einmal war's, als ob er sich nur mit Mühe aufrecht zu halten vermochte; die Knie beugten sich und zitterten – endlich sank er auf den Steinboden nieder, bückte sich mit der Stirn tief hinab, breitete die Arme aus und stöhnte leise: Friede, Friede, Herr in der Höhe, Friede!

Nun kamen den Mittelgang hinauf zwei Frauengestalten in langen braunen Mänteln. Sie bogen in die Kapelle ein und knieten seitwärts auf der untersten Altarstufe nieder. Die eine trug eine schwarze Haube von Samt mit einer schmalen Goldborte eingefasst: Hans erkannte im Kerzenschein das gutmütige Gesicht der Gießmeisterin. Die andere war in einen dichten Schleier gehüllt und senkte den Kopf tief auf die Brust: aber einige Ringel des goldblonden Haares am Nacken verrieten Waltrudis. Hans öffnete schon den Mund, sie beim Namen zu rufen, aber die feierliche Stille in der Kirche machte ihn scheu – er streckte nur die Hand aus und legte sie dann an den Mund. Die Augen ruhten unverwandt auf der schlanken Gestalt und auf den weißen Fingern, die sich über der Brust mit den Spitzen berührten.

So ganz in Anschauen versunken, hatte Hans nicht bemerkt, dass zwei Männer hinter ihn getreten waren. Erst als sich eine Hand auf seine Schulter legte, blickte er um und sah dem Begleiter dessen ins Gesicht, der ihn angefasst hatte und sogleich in den Schatten zurückgetreten war. Es waren zwei freundliche Augen, die ihn anlachten. Heinz, rief er mit unterdrückter Stimme, bester, teuerster Freund, du bist frei – du kommst ...

Still! Bedeutete der ihm und drückte seine Hand. Die Frauen waren aufmerksam geworden. Das Gesicht der Gießmeisterin wandte sich dem Pfeiler zu, und auch ihre Begleiterin blickte ein wenig auf, um freilich sogleich wieder die frühere gebückte Haltung anzunehmen.

Nun näherte sich Ambrosius, der am Eingange der Kapelle sichtbar geworden war, dem Geistlichen und flüsterte ihm einige Worte zu. Er stand sofort auf und wandte sich zurück nach dem dunkeln Chor. Dort sprach er einige Minuten lang mit einem Manne, der sich in einen Mantel gehüllt hatte, von dem jedoch die Kappe auf den Rücken hinabgeglitten war, sodass er frei ausschauen konnte. Als sie dann zusammen in die Kapelle eintraten, erkannte Hans den Hochmeister.

Plauen sprach ein kurzes Gebet, während der Priester an den Altartisch trat. Dann wandte er sich zu dem Manne, den er Meinhart genannt hatte, stieß ihn sanft an und sagte: Ich halte dir mein Versprechen. Steh auf und sei Zeuge.

Darauf fasste er des jungen Ritters Hand, beugte sich zu ihm und sprach: Du solltest eine Bitte freihaben, Hans, zum Lohn für deine Treue. Die eine hab' ich dir abgeschlagen. Hast du jetzt eine andere? Besinne dich!

Nein, gnädigster Herr, antwortete Hans mit bebender Stimme, ich hatte und habe nur die eine: Gebt mir Waltrudis zum Weibe!

Das strenge Gesicht des Meisters überflog ein Lächeln. So muss ich wohl deiner Beharrlichkeit nachgeben, lieber Geselle, sagte er, ob es schon klüger wäre und dem gemeinen Wohl ersprießlicher, ich bliebe fest. Komm mit mir. Und du, Heinz, begleite uns. Er führte beide zu Waltrudis, hob sie auf und legte den Arm um sie. Dieser Ritter, Hans von der Buche genannt, wirbt um deiner Schwester Hand, fuhr er fort; du bist nächst dem Vater ihr nächster Blutsverwandter. Sprich, ob du ihn zu deinem Schwäher annehmen willst.

Ich will's mit Freuden, antwortete der Junker; keinen Lieberen wüsste ich mir auf der weiten Welt als ihn, und keinem Treueren kann ich dieses Gut anvertrauen, das mir durch Gottes Gnade angehört.

Und du, Waltrudis, willst du diesen Ritter Hans von der Buche, der hier vor dir steht, zu deinem Herrn und Gemahl annehmen und ihm in sein Haus folgen? Er hob den Schleier auf und legte ihn über ihre Schulter zurück.

Ja, sagte sie, das ist meines Herzens Wunsch.

Noch aber hatte sie nicht ausgesprochen, so tönte ein greller Schrei durch die Kapelle und widerhallte an den Gewölbebogen der Kirche. Der Waldmeister taumelte zu ihr hin, stürzte vor ihr nieder und umfasste ihre Knie, dass sie entsetzt mit der Hand zurückgriff, sich an Plauen zu halten. Mechthild, Mechthild! Schluchzte der Alte. Verzeih mir, Kind, geliebtes, einziges Kind! Du bist auferstanden von den Toten – komm mich nicht zu strafen! Sage mir, dass du todeswürdige Schuld verzeihst.

Der Waldmeister! Rief Heinz. Was ficht Euch an, Alter? Ist hier der Ort zu Euren Tollheiten? Das ist meine Schwester Waltrudis. Was rufst du sie mit fremdem Namen?

Gundrat wand sich in Schmerzen zu des Mädchens Füßen. Verzeih, verzeih, konnte er nur mit schwerer Zunge immer wiederholen.

Plauen schien tief erschüttert. Er bückte sich zu ihm nieder und sagte leise: Steh auf, Meinhart, und halte mir Wort, wie ich dir Wort gehalten habe. Sie dürfen nichts erfahren ... Er machte des Mädchens Gewand aus seinen Händen frei. Er kannte deine Mutter, wandte er sich zu Waltrudis, und nun er dich sieht, glaubte er sie zu sehen. Sage ihm ein freundliches Wort, dass er sich beruhigt.

Waltrudis hatte sich schon gefasst. Steht auf, alter Mann, sagte sie, und reicht mir die Hand. Hatte meine Mutter Euch etwas zu verzeihen, das ist gewiss längst verziehen und von Gott losgebeten.

Er ergriff die Hand, die sie ihm bot, und drückte heiße Küsse darauf. Frau Ambrosius hatte sich hinter den Geistlichen geflüchtet und ihm zugerufen: Helft, ehrwürdiger Herr, ein Besessener! Nun er sich aber der Gruppe näherte und das Kreuz erhob, das er an einer Kette um den Hals trug, war der alte Mann schon still geworden. Er schob sich auf den Knien bis zum Altar, kreuzte die Arme über der Brust und sah unverwandt zu dem Christusbilde auf.

Hans von der Buche fand jetzt erst Zeit, dem Hochmeister zu danken. An seinem Glücke konnte er nun nicht mehr zweifeln, da er die Hand des geliebten Weibes in der seinen hielt. Bleibe treu, sagte Plauen, so will ich hoffen, dass ich für einen zweifelhaften Freund einen wahren gewinne, und dass Gott mir seinerzeit helfen wird, auch jenen zu schlagen, wenn er dieser Stunde wegen offen zu meinen Feinden tritt.

Heinz aber umarmte ihn und sprach ihm heimlich zu: Dir ist Heil geworden, ich aber bin ein armer, geschlagener Mann. Deine Schwester hat mich verraten – das will ich dich nicht entgelten lassen. Sei deines Glückes froh, ich gönne es dir von ganzem Herzen.

Hans verstand ihn kaum halb, aber es war jetzt nicht Zeit zu langer Rücksprache. Der Hochmeister führte ihn und Waltrudis vor den Geistlichen. Da mussten sie nochmals in der Zeugen Gegenwart bekräftigen, dass sie für das ganze Leben aneinander ehelich gebunden sein wollten. Sie sprachen ein lautes Ja, und dann legte der Priester ihnen die Hände auf segnete sie.

Ambrosius ging nach den Pferden. Indessen nahm das junge Paar Abschied. Die Gießmeisterin hatte Waltrudis noch allerhand Verhaltungsmaßregeln mit auf die Reise zu geben. In aller Eile repetierte sie sogar noch einige Rezepte zu süßen Speisen, die dem Fräulein in ihrem Hause gut gemundet hatten. Darunter war namentlich eine, die sie den Hochzeitsbrei nannte. Sie hatte ihn am ersten Tage ihrer glücklichen Ehe Ambrosius vorgesetzt, und es war ihr von guter Vorbedeutung gewesen, dass er die ganze Schüssel leerte.

Gundrat war aufgestanden und hielt sich in einiger Entfernung, doch ließ er kein Auge von Waltrudis. Hans führte sie zu ihm. Ich weiß nicht, wie das alles geschehen ist und geschehen konnte, sagte er zu ihm; aber ich muss glauben, dass ich Euch viel verdanke. Es soll Euch unvergessen bleiben. Ich bitt' Euch aufrichtig, zieht in mein Haus und lasst's Euch da wohl sein die letzten Jahre Eures Lebens. Bei meinem ritterlichen Wort, man soll Euch die Ehre geben wie dem Herrn selbst, und mir werdet Ihr ein lieber Genosse und Freund sein.

Der Alte schüttelte das graue Haupt. Ich weiß etwas Besseres für mich, lieber Junker, antwortete er. Wollt Ihr mir aber eine Liebe erweisen, so gestattet, dass ich zum Abschied Euer Ehegemahl auf die Stirn küsse. Ich will dabei denken, ich küsse mein eigen Kind und lösche mit diesem Kusse eine Wunde aus, die in meinem Herzen brennt.

Waltrudis neigte sich zu ihm. Er legte seine Hände auf das Goldgelock ihres Haares und berührte mit den Lippen ihre Stirn. Friede mit uns allen! Sagte er, wandte sich rasch ab und verschwand im Dunkel der Kirche.

Die Wachskerzen auf dem Altar wurden ausgelöscht. Hans und Waltrudis traten Arm in Arm durch das Pförtchen, das der Knabe öffnete, auf die Straße hinaus. An ihrer Seite ging der Hochmeister, an seiner der Junker von Waldstein. Frau Ambrosius folgte.

Draußen standen die Pferde bereit. Eilt euch, mahnte der Gießmeister, dass ihr aus dem Tore hinauskommt! Ich habe einen Menschen um die Kirche schleichen sehen, der in Gang und Haltung alle Ähnlichkeit mit Switrigal hatte. Er scheint uns gefolgt zu sein und hat gewiss nichts Gutes im Sinne.

Heinz hob seine Schwester aufs Pferd. Hans nahm den Zügel und rief: Lebt wohl! In munterm Trabe ging's fort in die stille Nacht hinein. Bald hörten die Zurückbleibenden nur noch den fernen Hufschlag der Rosse im Torgässchen. – Mit langsamen Schritten, und beide sehr nachdenklich, gingen der Hochmeister und der Junker von Waldstein durch die Straßen der Stadt. Ersterer hatte den Mantel hoch aufgenommen und damit das halbe Gesicht bedeckt. Erst als sie das Tor hinter sich hatten und über die Brücke nach dem Schlosse gingen, brach Plauen das Schweigen. Ich habe dem Gefangenen nur für einige Stunden Urlaub gegeben, sagte er, und die Zeit ist bald um.

Ich werde mich pünktlich dem Wächter stellen, gnädigster Herr, antwortete Heinz.

Und wenn ich nun auf unbestimmte Zeit deinen Urlaub verlängere, Heinrich, fuhr Plauen nach einer Weile fort, würde ich mich darauf verlassen können, dass du mir treu und gewärtig bliebest, in allem, was ich von dir verlangte?

Gnädiger Herr, Ihr wolltet ...?

Ich kann dir die Freiheit nicht zurückgeben. Du würdest sie missbrauchen und gerechte Klagen gegen mich hervorrufen. Aber ich will dein Vergehen nicht so schwer ansehen, dass es durch lange Kerkerhaft gesühnt werden müsste. So will ich dich entlassen gegen das Versprechen, dass du alle deine Wege nach meinen Geboten einrichten und die Orte meiden wollest, von denen ich dich ausschließe. Ich schicke einige von meinen Gebietigern ins Reich und nach Ungarn als Gesandte des Ordens, bei Königen und Fürsten auszuwirken, dass sie Jagello hindern, uns allzu sehr zu bedrängen. Ihnen will ich dich zugesellen als meinen Diener und zu ihren Diensten. Da wirst du an den fremden Höfen viel sehen und hören, wovon du lernen kannst. Bist du mir aber ergeben und auf mein Wohl bedacht, so wirst du auch achthaben auf alles, was meine Boten tun und lassen und ob sie ernstlich des Ordens Sache betreiben oder lässig sind und Geschenke annehmen und heimlich mit unsern Gegnern verkehren. Denn ob ich gleich die Tüchtigsten wähle, weiß ich doch nicht, ob ich ihnen volles Vertrauen schenken darf. Zu arg bin ich von denen betrogen, die ich für treu und aufrichtig hielt, und nur auf mich selbst kann ich mich nach verlassen.

Heinz nahm seine Hand und küsste sie. Ich will Euch dienen, gnädigster Herr, wie Ihr's befehlt, und Euch nach der Wahrheit berichten.

Einundzwanzigstes Kapitel

Im Ungarland

Dem Hochmeister fehlte es nicht an Gelegenheit, seinen jungen Schützling außer Landes zu beschäftigen. Immer die Notwendigkeit vor Augen sehend, endlich des Ordens Rechte nochmals mit dem Schwert vertreten zu müssen, suchte er doch die Entscheidung hinzuhalten, um dem Lande Zeit zur Erholung zu lassen, und versäumte seinerseits nichts, sich als friedliebend und einer guten Ordnung der nachbarlichen Verhältnisse wohlgeneigt zu zeigen.

Wladislaus Jagello aber dachte nicht daran, sich durch einen billigen Ausgleich die Hände zu binden. Er zeigte nun dem Hochmeister seine feindselige Gesinnung wieder so recht darin, dass er für die geächteten Eidechsenritter, die zu ihm geflüchtet waren, Partei nahm und die Einsetzung derselben in ihre Güter forderte. Zugleich schrieb König Wenzel von Böhmen sehr dringende Briefe an Plauen, worin er für seinen geschworenen Rat, Georg von Wirsberg, eintrat und seine Freilassung begehrte. Auf die Gefahr hin, es mit diesem zweifelhaften Bundesgenossen ganz zu verderben, widerstand der Hochmeister einem so kränkenden Ansinnen. Er schickte aber an ihn einen seiner Komture nebst einigen Rittern, um mündlich sein Verfahren rechtfertigen zu lassen, und dieser Botschaft wurde Heinz von Waldstein beigegeben. So lernte er den Prager Hof kennen und sah und hörte, wenn er auch zu den Audienzen nicht zugezogen wurde, doch genug, um sich zu überzeugen, dass auf den wankelmütigen König und seine ränkesüchtigen Räte kein Verlass sei.

Nach Thorn zurückgekehrt, erhielt er brieflich den Auftrag, sich dem Großkomtur anzuschließen, der gegen Ende des Jahres nach Polen geschickt wurde, um mit den Kronräten wegen der dritten Zahlung des Lösegeldes zu unterhandeln. Sie war am festgesetzten Tage, Martini 1411, ausgeblieben, und der Hochmeister hatte guten Grund gehabt, sie zu verweigern. Denn keineswegs war der König seinen Verbindlichkeiten nachgekommen; er verweigerte unter nichtigen Vorwänden die Aushändigung der Besitzurkunde über das Grenzland Samogitien, um seine Großen nicht noch mehr gegen sich zu verstimmen. Davon aber war der Großkomtur beauftragt, die Zahlung des Geldes abhängig zu machen. Plauen erkannte wohl, dass er sich dieses Machtmittels, einen Druck auf den König auszuüben, nicht begeben dürfe.

Es kam zu keinem Vergleich hierüber. Der Brief über Samogitien wurde nicht ausgehändigt, die Zahlung nicht geleistet. Der Krieg schien unvermeidlich.

Zu diesem Tage, der nicht weit von der Grenze abgehalten wurde, fand sich auch zahlreich der polnische Adel der Umgegend ein, um zu schmausen und zu zechen und durch bewaffnete Umzüge den Forderungen der Kronräte Nachdruck zu geben. Es waren darunter auch Insassen von Schloss Sczanowo, wenn auch nicht die Herren selbst. Zwischen den Vettern ritt Natalia in wunderlicher Kleidung. An das Weib erinnerte nur der kurze Rock mit breitem Pelzbesatz, unter dem in den Bügeln von Goldblech die Sporenstiefel sichtbar wurden. Von den Schultern hingen lange Schlitzärmel, mit blanken Knöpfen besetzt, herab, und auf dem wallenden Lockenhaar saß keck eine rote Mütze mit aufrechtstehenden Federn.

Sie ritt an den Junker heran, als er ans Fenster trat, den Zug anzuschauen, und stellte ihr Pferd dicht gegen die Wand, dass sie leise hineinsprechen konnte. Wie gefalle ich dir? Fragte sie mit einem keck herausfordernden Blick.

Ihr sitzt, wie immer, gut zu Pferde, antwortete er, durch ihr unerwartetes Erscheinen betroffen, aber auch entschlossen, keine Schwäche zu zeigen.

Gut? Fragte sie und warf die Lippe auf. Das Lob schien ihr allzu gering. Lasset satteln und kommt mit mir auf die Heide hinaus. Wir haben lange keinen Ritt um den ersten Schlag auf die Schulter gemacht.

Er schüttelte den Kopf. Es ist jetzt nicht die Zeit.

Sie lachte spöttisch. Was habt Ihr hier zu tun? Die Herren werden ohne Euch fertig. Sie reden und schreiben ja doch um nichts.

Meint Ihr?

Ich habe den Bischof von Kujawien über die Sache sprechen hören. Der König will keinen Ausgleich, es sei denn, dass der Orden sich in allem unterwirft.

Das wird nimmer geschehen, solange Plauen das Regiment hat.

Sie schnippte mit den Fingern in die Luft. Sitzt er fest, weil Georg von Wirsberg die Partie verloren hat? Es gibt seines Schlages viele im Orden, und einer davon fängt's vielleicht klüger an als er. Das Pferd wurde etwas unruhig und drängte gegen die Wand. Sie ließ es in kurzem Bogen austreten und kehrte dann wieder zum Fenster zurück. Hänge dein Glück nicht an einen gläsernen Pflock, sagte sie. Lass dir raten, solange es Zeit ist. Und wenn du klug, bist, gib dich in meine Gefangenschaft zurück, aus der du nicht hättest entfliehen sollen. Begleite mich nach Sczanowo – du sollst es nicht zu bereuen haben.

Und ich sage dir, rief er, hebe dich hinweg! All dein Sinnen ist Verrat und Tücke – du bist eine Teufelin! Aber du verblendest mich nicht mehr. Sieh diesen Ring und weiche!

Er streckte die Hand gegen sie aus und deutete mit der andern auf die blauen Steine an seinem kleinen Finger. Ihr Gesicht verfinsterte sich. Maria ist dir verloren, antwortete sie mit rauer Stimme. Du wirst sie nicht wiedersehen.

So sei gehasst in Ewigkeit, rief er, dann trägst du die Schuld!

Das Pferd stampfte ungeduldig den Boden und warf den Schaum gegen die Mauer. Das ist dein letztes Wort nicht, entgegnete sie. Denke an mich! Sie schlug mit der Reitpeitsche heftig hinter sich aus und jagte davon.

Scheu blickte er ihr nach. Sie ist eine schöne Teufelin, murmelte er, aber sie soll mich nicht verlocken. Er faltete die Hände und sprach leise ein Gebet zur Heiligen Jungfrau. –

König Jagello, da er sah, dass er durch Einschüchterung nichts erreichte, verstärkte nun seine Rüstungen. Hätte er's nur allein mit diesem

Nachbar zu tun gehabt! Aber misstrauisch beobachtete König Sigismund von Ungarn alle seine Schritte. Er konnte ihn nicht ohne Gefahr für sein eigenes Land übermächtig werden lassen und durfte ihm daher eine zweite Schlacht bei Tannenberg nicht gönnen. So verhandelte er nun mit Großfürst Witowd, um die Vereinigung von Polen und Litauen zu hintertreiben, lud ihn sogar auch zu sich zu Gaste. Seinen Bruder Wenzel bat er brieflich, dem Polenkönige weitere Werbungen in Böhmen nicht zu gestatten, und an den Hochmeister schickte er zwei Gesandte und ließ ihm gegen Zahlung einer großen Summe Geldes ein Bündnis antragen. Er mochte wohl meinen, der Orden sei noch nicht so gar kahl geschoren, um nicht noch einige Wolle lassen zu können.

Aber die geforderte Summe schien unerschwinglich hoch. Plauen glaubte sie nicht zusichern zu können, wollte aber auch des Königs gute Dienste ungern missen. Deshalb wählte er nun von seinen Großgebietigern den vornehmsten, klügsten und in dergleichen Verhandlungen erfahrensten, seinen obersten Marschall Michael Küchmeister von Sternberg, und schickte ihn mit ganzer Vollmacht zum König nach Ungarn, schärfte ihm aber beim Abschied ein, die Zahlung des Geldes unter keinen Umständen zu bewilligen.

In seinem Gefolge ritt auch Heinz von Waldstein.

Michael Küchmeister hatte zwar nach seiner Auslösung aus der polnischen Gefangenschaft Plauen äußerlich alle Ehre erwiesen, die des Ordens Oberhaupt gebührte, aber das frühere freundschaftliche Verhältnis hatte sich trotz des Meisters gütigem Entgegenkommen nicht zurückfinden wollen. Hatte es doch fast schon den Anschein gehabt, als nehme der Marschall sich des Verräters Georg von Wirsberg als dessen Verteidiger an, da er so eifrig den Wortlaut der Statuten zu seinen Gunsten vorkehrte. Auch jetzt versuchte Plauen noch einmal einen wärmeren Ton anzuschlagen, indem er ihm des Ordens Sache ans Herz legte und zu verstehen gab, dass persönliche Rücksichten schweigen müssten. Der Marschall aber lehnte jede vertrauliche Annäherung ab und antwortete kühl: Er kenne seine Pflicht und werde danach handeln.

Sprach er's auch gegen niemand aus, so war er doch innerlich unzufrieden mit allem, was der Meister tat. Seine Eitelkeit redete ihm ein, dass es um den Orden besser stünde, wenn er selbst an der Spitze wäre. Ihm würde man mit Vertrauen allseitig entgegenkommen und die günstigsten Bedingungen bewilligen. Es gefiel ihm nicht, dass Plauen mit den Städten und Edelsten im Lande verhandelte und ihre Tagfahrten beschickte. Eifersüchtig und misstrauisch bewachte er alle seine Schritte.

Sich in König Sigismund einen gnädigen Herrn zu gewinnen, hielt er für wichtiger, als jenem zu gefallen.

In Ofen wurde er in der schmeichelhaftesten Weise ausgezeichnet. Der König, allein auf den eigenen Vorteil bedacht und immer bereit, weitgehende Versprechungen zu geben, um irgendein nächstes Ziel zu erreichen, ließ es auch jetzt an Versicherungen seiner Freundschaft für den Orden nicht fehlen, auf dessen Geldunterstützung er jedoch wegen des Krieges mit den Venedigern und wegen der Rüstungen gegen Polen nicht verzichten könne. Küchmeister fand die gebotenen Vorteile so groß – verpflichtete sich doch der König sogar zu Landzuteilungen, wenn er Polen erobert hätte –, dass er meinte, sich an Plauens Weisungen nicht kehren zu dürfen, und das Geld bewilligte.

Plauen war nicht wenig erzürnt über diese Eigenmächtigkeit seines Marschalls und machte ihm die heftigsten Vorwürfe deshalb. Küchmeister meinte einen besseren Dank verdient zu haben und zeigte sich gekränkt. Plauen musste sich seufzend fügen, da er Sigismund nicht erzürnen durfte. War doch auch sein Plan vereitelt, den Herzog von Masowien sich dauernd zu verbinden, nachdem sein Sohn Switrigal im Zorn und rachedürstend die Marienburg verlassen hatte. So ließ er nun mit schwerem Herzen das Geld aus den Mitteln anweisen, die zur letzten Zahlung an Polen zusammengebracht, aber nicht verwandt waren. Er hatte gemeint, es besser zu seinen eigenen Rüstungen gebrauchen zu können.

Wie viel klarer er sah als sein Botschafter, zeigte sich nur zu bald. Nachdem Sigismund dem Orden Geld abgepresst, suchte er schleunigst, mit Polen seinen Frieden zu machen. Er lud Wladislaus Jagello zu einer persönlichen Zusammenkunft ein, und schon im März wurde der Vertrag zu Liblo am Poprad abgeschlossen. Des Ordens war darin nicht gedacht, aber die Könige kamen überein, dass auf einem Tage zu Ofen im Juni alle Streitigkeiten geschlichtet werden sollten. Sigismund schickte sogleich zwei Gesandte an den Hochmeister mit der Einladung, sich seinem Schiedsspruch zu unterwerfen, statt auf dem des Papstes zu bestehen. Der Orden würde dabei nicht schlecht fahren, denn er würde nicht einen solchen Spruch tun wie sein Bruder von Böhmen. Auch ließ er versprechen, dass zu dem Spruche die Kurfürsten zugezogen werden sollten.

Letzteres bestimmte Plauen, das Anerbieten anzunehmen, da er die Kurfürsten sich geneigt wusste. Als im Kapitel der Gebietiger die Wahl des Gesandten zur Sprache kam, hielt man allerseits wieder Michael

Küchmeister für den geeignetsten. Es zeigte sich da schon, wie groß sein Anhang war und wie viel man sich von seinen diplomatischen Künsten versprach. So erteilte ihm denn Plauen von Neuem Vollmacht, aber mit dem gemessenen Befehl, weder über Geld- noch andere Ordensangelegenheiten zu verhandeln, sondern allein über des Ordens Grenzen. Heinz nahm er vor der Abreise der Gesandtschaft in sein Gemach und trug ihm auf, den Marschall nicht aus dem Auge zu lassen, da er seiner Treue nicht versichert sei, auch allen Verhandlungen beizuwohnen und auch darauf achtzugeben, was von beiden Seiten gesprochen werde, und dass seine Schreiber alles richtig vermerkten und nicht für geheime Klauseln Raum ließen. Der Marschall war angewiesen worden, alle wichtigen Briefschaften durch ihn zu befördern, auch ihn überall an die Seite zu nehmen, damit er lerne, was ihm im Dienst großer Herren zu wissen und zu üben nötig sei.

Als Heinz nun dem Hochmeister beim Abschiede die Hand küsste, fasste er sich ein Herz und sagte: Gnädigster Herr, ich sehe wohl, dass es Eure Absicht ist, mir jetzt und fürder Eure Gnade zuzuwenden und Eure Hand über mir zu halten, wofür ich Euch nicht genug dankbar sein kann. Gern will ich Euch auch diese Reise tun und in allem nach Eurem Befehl handeln, und so auch ferner dienen nach bestem Wissen und in aller Treue. Aber was ich Ew. Gnaden versprach, als Ew. Gnaden mich der verschuldeten Kerkerhaft entledigten, das vermag ich nicht allezeit zu halten. Denn ich habe meiner Jungfrau Maria das Wort gegeben und trage ihren Ring und kann sie nimmer vergessen, muss vielmehr als ein ehrlicher Mann sorgen, dass ich sie aus ihres Vaters Zwang erlöse. Darum, so bitte ich Euch, gnädigster Herr, setzt mir eine Frist meines Gehorsams, die nicht allzu weit bemessen ist. Wäre das aber Euer Wille nicht, so lasst mich wieder in den Turm führen, dass ich entweder durch leibliche Haft verhindert sei, mein Wort zu halten, oder Euch nicht schuldig werde, wenn ich mich mit gutem Geschick befreie.

Darüber zog zwar der Hochmeister die Stirn kraus, sagte aber doch nach einigem Bedenken: Es ist töricht, Heinrich, dass du deine Gedanken von dem Mädchen nicht wendest, aber unbillig mag ich dein Begehren nicht schelten. So geh nun nach Ungarland und sieh zu, ob du dort andern Sinnes werdest. Wenn aber der römische König uns und unsern Gegnern seinen Spruch getan hat und diese Reise gänzlich beendet ist, so magst du deines Versprechens ledig sein und tun, wozu dich das Herz treibt. Wisse aber auch, dass du meines Schutzes ledig bist, wenn du der Unvernunft folgst und nochmals gegen Recht und Gesetz dich sträflich vergehst.

Das bin ich zufrieden, gnädigster Herr, sagte Heinz, und küsste nochmals des Meisters gütige Hand. –

Als Sprecher und Vollmächtige zu dieser Sendung waren seitens des Ordens von Auswärtigen ernannt Herr Johannes von Wallenrod, Erzbischof von Riga, und jener Heinrich Graf von Plauen, der bei der Belagerung der Marienburg tapfere Dienste geleistet und seitdem nicht aufgehört hatte, bei den Fürsten und Kurfürsten im Reiche des Ordens Sache zu vertreten. Von Ordensgebietigern aber wurden neben dem Ordensmarschall auch der greise Ordensspittler Werner von Tettingen, der Ordenstrappier Friedrich von Wallen und Eberhart von Wallenfels, Komtur von Thorn, abgeschickt, dazu einige Domherren aus Frauenburg wegen ihres Bischofs Streitsache, des Hochmeisters Kanzler nebst mehreren Räten und Rittern sowie auch Bürgermeister der vornehmsten Städte, die der Herr Hochmeister wissen lassen wollte, was verhandelt werde, damit er hinterher vor dem Lande gerechtfertigt sei. Es war eine stattliche Schar, die unter des Königs von Polen sicherem Geleit zunächst nach Kaschau reiste, wo die Gesandtschaft die beiden Könige antraf. Dort begannen die Verhandlungen. Kein günstiges Zeichen war's, dass der alte Werner von Tettingen hier erkrankte und starb. Bald begaben sich die Fürsten zu dem eigentlichen Tage nach Ofen am Donaustrom, und dorthin folgte die Gesandtschaft, nachdem die Pflicht gegen den Toten ausreichend erfüllt war.

In der Residenz des Ungarnkönigs trafen in diesem Sommer 1412 viele Fürstlichkeiten mit ihren Gefolgen und Gesandtschaften aus den fernsten Ländern zusammen; selbst Türken und Tataren waren erschienen, ihre Ehrerbietung zu bezeigen oder sich der Bundesgenossenschaft des mächtigen Herrn zu versichern. Sigismund war im Jahre zuvor zum römischen König gekürt worden und hielt nun in dieser Würde Hof. Darum war es ihm auch von solcher Wichtigkeit gewesen, dass Polen, Litauen und der Orden sich seinem Schiedsspruch unterwarfen, und darum hatte er jedem unter der Hand Versprechungen gegeben, dass der Spruch ihm günstig sein solle. Darum zeigte er sich aber auch sehr unwillig, als der Ordensmarschall seinem Auftrage gemäß forderte, dass er Wort halten und das Kurfürstenkollegium zuziehen und bei dem Spruch beteiligen solle: Er wollte als römischer König nicht an seiner Wähler Zustimmung gebunden sein, sondern sich für seine Person all den versammelten Fürsten und Herren mächtig beweisen. Michael Küchmeister meinte ihn nicht erzürnen zu dürfen und gab gleich hier allzu willig nach. Nun fühlte der König sich als vollmächtiger Schiedsrichter und nahm Klage und Gegenklage an. Bei seiner Gnade allein stand es, wie er entscheiden würde.

Feste folgten auf Feste. Der prachtliebende König hatte seinen Hofmeistern befohlen, keine Kosten zu sparen, den Gästen eine echt fürstliche Bewirtung zu gewähren. Hoffte er doch, dass sich die geleerten Kassen bald wieder mit den Geldern füllen würden, mit denen die Hilfesuchenden seine Gunst zu erkaufen hätten. An des Deutschen Ordens Armut mochte er noch immer nicht glauben, man musste nur kräftig anklopfen, um den Goldstrom wieder fließen zu machen. Und König Sigismund war nicht blöde. Michael Küchmeister konnte seine Andeutungen nicht missverstehen; er wusste, wie sein Wohlwollen zu gewinnen war. So überschritt er wieder seine Vollmacht und bot der Königin Barbara ein Geschenk von 25 000 Goldgulden, damit sie sich gütig für den Orden verwende. An Höflichkeiten gegen seine Person ließ man's zum Dank nicht fehlen.

Bald wurden große Jagden veranstaltet, bald gab es Schmausereien und Gelage oder Ballfeste in der Königsburg; kaum ein Tag verging, an dem nicht glänzende Ritterspiele aller Art im Burghofe und auf der Schlossfreiheit die jüngeren Gäste belustigten und die schaulustige Menge ergötzten. Die ungarischen Magnaten, geschmeichelt durch die Ehre, die ihrem König erwiesen wurde, waren mit ihren Angehörigen nach der königlichen Residenz gekommen und überboten einander in der Zahl ihrer Gefolgschaften, in dem prächtigen Geschirr ihrer Pferde und in der Kostbarkeit ihrer Kleidung und Waffen.

Die fremden Fürsten luden den Herrn König in das Stadthaus und feierten ihn aufs Glänzendste. Heinz von Waldstein konnte und wollte sich diesen Lustbarkeiten nicht entziehen. Aber nur beim Turnieren und bei der Jagd war er mit ganz frohem Herzen. Bald war's bekannt, dass der deutsche Junker mit ebenso geschickter als kräftiger Hand Lanzen stach und selten einen ebenbürtigen Gegner fand; man nannte ihn den kühnsten Reiter und waghalsigsten Jäger. Die ungarischen Damen erfuhren auch, dass er ein guter Tänzer war, aber im Ballsaal stand er meist von ferne, wie viel schöne Augen ihn auch in den Kreis lockten, und sah dem bunten Treiben gleichgültig zu. Man wollte behaupten, dass ein Zug von Traurigkeit in seinem Gesicht sei, der es freilich noch anziehender machte.

Auch in der Stadt war viel lustiges Leben. Dort hatten viele von den hohen Gästen, die mit ihren Leuten im Schlosse nicht mehr Raum fanden, in den Palästen der Magnaten und in den Häusern reicher Bürger ihre Herberge erhalten. Aus der ganzen Nachbarschaft kam aber auch das Landvolk in Scharen durch die Tore hinein, Lebensmittel anzubieten und sich in der allgemeinen Lust zu vergnügen. Und wie es immer und überall bei solchen Gelegenheiten zu geschehen pflegte, strömte auch von allen Seiten allerhand fahrendes Volk, Sänger, Musikanten, Luftspringer, Spruchsprecher und Gaukler zu, durch ihre freie Kunst jung und alt zu vergnügen und den Beutel zu füllen. Des Nachts hausten sie in Ställen und Scheunen; viele hatten auch auf ihren Fuhrwerken zerlumpte Zelte mitgebracht und dieselben auf dem Markt aufgeschlagen neben den fremden Krämern, die in solcher Zeit die Freiheit hatten, ihre Waren feilzuhalten, und neben den Würfeltischen, die immer von Spiellustigen umstanden waren.

Als Heinz sich eines Tages durch das dichte Marktgewühl drängte, bemerkte er auf dem Boden vor einem Zelt, das über einen hochräderigen Karren gespannt und zu beiden Seiten angepflockt war, eine Zigeunerbande, die auf allerhand wunderlichen Instrumenten musizierte. Die Tanzweisen schlugen ihm so bekannt ans Ohr, dass er meinte, er müsste sich schon einmal irgendwo danach im Kreise gedreht haben, und nun glaubte er, sich auch der Gesichter zu erinnern. Er blieb stehen und lauschte der Musik, die bald sanft und schwermütig, bald schrill und wild klang. Und nun fiel's ihm ein: das waren die Musikanten, die einst in Buchwalde zum Tanz auf dem Rasen aufgespielt hatten, als die Fackeln leuchteten und die Teertonnen brannten. Mit halbgeschlossenen Augen stand er eine Weile mitten in dem Haufen der Gaffenden und ließ die traumhaften Bilder jener glücklichen Nacht in Gedanken vorüberziehen.

Ein kleines braunes Mädchen tanzte zur Musik und schlug zugleich auf einem Tamburin den Takt, dass die Schellen lustig klangen. Dann machte ein Zwerg seine unflätigen Späße und sammelte dafür reichlich kleine Münzen ein. Dann führte ein Knabe mit langem, schwarzbraunem Haar und rotem Röckchen ein prächtig aufgeschirrtes Pferd vor und leitete es dreimal in immer weiterem Kreise herum, die Menge zurückzudrängen und Platz zu schaffen. Als er zum dritten Mal an dem Zelt vorüberkam, sprang unter demselben ein schlanker junger Mensch hervor, schwang sich mit einem kräftigen Satz auf des Tieres Rücken und jagte unter fortwährendem kurzen Zuruf in wildestem Galopp umher, während die Musik lauter einsetzte und sich mehr und mehr im Tempo überhastete. Bald saß er im Sattel, bald auf dem Halse, bald auf der Kruppe des schnellen Pferdes, bald stand er in den Bügeln und hielt die Zügel straff, bald ließ er sie fallen und kreuzte die Arme über der Brust, oder kniete hinter dem Sattel, oder hing gar wie angeklebt an des Pferdes Schenkel seitwärts hinab. Gewaltiger Beifall der Menge lohnte ihm für seine Waghalsigkeit. Er aber schien kaum darauf zu achten und schaute nur manchmal mit einem verächtlichen Blick über die Umstehenden hin. Sein Gesicht war trotz der Anstrengung des wilden Reitens bleich.

Heinz starrte auf den kühnen Reiter hin wie auf ein Gespenst. Er glaubte seinen Augen nicht zu trauen; aber sie war es – Natalia – kein Zweifel, sie war es, Natalia bei der Zigeunerbande – ihre Reitkünste produzierend ... träumte er, gaukelte ihm ein böser Geist etwas vor, nachdem er ihn durch die Musik berauscht hatte? Unwillkürlich drängte er vor, schob er mit den Ellenbogen die Vorstehenden zur Seite – und nun stand er selbst in der vordersten Reihe. Eben sauste der Gaul mit fliegenden Mähnen und klingenden Schellen heran. Der Reiter hatte ihm eine rote Leine um den Hals gelegt, hielt sie lang mit beiden Händen und erhob sich stehend auf der Kruppe. Das Volk jubelte und trieb das Pferd zu noch rascherem Laufe an. Da übertönte plötzlich ein Schrei den Lärm der Musik und der Menschenstimmen. Der Reiter war abgesprungen, das Pferd jagte zügellos in die Menge hinein, der schwarzhaarige Bube hinter ihm her.

Natalia aber war dicht vor Junker Heinz niedergefallen, umfasste seine Knie und richtete sich auf, indem sie sich an ihn schmiegte. Habe ich dich – habe ich dich endlich? Stammelte sie und küsste seine Hände.

Er wehrte sie nicht ab. Natalia, raunte er ihr zu, was willst du hier – bei den Zigeunern ...? Unglückliche!

Unglückliche! Stöhnte sie. Du hast recht – du weißt es! Dann lachte sie wild auf. Aber es geht lustig zu unter dem fahrenden Volk – lustig, lustig! Höre nur die Musikanten. Hörst du? Besinnst du dich, wie sie uns zum Tanz aufspielten und wir uns Brust an Brust im Wirbel drehten, bis uns der Atem verging? Und wieder und wieder ... hahaha! Sie zogen an Sczanowo vorüber und spielten vor der Halle. Da lockten sie mich mit sich fort – nachts verließ ich heimlich das Schloss und ritt ihnen nach ... und ritt ihnen nach bis hierher – und musste dich finden und fand dich. Weh ... lass mich nicht fallen!

Sie hatte sich nun ganz aufgerichtet und stützte sich auf seine Schulter. Er wollte sie aus der Schar der neugierig Zudrängenden fortführen; als sie aber den ersten Schritt machte, schrie sie vor Schmerz auf und zog hinkend den rechten Fuß nach. Sie musste ihn beim Sprunge vom Pferd verletzt haben. Deshalb hing sie sich nun an ihn und wiederholte bittend: Lass mich nicht fallen!

Es war Heinz sehr peinlich, sich so mit dem jungen Menschen im Arm, den man in der Nähe doch als ein Mädchen erkennen musste, in einen großen Kreis von Zuschauern genommen zu sehen. Wie leicht konnten unter denselben Personen sein, die gleich ihm in der Königsburg verkehrten. Ein so sonderbares Verhältnis zu einer Landstreicherin musste ihnen dann ergiebigen Stoff zu Klatschereien bieten, die von den Kreuzherren übel vermerkt würden. Diese Befürchtung veranlasste ihn, Natalia fest zu umfassen und eiligst nach dem Zelt mehr zu tragen als zu führen. Es hatte, durch den Wagen getrennt, zwei Abteilungen. In der vorderen spielten Zigeunerkinder mit kleinen Hündchen; die hintere war leer. Er ließ Natalia auf eine Holzbank nieder und lehnte sie gegen das Wagenrad. Er selbst konnte in dem niedrigen Raume nur mit gekrümmtem Rücken stehen. Mitleidig betrachtete er das schmerzverzogene Gesicht.

Der Fuß ist verletzt, sagte er. Ich will zusehen, ob ich einen Arzt auftreibe.

Sie griff schnell nach seiner Hand und hielt ihn zurück. Geh nicht fort, bat sie. Ich weiß, du willst nicht wiederkehren. Ihr Blick hatte etwas Irres, das ihn durchschauerte.

Ich will einen Arzt suchen, versicherte er. Hier können wir beide nicht bleiben, Natalia.

Es ist ein jämmerliches Leben, sagte sie. Aber wenn die Saiten schwirren und die Zimbeln klingen und die Pauken dröhnen – hei, dann ist's lustig zu Pferde. Aber nun ist's zu Ende – mein Fuß, mein Fuß. Sie legte ihn über das Knie und rieb ihn mit der Hand.

Ihr müsst fort aus dieser Gesellschaft, Fräulein, mahnte er, und sogleich. Es ist traurig genug, dass Ihr Euch habt verleiten lassen –

Sie unterbrach ihn, indem sie an seiner Hand zog. Horch!

Die Musik begann eben wieder. Es waren die Weisen, zu denen das kleine Mädchen tanzte, und die in seiner Erinnerung angeklungen hatten. Die Zigeuner wollten offenbar die durch den Unfall aufgeregte Menge gleich wieder durch ein anderes Schauspiel beschäftigen.

Horch –! Wiederholte sie. Klage mich nicht an. Es zog mich der Musik nach – ich konnte nicht widerstehen. Aber nun ich dich gefunden habe –

Sie wollte seine Hand an die Lippen ziehen, aber er hinderte es rasch. Ihr müsst zu Eurer Mutter zurück, sagte er.

Sie schüttelte den Kopf.

Zu Eurem Bruder –

Wieder ein Kopfschütteln. Der ist glücklich. Sein Weib ist wie einer der Engel auf den Heiligenbildern – mit dem langen goldenen Haar. Ich will mit den Heiligen nichts zu tun haben. Mit der Zeit wachsen ihr wohl noch Flügel.

Heinz lächelte, so trübe ihm zumute war. Meiner Schwester?

Maria war nicht so schön.

Er hörte diesen Namen ungern aus ihrem Munde; es verletzte ihn, dass sie ihn nannte, und nun gar so missgünstig nannte. Er wandte sich unwillig ab und antwortete nicht darauf, fragte vielmehr in etwas rauem Tone: Aber was soll aus Euch werden?

Was kommt's darauf an? Entgegnete sie. Nimm mich zu dir, wenn dein Herz sich meiner erbarmt. Ich will deine Magd und dein Stallbube sein.

Das sind unsinnige Reden, verwies er ihr. Wenn Ihr Euch fortwerft – ich mag Euch nicht aufheben.

Sie zuckte zusammen und fing plötzlich an heftig zu schluchzen. Das harte Wort tat ihm leid, aber es war nicht mehr zurückzunehmen. Indem er überlegte, wie er sie beruhigen könnte, ohne sich doch zu etwas Ungerechtem zu verpflichten, wurde die Zeltleinwand am Eingange aufgehoben, und es zeigte sich ein Kopf mit langer spitzer Nase und lebhaft blitzenden Augen.

Dem Junker war vorhin unter den Zuschauern ein Mann nicht unbemerkt geblieben, der ihn mit einiger Neugierde zu mustern schien. Er musste, nach der Form seines Gesichts zu schließen, ein Jude sein, aber seine Kleidung war der Mode des Tages angepasst und wie sie Hofleute zu tragen pflegen. Heinz hätte sich einbilden können, ihn schon einmal im Leben gesehen zu haben, er hatte aber keine Zeit, weiter darüber nachzudenken, da der Reiter bald seine ganze Aufmerksamkeit fesselte. Nun überraschte es ihn, dasselbe Gesicht dreist ins Zelt hineinblicken und gleich darauf den Mann unaufgefordert eintreten zu sehen.

Natalia schoss plötzlich das Blut in Wangen und Stirn. Des Königs Leibarzt! Rief sie, und der Junker wusste ihn nun in seiner Erinnerung unterzubringen. Das war der Mann, der seine Wunde geheilt hatte.

Leib Israel verneigte sich flüchtig und trat sofort an Natalia heran. Es freut mich, dass Ihr mich erkennt, sagte er. Ist auch nicht gar zu lange Zeit vergangen, seit Ihr mich in Raciaz Eures kranken Freundes wegen – er wandte sich bei diesen Worten halb zu Heinz – aufsuchtet, so haben doch schöne junge Fräulein oft ein schlechtes Gedächtnis. Es freut mich, dass ich Euch habe nützen können: Der Junker bezeugt durch sich selbst am besten, dass ich Euch Wort gehalten habe; es gibt keinen unter des römischen Königs Gästen, der geschickter eine Lanze bricht.

Was er sprach, klang spöttisch, obwohl es nicht so gemeint sein durfte. Heinz sah verlegen zu Boden; er hatte die Empfindung, als ob ihm schwerer Undank vorgeworfen werde, und der Jude konnte doch nicht wissen – Dies Gefühl verstärkte sich, als er ihn zu Natalia sagen hörte: Hoffentlich habt Ihr nicht zu bereuen gehabt, was Ihr für den Junker getan.

Schweigt, Unverschämter! Rief ihm das Mädchen zu. Weshalb nun diese heftige Abwehr ihrerseits? Er selbst hielt eine Entgegnung zurück.

Der Arzt schien das scharfe Wort überhört zu haben. Er ließ sich auf ein Knie nieder und sagte: Euer Lohn war gut. Ich will dafür meine Geschicklichkeit auch an Euch versuchen, ohne weitere Fragen zu stellen, die Euch unlieb sein müssen. Zeigt mir Euren Fuß. Ist er gebrochen? Sie zögerte. Aber er sah sie mit einem Blick an, der Gehorsam forderte, fasste auch, ohne eine Antwort abzuwarten, mit der einen Hand die Hacke, mit der andern die Wade und untersuchte durch leise Bewegungen, ob sich der Knochen verschieben ließe. Sie verbiss den Schmerz. Der Fuß ist nur verstaucht, entschied er, aber es kann eine Woche dauern und länger, bis Ihr ihn wieder zu brauchen vermögt. Und von den Reitkünsten kann auf lange hinaus nicht die Rede sein. Vor allem ist nötig, dass Ihr Euch auf ein Lager streckt. Er hob die hintere Zeltwand und rief einer alten Zigeunerin, die hinter dem Wagen ein Huhn schlachtete, etwas in fremder Sprache zu.

Sie unterbrach sogleich ihre Arbeit, kam ins Zelt und gab in sehr unterwürfiger Stellung auf die weiteren Weisungen des vornehmen Arztes acht, der sich ihr wohl zu erkennen gegeben haben mochte. Dann warf sie aus dem Wagen einige Polster und Decken auf die Erde und begann eine Lagerstätte herzurichten.

Der Raum ist so eng, sagte Leib Israel, zum Junker gewandt, dass wir die gute Alte in ihrem löblichen Werke hindern. Treten wir ins Freie, bis das Lager bereitet ist. Am besten überlasst Ihr auch die Kranke heute dem Arzt, der für die nötigen Umschläge zu sorgen hat.

Heinz kam diese Mahnung ganz angenehm. In Gegenwart des Fremden konnte er ja doch nichts mit Natalia besprechen. Er verabschiedete sich daher und versprach am andern Tage wiederzukommen und sich nach ihrem Befinden zu erkundigen. Sie schien nun kaum auf seine Worte zu achten, saß mürrisch mit abgekehrtem Gesicht und reichte ihm nicht einmal die Hand, als er ging. Sie ist beleidigt, dachte er, weil ich ihre Dienste unfreundlich abgewiesen habe. Wie durfte ich sie aber annehmen?

Am nächsten Tage fand im Schloss zwischen den Abgesandten des Ordens, den Räten des Königs von Polen und dem Kanzler des römischen Königs mit seinem Beirat von gelehrten Doktoren eine Beratung über einige der wichtigsten von den dreiundvierzig Klageartikeln des Ordens statt, wobei Heinz nicht fehlen durfte. Es waren auch die beiden Bischöfe von Kujawien und Heilsberg anwesend und suchten durch scharfe Zwischenreden jeden Ausgleich zu hindern, der nicht auf ihre Ansprüche volle Rücksicht nahm. Darüber gab es großen Lärm, und es fiel sogar der Vorwurf, dass der Hochmeister den hussitischen Umtrieben nicht fernstehe und den Orden ganz von der Kirche lösen wolle. Dagegen fuhr sein Vetter von Plauen heftig auf, und der Ordensmarschall sah sich genötigt, seines Herrn Verteidigung zu übernehmen. Die schlauen Priester aber drängten nun die Gesandten mehr und mehr in die Verhandlung selbst hinein und kamen so zu ihrem Ziele bei dem Kanzler des römischen Königs. Nach stürmischen Hin- und Widerreden trennte man sich erst am späten Abend. Heinz nahm einen der Schreiber mit sich und ließ ihn alles niederschreiben, was von der Verhandlung frisch im Gedächtnis war. Er meinte, es gehe nicht mit rechten Dingen zu, und wollte seinem gnädigsten Herrn überlassen, das zu beurteilen. So arbeitete er tief in die Nacht hinein.

Er hatte an diesem Tage nicht daran denken können, in der Stadt einen Besuch zu machen. Am andern Vormittag aber, als er sich schon zu diesem Zweck angekleidet hatte, ließ sich in seiner Herberge ein Danziger Bürger namens Westphal melden und um ein Gespräch bitten. Er erzählte ihm, dass Frau Anna Groß mit ihren Kindern angelangt sei, um ihre Klage gegen den Orden bei König Sigismund anzubringen, wie ihr des Königs von Polen, ihres Schutzherrn, Räte weidlich geraten hätten. Denn noch immer enthalte man ihr die Güter ihres Mannes und ihres Vaters vor. Sie ließ ihn bitten, ihr eine Stunde zu schenken und ihr genau zu sagen, an wen sie sich zu wenden habe, auch ihren Begleiter, eben diesen Westphal, bei Hofe vorzustellen und zu empfehlen. Heinz kam dieses Gesuch in seiner jetzigen Lage sehr unbequem. Er begab sich aber sofort zu der unglücklichen Frau und suchte sie zu bestimmen, von allen feindseligen Schritten abzustehen und sich lieber mit Bitten an den Herrn Hochmeister zu wenden, bei dem er künftig gern für sie sprechen wolle. Das lehnte sie aber mit Heftigkeit ab. Soll ich bitten, rief sie, dass man mir das Unrecht verzeihe, das mir und meinen Kindern geschehen ist? Kann der Hochmeister mir gerecht werden, da er doch den Mörder meines Vaters und meines Mannes geschützt hat, weil er sein Bruder ist? Nein, ich will mich nicht nochmals demütigen – klagen will ich um mein Recht, und wenn ein Gott im Himmel lebt, muss mir mein Recht werden.

Da er sie nun zu begütigen bemüht war, verlor sie in ihrem Schmerz alle Fassung und nannte ihn selbst einen unzuverlässigen Freund und einen Mantelträger. Sehr verstimmt ging er von ihr. Er hatte in der Schule des Lebens bereits genug gelernt, um zu wissen, dass man ihr Unglück vielleicht benutzen werde, dem Hochmeister neue Ungelegenheiten zu bereiten, dass ihr aber auf solche Art nicht zu helfen sei.

Als er dann auf den Markt kam, traf er zwar die Zigeuner dort noch an, fand aber das Zelt leer. Seine Fragen verstanden sie sowenig als er ihre Mitteilungen in der fremden Sprache. Aus ihren Zeichen und einzelnen deutschen Worten entnahm er nur so viel, dass sie die Kranke nicht länger hätten beherbergen können und dass der Arzt sie fortgeschafft habe. Er nahm sich vor, Leib Israel bei nächster Gelegenheit zu befragen. Aller Wahrscheinlichkeit nach war sie in ein Pilgerhaus gebracht, in dem Kranke gepflegt wurden.

Aus ganz anderem Grunde sollte er einige Tage später zu des Königs Leibarzt geführt werden. Es geschah nämlich, dass beim Turnieren seine Lanze unglücklich splitterte und das spitze Holz ihm das Auge verletzte. Die Wunde schien anfangs klein und ungefährlich, sodass er sie mit Hausmitteln meinte, heilen zu können. Leider bildete sich bald eine Tränenfistel, und die starke Eiterung bewies auch, dass ein kleiner Holzsplitter stecken geblieben sein müsste. Nun riet der Ordensmarschall, ärztliche Hilfe zu suchen. Wo konnte er sie besser finden als bei Leib Israel?

Der Jude hatte sein Quartier in einem Hause dicht neben der königlichen Herberge. Es war mit großem Luxus eingerichtet. Auf den Treppen und Fluren lagen weiche Matten, über den Fußböden der Zimmer köstliche Teppiche. Die Türöffnungen waren durch lange faltige Decken mit orientalischen Mustern geschlossen, und ähnliche Decken hingen vor den Fenstern an verschiebbaren Ringen, die über zierliche Stangen von Goldblech liefen. Auf den Gestellen in den Wandnischen standen allerhand Gläser und Flaschen, auch lagen dort sonderbar geformte Instrumente neben Knochen von Tieren und Menschen. Offenbar war der berühmte Arzt daran gewöhnt, vornehmen Besuch zu empfangen, und gleich die Ausstattung des ersten Zimmers war derart, dass sie den Besucher mit Betrachtungen über seine geheimnisvolle Kunst beschäftigen musste.

Ein alter Diener hörte Heinz an und ging dann, seinen Herrn herbeizuholen, der in seinem Laboratorium arbeitete. Leib Israel erschien bald in
einem langen Gewande, eine spitze Mütze auf dem Kopf, und schien ihn
bei der Begrüßung vorsichtig zu mustern, was etwa sein Kommen bedeute. Sobald er sich überzeugt hatte, dass das Auge wirklich krank war,
zeigte er sich vertraulicher. Er rieb die wunde Stelle mit einer Salbe ein
und gab ihm ein Fläschchen mit Wasser, das er am Morgen und am
Abend zum Waschen gebrauchen solle. Er erlaubte ihm auch, nach einigen Tagen zu bestimmter Stunde wiederzukommen. Schon in der Tür
sagte der Junker: Wollet mir noch eine Auskunft geben. Wo ist Natalia
von der Buche geblieben? Bei den Zigeunern habe ich sie vergebens gesucht.

Der Arzt legte den Finger ans Kinn und zwinkerte mit den Augen.
Habt Ihr sie gesucht, Junker? Fragte er lächelnd. Sie hat einen ganzen
Tag umsonst auf Euch gewartet und dann gemeint, Ihr wolltet Euch
nicht mehr blicken lassen. Bei dem Gesindel konnte sie nicht bleiben. Ich
habe sie – ich habe sie in ein Hospital gebracht, wo sie gut aufgehoben
ist.

Bessert sich der Fuß?

Sie wird ihn bald völlig wieder brauchen können. Aber ein schwereres
Leiden ist nicht so leicht zu beseitigen. Er tupfte mit dem Finger auf seine Stirn.

Die Arme! Ihre Reden waren so verwirrt. Kann ich sie sehen?

Nein! Euer Anblick würde sie sehr aufregen. Die Wahrheit zu sagen:
Sie spricht von Euch nicht gut, Junker. Es scheint, dass Ihr sie schwer gekränkt habt.

Er senkte den Kopf. Sie hat mir's reichlich vergolten, sagte er leise. Das
ist eine traurige Abrechnung – sie lässt für uns beide nichts übrig.

So gewinnt vielleicht der Dritte, murmelte Leib Israel und schob ihn
sanft hinaus.

Die Wirkung des Wassers war die beste. Als Heinz sich dem Arzt wieder zeigte, konnte er schon das Auge ohne Schmerz öffnen und schließen. Gebraucht das Mittel noch eine Woche so fort, und Ihr seid gesund,
versicherte der kluge Arzt.

Das traf zu. Darauf steckte der Junker einen Goldgulden in die Gürteltasche und ging zu ihm, seinen Dank anzubringen. Er fand ihn aber
nicht zu Hause. Der König, hieß es, habe ihn berufen, und er sei schon
einige Stunden fort. Heinz sagte, dass er ihn erwarten wolle, und trat in

das Zimmer ein. Neugierig betrachtete er die Gläser und Instrumente auf den Gestellen in der Nähe und vertrieb sich damit, so gut es ging, die Zeit. Auf einem Pulte lag ein großes Buch aufgeschlagen. Die Schrift war ihm unbekannt; zwischenein aber zeigten sich wunderliche Figuren, Kreise und Dreiecke durcheinander und Schlangenlinien in allerhand Windungen.

Während er wie ein Kind, das ein Buch mit Bildern besieht, darin blätterte, vernahm er hinter den Türvorhängen eine gedämpfte Stimme, die eintönig deutsche und polnische Worte bald sprach, bald sang. Er glaubte, sie zu kennen. Natalia hatte einmal das Lied gesungen, dessen Melodie mitunter anklang – ein Lied vom Rösslein, das bei Lerchensang über die Heide trabt. Da waren auch die Schlagworte – kein Zweifel mehr, sie war's! Wie kam sie hierher in des Juden Haus? Hatte Leib Israel ihm die Unwahrheit gesagt? Er schlich nach der Tür und lauschte an den Vorhängen.

Leise schob er sie zurück und blickte in das anstoßende Gemach. Da stand Natalia auf dem bunten persischen Teppich, in lange weiße Gewänder gekleidet. Sie hielt einen runden Spiegel am Griff in der Hand und war bemüht, mit der andern einen Schal von feinstem Gewebe mit durchzogenen Goldfäden turbanartig um den Kopf zu winden. Es wollte nicht nach Wunsch gelingen. Rebekka versteht's besser, sagte sie, aber sie kann nicht reiten wie ich. Über die Heide bei Lerchensang – hahaha! Die Lerchen werden nicht müde zu singen – früh oder spät, spät oder früh. Heissa! Nein, nun reimt sich's nicht. Bin ich eine schöne Jüdin? Es fehlen noch die langen Ohrgehänge von Gold und Perlen.

Er musste ein Geräusch verursacht haben, denn sie schreckte plötzlich zusammen und blickte um sich. Das zierliche gelbe Windspiel, das sie umtänzelt hatte, wurde aufmerksam und fing zu bellen an. Mit einer raschen Armbewegung schlug er die Vorhänge zurück und stand vor ihr. Natalia, rief er, hier finde ich dich?

Ihren ganzen Körper befiel ein Zittern. Sie riss den Schal vom Kopf und drückte ihn mit den Händen gegen die Augen. Das Windspiel versteckte sich ängstlich hinter ihr. Nach einer Weile ließ sie die Hände sinken und sah ihn mit einem zornigen Blick an. Du hast es nicht besser gewollt, sagte sie. Warum kamst du nicht wieder?

Er wollte ihr's erklären, aber sie unterbrach ihn mit Heftigkeit. Lüge – Lüge – Lüge! Pfui! Du bist feige, dass du lügen kannst. Und warum? Will ich noch etwas von dir? Sieh mich an! Ich bin des Juden schönster Schatz. Als ich ihn zuerst küsste, da war's, dich zu retten. Seitdem sind meine Lippen vergiftet. Und jetzt küsst er das Gift von meinen Lippen, und ich werde gewiss wieder gesund werden – bis zum letzten Stündlein hat's Zeit. Sie trat dicht an ihn heran; die langen Gewänder schleppten nach; auf dem einen Fuß hinkte sie ein wenig. Ich weiß, wo er sein Gift aufbewahrt, flüsterte sie ihm zu, seine Hand fassend, ich kenne alle seine Schlüssel – und nachts ... Aber das darfst du nicht wissen, denn es ist für eine, die du liebst. Sie stieß ihn fort. Ich hasse dich! Hüte dich vor mir – es hat kein gutes Ende.

Sie schleppte sich nach der Tür, durch die sie eingetreten sein musste. Dort wandte sie sich nochmals zurück. Aber du bist des Juden Gast, sagte sie mit höhnischem Lachen, du sollst gut bewirtet werden. Warte ein Weilchen, ich bin gleich wieder hier. Sie huschte fort.

Nach wenigen Minuten kehrte sie zurück. Auf einem kleinen Brett von Ebenholz trug sie ein Henkelglas, das mit Wein gefüllt sein mochte, denn es schaukelte sich darin eine helle gelbe Flüssigkeit. Trinke das, sagte sie, und lass dir's wohl bekommen.

Er sah sie fragend an, und sie schien plötzlich verwirrt zu werden. Sei nicht bange, stotterte sie, dass ich nicht selig werde. Ich hab's dem heiligen Stanislaus versprochen, dass ich den Juden zum Christen mache, dafür bittet er für mich, dass mir alle Sünden vergeben werden – vergangene und zukünftige. Sie hielt das Brett vor ihn hin. Trinke nur, trinke – und denke dabei an – Maria.

Als sie den Namen nannte, zitterten ihre Hände so heftig, dass das Henkelglas auf seinem zierlichen Fuß ins Schwanken kam und umstürzte. Er griff eiligst danach, aber der Wein ergoss sich schon über das Brett und auf den Fußboden. Das Hündchen leckte die Flüssigkeit auf.

Natalia schien bestürzt. Sollte es nicht sein? Sprach sie vor sich hin. Gut – ein andermal. Warum dachte ich auch an –? Sie bemerkte das Windspiel und stieß es mit dem Fuße fort, dass es heulend in die Ecke des Zimmers floh. Es schien ihr gleich darauf leidzutun. Sie folgte ihm, hob das zitternde Tierchen auf, setzte sich auf ein Polster und nahm es auf den Schoß. Armer Wicht, sagte sie, das glatte Fell streichelnd, armer Wicht, was hast du getan? Wie wird dein Herr, der Jude, schelten, dass du so vorwitzig warst! Nicht für dich, nicht für dich – Wie das Herz stürmisch klopft. Sie drückte den Kopf des Hündchens an ihre Brust und streichelte ihn unaufhörlich. Das ist für deine Treue, armer Geselle.

In der Tür erschien eine alte Jüdin und blickte ängstlich im Zimmer um. Was wollt Ihr? Fuhr sie den Junker an. Wer seid Ihr? Dann wandte sie sich zu Natalia und flehte mit sanftester Stimme: Ich bitt' Euch, Fräulein, kommt mit mir in Euer Zimmer zurück. Einen Augenblick ließ ich Euch unbewacht und gleich – Bedenkt, wie streng der Herr verboten hat – Gott Abrahams, wenn er Euch hier bei dem Fremden findet –

Es war schon zu spät. Eben trat Leib Israel hinter den Türvorhängen vor. Was geschah hier? Fragte er, und seine Augen blitzten zornig. Rebekka – wie konntest du –? Fort mit Euch, Junker, sie gehört mir, wenn ich sie wieder gesund mache. Er schob ihn zurück und stellte sich vor Natalia, die auf sein Eintreten gar nicht zu achten schien, sondern nur immer das kleine Windspiel streichelte und küsste, das nun kläglich wimmerte und schmerzlich zuckte. Der Arzt wurde darauf aufmerksam – er sah das Glas in des Junkers Hand, auf dem Boden das Brett und daneben die Spuren der verschütteten Flüssigkeit, betastete den Körper des Tieres und sagte: Der Hund hat Gift. Wer gab ihm das?

Heinz durchfröstelte es. Mir war's bestimmt, sagte er, sich schüttelnd.

Natalia aber schien in ihren Armen ein Kind zu wiegen. Sie sang, beugte den Kopf und horchte. Plötzlich schrie sie auf: Tot – tot! Ließ das Hündchen von ihrem Schoß auf den Fußteppich gleiten und begann laut zu schluchzen und die Hände zu ringen.

Der Arzt wollte sie aufrichten, aber sie wehrte ihn von sich ab. Er winkte Rebekka heran, fasste des Junkers Arm und führte ihn hinaus.

So hätt' ich um dich nicht geweint! Rief Natalia ihm nach.

Am andern Tage fand er sich wieder im Hause des Arztes ein, nach der Unglücklichen zu fragen. Leib Israel saß vor dem großen Buch und zirkelte mit dem Finger die Figuren nach. Erst nach einer Weile blickte er auf und sagte: Sie ist in dieser Nacht entsprungen – durchsucht mein Haus, wenn Ihr wollt. Ihr Schicksal bekümmert mich mehr, als Ihr glaubt. Aber es ist vergebens, ihr nachzuspüren – die Zeichen geben keine Auskunft.

Heinz legte den Goldgulden auf die Leiste des Pultes und ging schweigend hinaus.

Zweiundzwanzigstes Kapitel

Prüfungen

Erst am 24. August erfolgte des römischen Königs Schiedsspruch. Wladislaus Jagello war längst vorher abgereist; Michael Küchmeister musste erkennen, dass seine Nachgiebigkeit dem Orden wenig Gunst gebracht hatte. Denn so lautete des Königs Spruch:

Der König von Polen soll die Gefangenen freilassen und die Urkunde über des Ordens Ansprüche auf Samogitien ausstellen binnen sechs Monaten.

Der Orden aber soll bis Weihnachten seine Schuld von 69 400 Schock Prager Groschen an Polen berichtigen.

Hält der Orden diesen Termin nicht, so soll er dem polnischen Könige die Neumark nebst Driesen und Schivelbein zum Pfand geben. Der Bischof von Leslau (Kujawien) soll in seine Güter und Rechte wieder eingesetzt und für seine Verluste entschädigt werden. Die Entschädigungssumme wird der römische König bestimmen.

Der Bischof Heinrich Vogelsang von Ermland möge in sein Bistum zurückkehren dürfen; alles, was man von seiner Kirche erhoben, solle ihm ersetzt werden, und was der Orden mit ihm auszugleichen habe, nach dem Rechte geschehen.

Die Handelsstraße zwischen Preußen und Polen soll nach alter Gewohnheit zu Lande und zu Wasser frei sein.

Alle vor dem letzten Frieden erhobenen Klagebeschwerden sollen abgetan sein; spätere will der König seiner ferneren Entscheidung vorbehalten.

Die Streitfrage über die Grenzen des Ordensgebietes und andere dergleichen sollen im Lande selbst durch Bevollmächtigte, die der König senden wird, erörtert werden.

So des römischen Königs Wille zu beider Teile Frommen.

Sich selbst hatte er dabei keineswegs vergessen. Nicht nur war ihm von dem schlauen Bischof von Leslau die Entschädigungssumme, über welche erst noch gesprochen werden sollte, bereits im Voraus als ein Geschenk abgetreten, sondern Wladislaus Jagello hatte ihm auch von den festgesetzten Kriegskosten den Betrag von 25 000 Schock Groschen gegen Verpfändung von dreizehn Orten in der Zipser Gespanschaft dargeliehen und den Orden zur Zahlung angewiesen. So erklärte sich's, dass der Spruch des Königs diesen Teilen günstig fiel.

Der Ordensmarschall, so tapfer er auch bei jeder neuen Verhandlung mit Worten kämpfte, hatte doch Schritt nach Schritt in allen diesen Punkten nachgegeben, wie wenig auch seine Instruktion ihn dazu ermächtigte. Er wusste, dass der Krieg unvermeidlich sei, wenn der Orden nicht annehme, und hielt, wie tüchtig er sich auch für seine Person als Kriegsmann bewährt hatte, den Krieg für das schwerste Unglück, das den Orden betreffen könne. Wie sollte dieser seinen übermächtigen

Feinden in seiner Not mit Erfolg Widerstand leisten können, wenn König Sigismund im Zorn ganz seine Hand von ihm abzog? So meinte er nun das Äußerste an Vorteilen durch seine Zähigkeit erreicht zu haben, was sich unter so traurigen Umständen erreichen ließ, und rechnete, wenn nicht auf des Meisters Dank, so doch auf dessen vernünftige Einsicht, dass die Gesandtschaft sich zuletzt wohl fügen musste.

Er ließ sofort durch den Kanzler die nötigen Briefe an den Hochmeister ausfertigen und schickte Heinz von Waldstein mit denselben voraus nach der Marienburg. Er selbst begab sich zunächst nach Przemysl zum polnischen Könige, in der Hoffnung, durch eine persönliche Verhandlung mit demselben Erleichterungen für den Orden erlangen zu können.

Heinz beeilte seine Reise, soviel er konnte. Noch vor Mitte des September langte er in der Marienburg an und gab sogleich seine Briefe ab. Plauen war bestürzt über diesen Ausgang des Ofener Tages und erzürnte sich noch mehr, als er von Heinz erfuhr, wie es am Königshofe zugegangen sei. Unmöglich schien's, die gewaltige Schuldsumme bis Weihnachten aufzutreiben. Das wissen sie, rief er, und darum setzen sie diesen kurzen Termin. Um das ist es ihnen zu tun, was ihnen zufallen soll, wenn wir ihn nicht einhalten. Nach der Neumark, des Ordens unentbehrlichsten Besitz, streckt Jagello seine begehrliche Hand aus. Er weiß, dass er uns jeden Zuzug aus Deutschland abschneiden, dass er uns die Verbindung mit dem Reich sperren kann, wenn er sie im Besitz hat, dass wir in Zukunft ganz hilflos in seine Macht gegeben sind, wenn er unsere Freunde hindern kann, uns beizustehen. Und selbst die Bischöfe, diese Ächter und Verräter, setzt er über uns! Käme der Bischof von Ermland wieder ins Land, dann wäre es besser, der Orden nähme sein Kreuz auf den Rücken und pilgerte in ein ander Land! Wie durfte Bruder Michael wagen, in solche Bedingungen zu willigen? Sah er denn nicht, dass man uns das Schwert aus der Hand winden wollte, um uns zu binden und zu berauben? Nimmer gebe ich dazu Brief und Siegel!

Er sandte Heinz nach kurzer Rast mit einem Schreiben voll bitterer Vorwürfe dem Ordensmarschall nach Polen entgegen; es war darin klar ausgesprochen, dass er die Ratifikation der abgeschlossenen Verträge zu verweigern entschlossen sei. Diese Nachricht traf Michael Küchmeister, der bei Jagello nicht das Mindeste ausgerichtet hatte und schon deshalb verdrießlich war, aufs Empfindlichste. Seine eigene Ehre hielt er dem römischen König für verpfändet; seiner Person glaubte er Plauen feindlich gesinnt, wenn dieser drohte, sein Wort nicht zu bekräftigen und ihn bloßzustellen. Da reifte bei ihm der Gedanke, dass Heinrich von Plauen eine Gefahr für den Orden sei und beseitigt werden müsse, wenn er sich nicht füge – er ließ ihn seitdem nicht mehr los.

Der Ordensmarschall kehrte nicht nach Ofen zurück, die Verhandlungen mit dem römischen Könige wieder aufzunehmen, sondern setzte seinen Weg nach der Marienburg fort. Der Hochmeister sollte belehrt werden, dass Nachgiebigkeit das zwingendste Gebot der Klugheit sei. Auge in Auge, so erwartete er zuversichtlich, werde Plauen Anstand nehmen, solche Kränkungen zu wiederholen. Äußerstenfalls meinte er, sich auf die Entscheidung eines Generalkapitels berufen zu müssen und der Zustimmung seiner Mitgebietiger sicher zu sein.

Heinz bestieg in Thorn ein Danziger Weichselschiff, das mit polnischem Getreide beladen war, in der Meinung, dass er nun dem Herrn Hochmeister sein Wort gelöst habe und wohl berechtigt sei, sich wieder um seine eigensten Angelegenheiten zu kümmern. Seine Sehnsucht nach Maria wollte sich nicht länger zügeln lassen, und wenn er auch zweifeln musste, ob es ihm gelingen würde, das geliebte Mädchen zu sehen und zu sprechen, so hoffte er doch in ihrer Nähe freier zu atmen, vielleicht auch durch Barbara oder auf andere Weise Gelegenheit zu erhalten, mit ihr wenigstens brieflich in Verkehr zu treten oder sie doch grüßen, und seiner Treue versichern zu lassen. Vielleicht war Herr Tidemann Huxer jetzt zugänglicher und zu verzeihen geneigt. Jedenfalls wollte er den Hochmeister an seine Zusage, noch einmal die Vermittlung zu versuchen, nicht eher erinnern, bis er sich über die gegenwärtige Sachlage an Ort und Stelle genau unterrichtet hätte.

Auf diesem Weichselschiffe aber diente ein alter Bekannter, Klaus Poelke vom Hakelwerk, als Matrose.

Am Tage der Abfahrt konnte der Junker ihn nur flüchtig begrüßen, da es auf dem Deck für die Mannschaft alle Hände voll zu tun gab. Als aber abends angelegt war und am Ufer das Feuer brannte und der Kessel mit Rüben und Lammfleisch darüber hing, hatte der Matrose nichts zu versäumen und ließ sich von ihm gern zwischen den Weiden finden. Er mochte wohl vorausgesetzt haben, dass der Junker mit ihm sprechen wolle, und war deshalb eine Strecke den Treidelsteg entlang gegangen, damit er ihn allein antreffen könne. Übrigens sah sein Gesicht nicht danach aus, als ob viel Gutes und Frohes mitzuteilen wäre.

Nun, wie ist's gegangen, Klaus? Redete Heinz ihn an.

Der Schiffer lüftete ein wenig die Kappe von Seehundsfell, die fast wie ein Helm aussah. Ich danke schön, gnädigster Junker, antwortete er, schlecht und recht.

Man hat dir's hoffentlich nicht nachgetragen, was du für mich getan hast und noch mehr tun wolltest?

Doch, gnädigster Junker, doch! Ich erfuhr, dass die Danziger Herren mich festnehmen und in den Turm werfen lassen wollten, wenn ich mich in der Rechten Stadt blicken ließe. So durfte ich nicht wagen, mit meinem Boot am Fischmarkt anzulegen und meine Ware dort zum Verkauf zu stellen, wie ich sonst pflegte. Sie hätten sich wohl auch gern auf andere Weise an mich gemacht, getrauten sich aber doch nicht, mich im Hakelwerk oder auf dem Wasser aufzuheben und in des Herrn Komturs Gerichtsbarkeit einzugreifen.

Das tut mir leid, Klaus.

Es hat so viel nicht zu sagen, Herr. Ich musste mich nun aber doch nach einem andern Erwerb umsehen. Und da es mit der Seeschiffahrt noch immer nicht sonderlich ging, hab' ich mich bei einem Weichselfahrer in der Jungstadt verheuert und reise nun auf und ab zwischen Thorn und Danzig, auch wohl einmal bis Warschau hinauf. Er schnitzelte mit seinem Messer an einem Weidenknüttel herum. Schade nur, dass wir damals nicht mehr Segel hatten.

Wie steht's denn in Danzig? Fragte Heinz nach einer Weile.

Nicht zum Besten, glaub ich. Man hört viel klagen, dass der Komtur dem Rat auf dem Nacken sitzt und der Handel nicht auf kann. Da haben denn auch die Handwerker nicht viel zu tun, sitzen in ihren Herbergen zusammen und beraten allerhand Artikel, die sie dem Rat vorlegen wollen. Sie meinen, mit des Komturs Hilfe alles durchzusetzen. Aber in meinen dummen Gedanken stell ich mir vor, dass er sie gewähren lässt, weil sie den Rat niederhalten, und dass sie sich, wenn der erst ganz zahm gemacht ist, doch am Ende die Finger verbrennen werden.

Das war's nicht, was der Junker hören wollte. Du magst recht haben, sagte er, aber ich dachte an diese Händel nicht. Was treibt denn deine Muhme, Frau Barbara?

Je, die sitzt bei meiner Mutter und spinnt fleißig.

Wie –? Ist sie denn nicht mehr bei Huxer?

Der Matrose schnitt lange Späne von dem Knüttel ab und ließ sie vor sich ins Wasser fliegen. Ach, Herr Junker, sagte er, der ist's schlecht genug gegangen. Herr Huxer, als er hinter die ganze Heimlichkeit gekommen war, hat sie Knall und Fall aus dem Hause gejagt, dem sie so viele Jahre in Ehren gedient hat. Und es war doch keine so große Sünde, dass sie ihrem Fräulein helfen wollte und die Flucht nicht verriet. Aber er ist ein harter Mann und hat ihr nicht einmal ein Jahrgeld ausgesetzt. Sie musste noch froh sein, dass sie ihre Sachen und ihr Gespartes mitnehmen durfte.

Der Junker wiegte verwundert den Kopf. Wer wirtschaftet denn nun im Hause?

Ei, da ist nicht viel zu wirtschaften. Herr Huxer ist meist auf Reisen – man sagt, er habe im Sinn, sein ganzes Geschäft nach Stockholm zu verlegen oder nach Wisby überzusiedeln. Vielleicht besinnt er sich auch eines andern. Wenn er zu Hause ist, genügt ihm das Stübchen neben dem Kontor, das dann der älteste Kaufgeselle räumt. Oben ist alles zugeschlossen.

Und Maria?

Klaus sah von unten her zu dem Junker hinüber, als ob er sich versichern müsste, richtig gehört zu haben, schnitt noch eine tiefe Kerbe in den Weidenast, klappte bedächtig das Messer zu und ließ es in seine Hosentasche gleiten. Ihr fragt sonderbar, Herr Junker, sagte er dann. Wisst Ihr's denn nicht?

Heinz trat dicht an ihn heran und ergriff seinen Arm. Was soll ich wissen, Klaus? Rief er, rasch aufgeregt.

Der Schiffer rückte unschlüssig an seiner Kappe. Ach, das ist ja eine traurige Geschichte, Herr, eine traurige Geschichte.

Um Gottes willen! Was ist mit Maria?

Sie ist – nein, ich kann's gar nicht sagen, wenn Ihr's nicht wisst.

Huxer hat sie ins Kloster der Reuerinnen gebracht – ich weiß es.

Jawohl, Herr, aber es war nicht seine Meinung, dass sie da ihr Leben lang bleiben sollte. Er hoffte, sie würde sich leicht einschrecken lassen und ihrem versprochenen Bräutigam zum Altar folgen. Aber da hatte er die Rechnung ohne den Wirt und auch ohne die Wirtin gemacht. Denn sie weigerte sich standhaft, wie sie auch bedrängt wurde! Die Barbara hat's bei den Schwarzmönchen erfahren, und die sind immer gut unterrichtet. Herr Rambolt von Xanten aber, des Schultheißen Sohn, hat zwar anfangs ein Auge zudrücken und des Fräuleins Hand trotz alledem annehmen wollen, da ja zum Glück noch nichts Sonderliches geschehen und er auch das große Vermögen nicht fahren lassen wollte. Hätt's nur ganz still bleiben können, was in jener Nacht vorgegangen war! Aber das war nicht zu erzwingen. Und als es erst ruchbar geworden war, dass das Fräulein mit Euch hatte entfliehen wollen, und schon unterwegs gewesen sei, und dass der Ratsherr gegen Euch beim Herrn Hochmeister Klage geführt habe, und als auf der Georgsbank im Artushof darüber hin und her gesprochen und dem Fräulein keine glimpfliche Nachrede gemacht wurde, da legte sich der alte Herr von Xanten darein und verbot seinem Sohn jede fernere Werbung, suchte ihm auch unter den reichen Erbtöchtern eine andere Frau aus und machte die Sache sogleich richtig. Darüber wurde Herr Tidemann Huxer sehr erbost und sagte, dass seine Tochter Schande über sein ganzes Haus gebracht habe und zur Sühne ihrer Schuld das Kloster nicht mehr verlassen, all sein Hab und Gut aber der Kirche zufallen solle. Das Fräulein aber hat trotzig widersprochen, den Schleier nicht nehmen zu wollen, und hat auch keine geistliche Vermahnung und kein Zwang geholfen. Was sie dann mit ihr angestellt haben, ihren Willen zu beugen, das wissen nur ihre Peiniger. Aber endlich –

Sie ist eine Nonne geworden? Schrie Heinz auf.

Klaus Poelke schüttelte den Kopf, ohne aufzusehen. Nein, Herr, sie soll widerstanden haben bis zum letzten, aber von aller Qual hat sie – der Tod erlöst.

Heinz brach zusammen.

Der Matrose sprang hinzu und hielt ihn in seinen Armen auf. Minutenlang war er der Sprache nicht mächtig, aber der schmerzliche Ausdruck seines Gesichtes sagte, was er litt. Dann ächzte er: Tot – Maria tot –! Wand sich auf dem Boden und wühlte die Stirn in den Ufersand.

Klaus stand ruhig und ließ Heinz gewähren. Er hielt es für nutzlos, ihm tröstend zuzusprechen, wusste auch nicht, wie etwa er die Worte setzen sollte. Nach einer Weile richtete der Junker sich auf und fasste seine raue Hand. Ist es denn gewiss? Fragte er. Sage Nein, dass mir doch noch ein Schimmer von Hoffnung bleibt.

Ich kann Euch nicht belügen, lieber Junker, antwortete Klaus. Meinte ich doch, Ihr würdet's schon von andern erfahren haben. Denn obschon die Sache still abgemacht werden sollte, ist sie in Danzig doch in aller Leute Mund. Spät am Abend wurde die Leiche in einem einfachen schwarzen Sarg vom Kloster nach der Gruft in der Marienkirche gebracht und beigesetzt. Ich selbst hatte mich mit Barbara in die Stadt geschlichen, und wir haben den Sarg tragen sehen. Der Ratsherr soll dem Kloster eine Tonne Goldes geschenkt haben. Sie reden auch davon, dass er nicht sehr bekümmert gewesen und gesagt habe: Lieber tot und begraben als in der Leute Mund. Er hab's nicht überwinden können, dass sein Haus in Unehren gebracht war und dass im kleinen Hof alles still würde, wenn er eintrat. Lieber tot und begraben als in der Leute Mund.

Und wann – ist das geschehen? Forschte Heinz mit matter Stimme.

Erst vor einigen Wochen, versicherte der Schiffer. Wenige Tage darauf trat ich diese meine letzte Reise an.

Ich weiß genug, sagte der Junker. Die hellen Tränen standen ihm in den Augen, und er wischte sie nicht fort. Nun ist's auch über mich entschieden. Geh – lass mich allein.

Klaus schien das bedenklich. Herr, sagte er, ich hoffe, dass Ihr wie ein Christ solches Leid tragen werdet. Denn so schwer es der Himmel manchmal auf unsere Schultern legt, soll doch niemand an Gottes Güte verzweifeln und etwas tun, das gegen sein Gebot ist. Kommt lieber mit mir ans Feuer – ich will Euch zur Nacht ein Lager bereiten neben dem Meinigen.

Heinz drückte ihm die Hand. Fürchte nichts derart, beruhigte er ihn. Ich werde nicht die Sünde suchen, um dem Leib zu entfliehen. Das hieße ewiglich von ihr getrennt sein. Aber ich weiß etwas, das Leben und Tod ist zugleich, und danach verlangt mich nun. Geh – ich kann nicht schlafen und will's bedenken. Morgen siehst du mich wieder auf dem Schiff.

Er hielt Wort. Als man aber an die Montaner Spitze kam, wo der Strom sich in Weichsel und Nogat trennt, setzte er die Reise nach Danzig nicht fort, sondern ging vom Schiff ab, nachdem er Klaus Poelke reich beschenkt hatte, und setzte zu Fuß seinen Weg nach der Marienburg fort.

Bevor er eintrat, umschritt er das Schloss bis zu der Stelle, wo das mächtige Marienbild sichtbar wurde. Dort warf er sich in den Staub und betete lange.

Dann ließ er dem Hochmeister seine Ankunft melden und bat um ein Gespräch.

Gnädigster Herr, sagte er, seine Hand küssend, Ihr habt mich ernstlich einmal ermahnt, das Kreuz zu nehmen und in Euren Orden zu treten. Damals war mein Sinn weltlich und mein Herz voll Hoffnung, dass es seines Glückes froh werde. Jetzt hab' ich schwerste Kümmernis erfahren, und die Welt ist mir leer, und ich weiß nicht, wie ich anders darin leben soll, als wenn ich allein Gott dem Herrn diene, der mich aufrecht halten kann in seiner Gnade. Also bitte ich Euch inständigst, gnädigster Herr, nehmt mich zu solchem Dienst an und gebt mir das Kreuz, von dem ich einzig mein Heil erwarte.

Heinrich von Plauen erkundigte sich teilnehmend nach seinen Schicksalen und sagte dann, die Hand auf sein lockiges Haupt legend: Ich will dich nicht schelten, dass du im Schmerz die Mutter unseres Heilandes suchst, die selbst große Schmerzen litt um ihren Sohn und deshalb die Krone des ewigen Lebens empfing. Denn der Schmerz reinigt unser Gemüt von allem im Sonnenschein des Glücks hoch aufgeschossenen Unkraut und macht den Acker frei für eine neue, bessre Saat. Ich hab's an mir selbst erfahren: Auch mich trieb das Leid zur Entsagung. Aber der Weg zum wahren Heil ist das noch nicht. Wähne niemand Gott zu dienen, der im Unmut seine Werke verachtet und sich mit Widerwillen von der Welt abwendet. Nur wer seines Unmutes Herr wird, gewinnt den Mut der Liebe zu Gott und macht seinen Willen frei, des Höchsten Werke zu fördern. Denn wenn er selbst in seiner großen Barmherzigkeit uns auch als Verdienst zurechnen mag, dass wir entbehren, so finden wir doch den echten Frieden nur in der Freude, ihm zuzustreben. Jetzt lockt dich das Kreuz nicht, weil es des Heilandes Kreuz ist; dein eigenes Kreuz meinst du, leichter unter ihm tragen zu können. Das ist das Rechte nicht, und wer zu uns trat, fühlte schon oft sein eigen Kreuz leichter und leichter, des Heilandes Kreuz aber immer drückender werden und bereute seinen vorschnellen Entschluss. Darum will ich dein Wort heute nicht in Pfand nehmen, dass du es lösen sollst, sondern dir drei Monate Bedenkzeit lassen, damit du dein Herz prüfest. Beharrst du dann aber bei deinem Wunsche, so sollst du mir als Bruder willkommen sein.

Sein Einspruch blieb unbeachtet. Nach des Ordens Statuten, erklärte der Meister, ist eine solche Probation vorgesehen für diejenigen, die sich im Kapitel schon bereit erklärten, in den Orden eintreten zu wollen. Dort können sie darauf verzichten, wenn sie sich ganz sicher fühlen. Darum setze ich dir aus rechter Wohlmeinung die Prüfungszeit vorher und nehme kein Verzicht an. Du sollst aber die drei Monate in unserm Hause wohnen und mit uns essen und schlafen, und ich will dir einen Ritterbruder und einen Priesterbruder zur Seite geben, dass sie dich in allem unterrichten, was künftig deine Pflicht sein soll, damit du nicht unwissend dein Gelübde sprichst und keine Entschuldigung hast vor Gott, wenn du es brechen solltest. Ich hoffe aber, wenn du es sprichst, so wirst du auch der Jungfrau Maria wackerer Streiter und eine feste Stütze des Ordens vom Deutschen Hause sein.

Es war Heinz gar lieb zu hören, dass ihm der alte Wigand von Marburg als Lehrer zugewiesen war, dazu ein Bruder Johannes, der wegen seiner Frömmigkeit in großem Ansehen stand. Mit ihnen hatte er nun steten Verkehr; er schlief in Wigands Zelle auf dem Strohsack, mit einer leichten Decke zugedeckt, und ließ sich tags von ihm das Ordensstatut vorlesen und auslegen; mit Johannes aber war er fleißig zu allen Gezeiten in der Kirche und betete, dass Gott seinen Sinn ganz zu sich lenken möchte.

Da merkte er nun wohl, dass der Meister nicht unrecht gehabt hatte: Seine Gedanken wollten von der Jungfrau nicht loskommen, die seine Maria gewesen war, und immer stand sie ihm in ihrer Lieblichkeit und Schönheit vor Augen, und er konnte sein Herz gar nicht zwingen, daran zu glauben, dass sie tot und ihm verloren sei. Oft trieb ihn der Unmut hinaus; dann lief er auf dem offenen Mauergang hin und her und ließ sich von dem eisigen Herbststurm durchschütteln und erkälten. Es war ihm, als müsste er zwischen die Zinnen treten und hinabspringen, seinem gequälten Dasein ein Ende zu machen. Aber zu rechter Zeit erinnerte er sich immer noch des Meisters treu gemeinter Worte; er biss die Zähne zusammen und rief: Ich will!

Plauen sah er nur selten und dann zufällig, übermäßig war der Hochmeister von Geschäften in Anspruch genommen. Michael Küchmeister hatte von ihm harte Vorwürfe hören müssen und sich nicht in der ehrerbietigsten Weise verteidigt. Als sie voneinandergingen, wussten beide, dass sie zu gemeinsamer Arbeit fürder nicht taugten. Aber Heinrich von Plauen war doch überzeugt worden, dass er mit den Fehlern seines Gesandten zu rechnen habe und den Spruch des römischen Königs nicht zurückweisen dürfe, wenn er ihn sich nicht zum bittersten Feinde machen wolle. Das Dringendste war nun, das Geld zusammenzubringen, das Weihnachten an Polen gezahlt werden musste, um die Verpfändung der Neumark abzuwenden. Wenigstens sollte alle Welt seinen guten Willen erkennen, dem harten Gläubiger gerecht zu werden. Er schickte an den König Heinrich IV. von England einen seiner Vertrauten, an die Restzahlung einer vor einigen Jahren versprochenen Entschädigungssumme eindringlich zu mahnen. Ein anderer Note ging mit einem Briefe an den König von Böhmen ab, ihn um ein Darlehn zu bitten, wofür er eine Ordensballei verpfänden wollte. Andere Schreiben richteten sich an die Kurfürsten und Städte. Alle seine Untergebenen mahnte er zu äußerster Sparsamkeit. Seinen eigenen Haushalt beschränkte er auf die notwendigsten Bedürfnisse und lebte für seine Person wie der einfachste Rittersmann. Er ließ sein Silbergerät einschmelzen und gab all seinen Komturen und Ordensbrüdern auf, seinem Beispiel zu folgen und einzuliefern, was sie nur irgend an silbernen Gefäßen oder sonst an Gold oder Silber besäßen. So erging auch durchs ganze Land in Städte und Dörfer das Aufgebot, alle silbernen Trinkbecher, Geschmeide, Gürtel und Schnallen dem Ordenstresler einzusenden, wofür jeder reichlich entschädigt werden sollte; die Kirchen, Klöster und Ordenskapellen mussten all ihr nur irgend entbehrliches Kirchengerät zum Einschmelzen hergeben. Dazu wurde ein neuer Landesschoß ausgeschrieben, von dem niemand frei sein sollte, er mochte Laie, Pfaffe, Mönch, Knecht, Magd oder Hirte sein. Und doch reichte die Summe bei Weitem nicht aus.

Bei seinen obersten Gebietigern fand der Hochmeister wenig gutwillige Unterstützung. Hermann Gans, der Großkomtur, stand ganz auf des Ordensmarschalls Seite, mit dem er sich für alle Fälle verständigt hatte. Auch den andern gefielen die strengen Maßregeln nicht, die sich nicht nur gegen das Land, sondern auch gegen die eigene Brüderschaft richteten, und doch wussten sie bessere nicht anzuzeigen, oder schämten sich, ihre eigentliche Meinung zu äußern. So forderte denn endlich der Meister nur selten ihren Rat und besprach die Geschäfte lieber mit denen, die sein Vertrauen hatten und ihm aufrichtig zu Dienst sein wollten. So berief er häufiger seinen Bruder von Danzig nach der Marienburg, mit ihm wegen der Rüstung Rücksprache zu halten, die ein neuer Krieg notwendig machen möchte, wenn Jagello nicht Aufschub bewilligen sollte. Denn die Neumark festzuhalten, war er fest entschlossen, und verhandelte deshalb gleichzeitig mit dem Markgrafen von Brandenburg, ihm für solchen Fall im eigensten Interesse Beistand zu leisten.

Stets hatte er auch bei sich einige von den angesehensten Landesrittern und Bürgermeistern oder Ratsherren der größeren Städte, denen er Vertrauen schenkte, und ängstlich war er bemüht, sie im Voraus wissen zu lassen, was in Landessachen im Werke sei, und ihre aufrichtige Meinung darüber zu hören. Da merkte er denn bald, dass er im Lande viel mehr Verständnis für seine strengen Maßregeln und viel mehr guten Willen zu kräftiger Unterstützung fand als im Orden selbst. Seiner Person stand man freudig zu, von seinem ehrlichen Regiment erwartete man das Beste, dem kräftigen, seines Weges sicheren Landesfürsten wollte man gern mit Gut und Blut helfen, des Landes Feinde zu überwinden. Aber tief eingewurzelt war das Misstrauen gegen den Orden; der Glaube war einmal erschüttert, dass da *ein* Körper und *ein* Geist sei.

Da war vornehmlich ein Landesritter, Herr Hans von Baisen, der weite Reisen gemacht und auswärts viel erfahren hatte, auch im Lande in großem Ansehen stand. Den hatte Heinrich von Plauen an seinen fürstlichen Hof gezogen und mit dem Hofamt des Vorschneiders bedacht, damit er immer in seiner Nähe wäre und jeden bösen Anschlag von seiner Person abwende; denn es war seine Pflicht, auf die Speisen zu achten, die dem hohen Herrn vorgesetzt wurden. Er hielt ihn aber, da er seine Klugheit und seinen bedächtigen Sinn erkannte, mehr wie einen vertrauten Freund als wie einen Untergebenen, verkehrte gern mit ihm und hieß ihn mit aller Offenheit sprechen, sollte es ihm auch nicht angenehm sein, die Wahrheit hören zu müssen. Als nun Baisen sich aus mancherlei Proben überzeugte, dass es dem Hochmeister wirklich Ernst mit solchem Verlangen sei, gab er ihm über alles gerade Auskunft und hielt mit seiner Meinung nicht hinter dem Berge, um sich etwa selbst zu schonen. Ich bin Ew. Gnaden als meinem gnädigsten Landesfürsten zugetan, sagte er, wie dem Lande, in dem ich geboren und begütert bin, und glaube wohl, dass beide gut zueinanderstehen und sich gleichzeitig fördern können, damit hier an den Grenzen der Polen und Litauer des Deutschen Reiches Außenburg fest und stark bleibe. Der Deutsche Orden ist aber für sich nicht mächtig genug, sich gegen so viele Anstürmende zu halten, und das Reich hat mit sich selbst zu tun, sodass es nicht Hilfe senden kann nach unserm Bedarf; da ist es denn vonnöten, dass die, so herum wohnen und für Weib und Kind, Haus und Hof, Vieh und Vorrat zu sorgen haben, allzeit mit raten und taten, dass man die Burg gut verteidige und jeder sich auf den andern trausam verlassen könne. Will der Orden uns annehmen und ehrlich neben sich gelten lassen, so wird er's nicht zu bereuen haben. Schließt er uns aber aus, so mag er's uns nicht verargen, dass wir bei denen Schutz suchen, deren er sich mit eigener Kraft doch nicht erwehren kann.

Da war's dem Hochmeister, als ob er Konrad Letzkau sprechen hörte, und er schlug ein Kreuz über der Brust, weil er an des Mannes jähen Tod dachte. Er überlas auch seinen letzten Brief und verstand nun vieles von dem, was ihm früher verworren erschienen war, und stimmte manchem bei, was er vordem für verwerflich erachtet hatte. Tag und Nacht trug er sich mit des Bürgermeisters kühnen Plänen, und immer gewisser wurde es ihm, dass nur auf diesen Wegen Heil zu erwarten sei. Konrad, Konrad – hörte Baisen ihn eines Abends sprechen –, dass du noch lebtest!

Eine Nacht brachte er in der Kapelle zu. Da ging er ernstlich mit sich zurate, ob irgendein selbstsüchtiges Verlangen ihn antreibe, die von seinen Vorgängern aufgerichtete Ordnung zu ändern. Aber er fand seinen Willen ganz rein und sein Herz frei von Ehrgeiz und Herrschsucht. Nicht meinetwegen soll's geschehen, rief er, dessen rufe ich Dich vor mir selbst zum Zeugen an, Herrgott im Himmel! Walte ich meines Amtes, das Du mir vertrautest, so will ich seiner walten nach bestem Wissen zu des Landes Nutz und Frommen. Nimmst Du mir's aber, so will ich ohne Murren den Stab niederlegen und ohne Groll in die Reihe zurücktreten, aus der ich hervorgezogen ward, neben den Brüdern mit Schwert und Schild zu dienen, solange mein Arm sie halten kann. Dazu gib mir Deinen Frieden, der köstlicher ist denn alle Herrlichkeit dieser armen Welt.

So gekräftigt durch sein Gebet und seiner reinen Ansicht bewusst, berief er ein Kapitel und trug ihm vor, dass der Gesandte des römischen

Königs, Benedikt von Macra, Lizenziat beider Rechte, und Herr von Chuch, nach den Briefen, die er kürzlich empfangen, schon unterwegs sei und mit einem Notarius des polnischen Königs ins Land kommen werde, kraft seiner Vollmacht das von Sigismund gesprochene Urteil zu vollführen, Beweis zu erheben, die streitigen Grenzen festzustellen und alle Irrungen auszugleichen. Zeige er sich freundlich und gerecht, so solle er ihm willkommen sein. Aber auch auf den andern Fall müsse man sich rüsten und beizeiten sorgen, dass man des Landes Beistand in der Not sicher sei. Darum habe er beschlossen, einen *Landesrat* einzusetzen und ihn zu wählen aus den Edelsten des Landes und aus den Bürgermeistern oder Ratmannen der Städte, zu denen er sich des Guten versehe, und sie zu seinem beständigen Beirat anzunehmen – unbeschadet der Rechte des Ordens, der Gebietiger und des Kapitels, die in Angelegenheiten der Brüderschaft vollmächtig bleiben sollten. Wohl weiß ich, schloss er, dass dies eine Neuerung ist, die dem Lande mehr Recht gibt, als es bisher besessen hat. Aber die Not zwingt dazu, und klüger ist's, einen Teil seines Besitzes an redliche Freunde abgeben, als seinen ganzen Besitz an den Feind verlieren. Auf die Uneinigkeit des Ordens und seiner Untertanen bauen unsere Widersacher. Wohlan! Zeigen wir ihnen, dass wir den eigenen Willen haben, uns ihrer zu erwehren. So hindern wir den Kampf. Wenn er aber unvermeidlich ist, so wird das Land uns nicht Schuld geben, dass wir ihn übermütig forderten, sondern uns freudig beistehen. Also begehre ich eure Zustimmung zu diesem Werke. Wer aber widersprechen will, der sage zugleich, wie er in anderer Weise den Orden seiner drückenden Schuld gegen Polen entledigen, die Verpfändung der Neumark abwenden, den Großfürsten Witowd aus Samogitien vertreiben und uns eine stattliche Rüstung schaffen will. Das ist seine Pflicht!

Da der Hochmeister die Frage nun so stellte, wussten seine geheimen Gegner nicht zu antworten. Selbst der Ordensmarschall und der Großkomtur verhielten sich schweigend, da ihnen die Zeit noch nicht gekommen schien, offen gegen ihren Herrn und Meister selbst aufzutreten. Sie meinten die Dinge noch eine Weile so gehen lassen zu können und trösteten sich, dass man in der Not gegebene Versprechungen nicht zu halten brauche. So erfolgte kein Widerspruch, und auch in den andern Konventen der Ordensburgen nahm man darauf die Botschaft des Hochmeisters ohne Einwand entgegen.

So geschah es denn mit der Gebietiger und der Brüder Vorwissen und Genehmigung, dass Heinrich von Plauen auf den 29. Oktober des Jahres 1412 zwanzig Landesadlige und siebenundzwanzig aus den Städten nach Elbing berief, sich in seinen Rat zu schwören. Unter den ersteren, waren viele Landesrichter und Bannerführer der Gebiete, aber auch andere Ritter. Hans von Baisen und Hans von der Buche hatte er nicht vergessen. Er selbst reiste nach Elbing und empfing die Berufenen dort im Kapitelsaal des Schlosses. Hans von der Buche konnte ihm eine frohe Meldung tun: Sein liebes Weib hatte ihm einen schönen Knaben geschenkt, und in der heiligen Taufe war er Heinrich genannt nach ihrem erlauchten Wohltäter. Im Übrigen war's ihm nicht ganz nach Wunsch ergangen: die Eidechsenritter im Kulmer Lande beschuldigten ihn des Verrats, zogen sich von ihm zurück und suchten seine Wirtschaft zu schädigen. Dass Ew. Gnaden mich jetzt würdig erachten, Euch als Euer geschworener Rat zu dienen, sagte er, wird mich bei den Nachbarn nicht in bessere Gunst bringen. Aber ich hoffe, mich deshalb nicht kleinmütig zu beweisen. Er hatte schon manchmal mit Waltrudis überlegt, ab es nicht geraten sei, Buchwalde zu verkaufen und sich in anderer Gegend, weiter ab von der polnischen Grenze, anzusiedeln.

Die im Kapitelsaal Versammelten sprach der Hochmeister freundlich an und ließ ihnen dann durch seinen Kanzler eine Urkunde verlesen und übergeben, in der es hieß: Der Hochmeister und seine Gebietiger wollen keine wichtigen und ernsten Dinge anheben, als da sind Bündnisse oder neue Kriege, ohne Wissen und Willen der geschworenen Räte. Erkennen sie mit dem Meister und seinen Gebietigern, dass es fromme, wenn der Rat verstärkt oder an das gemeine Land gebracht würde, so soll es nach ihrem Rate geschehen. Will der Hochmeister mit seinen Gebietigern und Räten notgezwungen Steuern, Schoß oder Ziese auf das Land legen, so soll es geschehen mit Wissen und Willen der gemeinen Lande und Städte. Niemand soll ohne Gericht zum Tode verurteilt werden. Wer zu klagen hat, dass ihm seine Privilegien verkürzt oder unrichtig ausgelegt würden, oder vom Hochmeister, dessen Gebietigern und Amtleuten, Rittern und Knechten, Bürgermeistern oder andern Beamten an seinem Eigentum Eintrag erleidet, soll seine Klage in der gemeinen Versammlung, die jährlich einmal zu Elbing stattfindet, anbringen, und die Sache soll dann vom Meister, den Gebietigern und Räten nach Gott und Recht gerichtet werden. Auf diesem Tage will auch der Hochmeister mit seinen Räten jederzeit getreulich ein gutes Regiment des Landes erwägen und gemeine Gebrechen und Unredlichkeiten wandeln und zerstören. Durch diese Punkte wollen jedoch der Meister und seine Gebietiger ihre oberherrlichen Privilegien, alten Gewohnheiten, redliches Herkommen und gemeinen Rechte nicht verkürzt haben.

Diese letztere Klausel hatten die Großgebietiger noch zuletzt in den Brief gebracht. Sie meinten, an diesem Vorbehalt, der eigentlich alle Zugeständnisse wieder aufhebe, werde sich anknüpfen lassen, wenn man des Landesrats nicht mehr benötigt sei. Der Meister aber gedachte allen solchen Ränken zum Trotz dem Lande ehrlich Wort zu halten.

Die Männer, die er berufen hatte, vertrauten ihm und leisteten nacheinander in seine Hand den Eid: Ich gelobe und schwöre Euch, meinem rechten Herrn Hochmeister, von Eures ganzen Ordens wegen, zu Eurem Rate, dazu Ihr mich erkoren habt, dass ich den mit ganzer Treue meinen will und Euren Rat nicht melden will und getreulich raten will, nach dem Besten meiner Vernunft, Erkenntnis und Wissen, das Euch und Eurem ganzen Orden und Eurem Lande das Nützlichste ist, und das nicht lassen will durch Lieb noch durch Leid, noch durch jemandes Willen, als mir Gott helfe und die Heiligen!

Feierliche Stille war im Saal, als die Männer so Gott anriefen, und die von den Kreuzherren anwesend waren, mochten wohl merken, dass mit diesem Tage für den Orden und das Land eine neue Zeit begann. Nun hatten sie die Herrschaft zu teilen mit denen, die neben ihnen mächtig geworden waren, und Rechenschaft zu geben ihren Untertanen.

Der neue Landesrat aber täuschte des Herrn Hochmeisters Vertrauen nicht. Er bewilligte die Summen, die noch zu des Königs von Polen Befriedigung fehlten, und sorgte dafür, dass sie in den Ordensschatz eingingen.

Nun hoffte das Land, des Friedens froh zu werden.

Dreiundzwanzigstes Kapitel

Um das Kreuz

Der Winter war gekommen, spät, aber dann mit kräftigem Einsatz. Dickes Eis lag auf der Nogat. So weit vom hohen Turm der Marienburg das Auge reichte, eine blendende Schneefläche. Auch auf den Spitzdächern der Burg, auf den Zinnenkränzen und auf allen den seinen vorspringenden Verzierungen der Giebel, Fenster und Türen haftete der Schnee, sich mit seinen zierlichen Zeichnungen scharf abhebend gegen die dunkelrote Ziegelwand. Selbst die Jungfrau Maria, die Schutzpatronin der Burg, musste sich gefallen lassen, dass der in die Nische gewehte Schnee sich auf ihrer goldenen Krone häufte und das Christuskind weiß zudeckte. In der Stadt stieg aus hundert Schornsteinen der Rauch gleich grauen Säulen in die eisige Luft und lagerte sich um den Kirchturm wie eine dichte

Nebelwolke, und über die Straßen führten schmale Fußpfade mit Abläufern zu den Haustüren, und man hütete sich wohl, mit den Holzschuhen, in die der Kälte wegen Stroh gestopft war, darüber hinaus in den tiefen Schnee zu treten, den das Völkchen der Krähen aufwühlte, um nach alten Küchenabfällen zu suchen.

Zu solcher Zeit war der Aufenthalt in der Burg recht unerfreulich. In den Ritterzellen gab's keine Öfen, notdürftig waren die Fußböden von Ziegeln mit Schilf- und Strohmatten belegt, die kleinen Fenster gegen das Eindringen der kalten Luft verstopft. Von einer Tür zur andern musste man oft über die offenen Treppen und die den Hof umlaufenden Galerien. In den gemeinsamen Räumen leisteten die Kamine wenig, obschon die Holzscheite darin unaufhörlich prasselten. Da musste der Pelz gegen die Kälte schützen, und an diesem Kleidungsstück fehlte es keinem von den Bewohnern des Schlosses, nur dass die vornehmen Herren kostbaren Zobel trugen, ihre Diener sich aber mit dem Vlies der einheimischen Landschafe begnügten, dem jeder Bezug fehlte.

Es war gut, dass Heinz auch das Leben der Ordensritter zur Winterzeit kennenlernte, um sich über dessen Beschwerlichkeit keinen Täuschungen hinzugeben. Er ließ sich aber nicht abschrecken, wiederholt um die Aufnahme in den Orden zu bitten; alle die Mühseligkeiten, die ihn dort erwarteten, schienen leicht zu ertragen gegen die Qual seines Herzens, in dem die Liebe nicht sterben wollte. Er hoffte Erleichterung, wenn die Brücke hinter ihm abgebrochen war und ein neues Leben in strenger Erfüllung seiner Ritterpflichten begann.

Der Hochmeister weigerte sich nicht länger, ihm zu willfahren. Es war da auch ein junger Graf von Katzenellenbogen mit zwei anderen adligen Gefährten ins Land gekommen, um das Kreuz zu nehmen, und für alle wurde derselbe Tag zu Aufnahme bestimmt, an dem ein Kapitel der Marienburger Konventsbrüder stattfand.

Während die Ritter sich im Remter versammelten, befanden die Novizen sich in einem anstoßenden Gemache und wurden nochmals belehrt, was sie bei ihrem Eintritt ins Kapitel zu tun hätten. Dann wurden sie in den Remter entboten.

Heinrich von Plauen selbst war anwesend und saß auf seinem Lehnstuhl unter dem Baldachin. Zur Aufnahme der jungen Ritter aber hatte er sich den Großkomtur zu seinem Stellvertreter bestimmt. An ihn wies er daher auch die Novizen, als sie sich nach der Vorschrift vor ihm auf die Knie niederwarfen und die Bitte aussprachen, sie durch Gott in den Bund des Ordens aufzunehmen.

Der Großkomtur antwortete für ihn: Die Brüder haben eure Bitte erhört, sofern ihr nicht der Dinge eins an euch habt, über die wir euch jetzt fragen müssen: zum ersten, ob ihr euch nicht schon einem Orden verlobt habt?

Darauf antworteten sie mit lauter Stimme: Nein.

Zum andern, ob ihr an kein Weib gebunden seid durch Gelübde, oder irgendeines Herrn Knecht?

Die anderen besannen sich auch diesmal nicht lange und verneinten die Frage. Heinz aber senkte tief den Kopf, dass man nicht merke, wie er erbleichte. Irgendeines Herrn Knecht bin ich nicht, sagte er dann, und das Weib, an das ich durch Gelübde gebunden war, ist – tot.

Der Tod löst auch ein Eheband, entgegnete der Großkomtur und fuhr fort: Zum dritten, ob ihr keine Schuld mehr schuldig oder irgend Rechnung abzutun verpflichtet seid, woraus dem Orden Bekümmerung entstehen möchte?

Nein, sprachen sie gesamt.

Zum vierten, ob ihr keine heimliche Krankheit an euch habt. Würdet ihr irgend dieser Dinge eins an euch haben und ihr saget es uns nicht, so könntet ihr, sobald wir es nachmals erfahren, nicht mehr unser Bruder sein und habt den Orden verloren.

Sie versicherten feierlich, dass sie sich in keinem der gefragten Dinge schuldig wüssten.

Darauf begann der Großkomtur wieder, indem er sich zu einem der Priesterbrüder wandte, welcher ein Buch in der Hand hielt: Leset uns also, lieber Bruder, womit unseres Ordens Statuten beginnen.

Der Priesterbruder las mit erhobener Stimme: Drei Dinge sind die Grundfesten eines jeglichen geistlichen Lebens.

Das eine, das ist Keuschheit ewiglich.

Das andere ist Verzicht eigenen Willens, das ist Gehorsam bis in den Tod.

Das dritte ist Verheißung der Armut, dass der ohne Eigentum lebe, der da empfähet diesen Orden.

Die drei Dinge bilden und stellen den in den Orden geweihten Menschen nach unserm Herrn Jesu Christo, der da keusch war, und blieb am Gemüte und am Leibe, der da große Armut an seiner Geburt anhob, da man ihn bewand mit elenden Tüchlein. Die Armut folgete ihm auch all sein Leben lang, bis dass er auch nackt hing durch uns an dem Kreuze.

Er hat uns auch ein Vorbild des Gehorsams gegeben, dieweil er einem Vater gehorsam war bis in den Tod, und er hat auch sonst den heiligen Gehorsam in sich selbst geheiliget, da er sprach: Ich bin nicht gekommen zu tun meinen Willen, sondern meines Vaters Willen, der mich gesandt hat.

Der Priesterbruder schlug das Buch zu, und der Großkomtur sprach: Zu diesen drei Dingen sollt ihr euch durch Eid bekennen, sobald wir euch nun zur Aufnahme in unsere Kapelle führen werden. Ihr sollt verheißen und geloben Keuschheit eures Lebens, ohne Eigentum zu sein und Gehorsam Gott, Sankt Marien und dem Meister des Ordens des Deutschen Hauses bis an euren Tod. Bedenket dies wohl, noch ist es Zeit. Hier aber lege ich euch die Gelübde vor, durch die ihr an den Orden gebunden sein sollt: zuerst dass ihr gelobet, die Kranken zu pflegen und das Heilige Land zu beschirmen und andere Länder, die dazugehören, vor den Feinden also oft, als man es euch heißet. Zum andern, dass ihr dem Meister saget, ob ihr irgendeinem Amte vorstehen könnt und solches dann nach seinem Willen und euren Kräften verwaltet. Zum dritten, dass ihr gelobet, das Kapitel und des Meisters heimlichen Rat nie zu offenbaren; zum vierten, dass ihr nie ohne Erlaub aus diesem Orden in eine andere Lebensordnung übertreten und stets des Ordens Regeln und Gewohnheiten üben und halten wollet.

Sie verbeugten sich, kreuzten die Hände über der Brust und sagten: Wir geloben, das alles treulich zu halten.

Und wisset nun, fuhr der Großkomtur fort, dass euch, nachdem ihr diese Gelübde gesprochen habt, nach des Ordens Regeln vergönnt ist, um eine Prüfungszeit zu bitten, damit ihr des Gesetzes Strenge und der Brüder Sitte genau kennenlernet.

Sie antworteten, dass sie auf solche Bitte gern verzichten wollten, da sie sich schon ernstlich geprüft hätten, auch der Ritter Lebensart kennten. Der Herr Hochmeister aber winkte mit der Hand und sagte: Es bedarf bei diesen einer weiteren Probation nicht, und wir erlassen sie ihnen, da wir ihren ernstlichen Willen erkannt haben. Führet sie also in die Kirche, nehmet ihnen den Eid ab, umgürtet sie mit dem Schwerte und reicht ihnen das geweihte Ordenskleid, auf dass wir sie noch heute unsere Brüder nennen, wie sie es begehren.

Der Großkomtur wollte gehorchen; da stand aber der Ordensmarschall, Herr Michael Küchmeister von Sternberg, von seinem Sitze auf, wechselte mit ihm einen Blick des Verständnisses und sagte: Gestattet noch eine Frage! Ich war in des Ordens Angelegenheiten viel auf Reisen und weiß daher nicht, was etwa in vorigen Kapiteln dieserhalb verhandelt worden. Sind diese da von den Brüdern geprüft, ob sie sämtlich edler und eheli-cher Geburt, rittermäßig und zu den Wappen geboren sind?

Es ist kein Zweifel darüber gewesen, erwiderte Hermann Gans. Mögen sie's aber noch einmal sagen und versichern.

Der Hochmeister, der schon die Stufe von seinem Thronsessel hinabge-treten war, um sich an die Spitze des Zuges zu stellen, stutzte und sah den Marschall forschend an. Was soll das, Bruder Michael? Fragte er.

Es ist meines Amtes, antwortete Küchmeister mit seinem Lächeln, dar-über zu wachen, dass die Brüderschaft rein erhalten bleibe und niemand Aufnahme finde, an dem etwa ein Makel der Geburt hafte. So verlangt es das Ordensstatut, und ich erinnere Ew. Gnaden, dass Ihr selbst noch kürzlich ins Reich an den Herrn Deutschmeister geschrieben und ihm und seinen Mitgebietigern geboten habt, sie sollten trotz des Ordens Be-drängnis mit aller Strenge darauf sehen, dass man keinen in den Orden einkleide, der nicht von edler Abstammung und sonst untadelig und des Ritternamens würdig. So geziemt uns im Haupthause Marienburg wohl die strengste Prüfung, und darum stelle ich meine Frage nach Pflicht und Gewissen.

Da biss der Hochmeister die Lippe, seine grauen Augen blitzten unwil-lig, und auf der bleichen Stirn schwollen die Adern. Er merkte wohl, dass der Marschall ihm einen Tort antun wollte vor dem ganzen Kapitel, und wusste doch nicht, wie er ihm ausweichen könne, so überraschend kam der Schlag. Und woher kommt Euch plötzlich solcher Argwohn? Fragte er.

Warum nennt Ihr's Argwohn, hochwürdigster Herr Hochmeister? Ent-gegnete der Marschall. Sie mögen sich ausweisen, und ich zweifle nicht, dass sie's leicht vermögen.

Da richtete sich der junge Graf von Katzenellenbogen stolz auf und sagte: Ich habe Verwandte in eurem Orden, die werden mir's bezeugen, dass ich zu dem Wappen geboren bin.

Wir bezeugen es, riefen zwei von den Brüdern.

Seine beiden Gefährten konnten sich auf die Briefe berufen, die sie aus der Heimat mitbekommen hatten. Heinz von Waldstein aber stand ver-legen und wusste nicht, wie er für sich sprechen sollte. Dass Blut war ihm ins Gesicht geschossen.

Und Ihr? Fragte der Großkomtur.

Es sind bald drei Jahre, antwortete Heinz, dass ich ins Land gekommen bin, von dem edlen Vogt zu Plauen geschickt. Ich habe mitgefochten in der Tannenberger Schlacht und bin zum Tode verwundet worden. Aus der Gefangenschaft zurückgekehrt, habe ich eurem Orden gedient und den Marschall nach Ofen begleitet, der viele Monate auf mein Leben und Treiben genau achthaben konnte. Ich hoffe, er wird mir das Zeugnis nicht versagen, dass ich mich stets ritterlich geführt habe.

Solches Zeugnis geb' ich Euch gern, sagte Küchmeister. Aber es beweist in diesem Falle nichts. Ihr nennt Euch von Waldstein. Es gibt Geschlechter dieses Namens im Reiche, aber zu welchem davon Ihr Euch zählt, wüsste ich gern.

Heinz senkte wieder den Kopf. Ich bin eine Waise.

Wie hieß Euer Vater – wer war Eure Mutter?

Ich weiß es nicht ...

Ihr wisst es nicht? Und wer weiß es, dass er für Euch sprechen kann?

Da blickte Heinz zu Plauen auf und sagte leise: Der durchlauchtigste Herr Hochmeister weiß es. Beliebe es Ew. Gnaden für mich zu bürgen.

Alles sah auf den Hochmeister. Der hatte die Hand fest um des Schwertes Griff gelegt und mit der andern den weißen Mantel vor der Brust zusammengefasst. Lasst euch mein Wort genügen, dass er ein Würdiger ist, rief er; ich habe ein Geheimnis zu hüten, das seine Geburt betrifft und das ihm selbst unbekannt ist. Ich nenne diesen Heinrich von Waldstein meinen Verwandten vor dem ganzen Kapitel. Was wollt ihr mehr?

Da entstand unter den Rittern eine Bewegung zu seinen Gunsten; es wurden Stimmen laut, dass man mit dieser Erklärung zufrieden sein könne. Michael Küchmeister aber beruhigte sich dabei nicht. Des Herrn Hochmeisters Bürgschaft, sagte er, nehme auch ich für voll an. Aber ich weiß doch nicht, wofür Seine Gnaden sich verbürgt. Es ist mir von dem hochwürdigsten Bischof von Leslau zugebracht worden, dass dieser Junker von Waldstein –

Sprich nicht von dem Verräter! Rief der Hochmeister hinein. Oder wahrlich, ich müsste dich selbst ...

Der Ordensmarschall sah ihm fest ins Gesicht, als wartete er nur darauf, dass die Beleidigung fallen solle. Aber Plauen bezwang sich. Du willst mich zum Zorn reizen, schloss er.

Ew. Gnaden können antworten und Antwort versagen, antwortete Küchmeister geschmeidig, und seine Mundwinkel zuckten höhnisch.

Wollt Ihr vor diesem Kapitel versichern, dass der gegenwärtige Heinz von Waldstein, wie er sich nennt, echter Geburt sei, so bedarf es weiterer Ausweises nicht, denn Euer Wort steht uns hoch in Ehren. Weigert Ihr aber solche Versicherung, hochwürdigster Herr ...

Er zuckte die Achseln. Plauen aber hob den Arm und drohte mit dem Finger. Michael – Michael! Rief er. Das hab' ich um dich nicht verdient, dass du mir solche Kränkung antust. Ich merke wohl, du willst dunkle Wege gehen, um hinterrücks an mich zu kommen. Sieh zu, dass du nicht selbst über einen Stein fällst oder auf dem schlüpfrigen Boden ausgleitest! Für diesen da, meinen lieben Verwandten, verzichte ich auf die Ehre der Brüderschaft, die ihm meinetwegen ungern gegönnt ist. Aber damit ihr's aus meinem Munde erfahret, bevor Bosheit die Wahrheit entstellt und Verleumdung den Unschuldigen trifft, so wisset alle: Er ist – mein leiblicher Sohn.

Sprach's und verließ zornig den Remter.

Sein Sohn! Schrie Heinz auf und sank in die Knie. Das Gesicht mit den Händen bedeckend, wiederholte er mit gebrochener Stimme: Sein Sohn!

Im Saale herrschte sonst tiefe Stille. Allen, nur nicht den beiden Großgebietigern, war diese Eröffnung überraschend gekommen; sie merkten erst jetzt, um was es sich bei dem ganzen Vorgang handelte, und mochten den Marschall weder loben noch tadeln, auch nicht für den Hochmeister Partei ergreifen, dessen Stolz die meisten gern gedemütigt sahen. Darum schwiegen sie. Michael Küchmeister aber hatte jene offene Erklärung nicht erwartet und fühlte sich im Innersten beschämt. Einen Augenblick überlegte er, ob er sich großmütig beweisen und dem Kapitel vorschlagen solle, Heinrichs von Plauen Sohn des Ordens würdig zu erkennen, wer auch seine Mutter gewesen sei. Aber diese gute Regung schwand bald wieder; die Klugheit gebot, den Sieg auszunützen. Beginnt den Gesang, rief er den Priesterbrüdern zu, und Ihr, Bruder Hermann, führt uns in die Kapelle und tut, was Eures Amtes ist.

Der Zug setzte sich in Bewegung, die drei Novizen folgten. Heinz aber lag auf den Knien und hielt die Augen geschlossen. Ein Tag der Schande war ihm dieser Tag geworden, von dem er sich höchste Ehre erhofft hatte.

Da trat der alte Wigand von Marburg an ihn heran, der im Zuge der letzte geblieben war, berührte seine Schulter und sagte freundlich: Habt guten Mut, und lasst's Euch nicht anfechten. Es tragen viele den weißen Mantel, mit denen Ihr nicht tauschen möchtet, wenn Ihr ihnen ins Herz sähet, und wer weiß, wozu der Himmel Euch aufgehoben hat.

Heinz antwortete nicht, aber der Zuspruch des würdigen Mannes, den er lieb gewonnen hatte, tat ihm wohl. Als er allein war, drückte er die heiße Stirn gegen den Steinpfeiler, um sie zu kühlen. Noch hörte er den Gesang der Priester draußen auf dem Gange, als ein Diener des Hochmeisters zu ihm trat und ihn in dessen Gemach einlud. Er ging mit ihm.

Plauen stand am Fenster und blickte in die weite Schneelandschaft hinaus. Tiefe Bekümmernis lagerte auf seiner Stirn, als er sich nun dem Eintretenden zuwandte. Mein Sohn! Sagte er und ging Heinz mit geöffneten Armen entgegen. Du bist's – bist mein Sohn! Die Welt mag's erfahren. Meine Liebe soll dich entschädigen für die Unbill, die man dir heute meinetwegen angetan.

Heinz duldete die Umarmung, erwiderte sie aber nicht. Ihr nennt Euch meinen Vater, gnädigster Herr, sagte er, den Kopf senkend, und wahrlich, wenn ich überdenke, was Ihr Gütiges für mich getan habt, muss Euch mein Herz entgegenschlagen. Dieses Letzte aber – er hielt ein, seinen Unmut niederzukämpfen; wie siedendes Wasser stieg's ihm bis zur Kehle –, dieses Letzte hätte mir und Euch erspart sein können.

Konnte ich ahnen, Heinrich –?

Ihr wusstet, welcher Gefahr Ihr mich aussetztet. Hättet Ihr mir's vertraut unter vier Augen, gnädigster Herr, wie dankbar wäre ich Euch gewesen, aber nie hätte ich nach dem weißen Mantel begehrt. Vielleicht ein Mönch wär' ich geworden in irgendeinem fernen Lande, wenn ich der Welt entsagen wollte, und hätte Euch losgebeten bei Gott von Eurer Schuld. Jetzt ist meine Ehre gekränkt, und ich weiß nicht, wie ich das Leben tragen soll mit dieser Last der Schande. Auch Ihr aber habt Euch unheilbar verwundet. Bekennt der Hochmeister, dass er sträflich seines Ordens Gelübde brach –

Wovon sprichst du? Fiel Plauen ihm ins Wort. Ich brach kein Gelübde meines Ordens – von dieser Schuld weiß ich mich frei. Und die andere ... ist mir verziehen, soweit Menschen verzeihen können. Nicht der Ritter des Deutschen Ordens ist dein Vater, und nicht der Hochmeister hat sich dessen zu schämen, was jener getan. Oh, dass deine Mutter noch sprechen und für mich zeugen könnte! Weil sie starb und mir alle Freude hin war mit ihr – darüber nahm ich das Kreuz.

Heinz schrak zusammen. Wie ich's nehmen wollte, weil mir Maria starb – murmelte er. Er ergriff des Hochmeisters Hand und bückte das Gesicht darauf ... eine heiße Träne netzte sie. Meine Mutter –!

Plauen richtete ihn auf und küsste seine Stirn und seine glühenden Wangen. Lass uns gute Freunde sein, Heinrich, sagte er, und gegen Gottes Rat nicht murren. Komm, ich will dir aufrichtig erzählen, was geschehen ist, und dann prüfe dich, ob du von Herzen mein Sohn sein kannst, wie ich von Herzen dein Vater bin.

Er führte ihn in die tiefe Fensternische und bot ihm den Sessel, dem Seinigen gegenüber. Dann seufzte er aus beklommener Brust und begann die traurige Erzählung seiner ersten und einzigen Liebe. Auch das sagte er ihm, dass Mechthild die Tochter Meinhards war, der sich in Preußen Gundrat nannte, weil er todeswürdiger Schuld wegen aus der Heimat entflohen war. Und Heinz antwortete: Das alles wusste ich schon, und aus seinem Munde hab' ich's erfahren; nur, dass er von meiner Mutter sprach und von meinem Vater, das wusste ich nicht, denn er verschwieg es. Aber nun verstehe ich seine wirren Reden ganz.

Sie saßen eine Weile schweigend, in Nachdenken versunken. In Heinz wogte und stürmte es, dass sein Kopf schwindelte. Was weiter beginnen? Endlich erhob er sich mit einem raschen Entschluss, wischte die letzten Tränen aus den Augen und sagte: Wir müssen Abschied nehmen, Vater. Diese Stunde, die uns so nahe zueinander geführt hat, trennt uns auch – wahrscheinlich für immer. Ich kann in diesem Schlosse keine Nacht länger bleiben – ich kann in diesem Lande nicht bleiben. Lebt wohl!

Plauen widersprach nicht; er fühlte, dass Heinz das Rechte traf. Nun gleichfalls aufstehend und ihm die Hand drückend, entgegnete er: Ich kann und mag dich nicht halten, mein Sohn. Was mich schwer bekümmert, ist dies, dass ich dir nichts auf den Weg mitgeben kann als meinen väterlichen Segen. Ich habe geschworen, ohne Eigentum zu sein – gleich dem Geringsten der Ordensbrüder bin ich arm, wennschon der Fürst des Landes. Ich konnte dich unterstützen, solange du dem Orden dientest, aber in die Fremde mitgeben darf ich dir nichts. Dennoch soll für dich gesorgt werden. Reise zu meinem Vetter, dem Vogt von Plauen. Ich will ihm schreiben, dass er dich in seinen Dienst zurücknehme oder dem edlen Burggrafen von Nürnberg empfehle, der beim römischen König viel gilt. Du bist mutig und tapfer, du bist ehrlich und treu, du bist klug und brav – wohl dem, der einen solchen Mann findet!

Heinz lächelte wehmütig. Ich dank Euch, gnädigster Herr, antwortete er; aber wenn ich nicht Gebrauch machen sollte von Eurem huldreichen Anerbieten, so scheltet mich deshalb nicht. Zu Schweres hab' ich erfahren, und mutlos ist mein Herz. Ich will zu meiner Schwester, von ihr Abschied zu nehmen, und dann ... Gott wird mir weiter helfen.

Plauen umarmte ihn. Der Tag kommt zum Tage, sagte er, und jeder neue Tag findet einen neuen Menschen. Was uns heute unleidlich scheint, ist uns morgen schon eine gewohnte Last. Vergiss und werde deines Lebens froh! Gott mit dir, mein Sohn!

Er geleitete ihn bis zur Tür, küsste ihn noch einmal und wandte sich ab, als jener das Gemach verließ.

Vierundzwanzigstes Kapitel

Tod und Leben – Leben und Tod

Heinz sattelte sein Pferd, band Sturmhaube und Harnisch an den Sattel, hüllte sich in einen Mantel von Tuch, der bis zu den Füßen hinabreichte, und ritt noch dieselbe Stunde aus dem Tor der Marienburg.

Er ritt gen Süden. Langsam kam er vorwärts auf den verschneiten Wegen. Zum Glück hatte die Kälte nachgelassen. Am dritten Tage nachmittags, als die Sonne schon unterging, hatte er die Engelsburg zur Seite. Er machte kurze Rast beim Krüger und ließ seinem Gaul Hafer schütten.

Der Mond ging früh auf und beleuchtete ihm den Weg. Er musste unwillkürlich daran denken, wie er hier zum ersten Mal vor Jahren bei bösem Wetter geritten und im Walde verirrt war. Da lag nun auch der Wald seitwärts; wie eine schwarze Wand hob er sich aus der mondhellen Schneefläche heraus. Er erinnerte sich lebhaft des alten Mannes, der ihn in seiner Waldhütte aufgenommen hatte und der, wie er nun wusste, sein Großvater war. Es zog ihn wieder dorthin. Die Nacht bei dem Einsiedler zuzubringen, war seiner schwermütigen Stimmung gemäßer, als sich im Gutshause zu Buchwalde einzuquartieren, wo man noch stundenlang in der Halle zusammenbleiben müsste und sein spätes Kommen überdies der Wirtin Unruhe bereiten könnte. Lieber morgen in der Frühe dorthin und vor Abend wieder fort.

Er lenkte also sein Pferd ab über Feld oder Heide und erreichte bald die Ausläufer des Waldes, mächtige Eichen, die hier Wache zu halten schienen. Der Mond war schon hoch hinauf und stand rechts und über dem Walde, sodass er ihn hell durchleuchtete und die Schatten der Bäume gegen den Reiter warf. Das Unterholz war kahl und hinderte die Durchschau nicht. Ein breiter erhöhter Gegenstand, wie die Waldhütte, musste sich auf ziemlich weite Entfernung erkennen lassen. Auch glaubte Heinz, der Richtung sicher zu sein.

Wirklich hatte er sie auch nur um ein Geringes verfehlt. Fernes Hundegekläff, das von links her zu ihm herüberschallte, machte ihn aufmerksam, dass entweder die Hütte oder der Heidenwall in der Nähe sein müsse. Er ritt darauf zu und erkannte bald das schneebelastete Dach, das hier auf der Rückseite auch den Hundestall deckte und fast bis zum Erdboden hinabreichte.

Er sprang ab und führte sein Pferd um das Waldhaus herum bis zu dem bekannten Eingange. Es am Zügel haltend, klopfte er mit dem Schwertgriff gegen die geschlossene Tür. Auch heute musste er das Klopfen mehrmals wiederholen, bis ein Lichtschein durch die Ritzen fiel und eine Stimme anfragte: Wer ist da?

Macht auf, lieber Waldmeister! Rief der Junker. Es ist einer, den Ihr schon einmal beherbergt habt. Bin den Tag über geritten und kann hier außen nicht bleiben im Schnee.

Erst nach einer Weile erfolgte die weitere Frage: Wen sucht Ihr?

Jetzt fiel es ihm auf, dass die Stimme einen hellen Klang hatte. Den Waldmeister Gundrat, antwortete er, der hier wohnt. Er scheint sich einen Gesellen angenommen zu haben. Für mich wird trotzdem wohl noch Platz sein für eine Nacht.

Er vernahm ein Lachen, das stoßweise einsetzte und plötzlich wieder abbrach. Ich kenne Euch, Herr Heinz von Waldstein, sagte der innen, ich kenne Euch gar gut. Der Waldmeister aber, den Ihr sucht, haust in der litauischen Wildnis. Bin nun an seiner Stelle hier der Waldmeister.

Wer Ihr auch seid, entgegnete Heinz, öffnet freundlich und gebt mir ein Obdach zur Nacht.

Wieder das unheimliche Lachen begleitet von Hundegekläff. Reitet weiter – reitet weiter! Hier ist's nicht gut sein für Euch. Folgt meinem Rat: Reitet weiter!

Die Stimme kam ihm nun bekannt vor, aber er bemühte sich wenig, seiner Erinnerung nachzuhelfen. Gewährt mir wenigstens kurze Rast, rief er, und gebt mir nähere Auskunft über Gundrat, wenn Ihr das vermögt. Seid nicht ungastlicher, als er's war!

Wie Ihr wollt, Junker, lautete die Antwort. Ich behalte Euch auch gern zur Nacht. Wenn's Euch aber bei mir nicht gefällt, ist's Eure Schuld. Hahaha – hahaha!

Nun durchschauerte ihn dieses Lachen ganz eigen. Das war – Da wurde auch schon der Riegel zurückgeschoben, die schwere Tür drehte sich knarrend in den verrosteten Angeln, und eine Fackel leuchtete hinaus auf den Schnee. Der sie in der Hand hielt, war ganz in einen Schafspelz und in ein graues Kopftuch gehüllt, sodass nur ein Teil des Gesichts kenntlich wurde. Das reichte aber aus, Heinz in eine taumelnde Bewegung zu versetzen. Er umfasste den Hals des Pferdes und hielt sich daran. Natalia, schrie er entsetzt auf, Ihr seid's –!

Ich bin der Waldmeister, entgegnete sie, und nun tretet schnell ein, wenn Ihr mein Gast sein wollt – es ist kalt draußen, und ich mag die Tür nicht lange offenstehen lassen. Nun – wollt Ihr?

Ich will, sagte er entschlossen. Geschehe mit mir, was mir bestimmt ist.

Er schritt wieder gegen die Hütte vor. Sie gab ihm die Fackel in die Hand und ließ ihn vorüber, griff dabei nach dem Zügel des Gauls und führte denselben über die Schwelle. Das Tier kann nicht im Schnee stehen bleiben, äußerte sie dabei, und der Hundestall ist zu niedrig. Es ist Raum in der Ecke. Sie klopfte und streichelte den Hals und stäubte den Schnee aus der Mähne, fing auch an, das schwere Gepäck vom Sattel zu lösen.

Heinz steckte die Kienfackel in den Ring über dem Herd und schickte sich an, ihr zu helfen. Erlaubt, Fräulein, sagte er zutretend, das ist des Reiters Sache.

Sie warf das graue Tuch über den Rücken, indem sie den Kopf schüttelte. Die krausen Locken ringelten sich darüber in Unordnung; Stroh und Moos hatte sich in das wirre Haar gewühlt. Sie blickte über die Schulter und zeigte lachend die weißen Zähne. Es ist aus mit der Fräuleinschaft, Junker – aus, aus, aus! Was tut's? Es mag mich ja doch niemand leiden – außer die ich nicht leiden mag. Nennt mich Waldmeister, das klingt gut. Er wollte den Kehlriemen aufschnallen und den Sattel abnehmen, aber sie schob ihn mit dem Ellenbogen fort und tat's selbst. Bemüht Euch nicht, Junker, ich will Euer Stallbube sein. Hier müsst Ihr's doch leiden – hier seid Ihr mein Gast.

Sie öffnete die hölzerne Lade, nahm ein Stück Schwarzbrot heraus, zerbrach es und fütterte damit den Gaul.

Seid Ihr hungrig, Junker? Fragte sie.

Sie kramte mit den Händen in der Lade und holte verschiedenes Gebäck, auch getrocknetes Fleisch und einen Steinkrug heraus. Das schicken sie mir vom Gut, damit ich in der Winterzeit nicht Hunger und Durst leide. Dafür versehe ich sie mit Rehen und Rebhühnern und was sonst die Jagd bringt. Nehmt und erfrischt Euch, es bleibt genug für mich übrig. Sie stellte es vor ihn hin, bückte sich über die Steinlage des Herdes und fachte die Kohlenglut an. Bald prasselte ein munteres Feuer. Und nun erzählt, wie es Euch seither ergangen ist, Junker. Wann sahen wir uns doch zuletzt?

Nein, rief er, lasst mich zuerst von Euch erfahren, was Euch bewogen hat, diese einsame Waldhütte aufzusuchen –

Sie sah ihn aus den braunen Augen traurig an, dass er nicht den Mut hatte, weiter zu fragen. Das wisst Ihr nicht –? Sagte sie ganz leise. Dann lachte sie auf. Ich muss mich vor den Menschen verstecken – sie sprechen schlecht von mir. Hier aber geht's keinen was an, hier bin ich der Waldmeister.

Und fürchtet Ihr Euch nicht vor dem Gesindel, das im Heidenwall haust?

Der Heidenwall ist leer. Der Bischof hat das Volk austreiben lassen, und der alte Baum ist gefällt und verbrannt. Es wohnt da nur noch in einer Erdhöhle das alte Kräuterweib, das Krankheiten bei Menschen und Vieh heilt und selbst im Schlosse zu Rheden wohlgelitten ist.

Wo sind die Leute geblieben?

Man sagt, sie sind Gundrat nachgewandert in die Wildnis. Seit sie fort sind, mehren sich hier die Wölfe. Horcht einmal! Da heulen sie im Walde. Aber besser die Wölfe als die Heiden, meint der Bischof. Mein Bruder wollte sie in Schutz nehmen; deshalb war' ihm bald selbst der Prozess gemacht. Sie nennen ihn einen Hussiten.

Heinz hatte sich auf den Klotz gesetzt, der als Schemel diente, und blickte vornübergebeugt ins Feuer auf der Herdstelle. Und warum leidet's Hans, fragte er, dass Ihr hier unter den Wölfen haust?

Sie stand seitwärts an der großen Lade und lehnte jetzt den Arm auf seine Schulter. Warum leidet er's? Er muss wohl – hahaha, er muss wohl! Den Mund an sein Ohr haltend, fuhr sie fort: Sie haben Angst vor mir – alle, alle. Sie sagen, dass ich toll bin, und ich lache sie aus. Sie wissen, dass ich Gift habe, und fürchten, dass ich's gebrauche, wenn sie mir zuwider sind. Es ist in einem Kristallfläschchen und sieht aus wie flüssiges Silber. Ich hab's dem Juden genommen und wohlverwahrt. Niemand weiß, wo es versteckt ist. Wenige Tropfen –

Er schüttelte sich. Das ist das Gift, das Ihr mir reichen wolltet –

Natalia glitt an ihm nieder und umfasste seine Knie. Verzeih, Liebster, rief sie in flehentlichem Tone, verzeih! Ich war so elend, so krank, so verzweifelt. Und da kamst du und sahst mich – und hattest mir so weh getan! Ich weiß es wohl: Ich mischte dir das Gift in den Wein, und du solltest sterben. Verzeih!

Er nickte betrübt. Warum musstest du den Wein verschütten? Es wäre besser gewesen, ich hätte damals sterben können!

Sie sah zu ihm auf und fasste seine Hände mit einem raschen Griff, als ob sie über seinen Anblick erschreckte. Aber wie finde ich dich wieder? Rief sie. Deine Wangen sind eingefallen, dein Gesicht ist bleich, deine Augen blicken matt – Was ist dir geschehen, Heinz, was ist dir geschehen?

Frage nicht, bat er.

Sie schmeichelte sich an ihn. Ich will's wissen – ich muss es wissen –, es hat dich niemand auf der Welt so lieb gehabt als ich. Warum wäre dir's besser gewesen, zu sterben?

Weil ich dann die Schande nicht hätte erleben dürfen.

Du – die Schande?

Er vergaß, dass sie ihres Verstandes nicht mächtig, so wohl tat ihm die Teilnahme an seinem Leid. Ich wollte der Welt entsagen, antwortete er, und das Ordensgelübde ablegen – sie haben mich schimpflich vor dem ganzen Kapitel ausgewiesen – oh, oh, oh!

Die Kreuzherren? Und weshalb? –

Weil ich Heinrichs von Plauen Sohn bin, und meine Mutter –

Deine Mutter?

Eine Unglückliche, Unselige – dieses Waldmeisters Tochter, der hier im Elend büßte, dass er zornmütig sein Kind erschlug.

Sie schien nur langsam seine Worte zu fassen und über ihren Sinn zu grübeln. Deine Mutter – sein Kind – eines Waldwarts Kind – und sein Weib –

Vor Gott sein Weib.

Und das war den Menschen nicht genug – hahaha! Und darum wiesen sie dich ab, den Tapfersten, Ritterlichsten – Schmach und Schande über die Brut! Wollen sie den Stein werfen auf ihren Nächsten? Da ist einer unter ihnen – Georg von Wirsberg heißt er –, den hatten sie zum Komtur von Rheden eingesetzt, und der Bube – Nein! Die Schandtat gelang ihm nicht. Es schien sie kalt zu durchlaufen; sie schüttelte sich wieder wie im Fieberfrost, und ihre Hände zuckten krampfhaft in den Seinigen. Nach einer Weile mochten sich ihre Gedanken wieder zurechtgefunden haben. Und was war der Grund, fragte sie, dass Ihr das Kreuz nehmen wolltet? Ihr gedachtet ja früher nicht daran, geistlich zu werden.

Erlasst mir's, Euch darauf zu antworten, bat er, es ist ein sehr trauriger Grund.

Sie streichelte seine Hand. Ist Maria Euch untreu geworden?

Sie ist tot.

Tot –? Sie blickte ihn prüfend an, indem sie den Oberkörper zurückbeugte, ohne sich vom Boden zu erheben. Gewisslich tot?

Er teilte kurz mit, was er darüber erfahren hatte, und schloss: Auch wer sie nicht liebte, wird ihr trauriges Schicksal beklagen müssen, wenn sein Herz nicht von Stein ist.

Natalia strich mit den Fingerspitzen das wirre Lockenhaar von der Stirn zurück und wiederholte mehrmals, immer langsamer, diese Bewegung. Aus ihren Augen war jeder Glanz gewichen, sie schienen sich aufs Leere zu richten. Ich liebte sie nicht, murmelte sie, und doch – Aber es ist gut. Sie ist tot – sie soll tot sein. Und dann ist's doch aus – ganz aus. Wenn einer tot ist, dann ist's aus. Die Toten haben kein Recht an die Lebendigen und die Lebendigen kein Recht an die Toten – das muss er einsehen. Sie schien plötzlich wieder zu sich zu kommen, schob sich auf den Knien dicht an ihn heran und ergriff seine schlaffe Hand. Nicht wahr, Heinz, dann ist's aus?

Er hatte sich zur Seite gebeugt und den Arm auf die Lade gestützt. Sein Gesicht war sehr bleich, und das flackernde Feuer warf rasch wechselnde Lichter und Schatten darauf. Nun schüttelte er nur den Kopf und antwortete nicht.

Natalia stand auf, zog ihren Pelz fester über der Brust zusammen, wo die Haken sich gelöst hatten, warf das Lockenhaar zurück und wandte sich zum Herdfeuer, die Brände mit dem Eisen zusammenschiebend. Die Arbeit beschäftigte sie viel länger als nötig. Dann ging sie zu dem Pferde, klopfte ihm wieder zärtlich den Hals, flocht die Mähne in kleine Zöpfe, reichte ihm nochmals Brot und auch in einem Holzkübel Wasser und sang dazu leise einen Vers aus dem polnischen Liede vom Rösslein.

Das Feuer war im Erlöschen. Wollt Ihr noch essen und trinken, Junker? Fragte sie.

Mich hungert und dürstet nicht, entgegnete er. Aber ich bin recht müde.

So ruhet Euch aus. Die Hütte hat Raum genug für den Waldmeister und seinen Gast, und eine Pelzdecke ist auch noch für Euch da. Ich schlafe fest und ruhig, und will Euch gewiss nicht stören.

Du bist gut, sagte er, hüllte sich in die Decke und legte sich an der Wand nieder.

Natalia verwahrte die Speisen in der Lade, scharrte die Kohlen zu einem Haufen zusammen, horchte eine Weile auf die Atemzüge des Gastes und legte sich dann gleichfalls zur Ruhe.

Als er am Morgen aufwachte, hörte er sie im Traume reden, ganz deutlich vernahm er das Wort: Maria.

Sie schien dabei zu erschrecken, öffnete die Augen und sprang rasch auf. Es ist Tag, sagte sie; Ihr müsst fort.

Er seufzte. In die weite Welt.

Die Waldmeisterin kochte eine Biersuppe, fütterte das Pferd, löste die Flechten, sodass nun die Mähne kraus aufwallte, und half beim Satteln. Kommt mit mir nach Buchwalde, bat er; Ihr könnt hier unmöglich den Winter über bleiben. Eher wär's ein Haus für mich. Ich will Hans fragen, ob er mich an Gundrats Stelle zu seinem Waldmeister einsetzen will.

Das sollt Ihr nicht, antwortete sie. Lasst's nur, wie es ist. Aber ich will Euch noch ein Stück Weges begleiten – bis zum Waldrande, wenn's Euch recht ist.

Er führte das Pferd hinaus. Aber dann müsst Ihr reiten, sagte er.

Das tu ich gern, erwiderte sie, und ließ sich hinaufheben.

Heinz legte die Hand auf den Sattelknopf und ging nebenher. Sie sprachen von vergangenen Dingen. Es kam ihm so vor, als ob ihre Reden heute nicht wirr und ihre Gedanken wohlgeordnet wären, und er sagte ihr, dass er sich darüber freue. Das macht die gute Nacht, antwortete sie lächelnd, ich schlief noch keine wie die.

Sie kamen an den Waldrand, und Natalia sprang vom Pferde ab, indem sie sich auf seine Schulter stützte. Und nun ist's ein Abschied auf Nimmerwiedersehen, sagte sie, glaube mir das. Auf den Weg aber will ich dir etwas mitgeben, das dir meine Liebe beweisen soll – damit du dein Leben lang freundlich an mich denkest, wie du jetzt freundlich von mir scheidest – Maria lebt!

Sein ganzer Körper zuckte. Maria lebt –? Aber gleich wieder wurde sein Gesicht noch trauriger als vorhin, und die Arme sanken matt herunter. Spotte meiner nicht, sagte er wehmütig. Wie willst du mir zum Trost behaupten, dass sie lebt, da sie doch in ihrer Väter Gruft in der Marienkirche begraben ist? Nein, nein! Du wirst mich nicht täuschen.

Ich sage dir, Ungläubiger, sie lebt! Ich selbst habe sie gesehen und gesprochen nach jenem Begräbnis.

Natalia – !

Höre mich an. Mein Kopf ist wohl schwach, und manchmal glaube ich, dass mir jemand unsichtbar den Finger auf die Stirn legt – hier oben zwischen den Augen – und immer stärker drückt, bis der Knochen nachgibt. Dann ist's ein wütender Schmerz, ich tobe und rase, und hinterher muss wohl eine Zeit kommen, von der ich gar nichts weiß. Das ist die glücklichste Zeit, da ruh ich aus. Plötzlich aber ist's, als ob die Wolken sich heben, eine Schicht nach der andern – es wird hell um mich, ich erkenne mich wieder – aber wie ein bleiches Gespenst taucht auch die Erinnerung auf und erschreckt mich. Ich fliehe, aber es ist kein Entfliehen, bis ich zuletzt matt gehetzt niedersinke und der unsichtbare Finger sich wieder auf meine Stirn legt. Was kümmert's dich, wie alles genau geschah? Als ich dem Leibarzt des Königs entsprungen war, bettelte ich mich durch Polen. Ich bettelte mich durch das Preußenland bis zur Stadt Danzig. Was ich da wollte? Ich hatte einen Hass geworfen auf das Mädchen, das du liebtest und nicht aus deinem Herzen lassen mochtest – ich meinte mit Maria nicht zusammenleben zu können in der Welt, denn sie war die Ursache meines Elends – und ich hatte in einem Fläschchen Gift! Das trieb mich, sie aufzusuchen. Halb nackt, mit wunden Füßen, fieberkrank kam ich nach der Stadt und klopfte an das Tor des Hospitals der Reuerinnen. Man ließ mich ein, und ich sagte, ich wolle in den Orden treten, wenn ich wieder gesunde. Länger als eine Woche litt man mich dort, und ich merkte wohl, dass sie mich ganz verstörten Geistes glaubten. Deshalb hüteten sie sich auch nicht vor mir, und so erfuhr ich manche Heimlichkeit. Maria war im Kloster. Sie hatte sich nicht einkleiden lassen, bediente aber willig die Kranken im Hospital und tat's allen Nonnen zuvor. Sie wusch und salbte täglich meine Füße, und einmal sagte sie: Du gleichst einem, der mir großes Leid zugefügt hat. Ich antwortete nicht. Da ich aber sah, dass sie mich wohl erkannte und doch mit barmherziger Liebe pflegte, hatt' ich nicht den Mut, ihr das Gift zu reichen, und verschob's von Tag zu Tag. Da hörte ich eines Abends, wie die Priorin heimlich mit einer von den Schwestern sprach, der Ratsherr Tidemann Huxer sei da gewesen und habe gesagt, es sei am besten, wenn man Maria in der Stadt tot glaube. Denn in sein Haus könne er sie nicht zurückführen, das Gerede der Leute aber auch nicht zum Schweigen bringen. Er wolle nach Stockholm übersiedeln und sie später dorthin mitnehmen: Aber die Zeiten seien schlecht, und er könne sein Vermögen hier nicht so bald freimachen. Dem Kloster aber sei eine große Schenkung gewiss, wenn man ihm freundlich zu Dienst sei. Nun war gerade eine von den Schwestern gestorben und sollte begraben werden. Die legte man in einen kostbaren Sarg und ließ sie aus dem Kloster hinaustragen. Es wurde aber draußen unter den Leuten verbreitet, dass des reichen Ratsherrn Tochter gestorben sei und mit Fackeln nach der Marienkirche gebracht werden solle. So ist denn auch, wie ich demnächst erfuhr, die Leiche dorthin getragen und unter dem Altar beigesetzt, den Huxer schon vor Jahren gestiftet hat. Maria aber erfuhr nichts davon und blieb im Kloster. Da es nun so gut war, als sei sie wirklich gestorben und begraben, meinte ich ihres Leibes schonen zu können und mein Gewissen nicht beschweren zu dürfen. Meine Rache sollte sein, dass ich von dem schwiege, was ich wüsste. Bald darauf muss ich wohl wieder in meine Krankheit verfallen und tolle Dinge getrieben haben. So ließen die Schwestern mich in das Heilige-Geist-Hospital bringen, das in der Verwaltung der Stadt steht. Von dort entsprang ich, trieb mich noch eine Weile um und ging dann hierher in Gundrats verlassene Waldhütte. Da gedenk ich, mein armseliges Leben zu beschließen.

Heinz hörte kaum noch aufmerksam zu. Maria lebt! Rief er. Du betrügst mich nicht – sie lebt?

Sie lebte, da ich das Kloster verließ. Und sie lebt sicher noch heute; denn diese Nacht erschien sie mir im Traume, sehr holdselig anzuschauen, wenn auch bleich und abgehärmt. Sie bat so rührend, dass ich dir alles sage, und küsste mich und flüsterte: Sage ihm, dass ich lebe, und dir soll das Schwerste verziehen sein. Da war mir's, als ob der Stein in meiner Brust sich erweichte und wieder ein klopfendes Herz würde. Mir war so wohl und frei –! Und als ich am Morgen erwachte, da war's entschieden: ob zu deinem Glück oder Unglück – die Wahrheit solltest du wissen!

Er drückte ihre Hand und küsste ihre Stirn. Dank – Dank! Sagte er. Ob zu meinem Glück oder Unglück, das mag Gott nach seinem Willen fügen. Mir aber gibst du das Leben wieder, denn du gibst mir die Hoffnung. Jetzt will ich nicht verzweifeln, sondern mutig den Kampf aufnehmen und zeigen, was ein Mann aus sich selbst werden kann. Ich danke Gott, dass er die Schande hat über mich kommen lassen, mir die Freiheit zu bewahren.

Er schwang sich aufs Pferd. Natalia streichelte dessen Hals und Kopf. Dann führte sie es einige Schritte am Zügel, gab ihm noch einen leichten Schlag mit der flachen Hand, wandte sich ab und rief: Lebe wohl! Er trabte fort. Als er nach einer Weile zurückschaute, war sie schon hinter den Bäumen verschwunden. –

Ohne Fährlichkeit gelangte Heinz nach Buchwalde. Es war große Freude über seine unvermutete Ankunft. Der Gutsherr war augenscheinlich bei kräftiger Gesundheit, und seine liebe Hausfrau hatte womöglich an Schönheit noch zugenommen. Sie trug das Haar nicht mehr lang und offen, sondern in zwei dichten Flechten, die sich über dem Scheitel kreuzten und zuletzt unter einer kleinen Haube von grünem Samt versteckten; aber um die Stirn und im Nacken wollte sich das krause Goldhaar so nicht bändigen lassen und bildete ein freies Gelock über der zarten, wie durchsichtigen Haut. Und wie schön war sie erst, als sie aus der Schlafkammer zurückkehrte und ihren Knaben auf dem Arm trug und ihre Augen voll Freudigkeit leuchteten wie milde Sonnen. Hans von der Buche umfasste ihre Schulter, legte seinen Kopf an den ihren und sagte: Sieh, so glücklich sind wir!

Als man dann am Kamin zu ruhigerem Gespräch kam, zeigte sich's freilich, dass auch mancherlei Sorgen um das Haus schlichen. Zwar verhielten die Eidechsen sich ruhig, da sie des Hochmeisters Zorn fürchteten, aber heimlich suchten sie ihren Bund zu kräftigen, um gerüstet zu sein, wenn der König sie brauchte. Sie standen ohne Zweifel auch mit den vier Genossen, die geächtet waren, in steter Verbindung und taten dem Komtur von Rheden, als er deren Güter in Beschlag nehmen wollte, so viel Schaden auf den Vorwerken des Ordenshauses, dass er seine Verwalter zurückrufen musste. Hans von der Buche war ihnen verhasst, und obschon sie nicht wagten, ihm offene Feindschaft zu beweisen, ließen sie es doch an Drohungen nicht fehlen, dass er sich in acht nehmen solle, wenn der König ins Land komme. Die Geächteten hatten ihm Briefe geschickt, dass sie ihn vor eine Ritterbank fordern, und wenn er sich von dem Verdacht des Verrats nicht losschwöre, sich ihres ganzen Schadens an seinem Gut erholen wollten. Damit war's ihnen sicher Ernst. Am bedenklichsten schien's aber, dass Switrigal, der junge Herzog von Masowien, keine Ruhe hielt, einmal mit einer Schar Reiter über die Grenze gekommen war und das Haus förmlich einen Tag lang belagert hatte, ein andermal dem Ritter durch einen Boten wissen ließ, er möge sein schönes Weib hüten, es sei noch nicht aller Tage Abend! Hans hielt daher den Plan fest, Buchwalde zu verkaufen und sich höher im Norden ein neues, sicheres Heim zu gründen. Er bemühte sich, Heinz zu bewegen, bei ihm zu bleiben, zu seiner Schwester Schutz; der aber meinte, er habe keine Zeit zu versäumen und müsse draußen im Reiche zusehen, wie er sich stattlich vorwärtsbringe. Was er genauer im Sinn hatte, verriet er nicht.

Auch auf Natalia kam die Rede, und es bestätigte sich, dass man sie nicht hatte bewegen können, das Waldhaus zu verlassen und nach Buchwalde zu ziehen. Sie habe gedroht, dass der Knabe es entgelten solle, wenn man sie zwinge, und die alte Gudawe habe vor ihr gewarnt, da sie im Besitze von Gift sei. Man suche ihr nun Beistand zu leisten, wie man könne.

Nachmittags wurde gemeldet, dass über dem Walde am Melno-See ein dichter Rauch aufsteige; in der Richtung liege das Waldhaus. Erschreckt und von böser Ahnung ergriffen, ließ der Gutsherr sofort einige Schlitten bespannen und mit Leuten vom Hofe besetzen. Er selbst fuhr mit Heinz, der ihn begleiten wollte, voran.

Unterwegs trafen sie das Kräuterweib, das berichtete, das Waldhaus stehe in lichten Flammen. Von dem Fräulein wisse sie nichts; sie habe vergebens an die Tür geklopft und sie mit ihren schwachen Händen nicht gewaltsam öffnen können. Nun habe sie's auf dem Gute melden wollen.

Die beiden Männer verdoppelten ihre Eile. Als sie an die Brandstelle kamen, war schon das Dach eingestürzt, das Holzwerk der Wände ringsum von der Flamme erfasst. Das ganze Haus schien ein in sich zusammenbrennender Holz- und Kohlenhaufen.

Es wurde Schnee darauf geschaufelt. Mit langen Stangen und Haken rissen und warfen die Leute die Brände auseinander und löschten sie aus. Endlich fand man die Steine der Herdstelle. Der Fußboden wurde weiter aufgeräumt; die Freunde achteten nicht darauf, dass die Glut ihnen die Sohlen versengte. Sie suchten nach dem Lagerplatz. Er war überschüttet von dem brennenden Sparrenwerk. Als man es endlich gelöscht und entfernt hatte, zeigte sich darunter eine verkohlte Leiche.

Die Gesichtszüge waren nicht mehr kenntlich. Aber der Körper lag lang ausgestreckt wie der eines ruhig Schlafenden. Unter der rechten Hand fand sich ein kleines Kristallfläschchen – es war offen und leer. Sie hat Gift genommen, sagte Heinz. Es waren die ersten Worte, die er sprach, seit sie das brennende Haus erreicht hatten.

Und dann hat sie sich schlafen gelegt und das Haus über sich angesteckt, fügte Hans hinzu. Nicht im Feuer ist sie umgekommen – sie sorgte nur dafür, dass es ihre Leiche zerstöre. Die Arme! Sie fürchtete, dass die Kirche ihr ein ehrlich Begräbnis versagen werde, wenn sie sich das Leben nahm. Gott sei ihrer Seele gnädig!

Heinz faltete die Hände und blickte starr auf den verkohlten Leib. Unruhig schlug sein Herz: Er wusste ja doch, dass sie seinetwegen nicht länger hatte leben wollen. Was war ihre Schuld, was die seine?

Friede ihrer Asche! Betete er.

Fünfundzwanzigstes Kapitel

Die Absetzung

Und wenn Könige und Fürsten gegen mich sind und alle Kleinmütigen mich verlassen, rief Heinrich von Plauen, ich vertraue auf Gott und des Ordens gutes Recht! Ich habe den Frieden ernstlich gewollt und jedes Opfer dafür gebracht, das mit der Ehre verträglich. Ehe ich aber das Recht beugen lasse zu unserm Schimpf und mich und das Land des Feindes Willkür unterwerfe, stell' ich die Entscheidung nochmals auf des Schwertes Spitze. Nicht von des römischen Königs und meiner Nachbarn Gnade will ich Hochmeister des Deutschen Ordens und Fürst dieses Landes Preußen sein, sondern mit Gottes Beistand aus eigener Kraft und Mächtigkeit. Sie wollen den Krieg – sie mögen ihn haben und verantworten!

Die mannhaften Worte hörten seine vertrauen Räte, Hans von Baisen, die Bürgermeister von Thorn und Elbing und andere von den Landen und Städten, die er bei sich hatte, als er Herrn Benedikt von Makra, des römischen Königs Sendboten, in großem Unwillen verabschiedete.

Denn er meinte, vielen Grund zur Unzufriedenheit über die Ausführung seines Geschäfts zu haben. Statt, wie er nach dem Ofener Schiedsspruch sollte, die Grenzen zu bereisen, die Beschwerden entgegenzunehmen und Beweise zu sammeln, hatte er sich in maßloser Überhebung selbst zum Schiedsrichter aufgeworfen. Vom Großfürsten Witowd, der doch eifrig rüstete und selbst die Fürsten von Nowgorod und Pskow gegen den Orden hetzte, hatte er sich köstlich bewirten, mit Gold und Silber beschenken und sogar den Ritterschlag erteilen lassen. Dass aber die Burg Welun gebrochen würde, die von den Litauern widerrechtlich auf preußischem Gebiet erbaut war und täglich verstärkt wurde, dafür war von ihm nicht gesorgt. Ja, er hatte zugunsten Wladislaus Jagellos und Witowds seine Hand im Spiel gehabt, als dieselben nun endlich dem Hochmeister das Instrument wegen Samogitiens vorlegten, und nicht nur die Klausel hineingebracht, dass die Abtretung künftig »unbeschadet der Rechte Dritter« erfolgen sollte, sondern auch für diese »Dritten«, den Erzbischof von Gnesen, Witowds Gemahlin und Töchter und die polnischen Magnaten namens der Tochter ihres Königs, Gegenerklärungen verfasst, in denen sie gegen den Verschreibungsbrief Einspruch taten, sodass also klar wurde, wie nur zum Schein Sigismunds Spruch geachtet werden solle. Mehr noch: Der Gesandte hatte sich in seinem Übermut die freche Äußerung erlaubt, Könige und Herzöge sollten der Ordensherren Land haben; diese hätten genug an einem Stück Brotes!

Deshalb hatte der Hochmeister dem römischen König geschrieben, er müsse Benedikt von Makra verwerfen als einen Mann, der die Gerechtigkeit nicht liebe, seine Befugnisse überschreite und mit unredlichen Absichten für sein Land umgehe.

Und deshalb war ihm nun auch, da er sich verantworten und neue Verhandlungen einleiten wollte, ein sehr ungnädiger Abschied zuteilgeworden. Feuerrot vor Zorn verließ er des Meisters Gemach und nahm den Ordensmarschall beiseite, gegen ihn seinen Ärger zu entladen. Euer Herr und Gebieter, zischelte er ihm zu, ist mit Blindheit geschlagen. Er sieht nicht, was alle Welt sieht, dass der Orden zu schwach ist, mit Gewalt sein Stück durchzusetzen. Das Reich aber kann dieses Außenwerk nicht schützen und halten. Nie wird Friede werden, solange dieser halsstarrige Mann des Ordens Oberhaupt ist. Sagt Euch selbst, edler Herr, wer das am meisten zu beklagen haben wird.

Michael Küchmeister verstand ihn. Listig antwortete er: Es ziemt mir nicht, gegen meinen obersten Herrn zu sprechen, da er mich nicht hört. Aber wisset, dass nach unseren Gesetzen das Generalkapitel des Ordens über dem Hochmeister steht und Macht hat, ihn seiner Würde zu entsetzen. Ich sage nicht, dass etwas der Art im Werk ist; aber es ist Eurem Scharfsinn schwerlich entgangen, dass viel Unzufriedenheit im Orden herrscht wegen des Landesrats, auf den der Meister sich stützt, und dass viele von den Gebietigern den Krieg nicht wollen. Sollte also über kurz oder lang hier im Lande etwas geschehen, wovon jetzt nicht gesprochen werden darf, so wollet das nach Eurer Kenntnis von den Dingen und Menschen richtig deuten. Wir verhoffen uns dann von Eurer Freundschaft und Klugheit, dass Ihr's bei Eurem gnädigsten Herrn in das rechte Licht stellet, damit der Schatten nicht auf diejenigen falle, deren unliebe Pflicht es ist, der Not zu gehorchen.

Makra schüttelte ihm eifrig die Hand. Verlasst Euch ganz auf mich! An großem Lärm würde es freilich nicht fehlen; aber man kennt solches Geschrei am Königshofe und weiß sich zu rechter Zeit die Ohren zuzuhalten. Sigismund hat größere Dinge vor und braucht hier im Norden einen Mann von feinem Geiste, der durch die Überlegenheit seiner Einsicht die

Nachbarn im Zaum hält und die Macht des Ordens stärkt, nicht aber durch unbedachte Drohung mit dem Schwert seine Verlegenheit steigert und sich die Freunde entfremdet. Ich kenne einen solchen Mann, den König Sigismund gar gern auf des Meisters Stuhl sähe. Er dürfte dann auch hoffen, zu dem Gelde zu kommen, das ihm und seiner Gemahlin Barbara für gute Dienste versprochen ist und dessen Zahlung nun wohl absichtlich verzögert wird. Wir haben *Euer* Wort, Herr Michael Küchmeister, dass das Versprechen gelöst werde.

Damit war er abgereist. Der Ordensmarschall aber wusste nun, woran er war. Die Schmeichelei hatte ihm wohlgetan, und der Ehrgeiz machte sein Herz höher schwellen. Auch musste er nach jenem Tage, an dem er Heinz von Waldstein abwies, schon öfters die persönliche Kränkung erfahren, dass der Hochmeister auf seine Meldung antworten ließ, er habe nicht Zeit oder sei unwohl, da er doch mit seinen Vertrauten verhandelte. Das verzieh er ihm nicht.

Plauen hatte den falschen Mann durchschaut. Nicht durch ihn konnte geschehen, was doch zu des Landes Ehre geschehen musste. Rastlos war seine Tätigkeit den ganzen Sommer hindurch, dem Orden in dem bevorstehenden Kampfe den Beistand der Reichsfürsten zu sichern, Söldner anzuwerben, die Schlösser zu befestigen und Geld zusammenzubringen. Auch die Kirche mühte er sich zu gewinnen; wohl wusste er, wie arg man ihn verketzert und verlästert hatte, weil er gegen die Bischöfe von Kujawien und Ermland das Recht des weltlichen Arms hochhielt. Nun hatte er aus rechter Herzensfrömmigkeit auf dem Schlachtfelde zu Tannenberg eine schöne Kapelle erbauen und mit Gütern ausstatten lassen, auch gesorgt, dass der Papst sie mit einem reichen Ablass von hundert Tagen begnadete. Mit großer Feierlichkeit wurde sie eingeweiht, und viel Volks strömte zu, für die Gefallenen zu beten und sich der Gnadenmittel teilhaftig zu machen.

So erhielt auch das Kloster der Predigermönche zu Dirschau hundert Mark; dafür sollten sie täglich eine Messe lesen für das Seelenheil Ulrichs von Jungingen und aller im Streite mit ihm Gefallenen, sowie auch derer, die künftig noch im Kampfe für den Christenglauben fallen würden. Auch sollte dabei seines edlen Vetters, des Grafen von Plauen, gedacht werden, der sich um des Landes Rettung hochverdient gemacht, und ein Gottesdienst mit Glockengeläut an die Tannenberger Schlacht erinnern.

Auch verordnete der Hochmeister, als nun die Entscheidung näher rückte, mit Rat der Prälaten, dass das Volk gemeinsam an drei Feiertagen die Kreuze tragen musste. Man sang eine Messe von dem Leid des

Herrn, und die Leute überall im Lande mussten den Vormittag feiern und brennende Lichte in ihren Händen tragen. Und wenn die Messe geschehen war, so ging man von einer Kirche zur andern, singend: *Aufer a nobis cunctas iniquitates nostras* und: *Exaudi, exaudi, exaudi domine preces nostras,* rief auch die Hilfe der Jungfrau Maria und aller Heiligen an, auf dass Gott der Herr gnädig wäre, dem Volke und das Land in Frieden und Gnade behielte. Am Sonnabend aber sang man eine löbliche Messe von der Botschaft Unserer Frauen und drei Sonntage von der Auferstehung des Herrn, und wenn das Offizium geschehen war, so sang man: *Te deum laudamus.* Der Priester, der das Amt tat, kehrte sich gegen das Volk, wenn es zur Stätte kam, und sang: *Salvum fac populum tuum domine etc.,* und die Leute knieten alle und sprachen ihre Gebete, lobten den Herrn und baten ihn, dass er sie erlösete von den Händen ihrer Feinde.

So war nun das Land in großer Aufregung und auf das Schlimmste gefasst. Der Hochmeister aber meinte nicht abwarten zu dürfen, bis Witowd mit seinen wilden Scharen der Litauer, Russen und Tataren über die Grenze rückte und König Jagello in seinem von der Pest heimgesuchten Lande das Heer ordnete. Musste es zum Schlagen kommen, so wollte er selbst den ersten Schlag führen, den Feinden seinen Mut und seine Kraft zu beweisen.

Leider hatte ihn infolge der übermäßigen Anstrengungen Tag und Nacht eine Krankheit aufs Lager geworfen, sodass er nicht selbst Harnisch anlegen und an die Spitze des Heeres treten konnte. Dem Ordensmarschall, der nach ihm der nächste zu diesem Amte war, mochte er am wenigsten Vertrauen schenken, und auch des Großkomturs und der anderen obersten Gebietiger glaubte er sich bei solchem Werke nicht sicher. Deshalb berief er seinen Bruder, den Komtur van Danzig, an sein Lager, den er als tapfer und willenskräftig kannte, und sagte ihm: Lieber Bruder, du bist der Einzige, dem ich zutraue, dass er dies gut und schnell vollbringt. Deshalb ernenne ich dich zum obersten Befehlshaber des Ordensheeres in Pommerellen an meiner Statt und gebe dir ganze Vollmacht zu handeln. Bist du bereit, diesen Auftrag anzunehmen?

Ich bin's, antwortete der Komtur, und mein Herz ist froh, dass du dich tapfer entschlossen hast, diesem Zustande der Ungewissheit und Halbheit ein Ende zu machen. Hättest du früher auf mich gehört und überall mit Strenge durchgegriffen, wie ich's in Danzig tat, du wärest heute der Herr gehorsamer Untertanen. Ich verhehle nicht, dass ich mir von dem Landesrat nichts Gutes verspreche. Ist er dessen in Wirklichkeit mächtig, was der Brief ihm zuspricht, so wird ewiger Streit und Hader mit deinen Ordensräten sein; ist er aber nichts Besseres als ein Puppenspiel vor den

Leuten, so wird das Land selbst sich bald von ihm abwenden, und dir wird er mehr eine Last als eine Hilfe sein.

Sprich von diesen Dingen nicht weiter, bat der Hochmeister. Wir sind da von alters verschiedener Meinung und werden uns nicht vergleichen. Will ich den Krieg, so muss ihn auch das Land wollen, sonst bin ich machtlos. Darum stütze ich mich auf das Land.

Es ist gut, dass der Krieg sein eigen Gesetz hat, sagte der Komtur, und unter sein Gesetz alles Widerstrebende beugt. Bist du siegreich gegen Polen, wie ich zuversichtlich hoffe, so stärkst du nicht nur dein Ansehen, sondern auch des Ordens Macht. Auch binnen Landes wird dann ein ander Regiment anheben und der Krämer und Köllmer nicht mehr verlangen, im Rat der Gebietiger zu sitzen. Dazu will ich mit aller Kraft helfen!

Hilf mir zum Siege! Rief Planen, sich von seinem Lager aufrichtend und seine Hand ergreifend. Dem Orden und dem Lande soll er nützen, so wahr ich lebe und durch ihn wieder zu Ehren komme gegen meine Feinde! Ich muss das Letzte wagen, und mich selbst setz' ich dafür ein. Wie ein Mann bin ich, der in der Feldschlacht weit vorgegangen ist mit der Fahne in der Hand; und nun sieht er, dass die Seinen weit zurückgeblieben sind und ringsum Feinde ihn umdrängen. Er muss kämpfen um sein Leben und um die Ehre der Fahne, die er trägt. Vielleicht macht seine Tapferkeit den Zaghaften Mut und reißt sie ihm nach zum Siege. Niemand steht zu mir mit ganzem Herzen. Aber solange ich Hochmeister bin, will ich nicht herrschen von des Königs von Polen Gnade, sondern den Orden in seinem Recht erhalten, dass er sich Gottes Gnade erfreue. Darum frage ich niemand, sondern handle nach eigenem Rat, wie ich muss. Steh du mir treu zur Seite – Bruder!

Der Komtur legte die Schwurfinger auf des Schwertes Griff, drückte des Hochmeisters fieberkalte Hand und ging. –

Krieg! Dem Entschlusse sollte die Tat auf dem Fuße folgen. Der Hochmeister, in der aufregenden Erwartung, was jeder neue Tag bringen werde, ließ sich durch seine Krankheit nicht hindern, täglich Noten zu empfangen und abzusenden, Weisungen zu erteilen, Briefe zu schreiben an alle Welt zur Rechtfertigung seines Vorgehens und zur Ermutigung der zaghaften Freunde. Da trafen ihn Schlag auf Schlag Nachrichten, die auch ein so starkes Herz erschüttern mussten.

Der Ordensmarschall glaubte seine Zeit gekommen. Scheinbar die Befehle seines Herrn ausführend, verhandelte er heimlich mit den unzufriedenen Gebietigern und versicherte sich ihres Beistandes. Die Parole war: dem *Orden* zu gehorchen! Jeder wusste, was das bedeutete. Als er so seiner Sache gewiss war, tat Michael Küchmeister den entscheidenden Schritt: Kraft seines Amtes als Ordensmarschall, dem nach des Ordens Statuten die oberste Heeresleitung gebühre, gebot er dem Komtur von Danzig, den Kriegszug zu unterlassen, und entsetzte ihn, da er den Rückzug weigerte, des Befehls. Die Gebietiger aber, die gegen den König ausgeschickt waren, erklärten mit ihren Rittern und der ganzen Wehrmannschaft, dass sie den Frieden mit Polen nicht brechen wollten und nicht weiter vorrücken würden.

Das war offene Empörung! Heinrich von Plauen sank ohnmächtig zusammen. Als aber durch der Ärzte Bemühung sein Körper wieder einige Kraft gewonnen hatte, da rüstete sich auch sein Geist, mannhaft den letzten Kampf aufzunehmen. Er berief auf den Tag Burchardi, das ist der 14. Oktober, ein Generalkapitel aller Gebietiger nach der Marienburg und lud den Ordensmarschall zu demselben vor sich zu seiner Rechtfertigung. Sein Wille war, ihn zu entsetzen und zu strafen.

Als aber der Tag kam, ließ er sich in Pelze gehüllt auf einem Sessel in den Kapitelsaal tragen. Die Versammlung war schon eröffnet. Michael Küchmeister hatte den Vorsitz übernommen.

Da nun der Hochmeister erschien und ein Zeichen gab, dass er sprechen wolle, stand der Ordensmarschall auf, ließ sich eine Schrift reichen, die schon im engeren Rat der Gebietiger vorbereitet war, und sagte: An uns ist es jetzt, den Richttag zu halten. Die Brüder haben Ew. Gnaden zu ihrem Oberhaupt erwählt, damit Ihr mit starker Hand den Orden bei Land und Leuten und bei allen seinen Rechten erhieltet. Jetzt aber ist es zutage, dass Ihr die Wege des Verderbens wandelt. Gott weiß, dass es uns schwer bedrängt, gegen unsern Herrn und Meister aufzustehen; aber wir gedenken unseres Eides, mit dem wir uns dem Orden gelobt, zuerst und ewiglich. Wechselnd sind die Ämter, und niemand steht so hoch, dass nicht die Gesamtheit über ihm wäre. Denn er dient dem Orden und hat seine Vollmacht von dem Orden. Darum ist das Generalkapitel über allen.

Plauen schaute im Kreise um, sich auf die Lehnen stützend und das mächtige Haupt hoch aufrichtend. Aber nur wenige gaben durch Mienen ihren Unwillen über des Ordensmarschalls Rede zu erkennen, und den meisten war's anzusehen, dass sie nicht einmal überrascht wurden. Finster blickten sie zur Erde oder nickten dem Sprecher zu zum deutlichen Zeichen ihres Einverständnisses. Da merkte Plauen wohl, dass er ganz verlassen war, und das Herz schnürte sich ihm zusammen, dass er kaum atmen konnte, und sein kranker Leib sank matt in den Stuhl zurück. Wessen klagt ihr mich an? Fragte er mit tonloser Stimme tief betrübt.

Wessen wir Euch anklagen, antwortete der Marschall, das steht geschrieben in diesen Artikeln, die wir Euch lesen lassen wollen. Das Merklichste aber ist, dass der Herr Hochmeister keinem Rat seiner obersten Gebietiger folgen wollte, die da gehören in seinen Rat, in keiner Weise, sondern nach seinem eigenen Willen fremdem Rat weltlicher Leute folgte wider des Ordensbuches Satzung, davon der Orden zunichte kommen müsste.

Der Landesrat ist eingesetzt mit der Gebietiger Bewilligung, rief Planen entrüstet. Wie wollt ihr mich das verantworten lassen?

Lächelnd fuhr der Marschall fort, indem er einen Blick auf das Blatt warf: Item, was er mit seinen Gebietigern und mit dem Lande, die in seinen Rat geschworen haben, eins wurde, das befolgte er nicht, sondern nach dem Abschied wandelte er alle Dinge nach seinem eigenen Willen.

Plauen fuhr auf: Das lüget ihr! Was ich versprochen habe, das hab' ich auch ehrlich und treulich gehalten alle Zeit und nicht ins Gegenteil gewandelt. Vieles aber, das geschah mit des Landes Bewilligung und wogegen ihr nicht zu stimmen wagtet, das gefiel euch nicht, obschon die Not es forderte!

Item, so klagt das gemeine Land, wie es mit großem Schoß beschwert worden und den doch willig gegeben habe, um Gnade und Friedens willen und es doch befinde, dass des Meisters Sinn nach Krieg und Verderbnis des Landes steht. Darum hat er alle Briefe, die dem Lande hätten Frieden bringen können, unterdrückt und den Gebietigern nicht vorgebracht, die Briefe und Artikel aber, die zu Krieg und Unglück trieben, die wurden verlautbart und offenbart. Darum hat er des Ordens Geld und Gut verschwendet zu unnützen Botschaften, und Gäste und Söldner in das Land gebracht, um Krieg zu führen gegen den verschriebenen ewigen Frieden. Seine Klagen bei Fürsten und Herren sind nicht mit der Wahrheit verbunden worden, woraus dem Orden große Schande erwachsen; den Orden und das Land hat er in bösen Leumund gebracht, sodass sie schweren Schaden erlitten. Und da er nun den Krieg geplant und gerüstet ohne Wissen und Willen der obersten Gebietiger, hat er denen, die seine Freunde sind, Vollmacht gegeben, an seiner Statt zu handeln, das alles zu großer Beschwernis des Ordens und zum Verderb des Landes. Zeit ist's wahrlich, dass solchem schädlichen Tun Einhalt geschieht.

Da griff Plauen an sein Herz und rief schmerzlich bewegt: Ich sehe wohl, worauf ihr hinaus wollt. Weil mir die Ehre lieber ist als das Leben, so fürchtet ihr, dass ich auch euer Leben fordere für die Ehre. Lieber den schimpflichen Frieden wollt ihr, als den Kampf um Recht und Gerechtigkeit. Lieber demütigen mögt ihr euch vor den Feinden und klein werden vor den Mächtigen der Welt, als Gut und Blut opfern für die gemeine Sache und für das Kreuz, das euch der Heiland zu tragen gab. Wohl denn! Nicht meine, sondern eure Schande schreibt ihr auf dieses Tages Gedenkblatt!

Michael Küchmeister las die anderen Artikel nach der Reihe. Als er an den kam, dass der Hochmeister seinen Rat mit Sternsehern und Weissagern habe, auf deren Wort er Krieg anheben wolle, lachte Plauen bitter. So kleinlich war seiner Gegner Hass.

Als nun die Vorlesung beendet war, fragte der Großkomtur, ob er noch etwas zu antworten habe. Plauen aber schüttelte den Kopf und schwieg.

Da trat der alte Graf von Zollern vor, der dreißig Jahre lang Ämter im Orden bekleidet hatte und wegen seiner Redlichkeit und Frömmigkeit in großem Ansehen stand. Der sagte freundlich: Belieb's Eurer Gnade zu sprechen, dass man Euer Schweigen nicht für Zugeständnis erachte. Denn vieles, dünkt mich, ließe sich auf diese schwere Anklage erwidern.

Der Hochmeister nickte ihm zu, richtete sich im Sessel auf und entgegnete: Ich will mich nicht verteidigen. Die mich anklagen, wissen am besten, dass ich keiner Verteidigung bedarf. Was ein Mann tun konnte, das tat ich nach bestem Wissen und Gewissen in schwerer Zeit. Mehr bin ich selbst Gott nicht schuldig. Ihr wollt die Sache nicht, darum wollt ihr den Mann nicht. Tut ihr ihn ab, so meint ihr, es falle ein Mann, aber der Orden komme zu dem Frieden, den ihr wollt. Wohl denn! Ich nenn euch nicht undankbar. Ich habe nicht gedient um Lohn und Dank, und was ihr euch selbst einbringt für diese Tat ist Schimpf und Schmach. Armut, Keuschheit und Gehorsam hab' ich gelobt, und das Gelobte treu gehalten. Arm kam ich in dieses Amt, und arm scheide ich daraus – keusch waren meine Gedanken, und kein Blendwerk fürstlicher Macht hat sie verstört – gehorsam nahm ich die Last dieser Würde auf mich und ... gehorsam soll der Orden mich auch jetzt finden. Tut mit mir, was ihr verantworten könnt.

Er winkte seine Diener herbei und ließ sich in seine Krankenstube zurücktragen.

Tiefes Schweigen herrschte im Kapitelsaale. Wenige wagten die Blicke vom Boden zu erheben und dem Meister nach zuschauen. Endlich nahm

Michael Küchmeister das Wort und sagte: Die Artikel, die verlesen worden sind, sind gut bezeugt. Aber es mag künftig darüber gerichtet werden in aller Form. Heute drängt die Not zu schnellem Entschluss, und nur zwei Wege gibt's, beide gleich kurz: Der eine führt zum Krieg. Wollt ihr den, so berufet Heinrich von Plauen zurück, mich aber lasst meines Amtes ledig sein und die Verwegenheit büßen, gegen meinen obersten Herrn geklagt zu haben. Der andere führt zum Frieden. Die ihn aber gehen wollen, müssen über diesen Hochmeister hinweg. Zu unseres Ordens Heil will ich diesen letzten Weg gehen. Wer mit mir ist, der erkläre Heinrich von Plauen vom Hochmeisteramt des Deutschen Ordens abgesetzt.

Die Stimmen wurden gesammelt. Weitaus die meisten fielen dem Marschall zu: Heinrich von Plauen war abgesetzt.

Herr Hermann Gans wurde zum Statthalter gewählt bis zur neuen Meisterwahl. Darauf begaben sich die obersten Gebietiger in Plauens Gemach und verkündeten ihm des Kapitels und des Hauskonvents Beschluss. Sie forderten ihm die Ordens- und Meistersiegel ab, auch die Schlüssel zu Kammern, Kasten und Keller des Hauses, und unweigerlich gab er alles heraus.

Als sie ihn fragten, wo er in Zukunft bleiben wolle, bat er um das Komturamt der stillen Engelsburg. Es war eins der geringsten im Lande. Sie gewährten es ihm willig.

Noch in derselben Nacht wurden Briefe geschrieben an den König von Polen und den Herzog von Stolpe, worin die obersten Gebietiger ihnen sehr demütiglich des Hochmeisters Absetzung anzeigten und versicherten, dass sie immer zum Frieden geraten, der verhärtete Mann in seinem Eigensinn aber allein den Krieg gewollt. Sie schrieben auch an die Könige von Ungarn und Böhmen zu ihrer Rechtfertigung und baten um deren Vermittlung.

Heinrich von Plauen aber verließ schon am folgenden Tage krank und gebrochenen Herzens des Deutschen Ordens Haupthaus, das er vor drei Jahren so mannhaft verteidigt hatte, und zog nach der einsamen Engelsburg.

Sechsundzwanzigstes Kapitel

Die Versuchung

Die Engelsburg hatte in bester Zeit zweiundzwanzig streitbare Konventsbrüder gehabt. Nach der Tannenberger Schlacht aber waren die

Vorwerke furchtbar verheert, die Pferdeställe geleert, ihre Viehherden fortgeführt, und in den folgenden kümmerlichen Jahren hatte so wenig für die Verbesserung des wirtschaftlichen Zustandes geschehen können, dass jetzt kaum ein einziger voller Konvent unterhalten werden konnte. Auch waren darin alte und kranke Brüder, die wenig nutzten. Das alte Haus auf dem Berge kam in Verfall, in der Vorburg unten war's still, und im mittleren Hause – des Hochmeisters Hofburg, wie man's schon seit der Erbauung nannte – hatte nun Heinrich von Plauen, der abgesetzte Meister, seine Wohnung.

Der Engel im himmelblauen Gewände mit erhobenen Flügeln und Armen auf dem roten Fahnentuch der Burg sollte ihm, so hoffte er, ein Friedensengel werden, der ihm hier den Weg hinüber zum ewigen Leben wiese. So krank und elend fühlte er sich, dass er des Leibes Bürde nicht lange mehr meinte, tragen zu dürfen. Aber sein Gemüt war frei. Es war ihm wie einem Manne, der Tag und Nacht schweren Harnisch getragen und auf gefahrvoller Wacht den Schlaf unterdrückte, nun aber im leichten Hauskleide der behaglichen Ruhe pflegen mag: Er fühlt seinen Körper ohne Gewicht, als müsste er bei jedem Schritt aufschweben. So fühlt sich auch die Seele erleichtert und aufwärts gehoben, wenn plötzlich der Druck der Sorge von ihr genommen; der Verlust wird ein Gewinn, und die mindere Unerfreulichkeit des äußerlichen Zustandes bringt die lang entbehrte Heiterkeit zurück.

Plauen hatte für die Kirche zwei silberne übergoldete Kreuze, zwei Monstranzen, zwei Paar Ampullen, eine silberne Pektorale mit Korallen, eine Korporale, zwei silberne Kelche, ein Messbuch, ein Martyrologium, auch Ornate und Kappen mitgebracht und sorgte nun, dass der Gottesdienst wieder ordnungsmäßig eingerichtet wurde. Auch an Wirtschaftsvorräten hatte man ihm erlaubt mitzunehmen, was zu des Hauses Notduft gehörte: Landwein, Met und Bier in Fässern und Tonnen, getrocknetes Fleisch, Stör, Butter, Käse und Honig. In seinem Stalle standen ein Bloßer, ein brauner Livländer, ein brauner Russe bei anderen Rossen, Hengsten und Fohlen. Das Inventar an Arbeitspferden im Karwan, Schafen, Schweinen und Rindern war schwach und der Getreidevorrat gering. Hier war viel zu tun, die Wirtschaft wieder heraufzubringen und die Speicher in der Vorburg zu füllen. Auch das konnte dem tätigen Manne für ein lohnendes Arbeitsfeld gelten.

Vielleicht hatte Plauen gerade die Engelsburg auch nicht ohne einen besonderen Grund gewählt. War doch Buchwalde nicht weit entfernt. Groß war seine Sehnsucht nach Waltrudis, die er seit jenem Spätabend in der Marienburger Pfarrkirche, wo sie mit seiner Einwilligung Hans von der Buche die Hand reichte, nicht gesehen. Er ließ den Ritter sogleich seine Ankunft wissen, und nächsten Tages in der Frühe schon fand sich Hans mit seinem schönen Weibe in der Burg bei dem Kranken ein. Sie hatten auch ihren Knaben mitgebracht und reichten ihn dem Meister zu, und seine Augen glänzten, da er ihn küsste und segnete. Waltrudis hatte von ihrem Bruder erfahren, dass sie Plauens Kind sei, aber es wurde davon nicht gesprochen. Nur sagte der Meister wiederholt: Wie du deiner Mutter gleichst – jetzt mit dem Knaben auf dem Arm –, ich sehe sie leibhaftig. Er heißt auch Heinrich, das ist der Plauen alter Erbname.

Die Buchwalder kamen denn auch öfter zum Besuch nach der Engelsburg, meist an den Sonntagen, wenn die schlechten Herbstwege es irgend erlauben wollten. Wenn aber Frau Waltrud ein saftiges Stück Wildbret oder ein gutes Gebäck hatte – Frau Ambrosius hatte ihr ein Nürnberger Kochbuch abgeschrieben und übersandt, worin die schönsten Rezepte zu Gewürzpasteten und Mehlspeisen zu finden waren –, so wurde ein Reitender mit einem Körbchen geschickt, dass der kranke Herr auch seinen Teil daran hätte. Dafür ließ er für den kleinen Junker Spielzeug schnitzen, allerhand Waffen von Holz, Steckenpferde und Landsknechte. Der Wappenmaler musste sie schön anstreichen mit Rot, Blau und Gelb. Der Bube merkte bald, dass im Korbe etwas für ihn zurückkam, und war nicht vom Fenster fortzubringen, wenn der Bote abgeritten war.

Inzwischen gab's freilich auch manche Stunde voll ernster Betrübnis und unmutiger Sorge. So sehr man in der Marienburg bemüht war, alle die Ordenssache betreffenden Vorkommnisse heimlich zu halten und den Inhalt der einlaufenden Briefe seiner Kenntnis vorzuenthalten, so erfuhr Heinrich von Plauen doch vieles von dem, was in Polen und Deutschland geschah. Hans von der Buche trug ihm manche Nachricht zu, und Wichtigeres noch erfuhr er durch seinen Bruder, den man seines Komturamtes entsetzt und als Pfleger nach Lochstedt geschickt hatte, der sich aber nicht in sein Schicksal ergab, sondern durch geheime Botschaften Jagellos Gesinnung ausforschte und sich im Reich über der Großgebietiger Falschheit und Ungerechtigkeit beklagte. Er schrieb ihm, wie die Sachen stünden: dass die Demütigungen Michael Küchmeisters und seiner Genossen den König nur veranlasst hätten, seine Forderungen unverschämter zu steigern, und dass wegen seiner ungerechten und übereilten Absetzung im Reich ein groß Geschrei erhoben sei gegen den Orden: Der junge Reuß von Plauen, Herr von Gera und Graf Albrecht von Schwarzburg mit noch anderen vornehmen Freunden führten Beschwerde bei Königen und Fürsten, dass die Absetzung nicht nach dem Ordensbuch erfolgt, deshalb null und nichtig wäre.

Allerdings hatten die Verschworenen im Gedräng der Umstände nicht Zeit gehabt, alle Förmlichkeiten der Artikel des Hochmeisters von Orseln, die von des Meisters Absetzung handelten, zu befolgen. Es musste versucht werden, die Angelegenheit noch nachträglich in die Richte zu bringen; deshalb ergingen Schreiben an den Deutschmeister und den Landmeister von Livland, nach Preußen zu kommen und die Angelegenheit zu ordnen.

Auf die zweite Woche des Januar 1414 war der Verhandlungstag angesetzt. Heinrich van Plauen wurde durch zwei Komture von der Engelsburg abgeholt und in den Kapitelsaal geleitet. Nochmals hielt man ihm in Gegenwart der Großwürdenträger des Ordens die Klageartikel vor und verlangte seine Antwort darauf. Er verteidigte sich ruhig und würdig. Ihr klagt mich an, sagte er zuletzt, aber ihr habt keine Beweise, und wo ihr sie erbringen möchtet, da würde sich's bald zeigen, dass sie mich nicht belasten, wie es den Anschein hat. Denn, wenn ihr mein Handeln und Unterlassen messet nach meiner Vorgänger Tun, so sollt, ihr als gerechte Richter nicht der Zeiten Wandel vergessen, und dass nie vorher ein Hochmeister eingesetzt ist in solchem Drange der Not und sein Amt verwaltet hat in solcher Kümmernis des Ordens und Trübsal des Landes. Gebt also der Wahrheit die Ehre und bekennet, dass ich nicht eines sträflichen Vergehens schuldig und dass ich mit Gewalt aus meinem Amte entfernt, aber nicht nach Ordnung des Rechts abgesetzt bin. Dass ihr aber sehet, wie wenig mein Herz nach Wacht und Herrschaft trachtet, so höret dies: Bin ich's, der nach eurer Meinung dem Frieden im Wege steht und durch seine Beharrlichkeit dem Orden in der Not Verlegenheit bereitet und Könige und Fürsten von dem Lande abwendet, so will ich zur Vermeidung alles Ärgernisses und zur Beseitigung der Zwietracht unter den Brüdern freiwillig mein Amt niederlegen. Wolle Gott, dass der Orden mir dies zu danken habe!

An dieses Wort hielt sich der Deutschmeister, lobte seine Frömmigkeit und trug den Brüdern an, des Herrn Hochmeisters Entsagung anzunehmen, damit man ohne weitere Hinderung zur neuen Wahl schreiten könne. Sie waren es sämtlich wohl zufrieden und meinten nun Ruhe zu haben in Deutschland. Sie wussten aber wohl, dass deshalb nicht weniger gewaltsam gegen Plauen gehandelt war, weil er nun nach seiner ungerechten Entsetzung seinen Rücktritt erklärte, da er doch nimmer hoffen konnte, in seine vorige Würde wieder eingesetzt zu werden.

Noch an demselben Tage wählten sie Michael Küchmeister von Sternberg zum neuen Hochmeister des Deutschen Ordens. In der Kirche wurde Plauen vor ihn geführt, als er mit dem hochmeisterlichen Gewände bekleidet war, und der edle Mann beugte sich vor ihm und gelobte ihm Gehorsam als seinem Herrn. Das tue ich um des Heilandes Willen, sagte er, der am Kreuz gestorben ist und allen denen, die ihm übles getan, vergeben hat. Als aber Michael Küchmeister ihm, wie üblich, den Bruderkuss geben wollte, da zuckte er zurück und ließ sein Gesicht nicht berühren. Da wurde jener bleich und sagte leise zornig und doch mit lächelndem Munde: Ich sehe wohl, Bruder Heinrich von Plauen, trotz deiner friedlichen Worte ist dein Herz voll Bitterkeit und Groll gegen mich. Dessen will ich mich erinnern zu anderer Zeit.

Er mochte erwartet haben, dass Plauen für sich etwas erbitten werde; aber kein unstolzes Wort kam über dessen Lippen.

Plauen durfte nach der Engelsburg zurückkehren, seine Ernennung zum Komtur dort wurde bestätigt. Aber der Hochmeister setzte von seinen vertrautesten Freunden einige in den dortigen Konvent ein und gab ihnen auf, ihren Komtur genau zu beobachten und jeden verdächtigen Umgang zu merken, ihm's auch zu hinterbringen, wenn er von auswärts Briefe erhielte oder solche abzusenden sich unterfange. Auch sollte ihn auf allen seinen Wegen der eine oder andere begleiten, damit er nicht heimlich die Flucht ergreife, auch vor der Tür seines Schlafzimmers immer ein Mann Wache stehen. So sehr fürchtete er den verwundeten Löwen, den er nicht in den Käfig sperren durfte.

Er zitterte nicht ganz ohne Grund vor der Rache der Plauen. Der abgesetzte Komtur von Danzig zeigte sich auch jetzt als einen gewalttätigen Mann, dessen Gewissenhaftigkeit nicht groß war. Sein Einfluss im Orden war gebrochen, und nie durfte er hoffen, wieder zu einem wichtigeren Amte zu gelangen, solange sein Feind Michael Küchmeister regierte. Nur von einer gewaltsamen Wiederherstellung seines Bruders hatte er auch für sich neue Gunst des Schicksals zu erwarten, und so empört war sein Gemüt über den Schimpf, der seiner Familie widerfahren, dass er den Gehorsam vergaß, den er dem Orden gelobt hatte, und sich dem König von Polen zu guten Diensten erbot. Gern versicherte ihn der listige Fürst seiner Gnade und seines Schutzes.

So entfernte er sich im Frühjahr von Lochstedt und nahm sein silbernes Gerät mit sich, gut versteckt. Damit reiste er nach Danzig, wo er noch andere Wertsachen einigen Kaufleuten zur Aufbewahrung gegeben hatte, denen er in den Rat geholfen und die deshalb seine guten Freunde waren. Nun hielt er sie doch bei ihnen nicht mehr sicher und übergab sie einem von den Graumönchen, der sie für ihn heimlich außer Landes schaffen sollte. Auch wusste er sich einen Wechsel zu verschaffen, der leicht in seinen Kleidern zu verbergen war und ihn auf der Reise nicht beschwerte, legte den Ordensmantel ab und zog ein grobes Gewand an, das ihn unkenntlich machte. Der Bischof von Kujawien, der in seinen Plan eingeweiht war, schickte ihm seinen Diener Liszek. Der sollte ihn durch Preußen und Masowien zum polnischen Könige führen.

Eines Abends wurde dem Komtur der Engelsburg ein Mann gemeldet, der wie ein Landstreicher gekleidet sei, aber nach Gestalt und Sprache ein Kriegsmann zu sein scheine; vielleicht einer von den entlassenen Söldnern, der sich ihm anbieten oder ein Zehrgeld erbitten wolle. Er ließ ihn vor.

Wie überrascht war er, als er seinen Bruder erkannte. Heinrich, rief er, du hier – und in dieser Verkleidung! Was ist das?

Sind wir sicher? Fragte jener, sich im Gemach umschauend. Hört man uns nicht?

Die Mauern sind ringsum dick; die Fenster hochgelegen; an der starken Eichentür möchte jedes Ohr vergebens lauschen. Über was führt dich her – wohin gehst du?

Der Ritter schob der Sicherheit wegen doch noch den Riegel vor, den er an der Tür bemerkte. Du bist recht grau geworden, seit wir uns zuletzt gesehen haben, sagte er, ohne auf die Fragen zu antworten.

Plauen strich unwillkürlich mit der Hand seinen lang ausgewachsenen Bart. Es ist seitdem viel geschehen, entgegnete er. In Wochen bin ich um Jahre älter geworden – es hätte mein Ende sein sollen, denn für den, der so hinabsteigt, ist das Leben aus.

Oder es nimmt einen neuen Anfang, rief Heinrich, um sich noch höher aufzuschwingen. Man hat dich vergewaltigt! Der Bube, der dir nie das Amt gönnte –

Still, unterbrach Plauen, du sprichst von unserem Meister!

Er ist's so wenig, als du aufgehört hast, es zu sein. Nicht nach dem Recht ist's gegangen, sondern nach der Gewalt. Ich weiß zuverlässig, dass der Marschall sich verschworen hatte mit einigen von den obersten Gebietigern und vielen Brüdern, dich zu stürzen. Ich weiß auch, dass er schon in Ofen bei dem römischen König untreu gegen dich gehandelt und sich für alle Fälle vorgesehen hat. Ich weiß, dass er sich die Gunst seines Legaten, des Ritters von Makra, sicherte und heimlich mit dem

Deutschmeister verhandelt hat, der dir wegen der Geldforderungen feindlich gesinnt war.

Und wenn das alles so ist –

Ich will's beweisen. Bist du nach dem Rechten von deinem Hochmeisteramt abgesetzt? Das Ordensbuch weiß von solchen Beschwerden nichts, wie sie von den Buben gegen dich in Artikel gebracht sind. Da finde ich nur, dass der Meister wegen zu großer Härte abgesetzt werden kann und nach vielfacher Warnung. Keine Form ist beobachtet. Wie Räuber haben sie dich überfallen und dir das hochmeisterliche Gewand abgerissen, nach dem der Marschall lüstern war. Mit Gewalt genommen haben sie dir die Siegel und die Schlüssel. Hättest du widersprochen, du wärest ins Gefängnis geworfen, denn es war abgekartetes Spiel, dich vom Amt zu bringen, gutwillig oder gezwungen.

Ich habe vor dem Generalkapitel Verzicht geleistet, Heinrich –

Nicht in Freiheit! Es war offenkundig, dass man dir schweres Unrecht getan hatte. Die Anklagen reichten nicht aus, der Beweis konnte nicht erbracht werden, die Form war verletzt. Ging's nach dem Rechten, so musstest du wieder eingesetzt werden in dein Amt, und was du dann tatest, das stand bei dir. Wie kann der seinem Amt entsagen, der seines Amtes beraubt ist? Das heißt, ein Dieb nimmt mir meine Habe und erlaubt mir gnädigst darauf zu verzichten. Und an solche Erklärung soll ich gebunden sein? Das ist Spott und Hohn!

Plauen durchmaß unruhig zwei-, dreimal das Gemach. Sie werden ihre Richter finden, sagte er, so wahr ein Gott im Himmel lebt!

Die Undankbaren! Wem dankt's der Orden, als dir, dass er noch Herr ist im Lande? Wer hat die Marienburg gehalten, als die Besten verzagten? Wer hat Jagello und Witowd zum Frieden gezwungen, ohne eine Handbreit Land zu opfern? Wer hat die Burgen und die Gefangenen gelöst? Wer hat den Orden bei Ehren und Ansehen erhalten? Und dafür zum Lohne dieser Schimpf! Ein Plauen abgesetzt vom Hochmeisteramt! Ein Plauen beschimpft vor allen Fürsten und Herren im Reiche. Wer das geduldig trüge, wäre ein Elender! Nein, ich kenne dich besser. Das erträgt kein Plauen!

Diese Rede verfehlte ihren Eindruck nicht. Starr blickte der schwer gekränkte Mann auf den Boden, die Mundwinkel zuckten, die Muskeln auf der Stirn spielten. Und was soll geschehen? Fragte er nach einer Weile mit dumpfer Stimme.

Zurückfordern sollst du, was dir gehört! Rief sein Bruder. Und wenn man dir's nicht gutwillig gibt, es nehmen mit Gewalt.

Mit Gewalt –!

Hat der Orden einen besseren Freund als dich? Hat er einen schlimmeren Feind als diesen Michael Küchmeister? Weißt du nicht, dass er den König von Polen um Frieden angebettelt hat? Und lass dir noch sagen, was der Übermütige von einem solchen Schwächling fordert. Um sich zu behaupten, muss er des Ordens Gut verschleudern. Dem Könige selbst aber ist damit wenig gedient, einen Freund dieser Art zu gewinnen. Er kennt ihn als listig und verschlagen und gewissenlos. Er sieht voraus, dass der Bube ihn verraten wird, wie er dich verraten hat. Und was nützt ihm das Bündnis mit einem, den er selbst stützen muss? Ganz anders steht er mit dir. Du bist ihm ein ehrlicher Feind gewesen, du wirst ihm ein ehrlicher Freund sein. Viel liegt ihm daran, dich zu gewinnen; andere, mäßigere Bedingungen wird er dir stellen, und zum zweiten Male wirst du den Orden und das Land gerettet haben.

Plauen sah erschreckt auf und heftete fest den Blick auf des Sprechers rot glühendes Gesicht. Wie – du dächtest daran –?

Den König von Polen anzurufen – ja! Er ist der Einzige, der uns zu unserem Rechte verhelfen kann. Die Könige von Ungarn und Böhmen werden keine Hand für uns rühren, auf die deutschen Fürsten ist kein Verlass. Aber Jagello braucht uns, wie wir ihn brauchen. Ich gehe zu ihm und protestiere unter seinem Schutz gegen Gewalt. Folge mir dorthin – du wirst als Hochmeister des Deutschen Ordens empfangen werden. Jagello wird erklären, dass er deine Absetzung nicht zu Recht erkennt, nur mit dir über den Frieden verhandelt. Sein Wort reicht aus, die Verschwörer in der Marienburg zittern zu machen, unsere Freunde obenauf zu bringen. Einige Konvente sind dir treu geblieben, wünschen nichts sehnlicher, als dich wieder zur Macht zu bringen. Sie werden sofort für dich Partei ergreifen, ihre Schlösser dem rechtmäßigen Herrn übergeben. In kürzerer Zeit, als du die Marienburg verteidigt hast, wirst du sie einnehmen und deine Gegner in den Staub werfen. Du darfst nur wollen, und du bist wieder Herr des Landes.

Plauen fuhr heftig auf: Durch Verrat! Mithilfe des Feindes – nach schmachvollster Unterwerfung! Das ist Landesverrat!

Den dir das Land danken wird. Ich stand fest zum Orden; du weißt, dass ich unzufrieden war mit deiner Nachgiebigkeit gegen die Forderungen des Landes, dass ich dem Orden die Herrschaft erhalten wollte. Aber der Orden hat unser Recht verletzt, unsere Ehre gekränkt, sich unwürdig gezeigt unseres Gehorsams. Ich sehe ein, dass du auf dem rechten Wege warst: Nur hättest du nicht auf der Mitte stehen bleiben sollen. Du meintest mit deinem Landesrat regieren zu können als Hochmeister des Ordens: gib dem Lande einen Fürsten, und du wirst mächtig sein im Ordensrat.

Letzkau – Letzkau –! Rief Plauen und bedeckte die Augen mit der Hand.

Der Ritter entfärbte sich. Warum gedenkst du dessen? Fragte er finster.

Das war *sein* Gedanke. Und wahrlich, er wird recht behalten, mag man's auch spät erst erkennen.

Höre nicht auf die Toten, höre auf die Lebendigen, mahnte der frühere Komtur von Danzig. Komm mit mir zum König – noch diese Nacht.

Plauen schüttelte unwillig den Kopf. Nein – nein – nein!

Man wird dir die Freiheit nicht lassen – du bist deines Lebens nicht sicher, glaube mir!

Es geschehe, was Gott will. Sein ist die Rache! Nie werde ich mich demütigen vor dem König und seiner Gnade mein Heil verdanken zu des Landes Verderb und des Ordens Schmach. Du versuchst mich nicht. Wie ich gelebt habe, so will ich auch sterben, reinen Herzens und freien Gewissens. Du aber kehre um, da es noch Zeit ist – ich beschwöre dich! Geh nicht zum Könige, beflecke nicht den Schild deiner Ehre, brich dein Gelübde nicht!

Ich kann nicht zurück, antwortete der Ritter. Meine Flucht ist längst bemerkt und berichtet. Soll ich mir Ketten um die Hände schmieden lassen? Ich gehe nach Polen. Und ich gebe dich noch nicht auf. Auch ohne deine Vollmacht will ich für dich handeln. Ists eine Schuld, sich zu wehren gegen Gewalt und sich zu rächen an denen, die uns Übles tun, so will ich sie für dich auf mein Gewissen nehmen. Du sollst noch weiter von mir hören.

Damit grüßte er trotzig den halb Abgewandten, schob den Riegel zurück und ging.

Er hatte sein Pferd in der Dorfschenke eingestellt, schwang sich ohne Aufenthalt darauf und jagte fort auf den Wegen, die östlich zur masowischen Grenze führten. Sein Diener Liszek war schon voraus und hatte ihn den königlichen Hauptleuten gemeldet, die in einigen Meilen Entfernung ihre gegen Preußen aufgebotenen Heerhaufen zusammenhielten. Sie schickten ihm sofort vierzig Reiter entgegen. So stattlich geleitet langte er im königlichen Hoflager an und wurde sogleich vor Wladislaus Jagello gefühlt, der ihn mit großen Ehren empfing.

Der König ließ ihm ritterliches Gewand, wie man's im Orden trug, auch einen weißen Mantel reichen, und wünschte, dass er so gekleidet an der Hoftafel erschien, damit es jedermann kund werde, welchen Gast er bei sich aufnehme. Es schmeichelte seiner Eitelkeit, seinen Großen zu zeigen, dass der Bruder des großen Hochmeisters, der die Marienburg gegen sie verteidigte, nun Hilfe suchend vor ihm erschien und, selbst ein Ordensritter, den Orden vor ihm anklagte. Er durfte hoffen, dass diese Klage ihm Gelegenheit geben werde, sich in die inneren Angelegenheiten der Brüderschaft zu mischen, und so erschien's auch den Kronbeamten und der ganzen Hofgesellschaft, weshalb sie den Ritter die Demütigung möglichst wenig merken ließen. Bei Tisch saß er zur rechten Hand des Königs und gegenüber dem Großkanzler. Jagello fragte, wie es Herrn Heinrich von Plauen, dem Hochmeister, ergehe, und nannte ihn seinen Bruder.

Dann, nach erhaltener Auskunft, fuhr er heuchlerisch fort: Ich wüsste mir keinen lieberen Gast als ihn. Denn nie habe ich einen größeren und ehrenwerteren Feind zu bekämpfen gehabt. Furchtbar war des Ordens Niederlage in der Tannenberger Schlacht; schon der Mut ist bewundernswert, mit einer kleinen Schar den Widerstand zu versuchen. Auch wenn er erlegen wäre, würde man ihn als einen Helden preisen. Er hat aber durch seine mannhafte Tat den siegreichen Gegner zum Rückzug genötigt und ihn um die besten Früchte des Sieges gebracht. Seine Heldenhaftigkeit zu ehren, ist mir selbst eine Ehre. Ich beklage sein Schicksal, aber beklagenswerter erscheint mir das Schicksal des Ordens, der sich selbst der tapfersten Hand beraubt und große Dienste mit schnödestem Undank gelohnt hat. Denkt Euer erlauchter Bruder ebenso gut von seinem Feinde als ich von dem Meinigen, so könnten wir uns wohl für die Zukunft verständigen und freundschaftlich den alten Streit vergleichen. Schreibt ihm, dass er vertrauensvoll zu mir kommen möge. In dem Augenblicke, in dem er Polens Grenze überschreitet, ist er wieder der Hochmeister Deutschen Ordens, und mit diesem will ich verhandeln. Der gnädigste Gott wolle geben, dass wir so unseren Ländern zu dauerndem Frieden helfen.

Dabei legte er die Hände aneinander und blickte zum Himmel auf.

Später sprach der Ritter mit des Königs Kanzler, der sich ebenso entgegenkommend äußerte. Über die Bedingungen werde man jetzt, wo sich für Plauen die Sachlage wesentlich geändert habe, leicht einig werden können. Er deutete an, dass der König sich vielleicht mit einem Teil der Neumark begnügen werde. Doch könne darüber ernstlich nur mit dem Hochmeister selbst verhandelt werden. Je schneller und rückhaltloser derselbe sich in des Königs Arme werfe, desto mehr Vorteil habe er von dessen Großmut zu erwarten.

Durch solche Vorspiegelungen ließ der Ritter sich willig betören, schrieb Briefe an seinen Bruder, in denen er ihm den Stand der Sache meldete und zu schleunigster Flucht mahnte, und schickte Liszek ab, sie ihm nach der Engelsburg zu überbringen.

Dort aber war der Besuch, den der Komtur empfangen hatte, seinen Aufpassern nicht unbemerkt geblieben. Hatte man den Mann in dem groben Kleide auch nicht erkannt, so argwöhnte man doch einen geheimen Verkehr mit den Gegnern des jetzigen Meisters und beschloss auf der Hut zu sein. Als daher Liszek kam, der sofort an der Sprache als ein Pole erkannt wurde, ließ man ihn nicht zum Komtur ein, sondern untersuchte unter dem Vorwande, dass er im geheimen Waffen bei sich tragen könnte, seine Kleider. Er entsprang, wurde aber eingeholt und in den Turm geworfen. Dort konnte er die Briefe nicht länger verbergen, gestand auch, mit der Folter bedroht, wer ihn geschickt habe.

Sofort ging ein Eilbote mit den Briefen an Michael Küchmeister ab. Nun ist's erwiesen, rief derselbe, dass Plauen mit seinem eidvergessenen Bruder in engster Verbindung steht und selbst mit hochverräterischen Plänen gegen den Orden umgeht. Nicht anders sind diese Briefe zu deuten, die ihn zum König von Polen einladen und seine gewaltsame Wiedereinsetzung in Aussicht stellen. Er wird leugnen; aber wir wissen jetzt, woran wir sind, und nehmen danach unsere Maßregeln. Er war innerlich froh, auf solche Art eine gute Handhabe zu gewinnen, den gefürchteten Mann unschädlich zu machen.

Sofort ging einer von den Gebietigern mit mehreren Gewaffneten nach der Engelsburg ab, den Komtur seines Amtes zu entsetzen und für einen Gefangenen zu erklären. Gott ist mein Zeuge, rief Plauen, dass Ihr mir schweres Unrecht tut!

Ich wollte, Ihr hättet Euch anderer Zeugen versehen, die wir abhören könnten, antwortete der Gebietiger höhnisch. Hättet Ihr Euren Bruder nicht heimlich aufgenommen, Ihr könntet Euch besser verantworten. Nun tragt in Geduld, was Euch bestimmt ist.

Ich bin in Eurer Macht, sagte Plauen. Ich wär's wahrlich nicht, wenn ich meines Bruders Mahnung Gehör gegeben hätte. Und doch –! Hätt' ich gewusst, was ich heute weiß – ich wär' ihm nicht gefolgt. Tut mit mir, was Euch beliebt.

Mit Liszek wurde schnellster Prozess gemacht: Man ließ ihn vor die Burg hinausführen und am nächsten Baume henken. Es half ihm nichts, dass er sich auf den Bischof von Leslau berief, der sein eigentlicher Herr sei. Wollt ich wünschen, rief er in seinem Kauderwelsch, als schon der Strick um seinen Hals gelegt war, dass hätt' ein anderer meine schlechte Kopf und ich seine gute Gewissen. Er machte noch einen letzten Versuch. Lassen mich los, liebe Herren, und ich wollen verraten den Herrn Bischof, meinen gnädigen Herrn. Die Knechte aber taten, was ihnen befohlen war. Einer meinte auf dem Heimwege: Die kleinen Diebe henkt man, die großen lässt man laufen.

Heinrich von Plauen wurde, von Bewaffneten geleitet, mit größter Heimlichkeit und meist in der Nacht von Burg zu Burg gebracht und endlich nach einer beschwerlichen Reisewoche in der Brandenburg, auf einer Höhe am Frischen Haff zwischen Königsberg und Balga belegen, eingeschlossen. Man gab ihm ein hochgelegenes Gemach im festesten Turm und ließ es Tag und Nacht bewachen.

Von seinem kleinen Fenster aus schaute er über den breiten Wasserspiegel nach der samländischen Küste, die mit dichtem Walde besetzt war. Fischerboote kreuzten täglich das Haff – bald kannte er ein jedes an seinem Segel. Mitunter zog in der Ferne auch ein Schiff vorüber, das in Königsberg mit Getreide beladen war und den Ausgang in die freie See suchte.

Wer mit ihm hätte hinaus können in die Freiheit!

Siebenundzwanzigstes Kapitel

Der Hauptmann von Lübeck

Über Jahre müssen wir hinwegeilen.

Auf dem Kostnitzer Konzil, das ja der ganzen Christenheit den lange ersehnten Frieden bringen sollte, wurde in der Streitsache des Deutschen Ordens mit Polen verhandelt, aber es kam zu keinem Abschluss, und die Entscheidung der Waffen schien nur hinausgeschoben zu werden.

Dann brach in Danzig, wahrscheinlich von fremden Schiffern eingeschleppt, eine pestartige Krankheit aus, die viele Menschen schnell hinraffte. Sie verbreitete sich über Pommern und ganz Preußenland bis in die Wildnis hinein und holte ihre Opfer nicht nur in Städten und Dörfern, sondern auch in den Schlössern des Landes, sodass mehr als achtzig Ordensritter der entsetzlichen Seuche erlagen, Elend und Jammer über das ganze Land kam.

Dazu trat eine furchtbare Teuerung aller Lebensmittel. Die Ernten waren kümmerlich gewesen, der Handel ging infolge des immer drohenden Krieges zurück, die Münze hatte sich in den Notzeiten des Ordens so verschlechtert, dass man für alle Bedürfnisse das Dreifache des früheren Preises zahlen musste. Der Hochmeister machte Vorschläge zur Verbesserung, aber das Land scheute die Opfer und ließ alles beim alten, während doch die Unzufriedenheit überall im Wachsen war und der gemeine Mann den Magistraten und den Münzmeistern schuld gab, dem wirtschaftlichen Verderben nicht Einhalt zu tun.

Darüber brach in Danzig ein Aufstand aus. Gerade am Fronleichnamsfeste, als Michael Küchmeister sich in der Stadt befand, rottete sich das gemeine Volk, aufgewiegelt und geführt von einigen Rädelsführern, in großen Haufen zusammen, zog lärmend auf den Markt, kündete dem Rat und dem Herrn Hochmeister den Gehorsam, läutete die Sturmglocke, bemächtigte sich der Schlüssel der Stadt und drohte jeden Widerstand mit Gewalt niederzuschlagen. Ein frecher Geselle namens Johann Lupi war an der Spitze.

Der Hochmeister mit seinen Begleitern, da sie gegen die empörte Masse nichts vermochten, verließ die Stadt. Der Rat rettete sich mit Mühe auf die Burg, denn die Ratsherren waren ihres Lebens nicht sicher. Besonders richtete sich die Wut des Pöbels gegen den Bürgermeister Gerd von der Beke. Man beschuldigte ihn, Konrad Letzkau dem Orden verraten zu haben. Die Tore gegen die Burg wurden verschlossen, die Stadt frei und unabhängig erklärt. Die Masse griff unter den abscheulichsten Freveln den Münzhof an, stürmte das Rathaus, erbrach alle Gemächer, raubte sie aus und vernichtete, was sich nicht fortschleppen ließ. Dann ließ das Volk an des Bürgermeisters Wohnhaus seine Wut aus, plünderte es, zerstörte alles Hausgerät und peinigte die Dienerschaft auf entsetzliche Weise. Schanzen wurden aufgeworfen, um die Stadt gegen einen Angriff der Ordensmannschaft zu verteidigen.

Die Bewegung ging von unten auf bald auch in die Bürgerkreise hinein. Die Handwerksgesellen hatten es längst übel empfunden, dass sie von den Meistern niedergehalten wurden und in den Ämtern nicht vertreten waren, auch nicht eigene Vereinigungen bilden und ihre Morgensprachen halten sollten. Die Meister aber waren ebenso aufgebracht gegen die Kaufleute, weil diese allein das Stadtregiment an sich gerissen hatten und die Münznot für sich ausbeuteten. Die Bierbrauer und Krämer machten mit ihnen gemeinsame Sache. So beteiligten sich nun beim Aufstande alle Gewerke. Die reichen Warenlager der Kaufleute wurden mit Beschlag belegt, ihre Kontore geschlossen. Alle Ordnung war aufgelöst. Vergebens bemühten sich die Gemäßigteren, Gewalttaten zu verhindern; Lupi mit den anderen Rädelsführern begünstigten die Schreckensherrschaft, um sich nach Kräften zu bereichern.

Nach acht Wochen erst, als die Not in der abgesperrten Stadt auf den Gipfel gestiegen war, kehrte die Besinnung zurück. Der Hochmeister selbst kam nach Danzig und bestellte ein Gericht. Viele von den Aufrührern wurden gefangen gesetzt, achtzehn von den Rädelsführern enthauptet, vierzig der Hauptschuldigen aus dem Lande verwiesen. Lupi mit den Schuldigsten war entflohen. Die Güter der Aufrührer wurden eingezogen, die Gewerke hatten schwere Geldbußen zu entrichten, und die einzelnen Meister wurden dazu nach ihrem Vermögen eingeschätzt. Den aufrührerischen Innungen wurde ein Jahr lang jede Versammlung und Morgensprache untersagt; ihren Harnisch mussten sie in der Stadtkammer niederlegen.

Unter solcher Ungunst der Verhältnisse und zuletzt durch den großen Aufstand hatte der Ratsherr Tidemann Huxer schwer gelitten. In den letzten Jahren war sein Wohlstand zurückgegangen. Eins seiner Schiffe war im Kanal gescheitert, ein anderes mit einer sehr kostbaren Ladung von Wein und Gewürzwaren hatte Kapitän Halewat in den spanischen Gewässern verloren. Ein Teil der Mannschaft hatte sich auf ein Boot gerettet; er aber wollte sein Schiff nicht verlassen und ging mit demselben unter: Es war die »Maria von Danzig«. Zwei Schiffe, die mit Gütern nach Stockholm geschickt waren, wurden von den Seeräubern mit Beschlag belegt und an einer der kleinen dänischen Inseln in Sicherheit gebracht; sie forderten für die Mannschaft und Ladung ein unerschwingliches Lösegeld. Unter den Matrosen war auch Klaus Poelke. In dem alten Kaufhause zu Danzig stockte das Geschäft, mehrere von seinen Brotknechten mussten entlassen werden, da im Kontor, auf dem Schiffsbauplatz und in den Speichern nicht mehr genügend Arbeit für sie war.

Des alten Reeders Gemüt wurde immer umdüsterter. Sein Haar war grau geworden, die gelbe Haut auf der Stirn legte sich in ein Netz von Falten und hing schlaff über die eingefallenen Backen zum breiten Kinn hinab, seine Augen hatten einen unsicheren Blick. Selten und immer nur auf kürzeste Zeit ließ er sich im Artushof sehen, der Bierkrug blieb meist unberührt. Auch in der Ratsstube erschien er selten. Im notwendigsten Verkehr mit den Geschäfts- und Amtsgenossen zeigte er sich mürrisch und argwöhnisch; das unschuldigste Wort konnte ihn verletzen, wenn er dadurch seine Würde angegriffen fühlte. Kein Scherz war in seiner Gegenwart erlaubt. Man sagte ihm heimlich nach, dass er wegen seiner Tochter ein schlechtes Gewissen habe.

Als der Aufruhr losbrach, war er aufs Rathaus geeilt und hatte eifrig gegen der erschreckten Herren Flucht gesprochen. Er musste sich von Gerd von der Beke daran erinnern lassen, dass er einst zu Letzkaus Vertrauten gehört und schon einmal große Not über den Rat gebracht habe. Man werde sich nicht nochmals zu einer feindseligen Haltung gegen den Orden drängen lassen und lieber in der Burg Schutz suchen. Wo das Blut Konrad Letzkaus und Arnold Hechts, eurer wackersten Männer, geflossen ist! Rief Huxer verächtlich.

Gleich darauf verließ er den Saal, für seine Person entschlossen, zu bleiben. Mit seinen Dienern sperrte er sich in seinem Hause ab und verriegelte die Tür. Das betrachteten die Aufrührer als eine trotzige Herausforderung und gingen ihm zu Leibe. Für sie kam nur infrage, dass er für einen reichen Mann galt und im Rate saß; auch verlautete, dass er habe die Feuerbüchsen aufs Rathaus schaffen und unter sie schießen lassen wollen. Nun rotteten sie sich vor seiner Tür zusammen und verlangten, dass er ihnen öffne, schlugen auch mit Äxten und Beilen gegen das Holz und die eisernen Bänder. Er aber ließ oben aus den Fenstern schwere Gegenstände hinabwerfen und siedendes Wasser ausgießen, sodass die Angreifer sich zurückziehen mussten. Drei Tage und Nächte wurde er belagert. Endlich warf ihn ein Stein nieder, der die Fensteröffnung traf. Die Dienerschaft, todmüde vom langen Wachen und ausgehungert, kapitulierte. Inzwischen hatte sich die erste Wut der Angreifer schon gelegt; sie bewilligten freien Abzug. Der verwundete Huxer wurde ins Hospital der Reuerinnen getragen, und der schnell umgestimmte Pöbel rief ihm nun wegen seines tapferen Widerstandes lauten Beifall zu. Das hinderte freilich nicht, dass sein Haus bis unter das Dach ausgeplündert wurde. Man fand viel weniger, als man erwartet hatte.

Als er nach einigen Wochen notdürftig hergestellt war, litt es ihn in der Krankenstube nicht. Er sammelte unter den bedächtigeren Handwerksmeistern, Krämern und Brauern eine Partei und versuchte es mit deren Hilfe, den Pöbel im Zaum zu halten. Vornehmlich ihm war's zu danken, dass die Vernunft allmählich die Oberhand gewann und der ordnungslose Zustand als unleidlich empfunden wurde. Als dann die Bürgerschaft sich vor dem Hochmeister demütigte und der Rat zurückkehrte, hatte er freilich wieder schlechten Dank. Wagte man auch nicht, ihm offen vorzuwerfen, dass er mit den Aufständischen gemeinsame Sache gemacht habe, so verzieh man's ihm doch nicht, dass er in der Stadt geblieben war und gezeigt hatte, wie die Ratsherren als tapfere Männer sich gesamt hätten benehmen sollen. Für seine Verluste erhielt er aus den Bußen keine Entschädigung; man sagte, er hätte sie sich selbst zuzuschreiben.

So kam Huxer nun noch tiefer in Vermögensverfall und musste seine Schiffshölzer auf der Lastadie verpfänden, um seinen Verpflichtungen nachkommen zu können. Er sah den Tag nahen, da er sich würde bankerott erklären müssen. Er wollte ihn nicht überleben.

Da geschah es, dass die Lübecker namens des Hansebundes einige Kriegsschiffe nach Danzig schickten, die eine Gesandtschaft an den Orden dort aussetzen und ihrem Anliegen mehr Nachdruck geben sollten. Überall hatte es nämlich der Bund durchgesetzt, dass der Pfundzoll abgeschafft wurde; nur in den preußischen Städten wurde er noch erhoben, weil der Orden an dieser Einnahme, von der er den besten Teil hatte, zähe festhielt. Nun glaubten die Lübecker, da er in beständiger Not war, die Zeit günstig, ihm etwas abzutrotzen, und schickten deshalb ihre Boten nach der Marienburg. Zugleich sollte aber auch den preußischen Städten Mut gemacht werden, und so war diese kriegerische Begleitung gewählt.

Die Lübecker Ratsherren mussten sich bald überzeugen, dass Danzig nach dem schweren Leiden, das die Stadt erst durch die Pest, dann durch den Aufstand betroffen hatte, schlecht in der Lage war, beim Hochmeister und seinen Gebietigern etwas durchzusetzen. Doch wurden sie in dem schnell wiederhergestellten Ratssaal in feierlicher Sitzung empfangen. Mit ihnen war auch der Hauptmann ihrer Kriegsmannschaft mit einem stattlichen Gefolge von Unterbefehlshabern.

Er kam in glänzender Rüstung und war bei dem Aufzuge durch die Straßen wegen seines mannhaften Aussehens die Bewunderung aller Frauen und Mädchen, die von den Fenstern aus zuschauten. Der Eisenhelm saß ihm auf dem dichten, braunen Lockenhaar, als ob er festgewachsen wäre, und wie er, die Hand auf dem Schwertgriff, aus den offenen Augen um sich blickte, meinte jeder, auf den könnten die Lübecker sich verlassen. Auch standen ihm zwei breite Narben über Stirn und Wange gar gut; die untere verlief in den krausen Bart, der die Lippen umschattete.

Während die Boten sprachen, sahen doch viele von den Ratsherren auf ihn. Er mochte ihnen bekannt vorkommen, und sie wussten ihn doch nicht recht unterzubringen. Einer von ihnen war heftig erschrocken von seinem Sitz aufgefahren, als er eintrat und mit einer stolzen Kopfneigung grüßte: Das war Tidemann Huxer. Auch nachdem er sich wieder gesetzt hatte, schien er den Blick nicht von ihm abwenden zu können, so tief er auch den Kopf neigte, um sich der Beobachtung zu entziehen.

Nach Schluss der feierlichen Sitzung, in der man übereinkam, dass der Danziger Bürgermeister Gerd von der Beke die Lübecker Herren nach der Marienburg begleiten solle, um mit ihnen beim Hochmeister vorstellig zu werden, traten die zwei ältesten Hofherren an die Gäste heran und baten sie, ein Mahl im Artushof anzunehmen. Erwartet keine reich besetzte Tafel, sagte der Sprecher, wie sie freilich eurer Würde und unserer Freundschaft gebührte, sondern nehmt in Anbetracht der traurigen Zeiten mit einer Kollation vorlieb, wie Küche und Keller sie ohne lange Vorbereitung bieten können. Wir hoffen euch ein andermal, wenn mir wieder zu Kraft gekommen, vornehmer bewirten zu können.

Die Gäste nahmen mit Dank an und mahnten, alle Umstände zu vermeiden. Es sei ihnen nicht um Speise und Trank, versicherten sie, sondern um ein gut Wort hinüber und herüber, dass man einander ohne Zwang kennenlerne und Vertrauen gewinne. Sie wünschten dann in die Marienkirche geführt zu werden, von deren wunderherrlichem Bau und reicher Ausschmückung im Reich viel Rühmens und Bewunderns sei.

Als Huxer den Saal verlassen wollte, vertrat der fremde Hauptmann ihm vor der Tür den Weg und verneigte sich höflich und sprach: Wollt Ihr mir nach Tisch eine Stunde in Eurem Hause schenken, Herr Tidemann Huxer? Ich hab' etwas Wichtiges mit Euch zu besprechen.

Der Ratsherr blieb stehen und sah ihn von unten her scheu an. Ich kenne Euch wohl, antwortete er mürrisch, und hätte nicht erwartet, von Euch angeredet zu werden. Ihr seid der Junker von Waldstein, und jetzt, wie ich merke, zu großen Ehren gekommen. Was wollt Ihr noch von mir? Mein Haus ist von den Aufrührern verwüstet und wenig tauglich zum Empfang eines so hohen Gastes. Auch möcht' ich nicht daran erinnert werden, wie Ihr's zuletzt verlassen habt.

Weist mich gleichwohl nicht unfreundlich ab, bat Heinz. Ich brauche nichts als einen Schemel, darauf zu sitzen, und stehe auch gern, wenn Ihr mir den nicht gönnen mögt. Uns beiden täte wahrlich ein Wort der Verständigung not, nachdem wir so hart aneinandergeraten sind.

Huxer zog die Augenbrauen zusammen. Was soll's nützen? Ihr habt mich in Schande gebracht. Wie wollt Ihr die von mir nehmen? Ich bin ein einsamer Mann.

Hört mich an, Herr Tidemann!

Der Alte wandte sich ab. Ich lade Euch nicht zu mir ein.

Aber Ihr erlaubt ...?

Ich mag einem Kriegshauptmann der Stadt Lübeck nicht meine Schwelle verbieten. Tut, was Ihr wollt.

Damit ging er, kurz grüßend. Indem kamen auch schon die Lübecker Herren mit großer Begleitung der jüngeren Ratmannen, nach der Kirche zu gehen, und nahmen ihn mit sich.

Am Hauptaltar wurden die Grabsteine der beiden Bürgermeister Konrad Letzkau und Arnold Hecht gezeigt. Die Gäste sprachen dort ein Gebet, und einer von ihnen sagte: Sie ruhen aus in Frieden. Euch aber und diesem Lande haben sie viel Unruhe hinterlassen, das werden eure Kinder und Enkel noch merken. Denn so oft ihr Klage haben werdet über eure Herrschaft, wird diese obenan stehen, dass die beiden Bürgermeister ohne Recht und Gericht hingemordet sind, da sie der Stadt und des Landes Freiheit männlich vertraten. Und so sind sie nicht tot, sondern ihr Geist wird umgehen und lebendig werden in denen, die ihr Werk fortsetzen. Ihr Blut ist nicht umsonst vergossen.

Nun schickten die Hofherren und ließen melden, dass das Mahl bereitet sei. Die Tafel war im kleinen Hof gedeckt, und man hatte das feinste Linnen auf die Tische gebreitet und viel Silbergeschirr aufgetragen, das zum Hof gehörte und in den Gewölben vor der Habgier Lupis und seiner Genossen gerettet war. Auch fehlte es nicht an Braten, Mehlspeisen und mancherlei Wein sowie süßem Backwerk und gewürztem Zuckerbrot zum Nachtisch, wonach es der Entschuldigung kaum bedurft hätte. Jeder Gast fand neben seinem Gedeck eine alte seltene Münze als Geschenk, damit er sich des Tages erinnere.

Huxer war nicht zur Tafel erschienen. Man vermisste ihn nicht, da er sich schon längst von allen Festlichkeiten fernhielt. Nur der Hauptmann fragte nach ihm bei seinen Tischnachbarn, zwei jungen Herren von der Georgsbruderschaft, an, die ihm rechts und links zur Seite gesetzt waren, um ihm die Schüsseln zu reichen und Wein einzuschenken. Er habe viel verloren, hieß es, und halte sich nur mit Mühe. Soviel die Herren nötigten, aß und trank ihr Gast doch wenig. Sobald die gute Sitte es erlaubte, stand er auf und entschuldigte sich, dass er zum Nachtisch nicht bleiben könne, da ihn noch ein ernstes Geschäft erwarte. Sie wollten ihn begleiten, aber er versicherte, dass es ihm am liebsten wäre, wenn sein Weggehen ganz unbemerkt erfolge, verabschiedete sich daher nur mit einem Händedruck unterm Tisch und wollte ihnen keine Störung verursachen. So ging er fort, als ob er gleich wieder zurückzukehren gedächte.

Kaum hatte er das Zimmer verlassen, als nun doch sogleich das Gespräch auf ihn kam. Er sehe einem jungen Manne sehr ähnlich, bemerkte einer, der vor Jahren hier im Artushof vergnüglich mitgetanzt habe, nachdem er im Stechen Sieger geblieben.

Und von dem später bei anderer Gelegenheit viel gesprochen worden, setzte ein zweiter mit listigem Lächeln hinzu. Es folgten allerhand Andeutungen, aus denen sich ergab, dass man über die Persönlichkeit nicht im Zweifel war.

Wie nannte er sich doch? Hieß es.

Waldstein – Heinz von Waldstein.

Und so heißt unser Hauptmann in der Tat, sagte der Lübecker Ratsherr.

Oh – er war in ritterlichen Künsten sehr bewandert!

Und galt bei dem damaligen Herrn Hochmeister viel. Man wollte wissen ...

Was, was?

Es soll Seiner Gnaden viel Ärgernis bereitet haben, dass er das Kreuz nicht nehmen konnte. Die Marienburger wollten wissen, dass des Junkers wegen eigentlich der Streit zwischen dem Hochmeister und dem Marschall ausgebrochen sei. Plauen hätte in seinem Zorn den Marschall von der Tür gewiesen, und darauf hätte der ihm Rache geschworen. Ruhte denn auch nicht eher, bis jener abgesetzt war und er selbst an seine Stelle kam.

Wie dem auch sei, ihr Herren, sagte der Lübecker, jedenfalls hat unser Hauptmann bei uns aus sich selbst gemacht, was er geworden ist. Er bot der Stadt seine Dienste an und hat sich im Kampfe mit den Seeräubern so tapfer gehalten, dass bald in der Ost- und Nordsee sein Name ein Schrecken für das wilde Volk war. Erst führte er ein kleines Schiff, dann ein größeres, bald wurde er über eine Abteilung der Flotte gesetzt, da die Mannschaft zu keinem ein besseres Vertrauen hatte als zu ihm und unter seinem Befehl Wunder von Tapferkeit verrichtete. Er spürte die Nester der Seeräuber an den Küsten von Gotland und Friesland aus, schleifte ihre festen Häuser, bohrte ihre Schiffe in den Grund. Als er im letzten Herbst den berüchtigten Marquard Stenebreeker mit seinen Gesellen einbrachte und an den Galgen lieferte, bot ihm der Rat das Bürgerrecht der Stadt und setzte ihn trotz seiner Jugend zum Hauptmann ein. Darüber war allgemeine Freude, denn für unsere Schiffe hat's von den Vitalienbrüdern wenig Gefahr, solange er mit seinen Orlogs die See kreuzt.

So ging die Rede über ihn weiter, und ihm hätte wohl das rechte Ohr davon klingen können, so viel Löbliches wurde ihm nachgesagt. Er selbst gab draußen einem seiner Diener einen Auftrag und wies ihm den Weg nach dem Wasser durch das nächste Tor. Er soll sogleich kommen, rief er ihm nach, und vor dem Hause warten! Dann begab er sich, von allen Leuten respektvoll begrüßt, über den Markt zu Huxer.

Er fand den Alten allein in seinem Kontor. Verzeiht, sagte er, dass ich ohne rechte Einladung komme. Ich habe Euch viel Kummer bereitet, aber Gott weiß, wie wehe auch Ihr mir getan habt, sodass es sich wohl reichlich ausgleichen möchte. Dennoch will ich Euch gern alles abbitten und bekennen, dass ich Euer Schuldner bin.

Das habt Ihr wohlfeil, entgegnete Huxer und deutete mit der Hand auf einen lederbezogenen Stuhl. Kommt aber nichts dabei heraus. Was Ihr mir genommen habt, könnt Ihr mir nicht wiedergeben.

Es ist nichts unwiederbringlich, antwortete der Hauptmann ernst, als was uns der Tod abgefordert hat.

Huxer stützte den schweren Kopf in die Hand. Ja, ja – der Tod! Er bringt seine Ernte sicher ein.

Ihr seid in gar trüber Stimmung, nahm Heinz nach einer Weile wieder das Wort. Lasst sehen, ob ich Euch durch eine gute Nachricht ein wenig erheitere.

Der Ratsherr lachte auf. Mich? Es geht mit mir zu Ende.

Ich höre, dass Ihr viel schwere Verluste gehabt habt. Vielleicht war's noch nicht einmal der schwerste, dass Euch die Seeräuber zwei gute Schiffe genommen haben.

Eins zum andern, Herr Hauptmann, eins zum andern.

Das meine ich eben auch. Nun – was die zwei Schiffe anbetrifft, da kann ich Euch die tröstliche Nachricht geben, dass sie samt der Ladung im Hafen von Lübeck liegen und nur auf Weisung von Euch warten, wohin sie steuern sollen.

Huxer richtete sich im Sessel auf und blickte ihn eine Weile starr an. Meine Schiffe –?

Eure Schiffe, Herr Tidemann Huxer.

Der »Christoffer« und die »Barbara«?

Die Namen stehen vorn am Bug aufgeschrieben. Die Seeräuber haben sie mit Farbe überstrichen, aber sie deckt nicht völlig.

Huxer schüttelte ungläubig den Kopf. Wie aber ...?

Ich selbst habe den Räubern die Schiffe abgenommen und sie nach Lübeck gebracht. Hoffentlich ist's Euch genehm?

Herr Hauptmann –! Wenn die Schiffe gerettet sind, bin ich selbst ... aber ich will nicht zu früh freudig aufatmen. Mich treffen nur noch Unglücksschläge. Wie sollte dies ...? Geht, geht! Ihr betrügt mich.

So mag einer die Nachricht bestätigen, dem Ihr doch werdet glauben müssen. Kennt Ihr Klaus Poelke?

Meinen Matrosen – gewiss. Der Bursche hat's freilich nicht verdient, dass ich ihn in Dienst nahm. Aber er ist tüchtig, und mein Kapitän bestand auf ihm. Er soll sich tapfer gegen das Räubervolk gewehrt haben. Was half's gegen die Übermacht! Klaus Poelke – was soll's mit dem?

Geduldet Euch einen Augenblick. Er ging hinaus und kam bald wieder mit einem Manne in Matrosenkleidung zurück. Ist er das?

Wahrhaftig, er ist's!

So berichte deinem Reeder, Bursch, wie alles geschehen ist.

Klaus trug die Geschichte von der Rettung der Schiffe mit knappen Worten vor, wie's seine Art war zu sprechen. Huxer erfuhr genug, um ganz beruhigt sein zu können, und entließ den Matrosen mit einem ansehnlichen Geldgeschenk.

Als sie wieder allein waren, reichte Huxer dem Hauptmann die Hand. Ich sehe, sagte er, dass ich Euch in der Tat zu Dank verpflichtet bin, und ich will ihn Euch nicht vorenthalten. Vor Jahren hätt' ich mich um zwei Schiffe wenig gekümmert – Ich war ein reicher Mann. Heute ist dies fast mein einziges Hab und Gut. Auch die Ladung gehört mir. Bring ich sie nach Danzig ein, so sind alle meine Verbindlichkeiten gedeckt und die Pfänder gelöst. Nehmt also meinen Dank.

Heinz schüttelte seine Hand und schien sie nicht loslassen zu wollen.

Gestattet nun auch, sagte er, dass ich an Euch eine Bitte wage. Ich darf's heute wohl, ohne den Kopf senken zu müssen. Ich bin ein Bürger der Stadt Lübeck und unter ihre Ratsverwandten aufgenommen. Schon jetzt hat man mich mit einem hohen Amt bekleidet, und ich hoffe durch treuen Dienst noch höher in meiner Mitbürger Gunst zu wachsen. Ihr dürft mir vertrauen, Herr Tidemann Huxer. Wohlan denn! Versagt mir heute nicht aus altem Groll, was Ihr mir zu anderer Zeit nur deshalb weigertet, weil ich Euch nicht ansehnlich genug war. Ich liebe Eure Tochter Maria noch immer wie an jenem Tage, da sie mir entrissen wurde. Hat auch sie ihr Herz bewahrt, wie ich nicht zweifle, so lasst es genug sein an dieser schweren Prüfungszeit und – gebt uns Euren Segen.

Huxer war, als der Name Maria genannt wurde, in ein Zittern verfallen, das sich von seiner Hand aus auch dem jungen Kriegsmanne mitteilte und im unsicheren Ton seiner Sprache merkbar wurde. Dem Alten schien die Kehle wie zugeschnürt; er reckte den kurzen Hals auf und hustete stoßweise. Fragt in der Stadt, antwortete er endlich – man wird Euch sagen, Maria Huxer ist tot.

Heinz heftete den Blick fest auf ihn, wie der Richter, der einen Zeugen verhört, von dessen Aussage es abhängt, ob seine Voraussetzungen haltbar waren. Und er war nicht nur der Richter, sondern die Partei selbst, die gewinnen oder verlieren sollte. Eine gewaltige Spannung malte sich auf seinem Gesicht. Aber er war gewohnt, seine Leidenschaften im Zaum zu halten. Darum sagte er nun anscheinend ganz ruhig: Man wird mir überall in der Stadt sagen, Maria Huxer sei tot, denn man muss es wohl so glauben. Ich aber glaube es nicht.

Ihr glaubt es nicht?

Ich weiß es anders: Maria lebt!

Der Körper des alten Mannes zuckte zusammen wie von einem unsichtbaren Stoß. Er legte den Arm auf die Leiste des Stehpultes und atmete schwer. Von wem wollt Ihr das erfahren haben? Fragte er.

Von demselben, der uns damals Euch verraten hat. Es war ein Weib, das Eifersucht zu diesem verzweifelten Entschlusse trieb. Und Eifersucht trieb dasselbe unglückliche Weib auch, Maria im Kloster nachzuspüren. Ich erfuhr's aus dem Munde der zum Tode Gerüsteten, dass Maria lebt.

Der Ratsherr steckte den Daumen in seinen Ledergürtel und drückte ihn gewaltsam ab, als ob er ihm zu eng würde über dem Leibe. Seine Augen waren auf den Boden gerichtet. Nach einer Weile schüttelte er den Kopf und sagte leise: Sie ist tot.

Seht mir ins Gesicht, rief der Hauptmann, und wiederholt die Worte noch einmal, wenn Ihr könnt. Die begraben liegt in Eurer Gruft in der Marienkirche, war Eure Tochter nicht. Ist sie seitdem ihrem Gram erlegen? Lass es nicht geschehen sein, Gott im Himmel! Es wäre mein Elend.

Ihr habt sie in Unehre gebracht, sagte Huxer nach einigem Bedenken, das war ihr Tod. Wie kann sie von diesem Tod auferweckt werden?

Heinz hob die Hand wie zum Schwur auf: Durch meine Liebe! Meine Liebe gab ihr diesen Tod, und meine Liebe weckt sie zum Leben. Seht, was ein treues Herz vermag. Glaubt – o glaubt an Liebe und Treue, und auch Euer starres Herz wird sich erwärmen für unser Glück! Könnt Ihr heute noch zweifeln, dass ich nichts begehre als sie? Ladet nicht unsühnbare Schuld auf mich: Lasst mich gutmachen, was ich in jugendlichem Ungestüm verbrach. Gebt mir Maria zum Weibe!

Er sank vor ihm nieder und umfasste seine Knie. Huxer fühlte sich wundersam bewegt – seine Augen wurden feucht, die Festigkeit seines Willens war gebrochen. Er streckte die Hand aus und ließ sie auf das Lockenhaar des Jünglings niederfallen. Aus seinen Fingerspitzen strömte es wie zitterndes Feuer. Sie ist mein Kind, rief er, mein geliebtes Kind! So schwer sie mich gekränkt hat – ich habe doch nicht aufgehört, sie zu lieben. Wohlan! Wenn Ihr's so ehrlich meint – kommt nächste Nacht an die Pforte des Reuerinnenklosters. Ich will sie befragen, und wenn sie Euch folgen will – so mag sie die Eure sein. Ich will sie Euch zusprechen vor zwei verschwiegenen Zeugen. Bringt sie dieselbe Nacht auf Euer Schiff und – Gott mit Euch!

Heinz sprang vom Boden auf und umhalste ihn stürmisch. Sie lebt! Lebt wirklich! Oh, habt Dank – habt Dank – die Rührung überwältigte ihn –, habt Dank! Er riss am Halse sein Wams auf, sich Luft zu machen, warf sich in den Sessel und schluchzte in seine Hände, sprang wieder auf und umarmte den Alten, lief in der Kontorstube auf und ab. Endlich gewann er seine Fassung wieder. Ich hörte nur, dass Maria lebt, sagte er, und dass sie mein sein soll, wenn sie will. Jetzt aber, da mir dieses gewiss ist, klingen noch andere Worte nach, die eine Antwort fordern. Heimlich bei Nacht wollt Ihr, dass ich Maria aus dem Kloster abhole und aufs Schiff bringe? Nein, Herr Tidemann Huxer, das war nicht gut gesprochen. Heimlich entführen wollte ich sie, da Ihr Eure Einwilligung versagtet. Nun der Vater unsern Bund segnet, soll alle Welt wissen, dass ich mein Wort halte und begangenes Unrecht gutmache. Lebt sie mir, so soll sie auch denen leben, für die sie tot sein musste, weil sie mir zuliebe ihre Pflicht vergessen hatte. So nehme ich Maria von Euch nicht an. Verzeiht Ihr, so führt sie zurück in Euer Haus, wohin sie gehört, und lasst sie vor der ganzen Stadt wieder Eure Tochter sein. Dann will ich um sie werben, wie es dem hansischen Hauptmann geziemt, und meine Herren von Lübeck sollen als Zeugen zugegen sein, wenn ich in der Kirche ihre Hand nehme und ihr Wort erhalte.

Huxer besann sich nur kurze Zeit. Ihr denkt brav, antwortete er, und so ist's mir auch am genehmsten. Er reichte ihm die Hand. Kommt morgen wieder zu mir, lieber Hauptmann, aber geht gleich treppauf und klopft am Fräuleinzimmer an. Ruft Euch Maria hinein, so wisst Ihr, woran Ihr seid, ohne viel Redens.

So bitt' ich noch für einen, sagte Heinz lächelnd, oder vielmehr für eine, die Ihr in Eurem gerechten Zorn hart angefahren habt, und die es doch gar so böse nicht gemeint hat. Soll Euer Fräulein hier wieder einkehren, so braucht sie doch auch ihre Dienerschaft, und wenn sie auch sonst neue Gesichter sehen mag – ihre Barbara würde sie doch sonst ungern vermissen.

Da krauste der Ratsherr die Stirn und knurrte unwillig in sich hinein. Aber tief ging doch der Ärger über diese Mahnung nicht, und es fand sich zum Glück rasch eine Ableitung. Freilich, brummte er, es sieht oben wüst genug aus – die Bande der Aufrührer hat da gehaust und alles durcheinandergeworfen. Aufgeräumt muss werden – und das heute noch. Und es weiß kein andrer so gut, wie es dem Mädchen gefällig ist, als die Barbara, die verdammte Hexe. Gut denn! Ich will sie auf Euer Fürwort wieder zu Gnaden annehmen und in ihren alten Dienst einsetzen. Ich hoffe, sie hat's in diesen Jahren oft genug bereut, sich die sichere Brotstelle so mutwillig verschlagen zu haben.

So erlaubt, dass ich ihr's selbst ankündige, bat der Hauptmann; ich hab' ihr viel Kummer verursacht und hab's nötig, mich in ihrer Gunst wieder herzustellen. Sie glaubt's sicher auch keinem andern, dass Maria lebt.

Damit verabschiedete er sich. An der Tür aber blieb er stehen und schien etwas zu bedenken. Wird Maria mich nicht vergessen haben –? Sprach er halblaut mit gesenktem Kopfe. Wird sie mir auch heute noch in die weite Welt folgen wollen? Ich kam so mutig her, und jetzt – ist mein Herz fast zaghaft. Er sah auf seine linke Hand hinab, zog langsam den Ring mit dem blauen Stein vom kleinen Finger und reichte ihn Huxer. Das war ihr erstes Geschenk, sagte er und ihr zweites. Seht nun zu, ob sie mir's zum dritten und letzten Male gönnen mag. Schickt sie ihn mir morgen früh, so ist's ein Zeichen, dass ich kommen darf. –

Er ging nach dem Hakelwerk hinaus. Klaus Poelke war ihm schon vorausgeeilt und hatte gemeldet, was aus dem Junker geworden. Als Heinz sich nun auf der Straße blicken ließ, da warf Barbara den Spinnrocken um und stürzte hinaus, ihm entgegen. Trotz alles Abwehrens bedeckte sie seine Hände mit Küssen, schluchzte jämmerlich und rief: Ach – ach – ach! Dass meine Maria das nicht erlebt hat!

Und als er nun versicherte, sie lebe, da glaubte sie's anfangs ihm nicht einmal. Täuscht Euch nicht, gestrenger Herr Hauptmann, sagte sie, ich habe sie hinaustragen sehen in einem schwarzen Sarge, und wer tot ist, der ist tot. Aber am Jüngsten Tage wird sie gewisslich auferstehen und von den Engeln geführt werden und wird selbst ewiglich ein schöner

Engel sein. Bringen die guten Heiligen nur einen kleinen Teil der Gebete vor Gottes Thron, die ich täglich für ihr Seelenheil an sie richte, so muss sie schon jetzt ohne Makel befunden werben.

Endlich gelang es ihm, sie wenigstens so weit zu überzeugen, dass sie ihm zu Huxer zu folgen und das Stübchen oben wieder einzurichten versprach. Aber glaubt mir nur, sie kommt nicht, war doch ihr letztes Wort.

Und sie kam doch! Vater und Tochter fanden sich wieder in dem stillen, vergitterten Sprechzimmer des Klosters. Sie meinte erst, Heinz wäre gestorben, da sie den Ring sah, und dann jauchzte sie bei der frohen Nachricht auf, dass er gekommen sei, sie zu erlösen. Er wusste ja, dass ich ihn nie vergessen könnte, rief sie, und auf ihn gewartet hätte bis ans Ende!

Und dann die Begrüßung im Vaterhause! Wie Barbara meinte, es sei doch nur ihr seliger Geist und auf die Knie niedersank und betete, Gott möchte doch nur ein Wunder geschehen lassen, dass dies Wirklichkeit sei. Und wie es nun mehr und mehr Wirklichkeit wurde und zuletzt gar kein Zweifel mehr war, weil alle Sinne es bestätigten. Es fehlte nicht viel, dass die treue Person selbst vor Freude das Zeitliche gesegnet hätte.

Den Ring brachte Barbara dem gestrengen Herrn Hauptmann, knickste und sagte: Mein Fräulein lässt schön grüßen und schickt Euch zurück, was Euch gehört, und will's nimmermehr mit Augen sehen als an Eurer Hand. Dazwischen kicherte sie und wischte die hellen Tränen von den Backen.

Da ward erst sein Herz ganz froh. Ich folg' Euch auf dem Fuße, sagte er. Er überholte sie fast noch. Als er aber in die Nähe des Hauses kam, stand da vor der Tür viel Volk und schaute verwundert zum Erkerfenster hinauf. Dort war die Lade geöffnet und ein schönes, bleiches Frauenbild sichtbar, das unbeweglich hinabblickte. Als nun der Hauptmann sich durch die Menge Bahn machte, die um ihn murmelte: Die Tote – die Tote, da belebte es sich plötzlich, hob die Arme und nickte freundlich. Er stand einen Augenblick wie gebannt. Ihre Wangen röteten sich – sie trat vom Erker zurück. Mit einigen raschen Schritten war er die Steinstufen hinauf und im Hause.

Welches Wiedersehen! Durch die Stadt lief die Wundermär, dass Maria Huxer erstanden sei, wie ein Blitzfeuer. Auch dass der lübische Hauptmann in dem Hause wohl aufgenommen und mit dem Ratsherrn versöhnt sei und um des Fräuleins Hand werbe, das seinetwegen den Schleier nicht habe nehmen wollen, wusste man bald. Noch denselben

Vormittag aber konnte man das Brautpaar Arm in Arm nach der Marienkirche gehen sehen, dort Gott zu danken. Aus den Häusern strömte Jung und Alt, vornehm und gering herbei, und als sie an die Kirchenpforte kamen, hatten sie einen langen Zug von Menschen hinter sich. An dem Altar, den Huxers Vater gestiftet hatte, knieten sie nieder und beteten lange. Die aber mit ihnen gekommen waren, knieten hinter ihnen bis weit in den Hauptgang hinein. Der Pfarrer erschien mit dem Sakristan und zwei Chorknaben, Messe zu lesen. Als sie beendet war, trat der Hauptmann zu ihm und bat um die Erlaubnis, zwei schwere silberne Leuchter für den Hauptaltar der Kirche stiften zu dürfen zur Sühne dafür, dass man eine Lebende totgesagt hätte. Dieses Gelübde wurde gern angenommen und dafür Absolution erteilt.

Nach einigen Tagen kamen die Lübecker Herren mit Gerd von der Beke von Marienburg zurück. Sie hatten beim Hochmeister nichts ausgerichtet. Er werde tun, was seine Vorfahren getan, hatte er wegen des Pfundzolles geantwortet. Dafür hatten sie gedroht, dass die Hansa ihn in seinen Streitsachen nicht unterstützen und des Ordens Handel auswärts belasten würde.

So sehr dieser Misserfolg der Botschaft verstimmte, so glücklich traf es sich nun, dass die Gelegenheit zu einem großen Abschiedsfeste gegeben war, bei dem die leidige Politik vergessen werden konnte. Der Rat der Stadt Danzig sah es als eine Ehrenpflicht gegen die Stadt Lübeck an, dass er sich feierlich bei der Hochzeit des lübischen Hauptmannes beteiligte. Sie wurde deshalb im Artushof gefeiert, nachdem die kirchliche Einsegnung des jungen Paares in der Marienkirche vor einer ungeheuren Volksmenge vor sich gegangen war.

Nach langer Zeit spielten wieder einmal die Pfeifer und Trompeter vor dem Hof auf, dass es bis zur Burg hinüberschallte.

Dort saß im Turm ein Gefangener: Heinrich von Plauen war von der Brandenburg in das Schloss zu Danzig übergeführt, vielleicht weil man ihn da sicherer verwahrt glaubte. Bei ihm war ein Priesterbruder, der ihm aus einem Buche vorlas.

Da nun die fröhlichen Weisen durch das offene Fenster tönten, schaute der Gefangene auf und fragte: Was gibt's da?

Sie feiern eine Hochzeit, antwortete der Bruder. Ein Hauptmann der Stadt Lübeck heiratet eine von den Ratstöchtern. Auch unser Komtur ist eingeladen.

Plauen senkte wieder das Haupt. Lies weiter.

Hätte er ahnen können, dass sein Sohn eben sein junges Ehegemahl zum Tanz aufführte!

Achtundzwanzigstes Kapitel

Wiedersehen und Scheiden

Nur dem Tätigen hat die Zeit Bedeutung; ihm füllt sie sich mit Erlebnissen, ihm misst sie sich nach seinem Tun. Der Gefangene in einsamer Zelle, dessen Schaffenskraft gebrochen ist und der nie mehr den Tag der Freiheit sehen soll, wartet nur auf seine Erlösung durch den leiblichen Tod, und da er nicht weiß, wann sie eintreten wird, zählt er nicht einmal die Tage und Nächte seines nichtigen Daseins. Sein Leben ist wie eine Reise durch die endlos scheinende Wüste: Er wird weiter bewegt, die Sonne geht auf und unter, er wacht und schläft, aber um ihn bleibt dasselbe öde Einerlei. Das Jahr ist wie der Tag, und wie lang die Reihe der Jahre, das ändert nichts als eine Zahl.

Solches Leben ist ein langsames Hinsterben des Leibes, dem das geistige Wachstum gewaltsam abgeschnitten ist. Heinrich von Plauen, der Held der Marienburg, der streitbare Hochmeister Deutschen Ordens und dessen letzter Ritter war gestorben und zum ewigen Leben eingegangen an dem Tage, an dem er die Stätte seines Ruhmes verließ und sich Entsagung gelobte. Es lebte noch viele, viele Jahre ein armer Gefangener, der seinen Namen führte, erst in Brandenburg, dann in Danzig, dann nochmals in Brandenburg, endlich in dem stillen Schloss Lochstedt auf der Südwestspitze des Samlandes. Dass er ein Mächtiger gewesen war und nach der Schätzung seiner Feinde wieder ein Mächtiger werden konnte, wenn er die Arme freihätte, bewies seine Gefangenschaft. Solange er lebte, war er von denen gefürchtet, denen er zu groß war.

Was aber hatte Michael Küchmeister geerntet als Sorge und Mühe? Fruchtlos war seine Arbeit, nichts von allen seinen Hoffnungen erfüllte sich, keine Demütigung blieb ihm erspart. Müde und krank legte er nach acht Jahren freiwillig sein Amt nieder und starb nicht lange darauf als Komtur von Danzig. Er hatte nicht hindern können, dass der Freiheitssinn der Bürger erstarkte. Sein Nachfolger, Paul von Rußdorf, aus edlem rheinischem Geschlecht, erlangte die Huldigung der Städte und des Landes nur gegen das eidliche Gelöbnis, sie bei allen ihren Privilegien und Rechten erhalten zu wollen, ihnen auch die freie Wahl ihrer Magistrate zu gestatten. Den Landesrat, den man gehofft hatte, entbehren zu können, musste er von Neuem und mit verstärkter Machtvollkommenheit ins Leben rufen. Als ein Friede mit Polen zustande kam – am Melno-

See wurde er verhandelt –, musste der Orden sich zu der schimpflichen Klausel verstehen: Wenn ein Teil dem andern gegen diesen Frieden Krieg oder Fehde zuziehen wollte, so sollen des Friedbrüchigen Untertanen ihm weder Gehorsam noch Beistand leisten und er ihnen schriftlich die Befugnis zur Widersetzlichkeit und zum Ungehorsam verbriefen und verbürgen! Es kam der Tag, wenn ihn auch Rußdorf nicht erlebte, wo des Ordens Untertanen, Ritter, Knechte und Städte, an dieses Abkommen erinnerten und danach handelten.

Von dem, was außen geschah, drang wohl auch Nachricht in das Gemach des Gefangenen, dem man den Verkehr mit den Brüdern nicht entzog. Wäre sein Herz von Rachegelüst erfüllt gewesen, es hätte oft aufjauchzen können über die sichtlichen Zeichen der Vergeltung. Aber er liebte den Orden, er hatte keinen sehnlicheren Wunsch, als dass die deutsche Grenzmark Preußen mächtig dastehe gegen die andrängenden Slawen. Jeder Misserfolg, jede Niederlage, jede neue Demütigung brachte ihm tiefe Bekümmernis. Aufrichtig betete er zu Gott, dass er zum Frommen der deutschen Sache denen beistehe, die ihn aufs Schwerste verletzt hatten und unausgesetzt kränkten und peinigten.

Mit schnödem Undank war ihm gelohnt worden. Aber keine Klage kam über seine Lippen. Erst als mehr und mehr körperliche Gebrechen ihn beschwerten und mit grausamer Nachlässigkeit nichts zu seiner Pflege geschah, selbst die notwendigsten Lebensbedürfnisse ihm nur kärglich und widerwillig gereicht wurden, schrieb er an den Hochmeister bewegliche Briefe, dass ihm das zu seiner Verpflegung ausgesetzte Geld vorenthalten werde, dass man ihm Wein und Fleisch fortgenommen habe, auch den Leuten verbiete, an ihn Bier zu verkaufen, sogar seinen treuen Diener nicht gelitten hätte und ihm genügende Kleidung versage. Paul von Rußdorf schickte ihm Mantel und Rock. Als dann seine Schwäche so zunahm, dass auch das ängstlichste Gemüt in dem kranken Manne eine Gefahr nicht mehr erkennen konnte, gab ihm – es war im Jahre 1429 – der Hochmeister das Pflegeramt zu Lochstedt, dass er nicht darben solle.

Im Mai kam er dorthin. Da er nicht mehr reiten konnte, hatte man ihn bei stillem Wetter auf einem Fischerboot über das Haff gebracht. In der frischen Seeluft, bei freier Bewegung und besserer Verpflegung erholte er sich ein wenig, aber auf Genesung war nicht mehr zu hoffen. Am liebsten saß er, trotz der Sommerwärme in seinen Pelz gehüllt, in seinem Stübchen hoch oben unterm Dach in seinem Lehnstuhl, der in die breite Fensternische gerückt war, und schaute stundenlang träumend hinaus über das Tief mit seinem wechselnden Strom, über das Haff mit den fernen, in bläulichem Dunst verschwimmenden Küsten, über den grauen Sand der Nehrung nach der unbegrenzten See, die bald mächtig aufwogte und mit schäumenden Wellen gegen den flachen Strand donnerte, bald wieder im Abendsonnenschein, wie ein klarer Spiegel des blauen Himmels dalag. Die Schwalben, die unter dem vorspringenden Steingesims ihre Nester gebaut hatten, flogen mit eintönigem Geschrei aus und ein oder jagten einander an dem alten Gemäuer hin, mit scharfen Wendungen plötzlich ausweichend und wie blitzschnelle Pfeile fortschießend, oder glitten schaukelnd über das Wasser hin, als ob sie mit den spitzen Flügeln eintauchen wollten. Er wurde nicht müde, diesem Spiele zuzuschauen, das seinen beweglichen Geist unterhielt.

Gegen den Herbst hin wurde ihm unverhofft noch eine große Freude zuteil. Eines Tages, als er wieder dort oben an seinem Fenster saß und über die Nehrung auf die offene See hinausblickte, bemerkte er die Annäherung eines Schiffes. Das war jetzt eine seltene Erscheinung, da der Seehandel Königsbergs und Elbings fast gänzlich eingegangen war. Ein Boot mit Fischern aus Tenkitten fuhr hinaus, dem fremden Kapitän die Einfahrt ins Tief durch die Sandbänke und Untiefen zu zeigen. Das Schiff, eine leichte Barse mit einem vollen und einem halben Mast, lief glücklich ein, fuhr aber nicht vorbei ins Haff, sondern warf mitten im Strome gegenüber dem Schlosse Anker.

Kaum waren die Segel aufgebunden und niedergelassen, sodass nur noch hinten an der hohen Stange der Wimpel mit dem Danziger Wappen flatterte, als ein Schiffsboot ausgesetzt und bemannt wurde. Während die Matrosen sich stehend an den Wanten festhielten, um sein Schwanken zu mindern, sprang ein Mann hinein, reichte einer Frau die Hand und hob ein Kind hinab, das ihm vom Bord her über das Schanzkleid zugereicht wurde. Zwei Buben kletterten behände an der kurzen Strickleiter hinunter. Dann stieß das schwer beladene Boot ab und näherte sich schnell, von vier starken Ruderern bewegt, dem Lande. In den Fischerkahn wurden Kisten und Fässchen geworfen, worauf er langsam folgte.

Wer waren die fremden Gäste? Wohin wollten sie? Das erklärte sich bald. Es wurde an das Burgtor geklopft und Einlass begehrt. Ob wirklich Herr Heinrich von Plauen Pfleger auf diesem Ordensschlosse sei, fragte eine kräftige Stimme. Das bejahte der Knecht, der das Wächteramt hatte. Dann sind wir schon recht, hieß es. Sagt Eurem Gebieter, dass ein Ratsherr aus Danzig, den er gar gut kenne, der sich aber nicht nennen wolle, um die Vergünstigung bitten lasse, sich ihm mit Frau und Kindern vorstellen zu dürfen. Sie wollten ihn aber in keiner Weise beschweren, außer dass er ihnen ein Stündlein seiner Zeit schenke.

Der Knecht richtete die Bestellung aus und fügte hinzu, der Herr sehe sehr stattlich aus, und die Frau sei reich gekleidet, von den Kindern aber seien die beiden ältesten Knaben und das jüngste ein Mädchen von fünf oder sechs Jahren. Plauen war nicht wenig überrascht über solchen ganz ungewöhnlichen Besuch, warf seinen besseren Mantel über und ließ sich in den Remter führen, dort in dem eigentlichen Staatsgemach der Burg die Gäste zu empfangen.

Und als sie nun eintraten und der fremde Herr gleich auf ihn zueilte und vor ihm niedersank, da wurden seine Augen plötzlich wundersam hell. Er breitete die Arme aus und rief: Heinrich – Heinrich –! Du –! Oh, nun lass mich sterben, Gott im Himmel!

Auch die schöne Frau war näher getreten und führte das kleine Mädchen an der Hand, das ängstlich zu dem Manne mit der breiten Stirn und dem schneeweißen Barte hinüberschaute. Hinter ihr gingen die Buben, Krausköpfe beide, und drehten die abgezogenen Kappen mit den Falkenfedern und silbernen Schnallen in den Händen. Der Ratsherr, nachdem er des alten Mannes Stirn und Mund geküsst hatte, wandte sich zurück und sagte: Das sind die Meinen, Vater – Maria, um die ich schwer gerungen habe – mein kleines Mädchen, das auch Maria heißt, meine Buben Heinz und Hans. Nun seht: Das ist der Herr Heinrich von Plauen, der die Marienburg verteidigt hat gegen der Polen und Litauer mächtiges Heer. Ihr wünschtet nichts sehnlicher, als ihn einmal von Angesicht zu schauen – das wird euch nun erfüllt.

Plauen lächelte und streckte die Hände nach ihnen aus und zog sie an sich heran, während die Frau den Arm um seine Schulter legte und die kleine Maria sich an seine Knie lehnte. Der Plauen bin ich nicht mehr, sagte er mit weicher Stimme, der ist gewesen, und kurz war ihm die Zeit bemessen. Aber einen alten Mann seht ihr, der viel gelitten hat und doch noch der Freude mächtig ist. Oh, welcher Freude! Er nahm die Hand der Frau und zog sie trotz ihres Sträubens an seinen Mund und drückte einen Kuss darauf. Ich sehe, er hat sein Glück gefunden.

Nun mussten sie sich zu ihm sehen und erzählen. Jetzt erst erfuhr er, wie Heinz Waldsteiner – so nannte er sich im lübischen Dienst – tapfer gegen die Seeräuber und die Dänen gekämpft hatte und in der mächtigen Hansestadt zu großen Ehren gekommen war, wie er dann seine Maria gewann und in Lübeck ein schönes Haus erwarb, in dem er seinen Hausstand gründete. Im vorigen Jahre war in Danzig Tidemann Huxer gestorben und hatte seiner Tochter ein großes Erbe in Häusern, Speichern, Schiffen, Holzplätzen und sonstigem Besitz hinterlassen. Da war zwischen den Eheleuten beschlossen worden, dass sie von Lübeck nach Danzig verziehen und dort sein Geschäft fortsetzen wollten. Frau Maria war froh, dass ihr Mann nicht mehr als Schiffshauptmann sich in Gefahr begeben, sondern ein friedlich Gewerbe treiben durfte. In Danzig war er sogleich hoch angesehen in die Georgsbruderschaft eingeschrieben und in diesem Frühjahr schon in den Rat gekürt. Auch auf das Schloss wurde er häufig berufen, um in wichtigen Handelsangelegenheiten sein Gutachten zu geben. Und da erfuhr ich nun vor Kurzem, schloss er, von dem Komtur, dass man Euch nicht länger in Gefangenschaft halte, sondern zum Pfleger in Lochstedt eingesetzt habe. Nun hoffte ich, Euch noch einmal sehen und begrüßen zu können. Ich ließ eine Barse ausrüsten, sodass der Raum für Weib und Kinder bequem wäre zur Reise, machte meinen tüchtigsten Kapitän, Klaus Poelke, zum Führer, überließ unser Haus der alten Barbara, die trotz ihrer Blindheit überall Bescheid weiß – und da sind wir nun glücklich angelangt. Dank dem gütigen Himmel, dass er uns dies beschert hat.

Die Knechte fragten an, wo die Kisten und Fässer hingeschafft werden sollten, die vom Schiffe gekommen wären, und Frau Maria erklärte, dass sie von ihren Vorräten allerhand für Küche und Keller eingepackt hätte, womit er sich pflegen solle. Sie würde nun regelmäßig dafür sorgen, dass er an nichts Mangel leide. Der Alte dankte ihr mit Tränen in den Augen und sagte: An frischem Fleisch und Fischen haben wir hoffentlich genug, euch ein Gastmahl zu bereiten, aber unser Getränk ist schlecht. Mein Löbenichter Bier ist sauer geworden, und der Wein, den die Brüder mir von der Brandenburg mitgegeben haben, ist nicht auf sonnigem Boden gewachsen. Wollt ihr mit mir also einen Trunk tun auf eure Gesundheit, so lasst mich's machen wie die schlechten Wirte, die ihren Gästen deren eigenes Geschenk vorsetzen. Haltet's meiner Armut zugute.

Einen von den Knechten winkte er heran und gab ihm leise einen Auftrag. Man konnte ihn eine Viertelstunde später auf schnellem Rosse ins Land hineinjagen sehen. Plauen hatte ihm aus dem Fenster noch zugerufen: Sie sollen früh aufbrechen.

Bei Tisch gab es manch ernstes Gespräch bald über das Fernste, bald über das Nächste. Der Ratsherr verhehlte nicht seine Befürchtung, dass dem Orden nach schwere Kämpfe bevorständen.

Er hat seine Zeit gehabt, antwortete Plauen, und man wird's ihm zum Ruhme nachsagen, dass er darin groß gewesen. Glaubt auch nicht, dass er fallen wird wie ein morscher Baum, den ein Windstoß umwirft. Viele Äxte werden noch an ihm stumpf geschlagen werden, und wenn er endlich am Boden liegt, wird man noch Mühe haben, ihn fortzuräumen. Von seinem Holz aber wird man bauen, bis vielleicht nach Hunderten von Jahren ein neuer lebenskräftiger Stamm aus deutscher Erde erwächst, der gleich ihm in den Himmel strebt und mit seinem frischen Laube weithin schattet. Viele von denen aber, die Hand anlegten, ihn niederzuwerfen, werden ihr Werk ernstlich beklagen. Das aber geschehe, wie es geschehen muss, nach Gottes weisem Rat.

Weiter kam das Gespräch auf die wichtigen Wasserstraßen, und wie bei dem Verfall des Handels nicht genug für sie geschehe. Für das Tief hier hat's merkliche Gefahr, meinte Heinz. Es versandet weit hinaus, sodass schon mein flach gebautes Schiff öfters bei der Einfahrt mit dem Kiel den Grund streifte. Wie leicht kann ein kräftiger Sturm die losen Sandmassen von der Nehrung querüber jagen und die schmale Wasserstraße verschütten. Legt sich erst ein Damm hinein, so wird sich der Meersand zu beiden Seiten in kurzer Zeit antürmen und den Durchgang völlig versperren. Dann ist das Haff ein rings eingeschlossener Landsee und die Städte Königsberg, Braunsberg, Elbing sind vom Handel abgesperrt. Das wäre der Grund zu ihrem raschen Verfall.

Plauen lächelte. Du hast richtig gesehen, sagte er. Es kann wohl sein, dass ein paar Novembersturmtage hinreichen, diese Wasserrinne mit Sand zu verschütten, und dieses Schloss, das einst zum Schutz der Schifffahrt gebaut ist, selbst mitten auf einer Nehrung steht. Aber fürchte deshalb nicht, dass die Wasser des Haffs und der See getrennt bleiben. Dieselbe Ursache, die hier einmal dem Strom Luft gemacht hat, wird auch ferner wirksam sein. Versandet dieses Tief, so wird ein anderes an anderer Stelle durch die Gewalt der Elemente aufgerissen werden. Wir kurzsichtigen Menschen meinen wohl, wie die Dinge sind, anders könnten sie nicht sein, und würden sie anders, so ginge alles zugrunde. Aber Gott erhält seine Werke und hat, wenn er will, für jeden Verlust einen Ersatz. So auch, wenn er in der Not einen Mann schickt, der nun mit seiner Hilfe der rechte Mann ist, nicht möge der sich für unentbehrlich und unersetzlich halten. Sondern wenn er ihn nicht mehr braucht, wirft er ihn ab und wird schon zu rechter Zeit einen andern an seine Stelle setzen, den er aus der Menge auszufinden weiß, wo ihn niemand geahnt hat. Ich habe viel darüber nachgedacht in diesen Jahren der Kümmernis. Anfangs bin ich oft unwillig gewesen in meinem Innersten und habe gedacht, dass mir unrecht geschehen sei, und dass nun alles am Ende wäre, da es meinen Weg nicht ging. Aber was bin ich? Ein kleiner Buchstabe in der Schrift, mit der die Menschengeschichte geschrieben wird. Er durfte nicht fehlen; aber nun er dasteht, kommen hinter ihm noch viele andere und niemand von den Sterblichen weiß, wie das Wort oder gar der Satz und das Buch schließt. Wer das ganz aufrichtig sich erklärt, der wird demütig und gefasst. Das graue Haupt nickte freundlich: Es ist keiner unentbehrlich, auch keiner unersetzlich – keiner!

Abends wollte der Ratsherr Abschied nehmen, um mit Weib und Kind am andern Morgen in der Frühe die Rückreise anzutreten. Aber Plauen wollte einen so kurzen Besuch nicht zulassen. Noch einen Tag wenigstens müsst ihr bleiben, sagte er. Wer weiß, ob wir uns im Leben noch wiedersehen. Ich hoffe, euch auch noch mit etwas Frohem zu überraschen. Du und die liebe Hausfrau möget zur Nacht wieder aufs Schiff zurückkehren und auch das kleine Mägdlein mitnehmen, da ich euch hier nicht bequem herbergen könnte; aber die beiden Buben behalte ich zum Pfande, dass ihr nochmals wiederkommt. Ihr wollt doch bleiben, Heinz und Hans?

Die Knaben stimmten freudig ein, und es geschah alles, wie er's bestimmt hatte. In seinem Gemach wurde für die Knaben eine Streu von frischem Heu gelegt und mit einem Linnen aus der Vorratskammer bedeckt. Planen breitete über sie seinen neuen Mantel. Er aber, der alte Meister selbst, schlief in seiner hölzernen Bettstelle, wie er's auch in den Tagen seines glänzendsten Ruhmes gewohnt gewesen war, auf dem harten Strohsack und deckte sich mit dem alten Mantel zu, der schon mürbe und zerrissen war. Ehe er sich niederlegte, sprach er in der Kapelle ein Gebet und schloss diesmal mit besonderer Inbrunst alle ein, die sein Herz liebte.

Am andern Morgen schickte er die Knaben mit den Knechten nach der Stuterei, die zum Ordenshause gehörte, damit sie erführen, wie der Dienst dort gehandhabt würde und etwas Neues lernten. Als sie zurückkehrten, waren die Eltern schon wieder am Lande. Der Ratsherr musste die Ställe und Keller besichtigen, obgleich der alte Herr wegen Schwäche seiner Füße nicht mit hinab und ihn begleiten konnte. Aber gestützt auf den Arm der schönen Frau schob er sich langsam von einem Fenster zum andern und gab in den Hof hinab Weisungen, schaute auch oft über die Landstraße hin nach der Stadt Fischhausen und fragte: Siehst du mit deinen jungen Augen dort nicht etwas?

Und endlich war's in der Tat zu sehen. Da wirbelte der Staub auf, und die kleine Maria rief: Es kommen viel Reiter – vier – sechs und noch mehr! Über das Gesicht des Greises zog es wie Sonnenschein. Das sind sie – ich habe nach ihnen geschickt, sagte er. Sie wussten aber nicht, wen er meinte, und wagten nicht zu fragen.

Als der Tross sich nun im schnellsten Trabe näherte, da war ein Herr und eine Dame zu erkennen, zwei Junker und zwei Fräulein hinter ihnen, und zuletzt ein Geleit von Knechten, unter denen auch der vom Ordenshause. Das Tor wurde ihnen gleich geöffnet, und als sie in den Hof einritten, schrie der Ratsherr überrascht auf: Hans – Waltrudis –! Ihr? Welche unverhoffte Freude! Und nun fing er seine Schwester mit den Armen auf, da sie vom Pferde sprang, und umhalste den alten Freund wieder und wieder, und küsste die Kinder, von denen er nur den ältesten Sohn einmal vor langen Jahren auf der Mutter Arm gesehen hatte. Maria eilte die Steinstiege hinab und wollte auch ihr Teil haben. Die Vettern und Basen begrüßten einander und machten schnell Freundschaft. Dann fanden sich alle in des alten Pflegers Gemach ein und umringten seinen Stuhl. Da er sie nun alle um sich sah, groß und klein, konnte er doch vor Rührung kein Wort vorbringen, streckte aber die Hände aus und segnete sie.

Heinz erfuhr nun, dass Hans von der Buche längst sein Gut Buchwalde im Kulmer Land verkauft und sich im Samland angesiedelt hatte. Der Komtur von Königsberg hatte ihm ein altes preußisches Feld dicht unter dem Galtgarben, dem höchsten Hügel in weitem Umkreise, zum erblichen Eigentum verschrieben mit Köllmischen Rechten und allen Freiheiten der samländischen Güter. Mit seinen Viehherden, seinen Pferden und allem Wirtschaftsgerät war er nach seiner neuen Wohnstätte gezogen, und viele von den Buchwalder Gutsleuten, die den Herrn lieb hatten, waren ihm freiwillig gefolgt. Er hatte sich ein schönes Haus erbaut und zählte zu den angesehensten Landesrittern. Sein Weib hatte ihm diese vier Kinder geschenkt, und sie wuchsen auf zu der Eltern Freude. Nicht zum ersten Mal waren sie seit dem letzten Mai auf Schloss Lochstedt zum Besuch.

So ist mir im Leben die herzlichste Freude geworden von dem, sagte Plauen, was mir die kummervollste Sorge bereitet hat. Wie hat Gott mich geliebt! Wie wundersam ist seine Fügung! Grünet und blühet, ihr jungen Reiser, und mehret Gottes Ruhm!

Am späten Abend erst trennten sie sich. Von seinem Fenster aus sah der Greis, wie die Segel gelichtet wurden und die Barse der scheidenden Sonne nacheilte auf die hohe See hinaus. –

Noch in demselbigen Jahre um die Weihnachtszeit ist der alte Pfleger von Lochstedt, nachdem er den ganzen Herbst durch gekränkelt und an Kräften abgenommen, eines sanften Todes verstorben.

Sein Leib ist nach der Hochmeistergruft der Marienburg gebracht und dort feierlich beigesetzt. In der St.-Annen-Kapelle darüber liegt noch heute sein Grabstein, und es steht darauf zu lesen:

In der Jarzal *Xsti MCCCCXXIX* do starb der erwirdige bruder Heinrich von Plawen.